CB057427

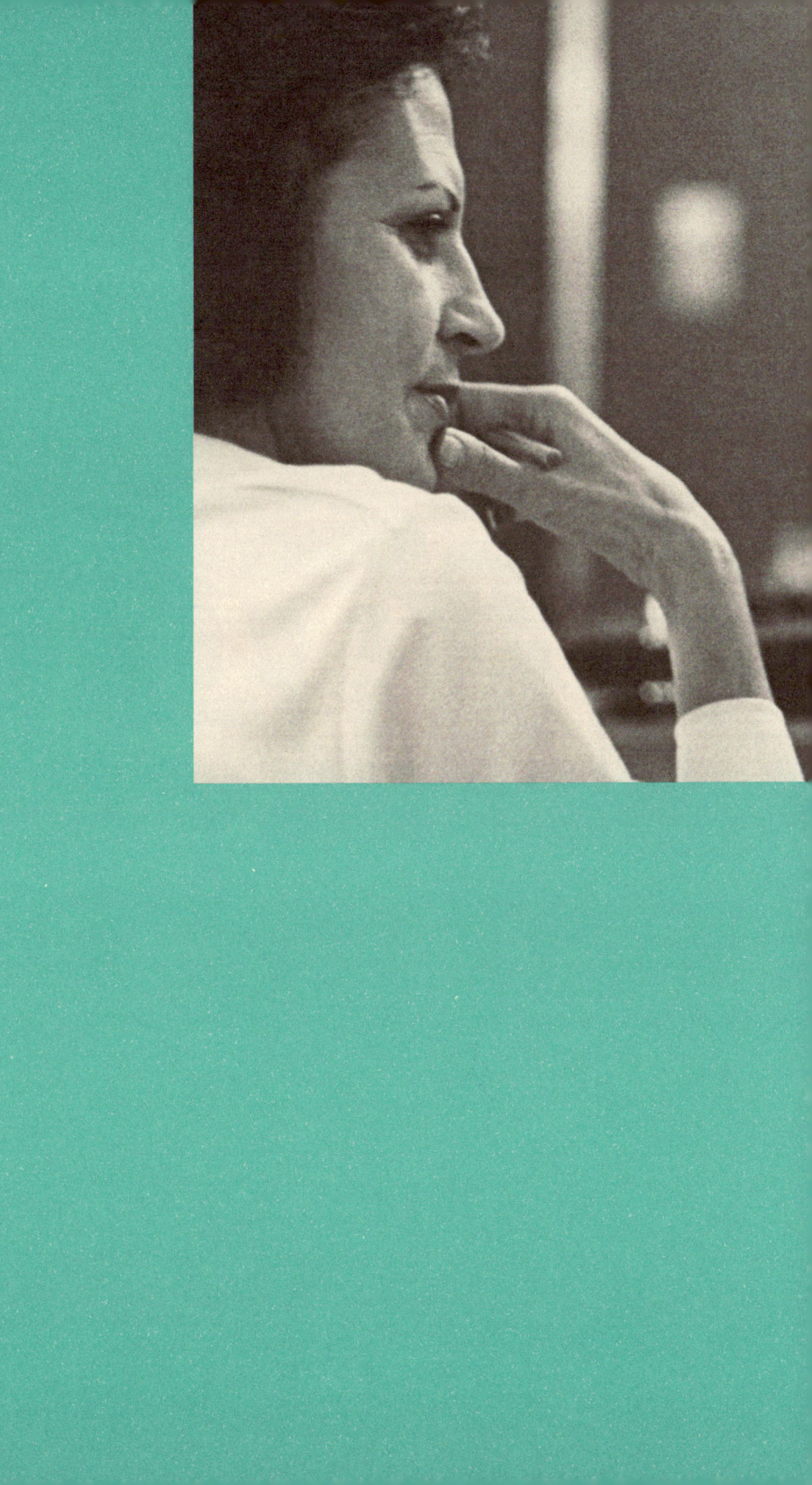

Fagu

COMPANHIA DAS LETRAS

Os contos

Lygia
des
Telles

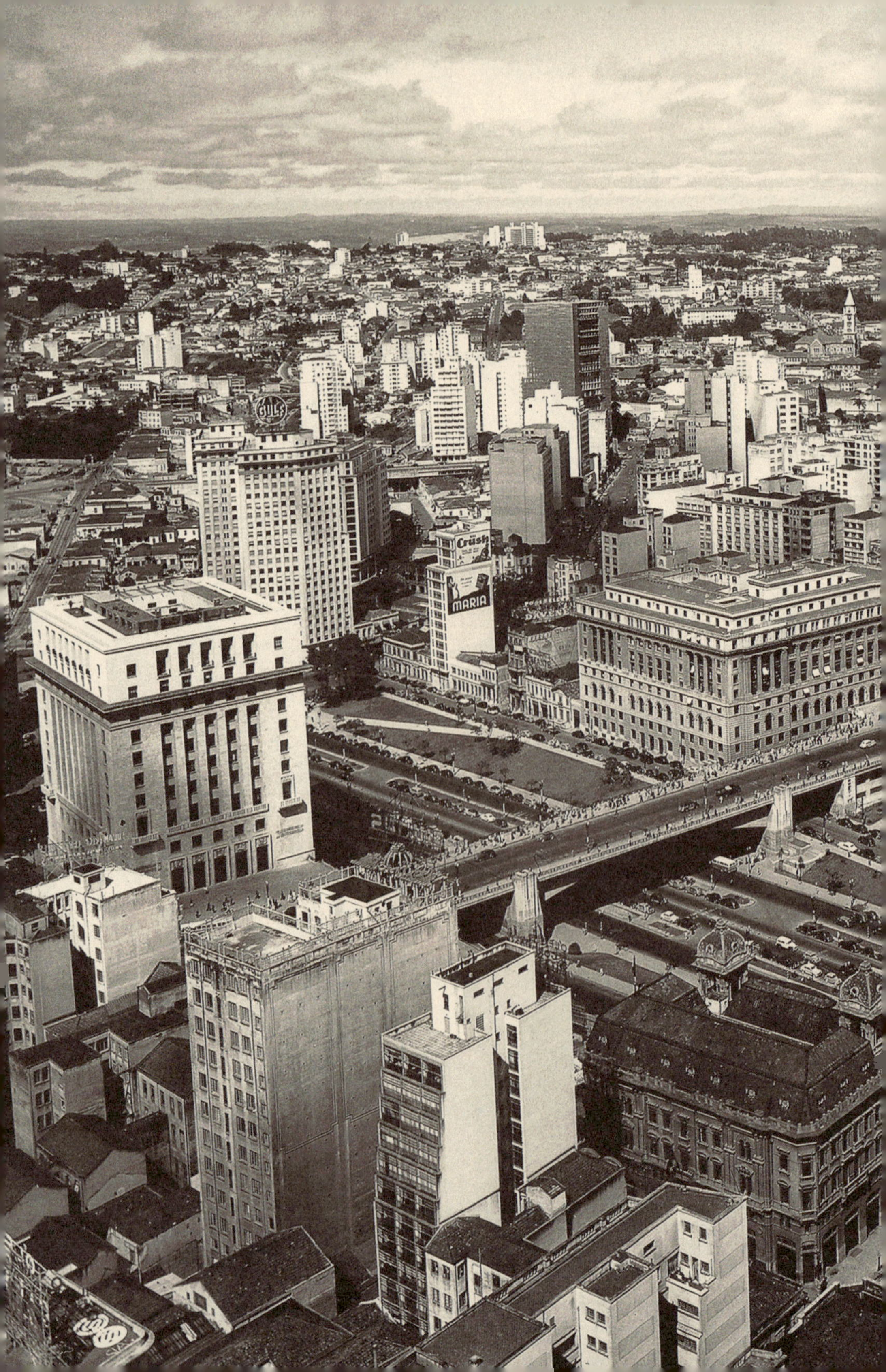
GULF
Crush
MARIA

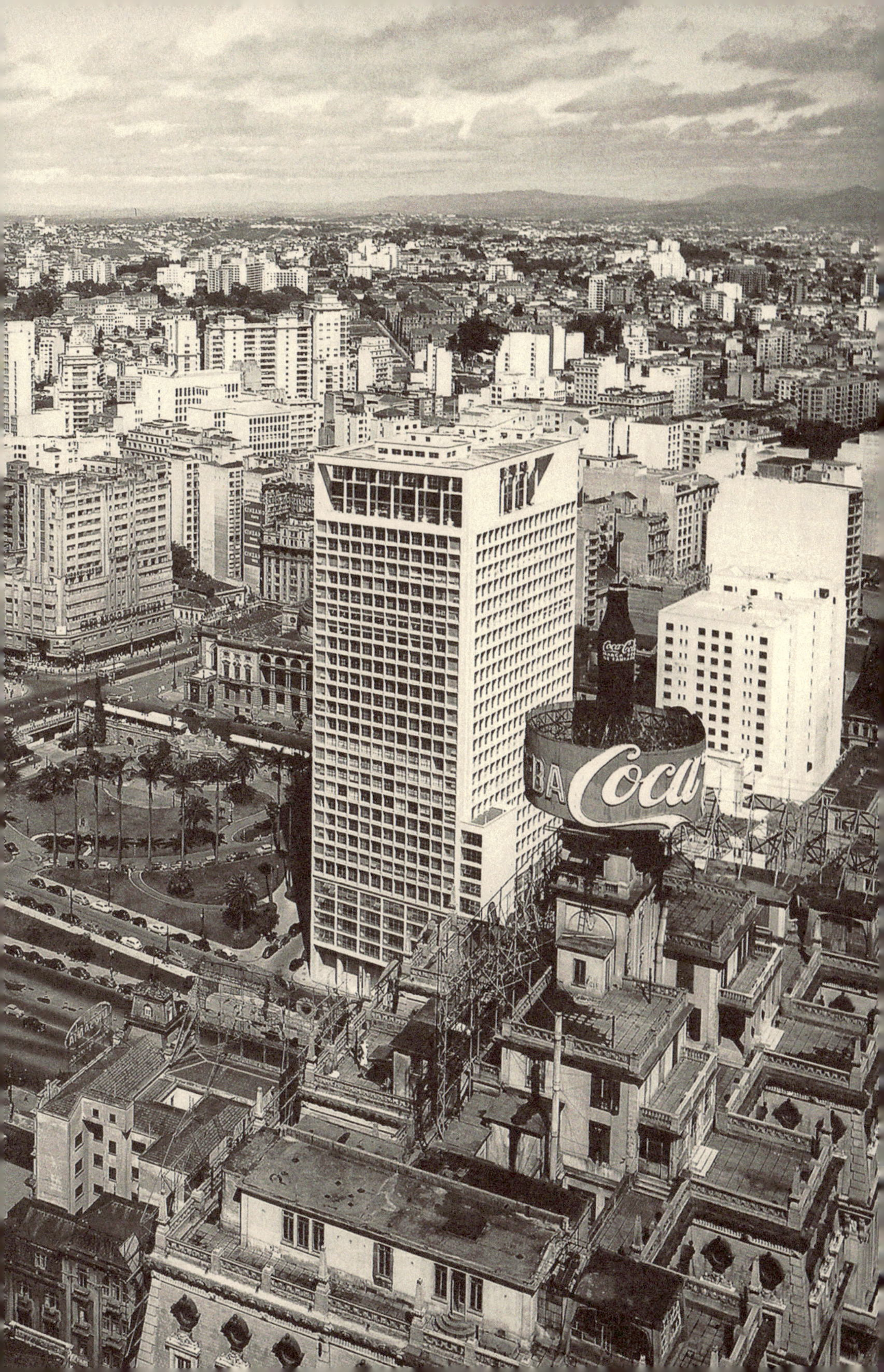
BA Coca

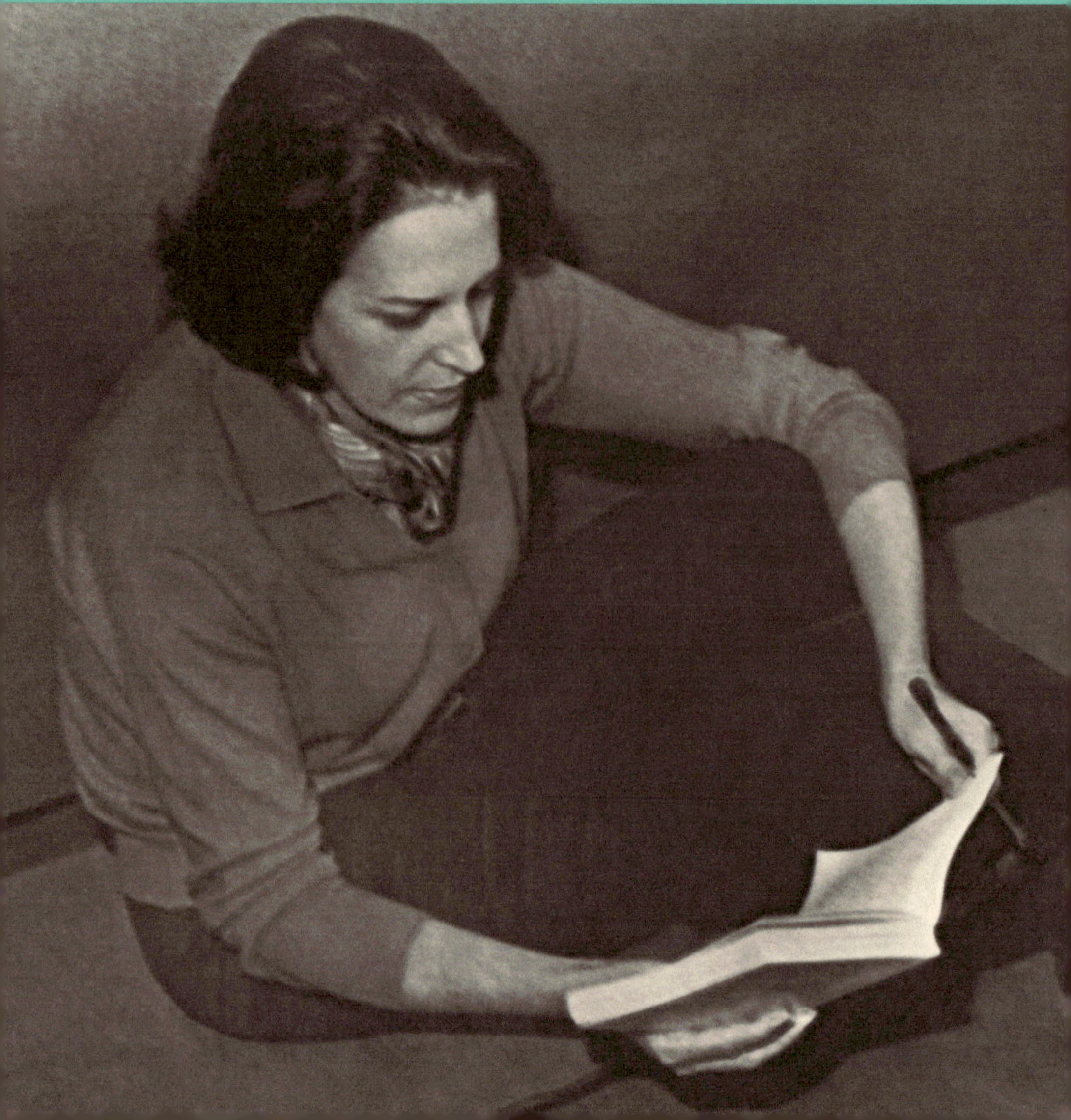

Para Marina e Lygia, as minhas meninas

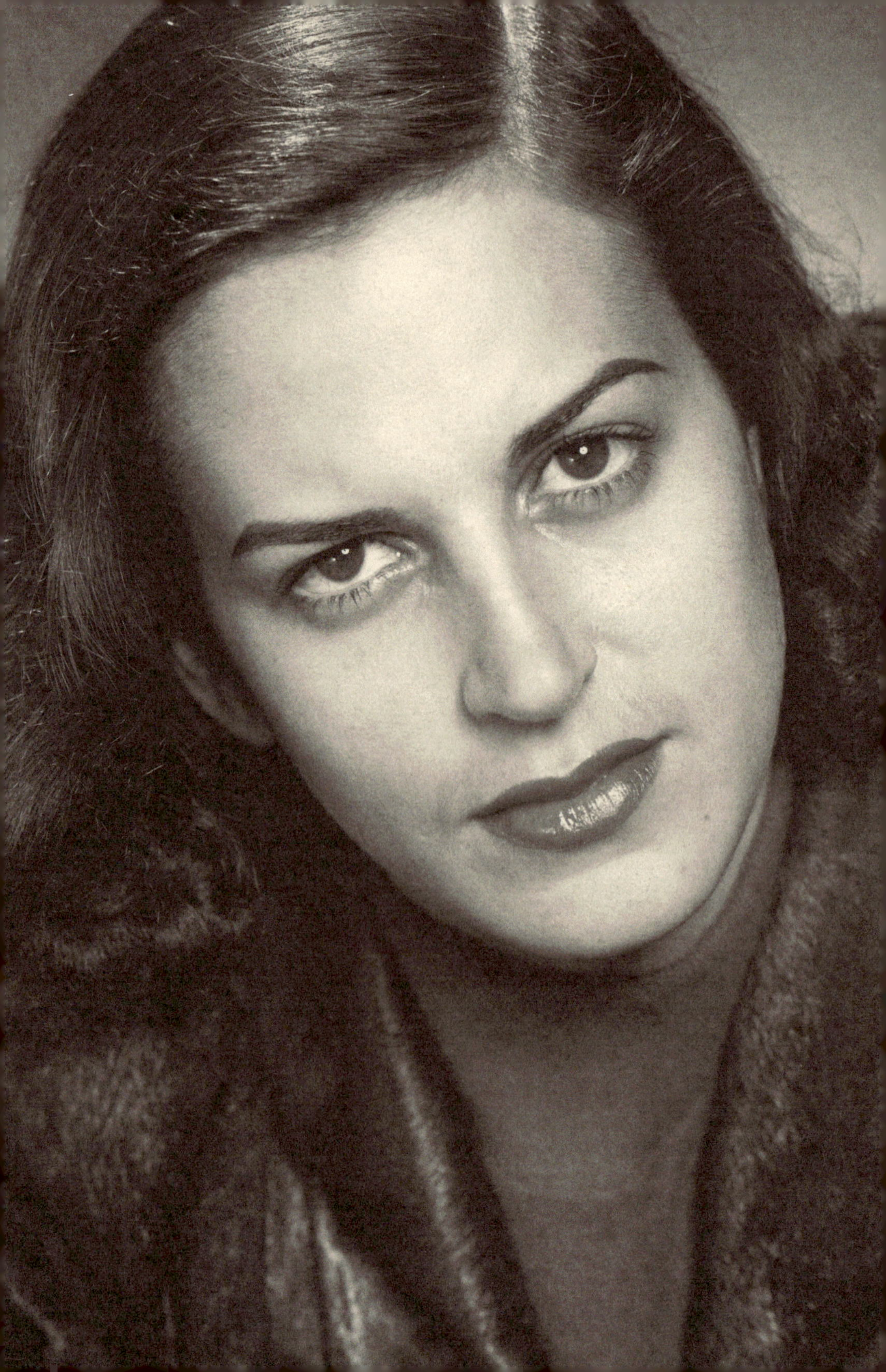

Sumário

Antes do Baile Verde
[1970]

Os Objetos 17
Verde Lagarto Amarelo 23
Apenas um Saxofone 32
Helga 39
O Moço do Saxofone 45
Antes do Baile Verde 51
A Caçada 59
A Chave 64
Meia-Noite em Ponto
   em Xangai 72
A Janela 78
Um Chá Bem Forte
   e Três Xícaras 84
O Jardim Selvagem 89
Natal na Barca 96
A Ceia 101
Venha Ver o Pôr do Sol 111
Eu Era Mudo e Só 119
As Pérolas 126
O Menino 134

Seminário dos Ratos
[1977]

As Formigas 145
Senhor Diretor 152
Tigrela 164
Herbarium 170
A Sauna 176
Pomba Enamorada ou
   Uma História de Amor 199
WM 205
Lua Crescente em Amsterdã 213
A Mão no Ombro 218
A Presença 225
Noturno Amarelo 230
A Consulta 242
Seminário dos Ratos 251

A Estrutura da Bolha de Sabão
[1991]

A Medalha 265
A Testemunha 271
O Espartilho 279
A Fuga 307
A Confissão de Leontina 315
Missa do Galo (Variações sobre o Mesmo Tema) 342
Gaby 350
A Estrutura da Bolha de Sabão 377

A Noite Escura e Mais Eu
[1995]

Dolly 385
Você Não Acha que Esfriou? 397
O Crachá nos Dentes 405
Boa Noite, Maria 407
O Segredo 420
Papoulas em Feltro Negro 425
A Rosa Verde 433
Uma Branca Sombra Pálida 442
Anão de Jardim 451

Invenção e Memória
[2000]

Que se Chama Solidão 461
Suicídio na Granja 466
A Dança com o Anjo 470
Se és Capaz 475
Cinema Gato Preto 481
Heffman 487
O Cristo da Bahia 493
Dia de Dizer Não 496
O Menino e o Velho 503
Que Número Faz Favor? 507
Rua Sabará, 400 510
A Chave na Porta 515
História de Passarinho 520
Potyra 523
Nada de Novo na Frente Ocidental 534

Um Coração Ardente
[2012]

Um Coração Ardente 543
Dezembro no Bairro 548
O Dedo 554
Biruta 558
Emanuel 565
As Cartas 571
O Noivo 578
A Estrela Branca 586
O Encontro 593
As Cerejas 599

Contos Esparsos

O Tesouro 609
Negra Jogada Amarela 629
O Muro 634
Hô-Hô 641
A Viagem 665
A Sonata 677
Os Mortos 685
A Recompensa 694
Correspondência 700
Endereço Desconhecido 711
Felicidade 718
Ou Mudei Eu? 726

Posfácio—
O Olhar de Uma Mulher, Walnice Nogueira Galvão 729

Créditos das Imagens 745
Sobre a Autora 747

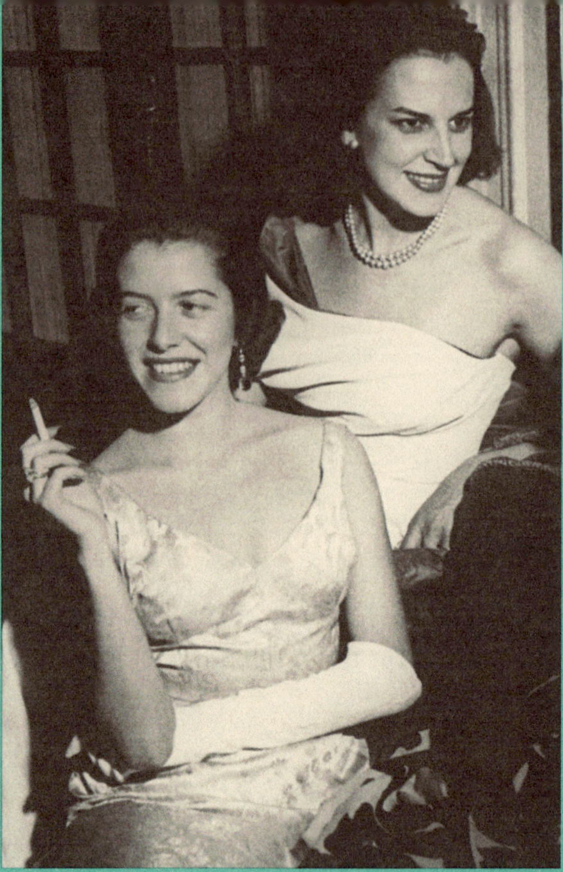

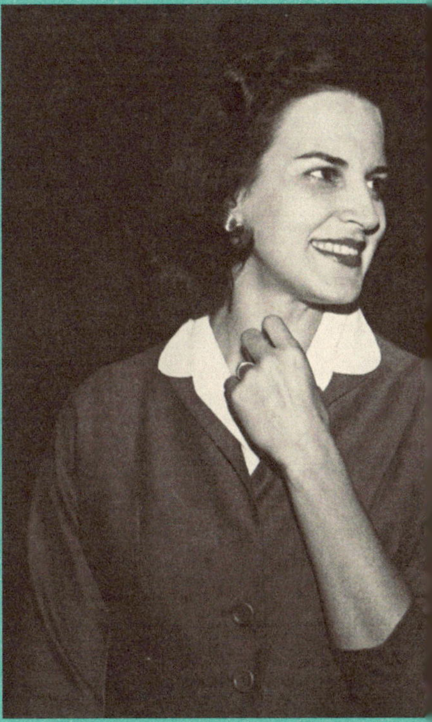

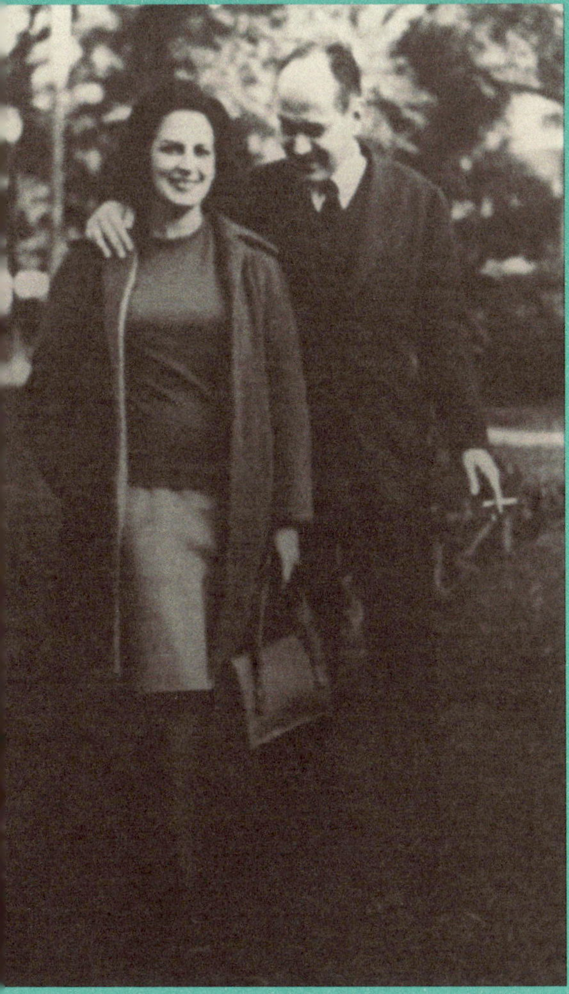

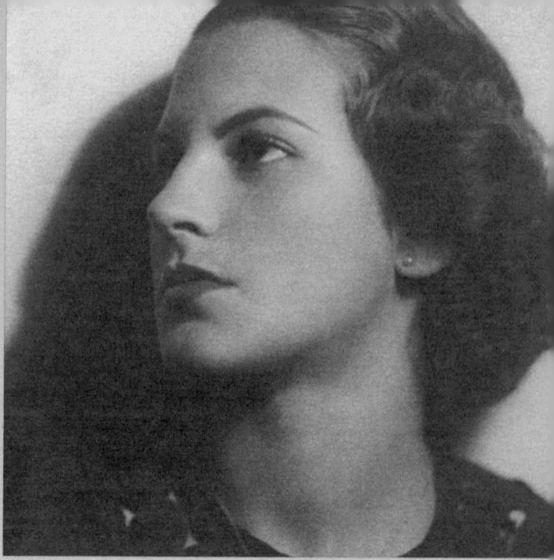

Antes do Baile Verde
[1970]

Para meu filho Goffredo

Os Objetos

Finalmente pousou o olhar no globo de vidro e estendeu a mão.
—Tão transparente. Parece uma bolha de sabão, mas sem aquele colorido de bolha refletindo a janela, tinha sempre uma janela nas bolhas que eu soprava. O melhor canudo era o de mamoeiro. Você também não brincava com bolhas? Hein, Lorena?

Ela esticou entre os dedos um longo fio de linha vermelha preso à agulha. Deu um nó na extremidade da linha e, com a ponta da agulha, espetou uma conta da caixinha aninhada no regaço. Enfiava um colar.

—Que foi?

Como não viesse a resposta, levantou a cabeça. Ele abria a boca, tentando cravar os dentes na bola de vidro. Mas os dentes resvalavam, produzindo o som fragmentado de pequenas castanholas.

—Cuidado, querido, você vai quebrar os dentes!

Ele rolou o globo até a face e sorriu.

—Aí eu compraria uma ponte de dentes verdes como o mar com seus peixinhos ou azuis como o céu com suas estrelas, não tinha uma história assim? Que é que era verde como o mar com seus peixinhos?

—O vestido que a princesa mandou fazer para a festa.

Lentamente ele girou o globo entre os dedos, examinando a base pintalgada de cristais vermelhos e verdes.

—Como um campo de flores. Para que serve isto, Lorena?

—É um peso de papel, amor.

—Mas se não está pesando em nenhum papel—estranhou ele, lançando um olhar à mesa. Pousou o globo e inclinou-se para a imagem de um anjo dourado, deitado de costas, os braços abertos.—E este anjinho? O que significa este anjinho?

Com a ponta da agulha ela tentava desobstruir o furo da conta de coral. Franziu as sobrancelhas.

—É um anjo, ora.

—Eu sei. Mas para que serve?—insistiu. E apressando-se antes de ser interrompido:—Veja, Lorena, aqui na mesa este anjinho vale tanto quanto o peso de papel sem papel ou aquele cinzeiro sem cinza, quer dizer, não tem sentido nenhum. Quando olhamos para as coisas, quando tocamos nelas é que começam a viver como nós, muito mais importantes do que nós, porque continuam. O cinzeiro recebe a cinza e fica cinzeiro, o vidro pisa o papel e se impõe, esse colar que você está enfiando... É um colar ou um terço?

—Um colar.

—Podia ser um terço?

—Podia.

—Então é você que decide. Este anjinho não é nada, mas se toco nele vira anjo mesmo, com funções de anjo.—Segurou-o com força pelas asas.—Quais são as funções de um anjo?

Ela deixou cair na caixa a conta obstruída e escolheu outra. Experimentou o furo com a ponta da agulha.

—Sempre ouvi dizer que anjo é o mensageiro de Deus.

—Tenho então uma mensagem para Deus—disse ele e encostou os lábios na face da imagem. Soprou três vezes, cerrou os olhos e moveu os lábios murmurejantes. Tateou-lhe as feições como um cego.—Pronto, agora sim, agora é um anjo vivo.

—E o que foi que você disse a ele?

—Que você não me ama mais.

Ela ficou imóvel, olhando. Inclinou-se para a caixinha de contas.

—Adianta dizer que não é verdade?

—Não, não adianta.—Colocou o anjo na mesa. E apertou os olhos molhados de lágrimas, de costas para ela e inclinado para o abajur.—Veja, Lorena, veja... Os objetos só têm sentido quando têm sentido, fora disso... Eles precisam ser olhados, manuseados. Como nós. Se ninguém me ama, viro uma coisa ainda mais triste do que essas, porque ando, falo, indo e vindo como uma sombra, vazio, vazio. É o peso de papel sem papel, o cinzeiro sem cinza, o anjo sem anjo, fico aquela adaga ali fora do peito. Para que serve uma adaga fora do peito?—perguntou e tomou a adaga entre as mãos. Voltou-se, subitamente animado.—É árabe, hein, Lorena? Uma meia-lua de prata tão aguda... Fui eu que descobri esta adaga, lembra? Estava na vitrina, quase escondida debaixo de uma bandeja, lembra?

Ela tomou entre as pontas dos dedos o fio de coral e balançou-o num movimento de rede.

—Ah, não fale isso! Se você soubesse como gostei daquela bandeja, acho que nunca mais vou gostar de uma coisa assim... Se pudesse, tomava já um avião, voltava lá no antiquário do grego barbudo e saía com ela debaixo do braço. As alças eram cobrinhas se enroscando em folhas e cipós, umas cobrinhas com orelhas, fiquei apaixonada pelas cobrinhas.

—Mas por que você não comprou?

—Era caríssima, amor. Nossos dólares estavam no fim, o pouco que restou só deu para essas bugigangas.

—Fale baixo, Lorena, fale baixo!—suplicou ele num tom que a fez levantar a cabeça num sobressalto. Tranquilizou-se quando o viu sacudindo as mãos, afetando pânico.—Chamar a adaga e o anjo de bugigangas, que é isso! O anjo vai correndo contar para Deus.

—Não é um anjo intrigante—advertiu, encarando-o.—E antes que me esqueça, você diz que se ninguém nos ama, viramos coisa fora de uso, sem nenhuma significação, certo? Pois saiba o senhor que muito mais importante do que sermos amados é amar, ouviu bem? É o que nos distingue desse peso de papel que você vai fazer o favor de deixar em cima da mesa antes que quebre, sim?

—O vidro já está ficando quente—disse e fechou o globo nas mãos. Levou-o ao ouvido, inclinou a cabeça e falou brandamente como se ouvisse o que foi dizendo:—Quando eu era criança, gostava de comer pasta de dente.

—Que marca?

—Qualquer marca. Tinha uma com sabor de hortelã, era ardido demais e eu chorava de sofrimento e gozo. Minha irmãzinha que tinha dois anos comia terra.

Ela riu.

—Que família!

Ele riu também, mas logo ficou sério. Sentou-se diante dela, juntou as pernas e colocou o globo nos joelhos. Cercou-o com as mãos em concha, num gesto de proteção. Inclinou-se, bafejando sobre o globo.

—Lorena, Lorena, é uma bola mágica!

Voltada para a luz, ela enfiava uma agulha. Umedeceu a ponta da linha, ergueu a agulha na altura dos olhos estrábicos na concentração e fez a primeira tentativa. Falhou. Mordiscou de novo a linha e com um gesto incisivo foi aproximando a linha da agulha. A ponta endurecida do fio varou a agulha sem obstáculo.

—A cópula.

—Que foi?—perguntou ela, relaxando os músculos. Voltou-se satisfeita para a caixa de contas.—Que foi, amor?

Ele cobriu o globo com as mãos. Bafejou sobre elas.

— É uma bola de cristal, Lorena — murmurou com voz pesada. Suspirou gravemente. — Por enquanto só vejo assim uma fumaça, tudo tão embaçado...

— Insista, Miguel. Não está clareando?

— Mais ou menos... espera, a fumaça está sumindo, agora está tão mais claro, puxa, que nítido! O futuro, Lorena, estou vendo o futuro! Vejo você numa sala... é esta sala! Você está de vermelho, conversando com um homem.

— Que homem?

— Espera, ele ainda está um pouco longe... Agora vejo, é seu pai. Ele está aflito e você procura acalmá-lo.

— Por que está aflito?

— Porque ele quer que você me interne e você está resistindo, mas tão sem convicção. Você está cansada, Lorena querida, você está quase chorando e diz que estou melhor, que estou melhor...

Ela endureceu a fisionomia. Limpou a unha com a ponta da agulha.

— E daí?

— Daí seu pai disse que não melhorei coisa nenhuma, que não há esperança — repetiu ele inclinando-se, as mãos nos olhos em posição de binóculo postado no globo. — Espera, está entrando alguém de modo tão esquisito... eu, sou eu! Estou entrando de cabeça para baixo, andando com as mãos, plantei uma bananeira e não consegui voltar.

Ela enrolou o fio de contas no pescoço, segurando firme a agulha para as contas não escaparem. Riu, alisando as contas.

— Plantar bananeira justo nessa hora, amor? Por que você não ficou comportadinho? Hum?... E o que foi que meu pai fez?

— Baixou a cabeça para não me ver mais. Você então me olhou, Lorena. E não achou nenhuma graça em mim. Antes você achava.

Vagarosamente ela foi recolhendo o fio. Deslizou as pontas dos dedos pelas contas maiores, alinhando-as.

— Fico sempre com medo que você desabe e quebre o vaso, os copos. E depois, cai tudo dos seus bolsos, uma desordem.

Ele recolocou o peso na mesa. Encostou a cabeça na poltrona e ficou olhando para o teto.

— Tinha um lustre na vitrina do antiquário, lembra? Um lustre divertido, cheio de pingentes de todas as cores, uns cristaizinhos balançando com o vento, blim-blim... Estava ao lado da gravura.

— Que gravura?

— Aquela já carunchada, tinha um nome pomposo, *Os Funerais do Amor*, em italiano fica bonito, mas não sei mais como é em italiano. Era um cortejo de bailarinos descalços carregando guirlandas de flores, como se estivessem indo para uma festa. Mas não era uma festa, estavam todos tristes, os amantes separados e chorosos atrás do amor morto, um menininho encaracolado e nu, estendido numa rede. Ou num coche?... Tinha flores espalhadas pela estrada, o cortejo ia indo por uma estrada. Um fauno menino consolava a amante tão pálida, tão dolorida...

Ela concentrou-se.

— Esse quadro estava na vitrina?

— Perto do lustre que fazia blim-blim.

— Não sei, mas assim como você descreveu é triste demais. Juro que não gostaria de ter um quadro desses em casa.

— Mais triste ainda era o anão.

— Tinha um anão na gravura?

— Não, ele não estava na gravura, estava perto.

— Mas... era um anão de jardim?

— Não, era um anão de verdade.

— Tinha um anão na loja?

— Tinha. Estava morto, um anão morto, de *smoking*, o caixão estava na vitrina. Luvas brancas e sapatinhos de fivela. Tudo nele era brilhante, novo, só as rosas estavam velhas. Não deviam ter posto rosas assim velhas.

— Eram rosas brancas? — perguntou ela guardando o fio de contas na caixa. Baixou a tampa com um baque metálico. — Eram rosas brancas?

— Brancas.

— As rosas brancas murcham mais depressa. E fazia calor.

Ele inclinou a cabeça para o peito e assim ficou, imóvel, os olhos cerrados, as pálpebras crispadas. O cigarro apagou-se entre seus dedos.

— Lorena...

— Hum?

— Vamos tomar um chá. Um chá com biscoitos, quero biscoitos.

Ela levantou-se. Fechou o livro que estava lendo.

— Ótimo, faço o chá. Só que o biscoito acabou, posso arrumar umas torradas, bastante manteiga, bastante sal. Hum?

— Eu vou comprar os biscoitos — disse ele, tomando-lhe a cabeça entre as mãos. — Minha linda Lorena. Biscoitos para a linda Lorena.

Ela desvencilhou-se rápida.

— Vou pôr água para ferver. Pega o dinheiro, está na minha bolsa.

— No armário?

— Não, em cima da cama, uma bolsa verde.

Ele foi ao quarto, abriu a bolsa e ficou olhando para o interior dela. Tirou o lenço manchado de ruge. Aspirou-lhe o perfume. Deixou cair o lenço na bolsa, colocou-a com cuidado no mesmo lugar e voltou para a sala. Pela porta entreaberta da cozinha pôde ouvir o jorro da torneira. Saiu pisando leve. No elevador, evitou o espelho. Ficou olhando para os botões, percorrendo com o dedo um por um até chegar ao botão preto com a letra *T*, invisível de tão gasta. O elevador já descia e ele continuava com o dedo no botão, sem apertá-lo, mas percorrendo-o num movimento circular, acariciante. Quando ela gritou, só seus olhos se desviaram na direção da voz vindo lá de cima e tombando já meio apagada no poço.

— Miguel, onde está a adaga?! Está me ouvindo, Miguel? A adaga!

Ele abriu a porta do elevador.

— Está comigo.

O porteiro ouviu e foi-se afastando de costas. Teve um gesto de exagerada cordialidade.

— Uma bela noite! Vai passear um pouco?

Ele parou, olhou o homem. Apressou o passo na direção da rua.

Verde Lagarto Amarelo

Ele entrou com seu passo macio, sem ruído, não chegava a ser felino: apenas um andar discreto. Polido.
— Rodolfo! Onde está você?... Dormindo? — perguntou quando me viu levantar da poltrona e vestir a camisa. Baixou o tom de voz. — Está sozinho?
Ele sabe muito bem que estou sozinho, ele sabe que sempre estou sozinho.
— Estava lendo.
— Dostoiévski?
Fechei o livro e não pude deixar de sorrir. Nada lhe escapava.
— Queria lembrar uma certa passagem... Só que está quente demais, acho que este é o dia mais quente desde que começou o verão.
Ele deixou a pasta na cadeira e abriu o pacote de uvas roxas.
— Estavam tão maduras, olha só que beleza — disse tirando um cacho e balançando-o no ar como um pêndulo. — Prova! Uma delícia.
Com um gesto casual, atirei meu paletó em cima da mesa, cobrindo o rascunho de um conto que começara naquela manhã.
— Já é tempo de uvas? — perguntei colhendo um bago.
Era enjoativo de tão doce mas se eu rompesse a polpa cerrada e densa sentiria seu gosto verdadeiro. Com a ponta da língua pude sentir a semente apontando sob a polpa. Varei-a. O sumo ácido inundou-me a boca. Cuspi a semente: assim queria escrever, indo ao âmago do âmago até atingir a semente resguardada lá no fundo como um feto.
— Trouxe também uma coisa... Mostro depois.

Encarei-o. Quando ele sorria ficava menino outra vez. Seus olhos tinham o mesmo brilho úmido das uvas.

— Que coisa?

— Mas se eu já disse que é surpresa! Mostro depois.

Não insisti. Conhecia de sobra aquela antiga expressão com que vinha me anunciar que tinha algo escondido no bolso ou debaixo do travesseiro. Acabava sempre por me oferecer seu tesouro: a maçã, o cigarro, a revistinha pornográfica, o pacote de suspiros, mas antes ficava algum tempo me rondando com aquele ar de secreto deslumbramento.

— Vou fazer um café — anunciei.

— Só se for para você, tomei há pouco na esquina.

Era mentira. O bar da esquina era imundo e para ele o café fazia parte de um ritual nobre, limpo. Dizia isso para me poupar, estava sempre querendo me poupar.

— Na esquina?

— Quando comprei as uvas...

Meu irmão. O cabelo louro, a pele bronzeada de sol, as mãos de estátua. E aquela cor nas pupilas.

— Mamãe achava que seus olhos eram cor de violeta.

— Cor de violeta?

— Foi o que ela disse à Tia Débora, meu filho Eduardo tem os olhos cor de violeta.

Ele tirou o paletó. Afrouxou a gravata.

— Como é que são olhos cor de violeta?

— Cor de violeta — eu respondi abrindo o fogareiro.

Ele riu apalpando os bolsos do paletó até encontrar o cigarro.

— Meu Deus, tinha um canteiro de violetas no jardim de casa... Não eram violetas, Rodolfo?

— Eram violetas.

— E uma parreira, lembra? Nunca conseguimos um cacho maduro daquela parreira — disse amarfanhando com um gesto afetuoso o papel das uvas. — Até hoje não sei se eram doces. Eram doces?

— Também não sei, você não esperava amadurecer.

Vagarosamente ele tirou as abotoaduras e foi dobrando a manga da camisa com aquela arte toda especial que tinha de dobrá-la sem fazer rugas, na exata medida do punho. Os braços musculosos de nadador. Os pelos dourados. Fiquei a olhar as abotoaduras que tinham sido do meu pai.

— A Ofélia quer que você almoce domingo com a gente. Ela releu seu romance e ficou no maior entusiasmo, gostou ainda mais do que da primeira vez, você precisa ver com que interesse analisou as personagens, discutiu os detalhes...

— Domingo já tenho um compromisso — eu disse enchendo a chaleira de água.

— E sábado? Não me diga que sábado você também não pode.

Aproximei-me da janela. O sopro do vento era ardente como se a casa estivesse no meio de um braseiro. Respirei de boca aberta agora que ele não me via, agora que eu podia amarfanhar a cara como ele amarfanhara o papel. Esfreguei nela o lenço, até quando, até quando?!... E me trazia a infância, será que ele não vê que para mim foi só sofrimento? Por que não me deixa em paz, por quê? Por que tem que vir aqui e ficar me espetando, não quero lembrar nada, não quero saber de nada! Fecho os olhos. Está amanhecendo e o sol está longe, tem brisa na campina, cascata, orvalho gelado deslizando na corola, chuva fina no meu cabelo, a montanha e o vento, todos os ventos soprando. Os ventos! Vazio. Imobilidade e vazio. Se eu ficar assim imóvel, respirando leve, sem ódio, sem amor, se eu ficar assim um instante, sem pensamento, sem corpo...

— E sábado? Ela quer fazer aquela torta de nozes que você adora.

— Cortei o açúcar, Eduardo.

— Mas saia um pouco do regime, você emagreceu, não emagreceu?

— Ao contrário, engordei. Não está vendo? Estou enorme.

— Não é possível! Assim de costas você me pareceu tão mais magro, palavra que eu já ia perguntar quantos quilos você perdeu.

Agora a camisa se colava ao meu corpo. Limpei as mãos viscosas no peitoril da janela e abri os olhos que ardiam, o sal do suor é mais violento do que o sal das lágrimas. "Esse menino transpira tanto, meus céus! Acaba de vestir roupa limpa e já começa a transpirar, nem parece que tomou banho. Tão desagradável!..." Minha mãe não usava a palavra *suor* que era forte demais para seu vocabulário, ela gostava das belas palavras. Das belas imagens. Delicadamente falava em transpiração com aquela elegância em vestir as palavras como nos vestia. Com a diferença que Eduardo se conservava limpo como se estivesse numa redoma, as mãos sem poeira, a pele fresca. Podia rolar na terra e não se conspurcava, nada chegava a sujá-lo realmente porque mesmo através da sujeira podia se ver que estava intacto. Eu não. Com a maior facilidade me corrompia lustroso e gordo, o suor a escorrer pelo pescoço, pelos sovacos, pelo meio das pernas. Não queria suar, não queria mas o suor medonho não parava de escorrer manchando a camisa de amarelo com uma borda esverdinhada, suor de bicho venenoso, traiçoeiro, malsão. Enxugava depressa a testa, o pescoço, tentava num último esforço salvar ao menos a camisa. Mas a camisa já era uma pele enrugada aderindo à minha com meu cheiro, com a minha cor. Era menino ainda mas houve um dia em que quis morrer para não transpirar mais.

— Na noite passada sonhei com nossa antiga casa — disse ele aproximando-se do fogareiro. Destapou a chaleira, espiou dentro. — Não me lembro bem mas parece que a casa estava abandonada, foi um sonho estranho...

— Também sonhei com a casa mas já faz tempo — eu disse.

Ele aproximou-se. Esquivei-me em direção ao armário. Tirei as xícaras.

— Mamãe apareceu no seu sonho? — perguntou ele.

— Apareceu. O pai tocava piano e mamãe...

Rodopiávamos vertiginosos numa valsa e eu era magro, tão magro que meus pés mal roçavam o chão, senti mesmo que levantavam voo e eu ria enlaçando-a em volta do lustre quando de repente o suor começou a escorrer, escorrer.

— Ela estava viva?

Seu vestido branco se empapava do meu suor amarelo-verde mas ela continuava dançando, desligada, remota.

— Estava viva, Rodolfo?

— Não, era uma valsa póstuma — eu disse colocando na frente dele a xícara perfeita. Reservei para mim a que estava rachada. — Está reconhecendo essa xícara?

Ele tomou-a pela asa. Examinou-a. Sua fisionomia se iluminou com a graça de um vitral varado pelo sol.

— Ah!... as xicrinhas japonesas. Sobraram muitas ainda?

O aparelho de chá, o faqueiro, os cristais e os tapetes tinham ficado com ele. Também os lençóis bordados, obriguei-o a aceitar tudo. Ele recusava, chegou a se exaltar, "Não quero, não é justo, não quero! Ou você fica com a metade ou então não aceito nada! Amanhã você pode se casar também...". Nunca, respondi. Moro só, gosto de tudo sem nenhum enfeite, quanto mais simples melhor. Ele parecia não ouvir uma só palavra enquanto ia amontoando os objetos em duas porções, "Olha, isto você leva que estava no seu quarto...". Tive que recorrer à violência. Se você teimar em me deixar essas coisas, assim que você virar as costas jogo tudo na rua! Cheguei a agarrar uma jarra, No meio da rua! Ele empalideceu, os lábios trêmulos. "Você jamais faria isso, Rodolfo. Cale-se, por favor, que você não sabe o que está dizendo." Passei as mãos na cara ardente. E a voz da minha mãe vindo das cinzas: "Rodolfo, por que você há de entristecer seu irmão? Não vê que ele está sofrendo? Por que você faz assim?!". Abracei-o. Ouça, Eduardo, sou um tipo mesmo esquisito, você está farto de saber que sou meio louco. Não quero, não sei explicar mas não quero, está me entendendo? Leve tudo à Ofélia, presente meu. Não posso dar a vocês um presente de casamento? Para não dizer que não fico com nada, olha... está aqui, pronto, fico com essas xícaras!

— Finas como casca de ovo — disse ele batendo com a unha na porcelana. — Ficavam na prateleira do armário rosado, lembra? Esse armário está na nossa saleta.

Despejei água fervente na caneca. O pó de café foi se diluindo resistente, difícil. Minha mãe. Depois, Ofélia. Por que não haveria de ficar também com os lençóis?

— E Ofélia? Para quando o filho?

Ele apanhou a pilha de jornais velhos que estavam no chão, ajeitou-a cuidadosamente e esboçou um gesto de procura, devia estar sentindo falta de um lugar certo para serem guardados os jornais já lidos. Teve uma expressão de resignado bom humor, mas então a desordem do apartamento comportava um móvel assim supérfluo? Enfiou a pilha na prateleira da estante e voltou-se para mim. Ficou me seguindo com o olhar enquanto eu procurava no armário debaixo da pia a lata onde devia estar o açúcar. Uma barata fugiu atarantada, escondendo-se debaixo de uma tampa de panela e logo uma outra maior se despencou não sei de onde e tentou também o mesmo esconderijo. Mas a fresta era estreita e ela mal conseguiu esconder a cabeça, ah, o mesmo humano desespero na procura de um abrigo. Abri a lata de açúcar e esperei que ele dissesse que havia um novo sistema de acabar com as baratas, era facílimo, bastava chamar pelo telefone e já aparecia o homem de farda cáqui e bomba em punho e num segundo pulverizava tudo. Tinha em casa o número do telefone, nem baratas nem formigas.

— No próximo mês, parece. Está tão lépida que nem acredito que esteja nas vésperas — disse ele me contornando pelas costas. Não perdia um só dos meus movimentos. — E adivinha agora quem vai ser o padrinho.

— Que padrinho?

— Do meu filho, ora!

— Não tenho a menor ideia.

— Você.

Minha mão tremia como se ao invés de açúcar eu estivesse mergulhando a colher em arsênico. Senti-me infinitamente mais gordo. Mais vil. Tive vontade de vomitar.

— Não faz sentido, Eduardo. Não acredito em Deus, não acredito em nada.

— E daí? — perguntou ele, servindo-se de mais açúcar ainda. Atraiu-me quase num abraço. — Fique tranquilo, eu acredito por nós dois.

Tomei de um só trago o café amargo. Uma gota de suor pingou no pires. Passei a mão pelo queixo. Não pudera ser pai, seria padrinho. Não era um ser amável? Um casal amabilíssimo. A pretexto de aquecer o café, fiquei de costas e então esfreguei furtivamente o pano de prato na cara.

— Era essa a surpresa? — perguntei e ele me olhou com inocência. Repeti a pergunta: — A surpresa! Quando chegou você disse que...

— Ah! não, não! Não é isso não — exclamou e riu apertando os olhos que riam também com uma ponta de malícia. — A surpresa é outra. Se der certo, Rodolfo, se der certo!... Enfim, você é quem vai decidir. Ponho nas suas mãos.

Era exatamente a expressão da minha mãe quando vinha me preparar para uma boa notícia. Rondava, rondava e ficava me observando reticente, saboreando o segredo até o momento em que não resistia mais e contava. A condição era invariável: "Mas você vai me prometer que não vai comer nenhum doce durante uma semana, só uma semana!".

E se ele fosse morar longe? Podia tão bem se mudar de cidade, viajar. Mas não. Precisava ficar por perto, sempre em redor, me olhando. Desde pequeno, no berço já me olhava assim. Não precisaria me odiar, eu nem pediria tanto, bastava me ignorar, se ao menos me ignorasse. Era bonito, inteligente, amado, conseguiu sempre fazer tudo muito melhor do que eu, muito melhor do que os outros, em suas mãos as menores coisas adquiriam outra importância, como que se renovavam. E então? Natural que esquecesse o irmão obeso, malvestido, malcheiroso. Escritor, sim, mas nem aquele tipo de escritor de sucesso, convidado para festas, dando entrevistas na televisão: um escritor de cabeça baixa e calado, abrindo com as mãos em garra seu caminho. Se ao menos ele... mas não, claro que não, desde menino eu já estava condenado ao seu fraterno amor. Às vezes me escondia no porão, corria para o quintal, subia na figueira, ficava imóvel, um lagarto no vão do muro, pronto, agora não vai me achar. Mas ele abria portas, vasculhava armários, abria a folhagem e ficava rindo por entre lágrimas. Engatinhava ainda quando saía à minha procura, farejando meu rastro. "Rodolfo, não faça seu irmãozinho chorar, não quero que ele fique triste!" Para que ele não ficasse triste, só eu soube que ela ia morrer. "Você já é grande, você deve saber a verdade", disse meu pai olhando reto nos meus olhos. "É que sua mãe não tem nem..." Não completou a frase. Voltou-se para a parede e ali ficou de braços cruzados, os ombros curvos. "Só eu e você sabemos. Ela desconfia mas de jeito nenhum quer que seu irmãozinho saiba, está entendendo?" Eu entendia. Na sua última festa de aniversário ficamos reunidos em redor da cama. "Laura é como o rei daquela história", disse meu pai, dando-lhe de beber um gole de vinho. "Só que ao invés de transformar tudo em ouro, quando toca nas coisas, transforma tudo em beleza." Com os olhos cozidos de tanto chorar, ajoelhei-me e fingindo arrumar-lhe o travesseiro, pousei a cabeça ao alcance da sua mão, ah, se me tocasse com um pouco de amor. Mas ela só via o broche, um caco de vidro que Eduardo achou no quintal e enrolou em fiozinhos de arame formando um casulo, "Mamãezinha querida, eu que fiz para você!". Ela beijou o broche. E o arame ficou sendo prata e o caco de garrafa ficou sendo esmeralda. Foi o broche que lhe fechou a gola do vestido. Quando me despedi, apertei sua mão gelada contra minha boca, e eu, mamãe, e eu?...

— Esqueci de oferecer biscoitos, olha aí, você gosta — eu disse tirando a lata do armário.

— É sua empregada quem faz?

— Minha empregada só vem uma vez por semana, comprei na rua — acrescentei e lancei-lhe um olhar. Que surpresa era essa agora? O que é que eu devia decidir? Eu devia decidir, ele disse. Mas o quê?... Interpelei-o: — Que é que você está escondendo, Eduardo? Não vai me dizer?

Ele pareceu não ter ouvido uma só palavra. Quebrou a cinza do cigarro, soprou o pouco que lhe caiu na calça e inclinou-se para os biscoitos.

— Ah!... rosquinhas. Ofélia aprendeu a fazer sequilhos no caderno de receitas da mamãe mas estão longe de ser como aqueles.

Ele comia sequilhos quando entrei no quarto. Ao lado, a caneca de chocolate fumegante. Eu tinha tomado chá. Chá. Dei uma volta em redor dele. O Júlio já está na esquina esperando, avisei. Veio me dizer que tem que ser agora. Ele então se levantou, calçou a sandália, tirou o relógio de pulso e a correntinha do pescoço. Dirigiu-se para a porta com uma firmeza que me espantou. Vi-o ensanguentado, a roupa em tiras. Você é menor, Eduardo, você vai apanhar feito cachorro! Ele abriu os braços. "E daí? Quer que a turma me chame de covarde?" Sentei-me na cadeira onde ele estivera e ali fiquei encolhido, tomando o chocolate e comendo sequilhos. Tinha a boca cheia quando ouvi a voz da minha mãe chamando:

"Rodolfo, Rodolfo!". Agora ela o carregava em prantos, tentando arrancar-lhe o canivete enterrado no peito até o cabo.

— Procurei seu romance em duas livrarias e não encontrei, queria dar a uns amigos. Está esgotado, Rodolfo? O vendedor disse que vende demais.

— Exagero. Talvez se esgote mas não já.

A boca cheia de sequilhos e o suor escorrendo por todos os poros, escorrendo. A voz da minha mãe insistiu, enérgica: "Rodolfo, você está me ouvindo? Onde está o Eduardo?!". Entrei no quarto dela. Estava deitada, bordando. Assim que me viu, sua fisionomia se confrangeu. Deixou o bordado e ficou balançando a cabeça. "Mas, filho, comendo de novo?! Quer engordar mais ainda? Hum?..." Suspirou, dolorida. "Onde está seu irmão?" Encolhi os ombros, Não sei, não sou pajem dele. Ela ficou me olhando. "Essa é maneira de me responder, Rodolfo? Hein?!..." Desci a escada comendo o resto dos sequilhos que escondi nos bolsos. O silêncio me seguiu descendo a escada degrau por degrau, colado ao chão, viscoso, pesado. Parei de mastigar. E de repente me precipitei pela rua afora, eu o queria vivo, o canivete não! Encontrei-o sentado na sarjeta, a camisa rasgada, um arranhão fundo na testa. Sorriu palidamente. Ofegava. Júlio tinha acabado de fugir. Cravei o olhar no seu peito. Mas ele não usou o canivete? perguntei. Apoiando-se na árvore, levantou-se com dificuldade, tinha torcido o pé. "Que canivete?..." Baixando a cabeça que latejava, inclinei-me até o chão. Você não pode andar, eu disse apoiando as mãos nos joelhos. Vamos, monta em mim. Ele obedeceu. Estranhei, era tão magro, não era? Mas pesava como chumbo. O sol batia em cheio em nós enquanto o vento levantava as tiras da sua camisa rasgada. Vi nossa sombra no muro, as tiras se abrindo como asas. Enlaçou-me mais fortemente, encostou o queixo no meu ombro e teve um breve soluço, "Que bom que você veio me buscar...".

— Seu novo romance? — perguntou ele na maior excitação. Encontrara o rascunho em cima da mesa. — Posso ler, Rodolfo? Posso?

Tirei-lhe as folhas das mãos e fechei-as na gaveta. Era o que me restara, escrever. Será possível que ele também?...

— Não, não é possível, Eduardo — eu disse, tentando abrandar a voz. — Está tudo muito no início, trabalho mal no calor — acrescentei meio distraidamente.

Olhei para sua pasta na cadeira e adivinhei a surpresa. Senti meu coração se fechar como uma concha. A dor era quase física. Olhei para ele. Você escreveu um romance. É isso? Os originais estão na pasta... É isso?

Ele então abriu a pasta.

Apenas um Saxofone

Anoiteceu e faz frio. *"Merde! voilà l'hiver"* é o verso que segundo Xenofonte cabe dizer agora. Aprendi com ele que palavrão em boca de mulher é como lesma em corola de rosa. Sou mulher, logo, só posso dizer palavrão em língua estrangeira, se possível, fazendo parte de um poema. Então as pessoas em redor poderão ver como sou autêntica e ao mesmo tempo erudita. Uma puta erudita, tão erudita que se quisesse podia dizer as piores bandalheiras em grego antigo, o Xenofonte sabe grego antigo. E a lesma ficaria irreconhecível como convém a uma lesma numa corola de quarenta e quatro anos. Quarenta e quatro anos e cinco meses, meu Jesus. Foi rápido, não? Rápido. Mais seis anos e terei meio século, tenho pensado muito nisso e sinto o próprio frio secular que vem do assoalho e se infiltra no tapete. Meu tapete é persa, todos meus tapetes são persas mas não sei o que fazem esses bastardos que não impedem que o frio se instale na sala. Fazia menos frio no nosso quarto, com as paredes forradas de estopa e o tapetinho de juta no chão, ele mesmo forrou as paredes e pregou retratos de antepassados e gravuras da Virgem de Fra Angelico, tinha paixão por Fra Angelico.

Onde agora? Onde? Podia mandar acender a lareira mas despedi o copeiro, a arrumadeira, o cozinheiro — despedi um por um, me deu um desespero e mandei a corja toda embora, rua, rua! Fiquei só. Há lenha em algum lugar da casa mas não é só riscar o fósforo e tocar na lenha como se vê no cinema, o japonês ficava horas aí mexendo, soprando até o fogo acender. E eu mal tenho forças para acender o cigarro. Estou aqui sentada faz não sei quanto tempo. Desliguei o telefone, me enrolei na manta, trouxe a garrafa de uísque e estou aqui bebendo bem devagarinho para não ficar de porre, hoje não, hoje quero ficar lúcida, vendo uma coisa, vendo outra. E tem coisa à beça para ver tanto por dentro como por fora, ainda mais por fora, uma porrada de coisas que comprei no mundo inteiro, coisas que nem sabia que tinha e que só vejo agora, justo agora que está escuro. É que fomos escurecendo juntas, a sala e eu. Uma sala de uma burrice atroz, afetada, pretensiosa. E sobretudo rica, exorbitando de riqueza, abri um saco de ouro para o decorador se esbaldar nele. E se esbaldou mesmo, o viado. Chamava-se Renê e chegava logo cedinho com suas telas, veludos, musselinas, brocados, "Trouxe hoje para o sofá um pano que veio do Afeganistão, completamente divino! Di-vino!". Nem o pano era do Afeganistão nem ele era tão viado assim, tudo mistificação, cálculo. Surpreendi-o certa vez sozinho, fumando perto da janela, a expressão fatigada de um ator que já está farto de representar. Assustou-se quando me viu, como se o tivesse apanhado em flagrante roubando um talher de prata. Então retomou o gênero borbulhante e saiu se rebolando todo para me mostrar o oratório, um oratório falsamente antigo, tudo feito há três dias mas com furinhos na madeira imitando caruncho de três séculos. "Este anjo só pode ser do Aleijadinho, veja as bochechas! E os olhos de cantos caídos, um nadinha estrábicos..." Eu concordava no mesmo tom histérico, embora soubesse perfeitamente que o Aleijadinho teria que ter mais de dez braços para conseguir fazer tanto anjo assim, a casa de Madô também tem milhares deles, todos autênticos, "Um nadinha estrábicos", repetiu ela com a voz em falsete de Renê. Bossa colonial de grande luxo. E eu sabendo que estava sendo enganada e não me importando, ao contrário, sentindo um agudo prazer em comer gato por lebre. Li ontem que já estão comendo ratos em Saigon e li ainda que já não há mais borboletas por lá, nunca mais haverá a menor borboleta... Desatei então a chorar feito louca, não sei se por causa das borboletas ou dos ratos. Acho que nunca bebi tanto como ultimamente e quando bebo assim fico sentimental, choro à toa. "Você precisa se cuidar", Renê disse na noite em que ficamos de fogo, só agora penso nisso que ele me disse, por que devo me cuidar, por quê? Contratei-o para fazer em seguida a decoração da casa de campo, "Tenho os móveis ideais para essa sua casa", ele avisou e eu comprei os móveis ideais, comprei tudo, compraria até a peruca de Maria Antonieta com todos os seus labirintos feitos pelas traças e mais a poeira pela qual não me cobraria nada, simples contribuição do tempo, é claro. É claro.

  Onde agora? Às vezes eu fechava os olhos e os sons eram como voz humana me chamando, me envolvendo, Luisiana, Luisiana! Que sons eram aqueles? Como podiam parecer voz de gente e serem ao mesmo tempo tão mais poderosos, tão puros? E singelos como ondas se renovando no mar, aparentemente iguais, só aparentemente. "Este é o meu instrumento", disse ele deslizando a mão pelo saxofone. Com a outra mão em concha, cobriu meu peito: "e esta é a minha música".

Onde, onde? Olho meu retrato em cima da lareira. "Na lareira tem que ficar seu retrato", determinou Renê num tom autoritário, às vezes ele era autoritário. Apresentou-me seu namorado, pintor, pelo menos me fazia crer que era seu namorado porque agora já não sei mais nada. E o efebo de caracóis na testa me pintou toda de branco, uma Dama das Camélias voltando do campo, o vestido comprido, o pescoço comprido, tudo assim esgalgado e iluminado como se eu tivesse o próprio anjo tocheiro da escada aceso dentro de mim. Tudo já escureceu na sala menos o vestido do retrato, lá está ele, diáfano como a mortalha de um ectoplasma pairando suavíssimo no ar. Um ectoplasma muito mais jovem do que eu, sem dúvida o puxa-saco do efebo era suficientemente esperto para imaginar como eu devia ser aos vinte anos. "Você no retrato parece um pouco diferente", concedeu ele, "mas o caso é que não estou pintando só seu rosto", acrescentou muito sutil. Queria dizer com isso que estava pintando minha alma. Concordei na hora, fiquei até comovida quando me vi de cabeleira elétrica e olhos vidrados. "Meu nome é Luisiana", me diz agora o ectoplasma. "Há muitos anos mandei embora o meu amado e desde então morri."

Onde?... Tenho um iate, tenho um casaco de vison prateado, tenho uma coroa de diamantes, tenho um rubi que já esteve incrustado no umbigo de um xá famosíssimo, até há pouco eu sabia o nome desse xá. Tenho um velho que me dá dinheiro, tenho um jovem que me dá gozo e ainda por cima tenho um sábio que me dá aulas sobre doutrinas filosóficas com um interesse tão platônico que logo na segunda aula já se deitou comigo. Vinha tão humilde, tão miserável com seu terno de luto empoeirado e botinas de viúvo que fechei os olhos e me deitei, Vem, Xenofonte, vem. "Não sou Xenofonte, não me chame de Xenofonte", ele me implorou e seu hálito tinha o cheiro recente de pastilhas Valda, era Xenofonte, nunca houve ninguém tão Xenofonte quanto ele. Como nunca houve uma Luisiana tão Luisiana como eu, ninguém sabe desse nome, ninguém, nem o cáften do meu pai que nem esperou eu nascer para ver como eu era, nem a coitadinha da minha mãe que não viveu nem para me registrar. Nasci naquela noite na praia e naquela noite recebi um nome que durou enquanto durou o amor. Outra madrugada, quando enchi a cara e fui falar com meu advogado para não pôr no meu túmulo outro nome senão esse, ele deu aquela risadinha execrável, "Luisiana? Mas por que Luisiana? De onde você tirou esse nome?". Controlou-se para não me chacoalhar por tê-lo acordado àquela hora, vestiu-se e muito polidamente me trouxe para casa, "Como queira, minha querida, você manda!". E deu sua risadinha, Enfim, uma puta bêbada mas rica tem o direito de botar no túmulo o nome que bem entender, foi o que provavelmente pensou. Mas já não me importo com o que pensa, ele e mais a cambada toda que me cerca, opinião alheia é este tapete, este lustre, aquele retrato. Opinião alheia é esta casa com os santos varados por mil cargas.

Mas antes eu me importava e como. Por causa dessa opinião tenho hoje um piano de cauda, tenho um gato siamês com uma argola na orelha, tenho uma chácara com piscina e nos banheiros, papel higiênico com florinhas douradas que o velho trouxe de Nova York junto com o estojo plástico que toca uma musiquinha enquanto a gente vai desenrolando o papel, *Oh! My Last Rose of Summer!...*". Quando me deu os rolos, deu também os potes de caviar, "É preciso dourar a pílula", disse rindo com sua grossura habitual, é um grosso sem remédio, se não cuspisse dólar eu já o teria mandado para aquela parte com seus tacos de golfe e cuecas perfumadas com lavanda. Tenho sapato com fivela de diamante e um aquário com uma floresta de coral no fundo, quando o velho me deu a pérola, achou originalíssimo escondê-la no fundo do aquário e me mandar procurar: "Está ficando quente, mais quente. Não, agora esfriou!...". E eu me fazia menininha e ria quando minha vontade mesmo era dizer-lhe que enfiasse a pérola no rabo e me deixasse em paz, Me deixa em paz! ele, o jovem ardente com todos os seus ardores, Xenofonte com seu hálito de hortelã — enxotar todos como fiz com a criadagem, todos uns sacanas que mijam no meu leite e se torcem de rir quando fico para cair de bêbada.

Onde, meu Deus? Onde agora? Tenho também um diamante do tamanho de um ovo de pomba. Trocaria o diamante, o sapato de fivela, o iate — trocaria tudo, anéis e dedos, para poder ouvir um pouco que fosse a música do saxofone. Nem seria preciso vê-lo, juro que nem pediria tanto, eu me contentaria em saber que ele está vivo, vivo em algum lugar, tocando seu saxofone.

Quero deixar bem claro que a única coisa que existe para mim é a juventude, tudo o mais é besteira, lantejoulas, vidrilho. Posso fazer duas mil plásticas e não resolve, no fundo é a mesma bosta, só existe a juventude. Ele era a minha juventude mas naquele tempo eu não sabia, na hora a gente nunca sabe nem pode mesmo saber, fica tudo natural como o dia que sucede à noite, como o sol, a lua, eu era jovem e não pensava nisso como não pensava em respirar.

Alguém por acaso fica atento ao ato de respirar? Fica, sim, mas quando a respiração se esculhamba. Então dá aquela tristeza, puxa, eu respirava tão bem...

Ele era a minha juventude, ele e seu saxofone que luzia como ouro. Seus sapatos eram sujos, a camisa despencada, a cabeleira um ninho, mas o saxofone estava sempre meticulosamente limpo. Tinha também mania com os dentes que eram de uma brancura que nunca vi igual, quando ele ria eu parava de rir só para ficar olhando. Trazia a escova de dentes no bolso e mais a fralda para limpar o saxofone, achou num táxi uma caixa com uma dúzia de fraldas Johnson e desde então passou a usá-las para todos os fins: era o lenço, a toalha de rosto, o guardanapo, a toalha de mesa e o pano de limpar o saxofone. Foi também a bandeira de paz que usou na nossa briga mais séria, quando quis que tivéssemos um filho. Tinha paixão por tanta coisa...

A primeira vez que nos amamos foi na praia. O céu palpitava de estrelas e fazia calor. Então fomos rolando e rindo até às primeiras ondas que ferviam na areia e ali ficamos nus e abraçados na água morna como a de uma bacia. Preocupou-se quando lhe disse que não fora sequer batizada. Colheu a água com as mãos em concha e despejou na minha cabeça: "Eu te batizo, Luisiana, em nome do Padre, do Filho e do Espírito Santo. Amém". Pensei que ele estivesse brincando mas nunca o vi tão grave. "Agora você se chama Luisiana", disse me beijando a face. Perguntei-lhe se acreditava em Deus. "Tenho paixão por Deus", sussurrou deitando-se de costas, as mãos entrelaçadas debaixo da nuca, o olhar perdido no céu: "O que mais me deixa perplexo é um céu assim como este". Quando nos levantamos correu até a duna onde estavam nossas roupas, tirou a fralda que cobria o saxofone e trouxe-a delicadamente nas pontas dos dedos para me enxugar com ela. Aí pegou o saxofone, sentou-se encaracolado e nu como um fauno menino e começou a improvisar bem baixinho, formando com o fervilhar das ondas uma melodia terna. Quente. Os sons cresciam tremidos como bolhas de sabão, olha esta que grande! olha esta agora mais redonda... ah, estourou! Se você me ama você é capaz de ficar assim nu naquela duna e tocar, tocar o mais alto que puder até que venha a polícia? eu perguntei. Ele me olhou sem pestanejar e foi correndo em direção à duna e eu corria atrás e gritava e ria, ria porque ele já tinha começado a tocar a plenos pulmões.

Minha companheira do curso de dança casou-se com o baterista de um conjunto que tocava numa boate, houve festa. Foi lá que o conheci. Em meio da maior algazarra do mundo a mãe da noiva se trancou no quarto chorando, "Veja em que meio minha filha foi cair! Só vagabundos, só cafajestes!...". Deitei-a na cama e fui buscar um copo de água com açúcar mas na minha ausência os convidados descobriram o quarto e quando voltei os casais já tinham transbordado até ali, atracando-se em almofadas pelo chão. Pulei gente e sentei-me na cama. A mulher chorava, chorava até que aos poucos o choro foi esmorecendo e de repente parou. Eu também tinha parado de falar e ficamos as duas muito quietas, ouvindo a música de um moço que eu ainda não tinha visto. Ele estava sentado na penumbra, tocando saxofone. A melodia era mansa mas ao mesmo tempo tão eloquente que fiquei imersa num sortilégio. Nunca tinha ouvido nada parecido, nunca ninguém tinha tocado um instrumento assim. Tudo o que tinha querido dizer à mulher e não conseguira, ele dizia agora com o saxofone: que ela não chorasse mais, tudo estava bem, tudo estava certo quando existia o amor. Tinha Deus, ela não acreditava em Deus? perguntava o saxofone. E tinha a infância, aqueles sons brilhantes falavam agora da infância, olha aí a infância!... A mulher parou de chorar e agora era eu que chorava. Em redor, os casais ouviam num silêncio fervoroso e suas carícias foram ficando mais profundas, mais verdadeiras porque a melodia também falava do sexo vivo e casto como um fruto que amadurece ao vento e ao sol.

Onde? Onde?... Levou-me para o seu apartamento, ocupava um minúsculo apartamento no décimo andar de um prédio velhíssimo, toda a sua fortuna era aquele quarto com um banheiro mínimo. E o saxofone. Contou-me que recebera o apartamento como herança de uma tia cartomante. Depois, num outro dia disse que o ganhara numa aposta e quando outro dia ainda começou a contar uma terceira história, interpelei-o e ele começou a rir, "É preciso variar as histórias, Luisiana, o divertido é improvisar que para isso temos imaginação! É triste quando um caso fica a vida inteira igual...". E improvisava o tempo todo e sua música era sempre ágil, rica, tão cheia de invenções que chegava a me afligir, Você vai compondo e vai perdendo tudo, você tem que tomar nota, tem que escrever o que compõe! Ele sorria. "Sou um autodidata, Luisiana, não sei ler nem escrever música e nem é preciso para ser um sax tenor, sabe o que é um sax tenor? É o que eu sou." Tocava num conjunto que tinha contrato com uma boate e sua única ambição era ter um dia um conjunto próprio. E ter um toca-discos de boa qualidade para ouvir Ravel e Debussy.

Nossa vida foi tão maravilhosamente livre! E tão cheia de amor, como nos amamos e rimos e choramos de amor naquele décimo andar, cercados por gravuras de Fra Angelico e retratos dos antepassados dele. "Não são meus parentes, achei tudo isso no baú de um porão", confessou-me certa vez. Apontei para o mais antigo dos retratos, tão antigo que da mulher só restava a cabeleira escura. E as sobrancelhas. Esta você também achou no baú? perguntei. Ele riu e até hoje fiquei sem saber se era verdade ou não. Se você me ama mesmo, eu disse, suba então naquela mesa e grite com todas as forças, Vocês são todos uns cornudos, vocês são todos uns cornudos! e depois desça da mesa e saia mas sem correr. Ele me deu o saxofone para segurar enquanto eu fugia rindo, Não, não, eu estava brincando, isso não! Já na esquina ouvi seus gritos em pleno bar, "Cornudos, todos cornudos!". Alcançou-me em meio da gente estupefata, "Luisiana, Luisiana, não me negue, Luisiana!". Outra noite — saímos de um teatro — não resisti e perguntei-lhe se era capaz de cantar ali no saguão um trecho de ópera, Vamos, se você me ama mesmo, cante agora aqui na escada um trecho do *Rigoletto!*

Se você me ama mesmo, me leva agora a um restaurante, me compre já aqueles brincos, me compre imediatamente um vestido novo! Ele agora tocava em mais lugares porque eu estava ficando exigente, se você me ama mesmo, mesmo, mesmo... Saía às sete da noite com o saxofone debaixo do braço e só voltava de manhãzinha. Então limpava meticulosamente o bocal do instrumento, lustrava o metal com a fralda e ficava dedilhando distraidamente, sem nenhum cansaço, sem nenhum desgaste, "Luisiana, você é a minha música e eu não posso viver sem música", dizia abocanhando o bocal do saxofone com o mesmo fervor com que abocanhava meu peito. Comecei a ficar irritadiça, inquieta, era como se tivesse medo de assumir a responsabilidade de tamanho amor. Queria vê-lo mais independente, mais ambicioso. Você não tem ambição? Não usa mais artista sem ambição, que futuro você pode ter assim? Era sempre o saxofone quem me respondia e a argumentação era tão definitiva que me envergonhava e me sentia miserável por estar exigindo mais. Contudo, exigia. Pensei em abandoná-lo mas não tive forças, não tive, preferi que nosso amor apodrecesse, que ficasse tão insuportável que quando ele fosse embora saísse cheio de nojo, sem olhar para trás.

Onde agora? Onde? Tenho uma casa de campo, tenho um diamante do tamanho de um ovo de pomba... Eu pintava os olhos diante do espelho, tinha um compromisso, vivia cheia de compromissos, ia a uma boate com um banqueiro. Enrodilhado na cama, ele tocava em surdina. Meus olhos foram ficando cheios de lágrimas. Enxuguei-os na fralda do saxofone e fiquei olhando para minha boca. Os lábios estavam mais finos assim crispados. Desviei o olhar do espelho. Se você me ama mesmo, eu disse, se você me ama mesmo então saia e se mate imediatamente.

Helga

Ela era uma só. Não havia outra e se quisesse compará-la com alguma coisa, seria com os tenros cogumelos dos bosques ou com as manhãs de bicicleta nas estradas impecáveis ou com as primeiras cerejas da primavera. Era uma, una, única, apesar de ter uma só perna, aliás bela como ela toda. Mas é cedo para falar não sobre sua beleza — que deve ser lembrada sem enfado quantas vezes forem necessárias — mas cedo para falar sobre a perna que vai exigir explicação. A perna envolve viagem, guerra, a perna vai tão além... Sem esclarecimento tudo será apenas crueldade.

É bom dizer logo quem eu sou: Paulo Silva, brasileiro. Mas fui alemão. Filho de alemã de Santa Catarina e desse Silva brasileiro que não cheguei a conhecer. Mãe alemã nascida no Vale do Itajaí, neta de proprietários em Vila Corinto desde 1890, pude ver isso nos papéis. Mas alemã malvista porque se casou com o Silva, Paulo também, o que me faria Paulo Silva Filho. Mas nada disso vigorou, na escola eu já era Paul sem o o, Paul Karsten. E o destino amável de um Paul Karsten, ginasiano de Blumenau em 1935, eram férias, cursos de aperfeiçoamento, amizades e amores na Alemanha. De Hitler, é bom lembrar. E não havia nada melhor, a começar pela viagem no *Monte Pascoal*, classe única com escalas na Bahia, em Madeira, Lisboa, e depois Hamburgo até os verões intermináveis nas Casas da Juventude, com excursões, piqueniques, bicicletas, cerejas e sexo em meio do cansaço feliz e da dose exata de melancolia. *Jugendhaus*, era esse o nome dessas casas e pensar nelas me faz pensar em fonte e musgo. As viagens seguintes, três ao todo, foram marcadas pelas aulas cheias de simplicidade e exaltação. E a nossa, a minha particular importância por ser alemão e alemão estrangeiro. Esportes. Treinos. O aço das metralhadoras sem carga encostado no peito banhado de suor. As bandeiras apoiadas no ombro no desfile diante de Hitler e Mussolini no estádio de Berlim, os alemães da América do Sul marchando logo atrás dos países sudetos e antes mesmo dos alemães da América do Norte. Amizade e amor foi lá que conheci, próximos e concretos. E o ódio também abstrato e longínquo, aos judeus, aos comunistas e a outras coisas mais que já esqueci. Tudo aconteceu porque a terceira viagem foi no verão de 1939. Não vou contar minha guerra, Polônia, França, Grécia, Rússia...

A beleza de Helga e a sua perna. Confesso que durante muito tempo não sei em qual pensei mais, se na que tinha ou se na que perdera. Mas é cedo. Por enquanto é preciso dizer como foi possível acontecer o que aconteceu. O meu hitlerismo era jovem, leal, risonho e franco e a guerra não entrava na jogada. Nela fiz mais ou menos tudo o que os outros fizeram e até menos do que vi ser feito em matéria de luta ou crime. De resto, eu e meus camaradas de armas éramos parecidos, menos numa coisa: nunca consegui estabelecer um vínculo entre essa guerra e as férias na *Jugendhaus* em meio dos piqueniques nas florestas e excursões pelas estradas marginadas de verdor. As aulas tão nítidas eram para isso? A palavra *unerbittlich* significava mesmo implacável e era para valer? Só mais tarde, depois da guerra, descobri dentro de mim que aprendera a lição.

Curioso é que hoje já não consigo lembrar qual a perna que Helga perdera, se a direita ou a esquerda. E dizer que durante anos não houve dia nem hora que Helga não aparecesse no meu pensamento. Acha meu analista que os esquecimentos parciais são frequentemente formas sutis de autopunição. Não sei se isso é verdade mas sei que agora que resolvi evocá-la não posso impedir que a todo instante ela cruze estas linhas antes do momento exato em que devia comparecer. Quero confessar que não liguei muito quando soube que o Brasil entrara na guerra contra a Alemanha mas devo dizer também que achei bom não ter combatido contra soldados brasileiros. O que me faz pensar que nunca deixou de existir em mim alguma coisa do filho daquele Silva que sempre imaginei moreno pálido, a cara comprida e os olhos tristes.

Assim que acabou a guerra, vendi meu capacete e meu punhal com a cruz suástica a um funcionário brasileiro que até hoje não sei o que estava fazendo em Düsseldorf. Fomos para uma cantina onde me pagou uma cerveja e dele ouvi então coisas alarmantes: que a minha situação jurídica era nada mais, nada menos, do que a de um traidor, quer dizer, uns quinze anos de cadeia, por aí. Era só voltar e a condenação viria na certa. Recebi a notícia na hora errada porque naquela altura meu desejo maior era esquecer a guerra, encerrar as férias na Alemanha e tranquilamente voltar para Vila Corinto, casar por lá, cuidar do plantio, da criação e ajudar minha mãe que devia estar velha. Helga ainda não aparecera na minha vida e o hitlerismo e a guerra ainda não tinham me marcado para sempre. Ainda não.

 Há um pormenor que me ocorre com tamanha insistência que fico às vezes pensando, pensando e não descubro por que me lembro tanto das unhas do seu pé pintadas com esmalte rosa. Não sei qual perna lhe restara mas revejo seu pé, só o pé com as unhas pintadas, não pintava as unhas das mãos, limpas, polidas mas sem esmalte. Pintava as do pé, economizando assim o esmalte que naquele tempo era raro como todo o resto, comida, roupa. Unhas de um tom de rosa delicado, ela gostava das cores tímidas.

 Não poder voltar para o Brasil decidiu minha sorte de continuar Paul Karsten o tempo necessário para enriquecer e nunca mais ter paz. Não por ter enriquecido, como veremos, estou chegando lá. O caso é que não fui prisioneiro de guerra nem propriamente desertor. Num momento de confusão a guerra se afastou de onde me encontrava, não voltou mais e depois acabou. Já contei que vendi meu capacete e meu punhal. Arranjei em seguida outros punhais e capacetes que vendia para jovens recrutas americanos que chegaram demasiado tarde e doidos por levarem qualquer suvenir desse tipo. O pequeno comércio de troféus ampliou-se para cigarros, chocolate, leite em pó e outras latarias, mas tudo muito reduzido. Basta dizer que na intendência americana meu sócio mais qualificado era apenas sargento, o que mostra bem a modéstia do negócio.

 Naquela improvisação de vida ao deus-dará, o tempo perdeu a medida e hoje não sou mesmo capaz de lembrar quando exatamente conheci Helga. Só sei que sua beleza me surgiu inicialmente da cintura para cima atrás do balcão da farmácia, se assim podemos chamar aquele casebre de madeira enegrecida, toscamente erguido no meio das ruínas do sudeste industrial de Düsseldorf. Sua beleza, foi sua beleza o que de início me impressionou. E depois, seu recato, sua doçura naquele mundo de fim do mundo. Passando pela farmácia, não houve vez que não a visse ereta e séria, vendendo aspirina e as tais latinhas de pomada fabricada pelo pai, o velho Wolf, um verdadeiro caco aos quarenta anos, andando quilômetros em busca de mercadoria: vidrinhos de iodo e alguns metros de gaze.

 Foi o velho quem primeiro me falou da penicilina e do quanto um negócio desses poderia render. Até então eu vendia para Helga algumas latas de leite em pó e de veneno para rato. Também me lembro muito de um outro pormenor: a lata de leite tinha uma risonha vaquinha no rótulo e a outra tinha um rato negro, morto, dependurado pelo rabo por um longo fio. Quero ser verdadeiro quando digo que não me importei ao ver meu lucro diminuído devido à perda de tempo em vender-lhe as ninharias que podia comprar. O prazer de vê-la era tão grande que me sentia compensado quando ouvia sua voz calma, harmoniosa como os seus gestos que por sinal eram raros. Não procurava, então, a mulher. Durante meses a caça à comida utilizava quase toda a imaginação e energia de que sou capaz, qualquer preocupação com mulher se dissipava nessa caça. Foi só numa segunda fase que relacionei a beleza de Helga com o desejo. Já sabia então da sua perna, ela mesma me contou quando recusou-se a me acompanhar a um local de danças, improvisado nos escombros do museu. Fiz o convite quando fui cedo à farmácia, soubera das danças e não vi melhor oportunidade para sair com ela. Estava como sempre detrás do balcão mas assim que lhe falei em dançarmos teve um movimento de fuga enquanto uma nuvem preta pareceu baixar sobre seu rosto tão limpo. Mas logo espantou a nuvem e sorriu quase natural quando confessou que não podia dançar as valsas que lá tocavam, tinha uma perna só. Aquela noite pensei muito na mutilação de Helga, mutilação antiga, pois ela perdera a perna e o resto da família, menos o pai, no primeiro bombardeio de Hamburgo. Na mesma ocasião o velho Wolf perdera também a farmácia, a primeira, pois a segunda e a terceira foram destruídas em Düsseldorf. Ainda era rico depois da tragédia de Hamburgo e a prova disso é que montou em seguida mais essas duas farmácias. Outra prova de que tivera dinheiro foi a magnífica perna ortopédica que comprou para a filha, daquelas que durante a guerra eram reservadas para heróis excepcionais, membros graúdos do Partido Nacional--Socialista ou oficiais superiores. Fora desse tipo de gente só os muito ricos podiam comprar uma perna igual. Não pude então deixar de sentir um certo espanto quando vi Helga sair andando de trás do balcão, mancando um pouco, é certo, mas discretamente, com uma lentidão que combinava com seu feitio. Imaginara-a plantada numa perna só, apoiada em muletas ou numa bengala, dando saltos penosos... E cheguei a dizer-lhe que num vestido de noite ninguém notaria a perna artificial. Ela então baixou os grandes olhos claros.

    No dia seguinte era domingo e Helga concordou em sair comigo. Eu podia emprestar o jipe do sargento americano mas a tarde estava tão agradável que ela preferiu que fôssemos mesmo a pé. À noite — era uma noite estrelada — jantamos, ela, o pai e eu, uma lata de rosbife e outra de milho que desviara do meu comércio. Senti-me generoso, bom. Foi aí que o velho Wolf me falou da penicilina. Na cara devastada do farmacêutico vi como seus olhos azuis, iguais aos da filha, coruscavam de entusiasmo ao imaginar o negócio. Ele tinha o cálculo fácil e claramente demonstrou que três meses de tráfico de penicilina eram o suficiente para juntar uma pequena fortuna. Havia apenas dois problemas a enfrentar: o primeiro era o risco, mas não tão grande assim, na pior das hipóteses um par de anos na cadeia, se tanto. A segunda dificuldade, a maior, era a mesma de qualquer negócio: o capital inicial. E para tudo, uma condição indispensável, a rapidez. Esses grandes negócios só funcionariam durante uns seis meses, no máximo. Depois, a eficiência combinada de americanos, russos e dos próprios alemães iria pôr tudo nos eixos e qualquer empreendimento se tornaria rotineiro, lento. Com os ingleses, nem pensar. A coisa do lado de cá tinha que ser feita mesmo com os americanos e sem demora. O velho se ramificava em considerações mas minha atenção se concentrava em Helga, a doce Helga que eu já beijara naquela tarde. Foi então meio distraidamente que ouvi o que ele disse? Pois sim. Naquela noite e no dia seguinte não pensei noutra coisa. Pedi pormenores e ele me falou num certo major-médico, chegamos até a procurar o homem mas ele fora transferido para Hamburgo. E o capital? Via o velho diariamente e ficávamos falando, falando... E o capital? Foram dias de tanta inquietação, a tal ponto fiquei seduzido pela ideia que meu pequeno comércio começou a declinar. Via o velho e via Helga, com ela também falava demais e de repente falei em casamento.

Como é difícil reconstituir os acontecimentos! Lembrar o ano em que tudo aconteceu já exige esforço. Distribuir os fatos pelos meses não consigo. Mas ordenar os sentimentos é para mim totalmente impossível. Revivo o tempo da contemplação de sua beleza e depois os instantes de fundo desejo. E lembro muito do casamento. Quanto ao amor por Helga, afirma o analista que não passa de um recurso autopunitivo que resolvi imaginar. O fato é que me casei e na própria madrugada de núpcias fugi para Hamburgo levando a perna ortopédica que em seguida vendi. De posse do capital inicial, não foi difícil encontrar o tal major e no tempo previsto pelo velho Wolf, seis meses mais ou menos, fiz fortuna.

Daí por diante não foi mais possível dizer que as férias nazistas na Alemanha foram episódios fortuitos na vida de um jovem de Vila Corinto. Paul Karsten cometeu seu crime de guerra, pessoal e por conta própria, mas fora do lugar e com a pessoa errada. O ato de raça de senhor alemão aprendido nas aulas floridas dos cursos de 1936 foi praticado em plena paz por um pobre rapaz brasileiro contra uma pobre moça alemã. Engano ainda pensar que o fim de Paul Karsten foi uma solução. Alguns anos mais tarde, Paulo Silva Filho voltou para o Brasil anistiado e rico, mas voltou um homem de pouca fé e imaginação amortecida. A única maneira que encontrou de expiar o crime do jovem Paul foi tornar-se um cidadão exemplar. Hoje, o analista explica que simplesmente procuro e encontro, na insipidez da virtude, a punição de Paul Karsten e de seus camaradas.

O Moço do Saxofone

Eu era chofer de caminhão e ganhava uma nota alta com um cara que fazia contrabando. Até hoje não entendo direito por que fui parar na pensão da tal madame, uma polaca que quando moça fazia a vida e depois que ficou velha inventou de abrir aquele frege--moscas. Foi o que me contou o James, um tipo que engolia giletes e que foi meu companheiro de mesa nos dias em que trancei por lá. Tinha os pensionistas e tinha os volantes, uma corja que entrava e saía palitando os dentes, coisa que nunca suportei na minha frente. Teve até uma vez uma dona que mandei andar só porque no nosso primeiro encontro, depois de comer um sanduíche, enfiou o palitão entre os dentes e ficou de boca arreganhada de tal jeito que eu podia ver até o que o palito ia cavoucando. Bom, mas eu dizia que no tal frege-moscas eu era volante. A comida, uma bela porcaria e como se não bastasse ter que engolir aquelas lavagens, tinha ainda os malditos anões se enroscando nas pernas da gente. E tinha a música do saxofone.

Não que não gostasse de música, sempre gostei de ouvir tudo quanto é charanga no meu rádio de pilha de noite na estrada, enquanto vou dando conta do recado. Mas aquele saxofone era mesmo de entortar qualquer um. Tocava bem, não discuto. O que me punha doente era o jeito, um jeito assim triste como o diabo, acho que nunca mais vou ouvir ninguém tocar saxofone como aquele cara tocava.

— O que é isso? — eu perguntei ao tipo das giletes. Era o meu primeiro dia de pensão e ainda não sabia de nada. Apontei para o teto que parecia de papelão, tão forte chegava a música até nossa mesa. — Quem é que está tocando?

— É o moço do saxofone.

Mastiguei mais devagar. Já tinha ouvido antes saxofone, mas aquele da pensão eu não podia mesmo reconhecer nem aqui nem na China.

— E o quarto dele fica aqui em cima?

James meteu uma batata inteira na boca. Sacudiu a cabeça e abriu mais a boca que fumegava como um vulcão com a batata quente lá no fundo. Soprou um bocado de tempo a fumaça antes de responder.

— Aqui em cima.

Bom camarada esse James. Trabalhava numa feira de diversões, mas como já estivesse ficando velho, queria ver se firmava num negócio de bilhetes. Esperei que ele desse cabo da batata enquanto ia enchendo meu garfo.

— É uma música desgraçada de triste — fui dizendo.

— A mulher engana ele até com o periquito — respondeu James, passando o miolo de pão no fundo do prato para aproveitar o molho. — O pobre fica o dia inteiro trancado, ensaiando. Não desce nem para comer. Enquanto isso, a cabra se deita com tudo quanto é cristão que aparece.

— Deitou com você?

— É meio magricela para o meu gosto, mas é bonita. E novinha. Então entrei com meu jogo, compreende? Mas já vi que não dou sorte com mulher, torcem logo o nariz quando ficam sabendo que engulo gilete, acho que ficam com medo de se cortar...

Tive vontade de rir também, mas justo nesse instante o saxofone começou a tocar de um jeito abafado, sem fôlego como uma boca querendo gritar, mas com uma mão tapando, os sons esprimidos saindo por entre os dedos. Então me lembrei da moça que recolhi uma noite no meu caminhão. Saiu para ter o filho na vila, mas não aguentou e caiu ali mesmo na estrada, rolando feito bicho. Arrumei ela na carroceria e corri como louco para chegar o quanto antes, apavorado com a ideia do filho nascer no caminho e desandar a uivar que nem a mãe. No fim, para não me aporrinhar mais, ela abafava os gritos na lona, mas juro que seria melhor que abrisse a boca no mundo, aquela coisa de sufocar os gritos já estava me endoidando. Pomba, não desejo ao inimigo aquele quarto de hora.

— Parece gente pedindo socorro — eu disse enchendo meu copo de cerveja. — Será que ele não tem uma música mais alegre?

James encolheu o ombro.

— Chifre dói.

Nesse primeiro dia fiquei sabendo ainda que o moço do saxofone tocava num bar, voltava só de madrugada. Dormia em quarto separado da mulher.

—Mas por quê?—perguntei, bebendo mais depressa para acabar logo e me mandar dali. A verdade é que não tinha nada com isso, nunca fui de me meter na vida de ninguém, mas era melhor ouvir o tró-ló-ló do James do que o saxofone.

—Uma mulher como ela tem que ter seu quarto—explicou James, tirando um palito do paliteiro.—E depois, vai ver que ela reclama do saxofone.

—E os outros não reclamam?

—A gente já se acostumou.

Perguntei onde era o reservado e levantei-me antes que James começasse a escarafunchar os dentões que lhe restavam. Quando subi a escada de caracol, dei com um anão que vinha descendo. Um anão, pensei. Assim que saí do reservado, dei com ele no corredor, mas agora estava com uma roupa diferente. Mudou de roupa, pensei meio espantado porque tinha sido rápido demais. E já descia a escada quando ele passou de novo na minha frente, mas já com outra roupa. Fiquei meio tonto. Mas que raio de anão é esse que muda de roupa de dois em dois minutos? Entendi depois, não era um só, mas uma trempe deles, milhares de anões louros e de cabelo repartidinho do lado.

—Pode me dizer de onde vem tanto anão?—perguntei à madame e ela riu.

—Todos artistas, minha pensão é quase só de artistas...

Fiquei vendo com que cuidado o copeiro começou a empilhar almofadas nas cadeiras para que eles se sentassem. Comida ruim, anão e saxofone. Anão me enche e já tinha resolvido pagar e sumir quando ela apareceu. Veio por detrás, palavra que havia espaço para passar um batalhão, mas ela deu um jeito de esbarrar em mim.

—Licença?

Não precisei perguntar para saber que aquela era a mulher do moço do saxofone. Nessa altura o saxofone já tinha parado. Fiquei olhando. Era magra, sim, mas tinha as ancas redondas e um andar muito bem bolado. O vestido vermelho não podia ser mais curto. Abancou-se sozinha numa mesa e de olhos baixos começou a descascar o pão com a ponta da unha vermelha. De repente riu e apareceu uma covinha no queixo. Pomba, tive vontade de ir lá, agarrar ela pelo queixo e saber por que estava rindo. Fiquei rindo junto.

—A que horas é a janta?—perguntei para a madame, enquanto pagava.

—Vai das sete às nove. Meus pensionistas fixos *costumam comer às oito*—avisou ela, dobrando o dinheiro e olhando com um olhar acostumado para a dona de vermelho.—O senhor gostou da comida?

Voltei às oito em ponto. O tal James já mastigava seu bife. Na sala havia ainda um velhote de barbicha, que era professor parece que de mágica, e o anão de roupa xadrez. Mas ela não tinha chegado. Animei-me um pouco quando veio um prato de pastéis, tenho loucura por pastéis. James começou a falar então de uma briga no parque de diversões, mas eu estava de olho na porta. Vi quando ela entrou conversando baixinho com um cara de bigode ruivo. Subiram a escada como dois gatos pisando macio. Não demorou nada e o raio do saxofone desandou a tocar.

— Sim senhor — eu disse e James pensou que estivesse falando na tal briga.

— O pior é que fiquei de porre, mal pude me defender!

Mordi um pastel que tinha dentro mais fumaça do que outra coisa. Examinei os outros pastéis para descobrir se havia algum com mais recheio.

— Toca bem esse condenado. Quer dizer que ele não vem comer nunca?

James demorou para entender do que eu estava falando. Fez uma careta. Decerto preferia o assunto do parque.

— Come no quarto, vai ver que tem vergonha da gente — resmungou ele, tirando um palito. — Fico com pena, mas às vezes me dá raiva, corno besta. Um outro já tinha acabado com a vida dela!

Agora a música alcançava um agudo tão agudo que me doeu o ouvido. De novo pensei na moça ganindo de dor na carroceria, pedindo ajuda não sei mais para quem.

— Não topo isso, pomba.

— Isso o quê?

Cruzei o talher. A música no máximo, os dois no máximo trancados no quarto e eu ali vendo o calhorda do James palitar os dentes. Tive ganas de atirar no teto o prato de goiabada com queijo e me mandar para longe de toda aquela chateação.

— O café é fresco? — perguntei ao mulatinho que já limpava o oleado da mesa com um pano encardido como a cara dele.

— Feito agora.

Pela cara vi que era mentira.

— Não é preciso, tomo na esquina.

A música parou. Paguei, guardei o troco e olhei reto para a porta porque tive o pressentimento que ela ia aparecer. E apareceu mesmo com o arzinho de gata de telhado, o cabelo solto nas costas e o vestidinho amarelo mais curto ainda do que o vermelho. O tipo de bigode passou em seguida, abotoando o paletó. Cumprimentou a madame, fez ar de quem tinha muito o que fazer e foi para a rua.

— Sim senhor!
— Sim senhor o quê? — perguntou James.
— Quando ela entra no quarto com um tipo, ele começa a tocar, mas assim que ela aparece, ele para. Já reparou? Basta ela se enfurnar e ele já começa.

James pediu outra cerveja. Olhou para o teto.

— Mulher é o diabo...

Levantei-me e quando passei junto da mesa dela atrasei o passo. Então ela deixou cair o guardanapo. Quando me abaixei, agradeceu, de olhos baixos.

— Ora, não precisava se incomodar...

Risquei o fósforo para acender-lhe o cigarro. Senti forte seu perfume.

— Amanhã? — perguntei, oferecendo-lhe os fósforos. — Às sete, está bem?

— É a porta que fica do lado da escada, à direita de quem sobe.

Saí em seguida, fingindo não ver a carinha safada de um dos anões que estava ali por perto e zarpei no meu caminhão antes que a madame viesse me perguntar se eu estava gostando da comida. No dia seguinte cheguei às sete em ponto, chovia potes e eu tinha que viajar a noite inteira. O mulatinho já amontoava nas cadeiras as almofadas para os anões. Subi a escada sem fazer barulho, me preparando para explicar que ia ao reservado, se por acaso aparecesse alguém. Mas ninguém apareceu. Na primeira porta, aquela à direita da escada, bati de leve e fui entrando. Não sei quanto tempo fiquei parado no meio do quarto: ali estava um moço segurando o saxofone. Estava sentado numa cadeira, em mangas de camisa, me olhando sem dizer uma palavra. Não parecia nem espantado nem nada, só me olhava.

— Desculpe, me enganei de quarto — eu disse com uma voz que até hoje não sei onde fui buscar.

O moço apertou o saxofone contra o peito cavado.

— É na porta adiante — disse ele baixinho, indicando com a cabeça.

Procurei os cigarros só para fazer alguma coisa. Que situação, pomba. Se pudesse, agarrava aquela dona pelo cabelo, a estúpida. Ofereci-lhe cigarro.

— Está servido?

— Obrigado, não posso fumar.

Fui recuando de costas. E de repente não aguentei. Se ele tivesse feito qualquer gesto, dito qualquer coisa, eu ainda me segurava, mas aquela bruta calma me fez perder as tramontanas.

— E você aceita tudo isso assim quieto? Não reage? Por que não lhe dá uma boa sova, não lhe chuta com mala e tudo no meio da rua? Se fosse comigo, pomba, eu já tinha rachado ela pelo meio! Me desculpe estar me metendo, mas quer dizer que você não faz nada?
— Eu toco saxofone.

Fiquei olhando primeiro para a cara dele, que parecia feita de gesso de tão branca. Depois olhei para o saxofone. Ele corria os dedos compridos pelos botões, de baixo para cima, de cima para baixo, bem devagar, esperando que eu saísse para começar a tocar. Limpou com um lenço o bocal do instrumento, antes de começar com os malditos uivos.

Bati a porta. Então a porta do lado se abriu bem de mansinho, cheguei a ver a mão dela segurando a maçaneta para que o vento não abrisse demais. Fiquei ainda um instante parado, sem saber mesmo o que fazer, juro que não tomei logo a decisão, ela esperando e eu parado feito besta, então, Cristo-Rei? E então? Foi quando começou bem devagarinho a música do saxofone. Fiquei broxa na hora, pomba. Desci a escada aos pulos. Na rua, tropecei num dos anões metido num impermeável, desviei de outro que já vinha vindo atrás e me enfurnei no caminhão. Escuridão e chuva. Quando dei a partida, o saxofone já subia num agudo que não chegava nunca ao fim. Minha vontade de fugir era tamanha que o caminhão saiu meio desembestado, num arranco.

Antes do Baile Verde

O rancho azul e branco desfilava com seus passistas vestidos à Luís xv e sua porta-estandarte de peruca prateada em forma de pirâmide, os cachos desabados na testa, a cauda do vestido de cetim arrastando-se enxovalhada pelo asfalto. O negro do bumbo fez uma profunda reverência diante das duas mulheres debruçadas na janela e prosseguiu com seu chapéu de três bicos, fazendo rodar a capa encharcada de suor.

— Ele gostou de você — disse a jovem voltando-se para a mulher que ainda aplaudia. — O cumprimento foi na sua direção, viu que chique?

A preta deu uma risadinha.

— Meu homem é mil vezes mais bonito, pelo menos na minha opinião. E já deve estar chegando, ficou de me pegar às dez na esquina. Se me atraso, ele começa a encher a caveira e pronto, não sai mais nada.

A jovem tomou-a pelo braço e arrastou-a até a mesa de cabeceira. O quarto estava revolvido como se um ladrão tivesse passado por ali e despejado caixas e gavetas.

— Estou atrasadíssima, Lu! Essa fantasia é fogo... Tenha paciência, mas você vai me ajudar um pouquinho.

— Mas você ainda não acabou?

Sentando-se na cama, a jovem abriu sobre os joelhos o saiote verde. Usava biquíni e meias rendadas também verdes.

— Acabei o quê! Falta pregar tudo isso ainda, olha aí... Fui inventar um raio de pierrete dificílima!

A preta aproximou-se, alisando com as mãos o quimono de seda brilhante. Espetado na carapinha trazia um crisântemo de papel crepom vermelho. Sentou-se ao lado da moça.

— O Raimundo já deve estar chegando, ele fica uma onça se me atraso. A gente vai ver os ranchos, hoje quero ver todos.

— Tem tempo, sossega — atalhou a jovem. Afastou os cabelos que lhe caíam nos olhos. Levantou o abajur que tombou na mesinha. — Não sei como fui me atrasar desse jeito.

— Mas não posso perder o desfile, viu, Tatisa? Tudo, menos perder o desfile!

— E quem está dizendo que você vai perder?

A mulher enfiou o dedo no pote de cola e baixou-o de leve nas lantejoulas do pires. Em seguida, levou o dedo até o saiote e ali deixou as lantejoulas formando uma constelação desordenada. Colheu uma lantejoula que escapara e delicadamente tocou com ela na cola. Depositou-a no saiote, fixando-a com pequenos movimentos circulares.

— Mas se tiver que pregar as lantejoulas em todo o saiote...

— Já começou a queixação? Achei que dava tempo e agora não posso largar a coisa pela metade, vê se entende! Você ajudando vai num instante, já me pintei, olha aí, que tal minha cara? Você nem disse nada, sua bruxa! Hein?... Que tal?

— Ficou bonito, Tatisa. Com o cabelo assim verde você está parecendo uma alcachofra, tão gozado. Não gosto é desse verde na unha, fica esquisito.

Num movimento brusco, a jovem levantou a cabeça para respirar melhor. Passou o dorso da mão na face afogueada.

— Mas as unhas é que dão a nota, sua tonta. É um baile verde, as fantasias têm que ser verdes, tudo verde. Mas não precisa ficar me olhando, vamos, não pare, pode falar, mas vá trabalhando. Falta mais da metade, Lu!

— Estou sem óculos, não enxergo direito sem os óculos.

— Não faz mal — disse a jovem limpando no lençol o excesso de cola que lhe escorreu pelo dedo. — Vá grudando de qualquer jeito que lá dentro ninguém vai reparar, vai ter gente à beça. O que está me endoidando é este calor, não aguento mais, tenho a impressão de que estou me derretendo, você não sente? Calor bárbaro!

A mulher tentou prender o crisântemo que resvalara para o pescoço. Franziu a testa e baixou o tom de voz.

— Estive lá.

— E daí?

— Ele está morrendo.

Um carro passou na rua, buzinando freneticamente. Alguns meninos puseram-se a cantar aos gritos, o compasso marcado pelas batidas numa panela: *A coroa do rei não é de ouro nem de prata...*

—Parece que estou num forno—gemeu a jovem dilatando as narinas porejadas de suor.—Se soubesse, teria inventado uma fantasia mais leve.

—Mais leve do que isso? Você está quase nua, Tatisa. Eu ia com a minha havaiana, mas só porque aparece um pedaço da coxa o Raimundo implica. Imagine você então...

Com a ponta da unha, Tatisa colheu uma lantejoula que se enredara na renda da meia. Deixou-a cair na pequena constelação que ia armando na barra do saiote e ficou raspando pensativamente um pingo ressequido de cola que lhe caíra no joelho. Vagava o olhar pelos objetos, sem fixar-se em nenhum. Falou num tom sombrio:

—Você acha, Lu?

—Acha o quê?

—Que ele está morrendo?

—Ah, está sim. Conheço bem isso, já vi um monte de gente morrer, agora já sei como é. Ele não passa desta noite.

—Mas você já se enganou uma vez, lembra? Disse que ele ia morrer, que estava nas últimas... E no dia seguinte ele já pedia leite, radiante.

—Radiante?—espantou-se a empregada. Fechou num muxoxo os lábios pintados de vermelho-violeta.—E depois, eu não disse não senhora que ele ia morrer, eu disse que ele estava ruim, foi o que eu disse. Mas hoje é diferente, Tatisa. Espiei da porta, nem precisei entrar para ver que ele está morrendo.

—Mas quando fui lá ele estava dormindo tão calmo, Lu.

—Aquilo não é sono. É outra coisa.

Afastando bruscamente o saiote aberto nos joelhos, a jovem levantou-se. Foi até a mesa, pegou a garrafa de uísque e procurou um copo em meio da desordem dos frascos e caixas. Achou-o debaixo da esponja de arminho. Soprou o fundo cheio de pó de arroz e bebeu em largos goles, apertando os maxilares. Respirou de boca aberta. Dirigiu-se à preta.

—Quer?

—Tomei muita cerveja, se misturo dá ânsia.

A jovem despejou mais uísque no copo.

—Minha pintura não está derretendo? Veja se o verde dos olhos não borrou... Nunca transpirei tanto, sinto o sangue ferver.

—Você está bebendo demais. E nessa correria... Também não sei por que essa invenção de saiote bordado, as lantejoulas vão se desgrudar todas no aperto. E o pior é que não posso caprichar, com o pensamento no Raimundo lá na esquina...

—Você é chata, não, Lu? Mil vezes fica repetindo a mesma coisa, taque-taque-taque-taque! Esse cara não pode esperar um pouco?

A mulher não respondeu. Ouvia com expressão deliciada a música de um bloco que passava já longínquo. Cantarolou em falsete: *Acabou chorando... acabou chorando...*

—No outro Carnaval entrei num bloco de *sujos* e me diverti à grande. Meu sapato até desmanchou de tanto que dancei.

—E eu na cama, podre de gripe, lembra? Neste quero me esbaldar.

—E seu pai?

Lentamente a jovem foi limpando no lenço as pontas dos dedos esbranquiçados de cola. Tomou um gole de uísque. Voltou a afundar o dedo no pote.

—Você quer que eu fique aqui chorando, não é isso que você quer? Quer que eu cubra a cabeça com cinza e fique de joelhos rezando, não é isso que você está querendo? — Ficou olhando para a ponta do dedo coberto de lantejoulas. Foi deixando no saiote o dedal cintilante. — Que é que eu posso fazer? Não sou Deus, sou? Então? Se ele está pior, que culpa tenho eu?

—Não estou dizendo que você é culpada, Tatisa. Não tenho nada com isso, ele é seu pai, não meu. Faça o que bem entender.

—Mas você começa a dizer que ele está morrendo!

—Pois está mesmo.

—Está nada! Também espiei, ele está dormindo, ninguém morre dormindo daquele jeito.

—Então não está.

A jovem foi até a janela e ofereceu a face ao céu roxo. Na calçada, um bando de meninos brincava com bisnagas de plástico em formato de banana, esguichando água um na cara do outro. Interromperam a brincadeira para vaiar um homem que passou vestido de mulher, pisando para fora nos sapatos de saltos altíssimos. "Minha lindura, vem comigo, minha lindura!", gritou o moleque maior, correndo atrás do homem. Ela assistia à cena com indiferença. Puxou com força as meias presas aos elásticos do biquíni.

—Estou transpirando feito um cavalo. Juro que se não tivesse me pintado, me metia agora num chuveiro, besteira a gente se pintar antes.

—E eu não aguento mais de sede — resmungou a empregada arregaçando as mangas do quimono. — Ai! uma cerveja bem geladinha. Gosto mesmo é de cerveja, mas o Raimundo prefere cachaça. No ano passado ele ficou de porre os três dias, fui sozinha no desfile. Tinha um carro que foi o mais bonito de todos, representava um mar. Você precisava ver aquele monte de sereias enroladas em pérolas. Tinha pescador, tinha pirata, tinha polvo, tinha tudo! Bem lá em cima, dentro de uma concha abrindo e fechando, a rainha do mar coberta de joias...

— Você já se enganou uma vez — atalhou a jovem. — Ele não pode estar morrendo, não pode. Também estive lá antes de você, ele estava dormindo tão sossegado. E hoje cedo até me reconheceu, ficou me olhando, me olhando e depois sorriu. Você está bem papai?, perguntei e ele não respondeu mas vi que entendeu perfeitamente o que eu disse.

— Ele se fez de forte, coitado.

— De forte, como?

— Sabe que você tem o seu baile, não quer atrapalhar.

— Ih, como é difícil conversar com gente ignorante — explodiu a jovem, atirando no chão as roupas amontoadas na cama. Revistou os bolsos de uma calça comprida. — Você pegou meu cigarro?

— Tenho minha marca, não preciso dos seus.

— Escuta, Luzinha, escuta — começou ela, ajeitando a flor na carapinha da mulher. — Eu não estou inventando, tenho certeza de que ainda hoje cedo ele me reconheceu. Acho que nessa hora sentiu alguma dor porque uma lágrima foi escorrendo daquele lado paralisado. Nunca vi ele chorar daquele lado, nunca. Chorou só daquele lado, uma lágrima tão escura...

— Ele estava se despedindo.

— Lá vem você de novo, merda! Pare de bancar o corvo, até parece que você quer que seja hoje. Por que tem que repetir isso, por quê?

— Você mesmo pergunta e não quer que eu responda. Não vou mentir, Tatisa.

A jovem espiou debaixo da cama. Puxou um pé de sapato. Agachou-se mais, roçando os cabelos verdes no chão. Levantou-se, olhou em redor. E foi-se ajoelhando devagarinho diante da preta. Apanhou o pote de cola.

— E se você desse um pulo lá só para ver?

— Mas você quer ou não que eu acabe isto? — a mulher gemeu exasperada, abrindo e fechando os dedos ressequidos de cola. — O Raimundo tem ódio de esperar, hoje ainda apanho!

A jovem levantou-se. Fungou, andando rápido num andar de bicho na jaula. Chutou o sapato que encontrou no caminho.

— Aquele médico miserável. Tudo culpa daquela bicha. Eu

bem disse que não podia ficar com ele aqui em casa, eu disse que não sei tratar de doente, não tenho jeito, não posso! Se você fosse boazinha, você me ajudava, mas você não passa de uma egoísta, uma chata que não quer saber de nada. Sua egoísta!

— Mas, Tatisa, ele não é meu pai, não tenho nada com isso, até que ajudo muito sim senhora, como não? Todos esses meses quem é que tem aguentado o tranco? Não me queixo porque ele é muito bom, coitado. Mas tenha a santa paciência, hoje não! Já estou fazendo demais aqui plantada quando devia estar na rua.

Com um gesto fatigado, a jovem abriu a porta do armário. Olhou-se no espelho. Beliscou a cintura.

— Engordei, Lu.

— Você, gorda? Mas você é só osso, menina. Seu namorado não tem onde pegar. Ou tem?

Ela ensaiou com os quadris um movimento lascivo. Riu. Os olhos animaram-se:

— Lu, Lu, pelo amor de Deus, acabe logo que à meia-noite ele vem me buscar. Mandou fazer um pierrô verde.

— Também já me fantasiei de pierrô. Mas faz tempo.

— Vem num Tufão, viu que chique?

— Que é isso?

— É um carro muito bacana, vermelho. Mas não fique aí me olhando, depressa, Lu, você não vê que... — Passou ansiosamente a mão no pescoço. — Lu, Lu, por que ele não ficou no hospital?! Estava tão bem no hospital...

— Hospital de graça é assim mesmo, Tatisa. Eles não podem ficar a vida inteira com um doente que não resolve, tem doente esperando até na calçada.

— Há meses que venho pensando nesse baile. Ele viveu sessenta e seis anos. Não podia viver mais um dia?

A preta sacudiu o saiote e examinou-o a uma certa distância. Abriu-o de novo no colo e inclinou-se para o pires de lantejoulas.

— Falta só um pedaço.

— Um dia mais...

— Vem me ajudar, Tatisa, nós duas pregando vai num instante.

Agora ambas trabalhavam num ritmo acelerado, as mãos indo e vindo do pote de cola ao pires e do pires ao saiote, curvo como uma asa verde pesada de lantejoulas.

— Hoje o Raimundo me mata — recomeçou a mulher, grudando as lantejoulas meio ao acaso. Passou o dorso da mão na testa molhada. Ficou com a mão parada no ar. — Você não ouviu?

A jovem demorou para responder.

— O quê?
— Parece que ouvi um gemido.
Ela baixou o olhar.
— Foi na rua.
Inclinaram as cabeças irmanadas sob a luz amarela do abajur.
— Escuta, Lu, se você pudesse ficar hoje, só hoje — começou ela num tom manso. Apressou-se: — Eu te daria meu vestido branco, aquele meu branco, sabe qual é? E também os sapatos, estão novos ainda, você sabe que eles estão novos. Você pode sair amanhã, você pode sair todos os dias, mas pelo amor de Deus, Lu, fica hoje!
A empregada sorriu, triunfante.
— Custou, Tatisa, custou. Desde o começo eu já estava esperando. Ah, mas hoje nem que me matasse eu ficava, hoje não. — O crisântemo caiu enquanto ela sacudia a cabeça. Prendeu-o com um grampo que abriu entre os dentes. — Perder esse desfile? Nunca! Já fiz muito — acrescentou sacudindo o saiote. — Pronto, pode vestir. Está um serviço porco mas ninguém vai reparar.
— Eu podia te dar o casaco azul — murmurou a jovem, limpando os dedos no lençol.
— Nem que fosse para ficar com meu pai eu ficava, ouviu isso, Tatisa? Nem com meu pai, hoje não.
Levantando-se de um salto, a moça foi até a garrafa e bebeu de olhos fechados mais alguns goles. Vestiu o saiote.
— Brrrr! Esse uísque é uma bomba — resmungou, aproximando-se do espelho. — Anda, venha aqui me abotoar, não precisa ficar aí com essa cara. Sua chata.
A mulher tateou os dedos por entre o tule.
— Não acho os colchetes.
A jovem ficou diante do espelho, as pernas abertas, a cabeça levantada. Olhou para a mulher através do espelho:
— Morrendo coisa nenhuma, Lu. Você estava sem os óculos quando entrou no quarto, não estava? Então não viu direito, ele estava dormindo.
— Pode ser que me enganasse mesmo.
— Claro que se enganou! Ele estava dormindo.
A mulher franziu a testa, enxugando na manga do quimono o suor do queixo. Repetiu como um eco:
— Estava dormindo, sim.
— Depressa, Lu, faz uma hora que está com esses colchetes!
— Pronto — disse a outra, baixinho, enquanto recuava até a porta. — Não precisa mais de mim, não é?
— Espera! — ordenou a moça perfumando-se rapidamente.

Retocou os lábios, atirou o pincel ao lado do vidro destapado. — Já estou pronta, vamos descer juntas.

— Tenho que ir, Tatisa!

— Espera, já disse que estou pronta — repetiu, baixando a voz. — Só vou pegar a bolsa...

— Você vai deixar a luz acesa?

— Melhor, não? A casa fica mais alegre assim.

No topo da escada ficaram mais juntas. Olharam na mesma direção: a porta estava fechada. Imóveis como se tivessem sido petrificadas na fuga, as duas mulheres ficaram ouvindo o relógio da sala. Foi a preta quem primeiro se moveu. A voz era um sopro:

— Quer ir dar uma espiada, Tatisa?

— Vá você, Lu...

Trocaram um rápido olhar. Bagas de suor escorriam pelas têmporas verdes da jovem, um suor turvo como o sumo de uma casca de limão. O som prolongado de uma buzina foi-se fragmentando lá fora. Subiu poderoso o som do relógio. Brandamente a empregada desprendeu-se da mão da jovem. Foi descendo a escada na ponta dos pés. Abriu a porta da rua.

— Lu! Lu! — a jovem chamou num sobressalto. Continha-se para não gritar. — Espera aí, já vou indo!

E apoiando-se ao corrimão, colada a ele, desceu precipitadamente. Quando bateu a porta atrás de si, rolaram pela escada algumas lantejoulas verdes na mesma direção, como se quisessem alcançá-la.

A Caçada

A loja de antiguidades tinha o cheiro de uma arca de sacristia com seus panos embolorados e livros comidos de traça. Com as pontas dos dedos, o homem tocou numa pilha de quadros. Uma mariposa levantou voo e foi chocar-se contra uma imagem de mãos decepadas.

— Bonita imagem — disse.

A velha tirou um grampo do coque e limpou a unha do polegar. Tornou a enfiar o grampo no cabelo.

— É um São Francisco.

Ele então se voltou lentamente para a tapeçaria que tomava toda a parede no fundo da loja. Aproximou-se mais. A velha aproximou-se também.

— Já vi que o senhor se interessa mesmo é por isso. Pena que esteja nesse estado.

O homem estendeu a mão até a tapeçaria, mas não chegou a tocá-la.

— Parece que hoje está mais nítida...

— Nítida? — repetiu a velha, pondo os óculos. Deslizou a mão pela superfície puída. — Nítida como?

— As cores estão mais vivas. A senhora passou alguma coisa nela?

A velha encarou-o. E baixou o olhar para a imagem de mãos decepadas. O homem estava tão pálido e perplexo quanto a imagem.

— Não passei nada. Por que o senhor pergunta?

— Notei uma diferença.

— Não, não passei nada, essa tapeçaria não aguenta a mais leve escova, o senhor não vê? Acho que é a poeira que está sustentando o tecido — acrescentou tirando novamente o grampo da cabeça. Rodou-o entre os dedos com ar pensativo. Teve um muxoxo: — Foi um desconhecido que trouxe, precisava muito de dinheiro. Eu disse que o pano estava por demais estragado, que era difícil encontrar um comprador, mas ele insistiu tanto. Preguei aí na parede e aí ficou. Mas já faz anos isso. E o tal moço nunca mais me apareceu.

— Extraordinário...

A velha não sabia agora se o homem se referia à tapeçaria ou ao caso que acabara de lhe contar. Encolheu os ombros. Voltou a limpar as unhas com o grampo.

— Eu poderia vendê-la, mas quero ser franca, acho que não vale mesmo a pena. Na hora que se despregar é capaz de cair em pedaços.

O homem acendeu um cigarro. Sua mão tremia. Em que tempo, meu Deus! em que tempo teria assistido a essa mesma cena. E onde?...

Era uma caçada. No primeiro plano, estava o caçador de arco retesado, apontando para uma touceira espessa. Num plano mais profundo, o segundo caçador espreitava por entre as árvores do bosque, mas era apenas uma vaga silhueta cujo rosto se reduzira a um esmaecido contorno. Poderoso, absoluto era o primeiro caçador, a barba violenta como um bolo de serpentes, os músculos tensos, à espera de que a caça levantasse para desferir-lhe a seta.

O homem respirava com esforço. Vagou o olhar pela tapeçaria que tinha a cor esverdeada de um céu de tempestade. Envenenando o tom verde-musgo do tecido, destacavam-se manchas de um negro-violáceo que pareciam escorrer da folhagem, deslizar pelas botas do caçador e espalhar-se no chão como um líquido maligno. A touceira na qual a caça estava escondida também tinha as mesmas manchas, que tanto podiam fazer parte do desenho como ser simples efeito do tempo devorando o pano.

— Parece que hoje tudo está mais próximo — disse o homem em voz baixa. — É como se... Mas não está diferente?

A velha firmou mais o olhar. Tirou os óculos e voltou a pô-los.

— Não vejo diferença nenhuma.

— Ontem não se podia ver se ele tinha ou não disparado a seta...

— Que seta? O senhor está vendo alguma seta?

— Aquele pontinho ali no arco...

A velha suspirou:

— Mas esse não é um buraco de traça? Olha aí, a parede já está aparecendo, essas traças dão cabo de tudo — lamentou disfarçando um bocejo. Afastou-se sem ruído com suas chinelas de lã. Esboçou um gesto distraído.—Fique aí à vontade, vou fazer um chá.

O homem deixou cair o cigarro. Amassou-o devagarinho na sola do sapato. Apertou os maxilares numa contração dolorosa. Conhecia esse bosque, esse caçador, esse céu—conhecia tudo tão bem, mas tão bem! Quase sentia nas narinas o perfume dos eucaliptos, quase sentia morder-lhe a pele o frio úmido da madrugada, ah, essa madrugada! Quando? Percorrera aquela mesma vereda, aspirara aquele mesmo vapor que baixava denso do céu verde... Ou subia do chão? O caçador de barba encaracolada parecia sorrir perversamente embuçado. Teria sido esse caçador? Ou o companheiro lá adiante, o homem sem cara espiando por entre as árvores? Uma personagem de tapeçaria. Mas qual? Fixou a touceira onde a caça estava escondida. Só folhas, só silêncio e folhas empastadas na sombra. Mas detrás das folhas, através das manchas pressentia o vulto arquejante da caça. Compadeceu-se daquele ser em pânico, à espera de uma oportunidade para prosseguir fugindo. Tão próxima a morte! O mais leve movimento que fizesse, e a seta... A velha não a distinguira, ninguém poderia percebê-la, reduzida como estava a um pontinho carcomido, mais pálido do que um grão de pó em suspensão no arco.

Enxugando o suor das mãos, o homem recuou alguns passos. Vinha-lhe agora uma certa paz, agora que sabia ter feito parte da caçada. Mas essa era uma paz sem vida, impregnada dos mesmos coágulos traiçoeiros da folhagem. Cerrou os olhos. E se tivesse sido o pintor que fez o quadro? Quase todas as antigas tapeçarias eram reproduções de quadros, pois não eram? Pintara o quadro original e por isso podia reproduzir, de olhos fechados, toda a cena nas suas minúcias: o contorno das árvores, o céu sombrio, o caçador de barba esgrouvinhada, só músculos e nervos apontando para a touceira. "Mas se detesto caçadas! Por que tenho que estar aí dentro?"

Apertou o lenço contra a boca. A náusea. Ah, se pudesse explicar toda essa familiaridade medonha, se pudesse ao menos... E se fosse um simples espectador casual, desses que olham e passam? Não era uma hipótese? Podia ainda ter visto o quadro no original, a caçada não passava de uma ficção. "Antes do aproveitamento da tapeçaria...", murmurou, enxugando os vãos dos dedos no lenço.

Atirou a cabeça para trás como se o puxassem pelos cabelos, não, não ficara do lado de fora, mas lá dentro, encravado no cenário! E por que tudo parecia mais nítido do que na véspera, por que as cores estavam mais fortes apesar da penumbra? Por que o fascínio que se desprendia da paisagem vinha agora assim vigoroso, rejuvenescido?...

Saiu de cabeça baixa, as mãos cerradas no fundo dos bolsos. Parou meio ofegante na esquina. Sentiu o corpo moído, as pálpebras pesadas. E se fosse dormir? Mas sabia que não poderia dormir, desde já sentia a insônia a segui-lo na mesma marcação da sua sombra. Levantou a gola do paletó. Era real esse frio? Ou a lembrança do frio da tapeçaria? "Que loucura!... E não estou louco", concluiu num sorriso desamparado. Seria uma solução fácil. "Mas não estou louco."

Vagou pelas ruas, entrou num cinema, saiu em seguida e quando deu acordo de si, estava diante da loja de antiguidades, o nariz achatado na vitrina, tentando vislumbrar a tapeçaria lá no fundo.

Quando chegou em casa, atirou-se de bruços na cama e ficou de olhos escancarados, fundidos na escuridão. A voz tremida da velha parecia vir de dentro dos travesseiros, uma voz sem corpo, metida em chinelas de lã: "Que seta? Não estou vendo nenhuma seta...". Misturando-se à voz, veio vindo o murmurejo das traças em meio de risadinhas. O algodão abafava as risadas que se entrelaçaram numa rede esverdinhada, compacta, apertando-se num tecido com manchas que escorreram até o limite da tarja. Viu-se enredado nos fios e quis fugir, mas a tarja o aprisionou nos seus braços. No fundo, lá no fundo do fosso podia distinguir as serpentes enleadas num nó verde-negro. Apalpou o queixo. "Sou o caçador?" Mas em vez da barba encontrou a viscosidade do sangue.

Acordou com o próprio grito que se estendeu dentro da madrugada. Enxugou o rosto molhado de suor. Ah, aquele calor e aquele frio! Enrolou-se nos lençóis. E se fosse o artesão que trabalhou na tapeçaria? Podia revê-la, tão nítida, tão próxima que se estendesse a mão, despertaria a folhagem. Fechou os punhos. Haveria de destruí-la, não era verdade que além daquele trapo detestável havia alguma coisa mais, tudo não passava de um retângulo de pano sustentado pela poeira. Bastava soprá-la, soprá-la!

Encontrou a velha na porta da loja. Sorriu irônica:

— Hoje o senhor madrugou.

— A senhora deve estar estranhando, mas...

— Já não estranho mais nada, moço. Pode entrar, pode entrar, o senhor conhece o caminho.

"Conheço o caminho", repetiu, seguindo lívido por entre os móveis. Parou. Dilatou as narinas. E aquele cheiro de folhagem e terra, de onde vinha aquele cheiro? E por que a loja foi ficando embaçada, lá longe? Imensa, real, só a tapeçaria a se alastrar sorrateiramente pelo chão, pelo teto, engolindo tudo com suas manchas esverdinhadas. Quis retroceder, agarrou-se a um armário, cambaleou resistindo ainda e estendeu os braços até a coluna. Seus dedos afundaram por entre galhos e resvalaram pelo tronco de uma árvore, não era uma coluna, era uma árvore! Lançou em volta um olhar esgazeado: penetrara na tapeçaria, estava dentro do bosque, os pés pesados de lama, os cabelos empastados de orvalho. Em redor, tudo parado. Estático. No silêncio da madrugada, nem o piar de um pássaro, nem o farfalhar de uma folha. Inclinou-se arquejante. Era o caçador? Ou a caça? Não importava, não importava, sabia apenas que tinha que prosseguir correndo sem parar por entre as árvores, caçando ou sendo caçado. Ou sendo caçado?... Comprimiu as palmas das mãos contra a cara esbraseada, enxugou no punho da camisa o suor que lhe escorria pelo pescoço. Vertia sangue o lábio gretado.

Abriu a boca. E lembrou-se. Gritou e mergulhou numa touceira. Ouviu o assobio da seta varando a folhagem, a dor!

"Não...", gemeu de joelhos. Tentou ainda agarrar-se à tapeçaria. E rolou encolhido, as mãos apertando o coração.

A Chave

Agora era tarde para dizer que não ia, agora era tarde. Deixara que as coisas se adiantassem muito, se adiantassem demais. E então? Então teria que trocar a paz do pijama pelo colarinho apertado, o calor das cobertas pela noite gelada, como nos últimos tempos as noites andavam geladas! País tropical... Tropical, onde? "Foi-se o tempo", resmungou em meio de um bocejo. Devia haver no inferno o círculo social, aparentemente o mais suportável de todos, mas só na aparência. Homens e mulheres com roupa de festa, andando de um lado para outro, falando, andando, falando, exaustos e sem poder descansar numa cadeira, bêbados de sono e sem poder dormir, os olhos abertos, a boca aberta, sorrindo, sorrindo, sorrindo... O círculo dos superficiais, dos tolos engravatados, embotinados, condenados a ouvir e a dizer besteiras por toda a eternidade. "Amém", sussurrou distraidamente. Cerrou os olhos. Cerrou a boca. Mas por que essa festa? "Estou exausto, compreende? Exausto!", quis gritar, enquanto batia com os punhos fechados na almofada da poltrona. Voltou para a mulher o olhar suplicante, "Então não compreende? Exausto...".

—Tom! Que tal se você já começasse a se vestir?

Claro que não compreendia nada, a cretina. Festa, festa, festa! O dia inteiro e a noite inteira era só festa, era vestir e desvestir para se vestir em seguida, "Depressa que estamos atrasados!". Atrasados... Ter que se barbear, escolher a gravata, encolher a barriga, obrigando-a a se refugiar no primeiro espaço vago, aquela pobre, aquela miserável barriga que não tinha nunca o direito de ficar à vontade, nem isso! E armar a expressão cordial e ficar sorrindo até às cinco da manhã, os olhos escancarados, aqueles olhos mortos de sono!... Mas por quê? Cadelas. Não passavam todas de umas grandes cadelas inventando jantar após jantar para se exibirem.

— Feito putas.

— Que foi que você disse, Tom? — perguntou a mulher entrando no quarto. Vestia apenas uma ligeira combinação de seda preta, mais renda do que seda. — Deu agora para falar sozinho?

Teve um sorriso. Mas assim que a mulher desviou o olhar, sua fisionomia ficou novamente pesada. Recostou a cabeça na poltrona, relaxou os músculos. E bocejou, distendendo as pernas. Se pudesse dormir ao menos aquela noite, enfiar-se na cama com uma botija, uma delícia de botija, criando assim aquela atmosfera terna entre seu corpo e as cobertas... Ô! a melhor coisa do mundo era mesmo dormir, afundar como uma âncora na escuridão, afundar até ser a própria escuridão, mais nada. Antes, o copo de leite quente, bastante açúcar.

— Li numa revista que as mulheres que não dormem no mínimo dez horas por noite acabam com celulite antes dos trinta anos.

Ela escovava os cabelos. Deteve a escova no ar, abriu a cortina espessa da cabeleira e espiou. Tirou um fio de cabelo da escova. Deixou-o cair.

— Celulite?

— Foi o que eu li.

— Bobagem! Depois, isso não me atinge, tenho a carne duríssima, olha aí — acrescentou ela, estendendo a perna nua até a poltrona. — Pegue para ver... Tem mulheres que a carne é mole que nem manteiga, mas a minha parece madeira, olha aí!

Ele tocou com as pontas dos dedos na longa perna bronzeada. Concordou, afetando espanto. E voltou para a janela o olhar enevoado. A quantidade de homens que daria tudo só para ver aquelas pernas. As famosas pernas. Besteira, onda. Baixou o olhar para os próprios pés. Com aquelas meias, pareciam pés de um rapaz, ela gostava das cores fortes. Francisca preferia cores modestas, mas Magô era jovem e os jovens gostam das cores, principalmente os jovens que vivem em companhia de velhos. E que desejam disfarçar esses velhos sob artifícios ingênuos como meias de cores berrantes, camisas esportivas, gravatas alegres, alegria, meus velhinhos, alegria! "Dia virá em que ela vai querer que eu pinte o cabelo."

— Mas por que esse jantar agora?

— Ora, por quê! Acho que a Renata quer exibir o nariz novo, ela está de nariz novo, você já viu?

— Já. Ficou pavorosa.

— Você acha mesmo? — espantou-se Magô. Teve um risinho. — O médico cortou demais, foi isso.

—Não sei por que tanto jantar sem motivo nenhum.

—Mas precisa haver motivo especial para um jantar?—perguntou ela inclinando-se. Recomeçou a escovar vigorosamente os cabelos.—E depois, estamos disponíveis, não estamos?

Disponíveis. E como se exprimia bem, a sonsa. Contudo, há alguns anos, que enternecedor vê-la roendo as unhas quando se intimidava. Ou morder o lábio quando não sabia o que dizer. E nunca sabia o que dizer. "Vai desabrochar nas minhas mãos", pensou emocionado até às lágrimas. Desabrochara, sem dúvida. Lançou-lhe um olhar. "Mas não precisava ter desabrochado tanto assim."

Com um gesto lento, abotoou a gola do pijama. Levantou os ombros.

—Como esfriou.

Ela atirou a cabeleira para trás. Passou creme nas pernas, nos pés. Em seguida, devagar, voluptuosamente esfregou as solas dos pés no tapete.

—Sabe que não sinto frio? Já estamos no inverno?

—Em pleno.

—Pois não sinto frio nenhum.

—Acredito—murmurou ele seguindo-a com o olhar.

Descalça, seminua e radiosa como se estivesse debaixo do sol. Tanta energia, meu Deus. Havia nela energia em excesso, ai! a exuberância dos animais jovens, cabelos demais, dentes demais, gestos demais, tudo em excesso. Eram agressivos até quando respiravam. Podia quebrar uma perna. Mas não quebrava, naquela idade os ossos deviam ser de aço. Bocejou.

Ela agora passava creme no rosto, podia ver-lhe os dedos untados indo e vindo em movimentos circulares. Não precisava dormir? Não, não precisava e quando dormia, acordava impaciente, aflita por recuperar o tempo desperdiçado no sono. A perna quebrada seria uma solução...

—Tom querido, você está cochilando! Quer um drinque para animar?

Ele escondeu as mãos nos bolsos do pijama. Abriu com esforço os olhos que lacrimejavam. "Não quero beber, quero dormir!", teve vontade de gritar. Sorriu com doçura.

—Não, Magô, hoje não quero beber nada.

—Se você tomasse um drinque, aposto que se animaria!

—Mas estou animadíssimo...

Ela despejou água-de-colônia nas mãos. Abanou-as em seguida para secá-las. "Sabe que estou olhando e fica então a se exibir", pensou. "Uma exibicionista. Se soubesse a data da morte, doaria depressa o esqueleto à Faculdade de Medicina, para continuar..."

—Lasquei duas unhas—lamentou ela inclinando-se para calçar as meias.—E não me lembro onde foi.

Fechou os olhos. As unhas de Francisca eram curtas, unhas de mãos eficientes, com uma discreta camada de esmalte incolor. Unhas e mãos de velha, incrível como as mãos envelheceram antes. Depois foram os cabelos. Podia ter reagido. Não reagiu. Parecia mesmo satisfeita em se entregar, pronto, agora vou ficar velha. E ficou. Gostava de jogar paciência, as mãos muito brancas deslizando pelo baralho. A vitrola ligada, discos próprios dos programas da saudade. "Mas, Francisca, que horror, esse samba é antiquíssimo, você tem que ouvir coisas novas!" Ela sacudia a cabeça, "Não quero, deixa eu com as minhas músicas, essas outras me atordoam demais!" *Tardes de Lindoia*. Os jardins, os copinhos, "Esta fonte é excelente para reumatismo...".

—Tom, que tal?

Abriu os olhos num estremecimento.

—O quê?!

—Minha peruca!—exclamou Magô contornando com as mãos os cabelos. A franja comprida ameaçava entrar-lhe pelos olhos bistrados.—Você gosta?

—Mas por que peruca? Você tem tanto cabelo, menina.

—Ora, está na moda. E posso variar de penteado, fica fácil.

Molemente ele estendeu o braço até a mesa de cabeceira. Apanhou a caixa de cigarros. Estava vazia. Fechou-a. Melhor, assim fumaria menos. "Na sua idade", começara o médico na última consulta.

Na sua idade. Inútil esquecer essa idade porque as pessoas em redor não esqueciam, há dez anos o pai de Magô já viera com isso embora não tivesse coragem de completar a frase. "Na sua idade..." Ela também estava na sala, fingindo ler uma daquelas infames revistinhas de amor. "Que é que tem na minha idade?", provocara-o. O homem entrelaçou no ventre as mãos nodosas. As unhas eram pretas. "O caso é que minha filha tem só dezoito anos e o senhor tem quarenta e nove, a diferença é muito grande", ponderara, coçando a cabeça com os dedos em garra, exatamente como um macaco se coçaria. "Hoje não soma tanto. Mas daqui a dez anos como vai ser?" Ele então apanhou a capa. O chapéu. Abriu a porta e teve aquele gesto dramático: "Daqui a dez anos o problema de ser corno ou não será um problema exclusivamente meu!".

—Será que o Fernando vai também?

— O Freddy? Não tenho a menor ideia. Por quê?

E já tinha apelido, o pilantra. Freddy.

— Por que Freddy? Por que isso?

— Mas todo mundo só chama ele de Freddy!

Todo mundo era ela. Gostava de pôr apelidos, vinha logo com aquelas intimidades.

— Não entendo como um tipo desses faz sucesso com as mulheres. Analfabeto, gigolô...

— Gigolô?

— É o que corre por aí.

— Ah, Tom, não posso acreditar!

— Se não é, tem cara. Um pilantra de marca fazendo blu-blu--blu naquele violãozinho.

Pensativamente ela calçou os sapatos.

— Tem uma voz linda.

— Voz linda, onde? Uma voz de mosquito, a gente precisa ficar do lado para poder ouvir alguma coisa. Afeminado...

Afeminado ou efeminado? Bocejou. Enfim, uma besta quadrada. E aquelas idiotas babando de maravilhamento. Tinha juventude, mais nada. Crispou os lábios. Tinha juventude. "Ju-ven-tu-de...", murmurou voltando o olhar mortiço em direção ao espelho. Ela adorava espelhos, dezenas de espelhos por toda a casa. Aquele ali então era o pior, aquele que apanhava o corpo inteiro, sem deixar escapar nada. Com ele aprendera que envelhecer é ficar fora de foco: os traços vão ficando imprecisos e o contorno do rosto acaba por se decompor como um pedaço de pão a se dissolver na água.

— Mas, Tom, você não vai mesmo se vestir? Quase nove horas!

— Fico pronto num instante, enquanto você se pinta dá tempo de sobra.

— E a barba? Não vai fazer?

— Mas é preciso? — gemeu passando a mão no queixo. — Já fiz a barba hoje, minha pele está ficando escalavrada de tanta gilete.

— Então vá com essa cara de misericórdia mesmo! Já disse, Tom, já disse que você fica abatidíssimo com a barba crescida. Parece um velho.

— Eu sou velho.

— Ah, lindinho, não fale assim, vamos, levanta, vai fazer sua barbinha — pediu ela acariciando-lhe a cabeça.

— Não.

— Nunca vi tamanha má vontade, francamente!

— Fazer o que nesse jantar, me responda depressa.

— Comer, ora...

—Mas se não posso comer nada, tenho o regime. O que preciso é de dormir, dormir!
—Pois durma!
Encarou-a. Era o que ela queria.
—Ainda vou ficar pronto antes de você—ameaçou, apoiando as mãos na poltrona.
Chegou a se levantar. E deixou-se cair novamente. Fechou os olhos. Bocejou. Contaria até cinco e então se levantaria como um raio. Até dez... Esfregou os olhos.
—Meu Deus.
—Está com alguma dor, Tom?
Lançou-lhe um olhar demorado.
—Você está linda.
—Eu, linda?!
Sorria ainda. Elas negavam sempre, fazia parte do jogo. Francisca era o oposto e contudo tivera aquela mesma expressão a última vez em que lhe dissera isso, "Francisquinha, você está linda". Ela então inclinara a cabeça para o ombro num muxoxo: "Ah, Tomás, eu? Linda?...". Não deixou que ela prosseguisse negando: "Linda, sim, quando você se enfeita um pouco fica uma beleza, você precisa ser mais vaidosa, querida. Veja as outras mulheres em seu redor!". Ela voltara a colocar os óculos. "Mas na minha idade, Tomás..."
Aquela obsessão de idade. Por que falava tanto em idade? Chegava a ser irritante às vezes. "Também tenho cinquenta anos, como você, não tenho? Por acaso vou agora cobrir a cabeça e esperar a morte?" Ela colocara o disco na vitrola. "Tomás, você já viu como a noite está bonita? Por que não vai dar uma volta?" Ele foi. Na volta, encontrara Magô. Teve a sensação de nascer de novo quando ela o chamou de Tom. Sentira-se um outro homem. Outro homem. Que anúncio usava essa frase? "Fiquei um outro homem." O anúncio estava num bonde, devia ser de um xarope. Fazia tanto tempo. Saudade de andar de bonde, ir lendo os anúncios, os avisos tão cordiais, tão prudentes: "Espere até o bonde parar!". Tempo da prudência, tempo da consideração. Era bom deslizar pelas ruas desertas, cochilar naquele balanço para a direita, para a esquerda, como num berço...
—Então, Tom, resolva logo, a Renata fica uma fúria quando a gente se atrasa.
—Eu quero que essa Renata vá pro fundo do inferno.
—Tom!
—Ela com toda a sua corja de convidados.
—Ih, como você anda desagradável—exclamou a jovem fe-

chando o zíper do vestido. — Você não faz ideia como anda desagradável ultimamente.

"Ando com sono", ele quis dizer. Levantou friorento a gola do pijama até as orelhas. Abriu a boca para bocejar, as mãos em concha diante da boca, aquecendo-as com o bafo. Dormiria uma noite inteira e a outra noite inteira e a outra ainda... Noites e noites dormindo até morrer de dormir. Na vitrola, a musiquinha sem neurose. E Francisca ao lado, entretida na sua paciência, ah, como amava aquele doce som das cartas que murmurejavam sobre a mesa enquanto também ela murmurava coisas que não exigiam resposta. Queria um valete, vinha uma dama: "Não era de você que eu estava precisando", ralhava. Os móveis antiquados. Os vestidos antiquados. A beleza antiquada. "Mas, Francisquinha, você precisa usar uns vestidos mais atuais, precisa se pintar!" Deu-lhe um vidro de perfume. Deu-lhe um batom que viu anunciado numa revista, uma nova tonalidade que fazia até as estátuas despertarem, estava escrito, com essa cor até as estátuas acordam! Deu-lhe um colar de contas vermelhas, dezenas de voltas vermelhas, "Somos jovens ainda, minha querida! Vamos reagir?". Olhara-o com uma expressão reticente. Seria ironia? Não, talvez nem isso, era generosa demais para ser irônica. Olhara-o quase como uma mãe olha para o filho antes de lhe entregar a chave da porta.

—Tom, você acha que esta luva combina?... Tom, estou falando, responda!

—Combina, meu bem, combina.

—Quem sabe a verde?

—Essa está ótima.

Quase como uma mãe olhando para o filho. Então ele baixou a cabeça e saiu. Na rua, sentira-se um adolescente apertando a chave no bolso. "Sou livre!", quisera gritar às pessoas que passavam, aos carros que passavam, ao vento que passava. "Livre, livre!"

Ah, se pudesse voltar sem nenhuma palavra, sem nenhuma explicação. Ela também não diria nada: era como se ele tivesse ido comprar cigarros. "Tudo bem, Francisquinha?", perguntaria ao vê-la franzir de leve as sobrancelhas. Ela se inclinaria para o baralho: "Está me faltando uma carta...".

A voz de Magô pareceu-lhe anônima. Irreal. Ouviu a própria voz pastosa mas tranquila.

—Vá você, querida. Divirta-se.

Ela ainda insistiu. Teria mesmo insistido? Os saltos do sapato ecoaram no silêncio como pancadas algodoadas, fugindo rápidas. Estendeu a mão até a cama e puxou a coberta. Cobriu-se. Tudo escuro, tudo quieto. O perfume foi-se suavizando e ficou o perfume de um jardim de estátuas, estátuas alvíssimas que dormiam sem pupilas, nenhuma cor conseguiria fazer com que abrissem as pálpebras. Estendeu molemente as pernas. As pernas de Magô ressurgiram na escuridão: dançava nua, esfregando os pés no tapete enquanto a música do violão foi subindo pelas suas pernas, como meias. Agitou-se e quis fechar a porta na cara do homem de unhas pretas, "O problema é meu!". A música decomposta já chegava até as coxas das pernas de colunas, "Cuidado, Magô! O Fernando não!...".

Dançarina e músico pousaram como poeira na antiga mesa. Abriu-se num leque o baralho murmurejante. E reis com pés de lã foram saindo, arrastando seus mantos de arminho. Enrolou-se num dos mantos e ficou sorrindo para Francisca. Ela parecia luminosa no seu vestido de opalina rosada, mordiscando de leve a ponta de uma carta. "Posso?", perguntou-lhe, deitando a cabeça no seu colo.

Devolveu-lhe a chave.

Meia-Noite em Ponto em Xangai

A longa bata de brocado azul caiu-lhe aos pés. Avançou nua em direção ao espelho de moldura de laca vermelha. Girou sobre os calcanhares para se ver de perfil. Levantou o busto. Encolheu o estômago. Olhando ainda para o espelho, como se convidasse a própria imagem a acompanhá-la, mergulhou na banheira. Cerrou os olhos, as mãos flutuando à altura do ventre. Um leve rubor coloriu-lhe o rosto. Ficou assim imóvel durante algum tempo.

— Wang! — chamou, sentando-se na banheira. — Wang!

O chinês entrou na sala de banho. Cruzou as mãos e inclinou um pouco o corpo para a frente. Tinha os olhos baixos:

— Madame?...

— Os sais.

O homem aproximou-se do toucador de laca vermelha. Um ligeiro vapor d'água embaçava o espelho e os frascos de perfume, dispostos sobre a toalha de renda dourada. Havia dois boiões de sais: um amarelo, o outro rosado.

— Magnólia, madame?

— Magnólia.

O chinês destapou o boião amarelo. Colheu os sais com uma concha. Em seguida, delicadamente, foi deixando que caíssem na água.

— Suficiente, madame?

Entreabriu os olhos. Aspirou o perfume de magnólia. Os sais cintilavam como areia dourada sobre seu corpo.

— E Ming?

— Está dormindo no sofá — disse o chinês apanhando a bata. Estendeu-a cuidadosamente na cadeira. Curvou-se: — Mais alguma coisa, madame?

—Vá buscar o Ming.

O chinês era alto e magro. Poderia ter trinta anos, poderia ter cinquenta. Usava alparcatas pretas e uma túnica preta, abotoada até o pescoço. Pisava mansamente, como falava. Os gestos redondos.

—Meu queridinho, será que você não cansa de dormir?—murmurou a mulher, acariciando o focinho do pequinês cor de mel. E para o criado:—Trouxe o uísque?

—E também o gelo—acrescentou ele, o olhar inexpressivo na direção da mulher que se ensaboava.—Chegou uma cesta de flores, madame.

—Mais flores? Ponha com as outras no corredor... Não, espera, pode pôr perto da janela. Quando você sair, leve para fora. E acenda as luzes da sala, Mister Stevenson deve estar chegando.

—Então é ele que está batendo.

—Estão batendo? Não ouvi nada.

O chinês deixou a porta entreaberta e dirigiu-se para a sala no seu passo tranquilo. Pela fresta ela viu passar o homem de smoking e cachimbo.

—Stevenson? Sente-se aí, meu caro. Já estou saindo do banho, um momento!

—Não se apresse, vim apenas cumprimentá-la mais uma vez, não podia dormir sem dizer-lhe que foi extraordinário! Nunca ouvi coisa igual na minha vida!

—Verdade?—Mergulhou voluptuosamente até às orelhas.—Para ser sincera, não gostei muito da minha interpretação, a *Du bist die Ruh* podia ter sido melhor, não podia?

—Mas, madame, foi esse o seu ponto máximo!

Ficou de pé dentro da banheira. Sacudiu-se friorenta.

—Wang! Ligeiro, minha toalha! E feche a porta.

Enxugou-se rapidamente e apanhou o frasco de água-de-colônia. Perfumou-se, pródiga.

—Já vou indo, Stevenson!

O homem serviu-se de uísque.

—Jamais a China ouviu cantora igual—exclamou, levantando o copo:—Bebo à saúde da maior soprano dramática do mundo!

Ela sorria ainda, polvilhando o corpo de talco. Vestiu a bata, amarrou o cinto e voltou-se lânguida para o espelho. Abotoou os lábios como se fosse beijar a própria imagem. Calçou as chinelas bordadas.

—Você é tão generoso, Stevenson.

—Não ouvi, madame...

—Eu disse que você é generoso demais!

— Generoso, por quê? Foi mesmo um sucesso, madame. E os convites que temos recebido? Laffont, dono de quase todos os cassinos e estádios de corridas de cães, um dos tipos mais ricos da China, quer que madame cante na recepção que vai dar na quinta-feira. Quer presenteá-la com joias...

A mulher tirou os grampos da cabeça. A basta cabeleira loura caiu-lhe até os ombros. Escovou-a de leve e atirou-a para as costas. Abriu a porta.

— Quero uma cama de jade.

Ele beijou-lhe a mão numa profunda reverência.

— Madame terá um palácio de jade.

— Ah, Stevenson, Stevenson... Não estou tão certa assim, meu caro. Lotte Lehman me deixa longe.

O homem franziu as sobrancelhas eriçadas. Tremiam-lhe as bochechas luzidias, cheias de veiazinhas roxas:

— Jamais a Lehman cantou como madame cantou esta noite. Pena o público, essa chinesada... Queria que hoje estivéssemos em Londres.

Ela bebia lentamente, sorrindo para a própria imagem refletida no espelho que ocupava quase toda a parede da sala.

— A *Du bist die Ruh* ela canta melhor do que eu.

Inclinando-se gravemente para a mulher, Stevenson tomou um ar imponente.

— Se a perfeição dura no tempo um só minuto, como queria Shakespeare, madame atingiu o seu minuto esta noite.

Recostando a cabeça no espaldar da poltrona, a mulher teve um risinho, "Ah, meu caro...". O cachorro arranhou-lhe a barra do brocado. Latiu, estridente.

— Wang! — chamou ela. — Dê um banho no Ming. Mas com água bem quente, que a noite está meio fria. — Voltando-se para o homem disfarçou um bocejo: — Mas então, Stevenson? Você dizia...

— Madame deve estar cansada, a glória cansa — sentenciou, olhando o relógio de pulso. — Acabo este uísque e já saio.

— Que horas são?

— Meia-noite em ponto em Xangai.

— E em Londres? — perguntou ela, fazendo girar a pedra de gelo no uísque. Teve um olhar sonhador para o céu negro, sem estrelas: — Na próxima vez quero cantar toda de preto, só com meu adereço de turquesas. Tem que ser um vestido espetacular, a cauda barrada de plumas... E o leque de plumas, adoro plumas.

Stevenson olhou pela porta entreaberta da sala de banho, onde o chinês lavava o cachorro debaixo da torneira.

— Pois eu desejaria apenas usar a roupa desse escravo aí dentro, desejaria mesmo ser esse escravo para de vez em quando levar a toalha à madame.

— Não queira ser isso, meu caro... Esse chinês não existe. Pode me ver nua, pode me ver de qualquer jeito, tanto faz, para mim ele não existe. Não sei explicar, mas não o considero realmente como gente. É como esta poltrona, este copo, esta almofada... Ou melhor, é como um bicho. Não me dispo diante do meu pequinês? É bom assim, fico tão à vontade. Acho que vou encaixotá-lo com a minha bagagem, meus criados andam impossíveis.

— Mas é um homem, madame. Um pária miserável, mas homem.

— Homem, homem... É um chinês, Stevenson.

— Não tem cara de quem toma ópio. Mas deve tomar, todos são viciados, o que é a nossa sorte. Madame já imaginou essa multidão acordada? Não estaríamos aqui agora...

— E o seu criado de quarto?

— Um parvo total. Deve ser o pior do hotel.

— Esse é razoável. E não cheira a peixe, como os outros — murmurou ela voltando o olhar para o lustre.

Pela primeira vez reparou nas pequeninas borboletas de porcelana azul, pousadas nas papoulas de porcelana e cristal desabrochadas em lâmpadas. Deslizou o olhar pelo biombo com pássaros e flores de madrepérola. Sorriu, melíflua:

— Pondo-se de lado o povo, tudo aqui é tão gracioso, tão amável. Eu não gostaria que isso mudasse, Stevenson.

— Não mudará, madame.

O cachorro escapou das mãos do criado e entrou correndo na sala. Sacudiu-se todo.

— Ming, você está me espirrando água — queixou-se a mulher, afastando-o. — Wang! depressa, a toalha que o pobrezinho está tremendo de frio... Por que deixou ele escapar?

O homem examinou o chinês mais atentamente.

— Ele entendeu o que nós dissemos? Tem cara de quem não entendeu nada.

— Entendeu tudo.

— Tudo?

— Lógico. Mas isso também não tem a menor importância.

— Meu criado só entende monossílabos. Já me queixei, vai ser posto na rua. Num hotel desta categoria um camareiro não saber inglês. Absurdo.

Ajoelhado no tapete, o chinês enxugava o cachorro que gania em meio aos calafrios.

— Chega, Wang. Deixe ele agora em cima da almofada.

O homem desviou do chinês o olhar. Bebeu o último gole de uísque.

— Vou indo, madame. Almoçamos juntos amanhã?

Acompanhou-o até a porta.

— Se acordar até a hora do almoço... Então oferecerei ao meu querido empresário um vinho de arroz. E uma sopa de barbatanas de tubarão.

— Dizem que aquilo é barbatana, mas desconfio que é cobra — murmurou ele, beijando a mão da mulher. — Essa gente é muito cavilosa, nunca se sabe.

Tomando-o pelo braço:

— Stevenson, você disse que a perfeição dura um minuto...

— Shakespeare, madame, Shakespeare.

— Tenho medo de ter alcançado já o meu minuto.

Ele aprumou-se. Apertou-lhe as mãos.

— Segundo meus cálculos, o minuto de madame durará ainda algumas centenas de concertos. Boa noite, rainha.

Ela teve um sorriso meio incerto. Fechou a porta e dirigiu-se à sala. A voz ficou de novo fria.

— Pode apagar as luzes todas, deixe só o abajur pequeno aceso. E leve as flores para o corredor — ordenou entrando na sala de banho. Passou creme em redor dos olhos. — Avise na portaria que não estou para ninguém na parte da manhã. Para ninguém, ouviu?

— Está bem, madame. Boa noite.

Não respondeu. Quando voltou à sala, encontrou-a na penumbra, iluminada apenas pela fraca luz do abajur. Apanhou uma amêndoa, trincou-a, aproximando-se da janela. As flores da cesta brilhavam no escuro como se fossem feitas de material fosforescente.

— Wang, você ainda está aí? Por que não levou as flores?

Não teve resposta. Apertou o cinto da bata e estendeu-se molemente na poltrona diante da janela. O cachorro lambeu-lhe os pés. Ela puxou uma almofada.

— Deite-se aí, Ming — murmurou, inclinando-se. E voltou-se para o fundo da sala: — Wang?...

Eram raros e indistintos os ruídos que vinham lá de fora. Concentrou-se, mas dessa vez não olhou para trás.

— Wang? É você, Wang? Pegue as flores e vá-se embora, já disse.

Destacando-se dentre os sons menores, o trepidar de um riquixá subindo penosamente a rua. A mulher apoiou-se nos braços da poltrona, pronta para se levantar. Continuou sentada, olhando para a frente. Empertigou-se:

— Wang, eu sei que você está aí atrás, ouviu bem? Deixe de se esconder, vá-se embora! É uma ordem, Wang!

Na trégua de silêncio sua voz soou artificial, como se viesse do bojo do gramofone ao lado do biombo. O pequinês esticou o pescoço. Olhava fixadamente um ponto além da poltrona onde estava a mulher. Rosnou baixinho.

— Quieto, Ming! Quieto.

O cão baixou as orelhas, tremendo. Enfiou o focinho entre as patas, mas os olhos, esbugalhados, continuavam fixos no mesmo ponto. Ganiu doloridamente. Ela afundou aos poucos na cadeira. Não despregava o olhar do cachorro.

— Wang, deixe de ser idiota e saia imediatamente, está me ouvindo? Vamos! Saia!

O silêncio era agora tão compacto que os ruídos da rua já não conseguiam penetrá-lo. O cachorro rosnou mais uma vez, lambendo a pata.

A mulher foi-se encolhendo, agarrada aos braços da poltrona. Cravou o olhar esgazeado no retângulo negro do céu. Encolheu-se mais ainda, cruzando os braços. Limpou as mãos pegajosas no brocado da bata. Susteve a respiração.

A Janela

A mulher estendeu-lhe a mão e sorriu. O homem pareceu não ter notado o gesto. Ficou imóvel no meio do quarto, os braços caídos ao longo do corpo, o olhar fixo na janela.
— Havia ali uma roseira.
Lentamente ela amarrou na cintura o cinto do penhoar de seda japonesa. Examinou mais atenta o homem alto e magro, um pouco arcado, de cabelos grisalhos com reflexos de prata.
— Que roseira?
— Uma roseira — disse ele num tom velado, vagando o olhar pelo quarto. — Certa vez, deu mais de cem rosas. Umas rosas enormes, vermelhas...
— Como é que o senhor sabe?
— Meu filho morreu neste quarto.
Ela sentou-se na beirada da cama. O riso foi-se desfazendo nos lábios grossos, mal pintados.
— Seu filho?!
— Este era o quarto dele — disse o homem voltando para a mulher o olhar fatigado. Tinha olhos palidamente azuis e falava baixinho, como se receasse ser ouvido. Um olho era bem maior do que o outro. — Exatamente onde está sua cama ficava a cama dele.
Ela descruzou as pernas e lançou um olhar constrangido para a cama coberta de almofadas coloridas. Sorriu sem vontade.
— Imagine... Isso faz muito tempo?
— Não sei.
Encarou-o. Estendeu-lhe o maço de cigarro.
— Está servido?

— Não fumo.

— No que faz bem. Diz que fumo dá aquela doença que nem gosto de falar. Queria ver se deixava mas quando deixo engordo que nem louca — lamentou fazendo um muxoxo. A gola do penhoar abriu-se no peito. Ela fechou a gola frouxamente, de maneira que voltasse a se abrir de novo. — O senhor... você não quer se sentar? — convidou, indicando a pequena cadeira vermelha ao lado da mesa de toalete. — Fique à vontade, meu bem.

Ele sentou-se, encolhendo as longas pernas para não tocar nas da mulher. Entrelaçou as mãos. Vestia-se corretamente, mas a roupa parecia larga demais para seu corpo.

— Eu precisava rever essa janela.

— Só a janela?

O homem fixou na mulher o olhar desesperado.

— Meu filho morreu aqui.

— Deve ter sido horrível — disse ela depois de um breve silêncio. Soprou, nostálgica, a brasa do cigarro. Encarou o homem. E tentou uma risadinha: — Sorte a minha de ter escolhido este quarto, só assim podia te conhecer... Sabe que você é o meu tipo? Vem, senta aqui comigo!

— Era ele quem cuidava da roseira.

No cômodo ao lado alguém ligou um toca-discos. A música arrastou-se na surdina, era um samba-canção. Pigarreando forçadamente, a mulher teve um meneio de ombros. A gola do penhoar abriu-se até os bicos dos seios. Cruzou as pernas deixando cair no chão a sandália dourada. Descobriu os joelhos roliços.

— Mas então? Você trabalha por perto? Me dê sua mão, deixa eu adivinhar o que você faz... Sei ler mão, uma vez disse pra um cara, você vai ganhar na loteria! E não é que ele ganhou mesmo? Me dá sua mão e eu já digo o que você faz, dá aqui, amor...

— Não trabalho — murmurou ele percorrendo com o olhar o teto do quarto. Deteve-se na janela. — Não é estranho? Assim sem a roseira ela parece menor.

Esticando o braço nu, a mulher esmagou no cinzeiro a brasa do cigarro. Enfiou as mãos nos cabelos encaracolados, puxando-os para trás. Examinou o homem, intrigada.

— Quando me mudei não tinha nenhuma roseira.

— Morreu exatamente um mês depois dele.

— Pois quando cheguei aqui nem o canteiro tinha. Isso já faz três anos. Sou de Rio Preto, já contei?

O homem tirou do bolso uma pequena caixa de injeção e ficou a rodá-la entre os dedos. Repuxou a boca numa contração.

— Na véspera de morrer ele ainda me pediu que eu abrisse a janela, queria sentir o perfume... Enquanto pôde, debruçou-se nela. Depois, quando perdeu as forças, ficava olhando da cama. Um galho da roseira insistia em entrar pelo quarto adentro. Era um galho tão áspero, tão violento, eu o afastava, mas ele vinha novamente cheio de espinhos e folhas... Nunca tive coragem de cortá-lo.

A mulher foi afundando na cama até recostar-se no ângulo do espaldar com a parede. Puxou uma almofada e nela apoiou o cotovelo. Apertou os olhos. E ficou mordiscando a unha do polegar. Falava agora em voz baixa, no mesmo tom abafado do visitante.

— Que é que você tem aí dentro? Injeção?

— Nada — sussurrou ele, abrindo a caixa. Ergueu a face perplexa: — Está vazia.

Uma porta bateu com estrondo. A mulher teve um estremecimento.

— Sempre me assusto quando uma porta bate — desculpou-se. — Fico nervosa à toa...

— Queria que me perdoasse — pediu ele num tom mais baixo ainda. — Mas é que eu precisava ver essa janela.

— Fique à vontade, imagine... O que é de gosto, regalo da vida!

— Era muito importante para mim voltar aqui.

— Já entendi, essas coisas eu entendo, pode deixar... Você é estrangeiro?

— Meu pai era dinamarquês.

— Dinamarquês — repetiu a mulher inexpressivamente. Inclinou-se para apanhar o cigarro. — Logo que você entrou, achei que devia ser estrangeiro. Posso saber seu nome?

Ele baixou a cabeça. As veias da fronte dilataram-se, tortuosas. Assim, de cabeça baixa, parecia um velho.

— As casas deviam ter mais janelas.

Passos ressoaram pesadamente no cômodo vizinho. A música foi interrompida, fazendo a agulha riscar o disco. A mulher encolheu as pernas. Cobriu com uma almofada os pés nus. Fechou no pescoço a gola do penhoar.

— A Brigite é apaixonada por esse disco, repete ele umas cem vezes por dia. Agora está mudando de lado. Quer que eu vá pedir pra parar?

— Não se incomode — ele sussurrou estendendo a mão espalmada na direção da mulher. Recolheu depressa a mão quando a viu estremecer. — Assustei-a?

— Que nada! É que sou mesmo assim, ando nervosa, acho que

é o calor, está hoje um calor, não está? Mas posso pedir pra ela diminuir, vou num minuto...

—É aqui que está o botão para diminuir o som—disse ele apontando para o ouvido.—Todos os botões estão em nós mesmos.

Recomeçou a música acompanhada por uma voz de mulher, cantarolando meio distraída.

—O senhor sabe as horas? Marquei hora na Mirtes.

—Não tenho relógio. Mas por que me chamou de senhor?—ele quis saber examinando-a com uma expressão afetuosa.—Nos reuníamos junto da lareira. Foi na casa desse avô que eu vi a neve pela primeira vez. Cobria tudo, não se podia nem abrir a vidraça. Então ficávamos na sala, brincando perto da lareira. Tinha um corcundinha de roupa amarela e chapéu de guizos. Os dentes eram de ouro. Eu rolava com ele no tapete, fazendo-lhe cócegas só para ver seus dentes...

—Também tenho um dente de ouro—começou ela em meio de um risinho.—Só que é lá no fundo. Às vezes dói, o bandido.

—Começa hoje a primavera. Você teria rosas lindíssimas.

A mulher ficou de joelhos na cama. Estava pálida. Os lábios trêmulos. Falava agora como ele, delicadamente.

—Olha, espere um pouco que vou buscar um refresco pra nós, tá? A Nanci fez uma delícia de refresco, uvaia com bastante açúcar, bem geladinho.

Ele descruzou as mãos e ficou a olhar para os dedos longos, abertos num espanto. A voz rouca saiu entrecortada.

—Não seria preciso mais do que uma pequena janela. Poderia então respirar. E quem sabe o galho de roseira...

Ainda de joelhos, sem ruído, a mulher foi deslizando para o chão. Abriu a porta.

—Fique bonzinho, volto num instante, tá?

Escurecia. A sombra arroxeada do crepúsculo dava uma coloração de vinho velho à coberta vermelha da cama. O vento soprou mais forte, fazendo farfalhar o saiote de papel de seda da bonequinha vestida de bailarina, dependurada no espelho por um fio. No toca-discos, a agulha riscava obstinadamente o disco que chegara ao fim. O homem não se moveu na cadeira vermelha, tão integrado na penumbra quanto os objetos em redor.

—Demorei muito?—perguntou a mulher entrando sorrateira.—É que fui buscar laranjas, o refresco tinha acabado, fiz outro, está na geladeira—acrescentou atropeladamente. Mantinha-se junto da porta, a mão torcendo o trinco.—Vou acender a luz, está escuro demais, credo!

—Não, por favor, está tão bom assim—pediu ele com doçura. Falava num tom quase inaudível:—É nesta hora que começa o perfume, a gente sente melhor no escuro.
—Perfume de quê?
—De rosas.
Ela encostou a cabeça na porta, os olhos muito abertos, a respiração curta. Vinha agora do corredor um ruído arrastado de passos. Vozes de homens e mulheres cruzaram-se precipitadas. Abriu-se a porta. Um enfermeiro entrou a passos largos, seguido por outro enfermeiro. Três mulheres de ar assombrado ficaram espiando do lado de fora. Alguém acendeu a luz.
O homem levantou-se e tapou os olhos com a mão. Aos poucos foi levantando a cabeça, os olhos ainda apertados. Pôde então encarar o enfermeiro que desdobrava uma camisa de força. Estendeu tranquilamente as mãos. Tinha na fisionomia uma expressão de profunda tristeza.
—É preciso?
O enfermeiro teve um sorriso contrafeito. Encolheu os ombros enquanto dobrava a camisa. E aproximou-se com brandura.
—Então vamos.
Ele teve um último olhar para a janela. Depois voltou-se para a mulher, descalça e encolhida num canto. Falou tão baixo que só ela pôde ouvi-lo.
—Por quê?...
O segundo enfermeiro tomou-lhe o braço e em silêncio o cortejo foi saindo para a rua.
Como se obedecessem a um secreto sinal, as três mulheres precipitaram-se para dentro do quarto, rodeando a companheira que continuava colada à parede, fechando no peito a gola do penhoar.
—Que horror!—exclamou a mulher de lenço amarelo amarrado na cabeça.—Como é que você não morreu de susto? Fechada com um louco aqui dentro? Só de pensar fico toda arrepiada, olha aí!
—Mas até que ele tinha uma cara bem simpática—disse a loura de brincos.—Era meio parecido com aquele artista de cinema, aquele meio velho, como é mesmo o nome dele? James...
—Ah! não quero nem saber, Deus que me livre de topar com um louco—interrompeu-a a mulher de lenço.—E como é que você descobriu que ele tinha fugido? Puxa vida, que você dava até para trabalhar na polícia! Isso prova que a gente devia ter um revólver no quarto. Metralhadora, minha filha.
—Coitado, fiquei com tanta pena... E nem fez nada, não foi?—perguntou a loura, voltando-se para a amiga.—Podia ter abu-

sado, não abusou. Palavra que fiquei com pena, ele lembrava muito aquele artista, nós vimos a fita juntas, o nome começava com James...

Repentinamente a mulher pareceu despertar no canto onde se encurralara. Abarcou as três mulheres num olhar enfurecido. Empurrou-as para fora do quarto:

— E chega, ouviram? Chega! Vão-se embora, me deixem em paz!

— Mas que bruta! A gente estava só querendo...

— Chega! — gritou ela, fechando os punhos. — Saiam todas, vamos, você aí também, fora! Fora!

Bateu a porta com estrondo. Por um momento prosseguiram ainda as vozes das mulheres falando exaltadas, ao mesmo tempo. Em seguida, num tropel, desandaram para a rua.

Viu-se no espelho, desgrenhada e descalça. Desviou depressa o olhar da própria imagem. Apagou a luz. E sentando-se na cadeira onde o homem estivera sentado, ficou olhando a janela.

Um Chá Bem Forte e Três Xícaras

A borboleta pousou primeiramente na haste de uma folha de roseira que vergou de leve. Em seguida, voou até a rosa e fincou as patas dianteiras na borda das pétalas. Juntou as asas que se colaram palpitantes. Desenrolou a tromba. E inclinando o corpo para a frente, num movimento de seta, afundou a tromba no âmago da flor.

Maria Camila chegou a estender a mão para prendê-la pelas asas. Não completou o gesto. Entrelaçou novamente as mãos no regaço e ficou olhando. Era uma borboleta amarela, com um fino friso negro debruando-lhe as asas.

— Deve ser uma borboleta jovem — disse Maria Camila.

— Jovem? — repetiu a mulher debruçada na janela que dava para o jardim.

— Veja, as asas ainda estão intactas. E está sugando com tamanha força... Haverá tanto suco assim?

— Essa rosa abriu ontem cedo, a senhora lembra? E já está murchando — disse a mulher prendendo com um alfinete a alça do avental.

Maria Camila voltou-se para a janela. Estava sentada numa cadeira de vime, entre os dois canteiros do jardim. No céu azul-claro, as nuvens iam tomando uma coloração rosada. Havia uma poeira de ouro em suspensão no ar.

— Você ainda não pregou essa alça, Matilde?

— Não sei onde o botão foi parar.

— Pegue outro na minha caixa. Mas agora não! — pediu ela ao ver que a empregada já se dispunha a voltar para o interior da casa. Baixou o olhar até a roseira. — A gente vai clareando à medida que envelhece mas as rosas vermelhas vão escurecendo, veja, ela está quase preta.

— E essa borboleta ainda...

— Deixa — atalhou Maria Camila. Uniu as mãos espalmadas no mesmo movimento com que a borboleta unira as asas. Suas mãos tremiam. — Há de ver que a rosa está feliz por ter sido escolhida.

— Mas desse jeito ela vai morrer mais depressa.

— É melhor deixar.

A empregada passou lentamente a ponta do avental no peitoril da janela. Acompanhou com o olhar uma andorinha que cruzou o jardim num voo raso e desapareceu atrás do muro da casa vizinha. Suspirou.

— Acho que essa borboleta já esteve ontem por aqui, a senhora não viu?

Maria Camila concordou com um leve movimento de cabeça. Examinou com espanto as próprias mãos cheias de sardas.

— É a mesma.

— Acostumou — disse a mulher num tom indiferente. Fixou o olhar vadio nos ombros estreitos da patroa. — A senhora não quer que traga o chá?

— Estou esperando a menina.

— Mas a que horas ela ficou de aparecer?

— Às cinco — disse Maria Camila apertando os olhos. Inclinou-se para o relógio-pulseira. E escondeu no regaço as mãos fechadas. — Às cinco em ponto.

Foi emergindo do silêncio da tarde o zunido poderoso de uma abelha. O riso de uma criança explodiu tão próximo que pareceu brotar de dentro do canteiro.

— Essa menina... — E a empregada fez uma pausa para ajustar melhor o pente nos cabelos grisalhos: — Eu conheço?

— Não, não conhece.

— Quantos anos ela tem?

— Uns dezoito.

— Mas então não é menina!

Maria Camila fixou no céu o olhar perplexo. Voltou a examinar o relógio-pulseira. E cruzou os braços tentando dominar o tremor das mãos.

— Desde ontem ela já rondava por aqui. Cismou com essa rosa, tinha que ser essa rosa.

— Trabalhei na casa de um padre que tinha um canteiro só de roseiras brancas. Como duravam aquelas rosas!

Por um breve instante Maria Camila fixou-se de novo na borboleta. Teve uma expressão de repugnância.

— Chega a ser obsceno...

— Mas é sabido que as vermelhas têm mais perfume — prosseguiu a empregada apoiando-se nos cotovelos.

Duas crianças atravessaram a rua aos gritos. A borboleta recolheu precipitadamente a tromba e fugiu num voo atarantado. Uma pétala desprendeu-se da corola e foi pousar na relva. Outra pétala desprendeu-se em seguida e desenhando um giro breve, caiu num tufo de violetas. Maria Camila estendeu as mãos até a corola da flor. Não chegou a tocá-la. Recolheu as mãos e ficou olhando para as veias intumescidas com a mesma expressão com que olhara para a rosa.

— Ela é conhecida do doutor?

— Quem, Matilde?

— Essa moça que vem tomar chá...

— Trabalham juntos — disse Maria Camila passando nervosamente a ponta do dedo sobre a rede de veias. — Ela está fazendo um estágio no laboratório.

— Estágio?

— Sim, estágio.

A mulher ficou pensativa. Pôs-se a coçar o braço.

— E a senhora conhece ela?

— Já vi de longe.

— É bonita?

— Não sei, Matilde, não sei.

— Estágio — repetiu a empregada. — Então é essa que às vezes telefona pra ele.

Alguém iniciou na vizinhança um exercício de piano. O exercício era elementar e tocado sem vontade.

— Deve ser — sussurrou Maria Camila apanhando a pétala que caíra na relva. Levou-a aos lábios que estavam lívidos. — Deve ser.

— Hoje cedo ela telefonou, não perguntei quem era porque o doutor não quer mais que a gente pergunte. Mas reconheci a voz, só podia ser ela.

— São muito amigos. Os velhos, os mais velhos gostam da companhia dos jovens — acrescentou a mulher dilacerando a pétala entre os dedos. Fez um gesto brusco. — Esse menino era melhor no violino, não era?

A empregada fungou, impaciente.

— Nem no violino! A gente ficava com dor de cabeça quando ele começava com aquela atormentação. Diz que a mãe cismou que ele tem que tocar alguma coisa...

— Quem foi que disse?
— A Anita, que trabalha lá. Diz que a mãe fica o dia inteiro atrás dele, dando castigo se ele não estuda. São estrangeiros.

Maria Camila olhou furtivamente o relógio. Abriu e fechou as mãos num movimento exasperado. Manteve-as fechadas.

— Ele tocava melhor violino.

A mulher fez uma careta. E ficou seguindo com o olhar gelado uma adolescente que passava na calçada. Franziu a cara como se enfrentasse o sol.

— Como é que ela se chama? Essa do chá...

O menino interrompeu o exercício. O zunido da abelha voltou mais nítido, fechando o círculo em redor de um único ponto. Maria Camila respirou com esforço.

— Acho que estou gripada.

— Gripada? — E a mulher apoiou o queixo nas mãos. — A senhora está com os olhos inchados. Quer que eu vá buscar uma aspirina?

— Não, não é preciso — disse Maria Camila movendo a cabeça num ritmo fatigado. Encarou a empregada: — Não vai mesmo pregar esse botão? Não vai?

— Mas se não sei dele...

— Pegue um na minha caixa, já disse.

A mulher empertigou-se com solenidade. Passou ainda a ponta do avental na janela, a fisionomia concentrada. Chegou a abrir a boca. E enveredou para o interior da casa.

Maria Camila relaxou a posição tensa. Olhou o relógio, sacudiu a cabeça e fechou com força os olhos cheios de lágrimas. "Que é que eu faço agora?", murmurou inclinando-se para a rosa. "Eu gostaria que você me dissesse o que é que eu devo fazer!..." Apoiou a nuca no espaldar da cadeira. "Augusto, Augusto, me diga depressa o que é que eu faço! Me diga!..."

A janela abriu-se. A empregada estendeu o braço num gesto digno. A voz saiu sombria.

— Não achei botão igual. Posso pregar este amarelo?

Maria Camila tirou do bolso do casaco o estojo de pó. Examinou-se ao espelho. Consertou as sobrancelhas. Umedeceu com a ponta da língua os lábios ressequidos e fechou o estojo. Ficou com ele apertado entre as mãos. Voltou-se para a janela.

— Pregue esse mesmo.

A mulher vacilava, rodando o botão entre os dedos.

— É o mais parecido que achei.

— Está bem, está bem — repetiu a outra reabrindo o estojo. Passou a esponja em torno dos olhos. Examinou as mãos. — Veja,

Matilde, minhas mãos estão ficando da cor da tarde, tudo nesta hora vai ficando rosado...

—O céu parece brasa, que bonito!

—A gente vai ficando rosada também—disse atirando a cabeça para trás. Expôs a face à luz incendiada do crepúsculo. E riu de repente:—Acho a vida tão maravilhosa!

—Maravilhosa?

O menino parou de tocar. Maria Camila ficou alerta, os olhos brilhantes, as narinas acesas. Olhou para o relógio. Falou com energia.

—Assim que a moça chegar, sirva o chá aqui mesmo, faça um chá bem forte. E traga três xícaras.

—Mas se é só a senhora e ela...

—O doutor pode aparecer de surpresa, é quase certo que ele apareça—acrescentou a mulher limpando do vestido os pedaços da pétala dilacerada que ficara por entre as pregas da saia. Levantou-se. Respirava ofegante.—Quero os guardanapos novos, não vá esquecer, hein? Os novos.

Passos ressoaram na calçada. Quando ficaram mais próximos, a empregada pôs-se na ponta dos pés, tentando ver além do muro da casa vizinha:

—Deve ser ela... É ela!—sussurrou excitadamente.—É ela!

Maria Camila levantou a cabeça. E caminhou decidida em direção ao portão.

O Jardim Selvagem

—Daniela é assim como um jardim selvagem—disse o Tio Ed olhando para o teto.—Como um jardim selvagem...

Tia Pombinha concordou fazendo uma cara muito esperta. E foi correndo buscar o maldito licor de cacau feito em casa. Passei a mão na tampa da caixa de marrom-glacê que ele trouxera. Era a segunda ou terceira vez que a presenteava com uma caixa igual, eu já sabia que aquele nome era como o papel dourado embrulhando simples castanhas açucaradas. Mas, e um jardim selvagem? O que era um jardim selvagem?

Foi o que lhe perguntei. Ele me olhou com um ar de gigante da montanha falando com a formiguinha.

—Jardim selvagem é um jardim selvagem, menina.

—Ah, bom—eu disse.

E aproveitei a entrada de Tia Pombinha para fugir da sala. A tal caixa estava mesmo fechada, tão cedo não seria aberta. E o licor de cacau era tão ruim que eu já tinha visto uma visita guardá-lo na boca para depois cuspir. Na bacia, fingindo lavar as mãos.

Mais tarde, quando eu já enfiava a camisola para dormir, Tia Pombinha entrou no meu quarto. Sentou-se na cama. A caixa de doces já devia estar enfurnada em alguma gaveta. Sovina, sovina.

—O Ed casado, imagine! Até parece mentira, o meu querido Ed casado há mais de uma semana. Mas por que não me avisou, Cristo-Rei! Como é que ele se casa assim, sem participar... Que loucura!

—Decerto não quis dar festa.

—Mas não seria preciso festa, eu só gostaria de saber—choramingou, fazendo bico.—Ainda na noite passada ele me apareceu no sonho...

—Apareceu?—perguntei metendo-me na cama.

Os sonhos de Tia Pombinha eram todos horríveis, estava para chegar o dia em que viria anunciar que sonhara com alguma coisa que prestasse.

—Não me lembro bem como foi, ele logo sumiu no meio de outras pessoas. Mas o que me deixou nervosa foi ter sonhado com dentes nessa mesma noite. Você sabe, não é nada bom sonhar com dentes.

—Tratar deles é pior ainda.

Sorriu sem vontade. Ficou toda sentimental quando resolveu me cobrir até o pescoço.

—Você agora me lembrou o Ed menino. Fui a mãezinha dele quando a nossa mãe morreu. E agora se casa assim de repente, sem convidar a família, como se tivesse vergonha da gente... Mas não é mesmo esquisito? E essa moça, Cristo-Rei? Ninguém sabe quem ela é...

—Tio Ed deve saber, ora.

Acho que ela se impressionou com minha resposta porque sossegou um pouco. Mas logo desatou a falar de novo com aquela fala aflita de quem vai pegar o trem, falava assim quando chegava a hora de viajar.

—Ele parece feliz, sem dúvida, mas ao mesmo tempo me olhou de um jeito... Era como se quisesse me dizer qualquer coisa e não tivesse coragem, senti isso com tanta força que meu coração até doeu, quis perguntar, O que foi, Ed! Pode me dizer o que foi? Mas ele só me olhava e não disse nada. Tive a impressão de que estava com medo.

—Com medo do quê?

—Não sei, não sei, mas foi como se eu estivesse vendo Ed menino outra vez. Tinha pavor do escuro, só queria dormir de luz acesa. Papai proibiu essa história de luz e não me deixou mais ir lá fazer companhia, achava que eu poderia estragá-lo com muito mimo. Mas uma noite não resisti e entrei escondida no quarto. Estava acordado, sentado na cama. Quer que eu fique aqui até você dormir?, perguntei. Pode ir embora, ele disse, já não me importo mais de ficar no escuro. Então dei-lhe um beijo, como fiz hoje. Ele me abraçou e me olhou do mesmo jeito que me olhou agora, querendo confessar que estava com medo. Mas sem coragem de confessar.

Disfarcei um bocejo. E afastei as cobertas porque já estava transpirando. Quando minha tia anunciava uma história importante, na certa vinha alguma bobagem sem importância nenhuma. De resto, Tia Pombinha tinha a mania de ver mistério em tudo, até no nosso limoeiro que dava às vezes uns limões adocicados. Não passava um dia sem falar nos tais *pressentimentos*.

— Mas por que ele tinha de ter medo?

Ela franziu a testa. Seus olhinhos redondos ficaram mais redondos ainda.

— Aí é que está... Quem é que pode saber? Ed sempre foi muito discreto, não é de se abrir com a gente, ele esconde. Que moça será essa?!

Lembrei-me então do que ele dissera, Daniela é como um jardim selvagem. Quis perguntar o que era um jardim selvagem. Mas Tia Pombinha devia entender tanto quanto eu desses jardins.

— Ela é bonita, tia?

— Ed disse que é lindíssima. Mas não é tão jovem assim, parece que tem a idade dele, quase quarenta anos...

— E não é bom? Isso de ser meio velha.

Balançou a cabeça com ar de quem podia dizer ainda um montão de coisas sobre essa questão de idade. Mas preferia não dizer.

— Hoje de manhã, quando você estava na escola, a cozinheira deles passou por aqui, é amiga da Conceição. Contou que ela se veste nos melhores costureiros, só usa perfume francês, toca piano... Quando estiveram na chácara, nesse último fim de semana, ela tomou banho nua debaixo da cascata.

— Nua?

— Nuinha. Vão morar na chácara, ele mandou reformar tudo, diz que a casa ficou uma casa de cinema. E é isso que me preocupa, Ducha. Que fortuna não estarão gastando nessas loucuras? Cristo-Rei, que fortuna! Onde é que ele foi encontrar essa moça?

— Mas ele não é rico?

— Aí é que está... Ed não é tão rico quanto se pensa.

Dei de ombros. Nunca tinha pensado antes no assunto. Bocejei sem cerimônia. Tia Pombinha estava era com ciúme, havia muito dessas confusões nas famílias, eu mesma já tinha lido um caso parecido numa revista. Sabia até o nome do complexo, era um complexo de irmão com irmã. Afundei a cabeça no travesseiro. Se queria tanto conversar, por que não se lembrou de trazer os doces? Para comer tudo escondido, não é?

— Deixa, tia. Você não tem nada com isso.

Ela abriu nos joelhos as mãos ossudas, de unhas onduladas, cortadas rente. Passei a língua na palma das minhas mãos para umedecê-las. Sempre que olhava para as mãos dela, assim secas como se tivessem lidado com giz, precisava molhar as minhas.

— Diz que anda sempre com uma luva na mão direita, não tira nunca a luva dessa mão, nem dentro de casa.

Sentei-me na cama. Esse pedaço me interessava.

— Usa uma luva?
— Na mão direita. Diz que tem dúzias de luvas, cada qual de uma cor, combinando com o vestido.
— E não tira nem dentro de casa?
— Já amanhece com ela. Diz que teve um acidente com essa mão, deve ter ficado algum defeito...
— Mas por que não quer que vejam?
— Eu é que sei? Como Ed nem tocou nisso, fiquei sem jeito de perguntar, essas coisas não se perguntam. Casado, imagine... Deve dar um marido exemplar, desde criança foi muito bonzinho, você precisava ver que pérola de menino! Uma verdadeira pérola...

Tia Pombinha ficou falando algum tempo ainda sobre a bondade do irmão, mas eu só pensava naquela nova tia que tomava banho pelada debaixo da cascata. E que não tirava a luva da mão direita.

Na manhã de sábado, quando cheguei para o almoço, soube que ela passara em casa. Chutei minha pasta. As coisas que valiam a pena aconteciam sempre quando eu estava na escola. Tia Pombinha gaguejava, o pescoço fino cheio de manchas avermelhadas. Ficava assim que nem peru quando tinha uma emoção forte.

— Ah, você não imagina como é encantadora! Nunca vi uma beleza igual, que encanto de moça! Tão natural, tão simples e ao mesmo tempo tão elegante, tão bem cuidada... Foi tão carinhosa comigo!

Fiquei olhando para as pernas finas de Tia Pombinha com as meias murchas cor de cenoura. Bom, então tudo tinha mudado.

— Quer dizer que a senhora gostou dela?
— Muito, fiquei mesmo cativada! E trouxe presentes, venha ver — disse puxando-me pelo braço. — Três cortes de seda finíssima para mim e para você uma boneca francesa... Loura, loura!
— Tenho ódio de boneca.
— Ducha! Você vai gostar dessa, é a coisa mais linda que já se viu, olha aí, não é linda?

Fiquei olhando a boneca dentro da caixa. Usava luvinhas de renda.

— Ela estava de luva?
— Estava. Uma luva verde, combinando com os sapatos. No começo a gente estranha a luva só naquela mão. Mas não é mesmo de se estranhar? Podia fazer uma plástica... Enfim, deve ter motivos. Um amor de moça!

A conversa no mês seguinte com a cozinheira de Tio Ed me fez esquecer até os zeros sucessivos que tive em matemática. A cozinheira viera indagar se Conceição sabia de um bom emprego, desde a véspera estava desempregada. Tia Pombinha tinha ido ao mercado, pudemos falar à vontade enquanto Conceição fazia o almoço.

— Seu tio é muito bom, coitado. Gosto demais dele — começou ela enquanto beliscava um bolinho que Conceição tirara da frigideira. — Mas não combino com Dona Daniela. Fazer aquilo com o pobre do cachorro, não me conformo!

— Que cachorro?

— O Kleber, lá da chácara. Um cachorro tão engraçadinho, coitado. Só porque ficou doente e ela achou que ele estava sofrendo... Tem cabimento fazer isso com um cachorro?

— Mas o que foi que ela fez?

— Deu um tiro nele.

— Um tiro?

— Bem na cabeça. Encostou o revólver na orelha e pum! matou assim como se fosse uma brincadeira... Não era para ninguém ver, nem o seu tio, que estava na cidade. Mas eu vi com estes olhos que a terra há de comer, ela pegou o revólver com aquela mão enluvada e atirou no pobrezinho, morreu ali mesmo, sem um gemido... Perguntei depois, Mas por que a senhora fez isso? O bicho é de Deus, não se faz com um bicho de Deus uma coisa dessas! Ela então respondeu que o Kleber estava sofrendo muito, que a morte para ele era um descanso.

— Disse isso?

A mulher deu uma dentada no bolinho. Ficou soprando um pouco porque estava quente como o diabo, eu mesma não conseguia dar cabo do meu.

— Disse que a vida tinha que ser... Ah! não lembro. Mas falou em música, que tudo tinha que ser como uma música, foi isso. A doença sem remédio era o desafino, o melhor era acabar com o instrumento pra não tocar mais desafinado. Até que foi muito educada comigo, viu que eu estava nervosa e quis me explicar tudo direitinho. Mas podia ficar me explicando até gastar todo o cuspe que eu nunca ia entender. O que entendi muito bem foi que o Kleber estava morto. O pobre.

— Mas ela gostava dele?

— Acho que sim, estavam sempre juntos. Quando ele ainda estava bom, ia tão alegrinho tomar banho com ela na cascata... Só faltava falar, aquele cachorro.

— Ela perguntou por que você ia embora?

— Não. Não perguntou nada. Nunca me tratou mal, justiça seja feita, sempre foi muito delicada com todos os empregados. Mas não sei, eu me aborreci por demais... isso de matar o Kleber! E montar em pelo como monta, feito índio, e tomar banho sem roupa... Uma noite a mesa do jantar virou inteira. O doutor disse que foi ele que esbarrou no pé da mesa, pra não cair, agarrou a toalha e veio tudo pro chão. Mas ninguém me tira da cabeça que quem virou a mesa foi ela.

— Por quê? Por que fez isso?

— Quando fica brava... A gente tem vontade até de entrar num buraco. O olho dela, o azul, muda de cor.

— Não tira a luva, nunca?

— Capaz!... Acho que nem o doutor viu aquela mão. Já amanhece de luvinha. Até na cascata usa uma luva de borracha.

Conceição veio interromper a conversa para mostrar à amiga uma bolsa que tinha comprado. Ficaram as duas cochichando sobre homens. Quando Tia Pombinha chegou, a mulher já estava se despedindo, o que foi uma sorte.

Não falei com ninguém sobre essa história. Mas levei o maior susto do mundo quando dois meses depois Tia Daniela telefonou da chácara para avisar que Tio Ed estava muito doente. Tia Pombinha começou a tremer. O pescoço ficou uma mancha só.

— Deve ser a úlcera que voltou... Meu querido Ed! Cristo-Rei, será que é mesmo grave? Ducha, depressa, vai buscar o calmante, quinze gotas num copo de água açucarada... Cristo-Rei! A úlcera...

Contei cinquenta. E carreguei no açúcar para disfarçar o gosto. Antes de levar o copo, despejei ainda mais umas gotas.

Assim que acordou, à hora do jantar, desandou nos telefonemas avisando à velharia da irmandade que o "menino estava doente".

— E Tia Daniela? — perguntei quando ela parou de choramingar.

— Tem sido dedicadíssima, não sai de perto dele um só minuto. Falei também com o médico, disse que nunca encontrou criatura tão eficiente, tem sido uma enfermeira e tanto. É o que me deixa mais descansada. Meu querido menino...

Quando Conceição veio me anunciar que ele tinha se matado com um tiro, assustei-me à beça. Mas aquele primeiro susto que levara quando me disseram que ele estava doente fora um susto maior ainda. Eu chegava da escola quando Conceição veio correndo ao meu encontro.

— Seu Tio Ed se matou hoje de manhã! Se matou com um tiro!

Larguei a pasta.

— Um tiro no ouvido?

— Lá sei se foi no ouvido, não me contaram mais nada, Dona Pombinha parecia louca, mal podia falar. Já seguiu com as irmãs para a chácara, foi um tamanho berreiro! Todas berravam ao mesmo tempo, um horror!

Dessa vez achei muito bom que eu estivesse na escola quando chegou a notícia. Conceição enxugou duas lágrimas na barra do avental enquanto fritava batatas. Peguei uma batata que caíra da frigideira e afundei-a no sal. Estava quase crua.

—Mas por que ele fez isso, Conceição?

—Ninguém sabe. Não deixou carta, nada, ninguém sabe! Vai ver que foi por causa da doença, não é mesmo? Você também não acha que foi por causa da doença?

—Acho—concordei, enquanto esperava que caísse outra batata da frigideira.

Pensava agora em Tia Daniela metida num vestido preto. E de luva também preta, como não podia deixar de ser.

Natal na Barca

Não quero nem devo lembrar aqui por que me encontrava naquela barca. Só sei que em redor tudo era silêncio e treva. E me sentia bem naquela solidão. Na embarcação desconfortável, tosca, apenas quatro passageiros. Uma lanterna nos iluminava com sua luz vacilante: um velho, uma mulher com uma criança e eu.

O velho, um bêbado esfarrapado, deitara-se de comprido no banco, dirigira palavras amenas a um vizinho invisível e agora dormia. A mulher estava sentada entre nós, apertando nos braços a criança enrolada em panos. Era uma mulher jovem e pálida. O longo manto escuro que lhe cobria a cabeça dava-lhe o aspecto de uma figura antiga.

Pensei em falar-lhe assim que entrei na barca. Mas já devíamos estar quase no fim da viagem e até aquele instante não me ocorrera dizer-lhe qualquer palavra. Nem combinava mesmo com a barca tão despojada, tão sem artifícios, a ociosidade de um diálogo. Estávamos sós. E o melhor ainda era não fazer nada, não dizer nada, apenas olhar o sulco negro que a embarcação ia fazendo no rio.

Debrucei-me na grade de madeira carcomida. Acendi um cigarro. Ali estávamos os quatro, silenciosos como mortos num antigo barco de mortos deslizando na escuridão. Contudo, estávamos vivos. E era Natal.

A caixa de fósforos escapou-me das mãos e quase resvalou para o rio. Agachei-me para apanhá-la. Sentindo então alguns respingos no rosto, inclinei-me mais até mergulhar as pontas dos dedos na água.

— Tão gelada — estranhei, enxugando a mão.
— Mas de manhã é quente.

Voltei-me para a mulher que embalava a criança e me observava com um meio sorriso. Sentei-me no banco ao seu lado. Tinha belos olhos claros, extraordinariamente brilhantes. Vi que suas roupas puídas tinham muito caráter, revestidas de uma certa dignidade.

—De manhã esse rio é quente—insistiu ela me encarando.

—Quente?

—Quente e verde, tão verde que a primeira vez que lavei nele uma peça de roupa, pensei que a roupa fosse sair esverdeada. É a primeira vez que vem por estas bandas?

Desviei o olhar para o chão de largas tábuas gastas. E respondi com uma outra pergunta:

—Mas a senhora mora aqui por perto?

—Em Lucena. Já tomei esta barca não sei quantas vezes, mas não esperava que justamente hoje...

A criança agitou-se, choramingando. A mulher apertou-a mais contra o peito. Cobriu-lhe a cabeça com o xale e pôs-se a niná-la com um brando movimento de cadeira de balanço. Suas mãos destacavam-se exaltadas sobre o xale preto, mas o rosto era tranquilo.

—Seu filho?

—É. Está doente, vou ao especialista, o farmacêutico de Lucena achou que eu devia consultar um médico hoje mesmo. Ainda ontem ele estava bem, mas de repente piorou. Uma febre, só febre...—Levantou a cabeça com energia. O queixo agudo era altivo, mas o olhar tinha a expressão doce.—Só sei que Deus não vai me abandonar.

—É o caçula?

—É o único. O meu primeiro morreu o ano passado. Subiu no muro, estava brincando de mágico quando de repente avisou, vou voar! A queda não foi grande, o muro não era alto, mas caiu de tal jeito... Tinha pouco mais de quatro anos.

Atirei o cigarro na direção do rio, mas o toco bateu na grade e voltou rolando aceso pelo chão. Alcancei-o com a ponta do sapato e fiquei a esfregá-lo devagar. Era preciso desviar o assunto para aquele filho que estava ali, doente, embora. Mas vivo.

—E esse? Que idade tem?

—Vai completar um ano.—E noutro tom, inclinando a cabeça para o ombro:—Era um menino tão bonzinho, tão alegre. Tinha verdadeira mania com mágicas. Claro que não saía nada, mas era muito engraçado... Só a última mágica que fez foi perfeita, vou voar! disse abrindo os braços. E voou.

Levantei-me. Eu queria ficar só naquela noite, sem lembranças, sem piedade. Mas os laços—os tais laços humanos—já ameaçavam me envolver. Conseguira evitá-los até aquele instante. Mas agora não tinha forças para rompê-los.

— Seu marido está à sua espera?
— Meu marido me abandonou.

Sentei-me novamente e tive vontade de rir. Era incrível. Fora uma loucura fazer a primeira pergunta, mas agora não podia mais parar.

— Há muito tempo?
— Faz uns seis meses. Imagine que nós vivíamos tão bem, mas tão bem! Quando ele encontrou por acaso com essa antiga namorada, falou comigo sobre ela, fez até uma brincadeira, a Duca enfeiou, de nós dois fui eu que acabei ficando mais bonito... E não falou mais no assunto. Uma manhã ele se levantou como todas as manhãs, tomou café, leu o jornal, brincou com o menino e foi trabalhar. Antes de sair ainda me acenou, eu estava na cozinha lavando a louça e ele me acenou através da tela de arame da porta, me lembro até que eu quis abrir a porta, não gosto de ver ninguém falar comigo com aquela tela de arame no meio... Mas eu estava com a mão molhada. Recebi a carta de tardinha, ele mandou uma carta. Fui morar com minha mãe numa casa que alugamos perto da minha escolinha. Sou professora.

Fixei-me nas nuvens tumultuadas que corriam na mesma direção do rio. Incrível. Ia contando as sucessivas desgraças com tamanha calma, num tom de quem relata fatos sem ter participado deles realmente. Como se não bastasse a pobreza que espiava pelos remendos da sua roupa, perdera o filhinho, o marido e ainda via pairar uma sombra sobre o segundo filho que ninava nos braços. E ali estava sem a menor revolta, confiante. Intocável. Apatia? Não, não podiam ser de uma apática aqueles olhos vivíssimos e aquelas mãos enérgicas. Inconsciência? Uma obscura irritação me fez sorrir.

— A senhora é conformada.
— Tenho fé, dona. Deus nunca me abandonou.
— Deus — repeti vagamente.
— A senhora não acredita em Deus?
— Acredito — murmurei.

E ao ouvir o som débil da minha afirmativa, sem saber por quê, perturbei-me. Agora entendia. Aí estava o segredo daquela confiança, daquela calma. Era a tal fé que removia montanhas...

Ela mudou a posição da criança, passando-a do ombro direito para o esquerdo. E começou com voz quente de paixão:

— Foi logo depois da morte do meu menino. Acordei uma noite tão desesperada que saí pela rua afora, enfiei um casaco e saí descalça e chorando feito louca, chamando por ele... Sentei num banco do jardim onde toda tarde ele ia brincar. E fiquei pedindo, pedindo com tamanha força, que ele, que gostava tanto de mágica, fizesse essa mágica de me aparecer só mais uma vez, não precisava ficar, só se mostrasse um instante, ao menos mais uma vez, só mais uma! Quando fiquei sem lágrimas, encostei a cabeça no banco e, não sei como, dormi. Então sonhei e no sonho Deus me apareceu, quer dizer, senti que ele pegava na minha mão com sua mão de luz. E vi o meu menino brincando com o Menino Jesus no jardim do Paraíso. Assim que ele me viu, parou de brincar e veio rindo ao meu encontro e me beijou tanto, tanto... Era tal sua alegria que acordei rindo também, com o sol batendo em mim.

Fiquei sem saber o que dizer. Esbocei um gesto e em seguida, apenas para fazer alguma coisa, levantei a ponta do xale que cobria a cabeça da criança. Deixei cair o xale novamente e voltei o olhar para o chão. O menino estava morto. Entrelacei as mãos para dominar o tremor que me sacudiu. Estava morto. A mãe continuava a niná-lo, apertando-o contra o peito. Mas ele estava morto.

Debrucei-me na grade da barca e respirei penosamente: era como se estivesse mergulhada até o pescoço naquela água. Senti que a mulher se agitou atrás de mim.

— Estamos chegando — anunciou.

Apanhei depressa minha pasta. O importante agora era sair, fugir antes que ela descobrisse, era terrível demais, não queria ver. Diminuindo a marcha, a barca fazia uma larga curva antes de atracar. O bilheteiro apareceu e pôs-se a sacudir o velho que dormia.

— Chegamos! Ei! chegamos!...

Aproximei-me evitando encará-la.

— Acho melhor nos despedirmos aqui — disse atropeladamente, estendendo a mão.

Ela pareceu não notar meu gesto. Levantou-se e fez um movimento como se fosse pegar a sacola. Ajudei-a, mas em vez de apanhar a sacola que lhe estendi, antes mesmo que eu pudesse impedi-lo, afastou o xale que cobria a cabeça do filho.

— Acordou, o dorminhoco! E olha aí, deve estar agora sem nenhuma febre.

— Acordou?!

Ela teve um sorriso.

— Veja...

Inclinei-me. A criança abrira os olhos — aqueles olhos que eu vira cerrados tão definitivamente. E bocejava, esfregando a mãozinha na face de novo corada. Fiquei olhando sem conseguir falar.

— Então, bom Natal! — disse ela, enfiando a sacola no braço.

Encarei-a. Sob o manto preto, de pontas cruzadas e atiradas para trás, seu rosto resplandecia. Apertei-lhe a mão vigorosa. E acompanhei-a com o olhar até que ela desapareceu na noite.

Conduzido pelo bilheteiro, o velho passou por mim reiniciando seu afetuoso diálogo com o vizinho invisível. Saí por último da barca. Duas vezes voltei-me ainda para ver o rio. E pude imaginá-lo como seria de manhã cedo: verde e quente. Verde e quente.

A Ceia

O restaurante era modesto e pouco frequentado, com mesinhas ao ar livre, espalhadas debaixo das árvores. Em cada mesinha, um abajur feito de garrafa projetando sobre a toalha de xadrez vermelho e branco um pálido círculo de luz.
A mulher parou no meio do jardim.
— Que noite!
Ele lhe bateu brandamente no braço.
— Vamos, Alice. Que mesa você prefere?
Ela arqueou as sobrancelhas.
— Com pressa?
— Ora, que ideia...
Sentaram-se numa mesa próxima ao muro e que parecia a menos favorecida pela iluminação. Ela tirou o estojo da bolsa e retocou rapidamente os lábios. Em seguida, com gesto tranquilo mas firme, estendeu a mão até o abajur e apagou-o.
— As estrelas ficam maiores no escuro.
Ele ergueu o olhar para a copa da árvore que abria sobre a mesa um teto de folhagem.
— Daqui não vejo nenhuma estrela.
— Mas ficam maiores.
Abrindo o cardápio, ele lançou um olhar ansioso para os lados. Fechou-o com um suspiro.
— Também não enxergo os nomes dos pratos. Paciência, acho que quero um bife. Você me acompanha?
Ela apoiou os cotovelos na mesa e ficou olhando para o homem. Seu rosto fanado e branco era uma máscara delicada emergindo da gola negra do casaco. O homem se agitou na cadeira. Tentou se fa-

zer ver por um garçom que passou a uma certa distância. Desistiu. Num gesto fatigado, esfregou os olhos com as pontas dos dedos.

— Meu bem, você ainda não mandou fazer esses óculos! Faz meses que quebrou o outro e até agora...

— A verdade é que não me fazem muita falta.

— Mas a vida inteira você usou óculos.

Ele encolheu os ombros.

— Pois é, acho que agora não preciso mais.

— Nem de mim.

— Ora, Alice...

Ela tomou-lhe a mão.

— Eduardo, eu precisava te ver, precisava demais, entende? A última vez foi tão horrível, me arrependi tanto! Queria fazer hoje uma despedida mais digna, queria que você...

— Não pense mais nisso, Alice, que bobagem, você estava nervosa — interrompeu-a voltando-se para chamar o garçom.

Estendeu a mão. O gesto foi discreto, mas no rápido abrir e fechar dos dedos havia um certo desespero.

— Acho que jamais seremos atendidos.

— Você está com pressa.

— Não, absolutamente. Absolutamente.

Uma folha seca pousou suave na mesa. Ele esmigalhou-a entre os dedos, com uma lentidão premeditada.

— Você gosta do meu perfume, Eduardo? É novo.

— Já tinha notado... Bom, não? Lembra um pouco tangerina.

Inclinando-se para trás, ela riu sem vontade, "Que ideia!...". E ficou séria, a boca entreaberta, os olhos apertados.

— Eu precisava te ver, Eduardo.

Ele ofereceu-lhe cigarro. Apalpou os bolsos.

— Acho que esqueci o fósforo. Trouxe também o isqueiro, mas sumiu tudo... — Revistou a capa em cima da cadeira. — Ah, está aqui! — exclamou subitamente animado, como se o encontro do isqueiro fosse uma solução não só para o cigarro, mas também para a mulher na expectativa. — Imagine que ganhei este isqueiro numa aposta, foi de um marinheiro...

— Eduardo, você vai me ver de vez em quando, não vai? Responda, Eduardo, ao menos de vez em quando! Hein, Eduardo?

— Estávamos num bar, eu e o Frederico — recomeçou ele brandamente. Mas era violenta a fricção do seu polegar contra a rosca do isqueiro, na tentativa veemente de acendê-lo. — Então um desconhecido sentou-se na nossa mesa e até hoje não sei como veio aquela ideia da aposta.

A chama rompeu azulada e alta. A mulher recuou batendo as pálpebras. E se manteve afastada, o cigarro preso entre os lábios repentinamente ressequidos, como se a chama lhes tivesse absorvido toda a umidade.

—Como é forte!...—queixou-se recuando mais à medida que ele avançava o isqueiro. Apagou a chama com um sopro e tragou, soprando a fumaça para o chão. Tremia a mão que segurava o cigarro.—Detesto isqueiros, você sabe disso.

—Mas este tem uma chama tão bonita. Pude ver que seu penteado também é novo.

—Cortei o cabelo. Remoça, não?

—Não sei se remoça, Alice, só sei que te vai bem.

Ela umedeceu os lábios. Seus olhos se agrandaram novamente.

—Mas, querido, não é preciso ficar com essa cara, prometo que desta vez não vou quebrar nenhum copo, não precisa ficar aflito...—Os olhos reduziram-se outra vez a dois riscos pretos.—Foi horrível, não, Eduardo? Foi horrível, hein? Sabendo quanto você detesta essas cenas, imagine, quebrar o copo na mão, aquela coisa assim dramática do vinho ir escorrendo misturado com o sangue... Que papel miserável.

—Não, não, que ideia!—Apoiou os braços na mesa e escondeu o rosto com as mãos.—Você tinha bebido demais, Alice.

—Ela soube?

—Quem?—E o homem encarou a companheira.—Ah... Não, imagine se eu havia de...

—Você contou, Eduardo, você contou. Está claro que você contou até com detalhes. E a raposinha foi fazendo mais perguntas ainda...

—Por que você a chama de raposinha?

—Porque ela tem cara de raposinha, não tem? Tão graciosa. E já sabe tudo a meu respeito, não? Até a minha idade.

—Por favor, Alice, não continue, você só está dizendo absurdos! Pensa então que ficamos os dois falando de você, ela pedindo dados e eu fornecendo, como se... Que juízo você faz de mim, Alice? Eu te amei.

Aproximou-se um garçom. Colocou na mesa a cesta de pão, dois copos, e ficou limpando com o guardanapo uma garrafa de vinho que trouxe debaixo do braço.

—Acho que a cozinha já está fechada, cavalheiro. Queriam jantar?

—Muito tarde mesmo—disse o homem olhando o relógio. Tirou uma nota do bolso, passou-a para o garçom.—Ao menos dois bifes, seria possível?

—E vinho—pediu ela, procurando ler o rótulo da garrafa que o moço limpava.—Esse aí é bom?

O companheiro encarou-a. Franziu as sobrancelhas.

—Quer beber?

—Não posso?

Examinou a garrafa, com ar distraído.

—Claro que pode. É, esse está bom.

—Eu falo lá na cozinha, acho que não tem problema—disse o garçom abrindo a garrafa. Serviu-os com gestos melífluos e em seguida afastou-se, a enrolar na mão o guardanapo.

Ela empertigou-se na cadeira. Pôs-se a beber em pequeninos goles. E de repente abriu o sorriso numa risadinha.

—Mas não! não fique com essa cara apavorada. Juro que hoje não vou me embriagar, hoje não. Queria que ficasse tranquilo...

—Mas eu estou tranquilo.

De uma mesa distante, a única ocupada ainda, vinha o ruído de vozes de homens. Uma gargalhada rebentou sonora em meio do vozerio exaltado. E a palavra *cabrito* saltou dentre as outras que se arrastavam pastosas. Num rádio da vizinhança ligado ao volume máximo havia uma canção que contava a história de uma violeteira vendendo violetas na porta de um teatro. A voz da cantora era um pouco fanhosa.

—Santo Deus, como essa música é velha—disse ele. A fisionomia se descontraiu.—Acho que era menino quando ouvi isso pela primeira vez.

Inclinando-se para o companheiro, ela beijou-lhe a palma da mão. Apertou-a com força contra a própria face.

—Meu amor, meu amor, você agora sorriu e tudo ficou como antes. Como é possível, Eduardo?! Como é possível...—Sacudiu a cabeça.—Eduardo, ouça, estou de acordo, é claro, mas se ao menos você prometesse que vai me ver de vez em quando, ao menos de vez em quando, compreende? Como um amigo, um simples amigo, eu não peço mais nada!

Ele tirou a mão que ela apertava e alisou os cabelos num gesto contido. Enfiou as mãos nos bolsos.

—Alice, querida Alice, procure entender... Você sabe perfeitamente que não posso ir te visitar, que é ridículo ficarmos os dois falando sobre livros, jogando uma partida de xadrez, você sabe que isso não funcionaria, pelo menos por enquanto. Você seria a primeira a não se conformar, uma situação falsa, insustentável. Temos que nos separar assim mesmo, sem maiores explicações, não adiantam mais explicações, não adiantam mais estes encontros que só te fazem sofrer... — Apertou os lábios secos. Bebeu um gole de vinho. — O que importa é não haver nem ódios nem ressentimentos, é podermos nos olhar frente a frente, o que passou, passou. Disco na prateleira...

— Disco na prateleira. Essa expressão é boa, ainda não conhecia.

— Alice, não comece com as ironias, por favor! Ainda ontem a Lili...

— Lili?

Ele baixou a cabeça. E fixou o olhar na toalha da mesa, como se quisesse decorar-lhe o contorno dos quadrados. Arrastou a cesta de pão para cobrir uma antiga mancha de vinho.

— É o apelido de Olívia. Eu queria dizer que ainda ontem ela perguntou por você com tamanha simpatia.

— Ah! que generoso, que nobre! Tão fino da parte dela, não me esquecerei disso, *perguntou por mim*. Quando nos encontrarmos, atravesso a quadra, como nas partidas de tênis e vou cumprimentá-la, tudo assim muito limpo, muito esportivo. Esportivo.

— Não se torture mais, Alice, ouça! — começou ele com energia. Vagou o olhar aflito pela mesa, como se nela buscasse as palavras. — Você devia mesmo saber que mais dia, menos dia, tínhamos que nos separar, nossa situação era falsa.

Ela entreabriu os lábios num duro arremedo de sorriso.

— Bonitas palavras essas, situação falsa. Por que situação falsa? Por quê? Durante mais de quinze anos não foi falsa. Por que ficou falsa de repente?

Ele fechou as mãos e bateu com os punhos na mesa, golpeando-a compassadamente. Afastou a cesta de pão e ficou olhando a mancha na toalha.

— Só sei que não tenho culpa, Alice. Já disse mil vezes que não pretendia romper, mas aconteceu, aconteceu. Não tenho culpa.

Ela despejou mais vinho no copo. Bebeu de olhos fechados. E ficou com a borda do copo comprimindo o lábio.

— Mas ao menos, Eduardo... ao menos você podia ter esperado um pouco para me substituir, não podia? Não vê que foi depressa demais? Será que você não vê que foi depressa demais? Não vê que ainda não estou preparada? Hein, Eduardo?... Aceito tudo, já disse, mas venha ao menos de vez em quando para me dizer um bom-dia, não peço mais nada... É preciso que vá me acostumando com a ideia de te perder, entendeu agora? Venha me ver mesmo que seja para falar nela, ficaremos falando nela, é preciso que me acostume com a ideia, não pode ser assim tão brusco, não pode!

—Não está sendo brusco, Alice. Temos conversado mais de uma vez, já disse que não precisamos nos despedir como inimigos.

Ela entrelaçou as mãos sob o queixo. Sacudiu a cabeça.

—Mas não se trata disso, Eduardo. Será que você não entende mais o que eu digo? Eduardo, Eduardo, eu queria que você entendesse...—Lágrimas pesadas caíram-lhe dos olhos quase sem tocar-lhe as faces.—Eduardo, você precisa ter paciência, não é justo, não é justo!

—Fale mais baixo, Alice, você está quase gritando—disse ele. Tirou do maço um cigarro, mas ficou com o cigarro esquecido entre os dedos. Abrandou a voz.—Eu entendo, sim, mas não se exalte, estamos conversando, não estamos? Vamos, tome um gole de vinho. Isso, assim...

Ela apanhou o guardanapo e enxugou trêmula o rosto. Abriu o estojo de pó e ainda com a ponta do guardanapo tentou limpar duas orlas escuras em torno dos olhos úmidos.

—Fui chorar e não podia chorar, borrei toda a pintura, estou uma palhaça.

—Não se preocupe, Alice. Fez bem de chorar, chore todas as vezes que tiver vontade.

Empoando-se frenética, escondeu o rosto detrás do estojo. Arregalou os olhos como que para obrigar que as últimas lágrimas—já boiando na fronteira dos cílios—voltassem novamente para dentro. Atirou a cabeça para trás.

—Pronto, pronto, passou! Estou ótima, olhe aí, veja se não estou ótima.

Ele lançou-lhe um rápido olhar. Apanhou o isqueiro para acender o cigarro e arrependeu-se em meio do gesto.

—Acenda seu cigarro, Eduardo.

—O isqueiro, você não gosta...

—Ora, não exagere, acenda o meu também.

Foi de olhos baixos que ele lhe acendeu o cigarro.

—Como esta toalha está suja.

—É que a luz desse isqueiro mostra tudo—disse ela num tom sombrio.—Mas vamos conversar sobre coisas alegres, estamos por demais sinistros, que é isso?! Vamos falar sobre seu casamento, por exemplo, esse é um assunto alegre. Quero saber os detalhes, querido, estou curiosíssima para saber os detalhes. Afinal, meu amado amigo de tantos anos se casa e estou por fora, não sei de nada.

—Não há nada que contar, Alice. Vai ser uma cerimônia muito simples.

—Lua de mel onde?

— Ainda não sei, isso a gente vai ver depois.

A mulher apertou os olhos. E pôs-se a amassar entre os dedos um pedaço de miolo de pão.

— Quem diria, hein? Nossa última ceia. Não falta nem o pão nem o vinho. Depois, você me beijará na face esquerda.

— Ah, Alice... — E ele riu frouxamente, sem alegria. — Não tome agora esse ar assim bíblico, ora, a última ceia. Não vamos começar com símbolos, quero dizer, não vamos ficar aqui numa cena patética de separação. Tudo foi perfeito enquanto durou. Agora, com naturalidade...

— Com naturalidade. Durou quinze anos, não foi, Eduardo?

Ele agitou-se olhando em redor. Esboçou um gesto na direção de um garçom que prosseguiu perambulando por entre árvores e mesas. Ergueu-se. O movimento brusco fez tombar a cadeira.

— Desconfio que esse banquete não virá tão cedo. Que tal se andássemos um pouco?

Deram alguns passos contornando as mesas vazias. No meio do jardim decadente, uma fonte extinta. O peixe de pedra tinha a boca aberta, mas há muito a água secara, deixando na boca escancarada o rastro negro da sua passagem. Por entre as pedras, tufos de samambaia enredados no mato rasteiro. Ele sentou-se na pedra maior. Desviou o olhar da mulher, que continuou de pé, as mãos metidas nos bolsos do casaco. Olhou para o céu.

— Agora, sim, pode-se ver as estrelas. Tão vivas, parecem palpitar.

Ela baixou a cabeça na direção do homem e cruzou os braços. Rodava ainda entre o polegar e o indicador a bolota de miolo de pão.

— Você agora repara nas estrelas.

Em meio da surpresa, ele riu.

— Você mesma me mandou olhar para elas... — Ficou sério. E aos poucos foi relaxando os músculos, fatigado e absorto.

Na distância, o rádio tocava uma música de jazz. A voz suada do negro chamava por Judy. E ficava repetindo, já rouca, *Judy, Judy*!

— Só elas não dizem nada. Nem elas nem o peixe — acrescentou ele, tragando e soprando a fumaça no peixe de pedra. — *Oh, boca da fonte, boca generosa, dizendo inesgotavelmente a mesma água pura...*

— Continue, Eduardo.

— Não sei mais, só sei esse pedaço.

— Há quanto tempo não te ouvia citar versos.

— Secou a fonte, secaram as flores, imagino como devia ter

flores nesse jardim e como essa casa devia estar sempre cheia de gente, uma família imensa, crianças, velhos, cachorros. Desapareceram todos. Ficou a casa.

—Acabou-se, não, Eduardo? Acabou-se. Nem água, nem flores, nem gente. Acabou tudo.

Ele encarou a mulher que rodava a bolinha de miolo de pão num ritmo mais acelerado.

—Não acabou, Alice, transformou-se apenas, passou de um estado para outro, o que é menos trágico. As coisas não acabam.

—Não?

Com certa surpresa, como se a estranhasse, ele continuou olhando aquela silhueta curva, amassando a bolota que ia adquirindo uma consistência de borracha. Baixou o olhar para as pernas dela. Sua fisionomia se confrangeu. Aproximou-se, enlaçou-a num gesto triste.

—É difícil explicar, Alice, mas esses anos todos que vivemos juntos, toda essa experiência não vai desaparecer assim como se... Não saímos de mãos vazias, ao contrário, saímos ricos, mais ricos do que antes.

—Riquíssimos.

Num quase afago, ele deixou pender o braço que lhe contornava os ombros.

—Tem jogado?

—Não. O tabuleiro lá está com todas as peças como deixamos na última partida, lembra?

—Alice, Alice!...—cantarolou, abrindo os braços no mesmo tom do negro do jazz. O riso foi breve.—Você me deixou ganhar, meu bem, eu não podia ter ficado com a torre.

Ela atirou-se contra ele, abraçando-o, "Eduardo, eu te amo!". Beijou-lhe as mãos, a boca, afundou a cara por entre a camisa, procurando chegar-lhe ao peito, enfiou a mão pela abertura, esfregou a cara no corpo do homem, sentindo-lhe o cheiro, apalpando-o, a ponta da língua vibrando de encontro à pele.

—Eu te amo.

—Alice—murmurou ele. Estava impassível. Fechou os punhos.—Alice, não dê escândalo, não continue...

Ela rebentou em soluços, escondendo a cara.

—Você me amava, Eduardo, eu sei que você me amava!

Ele adiantou-se alguns passos, limpando a boca no lenço. Esperou um instante e voltou-se.

—Vem, Alice, por sorte ninguém viu, agora tenha juízo, por favor. Vamos sentar, fica calma, senta aí.

Ela afastou os cabelos empastados na testa. Esfregou o guardanapo nos olhos.

—Quer o lenço?

—Não, já está em ordem, não se preocupe, estou bem.

Ele fez girar o isqueiro sobre a mesa, como um pião. Lançou um olhar em redor.

—O homenzinho esqueceu mesmo de nós. O que é uma boa coisa, desconfio que os tais bifes...

—Ela fuma?

—O quê?

—Perguntei se ela fuma.

Ele arrefeceu o movimento do isqueiro.

—Fuma.

—E gosta desse seu isqueiro?

—Não sei, Alice, não tenho a menor ideia.

—Tão jovem, não, Eduardo?

—Alice, você prometeu.

—E naturalmente vai vestida de noiva, ah, sim, a virgenzinha. Já dormiu com todos os namorados, mas isso não choca mais ninguém, imagine. Tem o médico amigo que costura num instante, tem a pílula, morro de inveja dessa geração. Como as coisas ficaram fáceis!

—Cale-se, Alice.

—Como você já é uns bons anos mais velho, ela mandou costurar, questão de princípio. E vai chorar na hora, fingindo a dor que está sentindo mesmo porque às vezes a tal costura...

—Cale-se!

A noite agora estava quieta, sem música, sem vozes. Ele apanhou um cigarro. A chama do isqueiro subiu de um jato.

—Eduardo, apague isso... —pediu ela se contraindo, a cabeça afundada na gola do casaco. —Não vou fumar, apague.

Sem nenhuma pressa, ele aproximou a chama do próprio rosto. Soprou-a.

—Mas então o desconhecido sentou na nossa mesa —começou ele baixinho. —Disse que era marinheiro.

—Eduardo, eu queria que você fosse embora.

—Vou te levar, Alice. Vamos sair juntos, estou só esperando aquele alegre que se esqueceu dos bifes...

—Você não entendeu, eu queria ficar só, vou indo daqui a pouco mas queria que você saísse na frente, queria que você saísse já.

—Mas, Alice, como vou te deixar assim?

—Estou pedindo, Eduardo, me ajude, por favor, me ajude.

Não, não se preocupe comigo, já estou calma, queria apenas ficar um instante sozinha, compreendeu? Eu preciso, Eduardo...

—Mas você vai conseguir táxi?

—Justamente queria andar um pouco, vai me fazer bem andar—sussurrou ela, entrelaçando as mãos.—Me ajude.

O homem ergueu-se. Apanhou a capa.

—Você não precisa mesmo de nada?

—Não, estou ótima, pode ir. Pode ir.

Ele se afastou a passos largos. Antes de enveredar pelo corredor, parou e apalpou os bolsos. Hesitou. Prosseguiu mais rápido, sem olhar para trás.

—A madama deseja ainda alguma coisa? Vamos fechar—avisou o garçom acendendo o abajur.—Fiquei lá dentro, teve um problema na cozinha.

Ela levantou a face de máscara pisada.

—Ah, sim, já vou. Quanto é?

—O cavalheiro já pagou o vinho. Disse que eu arrumasse um táxi para a senhora.

—Não é preciso, quero andar um pouco.

Então ele se inclinou:

—A madama está se sentindo mal?

Ela abriu os dedos. Rolou na mesa uma bolinha compacta e escura.

—Estou bem, é que tivemos uma discussão.

O garçom recolheu o pão e o vinho. Suspirou.

—Também discuto às vezes com a minha velha, mas depois fico chateado à beça. Mãe sempre tem razão—murmurou ajudando-a a levantar-se.—Não quer mesmo um táxi?

—Não, não...—Apertou de leve o ombro do moço.—O senhor é muito bom.

Quando ela já tinha dado alguns passos, ele a alcançou.

—A senhora esqueceu isto.

—Ah, o isqueiro—disse ela. Guardou-o na bolsa.

Venha Ver o Pôr do Sol

Ela subiu sem pressa a tortuosa ladeira. À medida que avançava, as casas iam rareando, modestas casas espalhadas sem simetria e ilhadas em terrenos baldios. No meio da rua sem calçamento, coberta aqui e ali por um mato rasteiro, algumas crianças brincavam de roda. A débil cantiga infantil era a única nota viva na quietude da tarde.

Ele a esperava encostado a uma árvore. Esguio e magro, metido num largo blusão azul-marinho, cabelos crescidos e desalinhados, tinha um jeito jovial de estudante.

— Minha querida Raquel.

Ela encarou-o, séria. E olhou para os próprios sapatos.

— Veja que lama. Só mesmo você inventaria um encontro num lugar destes. Que ideia, Ricardo, que ideia! Tive que descer do táxi lá longe, jamais ele chegaria aqui em cima.

Ele riu entre malicioso e ingênuo.

— Jamais? Pensei que viesse vestida esportivamente e agora me aparece nessa elegância. Quando você andava comigo, usava uns sapatões de sete léguas, lembra?

— Foi para me dizer isso que você me fez subir até aqui? — perguntou ela, guardando o lenço na bolsa. Tirou um cigarro. — Hein?!

— Ah, Raquel... — ele tomou-a pelo braço. — Você está uma coisa de linda. E fuma agora uns cigarrinhos pilantras, azul e dourado. Juro que eu tinha que ver ainda uma vez toda essa beleza, sentir esse perfume. Então? Fiz mal?

— Podia ter escolhido um outro lugar, não? — Abrandara a voz. — E o que é isso aí? Um cemitério?

Ele voltou-se para o velho muro arruinado. Indicou com o olhar o portão de ferro, carcomido pela ferrugem.

— Cemitério abandonado, meu anjo. Vivos e mortos, desertaram todos. Nem os fantasmas sobraram, olha aí como as criancinhas brincam sem medo — acrescentou apontando as crianças na sua ciranda.

Ela tragou lentamente. Soprou a fumaça na cara do companheiro.

— Ricardo e suas ideias. E agora? Qual é o programa?

Brandamente ele a tomou pela cintura.

— Conheço bem tudo isso, minha gente está enterrada aí. Vamos entrar um instante e te mostrarei o pôr do sol mais lindo do mundo.

Ela encarou-o um instante. E vergou a cabeça para trás numa risada.

— Ver o pôr do sol? Ah, meu Deus... Fabuloso, fabuloso! Me implora um último encontro, me atormenta dias seguidos, me faz vir de longe para esta buraqueira, só mais uma vez, só mais uma! E para quê? Para ver o pôr do sol num cemitério.

Ele riu também, afetando encabulamento como um menino pilhado em falta.

— Raquel, minha querida, não faça assim comigo. Você sabe que eu gostaria era de te levar ao meu apartamento, mas fiquei mais pobre ainda, como se isso fosse possível. Moro agora numa pensão horrenda, a dona é uma Medusa que vive espiando pelo buraco da fechadura.

— E você acha que eu iria?

— Não se zangue, sei que não iria, você está sendo fidelíssima. Então pensei, se pudéssemos conversar um pouco numa rua afastada... — disse ele, aproximando-se mais.

Acariciou-lhe o braço com as pontas dos dedos. Ficou sério. E aos poucos inúmeras rugazinhas foram-se formando em redor dos seus olhos ligeiramente apertados. Os leques de rugas se aprofundaram numa expressão astuta. Não era nesse instante tão jovem como aparentava. Mas logo sorriu e a rede de rugas desapareceu sem deixar vestígio. Voltou-lhe novamente o ar inexperiente e meio desatento.

— Você fez bem em vir.

— Quer dizer que o programa... E não podíamos tomar alguma coisa num bar?

— Estou sem dinheiro, meu anjo, vê se entende.

— Mas eu pago.

— Com o dinheiro dele? Prefiro beber formicida. Escolhi este passeio porque é de graça e muito decente, não pode haver um passeio mais decente, não concorda comigo? Até romântico.

Ela olhou em redor. Puxou o braço que ele apertava.

— Foi um risco enorme, Ricardo. Ele é ciumentíssimo. Está farto de saber que tive meus casos. Se nos pilha juntos, então sim, quero só ver se alguma das suas fabulosas ideias vai me consertar a vida.

— Mas me lembrei deste lugar justamente porque não quero que você se arrisque, meu anjo. Não tem lugar mais discreto do que um cemitério abandonado, veja, completamente abandonado — prosseguiu ele, abrindo o portão. Os velhos gonzos gemeram. — Jamais seu amigo ou um amigo do seu amigo saberá que estivemos aqui.

— É um risco enorme, já disse. Não insista nessas brincadeiras, por favor. E se vem um enterro? Não suporto enterros.

— Mas enterro de quem? Raquel, Raquel, quantas vezes preciso repetir a mesma coisa? Há séculos ninguém mais é enterrado aqui, acho que nem os ossos sobraram, que bobagem. Vem comigo, pode me dar o braço, não tenha medo.

O mato rasteiro dominava tudo. E não satisfeito de ter-se alastrado furioso pelos canteiros, subira pelas sepulturas, infiltrara-se ávido pelos rachões dos mármores, invadira as alamedas de pedregulhos esverdinhados, como se quisesse com sua violenta força de vida cobrir para sempre os últimos vestígios da morte. Foram andando pela longa alameda banhada de sol. Os passos de ambos ressoavam sonoros como uma estranha música feita do som das folhas secas trituradas sobre os pedregulhos. Amuada mas obediente, ela se deixava conduzir como uma criança. Às vezes mostrava certa curiosidade por uma ou outra sepultura com os pálidos medalhões de retratos esmaltados.

— É imenso, hein? E tão miserável, nunca vi um cemitério mais miserável, que deprimente — exclamou ela, atirando a ponta do cigarro na direção de um anjinho de cabeça decepada. — Vamos embora, Ricardo, chega.

— Ah, Raquel, olha um pouco para esta tarde! Deprimente por quê? Não sei onde foi que eu li, a beleza não está nem na luz da manhã nem na sombra da noite, está no crepúsculo, nesse meio-tom, nessa ambiguidade. Estou-lhe dando um crepúsculo numa bandeja e você se queixa.

— Não gosto de cemitério, já disse. E ainda mais cemitério pobre.

Delicadamente ele beijou-lhe a mão.

— Você prometeu dar um fim de tarde a este seu escravo.

— É, mas fiz mal. Pode ser muito engraçado, mas não quero me arriscar mais.

— Ele é tão rico assim?

— Riquíssimo. Vai me levar agora numa viagem fabulosa até o Oriente. Já ouviu falar no Oriente? Vamos até o Oriente, meu caro.

Ele apanhou um pedregulho e fechou-o na mão. A pequenina rede de rugas voltou a se estender em redor dos seus olhos. A fisionomia, tão aberta e lisa, repentinamente escureceu, envelhecida. Mas logo o sorriso reapareceu e as rugazinhas sumiram.

— Eu também te levei um dia para passear de barco, lembra?

Recostando a cabeça no ombro do homem, ela retardou o passo.

— Sabe, Ricardo, acho que você é mesmo meio tantã... Mas apesar de tudo, tenho às vezes saudade daquele tempo. Que ano aquele. Quando penso, não entendo como aguentei tanto, imagine, um ano!

— É que você tinha lido *A Dama das Camélias,* ficou assim toda frágil, toda sentimental. E agora? Que romance você está lendo agora?

— Nenhum — respondeu ela franzindo os lábios. Deteve-se para ler a inscrição de uma laje despedaçada: — *À minha querida esposa, eternas saudades* — leu em voz baixa. — Pois sim. Durou pouco essa eternidade.

Ele atirou o pedregulho num canteiro ressequido.

— Mas é esse abandono na morte que faz o encanto disto. Não se encontra mais a menor intervenção dos vivos, a estúpida intervenção dos vivos. Veja — disse apontando uma sepultura fendida, a erva daninha brotando insólita de dentro da fenda — o musgo já cobriu o nome da pedra. Por cima do musgo, ainda virão as raízes, depois as folhas... Esta, a morte perfeita, nem lembrança, nem saudade, nem o nome sequer. Nem isso.

Ela aconchegou-se mais a ele. Bocejou.

— Está bem, mas agora vamos embora que já me diverti muito, faz tempo que não me divirto tanto, só mesmo um cara como você podia me fazer divertir assim. — Deu-lhe um rápido beijo na face. — Chega, Ricardo, quero ir embora.

— Mais alguns passos...

— Mas este cemitério não acaba mais, já andamos quilômetros! — Olhou para trás. — Nunca andei tanto, Ricardo, vou ficar exausta.

— A boa vida te deixou preguiçosa? Que feio — lamentou ele, impelindo-a para frente. — Dobrando esta alameda, fica o jazigo da minha gente, é de lá que se vê o pôr do sol. Sabe, Raquel, andei muitas vezes por aqui de mãos dadas com minha prima. Tínhamos então doze anos. Todos os domingos minha mãe vinha trazer flores e arrumar nossa capelinha onde já estava enterrado meu pai. Eu e minha priminha vínhamos com ela e ficávamos por aí, de mãos dadas, fazendo tantos planos. Agora as duas estão mortas.

— Sua prima também?

— Também. Morreu quando completou quinze anos. Não era propriamente bonita, mas tinha uns olhos... Eram assim verdes como os seus, parecidos com os seus. Extraordinário, Raquel, extraordinário como vocês duas... Penso agora que toda a beleza dela residia apenas nos olhos, assim meio oblíquos, como os seus.

— Vocês se amaram?

— Ela me amou. Foi a única criatura que... — Fez um gesto. — Enfim, não tem importância.

Raquel tirou-lhe o cigarro, tragou e depois devolveu-o.

— Eu gostei de você, Ricardo.

— E eu te amei. E te amo ainda. Percebe agora a diferença?

Um pássaro rompeu o cipreste e soltou um grito. Ela estremeceu.

— Esfriou, não? Vamos embora.

— Já chegamos, meu anjo. Aqui estão meus mortos.

Pararam diante de uma capelinha coberta de alto a baixo por uma trepadeira selvagem, que a envolvia num furioso abraço de cipós e folhas. A estreita porta rangeu quando ele a abriu de par em par. A luz invadiu um cubículo de paredes enegrecidas, cheias de estrias de antigas goteiras. No centro do cubículo, um altar meio desmantelado, coberto por uma toalha que adquirira a cor do tempo. Dois vasos de desbotada opalina ladeavam um tosco crucifixo de madeira. Entre os braços da cruz, uma aranha tecera dois triângulos de teias já rompidas, pendendo como farrapos de um manto que alguém colocara sobre os ombros do Cristo. Na parede lateral, à direita da porta, uma portinhola de ferro dando acesso para uma escada de pedra descendo em caracol para a catacumba.

Ela entrou na ponta dos pés, evitando roçar mesmo de leve naqueles restos da capelinha.

— Que triste que é isto, Ricardo. Nunca mais você esteve aqui?

Ele tocou na face da imagem recoberta de poeira. Sorriu, melancólico.

— Sei que você gostaria de encontrar tudo limpinho, flores nos vasos, velas, sinais da minha dedicação, certo? Mas já disse que o que mais amo neste cemitério é precisamente este abandono, esta solidão. As pontes com o outro mundo foram cortadas e aqui a morte se isolou total. Absoluta.

Ela adiantou-se e espiou através das enferrujadas barras de ferro da portinhola. Na semiobscuridade do subsolo, os gavetões se estendiam ao longo das quatro paredes que formavam um estreito retângulo cinzento.

— E lá embaixo?

— Pois lá estão as gavetas. E nas gavetas, minhas raízes. Pó, meu anjo, pó — murmurou ele.

Abriu a portinhola e desceu a escada. Aproximou-se de uma gaveta no centro da parede, segurando firme na alça de bronze, como se fosse puxá-la.

— A cômoda de pedra. Não é grandiosa?

Detendo-se no topo da escada, ela inclinou-se mais para ver melhor.

— Todas essas gavetas estão cheias?

— Cheias?... Só as que têm um retrato e a inscrição, está vendo? Nesta está o retrato da minha mãe, aqui ficou minha mãe — prosseguiu ele tocando com os dedos num medalhão esmaltado, embutido no centro da gaveta.

Ela cruzou os braços. Falou baixinho, um ligeiro tremor na voz.

— Vamos, Ricardo, vamos.

— Você está com medo.

— Claro que não, estou é com frio. Suba e vamos embora, estou com frio.

Ele não respondeu. Adiantara-se até um dos gavetões na parede oposta e acendeu um fósforo. Inclinou-se para o medalhão frouxamente iluminado.

— A priminha Maria Emília. Lembro-me até do dia em que tirou esse retrato, duas semanas antes de morrer... Prendeu os cabelos com uma fita azul e veio se exibir, estou bonita? Estou bonita? — falava agora consigo mesmo, doce e gravemente. — Não é que fosse bonita, mas os olhos... Venha ver, Raquel, é impressionante como tinha olhos iguais aos seus.

Ela desceu a escada, encolhendo-se para não esbarrar em nada.

— Que frio faz aqui. E que escuro, não estou enxergando!

Acendendo outro fósforo, ele ofereceu-o à companheira.

— Pegue, dá para ver muito bem... — Afastou-se para o lado. — Repare nos olhos.

—Mas está tão desbotado, mal se vê que é uma moça... — Antes da chama se apagar, aproximou-a da inscrição feita na pedra. Leu em voz alta, lentamente: — Maria Emília, nascida em vinte de maio de mil e oitocentos e falecida... — Deixou cair o palito e ficou um instante imóvel. — Mas esta não podia ser sua namorada, morreu há mais de cem anos! Seu menti...

Um baque metálico decepou-lhe a palavra pelo meio. Olhou em redor. A peça estava deserta. Voltou o olhar para a escada. No topo, Ricardo a observava por detrás da portinhola fechada. Tinha seu sorriso meio inocente, meio malicioso.

—Isto nunca foi o jazigo de sua família, seu mentiroso! Brincadeira mais cretina! — exclamou ela, subindo rapidamente a escada. — Não tem graça nenhuma, ouviu?

Ele esperou que ela chegasse quase a tocar o trinco da portinhola de ferro. Então deu uma volta à chave, arrancou-a da fechadura e saltou para trás.

—Ricardo, abre isto imediatamente! Vamos, imediatamente! — ordenou, torcendo o trinco. — Detesto este tipo de brincadeira, você sabe disso. Seu idiota! É no que dá seguir a cabeça de um idiota desses. Brincadeira mais estúpida!

—Uma réstia de sol vai entrar pela frincha da porta, tem uma frincha na porta. Depois vai se afastando devagarinho, bem devagarinho. Você terá o pôr do sol mais belo do mundo.

Ela sacudia a portinhola.

—Ricardo, chega, já disse! Chega! Abre imediatamente, imediatamente! — Sacudiu a portinhola com mais força ainda, agarrou-se a ela, dependurando-se por entre as grades. Ficou ofegante, os olhos cheios de lágrimas. Ensaiou um sorriso. — Ouça, meu bem, foi engraçadíssimo, mas agora preciso ir mesmo, vamos, abra...

Ele já não sorria. Estava sério, os olhos diminuídos. Em redor deles, reapareceram as rugazinhas abertas em leque.

—Boa noite, Raquel.

—Chega, Ricardo! Você vai me pagar!... — gritou ela, estendendo os braços por entre as grades, tentando agarrá-lo. — Cretino! Me dá a chave desta porcaria, vamos! — exigiu, examinando a fechadura nova em folha. Examinou em seguida as grades cobertas por uma crosta de ferrugem. Imobilizou-se. Foi erguendo o olhar até a chave que ele balançava pela argola, como um pêndulo. Encarou-o, apertando contra a grade a face sem cor. Esbugalhou os olhos num espasmo e amoleceu o corpo. Foi escorregando. — Não, não...

Voltado ainda para ela, ele chegou até a porta e abriu os braços. Foi puxando as duas folhas escancaradas.

— Boa noite, meu anjo.

Os lábios dela se pregavam um ao outro, como se entre eles houvesse cola. Os olhos rodavam pesadamente numa expressão embrutecida.

— Não...

Guardando a chave no bolso, ele retomou o caminho percorrido. No breve silêncio, o som dos pedregulhos se entrechocando úmidos sob seus sapatos. E, de repente, o grito medonho, inumano:

— NÃO!

Durante algum tempo ele ainda ouviu os gritos que se multiplicaram, semelhantes aos de um animal sendo estraçalhado. Depois, os uivos foram ficando mais remotos, abafados como se viessem das profundezas da terra. Assim que atingiu o portão do cemitério, ele lançou ao poente um olhar mortiço. Ficou atento. Nenhum ouvido humano escutaria agora qualquer chamado. Acendeu um cigarro e foi descendo a ladeira. Crianças ao longe brincavam de roda.

Eu Era Mudo e Só

Sentou na minha frente e pôs-se a ler um livro à luz do abajur. Já está preparada para dormir: o macio roupão azul sobre a camisola, a chinela de rosinhas azuis, o frouxo laçarote de fita prendendo os cabelos alourados, a pele tão limpa, tão brilhante, cheirando a sabonete provavelmente azul, tudo tão vago, tão imaterial. Celestial.
— Você parece um postal. O mais belo postal da coleção Azul e Rosa. Quando eu era menino, adorava colecionar postais.
Ela sorriu e eu sorrio também ao vê-la consertar quase imperceptivelmente a posição das mãos. Agora o livro parece flutuar entre seus dedos tipo Gioconda. Acendo um cigarro. Tia Vicentina dizia sempre que eu era muito esquisito. "Ou esse seu filho é meio louco, mana, ou então..." Não tinha coragem de completar a frase, só ficava me olhando, sinceramente preocupada com meu destino. Penso agora como ela ficaria espantada se me visse aqui nesta sala que mais parece a página de uma dessas revistas da arte de decorar, bem-vestido, bem barbeado e bem casado, solidamente casado com uma mulher divina-maravilhosa, quando borda, o trabalho parece sair das mãos de uma freira e quando cozinha!... Verlaine em sua boca é aquela pronúncia, a voz impostada, uma voz rara. E se tem filho então, Tia Vicentina? A criança nasce uma dessas coisas, entende? Tudo tão harmonioso, tão perfeito. "Que gênero de poesia a senhora prefere?", perguntou o repórter à poetisa peituda e a poetisa peituda revirou os olhos, "O senhor sabe, existe a poesia realista e a poesia sublime. Eu prefiro a sublime!". Pois aí está, Tia Vicentina.
— Sublime.

— Você falou, meu bem? — perguntou Fernanda sem desviar o olhar do livro.

— Acho que gostaria de sair um pouco.

— Para ir aonde?

"Tomar um chope", eu estive a ponto de dizer. Mas a pergunta de Fernanda já tinha rasgado pelo meio minha vontade. A primeira pergunta de uma série tão sutil que quando eu chegasse até à rua já não teria vontade de tomar chope, não teria vontade de fazer mais nada. Tudo estaria estragado e o melhor ainda seria voltar.

Levanto-me sentindo seu olhar duplo pousar em mim, olhar duplo é uma qualidade raríssima, pode ler e ver o que estou fazendo. Tem a expressão mansa, desligada. Contudo, o olhar é mais preciso do que a máquina japonesa que comprou numa viagem: "Veja", disse, mostrando a fotografia, "até a sombra da asa da borboleta a objetiva pegou". Esse olhar na minha nuca. Não consegue captar minha expressão porque estou de costas.

— E se não vê a sombra das minhas asas é porque elas foram cortadas.

— Que foi que você resmungou, meu bem?

— Nada, nada. É um verso que me ocorreu, um verso sobre asas.

Ela contraiu as sobrancelhas.

— Engraçado, você não costuma pensar em voz alta.

Ela sabe o que costumo e o que não costumo. Sabe tudo porque é exemplar e a esposa exemplar deve adivinhar. Mordisco o lábio devagarinho, bem devagarinho até a dor ficar quase insuportável. Adivinhar meu pensamento. Sem dúvida ela chegaria um dia a esse estado de perfeição. E nessa altura eu estaria tão desfibrado, tão vil que haveria de chorar lágrimas de enternecimento quando a visse colocar na minha mão o copo d'água que pensei em ir buscar.

Abro a janela e sinto na cara o ar gelado da noite. A lua, não, a lua já tinha sido quase tocada, talvez nesse instante mesmo em que a olhava algum abelhudo já rondava por lá. Solidão era solidão de estrela. "Sei que a solidão é dura às vezes de aguentar", disse Jacó no dia que soube do meu casamento. "Mas se é difícil carregar a solidão, mais difícil ainda é carregar uma companhia. A companhia resiste, a companhia tem uma saúde de ferro! Tudo pode acabar em redor e a companhia continua firme, pronta a virar qualquer coisa para não ir embora, mãe, irmã, enfermeira, amigo... Escolher para mulher aquela que seria nosso amigo se fosse homem, esse negócio então é o pior de todos. Abominável. Estremeço só em pensar nesse gênero de mulher que adora fazer noitada com o marido. Querem beber e não sabem beber, logo ficam vulgares, desbocadas..." Enveredamos proseando por uma rua de bairro, Jacó e eu. As casas eram antigas e havia no ar um misterioso perfume de jardim. Eu ria das coisas que Jacó ia dizendo, mas meu coração estava inquieto. Quando passamos por um bar, ele me tomou pelo braço: "Vamos beber enquanto ainda podemos beber juntos". Quase cheguei a me irritar, "Você não conhece a Fernanda. Ela é tão sensível, tão generosa, jamais pensará sequer em interferir na minha vida. E nem eu admitiria". Ele ficou olhando para o copo de uísque. "Mas está claro que ela não vai interferir, meu querubim. O processo será outro, conheço bem essas moças compreensivas, ora se!..." O ambiente estava aconchegante, o uísque era bom, estava gostando tanto de rever Jacó com sua boina e o sobretudo antiquíssimo. Recém-casado com a mulher que amava. E então? Por que não estava feliz? "Das duas, uma", prosseguiu Jacó enchendo a boca de amendoins. "Ou a mulher fica aquele tipo de amigona e etecetera e tal ou fica de fora. Se fica de fora, com a famosa sabedoria da serpente misturada à inocência da pomba, dentro de um tempo mínimo conseguirá indispor a gente de tal modo com os amigos que quando menos se espera estaremos distantes deles as vinte mil léguas submarinas. No outro caso, se ficar a tal que seria nosso amigo se fosse homem, acabará gostando tanto dos nossos amigos, mas tanto que logo escolherá o melhor para se deitar. Quer dizer, ou vai nos trair ou chatear. Ou as duas coisas."

— Esses cigarros devem estar velhos — disse Fernanda.

Volto-me devagar. Ela abre as páginas do livro com uma pequena espátula de marfim.

— Que cigarros?

— Esses da caixa, meu bem. Não foi por isso que você não fumou?

Abro o jornal. Mas que me importa o jornal? Queria outra coisa e olho em redor e não sei o que poderia ser.

— Fernanda, você se lembra do Jacó?

— Lembro, como não? Era simpático o Jacó.

— *Era...* Você fala como se ele tivesse morrido.

Ela sorriu entre complacente e irônica.

— Mas é como se tivesse morrido mesmo. Sumiu completamente, não?

— Completamente — respondo.

E escondo a cara atrás do jornal porque nesse instante exato eu gostaria que ela estivesse morta. Irremediavelmente morta e eu chorando como louco, chorando desesperado porque a verdade é que a amava, mas era verdade também que fora uma solução livrar-me dela assim. Uma morta pranteadíssima. Mas bem morta. E todos com uma pena enorme de mim e eu também esfrangalhado de dor porque jamais encontraria uma criatura tão extraordinária, que me amasse tanto como ela me amou. Sofrimento total. Mas quando viesse a noite e eu abrisse a porta e não a encontrasse me esperando para o jantar, quando me visse só no escuro nesta sala, então daria aquele grito que dei quando era menino e subi na montanha.

— Hoje você está cansado, não está?

Ergo o olhar até Fernanda. A mãe de minha filha. Minha companheira há doze anos, pronta para ir buscar aspirina se a dor é na cabeça, pronta para chamar o médico se a dor é no apêndice. Sou um monstro.

— Cansado propriamente não. Sem ânimo.

— Já reparei que ultimamente você anda esfregando muito os olhos, acho que devia ir ao oculista.

Não podia mais esfregar os olhos. Era bom esconder os polegares dentro da mão e ficar esfregando os olhos com os nós dos dedos, mas se continuasse fazendo isso teria que ir ao oculista para explicar. Os menores movimentos tinham que ter uma explicação, nenhum gesto gratuito, inútil. Abri a televisão e a moça de peruca loura me avisou que eu perderia os dentes se não comprasse o dentifrício... Desliguei depressa. Beba, coma, leia, vista — ah! Ah.

— *Eu era mudo e só na rocha de granito.*

Fernanda teve um risinho cascateante, é especialista nesse tipo de riso.

— Meu bem, quando eu era menina ouvi uma declamadora recitar isso numa festa em casa de uma tia velhinha, foi tão divertido. Ela gostava de recitar isso e aquela outra coisa ridícula, *se a cólera que espuma*!

Tão fina, não? Tão exigente. Poesia mesmo, só a de T.S. Eliot. Música, só a de Bach, "Pronuncia-se *Barh*", ensinou afetadamente ainda ontem para Gisela. Só lê literatura francesa, "Ih, o Robbe-Grillet, a Sarraute"... Como se tivesse há pouco tomado um café com eles na esquina.

— Ridículo por quê, Fernanda? São poesias ótimas.

— Ora, querido, não faça polêmica — murmurou ela inclinando a cabeça para o ombro. Levantou a espátula: — Tinha me esquecido, imagine que Gisela teve distinção em inglês. Vai ganhar uma medalha.

Gisela, minha filha. Já sabia sorrir como a mãe sorria, de modo a acentuar a covinha da face esquerda. E já tinha a mesma mentalidade, uma pequenina burguesa preocupada com a aparência, "Papaizinho querido, não vá mais me buscar de jipe!". A querida tolinha sendo preparada como a mãe fora preparada, o que vale é o mundo das aparências. As aparências. Virtuosas, sem dúvida, de moral suficientemente rija para não pensar sequer em trair o marido, e o inferno? De constituição suficientemente resistente para sobreviver a ele, pois a esposa exemplar deve morrer depois para poupar-lhe os dissabores.

Era o círculo eterno sem começo nem fim. Um dia Gisela diria à mãe qual era o escolhido. Fernanda o convidaria para jantar conosco, exatamente como a mãe dela fizera comigo. O arzinho de falsa distraída em pleno funcionamento na inaparente teia das perguntas, "Diz que prolonga a vida a gente amar o trabalho que faz. Você ama o seu?...". A perplexidade do moço diante de certas considerações tão ingênuas, a mesma perplexidade que um dia senti. Depois, com o passar do tempo, a metamorfose na maquinazinha social azeitada pelo hábito de rir sem vontade, de chorar sem vontade, de falar sem vontade, de fazer amor sem vontade... O homem adaptável, ideal. Quanto mais for se apoltronando, mais há de convir aos outros, tão cômodo, tão portátil. Comunicação total, mimetismo: entra numa sala azul fica azul, numa vermelha, vermelho. Um dia se olha no espelho, de que cor eu sou? Tarde demais para sair porta afora. E desejando, covarde e miseravelmente desejando que ela se volte de repente para confessar, "Tenho um amante". Ou então que, em vez de enfiar a espátula no livro, enterre-a até o cabo no coração.

— Cris passou ontem lá na loja — disse ela. — Telefonou, você não estava. Parecia preocupado, não concordou com sua compra de tratores.

— E o que aquele filho de uma cadela entende de trator?

— Manuel!

— Desculpe, Fernanda, escapou. Mas é que nunca ele entendeu de tratores, fica falando sem entender do assunto.

E eu? Eu entendo? Penso no senador. Quanto tempo levei para entender aquele seu sorriso, quanto tempo. Estávamos os dois frente a frente, meu futuro sogro e eu. Ele brincava com a corrente do relógio e me olhava disfarçadamente, também tinha esse tipo de olhar duplo. "Se minha filha decidiu, então já está decidido. Apenas o senhor ainda não me disse o que gostaria de fazer." Procurei encará-lo. O que eu gostaria de fazer? Voltei-me para Fernanda que se sentara ao piano e cantarolava baixinho uma balada inglesa, uma balada muito antiga que contava a história de uma princesa que morreu de amor e foi enterrada num vale, *"and now she lays in the valley"*... O senador brincava ainda com a corrente:

"Sei que o senhor é jornalista, mas está visto que depois do casamento vai ter que se ocupar com outra coisa, Fernanda vai querer ter o mesmo nível de vida que tem agora. Desde que deixei a política, vou de vento em popa no meu negócio. Queria convidá-lo para ser meu sócio. Que tal?". Fiquei olhando para sua corrente de ouro. "Mas, senador, acontece que não entendo nada de máquinas agrícolas!" Ele levantou-se para se servir de conhaque. E teve aquele sorriso especialíssimo, cujo sentido não consegui alcançar. "Entre para a firma, meu jovem, entre para a firma e vai entender rápido." Aceitei o conhaque. "O senhor me desculpe a franqueza, senador, mas o caso é que detesto máquinas..." Ele agora examinava a garrafa que tinha um rótulo pomposo, mas com o olhar sobressalente me observava. "Não importa, jovem. Vai entender e vai até gostar, questão de tempo." Baixei a cabeça, confundido. Questão de tempo? Tive então uma vontade absurda de me levantar e ir embora, sumir para sempre, sumir. Largar ali na sala o senador com suas máquinas, Fernanda com suas baladas, adeus, minha noiva, adeus! Tão forte a vontade de fugir que cheguei a agarrar os braços da poltrona para me levantar de um salto. A música, o conhaque, o pai e a filha, tudo, tudo era da melhor qualidade, impossível mesmo encontrar lá fora uma cena igual, uma gente igual. Mas gente para ser vista e admirada do lado de fora, através da vidraça. Acho que cheguei mesmo a me levantar. Dei uma volta em torno da mesa, olhei para o senador, para Fernanda, para o gato siamês enrodilhado na almofada. Fiquei. Fui relaxando os músculos, sentei-me de novo, bebi mais um pouco e fiquei. Fernanda cantava e a balada me pareceu desesperadamente triste com sua princesa enterrada num vale solitário, onde cresciam flores silvestres. Alguma coisa também parecia ter morrido em mim, *"and now she lays in the valley where the wild flowers nod"*...

— Quer ouvir música? — Fernanda perguntou, baixando o livro. — Gisela trouxe discos novos.

Já estou há algumas horas sem fazer nada, alheado. E a esposa exemplar não deve deixar o homem com a mente assim em disponibilidade.

— Agora não, depois.

Abro uma revista. Ela então inclinou a cabeça sob o halo redondo do abajur e recomeçou a ler. Que quadro! Se tivesse um grande cão sentado aos pés dela, um são-bernardo, por exemplo, a cena então ficaria perfeita. Mas mesmo sem o cachorrão peludo o quadro está tão bem-composto que não resisto de olhos abertos. Guardo o postal no bolso. Fernanda ficou impressa num postal, pronto, posso sair de cabeça descoberta e sem direção, ninguém me perguntou para onde vou nem a que horas devo voltar e se não quero levar um pulôver — ah! maravilha, maravilha. Não precisou ter amantes, não precisou morrer, não precisou acontecer nada de desagradável, de chocante, de repente tudo se imobilizou e virou uma superfície colorida e brilhante, para sempre um postal, um belíssimo postal que superou todos os que já vi em matéria de perfeição. Posso levá--lo comigo, mas como postal não faz perguntas não preciso dizer por que vou indo delirante rumo ao cais. Já vislumbro o navio em meio da cerração e a água mansa batendo no casco e o cheiro de mar. O cheiro de mar. O apito subindo pesadamente com a âncora, depressa, depressa que a escada ainda me espera! Subo levíssimo. Vai para Sumatra? Vai para Hong Kong? O navio avança e um claro mar de estrelas vai-se abrindo em minha frente. Senta-se ao meu lado um companheiro de viagem. Não o distingo bem no escuro e isso nos faz mais livres ainda, dois passageiros sem bagagem e sem feições. Tiro o postal do bolso: "Esta era minha mulher. Esta era minha casa". O homem aproxima a brasa do cigarro da mancha azul e rosada que é Fernanda. "Ela morreu?", pergunta ele. "Não, não morreu. Uma noite ela virou este cartão. Tinha ainda uma menininha, um cachorro, um piano, tinha muitas coisas mais. Viraram este cartão." O homem não faz comentários. Guardo o postal no bolso. Posso também rasgá-lo em pedacinhos e atirá-lo no mar, não importa, é só um cartão e eu sou apenas um vagabundo debaixo das estrelas. Oh, prisioneiros dos cartões-postais de todo o mundo, venham ouvir comigo a música do vento! Nada é tão livre como o vento no mar!

— Será que você pode fechar a janela? — pede Fernanda. — Esfriou, já começou o inverno.

Abro os olhos. Eu também estou dentro do postal. Devo estar envelhecendo para começar a soma das compensações. Mas a alegria simples de sair em silêncio para visitar um amigo. De amar ou deixar de amar sem nenhum medo, nunca mais o medo de empobrecer, de me perder, já estou perdido! Poderei tomar um trem ou cortar os pulsos sem nenhuma explicação?

Através do vidro as estrelas me parecem incrivelmente distantes. Fecho a cortina.

As Pérolas

Demoradamente ele a examinava pelo espelho. "Está mais magra, pensou. Mas está mais bonita." Quando a visse, Roberto também pensaria o mesmo, "Está mais bonita assim".
Que iria acontecer? Tomás desviou o olhar para o chão. Pressentia a cena e com que nitidez: com naturalidade Roberto a levaria para a varanda e ambos se debruçariam no gradil. De dentro da casa iluminada, os sons do piano. E ali fora, no terraço deserto, os dois muito juntos se deixariam ficar olhando a noite. Conversariam? Claro que sim, mas só nos primeiros momentos. Logo atingiriam aquele estado em que as palavras são demais. Quietos e tensos, mas calados na sombra. Por quanto tempo? Impossível dizer, mas o certo é que ficariam sozinhos uma parte da festa, apoiados no gradil dentro da noite escura. Só os dois, lado a lado, em silêncio. O braço dele roçando no braço dela. O piano.
— Tomás, você está se sentindo bem? Que é, Tomás?
Ele estremeceu. Agora era Lavínia que o examinava pelo espelho.
— Eu? Não, não se preocupe — disse ele, passando a mão pelo rosto. — Preciso fazer a barba...
— Tomás, você não me respondeu — insistiu ela. — Você está bem?
— Claro que estou bem.
A ociosidade, a miserável ociosidade daqueles interrogatórios. "Você está bem?" O sorriso postiço. "Estou bem." A insistência era necessária. "Bem mesmo?" Oh, Deus. "Bem mesmo." A pergunta exasperante: "Você quer alguma coisa?". A resposta invariável: "Não quero nada".
"Não quero nada, isto é, quero viver. Apenas viver, minha que-

rida, viver..." Com um movimento brando, ele ajeitou a cabeça no espaldar da poltrona. Parecia simples, não? Apenas viver. Esfregou a face na almofada de crochê. Relaxou os músculos. Uma ligeira vertigem turvou-lhe a visão. Fechou os olhos quando as tábuas do teto se comprimiram num balanço de onda. Esboçou um gesto impreciso em direção à mulher.

— Sinto-me tão bem.
— Pensei que você estivesse com alguma dor.
— Dor? Não. Eu estava mas era pensando.

Lavínia penteava os cabelos. Inclinara-se mais sobre a mesinha, de modo a poder ver melhor o marido que continuava estirado na sua poltrona, colocada um pouco atrás e à direita da banqueta na qual ela estava sentada.

— Pensando em coisas tristes?
— Não, até que não... — respondeu ele.

Seria triste pensar, por exemplo, que enquanto ele ia apodrecer na terra ela caminharia ao sol de mãos dadas com outro?

Era verdadeiramente espantosa a nitidez com que imaginava a cena: o piano inesgotável, o ar morno da noite de outubro, tinha ainda que ser outubro com aquele perfume indefinível da primavera. A folhagem parada. E os dois, ombro a ombro, palpitantes e controlados, olhos fixos na escuridão. "Lavínia e Roberto já foram embora?", perguntaria alguém num sussurro. A resposta sussurrante, pesada de reticências: "Estão lá fora na varanda".

Cruzando os braços com um gesto brusco, ele esfregou o pijama nas axilas molhadas. Disfarçou o gesto e ali ficou alisando as axilas, como se sentisse uma vaga coceira. Cerrou os dentes. Por que nenhum convidado entrava naquele terraço? Por que não se rompiam, com estrépito, as cordas do piano? Ao menos — ao menos! — por que não desabava uma tempestade?

— A noite está firme?
— Firmíssima. Até lua tem.

Ele riu:
— Imagine, até isso.

Lavínia apoiou o queixo nas mãos entrelaçadas. Lançou-lhe um olhar inquieto.

— Tomás, que mistério é esse?
— Não tem mistério nenhum, meu amor. Ao contrário, tudo me parece tão simples. Mas vamos, não se importe comigo, estou brincando com minhas ideias, aquela brincadeira de ideias conexas, você sabe... — Teve uma expressão sonolenta. — Mas você não vai se atrasar? Me parece que a reunião é às nove. Não é às nove?

— Ai! essa reunião. Estou com tanta vontade de ir como de me enforcar naquela porta. Vai ser uma chatice, Tomás, as reuniões lá sempre são chatíssimas, tudo igual, os sanduíches de galinha, o uísque ruim, o ponche doce demais...

— E Chopin, o Bóris não falha nunca. De Chopin você gosta.

— Ah, Tomás, não começa. Queria tanto ficar aqui com você.

Era verdade, ela preferia ficar, ela ainda o amava. Um amor meio esgarçado, sem alegria. Mas ainda amor. Roberto não passava de uma nebulosa imprecisa e que só seus olhos assinalaram a distância. No entanto, dentro de algumas horas, na aparente candura de uma varanda... Os acontecimentos se precipitando com uma rapidez de loucura, força de pedra que dormiu milênios e de repente estoura na avalancha. E estava em suas mãos impedir. Crispou-as dentro do bolso do roupão.

— Quero que você se distraia, Lavínia, sempre será mais divertido do que ficar aqui fechada. E depois, é possível que desta vez não seja assim tão igual, Roberto deve estar lá.

— Roberto?

— Roberto, sim.

Ela teve um gesto brusco.

— Mas Roberto está viajando. Já voltou?

— Já, já voltou.

— Como é que você sabe?

— Ele telefonou outro dia, tinha me esquecido de dizer. Telefonou, queria nos visitar. Ficou de aparecer uma noite dessas.

— Imagine... — murmurou ela, voltando-se de novo para o espelho. Com um fino pincel, pôs-se a delinear os olhos. Falou devagar, sem mover qualquer músculo da face. — Já faz mais de um ano que ele sumiu.

— É, faz mais de um ano.

Paciente Roberto. Pacientíssimo Roberto.

— E não se casou por lá?

Ele tentou vê-la através do espelho, mas agora ela baixara a cabeça. Mergulhava a ponta do pincel no vidro. Repetiu a pergunta:

— Ele não se casou por lá? Hein?... Não se casou, Tomás?

— Não, não se casou.

— Vai acabar solteirão.

Tomás teve um sorriso lento. Respirou penosamente, de boca aberta. E voltou o rosto para o outro lado. "Meu Deus." Apertou os olhos que foram se reduzindo, concentrados no vaso de gerânios no peitoril da janela. "Eles sabem que nem chegarei a ver este botão desabrochar." Estendeu a mão ávida em direção à planta, colheu furtivamente alguns botões. Esmigalhou-os entre os dedos. Relaxou o corpo. E cerrou os olhos, a fisionomia em paz. Falou num tom suave.

— Você vai chegar atrasada.
— Melhor, ficarei menos tempo.
— Vai me dizer depois se gostou ou não. Mas tem que dizer mesmo.
— Digo, sim.

Depois ela não lhe diria mais nada. Seria o primeiro segredo entre os dois, a primeira névoa baixando densa, mais densa, separando-os como um muro embora caminhassem lado a lado. Viu-a perdida em meio da cerração, o rosto indistinto, a forma irreal. Encolheu-se no fundo da poltrona, uma mão escondida na outra, caramujo gelado rolando na areia, solidão, solidão. "Lavínia, não me abandone já, deixe ao menos eu partir primeiro!" A boca salgada de lágrimas. "Ao menos eu partir primeiro..." Retesou o tronco, levantou a cabeça. Era cruel. "Não podem fazer isso comigo, eu ainda estou vivo, ouviram bem? Vivo!"

— Ratos.
— Que ratos?
— Ratos, querida, ratos — disse e sorriu da própria voz aflautada. — Já viu um rato bem de perto? Tinha muito rato numa pensão onde morei. De dia ficavam enrustidos, mas de noite se punham insolentes, entravam nos armários, roíam o assoalho, roque-roque... Eu batia no chão para eles pararem e nas primeiras vezes eles pararam mesmo, mas depois foram se acostumando com minhas batidas e no fim eu podia atirar até uma bomba que continuavam roque-roque-roque-roque... Mas aí eu também já estava acostumado. Uma noite um deles andou pela minha cara. As patinhas são frias.

— Que coisa horrível, Tomás!
— Há piores.

A varanda. Lá dentro, o piano, sons melosos escorrendo num Chopin de bairro, as notas se acavalando no desfibramento de quem pede perdão, "Estou tão destreinado, esqueci tudo!". O incentivo ainda mais torpe, "Ora, está bom, continue!". Mas nem de rastros os sons penetravam realmente no silêncio da varanda, silêncio conivente isolando os dois numa aura espessa, de se cortar com faca. Então Roberto perguntaria naquele tom interessado, tão fraterno: "E o Tomás?". O descarado. A espera da resposta inevitável, o crápula. A espera da confissão que nem a si mesma ela tivera coragem de fazer: "Está cada vez pior". Ele pousaria de leve a mão no seu ombro, como a lhe dizer: "Eu estou ao seu lado, conte comigo". Mas não lhe diria isso, não lhe diria nada, ah, Roberto era oportuno demais para dizer qualquer coisa, ele apenas pousaria a mão no ombro dela e com esse gesto estaria dizendo tudo, "Eu te amo, Lavínia, eu te amo".

— Vou molhar os cabelos, estão secos como palha — queixou-se ela. E voltou-se para o homem: — Tomás, que tal um copo de leite?

Leite. Ela lhe oferecia leite. Contraiu os maxilares.

— Não quero nada.

Diante do espelho, ela deslizou os dedos pelo corpo, arrepanhando o vestido nos quadris. Parecia desatenta, fatigada.

— Está largo demais, quem sabe é melhor ir com o verde?

— Mas você fica melhor de preto — disse ele passando a ponta da língua pelos lábios gretados.

Roberto gostaria de vê-la assim, magra e de preto, exatamente como naquele jantar. Ela nem se lembrava mais, pelo menos *ainda* não se lembrava, mas ele revia como se tivesse sido na véspera aquela noite havia quase dez anos.

Dois dias antes do casamento. Lavínia estava assim mesmo, toda vestida de preto. Como única joia, trazia seu colar de pérolas, precisamente aquele que estava ali, na caixa de cristal. Roberto fora o primeiro a chegar. Estava eufórico: "Que elegância, Lavínia! Como lhe vai bem o preto, nunca te vi tão linda. Se eu fosse você, faria o vestido de noiva preto. E estas pérolas? Presente do noivo?". Sim, parecia satisfeitíssimo, mas no fundo do seu sorriso, sob a frivolidade dos galanteios, lá no fundo, só ele, Tomás, adivinhava qualquer coisa de sombrio. Não, não era ciúme nem propriamente mágoa, mas qualquer coisa assim com o sabor sarcástico de uma advertência, "Fique com ela, fique com ela por enquanto. Depois veremos". Depois era agora.

A varanda, floreios de Chopin se diluindo no silêncio, vago perfume de folhagem, vago luar, tudo vago. Nítidos, só os dois, tão nítidos. Tão exatos. A conversa fragmentada, mariposa sem alvo deixando aqui e ali o pólen de prata das asas, "E aquele jantar, hein, Lavínia?". Ah, aquele jantar. "Foi há mais de dez anos, não foi?" Ela demoraria para responder. "No final, você lembra?, recitei Geraldy. Eu estava meio bêbado, mas disse o poema inteiro, não encontrei nada melhor para te saudar, lembra?" Ela ficaria séria. E, um tanto perturbada, levaria a mão ao colar de pérolas, gesto tão seu quando não sabia o que dizer: tomava entre os dedos a conta maior do fio e ficava a rodá-la devagar. Sim, como não? Lembrava-se perfeitamente, só que o verso adquiria agora um novo sentido, não, não era mais o cumprimento galante para arreliar o noivo. Era a confissão profunda, grave: "Se eu te amasse, se tu me amasses, como nós nos amaríamos!".

—Podia usar o cinto—murmurou ela, voltando a apanhar o vestido nas costas. Dirigiu-se ao banheiro.—Paciência, ninguém vai reparar muito em mim.

"Só Roberto", ele quis dizer. Esfregou vagarosamente as mãos. Examinou as unhas. "Têm que estar muito limpas", lembrou entrelaçando os dedos. Levou as mãos ao peito e vagou o olhar pela mesa: a esponja, o perfume, a escova, os grampos, o colar de pérolas... Através do vidro da caixa, ele via o colar. Ali estavam as pérolas que tinham atraído a atenção de Roberto, rosadas e falsas, mas singularmente brilhantes. Voltando ao quarto, ela poria o colar, distraída, inconsciente ainda de tudo quanto a esperava. No entanto, se lhe pedisse, "Lavínia, não vá", se lhe dissesse isto uma única vez, "não vá, fica comigo!".

Vergou o tronco até tocar o queixo nos joelhos, o suor escorrendo ativo pela testa, pelo pescoço, a boca retorcida, "Meu Deus!". O quarto rodopiava e numa das voltas sentiu-se arremessado pelo espaço, uma pedra subindo aguda até o limite do grito. E a queda desamparada no infinito, "Lavínia, Lavínia!...". Fechou os olhos e tombou no fundo da poltrona, tão gelado e tão exausto que só pôde desejar que Lavínia não entrasse naquele instante, não queria que ela o encontrasse assim, a boca ainda escancarada na convulsão da náusea. Puxou o xale até o pescoço. Agora era o cansaço atroz que o fazia sentir-se uma coisa miserável, sem forças sequer para abrir os olhos, "Meu Deus". Passou a mão na testa, mas a mão também estava úmida. "Meu Deus meu Deus meu Deus", ficou repetindo meio distraidamente. Esfregou as mãos no tecido esponjoso da poltrona, acelerando o movimento. Ninguém podia ajudá-lo, ninguém. Pensou na mãe, na mulherzinha raquítica e esmolambada que nada tivera na vida, nada a não ser aqueles olhos poderosos, desvendadores. Dela herdara o dom de pressentir. "Eu já sabia", ela costumava dizer quando vinham lhe dar as notícias. "Eu já sabia", ficava repetindo obstinadamente, apertando os olhos de cigana. "Mas, se você sabia, por que então não fez alguma coisa para impedir?!", gritava o marido a sacudi-la como um trapo. Ela ficava menorzinha nas mãos do homem, mas cresciam assustadores os olhos de ver na distância. "Fazer o quê? Que é que eu podia fazer senão esperar?"

"Senão esperar", murmurou ele, voltando o olhar para o fio de pérolas enrodilhado na caixa. Ficou ouvindo a água escorrendo na torneira.

—Você vai chegar atrasada!

O jorro foi interceptado pelo dique do pente.

—Não tem importância, amor.

Num movimento ondulante, ele se pôs na beirada da poltrona, o tronco inclinado, o olhar fixo.

—Está se esmerando, não?

—Nada disso, é que não acerto com o penteado.

—Seus grampos ficaram aqui. Você não quer os grampos?—disse ele. E num salto aproximou-se da mesa, apanhou o colar de pérolas, meteu-o no bolso e voltou à poltrona.—Não vai precisar de grampos?

—Não, já acabei, até que ficou melhor do que eu esperava.

Ele respirou de boca aberta, arquejante. Sorriu quando a viu entrar.

—Ficou lindo. Gosto tanto quando você prende o cabelo.

—Não vejo é o meu colar—murmurou ela abrindo a caixa de cristal. Franziu as sobrancelhas.—Parece que ainda agora estava por aqui.

—O de pérolas? Parece que vi também. Mas não está dentro da caixa?

—Não, não está. Que coisa mais misteriosa! Eu tinha quase certeza...

Agora ela revolvia as gavetas. Abriu caixas, apalpou os bolsos das roupas.

—Não se preocupe com isso, meu bem, você deve ter esquecido em algum lugar. Já é tarde, procuraremos amanhã—disse ele, baixando os olhos. Brincou com o pingente da cortina.—Prometi te dar um colar verdadeiro, lembra, Lavínia? E nunca pude cumprir a promessa.

Ela remexia as gavetas da cômoda. Tirou a tampa de uma caixinha prateada, despejou-a e ficou olhando para o fundo de veludo da caixa vazia.

—Eu tinha ideia que...—Voltou até a mesa, abriu pensativa o frasco de perfume, umedeceu os dedos. Tapou o frasco e levou a mão ao pescoço.—Mas não é mesmo incrível?

—Decerto você guardou noutro lugar e esqueceu.

—Não, não, ele estava por aqui, tenho quase a certeza de que há pouco...—Sorriu voltando-se para o espelho. Interrogou o espelho.—Ou foi mesmo noutro lugar? Ah! lá sei—suspirou apanhando a carteira. Escovou com cuidado a seda já puída.—Que pena, o colar faz falta quando ponho este vestido, nenhum outro serve, só ele.

—Faz falta, sim—murmurou Tomás, segurando com firmeza o colar no fundo do bolso. E riu.—Que loucura.

— Hum? Que foi que você disse?

Tudo ia acontecer como ele previra, tudo ia se desenrolar com a naturalidade do inevitável, mas alguma coisa ele conseguira modificar, alguma coisa ele subtraíra da cena e agora estava ali na sua mão: um acessório, um mesquinho acessório mas indispensável para completar o quadro. Tinha a varanda, tinha Chopin, tinha o luar, mas faltavam as pérolas. Levantou a cabeça.

— Como pode ser, Tomás? Posso jurar que vi por aqui mesmo.

— Vamos, meu bem, não pense mais nisso. Umas pobres pérolas. Ainda te darei pérolas verdadeiras, nem que tenha que ir buscá-las no fundo do mar!

Ela afagou-lhe os cabelos. Ajeitou o xale para cobrir-lhe os pés e animou-se também.

— Pérolas da nossa ilha, Tomás?

— Da nossa ilha. Um colar compridíssimo, milhares e milhares de voltas.

Baixando os olhos brilhantes de lágrimas, ela inclinou-se para beijá-lo.

— Não demoro.

Quando a viu desaparecer, ele tirou o colar do bolso. Apertou-o fortemente, tentando triturá-lo, mas ao ver que as pérolas resistiam, escapando-lhe por entre os dedos, sacudiu-as com violência na gruta da mão. O entrechocar das contas produzia um som semelhante a uma risada. Sacudiu-as mais e riu, era como se tivesse prendido um duendezinho que agora se divertia em soltar risadinhas rosadas e falsas. Ficou sacudindo as pérolas, levando-as junto do ouvido. "Peguei-o, peguei-o", murmurou soprando malicioso pelo vão das mãos em concha. Ergueu-se e ficou sério, os olhos escancarados, voltado para o ruído do portão de ferro se fechando.

— Lavínia! Lavínia! — ele gritou correndo até a janela. Abriu-a. — Lavínia, espere!

Ela parou no meio da calçada e ergueu a cabeça, assustada. Retrocedeu. Ele teve um olhar tranquilo para a mulher banhada de luar.

— Que foi, Tomás? Que foi?

— Achei seu colar de pérolas. Tome — disse, estendendo o braço. Deixou que o fio lhe escorresse por entre os dedos.

O Menino

Sentou-se num tamborete, fincou os cotovelos nos joelhos, apoiou o queixo nas mãos e ficou olhando para a mãe. Agora ela escovava os cabelos muito louros e curtos, puxando-os para trás. E os anéis se estendiam molemente para em seguida voltarem à posição anterior, formando uma coroa de caracóis sobre a testa. Deixou a escova, apanhou um frasco de perfume, molhou as pontas dos dedos, passou-os nos lóbulos das orelhas, no vértice do decote e em seguida umedeceu um lencinho de rendas. Através do espelho, olhou para o menino. Ele sorriu também, era linda, linda, linda! Em todo o bairro não havia uma moça linda assim.

— Quantos anos você tem, mamãe?

— Ah, que pergunta! Acho que trinta ou trinta e um, por aí, meu amor, por aí. Quer se perfumar também?

— Homem não bota perfume.

— Homem, homem! — Ela inclinou-se para beijá-lo. — Você é um nenenzinho, ouviu bem? É o meu nenenzinho.

O menino afundou a cabeça no colo perfumado. Quando não havia ninguém olhando, achava maravilhoso ser afagado como uma criancinha. Mas era preciso mesmo que não houvesse ninguém por perto.

— Agora vamos que a sessão começa às oito — avisou ela, retocando apressadamente os lábios.

O menino deu um grito, montou no corrimão da escada e foi esperá-la embaixo. Da porta, ouviu-a dizer à empregada que avisasse ao doutor que tinham ido ao cinema.

Na rua, ele andava pisando forte, o queixo erguido, os olhos acesos. Tão bom sair de mãos dadas com a mãe. Melhor ainda quando o pai não ia junto porque assim ficava sendo o cavalheiro dela. Quando crescesse haveria de se casar com uma moça igual. Anita não servia que Anita era sardenta. Nem Maria Inês com aqueles dentes saltados. Tinha que ser igualzinha à mãe.

— Você acha a Maria Inês bonita, mamãe?
— É bonitinha, sim.
— Ah! tem dentão de elefante.

E o menino chutou um pedregulho. Não, tinha que ser assim como a mãe, igualzinha à mãe. E com aquele perfume.

— Como é o nome do seu perfume?
— Vent Vert. Por quê, filho? Você acha bom?
— Que é que quer dizer isso?
— Vento Verde.

Vento verde, vento verde. Era bonito, mas existia vento verde? Vento não tinha cor, só cheiro. Riu.

— Posso te contar uma anedota, mãe? Posso?
— Se for anedota limpa, pode.
— Não é limpa não.
— Então não quero saber.
— Mas por quê, pô!?
— Eu já disse que não quero que você diga "pô".

Ele chutou uma caixa de fósforos. Pisou-a em seguida.

— Olha, mãe, a casa do Júlio...

Júlio conversava com alguns colegas no portão. O menino fez questão de cumprimentá-los em voz alta para que todos se voltassem e ficassem assim mudos, olhando. Vejam, esta é minha mãe! — teve vontade de gritar-lhes. Nenhum de vocês tem uma mãe linda assim! E lembrou deliciado que a mãe de Júlio era grandalhona e sem graça, sempre de chinelo e consertando meia. Júlio devia estar agora roxo de inveja.

— Ele é bom aluno? Esse Júlio.
— Que nem eu.
— Então não é.

O menino deu uma risadinha.

— Que fita a gente vai ver?
— Não sei, meu bem.
— Você não viu no jornal? Se for fita de amor, não quero! Você não viu no jornal, hein, mamãe?

Ela não respondeu. Andava agora tão rapidamente que às vezes o menino precisava andar aos pulos para acompanhá-la. Quando chegaram à porta do cinema, ele arfava. Mas tinha no rosto uma vermelhidão feliz.

A sala de espera estava vazia. Ela comprou os ingressos e em seguida, como se tivesse perdido toda a pressa, ficou tranquilamente encostada a uma coluna, lendo o programa. O menino deu-lhe um puxão na saia.

— Mãe, mas o que é que você está fazendo?! A sessão já começou, já entrou todo mundo, pô!

Ela inclinou-se para ele. Falou num tom muito suave, mas os lábios se apertavam comprimindo as palavras e os olhos tinham aquela expressão que o menino conhecia muito bem, nunca se exaltava, nunca elevava a voz. Mas ele sabia que quando ela falava assim, nem súplicas nem lágrimas conseguiam fazê-la voltar atrás.

— Sei que já começou mas não vamos entrar agora, ouviu? Não vamos entrar agora, espera.

O menino enfiou as mãos nos bolsos e enterrou o queixo no peito. Lançou à mãe um olhar sombrio. Por que é que não entravam logo? Tinham corrido feito dois loucos e agora aquela calma, *espera*. Esperar o quê, pô?!...

— É que a gente já está atrasado, mãe.

— Vá ali no balcão comprar chocolate — ordenou ela entregando-lhe uma nota nervosamente amarfanhada.

Ele atravessou a sala num andar arrastado, chutando as pontas de cigarro pela frente. Ora, chocolate. Quem é que quer chocolate? E se o enredo fosse de crime, quem é que ia entender chegando assim começado? Sem nenhum entusiasmo, pediu um tablete de chocolate. Vacilou um instante e pediu em seguida um tubo de drágeas de limão e um pacote de caramelos de leite, pronto, também gastava à beça. Recebeu o troco de cara fechada. Ouviu então os passos apressados da mãe que lhe estendeu a mão com impaciência:

— Vamos, meu bem, vamos entrar.

Num salto, o menino pôs-se ao lado dela. Apertou-lhe a mão freneticamente.

— Depressa que a fita já começou, não está ouvindo a música?

Na escuridão, ficaram um instante parados, envolvidos por um grupo de pessoas, algumas entrando, outras saindo. Foi quando ela resolveu.

— Venha vindo atrás de mim.

Os olhos do menino devassavam a penumbra. Apontou para duas poltronas vazias.

— Lá, mãezinha, lá tem duas, vamos lá!

Ela olhava para um lado, para outro e não se decidia.

— Mãe, aqui tem mais duas, está vendo? Aqui não está bom? —

insistiu ele, puxando-a pelo braço. E olhava aflito para a tela e olhava de novo para as poltronas vazias que apareciam aqui e ali como coágulos de sombra. — Lá tem mais duas, está vendo?

Ela adiantou-se até as primeiras filas e voltou em seguida até o meio do corredor. Vacilou ainda um momento. E decidiu-se. Impeliu-o suave, mas resolutamente.

— Entre aí.

— Licença? Licença?... — ele foi pedindo. Sentou-se na primeira poltrona desocupada que encontrou, ao lado de uma outra desocupada também. — Aqui, não é, mãe?

— Não, meu bem, ali adiante — murmurou ela, fazendo-o levantar-se. Indicou os três lugares vagos quase no fim da fileira. — Lá é melhor.

Ele resmungou, pediu "licença, licença?", e deixou-se cair pesadamente no primeiro dos três lugares. Ela sentou-se em seguida.

— Ih, é fita de amor, pô!

— Quieto, sim?

O menino pôs-se na beirada da poltrona. Esticou o pescoço, olhou para a direita, para a esquerda, remexeu-se.

— Essa bruta cabeçona aí na frente!

— Quieto, já disse.

— Mas é que não estou enxergando direito, mãe! Troca comigo que não estou enxergando!

Ela apertou-lhe o braço. Esse gesto ele conhecia bem e significava apenas: não insista!

— Mas, mãe...

Inclinando-se até ele, ela falou-lhe baixinho, naquele tom perigoso, meio entre os dentes e que era usado quando estava no auge, um tom tão macio que quem a ouvisse julgaria que ela lhe fazia um elogio. Mas só ele sabia o que havia debaixo daquela maciez.

— Não quero que mude de lugar, está me escutando? Não quero. E não insista mais.

Contendo-se para não dar um forte pontapé na poltrona da frente, ele enrolou o pulôver como uma bola e sentou-se em cima. Gemeu. Mas por que aquilo tudo? Por que a mãe lhe falava daquele jeito, por quê? Não fizera nada de mal, só queria mudar de lugar, só isso... Não, desta vez ela não estava sendo nem um pouquinho camarada. Voltou-se então para lembrar-lhe que estava chegando muita gente, se não mudasse de lugar imediatamente, depois não poderia mais porque aquele era o último lugar vago que restava, "Olha aí, mamãe, acho que aquele homem vem pra cá!". Veio. Veio e sentou-se na poltrona vazia ao lado dela.

O menino gemeu, "Ai! meu Deus...". Pronto. Agora é que não restava mesmo nenhuma esperança. E aqueles dois enjoados lá na fita numa conversa comprida que não acabava mais, ela vestida de enfermeira, ele de soldado, mas por que o tipo não ia pra guerra, pô!... E a cabeçona da mulher na sua frente indo e vindo para a esquerda, para a direita, os cabelos armados a flutuarem na tela como teias monstruosas de uma aranha. Um punhado de fios formava um frouxo topete que chegava até o queixo da artista. O menino deu uma gargalhada.

— Mãe, daqui eu vejo a mocinha de cavanhaque.

— Não faça assim, filho, a fita é triste... Olha, presta atenção, agora ele vai ter que fugir com outro nome... O padre vai arrumar o passaporte.

— Mas por que ele não vai pra guerra duma vez?

— Porque ele é contra a guerra, filho, ele não quer matar ninguém — sussurrou-lhe a mãe num tom meigo.

Devia estar sorrindo e ele sorriu também, ah! que bom, a mãe não estava mais nervosa, não estava mais nervosa. As coisas começavam a melhorar e para maior alegria, a mulher da poltrona da frente levantou-se e saiu. Diante dos seus olhos apareceu o retângulo inteiro da tela.

— Agora sim! — disse baixinho, desembrulhando o tablete de chocolate.

Meteu-o inteiro na boca e tirou os caramelos do bolso para oferecê-los à mãe. Então viu: a mão pequena e branca, muito branca, deslizou pelo braço da poltrona e pousou devagarinho nos joelhos do homem que acabara de chegar.

O menino continuou olhando, imóvel. Pasmado. Por que a mãe fazia aquilo?! Por que a mãe fazia aquilo?!... Ficou olhando sem nenhum pensamento, sem nenhum gesto. Foi então que as mãos grandes e morenas do homem tomaram avidamente a mão pequena e branca. Apertaram-na com tanta força que pareciam querer esmagá-la.

O menino estremeceu. Sentiu o coração bater descompassado, bater como só batera naquele dia na fazenda quando teve de correr como louco, perseguido de perto por um touro. O susto ressecou-lhe a boca. O chocolate foi-se transformando numa massa viscosa e amarga. Engoliu-o com esforço, como se fosse uma bola de papel. Redondos e estáticos, os olhos cravaram-se na tela. Moviam-se as imagens sem sentido num sonho fragmentado. Os letreiros dançavam e se fundiam pesadamente, como chumbo derretido. Mas o menino continuava imóvel, olhando obstinadamente. Um bar em Tóquio, brigas, a fuga do moço de capa perseguido pela sereia da polícia, mais brigas numa esquina, tiros. A mão pequena e branca a deslizar no escuro como um bicho. Torturas e gritos nos corredores paralelos da prisão, os homens agarrando as portas de grade, mais conspirações. Mais homens. A mão pequena e branca. A fuga, os faróis na noite, os gritos, mais tiros, tiros. O carro derrapando sem freios. Tiros. Espantosamente nítido em meio do fervilhar de sons e falas — e ele não queria, não queria ouvir! — o ciciar delicado dos dois num diálogo entre os dentes.

Antes de terminar a sessão — mas isso não acaba mais, não acaba? —, ele sentiu, mais do que sentiu, adivinhou a mão pequena e branca desprender-se das mãos morenas. E do mesmo modo manso como avançara, recuar deslizando pela poltrona e voltar a se unir à mão que ficara descansando no regaço. Ali ficaram entrelaçadas e quietas como estiveram antes.

— Está gostando, meu bem? — perguntou ela inclinando-se para o menino.

Ele fez que sim com a cabeça, os olhos duramente fixos na cena final. Abriu a boca quando o moço também abriu a sua para beijar a enfermeira. Apertou os olhos enquanto durou o beijo. Então o homem levantou-se embuçado na mesma escuridão em que chegara. O menino retesou-se, os maxilares contraídos, trêmulo. Fechou os punhos. "Eu pulo no pescoço dele, eu esgano ele!"

O olhar desvairado estava agora nas espáduas largas interceptando a tela como um muro negro. Por um brevíssimo instante ficaram paradas em sua frente. Próximas, tão próximas. Sentiu a perna musculosa do homem roçar no seu joelho, esgueirando-se rápida. Aquele contato foi como ponta de um alfinete num balão de ar. O menino foi-se descontraindo. Encolheu-se murcho no fundo da poltrona e pendeu a cabeça para o peito.

Quando as luzes se acenderam, teve um olhar para a poltrona vazia. Olhou para a mãe. Ela sorria com aquela mesma expressão que tivera diante do espelho, enquanto se perfumava. Estava corada, brilhante.

— Vamos, filhote?

Estremeceu quando a mão dela pousou no seu ombro. Sentiu-lhe o perfume. E voltou depressa a cabeça para o outro lado, a cara pálida, a boca apertada como se fosse cuspir. Engoliu penosamente. De assalto, a mão dela agarrou a sua. Sentiu-a quente, macia. Endureceu as pontas dos dedos, retesado, queria cravar as unhas naquela carne.

— Ah, não quer mais andar de mãos dadas comigo?

Ele inclinara-se, demorando mais do que o necessário para dobrar a barra da calça rancheira.

— É que não sou mais criança.

— Ah, o nenenzinho cresceu? Cresceu? — Ela riu baixinho. Beijou-lhe o rosto. — Não anda mais de mão dada?

O menino limpou nos dedos a umidade dos beijos no queixo, na orelha. Limpou as marcas com a mesma expressão com que limpava as mãos nos fundilhos da calça quando cortava as minhocas para o anzol.

Na caminhada de volta, ela falou sem parar, comentando excitada o enredo do filme. Explicando. Ele respondia com monossílabos.

— Mas que é que você tem, filho? Ficou mudo...

— Está me doendo o dente.

— Outra vez? Quer dizer que fugiu do dentista? Você tinha hora ontem, não tinha?

— Ele botou uma massa. Está doendo — murmurou inclinando-se para apanhar uma folha seca. Triturou-a no fundo do bolso. E respirou abrindo a boca. — Como dói, pô.

— Assim que chegarmos você toma uma aspirina. Mas não diga, por favor, essa palavrinha que detesto.

— Não digo mais.

Diante da casa de Júlio, instintivamente ele retardou o passo. Teve um olhar para a janela acesa. Vislumbrou uma sombra disforme passar através da cortina.

— Dona Margarida.

— Hum?

— A mãe do Júlio.

Quando entraram na sala, o pai estava sentado na cadeira de balanço, lendo o jornal. Como todas as noites, como todas as noites. O menino estacou na porta. A certeza de que alguma coisa terrível ia acontecer paralisou-o atônito, obumbrado. O olhar em pânico procurou as mãos do pai.

— Então, meu amor, lendo o seu jornalzinho? — perguntou ela, beijando o homem na face. — Mas a luz não está muito fraca?

— A lâmpada maior queimou, liguei essa por enquanto — disse ele, tomando a mão da mulher. Beijou-a demoradamente. — Tudo bem?

— Tudo bem.

O menino mordeu o lábio até sentir gosto de sangue na boca. Como nas outras noites, igual. Igual.

— Então, filho? Gostou da fita? — perguntou o pai dobrando o jornal. Estendeu a mão ao menino e com a outra começou a acariciar o braço nu da mulher. — Pela sua cara, desconfio que não.

— Gostei, sim.

— Ah, confessa, filhote, você detestou, não foi? — contestou ela. — Nem eu entendi direito, uma complicação dos diabos, espionagem, guerra, máfia... Você não podia ter entendido.

— Entendi. Entendi tudo — ele quis gritar e a voz saiu num sopro tão débil que só ele ouviu.

— E ainda com dor de dente! — acrescentou ela desprendendo-se do homem e subindo a escada. — Ah, já ia esquecendo a aspirina.

O menino voltou para a escada os olhos cheios de lágrimas.

— Que é isso? — estranhou o pai. — Parece até que você viu assombração. Que foi?

O menino encarou-o demoradamente. Aquele era o pai. O pai. Os cabelos grisalhos. Os óculos pesados. O rosto feio e bom.

— Pai... — murmurou, aproximando-se. E repetiu num fio de voz: — Pai...

— Mas, meu filho, que aconteceu? Vamos, diga!

— Nada. Nada.

Fechou os olhos para prender as lágrimas. Envolveu o pai num apertado abraço.

Seminário dos Ratos
[1977]

As Formigas

Quando minha prima e eu descemos do táxi já era quase noite. Ficamos imóveis diante do velho sobrado de janelas ovaladas, iguais a dois olhos tristes, um deles vazado por uma pedrada. Descansei a mala no chão e apertei o braço da prima.
— É sinistro.
Ela me impeliu na direção da porta. Tínhamos outra escolha? Nenhuma pensão nas redondezas oferecia um preço melhor a duas pobres estudantes, com liberdade de usar o fogareiro no quarto, a dona nos avisara por telefone que podíamos fazer refeições ligeiras com a condição de não provocar incêndio. Subimos a escada velhíssima, cheirando a creolina.
— Pelo menos não vi sinal de barata — disse minha prima.
A dona era uma velha balofa, de peruca mais negra do que a asa da graúna. Vestia um desbotado pijama de seda japonesa e tinha as unhas aduncas recobertas por uma crosta de esmalte vermelho-escuro descascado nas pontas encardidas. Acendeu um charutinho.
— É você que estuda medicina? — perguntou soprando a fumaça na minha direção.
— Estudo direito. Medicina é ela.
A mulher nos examinou com indiferença. Devia estar pensando em outra coisa quando soltou uma baforada tão densa que precisei desviar a cara. A saleta era escura, atulhada de móveis velhos, desparelhados. No sofá de palhinha furada no assento, duas almofadas que pareciam ter sido feitas com os restos de um antigo vestido, os bordados salpicados de vidrilho.
— Vou mostrar o quarto, fica no sótão — disse ela em meio a

um acesso de tosse. Fez um sinal para que a seguíssemos. — O inquilino antes de vocês também estudava medicina, tinha um caixotinho de ossos que esqueceu aqui, estava sempre mexendo neles.

Minha prima voltou-se:

— Um caixote de ossos?

A mulher não respondeu, concentrada no esforço de subir a estreita escada de caracol que ia dar no quarto. Acendeu a luz. O quarto não podia ser menor, com o teto em declive tão acentuado que nesse trecho teríamos que entrar de gatinhas. Duas camas, dois armários e uma cadeira de palhinha pintada de dourado. No ângulo onde o teto quase se encontrava com o assoalho, estava um caixotinho coberto com um pedaço de plástico. Minha prima largou a mala e pondo-se de joelhos puxou o caixotinho pela alça de corda. Levantou o plástico. Parecia fascinada.

— Mas que ossos tão miudinhos! São de criança?

— Ele disse que eram de adulto. De um anão.

— De um anão? É mesmo, a gente vê que já estão formados... Mas que maravilha, é raro à beça esqueleto de anão. E tão limpo, olha aí — admirou-se ela. Trouxe na ponta dos dedos um pequeno crânio de uma brancura de cal. — Tão perfeito, todos os dentinhos!

— Eu ia jogar tudo no lixo, mas se você se interessa pode ficar com ele. O banheiro é aqui ao lado, só vocês é que vão usar, tenho o meu lá embaixo. Banho quente, extra. Telefone, também. Café das sete às nove, deixo a mesa posta na cozinha com a garrafa térmica, fechem bem a garrafa — recomendou coçando a cabeça. A peruca se deslocou ligeiramente. Soltou uma baforada final: — Não deixem a porta aberta senão meu gato foge.

Ficamos nos olhando e rindo enquanto ouvíamos o barulho dos seus chinelos de salto na escada. E a tosse encatarrada.

Esvaziei a mala, dependurei a blusa amarrotada num cabide que enfiei num vão da veneziana, prendi na parede, com durex, uma gravura de Grassmann e sentei meu urso de pelúcia em cima do travesseiro. Fiquei vendo minha prima subir na cadeira, desatarraxar a lâmpada fraquíssima que pendia de um fio solitário no meio do teto e no lugar atarraxar uma lâmpada de duzentas velas que tirou da sacola. O quarto ficou mais alegre. Em compensação, agora a gente podia ver que a roupa de cama não era tão alva assim, alva era a pequena tíbia que ela tirou de dentro do caixotinho. Examinou-a. Tirou uma vértebra e olhou pelo buraco tão reduzido como o aro de um anel. Guardou-as com a delicadeza com que se amontoam ovos numa caixa.

— Um anão. Raríssimo, entende? E acho que não falta nenhum ossinho, vou trazer as ligaduras, quero ver se no fim da semana começo a montar ele.

Abrimos uma lata de sardinha que comemos com pão, minha prima tinha sempre alguma lata escondida, costumava estudar até a madrugada e depois fazia sua ceia. Quando acabou o pão, abriu um pacote de bolacha Maria.

— De onde vem esse cheiro? — perguntei farejando. Fui até o caixotinho, voltei, cheirei o assoalho. — Você não está sentindo um cheiro meio ardido?

— É de bolor. A casa inteira cheira assim — ela disse. E puxou o caixotinho para debaixo da cama.

No sonho, um anão louro de colete xadrez e cabelo repartido no meio entrou no quarto fumando charuto. Sentou-se na cama da minha prima, cruzou as perninhas e ali ficou muito sério, vendo-a dormir. Eu quis gritar, Tem um anão no quarto!, mas acordei antes. A luz estava acesa. Ajoelhada no chão, ainda vestida, minha prima olhava fixamente algum ponto do assoalho.

— Que é que você está fazendo aí? — perguntei.

— Essas formigas. Apareceram de repente, já enturmadas. Tão decididas, está vendo?

Levantei e dei com as formigas pequenas e ruivas que entravam em trilha espessa pela fresta debaixo da porta, atravessavam o quarto, subiam pela parede do caixotinho de ossos e desembocavam lá dentro, disciplinadas como um exército em marcha exemplar.

— São milhares, nunca vi tanta formiga assim. E não tem trilha de volta, só de ida — estranhei.

— Só de ida.

Contei-lhe meu pesadelo com o anão sentado em sua cama.

— Está debaixo dela — disse minha prima e puxou para fora o caixotinho. Levantou o plástico. — Preto de formiga! Me dá o vidro de álcool.

— Deve ter sobrado alguma coisa aí nesses ossos e elas descobriram, formiga descobre tudo. Se eu fosse você, levava isso lá pra fora.

— Mas os ossos estão completamente limpos, eu já disse. Não ficou nem um fiapo de cartilagem, limpíssimos. Queria saber o que essas bandidas vêm fuçar aqui.

Respingou fartamente o álcool em todo o caixote. Em seguida, calçou os sapatos e, como uma equilibrista andando no fio de arame, foi pisando firme, um pé diante do outro na trilha de formigas. Foi e voltou duas vezes. Apagou o cigarro. Puxou a cadeira. E ficou olhando dentro do caixotinho.

— Esquisito. Muito esquisito.
— O quê?
— Me lembro que botei o crânio em cima da pilha, me lembro que até calcei ele com as omoplatas para não rolar. E agora ele está aí no chão do caixote, com uma omoplata de cada lado. Por acaso você mexeu aqui?
— Deus me livre, tenho nojo de osso! Ainda mais de anão.

Ela cobriu o caixotinho com o plástico, empurrou-o com o pé e levou o fogareiro para a mesa, era a hora do seu chá. No chão, a trilha de formigas mortas era agora uma fita escura que encolheu. Uma formiguinha que escapou da matança passou perto do meu pé, já ia esmagá-la quando vi que levava as mãos à cabeça, como uma pessoa desesperada. Deixei-a sumir numa fresta do assoalho.

Voltei a sonhar aflitivamente, mas dessa vez foi o antigo pesadelo com os exames, o professor fazendo uma pergunta atrás da outra e eu muda diante do único ponto que não tinha estudado. Às seis horas o despertador disparou veementemente. Travei a campainha. Minha prima dormia com a cabeça coberta. No banheiro, olhei com atenção para as paredes, para o chão de cimento, à procura delas. Não vi nenhuma. Voltei pisando na ponta dos pés e então entreabri as folhas da veneziana. O cheiro suspeito da noite tinha desaparecido. Olhei para o chão: desaparecera também a trilha do exército massacrado. Espiei debaixo da cama e não vi o menor movimento de formigas no caixotinho coberto.

Quando cheguei por volta das sete da noite, minha prima já estava no quarto. Achei-a tão abatida que carreguei no sal da omelete, tinha a pressão baixa. Comemos num silêncio voraz. Então me lembrei.
— E as formigas?
— Até agora, nenhuma.
— Você varreu as mortas?
Ela ficou me olhando.
— Não varri nada, estava exausta. Não foi você que varreu?
— Eu?! Quando acordei, não tinha nem sinal de formiga nesse chão, estava certa que antes de deitar você juntou tudo... Mas então, quem?!

Ela apertou os olhos estrábicos, ficava estrábica quando se preocupava.
— Muito esquisito mesmo. Esquisitíssimo.

Fui buscar o tablete de chocolate e perto da porta senti de novo o cheiro, mas seria bolor? Não me parecia um cheiro assim inocente, quis chamar a atenção da minha prima para esse aspecto, mas ela estava tão deprimida que achei melhor ficar quieta. Espargi água-de-colônia Flor de Maçã por todo o quarto (e se ele cheirasse como um pomar?) e fui deitar cedo. Tive o segundo tipo de sonho, que competia nas repetições com o tal sonho da prova oral, nele eu marcava encontro com dois namorados ao mesmo tempo. E no mesmo lugar. Chegava o primeiro e minha aflição era levá-lo embora dali antes que chegasse o segundo. O segundo, desta vez, era o anão. Quando só restou o oco de silêncio e sombra, a voz da minha prima me fisgou e me trouxe para a superfície. Abri os olhos com esforço. Ela estava sentada na beira da minha cama, de pijama e completamente estrábica.

— Elas voltaram.
— Quem?
— As formigas. Só atacam de noite, antes da madrugada. Estão todas aí de novo.

A trilha da véspera, intensa, fechada, seguia o antigo percurso da porta até o caixotinho de ossos por onde subia na mesma formação até desformigar lá dentro. Sem caminho de volta.

— E os ossos?

Ela se enrolou no cobertor, estava tremendo.

— Aí é que está o mistério. Aconteceu uma coisa, não entendo mais nada! Acordei pra fazer pipi, devia ser umas três horas. Na volta, senti que no quarto tinha *algo* mais, está me entendendo? Olhei pro chão e vi a fila dura de formigas, você se lembra? Não tinha nenhuma quando chegamos. Fui ver o caixotinho, todas se trançando lá dentro, lógico, mas não foi isso o que quase me fez cair pra trás, tem uma coisa mais grave: é que os ossos estão mesmo mudando de posição, eu já desconfiava mas agora estou certa, pouco a pouco eles estão... Estão se organizando.

— Como, se organizando?

Ela ficou pensativa. Comecei a tremer de frio, peguei uma ponta do seu cobertor. Cobri meu urso com o lençol.

— Você lembra, o crânio entre as omoplatas, não deixei ele assim. Agora é a coluna vertebral que já está quase formada, uma vértebra atrás da outra, cada ossinho tomando o seu lugar, alguém do ramo está montando o esqueleto, mais um pouco e... Venha ver!

— Credo, não quero ver nada. Estão colando o anão, é isso?

Ficamos olhando a trilha rapidíssima, tão apertada que nela não caberia sequer um grão de poeira. Pulei-a com o maior cuidado quando fui esquentar o chá. Uma formiguinha desgarrada (a mesma daquela noite?) sacudia a cabeça entre as mãos. Comecei a rir e tanto que se o chão não estivesse ocupado, rolaria por ali de tanto rir. Dormimos juntas na minha cama. Ela dormia ainda quando saí para a primeira aula. No chão, nem sombra de formiga, mortas e vivas desapareciam com a luz do dia.

Voltei tarde essa noite, um colega tinha se casado e teve festa. Vim animada, com vontade de cantar, passei da conta. Só na escada é que me lembrei: o anão. Minha prima arrastara a mesa para a porta e estudava com o bule fumegando no fogareiro.

—Hoje não vou dormir, quero ficar de vigia—ela avisou.

O assoalho ainda estava limpo. Me abracei ao urso.

—Estou com medo.

Ela foi buscar uma pílula para atenuar minha ressaca, me fez engolir a pílula com um gole de chá e ajudou a me despir.

—Fico vigiando, pode dormir sossegada. Por enquanto não apareceu nenhuma, não está na hora delas, é daqui a pouco que começa. Examinei com a lupa debaixo da porta, sabe que não consigo descobrir de onde brotam?

Tombei na cama, acho que nem respondi. No topo da escada o anão me agarrou pelos pulsos e rodopiou comigo até o quarto, Acorda, acorda! Demorei para reconhecer minha prima que me segurava pelos cotovelos. Estava lívida. E vesga.

—Voltaram—ela disse.

Apertei entre as mãos a cabeça dolorida.

—Estão aí?

Ela falava num tom miúdo, como se uma formiguinha falasse com sua voz.

—Acabei dormindo em cima da mesa, estava exausta. Quando acordei, a trilha já estava em plena movimentação. Então fui ver o caixotinho, aconteceu o que eu esperava...

—O que foi? Fala depressa, o que foi?

Ela firmou o olhar oblíquo no caixotinho debaixo da cama.

—Estão mesmo montando ele. E rapidamente, entende? O esqueleto já está inteiro, só falta o fêmur. E os ossinhos da mão esquerda, fazem isso num instante. Vamos embora daqui.

—Você está falando sério?

—Vamos embora, já arrumei as malas.

A mesa estava limpa e vazios os armários escancarados.

—Mas sair assim, de madrugada? Podemos sair assim?

—Imediatamente, melhor não esperar que a bruxa acorde. Vamos, levanta!

—E para onde a gente vai?

—Não interessa, depois a gente vê. Vamos, vista isto, temos que sair antes que o anão fique pronto.

Olhei de longe a trilha: nunca elas me pareceram tão rápidas. Calcei os sapatos, descolei a gravura da parede, enfiei o urso no bolso da japona e fomos arrastando as malas pelas escadas, mais intenso o cheiro que vinha do quarto, deixamos a porta aberta. Foi o gato que miou comprido ou foi um grito?

No céu, as últimas estrelas já empalideciam. Quando encarei a casa, só a janela vazada nos via, o outro olho era penumbra.

Senhor Diretor

Seca no Nordeste. Na Amazônia, cheia—leu Maria Emília na manchete do jornal preso aos varais da banca com prendedores de roupa. Desviou o olhar severo para a capa da revista com a jovem de biquíni amarelo na frente, ele atrás, enlaçando-a na altura dos seios nus, amassados sob os braços peludos. Estavam molhados com se tivessem saído juntos de uma ducha. Sérios. Por que todas essas fotos obscenas tinham esse ar agressivo? Emendados feito animais. E brilhosos, escorrendo uma água oleosa, desde Sodoma e Gomorra os óleos e unguentos perfumados fazendo parte das orgias. Até a manteiga, imagine, a inocente manteiga. Audácia da Mariana em contar o episódio da manteiga, aquela indecência que viu num cinema em Paris. E se sacudindo de rir, foi tão engraçado, Mimi, ele dançando o tango de calças abaixadas, tão cômico! E confessou que viu o filme duas vezes para entender melhor aquele pedaço, a debiloide. É o cúmulo. Disse que apareceu uma marca de manteiga que aproveitou para fazer sua propaganda, funcional com ou sem sal! Três anos mais velha do que eu, sessenta e quatro e meio. E se deliciando com a cena de um anormal pedindo manteiga. Como é que as autoridades permitem tamanho deboche? Falta de respeito. De pudor. Se uma mulher de sessenta e quatro anos e meio se deixa levar como uma folha na correnteza, o que dizer então dos jovens? Meus Céus, meus Céus, os frágeis jovens sem estrutura, sem defesa, vendo esses filmes. Essas publicações. Televisão é outro foco de imoralidade. Anúncios mais sujos, uma afronta. Hoje mesmo escreveria uma carta ao *Jornal da Tarde*, carta vazada em termos educados. Suspirou. Ainda há pessoas educadas mas que também (a fisionomia endureceu) podem ficar coléricas. Senhor Diretor: antes e acima de tudo quero me apresentar, professora aposentada que sou, paulista, solteira. Um momento, solteira não, imagine, por que declinar meu estado civil? Basta isto, uma professora paulista que tomou a liberdade de lhe escrever porque a ninguém mais lhe ocorre expor sua revolta, mais do que revolta, seu horror diante desse espetáculo que a nossa pobre cidade nos obriga a presenciar desde o instante em que se põe o pé na rua. O pé na rua? A coisa já invadiu a intimidade dos nossos lares, não tenho filhos, é lógico, mas se tivesse estaria agora desesperada, essa mania de iniciar as crianças em assuntos de sexo, esses livros, esses programas infantis, Senhor Diretor, e esses programas que conspurcam nossas inocentes crianças, e o filme que fizeram com a manteiga! Um momento, espera, esse pedaço não: digo que a tevê está exorbitando de um modo geral em nos impor a imagem da boçalidade e digo que resisti em comprar uma televisão, Senhor Diretor. Mas sou sozinha e, às vezes, a solidão. A perigosa solidão. Mas fico vigilante (aprumou-se, levantou a cabeça) para não acontecer comigo o que aconteceu com a Mariana, tão fina, tão prendada. Família tradicional, de um dos melhores troncos paulistas, olha aí a Mariana. *Viagem joia. Fiz compras lindas mas está na hora de voltar porque minha calça já perdeu o vinco*, escreveu no cartão que me mandou de Manaus. A calça perdeu o vinco e ela, a vergonha. Sessenta e quatro anos e meio. Quem visse podia pensar, É uma jovem que foi fazer contrabando. Espera, jovem não, que jovem não se importa com vinco de calça, postal de uma velha mesmo e com medo de parecer desatualizada. Então conta bandalheiras, me diz *oi!* no telefone e usa calça grudada no *derrière*. Só falta usar aquelas camisetas com coisas escritas nas costas. Tanto medo, Senhor Diretor. Tanto medo. Eu também tenho medo, é duro envelhecer, reconheço. Mas e o orgulho? Apertou a bolsa contra o peito e lançou um olhar em redor. Meus cabelos branquearam, meus dentes escureceram e minhas mãos, Senhor Diretor, estas mãos que — era voz corrente — foram sempre o que tive de mais bonito. Olhou as próprias mãos enluvadas. Ainda bem que estão enluvadas.

— A senhora me dá licença? — disse o vendedor de jornais despregando do varal a revista com os jovens escorrendo água.

Ela afastou-se com um olhar desaprovador para a mocinha de olhos bistrados, mascando chiclete de bola: queria a revista e queria também uma novela em quadrinhos, "Aquela ali", pediu e entre os lábios o chiclete estufou rosado até estourar num puf! Maria Emília voltou depressa para o outro lado o rosto desgostoso, eis aí. Já estava escrevendo uma outra carta, meus Céus, não misturar os assuntos que *velhice* era outro tópico, agora tinha que se concentrar nessa sufocante vaga de vulgaridade que contaminava até as pedras. A poluição também ficaria para uma outra vez, o que interessava denunciar era essa poluição da alma. A Mariana, por exemplo. Está resistindo bem ao ar, até que está saudável apesar da asma, mas e por dentro? *Resistir, quem há de? Uma ilusão gemia em cada canto* — gemia ou chorava? Tempo de sentimento. De poesia. Agora o tempo ficou só de detergentes para as pias, desodorantes para as partes, a quantidade de anúncios de desodorantes. Como se o simples sabão não resolvesse mais. Mariana ouvia a publicidade na tevê, no rádio, entrava nos mercados e comprava tudo, até pílulas homeopáticas para excesso e escassez, mas Mariana, minha querida, já faz tanto tempo que você está na menopausa! Ela riu, meu Deus, é claro, ando atordoada com tanta ordem que eles dão, não é que acabei me distraindo? Um dia ainda vai me dizer que foi lançado o ser biônico para damas e cavalheiros solitários, a tevê deu, Mimi, fazem tudo com a gente! Portátil. Eletrodomésticos. Eletrochoques. Desconfio às vezes que ela está ficando louca, que todos estamos ficando loucos. Que estamos nos afastando cada vez mais de um planeta de paz e nos aproximando rapidamente de outro planeta só de aflição, só de violência (essa ideia é boa) e daí, Senhor Diretor, é preciso alertar a população, alertar as autoridades, temos que neutralizar essa influência perversa. O senhor, eu — a elite pode estar a salvo. Mas e os outros? Quando fui de ônibus para Brasília, eu mesma não me envolvi como uma criança débil? Por toda parte só um anúncio, Beba Coca-Cola! Beba Coca-Cola! Nas estradas, nas cidades, nas árvores e nas fachadas, nos muros e nos postes, até no toalete de lanchonetes perdidas lá no inferno velho, a ordem, Beba Coca-Cola! E eu então — ai de mim! — com toda a ojeriza que tenho por esse refrigerante, pensando em pedir uma tônica com limão ou um guaraná, naquele calor e naquele cansaço, cheguei no balcão e pedi uma Coca-Cola gelada. Acordei do obumbramento engolindo aquela coisa marrom com gosto de sabonete de trem, tinha um trem (faz tanto tempo, Senhor Diretor) com esse sabonete redondo e preto, dependurado na correntinha do toalete. Meu pai me ajudava a esfregar as mãos, eu era uma menininha de cachos mas até hoje sinto o cheiro daquela espuma. Imagine se papai estivesse vivo e soubesse do que aconteceu no Municipal, um moço subindo no palco e fazendo a necessidade, ali em cima dos dourados, sob as vistas de Carlos Gomes, de Verdi! Espera, melhor cortar esse pedaço, mais objetividade: insistir apenas nisso, no perigo dessa propaganda que, bem dirigida, pode até torcer um destino como aquele mágico torcia talheres. A ordem de beber Coca-Cola não corresponde de um certo modo a essa ordem de fazer amor, Faça amor, faça amor! Cheguei um dia a ter uma miragem quando em lugar da garrafinha escorrendo água no anúncio, vi um fálus no fundo vermelho. Em ereção, espumejando no céu de fogo — horror, horror, nunca vi nenhum fálus, mas a gente não acaba mesmo fazendo associações desse tipo? E os santos, meus Céus, como é que estão se defendendo os que têm vocação para a santidade? É preciso ter couro de jacaré para aguentar tamanho impacto. E esta pobre pele tão fina apesar do tempo, ainda preservada nas partes cobertas. Não foi no jornal que a Mariana leu (o fascínio que tem por jornais populares) o caso daquele moço? Monstruosidade, o moço que pegou uma garrafinha de Coca-Cola e enfiou quase inteira lá dentro da menina, horrível, quando chegaram ao hospital ela já estava agonizando, Mas por que fez isso, monstro?! o delegado perguntou e ele respondeu chorando aos gritos que também não sabia, não sabia, só se lembrava que uma vez leu numa revista que em Hollywood, numa festa que durou três dias, um artista enfiou uma garrafa de champanhe na namorada quando também não conseguiu fazer naturalmente. Mas me lembrei disso por lembrar, ideias extravagantes.

Assustou-se com a buzina de um carro que passou rente à calçada, levantando poeira, Mas é preciso buzinar assim? Aproximou-se novamente da banca e percorreu com o olhar incerto o jornal que o vento sacudia. E se fosse tranquilamente ler na praça? Mas a praça devia estar tão suja, que prazer podia se encontrar numa praça assim? Era um bom assunto para a carta, a sujeira dos nossos jardins, o único problema é que podia ficar comprida demais. E queria ser breve. Mas é difícil ser breve, Senhor Diretor. Tão difícil.

O Nordeste passa por uma forte estiagem que já destruiu mais de 90% da produção agrícola, ao passo que a Amazônia sofre o flagelo das cheias com a chegada das chuvas — leu Maria Emília. Desespero na escassez. Desespero no excesso. Não tive ninguém, mas Mariana exorbitou: três maridos sem falar nos amantes. Rim quente. Se ela pudesse fazer uma plástica ainda ia continuar, mas Doutor Braga foi positivo, Se a senhora se opera, fica na mesa que seu coração não aguenta, está me compreendendo? Compreendeu. Ainda bem. A Elza não ficou? Outra vítima da publicidade, a querida Elza. Lastimava tanto a agitação de Mariana, se gabava de aceitar a velhice sem resistência, a pobre querida. Mas tanto ouviu contar das rainhas e estrelas de cinema chegando de longe para renovar a cara, que acabou se impressionando, era muito impressionável. O telefonema de madrugada, Dona Maria Emília, eu queria avisar que o enterro da vovó vai ser às nove horas, sabemos que eram tão amigas. Mas enterro de quem, meus Céus?! Da Elza? Mas a Elza morreu? Não, a Elza, não! Estivemos juntas faz dois dias, ela estava esplêndida! Síncope? Síncope cardíaca? Mesmo em meio do meu pranto, senti as reticências do neto, cheguei a pensar num absurdo, quer ver que ela se matou? Enterro às nove. Quando me debrucei no caixão é que entendi tudo, a querida, a pobre querida com a cara toda pincelada de mercurocromo. Morreu na anestesia, quando o tal médico com nome de bicho, como é mesmo?, bem, quando ele já se preparava para os primeiros cortes. Imagine, operar uma velha, Elza tinha seguramente seis anos mais do que eu. Mas é proibido envelhecer? Outro ponto importante, Senhor Diretor, devia haver um dispositivo regulando isso, essa velharada se operando por aí, já com começo de esclerose. Nem agonizantes escapam, lembra da prima do Leal que estava com aquela doença? Um mês antes da morte a pobrezinha inventou de puxar a cara e o médico sabia, o mercenário. O consolo é que ela morreu bastante remoçada, a tonta da Mariana veio me dizer na missa.

Um cinema? Olhou o céu de um azul-pálido. Puro. Uma pena trocar aquela tarde por uma sala escura mas ir aonde então? Um chá? Mas será que restara alguma confeitaria decente por ali? Ficou olhando, crispada, o homem de cabelos emplastrados que se aproximou para examinar de perto o pôster colorido preso no varal inferior da banca. Ele usava brilhantina e mesmo sem ver-lhe a cara podia adivinhar a cupidez dos olhinhos ramelosos (deviam ser miúdos, ramelosos) colados ao biquíni vermelho da ruiva montada de frente numa cadeira, empinados os bicos dos seios duros. Botas, chapéu de caubói, um revólver em cada mão. E o biquíni tão ajustado entre as pernas que se via nitidamente o montículo de pelos aplacados sob o cetim, mais expostos do que se estivessem sem nada em cima. Olha aí, Senhor Diretor. A imagem da mulher-objeto, como dizem as meninas lá do grupo feminista. Meninas inteligentes, cultas, quase todas de nível universitário. Mas, meus Céus, se ao menos fossem mais moderadas. Mais discretas. Reivindicar tanta coisa ao mesmo tempo, tanta mudança de repente não pode ser prejudicial? Um abalo nas nossas raízes, acho que estão correndo demais. Com a idade delas eu nem pensava, por exemplo, nesta palavra, *prostituta*. E a própria se levanta e começa a defender a profissão, pensei que não estivesse entendendo direito, *profissão*! E a jovem ali em carne e osso, precisei me beliscar, Mas será que estou acordada? Até que tinha um jeitinho de secretária de uma dessas firmas americanas, o perfil mimoso que me fez lembrar uma antiga colega do Des Oiseaux, a Carola, que morreu antes da nossa primeira comunhão. Juro que me esforcei para compreender, participar de sua cólera, a mundana estava colérica com uma série de coisas realmente deploráveis que a polícia faz com essas mulheres. Então tentei ficar solidária na cólera e descobri que estava era com raiva dela, ora, que despautério! Será que não podia escolher uma outra atividade? Assegurar sua liberdade profissional, que topete! Quando se levantou a advogada de óculos, respirei: agora o nível das discussões vai subir, pensei, e até que no começo ela foi bastante feliz quando fez uma exposição das raízes históricas da condição da mulher, acho tão nobre essa expressão, *condição da mulher*. E de repente desatou a falar em clitóris, porque o clitóris, o clitóris... E com homens por ali, eu já não sabia onde enfiar a cabeça quando ela contou que não sei mais em que país eles faziam uma incisão no clitóris da mulher para que ela não sentisse nenhum prazer, o sexo transformado em agulheiro — simples instrumento de penetração. E deu outros exemplos igualmente horríveis. Concordo, uma crueldade essas práticas todas. Mas trazer isso para um debate? Quis disfarçar, mostrar que não estava chocada mas quando dei conta de mim, estava aplaudindo mais do que todas, sempre acontece que por timidez, por medo do palco, acabo entrando no próprio. Se frequentasse esse grupo, ia acabar como a Mariana, de jeans e dedos cheios de anéis. Os crimes contra a mulher, agora lembro, era esse o tema da mesa-redonda. Eu acuso, eu acuso!—repetia uma moça de bata rendada, grávida e defendendo o direito de abortar, tinha sido estuprada em plena rua e agora atacava até o Papa, Deus que me perdoe a heresia mas em casos assim extremos quem sabe seria mesmo aconselhável alguma medida que interrompesse a gestação? Fiquei com muita pena, Eu acuso, eu acuso! ela repetia com os olhos cheios de lágrimas, mas ao mesmo tempo, aceitar o aborto — oh, essa palavra tão forte. Fiquei deprimida, pensando na mamãe que não fez a tal incisão mas que nunca sentiu o menor prazer. E teve oito filhos. Oito. Quarenta anos de casamento sem prazer: um agulheiro calado. Mas já estou enveredando por outros caminhos, que difícil, meus Céus, dizer exatamente o que se deseja dizer, tanta coisa vem pelo meio. *A Forma, fria e espessa, é um sepulcro de neve... E a Palavra pesada abafa a Ideia leve*—escreveu Olavo Bilac, na *Inania Verba*. Meu poeta predileto, Senhor Diretor, sempre gostei de poesia. Até declamava. E se no final da carta, à guisa de quem pede desculpas, transcrever esses versos? Mas espera, vamos pelo princípio. Senhor Diretor: antes e acima de tudo quero me apresentar, professora que sou. Paulista. Aposentada. Paulista aposentada, olha aí a tolice. Professora que sou, aposentada. Com duas rugas fundas entre as sobrancelhas de tanto olhar brava para as meninas, não vou escrever esse pedaço mas me lembro bem do começo dessas rugas, querendo com elas segurar aquela meninada que vinha espumejante como um rio, cobrindo tudo, tamanha força, uma classe depois da outra, uma depois da outra — por que me fazem pensar num rio sem princípio nem fim? Eu ficava sem voz de tanto pedir silêncio, a garganta escalavrada. Então olhava com essa cara e elas iam sossegando, durante alguns minutos ficavam com medo. Para recomeçar em seguida na maior algazarra, os peitinhos empurrando o avental, excitadas, úmidas, explodiam principalmente no verão. Eu evitava roçar nelas quando voltavam do recreio, mais forte o cheiro ácido de suor e poeira, mastigando ainda a banana, o pão com manteiga. Os gritos, os risos, a raiva — tudo uma coisa só. No fim do ano, se despediam chorando, me davam flores. Todas me esqueceram. A marca ficou só em mim, nesse meu jeito de olhar as pessoas, vigilante, desconfiada. A verdade é que eu tinha medo delas como elas tinham medo de mim, mas seu medo era curto. O meu foi tão longo, Senhor Diretor. Tão longo.

  Lançou um último olhar para a banca de jornais, onde o jornaleiro palitava os dentes e proseava com o homem da brilhantina. Uma altiva dama bem distante de toda essa frivolidade — os dois deviam estar pensando quando passou diante deles, pisando com firmeza, emocionada com a própria distinção. Foi indo pela calçada batida de sol, Não era mesmo uma delicadeza aquele sol? Levou a mão à lapela do casaco para se certificar, a camélia ainda estava ali. Uma pequena extravagância, Senhor Diretor, hoje é o meu aniversário e como estava um domingo tão azul, prendi aqui esta flor. Meu costume é sóbrio, meu penteado é sóbrio. Uma sóbria senhora que se permitiu usar uma flor, Posso? Deixou que os lábios se distendessem num discreto sorriso que a fez pensar na Gioconda, tinha a gravura fixada no vidro da estante, o sorriso assim mesmo, reticente, maduro de sabedoria (apertou os olhos) e inabordável. Devia ser também uma mulher só, essa Gioconda. Adentrando a velhice (pisou com mais firmeza) e intacta. Apertou a bolsa debaixo do braço e cruzou molemente as mãos na altura do peito, num movimento de pontas de xale, as longas franjas (relaxou os dedos) pendendo — mas o que significa isso? Fechou o sorriso. Essa mulher aí de minissaia, vindo toda rebolante com o homem de óculos escuros. Varizes nas pernas. E a inconsciente com o saiote ridículo mostrando a rendinha da calça, mas e a polícia? Não tem mais polícia nesta terra? Logo atrás, uma pequena prostituta (catorze anos?) mal se equilibrando nos tamancos com grossas plataformas de cortiça, as pálpebras pesadas de purpurina verde. Colado ao seu calcanhar, um velho com perfil de caçador — meus Céus, mas onde anda o juizado de menores? Em pleno dia.

    Um farrapo de papel higiênico azul levantou-se do lixo amontoado na esquina e veio em voo rasteiro, ondulante no inesperado vento. Ela desviou-se rápida e a serpentina se enrolou no tornozelo do homem que vinha um pouco atrás, descascando uma tangerina. O homem ia atirando as cascas para os lados, semeador alegre. Realizado. Quando emparelhou com ele, ostensivamente ela indicou num movimento de cabeça a lixeira metálica, presa ao poste: *São Paulo é uma cidade limpa* — estava escrito na lixeira quase vazia. Mas o homem prosseguia cuspindo os caroços com força, como uma criança disputando com outra para ver quem consegue cuspir mais longe. Compete à prefeitura, Senhor Diretor, estudar urgentemente um projeto de educação desse povo que tem a idade mental daquelas meninas que eu ia fiscalizar quando saíam do reservado, Puxou a descarga? eu perguntava. E a cara inocente de susto, Ai! esqueci. Mas será que só eu no meio desta multidão se importa? Se constrange? Parou desarvorada na esquina. Avançou o olhar por cima dos carros até o imenso cartaz de cinema no outro lado da rua. Filme nacional? Nacional, claro, se tem cama, mulher com cara de gozo e homem em trajes menores, só pode ser cinema brasileiro, uma verdadeira afronta, incrível, como a censura permite? Não, a carta não seria sobre o lixo, nada de misturar os assuntos, a sujeira interna, Senhor Diretor, essa é pior do que o lixo atômico porque não se lava com uma simples escova. Acelerou a marcha, devia ter outro cinema adiante, esperaria pela noite num cinema. Agradeço muito, meus queridos, mas hoje já tenho um compromisso com um grupo de amigas, vão me oferecer um chá, vocês não se importam se marcarmos um outro dia? Os sobrinhos protestaram, até que se importavam e muito, oh, mas que tia ingrata, esnobando a sobrinhada no dia do aniversário. E bem no fundo será que não sentiram a maliciosa alegriazinha de quem acaba de ganhar uma tarde? E sem remorso, pois não foi ela que recusou? Agora ali estava, cercada de gente por todos os lados. E ainda mais solitária do que fechada no quarto, onde seus objetos lhe asseguravam a memória já na faixa da insegurança, badulaques. Retratos. Vontade de voltar depressa, mas não, saíra para fazer um programa, Não posso estar com vocês porque me comprometi com minhas amigas. As amigas. Eleonora, de bacia quebrada, a coitadinha. Mariana, se embaralhando em alguma mesa, a cabeça já não dava nem para um sete e meio e inventou de aprender bridge, não estava na moda? Beatriz, pajeando o bando de netos enquanto a nora adernava no oitavo mês. E Elza estava morta.

No fim do quarteirão, um cinema menor exibia cartazes com cenas de caçadores num safári. Interessou-se pela foto da loura sendo atacada por um crocodilo enquanto o caçador (mas que homem lindo) era pisoteado por um javali. Ainda bem. O porteiro informou que o filme já ia adiantado, por acaso não preferia entrar na próxima sessão? Agradeceu mas não podia esperar, a temperatura estava caindo, logo mais seria inverno com um chuvisco e esquecera o guarda-chuva. Também esqueci o meu, ele disse e ela o encarou mais demoradamente, Não era mesmo gentil? Em meio da invasão dos bárbaros, ainda restavam alguns antigos habitantes da aldeia, raros, sim, completamente derrotados (a roupa do porteiro mal guardara a cor) mas conservando o sentimento do respeito ao próximo, não, não pedia amor mas ao menos respeito. Desceu a escada apoiada ao corrimão. E sob o olhar dele tão zeloso, podia até jurar que a seguia, Cuidado com os degraus! Entrou emocionada no aconchego da sala escura. Pouca gente. Descansou a bolsa no colo, abriu o botão da gola da blusa e colocou os óculos. Na tela, um barbudo de cabelos esgrouvinhados espiava por entre a folhagem uma loura que tinha ido nadar nua na lagoa.

Ela foi afundando na poltrona enquanto a loura emergia do fundo na direção do homem, Meus Céus, também aqui?! Fixou o olhar no casal todo enrolado na fileira da frente. Beijavam-se com tanta fúria que o som pegajoso era ainda mais nítido do que o barulho dos dois corpos amassando a folhagem na tela. Um pouco adiante, na mesma fileira, outro casal que acabara de chegar já se atracava resfolegante, a mão dele procurando sob as roupas dela — encontrou? Encontrou. Podia sentir o hálito ardente dos corpos se sacudindo tão intensamente que toda a tosca fila de cadeiras começou a se sacudir no mesmo ritmo. Encolheu-se. Feito bichos. O melhor era não ligar, pensar em outra coisa, que coisa? A manchete, tinha memória excelente, no colégio podia repetir uma página inteira lida duas ou três vezes, *O Nordeste passa por uma forte estiagem, por uma forte estiagem* mas onde anda o homem da lanterninha, não tem mais esse homem? Eram tão atentos os vaga-lumes acendendo suas lanternas na cara dos inconvenientes, Mas não vai clarear? Se ao menos clareasse. Segurou com força no assento e o couro da poltrona lhe pareceu viscoso, Sêmen? Calçou as luvas e juntou as pernas. Senhor Diretor: antes e acima de tudo, quero me apresentar, professora aposentada que sou. Paulista. Virgem. Fechou os olhos, virgem, virgem verdadeira, não é para escrever mas não seria um dado importante? Desabotoou o segundo botão, a blusa encolheu na lavagem ou seu pescoço estava mais grosso? Sentiu-se desalinhada, descomposta, mas deixa eu ficar um pouco assim, está escuro, ninguém está prestando atenção em mim, nem no claro prestam, quem é que está se importando, quem? E se por acaso o certo for isso mesmo que está aí? Esse gozo, essa alegria úmida nos corpos. Nas palavras. Esse arfar espumejante como o rio daquelas meninas, aquelas minhas alunas que eram como um rio, tentou detê-lo com sua voz rouca, com seus vincos e o rio transbordou inundando tudo, camas, casas, ruas... E se o normal for o sexo contente da moça suspirando aí nessa poltrona — pois não seria para isso mesmo que foi feito? Virgem, Senhor Diretor. Que sei eu desse desejo que ferve desde a Bíblia, todos conhecendo e gerando e conhecendo e gerando, homens, plantas, bichos. Mamãe tinha medo do sexo, herdei esse medo — não foi dela que herdei? Aquelas moças lá do movimento feminista, tão desreprimidas, tão soltas, será que são assim mesmo ou representam? Nenhum pudor, falam de tudo. Fazem tudo. Meu constrangimento quando me queixei para mamãe e o constrangimento dela quando me levou à médica, só uma mulher podia examinar minhas partes, baixava a voz quando dizia *partes*. Minha filha está com um pouco de corrimento, disse e fez aquela cara infeliz. Enrijeci as pernas quando o dedo enluvado me tocou e me lembrei dela dizendo à minha avó que cumpria seus deveres de esposa sem nenhum prazer até o amargo fim. Até o amargo fim, mamãe? A fonte do seu sofrimento era agora esta fonte de onde corria um fluxo. Tentei me descontrair na posição medonha (você está tão dura, menina, parece de ferro, relaxa que não vou te machucar) e olhei para mamãe. Ela era inteira uma estátua lacrimosa, apertando solidária a minha mão. Pronto, pode vestir a calcinha, ordenou a voz por entre minhas pernas. Nada grave, menina, você tem *flores-brancas*, às vezes as virgens padecem disso. Flores-brancas. Secaram, Senhor Diretor, também elas foram secando. Seca tudo, a velhice é seca, toda água evaporou de mim, minha pele secou, as unhas secaram, o cabelo que estala e quebra no pente. O sexo sem secreções. Seco. Faz tempo que secou completamente, fonte selada. A única diferença é que um dia, no Nordeste, volta a chuva.

Na tela, o homem do safári entrou na tenda e deitou-se sob o mosquiteiro, fumando tristíssimo porque a amante (mulher do amigo) estava de partida, era mais uma história de traição. Soubera de tantas, a começar por Mariana quando veio lhe pedir chorando que não ficasse brava, que não a condenasse, Não briga comigo, Mimi, mas estou apaixonada pelo Afonso! Que Afonso, Mariana? Só conheço um, o amigo do seu marido, não é o amigo do seu marido? E os olhos de Mariana se abrindo feito duas torneiras: amigo íntimo. Foi implacável, brigou, Você é uma louca, Mariana, uma louca varrida, por que não escolheu ao menos um homem de fora, um estranho? E ela enxugando a cara perplexa, Mas Mimi, então você não compreende? A gente acaba se apaixonando pelos homens da roda mesmo. Afonso é parecido com meu marido, parecido comigo, a gente tem os mesmos gostos, frequenta os mesmos lugares e um dia se olha e então é tarde. É tarde, ficou repetindo e sacudindo a cabeça desarvorada, os cabelos ainda castanhos, ainda com a cor natural, na velhice é que tingiu as mechas de louro-acinzentado. Não me condene, pediu tanto. Condenei-a, sim, e com que rigor. Não seria pura inveja? Esse meu sentimento de superioridade. Desprezo. Inveja, meus Céus? Eu tinha inveja da sua vida inquieta, imprevista, rica de acontecimentos, rica de paixão — era então inveja? Olha que você pintou e bordou, eu lhe disse outro dia e ela riu e seu olhar ficou úmido como se ainda fosse jovem, juventude é umidade. Os poros fechados retendo a água da carne sumorosa, que fruta lembra, pêssego? Que a gente morde e o sumo escorre cálido, a gente? Que os outros morderam, que sei eu dessa fruta? Entrelaçou as mãos no regaço. Assim no escuro as luvas pareciam tão brancas como se nunca tivessem tocado em nada. Fechou depressa os braços contra o corpo para não roçar com o cotovelo no homem que se sentou na poltrona ao lado. Coma com as asas fechadas, mamãe me dizia. Viva com as asas fechadas, podia ter dito. Sim, o meu amor por Deus. Mas tanta disciplina, tanta exatidão pode se chamar de amor? Se ao menos tivesse entrado para um convento, me abrasado nas vigílias, nos jejuns, dilacerando pés e mãos na piedade — que provas dei da minha devoção? É a vontade de Deus, mamãe costumava dizer e eu fiquei repetindo, É a vontade de Deus, mas seria mesmo? Que sei eu dessa Vontade? Minha nota subiu, professora? Só se o caderno estiver em ordem, sem rasgões ou nódoas, encapado com papel-manteiga verde. Manteiga com ou sem sal. Que sei eu desse rio com seus descaminhos? Mas não é no coração que vão dar todos eles? O coração, ele também não se irriga nesse amor?

    Abriu a bolsa, tirou o lenço e enxugou os olhos. Através do vidro embaçado dos óculos pressentiu que o filme chegava ao fim e desejou ardentemente que ele se prolongasse, agora não queria mais a claridade, espera, estava tão desalinhada, meus Céus, deixa me abotoar e este cabelo, onde foi parar o grampo? Apalpou depressa a lapela do casaco, desprendeu a camélia e guardou-a no fundo da bolsa. A lágrima contornou-lhe a boca, limpou a boca, como fui me comover desse jeito? Feito uma velha tonta, espera, eu estava querendo dizer que a nossa cidade, Senhor Diretor, que esta pobre cidade — que é que tem mesmo esta pobre cidade? Acabei falando em outras pessoas, em mim, Espera, vamos começar de novo, sim, a carta. Senhor Diretor: antes e acima de tudo. Antes e acima de tudo, Senhor Diretor. Senhor Diretor: Senhor Diretor:

Tigrela

Encontrei Romana por acaso, num café. Estava meio bêbada mas lá no fundo da sua transparente bebedeira senti um depósito espesso subindo rápido quando ficava séria. Então a boca descia, pesada, fugidio o olhar que se transformava de caçador em caça. Duas vezes apertou minha mão, Eu preciso de você, disse. Mas logo em seguida já não precisava mais e esse medo virava indiferença, quase desprezo, com um certo traço torpe engrossando o lábio. Voltava a ser adolescente quando ria, a melhor da nossa classe, sem mistérios. Sem perigo. Fora belíssima e ainda continuava mas sua beleza corrompida agora era triste até na alegria. Contou-me que se separou do quinto marido e vivia com um pequeno tigre num apartamento de cobertura.

Com um tigre, Romana? Ela riu. Tivera um namorado que andara pela Ásia e na bagagem trouxera Tigrela dentro de um cestinho, era pequenina assim, precisou criá-la com mamadeira. Crescera pouco mais do que um gato, desses de pelo fulvo e com listras tostadas, o olhar de ouro. Dois terços de tigre e um terço de mulher, foi se humanizando e agora. No começo me imitava tanto, era divertido, comecei também a imitá-la e acabamos nos embrulhando de tal jeito que já não sei se foi com ela que aprendi a me olhar no espelho com esse olho de fenda. Ou se foi comigo que aprendeu a se estirar no chão e deitar a cabeça no braço para ouvir música, é tão harmoniosa. Tão limpa, disse Romana, deixando cair o cubo de gelo no copo. O pelo é desta cor, acrescentou mexendo o uísque. Colheu com a ponta dos dedos uma lâmina de gelo que derretia no fundo do copo. Trincou-a nos dentes e o som me fez lembrar que antigamente costumava morder o sorvete. Gostava de uísque, essa Tigrela, mas sabia beber, era contida, só uma vez chegou a ficar realmente de fogo. E Romana sorriu quando se lembrou do bicho dando cambalhotas, rolando pelos móveis até pular no lustre e ficar lá se balançando de um lado para outro, fez Romana imitando frouxamente o movimento de um pêndulo. Despencou com metade do lustre no almofadão e aí dançamos um tango juntas, foi atroz. Depois ficou deprimida e na depressão se exalta, quase arrasou com o jardim, rasgou meu chambre, quebrou coisas. No fim, quis se atirar do parapeito do terraço, que nem gente, igual. Igual, repetiu Romana procurando o relógio no meu pulso. Recorreu a um homem que passou ao lado da nossa mesa, As horas, as horas! Quando soube que faltava pouco para a meia-noite baixou o olhar num cálculo sombrio. Ficou em silêncio. Esperei. Quando recomeçou a falar, me pareceu uma jogadora excitada, escondendo o jogo na voz artificial: Mandei fazer uma grade de aço em toda a volta da mureta, se quiser, ela trepa fácil nessa grade, é claro. Mas já sei que só tenta o suicídio na bebedeira e então basta fechar a porta que dá para o terraço. Está sempre tão lúcida, prosseguiu baixando a voz e seu rosto escureceu. O que foi, Romana? perguntei tocando-lhe a mão. Estava gelada. Fixou em mim o olhar astuto. Pensava em outra coisa quando me disse que no crepúsculo, quando o sol batia de lado no topo do edifício, a sombra da grade se projetava até o meio do tapete da sala e se Tigrela estivesse dormindo no almofadão, era linda a rede de sombra se abatendo sobre seu pelo como uma armadilha.

    Mergulhou o dedo indicador no copo, fazendo girar o gelo do uísque. Usava nesse dedo uma esmeralda quadrada, como as rainhas. Mas não é mesmo extraordinário? O pouco espaço do apartamento condicionou o crescimento de um tigre asiático na sábia mágica da adaptação, não passava de um gatarrão que exorbitou, como se intuísse que precisava mesmo se restringir: não mais do que um gato aumentado. Só eu sei que cresceu, só eu notei que está ocupando mais lugar embora continue do mesmo tamanho, ultimamente mal cabemos as duas, uma de nós teria mesmo que... Interrompeu para acender a cigarrilha, a chama vacilante na mão trêmula. Dorme comigo, mas quando está de mal vai dormir no almofadão.

    Deve ter dado tanto problema, E os vizinhos? perguntei. Romana endureceu o dedo que mexia o gelo. Não tinha vizinhos, um apartamento por andar num edifício altíssimo, todo branco, estilo mediterrâneo, Você precisa ver como Tigrela combina com o apartamento. Andei pela Pérsia, você sabe, não? E de lá trouxe os panos, os tapetes, ela adora esse conforto veludoso, é tão sensível ao tato, aos cheiros. Quando amanhece inquieta, acendo um incenso, o perfume a amolece. Ligo o toca-discos. Então dorme em meio de espreguiçamentos, desconfio que vê melhor de olhos fechados, como os dragões. Tivera algum trabalho em convencer Aninha de que era apenas um gato desenvolvido, Aninha era a empregada. Mas agora, tudo bem, as duas guardavam uma certa distância e se respeitavam, o importante era isso, o respeito. Aceitara Aninha, que era velha e feia, mas quase agredira a empregada anterior, uma jovem. Enquanto essa jovem esteve comigo, Tigrela praticamente não saiu do jardim, enfurnada na folhagem, o olho apertado, as unhas cravadas na terra.

As unhas, eu comecei e fiquei sem saber o que ia dizer em seguida. A esmeralda tombou de lado como uma cabeça desamparada e foi bater no copo, o dedo era fino demais para o aro. O som da pedra no vidro despertou Romana que me pareceu, por um momento, apática. Levantou a cabeça e vagou o olhar pelas mesas repletas, Que barulho, não? Sugeri que saíssemos, mas ao invés da conta pediu outro uísque, Fique tranquila, estou acostumada, disse e respirou profundamente. Endireitou o corpo. Tigrela gostava de joias e de Bach, sim, Bach, insistia sempre nas mesmas músicas, particularmente na *Paixão Segundo São Mateus*. Uma noite, enquanto eu me vestia para o jantar, ela veio me ver, detesta que eu saia mas nessa noite estava contente, aprovou meu vestido, prefere vestidos mais clássicos e esse era um longo de seda cor de palha, as mangas compridas, a cintura baixa. Gosta, Tigrela? perguntei, e ela veio, pousou as patas no meu colo, lambeu de leve meu queixo para não estragar a maquilagem e começou a puxar com os dentes meu colar de âmbar. Quer para você? perguntei, e ela grunhiu, delicada mas firme. Tirei o colar e o enfiei no pescoço dela. Viu-se no espelho, o olhar úmido de prazer. Depois lambeu minha mão e lá se foi com o colar dependurado no pescoço, as contas maiores roçando o chão. Quando está calma, o olho fica amarelo bem clarinho, da mesma cor do âmbar.

Aninha dorme no apartamento? perguntei e Romana teve um sobressalto, como se apenas naquele instante tivesse tomado consciência de que Aninha chegava cedo e ia embora ao anoitecer, as duas ficavam sós. Encarei-a mais demoradamente e ela riu, Já sei, você está me achando louca, mas assim de fora ninguém entende mesmo, é complicado. E tão simples, você teria que entrar no jogo para entender. Vesti o casaco, mas tinha esfriado? Lembra, Romana? eu perguntei. Da nossa festa de formatura, ainda tenho o retrato, você comprou para o baile um sapato apertado, acabou dançando descalça, na hora da valsa te vi rodopiando de longe, o cabelo solto, o vestido leve, achei uma beleza aquilo de dançar descalça. Ela me olhava com atenção mas não ouviu uma só palavra. Somos vegetarianas, sempre fui vegetariana, você sabe. Eu não sabia. Tigrela só come legumes, ervas frescas e leite com mel, não entra carne em casa, que carne dá mau hálito. E certas ideias, disse e apertou minha mão. Eu preciso de você. Inclinei-me para ouvir, mas o garçom estendeu o braço para apanhar o cinzeiro e Romana ficou de novo frívola, interessada na limpeza do cinzeiro, Por acaso eu já tinha provado leite batido com agrião e melado? A receita é facílima, a gente bate tudo no liquidificador e depois passa na peneira, acrescentou e estendeu a mão. O senhor sabe as horas? Você tem algum compromisso? perguntei e ela respondeu que não, não tinha nada pela frente. Nada mesmo, repetiu e tive a impressão de que empalideceu, enquanto a boca se entreabria para voltar ao seu cálculo obscuro. Colheu na ponta da língua o cubo diminuído de gelo, trincou-o nos dentes. Ainda não aconteceu mas vai acontecer, disse com certa dificuldade porque o gelo lhe queimava a língua. Fiquei esperando. O largo gole de uísque pareceu devolver-lhe algum calor. Uma noite dessas, quando eu voltar para casa o porteiro pode vir correndo me dizer, A senhora sabe? De algum desses terraços... Mas pode também não dizer nada e terei que subir e continuar bem natural para que ela não perceba, ganhar mais um dia. Às vezes nos medimos e não sei o resultado, ensinei-lhe tanta coisa, aprendi outro tanto, disse Romana esboçando um gesto que não completou. Já contei que é Aninha quem lhe apara as unhas? Entrega-lhe a pata sem a menor resistência, mas não permite que lhe escove os dentes, tem as gengivas muito sensíveis. Comprei uma escova de cerda natural, o movimento da escova tem que ser de cima para baixo, bem suavemente, a pasta com sabor de hortelã. Não usa o fio dental porque não come nada de fibroso, mas se um dia me comer sabe onde encontrar o fio.

 Pedi um sanduíche, Romana pediu cenouras cruas, bem lavadas. E sal, avisou apontando o copo vazio. Enquanto o garçom serviu o uísque, não falamos. Quando se afastou, comecei a rir, É verdade, Romana? Tudo isso! Não respondeu, somava de novo suas lembranças e entre todas, aquela que lhe tirava o ar: respirou com esforço, afrouxando o laço da echarpe. A nódoa roxa apareceu em seu pescoço. Desviei o olhar para a parede. Através do espelho vi quando refez o nó e cheirou o uísque. Riu. Tigrela sabia quando o uísque era falsificado, Até hoje não distingo, mas uma noite ela deu uma patada na garrafa que voou longe. Por que fez isso, Tigrela?

Não me respondeu. Fui ver os cacos e então reconheci, era a mesma marca que me deu uma alucinante ressaca. Você acredita que ela conhece minha vida mais do que Yasbeck? E Yasbeck foi quem mais teve ciúme de mim, até detetive punha me vigiando. Finge que não liga mas a pupila se dilata e transborda como tinta preta derramando no olho inteiro, eu já falei nesse olho? É nele que vejo a emoção. O ciúme. Fica intratável. Recusa a manta, a almofada e vai para o jardim, o apartamento fica no meio de um jardim que mandei plantar especialmente, uma selva em miniatura. Fica lá o dia inteiro, a noite inteira, amoitada na folhagem, posso morrer de chamar que não vem, o focinho molhado de orvalho ou de lágrimas.

Fiquei olhando para o pequeno círculo de água que seu copo deixou na mesa. Mas, Romana, não seria mais humano se a mandasse para o zoológico? Deixe que ela volte a ser bicho, acho cruel isso de lhe impor sua jaula, e se for mais feliz na outra? Você a escravizou. E acabou se escravizando, tinha que ser. Não vai lhe dar ao menos a liberdade de escolha? Com impaciência, Romana afundou a cenoura no sal. Lambeu-a. Liberdade é conforto, minha querida, Tigrela também sabe disso. Teve todo o conforto, como Yasbeck fez comigo até me descartar.

E agora você quer se descartar dela, eu disse. Em alguma mesa um homem começou a cantar aos gritos um trecho de ópera, mas depressa a voz submergiu nas risadas. Romana falava tão rapidamente que tive de interrompê-la, Mais devagar, não estou entendendo nada! Freou as palavras, mas logo recomeçou o galope desatinado, como se não lhe restasse muito tempo. Nossa briga mais violenta foi por causa dele, Yasbeck, você entende, aquela confusão de amor antigo que de repente reaparece, às vezes ele me telefona e então dormimos juntos, ela sabe perfeitamente o que está acontecendo. Ouviu a conversa. Quando voltei estava acordada, me esperando feito uma estátua diante da porta, está claro que disfarcei como pude, mas é esperta, farejou até sentir cheiro de homem em mim. Ficou uma fera. Acho que eu gostaria de ter um unicórnio, você sabe, aquele lindo cavalo alourado com um chifre cor-de-rosa na testa, vi na tapeçaria medieval, estava apaixonado pela princesa que lhe oferecia um espelho para que se olhasse. Mas onde está esse garçom? Garçom, por favor, pode me dizer as horas? E traga mais gelo! Imagine que ela passou dois dias sem comer, entigrada, prosseguiu Romana. Agora falava devagar, a voz pesada, uma palavra depois da outra com os pequenos cálculos se ajustando nos espaços vazios. Dois dias sem comer, arrastando pela casa o colar e a soberba. Estranhei, Yasbeck tinha ficado de telefonar e não telefonou, mandou um bilhete, O que aconteceu com seu telefone que está mudo? Fui ver e então encontrei o fio completamente moído, as marcas dos dentes em toda a extensão do plástico. Não disse nada mas senti que ela me observava por aquelas suas fendas que atravessam vidro, parede. Acho que naquele dia mesmo descobriu o que eu estava pensando, ficamos desconfiadas mas ainda assim, está me entendendo? Tinha tanto fervor...

Tinha? perguntei. Ela abriu as mãos na mesa e me enfrentou: Por que está me olhando assim? O que mais eu poderia fazer? Deve ter acordado às onze horas, é a hora que costuma acordar, gosta da noite. Ao invés de leite, enchi sua tigela de uísque e apaguei as luzes, no desespero enxerga melhor no escuro e hoje estava desesperada porque ouviu minha conversa, pensa que estou com ele agora. A porta do terraço está aberta, essa porta também ficou aberta outras noites e não aconteceu, mas nunca se sabe, é tão imprevisível, acrescentou com voz sumida. Limpou o sal dos dedos no guardanapo de papel. Já vou indo. Volto tremendo para o apartamento porque nunca sei se o porteiro vem ou não me avisar que de algum terraço se atirou uma jovem nua, com um colar de âmbar enrolado no pescoço.

Herbarium

Todas as manhãs eu pegava o cesto e me embrenhava no bosque, tremendo inteira de paixão quando descobria alguma folha rara. Era medrosa mas arriscava pés e mãos por entre espinhos, formigueiros e buracos de bichos (tatu? cobra?) procurando a folha mais difícil, aquela que ele examinaria demoradamente: a escolhida ia para o álbum de capa preta. Mais tarde faria parte do herbário, ele tinha em casa um herbário com quase duas mil espécies de plantas. "Você já viu um herbário?", ele quis saber.

Herbarium, ensinou-me logo no primeiro dia em que chegou ao sítio. Fiquei repetindo a palavra, *herbarium. Herbarium*. Disse ainda que gostar de botânica era gostar de latim, quase todo o reino vegetal tinha denominação latina. Eu detestava latim mas fui correndo desencavar a gramática cor de tijolo escondida na última prateleira da estante, decorei a frase que achei mais fácil e na primeira oportunidade apontei para a formiga-saúva subindo na parede: *formica bestiola est*. Ele ficou me olhando. A formiga é um inseto, apressei-me em traduzir. Então ele riu a risada mais gostosa de toda a temporada. Fiquei rindo também, confundida mas contente, ao menos achava alguma graça em mim.

Um vago primo botânico convalescendo de uma vaga doença. Que doença era essa que o fazia cambalear, esverdeado e úmido, quando subia rapidamente a escada ou quando andava mais tempo pela casa?

Deixei de roer as unhas, para espanto da minha mãe que já tinha feito ameaças de cortes de mesada ou proibição de festinhas no grêmio da cidade. Sem resultado. "Se eu contar, ninguém acredita", disse ela quando viu que eu esfregava para valer a pimenta vermelha nas pontas dos dedos. Fiz minha cara inocente: na véspera, ele me advertira que eu podia ser uma moça de mãos feias, "Ainda não pensou nisso?". Nunca tinha pensado antes, nunca me importei com as mãos, mas no instante em que ele fez a pergunta comecei a me importar. E se um dia elas fossem rejeitadas como as folhas defeituosas? Ou banais. Deixei de roer as unhas e deixei de mentir. Ou passei a mentir menos, mais de uma vez ele me falou no horror que tinha por tudo quanto cheirava a falsidade, escamoteação.

 Estávamos sentados na varanda. Ele selecionava as folhas ainda pesadas de orvalho quando me perguntou se já tinha ouvido falar em folha persistente. Não? Alisava o tenro veludo de uma malva-maçã. A fisionomia ficou branda quando amassou a folha nos dedos e sentiu o seu perfume. As folhas persistentes duravam até mesmo três anos mas as cadentes amareleciam e se despregavam ao sopro do primeiro vento. Assim a mentira, folha cadente que podia parecer tão brilhante mas de vida breve. Quando o mentiroso olhava para trás, via no final de tudo uma árvore nua. Seca. Mas o ser verdadeiro, esse teria uma árvore farfalhante, cheia de passarinhos — e abriu as mãos para imitar o bater de folhas e asas. Fechei as minhas. Fechei a boca em brasa agora que os tocos das unhas (já crescidas) eram tentação e punição maior. Podia dizer-lhe que justamente por me achar assim apagada é que precisava me cobrir de mentira como se veste um manto fulgurante. Dizer-lhe que diante dele, mais do que diante dos outros, tinha de inventar e fantasiar para obrigá-lo a se demorar em mim como se demorava agora na verbena — será que não percebia essa coisa tão simples?

 Chegou ao sítio com suas largas calças de flanela cinza e grosso suéter de lã tecida em trança, era inverno. E era noite. Minha mãe tinha queimado incenso (era sexta-feira) e preparou o Quarto do Corcunda, corria na família a história de um corcunda que se perdeu no bosque e minha bisavó instalou-o naquele quarto que era o mais quente da casa, não podia haver melhor lugar para um corcunda perdido ou para um primo convalescente.

 Convalescente do quê? Qual doença tinha ele? Tia Marita, que era alegrinha e gostava de se pintar, respondeu rindo (falava rindo) que nossos chazinhos e bons ares faziam milagres. Tia Clotilde, embutida, reticente, deu aquela sua resposta que servia a qualquer tipo de pergunta: tudo na vida podia se alterar, menos o destino traçado na mão, ela sabia ler as mãos. "Vai dormir feito uma pedra", cochichou Tia Marita quando me pediu que lhe levasse o chá de tília. Encontrei-o recostado na poltrona, a manta de xadrez cobrindo-lhe as pernas. Aspirou o chá. E me olhou, "Quer ser minha assistente?", perguntou soprando a fumaça. "A insônia me pegou pelo pé, ando tão fora de forma, preciso que me ajude. A tarefa é colher folhas para a minha coleção, vai juntando o que bem entender que depois seleciono. Por enquanto, não posso me mexer muito, terá que ir sozinha", disse e desviou o olhar úmido para a folha que boiava na xícara. Suas mãos tremiam tanto que a xícara transbordou no pires. É o frio, pensei. Mas continuaram tremendo no dia seguinte que fez sol, amareladas como os esqueletos de ervas que eu catava no bosque e queimava na chama da vela. Mas o que ele tem? perguntei e minha mãe respondeu que mesmo que soubesse não diria, fazia parte de um tempo em que doença era assunto íntimo.

Eu mentia sempre, com ou sem motivo. Mentia principalmente à Tia Marita que era bastante tonta. Menos à minha mãe, porque tinha medo de Deus e menos ainda à Tia Clotilde que era meio feiticeira e sabia ver o avesso das pessoas. Aparecendo a ocasião, eu enveredava por caminhos os mais imprevistos, sem o menor cálculo de volta. Tudo ao acaso. Mas aos poucos, diante dele, minha mentira começou a ser dirigida, com um objetivo certo. Seria mais simples, por exemplo, dizer que colhi a bétula perto do córrego onde estava o espinheiro. Mas era preciso fazer render o instante em que se detinha em mim, ocupá-lo antes de ser posta de lado como as folhas sem interesse, amontoadas no cesto. Então ramificava os perigos, exagerava as dificuldades, inventava histórias que encompridavam a mentira. Até ser decepada com um rápido golpe de olhar, não com palavras, mas com o olhar ele fazia a hidra verde rolar emudecida enquanto minha cara se tingia de vermelho — o sangue da hidra.

"Agora você vai me contar direito como foi", ele pedia tranquilamente, tocando na minha cabeça. O olhar transparente. Reto. Queria a verdade. E a verdade era tão sem atrativos como a folha da roseira, expliquei-lhe isso mesmo, acho a verdade tão banal como esta folha. Ele me deu a lupa e abriu a folha na palma da mão: "Veja então de perto". Não olhei a folha, que me importava a folha? olhei sua pele ligeiramente úmida, branca como o papel com seu misterioso emaranhado de linhas, estourando aqui e ali em estrelas. Fui percorrendo as cristas e depressões, onde era o começo? Ou o fim? Demorei a lupa num terreno de linhas tão disciplinadas que por elas devia passar o arado, Ih! vontade de deitar minha cabeça nesse chão. Afastei a folha, queria ver apenas os caminhos. O que significa este cruzamento, perguntei e ele me puxou o cabelo: "Também você, menina?!".

Nas cartas do baralho Tia Clotilde já lhe desvendara o passado e o presente: "E mais desvendaria", acrescentou ele guardando a lupa no bolso do avental branco, às vezes vestia o avental. O que ela previu? Ora, tanta coisa. De mais importante, só isso, que no fim da semana viria uma amiga buscá-lo, uma moça muito bonita, podia ver até a cor do seu vestido de corte antiquado, verde-musgo. Os cabelos eram compridos, com reflexos de cobre, tão forte o reflexo na palma da mão!

Uma formiga vermelha entrou na greta do lajedo e lá se foi com seu pedaço de folha, veleiro desarvorado soprado pelo vento. Soprei eu também, a formiga é um inseto! gritei, as pernas flexionadas, pendentes os braços para diante e para trás no movimento do macaco, Hi hi! hu hu! hi hi! hu hu! é um inseto! um inseto! repeti rolando no chão. Ele ria e procurava me levantar, você se machuca, menina, cuidado! Cuidado! Fugi para o campo, os olhos desvairados de pimenta e sal, sal na boca, não, não vinha ninguém, tudo loucura, uma louca varrida essa tia, invenção dela, invenção pura, como podia?! Até a cor do vestido, verde-musgo? E os cabelos, uma louca, tão louca como a irmã de cara pintada feito uma palhaça, rindo e tecendo seus tapetinhos, centenas de tapetinhos pela casa, na cozinha, na privada, duas loucas! Lavei os olhos cegos de dor, lavei a boca pesada de lágrimas, os últimos fiapos de unha me queimando a língua, não! Não. Não existia ninguém de cabelo de cobre que no fim da semana ia aparecer para buscá-lo, ele não ia embora nunca mais. Nunca mais! repeti e minha mãe, que viera me chamar para o almoço, acabou se divertindo com a cara de diabo que fiz, disfarçava o medo fazendo caras de medo. E as pessoas se distraíam com essas caras e não pensavam mais em mim.

Quando lhe entreguei a folha de hera com formato de coração (um coração de nervuras trementes se abrindo em leque até as bordas verde-azuladas) ele beijou a folha e levou-a ao peito. Espetou-a na malha do suéter: "Esta vai ser guardada aqui". Mas não me olhou nem mesmo quando saí tropeçando no cesto. Corri até a figueira, posto de observação onde podia ver sem ser vista. Através do rendilhado de ferro do corrimão da escada, ele me pareceu menos pálido. A pele mais seca e mais firme a mão que segurava a lupa sobre a lâmina do espinho-do-brejo. Estava se recuperando, não estava? Abracei o tronco da figueira e pela primeira vez senti que abraçava Deus.

No sábado levantei mais cedo. O sol forcejava a névoa, o dia seria azul quando ele conseguisse rompê-la. "Aonde você vai com esse vestido de maria-mijona?", perguntou minha mãe me dando a xícara de café com leite. "Por que desmanchou a barra?" Desviei sua atenção para a cobra que inventei ter visto no terreiro, toda preta com listras vermelhas, seria uma coral? Quando ela correu com a tia para ver, peguei o cesto e entrei no bosque. Como explicar-lhe que descera todas as barras das saias para esconder minhas pernas finas, cheias de marcas de picadas de mosquitos? Numa alegria desatinada fui colhendo as folhas, mordi goiabas verdes, atirei pedras nas árvores, espantando os passarinhos que cochichavam seus sonhos, me machucando de contente por entre a galharia. Corri até o córrego. Alcancei uma borboleta e prendendo-a pelas pontas das asas deixei-a na corola de uma flor, Te solto no meio do mel, gritei-lhe. O que vou receber em troca? Quando perdi o fôlego, tombei de costas nas ervas do chão. Fiquei rindo para o céu de névoa atrás da malha apertada dos ramos. Virei de bruços e esmigalhei nos dedos os cogumelos tão macios que minha boca começou a se encher d'água. Fui avançando de rastros até o pequeno vale de sombra debaixo da pedra. Ali era mais frio e maiores os cogumelos pingando um líquido viscoso dos seus chapéus inchados. Salvei uma abelhinha das mandíbulas de uma aranha, permiti que a saúva gigante arrebatasse a aranha e a levasse na cabeça como uma trouxa de roupa esperneando, mas recuei quando apareceu o besouro de lábio leporino. Por um instante me vi refletida em seus olhos facetados. Fez meia-volta e se escondeu no fundo da fresta. Levantei a pedra: o besouro tinha desaparecido, mas no tufo raso vi uma folha que nunca encontrara antes, única. Solitária. Mas que folha era aquela? Tinha a forma aguda de uma foice, o verde do dorso com pintas vermelhas irregulares como pingos de sangue. Uma pequena foice ensanguentada — foi no que se transformou o besouro? Escondi a folha no bolso, peça principal de um jogo confuso. Essa eu não juntaria às outras folhas, essa tinha que ficar comigo, segredo que não podia ser visto. Nem tocado. Tia Clotilde previa os destinos mas eu podia modificá-los, assim, assim!, e desfiz na sola do sapato o ninho de cupins que se armava debaixo da amendoeira. Fui andando solene porque no bolso onde levara o amor levava agora a morte.

 Tia Marita veio ao meu encontro, mais aflita e gaguejante do que de costume. Antes de falar já começou a rir: "Acho que vamos perder nosso botânico, sabe quem chegou? A amiga, a mesma moça que Clotilde viu na mão dele, lembra? Os dois vão embora no trem da tarde, ela é linda como os amores, bem que Clotilde viu uma moça igualzinha, estou toda arrepiada, olha aí, me pergunto como a mana adivinha uma coisa dessas!".

Deixei na escada os sapatos pesados de barro. Larguei o cesto. Tia Marita me enlaçou pela cintura enquanto se esforçava para lembrar o nome da recém-chegada, um nome de flor, como era mesmo? Fez uma pausa para estranhar minha cara branca, e esse brancor de repente? Respondi que voltara correndo, a boca estava seca e o coração fazia um tum-tum tão alto, ela não estava ouvindo? Encostou o ouvido no meu peito e riu se sacudindo inteira, quando tinha minha idade pensa que também não vivia assim aos pulos?

Fui me aproximando da janela. Através do vidro (poderoso como a lupa) vi os dois. Ela sentada com o álbum provisório de folhas no colo. Ele um pouco atrás da cadeira, acariciando-lhe o pescoço e seu olhar era o mesmo que tinha para as folhas escolhidas, a mesma leveza de dedos indo e vindo no veludo da malva-maçã. O vestido não era verde mas os cabelos soltos tinham o reflexo de cobre que transparecera na mão. Quando me viu, veio até a varanda no seu andar calmo. Mas vacilou quando disse que esse era o nosso último cesto, por acaso não tinham me avisado? O chamado era urgente, teriam que voltar nessa tarde. Sentia muito perder tão devotada ajudante, mas um dia, quem sabe?... Precisaria agora perguntar à Tia Clotilde em que linha do destino aconteciam os reencontros.

Estendi-lhe o cesto mas ao invés de segurar o cesto, segurou meu pulso: eu estava escondendo alguma coisa, não estava? O que estava escondendo, o quê? Tentei me livrar fugindo para os lados, aos arrancos, não estou escondendo nada, me larga! Ele me soltou mas continuou ali, sem tirar os olhos de mim. Encolhi quando me tocou no braço: "E o nosso trato de só dizer a verdade? Hem? Esqueceu nosso trato?", perguntou baixinho.

Enfiei a mão no bolso e apertei a folha, intacta a umidade pegajosa da ponta aguda, onde se concentravam as nódoas vermelhas. Ele esperava. Eu quis então arrancar a toalha de crochê da mesinha, cobrir com ela a cabeça e fazer micagens, hi hi! hu hu! até vê-lo rir pelos buracos da malha, quis pular da escada e sair correndo em zigue-zague até o córrego, me vi atirando a foice na água, que sumisse na correnteza! Fui levantando a cabeça. Ele continuava esperando, e então? No fundo da sala a moça também esperava numa névoa de ouro, tinha rompido o sol. Encarei-o pela última vez, sem remorso, quer mesmo? Entreguei-lhe a folha.

A Sauna

    Eucalipto — era esse, sim, era esse o perfume de Rosa e do seu mundo de infusões de plantas silvestres, filtros verdolengos e boiões de vidro estagnados nas prateleiras. Esse o perfume verde-úmido que senti quando se debruçou na janela para posar. Tinha chovido e um vapor morno subiu do jardim com o sol. É o primeiro retrato que faço, preciso acertar, avisei e ela se retraiu na janela. Então beijei-lhe a testa, Vamos, relaxa, não pense no que eu disse mas pense nesta laranja que você vai segurar, assim, pode falar se quiser mas não se mexa, quietinha segurando a laranja. Quando esbocei o oval do seu rosto, estava tão séria que parecia posar para uma foto frente-perfil datada. Rosa Retratada, eu disse e ela aproveitou o sorriso para molhar os lábios com a ponta da língua. Continuaram sem brilho os lábios anêmicos. Minha Rosa Anêmica, você precisa parar com essas verduras, coma bifes sangrentos, você precisa de carne! O melhor retrato que já fiz. Mas o que foi feito dele? perguntou Marina. Deve estar com ela, respondi. Por onde andam o modelo e o retrato é o que eu gostaria de saber, não foi há mais de trinta anos?

    — Tempo à beça!

    O funcionário de avental branco achou que eu estivesse me referindo ao tempo de duração da sauna e quis me tranquilizar, que eu poderia sair antes se quisesse.

    — Não é nada não. Estava só pensando.

    — É a primeira vez que o senhor vem aqui? — perguntou tirando do armário um roupão branco. Colocou em cima os chinelos de plástico. — Temos alguns artistas na nossa lista de clientes, a maior parte faz massagem. O senhor não quer fazer uma massagem?

— Só sauna.

— Diz que em Tóquio esses institutos são servidos por meninas lindas de morrer que fazem tudo com a gente. Aqui também se encontra esse gênero, mas no Oriente é outra coisa. O senhor conhece Tóquio?

O tecido felpudo do roupão está morno. A música. E o perfume de eucalipto mais forte. Tiro o lenço e enxugo a testa. Afrouxo o colarinho. Ser simpático é retribuir-lhe o sorriso de Tóquio, é fácil ser simpático. E difícil, já começa a ficar bastante difícil a simpatia para este simpático pintor da moda. Não da primeira linha, mas a burguesia média em ascensão pensa que é da primeira e compra o que eu assinar. Mas enriqueci, não enriqueci? Não era isso o que eu queria, merda! Então não se queixe, tudo bem, qual é o problema?! Vou seguindo submisso o avental branco, em lugares como este fico de uma submissão absoluta. As solas dos seus sapatos de borracha vão se colando à passadeira de oleado verde.

— O senhor está com seu peso normal?

No Inferno deve ter um círculo a mais, o dos perguntadores fazendo suas perguntinhas, seu nome? sua idade? massagem ou ducha? fogueira ou forca? — sem parar. Sem parar. Marina também já fez muita pergunta mas agora deu de ficar me olhando. Tempo de perguntar e tempo de olhar e esse olhar soma, subtrai e soma de novo, ela é excelente em contas. A revolução das mulheres devia aproveitá-la para a contabilidade. Mas parece que lá no Inferno o sistema é de entrevista. Perguntas. Num certo período perguntou tanto sobre Rosa, ficou tão fixada, uma curiosidade tamanha por nós dois. Teve um domingo que me obrigou a lhe mostrar a casa, queria ver a casa, o jardim, Quero ver a janela onde ela posou para o retrato! Onde era a casa tinham construído um edifício sombrio, de terraços estreitos, com roupas dependuradas nos varais. Pronto, era aí, eu disse. E se me veio um certo alívio (passou, passou) tive a sensação meio angustiante de que alguma coisa me fora tirada, o quê? Como se a casa guardasse o período daquelas primeiras aspirações, tanta energia, planos, enquanto vivesse a casa esse passado estaria intacto: Rosa Laboriosa fabricando perfumes e molduras, todos os projetos ainda por fazer, meu fervor, minha sede de reconhecimento, vinte anos? Tantas as veredas ali à espera. Este caminho? Aquele? O edifício na minha frente era a resposta cor de pó com seus sulcos de goteiras e escarros. Quis me arrancar dali mas Marina me reteve, vê lá se posso fugir fácil assim dessa sua mania de ficar desparafusando o que deve ficar parafusado, Olha aí, querida, era mesmo o que você queria ver? Não tem mais casa, nem retrato, nem Rosa — está satisfeita? Ela acendeu um cigarro, sinal de que estava disposta a conversar, acho que o que fica mesmo de um longo casamento é a gente saber quando o outro quer falar ou ficar quieto. Também acendi o meu cigarro e esperei. Quer dizer que Rosa vendeu a casa para você poder viajar? Pergunta-afirmação, Marina é perita nesse tipo de pergunta. Mas eu tinha acabado de receber meu prêmio de viagem, se esqueceu do prêmio? Não tinha esquecido, mas se lembrava que num dos nossos primeiros encontros em Paris, quando eu disse que pretendia ficar algum tempo além do prêmio, acrescentei também que ia receber um dinheiro aí de uma casa que estava sendo vendida, mas não era essa a casa? E não era esse o dinheiro que Rosa ia me mandar? Moça sagaz essa Marina, quando nos casamos eu não fazia ideia de que fosse tão sagaz assim. E que tivesse essa memória, acho que falei demais, se me casasse de novo só abriria a boca para pedir o saleiro. No segundo andar do edifício tinha uma toalha amarela secando no varal. E fraldas, uma quantidade enorme de fraldas. Ou panos de prato? Você acha que aquilo lá é pano de prato? perguntei apontando o terraço desfraldado. Ela atirou o cigarro pela janela e olhou: fraldas. Liguei o rádio no painel do carro que se iluminou para a voz que vinha de rastros, *Ne me quitte pas! ne me quitte pas!...* Ouvir isso assim cantado enternecia, dava vontade de ficar. Mas ouvir *não me deixes* sem música! Rosa não pediu, mas pensou. Desliguei o rádio. Com essa sua memória de computador, Marina — comecei devagar —, com esse poderoso arquivo espero que não se esqueça de que Rosa estava grávida quando embarquei, não contei esse detalhe em Paris, contei mais tarde, lembra agora? Sim, claro, e lembra ainda que não tínhamos o dinheiro para o aborto, um pequeno pormenor, não tínhamos dinheiro, minha querida, eu não conseguia vender nenhum quadro, Rosa tinha deixado o emprego na farmácia, restou só uma casa com jardim, mas a gente não pode comer um jardim, não pode fazer o aborto num jardim, pode? repeti segurando-a pelo pulso com força, gostávamos desse gênero de brincadeira que podia acabar num nariz escorrendo sangue. Ela se desvencilhou, Está me machucando, seu bruto! Beijei-lhe o pulso. Abrandei a voz: Eu quis vender minha passagem e dar-lhe o dinheiro para o médico mas Rosa não aceitou, já contei isso, não contei? Ela acreditava em mim, ela me amava. Sabia o quanto era importante para a minha carreira essa oportunidade de fazer um curso na Europa, conhecer gente, fazer contatos. Insistiu em vender a casa que agora estava grande demais, o tio no sanatório e eu longe, sem ideia do tempo que ia ficar por lá, de que adiantava uma casa grande assim? E a gravidez adiantada e o médico exigindo adiantado, tinha outra solução? Já sei, aborto não era problema para você, uma pequena usineira flanando pelo mundo. Hoje pode parecer ridículo à Dona Marina um amor tão pobre como foi esse. Mas foi assim. Agora tudo ficou simples, como líder libertadora você sabe que suas irmãzinhas dispõem de pílulas, creches, psicólogas, pelo menos é o que reivindicam nos discursos. Mas naquele tempo, já esqueceu? não tinha nem pílula nem nada. E se ela insistiu em mandar o cheque depois do maldito aborto foi porque queria que eu aproveitasse o prêmio, tinha fé no meu trabalho como nunca ninguém teve. Frisei esse *ninguém* com tanta eloquência e não adiantou, Marina já não prestava a menor atenção em mim. Tirou o pente, penteou-se. Procurou me ver através do espelhinho do carro: Ela trabalhava numa farmácia, não trabalhava? Farmácia de homeopatia, você disse, aquelas coisas. Ganhava bem, era independente, sustentava até o tio mudo, não sustentava? Então você apareceu e foi morar com ela. Internaram o tio no asilo porque você precisava de mais espaço para montar seu ateliê. Rosa deixou o emprego porque você precisava de alguém para montar suas molduras, não foi? Espera, deixa eu falar, naturalmente você começou a fazer sucesso, prêmios, exposições e justo justo nesta hora aconteceu a *maldita* gravidez que iria se somar aos gastos da viagem. Lógico, vender a casa. Quer dizer, ela ficou sem a casa, sem o emprego, sem o nenê e sem você que já estava de partida. Ah, ia-me esquecendo, e sem o velho tio que apesar de mudo, parece que era uma boa companhia, ao menos podia ouvir. Tudo somado, pode-se concluir que a sua aparição não foi um bom negócio. Mas não se pode falar em termos de negócio, você a amava e quando se ama — acrescentou ela tirando um tablete de chocolate do porta-luvas. Mastigou pensativa: Ainda uma coisa, conhecendo minhas irmãzinhas como conheço, vou além, querido. Vou além. Acho que o sonho da sua Rosa era ter esse filho, te amava e mulher assim apaixonada logo pensa em filho, é na primeira coisa que pensa aos vinte anos, um filho. Nunca se casaram, já sei, vi nos seus papéis, meu marido não é um bígamo. Mas o fato de não ter casado não significa que ela não quisesse (fez uma pausa para examinar a unha lascada no porta-luvas) esse casamento, um monte de filhos, tudo direitinho. Não era seu esquema esse, querido, ela sabia perfeitamente e só se adaptou para não te perder. Para não te perder. Ficaria muito espantada se soubesse que a ideia do aborto foi dela, foi mesmo dela? perguntou e voltou-se para o céu, num arroubo. Olha que tarde! Um azul tão azul, vamos até a chácara? Desviei a cara porque senti que estava escurecendo de ódio. Agora ia satisfeita, reconfortada com a certeza de que eu seguiria minhocando, envenenado. Sozinho. É que já tinha acabado o amor, eu disse calmo. Entrávamos pelos portões da chácara. Que amor? perguntou ela com a candura do caseiro se o caseiro da chácara tivesse me ouvido.

— O senhor não gostaria de tomar um café? Foi feito há pouco.

O funcionário da sauna aponta para um preto também de avental que vem vindo com a bandeja. Tiro o paletó, deixo-o na cadeira e o funcionário vem todo solícito me livrar do roupão dobrado com os chinelos em cima. Tenho a impressão de que carrego esse roupão há horas. Há anos. Aceito o café para descobrir no primeiro gole que não quero café, queria entrar nessa maldita sauna e acabar com isso — por que fui inventar? Viro a xícara até aparecer a poeira preta da borra acumulada no fundo me engrossando a língua. Devolvo a xícara e agradeço, Estava ótimo! O perfume de eucalipto vem em ondas cálidas. Afrouxo novamente o colarinho e me dirijo ao grande recipiente de vidro com sua água mineral verde-azul. Mas o funcionário está atento, ele se adianta na minha frente.

— Só uns goles, se não se importa.

Não me importo. Fico vendo a água subir em bolha silenciosa antes de escorrer no copo de papel. Marina quer que eu me sinta um egoísta. Um interesseiro, um egoísta. É preciso se conhecer, enfrentar sua verdade, repetiu várias vezes nas nossas discussões. Ficou cheia de ideias, a pequena Marina, mudou bastante, ih, como mudou! Líder feminista. Dirige com outras delirantes um jornal, criam núcleos. Todas conscientizadas, muito interessante. Ela e o bando, as caras despojadas de sábias do Sião falando às criancinhas. Bastante esclarecidas as moças. E Marina na frente, até meu passado lá longe resolveu esclarecer. Libertação. Depois ficam aí se matando ou endoidando. Amasso o copo. Umas perfeitas tontas. Faço pontaria no cesto mas erro o alvo. Fazendo polêmica com suas teorias espetaculosas, ora, assumir. Assumir o quê? Rosa precisava era de um homem, como todas, até as lésbicas que morrem enroladas no pai. Está bem, falhei. Espero que Rosa tenha arranjado outro — um apoio, não é o que queria? O que todas querem? Rosa Homeopata. Rosa Frágil. Os olhos eram duas folhinhas de eucalipto — foi como os desenhei no retrato, só descobri que eram bonitos quando comecei a pintá-los. Às vezes Marina repete a pergunta, Mas onde anda esse retrato? E mais de uma vez (adoraria me pegar em contradição) repeti que dei o quadro à Rosa, deve estar dependurado na sua sala de visitas, as visitas que chegam ao sábado para o pôquer, casais do quarteirão com intimidade suficiente para abrir a geladeira e emborcar sua latinha de cerveja. O mais entendido de todos, que assiste na tevê ao programa de artes plásticas, fica admirando o retrato. E faz sua avaliação que sobe atualizada na medida em que o dólar sobe, Esse retrato está valendo hoje uma pequena fortuna, sem dúvida, um dos melhores quadros dele. Nessa época ele ainda não estava comercializado, começo de carreira, não? pergunta mascando o palito de fósforo que leva ágil de um canto para outro da boca, a mulher já avisou que mascar palito dá ferida mas ele não perde o costume. Os outros convidados ficam ouvindo com o respeito com que ouvem o guia das excursões a Buenos Aires. Ah, e a nova casa da Rosa (Marina me observando e sorrindo) então não havia de ter o mesmo espírito da outra? O perfume de eucalipto escapando dos vidros de água-de-colônia envelhecendo no porão, ela achava que os perfumes deviam dormir algum tempo, como os vinhos. Os móveis simples. Os grandes potes de avenca. As samambaias. Um abrigo para o carro no lado direito do pequeno jardim, deve haver um carro sob o toldo de lona, o dentista precisa de carro. Mas ela se casou com um dentista? interrompe Marina que já não está mais sorrindo. É a minha hora de achar graça: Sei lá, suponho que é dentista, tinha um que ela frequentava quando a gente vivia junto, um amiguinho da família com consultório no bairro. Por acaso era com ele que eu tratava dos dentes? quis saber Marina. Com esse dentista. Não, eu ia num outro, na cidade, respondi sabendo muito bem aonde ela queria chegar quando me olhou, os lábios delgados um pouco contraídos. Reparo que seus lábios estão mais finos ultimamente, o que lhe dá uma expressão fria. Resultado da plástica que lhe aguçou o perfil, é isso? Mas que original. Então uma feminista assim fanática não vai *assumir* a velhice feminina? Não vai declarar seus cinquenta anos? Queria muito ver esse retrato — ela disse voltando a ler sua tese, está sempre às voltas com teses, entesada na própria ou na de alguma intelectual do núcleo, ô! a solidão. A solidão que vem e me toma no seu bico e me larga em seguida, despenco sem ter onde me segurar, nada, ninguém! No começo ela se interessava pelo meu trabalho. Depois foi se distanciando cada vez mais. Mais. Está bem, pulei a cerca desde Paris e ela soube (a traição apodrece o amor, me disse), mas não é ridículo? Querer que eu contasse a verdade toda vez que me deitei com alguém, que eu chegasse e dissesse, Olha, querida, estou vindo do apartamento de Carla, ouvimos disco, bebemos e trepamos das três às seis. Estou sendo franco e por isso não foi uma traição, traição é o que se esconde e eu fiz às claras, você tem que me aceitar e se deitar neste instante comigo se neste instante eu tiver vontade de deitar com você — era assim que eu devia agir para não *poluir* nosso amor? Camuflei como pude (a gente pode tão mal), menti até à saturação. Perdi. Mas se tivesse sido *verdadeiro*, o resultado do jogo seria outro? Quer que me analise, me concentre. Que me conheça em profundidade, sem mistificação, sem mentira. Se conseguir isso, afirma, poderia então voltar a pintar como no começo. Mas se não faço outra coisa, porra! Isso de ficar me parafusando. Adianta? Tem dias em que me sinto perfeito, outros dias, uma bela merda: nos dois estados não consigo trabalhar. Preciso não me sentir nem eufórico nem deprimido, estar assim, normal. Mediocremente profissional. Daí faço um quadro atrás do outro. Perdi o fervor, Marina, é isso. Perdi o fervor. Muita técnica. Muitos compradores, os compradores compram tudo, quem falou em crise? Mas é diferente, eu sei. Você sabe também e me despreza, fiz todas as concessões. Todos os arreglos. Acabei rico. E é nesse ponto que quero chegar, já não preciso do sovina do seu pai, já precisei mas agora não preciso mais, fiquem aí sacudindo seu dinheiro que eu sacudo o meu, *Quem quer casar com Dona Baratinha que tem dinheiro na caixinha?* minha mãe cantarolava fazendo voz aflautada, como devia ser a voz da barata que achou uma moeda na fresta do assoalho. *Minha mãe era a verdade.* Você não quer a verdade, só a verdade, nada além da verdade? Pois minha mãe existiu com seu vestido de andorinhas num fundo azul-noite. Também é verdade que era delicada e que morreu cedo. Mas, meu pai? Professor? Não, ele não era professor, querida, nem foi baleado por causa de política, era um simples tira que vivia torturando os presos, enquanto torturou pé de chinelo, tudo bem, mas se meteu com presos políticos, insistiu no método de arrancar confissões e dentes com alicate e acabou sequestrado e moído de pancadas, reconheceram o cadáver devido a um anelzinho de pedra vermelha que usava no dedo. Teve o que merecia, disse minha irmã, a mocinha de cabelos cor de mel repartidos bem no meio, como as santas, sobre o cabelo não menti mas menti quando disse que ela morreu afogada quando o barco virou, sempre achei lindo isso das mocinhas morrerem afogadas, como Ofélia, os cabelos se enredando nas ervas, carreguei na descrição propositadamente, uma sugestão de Shakespeare ajuda no cotidiano. Afogada. Afogou-se, sim, mas foi no puteiro lá da divisa do Paraguai, fugiu com um campeão de caratê e um dia vieram me contar em voz baixa, com discrição (essas notícias exigem respeito), que minha irmã tinha sido vista na casa de uma cafetina instalada na fronteira, uma mulata chamada Albina, Malvina, um nome assim. Ela e a colega já estavam com o pé na estrada depois de uma briga com faca num baile de Carnaval. Mas minha mãe era verdadeira com seu vestido azul-noite e sua delicadeza. Aceita minha mãe, Marina? Serve minha mãe? pensei perguntar enquanto me aquecia na lareira, fazia muito frio em Campos do Jordão, lá frequentemente é frio e o frio estimula a memória. Então me aproximei do fogo até sentir a cara esbraseada. Por que não me deixa em paz? tive vontade de gritar. Aqueci o conhaque no fundo do copo. Mas será que eu quero mesmo ficar em paz?

— O sabonete — diz o funcionário me entregando um pequeno sabonete verde. — E a chave do seu armário. Quer me acompanhar, por favor?

O sabonete com perfume de eucalipto. Enfio o sabonete e a chave dentro do chinelo que se desequilibra e quase despenca do alto do roupão embolado: vou empilhando os objetos que recebo como os sentenciados do cinema no primeiro dia de presídio. A música nostálgica (não está mais alta?), também de cinema, reconheço-a, é antiquíssima, ouvimos isso juntos, não ouvimos? Hem, Rosa? Eu trabalhava no retrato, mas já entardecia, mais dez minutos e saímos em seguida, tem aí uma fita que eu gostaria de ver, convidei e ela aceitou mas não se mexeu, os cotovelos apoiados na janela, o olhar verde-água colado em mim, às vezes eu me escondia atrás do jornal, do livro, da tela, sempre atrás da tela e ainda assim, atrás do muro, me sentia observado. Sua face foi se integrando na folhagem, escurecia rápido. Peguei o tubo verde e fui espremendo até o fim, quis tudo verde-folha, a janela, o vestido, também eu sufocado numa alegria espessa como a tinta que só foi amadurecer na laranja que ela segurava com a maior gravidade, Eu te amo, Rosa, está ouvindo? Eu te amo! gritei porque o retrato estava ficando como eu queria, antes de fazer todos os outros que fiz já estava sabendo que esse seria o melhor. Comecei a rir. Ela segurava a laranja com o ar responsável do Menino Jesus de capa de cetim e coroa dourada, segurando na mão direita o cetro e na esquerda o globo estrelado. Minha mãe pregou esse quadro na cabeceira da minha cama, Olha, reza toda noite pra Ele não se distrair e deixar cair o mundo!

— Sabe o nome dessa música? — pergunto ao funcionário.

Ele vai buscar debaixo da cadeira o sabonete que escorregou da minha pilha. Devolve-me a chave que caiu junto.

— Desconfio que é de um filme antigo. As músicas antigas tinham outro gabarito, o senhor não acha?

Guardo o sabonete no bolso. Meu ódio por palavras como *gabarito* ou *válido* chega a ser um ódio físico. As palavras da moda.

As pessoas da moda. Depois, vão-se gastando e sendo substituídas, tenho ouvido menos *ilação, conotação*, eu também estou na moda. Ou estive.

O espaçoso vestiário metálico converge para um espelho de moldura branca tomando toda a parede do fundo. Conforto e ordem para os clientes aparentemente em ordem — penso e me desvio do homenzinho repleto que passa por mim com a solenidade de um César romano no seu chambre, a toalha enrolada no braço num panejamento de túnica. Procuro o número do meu armário. A trilha sonora, posso assobiar junto. E faz sucesso até hoje, fita e música, uma *love story* da época, Rosa ficou lavada em lágrimas, porque a bomba acertou em cheio no correspondente de guerra apaixonado pela médica eurasiana. Tudo besteira, eu cochichei e Rosa me apertou o braço, que eu calasse o bico, o pedaço agora era tristíssimo, a moça subia na colina onde sempre se encontravam e fazia aquela cara sublime diante da miragem do amado com a música sublime subindo a todo o pano porque o amor, entende?, o verdadeiro amor!... Rosa Manhosa, eu disse quando saímos do cinema, dando-lhe o lenço e a mão porque estava se sentindo a própria eurasiana prestes a me perder de novo. Levou-me a um restaurante vegetariano. Mas isto não é comida, protestei e ela sorriu e encomendou a salada. Rosa Leguminosa. Temperava meus bifes quase sem olhar para a carne desde que viu um boi indo para o matadouro. Falava pouco mas foi minuciosa na descrição que fez do sofrimento do boi estampado no olho saltado assim que sentiu o cheiro de sangue. Fincou as patas no chão, resistiu. Depois, num cansaço, deixou-se levar de cabeça baixa. Mas eu também vi os bois seguindo em fila no corredor estreito, e daí? perguntei-lhe. Também vi o olho arregalado, em pânico. Esse olho. Não queria me lembrar e agora lembro, o tio de Rosa, o mudo. Ele me olhou assim intenso na madrugada da internação.

— Como está quente — eu disse desabotoando a camisa.

O funcionário teve seu sorriso melífluo e me ofereceu um cabide para o paletó.

— É a pré-sauna.

Ele lidava com suas plantas, esse tio mudo. Quando Rosa aproximou-se, endireitou o corpo (estava de joelhos) e lhe mostrou uma raiz morta que acabara de desencavar. Ela ajoelhou-se ao seu lado, acariciou-lhe os cabelos ralos. Limpou um pouco do barro seco que respingara em sua barba grisalha e entrelaçou as mãos nos joelhos. Estava pálida quando começou dizendo que ele devia ser internado para um tratamento, o lugar era muito bom, tinha árvores, flores. Você vai gostar, tio. Ele ouviu e fez que sim com a cabeça, fez que sim. Eu espiava da janela e quis me afastar da cena da sobrinha sentimental, explicando ao tio velho que nossa casa não era o lugar ideal para um velho mudo com mania de plantas. Fiquei. Entre os dois, o instante de imobilidade e silêncio, ela olhando para a terra. Ele olhando para a terra onde estavam ajoelhados. Depois ele fechou os dedos em redor da raiz que ainda segurava e dedos e raiz, ficou tudo uma coisa só. Tinha as unhas pretas, a terra era quase preta. As unhas de Rosa eram limpíssimas, mas às vezes guardavam traços da terra que vinha em meio das suas experiências. Unhas fracas. Dentes fracos. E você permitiu que ela se tratasse com o amigo do bairro que nem formado era, estranhou Marina. E agora já nem sei se foi Marina ou se sou eu que pensa nisso, tanta pergunta que começo a me misturar com as dela. Marina, meu juiz. Vou respondendo: Exatamente, Rosa era magrinha como um galho daquela planta que agora esqueci o nome, tinha no nosso quintal várias prateleiras só com esses potes de folhinhas trementes se estendendo nervosas para o lado da sombra. Ficam mais viçosas quando cuidadas por freira, Rosa me contou e agora lembro: avenca. Marina interessou-se (seu interesse por Rosa é permanente) e quis saber, Por que freira? Lá sei, em geral as freiras são virgens e virgem tem poderes, as raízes reconhecem as mãos himenizadas e agradecem, fortalecidas na aura de castidade. Rosa Mística não tinha imagens em casa, as plantas eram suas imagens: o tufo das violetas era Santa Teresinha. O eucalipto magrinho, São Francisco de Assis. O ipê-roxo já nem lembro que santo era — tudo assim dentro de um ritual, de uma aura, ela via uma aura se irradiar das plantas, brilhante se as plantas estavam saudáveis. Aura mortiça se estavam doentes ou iam morrer, como acontece com a gente, igualzinho. Os bichos mais evoluídos e algumas pessoas (os videntes) conseguem ver essa aura, Rosa achava que o tio era vidente. Marina me atalhou, rápida: Esse tio era meio louco ou apenas velho? Achei mais simples não resistir. Chega a ser aterrorizante esse prazer de me entregar, deuses e gentes, pensem o que bem entenderem que estou me lixando com seus julgamentos. Apenas velho, respondi. Implicou comigo, achei que queria me matar e a maneira que descobri para me ver livre dele foi essa, o asilo. O curioso é que quando me entrego, Marina se desinteressa e passa para outro assunto, queria saber mais sobre as avencas: por acaso não ficaram debilitadas com a minha chegada? A Rosa não era virgem? Um ponto que a impressionou foi esse, o fato de uma moça com mais de vinte anos, independente, com cursos e ainda virgem. Lembrei-lhe que naquele tempo usava as moças pobres se guardarem, as ricas podiam ter seus amiguinhos e se casar sem problemas, mas Rosa Preconceituosa era da pequena burguesia. E do reino vegetal, as virgens vegetais ultrapassam as de outros reinos, a primeira vez foi tão difícil, Marina, mas tão difícil que precisei sair de madrugada e não encontrava farmácia aberta. Andei feito doido quase uma hora, fazia um frio cão. Quando voltei, ela tomava tranquilamente um daqueles seus chazinhos de ervas, me ofereceu uma xícara. Rosa Encadeada! chamei e ela riu mas depois chorou, eu não conseguia esconder minha irritação. A pobrezinha, disse Marina. Fiquei pensando, por que não se enternece comigo? Por que nunca se enterneceu comigo? Minha mãe teria ficado com pena de mim e não de Rosa, era para o meu lado que sempre inclinava a cabeça. Mas Marina não é minha mãe nem mãe de ninguém, não tivemos filhos. Seria por isso que ficou assim dura? Mas as amigas com filhos também são do mesmo tipo, agressivas, irônicas. Vai ver, é esse movimento cretino que está cretinizando o mulherio. Não querem machos e viram machonas, ô! onde estão as mulheres-gueixas? O funcionário aí disse que em Tóquio. Nós não sustentamos sempre vocês? Arrumar emprego é se mudar para a rua, merda. É ter enfarto que nem nós, é dizer palavrão — mas é isso que vocês querem? Marido, filho, casamento, tudo atirado às traças. O importante agora é a *irmã*. Antes, nossas empregadas podiam beber querosene e Marina no cabeleireiro, no desfile de alguma bicha, a empregada está morrendo, Marina! E ela mandava o motorista levar flores. Agora mudou tudo, se preocupa, se responsabiliza, se questiona. Adotou aí uma pequena puta que adora ser puta, assim que olhei para a adotada, pensei, vigarice pura. Mas o núcleo decidiu que deve orientá-la, educá-la, diz que é uma vítima do sistema — e olha aí outra palavra no auge, *sistema*. Adotou uma modelo que adora posar nua, se amanhã se casar com o rei da soja, vai continuar posando nua porque simplesmente gosta de mostrar o rabo. Direito dela, tudo bem, mas o que não entendo é ficar fazendo depois aquelas caras de mulher-objeto miseravelmente explorada. Mulher-objeto. E o que tem ser objeto? Se é um objeto útil, não estaria cumprindo sua função? O caso da prima, esse então é de chorar de rir. A prima fazendeira sempre foi infeliz com o marido, nenhum problema, iam se aguentando. Depois da orientação grupal, separou-se e está agora mais infeliz ainda porque de infeliz rica passou a ser infeliz pobre. Ela vai se equilibrar, Marina diz com tamanha segurança que dá gosto ouvir. Confia em todos, menos em mim. Se comove com a primeira que vem contar sua historinha, se comoveu com Rosa, até com Rosa, nenhum ciúme póstumo, mas ternura, admiração, sei lá. Aquela noite, por exemplo. Eu me sentindo estuprado numa luta que de prazer ficou sendo de resistência, desafio, meu vexame na farmácia, as coisas que pedi às três da madrugada para que o homem não desconfiasse, escova de dente, talco, sabonete. Ah, ia-me esquecendo, o senhor tem vaselina pura? Ele então sorriu. Marina também, mas o sorriso de Marina foi pouco espontâneo, já não acha tanta graça em mim.

    Guardo a roupa no armário. Calço os chinelos. Antes de vestir o roupão enfrento o espelho inteiro e nu. Ainda em forma, por que não? E o meu golfe? Meu tênis, porra. Talvez um pouco de estômago. Pego a dobra com dois dedos, está aqui o excesso. Encolho a barriga e viro de perfil até ver meu queixo duplo com o rabo do olho. Olho tem rabo? perguntei à minha mãe e ela me beijou, Seu bobinho, seu bobinho! Rosa fazia um pouco a minha mãe. Tínhamos quase a mesma idade, mas me sentia como um casulo dentro do seu amor, eu disse à Marina quando entramos no Café Saint-André-des-Arts. Até o último dia da minha viagem Rosa corria eficientíssima com seu casaco preto e seu enjoo, já começava a enjoar. Mas não venha me dizer que ela está te esperando, que vai voltar para o Brasil na semana que vem, Marina me atalhou e mudamos de assunto, havia tanta algazarra no café, tanto calor. Bebemos o vinho de um só trago, glu-glu-glu, esfregamos as mãos geladas e aspiramos a fumaça fumegante do sanduíche, Que bom estar aqui! Que bom que você ainda está livre, ela disse e nunca Rosa ficou tão longe como nessa hora, Sim, vivemos alguns anos juntos, mas quando embarquei, já estava tudo acabado ou quase. Marina pediu mais vinho. Mais sanduíches, ô! alívio, afinal ela encontrara alguém em disponibilidade, seu mais recente amor fora um suíço com duas famílias, duas pátrias. E agora, um descompromissado e pintor! No encontro no dia seguinte, fez uma ou duas perguntas sobre Rosa, mas perguntas ligeiras, ocasionais. Achei que eram ocasionais, não estava afeito à sua técnica. Ou ainda não desenvolvera essa técnica, uma perfeição: mesmo quando ela está na superfície de um ocioso movimento de chave de parafuso desinteressado em afundar, ela afunda. Queixa-se da minha atitude na defensiva, mas não tenho mesmo que me defender? Não posso ser nítido como pede que seja, é possível contar um fato com nitidez? As coisas devem ser contadas com aparato para que não fiquem mesquinhas. Cruéis. Se descrevo um crime e digo que a mulher apontou e deu um tiro no coração do amante, se menciono simplesmente o gesto, sem a ambiguidade, sem a circunstância que é todo o labirinto dando voltas e voltas até desembocar nesse alvo... Está certo, vou tentar ser reto, quando conheci Rosa, ela era noiva de um amigo e companheiro de quarto, eu morava numa pensão. Ele foi providencial para mim, sem sua ajuda eu teria voltado para Goiás, Goiás Velho, sim senhora, é longe Goiás, não? Longe à beça. Então ele pagou minha parte na pensão e me forneceu cigarros, tinta. No dia em que viajou pro Recife (era de lá, ia ao enterro do pai) me pediu que eu fosse avisar a noiva, ela o esperava para o jantar. E não tinha telefone. Fui, jantei seu jantar e ceei sua noiva — *nitidamente* a coisa se passou assim. Pronto, viro um mau-caráter total porque nesse tom também o episódio do tio fica abominável. Esse tio mudo que cuidava do jardim, a casa ficava no meio de um jardim e ele morava num barracão no fundo do quintal, o barracão que transformei no meu estúdio. Um dia sonhei com ele, com esse estranho mudo que conversava com as plantas. Chegava às vezes a rir quando elas diziam alguma gracinha, ria baixinho, mas ria. Se entendem na perfeição, Rosa veio me dizer: ele toca nelas e através dos dedos se comunicam até às raízes, as flores desabrocham mais depressa quando ele está por perto e morrem sem sofrimento quando ele toma a corola nas mãos. Inútil explicar-lhe que a discreta loucura do tio estava se fortalecendo como as raízes, no escuro. Tive então que exagerar, recorrer à ênfase para provar que de repente ele poderia ficar perigoso. Como naquela manhã em que me olhou enquanto segurava um daqueles seus ferros de jardinagem, cheguei a recuar. Você tinha saído, Rosa, estávamos só os dois. Então me fechei no barracão até que ele se afastasse, fiquei lá dentro pintando até você chegar, evidente, não fez nada assim de concreto, mas senti a ameaça. O perigo. Ela sacudia a cabeça, negando, negava sempre, O tio, perigoso? O tio?! Um velho tão inofensivo como as samambaias, as begônias, Que ameaça podia haver numa roseira? Talvez tivesse medo, isso sim, talvez eu o intimidasse, o deixasse inseguro. Então se refugiava em suas plantas. Mas lá também tem plantas, querida, eu disse. Lá nesse asilo que andei vendo, já providenciei tudo, ele vai ficar feliz na companhia de outros velhos, velho precisa de velho em redor. Um mês depois eu o levava. Foi sem resistência. Na hora de subir no táxi, me olhou demoradamente. Tomei-o pelo braço, impelindo-o suave mas firme, pensei que fosse reagir, se desvencilhar. Sentou-se no banco e ficou olhando em frente, as mãos escondidas no meio das pernas, tinha muito esse gesto para aquecê-las. Rosa chorava trancada no banheiro, fazia algum tempo que se fechava no banheiro para comer doce escondido ou chorar, já estava engordando. Voltei e ela ainda trancada lá dentro. Bati na porta, Não seja criança, Rosa, ele está felicíssimo, venha tomar um vinho, aura positiva, você não disse que somos nós que determinamos nossa aura? Eu mesmo preparei os sanduíches enquanto falava sem parar, animadíssimo: o barracão ia ficar ótimo com a reforma, podíamos pintar tudo, arrumaria minha cama num canto para poder trabalhar até tarde, dormir até tarde, talvez pudesse expor em setembro, setembro era primavera, um mês de sorte, podíamos dar uma festa no meu próprio estúdio e depois pensar naquele giro pela Amazônia — tantos projetos, hem Rosa. Incluindo aquele curso que quero um dia fazer na Europa, sei que vai acontecer! Ela ouvia em silêncio. Bebia em silêncio, os olhos inchados de tanto chorar. Fui buscar seus chocolates e caramelos que comia escondido, Pronto, coma o que quiser, Rosa Adocicada, Rosa Louca! Acordei tarde no dia seguinte. A mesa estava posta mas não a encontrei. Fui para o jardim: lá estava ela ajoelhada no canteiro das begônias, consolando-as. Chega disso, Rosa, vem que eu preciso que me arme uma moldura, chamei. Ela limpou no avental as mãos sujas de terra.

 Amarro o cinto do roupão. O tecido esponjoso, morno, retém nas dobras o perfume de eucalipto. Os vidros luminosos de tão transparentes. O licor transparente. A alegria com que veio me contar sua descoberta, era um licor verde com um leve toque de menta, me trouxe num cálice, Prova! O simples perfume já excitava antes mesmo do calor se irradiar da boca para o peito, para o sexo, Mas é um licor afrodisíaco, eu disse. Podemos ficar ricos com essa fórmula, um licor de monges! Ela riu e vi a luz do licor nos seus olhos.

 — Eu já tinha ouvido falar muito no seu nome mas nunca vi nenhum quadro seu, só assim em revistas. O senhor vai fazer alguma exposição?

 Sigo o avental branco. Noto que seus pés são enormes mas pisam com mansidão.

 — Só em Washington.

 Não ficou rica nem com essa fórmula nem com as outras, não tinha o menor senso prático, as pessoas em redor ganhando, ficando conhecidas. Ela não. Acabou cedendo até a fórmula da água-de-colônia à italiana que batizou com novo nome (Petronius?) e pôs para vender em toda parte. Por que fez isso, Rosa? perguntei me controlando para não sacudir até despetalar a Rosa Obesa, estava quase obesa. Ela colava nos frascos caseiros os pequeninos rótulos com o antigo nome escrito com sua letrinha verde: *Rosana.* Homenagem à mãe que lecionava botânica, conheceu o marido num centro de pesquisas vegetais, uma família rara, todos naturalistas. Contei a Marina (mas o que não lhe contei?) o caso dessa mãe que viveu além da data marcada porque Rosa a fazia tomar chá de ipê-roxo, quando a morte veio buscá-la, encontrou o tio mudo guardando a árvore e a árvore guardando a doente. Então parece que o tio mudo trocou com a morte algumas palavras e a morte fez meia-volta e só voltou dez anos depois. A mudez eloquente, acrescentei, mas Marina não riu, estava muito compenetrada tecendo seu tapete, nesse tempo fazia dessas coiselhas para ocupar as mãos enquanto a mente ia longe, ocupada com outros tecidos. Vejo que a agulha não segue metódica o desenho: sem explicação, retrocede para um arabesco que ficou para trás, corre por ali e de repente reaparece de novo na mancha lilás na extremidade do pano, a lei é a das cores? Agora Marina quer saber nas minúcias o que aconteceu nessa noite em que cheguei com o recado do meu amigo: o jantar arrumado para ele. Rosa esperando. E você chega — e daí? Daí fiquei, como não podia deixar de ser. Tinha chovido, a casa longe, cheguei escorrendo água. Não deixou que eu ficasse com aquela roupa, me fez vestir o macacão do tio enquanto secava minha calça com o ferro. A chuva não parava e eu estava febril, acabei dormindo nas almofadas que arrumou na sala. Antes de dormir, me fez tomar um chá quente de flor de laranjeira.

    Meu amigo precisou se demorar no Recife, tinha irmãos pequenos, inventário, uma embrulhada. Então passei a visitá-la diariamente. E ela não fez *nenhuma* questão de casamento? perguntou Marina só por hábito, sabe perfeitamente que eu não pensava sequer em casar. Mas se casou comigo, retrucou com a cara que conheço bem. Não demora e dá aquele salto com a agulha, mas eu me adianto: com você foi diferente, querida. Filha única, pai riquíssimo. Um avarento que não diz *bom-dia* de graça, esse pormenor é interessante, mas e a esperança? Não soma nisso? Ela riu abrindo o tapete nos joelhos. Nunca perdi essa esperança, nunca. Já estamos ficando meio velhos, é verdade, mas sustentar a chama como seu pai vem sustentando não é a mais valiosa doação? E nem vai morrer nada, chá de ipê-roxo, Marina, ele não soube desse ipê? pergunto e vejo que a agulha parece gracejar quando envereda sinuosa até uma zona que já não alcanço, ô! Marina. Por que falamos tanta tolice que começa inocente e vai se turvando? Você provoca. Eu respondo mais ou menos no mesmo tom. Mas e se eu quiser esquecer? Você não deixa. Por que você não deixa? Aonde está querendo chegar? Ela dobrou o tapete. Guardou as linhas. Pode ter sido devido à fumaça (acendeu um cigarro) mas tive a impressão de que seus olhos se umedeceram. Acho que você nunca amou ninguém a não ser você mesmo, ela disse apertando as palmas das mãos contra os olhos. Amei você — quis dizer e não tive forças. Ela sabe que se a tivesse encontrado como encontrei tantas outras se aventurando em Paris, não a teria levado até a embaixada para o casamento. Usava roupetas pobres porque estava na moda ser pobre, mas eu estava ciente de que o pai era dono de fábricas de tecido, da avareza soube bem mais tarde. Amei Rosa — podia ter dito. Mas sabe também que se Rosa tivesse ganho com suas fórmulas, se ficasse aquele tipo de mulher que se leva pelo braço assim na frente, como um troféu, eu não viajaria sozinho. Nunca amei ninguém a não ser a mim mesmo? Mas se também não me amo, você sabe que vivo fugindo de mim. Ou não?

Aperto o roupão contra o peito, onde o suor já escorre despudorado. Subo na balança, o funcionário do pé grande dá as ordens e vou obedecendo, Agora é para pesar? Então vamos pesar. Fico sabendo que estou com três quilos a mais. Uma parte desses três quilos o senhor vai perder daqui a pouco, ele anuncia e respondo que já estou perdendo, a sauna começou na entrada. Ele anota na ficha o meu peso. A balança que Rosa comprou para se controlar não controlou porra nenhuma, como impedir que se trancasse no banheiro com seus chocolates, seus bolos. Rosa! eu chamava e ela abria a torneira, abria o chuveiro, mas estava era mastigando. Ou se masturbando. Masturbando? estranhou Marina. Você acha que ela se masturbava? Melhor esgotar o tema inesgotável, melhor dizer logo que já fazia tempo que nem nos tocávamos mais, a gravidez foi só bebedeira, loucura. Já estava gordíssima quando aconteceu, tão acidental. Mas tão inoportuno que eu tive que lhe dizer, A ocasião não é ideal, Rosa. Detesto essa palavra *ideal*, mas foi a única que me ocorreu na hora. Então ela vestiu o casaco preto e saiu, em todos os acontecimentos vestia esse casaco que eu não podia nem ver, pensava que com ele disfarçava sua gordura. Não disfarçava, ô! Marina, preciso mesmo continuar? Foi na noite do meu vernissage. Ela me preparou um lanche e depois fiquei bebendo, ainda era cedo. Podia ouvi-la no quarto ao lado, trabalhando nas molduras, gostava de trabalhar de noite, com música e mastigando seus biscoitos. Quando tomei o último gole de uísque e disse Vou indo, ela me apareceu com o tal casaco. A bolsa preta: Eu também vou. Fiquei sem saber o que dizer. É que fazia meses que a gente não saía mais juntos, eu tinha meus amigos, meus compromissos, ninguém perguntava por ela, ficou naturalmente excluída.

Mas não se importava com isso, tinha engordado e era bastante lúcida para saber que nenhuma roupa lhe caía bem. Então se vestia sem vaidade, cheguei um dia a pensar que fazia questão de parecer mais feia. Ela sabia da sua amante? perguntou Marina. Encarei-a: Mas quem disse que eu tinha uma amante? Marina sustentou o olhar. Irritou-se. Mas você tinha ou não tinha uma amante? E então? Ela não suspeitava? Suspeitava, respondi e esperei as perguntas detalhistas. Não perguntou. Ali estava ela de bolsa e casaco preto, prossegui contando. Pronta para ir também. Me ocorreu na hora um pormenor tão tolo, se o casaco ficaria melhor abotoado ou desabotoado. Tive um sentimento de culpa, mas por que deixei que engordasse assim? E aquelas roupas medonhas. Abracei-a. No dia seguinte mesmo lhe daria dinheiro para uns vestidos, Quero você elegante de novo, vamos jogar no telhado esse casaco e essa bolsa, hem, Rosa? Ela apertava na mão a alça da bolsa preta como há alguns anos (quantos?) apertara a laranja. Olhei o retrato. Olhei-a: ambas com os olhos verde-água colados em mim. Minha Rosa, eu disse, estou muito contente porque você vai comigo, tudo o que sou devo a você, lembra? Não quero mais que faça a Rosa Obscura, todos vão gostar de te ver, mesmo que eu não venda um mísero quadro, vamos comemorar depois, ceia, boate, uma farra completa! Mas você está gelada, toma antes um gole, vamos esquentar, toma este uísque! Abri uma lata de amêndoas, ela gostava dessas amêndoas, É cedo ainda, melhor chegar quando todos já estiverem lá. Mas não fique assim tensa, tire o casaco, venha aqui no meu braço. Sentamos na esteira, bebemos no mesmo copo e quando ela riu, beijei-a. Senti um resquício de sabor de baunilha em sua língua, Você andou comendo pudim, confessa! Ela negava e ria, há muito tempo que não ria e fiquei feliz. Rosa Risonha ali ao meu lado como antigamente. Tirei-lhe os sapatos. Quando tirei sua blusa, o bico do seu seio se retraiu e se fechou como a folha da plantinha que dormia quando tocada, não era sensitiva? Dorme-Maria, vinha da minha infância. Beijei o outro seio que também se fechou, Acorda-Rosa! Seus olhos escureceram. Abriu-se sem resistência. Nunca a penetrei antes assim tão fundo, nunca a tive tão completa num gozo que já era sofrimento. Como se adivinhasse (Marina ouvindo, pálida) que era a nossa última vez. Cobri-a com o casaco e deixei-a dormindo. Ou fingindo dormir. Na rua, comecei a correr. Se pegasse um táxi, chegaria sem atraso. Fui indo estonteado pela noite de estrelas com a lua no fundo e pensei na minha mãe com seu vestido da mesma cor da noite, Está me vendo, mãe? gritei e descobri que na morte ela se integrara ao globo estrelado que o

Menino Jesus segurava, eu não precisava mais ter medo de que o globo caísse porque ela já fazia parte dele, Você está aí? gritei e no delírio senti que meu sangue latejava da mesma cor da noite, intenso. Livre. Cheguei bêbado mas lúcido na exposição latejante, da porta me veio o bafo ardente. Entrei azul e grave, a glória é azul, Marina. Azul, azul.

— Se precisar de alguma coisa, tem a campainha — avisou o funcionário abrindo a porta de vidro opaco.

O vapor me sufoca. Fecho os olhos que ardem lacrimejantes: foi como se um tampão de gaze úmida se colasse à minha cara.

— Está muito forte para o senhor? — ele pergunta.

O tampão vai se diluindo, rarefeito. Escorre no suor. Respiro o eucalipto que sopra em lufadas quentes do chão, do teto. Abro os olhos. Tento ritmar a respiração sacudida pela tosse.

— Espera... Prefiro entrar aos poucos. Agora está bem, está bem assim.

No nevoeiro denso vou distinguindo os bancos de madeira, manchas dispostas em círculo, como num anfiteatro. No primeiro círculo, completamente nu, está o homem que passou por mim no vestiário: é lustroso e sem alento, espiando a barriga desabada em pregas sucessivas até a prega mais funda que quase lhe cobre o sexo, pequeno como o de um menino, mas escuro. Procuro me sentar a uma certa distância, que o gordo não cisme de enredar conversa. Mas ele também quer sossego porque as energias aqui são todas canalizadas no suor. Estamos imóveis, só o suor escorre veloz formando pequenas poças nos bancos. No chão. Poças isoladas umas das outras como ilhas. Os vasos incomunicantes. Mas por que Marina disse isso? Que nunca amei ninguém. Não te amei, Marina? Nem no começo? A vontade de te montar e ser montado, aquela ânsia. A satisfação que me estufava o peito quando entrava com você numa sala, não pela sua beleza, que você não era bonita, mas tão elegante. Raçuda. Então eu te levava pelo braço, é minha. É minha. Sofreu com meus casos, quase nos separamos no episódio Carla, quer dizer que não amei a Carla? E Rosa, também não? Me manchei com o sangue dela e você diz que não foi amor.

— Eu tomaria uns três litros d'água. Fácil — murmura o homem levantando a cabeça e olhando o teto. Tem olhos de peixe com saudade do mar. — Um litro atrás do outro.

Suas pernas são lisas como cera derretendo em camadas que empaparam o roupão e agora se estendem num friso escuro que se infiltra nas gretas do lajedo. Não é verdade que me envergonhasse dela, tão fina, tão sensível. Tão mais rica do que todo aquele mulherio brilhante que me cercava, foi o que expliquei a Marina, não é que me envergonhasse de levá-la às festas — ou me envergonhava? Gostava de tê-la em casa, com seu cabelo preso na nuca e aqueles aventais de laboratório. Rosa Particular. As tentativas que fiz para deixá-la menos desajeitada. Menos suburbana. E agora que falo nessas tentativas, Será que fiz tantas assim? Ou achei conveniente aquele seu retraimento, principalmente quando desandou a engordar? Não sei por que engordou assim, eu avisei. Chocolates, biscoitos, mastigava o dia inteiro. Posso ser calculista. Mas ninguém é *só* cálculo. Ninguém é *só* interesse. Abro o roupão. As gotas de suor se cruzam no meu peito e acabam por se juntar em riozinhos que deslizam abrindo caminho por entre os pelos do ventre. Fico olhando meu sexo emurchecido como aquelas raízes que o tio mudo ia desencavar, Escuta, Marina, então não amei? Como é que você pode dizer isso? Acho que nunca me entreguei totalmente, isso não, sempre ficava uma parte — menor ou maior? — de mim mesmo que olhava com lucidez a outra parte possuída. Essa história também de amar o próximo como a mim mesmo, não amei coisa nenhuma. Abstrações bestas, fantasias. Sempre recebi muito mais do que dei, concordo, estou sendo honesto. Passo a língua nos lábios: eucalipto e sal. Amei meu trabalho, eu trabalhava com tanto amor, lembra? Se ao menos tivéssemos tido filhos, Marina. Mas você nunca pôde ter filhos, espero que não me culpe também por isso. Então estamos sós, sem desejo. Sem paixão, quer dizer, sem paixão, eu, porque você está toda fervorosa com suas *irmãzinhas*, seu jornal. Libertação. Vai acabar se libertando de mim. Sabe, Marina, eu esperava que envelhecêssemos juntos, o sexo apaziguado, não mais traições, só aquela ternura tranquila, sem ressentimentos. Sem mágoas. Com os nossos filhos. Sempre achei besteira essa conversa de filhos que logo se casam e querem ver a gente pelas costas, planejando discretamente (bem discretamente) um asilo para a nossa velhice quando formos velhos, os sacanas. Como fiz com o tio. E agora sinto falta deles, desses filhos que não tive. Podia ter tido com Rosa. Mas a ideia me apavorou tanto, Depressa, Rosa, vai abortar correndo, correndo! Você estava certa, Marina, ela resistiu, queria um filho nosso. Também obriguei Carla, Você está louca, Carla? Mãe solteira — é isso o que você quer ser? É o que seria. Mas, Carla, eu não vou me separar da Marina, se pensa que com isso vai me pegar pelo pé... Então ela pediu uísque, estávamos num bar. Não, não é isso, me respondeu. Não é isso que eu quero. Também nem quero mais esse filho que um dia pode me olhar como você está me olhando. A Carla era corajosa, devia fazer parte aí desse seu movimento. Enxugo o peito onde o suor brota mais quente, em cócega desesperante. Nem completo o gesto e novas gotas já nascem em lugar das outras. Arranco o roupão. O vapor ardente sopra dos quatro cantos da sauna como da boca do dragão, tinha sempre um dragão nas histórias da minha mãe, com homens maus castigados até o fim, o castigo quente era obrigatório. Fecho os olhos e a vejo vir vindo com seu vestido azul-noite. E minha mãe? Também não amei minha mãe? As lágrimas escorrem e se misturam ao suor que me inunda a boca, estou chorando como nunca chorei e quero chorar mais, suar mais, verter tudo nesta porra de sauna, e minha mãe?... Estou banhado em lágrimas.

— O seu tempo já se esgotou — diz o funcionário abrindo a porta. Aproxima-se do homem gordo. Recua, tosse: — Mas pode ficar mais uns minutos, o senhor é que sabe.

O homem se levanta com dificuldade. Apanha o roupão caído debaixo do banco, veste-o num movimento penoso e vai saindo curvado, arrastando os pés descalços, esqueceu os chinelos.

— Chega. Por hoje chega.

Vem pela fresta da porta uma lufada fria de ar. E a música. Me encolho, cubro a cara com as mãos e apoio os cotovelos nos joelhos. Agora o funcionário se dirige a mim. Respondo por entre a fresta das mãos, Estou ótimo. Ele agradece e avisa que virá me chamar quando se esgotar meu tempo. Fecha a porta. Me descubro. As lágrimas correm mais espaçadamente, revigoradas em seu trajeto pelas veredas de suor. Fico olhando num só ponto, Marina diz que é assim e Marina sabe, olhar um ponto em frente (escolho a campainha) e no silêncio, sem mentira, sem disfarce, ir se desvencilhando das camadas e camadas que se acumularam — as horas nuas, foi um livro? Um filme? Deixar ir caindo o que não for verdadeiro. Mas será que eu posso fazer essa seleção, eu?! Tudo está tão misturado, Marina. E você fala em eleger a verdade como aquela gente da Inquisição, acho que você veio desse tempo, devia ser um Inquisidor-mor de barrete marrom. Eu era um moedeiro falso, queimado na fogueira que você mesma ajudou a armar. Então nos encontramos em Paris todos esses séculos depois e vim me derreter aqui, concentrado num só ponto até escorrer minha última lágrima. Ficar sozinho mesmo, você aconselha. Mas não sou boa companhia, você sabe, quando fico assim quieto a onda trevosa começa a subir lá dentro, miasmas de lembranças que nem têm mais forma de tão comprimidas, não distingo caras, palavras mas só treva grudenta invadindo os vãos, as brechas. O corpo sem ar e com todo o ar do espaço, rolando em abandono sem ter onde agarrar e sendo agarrado. Sendo agarrado. O bico, o pássaro desce e me levanta pelo bico e depois nem fica comigo, me solta sem apoio, num desvalimento tão desvalido, estou morrendo, não é isto morrer? Olho o ponto vermelho e não faço nenhum movimento, minha vontade é sair desembestado, quero beber, conversar com o funcionário de avental, aceito o cafezinho, aceito a festa, a música, a puta, deitar com a primeira puta, jantar o primeiro convite! E estou quieto. Se a felicidade está no movimento, permaneço imóvel, podre de infeliz e imóvel até escorrer a camada final. Lá bem no centro, como num furacão, tem uma zona de trégua. Calma. Respiro melhor, está passando. A angústia da agonia está passando. Coordenar a respiração até que o ar consiga varar o funil obstruído, soprar o coração ainda assustado, me comovo com meu coração que treme como um pequeno pássaro, com medo daquele outro, enorme, que me arrebatou há pouco. Acaricio-o de leve, fique tranquilo. Entrelaço as mãos no ventre — o gesto da minha mãe. Mas ela não ficava olhando para as mãos, ficava olhando para dentro. Não foi como eu contei, Marina, você sabe que não foi. Pediu que eu mesmo dissesse, pois estou dizendo: ela me espera para o jantar, a minha noiva, mas tenho que seguir imediatamente, ele disse. Aquele meu amigo. Vá e avise que meu pai morreu, mas avise com jeito, ela é tão sensível! Pode deixar, respondi, sou jeitoso. Quando atravessei o jardim, tinha decidido, vou me instalar aqui. Até meu resfriado, lembra? Se ela se comover comigo, um pobre pintor desconhecido e de Goiás Velho — o que comove mais ainda, se for tocada pela minha pobreza. Pelo meu desamparo e se for do tipo maternal, se quiser ser minha mãezinha. Aceitei a roupa seca. Aceitei o chá. Rosa-Chá — eu disse e ficamos sorrindo das outras rosas que viriam depois. É fácil representar, Marina, mas quero insistir num ponto, não foi só representação, você gosta de nitidez e ninguém é líquido nem sólido, pastoso? As coisas são embrulhadas, até o dragão tem o seu lado, me pergunto agora mesmo sem cinismo: não era amor? Não acabou sendo amor? Nunca se sabe na hora. Nem depois. A noite do vernissage, sim, representei, eu não queria que ela fosse comigo, não queria mostrar minha mulher, uma gorda de casaco preto. Mas engordou quando se sentiu rejeitada. Estou bloqueado, eu dizia e ia trepar lá fora com outras mulheres e nem disfarçava, ela sabia. Sabia. Quando chegou aquela noite e disse, Vou com você, pensei na mesma hora, dou-lhe um porre, vai beber tanto que só vai acordar no dia seguinte. Mas no meio (não estou dizendo?) veio o desejo. Não estava programado aquele amor dolorido, doce, a exposição me esperando, as estrelas e ela dormindo em seguida, cúmplice da minha fuga a Rosa Generosa, estou certo de que fingiu que dormia. Totalmente a meu serviço, a Rosa Rejeitada, deixou suas loções e passou a cuidar das minhas molduras, tinha talento também para a madeira. Nunca pudemos ter empregada, ela sozinha dava conta da casa, do jardim. A alegria que me tomava às vezes só de pensar que estava à minha espera, sem ressentimento. O olhar limpo, as mãos limpas. Os vidros verdes e o perfume. A sopa verde e meu bife sangrento, era calma. Minha Rosa Tranquila, eu lhe dizia baixinho, se você me abandonar, me mato. E estava sendo sincero e por isso me pergunto se não era amor, um amor calculado, mas amor — existe, sim. A gravidez foi o imprevisto. Nem o retrato ficou com ela que também o retrato acabei vendendo, tive uma oferta alta e não resisti. Véspera da viagem. Faço outro, Rosa, prometi antes de embarcar, faço dúzias depois! Não, não está na sua sala de visitas com as visitas que não chegam para o pôquer, invenção essa história do dentista, quero dizer, de fato ele tratou dos dentes dela, mas depois nunca mais se viram, ela não saía quase. Uma droga de dentista que a fez sofrer, vivia com os dentes encrencados, o dentista bom era o meu. Véspera da viagem. Então ela saía sem parar, tinha o aborto. A mudança. E tinha que providenciar o seu quarto no apartamento de uma conhecida. Uma tarde (foi a última?) voltei mais cedo, o embarque era naquela noite: estava ali, quieta, olhando suas plantas, parada no meio do jardim. Não me viu chegar e continuou de braços pendidos ao lado do corpo, as mãos abertas em leque sobre o canteiro — era um gesto de despedida. Não podia levá-las e foi dizer-lhes isso, dizia adeus ao seu São Francisco de Assis, à sua Santa Teresinha — ô! Marina, a vontade que tive de gritar quando a vi assim, Apaga tudo, Rosa, não tem mais viagem nem aborto nem mudança, vamos ficar! Ficar. Mas que filho da puta você virou para permitir uma coisa dessas? fiquei repetindo só para mim enquanto a tomei pela mão, Vamos? Sua mão estava gelada. O táxi está esperando, Rosa, estamos atrasados. Ela fechou no peito a gola do casaco preto, Sim, vamos. O táxi esperando, eu estava com pressa, Marina, e minha carreira? Meu prêmio? Você me esperando em Paris, Place Saint-André-des-Arts. Duas semanas depois da minha chegada, recebi a ordem de pagamento do cheque que prometeu para encompridar minha viagem. Mas não recebi nenhuma carta. Nem sequer um bilhete. Escrevi para o endereço que tinha me dado e a carta me foi devolvida, *Endereço desconhecido*. Recorri aos nossos amigos que eram só meus: não, ninguém tinha ideia de onde ela poderia estar, era esquiva, não? Marina, escuta, já estávamos casados e ainda assim em silêncio eu tentava encontrá-la, remorso?... Lá sei, ah! Rosa Desaparecida, Desaparecida, Desaparecida. Tentei refazer o retrato e ficou uma imitação pobre: apenas uma moça na janela segurando uma laranja e não a Rosa segurando o meu mundo, foi o meu mundo que ela segurou quando lhe dei a laranja, Segura assim, não se mexa. Apodreceu. Tentei um segundo retrato e acabei rasgando tudo, estava só e bêbado quando chamei o Diabo, Quero pintar como pintava, me faça pintar como antes e lhe dou já minh'alma! Será que você não quer a minha alma? Mas é uma alma tão porcaria assim que nem você aceita? Quando Marina chegou, contei que quis fazer o maldito do retrato e o Diabo nem deu sinal de vida. Ele já tem alma demais, ela disse, está querendo se desfazer das que tem. Apodreceu. A laranja. Não, não se refaz nada, meio século já se esvaiu, quanto ainda me resta? E se eu tentar de novo, você acha que é tarde? Escuta, Marina, se eu tentar novamente? Me responda, Marina, e se eu recomeçar? Se você me ajudasse, se tivesse confiança em mim eu poderia voltar a trabalhar a sério, largo tudo isso, vai ser uma alegria vencer essa vaidade, essa ânsia, trabalhar em silêncio, só nós dois, ficaremos juntos e quem sabe na solidão?! A fé. O amor, e se voltar o amor, não é possível isso? Responda, Marina, responda! Já não aconteceu antes?

— Se quiser me chamar, basta apertar a campainha — diz o funcionário. E vai abrir a porta ao novo cliente que entra pisando firme, majestoso. — Não está muito forte, não? Por obséquio, a sua toalha.

Faz um gesto na minha direção, É suficiente? Calço os chinelos e me enrolo no roupão. Enxugo os olhos. A cara. Estou banhado em lágrimas.

— É suficiente.

Aproxima-se para me ver melhor. Tenho vontade de rir: já me derreti inteiro, as manchas azuis dos meus olhos estão boiando lá adiante, na correnteza — ô! Marina. Você está sorrindo, tem razão, tantas vezes prometi exatamente essas mesmas coisas, tantos projetos — lembra? Verdadeiros delírios de intenções, palavras. Não tem o futuro, não vamos falar em futuro que isso não existe. Só tem agora. Agora. Respondo só por agora.

— Então? — pergunta o funcionário enquanto me conduz de volta.

Vejo os seus pés enormes e comunico que estou um tanto enfraquecido, mas limpo.

Pomba Enamorada
ou Uma História de Amor

Encontrou-o pela primeira vez quando foi coroada princesa no Baile da Primavera e assim que o coração deu aquele tranco e o olho ficou cheio d'água pensou: acho que vou amar ele pra sempre. Ao ser tirada teve uma tontura, enxugou depressa as mãos molhadas de suor no corpete do vestido (fingindo que alisava alguma prega) e de pernas bambas abriu-lhe os braços e o sorriso. Sorriso meio de lado, para esconder a falha do canino esquerdo que prometeu a si mesma arrumar no dentista do Rôni, o Doutor Élcio, isso se subisse de ajudante para cabeleireira. Ele disse apenas meia dúzia de palavras, tais como, Você é que devia ser a rainha porque a rainha é uma bela bosta, com o perdão da palavra. Ao que ela respondeu que o namorado da rainha tinha comprado todos os votos, infelizmente não tinha namorado e mesmo que tivesse não ia adiantar nada porque só conseguia coisas a custo de muito sacrifício, era do signo de Capricórnio e os desse signo têm que lutar o dobro pra vencer. Não acredito nessas babaquices, ele disse, e pediu licença pra fumar lá fora, já estavam dançando o bis da "Valsa dos Miosótis" e estava quente pra danar. Ela deu a licença. Antes não desse, diria depois à rainha enquanto voltavam pra casa. Isso porque depois dessa licença não conseguiu mais botar os olhos nele, embora o procurasse por todo o salão e com tal empenho que o diretor do clube veio lhe perguntar o que tinha perdido. Meu namorado, ela disse rindo, quando ficava nervosa, ria sem motivo. Mas o Antenor é seu namorado? estranhou o diretor apertando-a com força enquanto dançavam "Nosotros". É que ele saiu logo depois da valsa, todo atracado com uma escurinha de frente única, informou com ar distraído. Um cara legal mas que não esquentava o rabo em nenhum emprego, no começo do ano era motorista de ônibus, mês passado era borracheiro numa oficina da Praça Marechal Deodoro mas agora estava numa loja de acessórios na Guaianases, quase esquina da General Osório, não sabia o número mas era fácil de achar. Não foi fácil assim ela pensou quando o encontrou no fundo da oficina, polindo uma peça. Não a reconheceu, em que podia servi-la? Ela começou a rir, Mas eu sou a princesa do São Paulo Chique, lembra? Ele lembrou enquanto sacudia a cabeça impressionado, Mas ninguém tem este endereço, porra, como é que você conseguiu? E levou-a até a porta: tinha um monte assim de serviço, andava sem tempo pra se coçar mas agradecia a visita, deixasse o telefone, tinha aí um lápis? Não fazia mal, guardava qualquer número, numa hora dessas dava uma ligada, tá? Não deu. Ela foi à Igreja dos Enforcados, acendeu sete velas para as almas mais aflitas e começou a Novena Milagrosa em louvor de Santo Antônio, isso depois de telefonar várias vezes só pra ouvir a voz dele. No primeiro sábado em que o horóscopo anunciou um dia maravilhoso para os nativos de Capricórnio, aproveitando a ausência da dona do salão de beleza que saíra para pentear uma noiva, telefonou de novo e dessa vez falou, mas tão baixinho que ele precisou gritar, Fala mais alto, merda, não estou escutando nada. Ela então se assustou com o grito e colocou o fone no gancho, delicadamente. Só se animou com a dose de vermute que o Rôni foi buscar na esquina, e então tentou novamente justo na hora em que houve uma batida na rua e todo mundo foi espiar na janela. Disse que era a princesa do baile, riu quando negou ter ligado outras vezes e convidou-o pra ver um filme nacional muito interessante que estava passando ali mesmo, perto da oficina dele, na São João. O silêncio do outro lado foi tão profundo que o Rôni deu-lhe depressa uma segunda dose, Beba, meu bem, que você está quase desmaiando. Acho que caiu a linha, ela sussurrou apoiando-se na mesa, meio tonta. Senta, meu bem, deixa eu ligar pra você, ele se ofereceu bebendo o resto do vermute e falando com a boca quase colada ao fone: Aqui é o Rôni, coleguinha da princesa, você sabe, ela não está nada brilhante e por isso eu vim falar no lugar dela, nada de grave, graças a Deus, mas a pobre está tão ansiosa por uma resposta, lógico. Em voz baixa, amarrada (assim do tipo de voz dos mafiosos do cinema, a gente sente uma *coisa*, diria o Rôni mais tarde, revirando os olhos) ele pediu calmamente que não telefonassem mais pra oficina porque o patrão estava puto da vida e além disso (a voz foi engrossando) não podia namorar com ninguém, estava comprometido, se um dia me der na telha, EU MESMO TELEFONO, certo?

Ela que espere, porra. Esperou. Nesses dias de expectativa, escreveu-lhe catorze cartas, nove sob inspiração romântica e as demais calcadas no livro *Correspondência Erótica,* de Glenda Edwin, que o Rôni lhe emprestou com recomendações. Porque agora, querida, a barra é o sexo, se ele (que voz maravilhosa!) é Touro, você tem que dar logo, os de Touro falam muito na lua, nos barquinhos, mas gostam mesmo é de trepar. Assinou Pomba Enamorada, mas na hora de mandar as cartas, rasgou as eróticas, foram só as outras. Ainda durante esse período começou pra ele um suéter de tricô verde, linha dupla (o calor do cão, mas nesta cidade, nunca se sabe) e duas vezes pediu ao Rôni que lhe telefonasse disfarçando a voz, como se fosse o locutor do programa *Intimidade no Ar,* para avisar que em tal e tal horário nobre a Pomba Enamorada tinha lhe dedicado um bolero especial. É muito, muito macho, comentou o Rôni com um sorriso pensativo depois que desligou. E só devido a muita insistência acabou contando que ele bufou de ódio e respondeu que não queria ouvir nenhum bolero do caralho, Diga a ela que viajei, que morri! Na noite em que terminou a novela com o Doutor Amândio felicíssimo ao lado de Laurinha, quando depois de tantas dificuldades venceu o amor verdadeiro, ela enxugou as lágrimas, acabou de fazer a barra do vestido novo e no dia seguinte, alegando cólicas fortíssimas, saiu mais cedo pra cercá-lo na saída do serviço. Chovia tanto que quando chegou já estava esbagaçada e com o cílio postiço só no olho esquerdo, o do direito já tinha se perdido no aguaceiro. Ele a puxou pra debaixo do guarda-chuva, disse que estava putíssimo porque o Corinthians tinha perdido e entredentes lhe perguntou onde era seu ponto de ônibus. Mas a gente podia entrar num cinema, ela convidou, segurando tremente no seu braço, as lágrimas se confundindo com a chuva. Na Conselheiro Crispiniano, se não estava enganada, tinha em cartaz um filme muito interessante, ele não gostaria de esperar a chuva passar num cinema? Nesse momento ele enfiou o pé até o tornozelo numa poça funda, duas vezes repetiu, Essa filha da puta de chuva e empurrou-a para o ônibus estourando de gente e fumaça. Antes, falou bem dentro do seu ouvido que não o perseguisse mais porque já não estava aguentando, agradecia a camisa, o chaveirinho, os ovos de Páscoa e a caixa de lenços mas não queria namorar com ela porque estava namorando com outra, Me tire da cabeça, pelo amor de Deus, PELO AMOR DE DEUS! Na próxima esquina, ela desceu do ônibus, tomou condução no outro lado da rua, foi até a Igreja dos Enforcados, acendeu mais treze velas e quando chegou em casa pegou o Santo Antônio de gesso, tirou o filhinho dele, escondeu-o na gaveta da cômoda e avisou que enquanto Antenor não a procurasse não o soltava nem lhe devolvia o menino. Dormiu banhada em lágrimas, a meia de lã enrolada no pescoço por causa da dor de garganta, o retratinho de Antenor, três por quatro (que roubou da sua ficha de sócio do São Paulo Chique), com um galhinho de arruda, debaixo do travesseiro. No dia do Baile das Hortênsias, comprou um ingresso para cavalheiro, gratificou o bilheteiro que fazia ponto na Guaianases pra que levasse o ingresso na oficina e pediu à dona do salão que lhe fizesse o penteado da Catherine Deneuve que foi capa do último número de *Vidas Secretas.* Passou a noite olhando para a porta de entrada do baile. Na tarde seguinte comprou o disco *Ave-Maria dos Namorados* na liquidação, escreveu no postal a frase que Lucinha diz ao Mário na cena da estação, *Te amo hoje mais do que ontem e menos do que amanhã,* assinou P. E. e depois de emprestar dinheiro do Rôni foi deixar na encruzilhada perto da casa de Alzira o que o Pai Fuzô tinha lhe pedido há duas semanas pra se alegrar e cumprir os destinos: uma garrafa de champanhe e um pacote de cigarro Minister. Se ela quisesse um trabalho mais forte, podia pedir, Alzira ofereceu. Um exemplo? Se cosesse a boca de um sapo, o cara começaria a secar, secar e só parava o definhamento no dia em que a procurasse, era tiro e queda. Só de pensar em fazer uma ruindade dessas ela caiu em depressão, Imagine, como é que podia desejar uma coisa assim horrível pro homem que amava tanto? A preta respeitou sua vontade mas lhe recomendou usar alho virgem na bolsa, na porta do quarto e reservar um dente pra enfiar lá dentro. Lá *dentro!* ela se espantou, e ficou ouvindo outras simpatias só por ouvir, porque essas eram impossíveis para uma moça virgem: como ia pegar um pelo das injúrias dele pra enlear com o seu e enterrar os dois assim enleados em terra de cemitério? No último dia do ano, numa folga que mal deu pra mastigar um sanduíche, Rôni chamou-a de lado, fez um agrado em seus cabelos (Mas que macios, meu bem, foi o banho de óleo, foi?) e depois de lhe tirar da mão a xícara de café contou que Antenor estava de casamento marcado para os primeiros dias de janeiro. Desmaiou ali mesmo, em cima da freguesa que estava no secador. Quando chegou em casa, a vizinha portuguesa lhe fez uma gemada (A menina está que é só osso!) e lhe ensinou um feitiço infalível, por acaso não tinha um retrato do animal? Pois colasse o retrato dele num coração de feltro vermelho e quando desse meio-dia tinha que cravar três vezes a ponta de uma tesoura de aço no peito do ingrato e dizer fulano, fulano, Como se chamava ele, Antenor? Pois, na hora dos pontaços, devia dizer com toda fé,

Antenor, Antenor, Antenor, não vais comer nem dormir nem descansar enquanto não vieres me falar! Levou ainda um pratinho de doces pra São Cosme e São Damião, deixou o pratinho no mais florido dos jardins que encontrou pelo caminho (tarefa dificílima porque os jardins públicos não tinham flores e os particulares eram fechados com a guarda de cachorros) e foi vê-lo de longe na saída da oficina. Não pôde vê-lo porque (soube através de Gilvan, um chofer de praça muito bonzinho, amigo de Antenor) nessa tarde ele se casava com uma despedida íntima depois do religioso, no São Paulo Chique. Dessa vez não chorou: foi ao crediário Mappin, comprou um licoreiro, escreveu um cartão desejando-lhe todas as felicidades do mundo, pediu ao Gilvan que levasse o presente, escreveu no papel de seda do pacote um P. E. bem grande (tinha esquecido de assinar o cartão) e quando chegou em casa bebeu soda cáustica. Saiu do hospital cinco quilos mais magra, amparada por Gilvan de um lado e por Rôni do outro, o táxi de Gilvan cheio de lembrancinhas que o pessoal do salão lhe mandou. Passou, ela disse a Gilvan num fio de voz. Nem penso mais nele, acrescentou, mas prestou bem atenção em Rôni quando ele contou que agora aquele vira-folhas era manobrista de um estacionamento da Vila Pompeia, parece que ficava na Rua Tito. Escreveu-lhe um bilhete contando que quase tinha morrido mas se arrependia do gesto tresloucado que lhe causara uma queimadura no queixo e outra na perna, que ia se casar com Gilvan que tinha sido muito bom no tempo em que esteve internada e que a perdoasse por tudo o que aconteceu. Seria melhor que ela tivesse morrido porque assim parava de encher o saco, Antenor teria dito quando recebeu o bilhete que picou em mil pedaços, isso diante de um conhecido do Rôni que espalhou a notícia na festa de São João do São Paulo Chique. Gilvan, Gilvan, você foi a minha salvação, ela soluçou na noite de núpcias enquanto fechava os olhos para se lembrar melhor daquela noite em que apertou o braço de Antenor debaixo do guarda-chuva. Quando engravidou, mandou-lhe um postal com uma vista do Cristo Redentor (ele morava agora em Piracicaba com a mulher e as gêmeas) comunicando-lhe o quanto estava feliz numa casa modesta mas limpa, com sua televisão a cores, seu canário e seu cachorrinho chamado Perereca. Assinou por puro hábito porque logo em seguida riscou a assinatura, mas levemente, deixando sob a tênue rede de risquinhos a *Pomba Enamorada* e um coração flechado. No dia em que Gilvanzinho fez três anos, de lenço na boca (estava enjoando por demais nessa segunda gravidez) escreveu-lhe uma carta desejando-lhe todas as venturas do mundo como chofer de uma empresa de ônibus da linha Piracicaba-São Pedro. Na carta, colou um amor-perfeito seco. No noivado da sua caçula Maria Aparecida, só por brincadeira, pediu que uma cigana muito famosa no bairro deitasse as cartas e lesse seu futuro. A mulher embaralhou as cartas encardidas, espalhou tudo na mesa e avisou que se ela fosse no próximo domingo à estação rodoviária veria chegar um homem que iria mudar por completo sua vida, Olha ali, o Rei de Paus com a Dama de Copas do lado esquerdo. Ele devia chegar num ônibus amarelo e vermelho, podia ver até como era, os cabelos grisalhos, costeleta. O nome começava por *A*, olha aqui o Ás de Espadas com a primeira letra do seu nome. Ela riu seu risinho torto (a falha do dente já preenchida, mas ficou o jeito) e disse que tudo isso era passado, que já estava ficando velha demais pra pensar nessas bobagens mas no domingo marcado deixou a neta com a comadre, vestiu o vestido azul-turquesa das bodas de prata, deu uma espiada no horóscopo do dia (não podia ser melhor) e foi.

WM

A chuva mansa e o céu de aço. Na mesa do Doutor Werebe, o relógio branco marca três horas, três horas em ponto. Cheguei há pouco e a enfermeira pediu que esperasse. Então, como vão as coisas? ele vai perguntar enquanto acende o cigarro. Como vai minha irmã? pergunto eu. O silêncio ajuda a abrir o intrincado caminho aqui dentro por onde vou descendo até o fundo, para ajudá-la preciso eu também descer aos infernos. E no terceiro dia ressuscitar dos mortos, rezo muito, mas não aos santos limpos, rezo aos outros, aqueles rasgados por espinhos, por demônios. Rezo principalmente a São Francisco de Assis com seus olhos cosidos e mãos furadas, ele pode ajudar minha irmã, ele e Doutor Werebe que me acompanha nessa descida e me levanta e anima quando tropeço, fiquei demais envolvido. Como vão as coisas? me pergunta enquanto acende o cigarro. Acendo o meu. E sem nenhuma pressa, começamos a falar nela.

Vou até a porta envidraçada que dá para o pátio. No vidro embaçado, com o dedo escrevo um W e um M, duas letras recortadas na folhagem brilhante de chuva, o resto é névoa. Minhas iniciais e as iniciais dela, Wanda e Wlado, uma família de nomes começando com dáblio, mamãe se chamava Webe. Wanda, minha irmã. Por esse W ela foi subindo ágil com seu passo elástico, atingiu a ponta aguda da letra e ficou equilibrada lá no alto, bailarina de malha cor-de-rosa se apurando no seu exercício mais raro, as sapatilhas de cetim num prolongamento do ângulo. Desequilibrou-se e rolou pela encosta da letra até ficar comprimida no fundo, nesse segundo vértice que toca o chão. No escuro, presa entre as duas paredes, ela continua até agora. Seu silêncio é suave porque ela é suave. Mas o olhar não vai além da parede em frente. Wanda, minha irmã, não quer mais vestir sua linda malha e tentar subir de novo?

Doutor Werebe não responde. É preciso esperar, ele disse. Espero. Teve uma crise na infância, mamãe me falou nos meses em que foi obrigada a passar na sua cabeceira quando ela era ainda uma menininha. Recuperou-se. Aprendeu bailado. Línguas. Cinco anos mais velha do que eu e tão mais desenvolvida, nesse tempo vivíamos numa casa luxuosa, mamãe era uma artista importante e bonita, com muitos homens em volta. Tantos empregados, mas era Wanda quem cuidava de mim, quem me contava histórias. Quando resolveu me ensinar a ler comprou um quadro-negro e uma caixa de giz de todas as cores, nos intervalos eu desenhava. Aprendi o EME com facilidade mas resisti ao DÁBLIO, me lembro como ela ria quando minha língua enrolava no *blio*. Mas o DÁBLIO não passa de um EME de cabeça para baixo, explicou enquanto escrevia um grande W seguido de um M — Não é simples? Dei uma cambalhota e fiquei plantado nas duas mãos, Assim, Wanda? É uma letra assim? Ela me segurou pelos pés, apertou-os contra o peito. E retomando o giz, foi enchendo o quadro-negro de dáblios e emes, chegou até à moldura, escreveu na moldura, invadiu a parede e contornou a janela, subiu na estante, o giz se esfarelando nas lombadas dos livros, no chão, W M W M W M W M W M W M — Não é fácil? Não é fácil? ia perguntando sem poder parar. Fiquei na maior excitação, dando gritos até mamãe vir lá de dentro e me sacudir enfurecida, Quer fazer o favor de parar com isso? Foi a Wanda, eu denunciei mas ela continuou me sacudindo, Vai parar? Mamãe era uma atriz famosa mas agitada como um vento de tempestade. Ou estava estudando algum papel em meio de crises de angústia (era uma perfeccionista) ou estava dando entrevistas ou experimentando roupas ou telefonando, levava o telefone para o quarto, deitava e ficava horas falando com uma amiga ou algum amante. Pílulas para dormir, pílulas para acordar, a cara sempre enlambuzada de creme. Não tomava conhecimento nem de Wanda nem de mim. Atrás de um móvel ou pela fresta da janela eu a via entrar e sair se queixando, se queixava muito das pessoas. Do tempo curto que a obrigava a correr e nessa corrida ia perdendo coisas, Onde está meu lenço, meu perfume, minha chave, minha echarpe?! Leva esse menino daqui! gritou certa vez que me aproximei mais. Wanda me consolou com um sorvete de chocolate e com a história do Martinho Pescador que pescou um peixe encantado e o peixe lhe suplicou que o soltasse, em troca lhe daria o que pedisse. Quero uma casa, pediu o pescador que vivia numa tapera. Voltou e encontrou a mulher de vestido novo, radiante no palacete mais bonito do bairro. Só uma tarde durou esse contentamento porque de noite a mulher já começou a se queixar, ao invés de uma casa tão banal, bem que o tolo do marido podia ter pedido um palácio, Vai lá e pede um palácio! Ele foi, pediu um palácio e quando voltou, ela já estava resmungando, de que adiantava tanto mármore e ouro se não tinha o poder? Volta ao peixe, ordenou, quero ser rei! Depois começou a se queixar de novo, era tão limitado o poder do rei que não chegava ao reino dos céus, Agora quero ser Papa! Mas um dia se sentou no trono da igreja, chamou o Martinho Pescador e mandou-o de volta à praia, Diga ao peixe que quero ser Deus! Deus? perguntou o peixe. E aí tudo revirou. Chegou em casa e encontrou a mulher esfarrapada e chorando na porta da casa. Embora menino, de modo obscuro eu associava mamãe com a mulher de Martinho, que não sossegava. Estreava a peça e vinham as críticas. Os telegramas. As homenagens. Então ficava macia, o sorriso flutuante igual ao da deusa da gravura, uma roliça mulher coroada de anjos numa gôndola puxada por dois cisnes brancos. Vem brincar com a mamãe, chamava por entre as plumas do seu *négligé*. Eu ia mas nunca ficava muito à vontade, atento ao primeiro sinal de impaciência: tinha sempre um crítico que se omitia e um outro que foi meio ambíguo — mas por que o público do último sábado não aplaudiu de pé? A desconfiança crescia numa conspiração: apontava inimigos, descobria tramas. Irritava-se quando o telefone tocava sem parar ou quando as pessoas a abordavam na rua pedindo autógrafos, retratos. Mas quando chegou o tempo em que o telefone ficou calado e as pessoas não se viravam para vê-la, caiu no mais completo desespero. Os vasos vazios de flores. As pessoas distraídas. O tremor de excitação durava até a hora do carteiro, Hoje não veio carta? Nem hoje nem ontem, só convites para exposições ou avisos de banco que eram rasgados com tanto ódio que comecei a rezar para que eles não chegassem mais. Sobrava o jornal que costumava deixar para depois, nunca entendi por que reservava para o fim o jornal. Ia diretamente à página de arte, percorria os textos, Não fui mencionada? E quem sabe alguma referência na página seguinte. Ou na outra, ô! que insipidez, que vazio. Dobrava o jornal com uma crispação que eu ouvia de longe. Passava os cremes, tomava as pílulas e ia dormir. Para recomeçar tudo quando acordava e zonza ainda queria saber, Ninguém telefonou? Fingia alívio: ótimo. Mas o maxilar endurecia. Evitava Wanda porque Wanda ficou moça, não suportava sua juventude. E me evitava porque eu era parecido com meu pai, aquele que um dia saiu para comprar fósforos e nunca mais apareceu. Na afobação do sucesso, achou bom mesmo que ele tivesse sumido. Mas assim que começou a envelhecer o ódio que fora curto voltou revigorado. Na estreia de uma peça que queria demais fazer (perdeu o papel para uma mais jovem) ficou em tal estado que tirei dinheiro da sua bolsa, corri à floricultura e lhe mandei um imenso ramo de rosas com um cartão: Para a maior atriz do mundo, de um fervoroso admirador.

Durante uma semana ela se alimentou dessas rosas. Ficou apaziguada. Sonhadora. Quando começou a se crispar de novo, mandei-lhe um disco. E uma caixa de bombons e em seguida outro disco com o dinheiro que eu ia tirando escondido. Fiz uma pausa quando ela se impacientou, Mas por que esse imbecil de admirador não aparece nunca? Vai ver, é um negro! E rasgou o cartão. Wanda cuidava dela, cuidava de mim. E ainda achava tempo para marcar a roupa com nossas letras, tão pessoais as toalhas de banho com um dáblio e um eme bem grande em vermelho, me enrolava neles para me enxugar. Quando me deitava podia senti-los quase invisíveis bordados no canto da fronha. Ou no guardanapo. As letras tinham floreios na ponta da caneta de prata, mas eram despojadas por entre os arabescos de ferro do portão: W M. Wanda teve um momento de cólera quando mamãe descobriu que era eu quem estava lhe tirando dinheiro, as flores foram ficando mais caras. Mas no dia seguinte mesmo — era meu aniversário —, deixou no meu quarto um bolo com um W M escrito no creme de chocolate. Sentamos os três em redor do bolo. Flutuante como nos dias antigos, mamãe vestiu um longo decotado e me ofereceu uma pequena tartaruga que batizamos com vinho, Eu te batizo, Wamusa! Muito fina na sua malha de um rosa-envelhecido, Wanda dançou para mim, só para mim, desde que mamãe polidamente continuava a ignorá-la. Depois prendeu no meu pulso uma corrente com as iniciais gravadas na plaquinha de prata: W M. Beijei as letras, beijei mamãe e guardei a tartaruguinha no bolso. Minha família. Uma estranha família diferente das outras, mas nessas diferenças não estaria o nosso vínculo? Dormi mal, com um curioso sentimento de que devia ficar em vigília. Madrugada ainda, pulei da cama: em todos os meus livros e cadernos, nas capas e nas folhas internas, os dáblios e os emes se multiplicavam em todos os tamanhos e cores. Tentei apagá-los: o *crayon* e a aquarela, o carvão e o nanquim eram irremovíveis. Encontrei minha irmã na cozinha comendo uma fatia do bolo da véspera, o ar ajuizado de uma mocinha disciplinada, esperando a hora da aula de alemão. Negou mas acabou confessando, em prantos, que não pudera resistir a uma espécie de comando que a possuía e a obrigava a marcar tudo que ia encontrando, até a exaustão. Enxuguei suas lágrimas, Não se preocupe, Wanda, não se preocupe. Direi no colégio que perdi os livros, como é *esqueça* em alemão?

Os dias ocos, muitas vezes já falei sobre esses dias que vieram em seguida, quando a tempestade mudou de rumo. Ficou a brisa por entre os cabelos de minha mãe que parecia menos infeliz enquanto escrevia suas memórias. Atarefada com aulas, Wanda mostrava a carinha de quem se propõe um trabalho sério. O problema dos livros resolvido, assumi a responsabilidade com a ajuda de um psicólogo do colégio. Esse relaxar por dentro e por fora, essa calma curiosidade por uma nuvem, por uma folha que tomba e que se examina com amor e inocência — era isso ser feliz? Achei graça quando no tronco do abacateiro dei com as duas letras entalhadas a canivete, mas recuei estarrecido quando entrei no seu quarto: nas paredes, nos móveis, em superfícies e reentrâncias, no chão e nos espelhos o W M furiosamente desenhados. Ou abertos a canivete. Passei a mão na poltroninha de couro rasgada de alto a baixo, o algodão escapando do dáblio, mais eviscerado do que o eme. No canto do quarto, a tartaruguinha marcada até o cerne lívido da carapaça.

Fui cambaleando até o quarto da mamãe. Ela escrevia suas memórias mas devia estar num pedaço triste, tinha o olhar apagado. A Wanda, onde ela foi? perguntei. Mamãe apertou minha mão e começou a chorar: Mas meu querido, a Wanda morreu faz tanto tempo! Você fica falando nela, fica falando e faz tanto tempo que ela morreu! Acariciei seus cabelos que já estavam completamente grisalhos, quando deixara de pintá-los? Sim, mamãe, é claro, não falo mais, eu disse. Ela cruzou os braços na mesa e pousou neles a cabeça. Dormiu. Dormia em meio de uma frase, de um gesto, envelhecera tão rapidamente. Saí e andei sem parar. Mamãe e suas pílulas. Wanda e suas letras. O começo daquelas letras foi naquele quadro-negro? Mas o que significava isso, vontade de afirmação? De posse? Lembrei-me da sua longa enfermidade na infância, mamãe não entrou em minúcias mas se referiu ao medo que ela tinha das pessoas, do escuro. Estaria se transferindo para as iniciais? Se buscando nelas? Tanta pergunta me confundiu. Me abrasei na dúvida: e se com essa minha cumplicidade eu estivesse apenas agravando o seu estado? Acabei a noite descendo num inferninho, com uma gentil putinha sentada em meus joelhos. Tinha olhos de amêndoa doce e dentes perfeitos, devia andar pelos dezoito anos. Os ombros estreitos, a franja negra e lisa. Você é chinesa? perguntei. Só a mamãe, disse examinando a plaquinha da minha pulseira. Riu quando deu com as letras, Mas meu nome também começa assim, quer ver? E, molhando o dedo no copo, escreveu na mesa: Wing. Levei-a para um hotel. Por dois dias esqueci Wanda, mamãe, esqueci aquele eme andando de cabeça para baixo, plantado nas mãos — esqueci tudo em meio ao gozo, eu estava precisado desse gozo feito de pausas amenas, Wing só falava amenidades com sua voz mais leve do que a asa de uma borboleta. Na noite do terceiro dia, comprei para ela um pacote de cerejas — era tempo de cerejas —, deixei-a instalada no pequeno hotel com seu toca-discos e fui para casa. Encontrei Wanda de malha cor-de-rosa, estava ensaiando. Falei sobre o meu pobre amor chinês que achei na zona e ela me abraçou e rodopiou comigo, então eu tinha um amor? Quis conhecê-la imediatamente. Depois, eu prometi, depois eu a trago aqui. Foi buscar uma garrafa de vinho para comemorar: se eu estava amando, ela também amava, porque a única coisa que podia nos salvar (me encarou com gravidade) era o amor. Mamãe tinha ido ao teatro com uma amiga. Ouvimos música, bebemos, acabei dormindo ali mesmo no sofá. No sonho tão real vi Wanda aproximar-se de mim com uma expressão má. Veio devagar, bailarina pisando branda. Inclinou-se. Mas o que trazia escondido? Voltei a cara para a parede na hora em que a ponta da lâmina riscou um W e um M na palma da minha mão. Os talhes seguros, nem rasos nem fundos, na medida exata. A dor fria escorrendo devagar. Quando acordei, o sol já entrava pela janela e queimava minha boca. Não tive forças de olhar a mão que latejava. Amarrei nela um lenço e fui procurar um psiquiatra para Wanda. Indicaram-me seis, um deles era o Doutor Werebe. Wanda resistiu, tinha horror de análises, de sanatórios. Em casa, comigo e com mamãe ao lado, ainda se aguentava, mas no dia em que embarcasse nesse mar jamais voltaria, disse esfregando as mãos num pânico de criança. Tranquilizei-a, mas quem falou em internamento? Ficaria com a gente, convivendo com a nossa loucura razoável. E pedi-lhe a lâmina, o canivete: tinha que me prometer que não marcaria mais nada. Ela beijou a palma da minha mão ainda inchada e me entregou sua pulseira de iniciais, um presente para a minha Wing.

No fim desse mês mamãe morreu. A amiga atriz foi visitá-la e a encontrou caída no banheiro, segurando o vidro de pílulas. Foi acidente? perguntei, e o médico do pronto-socorro olhou-a mais demoradamente, estava serena na morte: Quem pode dizer? Comprei um ramo de rosas igual ao que ela costumava receber do admirador anônimo e Wanda então me abraçou em prantos: Quer dizer que era você? Ficamos no velório de mãos dadas, falando em voz baixa sobre mamãe. Sobre nós mesmos. A noite estava gelada, mas era quente o hálito de Wanda me contando como lhe fazia bem a análise. Contei-lhe o quanto me fazia bem o amor. Quando fui buscar a tampa do caixão, vacilei num desfalecimento, outra vez?! Fechei os olhos: sob as pontas dos dedos, apalpei as duas letras apressadamente cavadas na madeira polida. Com as unhas, tentei aplacar as farpas enquanto olhava para minha irmã ali encostada na porta, silhueta espiralada de uma bailarina em descanso. Mas por quê, Wanda? perguntei-lhe na volta do cemitério. Você tinha prometido, Wanda! Por quê? Ela não se perturbou: marcara o caixão como marcara nossos pertences, mamãe gostava, como eu, das pequenas marcas da posse. Até na morte. Onde o mal?

Ouço vozes na saleta, Doutor Werebe está conversando com a enfermeira. Então, como vão as coisas? vai me perguntar com sua simpatia profissional, nos primeiros momentos fica profissional. Como vai minha irmã? pergunto eu. Volto sempre a alguns acontecimentos que me parecem as portas do labirinto: a tarde em que encontrei Wing com os olhos inchados de tanto chorar, Por que chorou, Wing? Ela fechou as janelas, desceu as persianas e me abraçou com força, demoradamente, Entra em mim, pediu. Wing sabia que eu não gostava de nada escuro entre nós dois, fazia parte do gozo ver seus olhos se estreitando até escorrerem diluídos para dentro dos meus, Wing, a luz! Não obedeceu, ela que era obediente: Deixa ficar assim, pediu. Quando acendi o abajur, tentou esconder depressa os seios, seus lindos, seus pequeninos seios horrivelmente tatuados com um W e um M azul-marinho em cada bico. Cobri-a com o meu corpo, Wing, minha amada, por que você deixou que ela fizesse um horror desses, eu não te avisei? Não respondeu. Seu olhar atônito ficou cravado em mim, mas do que eu estava falando? Que Wanda? Pois então não me lembrava? Fomos os dois ao homem das tatuagens que prometeu ser discreto, apenas duas letrinhas — ah, por favor, não queria mais esse assunto. Eu te amo, ficou repetindo, eu te amo. Nem todas as letras do mundo iam interferir nesse amor. Quando cheguei, Wanda estava na sua poltroninha, folheando um velho álbum de retratos. Será este o pai? Será que ainda está vivo? perguntou. Quando viu que não respondi, fechou o álbum e ficou olhando para dentro de si mesma. Tomei-lhe as mãos singularmente infantis: Wanda, querida, não podemos continuar desse jeito, tenho sido seu cúmplice, fico encobrindo tudo, está errado, está errado! Agora, até Wing dizendo, para te proteger, que não foi com você ao homem das tatuagens. Quero que saiba que amanhã falo com Doutor Werebe, se ele achar que você está precisada de um tratamento mais intenso, se aconselhar o sanatório, promete que não vai resistir? Que não vai desobedecer? Ela ficou me olhando através do espelho e seu rosto secreto era um reflexo do meu. Depois ajoelhou-se aos meus pés e com a ponta do dedo escreveu um dáblio e um eme na poeira dos meus sapatos.

Apago no vidro da janela as duas letras feitas no bafo. Aqui ela não vai ser maltratada, disse o Doutor Werebe. Nem você. Fale só se tiver vontade, está me compreendendo? A chuva fortalecida faz tremer o arvoredo no meio do pátio. Começo também a tremer, por que o Doutor Werebe está demorando? Ele é bom, me dá a mão enquanto descemos juntos até a ressurreição da carne, ele me ajuda quando tropeço com a minha carga nos braços, Doutor Werebe, está pesado demais para mim! digo e ele me segura. Na realidade, Wanda não pesa mais do que uns trinta quilos, mas fica de ferro quando começamos a descida. E precisamos eu e ela ir até o fundo do fundo, lá onde fica o hotel, corro sabendo o que vou encontrar e ainda assim continuo correndo, subo a escada, abro a porta e a primeira coisa que vejo é o toca-discos ligado, a agulha girando na zona silenciosa girando girando no silêncio e a cadeira tombada não sei quanto tempo tombada e a agulha na zona encontrei Wing na zona ela sentou no meu colo e a franja e os olhos de amêndoa doce meu pobre amor chinês de ombros estreitos entra em mim pedia e o gozo cálido eu te amo eu te amo eu te amo entra em mim disse e a certeza de que ela estava fria na zona de silêncio como a agulha. Onde está você Wing? gritei quando vi o jornal aberto no chão e a data a data com a gota de sangue respingada era a véspera pisei no respingo estatelado duro e adiante a mão pendendo para fora da cama com sua linda pulseira de prata fui subindo pelo fio sanguinolento do braço passando agachado debaixo da pulseira como o fio que escorreu sem sujá-la não esqueça esse detalhe sem sujá-la fui subindo pelo fio ressequido como fazia Wanda com sua malha subindo na letra até ficar hasteada em cima Wing Wing não abra a porta! Wanda vai pedir vai implorar mas não abra e agora esse rasgão na roupa e esse peito rasgado Wanda morreu faz tanto tempo mamãe disse e não sabia que ela era inaparente porque eu ia atrás apagando os rastros por onde ela passava mas se eu limpar essa crosta no peito de Wing vai aparecer o WM de lábios azuis de tão frios deixando entrever bem no vértice seu pequenino seu amado coração.

Lua Crescente em Amsterdã

O jovem casal parou diante do jardim e ali ficou, sem palavra ou gesto, apenas olhando. A noite cálida, sem vento. Uma menina loura surgiu na alameda de areia branco-azulada e veio correndo. Ficou a uma certa distância dos forasteiros, observando-os com curiosidade enquanto comia a fatia de bolo que tirou do bolso do avental.

—Vai me dar um pedaço deste bolo?—pediu a jovem estendendo a mão.—Me dá um pedaço, hem, menininha?

—Ela não entende—ele disse.

A jovem levou a mão até a boca.

—Comer, comer! Estou com fome—insistiu na mímica que se acelerou, exasperada.—Quero comer!

—Aqui é a Holanda, querida. Ninguém entende.

A menina foi se afastando de costas. E desatou a correr pelo mesmo caminho por onde viera. Ele adiantou-se para chamar a menina e notou então que a estreita alameda se bifurcava em dois longos braços curvos que deviam se dar as mãos lá no fim, abarcando o pequeno jardim redondo.

—Um abraço tão apertado—ele disse.—Acho que este é o jardim do amor. Tinha lá em casa uma estatueta com um anjo nu fervendo de desejo, apesar do mármore, todo inclinado para a amada seminua, chegava a enlaçá-la. Mas as bocas a um milímetro do beijo, um pouco mais que ele abaixasse... A aflição que me davam aquelas bocas entreabertas, sem poder se juntar. Sem poder se juntar.

—Mas que língua falam em Amsterdã?

—A língua de Amsterdã—ele disse enfiando os dedos nos bolsos da jaqueta à procura de cigarros.—Teríamos que morrer e renascer aqui para entender o que falam.

— Queria tanto aquele bolo, não sente o cheiro? Queria aquele bolo, uma migalha que fosse e ficaria mastigando, mastigando e o bolo ia se espalhar em mim, na mão, no cabelo, não sente o cheiro?

Ele limpou nas calças os dedos sujos da poeira de fumo que encontrou nos bolsos.

— Vamos dormir aqui. Mas vê se para de chorar, quer que venha o guarda?

— Quero chorar.

— Então, chora.

Molemente ela se recostou numa árvore. Enlaçou-a. Os cabelos lhe caíam em abandono pela cara, mas através dos cabelos e da folhagem podia ver o céu.

— Que lua magrinha. É lua minguante?

Ele avançou até o meio da alameda e expôs a cara que se banhou na luz do céu estrelado.

— Acho que é crescente, tem o formato de um C. Vem querida, ali tem um banco.

— Não me chame mais de querida.

— Está bem, não chamo.

— Não somos mais queridos, não somos mais nada.

— Está certo. Agora, vem.

— O banco é frio, quero minha cama, quero minha cama — ela soluçou e os soluços fracamente se perderam num gemido. — Que fome. Que fome.

— Amanhã a gente...

— Quero hoje! — ela ordenou endireitando o corpo. Voltou para ele a face endurecida. — Se você me amasse mesmo, faria agora um ensopado com seu fígado, com seu coração. Meus cachorros gostavam de coração de boi, eram enormes. Não vai me fazer um ensopado com seu coração, não vai?

— Meu coração é de isopor e isopor não dá nenhum ensopado. Li uma vez que — ele acrescentou. Puxou-a com brandura: — Vem, Ana. Ali tem um banco.

— Meu coração é de verdade.

Ele riu.

— O seu? Isopor ou acrílico, na história que li o homem achou que tinha tanto sofrimento em redor, mas tanto, que não aguentou e substituiu seu coração por um de acrílico, acho que era acrílico.

— E daí?

Ele ficou olhando para os pés enegrecidos da jovem forçando as tiras das sandálias rotas. Subiu o olhar até o jeans esfiapado, pesado de poeira.

— Daí, nada. Não deu certo, ele teria que nascer outra coisa.
— Você sabia contar histórias melhores.

Sob a camiseta de algodão transparente, os pequeninos bicos dos seios pareciam friorentos. E não estava frio. Foram escurecendo durante a viagem, ele pensou. Qual era a Ana verdadeira, esta ou a outra? A que jurou amá-lo na terra, no mar, no braseiro, na neve, debaixo da ponte, na cama de ouro.

— Você mentiu, Ana.
— Quando? Quando foi que menti?

Ele desviou o olhar desinteressado.

— Vem, que amanhã a gente vai ver o museu de Rembrandt, lembra? Você disse que era o que mais queria ver no mundo.
— Tenho ódio de Rembrandt.
— Não esfregue assim a cara, Ana. Você vai se machucar.
— Quero me machucar.
— Então, se machuque. Mas vem!
— Minhas unhas eram limpas. E agora esta crosta — gemeu ela examinando os dedos em garra. Limpou a gota de sangue que lhe escorreu do arranhão aberto no queixo. — Confessa que quer seguir sozinho a viagem, que quer se ver livre de mim!

Nem isso. Não queria nada, apenas comer. E mesmo assim, sem aquele antigo empenho do começo. Gostaria também de sair dançando, a música leve, ele leve e dançando por entre as árvores até se desintegrar numa pirueta.

— Você disse que seria a menina mais feliz do mundo quando pisasse comigo em Amsterdã, lembra?
— Tenho ódio de Amsterdã. Eu era tão perfumada, tão limpa. Me sujei com você.
— Nos sujamos quando acabou o amor. Agora vem, vamos dormir naquele banco. Vem, Ana.

Ela puxou-lhe a barba.

— Quando foi que fiquei assim imunda, fala!
— Mas eu já disse, foi quando deixou de me amar.
— Mas você também — ela soqueou-lhe fracamente o peito. — Nega que você também...
— Sim, nós dois. A queda dos anjos, não tem um livro? Ah, que diferença faz. Vem.
— O banco é frio.

Quando ele a tomou pela cintura chegou a se assustar um pouco: era como se estivesse carregando uma criança, precisamente aquela menininha que fugira há pouco com seu pedaço de bolo. Quis se comover. E descobriu que se inquietara mais com o susto da menina do que com o corpo que agora carregava como se carrega uma empoeirada boneca de vitrina, sem saber o que fazer com ela. Depositou-a no banco e sentou-se ao lado. Contudo, era lua crescente. E estavam em Amsterdã. Abriu os braços. Tão oco. Leve. Poderia sair voando pelo jardim, pela cidade. Só o coração pesando — não era estranho? De onde vinha esse peso? Das lembranças? Pior do que a ausência do amor, a memória do amor.

— E onde estão os outros? Para a viagem? Você não disse que era aqui o reino deles? — perguntou ela dobrando o corpo para a frente até encostar o queixo nos joelhos. — Tudo invenção. Isso de Marte ser pedregoso, deserto. Uma vez fui lá, queria tanto voltar. Detesto este jardim.

— Perdemos o outro.
— Que outro?

A voz dela também mudara: era como se viesse do fundo de uma caverna fria. Sem saída. Se ao menos pudesse transmitir-lhe esse distanciamento. Nem piedade nem rancor.

— Você sabia, Ana? Algumas estrelas são leves assim como o ar, a gente pode carregá-las numa maleta. Uma bagagem de estrelas. Já pensou no espanto do homem que fosse roubar essa maleta? Ficaria para sempre com as mãos cintilantes, mas tão cintilantes que não poderia mais tirar as luvas.

— Olha minhas unhas. Até a menininha fugiu de mim — queixou-se ela enlaçando as pernas.

— Desconfiou que você ia avançar no seu bolo.

— Olha minhas unhas. Será que aqui também dão comida em troca de sangue?

— Não sei.

— Uma droga de comida. Aquela de Marrocos — disse ela esfregando na areia a sola da sandália.

— Nosso sangue também deve ser uma droga de sangue.

O silêncio foi se fazendo de pequenos ruídos de bichos e plantas até formar um tênue tecido que perpassava pela folhagem, enganchava-se imponderável numa folha e prosseguia em ondas até se romper no bico de um pássaro.

— Queria um chocolate quente com bolo. O creme, eu enchia uma colher de creme que se espalhava na minha boca, eu abria a boca...

Abriu a boca. Fechou os olhos.
Ele sorriu.

— Estou ouvindo uma música, a gente podia dançar. Se a gente se amasse a gente saía dançando...

Ela levantou as mãos e passou as pontas dos dedos nos cabelos. Na boca.

— E agora? O que acontece quando não se tem mais nada com o amor?

Quase ele levou de novo a mão no bolso para pegar o cigarro, onde fumara o último?

— Quando acaba o amor, sopra o vento e a gente vira outra coisa — respondeu ele.

— Que coisa?

— Sei lá. Não quero é voltar a ser gente, eu teria que conviver com as pessoas e as pessoas... — ele murmurou. — Queria ser um passarinho, vi um dia um passarinho bem de perto e achei que devia ser simples a vida de um passarinho de penas azuis, os olhinhos lustrosos. Acho que eu queria ser aquele passarinho.

— Nunca me teria como companheira, nunca. Gosto de mel, acho que quero ser borboleta. É fácil a vida de borboleta?

— É curta.

O vento soprou tão forte que a menina loura teve que parar porque o avental lhe tapou a cara. Segurou o avental, arrumou a fatia de bolo dentro do guardanapo e olhou em redor. Aproximou-se do banco vazio. Procurou os forasteiros por entre as árvores, voltou até o banco e alongou o olhar meio desapontado pela alameda também deserta. Ficou esfregando as solas dos sapatos na areia fina. Guardou o bolo no bolso e agachou-se para ver melhor o passarinho de penas azuis bicando com disciplinada voracidade a borboleta que procurava se esconder debaixo do banco de pedra.

A Mão no Ombro

O homem estranhou aquele céu verde com a lua de cera coroada por um fino galho de árvore, as folhas se desenhando nas minúcias sobre o fundo opaco. Era uma lua ou um sol apagado? Difícil saber se estava anoitecendo ou se já era manhã no jardim que tinha a luminosidade fosca de uma antiga moeda de cobre. Estranhou o úmido perfume de ervas. E o silêncio cristalizado como num quadro, com um homem (ele próprio) fazendo parte do cenário. Foi andando pela alameda atapetada de folhas cor de brasa, mas não era outono. Nem primavera, porque faltava às flores o hálito doce avisando as borboletas, não viu borboletas. Nem pássaros. Abriu a mão no tronco da figueira viva mas fria: um tronco sem formigas e sem resina, não sabia por que motivo esperava encontrar a resina vidrada nas gretas. Não era verão. Nem inverno, embora a frialdade limosa das pedras o fizesse pensar no sobretudo que deixara no cabide do escritório. Um jardim fora do tempo mas dentro do meu tempo, pensou.

O húmus que subia do chão o impregnava do mesmo torpor da paisagem. Sentiu-se oco, a sensação de leveza se misturando ao sentimento inquietante de um ser sem raízes: se abrisse as veias, não sairia nenhuma gota de sangue, não sairia nada. Apanhou uma folha. Mas que jardim era esse? Nunca estivera ali nem sabia como o encontrara. Mas sabia — e com que força — que a rotina fora quebrada porque alguma coisa ia acontecer, o quê?! Sentiu o coração disparar. Habituara-se tanto ao cotidiano sem imprevistos, sem mistérios. E agora a loucura desse jardim atravessado em seu caminho. E com estátuas, aquilo não era uma estátua?

Aproximou-se da mocinha de mármore arregaçando graciosamente o vestido para não molhar nem a saia nem os pés descalços. Uma mocinha medrosamente fútil no centro do tanque seco, pisando com cuidado, escolhendo as pedras amontoadas em redor. Mas os pés delicados tinham os vãos dos dedos corroídos por uma época em que a água chegara até eles. Uma estria negra lhe descia do alto da cabeça, deslizava pela face e se perdia ondulante no rego dos seios meio descobertos pelo corpete desatado. Notou que a estria marcara mais profundamente a face, devorando-lhe a asa esquerda do nariz. Mas por que a chuva se concentrara só naquele percurso, numa obstinação de goteira? Ficou olhando a cabeça encaracolada, os anéis se despencando na nuca que pedia carícia. Me dá sua mão que eu ajudo, ele disse e recuou: um inseto penugento, num enrodilhamento de aranha, foi saindo de dentro da pequenina orelha.

 Deixou cair a folha seca, enfurnou as mãos nos bolsos e seguiu pisando com a mesma prudência da estátua. Contornou o tufo de begônias, vacilou entre os dois ciprestes (mas o que significava essa estátua?) e enveredou por uma alameda que lhe pareceu menos sombria. Um jardim inocente. E inquietante como o jogo de quebra-cabeça que o pai gostava de jogar com ele: no caprichoso desenho de um bosque onde estava o caçador escondido, tinha que achá-lo depressa para não perder a partida, Vamos, filho, procura nas nuvens, na árvore, ele não está enfolhado naquele ramo? No chão, veja no chão, não forma um boné a curva ali do regato?

 Está na escada, ele respondeu. Esse caçador familiarmente singular que viria por detrás, na direção do banco de pedra onde ia se sentar. Logo ali adiante tinha um banco. Para não me surpreender desprevenido (detestava surpresas) discretamente ele daria algum sinal antes de pousar a mão no meu ombro. Então eu me voltaria para ver. Estacou. A revelação o fez cambalear numa vertigem, agora sabia. Fechou os olhos e se encolheu quase tocando os joelhos no chão. O sinal seria como uma folha tombando em seu ombro, mas se olhasse para trás, se atendesse o chamado! Foi endireitando o corpo. Passou as mãos nos cabelos. Sentiu-se observado pelo jardim, julgado até pela roseira de rosas miúdas numa expressão reticente logo adiante. Envergonhou-se. Meu Deus, murmurou num tom de quem pede desculpas por ter entrado em pânico assim com essa facilidade, meu Deus, que papel miserável, e se for um amigo? Simplesmente um amigo? Começou a assobiar e as primeiras notas da melodia o transportaram ao menino antigo com sua roupa de Senhor dos Passos na procissão de Sexta-Feira Santa. O Cristo cresceu no esquife de vidro, oscilando suspenso sobre as cabeças, Me levanta, mãe, quero ver! Mas Ele continuava alto demais, tanto na procissão como depois, lá na igreja, deposto no estrado de panos roxos, fora do esquife para o beija-mão. O remorso velando as caras. O medo atrofiando a marcha dos pés tímidos atrás do Filho de Deus, o que mais nos espera, se até com Ele... A vontade de que o pesadelo acabasse logo e amanhecesse sábado, ressuscitar na Aleluia do sábado! Mas a hora ainda era a da música da banda de batas pretas. Das tochas. Dos turíbulos atirados para os lados, vupt! vupt!, até o extremo das correntes. Falta muito, mãe? A vontade de evasão de tudo quanto era grave e profundo certamente vinha dessa noite: os planos de fuga na primeira esquina, desvencilhar-se da coroa de falsos espinhos, da capa vermelha, fugir do morto tão divino, mas morto! A procissão seguia por ruas determinadas, era fácil se desviar dela, descobriu mais tarde. O que continuava difícil era fugir de si mesmo. No fundo secreto, fonte de ansiedade, era sempre noite — os espinhos verdadeiros lhe espetando a carne, ô! por que não amanhece? Quero amanhecer!

Sentou-se no banco verde de musgo, tudo em redor mais quieto e mais úmido agora que chegara ao âmago do jardim. Correu as pontas dos dedos no musgo e achou-o sensível como se lhe brotasse da própria boca. Examinou as unhas. E abaixou-se para tirar a teia de aranha que se colara despedaçada à bainha da calça: o trapezista de malha branca (foi na estreia do circo?) despencou do trapézio lá em cima, varou a rede e se estatelou no picadeiro. A tia tapou-lhe depressa os olhos, Não olhe, querido! mas por entre os dedos enluvados viu o corpo se debater sob a rede que foi arrastada na queda. As contorções se espaçaram até à imobilidade, só a perna de inseto vibrando ainda. Quando a tia o carregou para fora do circo, o pé em ponta escapava pela rede estraçalhada num último estremecimento. Olhou para o próprio pé adormecido, tentou movê-lo. Mas a dormência já subia até o joelho. Solidário, o braço esquerdo adormeceu em seguida, um pobre braço de chumbo, pensou enternecido com a lembrança de quando aprendera que alquimia era transformar metais vis em ouro, o chumbo era vil? Com a mão direita recolheu o braço que pendia, avulso. Bondosamente colocou-o sobre os joelhos: já não podia fugir. E fugir para onde se tudo naquele jardim parecia dar na escada? Por ela viria o caçador de boné, sereno habitante de um jardim eterno, só ele mortal. A exceção. E se cheguei até aqui é porque vou morrer. Já? horrorizou-se olhando para os lados mas evitando olhar para trás. A vertigem o fez fechar de novo os olhos. Equilibrou-se tentando se agarrar ao banco, Não quero! gritou. Agora não, meu Deus, espera um pouco, ainda não estou preparado! Calou-se, ouvindo os passos que desciam tranquilamente a escada. Mais tênue que a brisa, um sopro pareceu reavivar a alameda. Agora está nas minhas costas, ele pensou e sentiu o braço se estender na direção do seu ombro. Ouviu a mão ir baixando numa crispação de quem (familiar e contudo cerimonioso) dá um sinal, Sou eu. O toque manso. Preciso acordar, ordenou se contraindo inteiro, isso é apenas um sonho! Preciso acordar! acordar. Acordar, ficou repetindo e abriu os olhos.

    Demorou um pouco para reconhecer o travesseiro que apertava contra o peito. Limpou a baba morna que lhe escorria pelo queixo e puxou o cobertor até os ombros. Que sonho! murmurou abrindo e fechando a mão esquerda, formigante, pesada. Estendeu a perna e quando a mulher abriu a janela e perguntou se tinha dormido bem, quis contar-lhe o sonho do jardim com a Morte vindo por detrás: sonhei que ia morrer. Mas ela podia gracejar, a novidade não seria sonhar o contrário? Virou-se para a parede. Não queria nenhum tipo de resposta do gênero bem-humorado, como era irritante quando ela exibia seu bom humor. Gostava de se divertir à custa dos outros, mas se encrespava quando se divertiam à sua custa. Massageou o braço dolorido e deu uma vaga resposta quando ela lhe perguntou que gravata queria usar, estava um dia lindo. Era dia ou noite no jardim? Tantas vezes pensara na morte dos outros, entrara mesmo na intimidade de algumas dessas mortes e jamais imaginara que pudesse lhe acontecer o mesmo, jamais. Um dia, quem sabe? Um dia tão longe, mas tão longe que a vista não alcançava essa lonjura, ele próprio se perdendo na poeira de uma velhice remota, diluído no esquecimento. No nada. E agora, nem cinquenta anos. Examinou o braço, os dedos. Levantou-se molemente, vestiu o chambre, não era estranho? Isso de não ter pensado em fugir do jardim. Voltou-se para a janela e estendeu a mão para o sol. Pensei, é claro, mas a perna desatarraxada e o braço advertindo que não podia escapar porque todos os caminhos iam dar na escada, que não havia nada a fazer senão ficar ali no banco, esperando o chamado que viria por detrás, de uma delicadeza implacável. E então? perguntou-lhe a mulher. Assustou-se. Então o quê?! Ela passava creme na cara, fiscalizando-o através do espelho, mas ele não ia fazer sua ginástica? Hoje não, disse massageando de leve a nuca, chega de ginástica. Chega também de banho? ela perguntou enquanto dava tapinhas no queixo. Ele calçou os chinelos: se não estivesse tão cansado, poderia odiá-la. E como desafina! (agora ela cantarolava) nunca teve bom ouvido, a voz até que é agradável, mas se não tem bom ouvido... Parou no meio do quarto: o inseto saindo do ouvido da estátua não seria um sinal? Só o inseto se movimentando no jardim parado. O inseto e a morte. Apanhou o maço de cigarro, mas deixou-o, hoje fumaria menos. Abriu os braços: esse dolorimento na gaiola do peito era real ou memória do sonho?

Tive um sonho, ele disse passando por detrás da mulher e tocando-lhe o ombro. Ela afetou curiosidade no leve arquear das sobrancelhas, Um sonho? E recomeçou a espalhar o creme em torno dos olhos, preocupada demais com a própria beleza para pensar em qualquer coisa que não tivesse relação com essa beleza. Que já está perdendo o viço, ele resmungou ao entrar no banheiro. Examinou-se no espelho: estava mais magro ou essa imagem era apenas um eco multiplicador do jardim?

Cumpriu a rotina da manhã com uma curiosidade comovida, atento aos menores gestos que sempre repetiu automaticamente e que agora analisava, fragmentando-os em câmara lenta, como se fosse a primeira vez que abria uma torneira. Podia também ser a última. Fechou-a, mas que sentimento era esse? Despedia-se e estava chegando. Ligou o aparelho de barbear, examinou-o através do espelho e num movimento caricioso aproximou-o da face: não sabia que amava assim a vida. Essa vida da qual falava com tamanho sarcasmo, com tamanho desprezo. Acho que ainda não estou preparado, foi o que tentei dizer. Não estou preparado. Seria uma morte repentina, coisa do coração — mas não é o que eu detesto? O imprevisto, a mudança dos planos. Enxugou-se com indulgente ironia: era exatamente isso o que todos diziam. Os que iam morrer. E nunca pensaram sequer em se preparar, até o avô velhíssimo, quase cem anos e alarmado com a chegada do padre, Mas está na hora? Já?

Tomou o café em goles miúdos, como era gostoso o primeiro café. A manteiga se derretendo no pão aquecido. O perfume das maçãs de mistura com outro perfume, vindo de onde? Jasmins? Os pequeninos prazeres. Baixou o olhar para a mesa posta: os pequenos objetos. Ao entregar-lhe o jornal, a mulher lembrou que tinham dois compromissos para a noite, um coquetel e um jantar, E se emendássemos? ela sugeriu. Sim, emendar, ele disse. Mas não era o que faziam ano após ano, sem interrupção? O brilhante fio mundano era desenrolado infinitamente, Sim, emendaremos, repetiu. E afastou o jornal: mais importante do que todos os jornais do mundo era agora o raio de sol trespassando as uvas do prato. Colheu um bago cor de mel e pensou que se houvesse uma abelha no jardim do sonho, ao menos uma abelha, podia ter esperança. Olhou para a mulher que passava geleia de laranja na torrada, uma gota amarelo-ouro escorrendo-lhe pelo dedo e ela rindo e lambendo o dedo, mas há quanto tempo tinha acabado o amor? Ficara esse jogo. Essa acomodada representação já em decadência por desfastio, preguiça. Estendeu a mão para acariciar-lhe a cabeça, Que pena, disse. Ela voltou-se, Pena por quê? Ele demorou o olhar em seus cabelos encaracolados como os da estátua: Uma pena aquele inseto, disse. E a perna ficar metálica na metamorfose final. Não se importe, estou delirando. Serviu-se de mais café. Mas estremeceu quando ela lhe perguntou se por acaso não estava atrasado.

    Hoje entraria mais tarde, queria fumar um último cigarro. Teria dito *último*! Beijou o filho de uniforme azul, entretido em arrumar a pasta do colégio, exatamente como fizera na véspera. Como se não soubesse que naquela manhã (ou noite?) o pai quase olhara a morte nos olhos. Mais um pouco e dou de cara com ela, segredou ao menino que não ouviu, conversava com o copeiro. Se não acordo antes, disse para a mulher que se debruçou na janela para avisar ao motorista que tirasse o carro. Vestiu o paletó: podia dizer o que quisesse, ninguém se interessava. E por acaso eu me interesso pelo que dizem ou fazem? Afagou o cachorro que veio saudá-lo com uma alegria tão cheia de saudade que se comoveu, não era extraordinário? A mulher, o filho, os empregados — todos continuavam impermeáveis, só o cachorro sentia o perigo com seu faro visionário. Acendeu o cigarro atento à chama do palito queimando até o fim. Vagamente, de algum cômodo da casa, veio a voz do locutor de rádio na previsão do tempo. Quando se levantou, a mulher e o filho já tinham saído. Ficou olhando o café esfriando no fundo da xícara. O beijo que lhe deram foi tão automático que nem sequer se lembrava agora de ter sido beijado.

    Telefone para o senhor, o copeiro veio avisar. Encarou-o: há mais de três anos aquele homem trabalhava ali ao lado e quase nada sabia sobre ele. Baixou a cabeça e fez um gesto de quem se recusa e se desculpa. Tanta pressa nas relações dentro de casa. Lá fora, um empresário de sucesso casado com uma mulher na moda. A outra fora igualmente ambiciosa mas não tinha charme e era preciso charme para investir nas festas, nas roupas. Investir no corpo, A gente tem que se preparar como se todos os dias tivesse um encontro de amor, ela repetiu mais de uma vez. Olha aí, não me distraio, nenhum sinal de barriga! A distração era de outro gênero. O doce distraimento de quem tem a vida pela frente, mas não tenho? Deixou cair o cigarro dentro da xícara: agora, não mais. O sonho do jardim interrompera o fluxo da sua vida num corte. O incrível sonho fluindo tão natural, apesar da escada com seus degraus esburacados de tão gastos. Apesar dos passos do caçador embutido, pisando na areia da malícia fina até o toque no ombro.

Entrou no carro, ligou o contato. O pé esquerdo resvalou para o lado, recusando-se a obedecer. Repetiu o comando com mais energia e o pé resistindo. Tentou mais vezes. Não perder a calma, não se afobar, foi repetindo enquanto desligava a chave. Fechou o vidro. O silêncio. A quietude. De onde vinha esse perfume de ervas úmidas? Descansou no assento as mãos desinteressadas. A paisagem foi se aproximando numa aura de cobre velho, estava clareando ou escurecia? Levantou a cabeça para o céu esverdinhado, com a lua de calva exposta, coroada de folhas. Vacilou na alameda bordejada pela folhagem escura, Mas o que é isso, estou no jardim? De novo? E agora acordado, espantou-se, examinando a gravata que ela escolhera para esse dia. Tocou na figueira, sim, outra vez a figueira. Enveredou pela alameda: um pouco mais e chegaria ao tanque seco. A moça dos pés cariados ainda estava em suspenso, sem se decidir, com medo de molhar os pés. Como ele mesmo, tanto cuidado em não se comprometer nunca, em não assumir a não ser as superfícies. Uma vela para Deus, outra para o Diabo. Sorriu das próprias mãos abertas, se oferecendo. Passei a vida assim, pensou, mergulhando-as nos bolsos num desesperado impulso de aprofundamento. Afastou-se antes que o inseto fofo irrompesse de novo de dentro da pequenina orelha, não era absurdo? Isso da realidade imitar o sonho num jogo onde a memória se sujeitava ao planificado. Planificado por quem? Assobiou e o Cristo da procissão foi se esboçando no esquife indevassável, tão alto. A mãe enrolou-o depressa no xale, a roupa do Senhor dos Passos era leve e tinha esfriado, Está com frio, filho? Tudo agora se passava mais rápido ou era apenas impressão? A marcha funeral se precipitou em meio das tochas e correntes, soprando fumaça e brasa. E se eu tivesse mais uma chance? gritou. Tarde, porque o Cristo já ia longe.

O banco no centro do jardim. Afastou a teia despedaçada e entre os dedos musgosos como o banco vislumbrou o corpo do antigo trapezista enredado nos fios da rede, só a perna viva. Fez-lhe um afago e a perna não reagiu. Sentiu o braço tombar, metálico, como era a alquimia? Se não fosse o chumbo derretido que agora lhe atingia o peito, sairia rodopiando pela alameda, Descobri! Descobri. A alegria era quase insuportável: da primeira vez escapei acordando. Agora vou escapar dormindo. Não era simples? Recostou a cabeça no espaldar do banco, mas não era sutil? Enganar assim essa morte saindo pela porta do sono. Preciso dormir, murmurou fechando os olhos. Por entre a sonolência verde-cinza, viu que retomava o sonho no ponto exato em que fora interrompido. A escada. Os passos. Sentiu o ombro tocado de leve. Voltou-se.

A Presença

Quando entrou pela alameda de pedregulhos e parou o carro defronte do hotel, o casal de velhos que passeava pelo gramado afastou-se rapidamente e ficou espiando de longe. O velho porteiro que o atendeu no balcão de recepção também teve um movimento de recuo. Ele pousou a mala no chão e pediu um apartamento. Por quanto tempo? Não estava bem certo, talvez uns vinte dias. Ou mais. O porteiro examinou-o da cabeça aos pés. Forçou o sorriso paternal, disfarçando o espanto com uma cordialidade exagerada, Mas o jovem queria um apartamento? Ali, *naquele* hotel?! Mas era um hotel só de velhos, quase todos moradores fixos antiquíssimos, que graça um hotel desses podia ter para um jovem? Depois das nove da noite, silêncio absoluto, porque todos dormiam cedíssimo. E a comida tão insípida, sem gordura, sem sal, com pratos sem nenhuma imaginação dentro de dietas rigorosas — pois não eram todos velhos? E os velhos têm problemas de saúde, tantas doenças reais e imaginárias, artritismo, bronquite crônica, asma, pressão alta, flebite, enfisema pulmonar... Sem falar nas doenças mais dramáticas. Ocioso enumerar tudo. A própria velhice já era uma doença. Um jovem assim saudável passar suas férias num hotel tão frio quanto um hospital?! Nos hospitais ao menos havia uma esperança, a dos pacientes saírem curados, mas a doença da velhice era sem cura e com a agravante de piorar com o tempo. Injusto oferecer-lhe esse quadro de decadência que apesar de mascarada (os hóspedes pertenciam à burguesia) era por demais deprimente. O prazer com que a juventude se vê refletida num espelho! Mas a velhice ali concentrada chegava a ser tão cruel que os espelhos acabaram por ser afastados. Na última reforma, foram removidos os espelhos que apresentavam sinais mais acentuados de decomposição nas manchas porosas e bordas amarelecidas, contraídas sob o cristal como um fino papel queimando brandamente. Com esses, foram levados também os espelhos maiores, da sala de refeições e que ainda estavam em bom estado. A substituição nunca foi providenciada e nem se voltou a falar no assunto, mas seria mesmo preciso? Era evidente o alívio dos hóspedes livres daquelas testemunhas geladas, captando-os em todos os ângulos: mais do que suficientes os espelhos menores dos banheiros, apenas o essencial para uma barba, um penteado. Um irrisório carmim. E a quantidade de espelhos na inauguração do hotel! Estaria o jovem com disposição para ouvir mais? Bem, tinha sido há cinquenta anos. Nessa época, não passava de um rapazola que ajudava a carregar a bagagem. As famílias chegavam com os carros pojados de malas, caixas, pajens, crianças, bicicletas. Nas longas temporadas de verão, a piscina (que ainda se conservava apesar dos rachões) ficava fervilhante. As danças até de madrugada. O jogo. E as competições na quadra de tênis, as cavalgadas pelo campo, o hotel dispunha de ótimos cavalos. Charretes. Mas aos poucos os hóspedes mais velhos foram dominando à medida que os mais jovens começaram a rarear, não sabia explicar o motivo, o fato é que a transformação — embora lenta — fora definitiva. Um hotel-mausoléu. Que jovem podia se sentir bem num hotel assim? Se ele prosseguisse pela mesma estrada por onde viera, alguns quilômetros adiante encontraria um hotel excelente, tinha várias setas indicando o caminho, ficava num bosque bastante aprazível. E pelo que ouvira contar o ambiente era alegre. Jovial.

    Ele tirou os documentos do bolso da jaqueta de couro e colocou-os no mármore do balcão: queria um apartamento nesse hotel e só não insistiria se o regulamento tivesse uma cláusula que proibisse um jovem de vinte e cinco anos de hospedar-se ali.

    O velho porteiro passou as pontas dos dedos vacilantes na gola puída do uniforme pardo. Já não sorria quando examinou os documentos do recém-chegado. Devolveu-os. Os olhos de um azul-pálido estavam frios. Talvez não tivesse sido suficientemente claro, talvez, mas o fato é que se ele não se importava com a presença dos velhos, era bem provável que os velhos se importassem (e quanto!) com a sua presença. Tão fácil de entender, como um jovem assim sagaz não entendia? Os velhos formavam uma comunidade com seus usos e costumes. Uniram-se e a antiga fragilidade, tão agredida além daqueles portões, foi se transformando numa força. Num sistema. Eram seres obstinados. Na secreta luta para garantir a sobrevivência, perderam a memória do mundo que os rejeitara e se não eram felizes, pelo menos conseguiram isso, a segurança. O direito de morrer em paz. No segundo andar do hotel, por exemplo, vivia uma atriz de revista que fora muito famosa. Muito amada. Reduzida agora a um simples destroço, fechara-se na sua concha, apavorada com a curiosidade do público, com o realismo da imprensa ávida por fotografá-la na sua solidão, Mas o que vocês querem de mim? ela gritou ao repórter que conseguiu apanhá-la numa cilada e publicar a foto com a manchete que a fez chorar dois dias. Quando o elevador quebrou, só ela, que ainda andava com certa agilidade, continuou no segundo andar, os outros foram transferidos para o primeiro por causa da escada. Nesse andar morava um antigo ídolo do atletismo que chegara a duas olimpíadas. Vivia numa cadeira de rodas. E como não lia jornais nem ligava a televisão (quem quisesse, tinha seu televisor particular) conseguira esquecer que a corrida com a tocha acesa prosseguia gloriosa sem ele. Esqueceu, assim como foi esquecido. As medalhas e os troféus que nos primeiros tempos de invalidez não podia nem ver estavam agora expostos na estante do seu quarto, às vezes os olhava, mas sem a antiga emoção, integrados na sua senilidade como o saco de água quente ou a cadeira. O vizinho ao lado era um comerciante esclerosado que em poucos anos regredira à juventude, depois à adolescência e agora estava ficando criança de novo. Mas uma criança que era protegida até pelo mais neurastênico dos hóspedes, um homossexual que morava com um gato velhíssimo. Tivera na mocidade uma experiência trágica: quando o amigo tentou matá-lo, todos ficaram sabendo o que destemperadamente procurara esconder, ambos tinham família e eram conhecidíssimos. Hoje, é claro, ninguém se importava com isso, mas naquele tempo era só rejeição. Sofrimento. Reencontrara um certo equilíbrio naquele hotel, vendo as gêmeas da paciência abrir o leque do baralho no taciturno jogo do silêncio. Ouvindo a gorda solteirona do bandolim tocar pontualmente aos sábados. Relendo na pequena biblioteca (escassos volumes já gastos) *Os Três Mosqueteiros*. Ou *O Conde de Monte Cristo*. Uma tênue cinza baixara sobre essas cabeças. Sobre seus guardados. E agora chegava um jovem para ficar. Para lembrar (e com que veemência!) o que todos já tinham perdido, beleza. Amor. Um jovem com dentes, músculos e sexo, perfeito como um deus — Não, não precisava rir! —, a antiga medida de todas as coisas. Essa medida eles já tinham esquecido. Com sua simples presença, iria revolver tudo: a revolução da memória. E passara o tempo das revoluções, ninguém queria renovar, mas conservar. Assegurar essa sobrevida, o que já significava um verdadeiro heroísmo, os mais fracos tinham morrido todos. Restaram esses, empenhados numa luta terrível porque dissimulada, eram dissimulados — será que estava sendo claro? Não eram bons.

 Ele acendeu o cigarro e ofereceu outro ao porteiro que agradeceu, não podia fumar. Olhou o lustre com longos pingentes de cristal em formato de lágrimas pesadas de poeira. Sorriu enquanto apontava na direção do pequeno elevador dourado e redondo, Mas é lindo, parece uma gaiola! Abriu o zíper da jaqueta de couro, fazia calor. O porteiro inclinou-se sobre o grosso caderno de registro, molhou a caneta no tinteiro, mas ficou com a mão parada no ar. Arqueou as sobrancelhas fatigadas: será que o amigo não percebia que ia ser importuno? Um intruso? Representava o direito do avesso. Ou o avesso desse direito? O problema é que ele, um simples porteiro, não podia sequer defendê-lo se a comunidade decidisse sutilmente pela sua exclusão. Por mais tolos que esses velhos pudessem parecer, guardavam o segredo de uma sabedoria que se afiava na pedra da morte. Era preciso lembrar que usariam de *todos* os recursos para que as regras do jogo fossem cumpridas: até onde poderia chegar o ódio por aquele que viera humilhá-los, irônico, provocativo, tumultuando a partida? O jovem se animara com a ideia da piscina. Mas se nessa mesma piscina coalhada de folhas aparecesse uma manhã seu belo corpo boiando, tão desligado quanto as folhas? Eles fechariam depressa a porta, devido à correnteza de vento, os velhos não gostam de vento. E voltariam satisfeitos aos seus assuntos. Ao seu joguinho dos domingos, aquele loto tão alegre, os cartões sendo cobertos com grãos de milho enquanto o anunciador (nenhum estranho por perto?) vai cantando os números com as brincadeiras de costume, sempre as mesmas porque eles se divertem com as repetições, como as crianças: número vinte e dois, dois patinhos na lagoa! Quarenta e quatro, bico de pato! Número três, gato escocês! Tão brincalhões esses velhinhos...

 O jovem riu, tirou os óculos escuros e sua fisionomia se acendeu, tinha lâminas douradas no fundo das pupilas. Por acaso o porteiro lia romance policial, os romances da velhinha inglesa? Não? Ah, preferia palavras cruzadas. Apanhou a mala. Se possível, um apartamento no segundo andar. O jantar era às sete, não? Ótimo, tinha tempo para dar umas boas braçadas, a tarde estava uma delícia. Nenhuma importância se a piscina estava abandonada, a água não era corrente? Pediria apenas que lhe levassem um pouco de gelo, gostava de bebericar na piscina. Não, não precisava de uísque, trouxera sua marca.

 Uma velhinha de gargantilha lilás cruzou o saguão na sua cadeira de rodas, empurrada por uma calma enfermeira de touca: ia gesticulando, brava, deixando escapar resmungos por entre as gengivas duras, enquanto a outra seguia atrás, voltando-se para os lados e sorrindo, *Poor, poor darling!* Hoje está meio irritada, mas também, com oitenta e nove anos!... *Poor, poor darling!* O recém-chegado fez uma profunda reverência na direção de ambas e voltou-se para o porteiro que mostrava num sorriso constrangido, a dentadura opaca. Quer dizer que insistia mesmo em ficar? Bem, tinha um apartamento bastante ensolarado no segundo andar, dando para a piscina. Espero que o senhor fique satisfeito, acrescentou enquanto fazia sinal para um velho de avental até os joelhos. Por favor, pode conduzir o novo hóspede? Em largas passadas o jovem galgou os degraus de veludo vermelho e foi esperar o empregado lá em cima, segurando a mala que em vão o velho tentou levar. Quando entrou no apartamento seguido pelo empregado com seu molho de chaves, aspirou com uma expressão de prazer o esmaecido perfume que parecia vir dos móveis antiquados, lavanda? E perguntou, enquanto abria a mala, se por ali não havia fantasmas, sempre sonhara com um hotel de fantasmas. Os fantasmas somos nós, respondeu-lhe o velho e ele riu alto. Tirou a garrafa de uísque da mala. Ligou o rádio.

Quando subiu ao trampolim, notou um vulto que espiava através da cortina rendada de uma das janelas. Baixou o olhar divertido para a água de um verde profundo, onde as folhas boiavam num ondulado calmo. Abriu os braços. Saltou. Enquanto nadava de costas, entreviu uma cabeça branca na fresta de uma janela do primeiro andar. Logo apareceu outra cabeça (de homem?) que ficou um pouco atrás, na sombra. Chegou-lhe vagamente o fiapo triturado de uma discussão antes que a janela se fechasse com força. Ele deitou-se no banco de pedra e ali ficou de braços pendentes, a tanga vermelha escorrendo água, os olhos cerrados. Passou cariciosamente as pontas dos dedos no peito onde os pelos dourados de sol já começavam a secar. Riu silenciosamente enquanto apanhava o copo que deixara no chão: seus movimentos se fragmentavam em câmara lenta, calculados.

No jantar, antes mesmo de provar a comida, despejou o sal, o molho inglês, a pimenta e bateu palmas vigorosas para os três velhos músicos — um pianista, um violinista e o careca do rabecão — que tocaram antigas peças que alguns hóspedes (poucos desceram para o jantar) ouviram imperturbáveis. Achou um certo amargor na goiabada com queijo.

Ao se deitar, depois de ter tomado o chá servido às vinte e uma horas, ele já não se sentia bem.

Noturno Amarelo

Vi as estrelas. Mas não vi a lua, embora sua luminosidade se derramasse pela estrada. Apanhei um pedregulho e fechei-o com força na mão. Por onde andará a lua? perguntei. Fernando arrancou o paletó no auge da impaciência e perguntou com voz esganiçada se eu pretendia ficar a noite inteira ali de estátua, enquanto ele teria que encher o tanque naquela escuridão de merda, porque ninguém lhe passava o raio da lanterna. Inclinei-me para dentro do carro de portas escancaradas, outra forma que ele tinha de manifestar o mau humor era deixar gavetas e portas escancaradas. Que eu ia fechando em silêncio, com ódio igual ou maior. Fiquei olhando o relógio embutido no painel.

— Onde está a lanterna?

— Mas onde poderia estar uma lanterna senão no porta-luvas, a princesa esqueceu?

Através do vidro, a estrela maior (Vênus?) pulsava reflexos azuis. Gostaria de estar numa nave, mas com o motor desligado, sem ruído, sem nada. Quieta. Ou neste carro silencioso, mas sem ele. Já fazia algum tempo que queria estar sem ele, mesmo com o problema de ter acabado a gasolina.

— As coisas ficariam mais fáceis se você fosse menos grosso — eu disse, entreabrindo a mão e experimentando a lanterna no pedregulho que achei na estrada.

— Está bem, minha princesa, se não for muito incômodo, será que podia me passar a lanterninha?

Quando me lembro dessa noite (e estou sempre lembrando) me vejo repartida em dois momentos: antes e depois. Antes, as pequenas palavras, os pequenos gestos, os pequenos amores culminando nesse Fernando, aventura medíocre de gozo breve e convivência comprida. Se ao menos ele não fizesse aquela voz para perguntar se por acaso alguém tinha levado a sua caneta. Se por acaso alguém tinha pensado em comprar um novo fio dental porque este estava no fim. Não está, respondi, é que ele se enredou lá dentro, se a gente tirar esta plaqueta (tentei levantar a plaqueta) a gente vê que o rolo está inteiro mas enredado e quando o fio se enreda desse jeito, nunca mais!, melhor jogar fora e começar outro rolo. Não joguei. Anos e anos tentando desenredar o fio impossível, medo da solidão? Medo de me encontrar quando tão ardentemente me buscava?

— Dama-da-noite — eu disse, respirando de boca aberta o perfume que o vento trouxe de repente. — E vem daquele lado.

— Se o jantar não for bom, juro que viro a mesa — disse ele com sua falsa calma. Destapou o vasilhame. — Estou a fim de comer peixe, será que vai ter peixe?

O ruído do fiozinho de gasolina caindo no tanque. Os ruídos miúdos vindos da terra. Fui andando na direção *daquele lado*, conduzida pelo perfume que ficou mais pesado enquanto eu ia ficando mais leve. Agora, eu quase corria pela margem da estrada, as pontas franjadas do meu xale se abrindo em asa, fechei-as no peito. E atravessei a faixa de mato rasteiro que bordejava o caminho, a barra do meu vestido se prendendo nos galhinhos secos, poderia arregaçá-lo, mas era excitante me sentir assim, delicadamente retida pelos carrapichos (não eram carrapichos?) que eu acabava arrastando. Segui pela vereda. Tão familiar. Como a casa lá adiante, lá estava a casa alta e branca fora do tempo, mas dentro do jardim. O perfume que me servira de guia estava agora diluído, como se cumprida a tarefa, relaxasse agora num esvaimento, posso? Vi as estrelas maiores nessa noite dentro da noite. Com naturalidade abri o portão e o som dos gonzos me saudou com a antiga ranhetice de dentes doloridos sob a crosta da ferrugem, entra logo, menina, entra! A folhagem completamente parada. Uma luz acendeu no andar superior da casa. Outra janela acendeu em seguida. No andar inferior, três das janelas projetaram sucessivamente seus fachos amarelos até a varanda: nas colunas de tijolinhos vermelhos as flores branquíssimas das trepadeiras pareciam feitas de material fosforescente. Então Ifigênia apareceu na porta principal, o avental nítido no fundo preto do vestido. Levou as mãos à cara, numa alegria infantil. Voltou-se para dentro.

— É Dona Laurinha! Que bom que a senhora veio, Dona Laurinha, que bom!

Abracei-a. Cheirava a bolo.

— Bolo de fubá?
— Lógico — disse me examinando. Viera ao meu encontro na alameda e agora parava para me ver melhor: — A senhora está de vestido novo, não é novo?

Tomei-lhe o braço. Andava com dificuldade, as pernas curtas, inchadas. Ficamos um instante na varanda e sem saber por que (na hora eu não soube por quê) evitei ficar muito exposta à luz da janela. Puxei-a para mais perto de mim.

— Estão todos aí?

Ela respondeu num tom secreto.

— Só falta o Rodrigo.

Apoiei-me na coluna.

— Mas ele não está no sanatório?

— Saiu faz duas semanas, a senhora não sabia? Mas fique sossegada, Dona Laurinha, agora ele está melhor, mudou tanto — disse e tomou a ponta do meu xale examinando a tessitura mais nos dedos do que através das grossas lentes dos óculos. — Acho que esse ponto é o mesmo da manta que fiz pra Avó, lembra? Só que usei uma lã mais grossa. Acho lindo xale branco, fiz pra Dona Eduarda com linha de seda.

Interrompi seu devaneio, mas e o Rodrigo? O médico tinha dito que ele teria de ficar no mínimo mais seis meses, não foi o que os médicos disseram? Tinha fugido? Ele fugiu, Ifigênia? Agora ela fechava o xale em redor do meu ombro e seu gesto era o mesmo com que enrolava em meu pescoço uma meia embebida em álcool, um santo remédio pra dor de garganta, mas não pode mexer, menina. Ah, e tem que ser o pé de meia verde do pai. Mas espera, o Rodrigo: ele então parou de beber?

— Parou completamente. E está ajuizado, a senhora lembra como ele falava gritando? Agora fala baixinho, mudou mesmo, acho até que sarou — disse apertando os olhos para me ver. Estranhou meu cabelo curto, gostava mais quando eu usava assim comprido até o ombro, por que cortou, Dona Laurinha, por que cortou?

— É que eu não sou mais aquela jovenzinha.

Ela protestou meio distraidamente, interessada ainda no xale, há de ver que paguei uma fortuna, não? Por que não lhe pedi que fizesse um? Impeliu-me para dentro da casa: tinha acendido a lareira com uma lenha sequinha, estava um fogo tão limpo.

— E não tentou mais, Ifigênia? Me responda, ele não tentou mais?

Ela arqueou as sobrancelhas inocentes, Se matar?

— Não, Dona Laurinha, não tentou mais nem vai tentar, Deus é grande, um menino tão bom.

O vestíbulo de paredes forradas com o desbotado papel bege, salpicado de rosinhas pálidas. O retrato de Pedro I na pesada moldura de ouro gasto, circundado pelos retratos de homens severos e mulheres rígidas nos seus tafetás pretos. O rendilhado das traças avançando audaz na gola de renda de minha avó portuguesa até a fronteira do queixo sépia. A vitrina dos bibelôs de porcelana e jade. A larga passadeira de veludo vermelho ao longo do corredor — ponte silenciosa se oferecendo para me transportar ao âmago, do quê?!

— E tem também biscoito de polvilho, como a senhora gosta — anunciou Ifigênia tirando o meu xale. Dobrou-o no braço com gestos melífluos. — Estou pensando sempre em fazer a vontade dos outros, mas os outros não pensam nunca em fazer a minha vontade. Uma coisa que eu queria tanto, que pedi tanto, será que a senhora ainda se lembra?

Enlacei-a: mas eu me lembrava, sim, a viagem! Prometera que a levaria de carro até Aparecida do Norte, queria cumprir uma promessa e me ofereci então para levá-la, convenci-a mesmo a desistir da reserva da passagem de ônibus, deixa que eu levo. Não levei.

— Mas não foi por mal, Ifigênia, é que fui adiando, adiando e acabei me esquecendo. Me perdoa?

— Perdoar o quê? — ouvi alguém perguntar atrás de mim, Ducha?

Ela gostava de chegar assim sorrateira, na ponta das sapatilhas da cor do papel da parede. Notei que seu busto continuava tímido sob a malha preta de balé e ainda fina a cintura de menina, treze anos? Beijou-me com seu jeitinho polido, afetando indiferença. Tive que me conter para não puxá-la pelo cabelo, sua bobinha, bobinha!

— É que sua irmã prometeu me levar de carro até Aparecida e até hoje estou esperando — disse Ifigênia. Acariciava o xale dobrado no braço como se acaricia um gato. — Se eu soubesse, ia de ônibus.

Ducha compôs a pose de bailarina em repouso. Olhou para o teto.

— Ela também me prometeu uma coisa e não cumpriu. Era uma troca. Eu daria o suéter amarelo e ela me daria o espelho grande, aquele com o anjinho, eu precisava demais de um espelho pra ensaiar no quarto e o que aconteceu? Minha irmãzinha ficou com o meu suéter, sim senhora, amanhã mesmo trago o espelho, prometeu. Jacaré trouxe? Continuo ensaiando (tapou os olhos fingindo chorar) num espelho pequenino assim!

Quis abraçá-la e ela se esquivou, não fosse desmanchar-lhe

o cabelo engomado, preso na nuca por uma fivela. Nada de sentimentalismo, eu quero é meu espelho, parecia dizer com o labiozinho irônico e meu coração se derramou de alegria e dor: sua malha preta guardava o cheiro dos armários profundos com resquícios dos saquinhos de plantas aromáticas. O passado confundido no futuro que me vinha agora na fumaça cálida da lareira. Ou na fumaça das velas? Apaguei-as. Não, velas não. Escuta, Ducha, juro que amanhã sem falta, sem falta! Acredita em mim? Amanhã!

— Pschiu... — ordenou ela, que me calasse porque a Avó na sala já se decidia por sua valsa de Chopin.

— Ducha — eu comecei e não consegui dizer mais nada.

Ela endireitou o corpo, levantou a cabeça. E esquecida de mim, do espelho, de tudo enveredou diáfana pelo corredor afora, Sou uma artista! exprimia em cada movimento de inspiração desdenhosa. Uma artista!

— Parece uma fadinha dançando — suspirou Ifigênia ao me tomar pela cintura e me conduzir pelo tapete vermelho.

Ouvi ainda as batidas do meu coração tão assustado que me virei para Ifigênia, ela teria ouvido? Mas tinha o piano. E as vozes que já chegavam até nós, estávamos na metade do corredor. Passei as pontas dos dedos no braço do banco de madeira acetinada de tão lisa, um pescoço de cisne se enrodilhando numa curva mansa até descer e afundar a ponta do bico nas penas da asa entalhada na parte lateral do assento. Ao lado, mais uma vitrina de bibelôs com as xicrinhas de porcelana fina como casca de ovo, o famoso serviço de chá em miniatura, paixão da minha vida. Não pode! ralhava a Avó, isso não é brincadeira de criança, você vai quebrar tudo. Não quebrei, engoli um bulinho, gostava de encher a boca com as peças que ia cuspindo em seguida na mesa de chá das bonecas. Senti de novo o bule na inquieta travessia da garganta.

— Estou tão contente, Ifigênia.

— Então por que está chorando?

Enxuguei depressa os olhos na barra do seu avental e recuei, não era estranho? Na cambraia alvíssima, nenhuma marca da minha pintura, só o úmido limpo das lágrimas. Fiquei sem saber que olhos tinham chorado, se os atuais ou os de outrora.

A sala parecia palpitar sob os reflexos do fogo forte da lareira, avermelhando os espelhos. O lustre. Vi o Avô na sua cadeira alta, jogando xadrez com o professor de Eduarda, Não era aquele o professor de Eduarda? A Eduarda arranjou um professor de alemão que é um pão! Ducha tinha me anunciado. Quer dizer que o alemão-pão já estava assim íntimo? quis perguntar, mas Eduarda não me viu, estava entretida em preparar uma bebida na mesa posta no fundo da sala. Tinha uma flor nos cabelos, sinal de alegria, você está amando, Eduarda? Vi a Avó — querida, querida! — no seu vestido das cerimônias especiais. Tinha a cabeça inclinada para o teclado, acelerando o ritmo para acompanhar Ducha que se desencadeava numa grinalda de passos em torno do piano. Vi Ifigênia no seu andar curto, a respiração curta, arrumando os copos na mesa, era um ponche que Eduarda preparava. E me vi a mim mesma, tão mais velha e ainda guardando uma ambígua inocência — a suficiente inocência para me comportar com espontaneidade na reunião dos convidados certos. Um ou outro elemento esclarecedor, que eu já tinha ou ia ter, me advertia que era nova essa noite antiga. Contornei a cadeira do Avô, abracei-o por detrás. Ele me saudou, levantando na mão a torre que já ia movimentar.

— O professor conhece esta minha neta? A intelectual da tribo, hem, menina?

O alemão (era mais alto do que eu supunha) lembrou que já tínhamos sido apresentados e teve uma expressão meio maliciosa, meio divertida, a Eduarda falava muito em mim. Interroguei-o desconfiada, mas seu olhar penetrante fez baixar o meu. Voltou-se para o Avô que ainda segurava a torre.

— É a sua vez.

Eduarda então me viu e veio trazendo um copo de ponche. Estava tão jovem de cabelos soltos e cara lavada que me perturbei: era como se me visse vir vindo ao meu próprio encontro num flagrante de juventude. Beijou-me rápida e me entregou o copo, Vamos, prova, acho que exagerei no açúcar, não está doce demais? Vi que a Avó me chamava para sentar a seu lado no banco do piano e vi ainda, num relance, atrás do piano, o grande relógio marcando nove horas. No copo, o ponche com a cereja descaroçada, exposta, boiando na superfície roxa.

— Vamos, beba, não tem veneno — ordenou Eduarda e seu riso era tão confiante que achei injusto que o tempo continuasse e quis correr e agarrar o pêndulo do relógio, para! Esvaziei o copo trincando nos dentes a cereja cristalizada com pedaços de outras frutas que não identifiquei, Eduarda guardava o mistério dos ingredientes.

— Cuidado, Avô! — eu disse. — Você vai perder este cavalo.

O namorado de Eduarda piscou para ela.

— Já está perdido.

O Avô olhou o cavalo. Me olhou. E sacudindo a mão, fingiu uma cólera que estava longe de sentir quando me acusou de ter feito tramoia na nossa última partida, Fez tramoia, sim senhora, pensa que não sei? Aproveitou enquanto fui buscar meu suéter e mudou a torre que defendia minha rainha, eu não podia perder como perdi.

— Roubou a torre do Avô! Roubou a torre do Avô! — gritou Ducha, aproximando-se num salto e fugindo de novo, espavorida, de braços abertos e curvada como que impelida por uma ventania. — Ficou com meu espelho e com a torre do Avô!

— Mais grave do que roubar uma torre é roubar o noivo da prima — sussurrou Eduarda, me puxando pela mão.

Fomos para perto da janela. Seus olhos eram roxos como o ponche. Fechei os meus. Eduarda, eu queria tanto explicar isso e não tinha coragem, mas agora escuta, ele disse que vocês tinham rompido, que estava tudo acabado...

— Ele disse?

— Não tive culpa, Eduarda. Quando começamos o namoro eu estava certa de que vocês dois já estavam afastados, que não se amavam mais. Não me senti traindo ninguém!

— Não?...

Vi as estrelas brilhando próximas. Próximo também o perfume da noite que me tomou e me devolveu íntegra. Verdadeira. Encarei Eduarda, pela primeira vez realmente a encarei. Mas era preciso falar? Era mesmo preciso? Ficamos nos olhando e meu pensamento era agora um fluxo que passava das minhas mãos para as suas, estávamos de mãos dadas: sim, eu era ciumenta, insegura, quis me afirmar e tudo foi só decepção, sofrimento. Tinha o Rodrigo (meu Deus, o Rodrigo!) que era o meu querido amor, um amor tumultuado, só imprevisão, só loucura, mas amor. E achei que seria a oportunidade de me livrar dele, a troca era vantajosa, mas calculei mal, logo nos primeiros encontros descobri que a traição faz apodrecer o amor. Na rua, no restaurante, no cinema, na cama e em toda parte, Eduarda, você esteve presente. Cheguei um dia a sentir sua respiração. Foi ficando tão insuportável que na última vez, quando ele entrou na cabine para ouvir um disco, eu não aguentei e fugi, estávamos numa loja comprando discos. Quero ouvir este, ele disse entrando na cabine envidraçada, me espera um instante. Fui até a vitrina, fingindo procurar Deus sabe o quê e então aproveitei, fugi de cabeça baixa, sem olhar para os lados. Eduarda, diga que acredita em mim, diga que acredita!

Seus olhos, que estavam escuros, foram ficando transparentes. Agora está tudo bem, Laura, estamos juntas de novo — parecia me dizer. Estamos juntas para sempre — e apertou com força a minha mão. Mas não deixou que eu me comovesse mais, pegou um biscoito de polvilho que Ifigênia ofereceu, levou-o à minha boca, Vamos, você está muito magra, precisa comer, não fique assim triste. Comecei a me sentir uma coisa miserável: — Fiz trapaça no jogo com o Avô — eu disse, mas me engasguei com o biscoito e Eduarda desatou a rir como na festa das bonecas, quando engoli o bulinho. Sua pulseira, uma argola de ouro, ficou enganchada no meu vestido, tentou tirá-la, Fica com ela, Laura, nossa nova aliança, você gosta desses símbolos. Mas a pulseira, já solta do meu vestido, não se soltava do seu pulso, argola inteiriça que só podia sair pela mão, Engordei, está vendo? Engordei de feliz, estou feliz demais com o meu alemão, não é lindo? O fogo da lareira se refletia na sua face como no lustre, no espelho: Tenho vontade de gritar de tanto amor! Enlaçou-me e saímos dançando, rindo feito duas tontas até chegarmos ao piano, onde ela me entregou à Avó, Fica aí que vou salvar meu amado, vovô deve estar querendo jogar outra partida, disse. E ficou séria. Apertou meu braço.

— O Rodrigo não demora.

— Quem? — perguntou a Avó. Afastou-se para me dar lugar no banco. — Quem não demora?

— O Rodrigo — disse Ducha abrindo os braços num suave movimento de asas e desabando no almofadão.

Quando ela se inclinou para amarrar a fita da sapatilha, vi o menininho deitado no tapete. Estava de pijama e brincava com os cubos coloridos de uma caixa: mas ele já estava aqui quando cheguei?

— Você emagreceu, Laurinha — lamentou a Avó, examinando-me afetuosa mas fiscalizante, e será que eu não estava pintada demais? Me preferia mil vezes sem pintura, como a Eduarda. E por que eu estava assim trêmula? — Você está gelada, menina, tome este chá — ordenou pegando a xícara. Era por causa dele que estava tão tensa? Do (disse o nome em voz baixa) Rodrigo?...

Seus cabelos faceiramente frisados tinham reflexos de um tom azul-lilás que me fez pensar em violetas. Agora procurava me acalmar no mesmo tom com que vinha me dizer, na hora do boa-noite, que não tem nada essa história de fantasmas, Isso tudo é invenção, minha bobinha, vamos, durma. O Rodrigo? Mas agora ele está curado, não se preocupe mais, foi uma crise muito séria, não nego, mas passou. Passou. Ainda ontem conversamos, ele está pensando em recomeçar os estudos, já faz planos, disse e senti no seu olhar (ou no meu?) algo de reticente. Por um instante a Avó me pareceu feita de um úmido tecido azul-lilás, do mesmo tom dos cabelos.

— Não vá ainda, espera! — pedi, e fiquei sem saber se gritei. Na lareira o fogo era mais brando.

— Às vezes volta o medo — eu disse.

— Medo do quê, minha querida? Mas você não está amando? Então, precisa amar — disse olhando para as minhas mãos. — Nenhum anel especial? Nenhum namorado especial? Pois a Eduarda, que tinha a minha idade... — (Hesitou, tomando o *lorgnon* dependurado na corrente de ouro) — Mas não tínhamos a mesma idade? Sempre pensei que vocês duas regulassem, porque quando a Ivone estava de barriga, a sua mãe também... — (Fez contas nos dedos mas se perdeu nas datas.) — O que eu queria dizer é que a Eduarda arrumou esse namorado de repente, tudo foi no galope. Vão se casar em dezembro, não é maravilhoso?

Sua voz passava agora para um outro plano, enquanto ia entrando em detalhes: depois do casamento seguiriam para a Alemanha, os pais dele moravam lá, numa cidadezinha que tinha um nome muito gracioso, Ulm, mas depois da visita viajariam por toda a Europa no período das grandes férias. A Ducha estava ardendo de vontade, queria ir junto para se matricular num curso de balé em Paris, uma pirralha dessas, vê se pode! Não estava era gostando nada dessa ideia de avião, por que os jovens têm mania de avião? Tão melhor um vapor, ih, as deliciosas viagens por mar, ainda se lembrava bem quando foi com o Avô para a Itália, tantas brincadeiras de bordo, os jogos, as festas! Mas a hora melhor ainda era aquela em que se recostava na cadeira do tombadilho, puxava a manta até os joelhos e ficava lendo um romance de Conan Doyle. Ou simplesmente olhando o mar.

— Será que ele ainda pensa em mim?

A Avó demorou para responder. Fez um ligeiro movimento, juntando as mãos espalmadas, como se fechasse um livro, Quem, o Rodrigo? Sim, pensava, mas de modo diferente, sem aflição, sem rancor, estava bastante mudado depois da tentativa. Se ele pudesse sair, fazer uma viagem, mas uma viagem por mar, num vapor como aquele, não lembrava o nome do vapor, não era curioso? Mas não se esquecia das gaivotas. Do vento.

— Onde ele conseguiu o revólver?

A palavra *revólver* caiu-lhe no colo como uma gaivota. Ou um peixe. A Avó assustou-se, sacudindo do vestido os farelos de biscoito. Limpou com a ponta do lenço a gota de chá que escorreu no teclado, O revólver? Quem é que sabe? Sempre foi um menino tão reservado, vivia inventando um mundo particular, só dele, não deixava ninguém entrar nesse mundo.

— Ele me chamou, mas recusei.

Ducha apoiou-se nos cotovelos e veio se arrastando pelo tapete até tocar no meu sapato.

— Que chique este salto dourado — disse e fez um sinal para que me abaixasse, queria falar no meu ouvido. — A bala passou um tantinho assim perto do coração.

— Vão pegar por lá um inverno forte. Se fossem de vapor não sentiriam a mudança tão rápida — suspirou a Avó. Voltou-se enervada para a Ducha que lhe apontava o piano, Quero dançar, toca, toca! — Espera, menina, espera! Se você não precisa de intervalo, eu preciso.

Olhei para as cortinas pesadas. Para a cristaleira que me pareceu menos brilhante sob a leve camada de pó. O tempo não alcança você, Avó, eu disse. Estão todos iguais. Iguais.

— O piano mudou, querida — disse a Avó sorrindo e dando um acorde grave. — Mandei afinar, lembra como ele estava? E se você não sabe é porque nunca vem me visitar. Fiquei doente, sarei, fiquei doente de novo e nem um telefonema. Nada. Podia ter morrido e minha neta nem ficaria sabendo porque não ligou uma só vez para saber, a Avó, como vai?

— Vovó querida, você sabe muito bem como amo vocês. E que tenho andado mesmo sumida, mas você sabe.

— Sei, Laurinha. Mas gosto de provas, tão importantes as provas.

Ducha fez uma careta.

— Que feio, Laura! A Chapeuzinho Vermelho atravessou um bosque cheio de lobos só pra levar o bolo pra Avozinha que estava com resfriado, não era um resfriado? — Pôs-se na ponta dos pés, pronta para dançar. Teve seu sorrisinho: — Não veio buscar Ifigênia que queria cumprir a promessa, não trouxe meu espelho, roubou a torre do Avô, roubou o noivo de Eduarda e não visitou a Avó! É demais!

— Ducha, vai dançar, vai — pediu a Avó. Começara uma melodia um tanto dissonante. Esgarçada. — Pronto, vai dançar!

— E ainda por cima faz a *femme fatale* — acrescentou Ducha rapidamente, com o gesto de quem empunha uma arma e aponta contra o próprio peito. Acionou o gatilho. — Pum!... — (Cambaleou, esboçando o movimento de se desvencilhar da arma. Estendeu-se no almofadão, a mão direita apertando o peito, a outra acenando na despedida frouxa.) — *Me mataria em março se te assemelhasses às coisas perecíveis!* — recitou, arquejante. E levantou-se de um salto. — Por que março? H. H. é que sabe. Se a poeta diz que é em março, tem que ser março... Foi recuando, os braços em arco: — Março ou abril?...

— É um amor de menina, mas cansa um pouco — murmurou

a Avó, inclinando-se para me beijar. — Esta música é minha, você gosta? Vai se chamar *Noturno Amarelo*.

Antes mesmo de me aproximar da lareira, adivinhei o fogo se reavivar num último esforço. Ifigênia tocou no meu braço, pensei que fosse me oferecer alguma coisa.

— O Rodrigo acabou de chegar — avisou.

Escondi a cara nas mãos, mas mesmo assim podia vê-lo na minha frente, com seu jeans puído e o blusão preto com reforços de couro nos cotovelos. Segurou-me pelos punhos e me descobriu. Ardia o carvão dos seus olhos, mas tinha o mesmo doce sorriso de antes. Esperou. Quando consegui falar, a cinza já cobria completamente o braseiro.

— Eu te neguei, Rodrigo. Te neguei e te traí e traí Eduarda. Mas queria que soubesse o quanto amei vocês dois.

Ele arrumou meu cabelo. Acendeu meu cigarro. Riu.

— Se a gente não trair os mais próximos, a quem mais a gente vai trair? — Ficou sério. — Éramos muito jovens, querida.

Éramos? Levantei a cabeça. Já não me importava que ele me visse de frente, queria mesmo me expor assim devastada, ele então sabia? Ouvi minha voz vindo de longe.

— Passei a noite me desculpando, só faltava você. Ó Deus! como eu precisava desse encontro — disse, tocando no seu peito.

Ele estremeceu. Então me lembrei, Mas ainda dói, Rodrigo? E continuam as bandagens? Ele pegou um copo de ponche, me fez beber: que eu não me impressionasse com isso, era mesmo um sensível e nos sensíveis essa zona é sensível demais, demora a cicatrização.

Nem precisamos falar. Dentro de mim (e dele) agora era só a calma. O silêncio. Comecei a sentir frio, fui buscar o xale. Quando voltei, não o encontrei mais.

— E o Rodrigo? — perguntei a Ifigênia. Ela levava pela mão o menininho que resistia, O Rodrigo!? Mas agora mesmo ele não estava aqui com você?

— Eu sei fazer cara de bicho, olha, tia! — o menino gritou espetando os dedos na testa. — Olha o bicho!

Tudo então aconteceu muito rápido. Ou foi lento? Vi o Avô dirigir-se para a porta que ficava no fundo da sala, pegar a chave que estava no chão, abrir a porta, deixar a chave no mesmo lugar e sair fechando a porta atrás de si. Foi a vez da Avó, que passou por mim com sua bengala e seu *lorgnon*, me fez um aceno e deixando a chave no mesmo lugar, seguiu o Avô. Vi Eduarda de longe, ajudando o noivo a vestir a capa, Mas onde foram todos? perguntei e ela não ouviu ou não entendeu. Estavam rindo quando foram se aproximando da porta, enlaçados. Num salto, Ducha varou por entre ambos, pegou a chave, ajoelhou-se num só joelho e pousou a chave no outro, flexionado, inclinando-se na reverência de um pajem medieval oferecendo seus serviços.

Desviei a cara, não quis mais olhar. Por pudor, continuei de costas quando Ifigênia passou arrastando o menino que queria brincar mais, Não pode, amor, nada de manha, fica bonzinho. A pirâmide dos cubos coloridos que ele erguera no tapete foi desabando através das minhas lágrimas. Quando olhei de novo, a sala já estava vazia. Vi o jogo de xadrez interrompido ao meio. O piano aberto (ela terminou o *Noturno*?) e o livro em cima da lareira. A xícara pela metade. A fivela de Ducha esquecida no almofadão. A pirâmide. Por que os objetos (os projetos) me comoviam agora mais do que as pessoas? Olhei o lustre: ele parecia tão apagado quanto a lareira.

Saí pela porta da frente e antes mesmo de dar a volta na casa já tinha adivinhado que atrás da porta por onde todos tinham saído não havia nada, apenas o campo.

Atravessei o jardim que não era mais jardim sem o portão. Sem o perfume. A vereda (mais fechada ou era apenas impressão?) fora desembocar na estrada: o carro continuava lá adiante com suas portas abertas e seus dois faróis acesos. Fernando tapava o vasilhame.

— Demorei muito?

Ele vestiu o casaco. Acendeu um cigarro, Se eu demorei? Mas como? Eu tinha saído?

Entrei no carro e me vi no espelho iluminado pela lanterna: minha pintura estava intacta.

— Sabe as horas, Fernando?

— Nove em ponto. Por quê? — perguntou ele ligando o rádio do painel. Pôs a mão no meu joelho: — Você está linda, amor, mas tão distante, tão fria. Ih! que merda de música — gritou, mudando de estação. — Será que o jantar vai ser bom? Hoje estou a fim de comer peixe.

Fiquei olhando a Via Láctea através do vidro. Fechei os olhos. Fechei com força a argola de Eduarda que ainda trazia na mão.

— Não é um esquilo? — perguntou Fernando apontando excitado para a estrada. Ali, não está vendo?

— Pode ser uma lebre.

— Mas agora não é hora de lebre!

Nem de esquilo, pensei em dizer ou disse. E de repente eu me senti sozinha e feliz assim em silêncio, olhando a estrada.

A Consulta

Doutor Ramazian debruçou-se na janela e ficou olhando o jardim banhado por um débil sol de inverno. Alguns pacientes estavam sentados nos bancos, outros passeavam, pálidos e perplexos. Um velho deitou-se no gramado, despiu o pulôver, atirou-o longe e quando já ia arrancar a camiseta de lã, o enfermeiro de jeans tomou-o pelos cotovelos e trouxe-o para dentro. Um jovem de alpargatas escondeu depressa a cara nas mãos.

— Max! Maximiliano! — o médico chamou. — Pode vir aqui um instante?

O homem que espiava a rua através do portão de ferro voltou-se. Veio vindo sorridente, as mãos metidas nos bolsos do blazer azul-marinho com botões prateados. Inclinou-se para tirar uma folha seca da calça de flanela.

— Boa tarde, doutor.

O médico bateu na janela o cachimbo já esvaziado, soprou um pouco de cinza e encarou o homem.

— Você me parece muito bem-disposto, Max.

— Eu estou bem-disposto. E tive pesadelos, doutor, vi um pombo esmagado no meio da rua, com um raminho verde no bico. Tão verde o raminho no meio do sangue. Não é curiosa essa coincidência?

— Que coincidência?

— Um gatinho foi atropelado bem aí na frente do portão. Ficou que nem o pombo.

— Sem o raminho verde.

— Sem o raminho verde — repetiu Maximiliano fixando o olhar no cachimbo que o médico deixou na mesa. — O senhor vai sair?

— Tenho um compromisso e Dona Dóris ainda não apareceu, eu queria que você ficasse aqui para atender o telefone, me faz esse favor? Antes das quatro devo estar de volta.

— Com prazer — disse Maximiliano apoiando-se na janela baixa. Pulou ágil para dentro do consultório. — Fico feliz quando o senhor confia em mim mesmo para tarefas menores como atender o telefone ou limpar seus sapatos.

O médico fechou o zíper da maleta.

— Você nunca limpou meus sapatos, Max.

— Mas limparia. Os seus e os de Jesus.

— Jesus usava sandálias — disse Doutor Ramazian guardando a caneta no bolso. Apontou para um bloco ao lado do telefone: — Qualquer recado, tome nota aqui, sim? Se quiser café, já sabe onde encontrar. Não demoro.

Quando o médico saiu, Maximiliano sentou-se na cadeira giratória e apoiou os cotovelos na mesa. Apanhou o cachimbo, examinou-o atentamente. Ficou aspirando o cheiro de fumo. Deixou o cachimbo, apanhou a espátula metálica. As batidas na porta eram tímidas, constrangidas.

— Doutor Ramazian? — perguntou o recém-chegado abrindo a porta e espiando pela fresta. Ainda segurava o trinco: — Me desculpe ter vindo assim adiantado, minha hora era às quatro, mas se o senhor pudesse me atender agora... Pode me atender agora?

— Sim, claro, entre. É a primeira vez, não?

— A primeira. Falei com Dona Dóris, mas...

— Ela não veio hoje. Sente-se, faz favor.

— É que não aguentei esperar — disse o homem afrouxando o colarinho. Passou ansiosamente a mão no queixo. — Nem fiz a barba, está vendo? Cheguei cedo demais e fiquei andando lá na calçada, mas foi me dando uma aflição, acho que estou em ponto de enlouquecer!

— Exagero. Os que estão em ponto de enlouquecer, não dizem. Nem sabem. Quer fumar? — perguntou Maximiliano abrindo a caixa de cigarros, ao lado do porta-cachimbos.

— Obrigado, prefiro minha marca — disse o homem tirando o maço do bolso. Sua mão tremia. — Estou fumando três, quatro maços por dia, acendo um no outro, sem parar — acrescentou, vagando em torno o olhar inquieto. Fixou-o na janela. — São todos loucos? Esses aí fora.

Maximiliano abriu a bolsa de fumo. Encheu o cachimbo.

— Nem todos, têm médicos e enfermeiros misturados com eles. Aqui o regime é de liberdade total, suprimimos aventais, uniformes, os doentes precisam se sentir iguais a nós. Eu mesmo, às vezes, não distingo.

— Meu pai conhecia os loucos pelos olhos.

Maximiliano apertou os seus. Sorriu.

— É um elemento — disse inclinando-se. Segurava ainda o cachimbo apagado. — Mas então?

— Nem sei como começar, doutor, é demais absurdo, ridículo! Essa obsessão... Não faz sentido tanto medo, tanto medo!

— Medo do quê, filho?

— Da morte.

O telefone branco em cima da mesa tocou baixinho, com o som reprimido de uma cigarra fechada na gaveta. Maximiliano atendeu, disse um *não está*, fez um movimento para pegar o lápis e depois de um conformado *como queira*, desligou. Apanhou o cachimbo mas recusou o isqueiro que o recém-chegado lhe ofereceu, agradecia mas não ia fumar, contentava-se em ficar segurando o cachimbo assim cheio como fazia nesse instante. O homem teve uma expressão desolada.

— Quisera eu poder resistir, doutor. Mais de três maços por dia — queixou-se, pousando o cigarro no cinzeiro. Entrelaçou com veemência as mãos magras. — Já não durmo, não como direito, não cumpro minhas obrigações, não faço mais nada a não ser pensar nisso. Não posso nem dizer a palavra, nem ouvir que já me sinto mal. Ainda agora, não viu? eu falei e já comecei a transpirar, me veio uma ânsia! O tempo todo pensando, pensando, perdi o apetite da vida. No trabalho, em casa com minha mulher, na cama com minha amante, tenho uma amante, uma menina tão boazinha, nem sei como ainda me aguenta, venho me esquivando dos encontros, a última vez foi um vexame, no meio, doutor, parei no meio feito um velho, broxei feito um idiota ali em cima dela ou debaixo, nem me lembro, parece que foi há séculos! Séculos — repetiu, sacudindo a cabeça. Tragou profundamente, cerrando os olhos congestionados. — Hoje minha mulher precisou me mandar trocar de roupa, esqueço de fazer a barba, estou exausto, exausto! Quase um ano nessa agonia, doutor. Começou aos poucos, com um certo mal-estar, quando me avisavam que alguém tinha mor... tinha empacotado. Eu evitava o assunto, me desviava dos campos-santos, das casas de saúde, onde sentia de longe o cheiro dela, da coisa, desinfetada, enluvada mas presente, atuante, está me compreendendo? Até que o mal-estar foi aumentando, virou náusea, pânico, me levanto já pensando que ela pode acontecer não só para mim mas para as pessoas que eu amo. Olho meus filhos, tenho dois meninos que já estão rindo de mim, desse meu medo de contágio, de acidentes, acho que tudo nos conduz a ela e num galope. Já senti todas as doenças do mundo! Fiz dezenas de exames, radiografias, meu médico nem quer mais me receber, Você não tem nada! já me repetiu não sei quantas vezes. E tenho tudo. O medo quando me deito, medo que aconteça durante o sono, medo que ela me pegue em flagrante, às vezes a imagino com uma cara de puta safada, cafona, me gozando com seu olho antiquíssimo. Outras vezes, quando ouço música — meu único consolo ainda é a música, doutor —, nessas horas ela me aparece etérea, suave como uma dessas virgens das baladas, coroada com uma grinalda de jasmins, me acenando com seus frios dedos de éter... Ainda não sei qual das duas me assusta mais, se essa ou a outra, que é suja, podre. Ah, doutor, um homem de trinta e cinco anos e tremendo inteiro como uma criancinha perdida no escuro, choramingando, chamando pela mãe... — Recostou-se na cadeira, relaxou a posição. — Chamei ontem por ela, no sonho. Veio tão afetuosa, me estendeu sua mão, mas quando senti na minha a umidade mole, verde, me lembrei que já estava mor... Quero dizer, me lembrei, está me compreendendo? E fugi espavorido. Assim como fugi do meu irmão mais velho, quando ele teve o enfarto que o levou. O senhor acredita que tomei um avião para o Rio meia hora depois que me avisaram que ele tinha acabado de...? Inventei a viagem só para não ver, fiz o indiferente, o apático, minha cunhada nem fala mais comigo, me despreza, mas posso lhe explicar o que está acontecendo e ela vai entender? Vai acreditar que cheguei num hotel do Rio, que me tranquei num quarto e fiquei lá dentro chorando? Éramos amicíssimos, meu irmão e eu.

— Eu também amava muito meu irmão menor, foi esmagado bem aqui defronte do portão da clínica.

— Aqui defronte, doutor?

— Sim. Mas continue, por favor, continue.

O homem soprou a cinza que se espalhou na sua lapela. Apagou o cigarro. Olhou para as pontas dos dedos manchados de nicotina.

— Pois é isso aí, doutor. Não posso continuar fugindo e para onde fugir se ela está em toda parte? Nos jornais, nas ruas, nas televisões, nas feiras, nos bailes... Está dentro de casa. Dentro de mim. Está principalmente dentro de mim, prisioneira de mim mesmo. Não leio mais jornal, não vou mais a cinema, a teatro, os temas só giram em torno dela, não aguento mais. A única coisa que conseguia me distrair da ideia eram essas revistas eróticas, com meninas se mostrando nuas, pelo menos nelas não havia a menor insinuação, está me compreendendo? Tanta energia, tanto sexo. Tanta vontade de usar esse sexo. Mas aos poucos comecei a pressentir, debaixo de tanta juventude, de tanta beleza, escondida lá no fundo, a semente da coisa. Na plenitude hoje, mas e amanhã?

— Platão lembraria a metáfora da maçã. Mas continue, Senhor Gutierrez, continue.

— Uma manhã dessas acordei sem nenhum medo, diluído, eu, que estava tão denso, cheguei a pensar que tinha me libertado quando aos poucos comecei a sentir medo de não ter medo, está me compreendendo? Parece que ficou pior ainda o vazio, esse espaço que o medo ocupava. Então quis me provar, saber se realmente estava livre: entrei a passos largos num ce... num desses campos-santos. Não passava perto deles nem que me arrastassem pelos cabelos. Fui indo até que na curva da alameda pressenti um... uma cerimônia, o doutor sabe onde quero chegar, antes mesmo já senti o cheiro da coisa, fiquei com o olfato apuradíssimo, sinto de longe, doutor. Foi o suficiente para começar a vomitar ali mesmo atrás de um cipreste. Saí ventando, só dei acordo de mim em casa, encharcado de suor. Amarelo de medo. Ou verde? — perguntou, esboçando um riso frouxo. Olhou as próprias mãos. — A cor do medo. Tire uma licença, meu chefe aconselhou, sou funcionário público. Se o senhor está doente, faça um exame médico e vá viajar, espairecer. Quis me ajudar, todos querem me ajudar. Mas dizer o que aos médicos lá do Instituto? Se o meu mal é o medo, com que cara vou confessar que estou doente de medo? Tudo em ordem. E esta desordem, esta angústia. Seria melhor enlouquecer. Ainda outra noite pensei muito nisso, seria uma solução. Mas não vou enlouquecer, vou...

— Morrer.

— Não fala, doutor, não fala! Só de ouvir, está vendo? — murmurou ele enxugando no lenço o queixo, a testa. Acendeu um cigarro. Suspirou. — Eu avisei que era uma história ridícula, absurda, não avisei? Quando vinha hoje para cá, meu táxi foi cortado por um cortejo, o senhor sabe. Só de ver aqueles carros todos atrás do carro principal foi me dando tamanha aflição que saltei, mudei de rua, mas pensa que adiantou? Logo mais dei com a manchete de um jornal, o menino me abriu a manchete na cara, mal tive tempo de desviar e a voz adiante de outro jornaleiro anunciando a tragédia, um ônibus que despencou num precipício, dezenas de feridos *fatais*... Entrei num café e lá dentro a conversa sobre um condenado americano que quer, que exige que o... que o executem. Mas só se fala na coisa?! Ou já falavam antes, apenas era eu que estava distraído? Não sei. Sei que ando com vontade de me isolar, sumir num lugar onde essa presença não tenha tanta importância, mas existe esse lugar? Os conventos são solitários. Defendidos. Lá, nem a vida nem a antevida importam, era de se esperar que não se preocupassem com a nossa... finitude. Mas se importam, querem a santidade através da autoflagelação e nessa flagelação está a memória da coisa exaltada em orações, cantorias, imagens, repetida até nos cumprimentos, lembra-te da... O senhor sabe, tem uma comunidade que se cumprimenta assim, desde que eles acordam, um vê o outro, sorri e diz *Memento mori*, lembra-te da... Ah! Ah, não sei por que tirar a despreocupação da vida enquanto vida.

Maximiliano ficou olhando o cachimbo fechado na gruta da mão.

—Vou lhe contar um caso, Senhor Gutierrez, serei rápido.

—Fernandez, Doutor. Samuel Fernandez.

—Perdão. Mas todo esse horror que o senhor tem por essa, digamos, fatalidade, um meu paciente tinha pelo automóvel. Pela máquina. Começou também assim, como o senhor, manifestando a princípio uma certa má vontade de guiar, vendeu o carro. Queixava-se do trânsito, dos motoristas. A má vontade se agravou, ficou agressivo, assustadiço, o medo de entrar num carro crescendo de tal jeito que só andava a pé, desconfiado, fugindo das ruas movimentadas, as orelhas atufadas de algodão para atenuar o som das buzinas, entrando em pânico se um carro se aproximasse mais. Ora, nossa cidade tem carro à beça, o que significa que ele vivia em estado de pânico permanente. Quando chegavam as férias, ele era bancário, fugia alucinado para o campo, para as praias, mas praia e campo, está tudo invadido, o carro está em toda parte, como Deus. Fugir para onde? Tentou se adaptar, dominar o horror. Não conseguiu. Quando resolveu me procurar, parecia um cadáver. Perdão, estava abatidíssimo. Fez a confissão quase em prantos: a fobia estava ficando insuportável. Essa repugnância que o senhor tem pelo avesso da vida, o cheiro especial que o senhor sente quando esse avesso se aproxima, ele sentia também, mas no cheiro da gasolina, do óleo, daquele bafo negro do motor, sentia tudo mesmo fechado num armário, mesmo escondido debaixo da cama. Então ordenei-lhe que se empregasse imediatamente numa fábrica de automóveis.

—De automóveis?

Maximiliano deu uma risadinha.

—Vejo seu espanto, Senhor Gutierrez, mas não é novidade que a única forma de se curar de um veneno é recorrer ao próprio veneno. Como é que se cura picada de cobra? Hum? E o que vem a ser a homeopatia? Empregue-se numa fábrica de automóveis, receitei. E o moço, que não podia se aproximar sequer de uma garagem, de carros, entrou no coração deles, obrigado a lidar com as peças, montando, desmontando, parafusando, pintando, a cara enfiada na máquina, os ouvidos saturados do barulho da máquina. De manhãzinha já ia se esfregar nos motores, as unhas impregnadas de graxa, vi suas unhas, nem escova com sabão podia limpar aquelas unhas da presença detestável. Ensinei-lhe que é preciso destruir os fantasmas indo de encontro a eles, desvendá-los, meu caro, sabe o que é desvendar? É levantar o véu e olhar a coisa nos olhos. Nos olhos!

O telefone tocou e dessa vez Maximiliano tomou algumas notas depois de informar que a pessoa em questão se ausentara da clínica por algumas horas. Voltou-se para o homem que esperava, ansioso, o cigarro pendendo do canto da boca, as mãos tortuosas abertas nos joelhos. Examinou-o num silêncio cordial. Tranquilo.

—Ele sarou, doutor?
—Quem?
—O moço...
—Ah, definitivamente. Passada aquela fase de sofrimento maior, começou a se interessar pelo trabalho. Vinha me ver três vezes por semana, nunca pensei que o processo de adaptação marchasse assim rápido: um mês depois já tinha comprado um carro. E lia revistas de automóveis, ajudou a montar o Salão da Máquina, colaborava na revista *Oito Rodas*, contava anedotas sobre o trânsito, virou um técnico. Durante esse período, só teve uma recaída, quando foi todo satisfeito ver uma fita sobre corrida de carros e de repente, no meio, se levantou aos gritos e saiu espavorido, todo o antigo horror explodindo tão forte que pensei, Pronto, voltou ao marco zero. Mas não, no dia seguinte já estava normal, tudo bem. De admirador da máquina passou a ser seu amante, Ih, a paixão que eu tenho por isto, me disse certa vez, alisando um para-lama como se alisa a coxa da namorada. Mas sua paixão pelo automóvel não era de ficar por aí, não demorou muito e integrou-se no próprio.

—Não estou entendendo, doutor.
—Tão simples, Gutierrez: ele assumiu o automóvel. Virou um automóvel e com tamanho fervor que certa manhã bebeu gasolina azul e saiu buzinando pela rua afora, uon! uon! uon! brrrrrrrrrr!... brrrrrrrrrr!... Perdeu para uma jamanta que vinha em sentido contrário.

—Morreu?
—Isso aí. E agora o senhor soltou a palavra tão natural, está vendo? Pronto, já é o caminho da cura assumir os fantasmas. Melhor ainda, virar um deles.

— Então ele não se curou, doutor.

Cariciosamente, Maximiliano passou e repassou no lábio risonho o cachimbo apagado.

— Mas o que o senhor chama de cura? Por acaso queria que ele continuasse um automóvel para o resto da vida? O senhor, por exemplo, quer continuar assim em pânico até o fim? É isso que quer? Me responda! Quer sofrer esse medo até morrer de medo?

— Não, doutor, não é isso que eu quero, não queria ter medo nunca mais, nunca mais!

— Eu poderia lhe recomendar um estágio de enfermeiro num hospital daquele estilo em que o doente entra sem o raminho verde no bico, sem esperança — disse e riu. Ficou sério. Olhou o relógio de pulso. — Seria retomar o tratamento daquele caso, os hospitais são fábricas de defuntos, os que não morrem da doença com que entram pegam outra lá dentro, o senhor teria um material de primeira ordem. Mas quero que pule essa fase, não vamos fazer cera, mesmo porque não vai ter outra consulta, esta é a última.

— A última?

— Seria pura perda de tempo, filho. Por que uma volta tão grande para se chegar ao mesmo fim? No hospital o senhor iria se acostumando com... posso falar a palavra? com a morte e de tal jeito que acabaria se afeiçoando à ideia. De simples admirador passaria a ser seu amante, que nem o moço da máquina, montado nela o dia inteiro, aquele tesão. Mas não parava nisso, a identificação seria tão profunda que de repente ia querer se matar. Melhor então que se mate já.

— Doutor?!

— Imediatamente. Saia e se mate, é uma ordem.

O homem levantou-se, cambaleando. Deixou cair no cinzeiro o cigarro e ali ficou de pé, a boca entreaberta, a face porejando, branca.

— O senhor está falando sério, doutor?

— Nunca falei tão seriamente em minha vida. Só com a morte se cura o medo da morte. Mate-se. Não quer se libertar? Pois lhe ordeno a libertação, está salvo, mate-se — disse Maximiliano fixando no homem o olhar reto. — Saia e se mate em seguida. Uma boa morte para o senhor.

— Mas doutor, espera!...

Suave mas firmemente, Maximiliano foi impelindo o homem até a porta.

— Obedeça. Agora, adeus.

Assim que se viu sozinho foi até a janela e através do vidro ficou vendo o homem atravessar o jardim num passo vacilante, as mãos abertas, pendidas. Virou-se ainda uma vez, a face aterrada se contraindo inteira numa interrogação de quem se esqueceu de dizer — ou fazer — alguma coisa, o quê?

Quando o Doutor Ramazian voltou, Maximiliano estava de pé ao lado da mesa, com o bloco de notas na mão. O cachimbo esvaziado. O cinzeiro limpo.

— Pronto, Max. Agora pode ir tomar seu lanche. Algum recado?

— Uma senhora telefonou, mas não quis dizer o nome. E um cliente, o Professor Nóbrega, também ligou, disse que só pode vir na sexta-feira, vai combinar a hora com Dona Dóris.

Doutor Ramazian encheu o cachimbo. Falou depois de uma baforada.

— Ótimo. Nada mais? Alguém me procurou?

— Um momento, deixa eu ver — disse Maximiliano franzindo a testa. Encarou o médico: — Não, ninguém. Ninguém. Posso ir?

— Sim, sem dúvida — disse o médico passando o olhar distraído na folha de bloco com as anotações. — Ótimo, Max. Você vai indo muito bem, o progresso que fez. Estou muito satisfeito.

— Eu também.

— Falta apenas o último passo, você sabe, assumir sem possibilidades de retrocesso. Então estará curado.

Maximiliano sorriu. A voz saiu mansa, num quase sussurro, "curado e fodido".

— O que foi? Você disse alguma coisa?

— Não, doutor, nada. O senhor tem razão. Vamos ao lanche?

Seminário dos Ratos

*Que século, meu Deus! — exclamaram os ratos e começaram
a roer o edifício.*
CARLOS DRUMMOND DE ANDRADE

O Chefe das Relações Públicas, um jovem de baixa estatura, atarracado, sorriso e olhos extremamente brilhantes, ajeitou o nó da gravata vermelha e bateu de leve na porta do Secretário do Bem-Estar Público e Privado:
— Excelência?
O Secretário do Bem-Estar Público e Privado pousou o copo de leite na mesa e fez girar a poltrona de couro. Suspirou. Era um homem descorado e flácido, de calva úmida e mãos acetinadas. Lançou um olhar comprido para os próprios pés, o direito calçado, o esquerdo metido num grosso chinelo de lã com debrum de pelúcia.
— Pode entrar — disse ao Chefe das Relações Públicas que já espiava pela fresta da porta. Entrelaçou as mãos na altura do peito.
— Então? Correu bem o coquetel?
Tinha a voz branda, com um leve acento lamurioso. O jovem empertigou-se. Um ligeiro rubor cobriu-lhe o rosto bem escanhoado.
— Tudo perfeito, Excelência. Perfeito. Foi no Salão Azul, que é menor, Vossa Excelência sabe. Poucas pessoas, só a cúpula, ficou uma reunião assim aconchegante, íntima, mas muito agradável. Fiz as apresentações, bebericou-se e — consultou o relógio — veja, Excelência, nem seis horas e já se dispersaram. O Assessor da Presidência da Ratesp está instalado na ala norte, vizinho do Diretor das Classes Conservadoras Armadas e Desarmadas, que está ocu-

pando a suíte cinzenta. Já a Delegação Americana achei conveniente instalar na ala sul. Por sinal, deixei-os há pouco na piscina, o crepúsculo está deslumbrante, Excelência, deslumbrante!

— O senhor disse que o Diretor das Classes Conservadoras Armadas e Desarmadas está ocupando a suíte cinzenta. Por que *cinzenta*?

O jovem pediu licença para se sentar. Puxou a cadeira, mas conservou uma prudente distância da almofada onde o Secretário pousara o pé metido no chinelo. Pigarreou.

— *Bueno*, escolhi as cores pensando nas pessoas — começou com certa hesitação. Animou-se: — A suíte do Delegado Americano, por exemplo, é rosa-forte. Eles gostam das cores vivas. Para a de Vossa Excelência escolhi este azul-pastel, mais de uma vez vi Vossa Excelência de gravata azul... Já para a suíte norte me ocorreu o cinzento, Vossa Excelência não gosta da cor cinzenta?

O Secretário moveu com dificuldade o pé estendido na almofada. Levantou a mão. Ficou olhando a mão.

— É a cor deles. *Rattus alexandrinus*.

— Dos conservadores?

— Não, dos ratos. Mas enfim, não tem importância, prossiga, por favor. O senhor dizia que os americanos estão na piscina, por que *os*? Veio mais de um?

— Pois com o Delegado de Massachusetts veio também a secretária, uma jovem. E veio ainda um ruivo de terno xadrez, tipo um pouco de boxer, meio calado, está sempre ao lado dos dois. Suponho que é um guarda-costas, mas é simples suposição, Excelência, o cavalheiro em questão é uma incógnita. Só falam inglês. Aproveitei para conversar com eles, completei há pouco meu curso de inglês para executivos. Se os debates forem em inglês, conforme já foi aventado, darei minha colaboração. Já o castelhano eu domino perfeitamente, enfim, Vossa Excelência sabe, Santiago, Buenos Aires...

— Fui contra a indicação. Desse americano — atalhou o Secretário num tom suave mas infeliz. — Os ratos são nossos, as soluções têm que ser nossas. Por que botar todo mundo a par das nossas mazelas? Das nossas deficiências? Devíamos só mostrar o lado positivo não apenas da sociedade mas da nossa família. De nós mesmos — acrescentou apontando para o pé em cima da almofada. — Por que não apareci ainda, por quê? Porque simplesmente não quero que me vejam indisposto, de pé inchado, mancando. Amanhã calço o sapato para a instalação, de bom grado faço esse sacrifício. O senhor, que é um candidato em potencial, desde cedo precisa ir aprendendo essas coisas, moço. Mostrar só o lado positivo, só o que pode nos enaltecer. Esconder nossos chinelos.

— Mas Vossa Excelência me permite, esse americano é um técnico em ratos, nos Estados Unidos também têm muitos ratos, ele poderá nos trazer sugestões preciosas. Aliás, estive sabendo que é um *expert* em jornalismo eletrônico.

— Pior ainda. Vai sair buzinando por aí — suspirou o Secretário, tentando mudar a posição do pé. — Enfim, não tem importância. Prossiga, prossiga, queria que me informasse sobre a repercussão. Na imprensa, é óbvio.

O Chefe das Relações Públicas pigarreou discretamente, murmurou um *bueno* e apalpou os bolsos. Pediu licença para fumar.

— *Bueno*, é do conhecimento de Vossa Excelência que causou espécie o fato de termos escolhido este local. Por que instalar o VII Seminário dos Roedores numa casa de campo, completamente isolada? Essa a primeira indagação geral. A segunda é que gastamos demais para tornar esta mansão habitável, um desperdício quando podíamos dispor de outros locais já prontos. O noticiarista de um vespertino, marquei bem a cara dele, Excelência, esse chegou a ser insolente quando rosnou que tem tanto edifício em disponibilidade, que as implosões até já se multiplicam para corrigir o excesso. E nós gastando milhões para restaurar esta ruína...

O Secretário passou o lenço na calva e procurou se sentar mais confortavelmente. Começou um gesto que não se completou.

— Gastando milhões? Bilhões estão consumindo esses demônios, por acaso ele ignora as estatísticas? Estou apostando como é da esquerda, estou apostando. Ou então, amigo dos ratos. Enfim, não tem importância, prossiga por favor.

— Mas são essas as críticas mais severas, Excelência. Bisonhices. Ah, e aquela eterna tecla que não cansam de bater, que já estamos no VII Seminário e até agora, nada de objetivo, que a população ratal já se multiplicou sete mil vezes depois do I Seminário, que temos agora cem ratos para cada habitante, que nas favelas não são as Marias mas as ratazanas que andam de lata d'água na cabeça — acrescentou contendo uma risadinha. — O de sempre... Não se conformam é de nos reunirmos em local retirado, que devíamos estar lá no Centro, dentro do problema. Nosso Assessor de Imprensa já esclareceu o óbvio, que este Seminário é o Quartel--General de uma verdadeira batalha! E que traçar as coordenadas de uma ação conjunta deste porte exige meditação. Lucidez. Onde poderiam os senhores trabalhar senão aqui, respirando um ar que só o campo pode oferecer? Nesta bendita solidão, em contato íntimo com a natureza... O Delegado de Massachusetts achou genial essa ideia do encontro em pleno campo. Um moço muito gentil, tão simples. Achou excelente nossa piscina térmica, Vossa Excelência sabia? Foi campeão de nado de peito, está lá se divertindo, adorou nossa água de coco! Contou-me uma coisa curiosa, que os ratos do Polo Norte têm pelos deste tamanho para aguentar o frio de trinta abaixo de zero, se guarnecem de peliças, os marotos. Podiam viver em Marte, uma saúde de ferro!

O Secretário parecia pensar em outra coisa quando murmurou evasivamente um "enfim". Levantou o dedo pedindo silêncio. Olhou com desconfiança para o tapete. Para o teto.

— Que barulho é esse?
— Barulho?
— Um barulho esquisito, não está ouvindo?

O Chefe das Relações Públicas voltou a cabeça, concentrado.

— Não estou ouvindo nada...
— Já está diminuindo — disse o Secretário, baixando o dedo almofadado. — Agora parou. Mas o senhor não ouviu? Um barulho tão esquisito, como se viesse do fundo da terra, subiu depois para o teto... Não ouviu mesmo?

O jovem arregalou os olhos de um azul inocente.

— Absolutamente nada, Excelência. Mas foi aqui no quarto?
— Ou lá fora, não sei. Como se alguém... — Tirou o lenço, limpou a boca e suspirou profundamente. — Não me espantaria nada se cismassem de instalar aqui algum gravador. O senhor se lembra? Esse Delegado americano...
— Mas, Excelência, ele é convidado do Diretor das Classes Conservadoras Armadas e Desarmadas!
— Não confio em ninguém. Em quase ninguém — corrigiu o Secretário num sussurro. Fixou o olhar suspeitoso na mesa. Nos baldaquins azuis da cama. — Onde essa gente está, tem sempre essa praga de gravador. Enfim, não tem importância, prossiga, por favor. E o Assessor de Imprensa?
— *Bueno*, ontem à noite ele sofreu um pequeno acidente, Vossa Excelência sabe como anda o nosso trânsito! Teve que engessar um braço. Só pode chegar amanhã, já providenciei o jatinho — acrescentou o jovem com energia. — Na retaguarda fica toda uma equipe armada para a cobertura. Nosso Assessor vai pingando o noticiário por telefone, criando suspense até o encerramento, quando virão todos num jato especial, fotógrafos, canais de televisão, correspondentes estrangeiros, uma apoteose. *Finis coronat opus,* o fim coroa a obra!
— Só sei que ele já deveria estar aqui, começa mal — lamentou

o Secretário inclinando-se para o copo de leite. Tomou um gole e teve uma expressão desaprovadora. — Enfim, o que me preocupava muito é ficarmos incomunicáveis. Não sei mesmo se essa ideia do Assessor da Presidência da Ratesp vai funcionar, isso de deixarmos os jornalistas longe. Tenho minhas dúvidas.

— Vossa Excelência vai me perdoar, mas penso que a cúpula se valoriza ficando assim inacessível. Aliás, é sabido que uma certa distância, um certo mistério excita mais do que o contato diário com os meios de comunicação. Nossa única fonte vai soltando notícias discretas, influindo sem alarde até o encerramento, quando abriremos as baterias! Não é uma boa tática?

Com dedos tamborilantes, o Secretário percorreu vagamente os botões do colete. Entrelaçou as mãos e ficou olhando as unhas polidas.

— Boa tática, meu jovem, é influenciar no começo e no fim todos os meios de comunicação do país. Esse é o objetivo. Que já está prejudicado com esse assessor de perna quebrada.

— Braço, Excelência. O antebraço, mais precisamente.

O Secretário moveu penosamente o corpo para a direita e para a esquerda. Enxugou a testa. Os dedos. Ficou olhando para o pé em cima da almofada.

— Hoje mesmo o senhor poderia lhe telefonar para dizer que estrategicamente os ratos já se encontram sob controle. Sem detalhes, enfatize apenas isto, que os ratos já estão sob inteiro controle. A ligação é demorada?

— *Bueno*, cerca de meia hora. Peço já, Excelência?

O Secretário foi levantando o dedo. Abriu a boca. Girou a cadeira em direção da janela. Com o mesmo gesto lento, foi se voltando para a lareira.

— Está ouvindo? Está ouvindo? O barulho. Ficou mais forte agora!

O jovem levou a mão à concha da orelha. A testa ruborizou-se no esforço da concentração. Levantou-se e andou na ponta dos pés.

— Vem daqui, Excelência? Não consigo perceber nada!

— Aumenta e diminui. Olha aí, em ondas, como um mar... Agora parece um vulcão respirando, aqui perto e ao mesmo tempo tão longe! Está fugindo, olha aí... Tombou para o espaldar da poltrona exausto. Enxugou o queixo úmido. — Quer dizer que o senhor não ouviu nada?

O Chefe das Relações Públicas arqueou as sobrancelhas perplexas. Espiou dentro da lareira. Atrás da poltrona. Levantou a cortina da janela e olhou para o jardim.

—Tem dois empregados lá no gramado, motoristas, creio... Ei, vocês aí!...—chamou, estendendo o braço para fora. Fechou a janela.—Sumiram. Pareciam agitados, talvez discutissem, mas suponho que nada tenham a ver com o barulho. Não ouvi coisa alguma, Excelência. Escuto tão mal deste ouvido!

—Pois eu escuto demais, devo ter um ouvido suplementar. Tão fino. Quando fiz a Revolução de 32 e depois, no Golpe de 64, era sempre o primeiro do grupo a pressentir qualquer anormalidade. O primeiro! Lembro que uma noite avisei meus companheiros, O inimigo está aqui com a gente, e eles riram, Bobagem, você bebeu demais, tínhamos tomado no jantar um vinho delicioso. Pois quando saímos para dormir, estávamos cercados.

O Chefe das Relações Públicas teve um olhar de suspeita para a estatueta de bronze em cima da lareira, uma opulenta mulher de olhos vendados, empunhando a espada e a balança. Estendeu a mão até a balança. Passou o dedo num dos pratos empoeirados. Olhou o dedo e limpou-o com um gesto furtivo no espaldar da poltrona.

—Vossa Excelência quer que eu vá fazer uma sondagem?

O Secretário estendeu doloridamente a perna. Suspirou.

—Enfim, não tem importância. Nestas minhas crises sou capaz de ouvir alguém riscando um fósforo na sala.

Entre consternado e tímido, o jovem apontou para o pé enfermo.

—É algo... grave?
—A gota.
—E dói, Excelência?
—Muito.
—*Pode ser a gota d'água! Pode ser a gota d'água!*—cantarolou ele, ampliando o sorriso que logo esmoreceu no silêncio taciturno que se seguiu à sua intervenção musical. Pigarreou. Ajustou o nó da gravata.—*Bueno*, é uma canção que o povo canta por aí.

—O povo, o povo—disse o Secretário do Bem-Estar Público, entrelaçando as mãos. A voz ficou um brando queixume.—Só se fala em povo e no entanto o povo não passa de uma abstração.

—Abstração, Excelência?

—Que se transforma em realidade quando os ratos começam a expulsar os favelados de suas casas. Ou a roer os pés das crianças da periferia, então, sim, o *povo* passa a existir nas manchetes da imprensa de esquerda. Da imprensa marrom. Enfim, pura demagogia. Aliada às bombas dos subversivos, não esquecer esses bastardos que parecem ratos—suspirou o Secretário, percorrendo languidamente os botões do colete. Desabotoou o último.—No

Egito Antigo resolveram esse problema aumentando o número de gatos. Não sei por que aqui não se exige mais da iniciativa privada, se cada família tivesse em casa um ou dois gatos esfaimados...

— Mas Excelência, não sobrou nenhum gato na cidade, já faz tempo que a população comeu tudo. Ouvi dizer que dava um ótimo cozido!

— Enfim — sussurrou o Secretário esboçando um gesto que não completou. — Está escurecendo, não?

O jovem levantou-se para acender as luzes. Seus olhos sorriam intensamente.

— E à noite, todos os gatos são pardos! — Depois, sério. — Quase sete horas, Excelência! O jantar será servido às oito, a mesa decorada só com orquídeas e frutas. A mais fina cor local, encomendei do Norte abacaxis belíssimos! E as lagostas, então? O Cozinheiro-Chefe ficou entusiasmado, nunca viu lagostas tão grandes. *Bueno*, eu tinha pensado num vinho nacional que anda de primeiríssima qualidade, diga-se de passagem, mas me veio um certo receio: e se der alguma dor de cabeça? Por um desses azares, Vossa Excelência já imaginou? Então achei prudente encomendar vinho chileno.

— De que safra?

— De Pinochet, naturalmente.

O Secretário do Bem-Estar Público e Privado baixou o olhar ressentido para o próprio pé.

— Para mim um caldo sem sal, uma canjinha rala. Mais tarde talvez um... — Emudeceu. A cara pasmada foi-se voltando para o jovem: — Está ouvindo agora? Está mais forte, ouviu isso? Fortíssimo!

O Chefe das Relações Públicas levantou-se de um salto. Apertou entre as mãos a cara ruborizada.

— Mas claro, Excelência, está repercutindo aqui no assoalho, o assoalho está tremendo! Mas o que é isso?!

— Eu não disse, eu não disse? — perguntou o Secretário. Parecia satisfeito: — Nunca me enganei, nunca! Já faz horas que estou ouvindo coisas, mas não queria dizer nada, podiam pensar que fosse delírio. Olha aí agora! Parece até que estamos em zona vulcânica, como se um vulcão fosse irromper aqui embaixo...

— Vulcão?

— Ou uma bomba, têm bombas que antes de explodir dão avisos!

— Meu Deus — exclamou o jovem. Correu para a porta. — Vou verificar imediatamente, Excelência. Não se preocupe, não há de ser nada, com licença, volto logo. Meu Deus, zona vulcânica?!...

Quando fechou a porta atrás de si, abriu-se a porta em frente e pela abertura introduziu-se uma carinha louramente risonha. Os cabelos estavam presos no alto por um laçarote de bolinhas amarelas.

— *What is that?*
— *Perhaps nothing... perhaps something...* — respondeu ele, abrindo o sorriso automático. Acenou-lhe com um frêmito de dedos imitando asas. — *Supper at eight*, Miss Gloria!

Apressou o passo quando viu o Diretor das Classes Conservadoras Armadas e Desarmadas que vinha com seu chambre de veludo verde. Encolheu-se para lhe dar passagem, fez uma mesura, "Excelência", e quis prosseguir mas teve a passagem barrada pela montanha veludosa.

— Que barulho é esse?

— *Bueno*, também não sei dizer, Excelência, é o que vou verificar. Volto num instante. Não é mesmo estranho? Tão forte!

O Diretor das Classes Conservadoras Armadas e Desarmadas farejou o ar:

— E esse cheiro? O barulho diminuiu, mas não está sentindo um cheiro? — Franziu a cara. — Uma maçada! Cheiros, barulhos e o telefone que não funciona... Por que o telefone não está funcionando? Preciso me comunicar com a Presidência e não consigo, o telefone está mudo!

— Mudo? Mas fiz dezenas de ligações hoje cedo... Vossa Excelência já experimentou o do Salão Azul?

— Venho de lá. Também está mudo, uma maçada! Procure meu motorista, veja se o telefone do meu carro está funcionando, tenho que fazer essa ligação urgente.

— Fique tranquilo, Excelência. Vou tomar providências e volto em seguida. Com licença, sim? — fez o jovem, esgueirando-se numa mesura rápida. Enveredou pela escada. Parou no primeiro lance: — Mas o que significa isso? Pode me dizer o que significa isso?

Esbaforido, sem o gorro e com o avental rasgado, o Cozinheiro-Chefe veio correndo pelo saguão. O jovem fez um gesto enérgico e precipitou-se ao seu encontro.

— Como é que o senhor entra aqui neste estado?

O homem limpou no peito as mãos sujas de suco de tomate.

— Aconteceu uma coisa horrível, doutor! Uma coisa horrível!

— Não grita, o senhor está gritando, calma — e o jovem tomou o Cozinheiro-Chefe pelo braço, arrastou-o a um canto. — Controle-se. Mas o que foi? Sem gritar, não quero histerismo, vamos, calma, o que foi?

— As lagostas, as galinhas, as batatas, eles comeram tudo! Tudo! Não sobrou nem um grão de arroz na panela. Comeram tudo e o que não tiveram tempo de comer levaram embora!

— Mas quem comeu tudo? Quem?

— Os ratos, doutor, os ratos!

— Ratos?!... Que ratos?

O Cozinheiro-Chefe tirou o avental, embolou-o nas mãos.

— Vou-me embora, não fico aqui nem mais um minuto. Acho que a gente está no mundo deles. Pela alma da minha mãe, quase morri de susto quando entrou aquela nuvem pela porta, pela janela, pelo teto, só faltou me levar e mais a Euclídea! Até os panos de prato eles comeram. Só respeitaram a geladeira que estava fechada, mas a cozinha ficou limpa, limpa!

— Ainda estão lá?

— Não, assim como entrou saiu tudo guinchando feito doido. Eu já estava ouvindo fazia um tempinho aquele barulho, me representou um veio d'água correndo forte debaixo do chão, depois martelou, assobiou, a Euclídea que estava batendo maionese pensou que fosse um fantasma quando começou aquela tremedeira e na mesma hora entrou aquilo tudo pela janela, pela porta, não teve lugar que a gente olhasse que não desse com o monte deles guinchando! E cada ratão, viu? Deste tamanho! A Euclídea pulou em cima do fogão, eu pulei em cima da mesa, ainda quis arrancar uma galinha que um deles ia levando assim no meu nariz, taquei o vidro de suco de tomate com toda força e ele botou a galinha de lado, ficou de pé na pata traseira e me enfrentou feito um homem. Pela alma da minha mãe, doutor, me representou um homem vestido de rato!

— Meu Deus, que loucura... E o jantar?!

— Jantar? O senhor disse *jantar*?! Não ficou nem uma cebola! Uma trempe deles virou o caldeirão de lagostas e a lagostada se espalhou no chão, foi aquela festa, não sei como não se queimaram na água fervendo. Cruz-credo, vou me embora e é já!

— Espera, calma! E os empregados? Ficaram sabendo?

— Empregados, doutor? Empregados? Todo mundo já foi embora, ninguém é louco! E se eu fosse vocês, também me mandava, viu? Não fico aqui nem que me matem!

— Um momento, espera! O importante é não perder a cabeça, está me compreendendo? O senhor volta lá, abre as latas, que as latas ainda ficaram, não ficaram? A geladeira não estava fechada? Então, deve ter alguma coisa, prepare um jantar com o que puder, evidente!

— Não, não! Não fico nem que me matem!

— Espera, eu estou falando: o senhor vai voltar e cumprir sua obrigação. O importante é que os convidados não fiquem sabendo de nada, disso me incumbo eu, está me compreendendo? Vou já até a cidade, trago um estoque de alimentos e uma escolta de homens armados até os dentes, quero ver se vai entrar um mísero camundongo nesta casa, quero ver!

— Mas o senhor vai como? Só se for a pé, doutor.

O Chefe das Relações Públicas empertigou-se. A cara se tingiu de cólera. Apertou os olhinhos e fechou os punhos para soquear a parede, mas interrompeu o gesto quando ouviu vozes no andar superior. Falou quase entredentes.

— Covardes, miseráveis! Quer dizer que os empregados levaram todos os carros? Foi isso, levaram os carros?

— Levaram nada, fugiram a pé mesmo, nenhum carro está funcionando. O José experimentou um por um, viu? Os fios foram comidos, comeram também os fios. Vocês fiquem aí que eu vou pegar a estrada e é já!

O jovem encostou-se na parede, a cara agora estava lívida. "Quer dizer que o telefone...", murmurou e cravou o olhar estatelado no avental que o Cozinheiro-Chefe largou no chão. As vozes no andar superior começaram a se cruzar. Uma porta bateu com força. Encolheu-se mais no canto quando ouviu seu nome: era chamado aos gritos. Com olhar silencioso foi acompanhando um chinelo de debrum de pelúcia que passou a alguns passos do avental embolado no tapete: o chinelo deslizava, a sola voltada para cima, rápido como se tivesse rodinhas ou fosse puxado por algum fio invisível. Foi a última coisa que viu, porque nesse instante a casa foi sacudida nos seus alicerces. As luzes se apagaram. Então, deu-se a invasão, espessa como se um saco de pedras borrachosas tivesse sido despejado em cima do telhado e agora saltasse por todos os lados numa treva dura de músculos, guinchos e centenas de olhos luzindo negríssimos. Quando a primeira dentada lhe arrancou um pedaço da calça, ele correu sobre o chão enovelado, entrou na cozinha com os ratos despencando na sua cabeça e abriu a geladeira. Arrancou as prateleiras que foi encontrando na escuridão, jogou a lataria para o ar, esgrimiu com uma garrafa contra dois olhinhos que já corriam no vasilhame de verduras, expulsou-os e num salto, pulou lá dentro. Fechou a porta, mas deixou o dedo na fresta, que a porta não batesse. Quando sentiu a primeira agulhada na ponta do dedo que ficou de fora, substituiu o dedo pela gravata.

No rigoroso inquérito que se processou para apurar os acontecimentos daquela noite, o Chefe das Relações Públicas jamais pôde precisar quanto tempo teria ficado dentro da geladeira, enrodilhado como um feto, a água gelada pingando na cabeça, as mãos endurecidas de câimbra, a boca aberta no mínimo vão da porta que de vez em quando algum focinho tentava forcejar. Lembrava-se, isso sim, de um súbito silêncio que se fez no casarão: nenhum som, nenhum movimento. Nada. Lembrava-se de ter aberto a porta da geladeira. Espiou. Um tênue raio de luar era a única presença na cozinha esvaziada. Foi andando pela casa completamente oca, nem móveis, nem cortinas, nem tapetes. Só as paredes. E a escuridão. Começou então um murmurejo secreto, rascante, que parecia vir da Sala de Debates e teve a intuição de que estavam todos reunidos ali, de portas fechadas. Não se lembrava sequer de como conseguiu chegar até o campo, não poderia jamais reconstituir a corrida, correu quilômetros. Quando olhou para trás, o casarão estava todo iluminado.

A Estrutura da Bolha de Sabão
[1991]

Para Paulo Emílio, que gostava das minhas ficções

A Medalha

Ela entrou na ponta dos pés. Tirou os sapatos para subir a escada. O terceiro degrau rangia. Pulou-o apoiando-se no corrimão.
— Adriana!
A moça ficou quieta, ouvindo. Teve um risinho frouxo quando se inclinou para calçar os sapatos, Ih! que saco.
Fez um afago no gato que lhe veio ao encontro, esfregando-se na parede. Tomou-o no colo.
— Romi, Romi... Então, meu amor?
— Adriana!
Assustado com o grito, o gato fugiu espavorido pela escada abaixo. Ela prosseguiu sem pressa, arrastando os pés. O quarto estava iluminado. Empurrou a porta.
— Acordada ainda, mãe?
A mulher fez girar a cadeira de rodas e ficou defronte à porta. Vestia uma camisola de flanela e tinha um casaco de tricô atirado nos ombros. Os olhos empapuçados reduziam-se a dois riscos pretos na face amarela.
— Precisava ser *também* na véspera do casamento? Precisava ser na véspera? — repetiu a mulher agarrando-se aos braços da cadeira.
— Precisava.
— Cadela. Já viu sua cara no espelho, já viu?
A moça encostou-se no batente da porta. Abriu a bolsa e tirou o cigarro. Acendeu-o. Quebrou o palito e ficou mascando a ponta.
— Acabou, mãe? Quero dormir.
A mulher aproximou mais a cadeira. Fechou no peito cavado a gola do casaco. Falou em voz baixa, com suavidade.

— Na véspera do casamento. Na *vés-pe-ra*. Você já viu sua cara no espelho? Já se olhou num espelho?

— E daí? O véu vai cobrir minha cara, o véu cobre tudo, ih! tem véu à beça. Vou dar uma beleza de noiva, mãe, você vai ver. Preferia me meter no meu colante preto mas seu genro é romântico, aquelas ondas...

— Cínica. Igualzinha ao pai. Ele ia achar graça se te visse assim, aquele cínico.

— Não fale do meu pai.

— Falo! Um cínico, um vagabundo que vivia no meio de vagabundos, viciado em tudo quanto é porcaria. Você é igual, Adriana. O mesmo jeito esparramado de andar, a mesma cara desavergonhada...

— Ele era bom.

— Bom! Aquilo então era bondade? Hein? Um debochado, um irresponsável completamente viciado, igualzinho a você. Imagine, bom... Estou farta desse tipo de bondade, quero gente com caráter, sabe o que é caráter? É o que ele nunca teve, é o que você não tem. Na véspera do casamento...

— Na véspera ou no dia seguinte, que diferença faz?

A mulher sacudiu-se na cadeira.

— Às vezes nem acredito. Uma filha assim, eu não acredito.

A moça esfregou os olhos congestionados. O rímel das pestanas deixou nas pálpebras dois grossos aros de carvão.

— Sou ótima, mãe. Uma ótima menina, é o que todo mundo diz.

A mulher quis abotoar o casaco. Faltavam botões. Fechou a gola na mão.

— Por que não se casa com ele? Hein? Vamos, Adriana, por que não se casa com ele?

— Com ele quem?

— Com esse vagabundo que acabou de te deixar no portão.

— Porque ele não quer, ora.

— Ah, porque ele não quer — repetiu a mulher. Parecia triunfante. — Gostei da sua franqueza, *porque ele não quer*. Ninguém quer, minha querida. Você já teve dúzias de homens e nenhum quis, só mesmo esse inocente do seu noivo...

— Mas ele não é inocente, mãezinha. Ele é preto.

A mulher respirou com dificuldade. Abriu nos joelhos as mãos cor de palha. Inclinou-se para a frente e baixou o tom de voz.

— Por que você diz isso?

Adriana deixou cair o cigarro e vagarosamente esmagou a brasa no salto do sapato. Passou a mão indolente pelos cabelos oxigenados de louro. Apanhou uma ponta mais comprida, levou-a até a cara e ficou brincando com o cabelo no lábio arregaçado.

—Olha só o meu bigode, mãe, agora tenho um bigode!

—Responda, Adriana, por que você diz isso? Que ele é preto.

A moça abriu a boca para bocejar. Desatou a rir.

—Oh! meu Deus... Porque é verdade, querida. E você sabe que é verdade mas não quer reconhecer, o horror que você tem de preto. Bom, não deve ser mesmo muito agradável, concordo, um saco ter uma filha casada com um preto, ih! que saco. Preto disfarçado mas preto. Já reparou nas unhas dele? No cabelo? Reparou, sim, você é tão esperta, um faro! Sou branca, tudo bem, mas meu sangue é podre. Então é o sangue dele que vai vigorar, entendeu? Seus netos vão sair moreninhos, aquela cor linda de brasileiro.

—Chega, Adriana.

—Não chega não, eu queria dormir, lembra? Então é isso daí, nunca vi ninguém reconhecer preto assim fácil como você, um puta faro. O tipo pode botar peruca, se pintar de ouro e de repente num detalhe, aquele detalhinho...

Inclinou-se para apanhar a bolsa que caiu. Catou vacilante o pente e o espelho, quis ainda alcançar o lápis que rolou no assoalho, desistiu do lápis, Ih!... Levantou-se apertando a bolsa contra o peito, a outra mão apoiada na maçaneta da porta. Respirou penosamente, a boca aberta. Encarou a mulher.

—Tudo bem?

—Tudo bem, Adriana. Tenho é muita pena desse moço. Seu noivo. Casar com uma coisa dessas, imagine.

—Mas ele vai ser podre de feliz comigo, mãezinha. Podre de feliz. Se encher muito, despacho o negro lá pros States, tem uma cidade lindinha, como é mesmo?... O nome, eu sabia o nome, ah! você já ouviu falar, você adora ler essas notícias, não adora? Espera um pouco... pronto, lembrei, Little Rock! Isso daí, Little Rock. A diversão lá é linchar a negrada.

A mulher retesou-se inteira, como se fosse saltar. Ficou de repente maior, os olhos mais brilhantes. O tronco se aprumou com arrogância, rejuvenescido. Mas, aos poucos, foi afrouxando os músculos. Voltou a diminuir de tamanho, a cabeça inclinada para o ombro. A voz começou baixa.

—Você não pode mais me ferir, Adriana. Ele também não conseguia. O seu pai. Podia fazer o que quisesse, dizer o que quisesse. Não me atingia mais. Ficava aí na minha frente com essa sua cara, a se retorcer feito um vermezinho viciado e gordo...

—Emagreci seis quilos.

— E gordo. Nada mais me atinge, Adriana. É como se ele voltasse, nunca vi uma coisa assim, vocês dois são iguais. Ele morreu e encarnou em você, o mesmo jeito mole, balofo. Sujo. Na minha família todas as mulheres são altas e magras. Você puxou a família dele, tudo com cara redonda de anão, cara redonda e pescoço curto, olha aí a sua cara. E a mãozinha de dedinho gordo, tudo anão.

Adriana continuava segurando a maçaneta, o corpo vacilante, o risinho frouxo. Apoiara-se numa perna, a outra ligeiramente flexionada. Calçava e descalçava o sapato decotado, com uma fivela de pedrinhas verdes.

— Acabou, querida? Quero dormir.

A luz da manhã já se insinuava na vidraça. A mulher fez um gesto mortiço na direção da janela.

— Fiz o que pude.

— Então, ótimo. Tudo bem, agora queria dormir um pouquinho, posso?

— Um instante ainda — disse a mulher e a voz subiu fortalecida, veemente. — Ah, me lembrei agora, era Naldo, não era? O nome daquele seu primo, o primeiro da lista. Nem quinze anos você tinha, Adriana, nem quinze anos e já se agarrando com ele na escada, emendada naquele devasso.

— Ele não era devasso.

— Não? E aquelas doenças todas? Vivia dependurado em negras, viveu anos com aquela empregada peituda, pensa que não sei?

— Ele não era um devasso. E ele me amou.

— Amou... Fugiu como um rato quando foram pilhados, o safado. Fugiu como fugiram os outros, nenhum quis ficar, Adriana, nenhum. Vi dezenas deles, casados, divorciados, toda uma corja te apertando nas esquinas, detrás das portas, uma corja que nem dinheiro tinha para o hotel. Um por um, fugiram todos.

— Ele me amou.

Um galo tentou prolongar mais seu canto e o som saiu difícil, rouco. A mulher fez um movimento de ombros e o casaco escorregou para o assento da cadeira. Apontou a cômoda.

— Vai, abre aquela caixa ali em cima... Abriu? Tem dentro uma medalha de ouro que foi da minha avó. Depois passou para minha mãe, está me ouvindo, Adriana? Antes de morrer minha mãe me entregou a medalha, nós três nos casamos com ela. Tem também a corrente, procuro depois. Você se casa amanhã, hum? Leva a medalha, é sua.

— Bonita, mãe.

— Só espero que não enegreça no seu pescoço — disse e fez

um vago gesto na direção da porta. — Por favor, agora suma da minha frente.

    Adriana pegou a medalha que luzia no fundo da caixa de charão. Apertou os olhos turvos para vê-la melhor. Depois, ainda olhando para a medalha, fez com a outra mão um ligeiro aceno e foi saindo a arrastar os pés. Fechou a porta. Quando já estava no corredor penumbroso, o gato veio ao seu encontro e no mesmo ritmo ondulante entraram no quarto. O vestido estava estendido na cama e sobre o vestido, o véu alto e armado, descendo em pregas até o chão. A luz da manhã já era mais clara do que o halo amarelado da lâmpada pendendo do teto. O gato pulou na cama.

    — Dormir, Romi, dormir — ela sussurrou fechando a janela. — Anoiteceu outra vez, viu? Gato à toa. Sacana. Vai amassar tudo — resmungou, puxando o gato pela orelha. O gato miou, chegou a se levantar. Voltou a se deitar enrodilhado no meio do véu. Adriana apoiou-se na cama enquanto abria a gaveta da mesa de cabeceira. Abriu o tubo de vidro e fez cair duas pílulas na concha da mão. Engoliu as pílulas, fez uma careta. — Não vai me buscar um copo d'água, não vai? Sacana, amassou tudo. Podia me trazer água, tanta sede, porra. — Deitou-se molemente na cama e apanhando uma ponta do véu, cobriu a cara com ele. Fechou os olhos e tateou por entre o véu, tentando achar o gato. Desistiu. Ficou olhando a lâmpada através das lágrimas. Você fugiu. Por que você fugiu de mim na escada? Eu precisava tanto de você, precisava tanto. Está me escutando? Você não devia me largar sozinha naquela escada, foi horrível, amor, eu precisava tanto de você...

    Arrepanhou furiosamente o véu e sufocou nele os soluços. Atirou longe os sapatos. Ficou rolando docemente a cabeça no travesseiro, se acariciando no tecido da fronha. Agora as lágrimas corriam mais espaçadas, mais limpas. — Eu não podia ficar sozinha naquela escada, não podia — repetiu e abriu a mão para ver de novo a medalha. Ardiam os olhos borrados. Esfregou-os e recomeçou a rir baixinho. Voltou-se para o gato. — Você vai ganhar um presente, seu sacana... Quer um presente, quer?

    Levantou-se cambaleante. Apertou os olhos contra as palmas das mãos e seguiu estonteada por entre os móveis. Abriu as portas do armário, abriu a gaveta. Atirou as roupas no chão. — Uma fita, tinha aqui uma fita, não tinha? Uma fitinha vermelha — choramingou e ficou de joelhos. — Espera, espera... Ih! achei, a glória, beleza de fita, Romi vai vibrar, espera... deixa enfiar aqui nesta droga de argola, hein? Assim... uma droga de argola apertada, tem que entrar neste buraco, espera aí...

Quando ela tombou para o lado, bateu a cabeça na quina da gaveta. Ficou gemendo e esfregando a cabeça, Merda. Ainda de joelhos, foi avançando ao lado da cama, segurando na mão fechada a fita com a medalha, a outra mão tateando aberta por entre o véu até alcançar o travesseiro onde o gato cochilava. Agarrou-o com energia pelo rabo. — Não foge não, seu sacana, você vai ganhar um presente! — anunciou e sacudiu a medalha dependurada na fita. Concentrou-se no esforço para respirar. Abriu a boca. Inclinou-se e repentinamente prendeu o gato entre os cotovelos. Amarrou-lhe no pescoço a fita com a medalha e abraçou-o com alegria. — O sacana me arranhou!... Ganhou um puta presente e me arranhou, me arranhou... — ficou repetindo. Com a ponta do dedo, fez a medalha oscilar. Ih! ficou divino, olha aí, um vira-lata condecorado com ouro!...

O corredor estreito continuava escuro. Adriana parou para segurar melhor o gato que começou a se agitar. — Calma, Romi, calminha... — ela sussurrou, palmilhando devagar o assoalho nas solas dos pés. Quando chegou ao quarto no extremo do corredor, apoiou-se na parede e ficou ouvindo. Abriu a porta. Espiou. A mulher conduzira sua cadeira até ficar defronte da janela, exposta ao vento que fazia esvoaçar seus cabelos tão finos como fios despedaçados de uma teia. Adriana ainda quis verificar se a medalha continuava presa ao pescoço do gato. Impeliu-o com força na direção da cadeira. Fechou a porta de mansinho.

A Testemunha

Ele tinha o olhar fixo no anúncio luminoso, suspenso no fundo negro de um céu sem estrelas. Já fazia uma hora que tinha o olhar fixo no anúncio onde um cisne branco aparecia fosforescente em primeiro plano no espaço tumultuado de nuvens. Logo em seguida, com ondulações de pétalas mansas, abria-se em torno do cisne um pequeno lago que chegava até quase a meia-lua branca da qual saía o letreiro, cortado pelo perfil de um edifício. Só as cinco primeiras letras do anúncio eram visíveis, as outras desapareciam detrás do cimento armado.

—Belon—disse ele antes que as letras se apagassem. Voltou-se devagar para o recém-chegado.—Belon, Belon... O que será que vem depois desse Belon? Vai, Rolf, me ajude.

—Belonave—disse o outro voltando-se para o luminoso. Encarou o amigo. E inclinou-se para o banco de pedra.—Mas este banco está molhado, você vai pegar um resfriado pelo traseiro. Que ideia, Miguel, por que um encontro aqui? Este parque deve ser bom no verão.

—Não é Belonave, é outra coisa. Belon...

—Belominal. Contra dores, enxaquecas. Você está aqui há muito tempo? Detesto umidade, as juntas começam a endurecer. Que noite!

—Não vou saber nunca. Pode ser o nome de um colchão de molas. Ou de uma geladeira. Ou de um uísque, tanta coisa já passou pela minha cabeça. Assim como um sino, hein, Rolf? Belon, Belon...

Rolf tirou a folha seca que se colara ao sobretudo do amigo.

—Se formos nesta direção, no fim da alameda a gente pode saber.

—Não é preciso, Rolf. Você sabe.

Rolf tomou o amigo pelo braço. Estava bem-humorado.

— O que é que eu sei?

Mancando um pouco, Miguel deixou-se conduzir. Ainda olhou o cisne lá no alto do seu lago fosforescente.

— Você sabe.

— Mas sei o quê, meu Deus!

— O que aconteceu ontem à noite. Você sabe. Devo ter tido um acesso. Então, não vai me dizer?

Rolf levantou a gola do casaco. Esfregou as mãos com energia.

— Umidade desgraçada. A gente podia ir comer um peixe com um bom vinho tinto, besteira isso de vinho branco com peixe. Quero um tinto ligeiramente aquecido, uau!

— Não vai me dizer, Rolf?

— Dizer o quê, rapaz?

— O que aconteceu ontem.

— Ora, o que aconteceu! Mas então você não sabe?

— Não, não sei. Não me lembro de nada, nada.

— Mas como não se lembra?

— Não me lembro, simplesmente não lembro — repetiu Miguel torcendo as mãos muito brancas. Fechou-as contra o peito. — Sei que você foi me visitar, isso eu sei. Mas depois não me lembro de mais nada, minha memória breca de repente justo nesse pedaço, fica tudo escuro. Como aquele luminoso, olha lá, agora apagou completamente... Sei que aconteceu alguma coisa mas não lembro, não lembro. Você vai me dizer, não vai, Rolf? Responde, não vai me dizer? Hein?!

Rolf desviou o olhar da cara lívida em suspenso na sua frente. Um vinco profundo formou-se entre suas sobrancelhas. Ainda assim, conseguiu sorrir. Segurou com firmeza o amigo pelo braço, obrigando-o a andar.

— Mas não aconteceu nada de especial, rapaz. Não tenho o que contar.

— Não? Não tive um acesso, não fiz coisas?... Não banquei o...

— Não. Lógico que não. Se quiser mesmo saber, presta atenção, cheguei em sua casa por volta das nove. Comentei a beleza da noite, tanta estrela... Você me pareceu enfarruscado, se queixou de dor de cabeça, lembra?

— Disso eu me lembro. E daí?

— Daí você foi buscar uma aspirina, parece que a dor passou de repente. Então veio a hora da animação, você ficou todo excitado com o livro de um húngaro que estava lendo, não sei que livro é esse nem vem ao caso, o fato é que você desatou a falar. Falou, falou...

— Falei o quê?

— Falou sobre tudo. Sobre esse tal livro, sobre outros livros. Enveredou pela política, fez uma análise fulgurante da situação do país...

— Fulgurante?

— Fulgurante. Comentou depois sobre uma fita de ficção científica, falou sobre a morte de Otávio. Milhares de coisas.

— E então...

— Então, acabou. Fiquei cheio, me deu vontade de tomar um café e fui até a cozinha, lembra?

— Não, desse pedaço não lembro mais. Vejo você chegando e dizendo uma coisa qualquer ligada à garrafa térmica, que o café se degradava na garrafa, não sei se usou essa palavra, *degradar*. Mas foi a palavra que me veio agora. E eu me queixando de uma dor bem aqui...

— Na nuca.

— Isso, na nuca — confirmou Miguel, apressando o passo para ficar ao lado do outro que tinha pernas compridas, andava mais rápido. Afastou com um gesto exasperado o ramo de salgueiro que pendia no meio da alameda. — O resto esqueci, não sei de mais nada. Não sei.

— Pois quando voltei com o café você se queixou dessa dor, se estendeu no sofá e ficou dormindo feito uma criancinha. Fechei a luz e saí. Acabou.

— Por favor, Rolf, não fique com pena de mim que é pior ainda, pode dizer!

— Mas dizer o quê, se não aconteceu mais nada. Quer que eu invente, é isso? Posso inventar, se quiser.

Seguiram andando, Rolf alguns passos adiante de Miguel, que mancava um pouco.

— Sei que tinha uma pessoa por perto e essa pessoa só pode ser você — disse Miguel num tom indiferente. Baixou a aba do chapéu de feltro. Levantou a gola do sobretudo e enfiou as mãos nos bolsos. — Você sabe o que eu fiz. Mas não vai me dizer nunca.

Rolf chutou com irritação um pedregulho e abriu os braços. Cerrou os maxilares quando levantou a face para o céu e de repente pareceu se distrair com algumas estrelas que vislumbrou num rombo da nuvem.

— Milagre! Elas conseguiram mas não vai durar, olha aquela nuvem preta que já vem correndo e cobrindo tudo. Só vai chover mesmo lá pela madrugada, gosto de dormir ouvindo a chuva.

Miguel olhava em frente. O outro teve que se inclinar para ouvir o que ele dizia agora:

— Hoje cedo encontrei o relógio despedaçado, aquele relógio em formato de oito. Completamente despedaçado. E um rasgão no lençol. O relógio e o lençol.

— O lençol?

— Também não encontrei mais o Rex. A tigela de água virada, a porta da cozinha aberta... Eu tinha paixão por aquele cachorro. Saí procurando, perguntei na vizinhança, andei dando voltas pelo quarteirão. Nada. Você sabe, mas não vai me dizer. Estou vendo nos seus olhos a minha loucura, mas você não vai me dizer nada.

Caminharam algum tempo em silêncio. Pararam diante do lago de água verde-negra, aninhado entre as árvores. Os ramos mais longos do salgueiro chegavam a tocar na superfície estagnada, com coágulos finos como lâminas de vidro fosco. Rolf acendeu um cigarro, fez um comentário sobre a água que devia estar podre e tomou o amigo pelo braço. Sacudiu-o afetuosamente. Riu.

— Com esses elementos você pode reconstituir tudo, não pode? O relógio, o lençol. O cachorro. Você gostava de livro policial, não gostava? Então é simples, estou preocupado é com o cachorro.

— Não brinca, Rolf. É sério. Eu preciso saber.

— Mas não estou brincando — disse Rolf e empurrou enérgico o amigo para a frente. — Vamos, rapaz, tudo bobagem, chega de se atormentar. Não pensa mais nisso, não aconteceu nada. Acho que você está precisando é de mulher, essa nossa vida, uma solidão miserável. Se tivesse por aí umas putinhas simpáticas, hum? Por onde andam nesta cidade as putinhas simpáticas, antigamente tinha tanta gueixa, vem me esquentar, vem me agradar! Elas vinham. Agora só encontro umas meninas chatas, tudo intelectual. Mania de feminismo, competição. Andei aí com uma nortista que me deixou tonto, falava feito uma patativa. Era socióloga, já pensou?

Um jovem de tênis e abrigo de inverno passou correndo e bufando entre os dois homens, que se afastaram para lhe dar passagem. Quando o jovem desapareceu na curva da alameda, Miguel voltou-se para o amigo.

— Curioso isso. Como você sabe o que aconteceu, sempre que olho para você vejo que aconteceu alguma coisa.

— Ah, mas minha cara é muito expressiva!

Miguel começou a torcer as mãos feito trapos. A silhueta atarracada parecia maior devido ao sobretudo que vinha de um tempo em que era mais gordo. Levantou a face de um brancor úmido.

— Por favor, Rolf, por favor! Preciso saber até que ponto eu cheguei, preciso.

— Mas o que você quer que eu faça? Só se eu tive o acesso junto, nós dois completamente loucos, quebrando coisas, espancando o cachorro. E agora esqueci tudo, os dois sem memória, esses ataques podem dar de parceria. Ou não, sei lá.

Miguel enfiou as mãos nos bolsos e prosseguiu no seu andar meio incerto. Sorriu para o amigo.

—Nós dois juntos, Rolf? Um acesso na mesma hora?

Sacudiu-se de repente num riso reprimido. Enterrou o chapéu de feltro até as orelhas e acendeu o cigarro, divertia-o a ideia do acesso em conjunto, "Nós dois, Rolf? Ao mesmo tempo?". Rolf estava sério, andando no seu passo largo, cadenciado. Olhava o chão.

—Vamos sair deste parque. Sugiro comer alguma coisa.

—Isso mesmo, Rolf, também estou com fome. Peixe com vinho tinto meio aquecido, acho genial. Conheci outro dia um restaurante fabuloso, é meio longe mas vale a pena. Vinho tinto italiano, o vinho eu ofereço.

—Machucou o pé, Miguel?

—Por quê?

—Você está mancando.

—Estou? — Ele se surpreendeu. Olhou espantado para os próprios pés. — Sabe que não sinto nada. Você disse que estou mancando?

—Um pouco.

—Não sinto nada.

Rolf tirou o lenço do bolso da japona e limpou o nariz. Olhou para o lenço enquanto o dobrava. Olhou para o amigo.

—Esse restaurante. É muito longe? Já está meio tarde, será que ainda servem a gente?

—Claro que servem, fica aberto até de madrugada. É a dona mesmo quem cozinha, uma espanhola chamada Esmeralda. Não sei o nome da rua mas sei onde fica, já fui lá um monte de vezes.

Rolf atirou a ponta do cigarro no canteiro. A fisionomia se desanuviou. Apertou os olhos de novo zombeteiros.

—Tive uma namorada chamada Esmeralda. Você não conheceu a Esmeralda?

—Não. Essa não.

—Ela era engraçada, só pensava em casar, acordava com esse pensamento, dormia com esse pensamento, casar. Então eu avisei, só me caso quando chegar aos quarenta, faltam dois anos. Nessa noite fizemos um amor tão perfeito, dormimos contentes. Me acordou de madrugada, descobriu não sei como minha cédula de identidade e montou em mim, seu mentiroso, você tem quarenta e cinco anos, vamos casar imediatamente!

—Imediatamente, Rolf?

Miguel tomara a dianteira, o passo curto, o cigarro apagado no canto da boca. Quando saíram da avenida e entraram numa rua mais tranquila, esperou pelo amigo até se emparelhar com ele. Sacudiu na mão uma caixa de fósforos.

— A marca que meu pai usava tinha um olho dentro de um triângulo, eu ficava fascinado quando ele guardava o olho suplementar dentro do bolso. Será que ainda existe essa marca?

Rolf mordiscou o lábio superior até prender nos dentes um fio do bigode. Contornou com o braço o ombro do amigo.

— Presta atenção, Miguel, o que passou, passou. Não se preocupe mais, somos todos normalmente loucos. Fingimos até uma loucura maior mas não tem importância, faz parte do sistema, é preciso. De vez em quando, dá aquela piorada e piora mesmo, que diabo! E daí? O tal cotidiano acaba prevalecendo sobre todas as coisas que nem na Bíblia. Isso de dizer que só um fio de cabelo nos separa da loucura total é tolice.

— Claro, Rolf, claro. Você tem razão.

Com as pontas dos dedos, Rolf começou a consertar o bigode. Tirou de Miguel a caixa de fósforos que ele ainda sacudia.

— Você está com cinquenta e um anos.

— Cinquenta e dois.

— Certo. Eu tenho três mais que você. E sua família, rapaz? Continua por aqui?

— Não, mudou-se para Casa Branca. Por quê?

— Lembrei agora da sua mãe. Ela fazia uns pastéis deliciosos.

— Fazia melhor o amor.

Rolf desviou do amigo o olhar oblíquo.

— Ai! meu Hamlet, que cansaço. E esse seu restaurante que não chega nunca. Hoje você está muito chato, cansei.

— Acho que é fome, Rolf, perdão, perdão! — E Miguel tomou o amigo pelo braço. Ficou de repente descontraído, alegre. — Faz tempo que não como direito, deve ser isso. Mas juro que depois ainda vou cantar para você um tango inteirinho, *Cuesta Abajo*, tenho uma voz linda, com vinho então fica um esplendor.

— Nem diga.

Enveredaram por uma rua escura, quase deserta. No fim da rua, a ponte, um curvo traço de união entre as margens do rio. A névoa subia mais densa na altura da água. Rolf parou de assobiar.

— Ainda está longe?

— O quê?

— O restaurante, rapaz.

— Ah, fica logo depois da ponte — disse Miguel. E inclinou-se para amarrar o cordão do sapato. — Conheço tanto esse rio, eu morava aqui por perto quando criança. Todo sábado vinha nadar com a molecada. A água era suja mas imagine se me importava! Também remava, sempre tive mania de esportes. Não cresci muito mas olha só a largura do meu ombro.

— Eu sei, já vi.

Um cachorro perdido passou a uma certa distância. Estava enlameado e tinha uma pequena corda dependurada no pescoço. Miguel ficou olhando o cachorro.

— Podia ser o Rex — disse, e voltou-se para o amigo. Animou-se. — Cheguei a ser campeão de bola ao cesto!

— Acho que foi por isso que você ficou desse jeito, vida muito saudável não dá certo. Sempre tive horror de clubes, uma chateação.

Miguel aproximou-se e puxou o outro pela manga. Riu.

— Um bicho de concha. Você devia ter aprendido ao menos a nadar.

— Não sei nadar mas namorei uma nadadora. Cheirava a cloro, por mais que se lavasse, tinha sempre um pouco daquele cheiro, principalmente no cabelo. É curioso, não me lembro da sua cara, só do cheiro.

Tinham atingido a ponte. Miguel parou. Olhou em redor.

— A gente se esquece de certas coisas e de outras... Ainda tem um cigarro?

Rolf tirou do maço o último cigarro, que veio amassado.

— Fuma este.

— E você?

— Agora não quero.

Miguel abrigou na gruta da mão a chama do fósforo. A face avermelhou, esbraseada.

— Mas veja, Rolf, esqueci por completo o que aconteceu ontem e isso não teria a menor importância se não fosse você. Você é esta ponte. A única ponte que me liga à véspera — disse e abaixou-se como se fosse amarrar o sapato.

Rolf abotoou a japona. Prosseguiu de mãos nos bolsos, um pouco encolhido. Miguel então veio por detrás e ainda agachado, agarrou o outro pelas pernas, ergueu-o rapidamente por cima do parapeito de ferro e atirou-o no rio. As águas se abriram e se fecharam sobre o grito afogado, se engasgando.

Debruçado no gradil, Miguel ficou olhando o rio. Vislumbrou seu chapéu que tinha caído e agora flutuava meio de banda na água agitada. Flutuou um instante com movimentos de um pequeno barco negro. Desapareceu. Um resto de espuma foi se diluindo na superfície acalmada. Miguel apanhou no chão o cigarro ainda aceso e soprou, avivando a brasa. Amarfanhou devagar o maço vazio. Durante algum tempo ficou fumando e contemplando a água. Fez do maço uma bola e atirou-a longe. Não se voltou quando ouviu passos atrás de si. Sentiu a mão tocar-lhe o ombro.

—É proibido atirar coisas no rio.

Ele mostrou para o policial a cara pasmada.

—Mas era um maço de cigarro, um maço vazio.

—Mas não pode. É a lei.

Miguel sorriu, concordando.

—O senhor tem razão—disse e levantou a mão para a aba do chapéu. Interrompeu o gesto.—Toda razão. Não vou repetir isso, prometo.

Mancando um pouco, atravessou a ponte e sumiu no nevoeiro.

O Espartilho

Tudo era harmonioso, sólido, verdadeiro. No princípio. As mulheres, principalmente as mortas do álbum, eram maravilhosas. Os homens, mais maravilhosos ainda, ah, difícil encontrar família mais perfeita. *A nossa família*, dizia a bela voz de contralto da minha avó. *Na nossa família*, frisava, lançando em redor olhares complacentes, lamentando os que não faziam parte do nosso clã. Uma orfãzinha como eu seria a última das órfãs se todas as noites não agradecesse a Deus por ter nascido no seio de uma família assim.

Não havia o medo. No princípio. E por que o medo? A casa do vizinho podia ter sido edificada sobre a areia mas a nossa estava em terra *firmíssima*, acentuava minha avó, ela gostava das citações bíblicas. Que importavam as chuvas, os ventos? A primeira imagem que tenho de mim mesma é a de uma menininha de avental azul, instalada na almofada de veludo na sala de visitas com um vago cheiro de altar. Ao lado, minha avó com seu tricô. Tinha uma sacola da qual não se separava e onde levava tudo: chaves, óculos, dinheiro, agulhas... O casarão era enorme com seus quartos e corredores que não acabavam mais. Enfiando tudo na sacola, evitava a caminhada de voltar ao quarto para pegar a tesourinha. Organizado o programa do dia, ela ia para a sala, punha a sacola de seda no chão e retomava o tricô. Às vezes permitia que eu abrisse o pesado álbum vermelho de cantoneiras de prata. Muitos retratos já não tinham mais nenhum mistério, mas sobre outros respingava suas reticências: "Um dia, Ana Luísa, quando você for maior...".

Nunca chegou a me contar nada, tive que ir tateando, uma palavra aqui, um gesto lá adiante. Um objeto. Uma carta, peças que eu ia juntando enquanto esperava pelas tais revelações. O que teria acontecido com Tia Bárbara, a bela tia de olhos amendoados e boca de quem ia mostrar os dentes, um pouco mais que o fotógrafo esperasse. Não esperou. Os dentes continuaram escondidos, os dentes e o resto. Fiz minhas perguntas e minha avó franziu a testa: "Um dia ela saiu para comprar rendas e nunca mais voltou. Era um pouco nervosa, a querida Bárbara". Sim, eu saberia de tudo *direitinho* quando crescesse. Saberia ainda o que aconteceu com outra tia misteriosa, a Tia Ofélia. "Tomou veneno em vez de magnésia fluida, os vidros tão parecidos. Morreu um mês depois do casamento", informou minha avó. Preferia falar sobre o avô com sua sobrecasaca negra e pastinha na testa. Posando sempre de perfil, as mãos apoiadas na bengala de castão de prata, o queixo forte ligeiramente apoiado nas mãos sonhadoras. Morreu ainda jovem, de uma queda de cavalo. "Este aqui foi tirado uma semana antes do acidente", acrescentou. E exibiu o avô elegantemente montado num cavalo também de perfil. "Era um homem justo. Que Deus o guarde."

Deus devia guardar ainda o Tio Maximiliano com seus maliciosos olhinhos verdes, "Toda a nossa família tem olhos verdes". E minha avó fixou em mim os olhos verde-água. Uma sobrancelha do tio era bem mais alta que a outra, numa expressão que combinava com a dos lábios irônicos, de cantos para baixo. Casara-se com uma inglesa. E se transformou no mais poderoso homem de negócios da época. Fundou fazendas, cidades.

Eu ficava pensando. Fundador de fazenda, vá lá, mas fundador de cidades?... Cidade era uma coisa enorme, complicadíssima. Um só homem poderia construir aquilo tudo? Na página seguinte, vinha a carinha contente da inglesa de cachos e dentinhos separados. Tinham-se conhecido a bordo de um grande navio, quando Tio Maximiliano voltava da Europa. Tiveram onze filhos. "Eram felicíssimos", suspirou minha avó raspando com a ponta da unha os furos que serpenteavam por entre a gola de marinheiro da inglesinha. "Que pena, os bichos estão comendo..."

Os mortos já tinham sido devorados. Agora era a vez dos retratos. Nem o laço de fita que prendia a cabeleira de Tia Consuelo fora poupado. Só os olhos em forma de amêndoa permaneciam inteiros. Eu sabia que Tia Consuelo tinha entrado para o convento e lá morreu pouco tempo depois. Mas por que o convento? Minha avó tomava seu ar nostálgico, Vocação. Muito sensível a pequena Consuelo, uma santinha. Ao completar vinte anos, viu um anjo sentado aos pés da cama. Nesse dia disse, vou ser freira. Lembrava um pouco Santa Teresinha.

Quando Margarida resolveu contar os *podres* todos que sabia naquela noite negra da rebelião, fiquei furiosa. Ela disse *podres* e essa palavra me acertou como um soco, *podre* era podre demais, ah! carnes escuras, lixo, moscas... Se ao menos tivesse dito *potins,* minha avó diria *potins.* Mas Margarida não sabia francês. Nem eu.

É mentira, é mentira! gritei, tapando os ouvidos. Mas Margarida seguia em frente: Tio Maximiliano se casou com a inglesa de cachos só por causa do dinheiro, não passava de um pilantra, a loirinha feiosa era riquíssima. Tia Consuelo? Ora, Tia Consuelo chorava porque sentia falta de homem, ela queria homem e não Deus, ou o convento ou o sanatório. O dote era tão bom que o convento abriu-lhe as portas com loucura e tudo. "E tem mais coisas ainda, minha queridinha", anunciou Margarida fazendo um agrado no meu queixo. Reagi com violência: uma agregada, uma cria e ainda por cima, mestiça. Como ousava desmoralizar meus heróis? Não, não podia haver nenhuma sujeira de ambição e sexo nos corações espartilhados dos mortos do álbum. Usavam espartilho, até Tia Consuelo com sua cintura de vespa e peitinhos estrábicos, cada qual apontando para um lado. Assim como os meus olhos.

Fiquei em pânico. E que história era essa de dizer que minha mãe era judia? Até isso Margarida veio me trazer, por acaso alguém a poupou? Pois então escuta. Escutei.

Eu aprendi com minha avó a classificar as pessoas em dois grupos nítidos, as pessoas boas e as pessoas más. Tudo disciplinado como o material de um laboratório de química onde o Bem e o Mal (com letra maiúscula) não se misturavam jamais. Às vezes, o Diabo entrava sorrateiro nas casas e vinha espionar por detrás de alguma porta para saber o que estava acontecendo. Mas se via pairando um anjo no teto, enfiava o rabo entre as pernas e ia cabisbaixo arengar em outra freguesia. Pensava assim. Queria que fosse assim. Tia Consuelo uivando de desejo na dura cama de um convento, Tio Maximiliano fazendo dinheiro à custa da mal-amada inglesa, Tia Ofélia se matando um mês depois do casamento e minha mãe com seu nome judeu e seu violino — mas que família era essa que ela me apresentava? Gente insegura. Sofrida. Que eu teria amado muito mais do que as belas imagens descritas pela minha avó. Mas tive medo ao descobrir o medo alheio.

Não podia aceitar o medo dessa gente e que parecia maior ainda do que o meu. Fiquei confusa. Aprendera a acreditar na beleza e na bondade sem nenhuma mistura. Tinha o Céu. Mas o Inferno era uma ideia remota, romanticamente ligada à ideia de mendigos e criminosos — toda uma casta de gente encardida, condenada a comer na vasilha dos porcos e a viver nas prisões. Lembrados rapidamente no meu Padre-Nosso. E esquecidos como devem ser esquecidos os pensamentos desagradáveis. "Higiene mental, menina!", ralhou minha avó quando recusei um bife porque estava com pena do boi. Devia pensar em borboletas quando estivesse mastigando bois e em bois quando espetasse as borboletas com alfinetes, minha professora encomendara um trabalho sobre lepidópteros. "Não quero uma neta vegetariana, o vegetariano é sempre mórbido. Vamos, os bois nasceram para ser comidos, se não por nós, por outros."

Aprendi desde cedo que fazer higiene mental era não fazer nada por aqueles que despencam no abismo. Se despencou, paciência, a gente olha assim com o rabo do olho e segue em frente. Imaginava uma cratera negra dentro da qual os pecadores mergulhavam sem socorro. Contudo, não conseguia visualizar os corpos lá no fundo e isso me apaziguava. E quem sabe um ou outro podia se salvar no último instante, agarrado a uma pedra, a um arbusto?... Bois e homens podiam ser salvos porque o milagre fazia parte da higiene mental. Bastava merecer esse milagre.

No livro de histórias que li escondido debaixo do colchão tinha o caso da mulher que amou um padre e virou mula sem cabeça. A metamorfose era inevitável. No caso de Tia Bárbara teria acontecido um milagre? foi o que em primeiro lugar me ocorreu quando Margarida contou no seu acesso de fúria que a bela senhora não foi comprar rendas e sim se encontrar com um padre jovem com o qual teve seis filhos. Se tivesse sete, o sétimo seria lobisomem. Estremeci. A severa dama do retrato era agora um cavalão descabeçado, tombando aos pinotes no abismo. "Ela sofria dos nervos", tinha dito minha avó antes de passar depressa para outro assunto. Sobre minha mãe as referências também eram rápidas. Superficiais. Sob qualquer pretexto evocava-se a figura do meu pai com sua inteligência, seu humor. Eu não sabia o que era humor, mas se isso fazia parte do meu pai, devia ser uma qualidade. E minha mãe? Por que continuava isolada no seu cone de silêncio?

É mentira, Margarida. É tudo mentira — fiquei repetindo enrouquecida de tanto protestar. As largas tábuas do assoalho oscilavam sob meus pés. Avancei de punhos fechados. Cala a boca!

Chega! E continuei ouvindo a voz despedaçada prosseguir despedaçando todos. Em meio do meu atordoamento, me ocorreu que Margarida ia escurecendo enquanto falava, ela que chegara a ser quase branca quando se preparava para ver o namorado. Tinha os cabelos eriçados feito uma juba enlouquecida. Os lábios ficaram cinzentos: atirava-se às palavras como quem se atira ao fogo. Falou também sobre suas origens, ah, não tinha ilusões. Falou na avó, na preta Ifigênia. Desde mocinha Ifigênia engomava a roupa da família, o ferro atochado de brasas, era a idade da goma. As camisas lustrosas. As saias lustrosas, duras. Quando ela engravidou, Tio Maximiliano foi mandado às pressas para a Europa, todos sabiam. E ninguém sabia nada. Com a mesma pressa com que o jovem embarcou foi providenciado para ela um casamento. O escolhido era um agregado da família (tantos agregados!) que era sargento e gostava de tocar violão. O menino nasceu de olhos verdes. O sargento sumiu quando a criança morreu de pneumonia. Pronto, devia ter dito minha avó, tudo está resolvido. "Deus sabe o que faz." A segunda gravidez de Ifigênia já foi tranquila, reapareceu o sargento. Nasceu uma menina. "Vamos batizá-la com o nome de Florence", sugeriu meu avô, o da pastinha, ele tinha paixão pelos romances de Florence Barclay. Minha avó se opôs, "Imagine, um nome aristocrático para a pobrezinha!". Se era para recorrer a romances, por que não *A Escrava Isaura*?

    Ifigênia e seus ferros de engomar. Tinha uma "dor no peito que respondia nas costas". Quando fechou os olhos espiritualmente reconfortada, Isaura era ainda menina. Foi mandada para o asilo, que lá acabasse de crescer até chegar ao ponto de poder trabalhar. Não trabalhou. Chegando à idade de recompensar a família por tamanhos transtornos, ficou tuberculosa, igual à mãe. No sanatório, apaixonou-se por um enfermeiro polonês, chegou a ter alta quando engravidou. Morreu um mês depois do parto. Minha avó se horrorizou, "Mas essas moças acabam sempre perdidas? Perdidas e doentes. Ainda por comodidade", teria dito. Era primavera, o jardim estava cheio de margaridinhas azuis quando chegou a criança em casa. "Vai se chamar Margarida", determinou minha avó. Levou-a para um orfanato com a condição de ir buscá-la um dia. Quando Margarida completou dez anos, exigiu-a de volta, eu precisava de uma pajem. E a nova criada da casa precisava de alguém para ajudá-la a lavar e cozinhar. No baú de Margarida veio um retrato do pai polonês que há muito desaparecera completamente: um homem louro e forte, de queixo quadrado e riso inocente. Os braços cruzados e o avental branco. Margarida pregou o retrato com tachas na parede do quarto, ao lado da cama, "Não sou parecida com meu pai?". Quando brigávamos, eu dizia que ela era a cara de Isaura. "Mas se você não conheceu minha mãe!", protestava. Mas conheci sua avó, mentia-lhe com candura. Ela então entrava debaixo da cama e começava a chorar.

Depois do jantar, Margarida foi ao meu quarto e pediu o lápis emprestado, "Depressa, aquele seu lápis preto, quero pintar os olhos!". Era sábado. Dei-lhe o lápis. Sua beleza insólita revelou-se para mim naquele instante em que se preparava para o primeiro encontro de amor. Eu desenhava um vaso de orquídeas. Mas minha avó vai deixar você ir? Respondeu num sussurro: "Ela não sabe, vou escondido!". E suplicou que lhe deixasse usar minha água-de-colônia. Foi nesse instante que minha avó entrou no quarto. Sentou-se. Tirou o tricô da sacola. Baixei os olhos para o desenho das orquídeas: cedo, bem cedinho eu já lhe passara a informação, a Margarida está namorando o filho do Doutor Peninha. Minha avó fazia o doce de goiaba e pediu para que eu provasse, não estaria faltando açúcar? A memória do cheiro das goiabas esmagadas no tacho de cobre voltou a me envolver com seu hálito ardente. Era esse o cheiro da traição. Quando viu a avó, Margarida recuou com o vidro da água-de-colônia que tinha acabado de abrir. "Margarida, pode ir lavando a cara que você não vai ver esse moço. Ele é branco, querida. De família importante. Eu seria uma criminosa se consentisse nesse namoro."
Sua primeira reação foi negar. Mas logo percebeu que era inútil, a outra estava muito bem informada. Começou então a suplicar, puxando os cabelos e chorando, chegou a deitar no chão. Continuei desenhando e borrando o desenho com o suor da minha mão. "A gente se ama, Madrinha, a gente se ama!" Minha avó guardou as agulhas na sacola e levantou-se. Era o aviso, assunto encerrado. Resmungou antes de sair. "E como insiste!" Nessa hora vi no espelho minha cara comprida. Os olhos naquele olhar baixo, enviesado. Margarida agora dava murros no assoalho, "Bruxa, Madrinha é uma bruxa!". Não sou boa, pensei. Sou má. Fiz uma careta maligna, amiga e confidente. Inimiga e delatora. Agora não podia mais parar até ter certeza de que o padre me negaria a comunhão. Voltei à mesa. As orquídeas que desenhei me pareceram monstruosas. Rasguei a folha e sentei no chão ao lado de Margarida. Dei-lhe meu lenço para enxugar a cara. Não fique assim, querida, pedi. Minha avó tem razão, agora você vai arrumar um outro namorado que seja assim da sua cor, presta atenção, da sua cor.

Ela me devolveu o lenço e enxugou os olhos na barra da saia. Passou as mãos pela cabeleira eriçada. Estava rouca de tanto chorar: "Você é igualzinha, disse. Igualzinha". No começo falou com brandura mas aos poucos foi se exaltando. Fechei depressa a porta, Você está gritando, Margarida, minha avó vai ouvir! Mas ela prosseguia desencadeada, a cara lívida. Foi então que disse que minha mãe era judia.

Mentira, mentira! fiquei repetindo. Ela se levantou feito uma labareda. Mentira?!... Fiquei encolhida, a mesma náusea do Domingo de Páscoa, quando comi um enorme ovo de chocolate. Ela sabia tudo. Fiquei ouvindo até o fim. Em meio do pesadelo que tive esta noite vi passar numa voragem Tia Consuelo, Tio Maximiliano, Tia Ofélia... Tia Consuelo vestia seu hábito todo rasgado e dançava em prantos, agarrada a um homem. Tia Ofélia corria ao redor da cama, a mão escondendo os seios, a outra, escondendo o sexo, "Essa sua tia era louca ao contrário, tinha horror de homem, fugia espavorida do marido". Visualizei esse marido correndo atrás dela, "Para com isso, Ofélia, para com isso!". Senti na boca o fervilhar da magnésia fluida que ela bebeu de um só trago, não é magnésia, tia, é veneno! Degolada e nua, vinha agora Tia Bárbara, metade mulher, metade cavalo, "Vou comprar rendas!". Desviei-me de uma batina negra que mal cobria os cascos fendidos de um fauno e fui de encontro à minha mãe. Ela veio vindo com seu violino debaixo do braço e cabeleira ressequida, igual à do judeu David, da loja de antiguidades, Na Alemanha eles estão pisando em judeus como se pisa em baratas!...

Acordei de madrugada. A voz de Margarida ressurgia estraçalhada e ainda assim, nítida, repetindo que minha avó não foi ao casamento do filho porque a moça era judia, Na Alemanha a nossa pequena Sarah já estaria liquidada... Mas quem te contou tudo isso? perguntei e no escuro a cara de Margarida era um cogumelo úmido, escorrendo tristeza: "Fiquei sabendo, meu bem. Sei de mais coisas ainda. Coisas...". Acendi a luz. Da véspera ficara apenas uma pequena mancha de lágrimas na larga tábua rosada do chão. Comecei a tremer. Minha mãe, judia? Mas era horrível ser judeu, todos viviam repetindo que era horrível. "Ainda prefiro os pretos", ouvi minha avó cochichar a uma amiga. E leu alguns trechos de um discurso de Hitler, publicado numa revista. A amiga me viu e teve um gesto qualquer que não completou. Então minha avó me fez uma carícia: "Não tem perigo, ela é Rodrigues até no andar".

Entendia agora certas palavras. Certos silêncios. Entendia principalmente a insistência com que se referiam às minhas semelhanças com meu pai. De resto, na minha memória ficara pouco de ambos: tinha a ideia de que ele era um homem alto e risonho. Quanto à minha mãe, meio vagamente eu me lembrava de uns olhos pálidos — seriam azuis? — e de umas mãos louras, assustadas. Mais forte era o perfume do creme que ela usava nas mãos, minha prima usava esse creme e de repente tive quase inteira a sua imagem, tal como me apareceu pela última vez, de vestido lilás, segurando o violino. Seria bonita? Certamente não, bonito era o pai. Devia ter medo, isso sim. Mais forte do que tudo eu sentia nela o medo e foi com a tinta amarelo-negra desse medo que fui esboçando seu perfil. Sarah Ferensen. Sarah e Marcus Rodrigues, estava gravado no mármore do túmulo.

Morreram num desastre de trens. "Mas não usa mais ninguém morrer em desastre de trens. E justo seu filho e nora...", comentou uma amiga da avó. Essa amiga tinha os dentes azulados de tão brancos, fiquei impressionada com a perfeição dos seus dentes. Margarida riu de mim: "Tudo postiço, bobinha". E acrescentou que minha avó vivia dizendo que essa amiga era *detraquê*, chegou a ir ao dicionário, o que queria dizer *detraquê*? Mas não encontrou essa palavra. A amiga podia mesmo ser meio idiota mas o comentário que fez sobre meus pais gravou-se em mim, inesquecível como sua dentadura. Mas não se usava mais esse tipo de morte!...

Pois a moda devia ter voltado porque o trem descarrilhou e ambos foram encontrados juntos debaixo da engrenagem, contou minha avó. Os ossos ficaram moídos mas as caras estavam intocadas. Com essas mesmas palavras, contei a Margarida o desastre mas ela já conhecia até os pormenores. Impressionou-se com a palavra *engrenagem*. Foi ao dicionário que ficava na primeira prateleira da estante envidraçada. Desde que aprendeu a ler, apaixonou-se pelas palavras, principalmente por palavras novas, de significado desconhecido. Tomava nota da palavra misteriosa, guardava o pedaço de papel no bolso. "E agora, ao Pai dos Burros!", anunciava na maior excitação. Tamanha curiosidade enervou minha avó: "Essa menina já está parecendo uma intelectual. Quanto mais souber, mais infeliz será". Para não chamar mais a atenção da Madrinha, passou então a fazer suas consultas de modo disfarçado. Estava triunfante quando veio me anunciar que naturalmente ela quis dizer *ferragem* e não *engrenagem*. Debaixo das ferragens, os dois enlaçados.

Sarah Ferensen. O *F* com um ponto, não era Ferreira, não era Fernandes, era Ferensen. Metade do sangue de Margarida era negro mas a metade do meu. Fechei a janela. Fechei os olhos. Explicava-se assim o silêncio em torno da minha mãe. Sua ausência no grande álbum, a avó chegou a justificar, "Sarah detestava tirar retratos". Com a ponta do dedo, desenhei um *J* no vidro embaçado pelo meu hálito. Apaguei-o. Teria agora que fazer como Margarida? Apagar as pegadas da minha mãe — também eu?... Com quatro tachas, ela pregou o retrato do polonês na parede. Com três pregos eles tinham crucificado o Jesus. Podiam ter escolhido o ladrão. Escolheram a ele. Condenados por isso a errarem para todo o sempre sem parada nem sossego, tamanha avidez! Fechei na mão o coraçãozinho de ouro que era de Margarida. Nela, a metade maldita era evidente. E em mim? Fiquei dando voltas ao redor do quarto. Eu tinha uma metade ruim, aquela que intrigava, bajulava. Traía. Nessa metade estava o medo. Seria esse medo que me fazia assim dissimulada?

Fui ver minha avó. Estava na sua cadeira dourada, as agulhas se chocando por entre a malha apertada do tricô cinza-chumbo, duro feito uma cota de aço. Desde que o marido morreu nunca mais tirou o luto que se atenuava naquele cinza pesado. Envelheceu tudo o que tinha de envelhecer e agora permanecia estagnada no tempo, os cabelos brancos. A pele descorada sobre a leve camada de talco com perfume de violeta. Imutável como as próprias conservas que preparava nos grandes boiões de vidro. A cintura ainda fina. Os seios abatidos sobre o espartilho.

"E a Margarida? Amanheceu mais calma?" Fiquei olhando para minha avó com seu sorriso mineral, frio como se tivesse sido cavado na pedra. Sem faltar o talco para absorver uma possível umidade. Assim começávamos os diálogos feitos de perguntas curtas. Respostas curtas como os pontos de tricô tecendo a malha do entendimento. Agora as palavras me intimidavam, mais perigosas do que as centopeias com suas dezenas de patas fervilhando em todos os sentidos — para onde me levariam?

Parou de chorar, respondi e abri o álbum de retratos com uma emoção diferente. O avesso dos retratos, esse estava agora comigo. Descobria que as mulheres do álbum estavam tão apavoradas quanto eu. A respiração curta. A expressão desconfiada, na expectativa — do quê? Enxuguei as mãos úmidas no vestido. O suor brotava amarelo-esverdeado debaixo do meu braço, nos vãos dos meus dedos. A cor do medo. Do mesmo tom sépia dos retratos que se colavam uns nos outros, obstinados. Cúmplices.

"Alguma novidade, Ana Luísa?", perguntou minha avó com seu ar distraído. Eu estaria salva se naquela manhã a enfrentasse. E minha mãe, quero saber a verdade sobre minha mãe, vamos avó, quero a verdade! Em vez de alimentar sua gula de intrigas, acabaria com aquela farsa que estava me aniquilando, falaríamos de igual para igual. Fui esmorecendo, recuando só em pensar na pergunta-chave: minha mãe era judia? Senti a cara arder. Jamais poderia interpelar aquela avó-rainha. Que de resto não me responderia com um *sim* ou *não*, seu estilo era impreciso. Dúbio. Acabaria por fazer vagas considerações sobre o perigo de abrigar estranhos em casa participando da nossa privacidade. Os invasores. Não falaria diretamente em Margarida mas aproveitaria o título do livro que estava lendo e que fazia sucesso no momento, *As Relações Perigosas*, Hum! esses agregados que escutam detrás das portas, que abrem cartas. Gavetas. Sabia que Margarida fora a fonte onde bebi a água escura mas se recusava a falar diretamente no assunto. Preferia as referências meio esgarçadas sobre os dissabores pelos quais passavam as famílias assim grandes. Os parentes perfeitos eram perfeitos e os imperfeitos só podiam ser estrangeiros ou loucos, evidentemente.

Evidentemente, eu disse para mim mesma. Fiz um aceno e fui saindo, Vou fazer minha lição. Ela ainda insistiu, "Nenhuma novidade?". Corri de leve os dedos pelo teclado, o piano estava aberto. Fui para o jardim.

Encontrei Margarida descalça, regando as plantas. Na cara lavada, a expressão de sempre, um pouco mais fria, talvez. "Essa roseira secou?", perguntei. Ela me olhou através do leque de água cintilante, trespassado de luz. "Ainda não se pode saber." Sua voz pareceu-me vir de muito longe. Estávamos próximas como há pouco eu estivera próxima da minha avó. Contudo, se estendêssemos os braços não nos tocaríamos. Tirei a corrente do pescoço e estendi-lhe o coraçãozinho de ouro, "Você me emprestou, Margarida. É seu, estou devolvendo". Ela desviou o olhar indiferente. Era como se eu lhe tivesse estendido algum daqueles pedregulhos do chão. "Não quero mais isso, fica com ele." Pensei em pedir-lhe perdão, fui eu sim! fui eu que contei mas não faço nunca mais, me perdoa, me perdoa! Voltei para o meu quarto. No almoço, senti minha avó irritada, por que eu mastigava fazendo barulho? E por que não segurava direito a faca? Escondi as mãos no regaço e sem saber por que me lembrei da minha mãe empunhando o arco do violino.

Quando Margarida trouxe a bandeja do café, senti os olhos cheios de lágrimas, agora estávamos sós: minha avó, ela e eu. Ainda na véspera, durante o café da manhã a gente trocava olhares e se falava e ria mesmo em silêncio, como os mortos do álbum. Indevassáveis. Felizes. Minha mãe era apenas o vago retrato de uma moça alourada que se chamava Sarah e gostava de música. Tão segura eu me sentia sendo simpática, cordial. Fácil a hipocrisia. Tão fácil a vida. Com que naturalidade me empenhava em conquistar as pessoas, fortalecida no meu instinto de fazer sucesso naquela roda fechada. Como era rendoso o cálculo que vinha mascarado de improvisação. Envelhecer é calcular, aprendi mais tarde. E agora, uma menina ainda — mas como se desenvolvera tanto esse cálculo em mim? Dizer o que as pessoas esperam ouvir, fazer (ou fingir que fazia) o que as pessoas queriam que eu fizesse. Já nem sabia mais quando era sincera ou quando dissimulava, de tal modo me adaptava às conveniências. Margarida chegava a se espantar, mas eu estava falando sério? Como podia dizer à moça do chapéu de palha grená que seu chapéu era bonito? Sentia uma certa vergonha quando ela me alertava. Mas para não me desmoralizar, sustentava a farsa.

"E o que você ganha com isso?", Margarida me perguntou certa vez quando me apanhou em flagrante, eu bajulava uma velha dizendo que parecia ter menos idade, muito menos do que aquela que confessou. "Mas ela está caindo aos pedaços, parece ter o dobro!", zombou Margarida. Fiquei quieta. Com sua franqueza, ela era rejeitada por todos mas eu não provara ainda da rejeição: era a menina delicada, pronta para bater claras de ovos ou recitar nas reuniões de sexta-feira, quando minha avó convidava as amigas da Cruz Vermelha para as chamadas *tardes de caridade*. Passavam horas tricotando ou costurando roupas para asilos e orfanatos, reunidas na grande sala de jantar onde estavam instaladas as máquinas de costura. O rádio ligado, transmitindo notícias do mundo prestes a mergulhar na Segunda Guerra Mundial. Quando chegava a hora da transmissão de programas musicais, aproveitavam para conversar. Falavam todas ao mesmo tempo. Só minha avó conseguia ordenar um pouco os assuntos que acabavam sempre em política. "É o homem do século!", dizia minha avó. Falava de Hitler.

Apesar do respeito que tinham por ela, uma ou outra visitante ousava discordar. "Um líder brilhante, sim, mas já está ficando insuportável com essa mania de racismo! Coitados dos judeus, eles também têm direito de viver, não têm?"

Minha avó lançava em redor seu olhar astuto: num grupo tão variado era impossível não ter judias. Fazia comentários amenos, "Ah, meu Deus! não vamos mais mexer com política". Desligava o rádio e me chamava depressa, "Minha neta agora vai recitar". Eu entrelaçava as mãos na altura do estômago, unia os pés e levantava a cabeça, como aprendera com uma tia que tinha um curso de dança e declamação. Duas ou três poesias não muito longas enquanto lá na cozinha era preparado o chá nos grandes bules de prata. Quando começava o discreto ruído das xícaras, era a hora de interromper, o aviso vinha através de um discreto pigarro da minha avó. "Pronto, querida, agora vá tomar o seu chocolate", com o bule de chá vinha um outro com chocolate. Despedia-me polidamente das senhoras que me aplaudiam na medida exata, sem exagero. Dizia-lhes uma ou outra palavra amável, de preferência um breve elogio sobre algum detalhe do vestuário, aprendera com minha avó a importância de tocar nesse detalhe, o remate de um punho. Um broche. Um botão, elogiava esse botão. E saía afetando não ouvir os comentários que ficavam para trás, "Menina encantadora!".

    Eu precisava ser encantadora. Já era o medo mas esse medo me estimulava a amar o próximo, ou melhor, a fazer com que o próximo acreditasse nesse amor. Recebia em troca um juízo favorável e era nesse juízo que me sustentava. Estava aí a resposta à pergunta de Margarida, o que eu ganhava com isso? Essa unanimidade de opiniões e que beirava a admiração. Agora me via esvaziada, rodando pela casa como se procurasse por mim mesma, por aquela outra — mas o que estava acontecendo comigo? Por que perdi de repente a graça da representação?
    Nessa noite, depois do jantar, minha avó quis jogar xadrez. Fui buscar o tabuleiro e coloquei as pedras, as pretas eram sempre as minhas. Não tinha a menor dúvida de que ia jogar mal. Viver mal. Fui perdendo as peças todas, uma por uma. Minha avó ficou impaciente. Por que não avança esse cavalo? Aprenda a lutar, menina, vamos, reaja! A rainha branca atravessou o tabuleiro e encurralou meu rei. Não tive por onde escapar. Xeque-mate. Propus uma segunda partida. Que ela recusou, eu estava jogando sem a menor convicção. Sem competição, era uma perdedora conformada.
    Apanhei meu bordado. Quis dizer alguma coisa divertida que a fizesse sorrir, quis tagarelar sobre pequeninas perversidades e não conseguia. Era como se minha agulha de linha vermelha que agora varava o pano, no mesmo movimento de zigue-zague, tivesse costurado minha boca. Ela então tomou a iniciativa. Mas essa grande tolice. De Margarida, é claro. Quer namorar o filho de um juiz, que loucura. "Uma desfrutável!", rematou ela. Desfru-

tável. O que seria *desfrutável*? Não podia mais pedir a Margarida que consultasse o dicionário. Fiz um comentário morno, ela namorava esse estudante já fazia algum tempo. Minha avó bebeu o chá de erva-cidreira que esperava na xícara. Falou baixinho, mais para si mesma: "É no que deu. Isso de ficar lendo esses romances enjoados de moça pobre que se casa com o primo rico, eu sabia que essa mania de leitura não ia dar certo. Passo a chave na estante e acaba essa brincadeira".

"Você mudou muito, Ana Luísa. Estou abismada com essa mudança tão repentina", disse minha avó enquanto podava uma roseira. Estávamos no jardim. Inclinei a cabeça para o ombro num movimento de débil interrogação, Mudei?... E fiquei pensando, ela disse *abismada*. Abismada significava estar num abismo? Outra palavra que eu teria compartilhado com Margarida se fosse ainda o tempo de compartilhação. Mas a avó prosseguia: fazia tudo por mim, os melhores colégios, as melhores roupas. E eu naquela apatia, como se a evitasse. Fechei minha gramática enquanto ia ouvindo suas críticas com o rumor do aço da tesoura que cortava implacável. Vi no chão os galhos caídos, tão viçosos quanto os outros. Como ela soubera distingui-los? Qual seria a lei dessa escolha? Fui me encolhendo no banco de pedra. Assim me cortaria também se não lhe provasse minha força.

"Chego a pensar que você está com medo de mim. Por que esse medo?", peguntou amaciando a voz. Voltei a inclinar a cabeça para o ombro na desolada mímica da submissão. Ela não entendia que era preciso não ter medo para poder justificar o medo. Guardou no cestinho a tesoura e as luvas. O comentário foi num tom distraído, como se falasse sobre o jardim: "Interessante... Você está muito parecida com sua mãe".

Minha cara latejou sob a violência das pancadas do sangue. Escondi-me atrás do livro. Agora as letras despencavam pela página abaixo, tortas. Amassadas. Deixei-as escorrer até pingarem no meu avental.

O chá. Uma ou outra das senhoras do grupo de caridade ainda insistia quando eu entrava com o prato de biscoitos: "Então, queridinha? Não vai mais recitar para nós?". Eu sacudia a cabeça, tão constrangida que elas só podiam se sentir aliviadas com esse corte no programa. Que graça podia ter a menina com aquela cara de macaco exilado lembrando que o amor era um vaso de cristal, Ah! se a ponta de um leque bate sem querer nesse vaso.

"É da idade", explicava minha avó. "Ela está chegando à adolescência, idade ingrata." E a conversa enveredava para as empregadas domésticas, "Essas criadas insuportáveis!", gemia a senhora da boina de veludo. E a moda? alguém lembrava. Grandes demais os enchimentos nos ombros do *tailleur,* influência dos uniformes militares. "Acho um encanto os casacos com botões dourados, comprei um ontem que é igual ao de um oficial da Marinha!", lembrou a senhora grisalha com seu casaco de lontra e pulseiras de ouro que tilintavam nervosamente. O locutor no rádio estava exaltado, a guerra parecia iminente. Minha avó baixou o volume, quis retomar o assunto de sucesso, as criadas. Mas a mulher dos cabelos cor de pinhão queria falar sobre Hitler. O círculo mais próximo concordou, era um homem genial mas meio louco, e se estalasse essa guerra que já parecia inevitável? Entraríamos nela? "É evidente!", exclamou a mulher da boina. Não dormia mais só de pensar que os filhos poderiam ser chamados, agora que Getúlio Vargas estava com os Aliados. "Tenho três filhos homens, por acaso vocês sabem o que isso significa?"

Minha mão tremia quando servi o chá à jovem enfermeira com uma longa capa azul-marinho nos ombros e a pequena cruz de feltro vermelho na touca de linho branco. A conversa ia tomando o rumo detestável. Era como no jogo do *Está Quente,* quando Margarida saía correndo para procurar o bombom que eu tinha escondido. Quando ela se aproximava do ponto suspeito, eu anunciava o perigo e ela se atordoava na excitação, "Está ficando quente, mais quente ainda! Está fervendo!...".

Mas as regras desse jogo não estavam nas minhas mãos. Pedi a Margarida que fosse buscar mais chá e ela obedeceu: parecia incrivelmente satisfeita no seu avental preto de gola de algodão branco. Era a hora do assunto medonho, quando a velhota do casaco de pele cor de caramelo começaria o ataque a Hitler, minha avó teria apenas que dar seu apoio. E eu teria que sair imediatamente da sala mostrando a todos que assumira o Ferensen da minha mãe, sairia pisando duro e batendo a porta atrás de mim, me orgulho de ser judia! Que saibam todos que se não sair agora, nunca mais poderei levantar a cabeça, nunca mais. Ela vai falar, pois que fale! E eu vou largar aqui este bule e vou sair porque não admito que ataquem os judeus na minha frente!

Não foi a velhota quem começou nem houve qualquer interferência da minha avó, que cortava as fatias do bolo: falou foi a jovem de pulôver verde-musgo e colar de pérolas, o chapeuzinho de feltro num tom mais escuro, varado por um alfinete de pérola em formato de pera. A voz aguda pairou sobre todas as outras: "Nesse ponto, estou com a Alemanha. Tem então cabimento? Judeu é judeu e já disse tudo!".

Senti a garganta queimar. Contraí-me inteira, sem poder segurar o bule que larguei na mesa. Margarida veio com seu sorriso e apanhou o bule. Fui indo atrás dela com a pilha de pratinhos para o bolo, queria gritar, morrer e fui seguindo com os pratinhos de porcelana nas mãos. Minha avó olhou nos meus olhos. "Deixa aí os pratos, filha. Eu mesma sirvo." O apoio inesperado comoveu-me tanto que cheguei a vacilar, segurei no espaldar da cadeira. Ela sabe que eu sei. Apenas a situação era outra: o ataque vinha de uma estranha, sua neta estava sendo agredida e agora já consciente da agressão, tinha que ficar do meu lado. E, de um certo modo, do lado do filho até na morte solidário a essa Sarah Ferensen sob as ferragens do trem. Comecei a comer o bolo que era de chocolate e comi o pudim e enchi a boca com biscoitos e mordi um sanduíche. Eu também estava debaixo da engrenagem. Mas viva.

Nessa noite, Margarida me olhou mais demoradamente. Havia nos seus gestos uma delicadeza triste. Disse apenas, "Tenho um outro namorado, pode ir contar a ela. Quer o nome dele?".

Sacudi a cabeça pesada de vergonha, tanta culpa num só dia. O compridíssimo chá. E agora a acusação que me varava feito seta, Não, Margarida, nunca mais vou fazer isso, acredite em mim! Enterrei a cabeça no travesseiro, acredite em mim! Vi que tirou da gaveta uma camisola limpa, estendeu-a ao lado do meu travesseiro. Deve ter se voltado da porta para me olhar uma última vez. Quando fui chamá-la no dia seguinte, encontrei seu quarto vazio. A cama ainda feita e o quarto vazio. Na parede encardida, os furos das tachas arrancadas. E a marca retangular do retrato do polonês.

Minha avó recebeu a notícia com uma calma que me assustou, era como se já esperasse por isso. Cravou em mim os olhos de um verde-turvo e continuou movendo suas agulhas. De modo obscuro, me senti responsável por essa fuga. Ficamos algum tempo em silêncio ali na sala com a mesa posta para o café da manhã. Engoli o café com leite fervendo. Comecei a tossir a tosse do medo.

"Fugiu com ele, é claro, com esse rapaz...", começou minha avó, estalando os dedos. Sua mão roçou pelo meu ombro num gesto impaciente: "É evidente que você sabe e não quer falar. Não importa. Tomarei as providências. Menina pretensiosa. Agora quero uma preta retinta, com a tradição da raça. Princesa Isabel, pois sim! Queria que vivesse ainda para ver em que situação ficamos com os seus sentimentalismos".

A nova empregada chamava-se Joaquina. Minha avó terminou o longo casaco de tricô e comprou a lã para a manta verde-musgo. Foi quando a guerra começou. A guerra, eu ficava repetindo a mim mesma. E ficava olhando o calmo céu de maio, sem nuvens, sem aviões. O nosso casarão na paz do Senhor, como costumava dizer minha avó. A novidade maior é que minhas duas tias apareceram uma tarde com farda de Voluntárias da Defesa Passiva Antiaérea. "Não sejam ridículas, por favor, não banquem as idiotas!", exclamou minha avó quando conseguiu falar. "Mas se houver um ataque", disse Tia Jane tirando o quepe. Alisou os cabelos curtos, duros de gomalina. "Temos que preparar a população para um possível ataque aéreo!" Tia Dulce fechou a cara, concordando com um movimento de cabeça, pois não estávamos em plena guerra? Não tirou o quepe nem as luvas brancas, magoada com as palavras da irmã mais velha. Ameaçou ir embora enquanto passava as pequenas mãos na altura dos seios achatados sob a túnica cinza, como se quisesse se certificar de que eles ainda continuavam ali. "Por favor, não venha com ironias. Somos voluntárias, querida. Um pouco mais de respeito!" Minha avó se desculpou, não quisera ser rude, imagine. E fez uma pausa para as amenidades, como era do seu estilo. Mandou servir sorvete de creme avisando que fora feito em casa. E onde estavam os sequilhos? A broa de milho. Só então recomeçou com voz adocicada, como se lidasse com duas criancinhas: "Não vai haver nenhum ataque, minhas queridas. Estamos tão longe do cenário, longe de tudo, eles não vão nem tomar conhecimento aqui da América Latina. E mesmo que tomassem, o que vocês poderão fazer para defender essa população?...". Ficou olhando da janela as irmãs atravessarem o jardim no seu passo marcial. Arqueou as sobrancelhas. E recolheu o apito que Tia Jane esquecera na poltrona. "Voluntárias da Defesa Antiaérea. Duas *detraquês*."

A guerra estava lá longe, disso eu também sabia. Mas havia os jornais. As revistas. Os documentários nos cinemas. E o rádio com aquele locutor histérico metralhando as informações. Milhares de judeus de mãos úmidas estavam sendo massacrados. Lá longe. Chegavam até nós os horrores que aconteciam dentro e fora das cidades mas tudo de mistura com o anúncio de vitórias retumbantes. Derrotas. E os hinos exaltados. As bandeiras. Passei a detestar os jornais. A evitar o noticiário no rádio. Fechei-me no quarto com meus livros. Com meus discos. Ouvia música e lia, lia sem parar. Minha mesada ficava quase inteira nas livrarias. Inventei de fazer um curso de línguas mais para justificar minha porta sempre fechada, Preciso estudar, avó. Os exames, eu justificava. E ficava horas estendida na cama, comendo tabletes de chocolate. Passava a mão nos meus objetos conhecidos, sem surpresas, sem imprevistos. Abraçava meu pequeno urso de pelúcia puída e dormia com a cara encostada no seu focinho. Às vezes, falava no ouvido da minha boneca de vestido de tafetá rosa antigo, completamente desbotado. Só queria usar sapatos já gastos, afeitos aos meus pés. E roupas de cores tímidas, que não despertassem a atenção de ninguém — ah! se pudesse ficar sempre assim quieta, sem ser notada pelas gentes, pelos deuses. Nos feriados, metia-me em cinemas com os meus chocolates, mas na hora dos documentários de guerra, fechava os olhos.

Minha avó parecia se controlar para não perder a paciência. "Essa guerra, mesmo assim distante, tem perturbado algumas pessoas", disse mais de uma vez. E me encarava. Eu não respondia. Quase não nos falávamos. Ela me via sair e entrar com meus livros mas não fazia perguntas, queria mostrar que tinha confiança em mim. Não fiz nada de errado, avó, eu disse quando inesperadamente me interrogou certa tarde. "Eu sei disso", respondeu. E através de uma ou outra observação acabou por confessar que me achava incapaz de cometer os tais desatinos, não tanto por virtude mas por pura falta de imaginação. Nos domingos, eu chegava a assistir três filmes seguidos: era quando me sentia livre, tão envolvida com as histórias alheias que me empolgavam de tal jeito que era uma violência voltar para uma outra realidade que só me fazia sofrer. Chegava a me assustar quando Joaquina vinha bater na minha porta. Ou me puxava pelo braço, gaguejando, "O al-al-almoço...".

E se eu fizesse esportes? Presenteou-me com o título de sócia de um clube elegante, presenteou-me com uma raquete, e se eu jogasse tênis? Deixei a raquete fechada no armário. Quando ia ao clube era para ficar lendo debaixo de uma árvore. Ou vadiando pelo gramado. Não tinha amigos. Quando me sentia por demais deprimida, entrava numa confeitaria e ficava comendo doces, sem olhar para os lados.

Há muito ela já tinha desistido de fazer de mim a jovem charmosa. Brilhante. Mas por quê? devia se perguntar num desconsolo. Por que eu, que começara tão bem, tinha que me transformar naquela mosca-morta, gostava dessa expressão, *mosca-morta*. Perdeu a fé em mim. Não era fácil me perdoar por isso. Cansou-se de inventar estímulos para me fortalecer: eu era fraca, o que significava, não tinha caráter. Ainda assim, investiu contra mim algumas vezes, não era de se conformar rapidamente. Meu cabelo era seu alvo preferido, mas que sabonete estava usando para ele ficar assim murcho? Opaco. A testa parecia maior ainda com o penteado todo puxado para a nuca, quem sabe uma franja? E roer as unhas, meu Deus! Além de antiestético, não era repugnante viver com as pontas dos dedos metidas na boca? Minha magreza também era exasperante. Agravada com o costume que peguei de andar meio curva, escondendo o busto. Um busto que era uma tábua... De tudo, escapava meu estrabismo, meu pai tinha esse mesmo jeito indefinido de olhar.

Uma noite — era Natal — surpreendi-a chorando quando fui chamá-la no quarto, as visitas já deviam estar chegando. "Simples enxaqueca", desculpou-se assim que me viu. E retomou sua expressão de alheamento. Soberba. Mostrara-se ácida desde cedo, quando soube de mais uma derrota do Eixo: "Culpa desses ingleses! Aconteceu o mesmo quando perdemos a...". Estalou nervosamente os dedos. Como não encontrasse a referência, passou depressa para outro assunto.

A árvore foi armada na sala e ali reuniu-se a família em meio a uma conversa entremeada de frutas secas, vinho e sarcasmos trocados entre minha avó e o grupo mais próximo de parentes que se amavam e se detestavam com igual intensidade. Tarde da noite, quando todos se foram, ela pareceu aliviada. Esvaziou com prazer seu copo de vinho e começou a recolher papéis de presentes e fitas espalhados por todos os cantos. Sentei-me no almofadão para comer sossegada minha fatia de peru. Então ela veio criticar meu vestido, por que aquele vestido antigo? E o cabelo com a fivelona puxando tudo para a nuca, mas será que eu não via como esse penteado me deixava feia? Respondi-lhe que gostaria muito de ser bonita, ah! quem me dera. Não achou a menor graça na resposta. Foi até a árvore e apagou a velinha vermelha que pingava a cera no tapete. "Isto é polêmica, filha. Sua negligência é contra mim." A senhora então acha que sou infeliz só para desgostá-la? perguntei apertando o estômago, os medrosos sofrem do estômago. Mas ela não ouviu, falava agora com Joaquina e a outra agregada que viera ajudar na ceia.

No quarto, cortei uma franja rala na testa. Saiu torta. Fiquei me examinando no fundo amarelado do espelho. E se casasse? Seria uma forma de me libertar, mas no lugar da avó, ficaria o marido. Teria então que me livrar dele. A não ser que o amasse. Mas era muito raro os dois combinarem *em tudo*, advertira minha avó. Nesse *em tudo* estava o sexo. "Raríssimas mulheres sentem prazer, filha. O homem, sim. Então a mulher precisa fingir um pouco, o que não tem essa importância que parece. Temos que cumprir nossas tarefas, o resto é supérfluo. Se houver prazer, melhor, mas e se não houver? Ora, ninguém vai morrer por isso."

Ninguém? Pensei nas mulheres do álbum. Tirariam as joias. Os vestidos. Hora de tirar o espartilho, tão duras as barbatanas. Os cordões fortemente entrelaçados. Se deitariam obedientes, tremendo sob os lençóis. "Ninguém vai morrer por isso." Mas há muito elas estavam mortas.

Na manhã seguinte, com naturalidade, enquanto lia o jornal, minha avó falou em Margarida: "Afinal, não fugiu com o antigo namorado, fugiu com o primeiro vagabundo que encontrou na esquina, um desclassificado. Preto. O delegado quis saber se devia tomar alguma providência. Que providência? Agora é melhor deixar. Preto, imagine. Criar uma menina como filha e saber que foi deflorada por um preto. Enfim, há coisas piores ainda", acrescentou e voltou a mergulhar no noticiário político do jornal.

A virgindade. As jovens se dividiam em dois grupos, o das virgens e o grupo daquelas que não eram mais virgens, onde estava Margarida—uma agressão direta contra a família. As virgens percorreriam seu caminho com óleo suficiente nas lamparinas, mas as outras, as virgens loucas, estas se perderiam na escuridão fechada por espinhos. Desmoralizadas, acabariam na solidão, isso se não sobreviesse algo de pior e que minha avó evitava mencionar. Levantava a mão e punha-se a sacudi-la profeticamente, "Não gosto nem de pensar!...".

Ia começar a batalha do casamento. Batalha? Nome demais pomposo, não haveria nenhuma batalha, eu devia apenas me casar cedo, destino natural das jovens assim obscuras. E sem ambição. "Não quero fechar os olhos antes de deixá-la em segurança", costumava dizer. E segurança era ter um marido. O risinho vinha em seguida, quando perversamente se referia às minhas tias solteiras, essas *encalhadas*. Então eu pensava naqueles navios abandonados no porto, a ferrugem. O mofo. Guardei na gaveta o corte de lã que me deu para um *tailleur* e fiquei folheando o figurino francês que veio no pacote, modelos lindos, mulheres lindas. Casar. O importante era não deixar passar a idade de ouro. O brilho da juventude—o modesto brilho que havia em mim—era breve. "Veja, querida, essa sua Tia Rosana. Borboleteou tanto e agora inventou de ser poetisa só para chamar atenção, coitada. Poemas eróticos, imagine. Olhem para mim! ela quer dizer. Encalhou e fica fazendo onda, estou em pleno mar!"

O figurino francês era um aviso: precisa se enfeitar, Ana Luísa. Eu resistia. Por que resistia? Só para irritá-la, era isso? Pensei em minha mãe com seu violino inútil. Com sua morte inútil. Dela, ficou o nome que eu renegava. O medo. A guerra já estava no fim, os judeus iam ser deixados em paz de agora em diante. Mas até quando? Se ao menos a minha mãe tivesse vivido para me cobrir de beijos e me dizer que eu devia levantar a cabeça e rir dos tolos, dos enfatuados com seus preconceitos, com suas mesquinharias, Vai, Ana Luísa! Não sabe então o quanto é bonita e inteligente e graciosa?... As lágrimas escorreram intactas pelas páginas acetinadas do figurino, marcando de leve as *lingeries* de cetim com rendas. Fora cômodo para ela morrer assim jovem, enlaçada ao seu amado. Mas e eu?

Este não serve porque já está um pouco calvo e a roupa é horrível, pensei me desviando do homem ajoelhado à minha esquerda. O homem da minha direita usava um perfume discreto, da melhor qualidade. E aquele perfil de Humphrey Bogart, faltava apenas o cigarro. Ao seu lado não havia nenhuma *patroa*, tinha ido à missa desacompanhado. Queria ver agora suas mãos mas estava de braços cruzados, e as mãos?! Com o rabo do olho notei que estendeu a mão esquerda para pegar o missal no banco. Meu suspiro virou quase um gemido: no anular estava a aliança de ouro que achei grossa demais, um exagero de aliança. Fiquei sorrindo e olhando para a pintura do teto da igreja onde anjos diáfanos esvoaçavam entre guirlandas de flores se despetalando ao vento. Senti que minhas ideias também se despetalavam e eu mesma ia assim sem sentido como as flores da pintura. Culpada, era melhor não ter ilusões, me sentiria sempre culpada. Mas sem ressentimento, desejei fechando com força os punhos. Relaxei. Agora me distraía em imaginar as difíceis posições que o pintor tomara para pintar aquele teto. Um anjo maior, de cabelos assim castanhos como os meus, parecia me encarar, ligeiramente estrábico. Troquei com ele um olhar de cumplicidade, Tu também?... O homem calvo já pedia licença para passar, a missa terminara. Era a primeira missa do ano e minha avó não tinha aparecido. Pregava a necessidade de praticar todos os sagrados mandamentos mas não seguia nenhum. Chegava a sugerir que entre Deus e ela existia um secreto entendimento. Estava dispensada desses rituais. Joaquina também estava dispensada mas por outros motivos, "Primeiro a obrigação e depois a devoção", minha avó costumava dizer. Ficar em casa trabalhando ainda era a melhor forma de agradar a Deus.

Chovia. Fiquei no alto da escadaria da igreja, olhando a rua. Foi então que Rodrigo veio me oferecer o guarda-chuva. Você estava na missa? perguntei e ele riu e não respondeu. Em romances e no cinema eu já tinha visto demais a fórmula fácil de dizer, Que extraordinário! Tenho a impressão de que já nos conhecemos há tanto tempo.

Não tive a impressão, tive a certeza: ele apareceu de repente e me ofereceu o guarda-chuva. Deixei-me levar com a mesma naturalidade com que foi me conduzindo. Falava alto. Ria alto. Mas não era vulgar. Tinha nos gestos a agilidade premeditada de um bailarino. Sua mão segurava meu braço com algum desprendimento, permitindo que me desvencilhasse se quisesse. Não quis. Fiquei completamente perturbada quando o encarei mais de perto e tive uma outra certeza, a de que seríamos amantes.

Ainda uma vez, perguntei-lhe, mas se não estava na missa, onde estava? Ele riu o riso contagiante, "Você faz perguntas feito um detetive". Vestia um elegante impermeável preto mas o guarda-chuva era velhíssimo, da pior qualidade. Entramos num café. "Vou fazer seu retrato assim mesmo como está, de pulôver vermelho e meio vesguinha, você é meio vesguinha", disse e pediu um conhaque. Pedi um chá. E apontei para o mostruário de cigarros e chocolates, baixei o tom de voz, Quero também um daqueles tabletes, o maior. Desembrulhei o tablete de chocolate no colo e disfarçadamente fui levando os pedaços à boca enquanto ele dizia que era pintor mas sua paixão verdadeira era o jazz, "Um dia ainda vou dirigir uma orquestra de jazz".

Na semana seguinte já estávamos nus debaixo de sua manta de lã, ouvindo seus discos. "Se houver prazer, melhor ainda", disse minha avó. "Mas esse prazer é raro." Principalmente rápido, descobri e me abria inteira para fazê-lo feliz porque ele ficava feliz. Queria vê-lo esgotado, queria que seu corpo harmonioso e rijo desabasse amolecido ao lado do meu tão tenso. Com medo de vê-lo me afastar de repente, desativado. Desinteressado. Quando esse medo foi diminuindo, começou a crescer o prazer. Ele notou a mudança, creio mesmo que esperou por essa mudança, meu gozo não era mais submissão. Agora me entregava com tanto amor que precisava me conter para não cair em pranto, Eu te amo, eu te amo! "Se gosta de chorar, pode chorar, Aninha. Não fica com vergonha não", seu hálito soprava ao meu ouvido. E montava em mim com o mesmo fervor escaldante com que montava na sua motocicleta, tinha uma moto italiana. "Quero que faça comigo tudo o que tiver vontade de fazer, chorar, rir, andar no arame, já experimentou andar num arame? Andei num, sabe que é simples?"

Já tinha lhe falado sobre minha avó. Ele quis saber mais. Ouviu-me com a maior seriedade. Às vezes, ria. E eu ficava olhando sua bela cabeça iluminada. "Você está perdendo aquele jeito de quem está debaixo de um monte de pedras. É natural, com essa avó nazista... Também não fica mais olhando para os lados, como se fugisse da polícia, ah, Aninha, não é mesmo bom ser feliz?"

Tinha quatro anos mais do que eu, cursava vagamente um vago curso de admissão, pintava, ouvia jazz e ganhara uma bolsa de estudos para a Irlanda. Por que Irlanda? lembrei-me de perguntar. Ele ficou pensando. Os cabelos louros eram crescidos, o que fazia as pessoas estranharem, mas como um jovem tinha cabelos compridos assim? A guerra não ensinara o corte rente, severo? A moto também despertava curiosidade, diferente das outras que já começavam a aparecer. Tinha mãos finas, bem cuidadas.

"Sou um trota-mundos", disse. "Calhou de ser a Irlanda, então, Irlanda! Vai comigo, Aninha? Mas quero fazer antes seu retrato." Falava muito nesse retrato. E nas viagens fabulosas que faríamos montados na moto. Ou num jipe. Eu sabia no fundo do coração que não ia haver nem retrato nem viagem. Mas era uma alegria participar dos seus planos, discutir esses planos. Não sendo para a Alemanha, eu disse. Sou judia. Pelo menos, metade judia, contei-lhe durante um almoço. Agarrou minha mão: "Se me prometer que vai me dar seu quinhão de carne de porco, não direi nada ao garçom, vamos, faço qualquer negócio por um naco de carne de porco!". Rimos ao mesmo tempo enquanto eu enchia meu copo de vinho, já estava aprendendo com ele a gostar de vinho. "Escuta, Aninha, não sinta tanta pena de si mesma! Vai me jurar que nunca mais vai se achar uma coitadinha? Não sei o que será de nós nem nada, mas haja o que houver, vai me fazer isso?"

Os defeitos da minha avó e que eu conhecia bem podiam se resumir em apenas dois, soberba e avareza. Sabia ainda que eu tinha esses mesmos defeitos, a diferença é que minha soberba vinha mascarada. Sem a sua coragem. Mas foi no amor que descobri o quanto era mesquinha, egoísta, de um egoísmo feito mais de tristeza do que de outra coisa. Já me confessara a tantos padres mas a verdadeira confissão fiz a ele, Sou ruim, covarde, não te mereço! Ele me acariciava: "No dia em que ficar de bem com você mesma, então vai ser formidável! Eu também andei muito tempo assim meu inimigo mas passou. Somos muito jovens, Aninha, fortes como os bois que nem sabem a força que têm... Acabou a guerra mas logo vai começar outra. E quando não tem guerra, tem guerrilha, e daí? Tudo é bom, faz parte, é vida. O negócio é não se amarrar em nada, ficar com os braços livres para dançar, brigar, amar — ah! Ana Luísa Ferensen Rodrigues. Sabe que tem um lindo nome? Mas tira essa franja, chega de se esconder!".

Assim como escondi minha testa usei de todos os estratagemas para esconder o meu pobre amor. Para esconder principalmente a esperança. Pergunto hoje se desde o primeiro dia em que encontrei Rodrigo debaixo daquela chuva ela já não teria pressentido sua presença. Deixou-me prosseguir por curiosidade, malícia. Como fazia nas nossas partidas de xadrez, quando me animava a lutar, "Avança logo esse cavalo, o que está esperando?". Montei no meu cavalo e galopei pelo tabuleiro numa ingênua exibição de independência. Quando ela achou que eu exorbitava, entrou rápida na partida.

"Domingo a Joaquina vai fazer uma torta de galinha, por que não convida esse moço?", perguntou quando cheguei mais cedo da Faculdade, fazia agora um curso de Letras. O antigo suor umedeceu minhas mãos. Guardei no vestíbulo o cachecol e a boina. Mesmo sem vê-la, sentia seu olhar bondoso. Mas sua bondade me assustava ainda mais. Ouvi minha voz sair desafinada, Não sei se ele vai poder. Atalhou-me rápida, "Claro que pode, filha. Não gosto de vê-la namorando pelas ruas feito essas empregadinhas. Você tem família, uma casa. Aqui ele será bem-vindo".

Corri para Rodrigo, abracei-o com força, beijei-o com desespero, Rodrigo, Rodrigo!... Ela já sabe, não quero que mude nada, não quero!

O domingo luminoso. Ele montou na moto. Montei atrás, agarrada na sua cintura, não deixe, meu Deus, não deixe ele ir embora! Fez um cumprimento respeitoso na direção do casal de velhos que nos olhou com reprovação. Acelerou o motor. "Vovó nazista vai ter um impacto com a minha elegância, veja, minha gravata é assinada, Jacques Fath!"

A gravata não fazia sentido com a roupa desbotada nem com os sapatos de andejo, com prováveis furos nas solas. Lembrei-me do primeiro dia em que nos vimos, a capa preta. O guarda-chuva. Fiquei rindo e chorando e beijando seu paletó amarrotado, cheirando a mofo. "Mas Aninha, o que ela poderá nos fazer?"

Fez. Mesmo de longe devia ter intuído que Rodrigo era instável. Descuidado — essa a palavra. Descuidado. Um amor frágil assim não podia resistir. Nossas primeiras brigas. Quis avisá-lo do perigo das ciladas, Rodrigo, ela não pode gostar de você, sabe que somos amantes, toda essa amabilidade é falsa, não acredite, tem alguma coisa atrás! Ele chegou a se irritar, mas eu estava ficando maníaca? Que tolice! Sabia perfeitamente que ela era uma burguesa inveterada, nasceu assim, ia morrer assim, um tipo. Sabia ainda que era o oposto do homem que ela queria para genro. Corrigiu, para neto. Mas enquanto fosse simpática, que mal havia nisso?

Quase diariamente convidava-o para jantar. Bons vinhos. Pequenos presentes, ficou generosíssima. O sorriso aberto, os olhos apertados enquanto as agulhas metálicas caminhavam debaixo da lã. "Nosso baterista vai pintar o meu retrato", anunciou-me. Reagi. Mas ele não tem dinheiro nem para as tintas, avó. Nem meu retrato conseguiu acabar, é talentoso mas não se organiza, é boêmio... Ela ficou me olhando com inocência. "Mas vou pagar adiantado, querida, fique tranquila, já combinamos tudo." Procurei-o na maior aflição, Você não vai aceitar o dinheiro dela, não vai fazer isso, tem alguma coisa por detrás! Ele ensaiava na nova bateria que trocou pela moto. Me fez um sinal gracioso, que me sentasse e ficasse quietinha, Por favor, quietinha, sim? "Estou criando. Vovó nazista vai ficar para depois."

Discutíamos com frequência a pretexto de tudo. Eu perdia o humor e ele reagia gracejando mas meio infeliz, não tinha agora aquele desprendimento do início misturado à alegria de viver — mas de onde vinha pingando aquele fel? "Você é parecida com ela, uma burguesinha empoeirada", me disse rindo. Eu ria junto mas não ficava uma interrogação dolorida mesmo nos nossos diálogos em torno dos cálculos de futuro? Cálculos. A reconciliação fazia-se no amor total. Pleno. Sem o antigo fervor.

E o retrato, avó? Quando a senhora vai posar? perguntei e ela abriu no colo o cachecol e o gorro verde que estava tricotando para Rodrigo. Fez um comentário sobre esse tom de verde que naquele cabelo amarelo-ouro ia ficar bonito, com um jeito assim de bandeira. Encarou-me. "Ah, sim, pedi a ele que deixasse para a volta, ando com um pouco de enxaqueca. O retrato pode esperar." Não entendi, mas do que ela estava falando, que volta? Ela recomeçou com as agulhas. "Mas então não sabe, filha? Ele não lhe falou sobre isso? Até o fim do mês ele embarca. Aquela viagem que estava programada, não era para a Irlanda?"

Tive que me conter para não jogar longe a xícara de chá que tinha nas mãos. Fui para meu quarto. Fiquei roendo um tablete de chocolate, viagem? Assim de repente? Era tarde da noite mas saí escondida e fui até seu apartamento. Interpelei-o, Por que não me contou nada, Rodrigo? Quer dizer que agora você fala com ela sobre os seus projetos? E o dinheiro? Ele me beijou na boca, nos cabelos. Serviu-se de uísque. Serviu-me também. "Eu já ia contar, amor, a vovó me ofereceu um empréstimo. Pensa que com isso se livra de mim. Para as tintas, fez questão de frisar. Ela é muito elegante."

Elegantíssima, eu disse. Deixei-o recostado nas almofadas, belo como um anjo ouvindo o seu jazz.

A sala com um vago cheiro de altar. A tapeçaria com o leopardo espiando por entre as árvores. O piano. O álbum de retratos — tudo continuava exatamente igual ao tempo em que ali vinha me sentar para ouvir as histórias dos eleitos que viveram e morreram em estado de perfeição. Faltava a sacola das lãs. Ela já tinha se recolhido.

O inverno deste ano estava mais úmido. Deixei os livros e a capa no vestíbulo. Joaquina veio me oferecer doce de leite. Pedi-lhe um chocolate quente e fui para o quarto da avó. Encontrei-a na cama, mas ainda vestida. E de repente achei que tinha envelhecido. Perguntou sobre o filme, era de guerra? Fez um muxoxo. Cacetes esses enredos mostrando o quanto os americanos e ingleses eram espertos ao passo que os outros... Desligou o rádio que tocava baixinho o *Adágio*, de Albinoni, fez um comentário, podia existir no mundo uma música mais triste? E quis saber se eu recebera alguma carta. Fiz que não com a cabeça.

"O nosso amigo não era lá muito certo", ela disse. "Mas tão simpático! Foi bom você não ter alimentado ilusões."

Alimentei ilusões, avó. Mas não estava ainda pronta para o amor, não sei como é com os outros mas no meu caso tinha que me preparar, lá sei!, amadurecer. Agora já sei, pelo menos acho que sei. O que perdi em ilusão, ganhei em segurança.

"Durou tão pouco, filha."

Sem saber por quê, abri assim meio ao acaso a gaveta dos seus novelos de lã e vi o novelo verde. Onde ele estaria agora com seu gorro? Sua música? Ora, a duração, mas que importava a duração. Foi amor. Passou velozmente como no meu sonho da véspera, quando ele me apareceu com seu guarda-chuva aberto, aquele mesmo, nem cheguei a ver suas feições, só pude adivinhar-lhe o vulto. Acenou-me. E sumiu deixando para trás o guarda-chuva e o barulho da motocicleta que logo se confundiu — poeira e som — com o motor de um caminhão de estrada. Mas foi amor. Apurou-se minha autocrítica, nunca pude me ver com tamanha lucidez como me vi. Com uma dureza que muitas vezes fez Rodrigo me repreender, "Não exagere, Aninha, a gente é sempre melhor do que pensa". Mas até nos momentos mais agudos dessa autoflagelação eu tive o que não tivera antes, esperança. Esperança em mim. Esperança nos outros, esperança em Deus, que eu nem sabia se existia ou não, mas que jamais me abandonaria.

O amor me levantou no ar e me sacudiu e me revolveu inteira. Fiquei fulgurante em meio dessa mudança que me revolucionou. A revolução através do amor.

Fechei a gaveta. Ela me estendeu a mão. Tinha na pele as mesmas manchas dos retratos. Beijei-a. Nenhum rancor? Nenhum rancor, avó. Ela considerava a partida ganha e agora queria manifestar sua carinhosa piedade. Seu olhar me dizia, vem querida. Eu estou aqui. Um tanto cansada, é claro, que foi uma partida dura essa, envelheci demais. Mas vamos, hora da trégua, não foi mesmo difícil?

Dificílimo, eu disse.

"O que é dificílimo, Ana Luísa?", ela estranhou. Estranhou ainda aquela minha cara calma. Apertei-lhe a mão. No dia seguinte, quando eu chegasse e dissesse *Vou-me embora*—só no dia seguinte poderia compreender o meu sorriso. Agora não. Joaquina já tinha lhe servido o chá, ia dormir o sono da vitória. Merecia esse sono. Tamanho ódio sufocado, as lágrimas que engoliu em meio a toda a humilhação de nos saber amantes. E sem poder explodir, ao contrário, gracejava e contava coisas divertidas e inventava pequeninas delicadezas e servia o vinho e bebia junto, "Já estou até me viciando!", exclamou certa manhã e riu tão gostosamente. A carteira aberta. Apalpando o terreno como uma cega, ela que tinha olhos poderosos. A trégua merecida. Despedi-me, Boa noite, avó.

Ela aprumou-se no meio das almofadas. Estava vestida mas sem os sapatos, a manta de crochê cobrindo-lhe os pés. "Espera, querida", ela começou, tateante. "Toda a história desse moço... Na realidade eu nunca quis interferir, você viu. E se ofereci o cheque, foi porque..."

Está bem, avó, já sei. Agradeço a Deus por ter tido esse amor, respondi e encarei-a. Sem rancor, mesmo naquele instante em que ela me lembrava que Rodrigo me trocou por uma viagem.

"Ana Luísa, tudo o que fiz ou deixei de fazer foi para que você não sofresse."

Mas eu não estou sofrendo, respondi.

Ela voltou-se, escandalizada:

"Não?..." Tinha sido uma desmiolada, uma desfrutável pior ainda do que Margarida que não passava de uma agregada—tinha pintado e bordado e continuava assim fagueira, sem remorso? Sem sofrimento? Deixei na mesa a xícara de chocolate que já estava morno. Era triste ver o arremedo de sorriso franzir a face de pedra erosada. "Em todo o caso, também ele vai se conformar, vocês são tão jovens, é fácil esquecer."

É fácil, repeti.

"Logo você vai conhecer alguém que a ame de verdade, um moço com estrutura, filha. Não precisa ser rico, é claro, você é rica. Tudo o que eu tenho é seu. Uma menina assim culta, educada..."

Quis continuar, assim bonita. Conteve-se, era preciso não exagerar. "Avance esse cavalo!", ela ordenava naquele jogo em que eu preferia perder as peças para apressar a derrota, "Vamos, reaja!". Aproximei-me e acariciei sua mão. Eu sabia que no fundo ela me amava, mas por que esse fundo era tão fundo assim? Era aí que me queria dependente. Insegura. Agora o meu cavalo avançava com naturalidade, sem pensar em conquistas — ora, que conquista? Simplesmente ele cuspira o freio cheio de sangue e seguia trotando, ah, que belo era ver livre o meu cavalo negro.

"Ana Luísa, você agora fez uma cara engraçada..."

Me lembrei de uma coisa engraçada. Tolice.

"Você mudou tanto, filha. Parece até uma outra pessoa, sabia?"

Estava apreensiva. E espantada, mas o que significava isso? Uma judiazinha que o amante plantou e ainda assim com aquela cara?!...

Não fiquei amarga, avó. Não é bom isso?

"Quero que saiba ainda uma vez, filha, quero que guarde bem o que já lhe disse uma vez e vou repetir, jamais você ouvirá da minha boca a menor censura. O que está feito está feito. A única coisa que quero é ajudar!"

Mas quem estava precisando de ajuda era ela. Estranhei ouvir sua voz que de repente parecia vir de longe, lá da sala. De dentro do álbum de retratos. E o álbum estava na prateleira. Apertei as palmas das mãos contra os olhos.

Eu sei, avó. Eu sei.

Endireitou o corpo, enérgica. Estaria sendo irônica, eu?!... Puxou a manta até os joelhos. Cruzou os braços.

"Haja o que houver, sempre você terá o meu apoio. Mesmo nos dias tumultuados desse seu caso, mesmo sabendo de tudo, me calei. Podia interferir, não podia? Meu coração ficava aos pulos quando te imaginava montada naquela máquina dirigida por um louco, sabemos que ele era louco. A minha neta querida, imagine, vivendo com um irresponsável, solta por aí afora, descabelada, sem o menor pudor..."

É que também sou Ferensen, atalhei-a. O lado ruim.

Exaltou-se. As mãos se desentrelaçaram. Apanhou uma almofada, comprimiu-a entre os dedos e amassou-a como se avaliasse o que tinha dentro. Deixou-a de lado. Zombava dela a pequena Ana Luísa? Quer dizer que até o meu antigo complexo?!... Esse da raça. Baixou a cabeça, confundida. Voltou a me encarar. Bizarro... Entrelaçou as mãos entre os seios e ficou balançando o corpo de um lado para o outro.

A senhora está se sentindo mal, avó? Aconteceu alguma coisa?

"Aquela dor, filha", disse debilmente, alisando o peito.

Desabotoei-lhe a gola do vestido. Já que eu mudara, também ela mudaria de tática: estava na hora de me dobrar com a chantagem da morte. Senti de perto seu perfume de violetas.

Quer que tire seu espartilho? perguntei quando meus dedos tocaram na rigidez das barbatanas.

"Não, filha. Eu me sentiria pior sem ele. Já estou bem, vá, querida. Vá dormir."

Antes de sair, abri a janela. A Via Láctea palpitava de estrelas. Respirei o hálito da noite: logo iríamos amanhecer.

A Fuga

Rafael abriu o portão e correu para a rua. Sentia-se sufocado, prisioneiro de uma nebulosa espessa que o arrebatara e agora o levava para longe daquela COISA medonha que ficara lá atrás. Entregou-se num desfalecimento à viscosidade nevoenta e rolou ladeira abaixo. Não podia saber o que era, não se lembrava, mas tinha certeza de que era algo monstruoso, monstruoso demais, NÃO QUERO SABER! JÁ ESQUECI!...

A nebulosa chocou-se de encontro a uma árvore e num gesto desvairado, rasgando a névoa, Rafael precipitou-se para fora. Arquejando, os olhos esbugalhados, ele se apoiou na árvore. Passou as mãos geladas pela face gelada. Meu Deus, meu Deus! Enxugou no punho da camisa as lágrimas que desciam misturadas ao suor. Estava lúcido.

"Pronto... passou", disse baixinho, respirando de boca aberta. Exausto mas tranquilo. Espantou-se, agradavelmente surpreendido: tranquilo, sim, não era estranho? Essa tranquilidade depois do pânico. Umedeceu com a ponta da língua os lábios gretados. Olhou para trás. Nunca tinha corrido tanto, seis quarteirões de sua casa àquela árvore. Ah, se os velhos soubessem! O pai com a bigodeira eriçada, se segurando para não gritar: "Você sabe, menino, você sabe que não pode correr!". E aquele *sabe* pesado de significação. A mãe desolada, concordando num eco: "Ora, filho, você *sabe* que não deve se cansar".

Rafael endireitou o corpo. Apertou a boca obstinada. "Sei que tenho vinte anos, ouviram bem? Vinte anos!" Sorriu para a formiga que subia pela casca da árvore. "Só sei que tenho vinte anos, paizinho. Cresci, compreendeu? E quero viver. *Vi-ver*."

Arrumou a gravata torcida. Com os dedos abertos, alisou os cabelos emaranhados. Não era o Afonso que vinha vindo? Afonso, sim. Esgueirou-se rápido para detrás da árvore. "Se me encontra nesse estado, vai pensar que bebi." Abaixou-se e fingiu que limpava a barra da calça. Mas por que não queria ser visto? "Não quero. Preciso de uma razão para não querer?" Afonso devia estar voltando da Faculdade, mas que dia era hoje? Quinta-feira? A última aula era de Direito Romano, já passava do meio-dia, concluiu arregaçando a manga. Esquecera o relógio em cima da cômoda. Apalpou os bolsos. Também os cigarros. Abriu os braços num espreguiçamento. Não, não queria fumar. Recostou a cabeça na árvore. Na realidade, não queria mesmo nada. Queria andar, isso sim, ir andando sem destino, um convalescente debaixo do sol. Tão bom convalescer, voltar aos poucos ao dia a dia, verificar que tudo continuava igual, as ruas. As casas. O sol. O jornal diria que coisas terríveis estavam acontecendo lá fora e aqui dentro. Mas agora não queria ler nenhum jornal. Hoje não. "Que sol! Bruna, Bruna, que faz você debaixo deste sol?..." Como era mesmo? *Cântico dos Cânticos*, ela gostava de ouvir: "Amiga minha, como és bela, como és bela! De pomba são teus olhos, por detrás do véu". Tão sensual. Quente. O poema e ela. Hum, até que a vida era boa. E se fosse vê-la? Muito cedo, ela dormia até tarde. "Vá-se embora, filhinho, pedia abraçando o travesseiro, quero dormir mais um pouco. Adoro dormir."

Rafael foi andando devagar, os olhos feridos pela luminosidade. Beleza de dia. Inclinou a cabeça oferecendo a cara ao sol, tão agudo o desejo. Sentiu frio. Calor, Bruna, Bruna. Mas há quanto tempo não se amavam? Duas semanas? Três? Sem poder ao menos avisá-la, "Bruna, estou doente mas irei assim que melhorar, te amo como louco, como louco!". Um telefone, e se telefonasse agora? Ela pediria que ele fosse vê-la imediatamente. Imediatamente. "E eu neste estado. Não quero que me veja assim, ainda não, vai se preocupar, devo estar horrível!" Passou a mão pelo queixo. Ainda bem que fizera a barba, mas sentia sob os dedos a face afundada, ela podia se assustar. Passou as pontas dos dedos nos lábios feridos pela febre. Como poderia beijá-la com a boca desse jeito? Era tão impressionável, ia querer chamar o médico, horror! Voltar à engrenagem, laboratórios, exames. Outra vez? Mas por que se preocupavam tanto com ele? Como se fosse um nenê. Riu. "Queridos paizinhos, o nenê já tem uma amante. Ela é linda como um cabrito montês, não estou exagerando, está na Bíblia que vocês têm na cabeceira, as coxas, os seios..." Olhou em redor. Se tomasse a direita, ia dar no parque. Vacilou. Quando ela ficava de pé, formava-se uma carinha de anjo em cada um dos seus joelhos — como podia ser isso? "Ah, também não sei, não tenho a menor ideia, sei que a gente olha e vê em cada joelho a carinha gorda de um anjo barroco, tão macio. Roliço..." Se o pai fosse do gênero compreensivo, então sim, poderia pedir-lhe que a avisasse, Dona Bruna, meu filho está doente mas não é nada de grave. Está com muita saudade, irá vê-la assim que melhorar. Meus cumprimentos. Rafael abriu o paletó. Riu em meio ao bocejo. Cumprimentos ou respeitos? Pois sim. A terra se abriria ao meio no dia em que saísse tal frase sob a vasta bigodeira branca. "Sua mesada já acabou?", estranhara o velho no mês passado. "Curioso, *antes* durava *mais*." A mãe, timidazinha, limitava-se às insinuações: "Elizabeth esteve aqui. Que joia de menina! Feliz de quem se casar com uma joia dessas".

Joia. E se lhe desse umas argolas de ouro, Bruna gostava de argolas. Mas quanto custaria isso? Se ao menos me deixassem trabalhar. Um homem da minha idade e vivendo de mesadas. Fechou as mãos enfurecidas. Ridículo. Estava farto de ouvir os argumentos do velho, "Sua saúde é frágil, filho. E você é extravagante demais. Trabalhando e estudando como estuda, quando é que vai poder descansar, quando?". A mãe concordava, constante no seu alvo: "Você tem voltado tão tarde, filho! Eu gostaria tanto que se firmasse com alguma moça, tanta moça boa em redor... Você não pode continuar assim".

"Posso!" E Rafael parou como se os pais tivessem rompido em sua frente. Chegou a gesticular: "Posso me casar com Elizabeth, posso me casar com as onze mil virgens e não abandonarei Bruna, é fácil entender isso?". Perturbou-se. Olhou em redor. Ninguém. Bafejou as mãos. Pressão baixa, pensou estendendo as mãos para o sol. Teve uma expressão enternecida ao abrir e fechar os dedos. O pai tinha esse mesmo formato de dedos. As unhas de estátua, em Roma todas as estátuas tinham esses dedos. Esforçando-se por parecer furioso mas sem conseguir disfarçar a doçura dos olhinhos castanhos. Pensou na mãe, ciumenta. Amorosíssima, vigiando pela noite adentro, "É você, Rafael? Quer um copo de leite quente, filho?". Apressou o passo. "Está bem, adoro vocês dois. Mas não vou deixar a minha romana nunca!"

Vagou pelo parque o olhar comovido. Sentiu-se observado pelas árvores, a folhagem atenta inclinando-se à sua passagem, elas estão me vendo como eu as vejo. Nos entendemos tão bem. Fez um movimento para colher uma folha e não completou o gesto. Enfiou as mãos nos bolsos. Como se a árvore tivesse perguntado, respondeu que não, hoje ainda não estava muito brilhante. Fraco. Dolorido. Seria bom esquecer tudo que fosse desagradável: a doença, a marcação dos velhos, as argolas impossíveis... Vamos, só coisas positivas! repetiu para si mesmo. Levantou a cabeça. Só pensar em coisas boas, que há coisas boas, coisas deslumbrantes! O importante era isso, se entregar à vida. E a vida, no fundo, era uma verdadeira delícia: tinha um casal de velhos que, apesar de tudo, eram duas colheradas de mel. Tinha aquela flor de amante, *domani*, Brunela, *domani*... A média fechada na Faculdade. E tinha ainda Elizabeth com suas tranças puríssimas, quando quisesse uma esposa perfeita e filhos mais-do-que-perfeitos, era só apertar a sua campainha, É aqui que mora Elizabeth, a Intocada? Parou diante do banco de pedra. Gostaria de ter uma filha. Assim como aquela, pensou quando a menina de vermelho passou correndo pelo gramado. Chegou-lhe aos ouvidos a cantiga desgarrada das crianças brincando de roda, *Somos filhos de um rei!*...

Recostou a cabeça no banco, estirou as pernas, "Somos filhos de um rei...", cantarolou baixinho. E depois? Quis ouvir ainda a cantiga mas as vozes se calaram. Estranhando o silêncio, abriu os olhos. O sol se apagara completamente e uma névoa densa baixava sobre o parque que pareceu se distanciar, esmaecido, quase irreal. Descoradas e transparentes, as árvores tinham perdido o contorno e agora as pessoas também pareciam flutuar, os rostos gasosos, movediços como se fossem de fumaça. A nebulosa. "Outra vez?", gemeu Rafael estendendo os braços na tentativa de rasgá-la. Sentiu-a compacta, viscosa como o suor que agora corria de sua testa. Cobriu o rosto com as mãos, começou a tremer. E o pensamento detestável veio vindo, informe como a própria névoa, mas monstruoso, medonho, podia até apalpá-lo como apalpava a própria cara, "Mas o que é isto!? Meu Deus, o que é isto?...". Escancarou a boca porque o ar também era espesso, impregnado de um cheiro nauseante que o umedecia inteiro como um líquido horrendo, pingando de algum lugar, pingando. Afrouxou a gravata, não quero lembrar, não quero! Saiu cambaleante, tentou reencontrar o parque através do muro gasoso, onde o céu, onde? Além devia estar o verde da folhagem, a amada folhagem que o reconhecera tão aconchegante como um ninho, onde, meu Deus, onde foi parar? O vestido vermelho estava ainda há pouco ali no gramado! Vermelho. Vermelho. "A coberta da cama de Bruna é vermelha e a boca, sim, *domani, domani*! Agora ela está dormindo, Bruna é romana, tive dez em Direito Romano, *res* quer dizer coisa, *res* é coisa... coisa... Aconteceu uma COISA!"

Vergou o corpo para a frente numa convulsão. Tinha agora um estilete descendo lento pela sua garganta num movimento de parafuso, já podia sentir a ponta feroz tocando-lhe as vísceras, um pouco mais fundo, mais fundo, mais. Tapou a boca para não gritar. Lágrimas correram-lhe na face, "Meu Deus, meu Deus!".

"Já está passando", disse entreabrindo os olhos. Procurou o lenço, não encontrou. Relaxou os músculos. "Está passando..."
Levantou a cabeça e endireitou o corpo. Olhou ao redor. A névoa se dissipara por completo, ah! o sol. Ressurgiu a cantiga num movimento de roda, *Que vive e que se esconde debaixo de uma pedra...* No banco mais próximo, um mendigo cochilava. Sob a folhagem brilhante da figueira, quatro mulheres tricotavam, vigiando as crianças que corriam perseguindo um cachorrinho branco. Rafael alisou os cabelos. Passou furtivo as mãos na cara e olhou de novo as mulheres, teriam notado? Não, provavelmente não e se notaram foram discretas, afinal, era apenas um desconhecido que se sentira mal, talvez estivesse vomitando. E daí? Pôs-se a andar, afastando-se constrangido das crianças que agora corriam na sua direção. A cantiga ficou fragmentada. Sentia-se atordoado mas consciente. A vertigem passara e se o deixara exausto, dera-lhe em troca uma misteriosa calma. Ficou olhando uma borboleta amarela. Tudo podia ser perfeito como o azul daquele céu sem mancha. Mas em algum lugar estava escondido o ponto negro, encravado lá no fundo, bojudo e fluido como uma nuvem-nebulosa que inesperadamente se dilatava e descia para arrebatá-lo, sugá-lo com fúria até as raízes. Devolvendo-o oco. Moído feito um bagaço, sim, o pontinho monstruoso, memória escondida nele — ou fora dele? "Que foi que aconteceu, meu Deus?! O que foi?"
Balançou a cabeça. Não, não era loucura. "Antes fosse", se surpreendeu dizendo. Saiu do parque com a curiosa sensação de que as árvores lhe estendiam amorosamente os braços verdes, para se despedirem? Ou para retê-lo? Podia ir ver Bruna. Mas assim, amarfanhado, recendendo ainda a uma crise de asma. Fechou o paletó. Asma. Ela estava farta de saber que ele não era um asmático, era mesmo um... Estacou à beira da palavra proibida. "Ela finge que não sabe." E seus olhos se umedeceram. "Finge que não sabe." Haveria de dar-lhe as argolas, nem precisavam ser de ouro, umas belas argolas folheadas e Bruna se atiraria em seus braços tão contente. Daria também um presentinho para os velhos, meias de lã para ele, uma água-de-colônia para ela, qual era mesmo o nome do perfume que a punha eufórica? Podia dar até — por que não? — um ramo de rosas para Elizabeth, a do amor silencioso. Tinha a mesa-

da inteira na gaveta, pois não tinha? Animou-se. Assim, todo o fervor no coração contente de novo, ah! se pudesse reunir todos, todos juntos! o pai, a mãe, Bruna, Elizabeth, todo mundo de mãos dadas, cantando aos gritos como as crianças, *Somos filhos de um rei!*

Fixou o olhar apavorado na árvore da estreita ladeira que agora subia. Aquela árvore... Na fuga, abraçara-se àquela mesma árvore, nela se recostara — mas por que estava voltando? Por que de novo aquele lugar do qual fugira tão cheio de horror? Por que se aproximava mais uma vez daquilo?! Se a COISA estava lá, à sua espera?

Cambaleou, apertando a cabeça, tapando os ouvidos, não quero saber o que é, não quero! Voltou-se estendendo os braços para o caminho percorrido, não!... E como nos sonhos, as pernas anestesiadas não obedeceram ao comando. "Não quero saber...", repetiu debilmente. E prosseguiu subindo ladeira acima, deixando-se levar com a miserável passividade de uma coisa que o vento carrega. Caiu de joelhos, arquejante, a COISA acontecera próximo à sua casa. Estremeceu. A COISA acontecera na sua própria casa!

Havia gente no portão. Mesmo assim longe, reconheceu Afonso e mais dois colegas. Pôs-se então a correr desabaladamente, agora tinha que ver, agora era impossível voltar, "Meu Deus, o que foi?!". Desgrenhado, abriu caminho entre as pessoas que se amontoavam na escada e enveredou pela sala. Cochichos. Espanto. Viu o pai, prostrado numa poltrona, os lábios mais brancos do que os bigodes de pontas caídas, pela primeira vez, caídas.

Rafael teve um desfalecimento. Outra vez a névoa, mas agora sentiu-se leve dentro dela. Desaparecera a dor, só aquela aflição, ah, tinha que saber, foi com minha mãe? foi com ela?... "Mãe!", gritou aproximando-se do grupo compacto de homens. Afastando-os com brutalidade, deu com um caixão. Na sua frente estava agora um caixão negro. De novo quis recuar, cobriu a cara, "Não, não!". Viu a mãe entrar na sala amparada por duas mulheres, os olhos esgazeados, "Rafael!".

Inesperadamente, como se o puxassem pelos cabelos, ele debruçou-se sobre o caixão e se encontrou lá dentro.

A Confissão de Leontina

Já contei esta história tantas vezes e ninguém quis me acreditar. Vou agora contar tudo especialmente pra senhora que se não pode ajudar pelo menos não fica me atormentando como fazem os outros. É que eu não sou mesmo essa uma que toda gente diz. O jornal me chama de assassina ladrona e tem um que até deu o meu retrato dizendo que eu era a Messalina da boca do lixo. Perguntei pro seu Armando o que era Messalina e ele respondeu que essa foi uma mulher muito à toa. E meus olhos que já não têm lágrimas de tanto que tenho chorado ainda choraram mais.

Seu Armando que é o pianista lá do salão de danças já me aconselhou a não perder a calma e esperar com confiança que a justiça pode tardar mas um dia vem. Respondi então que confiança podia ter nessa justiça que vem dos homens se nunca nenhum homem foi justo pra mim. Nenhum. Só o Rogério foi o melhorzinho deles mas assim mesmo me largou da noite pro dia. Me queixei pro seu Armando que tenho trabalhado feito um cachorro e ele riu e perguntou se cachorro trabalha. Não sei respondi. Sei que trabalhei tanto e aqui me chamam de vagabunda e me dão choque até lá dentro. Sem falar nas porcarias que eles obrigam a gente a fazer. Daí seu Armando disse pra não perder a esperança que não há mal que sempre ature. Então fiquei mais conformada.

Puxa vida que cidade. Que puta de cidade é esta a Rubi vivia dizendo. E dizia ainda que eu devia voltar pra Olhos d'Água porque isto não passa de uma bela merda e se nem ela que tem peito de ferro estava se aguentando imagine então uma bocó de mola feito eu. Mas como eu podia voltar? E voltar pra fazer o quê? Se minha mãe ainda fosse viva e se tivesse o Pedro e minha irmãzinha então está visto que eu voltava correndo. Mas lá não tem mais nada. Voltar é voltar pra casa de Dona Gertrudes que só faltava me espetar com o garfo. E nem me pagava porque mal sei ler e por isso meu pagamento era a comida e uns vestidos que ela mesma fazia com as sobras que guardava numa arca.

    Engraçado é que agora que estou trancafiada vivo me lembrando daquele tempo e essa lembrança dói mais do que quando me dependuraram de um jeito que fiquei azul de dor. Nossa casa ficava perto da vila e vivia caindo aos pedaços mas bem que era quentinha e alegre. Tinha eu e minha mãe e Pedro. Sem falar na minha irmãzinha Luzia que era meio tontinha. Pedro era meu primo. Era mais velho do que eu mas nunca se aproveitou disso pra judiar de mim. Nunca. Até que não era mau mas a verdade é que a gente não podia contar com ele pra nada. Quase não falava. Voltava da escola e se metia no mato com os livros e só vinha pra comer e dormir. Parecia estar pensando sempre numa coisa só. Perguntei um dia em que ele tanto pensava e ele respondeu que quando crescesse não ia continuar assim um esfarrapado. Que ia ser médico e importante que nem o Doutor Pinho. Caí na risada ah ah ah. Ele me bateu mas me bateu mesmo e me obrigou a repetir tudo o que ele disse que ia ser. Não dê mais risada de mim ficou repetindo não sei quantas vezes e com uma cara tão furiosa que fui me esconder no mato com medo de apanhar mais.
    Minha mãe vivia lavando roupa na beira da lagoa. Ela lavava quase toda a roupa da gente da vila mas não se queixava. Nunca vi minha mãe se queixar. Era miudinha e tão magra que até hoje fico pensando onde ia buscar força pra trabalhar tanto. Não parava. Quando tinha aquela dor de cabeça de cegar então amarrava na testa um lenço com rodela de batata crua e fazia o chá que colhia no quintal. Assim que a dor passava ia com a trouxa de roupa pra lagoa. Essa erva do chá a Tita também comia e depois vomitava. Vou ser médico e a senhora vai viver feito uma rainha o Pedro disse. Rainha Rainha Rainha eu fiquei gritando e pulando em redor dela e a Tita latia e pulava comigo. Ela então fez que sim com a cabeça e riu com aquele jeito que tinha de esconder a boca.
    Eu fazia a comida e cuidava da casa. Minha irmãzinha Luzia bem que podia me ajudar que ela já tinha seis anos mas vivia com a mão suja de terra e sem entender direito o que a gente falava. Queria só ficar esgravatando o chão pra descobrir minhocas. Está visto que sempre encontrava alguma e então ficava um tempão olhando pra minhoca sem deixar que ela se escondesse de novo. Ficou assim

desde o dia em que caiu do colo de Pedro e bateu com a cabeça no pé da mesa. Nesse tempo ela ainda engatinhava e Pedro quis fazer aquela brincadeira de upa cavalinho upa. Montou ela nas costas e saiu trotando upa upa sem lembrar que a pobrezinha não sabia se segurar direito. Até que o tombo não foi muito feio mas desde esse dia ela não parou de babar e fuçar a terra procurando as benditas minhocas que às vezes escondia debaixo do travesseiro.

    Até a lenha do fogo era eu que catava no mato. Perguntei um dia pra minha mãe por que Pedro não me ajudava ao menos nisso e ela respondeu que o Pedro precisava de estudar pra ser médico e cuidar então da gente. Já que o dinheiro não dava pra todos que ao menos um tinha que subir pra dar a mão pros outros. Quando ele for rico e importante decerto nem vai mais ligar pra nós eu fui logo dizendo e minha mãe ficou pensativa. Pode ser. Pode ser. Mas prometi pra minha irmã na hora da morte que ia cuidar dele melhor do que de você. Estou cumprindo.

    Imagine a senhora se minha mãe soubesse que não faz dois anos que encontrei Pedro e que ele fingiu que nem me conhecia. Eu tinha ido visitar minha colega Rubi que piorou do pulmão e foi pra Santa Casa. Levei um pacote de doces e uma revista de anedotas que Rubi tem paixão por anedotas. Foi quando Pedro entrou. Vinha com uma moça que devia ser doutora também porque estava com um avental igual o dele. Levei um susto tão grande que quase caí pra trás porque foi demais isso da gente se ver depois de tanto tempo. E como estava alto e bonito com aquele avental. Abri a boca e quis chamar Pedro Pedro. Mas uma coisa me segurou e foi bom porque assim que ele deu comigo foi logo disfarçando depressa com um medo louco que eu me chegasse. Então baixei a cabeça e fingi que estava vendo a revista. Ele foi virando as costas e pegando no braço da doutora e saindo mais apavorado do que se tivesse visto o próprio diabo. Rubi percebeu tudo que Rubi não tem nada de boba e sabe até falar um pouco da língua que aprendeu quando morou aí com um gringo. Quis saber se por acaso aquele lá tinha dormido comigo pra ficar assim atrapalhado perto da bosta da namorada dele. E disse que eu era muito tonta de ficar desse jeito porque já devia estar acostumada com esse tipo de homem que faz aquelas caras pra gente quando a mulher está por perto. Que é que você queria que ele fizesse? Queria que te apresentasse olha aqui a vagabunda que trepou comigo? Era isso que você queria? Então me deu uma bruta vergonha daquela vida que a gente estava levando e que devia mesmo ser uma droga de vida pra Pedro não ter coragem nem de me cumprimentar. Contei tudo pra ela.

Esse teu primo é um grandessíssimo filho da puta. Um filho da puta ela ficou repetindo não sei quantas vezes. Acho você muito melhor do que ele. O grande cão. Ficou cheio de orgulho e fugiu da prima esculhambada mas o caso é que foi essa prima que durante anos e anos fez a comida dele. Veja Leo que se você tivesse dinheiro ele não te desprezava assim por mais à toa que você fosse. O errado não é ficar dando mas dar pra pobre como você dá. Nisso é que está o erro. Mas também não posso falar muito porque sempre fui uma besta e a prova disso é que vim parar nesta enfermaria baixo-astral. Estou acabada Leo. Tenho só trinta e cinco anos mas estou podre de velha e você vai direitinho pro mesmo caminho. Não aguentei e abri a boca no mundo. Me mandou parar de chorar e começou a falar tanta asneira que quando chegou a janta a gente já estava rindo de novo. Dividiu comigo a canja de galinha que chamou de canja de defunto porque os médicos matam por engano e pra não contar que foi engano aproveitam a defuntada na canja. Então me lembrei daquela vez que teve galinha e minha mãe deu o peito pra ele. Fiquei com o pescoço. Não me comprava sapato pra que ele pudesse ter livros. E agora ele fugia de mim como se eu tivesse a lepra. E depois a gente não era bem isso o que a Rubi disse porque a gente trabalhava. A gente não trabalha? perguntei meio ofendida. Sei disso sua tonta ela me respondeu. Mas estamos na zona. Pergunta pros tiras se eles deixam a gente ficar lá de graça pergunta. Sendo da zona é tratada feito vagabunda e está escrito que tem que ser assim.

Mais tarde ela contou que uma noite ele veio conversar na enfermaria. Quis saber o que a gente fazia e mais isso e mais aquilo. Quando a Rubi disse que a gente era dançarina de aluguel ele ficou muito espantado e começou a rir ah ah ah. Quer dizer que tem homens que pagam só pra dançar com vocês? Mas ainda existe esse negócio? E achou graça porque não podia imaginar que justo eu que não sabia nem o que era uma valsa estivesse metida nisso. Rubi tem ódio da palavra *valsa* por causa de uma coisa que aconteceu e quando escutou essa palavra e viu ele zombando já engrossou e disse que esse era um trabalho tão direito como qualquer outro. O ruim é que pagavam tão pouco que as meninas tinham que continuar a dança na cama pra poder comer no dia seguinte. Avisa a Leontina que quando me encontrar com outras pessoas pra não se aproximar de mim ele recomendou. Se precisar de médico que me procure mas só no meu consultório ele foi dizendo enquanto tirava um cartão do bolso. Aqui não. Rubi então perdeu a tramontana mas perdeu mesmo. Picou o cartão em pedacinhos e jogou tudo na cara dele. O senhor não passa de um escroto ela respondeu. E não precisa ficar com medo que a Leo nunca mais há de querer falar com um tipo assim ingrato e sujo. Vá pro fundo do inferno com toda a sua importância que a Leo quer ver o diabo e não quer ver o senhor.

Ela me contou isso tão furiosa que me vi na obrigação de ficar furiosa também. Rubi é só bondade e virava um tigre se me faziam alguma mas a verdade é que bem que eu queria guardar aquele endereço e numa hora qualquer ir lá conversar com ele. Ela não entende que a gente foi criado junto que nem irmão. Gosto dele apesar de tudo e por mais que ele faça eu sei que vou continuar gostando igual porque não se arranca o bem-querer do coração. E quem mandou eu ficar nessa vida? Mas também que outra vida eu podia ter senão esta? Mal sei escrever meu nome e qualquer serviço por aí já quer que a gente escreva até na máquina. Não sei como é com as outras moças que nem eu. Só sei que comigo tem sido duro demais e se Pedro soubesse disso quem sabe vinha me fazer uma visitinha e me dizer ao menos uma palavra. Mas já estou presa faz três meses e até agora ele não deu sinal e decerto nem vai dar.

Às vezes fecho os olhos pra ver melhor aquele tempo. Minha mãe tão caladinha com o lenço amarrado na cabeça e a trouxa de roupa. Luzia com as minhocas. Pedro com os livros. E eu tão contente cuidando da casa. Quando tinha flor no campo eu colhia as mais bonitas e botava dentro da garrafinha em cima da mesa porque sabia que Pedro gostava de flor. Lembro de um domingo que minha mãe ganhou uns ovos e fez um bolo. Era tão quente o cheiro daquele bolo e Pedro comeu com tanto gosto e fiquei tão alegre que rodei de alegria quando ele agradou minha mãe e me chamou pra caçar vaga-lume. Anoitecia e a gente ia chacoalhando uma caixinha de fósforo e mentindo pros vaga-lumes numa cantiguinha que era assim *Vaga-lume tem-tem vaga-lume tem-tem tua mãe está aqui e o teu pai também.*

Não conheci meu pai. Morreu antes de você nascer respondia minha mãe sempre que eu perguntava. Mas como ela não queria falar nisso fiquei até hoje sem saber como ele era. Então imaginava que era lindo e bom e podia escolher a cara que devia ter quando me deitava na beira da lagoa e de tardinha ficava olhando o sol no meio das nuvens. Me representava então ver meu pai feito um deus desaparecendo detrás da montanha com sua capa de nuvem num carro de ouro.

No fim do ano tinha festa na escola. Pedro era sempre o primeiro aluno e o diretor vinha então dizer pra minha mãe que não tinha na escola um menino assim inteligente. Nessas horas minha mãe chorava.

Me lembro que uma vez Pedro inventou uma festa no teatrinho. Quando acabou corri pra dizer que ele tinha representado melhor do que todos os colegas mas Pedro me evitou. Eu estava mesmo com o vestido rasgado e isso eu reconheço porque minha mãe piorou da dor e tive que passar a manhã inteira fazendo o serviço dela e o meu. Mas achei que Pedro estava tão contente que nem ia reparar no meu jeito. E me cheguei pra perto dele. Ele então fez aquela cara e foi me dando as costas. Essa daí não é a tua irmã? um menino perguntou. Mas Pedro fez que não e foi saindo.

Fiquei sozinha no palco com um sentimento muito grande no coração. Quando voltava pra casa ele me pegou no caminho. Todo mundo já tinha ido embora. Então ele botou a mão no meu ombro e me perguntou se eu tinha gostado e mais isso e mais aquilo. Pedro Pedro por que você fingiu que nem me conhecia? eu quis perguntar. Mas ele estava tão contente e era tão bom quando ele ficava contente que não quis estragar a festa. E fiquei contente também.

Quando cheguei minha mãe estava com o pano amarrado na cabeça e já ia saindo para ir ao Bentão curandeiro. E me lembro agora de uma coisa que parece mentira mas juro que foi assim mesmo. Já contei que a gente tinha uma cachorrinha chamada Tita que era uma belezinha de cachorra. Quando teve a última ninhada achei que emagreceu demais e começou a custar muito pra sarar. Não se importe não que ela vai ficar boa disse minha mãe. Mas uma tarde vi a Tita se levantar do caixotinho dela e ficar parada farejando o ar e olhando lá longe com um jeito tão diferente que até estranhei. Ela apertava os olhinhos e franzia o focinho olhando a estrada. Depois voltava e olhava pros cachorrinhos dentro do caixote. Olhou de novo pra estrada. A testa até franzia de tanta preocupação. Mas de repente resolveu e foi andando firme numa direção só. No dia seguinte foi encontrada morta naquelas bandas pra onde estava olhando. Com minha mãe foi igual. Antes de sair ficou sem saber se ia ou não. Olhou pra mim. Olhou pra Luzia. Olhou comprido pro Pedro. Depois olhou de novo a estrada franzindo a testa que nem a Tita. Parecida mesmo com a Tita medindo o caminho que ia fazer. Senti um aperto forte no coração. Não vai mãe eu quis dizer. Mas ela já tinha pegado a estrada com seu passinho ligeiro. Corri pro Pedro com um pressentimento. Ele estava lendo um livro. Deixa de ser burra que não vai acontecer nada de ruim ele disse sem parar de ler. Vou ser médico pra cuidar dela. Nunca mais vai sentir nenhuma dor ele prometeu. E a Luzia vai deixar de mexer com minhoca e você vai se casar e vai ser feliz ele disse e me mandou coar um café.

    Aconteceu tudo ao contrário. Minha mãe caiu na estrada segurando a cabeça e Luzia se afogou quando procurava minhoca e eu estou aqui jogada na cadeia. Fico pensando que ele era mesmo diferente porque só com ele deu tudo certo e agora entendo por que merecia um pedaço de carne maior do que o meu.

    Sempre achei a estaçãozinha de Olhos d'Água muito alegre por causa do trem mas naquela manhã não podia haver uma estação mais triste. Esperei que Pedro aparecesse ao menos uma vez na janela pra me dizer adeus. Não apareceu. Fiquei então abanando a mão pra outras pessoas que por sua vez abanavam pra outras pessoas até que o último carro sumiu na curva.

    O chefe da estação quis saber pra onde Pedro ia. Contei que a intenção dele era estudar e trabalhar na cidade. Pois vai morrer de fome disse um amigo do chefe que estava escutando a conversa. Fiquei então num estado que nem sei explicar. É que me vi completamente sozinha no mundo e isso foi muito duro pra mim. Acabei me acostumando mas no começo fiquei com medo porque só tinha doze anos. Minha mãe estava enterrada. Assim que ela morreu tive que trabalhar feito louca porque Pedro ia tirar o diploma na escola e precisava de um montão de coisas. Continuei lavando pra fora e tinha ainda que cozinhar e cuidar da minha irmãzinha e catar lenha no mato e colher pinhão quando era tempo de pinhão. Me deitava tão cansada que nem tinha força de lavar a lama do pé. Você está virando um bicho Pedro me disse muitas vezes mas o que eu queria é que ele estivesse limpinho e com a comida na hora certa. Era isso que eu queria. Depois eu me lavo eu respondia. Depois quando? ele perguntava. E eu olhava em redor e via as pilhas de camisa pra passar e engomar e a panela queimando no fogo e minha irmãzinha tendo que ser trocada porque ela fazia tudo na roupa. Quando você tirar o diploma não vou mais lavar pra fora. Então vou poder andar em ordem e até estudar. Era isso o que eu respondia. Foi isso que eu combinei. Mas o combinado não vigorou porque assim que ele tirou o diploma arrumou a trouxa e foi embora.

    Aquele ano meu Pai. Quando me lembro daquele ano. Até hoje se escuto falar em diploma me representa que vai começar tudo outra vez. Os meninos recebiam o diploma de tardinha e depois estava marcada a festa. De noite não dava pra ir mas se eu corresse ainda chegava em tempo pra festa de tarde. Não conto o nó que senti na garganta quando vesti o vestido cinzento que minha mãe devia usar no caixão e não usou porque a Cida que arrumou ela disse que o vestido ia servir direitinho em mim. Era um desperdício. Ninguém está vendo se ela vai de vestido velho disse a Cida. Só Deus sabe mas Deus até vai gostar quando ela aparecer pra lavar a alma com o mesmo vestidinho que usava pra lavar roupa. Agora eu estava com a sandália e o vestido dela e pensei que quando Pedro me visse ia pensar nisso também. Mas Pedro estava ocupado demais pra pensar noutra coisa que não fosse o discurso que ia fazer.

Quando comecei a pentear a Luzia ele parou de escrever e fez aquela cara que conheço bem. Ficou me olhando. Mas a Luzia também vai? Respondi que era preciso porque ela não podia ficar sozinha. Ele não disse nada mas notei que ficou aborrecido porque logo fez aquela cara. É que ele se envergonhava da gente e com razão porque a verdade é que não era mesmo muito agradável mostrar pros colegas uma priminha tonta assim. Confesso que isso me doeu porque a Luzia estava tão lindinha com o cabelo louro todo encacheado caindo até o ombro e o vestidinho novo que fiz com um retalho de fazenda azul que uma freguesa me deu. Pensei em dizer que assim arrumada ninguém podia descobrir que ela não era muito certa da cabeça. Mas Pedro estava de tal jeito que achei melhor deixar a Luzia em casa e ir só com ele.

Estava quase na hora de Pedro começar o discurso lá na festa quando a Malvina apareceu me chamando com a mão depressa depressa. Ela era preta mas naquela hora estava com a cara cinzenta. Que foi que aconteceu com a minha irmãzinha perguntei quase sem poder me aguentar de pé. Então Malvina começou a tremer dizendo que não tinha tido tempo de fazer nada. Fazer o quê? perguntei tremendo também. Salvar a pobrezinha. Eu ia indo pra casa quando vi aquele anjinho na beira da lagoa cavucando a lama. Fui chegando e de repente não sei como ela deu uma cambalhota e desapareceu. Gritei o quanto pude mas demorou até o Bentão entrar na água trazendo a pobrezinha pelo cabelo. Roxinha roxinha.

Corri feito louca pra avisar o Pedro. Ele já ia entrar no palco. Pedro Pedro a Luzia se afogou fiquei repetindo sem chorar nem nada. A Luzia se afogou a Luzia se afogou. Só repetia isso sem poder dizer outra coisa a Luzia se afogou. Ele me olhava mais branco do que a camisa. Agarrou meu braço. Vá na frente que depois eu vou. Vá na frente está me escutando? Mas eu não conseguia sair do lugar. Então ele me sacudiu com força. Vá indo na frente já disse. Vá indo que depois eu vou mas não conte pra ninguém escutou agora? Vi ele subir a escadinha que dava pro palco. Vá na frente repetiu bem baixinho mas tão furioso que pensei que fosse voltar pra me bater. Não fique parada aí. Vá na frente que eu já vou. Eu já vou.

Saí zonza como se tivesse levado uma paulada. Da rua ouvi ainda a voz de Pedro começando o discurso. Me lembro de uma palavra que escutei. Nunca tinha escutado antes e não sabia o que era. Fui voltando pra casa e repetindo júbilo júbilo júbilo.

Foi assim que perdi minha irmãzinha que era linda como os anjos pintados no teto da igreja. Mais umas semanas e perdi Pedro. O diretor da escola me arrumou um emprego na cidade ele avisou. Vou trabalhar num banco. O ordenado é pequeno porque meu serviço é só dar recado mas nos dias de folga vou trabalhar num hospital onde me deixam dormir. Estudo de noite ele disse bebendo em grandes colheradas a sopa que eu esquentei. Comecei a dar pulos de alegria. Pedro Pedro que bom que agora tudo vai mudar pra nós eu disse cabriolando de tão contente. Faço sua comida e lavo sua roupa e posso também ganhar alguma coisa porque sei trabalhar direito não sei? Ele então segurou no meu braço. Parei de rodopiar. Mas você não vai. Demorou um pouco pra eu entender. Eu não vou Pedro? Ele passou a mão na minha cabeça. Não pense que estou te abandonando ouviu bem? Eu não ia fazer uma coisa dessas. Mas o que vou ganhar não dá pra dois. Vou na frente e quando der jeito mando te chamar mas não fique triste porque você vai trabalhar na casa de uma mulher muito boa que o padre Adamastor conhece. Já falei com ele e assim que eu embarcar você vai pra lá. A gente vende esses trastes que preciso apurar algum dinheiro pra viagem. Agora bebe sua sopa senão esfria. Fui mexendo o caldo mas minha garganta estava trancada. Ah meu Pai. Meu pai. Só olhava pro caixotinho da Tita que agora servia pra guardar pinhão e da Tita passei pra minha mãe e então não aguentei mais segurar o choro. Mas nessa hora Pedro já tinha saído pra saber se a Malvina queria comprar nossas coisas e foi melhor assim porque ele não viu como fiquei.

Vendi tudo e o que apurei entreguei na mão dele. Um dia ainda te devolvo com juro ele disse. Eu não sabia o que era juro e até hoje não entendo mas se vinha de Pedro devia ser bom. Guardou o dinheiro e me abraçou. Me leva Pedro me leva fiquei pedindo agarrada nele. Tenho que ficar sozinho se quiser fazer o que tenho que fazer ele disse. Mas logo você vai receber uma carta porque não quero te perder de vista ele repetiu enquanto ia amarrando o pacote de livros com uma cordinha.

Vesti meu vestido cinzento e fui pra casa do padre Adamastor. Mal podia parar em pé de tanto desânimo. Uma tristeza no peito que chegava a doer. Minha mãe e Luzia e Pedro e a Tita mais os filhinhos dos filhinhos da Tita. Tinham sumido todos.

O padre me levou na casa de uma velha de óculos que começou a me olhar bem de perto. Mandou eu abrir a boca e mostrar os dentes. Perguntou mais de uma vez quantos anos eu tinha e se sabia ler. Respondi que andava pelos catorze e que conhecia uma ou outra letra mas fazia melhor as contas. Ela então apertou meu braço. Deve andar com uma fome antiga disse pro padre. Mas uma assim de perna fina é que sabe trabalhar. Remexeu meu cabelo. Vou cortar sua juba pra não dar piolho ela foi dizendo. Examinou minha mão. Quero ver essa unha cortada e limpa.

Fui recuando sem querer. A mulher tinha olhos pretos e redondinhos como os botões da batina do padre e um jeito de falar com a gente feito urubu bicando a carniça. Não parava de perguntar e agora queria saber se eu não tinha andado de brincadeiras com meu primo. Que brincadeiras? perguntei e ela riu com aquele jeito ruim que tinha de rir. Essa brincadeira de dar injeção naquele lugarzinho que você sabe qual é. O padre sacudiu a cabeça fingindo zanga mas bem que achou engraçado. Acho que ela é meio retardada como a irmã que se afogou ele disse se despedindo. Mas isso até que é bom porque essas é que obedecem melhor.

Entendi muito bem o que ele quis dizer e tive tamanho desgosto que nem sei como pude calar a boca. Acho que não sou mesmo muito esperta mas sei rir e sei chorar. Está visto que não é retardada coisa nenhuma quem sabe rir e chorar na hora certa como eu sei.

Começou então o tempo da atormentação. Decerto tenho agora pela frente anos piores ainda porque meu advogado já avisou que estou no mato sem cachorro e que o tal processo não está cheirando nada bem. Mas o tempo que passei na casa de Dona Gertrudes esse eu não esqueço mais.

Ela era o próprio diabo em figura de gente. Credo. Cruz-credo como aquela mulher me atormentou. Nem pra ir ao banheiro eu tinha sossego que ela ficava rondando a porta e resmungando que eu devia estar cagando prego pra demorar tanto assim. Era Zeladora do Sagrado Coração de Jesus e todo santo dia tinha que ir de tardinha na igreja o que era uma sorte. Mas uma sorte mesmo. A única coisa que eu pedia pra Deus é que ela continuasse Zeladora porque ao menos nessa hora eu podia respirar. Tinha um filho chamado João Carlos que era o mesmo nome do pai. O pai era muito bom mas o menino tinha puxado a mãe. Uma peste de menino estava ali. Caçava mosquito pra botar no meu prato e me dava cada estilingada de ficar marca. Uma noite quis me ver pelada e como não deixei veio mijar na minha cara enquanto eu estava dormindo. Na procissão da Semana Santa ia vestido de Nosso Senhor dos Passos.

Assim que Dona Gertrudes virava as costas o menino largava o caderno e fugia pra jogar futebol perto do matadouro. Então seu João Carlos vinha na cozinha pedir um café e prosear comigo. Era muito educado mas morria de medo da mulher. É uma verdadeira megera ele me disse certa vez e me lembro que achei graça na palavra que nunca tinha escutado antes. Ia enrolando seu cigarrinho de palha e se queixando tanto que até criei coragem e perguntei por que ele não fazia a pista duma vez. Quando era moço bem que tentei mas ela ameaçou se matar ele respondeu. Então fui ficando. Agora estou velho e não adianta mais nada mas você que é novinha devia fugir o quanto antes. Vá-se embora menina. Vá-se embora.

E foi o que eu fiz. O pouco de dinheiro que ela me dava fui juntando num pé de meia pra render mais como via minha mãe fazer. E numa madrugada levantei antes dela e vesti meu vestido cinzento e corri pra estação. O carro de primeira estava quase vazio mas o de segunda tinha gente até de pé. Arrumei um lugarzinho perto de uma mulher muito gorda que comia pão com cebola. Assim que o trem começou a andar espiei pela janelinha e quando vi a vila amontoada lá embaixo não aguentei e caí no choro. Me representou ver minha mãe lá longe com o pano amarrado na cabeça e pensando se ia pegar a estrada que nem fez a Tita. E minha irmãzinha brincando com as minhocas. E Pedro tão sério mexendo nos cadernos. Nossa mesa com a flor dentro da garrafinha de guaraná. Juro que me representou escutar até a fala deles. Onde estava nossa casa? Onde estavam todos?

A mulher perguntou se eu chorava por causa da cebola que ela picava num guardanapo aberto no colo. Respondi que chorava de verdade mesmo. Ela mastigava sem parar e quando o pão acabou abriu um embrulho com ovo cozido e me ofereceu um. Contou que tinha seis filhos que estavam na casa de uma comadre porque o marido era tão imprestável que não ganhava nem pro sustento de um tico-tico. Repartiu comigo o virado de feijão e riu muito quando contou como o caçula era engraçado. Depois chorou porque se lembrou que estava indo pra ficar de esmola na casa de uma irmã tudo por culpa daquele marido que só prestava pra fazer filho.

Anoiteceu e a gente ainda no trem. A mulher parou de comer e dormiu. Fiquei olhando o mato lá fora mais preto do que carvão. O céu também estava preto. Tive tanto medo que até me deu enjoo mas de repente vi minha cara no vidro da janela. Eu tinha mesmo a cara de lua cheia que Dona Gertrudes vivia caçoando. Mas a pele era clarinha. E a boca muito bem-feita sim senhora e com todos os dentes. Passei a mão no meu cabelo louro louro. Mas louro de verdade e anelado sem ser de permanente. Achei bonito o meu cabelo ali no vidro e olhei de novo pro céu. O pretume tinha se rasgado e pelo rasgão apareceu um monte de estrelas. Me deu então uma bruta calma quando vi uma estrelinha verde brilhando lá longe. Imaginei que aquela bem que podia ser minha mãe. Então fechei os olhos e pedi que ela tomasse conta de Pedro. E que também olhasse um pouco por mim.

Quase todas as minhas colegas do salão de danças contaram que se perderam com moços que prometeram casamento. Pois comigo foi diferente porque o Rogério até que não prometeu nada. Foi o primeiro conhecimento que fiz na cidade. Ele era grandalhão e tinha um riso tão bom que dava logo vontade da gente rir junto. Assim que cheguei sentei num banco da estação e fiquei ali parada sem saber pra onde ir. Então ele veio prosear comigo e se ofereceu pra me ajudar. Reparei que vestia uma roupa diferente e perguntei que farda era aquela. Mas esta é a roupa de marinheiro ele respondeu. E começou a rir porque achou uma coisa de louco topar com alguém que nunca tinha visto um marinheiro. Contou que morava no Rio mas estava agora de licença pra tratar de umas coisas que tinha que tratar aqui em São Paulo. E ficou olhando pro meu vestido. Já adivinhei tudo ele foi dizendo. Você vestiu o vestido da sua mãe e fugiu de casa porque trabalhava demais e até fome passou. Acertei?
Me levou numa confeitaria cheia de espelhos e luzes. Reparei então como eu estava mal-arrumada perto das outras moças e acho que ele também adivinhou o que eu estava pensando porque me pediu que eu não ficasse com vergonha daquelas mulheres bem-vestidas mas todas umas vagabundas de marca. E prometeu que no dia seguinte ia me comprar até um enxoval. Quer um enxoval hein Joana? Expliquei que meu nome não era Joana e sim Leontina. Leontina Pontes dos Santos. Não faz mal ele respondeu rindo. Esse seu cabelo encacheado é igual ao cabelo do São João do Carneirinho e pra mim você sempre será Joana.

Fui contando minha vida enquanto bebia café com leite e comia biscoito de polvilho. Ele bebia cerveja e escutava muito sério. Pediu depois um prato de batata frita. Falei no Pedro e na vontade que tinha de encontrar com ele apesar de não ter recebido até agora nenhuma carta naqueles quatro anos.

Isto aqui é grande demais pra você achar esse primo ele disse sacudindo a cabeça. Neste puta bolo a gente não encontra nem com a mãe. E é melhor mesmo não contar com ninguém ele disse segurando minha mão. Foi o primeiro conselho que ouvi e agora que estou sozinha vejo como era verdade isso que o Rogério me disse. Conte só com você que todo mundo já está até as orelhas de tanto problema e não quer nem ouvir falar no problema do outro. Depois me disse que se eu estivesse gostando dele como ele estava gostando de mim tudo ia ser muito fácil. A gente podia ir morar junto lá no hotelzinho mas desde já me avisava que não ia prometer nada. Nunca enganei nenhuma mulher ele avisou. Sou livre mas não vá ficar alegre com isso porque casar não caso mesmo. Meu compromisso é outro. Nunca esquento o rabo em parte alguma ele disse despejando mais cerveja no copo. Fiquei olhando a espuma. Chega uma hora me mando pro mar e adeus. Está bem assim?

Respondi que nunca tinha visto o mar. Num desses domingos a gente vai comer uma peixada em Santos ele prometeu. E explicou que o mar era tanta água tanta que no fim ele parecia se juntar com o céu. Mas se a gente chegasse até lá tinha ainda pela frente um chão de mar que não acabava nunca. Às vezes esse mar ficava arreliado e espumava feito louco varrido puxando pro fundo tudo o que encontrava. Assim como vinha de repente essa raiva de repente passava. E sem ninguém saber por que a água se punha mansa e embalava os navios como berços. Engraçado é que acabei conhecendo o mar mas não foi com ele. Cada domingo que a gente combinava de ir comer a tal peixada acontecia alguma coisa e acabei indo pra Santos quando já andava com o Mariozinho.

O hotel ficava numa ruinha estreita cheirando a café porque tinha na esquina um armazém de café. Chamava Hotel Las Vegas. Subimos a escada de caracol e entramos no quarto. Então fiquei sentada na cama. Ele riu e agradou meu queixo. Depois me deu um sabonete verde e avisou que o banheiro ficava do lado. Não me envergonho de dizer que aprendi a tomar banho com Rogério. Você tem que tomar banho todo dia e lavar bem as partes ele ensinou quando expliquei que em casa a gente só tomava banho de bacia em dia de festa porque nas outras vezes só lavava o pé. E na casa da minha patroa ela não gostava que eu me lavasse pra não gastar água quente.

Quando voltei do banheiro embrulhada na toalha ele me deu pra vestir uma cueca e uma camiseta com umas coisas escritas no peito. Perguntou se eu sabia ler isso daí que estava escrito e foi logo explicando que era tudo em inglês e repetiu e me fez repetir inglês inglês inglês. Estados Unidos ele disse e ficou enxugando meu cabelo que pingava água. Já tinha estado por lá e isso escrito na camiseta queria dizer *Eu não posso deixar de te amar*. Ainda sou magra mas nesse tempo era mais magra ainda e aquela roupa ficou tão grande e tão esquisita que me deu vergonha e fui me esconder na cama debaixo do lençol. Ele riu e se deitou do meu lado. Você está com medo? ele perguntou. Confessei que estava. Não tenha medo ele disse. É como beber um copo d'água. Enquanto você estiver assim tremendo a gente não faz nada está bem assim? Te ensino depois como evitar filho e outras coisas. Fechou a luz e ficou fumando e eu fiquei encolhida e olhando pro teto. Não gostava do cheiro da fumaça mas era bom o cheiro do sabonete e até hoje não sei por que pensei no meu pai quando ele passou o braço debaixo da minha cabeça e me chamou, Vem Joana.

Esse foi um tempo feliz. Rogério era muito paciente e alegre. Como ele era alegre. Sempre me trazia um presentinho da rua e quando tinha dinheiro me levava pra comer no restaurante. Também me fez arrumar as unhas na Valderez que tinha o salão na rua do hotel. Se estava duro dizia Estou duro e daí a gente comia sanduíche num bar por perto onde o dono era amigo dele. Em todo bar que a gente ia o dono era amigo dele.

No sábado tinha cinema e depois tinha o Som de Cristal onde a gente ia dançar que ele tinha paixão por música. Tão alegre o Rogério. E tão bom. Foi com ele que aprendi isso de dizer que não tem problema. Nada de se aporrinhar que a vida assim acaba ficando uma puta aporrinhação ele repetia quando eu me queixava de alguma coisa. Não tem problema Joana. Não tem problema. Aprendi também a fazer amor e a fumar. Até hoje não consegui gostar de fumar. Comprava cigarro e ficava fumando porque todo mundo em nossa volta fumava e ficava esquisito eu não fumar. Mas dizer que gostava isso eu não gostava mesmo. Também fazia amor tudo direitinho pra deixar ele contente mas sempre com uma tristeza que não sei até hoje explicar. Essa hora do amor foi sempre a mais sem graça de todas. Justo na hora de ir pra cama com ele já esperando eu inventava de fechar a torneira que deixei aberta ou ver se não tinha perdido minha carteira de dinheiro. Vem logo Joana que já estou quase dormindo o Rogério me chamava. Quando não tinha mais remédio então eu suspirava e ia com cara de boi indo pro matadouro. Me sentia melhor se tomava um bom copo de vinho mas era depois do fuque-fuque que o Rogério cismava de beber. E de cantar a modinha do marinheiro.

Cantava bem o Rogério e quando o Milani aparecia com o violão era aquela festa. Cantava muito o "Adeus Elvira que o Sol já Desponta". Essa modinha me dava um ciúme louco porque ele quase chorava enquanto ia chamando Elvira Elvira. O Milani respeitava a tristeza dele e então eu imaginava que essa tal de Elvira existiu.

Um dia achei o Rogério diferente. Comeu pouco. Falou pouco. Perguntei o que era e ele respondeu que não era nada. Depois de um sanduíche que comemos no quarto ficamos os dois debruçados na janela. A noite estava uma beleza e foi me dando um sentimento muito grande. Não tem problema Joana disse o Rogério passando o braço na minha cintura. Você é uma pequena muito direita e ainda vai encontrar um sujeito bem melhor do que eu. Escondi a cara na mão e nem consegui responder. Eu te quero Joana ele disse. Mas sou um tipo que não pode andar com mulher e panelas sempre atrás. Se te largasse até que te fazia um favor porque você precisa casar e não perder seu tempo com um camarada assim maluco. Como eu continuasse cobrindo a cara ele começou a me fazer cócegas e brincar que minhas sobrancelhas eram tão arqueadas como as asas das gaivotas. Você também não conhece gaivota nem inglês nem nada ele repetia me sacudindo e arreliando meu cabelo. Mas no domingo que vem a gente vai pra Santos e lá você vai ver como elas têm asas que nem suas sobrancelhas. E ligou o rádio e dançou um pouco comigo e me contou uma historinha tão engraçada que aconteceu lá no navio que acabei ficando contente de novo.

Nessa noite ele foi muito carinhoso e me fez tanto agrado que cheguei a perguntar por que a gente não casava duma vez e tinha filho e tudo. Ele ficou sério. Estava escuro mas senti que ele ficou sério quando encostei a cabeça no seu peito com aquele cheiro gostoso do sabonete verde. Acendeu um cigarro e disse Agora durma. Quando acordei na manhã seguinte Rogério não estava. Desceu mais cedo pra tomar café pensei. Então dei com a pulseira de pedrinhas de todas as cores em cima da mesa. Debaixo da pulseira estava o bilhete. E o dinheiro. Escreveu naquela letra bem redonda pra que eu entendesse mas a verdade é que nem precisei ler pra saber o que estava escrito. As lágrimas misturavam tanto as letras que eu não sabia se elas estavam no papel ou nos meus olhos. O bilhete dizia que ele tinha que seguir viagem porque tinha sido chamado e essa era uma viagem comprida. Achava melhor então se despedir de mim. Que eu ficasse com aquele dinheiro pra alguma necessidade porque o hotel estava pago até o fim do mês. Que procurasse o Milani pra me ajudar se precisasse de ajuda e que ficasse com a pulseira como prova de afeição. Essa pulseira o Milani acabou vendendo.

Sem Rogério eu não podia achar mais nenhuma graça na vida. E agora lembro que só depois que ele foi embora pra sempre é que vi como eu gostava dele e como a gente tinha sido feliz naquele quartinho da rua com cheiro de café. Chorei até ficar com o olho que nem podia abrir de tão inchado. Depois fechei a janela e fiquei ali trancada no quarto só querendo chorar e dormir. Só chorar e dormir no travesseiro dele porque assim me representava que ele ainda estava ali. Veio o seu Maluf bater na porta com medo que eu fizesse alguma besteira. Aqui não menina. Aqui não que eu não quero encrenca no meu hotel. Se tiver que fazer pelo amor de Deus vá fazer na rua. Respondi como o Rogério me ensinou a responder. Não tem problema seu Maluf. Não tem problema. Tomei banho com o sabonete dele e vesti a camiseta com aquilo tudo escrito em inglês *Eu não posso deixar de te amar.* Mas deixou. Mas deixou fiquei repetindo e chorando com a cabeça enfiada na gaveta vazia e com aquele perfume da loção que ele usava no cabelo.

Dona Simone que é vizinha de quarto veio me consolar quando escutou minha aflição. Homem é assim mesmo ela disse naquela fala enrolada que eu não entendia muito bem porque era gringa mas de uma outra cidade. No meio da conversa soltava tudo quanto era palavrão lá na língua dela que mulher pra dizer asneira estava ali. Fazia o gesto ao mesmo tempo que falava. Me fez beber um pouco do vermute que pra onde ia levava aquela bendita garrafa. Falou de novo num tal de Juju. E acabou confundindo esse Juju com o Rogério. Tudo *farrine* do mesmo *saque farrine* do mesmo *saque* berrou tão alto que seu Maluf voltou pra ver se a gente não estava brigando. Depois ficou com sono e se jogou na minha cama com aquele bafo tão forte que não aguentei e fui dormir no chão.

Voltou mais vezes. Usava um perfume que me enjoava porque era forte demais e misturado com aquele bafo me dava ânsia. A bendita garrafa debaixo do braço. Se sentava com os pés em cima da mesa porque a perna inchava demais. Era gorda. O cabelo curto pintado de preto. Ficava xingando e bebendo até cair no sono. Era horrível mas ainda assim eu me distraía um pouco até que numa tarde veio quase pelada e me mandou ficar pelada também. Começou a me agarrar. Expliquei sem querer ofender que se nem com homem eu tinha achado muita graça imagine então com mulher. Ela riu e ficou dançando feito louca abraçada no travesseiro. Depois cantou a música lá dos gringos e caiu de porre atravessada no chão do quarto. Fiz ela rolar em cima do cobertor e depois tive que arrastar o cobertor com ela esparramada feito um saco de batata.

    Nessa noite me deu vontade de me matar. Respeitei seu Maluf que não queria confusão no hotel e fui pra rua comprar veneno. Vou no jardim e bebo formicida pensei. Mas quando fui passando pelo bar da esquina me deu uma fome desgraçada. Pedi um cachorro-quente. Foi então que encontrei o Arnaldo me perguntando se por acaso eu não era a pequena do Rogério. Nem pude responder. Então ele se sentou comigo no balcão. Disse que o navio do Rogério já estava longe e era melhor mesmo eu tirar ele da cabeça porque não era homem de voltar pra mesma mulher. Aconselhou ainda que eu bebesse cerveja porque formicida queima que nem fogo e cerveja sempre lava o coração.

    Arnaldo não era bonito que nem o Rogério e não tinha dinheiro nem pro cigarro. Disse que era artista de cinema e que ia me botar pra trabalhar feito estrela. Andei espiando ele trabalhar. Era uma fita de alma do outro mundo misturada com gente viva que só aparecia pelada ou então na cama. O papel dele era botar na cara uma máscara medonha e assim mesmo tão depressa que não dava tempo pra nada. Mal aparecia e já sumia no meio daquele bando de gente. Na próxima fita vou fazer o papel de galã sabe o que é um galã? ficava me perguntando. Ficou mais de uma semana aboletado comigo no hotel e quando gastei minha última nota ele fez a pista com aquela mesma cara contente que tinha quando me encontrou no bar. Foi então que procurei o Milani que me arrumou um emprego de garçonete no Bar Real. Fomos morar numa pensão cheia de artista de circo e foi nessa pensão que conheci a Rubi. Perguntei se também trabalhava no circo e ela respondeu que já fazia muita palhaçada sozinha sem precisar de contrato. Contou que era táxi e mais aquela palavra que até hoje me enrola na língua quando digo. Me apresentou pro seu Armando caso eu quisesse trabalhar no salão.

    Minha amizade com o Milani não durou. De dia ele ficava metido num negócio de automóvel e até que ganhava dinheiro. Só voltava de noitinha justo na hora em que eu saía pra trabalhar. Então se punha a beber e bebia mesmo de não se aguentar de pé. Daí ficava ruim de gênio e quebrava tudo que tinha em redor. Foi assim que perdi todos os presentes que Rogério me deu. Numa só noite ele quebrou meu toca-discos e arrancou a porta do guarda-roupa e jogou na calçada. Fiquei muito aborrecida e mandei que ele sumisse pra sempre. Já vou já vou ele dizia enquanto ia jogando pra cima as roupas da cômoda. Depois pegou no violão e saiu cantando pela rua afora. Mais tarde um amigo veio me dizer que ele estava perdido de tanta maconha e outro dia esse mesmo cara contou que ele tinha casado. É verdade que fiquei um pouco triste mas está visto que nem pensei em me matar como da primeira vez.

Foi nessa ocasião que Rubi ficou minha amiga. Os homens são uns safados ela repetiu não sei quantas vezes. Vivi dez anos com um tipo que veio pra mim mais pesteado do que um cão sarnento. Cuidei das pestes e das bebedeiras dele. Deixou de beber e ficou bem-disposto que só vendo. Começou a trabalhar de novo e teve sorte porque logo ganhou tanto que comprou até um carro. Eu devo minha vida a você ele vivia me dizendo. Eu estava morto quando te encontrei e nem minha mãe ia ter paciência de me aguentar como você me aguentou. Rubizinha Rubizinha você foi a minha salvação vivia repetindo. Fiquei feliz e justo justo na hora em que pensei que podia descansar um pouco de tamanha trabalheira e viver em paz com meu homem ele me deu um bom pontapé no rabo e foi se casar com uma priminha. Agora tenho trinta e cinco anos e já estou escangalhada porque comecei com quinze e não é brincadeira essa vida de dar murros de dia e de noite ainda ter que fazer um extra com perigo de pegar filho e doença como já peguei. Mas naquele tempo queria saber ao menos a metade do que sei hoje. Ao menos a metade ela ficou me dizendo enquanto fazia seus furos com a ponta do cigarro numa folha de jornal.

A pensão ficou cara demais. Então a gente alugou um quarto perto do salão onde ela dançava. O almoço era de sanduíche e café que a gente fazia escondido no fogareiro que a dona proibia com medo de incêndio. A desforra vinha no jantar se por sorte aparecia algum convite.

Só então reparei como a cidade era grande. Eu podia ficar andando e não repetia nenhuma rua. Puxa que nunca imaginei que essa cidade fosse grande assim. E como não conhecia ninguém achei uma maravilha morar num lugar onde a gente dá as cabeçadas que quiser e nem o vizinho fica sabendo. E dei mesmo com a cabeça a torto e a direito mas se ia com este ou com aquele nunca era por interesse porque não sou dessas que têm o costume de pedir coisas em troca. A Rubi está aí de prova porque disse que ela era igual quando tinha vinte anos. Que nem adiantava me aconselhar porque meu miolo era mesmo mole e que quando eu fosse um caco é que ia me lembrar de dar valor ao dinheiro.

Agora vem esse tira dizer que matei o velho pra roubar e que acabei fugindo de medo. Pelo amor de Deus a senhora não acredite porque isso é uma mentira. É uma grande mentira e a Rubi está de prova. E também seu Armando que vivia me dizendo que Deus dá noz pra quem não tem dente. Até hoje não sei o que seu Armando queria dizer com isso mas tinha qualquer relação com esse negócio de não me aproveitar dos homens. Seu Armando está aí de prova porque ele me conhecia muito bem e me achava a mais direitinha lá do salão.

Meu emprego não presta pra nada Rubi me avisou antes de me levar pra falar com seu Armando. Não tem sola de sapato que aguente e um dia desses meu peito ainda arrebenta que nem corda de violão. A gente tinha tomado uma média e ela ia conversando comigo enquanto fazia furos na toalha com a ponta do cigarro. Rubi tinha essa mania. Até na cortina do nosso quarto fez esses buracos. Contou que tinha ficado doente de tanto pular com aquela homenzarada e que se ainda continuava é porque agora não tinha outro jeito senão ir até o fim. Mas que eu pensasse bem se queria mesmo levar essa vida.

Respondi que meu emprego no Pierrô não era melhor do que o dela. Fazia quase dois meses que a boate não me pagava nada e além do mais a polícia vivia rondando porque o Guido que era viciado começou a passar o pó pros fregueses. Não peguei o costume porque a única vez que experimentei assim de brincadeira fiquei tão ruim que comecei a rir sem parar e querendo pular da janela do hotel. Se não fosse o tipo me segurar eu tinha me jogado lá pra baixo. Rubi então encolheu o ombro e me explicou como era o tal salão. A gente tinha que dançar com um montão de caras que compravam os tíquetes e escolhiam as pequenas. Mas se precisam pagar pra isso é porque são uns lobisomens de medonhos eu disse e ela riu. Até que de vez em quando aparece um homem bonito mas vai ver ele tem isso ou aquilo que não funciona. Conheci um tipo de costeleta que parecia artista. Fiquei besta quando vi um tipo assim bacana metido com aquela raça de condenados e estava toda satisfeita quando ele me tirou. Saímos atracados num bolero mas quando ele abriu a boca pra falar tive que prender a respiração. A boca cheirava a merda. Não se espante Leo que lá tem de tudo. É não ligar pra tanta coisa maluca que aparece como aquela mulher que me tirou vestida de homem e tão bem servida que fiquei me perguntando onde ela foi arrumar um negócio grande assim. O que a gente ouve então. É só botar o pensamento em outra coisa e ir mexendo as pernas no compasso de cada um. Tem os que vão só pra mexer as pernas mas a maior parte está mesmo querendo mulher e precisa desse aperitivo. Se te interessa aceita. Mas não custa apalpar um pouco o cara pra ver se não está armado. E todo o cuidado com os tiras que vêm com parte de te ajudar porque esses são os piores.

No começo pensei que ia morrer de tanta canseira. Dançava com os fregueses das dez às quatro da manhã sem parar. E quando me esticava na cama era horrível porque se a cabeça dormia o pé continuava dançando. Rubi foi muito boa pra mim nessa ocasião e também o seu Armando que me pagou muito lanche e me deu muito conselho. Nunca diga não pro freguês. Responde de um jeito duvidoso e com isso ele não perde a esperança e volta. Sua comissão aumenta. Também não prometa bestamente que vai num encontro e depois não aparece que qualquer homem vira um tigre com essa história de prometer e não ir. Sei de muita menina que passou um mau bocado por causa disso. Dê a entender que por sua vontade você ia de muito bom gosto mas que alguém está esperando e que pode até te matar se souber. Tem drogado à beça. Não entre nisso que depois você não se livra mais. É pior ainda do que cafetão. Vê se bota na cabeça que é um trabalho como qualquer outro ter que dançar por obrigação e não pra se divertir. Mesmo que ele te pise o tempo todo não perca a carinha alegre e pergunte onde foi que ele aprendeu a dançar tão bem assim. Se ele te agarrar demais diga então que o regulamento não permite e no abuso quem perde o emprego é você com sua mãe e irmãozinho pra sustentar. Está visto que ninguém mais acredita nessa história de mãe mas não custa tentar. Às vezes cola.

Não confessava nem pra Rubi mas no fundo do coração cheguei a esperar que de repente aparecesse alguém que gostasse de mim de verdade e me levasse embora com ele. Podia até ser alguém que me falasse em casamento. E em toda a minha vida nunca quis outra coisa. Mas Rubi que parecia adivinhar meu pensamento me avisou que tirasse o cavalo da chuva porque nenhum homem quer casar com uma mulher que fica atracada a noite inteira com tudo quanto é cristão que aparece. Os tipos que transavam pela zona eram todos sem futuro. Agradeça a Deus se algum deles não se lembrar de te jogar pela janela ou te enfiar uma faca na barriga. E contou um montão de casos que viu com os próprios olhos de pequenas assassinadas por dá cá aquela palha. E a polícia não faz nada? perguntei. Ela ia furando com um cigarro a revista da anedota. Não seja burra Leo. Até os tiras fazem e muito. Acho mesmo que são os que mais fazem e se não ficam ricos é porque os escrotos acabam deixando o dinheiro no mesmo lugar de onde arrancam.

Era bom quando seu Armando vinha prosear com a gente e de uma feita contou que uma tal de Mira acabou se casando com um cara que vinha dançar e que era dono de um montão de fazendas em Goiás. Hoje ela era uma granfa e vivia aparecendo no jornal em festa até de rainha. Essa história me animou que só vendo. Mas quando seu Armando viu minha animação achou graça. Sossega Leo que esse negócio de abóbora virar carruagem está ficando cada vez mais difícil. Em todo caso não perca a esperança que eu também não perco a minha de encontrar um dia um rio de ouro como aconteceu com aquele mendigo da Califórnia.

Um santo o seu Armando. Pensando bem até que existe gente boa mas é difícil. Ainda outro dia ele veio aqui me visitar. Se eu não fosse um duro com quatro filhos pequenos pra sustentar era capaz de te contratar uma boa defesa ele disse. Porque pelo visto só com muito dinheiro é que pode se livrar da enrascada em que foi cair. E repetiu o que costumava repetir quando me via numa apertura. Que eu ficasse confiante e não perdesse a esperança. Que não perdesse a esperança. Não tem problema eu respondi. E fiz aquela cara contente que aprendi a fazer quando no fim da noite chegava mais um freguês querendo animação e eu só querendo desabar na cama e apagar. Perguntou pelo meu primo que parecia ser tão importante. Lembrei que Pedro foi sempre muito soberbo e que duas vezes já tinha acontecido de não querer nem falar comigo. A primeira vez foi naquela festa do teatrinho da escola e a segunda foi lá na enfermaria da Santa Casa. Daí seu Armando que é crente lembrou que Pedro tinha negado Jesus três vezes. Faltava ainda uma vez pra Pedro dizer que nunca me viu.

Rubi também veio me visitar e me animou tanto que chegamos a fazer uns planos. Você vai ficar livre ela disse. Sonhei que vai e quando isso acontecer a gente se muda sem nenhum conhecido por perto pra começar vida nova. Vida nova Leo. Vida nova. Com comida na hora certa e um pouco de sossego esse raio de doença não me pega mais pelo pé. E você também vai trabalhar tudo direitinho e pode conhecer um tipo que seja jovem a ponto de acreditar em casamento porque tem gente que ainda acredita. Então vai estourar de feliz. Que tal Leo que tal esse programa? ela me perguntou andando de um lado pra outro. Comecei a andar também. Isso mesmo. Não perder a esperança. O dia de hoje é ruim? Amanhã vai ser melhor como dizia o Rogério. E já ia repetir que não tinha problema. Mas nessa hora me lembrei do meu advogado quando avisou que eu estava me afundando cada vez mais. E o tira me disse que no mínimo no mínimo eu ia pegar uns quinze anos. Então abracei Rubi e chorei no seu ombro mais ainda quando vi que ela também estava chorando.

    Que trapalhada que você foi fazer ela disse enxugando a cara e acendendo um cigarro. No seu lugar também eu tinha feito o mesmo porque sei que o velho era um grandessíssimo safado e teve o que mereceu. Mas é dono de jornais e mais isso e mais aquilo. A vagabunda matou pra roubar é o que repetem. Sei que não foi assim. Mas estão cagando pra o que eu sei. Justo agora que a gente podia melhorar de verdade disse e cuspiu o cigarro com raiva. Acendeu outro e ficou soprando a brasa. Sempre sonhei com um lugar sossegado e longe de toda essa confusão. Eu sarava e quem sabe ainda arrumava um sujeito que não fosse esses maconheiros de merda que vivem em nossa volta. Mas vai acontecer tudo ao contrário. Você vai ficar aqui apodrecendo e eu vou continuar pulando e me encharcando de bebida até o dia em que botar o pulmão pela boca. Tinha que ser.

    Achei que Rubi queria parecer furiosa andando de um lado para outro mas quando olhei vi que estava tão desesperada que me deu uma tremedeira e comecei a chorar de novo. Rubi pelo amor de Deus me diga agora o que é que eu vou fazer berrei me atirando na cama. Ela não respondeu. Andava sem parar feito um bicho. E ia repetindo que tinha que ser assim. Depois sentou e com a brasa do cigarro começou a fazer aqueles furos na bainha do lençol. Tinha que ser repetiu. Tinha que ser.

    Engraçado é que agora que estou tanto tempo assim parada sempre me lembro de uma ou outra coisa que aconteceu quando eu era criança. Aqui faz muito frio. Frio igual só senti uma vez em que Pedro me empurrou pra dentro da lagoa. Eu estava fazendo um bonequinho de barro e Pedro recitava uma poesia do livro de leitura. Estava tudo bem até que apareceu uma menina e um menino os dois montados em cavalos pretos. A menina usava botas e o menino tinha um casaco de couro e botas também. Estavam vermelhos da disparada e ficaram olhando pra nós. Que é que você está fazendo nesse frio? perguntou a menina pra Pedro. Daí Pedro respondeu que não estava com frio. Vocês dois estão roxos de frio disse o menino apontando o chicote pra Pedro. Olha aí a cor do seu beiço. A menina balançou a cabeça e começou a cantar de um jeitinho enjoado Pedro não está com frio Pedro não está com frio. Daí Pedro se levantou como se tivesse levado uma chicotada e disse que nem ele nem eu tinha frio e a prova é que a gente tinha vindo tomar banho.

Fazia um frio pra danar e por isso não entendi por que Pedro foi inventar essa história da gente entrar na água com um tempo desses. E já estava mesmo disposta a dizer que não ia entrar na água coisa nenhuma quando ele me agarrou pelo braço e antes que eu adivinhasse o que ele ia fazer me puxou para dentro da lagoa. Ficamos os dois sem poder respirar no meio daquele gelo. Eu nem sentia mais meu corpo com a mão de Pedro agarrada no meu braço pra que eu não fugisse.

Os dois ficaram quietos e só olhando. A menina até abriu a boca de tão espantada. E de repente os dois bateram no lombo do cavalo e foram embora no galope. Duas vezes a menina ainda olhou pra trás. Saímos da lagoa. O frio era tamanho e eu estava tão desanimada que me sentei no barro e fiquei ali na tremedeira. Por que você foi fazer uma coisa dessas perguntei pra Pedro enquanto ia torcendo a barra do vestido. A gente pode até morrer e a mãe ainda vai botar a culpa em mim e decerto vou apanhar.

Ele tremia também. Você não entende mas eu tinha que fazer isso. Agora nunca mais vão perguntar na escola por que estou sem casaco e se não sinto frio. Agora eles sabem que não sinto frio e nunca mais vão me perguntar nada.

Lembrei muito dessa tarde na noite que fez um frio de danar aqui na prisão. E quando de manhã vieram me dizer que tinha uma visita pra mim meu coração pulou de alegria. É o Pedro que leu o caso no jornal e veio me ver correndo. Mas era a Seglinda.

Puxa Leo que você mandou o velhote desta pra uma melhor ela disse rindo enquanto me abraçava. E logo começou a contar as novidades lá do salão. Contou que no meu lugar entrou uma pequena muito cafona chamada Janina. Que a Rubi tinha amarrado um porre monstro e que fez com a ponta do cigarro um monte de furos na roupa de um italiano que subiu pela parede de raiva. Que o homem do cravo no peito sempre perguntava por mim.

Eu quis mostrar que não estava ligando e comecei a rir e ela ria também mas notei que estava nervosa porque mascava o chiclete bem depressa como naquela noite em que o Alfredo veio tirar satisfações dela. Então apertei a cabeça e fiquei chamando minha Nossa Senhora minha Nossa Senhora enquanto ela ia passando a mão no meu cabelo querendo saber por que justo eu que era tão boazinha fui fazer uma besteira dessas.

É o que perguntam. Também não sei responder. Sei que nunca pensei em matar aquele raio de velho. Deus é testemunha disso porque até de ver matar galinha me doía o coração. Fugia pra dentro de casa quando Dona Gertrudes torcia o pescoço delas como se fosse um pedaço de pano. Deus é testemunha. E agora vem o advogado e vem o tira me perguntar tanta coisa. Mas eu já disse tudo o que aconteceu e não sei mesmo o que mais que essa gente quer que eu diga.

Foi na tarde que inventei de comprar sapato porque o meu estava esbagaçado e quando chovia meu pé ficava nadando na água. Não comprei porque o dinheiro não deu e então como não tinha o que fazer fui olhar as vitrinas. Foi quando dei com o vestido marrom.

Amaldiçoada hora essa. Amaldiçoada hora que enveredei por aquela rua e parei naquela vitrina. O vestido estava numa boneca e tinha o meu corpo. E pensei que decerto ia servir pra mim e que era o vestido mais lindo do mundo. Foi quando ouvi uma voz perguntando bem baixinho se eu não queria aquele vestido. No vidro que parecia um espelho estava a cara do velho. Era gordão e mole que nem geleia. Juro que tive vontade de rir quando me lembrei daquela história do Sonho de Valsa que a Rubi me contou estourando de raiva. É uma historinha muito suja de um velho que tinha paixão por esse bombom mas só queria comer de um jeito e esse jeito era tal que até hoje a Rubi fica bufando só de ouvir a palavra *valsa*. Me lembrei disso e juro que tive vontade de rir porque pensei que o velho do tal bombom bem que podia ser aquele dali. Mas fiquei firme porque já disse que dinheiro nunca me fez frente e a Rubi mesmo vivia caçoando de mim porque tinha mania de andar com esmolambentos. Juro que quis continuar meu caminho mas lá estava o vestido com aquela rosa de vidrilho vermelho no ombro. Quando ele fez a pergunta pela segunda vez então não aguentei e respondi que se ele quisesse me dar eu aceitaria sim com muito gosto.

Uma vendedora ruiva veio toda contente cumprimentar o velho. Os dois já se conheciam. Esta menina quer aquele vestido da vitrina ele disse. O vestido me assentou feito uma luva e a vendedora então me aconselhou que fosse com ele no corpo porque estava uma beleza. Fiquei zonza. É que nunca tinha visto um vestido assim caro e quando me olhava no espelho e passava a mão na rosa de vidrilho minha vontade era sair rodopiando de alegria. O caso é que agora tinha que aturar o velho. Mas já tinha aturado tantos sem vestido nem nada que um a mais ou um a menos não ia fazer diferença.

Na rua é que me lembrei que tinha deixado lá dentro da loja o meu vestido branco. Vou buscar meu vestido que esqueci eu disse mas o velho agarrou no meu braço e rindo um risinho meio esquisito falou que eu era muito engraçadinha por querer fugir fácil assim. Eu não estava querendo fugir coisa nenhuma e me aborreci muito quando escutei isso. Mas achei que tinha que ter paciência com ele e ir aguentando o tranco com a cara bem satisfeita que outra coisa não tenho feito desde que nasci.

Quando entrei no automóvel é que reparei o quanto o velho devia ser rico pra ter um carrão daqueles. O quanto era rico e feio com aquele jeito de peru de bico mole molhado de cuspe. O rádio tocava baixinho umas músicas tão delicadas mas o velho não parava de falar e fazer perguntas. Depois sossegou e eu preferi muito porque assim só ouvia o rádio e não carecia ficar olhando pra cara dele. Não é que fosse tão feio assim. O nariz era bem-feito e os olhos azuis pareciam duas continhas. O que eu não aguentava era aquela boca inchada e roxa como se tivesse levado um murro. Mas não quis pensar nisso. Tinha um vestido novo como nunca tive um igual e estava num carro e minhas colegas iam ficar verdes de inveja se me vissem. Arre que ao menos uma vez você criou juízo a Rubi decerto ia me dizer. E fui indo tão contente assim perdida nessas ideias que nem vi que o automóvel corria agora por uma estrada.

Aqui a gente pode conversar melhor ele disse parando perto de um barranco. E foi logo agarrando na minha coxa e me puxando pra mais perto. Quando senti aquela boca molhada me lamber o pescoço me deu tamanho nojo mas disfarcei e fiquei firme quando a boca veio subindo e grudou na minha. Vi que ele queria me desabotoar mas não achava o botão e até que facilitei mas mesmo assim ele adivinhou que eu não estava gostando porque ficou fulo de raiva e começou a dizer que se eu quisesse bancar a cachorrinha me largava ali mesmo.

Juro que eu estava disposta a aturar tudo porque sabia muito bem que a gente não ganha nada fácil não senhora. Rubi mesmo costumava dizer que homem nenhum diz bom-dia de graça. Eu ia pagar sim mas quando escutei aquela conversa de descer e voltar a pé fiquei feliz da vida porque está visto que eu não queria outra coisa. Mesmo que a cidade estivesse longe ia ser uma maravilha andar sozinha por aquelas bandas e ainda por cima respirando o cheirinho do mato que fazia tempo que eu não respirava. Tomara que ele me faça descer agora. E quando veio aquela mãozona me apertando de novo e me levantando o vestido endureci o corpo e fechei a boca bem na hora em que me beijou. Sai já daqui sua putinha ele gritou. A bochecha cor de terra tremia. Sai já. Não esperei segunda ordem e ia abrindo a porta quando ele agarrou no meu braço avisando que eu podia bater as asas mas antes tinha que deixar a linda plumagem. Não entendi que plumagem era essa. Ele riu aquele riso ruim e puxando meu vestido disse que a plumagem era isso. Fiquei desesperada e comecei a chorar que ele não me tirasse o vestido porque podiam me prender se me vissem assim pelada. Não se pode fazer com ninguém uma indecência dessas mesmo porque eu estava disposta a pagar o presente. Não tinha problema. Foi o que eu disse e disse ainda que prometia ser boazinha e fazer tudo o que ele quisesse.

Juro que quis ficar de bem e até pedi muitas desculpas se ofendi em alguma coisa. O caso é que eu não era mesmo uma moça muito esperta e minha colega Rubi vivia me passando pito por causa desse meu jeito. Mas não tinha problema. Me arrependia muito da malcriação sem intenção. Até hoje não sei por que nesse pedaço ele ficou com mais raiva ainda e começou a espumar feito um touro me chamando disso e daquilo. Fui ficando ofendida porque eu não era não senhora aquelas coisas que ele dizia. E depois ele não tinha nada de puxar o nome da minha mãe que foi uma mulher que só parou de trabalhar pra deitar a cabeça no chão e morrer. Isto não estava certo porque nela que estava morta ninguém tinha que bulir. Ninguém.

Foi o que eu disse. E disse ainda que não merecia tanta xingação porque trabalhava das dez às quatro num salão de danças. E se ia com este e com aquele era por amor mesmo. Era por amor.

O bofetão veio nessa hora e foi tão forte que quase me fez cair no banco. Meu ouvido zumbiu e a cara ardeu que nem fogo. Eu chorava pedindo a ajuda da minha mãe como sempre fiz nas aperturas. O outro bofetão me fez bater com a cabeça na porta e a cabeça rachou feito um coco. Apertei a cabeça na mão e pensei ainda no Rogério que um dia surrou um cara só porque ele esbarrou de propósito no meu peito. Agora estava apanhando que nem a pior das vagabundas. Me deixa ir embora pelo amor de Deus me deixa ir embora pedi me abaixando pra pegar minha bolsa. Foi então que num relâmpago o punho do velho desceu fechado na minha cara. Foi como uma bomba. Meu miolo estalou de dor e não vi mais nada. De repente me deu um estremecimento porque uma coisa me disse que o velho ia acabar me matando. Meu cabelo ficou em pé. Ah meu pai ah meu pai comecei a chamar. Acho que gritava de medo e de dor mas nem me lembro disso. Lembro que só queria fugir e dei com as costas na porta com toda força mas ela estava bem fechada. Fui escorregando no banco. E já ia cair ajoelhada quando ele me agarrou de novo e me sacolejou tão forte que fiquei de quatro no fundo do carro. Nessa hora achei uma coisa fria e dura no chão. Era o ferro. Agarrei o ferro e pensei depressa depressa nas brigas que tinha visto no Bar Real e nos homens que levavam cadeiradas e caíam desmaiados mas logo se levantavam como se não tivesse acontecido nada. Num salto me levantei e quando ele me puxou de novo pelo cabelo e me sacudiu assentei o ferro na cabeça dele. Assim que comecei a bater fui ficando com tanta raiva que bati com vontade e só parei de bater quando o corpo do velho foi vergando pra frente e a cabeça caiu bem em cima da direção. A buzina começou a tocar. Tive um susto danado porque pensei que ele estivesse chamando alguém. Mas ele parecia dormir de tão quieto.

    Fique agora aí beijando a buzina seu besta. Fique aí eu repeti e ele nem se mexeu. Me abaixei pra ver a cara dele e dei com aquela boca aberta como se quisesse me morder. O olho arregalado. Comecei a suar frio. A buzina que não parava e aquele sangue gosmento e morno que não sei como pingou na minha mão. Fiquei maluca. Limpei depressa o dedo na almofada e catei minha bolsa. Fuja Leo eu disse pra mim mesma. Fuja fuja. Levei um bruta susto quando me vi disparando pela estrada com um sapato em cada mão e com aquela buzina correndo atrás e eu querendo correr mais depressa até que aquele onnnnnnnnnnnnnn foi ficando mais fraco. Mais fraco. Parei pra respirar esfregando o pé na terra como fazia quando era criança. A brecha na cabeça já tinha fechado mas a boca doía pra danar porque o lábio partiu no murro. Cuspi o sangue da boca. Um automóvel que passou na toda me assustou e fui então andando bem achegadinha ao barranco pra me esconder dos carros.

    Anoitecia e tive um medo danado no meio da escuridão que era uma escuridão diferente das estradas de Olhos d'Água. Minha Nossa Senhora o que significa isso. O que significa isso fui repetindo enquanto ia chorando como só chorei quando o Rogério me largou. É que me lembrei da minha mãe. De Pedro. Da minha irmãzinha. Justo naquela hora é que Pedro saía comigo pra catar vaga-lume. A sopa na panela. A coisa melhor do mundo era tomar aquela sopa quente. E minha mãe com sua carinha conformada e Pedro pensando sempre nos seus livros e minha irmãzinha pensando nas suas minhocas. Agora tinha acontecido tanta encrenca junta mas tanta. Não tem problema o Rogério dizia. Mas pra meu gosto já fazia tempo que tinha problema até demais. Então estava certo? Dançando a noite inteira com uns caras que vinham pisando feito elefante e me apertando e beliscando como se minha carne fosse de borracha. Pobre ou rico era tudo igual com a diferença que os pobres vinham com cada programa que Deus me livre.

Fui andando mais depressa e pensando como a vida era ruim ainda mais agora com essa trapalhada do velho. E me veio de repente uma saudade louca do Rogério que tinha sido o melhor de todos os homens que conheci. Também senti um pouco de falta do Bruno e do Mariozinho mas mais ainda do Rogério rindo e contando casos enquanto a gente descascava laranja na janela do hotelzinho cheirando a café.

Acordei gritando com aquela buzina forte bem debaixo do travesseiro. Pelos buracos da veneziana vi que já era dia. Rubi tinha dormido na rua. Foi um sonho ruim pensei. Um sonho ruim e se Rubi não tivesse dormido fora eu ia pedir pra ela ler naquele livro dos sonhos o que era sonhar com toda essa embrulhada. Foi sonho. Foi sonho. E de repente dei com a rosa de vidrilho brilhando no escuro. Olhei minha mão onde tinha pingado o sangue da cor da rosa. Passei a língua no lábio inchado. Tive vontade de me enterrar no colchão.

Matei o velho. Matei o velho fiquei repetindo sem poder despregar os olhos da rosa. Comecei a suar frio. Atirei longe a coberta e saltei da cama. Besteira tudo besteira eu disse pra mim mesma. Anda Leo. Anda e não pense mais nisso porque o velho não morreu coisa nenhuma e a estas horas já está pulando por aí. Decerto quer me matar de ódio mas foi bem feito porque ninguém mandou ser um malvado e encher a cara da gente de bofetão.

Abri a janela e o sol entrou no quarto. O despertador marcava duas horas. Então fiquei animada porque o dia estava uma maravilha e eu estava com uma fome louca. Comi o resto do bolo que Rubi tinha trazido da festa. Vou contar tudo e ela vai dar muita risada pensei enquanto me lavava com o sabonete verde. Não tem problema repeti como o Rogério. Não tem problema. Desta vez a Rubi não vai dizer que meu miolo é mole mas vai até me achar inteligente porque ganhei um vestido sem precisar pagar por ele. Eu estava contente que só vendo. Me pintei com cuidado pra disfarçar a boca inchada e passei a escova no cabelo. A senhora não pode fazer ideia como eu estava contente.

Donana varria a calçada. Que vestido mais bacana ela disse e fui indo e gostando de ver como o sol fazia brilhar minha rosa de vidrilho.

Saí para ver se achava a Rubi e acabei não sei como defronte daquela vitrina. A mesma boneca vestia agora um vestido de seda azul.

Diga se você quer esse vestido perguntou um homem atrás de mim. Quase tive um ataque de susto. É o velho pensei. É o velho que voltou e agora vou apanhar aqui mesmo na rua. Olhei pro vidro da vitrina como da outra vez. Então respirei. Era um moço falando com a namorada que respondeu que o vestido era medonho.

Já que estou aqui mesmo aproveito e peço meu vestido branco que esqueci na cadeira eu pensei. Amaldiçoada essa hora. Minha Nossa Senhora o que é que eu tinha de pedir aquele vestido de volta? Ainda ontem a Rubi me disse que se eu não tivesse aparecido lá nunca ninguém no mundo ia saber que era eu. Ninguém me conhecia. E nem eu mesma ficava sabendo do crime porque não leio jornal. Miolo mole ela berrou encostando o cigarro na parede como se quisesse fazer um furo ali. Por que tinha que voltar lá por quê? O velho gostava de meninas e andava com um monte delas. Nem arrependida você ia ficar nem isso sua tonta. Por que voltou?

Mas foi como se uma coisa tivesse me arrastado e agora eu estava parada na porta e procurando ver lá dentro a vendedora ruiva. Peço meu vestido que esqueci e se ela perguntar pelo velho digo que não sei. Melhor entrar pra pedir meu vestido porque se fujo vai ser pior.

Justo nessa hora tive um pressentimento. Meu cabelo arrepiou. Fuja Leo. Fuja depressa depressa. Pelo amor de Deus fuja agora sem olhar pra trás fuja fuja. Quando dei o primeiro passo pra correr a vendedora ruiva me viu. Ela estava proseando com um homem encostado no balcão. Assim que me viu ficou de boca aberta olhando. Depois me apontou com o dedo.

O homem dobrou o jornal e veio vindo devagar pro meu lado. Fiquei pregada no chão. Ele veio vindo veio vindo com um risinho na boca e com um jeito de quem não está querendo nada. Botou a mão no meu ombro. Belezinha do vestido marrom venha comigo mas bico calado. E me trouxe pra cá.

Missa do Galo
(Variações sobre o Mesmo Tema)

"Chegamos a ficar algum tempo — não posso
dizer quanto — inteiramente calados."
MACHADO DE ASSIS

    Encosto a cara na noite e vejo a casa antiga. Os móveis estão arrumados em círculo, favorecendo as conversas amenas, é uma sala de visitas. O canapé, peça maior. O espelho. A mesa redonda com o lampião aceso desenhando uma segunda mesa de luz dentro da outra. Os quadros ingenuamente pretensiosos, não há afetação nos móveis mas os quadros têm aspirações de grandeza nas gravuras imponentes (rainhas?) entre pavões e escravos transbordando até o ouro purpurino das molduras. Volto ao canapé de curvas mansas, os braços abertos sugerindo cabelos desatados. Espreguiçamentos. Mas as almofadas são exemplares, empertigadas no encosto da palhinha gasta. Na almofada menor está bordada uma guirlanda azul.
    O mesmo desenho de guirlandas desbotadas no papel sépia de parede. A estante envidraçada, alguns livros e vagos objetos nas prateleiras penumbrosas. Deixo por último o jovem, há um jovem lendo dentro do círculo luminoso, os cotovelos fincados na mesa, a expressão risonha, deve estar num trecho divertido. Um jovem tão nítido. E tão distante, sei que não vou alcançá-lo embora esteja ali ao alcance, exposto sem mistério como o tapete. Ou como a ânfora de porcelana onde anjinhos pintados vão em diáfana fuga de mãos dadas. Também ele me foge, inatingível, ele e os outros. Sem alterar as superfícies tão inocentes como essa noite diante do que vai

acontecer. E do que não vai acontecer — precisamente o que não acontece é que me inquieta. E excita, o céu tão claro de estrelas.

Não entendo — o jovem dirá quando lembrar o encontro e a conversa com a senhora que vai aparecer daqui a pouco. Não entende? Quero entender *por que* ele não entende o que me parece transparente mas não estou tão segura assim dessa transparência. E então, o que vai acontecer? Mas não vai acontecer nada, seria o mesmo que esperar por um milagre. Espero enquanto pego aqui uma palavra, um gesto lá adiante — e se com as brasas amortecidas eu conseguir a fogueira? Não esquecer as veiazinhas azuladas na pele branquíssima dessa senhora, foi no instante em que ela apoiou o braço na mesa e a manga do roupão escorregou? Não esquecer o mínimo inseto de verão que atravessou a página do livro que o moço está lendo, um inseto menor ainda do que a letra *Y* na qual entrou para descansar, o jovem vai se lembrar desse pormenor. E do olhar que inesperadamente se concentrou inteiro nele, fechando-o: sentiu-se profundo através desse olhar. Refugiou-se no livro, no inseto. Para encará-la de novo já sem resistência, pronto, aqui estou. Mas não disse nada nessa pausa que ela interrompeu, a iniciativa nunca era dele.

As omissões. Os silêncios tão mais importantes — vertigens de altura nas quais se teria perdido, não fosse ela vir em auxílio, puxando-o pela mão. Se ao menos pudessem ficar falando enquanto — enquanto o quê? Falaram. Tirante os silêncios mais compridos, a conversa até que foi intensa desde a hora em que ela surgiu no fundo do corredor e veio com seu andar enjaulado, o roupão branco. Magra, mas os seios altos como os da deusa da gravura, os cabelos num quase desalinho de travesseiro. Deixou travesseiro e quarto numa disponibilidade sem espartilho, livre o corpo dentro do roupão que arrepanhou sem muito empenho para que a barra não arrastasse, a outra mão fechando a cintura, hum, essas roupas para os interiores.

Ele afasta o livro e tenta disfarçar a emoção com uma cordialidade exagerada, oferece a cadeira, gesticula. Ela chega a tocar em sua mão, Por favor, mais baixo, a mamãe pode acordar! sussurra. Ele abotoa o paletó, ajeita a gravata. Você está em ordem, eu é que vim perturbar, ela adverte com um sorriso cálido que ele não retribui, nem pode, enredado como está naqueles cabelos, massa sombria tão mal arrepanhada como as saias, ameaçando desabar no envolvimento preso por poucos grampos.

Ela dirá que dormia, acordou há pouco e então veio sem muita certeza de encontrá-lo. Mas sabemos que ainda nem se deitou na larga cama com a coberta de crochê, por que mentiu? Para justificar o roupão indiscreto (acordei e vim) ou por delicadeza, por não querer confessar que não consegue dormir se tem um hóspede em vigília na sala? Mas o hóspede não pode saber que ela se preocupou. Essa senhora é só bondade! ele repetirá no dia seguinte, quando as coisas voltarem aos seus lugares. Tudo vai voltar aos lugares quando todos estiverem acordados.

Mas será que agora tem alguém dormindo? A começar pelas mucamas lá no fundo da casa: já estão de camisola e conversam baixinho, a mais nova trançando a carapinha em trancinhas duras, rindo do patrão que devia estar todo contente, montado na concubina, ouviu essa palavra mais de uma vez, acabou aprendendo, *concubina*. Montando nela, o carola!

Teúda e manteúda, acrescentaria a sogra no seu quarto de oratório aceso, o olho aceso sondando escuros, silêncios. Mas quem estaria andando aí? Conceição? Conceição, coitada, uma insônia. A velha suspira. Também, dormir, como?! Justo numa noite assim sagrada o marido cisma de procurar a mulata, é o cúmulo. Um bandalho, esse Menezes. Que procure suas distrações fora do lar, muito natural, ele mesmo já disse que no capacho da porta deixava toda a poeira do mundo, a mulata incluída, lógico. Até aí, nenhuma novidade, os homens são todos iguais, por que o genro ia ser a exceção? Mas isso de não respeitar nem a noite de Natal! Credo. Aguça o ouvido direito, o que escuta melhor: mas onde vai a Conceição assim na ponta dos pés? Evita a tábua do corredor (aquela que range) e foi para a sala. Onde deve estar o mocinho, esperando pelo amigo para irem juntos à missa — e esse mocinho? Banho, Missa do Galo, leituras. Bons hábitos. Mas tem qualquer coisa de sonso, não tem? E Conceição dando corda. Ao menos se fosse o escrevente, vá lá, mas um menino?! Uma senhora com o marido ausente se levantar tarde da noite para ir até a sala de visitas prosear com um mocinho. Imprudência. Também, com esse marido... Casa agitada. Se ao menos pudesse dormir antes de aparecer a dor, artrite mata? Hoje não, meu pai, meu paizinho!

Hoje não, dirá o Menezes à mulher que lhe oferece licor de baunilha, feito pela Madrinha. Está nu, sentado na cama e comendo biscoitos de polvilho que vai tirando da lata, tem paixão por esses biscoitos. Os de Conceição eram mais pesados, ela não tinha mão boa para o forno. Mulher fria de cama não dá boa cozinheira, o avô costumava dizer. Então ficam aquelas tortas indiferentes, sem inspiração. Com Luisinha (Deus a guarde!) foi a mesma coisa, não foi? O sal da vida. Tem pessoas que nascem sem esse sal! — disse ele em voz alta, mas só a última frase. Inclinou-se para beijar a rapariga que lhe oferecia a boca, ela estava apenas com uma leve camisa de cambraia, os cabelos crespos, indóceis, presos na nuca por uma fita. Mas escapavam da fita. Cariciosamente ela começou a tirar os farelos de biscoito enredados nos pelos do peito do homem. Menos barulho, Menezes, repreendeu-o murmurejante. Mastigue de boca fechada senão a Madrinha acorda!

    A Madrinha (outra de sono leve) já está acordada com sua asma e seu medo, tem sempre uma velha que finge que dorme enquanto os outros falam baixinho. É fácil dizer, Durma, queridinha. Mas dormir quando o sono é o irmão da morte?! E esse daí que não para de comer. Outro que não vai dar em nada. Se ao menos fosse generoso. Mas um forreta, roque-roque. Bom para o fogo, esse Menezes. Ela que se cuide, que desse mato não sai coelho, não. A gente fecha a janela, tranca a porta e adianta? Mana Marina viveu cento e quatro anos, eu não queria tanto... Morreu dormindo, um perigo dormir. A gente passa o ferrolho e ela entra pelas frestas, pelo vão das telhas feito um sopro. A morte é um sopro, entra até pela fechadura, credo!

    Mas foi Conceição que entrou na sala da casa antiga. O andar é lerdo, os pés ligeiramente abertos, num meneio de barco. Ancas fortes. Ombros estreitos. Os seios em liberdade com uma certa arrogância que lembrava os seios das estátuas das gravuras. Toda a fragilidade na cintura, ele adivinha nas reticências do roupão amplo, confuso, tantos panos, pregas. Bonito babado (aquilo não é um babado?) que lhe contorna o pescoço e vai descendo. Curiosas essas roupas de alcova, ele pensa e sorri fascinado. A frouxidão da conversa. Por que durante o dia as conversas não são assim frouxas? Durante o dia Conceição parece tão objetiva, eficiente. E agora essa inconsistência. Efêmera nas frases, ideias. E eterna na essência como a noite.

    Tantos anos passados e o jovem que ficou maduro repetiria que não entendeu essa conversa antes da Missa do Galo. Uma conversa sobre banalidades, tecido ocioso com um ou outro ponto mais especial como aquela referência à meninice. Ao casamento. E ao conformismo, era cristã praticante. Seria real seu interesse pelos objetos em redor? Numa das voltas, ela passou a mão no vidro do armário e queixou-se do envelhecimento das coisas, chegou a ter um gesto inconformado, tanta vontade de renovar! Olhou-o mais demoradamente. Ele também se calou pensando no quanto era fino aquele pulso, não o imaginara fino assim. A pele suave. Foi subindo o olhar pelo braço, a ampla manga escorregara até o cotovelo, tinha o braço apoiado na mesa. O queixo apoiado na mão. Quando ela recuou para se sentar no canapé — tão à vontade! — ele viu a ponta da chinela de cetim aparecer na abertura do roupão, uma chinela de cetim preto com bordados, não eram bordados com linha de seda cor-de-rosa? Refolhos, reentrâncias, tão caprichoso esse roupão que mostrava e escondia as chinelas dentro do casulo das saias. Não podia ver mas intuía um certo movimento de pés brincando com as chinelas, parecia cruzar e descruzar as pernas. A Dona Conceição, imagine! Tão apaziguada (ou insignificante?) durante o dia, quase invisível no seu jeito de ir e vir pela casa. E agora ocupando todo o espaço, como um navio, a mulher era um navio. Abriu a boca na contemplação: imponente navio branco, preto e vermelho, os lábios brilhantes, de vez em quando ela os umedece com a ponta da língua. A solução é falar, falar. E ela estimula a prosa quando essa prosa vai desfalecendo — mas havia outra coisa a fazer? Havia, sim. E o jovem ouviu com a maior atenção o episódio do colégio de freiras onde ela estudou.

Nunca ele estivera com uma senhora assim na intimidade. Tinha a mãe. Mas mãe não tem esse olhar que se retrai e de repente avança, agrandado. Para diminuir até aquelas fendas que ele quase não alcança, o que o perturba ainda mais porque é à traição que se sente tomado. Inundado, oh! Deus, o que é que ela está dizendo agora? Ah, sempre gostei de ler, ele responde num tom alto e ela pede, Mais baixo, por favor, mais baixo! Ele encolhe riso e voz: apenas cochicham, próximos e cúmplices, os hálitos de conspiradores tecendo considerações sobre a necessidade de trocar ou não o pano da cadeira. Ou o papel da parede.

O inseto sai de dentro do Y e chega com dificuldade até o A no alto do livro, uma lupa poderosa revelaria montes e vales na superfície lisa da página. Mas espera, estou me precipitando, vou recomeçar, ainda continuo na rua, bafejando na vidraça da noite antiquíssima. Sinto mais agudo o desejo de entrar na casa e abrir caixas, envelopes, portas! Queria ser exata e só encontro imprecisão, mas sei que tudo deve ser feito assim mesmo, dentro das regras embutidas no jogo. Há um certo perfume (jasmim-do-imperador?) que vem de algum quintal. Está no ar como estão outras coisas — quais? É noite. Objetos Não Identificáveis. Matérias Perecíveis — estava escrito na carroceria metálica do caminhão de transportes que me ultrapassou na estrada, quando? Agora tem o céu apertado de estrelas com os escuros pelo meio — ocos que procuro preencher com minha verdade que já não sei se é verdadeira, há mais pessoas na casa. E fora dela. Cada qual com sua explicação para a noite inexplicável, Matéria Imperecível no Bojo do Tempo.

Entro depressa na sala de visitas, Conceição ainda não chegou. Vou por detrás da cadeira onde o jovem está sentado e me inclino até seu ombro, sei o que está lendo mas quero ver o trecho: mais uma das façanhas dos mosqueteiros em delírio. Pergunto se gostaria de sair galopando com eles. Seu olhar divaga pelo teto. Reage — mas assim tímido? Nem tanto, digo e ele sorri da ideia, agora está se vendo com uma certa ironia: mas o que mais poderia fazer nessa noite senão ouvir e obedecer? Apalermado como esses voluntários de teatro, os ingênuos que se prontificam a ajudar o mágico que manda e desmanda no encantado que não pode mesmo raciocinar em pleno encantamento. Cabia tomar alguma decisão? É ela quem responde com sua presença, acabou de chegar arrastando o roupão e a indolência. Senta, levanta, faz perguntas e assim que vem a resposta já está pensando em outra coisa. É atenta mas instável. Quando fica calada, quando os olhos se reduzem, parece dormir mas está em movimento, as máquinas não param, o navio navega embora transmita ao passageiro aquela quietude de âncora. Um navio com escadas de caracol, porões indevassáveis, caves tão apertadas que nelas não caberia um camundongo.

Uma mariposa entrou de repente, mas por onde? É uma bruxa de asas poeirentas com leve reflexo de prata, ela não tem medo de bruxas, mas de besouros, aqueles besourões pretos, certa vez um se enleou no seu cabelo. E estremece enquanto dá uma volta em torno da mesa. Fala em outra Missa do Galo. Em outras gentes. A voz fica mais leve quando descreve o feitio do vestido do seu primeiro baile, era branco-pérola. Muda de assunto e lembra que poderia botar uma imagem naquele canto da sala (sugestão do Menezes), mas não fica esquisito? Fala no São Sebastião que está em seu oratório e o moço inclina a cabeça, seteado de dúvidas como a imagem do santo, não é estranho? Está mais interessado nela do que no romance e o romance é atraente. Apara ou deixa cair os assuntos que ela vai atirando meio ao acaso, pequenas bolas de papel que amarfanha e joga, nenhum alvo? Enquanto ele fala, ela observa que suas mãos são bem-feitas, não parecem mãos de um provinciano, tão espirituais, será virgem? Dá uma risada e ele ri sem saber por que está rindo — mas por que também eu não consigo me afastar desta sala?

O canto do galo o faz voltar num sobressalto para o relógio, não está na hora da missa? Tranquiliza-se, é cedo ainda. Está corado. Ela empalideceu. Ou já estava pálida quando chegou? Contradições, há momentos em que pressinto nele dissimulação, um jovem se fazendo de tolo diante da mulher provocativa. Com olhos que eram castanhos e de repente ficaram pretos, mais uma singularidade dessa noite: não é que a simpática senhora ficou subitamente belíssima? Mas não, ele não dissimula, está em êxtase, atordoado com a descoberta, Bruxa, bruxa! quer gritar. A hora é de calar. Aspira seu cheiro noturno. Ela se sacode: por acaso já tinha visto esses calendários com o retrato do Sagrado Coração de Jesus? Cada dia arrancado trazia nas costas um trecho dos Salmos. E pensamentos tão poéticos, receitas. Nas costas do dia 20, aprendeu a fazer os pastéis de Santa Clara, não é curioso isso? Acho que quando era mais moça gostava mais de açúcar.

Um cachorro começa a latir desesperado. Ela anda até a janela, espia e na volta passa a ponta do dedo afetuoso na cabeça da estatueta do menino de suspensório, comendo cerejas. Recua, vai por detrás da cadeira onde está o jovem. Inclina-se. Estende a mão no mesmo gesto que teve diante da estatueta e pega o livro, ah! esses romances tão compridos, prefere os de enredo curto.

E os dois de mãos abanando, Fala mais baixo! ela suplica. E o grande relógio empurrando seus ponteiros: quando os ponteiros se juntarem ambos estarão se separando, ela no quarto, ele na igreja — tão rápido tudo, mais uns minutos e o vizinho virá bater na janela, Hora da missa, vamos? Perdidos um para o outro, nunca mais aquela sala. Aquela noite. Vocês sabem que dentro de alguns minutos será o *nunca mais*?

Faça com que aconteça alguma coisa! — repito e meu coração está pesado diante desses dois indefesos no tempo, expostos como o Menino Jesus com sua camisolinha de presépio, as mãos abertas, também as mãos deles. O cachorro late, enrouquecido, e ela pergunta se ele gostaria de ter um cachorro. Ou um gato, prefere então um gato? E essa loção que ele passou no cabelo? Bem que ela estava sentindo, o nome? Ele não sabe, comprou na Pharmacia de Mangaratiba, nas vésperas da viagem. Pena que o perfume não dure. Falam sobre perfumes como se tivessem toda a noite pela frente. E a eternidade, mas o que é isso? O vizinho chamando? Já?! Deve ser afobação dele, não será cedo ainda? Resiste. Mas de repente ela fica enérgica, está na hora sim, não faça o moço esperar. Ele ainda vacila, olha o relógio, olha a mulher, faz um gesto evasivo na direção da janela, justifica, detesta chegar muito cedo nos lugares. Ela insiste: mesmo saindo imediatamente eles poderão chegar com um ligeiro atraso. Talvez haja no seu tom ou no jeito com que fechou o roupão uma certa impaciência, que se fosse sem demora, não tinha mesmo que ir? Pela última vez ele vislumbrou os bicos acetinados das chinelas. Vai reencontrá-las na igreja, o bordado de fios de seda cor-de-rosa na estola do padre, lembrança luminosa que se mistura ao roupão com seus engomados e rendas (*Miserere nobis!*) cobrindo o altar. Desvia depressa o olhar na lividez do mármore: o mármore está debaixo da renda.

    Ele fecha o livro. Ela tranca a porta. Ainda ouve os passos dos dois amigos se afastando rapidamente. Olha em redor. A mariposa sumiu. Quando volta ao quarto, pisa na tábua do corredor, aquela que range. Rangeu, paciência! Agora está desinteressada da mãe e da tábua.

    No canapé, a almofadinha das guirlandas um pouco amassada.

    Apago o lampião.

Gaby

—A gente tem órgãos demais. E buracos. Os buracos dão trabalho, ao todo oito... ou nove? Enfim, eu queria ser uma alga. Ou então—prosseguiu Gaby e não completou nem a frase nem o gesto.—Uma trabalheira.

O garçom passou o guardanapo no balcão. Ficou olhando para Gaby que tomava devagarinho seu gole de uísque.

—Alga? Já ouvi falar em alga, Gaby. Mas não me lembro.

—Nas aulas de biologia eu podia ver. Divertido.

—Ouvi falar nisso mas não lembro quase nada. Estudei pouco, Gaby. Comecei a trabalhar muito cedo.

—Divertido.

O garçom acompanhou-lhe o olhar e agora não sabia se Gaby estava se referindo ao casal que entrou. Ou àquela tal de bio. Bio o quê? Uma besta, esse daí. Por que não explicava direito as coisas? Esse costume de deixar tudo pela metade. Calmo, tudo bem. Mas aquela fala mole de Marlon Brando, ô! tipo.

—Ei, Fredi! Dois martínis secos—pediu o recém-chegado depois de consultar a companheira. Ela acrescentou:—E amendoins!

Fredi apanhou a garrafa na prateleira de espelhos.

—O movimento anda fraco, com um calor desses isto aqui devia estar cheio—resmungou ele abrindo a geladeira.—Já avisei, a dona tem que instalar o ar-refrigerado.

Gaby voltou o olhar para o teto onde giravam um tanto lerdas as grandes pás do ventilador. "Repousante", murmurou. Bebeu, deixando que a pedrinha de gelo tocasse em sua língua. Devolveu-a para o copo que deixara um círculo d'água no mármore do balcão. Com a ponta do dedo, alargou o círculo tirando dele uma linha ondulada. Podia ser uma flor. Ou uma bactéria, aquelas bacteriazinhas de cabeça redonda e cauda. Enfim, uma maçada. Tudo isso. Ficou olhando para a ponta do dedo. Boa a vida de uma bactéria. Vida elementar. Reduzida. Nenhum relógio. Nem pastas.

— Biologia. A ciência da vida. Foi o que escrevi na prova — disse Gaby seguindo com o olhar desinteressado os movimentos do garçom que agora abria a lata de amendoins. — Tive dois pela presença, minha presença valia dois pontos.

Uma mosca baixou em voo circular e continuou dando voltas ao redor dos copos enfileirados na pia. Fredi afugentou a mosca com o guardanapo. Era um homem pequeno e ágil. Os olhos miúdos e atentos, quando não interrogavam as pessoas em redor pareciam interrogar a si mesmo. O olhar esperto avaliou o homem bonito e pesadão que bebia devagar, debruçado no balcão. Calmo, sem dúvida. Mas isso de ficar bebendo um golinho de hora em hora, como se não tivesse a menor vontade de beber.

— Gaby vem de Gabriel? — lembrou de perguntar.

— Vem. Minha mãe dizia que era um arcanjo.

— Esse meu Fredi vem de Frederico. Prefiro que me chamem de Frederico.

— Comprido demais. Gelo aqui...

Fredi deixou cair a pedra de gelo no uísque aguado. Quando enxugou o balcão com o guardanapo, demorou o olhar nas mãos de Gaby. Os dedos finos, as unhas bem tratadas.

— Você faz regime, Gaby?

— Não.

Fredi pegou um palito e limpou com ele a unha do polegar. Quebrou o palito ao meio e levantou a ponta do esparadrapo que tinha na palma da mão. Espiou o corte.

— Se você trabalhasse de garçom emagrecia de cara cinco quilos. Infelizmente estudei pouco, tenho que curtir este emprego. E mais a dona que cá entre nós — disse Fredi baixando a voz, a mão em concha escondendo a boca: — É a rainha das chatas.

Gaby esboçou um sorriso. Voltou a olhar para a janela. Tirou do bolso os óculos escuros.

— Todas são chatas. As mulheres. Guardar certa distância — disse em meio de um suspiro. — Vai chover. Gosto das chuvas compridas. Dias e dias. A terra alagada. E a gente dentro da Arca, olhando.

"Estou com medo, mãezinha, quero dormir na sua cama!" Ela o enrolava nas cobertas. O perfume da cabeleira desatada. O calor. "Vem, meu Gabyzinho, vem com a mamãe. Se assustou com o raio, foi?" Ele se encolhia. "Choveu na minha cama, não quero minha cama!" Ela fazia-lhe cócegas, "Gaby, seu maroto!". Ele então abafava o riso no travesseiro para não acordar o pai. O barulho da chuva caindo nas telhas. O sono, tão bom dormir. Amanheceu? Já?! "Não aguento de dor de garganta, não quero ir na escola!" Babá puxava-o pela perna: "Deixa de história, menino, anda! Vem se vestir que você já faltou ontem, chega de gazeta!". A voz da mãe vinha velada, que o pai não acordasse na cama ao lado: "O tempo tão ruim, Babá, tanta umidade. Ele pode ficar doente". Resmungos. A porta batendo com mais força. A mãe o cobria de beijos e beliscões. "Seu maroto!... Seu preguiçoso."

— Ih! calor me ataca os nervos, fico atacado — queixou-se Fredi passando a ponta do guardanapo na testa. Renovou o gelo do balde. — Seu uísque virou água, Gaby. Mais uma dose?

— Prefiro assim. Só o cheiro.

— Você já se embriagou alguma vez? Quero dizer, chegou a ficar de porre?

Gaby teve um leve movimento de sobrancelhas. Suavemente foi contornando os lábios com as pontas dos dedos.

— A chuva vem vindo. Eu tinha tanta coisa... Enfim, não tem importância.

— É boa essa vida assim sem horário, quisera eu! Mas você esteve um tempo naquele escritório de imóveis, não esteve?

— Agora estou só pintando. Uma exposição em setembro, outubro... Não sei. Não importa — murmurou Gaby. Suspirou. Por que será que garçom gosta tanto de fazer perguntas? Principalmente esse daí. — Olha a mosca. Voltou.

Fredi fez pontaria e bateu o guardanapo no balcão. A mosca fugiu para o teto.

— É ladina — resmungou ele. Abriu o boião de azeitonas. — Quando a gente se conheceu você disse que ia fazer uma exposição, lembra? Faz uns três anos ou mais.

Gaby ainda passava as pontas dos dedos nos lábios, como se estivessem feridos. O bastardo. Falava como Mariana, igual. Nesse ponto não podia se queixar da velha. A velha sabia quando tinha um artista pela frente.

— Pintar não é preparar martínis. Demora.

Fredi voltou a examinar o corte na palma da mão. Apertou contra o esparadrapo um guardanapo de papel.

— Assim molhado custa a cicatrizar — disse e ofereceu a Gaby o pratinho de azeitonas. Gaby recusou levantando o dedo. Fredi levou as azeitonas ao casal de jovens e limpou o cinzeiro que trouxe da mesa. — Meu irmão, aquele que morreu, já falei nele, lembra? Foi copeiro na casa de um pintor importante, esqueci o nome. Um dia ele pintou meu irmão mas nunca vi esse retrato.

— Não faço retrato. Só natureza-morta.

Paisagens mortas. Pássaros. E peixes, os peixes silenciosos com aqueles olhos velados por uma membrana mais tênue do que fumaça. Quando a velha cochilava ficava com esses olhos. Poderia pintá-la morta. Sem a peruca. Prateada e fria como um peixe. O vago cheiro de peixe. Suspirou e o suspiro foi se estendendo. Que maçada. Essa exposição, ela queria uma exposição. Todos os jecas têm mania de exposição. Até esse garçom bastardo. Tirou o lenço do bolso e passou devagar no vidro verde-escuro dos óculos. Recuou um pouco na banqueta. Enfim, quinze quadros. Coisa pequena, com dez, digamos. E Mariana, a Eficiente. Mania de emprego fixo. Como se pudesse pintar metido até as orelhas num negócio de imóveis. Negócio obsceno. Falação. Otimismo. Gente otimista zanzando com pastas. Aquelas de zíper, enormes, um mundo de papel dentro. Cálculos. Voltar ao tempo do Professor Ramos, a voz de trovão: "Já vi que o senhor não se interessa por nada. Quer fazer o obséquio de me dizer o que vem fazer nas aulas?".

Ver as bactérias, podia ter respondido. Esses bichinhos de cabeça redonda e rabo igual ao seu. Não disse nada. E adiantava? Loucura total entrar na engrenagem. As pessoas faziam perguntas sem parar, imagine se... Ódio de perguntas. Ódio. A querida Mariana falhava nesse ponto. Mania de objetividade. Nitidez. Encostar as pessoas na parede, "Você não me respondeu!". Ora, dane-se. Que importância. Era nisso que a velha levava vantagem. A vacona. Vivia repetindo essa idiotice dos sete véus, o último véu tinha que ficar. Ainda bem. Uma velha sábia, gostava da penumbra por dentro e por fora, poucas luzes nas palavras. Nas rugas. "Adoro o mistério", costumava dizer. Inquisidora, às vezes. Mas, em geral, conformista, "Está bem, amor, entendi". Entendia nada. Enfim, não tinha importância. Mas a Mariana. A Mariana. Que pena. Enfim...

Agora Fredi abria um pacote de batatas fritas. Cheirou.

— Que confiança a gente pode ter nesses produtos? O dia em que me aparecer qualquer negócio que não seja parecido com este aceito na hora. Se tivesse oportunidade, um convite, lá sei!, topava correndo esse ramo de imóveis. Dá dinheiro, viu?

Gaby ajeitou os óculos que escorregavam. Mexeu com a ponta do dedo o gelo boiando no copo.

— Muito trepidantes. Esses escritórios. Bom trabalhar num lugar quieto. Sem gente em redor. Essa corrida, essa competição que...

— Já sei, nunca vai ter um enfarte.

Coração. Não, não sentia a presença do coração. Nem de qualquer outro órgão: era como se estivesse vazio lá por dentro. Oco. Uma velhice em paz quando viesse. E não se aborrecia não. Com essa ideia de envelhecer. Pelo menos, ninguém mais se preocupa com a gente, um sossego. Sim, seria bom. A querida Mariana por perto, os dois juntos. Preparando o chá. A bolsa de água quente. Podia ser uma companhia tranquila quando ela ficasse mais tranquila. Quando entendesse que um artista é um contemplativo. Um indefinido. Os antigos sabiam disso. Os antigos e os governos socialistas que sustentavam seus artistas a pão de ló. O chato era a tal mania de produção. "E a liberdade?", perguntou Mariana. "Por acaso esses artistas têm liberdade para criar?" Olha aí a pergunta. Ora, liberdade. Faço natureza-morta.

— Preciso comprar tintas. Visitar meu pai... Essa chuva.

— Mas não está chovendo, Gaby.

Espertinho. Não está chovendo, ele disse. Abriu e fechou a mão. Nisso a velha não decepcionava. Nisso de ficar taque-taque. Não fosse. Enfim, tirante também essa parte. A grande vaca. "Faz tempo que a gente não faz um amorzinho, quer ver? A última vez..." Ah, apaga. Cretina. Com essa idade e ainda. Apaga, apaga. "Ando meio travado", respondeu. Quando moça tivera suas veleidades teatrais, era isso. Agora sabia respeitar um artista. "Todo gênio é displicente, amor. Alguém tem que cuidar de você, alguém que te ama!" Concordo, mas então não encha o saco. O ferrãozinho agudo. Sabia ser irônica. "Esse meu amor está me saindo muito caro, nem que fosse um Renoir!" Bastarda. Enfim, chega. Chega. Não engrossar o sangue. A menor importância.

— Escuta. A trovoada. Ia visitar meu pai...

Fredi acompanhou-lhe o movimento do dedo que apontava vagamente o teto. Começou a preparar com energia um coquetel de frutas para a rapariga loura que chegou com o velhote de camisa amarela.

— Ele ainda está naquela pensão? O seu pai. Você disse que era um lugar muito bom. Já contei, Gaby? Pois o meu pai que lia a Bíblia falava muito nos *Pecados Capitais*, tinha a tal Soberba, Avareza, Luxúria... espera, agora vem a Ira e depois vem a Gula, pois é, a Gula e a Inveja e a Preguiça!

— Boa memória, rapaz.

Com um gesto exasperado, o garçom afastou a mosca que voava em espiral sobre o liquidificador.

— Sabe de uma coisa, Gaby? Nunca me dei bem com meu pai. Você se entende com o seu?

— Quando mocinho... Ele queria que eu estudasse, me atormentou muito. Depois cismou, eu tinha que trabalhar aí numa firma. Importação. Café. Tenho nojo de café. Enfim, quis tanta coisa. Sossegou.

— Ele gosta da pensão?

— Acho que sim. Não sei. Uísque, um pouco aqui... Chega. Enfim, a aposentadoria que recebe. Mas essa inflação.

Fredi fez o liquidificador funcionar. Falou alto, as mãos em redor da boca.

— A inflação piorou muito! Se ao menos eu tivesse tirado um diploma, quem tem diploma ainda se salva neste mar.

Gaby recuou na sua banqueta. Tirar diploma. O bastardo falava como a Babá. E daí? O pai *tirara* vários. Cursos mil. E agora lá estava jogado na cama de uma pensão vagabunda. Coisa miserável. Tanta ambição. Tanto sonho. A pensão fedendo a mijo. Bacharel em Ciências Jurídicas e Sociais. O canudo com a fita vermelha comido pelas traças. Tirá-lo de lá um dia. Um dia.

— Banho de imersão. Morno — disse Gaby destapando os ouvidos. Ficou vendo o garçom despejar no copo o líquido denso e rosado. — Um banho assim como... — Não completou nem a frase nem o gesto. — Uma maçada.

— Mas ele melhorou?

— Quem?

— Seu pai.

Brandamente Gaby levou à boca o guardanapo de papel.

— Quente, hein?

Foi amarfanhando o guardanapo. Um ligeiro vinco formou-se entre suas sobrancelhas. Numa cama infecta, bebendo caldos infectos. Cheirando a urina, tudo naquela pensão cheirava. Até a comida. Enfim, agora não havia nada que pudesse. Nada. Além das visitas. E já fazia tempo. Também, de arrasar. "Se hoje não chover, meu Deus. Resolvo e pronto. O problema... roupas. Tenho que levar roupas. Biscoitos." Olhou na direção da janela que o garçom entreabriu. Firmou o olhar na fresta. Tanta nuvem. Tudo preto.

— Nuvens pretas.

—Pretas?—Fredi estranhou. Voltou-se para a janela. Fechou-a quando o vento soprou mais forte.—Com esses seus óculos escuros fica tudo escuro, o tempo não está feio, vá lá ver seu velho. Quantos anos ele tem?—perguntou e não esperou pela resposta, a lourinha tamborilava no copo, estava impaciente.—A senhora deseja?...

Gaby ficou olhando o próprio copo. Respondeu como se do copo tivesse vindo a pergunta.

—Não faço ideia. Envelheceu muito. A doença.

Tanta luta. Em vão. O pai costumava se comparar a um lutador de boxe que não pode nem piscar porque se pisca... E ia morrer completamente sozinho, feito um mendigo. Se pudesse... Enfim, fazer o quê. "Nada a fazer, pai. O dinheiro não é meu, é dela. Da velha. Um filho pode pouco. Muito pouco. Quase nada." Fredi começou a preparar mais um coquetel de frutas. Gaby suspirou, um inferno. O barulho. "Se ao menos a mamãe estivesse junto. Os velhos devem ficar juntos, se amparar. Até o fim. Ele teria reagido, tanta esperança. Tamanha fé. Estariam agora os dois envelhecendo quietos. Um cuidando do outro. Quem sabe ainda lá, na casa vermelha. Mas ela teve que dar o fora. Maçada. A casa vermelha, delícia. A Babá cuidando de tudo. Ela podia estar lá ainda cuidando dos dois com seu avental branco. Uma mucama. Tinha que morrer. As mucamas deviam ser eternas."

—Qual é a doença dele?

—Hum?...

—Do seu pai! O que é que ele tem?

Gaby tapou os ouvidos.

—Não sei.

"Não sei", repetiu num sopro. Olhou a mosca que voltara no seu voo em círculos, ela gostava. Daquele barulho, bastava Fredi ligar a maquininha e zuuuum... Devia ser uma mosca perguntona, zum... zum... Quem tem a resposta? Quem? O pai perguntou tanto e agora. Aquela mania de honestidade, tirar tudo a limpo. Pronto, deu nisso. Se não tivesse atormentado tanto a mamãe. Deu nessa caca, zum-zum... Então ele não sabia? Que se casou com uma irresponsável. Cabeça de borboleta. E o que foi que ele fez com a borboleta e seus perfumes? Tinha que se acomodar. Ora, chifres. E daí? Tinha que bancar o chefe. O digno. Precisava chicoteá-la, sua puta!

—Enfim. Estou pintando um peixe.

—Peixe?—E Fredi tomou o resto do suco rosado que sobrou no grande copo plástico.—Se eu fosse pintor ia pintar mulher nua.

Gaby acendeu o cigarro.

—Este é Abdullah. Sinta. A fumaça...

— Não posso fumar agora. Mas guardo, se a dona me pega vira uma fera. Contrabando?

A mosca caminhava pelo balcão como se tivesse as patinhas untadas de mel. Gaby apoiou o queixo na mão e ficou olhando. Soprou na direção da mosca uma baforada. No silêncio murmurejante do bar, o ruído de um copo quebrado. Ele não se moveu. Curioso, muito curioso. Essa mosca.

— Me faz lembrar uma coisa. Não sei, mas...

— Pois esse tal pintor que pintou meu irmão tinha lá as meninas dele, elas posavam peladas. Meu irmão disse que era uma porrada de meninas lindas, ele comia tudo.

— Não imagina o trabalho. Isso de pintar mulher. Acabam se enrolando na gente...

— E não é bom?

Ora, pintar mulher. E trepar em seguida. Um cansaço. Como se não bastasse a velha. Uma vez por mês não era suficiente? Não, não era. Precisava mais, "Gosto tanto de amar no verão". Também no inverno. E no outono.

— Velho devia morrer.

— Não escutei...

— Nada. Deviam inventar uns robôs.

Fredi tirou da geladeira uma garrafa de cerveja e fez um sinal para o casal de meia-idade que se sentou na mesa mais distante, "Um momentinho!", pediu. Pegou a bandeja com os copos. Quis saber antes de se afastar:

— Robôs? Que robôs?

— Ora, robôs. Bem avantajados para o mulherio. Acabavam os problemas. Psicanálise, depressão. Acabava essa moda. Todo o mulherio exausto. Saciado.

— Há, há — fez o garçom. Quando voltou, abriu outra garrafa. Voltou a limpar a unha do indicador com um palito. — Pois sim! Mulher gosta é de conversar, robô sozinho não resolve nada. Outra noite fui dar corda aí pra uma vagabunda e ficamos os dois de prosa até as cinco da manhã. Ela falava feito um deputado.

— Andam soltas demais. Isso de feminismo. Querem chamar atenção, cansativo. Enfim — murmurou Gaby. E inclinou-se para o copo com a mosca obumbrada voando em redor. — Queria ter uma lupa.

Era a última aula do período da tarde. O Professor Melcíades chegava de bata branca, dava algumas ordens e se enfurnava na salinha dos esqueletos. Ele então se apoderava do aparelho. Chegava a comprar os colegas com cigarros, revistinhas, tudo para poder ficar mais tempo ali sozinho. Debruçado sobre a lupa, observando. Poderia ficar parado horas e horas olhando uma folha de roseira. Ou uma gota d'água. Mas tinha as aulas de matemática. A voz de trovão perguntando quanto é sete vezes oito. Nove vezes seis. Obsceno. Medieval. "Quem é que sabe, imagine. Enfim, passou. Até equações. Horror. Passou. Tudo. E tinha que aparecer a Mariana tão precisa. Solicitante. Ciências exatas. Uma maçada. Mania de cobrança, estava sempre cobrando alguma coisa. Ainda agora mesmo..." Suspirou. Ah, Mariana Mariana. Em algum lugar da cidade lá estava ela aflita, olhando o relógio, paixão por relógio. Esperando que ele chamasse, o olho grudado no telefone, "Você demorou, querido. Onde é que estava?". E a pergunta odienta, "Já conversou com Peter?". Mas quem quer conversar com o Peter. Isso de patrão, emprego. Sim, querida, já falei, estou empregado. Empregado? Alegria. E os planos, ela não perdia tempo, paixão por planos. Casamento. Filhos. Crianças se enrolando em suas pernas, perguntas. Mais perguntas. Lágrimas. Crianças cobrando sorvetes. Histórias, "Você prometeu, pai!". Brinquedos, aqueles de ensurdecer, bang! bang! "Sou o xerife, vai, deita aí! O bandido agora vai dormir, filhinho. Não, não dorme nada! Vai, levanta, corre! Quero o clube, o sol, vai, anda!"

— Meu Deus.

Enfim, já devia estar chovendo, pensou e soprou a última baforada na direção da mosca. Apagou o toco dourado no cinzeiro. Abriu a boca mas não chegou a bocejar. Gostava dela. Muito. Tinha mãos tão bonitas, as mãos mais bonitas do mundo. E o riso. Seria bom ficarem para sempre. Mariana Para Sempre. Podiam envelhecer juntos, a varanda igual à da casa vermelha. Os tijolinhos vermelhos. Babá cuidando de tudo com seu avental. Quietos, só o nhem-nhem da rede. Mas aquela mania de comandar, era ver um general. Os gestos de líder. Napoleão. Atenta, Que dia é hoje? A resposta de flecha, "20 de março, quinta-feira". Se calhasse, até tipos de eclipses. Um manual de utilidades com todos os lembretes. Endereços. Espartana na outra encarnação, colchão duro. Sem travesseiro.

— Melhor largar as rédeas. Deixar correr. Meu primo quis cortar a correnteza. Morreu.

Ela não acredita em fatalidade. O pai também dizia que quem faz o destino somos nós. Frases, "Somos livres, Gabriel! Livres. Existe é a minha vontade, a minha garra!". Ah, não tem fatalidade? Não tem destino? Jogado numa cama fedendo a mijo. E como lutou. Até esportes. Lutou à beça esse velho. E então. Enfim, no dia em

que os homens descobrirem que melhor do que viver é não viver.
Melhor do que pintar, deixar a tela em branco. O papel em branco.
A perfeição.
— Não pensar, nem isso. Devia ter um botão em algum lugar
do corpo. Um botãozinho que a gente aperta e pronto, pensamento
desligado. E o resto.
O recém-chegado ruivo vestia um impermeável preto. Tirou
o impermeável, dobrou-o. Hesitou entre a mesa e o balcão. Sentou-
-se na extremidade do balcão. Fredi cumprimentou-o afável.
— O senhor sumiu, doutor.— Pegou na prateleira uma garra-
fa.— Se não me engano, era esta a sua marca?...
— Esse está bem. Bastante gelo— pediu e acendeu o cachimbo.— Andei viajando.
— Já começou a chover?
— Ainda não. Mas vai chover potes.

Os potes de samambaia na varanda da casa vermelha. Bom
ser criança. Ser cuidado. Pensado. A Babá amarrando seu sapato.
Trazendo a caneca de gemada na cama. Torradas com manteiga
e mel. A velha tinha um pouco da eficiência da Babá. A diferença
é que cobrava. E já estava chegando a hora, aquela hora, oh! Deus.
Digo que o herpes voltou. Contagioso demais. E dói. Vai estranhar.
"Outra vez, amor?" A preferência pelo sábado, hábitos do tempo
de doméstica. De bordel. Invento um filme que vai sair de cartaz,
pronto. Melhor um concerto que no cinema ela fica falando. No
concerto, tem que fechar a matraca, os fanáticos não deixam que
ninguém. Enfim. Sempre posso cochilar um pouco. Desligar. Delícia dormir com música, os violinos. Aquele grandão mais grave,
aquele, dum-dum-dum... Violoncelo. A maçada eram os aplausos.
Fredi tirou da geladeira uma cestinha de ostras. Deixou a
cestinha na pia. Começou a cortar os limões. Voltou-se de repente
para Gaby.
— E hoje vou num velório. Um tio velho morreu de gangre-
na— contou em voz baixa. Examinou o corte na palma da mão.
Animou-se quando foi servir o homem ruivo.— Estas vieram hoje
cedo, olha só que beleza.
Gaby empurrou com a ponta do dedo o cigarro que deixou
consumir na borda do cinzeiro. Pousou a ponta do dedo no rolinho
de cinzas.
— Melhor não ver os mortos. Nem os doentes. Guardar deles
uma lembrança agradável. Uma certa distância.

O garçom trouxe um guardanapo limpo. Enxugou as mãos.
— Hummm... Acha mesmo isso, Gaby?
— Evito ver meu pai.
— É, pensando bem, você tem razão. Mas o caso é que fico com pena, eles precisam da gente, não precisam? Minha avó está morre-não-morre mas continua esperta feito um alho. Conversa muito, quer todo mundo em redor. Ontem mandou me chamar, gosta de mim que só vendo, quando chego o olhinho dela fica brilhando. Facilita a vida porque mora numa casa com toda a parentada naquele quarteirão.

"Mas ela pode ser sua avó!", disse Mariana. "Minha avó", ele repetiu. Tentou rir. E ela baixando a cabeça, indignada. Estava sempre indignada, motivos mil de indignação. Está certo, mudar de vida. Sem pressa. Sem violência, evitar um rompimento assim brusco, por que ferir a velhota? Podia até se matar, falou nisso. Ameaçou. "Quando você me deixar, quando não me restar mais nada, sei o que vou fazer." A separação tinha que ser sem choques. Discussões. Desnecessário. Isso. Ah, Deus, Deus. "Mudar o que deve ser mudado", era um dos lembretes de Mariana. Lembretes do *Almanaque da Bravura*. Soava como mensagem do discurso de um general. Ou almirante. Almirante Hart. Existiria? Esse Almirante Hart. Enfim, besteira. Uma chatice, ora, coragem de mudar. Coragem de não mudar, existia? Maçada. A velha não atrapalhava. Dedicava-lhe uma ou duas horas por dia. Ouvir suas asneiras. Às vezes, cinema. Fingir que não percebia quando ela trapaceava no jogo, roubava nas cartas mas que importância. E aquele pedaço. O pior. Pior ainda os tais imóveis, os escritórios igualmente repugnantes com os homens de fala eficiente. O telefone. A campainha. Até fazer política Mariana já tinha sugerido, apresentou-lhe um primo. Subversivo, deputado da oposição. Teria que fazer discurso da oposição que nem o outro. Opor-se ao governo, ele, que não se opunha sequer àquela mosca parada no balcão. A trombinha agora metida no pequeno círculo d'água que escorreu do copo. "Quer saber do que se trata. Parecida com a Mariana", sussurrou Gaby e consertou os óculos escuros que escorregavam no nariz. Ora, oposição. Governo era uma ideia extensa à beça. Lutar contra essa coisa assim invisível. E presente feito a massa de ar que não se vê nem se toca mas que pode. Afrouxou o colarinho. Terrível. Isso de se opor. Viver se queimando, a revolta queima. O ideal, lembra? O homem feliz não tinha camisa. E Mariana. Tanta energia. Se fosse homem ia querer jogar futebol. Uma curiosidade, a chama acesa no olho. "Gabriel querido, me diga agora o que você gostaria de fazer realmente. Pintar?" Perguntava e respondia em seguida, o que era uma sorte. "Mas você não pinta nunca, tanto talento. Um pintor sem quadros. Por que não acaba o que começa?" Também não sabia. Quem é que sabe? Isso. De não acabar o que se começou. Difícil. Gabriel, Gabriel! Ela e o pai, só os dois ainda. E fazia questão de repetir, Ga-bri-el. Com todas as letras. "Gabriel é um nome tão bonito, não gosto de Gaby." O pai lá longe, discutindo com a mulher-borboleta. "Não quero que esse menino cresça com esse apelido, Gaby é marca de creme. De esmalte de unha."

A rede com as longas franjas brancas. Deitara a cabeça no colo da mãe e na tarde quieta só ficava o ranger dos ganchos, nhem-nhem. Nhem-nhem. E o pai com aquele passo militar. "Gaby é nome de mulher!" Ela contestava abotoando os lábios de fita escarlate: "Mas é um apelido tão engraçadinho, ele é muito mais Gaby do que Gabriel". A risadinha de borboleta se borboleta pudesse rir. Ela gostava de perfumes. Sapatos, tinha uma coleção enorme. Os pés pequenos, delicados. Também gostava de brincar de se esconder detrás das portas, "Conte até dez, Gaby, e venha me procurar!...".

Gostava também de sair. Voltava à noitinha, a cara afogueada. Saía toda alegrinha e voltava aflita, "Seu pai já chegou? Hoje me atrasei, o trânsito!". Ela se atrasava muito. "Quero ir com você", pedia ele sem nenhuma convicção. Ela escancarava os olhos azuis, "Gabyzinho querido, mamãe vai ao dentista. Fique aí bem bonzinho, quando eu voltar a gente brinca".

Os tufos de rendas e fitas na moldura do espelho cor-de-rosa. Através desse espelho ela parecia mais rosada, fina como as porcelanas da mesa de toalete. Prendia frouxamente na nuca os longos cabelos claros num rolo que parecia que ia se desfazer. Não se desfazia. Pintava a boca. Pintava os olhos. Ele olhando meio desatento a pequenina mão indo e vindo com a escovinha de rímel nos cílios recurvos como os cílios das bonecas. Falava sem mover nenhum músculo para não borrar as pálpebras: "Tenho milhares de coisas... hoje não... Depois a gente brinca... fique bonzinho".

Ele ficava. Bonzinho. Tantas vezes ficou bonzinho, fingindo estudar com o livro aberto na mesma página. Sempre na mesma página. Um vazio manso. Flutuava em pensamento pela casa que ainda guardava o perfume dela. Bonzinho até aquela noite.

— Que calor — disse Gaby. Enxugou a gota de suor que lhe descia morna pelo lábio. Cheirou o lenço. Olhou o teto onde as pás do ventilador pareciam exauridas. — É a chuva.

Fredi enfiou a gorjeta no bolsinho do colete. Atirou coisas na lata de lixo debaixo da pia. Lavou as mãos.

— Verão bravo. Este colete esquenta demais, minha camisa está molhada mas a dona quer assim, colete preto e este avental até o pé, diz que é chique. Na França é desse jeitinho. Mas lá faz frio não faz?

— Às vezes. — Falava agora num sussurro: — Anoiteceu e não fiz nem a metade. Enfim, com a chuva em suspenso.

No lugar do homem ruivo estava agora um tipo gorducho, risonho. Apalpou os bolsos. Tranquilizou-se, voltou a sorrir e fez um gesto na direção de Fredi:

— Outra loura estupidamente gelada. E pipocas, tem pipocas?

— Pipoca não, tem azeitona, amendoim, batatinha... — Voltou-se para Gaby: — E justo hoje esqueci o guarda-chuva.

Durante algum tempo Gaby guardou na boca o gole de uísque, à espera de que ele amornasse.

— Todos que tive perdi. E eram bonitos...

O garçom despejou amendoins no pratinho.

— Tem ostras frescas? — lembrou-se de perguntar o gordo da cerveja.

— Fresquíssimas. Meia dúzia? — E Fredi voltou a falar baixo enquanto abria a geladeira. — Mas por que você foi vender o seu carro? Beleza de carro, Gaby. Um Alfa como aquele está uma fortuna, viu?

— Horrível guiar. Cuidar da máquina. Máquina é muito solicitante. Tem táxi.

— Táxi? A coisa mais difícil do mundo! Ontem quase perdi o jogo, precisei implorar carona lá pro rapaz que passou com a bandeira do Corinthians. Se soubesse, nem ia, um vexame.

— Saio pouco.

— Esse meu guarda-chuva é de um tipo que esteve aqui uma vez, viu? Esqueceu o guarda-chuva e não apareceu mais. Falou muito em ginástica, acho que era professor de ginástica.

— Que horror.

O garçom trouxe as ostras abertas no prato. A maior delas se contraiu na sua concha quando ele pingou limão.

— Ainda estava viva, olha só...

Mal alcançou o prato e o olhar de Gaby também se recolheu. Ginástica. Serviço militar. As ordens veementes, quilômetros de marcha. Ainda bem que tinha o pé chato.

— Enfim.

— Tenho nojo disso, olha aí, esta também se mexeu — cochichou Fredi cortando outro limão. — Mas parecia estrangeiro. O tal cara do guarda-chuva devia ser americano. Tem as iniciais no cabo, J. W.

— John William.

— Você conhece ele?

— Joseph White. Johnny Walker — disse Gaby vagando o olhar pelas prateleiras. — Preciso ir.

Abriu as mãos em torno do copo. O olhar errante passou com indiferença pelas unhas. Mariana desprezava o apelido. A mesma reação do pai. "Seu nome é tão poético! Gabriel, nome de um arcanjo." Comprida demais a história desse arcanjo, tinha lhe contado mais de uma vez. A querida Mariana. Esperando agora mesmo pelo telefonema. A tarde toda esperando, "Gabriel, meu amor, você esqueceu?". Só se fosse falar no telefone da esquina para o garçom bastardo ali não ouvir. "Gosto de você, Mariana. Amor? Vá lá, amor, acho que te amo. Mas não me peça nada. Nem me faça perguntas, fique apenas com isso. Enfim..."

— A chuva.

— Mas ainda não choveu, Gaby. E pelo visto nem vai chover mais, está vendo? O vento empurrou a chuva. À noite é até capaz de dar estrela.

A mosca voltou a pousar no balcão, esfregando as patas dianteiras uma na outra. Gaby suspirou. "Eu lavo as mãos..." Enxugou as pontas dos dedos no lenço.

— Se eu tivesse dinheiro para fazer...

— E não tem?

Gaby foi se voltando devagar para a janela. Eram assim roxas as flores da trepadeira que se enroscavam nas colunas de tijolinhos vermelhos. Flores de nuvens. Logo seriam chuva. Depois, nada.

— Para fazer o que quero — começou ele afastando a mosca com um gesto fragmentado, como se o movimento se desenvolvesse em câmara lenta. — Afundar numa daquelas ilhas. Mares do Sul.

— Mas por que tão longe? Estamos rodeados de praias maravilhosas, dou já uma meia dúzia delas.

— Aqui acabam achando a gente.

Um saxofone tocado na vizinhança começou uma frase musical. Desafinou. Recomeçou mais forte. Num sopro, Gaby cantarolou junto:

— *Night and day...*

Pela terceira vez o saxofone insistiu. Interrompeu na mesma nota. Os lábios de Gaby se moveram e não saiu som algum.

— Telefone para o senhor! — avisou o garçom tapando o bocal com a mão. — Voz de mulher. Quer que eu pergunte?

Gaby encolheu-se no banco. Tocou com as pontas dos dedos os óculos escuros. "Meu Deus." Baixou a cabeça.

— Pergunto o nome?

— Mulher? Espera... Não pergunte nada. Diga que acabei de sair.

Mariana. Por que tinha que ficar assim? Pressionando. Exigindo. Naturalmente queria saber. Aquela história de emprego, horário. Patrão. "Mas todo mundo tem patrão, Gabriel. Você não pode escapar!" Acendeu um cigarro. Os pequenos discursos. Argumentos. Insistindo, a única forma de se livrar da velha era ter um trabalho. Ficar independente. "Liberte-se, Gabriel!" Mas se ninguém era livre. Ninguém. Se fosse trabalhar no tal escritório não ficaria debaixo de uma dúzia de patas? Faça isso. Faça aquilo. Pelo menos a velha não exigia tempo integral. A vida inteira recebera de homens. Natural que agora sentisse prazer em pagar um. Comprar seu gozo. "Gozo meio vagabundo, bastante laborioso." Teve vontade de rir. Enfim, tanto presente, o carro. A conta aberta no alfaiate. Não fazia mais roupa porque essa história de provar. Chatice, o homem ficava horas espetando os alfinetinhos. Mania de perfeição, parecido com a Mariana. Cerrou os olhos. Os presentes. Abotoaduras de ouro, o relógio. Afogado num mar de presentes, cansativo ter que ficar agradecendo, agradecendo. Jamais Mariana poderia entender. Uma esposa exemplar. Mas cobrando alto por tamanha exemplaridade. Quem dá muito, exige mais ainda.

— Acho que a voz era daquela sua amiga que telefona às vezes — lembrou Fredi espiando de novo o corte na mão. Alisou o esparadrapo. — Não é Mariana o nome dela?

"Ah, o esperto." E Gaby sentiu a gota de suor escorrer-lhe até o queixo. Apertou o lenço contra o queixo num movimento de mata-borrão absorvendo a tinta. O bastardo. Querendo informações que um dia, quem sabe, poderia passar à velha.

— Não sei. Não interessa.

— Elas devem endoidar por sua causa, tivesse eu a sua cara.

— Uma maçada.

"Gabyzinho, quero que você seja o menino mais lindo da festa, anime-se e venha experimentar a roupa!" Também a mãe, fixação com roupa. Boa parte da infância experimentando aquelas roupinhas. Sapatinhos. E banho. Um pouco que se distraísse e já estava debaixo de uma ducha com a Babá fiscalizando, "Agora a orelha, depressa! Com sabão, menino!". O cerco infantil. Depois o outro, oh, meu Deus. A prima Míldrede completamente histérica, "Juro que me mato se você não for comigo ao baile, vai ser meu par, Gaby? Responda, vai dançar comigo? Esta e todas as noites da minha vida!". Como um visgo, colando, envolvendo. E aquela estudante de olhos rasgados, como se chamava? Aquela. Enfim, não tem importância. As narinas trementes, ela tremendo inteira: "Mas por que você não quer, por quê? Já disse, preciso me libertar da virgindade e escolhi você, sou uma esteta! Como no poema, *do meu ventre nasceriam deuses*! Por que não entende isso?". Entendia. E o bando de casadas. Divorciadas, nenhum pudor? Nenhum. Cabras. "Ora, me esquece", pediu à Ivone. Essa então queria um filho. E a velha cerrando as pálpebras pintadas de azul-emurchecido: "Conheci um monte de homens mas nenhum tão belo. Você parece um postal italiano que vi uma vez, tinha um moço nu, divino. Aquele cabelo todo encaracolado, que nem o seu. E o pipiu tão delicado, um pássaro. Queria te dar essa estátua".

    Afrouxou o colarinho. Até homens. Até aquele grego de unhas pontudas, "Você tem físico para teatro, filho. Venha à minha casa tomar umas aulas". Roupas, estátuas, virgindades, empregos — uma atormentação. Por que as pessoas estavam sempre querendo dar alguma coisa? Soprou a brasa do cigarro queimando na borda do cinzeiro. Mariana. A única mulher que não lhe falava nessa história de beleza. Só uma vez se referiu de leve à sua aparência mas para lembrar que ele faria carreira fácil nos tais escritórios de publicidade, representações e outras coisas igualmente desprezíveis. A querida Mariana. Se ao menos fosse muda. E analfabeta para não começar com bilhetinhos, viveria então com os bolsos transbordando de bilhetinhos como os homens das pastas transbordando de papéis.

—Tenho nojo de papel.
—Que papel?
Gaby fez um movimento de ombros. A face lisa se imobilizou.
—Queria ser invisível.
—Perigoso, Gaby. A gente pegava a mulher da gente com outro logo na primeira noite, já pensou?
—Chatíssimo. Isso de virgem. Estive com uma.
—Foi?
—Trabalheira danada. Bobagem.

Felizmente algumas ainda tinham seus princípios. Tímidas. Não ficavam caçando homens feito doidas. Ainda bem que Mariana. Uma exceção. Antes, tudo oficializado em cartório e etecetera. Por causa dos filhos, dizia. Filhos. Graciosos nos calendários, Babá tinha paixão por esses calendários. Crianças gentis com seus cestinhos de frutas. Seus cachorros peludos. Até anjos da guarda. Em cada mês o calendário trazia a gravura com um infante. Mariana ia querer uma meia dúzia. Relógio despertador com campainha dupla. O bando de filhos. Inútil o despertador, muito antes eles já entrariam esgoelando pelo quarto adentro, paiiiiiiiii!...

Encolheu as pernas. Já acabou faz tempo. Ou está acabando. Casamento, família, toda essa embrulhada. Está acabando. O pai escaveirado e barbudo, abandonado naquela pensão. Morrendo. Sem forças sequer para ir ao banheiro no fundo do corredor.

"Gabriel! Vá buscar seu boletim, menino! Rápido, mexa essas pernas." Ele deu alguns passos. Parou. O boletim. O pai queria o boletim. "O boletim?", perguntou voltando-se para a Babá que arrumava a mesa para o jantar. O homem impacientou-se: "Estou falando grego, menino? Faz meses que não vejo suas notas, vamos, o boletim". Ele escondeu as mãos nos bolsos. "Está com a mamãe", disse. E esperou a ordem que viria em seguida. "Pois vá buscar com sua mãe, anda." Ele ergueu a face para o pai. "Mas ela saiu. Ainda não voltou." O homem tirou os óculos. Dobrou o jornal. Olhou o relógio na parede, um antigo relógio com pêndulo em forma de lira. Dirigiu-se à Babá: "Você sabe onde ela foi, Babá?". A preta deixou cair um copo. Respondeu catando os cacos: "Sei não". Ele se aproximou do pai. Ouviu a própria voz vir vindo desgarrada do corpo, só voz: "Tinha aquele moço do carro vermelho esperando na esquina, ela foi no carro dele".

A sopa também vermelha. Caldo de tomate. Jantou sozinho. O pai sem apetite. Babá soprando o caldo fumegante e fungando: "Por que você foi dizer aquilo, menino?! Que sua mãe saiu com o moço, por quê? Língua comprida!". Ele molhou no caldo o miolo de pão que ficou vermelho também. Da cor do *R* que o Professor Jônatas riscou na margem direita do boletim. Que continuou dentro da sua pasta escolar, ninguém mais pediu para vê-lo. Nas férias, achou-o por acaso, ainda sem a assinatura do pai, mãe ou responsável. Rasgou-o. Foi transferido de colégio, já era repetente duas vezes.

Através dos óculos esverdeados, Gaby viu no espelho sua face da cor do mesmo vidro das garrafas. A mosca desceu do teto e pousou no punho da sua camisa.

—É a mesma. Ainda esfrega as mãos.
—Esse bicho me irrita. Vou buscar o vaporizador...
—Não, deixa. Já estou saindo, quem sabe um cinema.
—Vi ontem uma fita italiana—disse Fredi fazendo cair uma cereja no cálice.—A artista mata o amante mas se arrepende e começa então a aporrinhar o marido que acaba liquidando com ela. Uma coisa, viu?
—Drama. Não gosto.
—Vi também uma fita japonesa aqui pertinho.
—Gritam demais. Cinema é descanso—murmurou Gaby mordiscando a cereja que o garçom lhe ofereceu espetada num palito.—Então a mulher matou o amante...
—Matou. Ele deu o fora e ela passou fogo nele, tum-tum!

A velha não teria coragem. Tanto homem já tinha chegado e desaparecido em seguida. Acostumou. Quem sabe ia ser compreensiva, "Já estou velha mesmo, amor. Isto tinha que acabar, seja feliz com Mariana, vocês são jovens. É a lei da vida".

Às vezes ela falava nessa lei. Mas e o testamento? Nenhum parente vivo, ninguém. Casas, terrenos. Sem falar nas joias. Acabaria deixando tudo para o Estado, a cabra. A não ser que morresse agora. Já. A maçada era o corpo. Uma enormidade, o que fazer com o corpo? Corpo de vítima cresce. E pesa. Poderia enrolar o corpanzil num tapete, feito Cleópatra. Oitenta quilos de quilômetros nos ombros. Enfim.

—Vou ver uma fita por aí. Sem drama.

O segundo relâmpago foi mais demorado. Gaby ficou olhando a rua através do vidro da janela do quarto. Agora a chuva podia cair. E ia ser violenta, com a fúria de quem se reprimiu demais. O dia estava perdido. Mariana estava perdida. Tirou a carta do bolso do pijama. Releu o pedaço, aquele: *Vou-me embora, Gabriel. E para sempre. Você foge de mim e eu queria apenas me despedir. Fica me pedindo paciência. Diz que não quer que ela sofra com a separação, poderia se matar. Mas foi nosso amor que morreu.*

Vagou pelo apartamento num andar desamparado. Rasgar a carta em pedacinhos miúdos? Amassar até ficar uma bola que se joga da janela? Complicado. Mais simples acender um fósforo e ali na pia. Ficou olhando a chama avançar azul-laranja sobre as palavras. Crispadas, não gostaram do fogo. Pronto, cinzas. Abriu a torneira. Quando voltou à sala ficou olhando a pequena corça da tapeçaria. Na penumbra a corça estaria mais defendida da matilha de cães. Apagou a luz do abajur maior e o cão de língua de fora, farejando por perto, quase se diluiu na sombra. Se a corça pudesse se amoitar naquele bosquete ali adiante. Mas tinha o rastro, só o homem consegue fugir desfazendo as pegadas. Baixou o olhar para os próprios pés metidos nos chinelos. Voltou-se para a tapeçaria. Morar num bosque. Vidão. Mas com conforto, empregados experientes, tudo fácil. Mas tinha os insetos, milhares de insetos se revezando dia e noite, igual ou pior do que gente entrando, invadindo. Fechou o chambre no peito. Colocou os óculos escuros. Deixou que a lágrima já morna lhe escorresse pelo queixo. Não mais envelheceriam juntos. Mariana e ele. Não mais as crianças do calendário, o mais velho com seu nome, não Gaby, Gabriel. Restara-lhe só o pai e ela, mais ninguém. Mas o pai ia morrer e ela era como se tivesse.

Foi até a bandeja de frutas, apanhou uma maçã. Ficaria com a velha cada vez mais velha. Os jogos estavam feitos, era mais bonito dizer em latim, *Alea jacta est*. Não os jogos, os dados. Uma fatalidade, sussurrou apoiando-se na parede. Cansaço. Enfim, que Mariana fosse feliz onde quer que estivesse com seus olhos límpidos. As mãos. Deteve o olhar no relógio verde-profundo através das lentes verdes dos óculos. O tempo verde. Amadureceria um dia, pensou e sorriu porque achou um pensamento bonito, esse. Tinha esses pensamentos quando a velha estava longe. No cinema. Duas horas livres pela frente, uma paz. Sozinho no apartamento. Sozinho no mundo. Não tinha a velha nem Mariana nem o pai. E os tais escritórios de imóveis. Etecetera. Não existia nada. Ninguém esperava por ele. O vento o abandonara ali, simples grão de pó sem perguntas a fazer. O chato era querer fazer alguma coisa e ninguém. Suspirou. Um barulho... Franziu a testa: e se ela desistisse do cinema e voltasse. Não, não a tempestade. Melhor ficar no cinema, se calhar, continuar lá mesmo até a próxima sessão. *Night and day...*

Sentou-se na poltrona defronte do cavalete. Estirou as pernas. E colocou a maçã no pires. Apertou os olhos. Refazer o pires meio torto. Mas por que aquele pires? Bobagem, melhor só a maçã no fundo branco. Apenas uma maçã solitária — não tinha uma música com esse nome? Suspirou. Que sede. Um copo d'água mas não gelada. Mania de brasileiro servir água gelada, a água tem que vir natural, o gelo excita. Agride. Em cada canto do apartamento, uma moringa, era só estender a mão. Teve um olhar comprido na direção da copa. Voltou-se para o cigarro esquecido na borda do cinzeiro. Melhor do que fumar era ver a fumaça. As espirais se desfazendo num cansaço de despedida. Nenhuma explicação. Nenhuma palavra. A pobre Mariana. Uma carta exaltada, as lágrimas borrando os adeuses. Enfim, não tinha importância. Todas as coisas. Inclinou-se para o cigarro mas não tocou nele. Que é que tinham todas as coisas? Aspirou a fumaça. Na história da lâmpada maravilhosa a solução era o gênio de argolas. Podia pedir tudo, bebidas, iguarias finas, a mãe gostava de falar em *iguarias finas*.

    Graciosa, sim. Mas distraída. "Hoje me atrasei tanto, seu pai já chegou?" Já. Todo mundo já tinha chegado. Ela tirou os sapatos, passou o pente no cabelo desatado. Consertou um pouco o batom escapando da boca escarlate. Então a Babá entrou aflita puxou-a pelo braço. "Escuta, ele está soltando fogo pelo nariz, o Gaby contou tudo!" Ela ficou olhando para os próprios pés descalços. Começou a esfregar as solas dos pés no tapete. "Mas contou o quê?" Babá se esforçando para falar baixo, estava excitada demais: "Sabe como esse menino é impossível, viu a senhora no automóvel e contou direitinho, o doutor já anda daquele jeito. Meus céus!". Ela começou uma carícia triste na cabeça de Gaby. "Não foi por mal, hein, Gabyzinho? Vamos, nenê, vai com a Babá que preciso falar com o papai." O primeiro grito. Sufocado. Em seguida, os soluços. E de repente o grito imenso, espirrando sangue como a leitoa que o Tio Raul matara no Natal, os guinchos. E a faca entrando lá no fundo, entrando e saindo outra vez sem conseguir acertar no coração, "Sua puta! Puta!".

    Gaby tapou os ouvidos. Um raio estalando lívido. Ódio de raio. E aquele caíra ali pertinho. Passou a mão na testa lustrosa. Mas então o tal gênio da lâmpada... Pediria um copo d'água, antes de mais nada, um copo d'água. E lhe entregaria o pincel. "Agora retoque essa maçã." E depois pediria a esse gênio que acabasse todos aqueles quadros começados. Mas caprichando, lógico, um gênio desses deve pintar bem à beça. Mais uma dúzia de quadros geniais e pronto, a exposição estaria garantida. Então, sem querer abusar, pediria que o transportasse a uma ilha dos Mares do Sul. Taiti. Como no cinema, céu. Mar. A música diluída. Comida frugal, roupa frugal. Crescer a barba, delícia. Longe da velha, do alfaiate, do telefone. Nenhuma carta. Longe da querida Mariana e que neste instante mesmo devia estar lá planejando a reconciliação, com mulher nunca se sabe. Ah, se pudesse fazê-la entender. Que não tinha ambições. Nem sonhos. Cansara de lhe repetir, "Não ambiciono nada, querida, nem dinheiro, nem poder, nem glória. Nada". O homem devia estar flanando ainda pelo Jardim do Paraíso. Vidão. Não fosse aquela curiosidade obscena. Mania de conhecer tudo. Provar tudo. Agora era a corrida dos planetas, tamanha aflição. A Terra não era suficiente? Não, não era. Descobrir outros mundos. Outras gentes. Se calhar, guerras interplanetárias. Dureza de castigo, *Ganharás o pão com o suor do teu rosto.* Ainda bem que comia pouco. "Sou capaz de passar o dia com uma maçã", pensou ensaiando abrir a boca para o bocejo. Fechou-a. Olhou a porta. E aquele ruído suspeito? O estalido mais forte na fechadura. Estremeceu. "Já?!"

— Ah, que bom voltar para casa, amor! — disse a mulher fazendo rodar a saia do farfalhante vestido de verão. — Lá fora está um forno!

Ele inclinou-se para o cavalete. Examinou os pelos ressequidos do pincel mais próximo.

— E o cinema?

Ela tirou o espelho da bolsa. Eriçou os anéis da peruca ruiva.

— Voltei da porta, uma fila! Não tive coragem de esperar tanto. E depois, me deu uma saudade — queixou-se abraçando-o por detrás: — Então, pintando sua maçãzinha?

Com um movimento suave, ele se desvencilhou. Desviou o rosto.

— Que perfume é esse?

— O de sempre, amor. Não está gostando?

— Tão forte.

Ela cheirou o dorso da mão. Aproximou-se da tela num andar menos saltitante.

— E o peixe? Você não vai acabar aquele peixe?

— Mudei de ideia.

— Gosto mais do peixe. E esse pires aí? Não está meio torto?

— Não pinto pires redondos, você sabe.

Novamente ela se examinou no espelho. Abotoou os lábios. Acendeu um cigarro.

— Desconfio que você não ficou muito contente de me ver de volta.

— Contentíssimo.

— Seu hipócrita... Mas espera, vou buscar uns cajus lindos que comprei antes de sair, você poderia pintar um prato de cajus, não é uma ideia?

Ele fez um gesto evasivo. Olhou na direção da janela. "Meu Deus. E nem chove..." O cinema cheio. Tinha que voltar imediatamente. E ainda com ideias. Abriu a boca para respirar. E o perfume, mania de perfumes, trazia malas de perfumes das viagens. "Tenho ódio de viajar", precisava ficar lhe repetindo até a náusea. Convencê-la a ir só, "Vai, querida, você gosta tanto. E compre tudo o que tiver vontade mas venha de navio". As longas viagens. Estava na hora, não estava? Perucas, tecidos. Gostava de sedas transparentes, uma odalisca. E tinha paixão por romance tipo folhetim, com árabes fogosos trepando em cavalos e mulheres com tal entusiasmo. Areias escaldantes, beijos escaldantes. Já estava na hora de orientá-la para leituras mais espirituais.

— Olha só que bonitos.

Ora, cajus. Fruta complicada. O caroço retorcido lá no alto. Um Corcunda de Notre-Dame. Só faltava trazer carambolas.

— Seu cabelo está tão comprido — disse ela vindo sentar-se no braço da poltrona onde ele estava. Beijou-lhe a nuca: — Já dá para enrolar uns bóbis aqui...

Ele se retraiu. Sentia que os beijos foram ficando mais gulosos. Mudou de poltrona. Ela que não inventasse, que hoje não era dia.

— Estou exausto.

— Exausto por quê?

— Lá sei. Calor.

Ela deu uma risadinha.

— Sabe como fazem no inferno com preguiçosos iguais a você? Botam vespas em redor deles, noite e dia enxames de vespas dando ferroadas, zunindo...

— Faça zummmm, querida.

Sacudindo os braços num movimento de asas, ela ameaçou se abater sobre Gaby. Dessa vez ele não riu.

— O cinema deve estar um horror — disse ela desabotoando a blusa de gaze. Abanou-se com uma revista. — Só de ficar na fila meus pés incharam.

Através da meia transparente ele podia ver-lhe os dedos gorduchos, de unhas pintadas de vermelho. As veias grossas concentravam-se nos tornozelos e dali partiam em feixes que se ramificavam pelas pernas acima, formando uma espessa rede lilás.

— Uma floresta.

— Floresta?

— Pensei em pintar uma.

Ela acariciou meio desalentada os cabelos do homem que se imobilizara na poltrona de veludo.

— Ah, amor. Uma pena isso de você não terminar nunca o que começou, aquele peixe estava ficando tão bom! Não gosto de quadro com bicho morto, me dá depressão, mas do peixe eu estava gostando. E ficou pela metade. Também não vai acabar aquela porteira?

— Não precisa.

— Mas assim, que exposição vai sair?

— Não vai sair.

— Mas amor — começou ela num tom prudente. Tirou os brincos: — Ao menos uma! O artista precisa mostrar o que faz, precisa do público, do aplauso. Quando eu trabalhava no teatro ficava na maior felicidade se a casa enchia!

—Não sou exibicionista. E se não se importa, esse assunto, entende?—Vagou o olhar dolorido pela tapeçaria.—Você não está com sede, querida? Uma sede.

—Vou buscar um refresco. Ou prefere cerveja?

—Cerveja.

Maravilhoso se em seguida ela fosse jogar sua paciência. Ou telefonar. Ou morrer. Tinha um ácido que dissolvia os corpos, o Professor Melcíades falara nisso. Devia ferver, sair uma fumacinha e pronto, o torresminho podia caber numa caixa de fósforo. Mas tinha os vizinhos atentos, teria que explicar. E explicar o rombo na banheira, o ácido corrói tudo. Um rombo enorme. Explicar. Entraria na máquina das explicações. Passagem só de ida.

—Pronto, geladinha, amor. Já tomei meu gole, queria virar a garrafa mas comecei meu regime—gemeu ela. Recostou-se languidamente no divã.—Quero ficar um faquir.

Gaby esperou que a espuma se apaziguasse. Faquir. Melhor que continuasse obesa, o gordo-magro perde o humor. Fica nervoso.

—Você está ótima.

Ela ajeitou-lhe a almofada nas costas, "Seu hipocritazinho!...". E lembrou de perguntar pela fita que ele assistira na véspera, "Você não me falou nada, e o enredo?".

—Não tem.

—Como não tem?

—Tipo revista. Cantoria. Dança.

Taiti. Areia morna, amaciada pela espuma. A vida em estado natural. Mínima.

—Só gosto de fita de enredo com bastante recheio, aquelas fitas gordas, sabe como é, amor?

Deixaria crescer a barba. Uma nativa para servi-lo, a mais submissa. E sem a menor ideia na cabeça. Apanhou o pincel. "Oh, Deus."

—Você estava há pouco com um ar tão feliz, amor. Em que estava pensando?—perguntou ela. Encheu-lhe de novo o copo—Gaby, Gaby, se você soubesse! Tenho às vezes tanto ciúme, tanto medo, sabe o que é medo? Medo de que arranje outra por aí, uma que seja... que seja mais... Em que você estava pensando agora? Responda!

—Em nada.

Ela foi introduzindo a mão sob a gola do pijama até chegar ao peito do homem. Acariciou-lhe os mamilos. Adoçou a voz.

—Mas de repente me vem tamanha confiança! E fico pensan-

do que você precisa de mim, que não seria feliz com alguém da sua idade porque tenho experiência, você precisa de mim, não precisa?
— Muito — sussurrou ele. Fechou a gola do pijama. — Senti um calafrio.
— Calafrio?
— Estou péssimo.
— Que é que você tem?
— Também não sei. Gripe.
— Você tem tido tanta gripe, amor. Quer se deitar um pouco? Ele vacilou. Deitar. Perigoso.
— A minha querida podia ir jogar sua paciência. Vou adiantando isso. Pena é o pincel.
— Não quero baralho hoje.
— Leia um pouco. Tem revistas.
— Não se preocupe comigo, amor — pediu ela. Sentou-se empertigada. Calçou os sapatos. — Eu devia ter entrado no cinema. Se voltei foi por causa da espera mas não era minha intenção atrapalhar. Pensei que você nem estivesse em casa, não disse que ia visitar seu pai? Por que não foi?
— A tempestade.
— Mas não vai cair tão cedo nenhuma tempestade, só ameaçou. Ele espremeu o tubo de tinta. Cabra.
— Podia piorar se saísse, devo estar com febre.
— Quer o termômetro?
— Não.
Alguém martelava no apartamento vizinho mas as marteladas soavam como se a parede fosse de algodão.
— Coitado do seu pai. Vai morrer logo, Gaby, você sabe disso — começou ela enrolando e desenrolando no dedo o longo colar de contas verdes. — Faz tempo que você não vai lá. Eu podia ir mas ele fica infeliz na minha presença, não sabe onde enfiar a cara...
— Ele detesta que o vejam nesse estado.
— Mas você é filho!
Vinga-se, a cabrona. Jovens e velhas, umas gralhas, taque-taque. Taque-taque. Mariana era igual. Ou ia ficar.
— Meu velho é orgulhoso. Se a gente insiste em querer ajudar, vai se ofender. Sempre teve tudo, posição, dinheiro. Não quer esmolas, vê se entende.
— Mas quem está falando em esmolas, Gaby? Eu estava só pensando que ele ficaria tão contente apenas com sua visita.
Brandamente ele foi enxugando na gola do pijama o suor que lhe descia pelo pescoço. E pensar que por causa dessa cretina che-

gara a renunciar... Apertou a boca. "Eu te amo, Mariana. Não me abandone."

—Não discuto esse assunto.

—Mas não falei por mal—choramingou ela enrolando o colar na mão. Levantou a cabeça. A peruca deslocou-se.—Na verdade, é problema seu, não tenho nada com isso.

Ele encarou a mulher.

—Faço a visita amanhã. E levo a notícia.

—Que notícia?

—Vou trabalhar num escritório. De imóveis. É de um meu amigo, firma inglesa. Capital grande.

—Que amigo é esse?

—Você não conhece. De infância. Começo na próxima semana. Quero ganhar muito.

—Mas você nunca me falou nesse escritório, amor. Existe mesmo?

Ele espremeu mais o tubo de tinta. Antes, arrancaria a peruca, a dentadura, os cílios postiços. Tirar todos os parafusos e jogá-la na banheira. Ficaria o rombo, paciência.

—Pensei que não te faltasse nada, Gaby.

—Não disse isso.

O choro começou baixinho. Foi crescendo.

Crescendo. Mais forte que a voz do pai. "Mas assim ele ainda vai matar a pobrezinha!", gritou a Babá correndo para a sala. Quando se viu sozinho no quarto, ele entrou no guarda-roupa e tapou os ouvidos. Acordou na cama. A casa silenciosa. Escura. Correu ao quarto da mãe: encontrou o pai de olho aberto, fumando. Ainda estava vestido. Correu ao quarto da Babá, sacudiu-a, "E a mamãezinha?". A preta esticou o beiço. "Mamãezinha, não é, seu bestinha? Foi embora, está na casa da sua avó." Agarrou-se a ela: "E não vai voltar, Babá?". A empregada preparou um copo de água com açúcar. Deu-lhe uns goles. Tomou o resto. "Apanhou de chicote, a coitada. Mas não chora, não, ninguém tem culpa."

Gaby molhou o lábio na espuma da cerveja. "Ninguém tem culpa." Afastou o copo. Mania de fidelidade. Honra. O pai devia saber que mulheres assim agitadas não podem mesmo ser fiéis. Enfim. Ela desaparecera. Completamente. Milhares de pessoas desaparecem por ano. Por dia.

—Por favor, querida, para de chorar.

Ela se ajoelhou. Tomou-lhe os pés nas mãos:

— Mas estão congelados, amor! Um gelo. Quer um chá bem quente? Um licor?
— Licor.
Apertou contra o peito os pés do homem. Beijou-os. Chorava e ria.
— Meu amor, meu amor, me perdoa! Vai me perdoar, vai?
— Não há o que perdoar.
— Mas você não está zangado?
— Que ideia. Vamos, levanta. Chega.
Ela correu para o espelho:
— Borrei a cara inteira, olha onde meu cílio foi parar, veja!
— Uma palhacinha.
Rindo ainda, ela passou o lenço na face manchada de azul e negro. Voltou até Gaby, beijou-lhe os pés e deu uma corridinha para servir o licor. Franziu as sobrancelhas feitas com um traço já apagado de lápis.
— E nunca mais me fale em trabalhar nesses escritórios! Você é um artista, amor. Um artista. Perder seu tempo precioso com essa gente? Eu não me perdoaria. Temos mais do que o suficiente, muito mais do que você imagina. Imóvel valorizou que só vendo. Tudo nosso! Vamos, prometa que não vai mais falar nisso, se não prometer não dou o licor — ameaçou recuando com o cálice. Levou as mãos para as costas: — Então adivinha em que mão está, adivinha!
Ele fechou os olhos.
— Direita.
Deu-lhe o licor tentando uma mesura de pajem medieval. Calçou-lhe os chinelos.
— E sabe que você deve mesmo estar com febre? Meu Deus, vou te botar já na cama. Vem amor, vem. Faço um chá bem quente, comprei um chá inglês, aquela marca que você gosta.
Febre? Abriu a boca. Extraordinário. Pois não é que estava realmente? Aqueles bichinhos, as bactérias. Travando enérgicas uma batalha cerrada em seu sangue. Era por isso que. Passou a mão na testa. Um campo de batalha. Como resistir? "Sejam bem-vindas, minhas bacteriazinhas, não vou lutar. Fiquem à vontade."
A trégua. Nem precisava mais chover, o céu podia continuar blefando. "Estou doente." Por motivo de força maior não respondera a Mariana. Não terminaria a maçã. Não visitaria o pai. Tudo parado. Imóvel. Ponto morto. Assim que sarasse. Principalmente não dramatizar, enfim. Até que era uma pensão acolhedora com os cachorros no quintal. Galinhas. Ia morrer logo, era natural. Com aquela idade. Estava mais do que na hora, coitado. Então. Pelo me-

nos na pensãozinha tinha gente experiente nesses assuntos, pessoas que. Tantas formalidades antes da pá de terra cobrir o corpo. Uma papelada. Vida difícil. Morte difícil. Levá-lo para onde, assim doente? Hospital? Loucura. Para o apartamento? Loucura maior ainda. O caixão nem caberia no elevador, morto de apartamento fica enorme. E esses elevadores de anão. Teriam que levá-lo pela escada. Nove andares.

Ficou ouvindo a água escorrendo da torneira. O chá. A cama. Estendeu o braço e apanhou a maçã que estava no pires. Mordeu-a. Era perfumada mas tinha um certo sabor de palha. Deixou-a. Uma mosca veio pousar na maçã mordida. Parecida com a outra. "Priminhas", sussurrou inclinando a cabeça para trás numa expressão de beatitude.

A Estrutura da Bolha de Sabão

Era o que ele estudava. "A estrutura, quer dizer, a estrutura", ele repetia e abria a mão branquíssima ao esboçar o gesto redondo. Eu ficava olhando seu gesto impreciso porque uma bolha de sabão é mesmo imprecisa, nem sólida nem líquida, nem realidade nem sonho. Película e oco. "A estrutura da bolha de sabão, compreende?" Não compreendia. Não tinha importância. Importante era o quintal da minha meninice com seus verdes canudos de mamoeiro, quando cortava os mais tenros, que sopravam as bolas maiores, mais perfeitas. Uma de cada vez. Amor calculado, porque na afobação o sopro desencadeava o processo e um delírio de cachos escorriam pelo canudo e vinham rebentar na minha boca, a espuma descendo pelo queixo. Molhando o peito. Então eu jogava longe canudo e caneca. Para recomeçar no dia seguinte, sim, as bolas de sabão. Mas e a estrutura? "A estrutura", ele insistia. E seu gesto delgado de envolvimento e fuga parecia tocar mas guardava distância, cuidado, cuidadinho, ô! a paciência. A paixão.

No escuro eu sentia essa paixão contornando sutilíssima meu corpo. Estou me espiritualizando, eu disse e ele riu fazendo fremir os dedos-asas, a mão distendida imitando libélula na superfície da água mas sem se comprometer com o fundo, divagações à flor da pele, ô! amor de ritual sem sangue. Sem grito. Amor de transparências e membranas, condenado à ruptura.

Ainda fechei a janela para retê-la, mas com sua superfície que refletia tudo ela avançou cega contra o vidro. Milhares de olhos e não enxergava. Deixou um círculo de espuma. Foi simplesmente isso, pensei quando ele tomou a mulher pelo braço e perguntou: "Vocês já se conheciam?". Sabia muito bem que nunca tínhamos nos visto mas gostava dessas frases acolchoando situações, pessoas. Estávamos num bar e seus olhos de egípcia se retraíam apertados. A fumaça, pensei. Aumentavam e diminuíam até que se reduziram a dois riscos de lápis-lazúli e assim ficaram. A boca polpuda também se apertou, mesquinha. Tem boca à toa, pensei. Artificiosamente sensual, à toa. Mas como é que um homem como ele, um físico que estudava a estrutura das bolhas, podia amar uma mulher assim? Mistérios, eu disse e ele sorriu, nos divertíamos em dizer fragmentos de ideias, peças soltas de um jogo que jogávamos meio ao acaso, sem encaixe.

    Convidaram-me e sentei, os joelhos de ambos encostados nos meus, a mesa pequena enfeixando copos e hálitos. Me refugiei nos cubos de gelo amontoados no fundo do copo, cheguei a sugerir, ele podia estudar a estrutura do gelo, não era mais fácil? Mas ela queria fazer perguntas. Uma antiga amizade? Uma antiga amizade. Fomos colegas? Não, nos conhecemos numa praia, onde? Por aí, numa praia. Ah. Aos poucos o ciúme foi tomando forma e transbordando espesso como um licor azul-verde, do tom da pintura dos seus olhos. Escorreu pelas nossas roupas, empapou a toalha da mesa, pingou gota a gota. Usava um perfume adocicado. Veio a dor de cabeça: "Estou com dor de cabeça", repetiu não sei quantas vezes. Uma dor fulgurante que começava na nuca e se irradiava até a testa, na altura das sobrancelhas. Empurrou o copo de uísque. "Fulgurante." Empurrou para trás a cadeira e antes que empurrasse a mesa ele pediu a conta. Noutra ocasião a gente poderia se ver, de acordo? Sim, noutra ocasião, é evidente. Na rua, ele pensou em me beijar de leve, como sempre, mas ficou desamparado e eu o tranquilizei, Está bem, querido, está tudo bem, já entendi. Tomo um táxi, vá depressa! Quando me voltei, dobravam a esquina. Que palavras estariam dizendo enquanto dobravam a esquina? Fingi me interessar pela valise de plástico de xadrez vermelho, estava diante de uma vitrina de valises. Me vi pálida no vidro. Mas como era possível. Choro em casa, resolvi. Em casa telefonei a um amigo, fomos jantar e ele concluiu que o meu cientista estava felicíssimo.

    Felicíssimo, repeti quando no dia seguinte cedo ele telefonou para explicar. Cortei a explicação com o *felicíssimo* e lá do outro lado da linha senti-o rir como uma bolha de sabão seria capaz de rir. A única coisa inquietante era aquele ciúme. Mudei logo de assunto com o licoroso pressentimento de que ela ouvia na extensão, era mulher de ficar ouvindo na extensão. Enveredei para as amenidades, oh, o teatro. A poesia. Então ela desligou.

O segundo encontro foi numa exposição de pintura. No começo aquela cordialidade. A boca pródiga. Ele me puxou para ver um quadro de que tinha gostado muito. Não ficamos distantes dela nem cinco minutos. Quando voltamos, os olhos já estavam reduzidos aos dois riscos. Passou a mão na nuca. Furtivamente acariciou a testa. Despedi-me antes da dor fulgurante. Vai virar sinusite, pensei. A sinusite do ciúme, bom nome para um quadro ou ensaio.

"Ele está doente, sabia? Aquele cara que estuda bolhas, não é seu amigo?" Em redor, a massa fervilhante de gente. Música. Calor. Quem é que está doente? perguntei. Sabia perfeitamente que se tratava dele mas precisei perguntar de novo, é preciso perguntar uma, duas vezes para ouvir a mesma resposta, que aquele cara, aquele que estuda essa frescura da bolha, não era meu amigo? Pois estava muito doente, quem contou foi a própria mulher, bonita, sem dúvida, mas um pouco grosseira. Fora casada com um industrial meio fascista que veio para cá com passaporte falso. Até a Interpol já estava avisada, durante a guerra se associou com um tipo que se dizia conde italiano mas não passava de um contrabandista. Estendi a mão e agarrei seu braço porque a ramificação da conversa se alastrava pelas veredas, mal podia vislumbrar o desdobramento da raiz varando por entre pernas, sapatos, croquetes pisados, palitos, fugia pela escada na descida vertiginosa até a porta da rua, Espera! eu disse. Espera. Mas o que é que ele tem? Esse meu amigo. A bandeja de uísque oscilou perigosamente acima do nível das nossas cabeças. Os copos tilintaram na inclinação para a direita, para a esquerda, deslizando num só bloco na dança de um convés na tempestade. O que ele tinha? O homem bebeu metade do copo antes de responder, não sabia os detalhes e nem se interessara em saber, afinal, a única coisa gozada era um cara estudar a estrutura da bolha, mas que ideia! Tirei-lhe o copo e bebi devagar o resto do uísque com o cubo de gelo colado ao meu lábio, queimando. Não ele, meu Deus. Não ele, repeti. Embora grave, curiosamente minha voz varou todas as camadas do meu peito até tocar no fundo onde as pontas todas acabam por dar, que nome tinha? Esse fundo, perguntei e fiquei sorrindo para o homem e seu espanto. Expliquei-lhe que era o jogo que eu costumava jogar com ele, com esse meu amigo, o físico. O informante riu. "Juro que nunca pensei que fosse encontrar no mundo um cara que estudasse um troço desses", resmungou, voltando-se rápido para apanhar mais dois copos na bandeja, ô! tão longe ia a bandeja e tudo o mais, fazia quanto tempo? "Me diga uma coisa, vocês não viveram juntos?", lembrou-se o homem de perguntar. Peguei no ar o copo borrifando na tormenta. Estava nua na praia. Mais ou menos, respondi.

    Mais ou menos, eu disse ao motorista que perguntou se eu sabia onde ficava essa rua. Tinha pensado em pedir notícias por telefone mas a extensão me travou. E agora ela abria a porta, bem-humorada. Contente de me ver? A mim?! Elogiou minha bolsa. Meu penteado despenteado. Nenhum sinal da sinusite. Mas daqui a pouco vai começar. Fulgurante.

    "Foi mesmo um grande susto", ela disse. "Mas passou, ele está ótimo ou quase", acrescentou levantando a voz. Do quarto ele poderia ouvir se quisesse. Não perguntei nada.

    A casa. Aparentemente, não mudara, mas reparando melhor, tinha menos livros. Mais cheiros, flores de perfume ativo na jarra, óleos perfumados nos móveis. E seu próprio perfume. Objetos frívolos — os múltiplos — substituindo em profusão os únicos, aqueles que ficavam obscuros nas antigas prateleiras da estante. Examinei-a enquanto me mostrava um tapete que tecera nos dias em que ele ficou no hospital. E a fulgurante? Os olhos continuavam bem abertos, a boca descontraída. Ainda não.

    "Você poderia ter se levantado, hein, meu amor? Mas anda muito mimado", disse ela quando entramos no quarto. E começou a contar muito satisfeita a história de um ladrão que entrara pelo porão da casa ao lado, "A casa da mãezinha", acrescentou afagando os pés dele debaixo da manta de lã. Acordaram no meio da noite com o ladrão aos berros, pedindo socorro com a mão na ratoeira, tinha ratos no porão e na véspera a mãezinha armara uma enorme ratoeira para pegar o rei de todos, lembra, amor?

    O amor estava de chambre verde, recostado na cama cheia de almofadas. As mãos branquíssimas descansando entrelaçadas na altura do peito. Ao lado, um livro aberto e cujo título deixei para ler depois e não fiquei sabendo. Ele mostrou interesse pelo caso do ladrão mas estava distante do ladrão, de mim e dela. De quando em quando me olhava interrogativo, sugerindo lembranças mas eu sabia que era por delicadeza, sempre foi delicadíssimo. Atento e desligado. Onde? Onde estaria com seu chambre largo demais? Era devido àquelas dobras todas que fiquei com a impressão de que emagrecera? Duas vezes empalideceu, ficou quase lívido.

    Comecei a sentir falta de alguma coisa, era do cigarro? Acendi um e ainda a sensação aflitiva de que alguma coisa faltava, mas o que estava errado ali? Na hora da pílula lilás ela foi buscar o copo d'água e então ele me olhou lá do seu mundo de estruturas. Bolhas. Por um momento relaxei completamente, "Jogar?". Rimos um para o outro.

"Engole, amor, engole", pediu ela segurando-lhe a cabeça. E voltou-se para mim: "Preciso ir aqui na casa da mãezinha e minha empregada está fora, você não se importa em ficar mais um pouco? Não demoro muito, a casa é ao lado", acrescentou. Ofereceu-me uísque, não queria mesmo? Se quisesse, estava tudo na copa, uísque, gelo, ficasse à vontade. O telefone tocando será que eu podia?...

Saiu e fechou a porta. Fechou-nos. Então descobri o que estava faltando, ô! Deus. Agora eu sabia que ele ia morrer.

A Noite Escura e Mais Eu
[1995]

Ninguém abra a sua porta
para ver que aconteceu:
saímos de braço dado
a noite escura e mais eu.
CECÍLIA MEIRELES

Dolly

Ela ficou mas a gota de sangue que pingou na minha luva, a gota de sangue veio comigo. Olho as luvas tão calmas em cima da pequena pilha de cadernos no meu colo, a mão esquerda cobrindo a mão direita, escondendo o sangue. Dolly, eu digo e estou calada e olhando em frente neste bonde quase vazio. Dolly! eu repito e sinto aquele aperto no estômago mas não tenho mais vontade de puxar a sineta, descer e voltar correndo até a casa amarela, queria tanto fazer alguma coisa mas fazer o quê?! Olho as luvas de crochê cor de caramelo e agora sei, preciso me livrar delas, não ver nunca mais o sangue que pingou e virou uma estrelinha irregular, escura, me livrar das luvas e seguir o meu caminho porque sou uma garota ajuizada e uma garota ajuizada faz isso o que eu fiz, toma o bonde Angélica e volta para casa antes da noite. Antes da tempestade, vai cair uma tempestade. Quando subi neste bonde eu tive a sensação de que um passageiro invisível subiu comigo e se sentou aqui ao meu lado, só nós dois neste banco. Não posso vê-lo mas ele me vê. Espero até ouvir sua voz perguntando se vou contar o que aconteceu. Fui à Barra Funda buscar os meus cadernos de datilografia que esqueci na casa da Dolly, eu respondo e de repente me sinto melhor falando, descubro que é bom falar assim sem pressa enquanto o bonde corre apressado e sacolejando sobre os trilhos. Dolly é a moça do anúncio do jornal, eu digo. Alameda Glete, uma casa geminada. Toquei a campainha, ninguém atendeu, na véspera ela já tinha dito que saía muito. Abri o portãozinho, atravessei o pequeno jardim precisado de água e experimentei o trinco da porta. Entrei e chamei, Dolly! Ninguém na saleta. Fiquei parada até que apareceu o gatinho que miou assustado e fugiu passando por entre as minhas pernas. Quando quis ver se ele não desfiou minha meia reparei que a luz estava acesa. Estranhei, ainda era dia. Estranhei também a desordem, cinzeiros e copos espalhados por toda parte, dois pratos com restos de comida ali no chão, mas me lembrei que Dolly é artista e em casa de artista deve ser assim em noite de festa, teve festa. Quando achei meus cadernos empilhados num canto, vi o calendário amarelo jogado em cima de um almofadão, o ano de 1921 desenhado a nanquim, cada número suspenso no alto pelo bico de uma andorinha azul. Na parede, o prego. Pensei em dependurar o calendário e em trocar o leite talhado na tigela do gato mas se começasse a botar ordem nas coisas, não ia parar mais. Saí. Atravessei o jardinzinho estorricado e já estava na calçada quando a vizinha apareceu na janela, a velhota queria saber se ninguém me atendeu. Ninguém, eu respondi. Só vi o gato. A velhota deu uma risadinha com a boca entortada, Se não dou a comida desse gato ele já tinha morrido. Há de ver que ela está ferrada no sono, a moça é levada da breca, a noite passada fez uma farra que durou até a madrugada. A vizinhança não está aguentando mais, a gente vai dar parte. Você é amiga dela? Fui recuando de costas. Não, não é minha amiga, respondi e apontei o céu. A tempestade! preciso ir. Cheguei correndo ao ponto do bonde que quase perdi, por sorte era este Angélica. Subi e estou voltando para casa. Acabou, eu digo e o passageiro invisível espera um pouco até fazer a pergunta, Mas Dolly não é a sua amiga? Contorno com as mãos bem-comportadas a pilha dos cadernos, o bonde está correndo muito, quase foi tudo para o chão. Amiga propriamente não, eu respondo e ouço minha voz reprimida que se esconde daquela Dolly tão descoberta e tão generosa. Seria minha amiga se tivéssemos mais tempo, eu acrescentei depressa, quero falar, sei que vou me salvar falando e adianto, eu queria sair da pensão e por isso recortei toda animada o anúncio do jornal. E se desse certo morar numa casa dividindo as despesas com a dona? Queria tanto ter um quarto só meu, sem entrar na melancólica fila do banheiro, o sabonete na mão, a toalha, Meus Anjos, meus Santos! A casa da anunciante ficava na Barra Funda, a coincidência é que tínhamos a mesma idade. Ela deu as indicações, o bonde, a casa geminada. Gostei do nome da rua. Alameda Glete, mas senti o coração pesado, era o medo da mudança? Achei a casa engraçada, achei a moça meio desmiolada mas tão bonita e não era o que eu queria, não era bem o que eu queria. Quando me despedi dessa Dolly, já sabia que não ia voltar. Na pensão, enquanto escovava meus dentes na pia do quarto é que lembrei, os meus cadernos! Tinha esquecido na casa os benditos cadernos, vou ter que voltar, resolvi, e sacudi-me no desânimo, tomo amanhã o Barra Funda, pego a cadernada e volto voando! Foi o que eu fiz.

    Mas, e esse sangue que pingou aí na luva, pergunta o passageiro soprando no fundo do meu ouvido. Cruzo as mãos sobre as luvas e agradeço a Deus por essa pergunta que já estava esperando, tinha que ser feita e eu tinha que responder. Agora sei que vou falar até o fim, o sangue. O sangue. Quando entrei na casa estava de luvas. Chamei, Dolly! O gato apareceu e fugiu. No silêncio, a desordem. A luz acesa. A porta do escritório estava entreaberta. Espiei e vi Dolly na cama debaixo de um acolchoado. Chamei de novo, Dolly! mas sabia que ela estava morta. Fui me aproximando, estava morta. Comecei a tremer, um nó na garganta e as pernas bambas. O acolchoado limpo, sem nenhuma dobra, a casa inteira revirada e o acolchoado chegando mansamente até o queixo de Dolly que me pareceu tão calma, de uma calma que contrastava com a cabeleira emaranhada, aberta no travesseiro. A pesada sombra azul das pálpebras era a única pintura que restou na pele de máscara esvaída. Por entre as pálpebras, a fina nesga vidrada dos olhos. A cabeça da Maria Antonieta estava no chão, me abaixei para pegar a cabeça de porcelana que era de atarraxar e de repente fiquei de joelhos, até que achei melhor ficar de joelhos, o tremor. Espiei debaixo da cama e então vi a poça de sangue negro, quase negro. Perto da poça uma garrafa vazia que rolou da cama. Rolou ou foi jogada lá embaixo? Estendi o braço e com a ponta do dedo fiz rolar a garrafa de vinho que veio vindo até quase tocar nos meus joelhos. Uma crosta de sangue já coagulado cobria todo o gargalo da garrafa até chegar à circunferência da boca onde a crosta parecia mais amolecida, fechando essa boca feito um dedal. Dois filetes de sangue tinham escorrido e seguiram paralelos até o rótulo, onde pararam endurecidos sobre duas letras douradas, um *B* e um *A*, o relevo das letras servindo de dique para segurar as gotas. Abri a boca para respirar e senti o cheiro morno que vinha de debaixo da cama, aquele cheiro corrompido de uma goiaba que apodreceu e rachou. Continuei ali sem poder me mexer, só respirando, respirando até que de repente empurrei a garrafa para o lugar de onde tinha vindo e acho que foi nessa hora que a gota retardada de sangue pingou do colchão na minha luva. Apertei entre as mãos a cabeça de porcelana da boneca do telefone e fui engolindo toda aquela água que juntou na minha boca. Quando me levantei e olhei para a cama foi com a absurda esperança de não ver mais a Dolly ali. Meus Anjos, meus Santos, fiquei chamando, meus Anjos, meus Santos! repeti e não pensava neles mas em Matilde contando em voz baixa aquela história, roendo as unhas e contando o crime de um famoso ator do *écran*, era um cômico de nome difícil mas o apelido era fácil, o apelido fácil e o riso na cara redonda, Chico Boia. Eu estava me vestindo, tinha uma aula e Matilde dando voltas em redor e contando no seu tom mais secreto o caso de arrepiar, foi o noivo que lhe passou isso, mas eu não conhecia esse astro do cinema americano? Pois trancou-se no quarto de um hotel famoso com uma mocinha que queria ser estrela, mas quem não queria ser estrela? Então trancou-se com ela nessa festa para comemorar alguma coisa e de madrugada enfiou--lhe uma garrafa entre as pernas, uma garrafa ou coisa parecida. Parei de me pentear e fiquei olhando Matilde pelo espelho, ela estava atrás de mim. Enfiou o quê?! Ela ficou na ponta dos pés e tirou o polegar da boca, Uma garrafa! Que entrou tão fundo que arrebentou tudo lá dentro, a mocinha foi morrer no hospital. Meu noivo lê essas revistas do cinematógrafo que nem chegam até aqui, eu sabia o nome da moça, agora esqueci, um escândalo! Chico Boia negou tudo, disse que era inocente mas todo mundo ficou desconfiado e a carreira dele é capaz de acabar. Peguei a boina, as luvas e fui saindo com Matilde atrás, o noivo que lia livro policial achou que podiam ser três os motivos do crime, ela resistiu na hora e ele ficou uma fúria, virou bicho e veio com a garrafa ou coisa parecida. Segundo motivo, ele não conseguiu acabar o que tinha começado e ficou com tanta vergonha que subiu a serra, parece que o homem, coitado! às vezes não consegue e então abre o caminho com a primeira coisa que tiver na mão, pode até ser essa mão! assustou-se Matilde com a própria descoberta. Eu já estava atrasada, a minha aula, Fala Matilde, e o terceiro motivo? Ela abotoou no pescoço o casaquinho e me encarou arfante, Sabe que não lembro? Fechei os olhos, o nó na garganta e a boca salivando, Meus Anjos, meus Santos!... Peguei a ponta do acolchoado e fui puxando devagar. Dolly estava deitada de costas e vestia uma bata de cetim preto decotada e curta com bordados de vidrilhos em arabescos, mas da cintura para baixo estava nua. Tinha as pernas ligeiramente encolhidas de encontro ao ventre, as mãos tentando enlaçar as pernas. Debaixo, a mancha de sangue formando uma grande roda no lençol. Puxei depressa o acolchoado e cobri o horror. Minhas pernas tremiam tanto que mal podiam me aguentar. Dolly, o que fizeram com você? perguntei e de repente eu tive a impressão de que ela ficou uma outra pessoa, não era mais a Dolly que conheci, na morte ela ficou uma quase desconhecida com o mesmo emaranhado da cabeleira mas sem aquele brilho que vi na véspera. Contou que seu verdadeiro nome era Maria Auxiliadora. Então essa era a Maria Auxiliadora porque a outra, a Dolly com sua beleza fulgurante, a outra tinha desvanecido. No mármore do criado-mudo, um charuto que foi queimando sozinho até virar essa casca de cinza guardando a forma antiga. Minhas pernas ainda tremiam e meus olhos estavam inundados, mas a tontura tinha passado. Chego a estender a mão para tocá-la na despedida e nem completo o gesto, *Bye*, Dolly. Volto para a saleta e vejo a vitrola aberta, a agulha estatelada no meio do disco. Tropeço num cinzeiro e encontro a Maria Antonieta descabeçada debaixo da mesa. Quando a levantei, vi o sangue na minha luva.

Antes de atarraxar-lhe a cabeça, espio no oco dessa cabeça e vejo uma colherinha de prata que parece ter ficado entalada nas reentrâncias da porcelana onde descubro estrias do que me pareceu uns restos de sal ou bicarbonato, quis provar mas teria que tirar a luva e isso eu ia fazer na rua. Deixei a Maria Antonieta com sua cabeça no lugar e a saia rodada cobrindo o telefone. Pela última vez olhei o vitral da deusa de túnica vermelha, mas sem o sol por detrás, ele estava escuro. Apagado.

Divido casa c/ moça. Ligue urgente. Dolly. E o número do telefone. Na primeira vez que pedi a ligação, a telefonista informou que esse número não existia. Insisti e ela se desculpou, tinha entendido mal. A anunciante devia estar ao lado do telefone para atender com essa rapidez.

—*Hi!* Sou a Dolly, quantos anos você tem?

Com esse *Hai!* a Miss Green entrava na classe. Na despedida, o *Bai!* Mas avisou, não eram cumprimentos cerimoniosos.

—Tenho vinte e dois—respondi.

—*Okay, darling*, a minha idade. Meu pavor era ter que dividir a casa com uma velha. Vamos conversar, pode aparecer hoje? É o meu dia livre, sou artista. Quatro horas, está bem?

—Um momento!—pedi e procurei meu reloginho que não estava na lapela, Matilde levou e esqueceu de devolver.—Não sei se vai dar, Dolly, hoje tenho uma aula.

—Vai dar sim, anote o endereço.

—Um momento—pedi novamente e olhei em redor procurando meu estojo que devia estar ali na mesa e não estava.—Preciso pegar um lápis!

A moça é apressada e eu sou lenta, pensei enquanto entrava no quarto. Meu estojo estava na cama de Matilde junto da revista *A Scena Muda* com o retrato de Norma Talmadge na capa, o retrato e aquele bigodinho revirado que Matilde costuma desenhar nas estrelas, mas os astros, esses ela respeita. Meu lápis estava em cima do seu travesseiro.

— Pode dizer, Dolly. Alô! Alô!...

A moça tinha sumido. Fiquei pensando, essa Dolly era ligada ao inglês, quem sabe a gente podia praticar conversação? Mas muito agitada, minha sina era ter sempre por perto gente agitada, Matilde era outra que não parava dois minutos em cima dos dois pés. Ia pendurar o fone no gancho quando ouvi de novo a voz sem sossego.

— Fui buscar um cigarro, *sorry*! Minha casa é na Barra Funda, Alameda Glete, escreveu? Já dou o número, que agora esqueci, você mora onde?

— Numa pensão.

— Mas onde?

— Rua Martim Francisco, bairro de Santa Cecília.

— *Okay*, tome o bonde Barra Funda e na volta o Angélica, é fácil. Você gosta de gato? Tenho um gatinho, o Thomas. Não sei ainda o seu nome, o que você faz?

— Estou numa escola de datilografia que fica no Centro e estudo português e inglês.

— Por que datilografia?

Fiquei muda, pensando. Ela não podia me fazer essa pergunta.

— Meu nome é muito comprido, uso só Adelaide Gurgel.

— *Okay*, Adelaide, estou esperando, quatro horas!

Desliguei e não perguntei o que devia perguntar, se tinha que dividir o quarto com mais alguém. E qual era o preço desse quarto. Meu coração pesando, vou perder a aula. Apalpei de novo a lapela, Ah, Matilde dos meus pecados! Encontrei-a no quarto, recostada na cama. Roía as unhas e lia sua revista com uma expressão extasiada. Estava de calcinha e combinação. Dos cabelos curtos pingava água, tinha saído do banho.

— Você pegou meu reloginho? De lapela.

Ela me encarou.

— Nossa, Ade, você entra sem fazer barulho, parece assombração! A corda do meu relógio desandou e peguei o seu, esqueci de devolver, vai me perdoar? — pediu e abriu a gavetinha do criado-mudo. O relógio estava entre saquinhos de caramelos e comprimidos de CafiAspirina. Entregou o reloginho e retomou a revista. — Hum, estou lendo aqui cada coisa, a Viola Dana olhou sem querer durante a filmagem para um daqueles holofotes e ficou cega, completamente cega! A Bebe Daniels é a mais popular de Hollywood depois do prefeito, sua única rival é a Mary Pickford, que acho muito enjoada.

Abro meu guarda-roupa e pego a boina e as luvas cor de caramelo que a tia fez. Mas essa boina não ficaria melhor sem essa pena de ganso? Mas se tiro a pena pode ficar um buraco no crochê, paciência, eu digo, e enterro a boina até as orelhas. Dou uma eriçada na franja que de tão comprida está entrando pelos meus olhos, tenho que aparar essa franja. Calço as luvas. E aparar as unhas. Olho Matilde que continua taque-taque, roendo as próprias.

— Seu cabelo, Matilde. Está molhando todo o travesseiro.

— Minha toalha de rosto está suja e a de banho deixei no varal, ensopada.

Tiro uma toalha da minha gaveta.

— Pronto, fique com esta. E por favor, enxugue esse cabelo!

Ela apanhou a toalha no ar.

— Posso saber onde a senhora vai assim chique?

— Marquei um encontro com a moça do anúncio, mas não fale nisso para ninguém, bico calado — pedi e me inclinei. Matilde tirava os sapatos e deixava no meio do quarto. Juntei-os perto do guarda-roupa. Recolhi debaixo da pia um pente e uma liga que deixei na sua cadeira.

— Já sei — ela gemeu. — Deixar coisas e sapatos desparelhados não dá sorte, perdão! Mas quer saber? Minha única sorte é casar com aquela besta do meu noivo, não quero diploma, não quero emprego, quero é me casar com aquela besta — disse e enrolou com força a toalha na cabeça num movimento de turbante. — Se ele desistir eu me mato.

Fiz um aceno com as pontas dos dedos e olhei o reloginho, quase quatro horas. O céu estava limpo mas o vento uivava por entre a galharia desgrenhada das árvores. Abotoei no peito o casaco. E agora? me perguntei quando desci do bonde e entrei na Alameda Glete. E se eu tivesse que pagar mais nessa casa sem refeições? E se essa Dolly fosse ainda mais trabalhosa do que a Matilde? Disse que era artista. E fumava.

— *Hi!* — Dolly me saudou da porta com a mesma alegria com que me atendeu por telefone. — Não foi fácil encontrar a casa?

Fiquei um instante parada. Nunca tinha visto antes ninguém com a beleza da moça que me esperava ali de pé sob uma réstia de sol. Os olhos pestanudos eram escuros, quase negros, mas os cabelos emaranhados tinham reflexos de ouro. Abriu os braços tão afetuosamente que cheguei a recuar, estranhei, a gente nem se conhecia. Disfarcei meu retraimento com o elogio que fiz ao seu perfume.

— Você gosta? É francês, ganhei de um namorado, como a gente se amava! — ela disse e foi me conduzindo. Entramos numa saleta. — O namoro acabou e o perfume ainda está aí, inteiro.

— Mas por que então?...

— Ah, *darling*, meu futuro está no cinematógrafo. E ele e a família, todo mundo implicando, foi melhor a gente se separar. Você tem namorado?

Antes de ouvir a resposta ela saiu correndo e subiu a escada, tinha ódio de janela batendo e essa janela do quarto lá em cima ficava batendo quando ventava. Fiquei olhando o vitral colorido ao lado da escada e onde uma deusa de túnica vermelha e sandálias douradas era servida por anjinhos encaracolados que voavam sobre o campo de flores. Com o sol atrás do vitral as cores ficavam de tal modo vivas que chegavam a iluminar a saleta. Uma saleta esquisita, atulhada de móveis, quadros. No chão, em cima de uma almofada e quase entornada, a tigela de leite do gato. Peguei a tigela e dei com uma Maria Antonieta de porcelana e pano, a saia rodada de tafetá cobrindo o telefone em cima da mesinha. Reparei que a gargantilha de rendas da boneca escondia a divisão do pescoço de porcelana com o peitilho de seda. Deixei a tigela no tapete. Quando endireitei o corpo, Dolly já estava na minha frente, encarapitada num almofadão. Tirou os cadernos do meu colo e apertou minha mão com tanta alegria que fiquei confundida.

— Então, Adelaide? Entendi que você quer ser secretária, é isso?

— Tenho também outros planos, eu escrevo.

— É mesmo? Escreve onde, *darling*!

— Por enquanto só no meu diário, tenho um diário.

Ela riu. Vestia uma luxuosa jaqueta de veludo com gola de astracã preto e uma ampla saia de casimira preta que lhe chegava até os extravagantes sapatos de camurça cor de ferrugem, a sola fina, do feitio dos sapatos dos índios americanos das revistas de Matilde.

— Escuta, *darling*, aluguei esta casa de dois irmãos velhinhos que foram agora morar com a irmã, me pediram que escolhesse o que quisesse de toda esta tranqueira, o resto eles mandam buscar. Sabe que ainda não tive tempo de fazer a escolha? — perguntou e abriu os braços. — Quando sair tudo isso você vai ver, esta casa é lindinha! Tem três quartos lá em cima e dois banheiros, dois! Estou dormindo aqui embaixo no escritório, ali! — E indicou uma porta envidraçada. Levantou-se. — Durmo no meio de estantes de livros, uma poeirada, mas tem uma cama que é deliciosa, o colchão é de penas, um ninho, os velhos até que se cuidavam. Quer subir e ver seu quarto?

— Depois, Dolly.

— Quando a gente arrumar a casa então eu subo com meu

colchão, ainda não tive tempo, estou numa escola de arte dramática e estudo inglês, América, *darling*, América! Você vive do quê?

—Meu pai me manda uma mesada.

—Por enquanto não me fale em dinheiro, *okay*? Recebi uma bela bolada em dólares, não pense tão cedo em me pagar, eu queria era dividir esta casa com alguém. O que faz seu namorado? Como se chama?

—Gervásio.

—Vocês estão firmes? O que ele faz?

—Estuda na escola de belas-artes. E parece que trabalha num banco...

—Mas por que essa indecisão? Ataca, *darling*. Perguntei porque se tem namorado, ele não vai deixar você entrar nesse concurso, lógico, namorado é assim, você dá um espirro e ele quer saber por que você espirrou. Qual é sua altura, um metro e setenta?

—Acho que um pouco mais. Que concurso é esse, Dolly, não sei de nada...

—Foi uma ideia que me veio na cabeça, quer um conhaque?—perguntou e abriu a cristaleira. Tirou uma garrafa e copos.—Não tem conhaque melhor do que este, ganhei uma caixa de um amigo do ramo, você sabe, cinematógrafo. Vai querer um gole?

—Não bebo.

Ela voltou com o copo para o almofadão.

—*Okay*, entendi, aposto que é virgem, não é virgem? Garota, como você está apavorada!—ela exclamou e riu gostosamente.—Está apavorada como se eu fosse o próprio diabo, ah! *darling*, tome só um gole que vai ser bom, antes de engolir guarde o gole na boca e vai devagar, *okay*? Você está gelada, não está gelada?—perguntou e tocou na minha mão.—Uma pedra de gelo!

Tomei um gole do seu copo. Minha cara ardeu porque de repente achei que estava me comportando como uma verdadeira caipira.

—O caso é que você é apressada, Dolly, você é muito rápida e eu sou assim lenta.

—Sua família mora aqui?

—No interior, fica um pouco longe. A gente tinha uma fazenda de café.

—Uma fazenda?! Foi sua mãe que fez essa sua boina?

—Foi Tia Adelaide, tenho esse nome por causa dela. Mas você falou num concurso, Dolly, que concurso é esse, não sei de nada.

Ela tirou um cigarro de uma caixa da mesa mais próxima. Bebeu devagar, pensativa.

—O concurso vai eleger a mais bela brasileira. A eleita vai ganhar cinco contos de réis, uma viagem até Nova York e um contrato com a Paramount, Hollywood, *darling*, Hollywood! Quando te vi, pensei logo, essa daí também é bonita e pode ganhar porque é mais alta do que eu, se inventa de se candidatar eu posso perder. Mas sabe de uma coisa, o que é importante mesmo é o rosto, o corpo não vale tanto assim, essas estrelas que se enrolam em panos e joias é para disfarçar as sardas, as banhas. Meus amigos me disseram que o que vale é o rosto que aparece na telona. Parece que a comissão julgadora também faz muita questão dos dentes, está vendo?—perguntou e arregaçou os lábios.—Já fui até convidada pela companhia Odol para fazer um anúncio, acredita? Vai, mostra seus dentes, quero ver!

Mostrei os dentes. Ela ficou me olhando, impressionada.

—Meus amigos me contaram que muitas atrizes têm dentes postiços ou com tantos defeitos que elas só podem representar a desilusão ou a tristeza, é lógico.—Serviu-se de mais conhaque.—Você mora sozinha nessa pensão?

—Tenho uma companheira de quarto.

—É mesmo? Assim que nem a gente?

—Ela estuda, vai ser professora mas quer mesmo é se casar—respondi e me deu vontade de rir.—Fala muito nesse *écran*, está sempre lendo as histórias lá dos astros.

—Por que ela não vem morar aqui? Tenho três quartos, não vai precisar pagar nada! Olha, esta vitrola eu ganhei de um amigo que veio de uma viagem—disse e apontou uma caixa de couro verde em cima de um banco mais alto.—Você gosta de dançar? Adoro dançar, a gente pode armar às vezes uma fuzarca, tenho discos bem modernos—disse rapidamente. Calou-se. Os olhos pestanudos ficaram preocupados.—Uma candidata que conheci outro dia numa festa podia ganhar, mas meus amigos apostam mesmo em mim, essa candidata é muito bonita mas tem um furo no dente da frente.

—Um furo?

—Logo no dente da frente, ela ri e aparece aquele furo preto. Lógico que ela está vendo esse furo, não é nenhuma boba, mas tem dinheiro para o dentista? Conversei com o meu agente, a pobreza por aqui passou da conta, *darling*. Passou da conta, futuro brilhante só lá longe—acrescentou e ficou olhando pensativa os sapatos de índio. Fechou o copo nas mãos e animou-se.—Você acha que sua Tia Adelaide vai gostar de mim?

—Se ela gostar faz uma boina igual à minha e te manda nesse Natal.

Ela vergou para trás de tanto rir.

— Igual a essa? Mas eu vou adorar, você passa lá o Natal? A gente podia ir junto, eu levo as comidas, as bebidas, *okay*? Estou pensando que se você virar atriz vai ter que mudar de nome como eu fiz, meu nome de verdade é Maria Auxiliadora, inventei o Dolly e meu agente inventou o Dalton, gosto das iniciais nas roupas, DD. Sabe que já fui *girl* aí num teatro? Pena que meus seios são muito pequenos, estou passando neles essa Pasta Oriental, seios assim pequenos podem me prejudicar no concurso mas no cinematógrafo não tem importância e meu sonho é só esse, ser estrela, estrela! — repetiu e me segurou pela manga. — Mas o que é isso? Já está indo embora?

— Tenho que ir, Dolly, a aula, não posso faltar.

— Mas ainda nem viu seu quarto!

— Outro dia, agora tenho que ir correndo mas eu volto, prometo, eu volto.

Ela ficou de pé na minha frente, me examinando. E teve um daqueles seus gestos bruscos antes de anunciar uma nova ideia.

— Quer um chapéu? Vou te dar um chapéu, espera, tenho três caixas de chapéu da Madame Toscano, são lindinhos, leva um!

— Agora não, Dolly, quando eu voltar, prometo.

Ela aproximou-se. Pensei que fosse arrumar minha franja mas queria ajeitar minha boina. Puxou-a de lado e tanto que a pena de ganso quase tocou no meu ombro. Acertou a pena direcionando-a com firmeza para trás, como se em pleno movimento ela tivesse varado o crochê.

— Ficou outra coisa, está vendo? Estava parecendo uma touca de enfermeira — disse e riu abrindo os braços para me abraçar. A campainha do telefone começou a tocar debaixo da saia da boneca. Ela foi atender. — *Hi!* — disse e voltou-se para me acenar. — *Bye!*

Aqui estou no bonde Angélica que corre contra a noite e contra a tempestade que tomou outro rumo com suas botas de nuvens, vou escrever isso no meu diário, a tempestade usa botas. Olho em frente e vejo o motorneiro de costas com seu impermeável de chuva. O cobrador também vestiu a capa preta, cobriu o boné com um gorro e vem vindo pelo estribo, agarrado às traves e com a outra mão fechando com força as cortinas do carro, quer acabar logo a tarefa e se abrigar lá no fundo. Vou escorregando até ficar no meio do banco. Corrijo depressa a minha posição, eu estava arcada. Olho as luvas em cima dos cadernos, a mão esquerda cobrindo a direita, ali onde o sangue pingou. Já sei. Vou deixar essas luvas aqui no banco quando eu descer na próxima parada, todos os passageiros já desceram, estou sozinha, eu e Deus. O passageiro invisível desceu há pouco, escutou minha ida ao inferno, me provocou até que eu dissesse tudo mas ele mesmo não disse nada e nem precisava, quando vi ele já tinha descido e agora estou leve e respirando de novo sem o nó na garganta. Sem a ânsia. Falei tudo e agora sinto essa aragem que vem não sei de onde, me libertei! e estou voltando lá para a pensão, sei que vou encontrar Matilde que não saiu porque a besta do namorado não telefonou e vai querer saber o que aconteceu. Não aconteceu nada, eu digo. Fui à Alameda Glete, toquei a campainha, ninguém apareceu. A porta estava aberta, chamei pela Dolly mas ela devia estar dormindo e daí peguei meus cadernos na saleta e saí ligeiro, a chuva. Matilde vai dizer que foi bom eu não inventar de me mudar quase no fim do ano e vai contar a última novidade da revista, o Rodolfo Valentino trocou de amor, está apaixonado por uma mulher mais velha que se veste de preto e tem um passado misterioso. Vamos juntas tomar a sopa na sala, hoje deve ser sopa de ervilhas, boto bastante sal e fica uma delícia, que fome! descubro e respiro de boca aberta. E o motivo? O noivo da Matilde disse que três motivos podiam provocar um crime assim, ela esqueceu o terceiro mas não tem terceiro, o motivo é um só, a crueldade a crueldade a crueldade.

— A chuva brava ainda demora um pouco — disse o cobrador de bigode antes de baixar a cortina do meu banco.

— Vou ter tempo então de chegar antes dela — eu digo e puxo a sineta e levanto a cortina que ele acabou de baixar. Desço com o bonde ainda andando e corro até a calçada apertando contra o peito os meus cadernos.

— Moça, sua luva, esqueceu sua luva! — o cobrador me avisa aos gritos.

Agradeço quando ele me atira as luvas e me vem uma vontade de rir porque penso na Dolly que deve estar rindo de mim, não na Dolly esvaída mas na outra, na Dolly de olhar aceso e cabeleira cintilante que encontrei me esperando na porta. Vou andando e ouvindo o bonde que se afasta quase manso sobre os trilhos e me faz bem ouvir o som deslizante que me acompanha. Estou sem medo na rua deserta, já sei, sou tartaruga mas agora virei lebre indo firme até o bueiro onde deixo cair as luvas, *Bye!* A primeira gota de chuva caiu na minha boca. Vai, ataca! ela ordenou. Apresso o passo, estou chegando, depois da sopa eu telefono, Gervásio ainda está em casa, Vamos tomar um lanche amanhã? E se essa chuva engrossar e deformar esta boina eu peço à tia que me faça uma boina nova, as luvas e a boina com a pena vermelha, mas do mesmo vermelho do sol da deusa do vitral.

Você Não Acha que Esfriou?

Ela foi desprendendo a mão que ele segurava e virou-se para a parede. Uma parede completamente branca, nenhum quadro, nenhum furo, nada. Se houvesse ali ao menos um pequeno furo de prego por onde pudesse entrar e sumir. Lembrava-se agora do mínimo inseto a se enfiar aflito na frincha da argamassa de cal, forçando a entrada até desaparecer, estava fugindo. A evasão dos insetos é mais fácil, pensou e entrelaçou as mãos. O que você faz logo depois do amor? era a pergunta cretina que outros cretinos responderam num programa de televisão. Acendo um cigarro e fico olhando para o teto, disseram alguns em meio de risadinhas. Outros foram mais longe, Enfio a cueca e vou até a geladeira buscar uma latinha de cerveja. Ou uma asa de frango. Mais risadas. E o entrevistador não lembrou de perguntar como eles se comportariam numa situação mais delicada, aquela onde não aconteceu nada. Para onde então a gente deve olhar? Ela voltou-se para Armando recostado no espaldar da cama, os cotovelos apoiados nos travesseiros, fumando e ouvindo música com uma expressão do mais puro enlevo. Acho que não passo de uma romântica meio sebosa.

— Os românticos são sebosos.
— O que foi, querida? O som não está alto?

Ela cobriu o seio que se descobriu ao estender o braço.

— Eu disse que às vezes fico romântica e imagina se há lugar para romantismo nesta viragem do século. Viragem, viragem, ouço falar em virada mas viragem não é mais profundo? Me faz pensar em águas agitadas, redemoinho...

Com um tímido assobio, Armando tentou acompanhar a frase musical do disco. Desistiu quando deu com as próprias mãos ali em disponibilidade sobre o lençol. Inclinou-se depressa para pegar o copo de uísque que tinha deixado no chão.

— O que eu queria dizer, Kori — ele começou. Tomou um gole de uísque e pigarreou — Acho que me emocionei demais, compreende? Me habituei a um certo tipo de mulher que prefiro pagar, não, não são propriamente putas — acrescentou e a palavra *putas* foi quase sussurrada. — Enfim, fiquei emocionado e na emoção, compreende?

Kori ficou olhando a parede, Misericórdia! E ele ainda perguntava se ela estava compreendendo.

— Minha mãe fugia da realidade como o diabo da cruz e inventou que eu era uma moça muito especial. Você se atrapalhou, querido, mulheres especiais só atrapalham. Ou não? Ah, Armando, será que vai me dar explicações? Vamos, meu lindo, esqueça — pediu, franzindo a boca num esgar. E devia ainda ficar ali consolando muito sutil. E ainda por cima tinha que ser generosa.

— Algum compromisso, Kori? Você está meio tensa.

— Eu, tensa? Não, que ideia. Prometi levar o filhote ao jardim zoológico, ele quer ver os ursos mas tenho tempo.

— E depois?

Depois. Ele queria saber o que vinha depois. O tom era de um distraído sem maior interesse em ouvir a resposta mas ela sentia a ansiedade pulsando sob a pele dessa distração. O que *vocês* vão fazer hoje? — ele podia ter perguntado se fosse um homem simples. Se fosse mais simples ainda poderia dizer, Minha querida, me perdoe mas foi um equívoco, não era você que devia estar na cama comigo, erro de pessoa, compreende? Mas Armando estava longe de ser um homem simples: levar para a cama a mulher do amigo já não revelava uma certa complicação? E um amigo pelo qual ele estava apaixonado.

— Inacreditável.

— O quê, Kori?

— Tudo isso — ela disse e fez um gesto. — Essa desordem, essa loucura do mundo, até ETs aparecendo aos montes, você sabe, aqueles pequenos seres invasores. E parece que esses são malignos, mas o ET defuntinho que vi numa revista tinha a cara de um humano tão triste — acrescentou e tocou no ombro nu do homem. — Meu aniversário é amanhã mas Otávio inventou hoje uma ceia, a celebração na véspera.

— Trinta anos, Kori?

Com esta minha pele de papel de seda amarfanhado devo aparentar muito mais e ele falando em trinta anos, não era mesmo delicado? Fixou no homem o olhar comovido, o delicado Armando. Não cínico mas delicado. Acariciou-lhe o queixo. Meu pobre querido. Eu também sou uma pobre querida, todos queridíssimos e contudo. Fechou os olhos. E os olhos dos mortos, aqueles olhos que continuam vendo depois da morte? Mas esses mortos que nos amaram tanto não podem mesmo ajudar? Mãezinha era uma que já estaria por aqui em meu redor mas acho que eles não podem fazer nada. Ou fazem e a gente não percebe?

— Amanhã completo quarenta e cinco, tenho quatro anos menos do que Otávio, vocês não têm a mesma idade? Vai, querido, me dá agora um uísque com bastante gelo — pediu e apontou para o aparelho de som. — Como é bonito esse quarteto.

— Bach para mim é um deus.
— Eu sei.

Mas ignorei o principal, ela pensou e baixou a mão sobre o lençol. Total ignorância pelo menos até o momento em que ele abriu a porta e disse, Querida Kori, que alegria. E o abraço sem a menor alegria, podia ter disfarçado. Não disfarçou. Entra, minha querida. Se naquele exato instante ela inventasse um pretexto assim que sentiu a coisa no ar emitindo sinais, até sugestões. Diga que Otávio apareceu inesperadamente, a força dos inesperados e por isso não pode ficar. Ou diga que o seu filho está queimando de febre ou então que houve um vazamento de gás, isso é grave, gás! que a cozinheira aspirou e agora ela está no hospital, depressa, diga o que quiser mas vá embora! Tirou o casaco e ficou. Ficou como se precisasse mesmo se certificar, como se tivesse que ver Armando fazer aquele gesto, levantar o disco, um pequeno gesto igual ao do padre Severino levantando a hóstia. No êxtase, a revelação. Então é isso, ficou repetindo lá por dentro enquanto Armando ia mexendo nos discos e perguntando o que ela gostaria de ouvir agora, quem sabe uma ópera? Ela estranhou a própria voz em falsete, falava em falsete quando ficava postiça, Ótimo, Armando, a *Carmen*. Ele voltou sem pressa no seu andar elástico, a voz grave, impostada. Pronto, querida, a Maria Callas, disse e beijou-a de leve no pescoço, na orelha, mas evitando a boca. Ela chegou a ter um leve desfalecimento, mas o que eu estou fazendo aqui?! Tarde demais para sair correndo, Um imprevisto! Sentiu-se no palco quando começaram as carícias no sofá e sem o menor fervor, mas podia haver fervor? As almofadas que ele teve o cuidado de ajeitar para deixá-la mais confortável, a penumbra atenuando o constrangimento. Que papel miserável, miserável, miserável. E pediu mais uísque. Com a consciência do sorriso alvar que esboçou, ainda quis ajudá-lo, ele tentava agora desabotoar-lhe o sutiã mas se atrapalhou no colchete e na impaciência, a quase irritação, Que difícil, Kori! Propositadamente ela reteve as alças nas pontas dos dedos, retardava o instante de mostrar os seios que lembravam dois ovos fritos. Frios. Ele enervou-se. Ela então soltou as alças. Misericórdia! E virou a cara quando ele beijou-lhe os bicos bem de leve, parecia mais interessado em ver esses seios do que beijá-los. Pensou no filme da véspera, *Indiana Jones*, tantas ciladas. E caíra numa cilada ainda maior, habilmente armada para satisfazer a curiosidade desse amante, amante? que queria apenas vê-la de perto na plenitude das sardas e dos ossos. Encolheu-se. Espera, querido, meu brinco caiu, espera! ela conseguiu dizer e inclinou-se para procurar o brinco entre as almofadas. Queixando-se do som, não estava muito alto? ele levantou-se e propôs: e se a gente tirar a ópera e botar Mozart? Ela concordou, Sim, Mozart! Vestiu depressa a blusa para cobrir os seios enquanto ele repetia o gesto do padre Severino, só o gesto, não precisava mais nada. Os olhos do padre da cor da batina e a boca úmida como um talho aberto na cara macerada, *Sois cristão? Sim, sou cristão pela graça de Deus.* As longas aulas de catecismo na igreja com vasos de opalina e imagens sofredoras nos altares, padre Severino também sofredor, curvado para o menino de olhos enviesados, Você pecou por pensamentos, palavras ou obras? O menino desviava para o chão o olhar estreito e não falava, só olhava. O padre insistindo já meio ofegante, Anda, vem comigo conversar na sacristia. Fechava a porta.

— Está dormindo, Kori? Ficou aí tão quietinha.
— Dormindo? Não, que ideia. Fechei os olhos para ouvir melhor. Então me lembrei de um padre da minha infância, ele tocava esse Mozart no órgão da igreja. O que o senhor está tocando? eu perguntei um dia e ele disse, Mozart. E mandou que eu repetisse até guardar, Mozart, Mozart.
— Ele era bom para você?
Era melhor para os meninos, ela pensou e colheu na língua a pedra de gelo reduzida a uma lâmina. Triturou-a nos dentes.
— Acho que sim, não sei. Sei que um dia ele desapareceu da cidade, houve alguma coisa lá na igreja e ele desapareceu. Veio no lugar o padre Pitombo, que era velho. Mas foi com o outro que aprendi que não se pode olhar a hóstia porque Deus está nela. Eu fingia que não olhava, abaixava a cabeça, mas assim que se distraíam, olhava depressa, queria ver se Deus estava mesmo lá dentro.

— E estava?

— Não sei — ela respondeu e demorou o olhar no homem. E Otávio? Sabia desse amor? Evidente que sim mas deixava-se amar, era vaidoso demais. E meio cínico. Gostava mesmo de mulher mas se divertia, Cada qual com a sua diversão, diria a avó inglesa dedilhando a harpa. — Minha avó sabia tocar harpa. Era tão bonita!

— A sua avó?

— Não querido, a harpa. Minha avó era feia, todas as mulheres da minha família são feias.

Feias e ricas. Mas sem perder as ilusões, isso é que não, perder as ilusões, jamais. Até eu, este cocô de mulher, me apaixonar perdidamente por esta beleza de homem e ainda esperando que ele, apaixonado pelo outro, compreende? Um caso especial, diria a mãe. Especialíssimo. E se eu fosse um homem? Ele ia se apaixonar por mim? Não ia não, em homem eu seria o mesmo desastre e Armando era um esteta. Será que ele gostaria de ouvir notícias sobre Otávio? Pois vou lhe dar ao menos esse prazer, pensou e teve vontade de rir.

— Sê afável, mas não vulgar — murmurou ao aconchegar o lençol em dobras de gargantilha até o pescoço. — É uma citação, Armando.

Ele inclinou-se bem-humorado sobre a mulher que se esquivou.

— Faz uma citação importante, desconfio que é importante, e depois fica aí se escondendo.

— Não estou me escondendo, Armando, estou com frio. Você não acha que esfriou?

— Vou buscar uma coberta.

Ela o reteve pelo pulso.

— Não é preciso, querido, tomo mais este gole e já me levanto — avisou e sacudiu o copo até que os cubos de gelo se acomodassem no fundo. Fechou a cara, mas era justo? Ser usada como ponte para que ele chegasse até o outro, ponte? Nem isso. Quis apenas ver nos detalhes a mulher com a qual esse outro tivera seus orgasmos. Poucos, é certo. Mas no acaso deles não chegaram a fazer um filho? A débil criança de sangue aguado que o pai recebera com aquele ar aborrecido com que recebia uma construção que não deu certo, era arquiteto. Nenhuma inspiração, diria a avó da harpa. Apontou a sala. — O telefone está tocando, Armando! Não vai atender?

Ele levantou-se devagar. Sentia-se observado e se exibia até nesse mínimo movimento de vestir o chambre que estava na poltrona. Acompanhou-o com o olhar. Ele fechara as cortinas deixando apenas uma luminária embaçada num canto, todas as providências para que não ficasse muito exposto o patinho feio enquanto o cisne merecia toda a luz do mundo. Era um cisne curioso mas delicado, e teria ainda que agradecer tanta delicadeza? Até quando? Em latim ficava melhor, mas esqueceu como era em latim. Mas se lembrava — e quanto! — de outras coisas, por exemplo, daquela véspera do casamento. A banheira cheia até às bordas, ela mergulhada até às orelhas e ouvindo pela porta entreaberta a mãe falando, falando, Minha Kori vai dar uma noiva tão especial! Especial, ela repetiu, chegando a boca até a superfície da água, aspirando o vapor enquanto olhava para os seus pequenos seios recolhidos, murchos. O sexo de uma menina desvalida, os pelos escassos bordejando a fenda entre as pernas finas como fios de macarrão meio entortados, amolecidos na água morna. Sentou-se num susto na banheira, cruzou os braços, Mamãe! Vem depressa, mamãe, depressa! chamou aos gritos. A mulher veio correndo e ficou um instante olhando da porta, paralisada no susto. Puxou-a para fora da banheira com a antiga energia com que socorria o bebê roxo de frio no meio do banho, Que é isso Kori? Que choro é esse, filhinha, aconteceu alguma coisa? Embrulhou-a na toalha. Caiu sua pressão, Kori, é a pressão? Estava em pânico e ao mesmo tempo indignada, O que aconteceu, filha? Alguém a feriu? ficou perguntando enquanto começou a massagear-lhe o peito com álcool canforado exatamente como fazia para animar a criança anêmica. Kori esfregou a cara na toalha para enxugar as lágrimas e o ranho, Ah! mamãe, então eu não sei? Otávio não me ama nem pode me amar, ele é tão ambicioso, quer fazer sucesso, quer fazer filhos e olha só para isto, olha! pediu abrindo as pernas e apontando a pequena fenda descorada. Está vendo? Por aqui não passa nem um ovo quanto mais uma cabeça!

— Pois passou — ela disse e encarou Armando que voltava. — Tudo bem querido? — perguntou, e antes de ouvir a resposta atirou o lençol para o lado, fez um desafiante movimento de ombros e levantou-se nua. — O seu banheiro é ali? Queria tomar uma ducha.

Ele ficou parado, olhando a mulher que se descobriu e agora atravessava o quarto com tamanha soberba, uma expressão divertida nos olhos bem abertos, Ah, é? parecia perguntar quando passou junto dele.

— A torneira quente corresponde à água quente, querido? Porque lá em casa, até hoje as torneiras da ducha estão trocadas.

— Trocadas? — ele repetiu e apertou com força o cinto do chambre. Ainda não se recuperara do susto. Seguiu-a até o banheiro, o olhar baixo, interrogativo. Abriu o armário branco. — Aqui estão as toalhas, Kori. E os sabonetes, olha aí, várias cores e vários perfumes, queria que ficasse à vontade.

— Mas eu estou à vontade — ela disse e teve um olhar complacente para a própria nudez refletida no espelho. Desviou o olhar para o homem. — Seu banheiro, Armando. Tanta luz, tanta claridade, é terrível.

— Terrível? Espera...

— Não, por favor, não apague nada, deixa assim. Um banheiro glorioso. Feliz. Olha quantas lavandas você tem!

— Na próxima vez encontrará a sua marca, compreende?

— E como sabe a marca da minha lavanda?

— Mas não é a mesma do Otávio? — ele disse e ficou subitamente corado. Disfarçou, mostrou-lhe os chinelos, os chinelos!

Ela calçou os chinelos grandes demais e se pôs na frente do homem. Aspirou o perfume do sabonete verde que apertava entre as mãos. Baixou para o sabonete o olhar úmido, que coisa mais bela era o amor.

— Bem, ao banho, que ainda tenho os ursos e a ceia, um programa forte.

Ele animou-se de repente. Tomou-a pelos ombros e contou que na véspera tinha comprado uma caixa de vinho da melhor qualidade, será que podia colaborar?

— Na ceia, Kori. Se é que estou mesmo convidado, não quero atrapalhar, compreende?

— Está intimado, querido! Mas leve só uma garrafa, nossa adega está cheia demais, só uma garrafa. Apareça por volta das dez, que bom, vai ajudar a aliviar o clima. Nesta semana o clima ficou pesado.

— Pesado?

Ela beijou de leve o peito nu do homem e sobre ele fechou a gola do chambre.

— Acho que agora podemos falar francamente. Ou não? Você sabe, o nosso casamento foi de pura conveniência, eu me apaixonei perdidamente. Perdidamente. E o amado Otávio queria apenas fazer um bom negócio e fez, você sabe bem, com o tempo as coisas foram entrando em seus lugares, se a querida mãezinha fosse viva ela diria que esse casamento foi muito especial, ele precisava de dinheiro. Eu precisava de amor. Ele tem todo o dinheiro que quis ter, paguei caro, concordo, mas a gente não tem mesmo que pagar pelas emoções? Que não duraram muito, desde o nascimento do Júnior não temos mais as chamadas relações sexuais. Resolvemos assim, tranquilamente. E se o clima tem pesado um pouco é porque tem aí uma novidade...

Ele a olhava através do espelho com uma expressão voraz.

—Uma novidade? Que novidade?

—Ele tem uma amante, querido. Otávio tem uma amante e ela está grávida.

Agora era ela que o olhava pelo espelho. No quarto, o concerto de cordas parecia chegar ao fim, mais altos os violinos na apoteose.

—Uma amante? Eu conheço?

—Não querido, você não conhece, ela não é do nosso grupo, uma mocinha bonita, mas simples, secretária, aquela história. E ele está apaixonado.

—É extraordinário, Kori, nunca pensei. É extraordinário—ele repetiu e de repente ficou lívido.—E está grávida?

—Grávida. Mas não se preocupe, querido, vamos passar por essa crise sem a menor mudança, fica calmo, vamos continuar igual. Otávio, você sabe, gosta de dinheiro e eu gosto da companhia dele, a gente se entende. Ninguém está enganando ninguém e isso é importante, é um jogo silencioso. Mas limpo. Acho que nossa ceia vai ser ótima! E tire esse concerto que está muito triste, bota de novo uma ópera, quero a Maria Callas aos berros!

Ele saiu num andar vacilante. Assim de costas, com o chambre largo e um tanto curvo, ele pareceu ter envelhecido de repente. Ela afastou-se do espelho e abriu as torneiras. Lançou ainda um olhar até o quarto onde ele estava andando assim meio cambaleante em torno do aparelho de som.

—Mas que ducha deliciosa!—ela disse e levantou os braços. Abriu a boca e riu meio engasgada, tossindo em meio do riso.—Uma delícia!—repetiu e recomeçou a rir porque podia imaginá-lo encegado de desespero, não conseguindo achar o disco. Apressou-o.—Quero a *Carmen*! E ficou séria, vendo a água de mistura com a própria voz escorrer estilhaçada até desaparecer no ralo.

O Crachá nos Dentes

Começo por me identificar, eu sou um cachorro. Que não vai responder a nenhuma pergunta, mesmo porque não sei as respostas, sou um cachorro e basta. Tantas raças vieram desaguar em mim como os afluentes de pequenos rios se perdendo e se encontrando no tempo e no acaso, mas qual dessas raças acabou por vigorar na soma, isso eu não sei dizer. Melhor assim. Fico na superfície sem indagar da raiz, agora não. Aqui onde estou posso passar quase despercebido em meio de outros que também levam os crachás dependurados no pescoço como os rótulos das garrafas de uísque. Que ninguém lê com atenção, estão todos muito ocupados para se interessar de verdade por um próximo que é único e múltiplo apesar da identidade. Às vezes, fico raivoso, meu pelo se eriça e cerro os maxilares rolando e ganindo, quero fugir, morder. Mas as fases de cachorro louco passam logo. Então, componho o peito, conforme ouvi o treinador dizer, não sei em que consiste isso de compor o peito, não sei, mas é o que faço quando desconfio que não estou agradando: componho o peito e volto à normalidade de um cachorro manso. Doce.

O dono do circo, um hábil treinador de roupa vermelha com botões dourados, acabou por me ensinar muitas coisas, tais como falar no telefone, fazer piruetas e dançar. Quando resisto, ele vem queimar as minhas patas dianteiras com a ponta de um cigarro aceso, percebe de longe que estou vacilando na posição vertical e vem correndo e chiiii... — queima as patas transgressoras até fazer aqueles furos. Então me levanto depressa e saio dançando com meu saiote de tule azul. Mas fui humano quando me apaixonei e virei um mutante que durou enquanto durou a paixão. Abrasadora. E breve. Escondi os pequenos objetos reveladores e que não eram muitos, a coleira, o osso e o saiote das noites de gala. Olhei de frente para o sol. Devo lembrar que eu varava feito uma seta salivando de medo os grandes arcos de fogo e eis que o medo desapareceu completamente quando me descobri em liberdade, todo o fogo vinha apenas aqui de dentro, do meu coração. Fiquei flamejante. Penso agora que flamejei demais e o meu amor que parecia feliz acabou se assustando, era um amor frágil, assustadiço. Tentei disfarçar tamanha intensidade, o medo de ter medo. Vem comigo! eu queria gritar e apenas sussurrava. Passei a falar baixinho, escolhendo as palavras, os gestos e ainda assim o amor começou a se afastar. Delicadamente, é certo, mas foi se afastando enquanto crescia o meu desejo numa verdadeira descida aos infernos. É que estou amando por toda uma vida! eu podia ter dito. Mas me segurei, ah, o cuidado com que montava nesse corpo que se fechava, ficou uma concha. Não me abandone! cheguei a implorar aos gritos no nosso último encontro. Desatei a escrever-lhe cartas tão ardentes, bilhetes, repeti o mesmo texto em vários telegramas: Imenso Inextinguível Amor Ponto de Exclamação.

 Era noite quando fiquei só. Tranquei-me no quarto e olhei a lua cheia com sua face de pedra esclerosada. As estrelas. Abracei com tanta força a mim mesmo e comecei a procurar, onde? Fui até à larga cama branca, ali nos juntamos tantas vezes, tanto fervor e agora aquele frio, fucei o travesseiro, as cobertas, onde? Onde. A busca desesperada continuou no sonho, sonhei que escavava a terra. Acordei exausto e enlameado, aos uivos. Nem precisei ir ao espelho para saber que tinha virado de novo um cachorro. Amanhecia. Tomei o crachá nos dentes e voltei ao circo. O treinador me examinou mais atentamente e fez uma observação bem-humorada, que eu estava ficando velho. De resto, tudo correu sem novidade, como se não tivesse havido nenhuma interrupção. Dei valor aos meus dedos só depois que os perdi, podiam me servir agora para catar pulgas. Ou para coçar lá dentro do ouvido ou limpar o ranho do focinho quando estou resfriado. Com aqueles dedos toquei flauta mas não me masturbei, nunca me masturbei enquanto fui um ser humano, não é estranho isso? Há ainda outras estranhezas, não importa. Aprendi também a rezar. Gosto muito de ouvir música e de ficar olhando as nuvens. Mas sou um cachorro e quando alguém duvida, mostro as palmas das minhas patas queimadas.

Boa Noite, Maria

— Pode deixar — ele disse e inclinou-se para pegar as malas. Antes, olhou em redor à procura de algum carrinho disponível ali no vestíbulo do aeroporto. Teve um gesto delicado mas firme para afastar a mulher que segurava o carrinho com a roda entortada. Eu levo, pode deixar. E lá se foi com as malas. Ela abandonou o carrinho quebrado e seguiu o desconhecido alto e magro, de cabelos claros e ombros largos. Vestia um paletó de boa qualidade mas puído e as calças de flanela-chumbo pareciam tão desgastadas que se poderia dizer, sem engano, que essa foi uma bela roupa mas há muito tempo. A mulher reparou ainda nos sapatões de sola grossa desse homem que carregava as malas com tal desenvoltura que era de supor que ambas estivessem vazias. Um vira-mundo europeu, ela concluiu assim que a porta do saguão do aeroporto abriu para ambos. Teria cinquenta anos, no máximo. Ou nem isso, ela calculou ao ver de perto a face ampla, quase sem rugas. Os cabelos cor de palha pareciam ralos mas os olhos verdes tinham um brilho intenso, eram verdes ou azuis? Ele deixou as malas na calçada, próximas da longa fila de carros, e pela primeira vez a encarou. Instintivamente a mulher encolheu-se, esquivava-se das avaliações desde que completou sessenta anos. Mas agora estou com sessenta e cinco, ela pensou e relaxou a posição na defensiva. Se era bonita? Ainda bonita, como não? foi o que quis passar com bom humor para o inglês, inglês ou alemão? Adiantou-se para fazer a pergunta que ele atalhou, A senhora quer um táxi?

— Avisei meu motorista que chegaria nesse avião mas ele não está por aqui.

— Qual é a marca do carro?

—É um Mercedes preto, duas portas.

O homem alongou o olhar pesquisador que abrangeu toda a área. Voltou-se para a mulher de traços finos sob a leve maquiagem. Os suaves olhos castanhos tinham uma expressão interrogativa, ela não parecia estar procurando o carro mas alguma outra coisa. Vestia-se com elegância discreta, sem chamar a menor atenção. Alisou com a mão os cabelos cortados curtos, o vento soprava agora com mais força.

—Não vejo nenhum Mercedes—ele disse e tirou do bolso o cachimbo. Fechou o cachimbo na mão.

—Então vou precisar de táxi—ela avisou, baixando o olhar. —E a sua bagagem? O senhor não estava lá na esteira esperando a bagagem?

O homem encolheu os ombros afetando um certo desalento, a única mala que trouxera tinha desaparecido. Já tomara todas as providências, o funcionário até que se mostrara interessado mas o fato é que a mala devia estar seguindo neste exato momento para o Recife. Para o Recife? ela espantou-se e riu. Ele também achou graça, enfim, podia ter acontecido coisa pior, não? Com um lento movimento de cabeça ela concordou, sem dúvida. E examinou-o mais atentamente. O estrangeiro tinha uma aura positiva que podia vir dos olhos ou da pele, como localizar uma aura? Contudo, quase palpável. Parece um anjo, ela pensou. Não o anjo açucarado das estampas antigas, mas um anjo severo, capaz de empunhar uma espada. Flamejante, acrescentou e teve vontade de rir, Outra vez devaneando? Ele agora ajudava o chofer a abrir o porta-malas do táxi. Mas não é este amigo que eu procurava? ela pensou e foi tomada por um pressentimento. Parou estarrecida. Encontrei! respondeu a si mesma, mas com tanta ênfase que ele chegou a ouvir.

—O cigarro. Pensei que esqueci no avião—ela disse mostrando o maço que tirou da bolsa.

—Esse avião já ficou com minha mala, chega. O mar é que tem esse costume de ficar com as coisas da gente.—E contou que quando mocinho foi marinheiro e numa semana o mar ficara com seu cachimbo, com uma Bíblia e ainda com as suas poesias, deixara a papelada no convés do navio com um rolo de cordas em cima mas o vento afastou o rolo e o mar engoliu tudo.

—Você é poeta?

—Não. Mas nessa tenra idade a gente sempre escreve—desculpou-se meio encabulado, tirando do bolso o boné xadrez.

Ela aproximou-se do desconhecido, ele teria dito *tenra idade*? Segurou-o pelo braço que já se estendia na despedida.

—Espera!—E ao ouvir a própria voz ansiosa, ela fez uma pausa para se controlar.—Espera—repetiu em voz baixa e avançou a face desanuviada.—Por que não vem comigo nesse táxi? Posso deixá-lo onde quiser, vamos?

O homem pareceu hesitante, sem saber o que fazer com o cachimbo e o boné que ainda segurava. Enfiou-o no bolso e entrelaçou as grandes mãos queimadas de sol. Sem aliança, ela notou esse detalhe.

—Vim ao Rio por poucos dias mas o hotel onde costumo ficar está lotado. Ia me informar com a moça do balcão e veio o caso da mala, por enquanto estou sem rumo.

—Seu nome?

—Julius Fuller, minha senhora.

—Então entra, Julius, entra depressa que o chofer já está impaciente, depois a gente conversa. Por favor, você primeiro. Na minha idade devo entrar por último, fica mais fácil.

Assim que se acomodaram no banco, ela colocou entre ambos a pequena valise que trazia, não fosse esse Julius Fuller pensar que estava querendo seduzi-lo, ai! as mulheres tão cheias de ardis e os homens tão desconfiados. Deu o endereço ao chofer. Quando voltou a falar foi para dizer que morava na cobertura de um tríplex no Leblon, ele poderia ficar na suíte reservada aos hóspedes no andar logo abaixo da cobertura. A criadagem do andar que vinha em seguida ia ficar satisfeita em poder se ocupar, afinal, com mais alguém. O edifício era alto e a vista belíssima com janelas dando para o mar, ele ficaria instalado sem problemas nessa suíte ideal para receber hóspedes sem bagagem.

—Mas a senhora não me conhece.

—Tenho as minhas intuições.

Discretamente ele apalpou os bolsos, o paletó tinha vários bolsos.

—Se quiser ver meus documentos...

—Não duvido—ela o atalhou enquanto brandamente afastava a cédula de identidade que ele oferecia. Pediu-lhe que fechasse o vidro, tanto barulho, as buzinas. E disse que tinha um nome real, Maria Leonor de Bragança, mas sua origem era burguesa. Não mencionou o óbvio, era muito rica, uma rica mulher de negócios. E completamente enjoada dos negócios—dava para entender isso?

O céu crepuscular era de um azul desbotado com algumas pequenas nuvens, a noite estava chegando sem pressa. O carro seguia um fluxo mais solto quando ele respondeu à pergunta que ela fizera lá atrás, não era nem inglês nem alemão mas finlandês. De pai finlandês e mãe brasileira, viera ainda menino para o Brasil, tinha nacionalidade dupla.

— E é bom ter nacionalidade dupla?

— Nas viagens — ele começou e esperou que o táxi completasse uma curva perigosa. Cruzou então os braços como se evitasse ocupar um espaço maior e ficou calado, olhando em frente. Agora podia vê-lo de perfil, o queixo enérgico, a boca contraída. E o olhar concentrado num alvo lá adiante, atento como um arqueiro pronto para desferir a seta. Ele sabe o que quer, ela pensou e fez a pergunta a si mesma: E eu?

— Veio a negócios, Julius?

— Vender uma pequena propriedade que meu pai deixou, ele morreu faz um mês. Moro em São Paulo.

— Nasci em São Paulo — ela disse. — Mas estou aqui desde o meu primeiro casamento, foi há tanto tempo. Acabei ficando sozinha, acho que estou só. É filho único, Julius?

— Tenho um meio-irmão que mora na Grécia com uma família tão grande. Um dia eu ainda chego lá.

— O que você faz?

— Sou físico mas teórico, acho que não tenho a vocação. Já fui tanta coisa, professor, publicitário. Trabalhei numa galeria de arte e fundei uma agência de turismo. Em seguida, fui fotógrafo.

— E foi marinheiro.

— Marinheiro. Gosto muito do mar.

Ela apoiou o braço na valise. Então vai ter o mar e eu vou ter um amigo, direi que é secretário mas na realidade é aquele com quem vou dividir este silêncio, ah! um amigo delicado para ajudá-la não só nas tarefas mesquinhas mas a suportar o peso da solidão — era pedir muito? Tinha tantos amigos, na maioria bajuladores somados à massa de advogados e criados, até que a máquina da servidão funcionava a todo vapor mas de repente não falhava? Onde o motorista que devia apanhá-la no aeroporto? Voltou-se de novo para ver o homem ali ao lado no banco. Na penumbra que baixava, não parecia mais o anjo fulgurante nem o arqueiro obstinado mas tinha o perfil de um homem comum com a sua perplexidade e — quem sabe? — com a sua fraqueza. Logo ele iria entender que essa mulher ostentando uma circunstância de poder queria depressa se desvencilhar desse poder para ser livre. Limpar a mente e a agenda tão congestionada como aquele trânsito em redor — ele podia entender isso? Que não imaginasse que se tratava de uma doidona sonhando com um marido ou um amante, Oh! Senhor, chega de cama, amante não. Tanto cansaço, um cansaço que vinha de longe, tanta preguiça. Ter que entrar novamente na humilhante engrenagem do rejuvenescimento, que mão de obra. Era alto demais o preço para escamotear a velhice, neutralizar essa velhice — até quando? Por favor, quero apenas assumir a minha idade, posso? Simplesmente depor as armas, coisa linda de se dizer. E fazer. O tempo venceu, acabou. Até que chegou a reagir, recorreu a uma plástica, coisa leve, tinha quarenta anos e um amante vaidoso, Mas querida, você precisa de uma refrescada! A expressão estava na moda, refrescada. Obedeceu. Mas depois desse Augusto veio o Horácio. Ou foi o Rafael? E as insinuações recomeçando, não estaria na hora de apagar o vinco da boca? esse vinco que dava à fisionomia uma expressão melancólica de asceta. Agitou-se no banco num movimento de indignação, Mas será que só atraio homens fúteis? Fechou no peito a gola do blazer e alongou para fora o olhar fatigado.

—Um acidente, Julius?
—Creio que sim mas acho que não é grave, já estamos saindo.

Ela baixou o olhar para as próprias mãos. Um milagre, pensou. Nenhuma sarda ou mancha nessas mãos pedregosas de uma mulher madura. Sem escapismo, velha. Mas limpa. Assim mesmo como estava até que podia entrar na meia-luz de um tango, achava tanta graça no clima nebuloso dos tangos fatais, fado e tango, tudo tristíssimo e divertidíssimo com aqueles homens de olhar lustroso, o impreciso e o incerto em meio dos longos vestidos desfocados. Tivesse uma outra vida e dançaria todos os tangos que nunca dançou com aqueles sapatos de fivela e o bico tão fino, as leves echarpes rastejantes — qual era o nome da artista que se enforcou na própria?

Não foi com quarenta mas com quase cinquenta anos que fez essa plástica, tempo do André? Conheceu nessa época aquele tipo de nome árabe, Oh! Senhor, e esse esquecimento acompanhado das agulhadas, o que significava isso? Leu o livro contando a vida trágica da bailarina da echarpe — e esse nome? Repetia as coisas porque não confiava na memória das pessoas ou porque não confiava em si mesma? O amigo poderia então alertar, Minha querida, você já disse isso. Um alerta em voz baixa, que ninguém mais ouvisse. Mas não era nesse ritmo manso que começavam aquelas doenças terríveis lá na zona nobre do corpo? Bonito de dizer, zona nobre. A central elétrica dos piores horrores, tinha tanto médico em redor, uma equipe. Encostou a cabeça no vidro da janela e olhou com certo interesse a jovem que guiava um jipe apenas com a mão esquerda, com a direita segurava um telefone celular. Mas agora não quero um médico, quero um amigo, pensou e voltou o olhar desamparado para o homem ao lado. Ele pousara as mãos nos joelhos, mas quem tinha essas grandes mãos de estátua, o pai? Sabiam lidar com cordas no fazer e desfazer os nós, um marinheiro que defende um navio pode defender uma mulher. E eu estou só numa cidade terrível dentro de um planeta mais terrível ainda. Pagaria em ouro a esse amigo, mas quanto vale um amigo? Um amigo não tem preço e ainda assim pagaria para que ele fosse apenas bom, mas ainda era possível a bondade? Cerrou os olhos subitamente invadida por uma vaga de calma. Um amigo que chegasse com a noite para conversar ou ficar calado, a presença é que importava. Ele abriria a garrafa de vinho, a adega repleta do melhor vinho.

— Você gosta de música, Julius?

— Muito. Meu pai era o violinista de uma orquestra.

Maria Leonor pensou no próprio pai que se dedicou a outras notas, era banqueiro. Dele herdou o dom de descobrir a aura das pessoas e dos bichos. Mas não era mesmo extraordinário? Isso tudo, por que esse estranho lhe reavivava as lembranças da infância? As férias na chácara, a lareira acesa e o pai lendo em voz alta as *Aventuras de Sindbad, o Marinheiro*. A mãe na sua poltrona de cretone azul diante da pequena mesa, o baralho deslizante, gostava de jogar paciência. Esse tempo vinha assim protegido como se estivesse dentro de uma redoma de vidro, como era possível? Tudo o mais fora quebrado e varrido na tempestade, os vagalhões subiam tão alto e desabavam com tanta fúria, Ah! Senhor, mas o que está acontecendo comigo?

Quando o táxi brecou com violência ele a segurou para que não se chocasse no banco dianteiro. Ela apertou-lhe a mão.

— Reação rápida, Julius! Você tinha uma Bíblia que o mar roubou, acredita em Deus?

— Não. Eu lia a Bíblia como se lê um livro de histórias.

Antes mesmo que ele respondesse ela já sabia que ia ouvir mais ou menos isso. Esteve a ponto de confessar, tenho paixão por Deus. Ficou calada. Fosse maior essa fé e já teria procurado um convento. O espanto em redor, pois que se espantassem! Nesta idade avançada ou no verdor de uma Santa Teresinha, a devoção não poderia ser igual? Nesse verdor conheceu a aventura dos acampamentos, tanta alegria das meninas, as Bandeirantes. O fervor místico nos exercícios, as grandes descobertas. A disciplina. Mas quando anoitecia, se o céu estava estrelado acendiam a fogueira e cantavam pela noite adentro, Lalá com o violão:

*No alto da montanha
havia um lindo chalé!...*

— No alto da montanha — ela repetiu. Seus olhos se turvaram de lágrimas. Voltou-se para o homem, não, não lhe pediria que subisse tão alto mas se ao menos pudesse acompanhá-la até o fim. Tirou da bolsa o lenço de papel e enxugou os olhos. Um cisco, disse. Abriu as mãos, mas iam entrar num túnel? Ah, senhor, por que esse túnel?

— Não estou ouvindo nada — disse Julius Fuller. — A senhora disse alguma coisa?

Brandamente ela levantou a mão e negou, estava apenas devaneando um pouco, ideias descabeladas, nada importante. Ficou séria. Dentro do túnel o melhor ainda era não falar nem se mover mas seguir em frente e cumprir a destinação da qual não se pode fugir. E fugir para onde? O destino é um túnel, ela quis dizer e as buzinas. Num túnel igual começou aquela odiosa conversa com seu advogado quando ele falou em contratar um acompanhante. Ela se queixava da solidão, da falta que fazia um amigo para acompanhá-la a um cinema, a um bar. E o cretino lá do alto da sua sabedoria de jurista fazendo a sugestão nefanda, não estaria na hora de pensar num acompanhante? Ficou muda. Na fúria da ira contemplativa ela virava uma pedra de imobilidade e impotência, mas ele sugeria um acompanhante? O túnel e o Doutor Jonas com a sua sugestão. Quando conseguiu falar, lembrou-lhe que tinha sessenta e cinco anos, o que era muito. Mas a cabeça e as pernas, não estava tudo funcionando direitinho? Será que chegara a hora de contratar alguém que viesse dar-lhe o braço e com aquela cara de piedade a levasse para tomar um pouco de sol no jardim? Quis explodir num palavrão e se conteve com a aliviante alegria de não canalizar a exaltação para uma palavra vulgar, que a velhice já era a própria vulgaridade com seu rápido-lento processo de decomposição. Mas esse Doutor Jonas que nem era assim tão jovem não podia entender que ela precisava de um amigo? Não uma amiga, tinha tantas, mas queria a companhia de um homem que fosse seu ajudador quando desfalecesse, como aconselhava a própria Bíblia. Ele teria que morar na suíte do andar logo abaixo e subir a branca escada de caracol naquela hora difícil em que a noite baixava trazendo para dentro o hálito salgado do mar. Então ele chegaria pisando manso, era um homem grande mas pisava manso, Boa noite, Maria. O vinho tinto. A música. A conversa fluindo ou o silêncio. E essa arrogância das pessoas proclamando o quanto a solidão era rica. Tudo mentira. Mentira também daquele poeta que dizia se iluminar quando ficava só — mentira! O poeta era um mentiroso porque passara a vida dependurado em mulheres, em amigos, escrevia triste mas até que se divertiu à beça, como se chamava esse poeta? A solidão era um horror mesmo para quem guardava a memória de uma infância feliz. E tivera uma infância feliz, filha única. Nenhum sofrimento, nenhum trauma. Nascera num berço de ouro, como se dizia antigamente. Os casarões em meio dos vastos gramados, a mãe elegante e meiga, o pai afetuoso e sábio. Tantos amigos. Tantos amores. Tinham sumido todos. Sem saber bem como, a verdade é que estava só e precisando apenas de alguém que a ajudasse a viver. E a morrer quando chegasse a hora de morrer. Uma morte sem humilhação e sem dor. A morte respeitosa — mas era pedir muito? Precisava de um amigo e não de um assassino, ela concluiu e achou graça. Baixou a cabeça. Tamanho horror pelas doenças aviltantes que deixam a boca torta e o olho vidrado. E a fralda, Ah! Senhor, a fralda não! O amigo tem que amar esse próximo como a si mesmo, se ainda é possível o amor. Permitir que esse próximo amado fique indefinidamente num estado miserável não é cruel? E a compaixão? Seria um simples gesto de compaixão, a morte por compaixão. Vida vegetativa? Mas que vida vegetativa se os vegetais viviam e morriam limpos, sem a baba, sem os cheiros. Os asseados vegetais adoecendo e morrendo na soberba e discreta morte inaparente. Julius Fuller era materialista e devia entender essa coisa tão simples, a amiga não tinha medo da velhice mas daquele caudal de doenças degradantes que acompanham essa velhice, doenças que nem dão ao doente o simples direito de se matar. E se matar de que jeito se os braços estão paralisados e a mente é uma lâmpada que se apagou.

— Que comprido este túnel!
Ele inclinou-se.
— Conheço outros mais compridos ainda.

Maria Leonor escondeu no regaço as mãos frias. E eu, que não tenho herdeiros empenhados em encurtar minha vida, e eu? Todos sabiam do seu testamento, a fortuna ia inteira para instituições de caridade e asilos e hospitais — as Vagas Estrelas da Ursa. E eu então? Mas algum dia vão permitir que eu morra? Seria amarrada à cadeira de rodas com a eficiente equipe médica fazendo essa cadeira rodar pelas clínicas do mundo, até quando? Julius Fuller, que não era inocente, perguntaria então por que motivo ela temia tanto a doença degradante, por acaso já tivera algum sintoma? Algum sinal? Sim e não, ela responderia reticente, gostava das reticências. E a intuição? E essa desconfiança de que alguma coisa lá dentro vai se romper e transbordar? Somados os antecedentes com os presságios, acabaria exposta. Sem defesa. Julius Fuller não entregaria assim os pontos, resistia, mas essa não seria uma daquelas minhas fantasias descabeladas? Racional e ainda assim respeitando as intuições, ele faria a pergunta fatal, será que eu ignorava que essa minha proposta tinha um nome, eutanásia? E que a eutanásia é um crime?

    Maria Leonor chegou a se surpreender com a facilidade com que construía, palavra por palavra, o futuro diálogo. Não, a eutanásia não é crime se nasce de um pacto, de um acordo entre as partes. Por isso precisava do amigo lúcido, melhor ainda se não acreditasse em Deus para que não houvesse o pecado. A culpa. Julius Fuller teria então aquele olhar de verdolenga ironia, tudo bem, mas e se depois ele fosse para o inferno? A resposta dela viria rápida, Se não acredita em Deus você não acredita no inferno. E ele, divertido: Mas, e se de repente esse inferno existe mesmo? A resposta pronta, se ela ia na frente, faria sua defesa quando lá chegasse, pacto é pacto, Julius Fuller! Ainda por compaixão, uma palavra iluminada, ela não teria nenhum aviso quando chegasse a hora. Tudo se desenvolvendo com a normalidade de um dia comum, ele chegaria com a noite.

    Apoiada numa bengala, Maria Leonor foi até a janela e ficou diante do mar. Essa era a cor dos olhos dele quando anoitecia, nem verde nem azul mas de um cinza tão profundo que chegava a ser negro. O mar da noite avançando e recuando na espuma das primeiras ondas, sempre igual e desigual sob a pele movediça, mas esse mar não se cansava nunca? Longe, na linha reta do horizonte, um navio. De onde vinha e para onde ia? Lembrou-se de um filme que viu quando mocinha, esquecera os detalhes mas ficou a imagem daquele navio que não chegava ao porto, tanta coisa acontecendo dentro dele e a viagem de volta que não tinha fim, no meio da calmaria ou da tempestade, o navio seguindo em frente como se obedecesse a uma ordem acima dos homens que andavam pelo convés. Com ambas as mãos ela segurou a bengala que deixara no gradil e voltou ao sofá. Estendeu molemente a pernas até o almofadão e tentou alcançar a manta de lã. Estava longe. E já tinha pedido à enfermeira que saísse, era aflitiva às vezes aquela presença jovem, nenhum vinco nem na pele nem no uniforme engomado. Olhou com certa curiosidade para as longas pernas sob o tecido veludoso do chambre. E essas preguiçosas vergando sob o peso do corpo? Não a dor, agora não, apenas um apaziguamento que chegava a ser doce porque não vinha das pílulas mas dele, Julius Fuller. Fazia um ano. Ou mais? O táxi os deixara ali na portaria do edifício depois da travessia confusa, tumultuada. Então ela fez a pergunta que conseguiu segurar até aquele instante: Você é casado, Julius? O medo de que ele falasse na mulher, nos filhos, chegou a desejar que ele tivesse um companheiro e convidaria esse outro para o apartamento, o que seria difícil se fosse uma mulher, os laços com mulher pareciam ainda mais complicados, o ciúme. No elevador, enquanto pousava as malas ele deu a resposta, era viúvo. A jovem esposa portuguesa morrera num acidente, o filho morava com os avós no Porto. Um dia iria buscar o menino e então seguiriam para a casa do meio-irmão na Grécia, esse era um antigo sonho. Ela ouviu num comovido silêncio, ele falava em sonho.

Voltou-se rápida, aqueles passos seriam na escada? Ainda não, ele estava atrasado. Apoiou a cabeça no espaldar do sofá e ficou vendo a lua inteira e plena de brancor, ah, se pudesse se banhar nesse leite. Julius Fuller subiria a pequena escada em caracol, Boa noite, Maria. Em seguida, a pergunta, como ela passara o dia. Sonolenta mas não triste e poderia acrescentar, Se você está chegando eu não posso ficar triste. Mas não, nada desses arroubos que não faziam mesmo parte do estilo dele. Ligaria o som. Ou não, a vontade da música ou dos queijos era imprevisível, previsível era o copo de vinho. E o breve relatório que ela fingia ouvir, ora, negócios! então estava mais rica? E por acaso tinha tempo para gastar uma fortuna assim espaçosa? Teria que ter mais sete vidas, como os gatos. O que importava era aquela presença disfarçadamente desatenta, ele parecia desatento desde que se agravaram os problemas das pernas e os outros—origem ou consequência? Faz parte do quadro, diziam os médicos e na vaga resposta a vaguidão do infinito. Julius acendia o cachimbo, isso era importante. E ela aspirava o calmo fumo que continuava o mesmo, mudaram as roupas que eram todas parecidas com o antigo terno do aeroporto, sempre os grandes e pequenos bolsos no paletó de tecido leve. Nesses bolsos, as mãos ágeis enfiavam tantas coisas, eram mãos bem desenhadas. Fortes. Ela olhou para as próprias mãos e juntou-as ao pensar nas santas amadas, a Teresinha Pequena e a Teresona. Mas não rezou, o que tinha a dizer elas já sabiam e era simples, não desejou que isso acontecesse. Aconteceu. E nesse mesmo sofá onde estava agora, bebiam vinho e assistiam a um filme sem maior interesse quando as mãos se apertaram com força mas sem aflição. As bocas se buscaram simplesmente e quando os corpos deslizaram abraçados para o chão, quando se juntaram nus em cima do tapete felpudo, ele disse apenas, Sem pressa, fique calma. Obedeceu, conteve-se. Tanta ansiedade e ele exato, comandando até o final o gozo agudo. Intenso. Nunca sentira antes esse prazer assim desvairado, Julius, Julius! ficou repetindo. Escondeu na almofada a cara banhada de lágrimas até se recuperar na respiração que se normalizou quando fez a pergunta frívola, recorria à frivolidade como escape, Então, Julius? Vai querer me ver remoçada? Alguma sugestão? Ele demorou para responder. Afagou-lhe os cabelos. A sua beleza vem de dentro, Maria. Não se preocupe, ela resiste. Ficaram em silêncio. A música já tinha parado, ficou o mar. Quando ele se despediu para descer, ela teve um impulso, tanta vontade de abraçá-lo e dizer apenas, Eu te amo. Ficou imóvel. Não passava de uma barroca exagerada e ele tão reprimido, um finlandês não propriamente frio mas planejado, era isso? Sim, uma coisa estava certa, ele também sabia que só agora ela conhecera o próprio corpo num aprendizado tardio. Mas profundo. E o melhor ainda era não se entregar à febre das confissões juvenis mas apenas ao gozo e em seguida retomar a marcha como aquele navio avançando. Tudo bem, Julius? Tudo bem, ele respondia e dava-lhe a mão, essa mão que atingira suas raízes com a sábia experiência de um garimpeiro sondando e desvendando a água. Na noite em que ela dormiu depois da ceia, ele tomou-a nos braços para levá-la ao quarto. Em meio da sonolência, ela se lembrava apenas de ter perguntado de qual daqueles bolsos ele ia tirar a sua morte.

 Quando ele entrou, ela assustou-se. Estendeu-lhe a mão, Julius, como eu estava distraída! Me perguntava se faz mesmo um ano que nos conhecemos, não consigo me lembrar, misturo as datas.

 — Não está com frio? — ele estranhou e foi cobri-la. — Então, nenhuma dor?

 — Hoje não, dormi muito — ela disse e levantou a face subitamente suavizada. — A nova cozinheira encheu a mesa de novidades. Não vai comer?

 — Depois. E a enfermeira?

 — Hoje me livrei dela e não foi fácil assim. Queria agora um copo de vinho, posso?

 — Claro — ele disse e acendeu o cachimbo. Afastou-se na direção do bar.

 Ela quis então perguntar se esse paletó que usava não seria o mesmo velho paletó do aeroporto. A calça parecia nova mas o paletó não tinha o antigo ar velhíssimo?

—Quer uma ajuda, Julius?

Pergunta vã, não conseguia andar mas era bom ouvir aquela mesma frase de quando ele apanhou as malas e seguiu em frente, Pode deixar. Os pequenos ruídos, a garrafa já estava aberta, chegou a vez da lata de amêndoas. Agora ele falava num tom mais alto, justificava-se, chegara assim tarde porque fora ao laboratório apanhar os resultados dos exames de ressonância nuclear magnética, não era mesmo um nome pomposo? Devia estar pegando os copos quando acrescentou que já levara os exames ao médico, ela podia ficar tranquila, nenhuma novidade.

—Tudo normal, Maria.

—Normal?!

Ele voltava com a bandeja. Entregou-lhe o copo de vinho e beijou-a. Deixou a bandeja com a garrafa e as amêndoas na mesa ao lado. Levantou o copo numa alegre saudação.

—Normal! Uma boa notícia, podemos então fazer a nossa viagem.

—Você está brincando!

Ele tirou do bolso maior um folheto acetinado e colorido.

—Nunca falei tão sério. Passei também pela agência de turismo e lá me deram tudo isto — acrescentou e foi tirando dos bolsos mais papéis. Fez um gesto amplo. — Há um cruzeiro pelo Mediterrâneo com um programa tentador.

—E estas pernas?

—Pernas têm os seus caprichos. Até chegar a hora da viagem elas já estarão boas, vai passar.

—Se você diz eu acredito, Julius, eu acredito. Achei este vinho mais denso, é o mesmo?—perguntou e devolveu-lhe o copo vazio.—Outro brinde para comemorar! Sabe que sou a mulher mais feliz do mundo? Vou viajar com o meu marinheiro e estou tão feliz, já disse isso antes?

—Já disse mas pode repetir. Pronto, mais um copo e não beba com essa rapidez, esse vinho deve ser saboreado. Mastigado.

Ela afastou molemente os catálogos que ele abriu no sofá. Tombou para trás e afundou a cabeça nas almofadas.

—Acho que fiquei atordoada, estou assim voando, voando... Espera, Julius, você está aí? Está me ouvindo?

—Estou aqui.

—Segura minha mão, quero sua mão, ah, como é bom, Julius querido, fica aí e escuta... Acho que ainda não disse uma coisa — ela avisou e moveu a cabeça. Falava bem baixo, suave. — Julius querido, é uma coisa tão importante, mas tão importante... Está me ouvindo? Com você eu voltei à infância, sabe o que é voltar à infância? Estou aqui caindo de sono e resistindo como resistia no colo da minha mãe, está me ouvindo?

—Sim, Maria, pode falar.

—Aperta minha mão, assim, não larga... Eu ficava no colo da minha mãe e não queria dormir, não queria! É que tinha sempre uma festa acontecendo e eu não queria perder nada, resistia, não queria dormir e este sono... Julius, você está aí?

—Estou aqui com você.

A voz da mulher era um fio tênue.

—No colo da minha mãe...

Ele tomou-lhe a cabeça entre as mãos. Aproximou-se mais e fechou-lhe os olhos.

—Eu te amo. Agora dorme.

O Segredo

Agarrei-me ao peitoril da janela e espiei. Já estava na ponta dos pés e ainda assim não via nada, ou melhor, consegui ver apenas uma parte da parede da sala onde estava pregada com tachas a estampa colorida de uma rainha sentada no trono. As vidraças com suas cortininhas franzidas de algodão branco tinham sido cerradas, ficara apenas aquela fresta que abri um pouco mais e ainda assim só podia escutar as vozes das mulheres conversando. O suor começou a escorrer pela minha cara esbraseada. Estava na janela das mulheres da Rua da Viúva, aquelas donas que a gente via de longe com a mesma curiosidade assustada com que víamos os leprosos em pequenos bandos, montados nos seus cavalos: os homens do cavalinho. A diferença é que os leprosos mendigavam sacudindo as moedas que faziam blim-blim! nas canecas de folha, de longe já se ouvia o barulhinho. E as mulheres da Rua da Viúva passavam quietas e não olhavam nem para os lados. Junto da cerca de arame farpado que fechava o terreno vizinho tinha um monte de tijolos. Desci do meu posto, arrumei um tijolo em cima do outro e subi na pilha. Agora podia ver as duas mulheres jogando dados e bebendo cerveja em redor de uma mesa coberta com um oleado de quadrinhos vermelhos. A mulher loura vestia um quimono de cetim preto com bordados e o cinto na cintura estava tão frouxo que deixava aparecer pela abertura mais da metade dos seios. Demorei olhando aquele peito redondo e rosado e só depois passei para a sua cara também rosada, com uma covinha no queixo. Não usava pintura e os olhos pareciam duas continhas azuis. Os cabelos, lavados há pouco, caíam em desalinho até o meio das costas. A mulher morena era magra e comprida. O carvão em redor dos olhos estava borrado e o pijama amarelo era tão transparente que deixava aparecer os bicos do peito espetando o tecido. Prendera os cabelos encarapinhados com papelotes e usava uns brincões pretos que pareciam feitos de veludo em forma de pingente. A loura sacudiu o copo de vidro e lançou os dados na mesa. Fez uma cara desanimada. Recolheu os dados no copo.

— Tenho ódio de briga — disse a loura pegando a ventarola debaixo da garrafa. Reconheci essa ventarola, tive uma igual com a mesma estampa de uma Colombina com um Pierrô esguichando lança-perfume rodometálico. — Você viu, me tranquei no quarto quando começou o mexerico, não viu? — perguntou e levantou a cabeça. Ficou me olhando e se abanando devagar. — Tem aí uma espiã vendo a gente.

— Era só o que faltava — disse a morena que olhou na mesma direção. Franziu as sobrancelhas feitas com lápis, sacudiu a cabeça e os brincos chegaram a lhe tocar os ombros. — Mas o que essa merdinha está espiando? Ei, menina, o que está fazendo aí?

Fiquei imóvel, agarrada à janela como se tivesse sido transformada em estátua. A loura bebeu um gole de cerveja e fechou no peito a gola do quimono. Recolheu os dados. Tinha a voz macia feito um pudim.

— Ela está assustada, Diva. Parece um passarinho na boca da cobra. Que é que você quer, menina? Perdeu a língua?

— A bola.

— Bola? Que bola? — perguntou a morena.

— Minha bola caiu no quintal.

A mulher morena que se chamava Diva despejou mais cerveja no copo e deixou a garrafa vazia no chão, debaixo da mesa. O copo transbordou. Colheu depressa com a ponta da língua a espuma e bebeu devagar até o fim. As sobrancelhas finas voltaram a se fechar com fúria. Os brincos veludosos me fizeram pensar nos morcegos que dormiam assim pendurados no teto da Tiana Louca.

— Não é a primeira vez que essas pivetes jogam a bola aqui! É de propósito? Vai, responde!

A loura levantou a mão bem devagar num gesto de quem pedia calma. Tinha as unhas recurvas de tão compridas, pintadas de vermelho.

— Pois então saia dessa janela e venha buscar sua bola, ora! A porta é aí do lado, ninguém aqui vai te morder.

Desci e fiquei parada no meio da calçada, olhando a pilha que fiz com os tijolos e pensando bem quieta que alguém devia estar escondido atrás de mim e me espiando assim como eu espiara as duas mulheres. O sentimento de que estava sendo vigiada foi tão forte que peguei depressa os tijolos e levei tudo de volta ali junto da cerca. Limpei as mãos no avental e olhei para trás. Pensei no olho amarelo do meu irmão cobrando as provas de coragem e essa era uma delas, atirar a bola no quintal das mulheres da Rua da Viúva e com a maior cara de pau do mundo entrar e pedir a bola de volta. A segunda prova também não era fácil, ir ao cemitério na primeira sexta-feira de lua cheia, sacudir com força a grade de ferro da sepultura do Coronel Batista e perguntar bem alto, Está dormindo, Coronel? Depois sair, mas sem correr.

Alisei a franja e fiquei diante da porta carcomida, pintada com tantas camadas de tinta que as cores acabaram se misturando e escorreram em grossas estrias com alguns claros abertos pela água da chuva. Junto da maçaneta preta estava desenhada a carvão uma mulher pelada com os dentões de fora e os peitos apontando cada qual para um lado, feito olhos estrábicos. Entre os pés de pato do desenho estava escrita a palavra *puta*. Entrei. Na pequena sala havia muitas gravuras coloridas pregadas com tachas, como aquela da rainha. Em cima da cristaleira estava o retrato de uma criança com uma fita no cabelo, junto da estatueta de gesso colorido de um menino de boné, a cabeça tombada para trás e a boca aberta, esperando o galho de cerejas que segurava no alto. Lembrei que vi essa mesma estatueta na barraca da minha mãe na última quermesse. A cortina de seda japonesa presa por argolas no varal de uma porta levantou com o vento e vi um pedaço do corredor escuro que varava pela casa adentro. As duas mulheres ficaram me olhando. A loura inclinou a cabeça para o ombro e fechou de novo a gola do quimono que voltou a se abrir.

—Vai, menina, pode entrar. E suas coleguinhas? Não vieram com você?

—Não.

—Onde elas estão?

—Perto do rio.

—Perto do rio—a loura repetiu. Foi sacudindo devagar o copo com os dados e esfregou no chão de tábuas lavadas as solas dos pés descalços. Vinha do assoalho úmido um cheiro forte de creolina.—Você sabe nadar no rio?

—Não. Mas meu irmão sabe.

—Quantos anos tem seu irmão?

—Doze.

—E você?

—Vou fazer dez—eu disse e escondi as mãos no bolso do avental quando descobri que as chinelas de seda vermelha da mulher morena estavam com os bicos furados e os dedos apareciam pelos furos.

A loura animou-se de repente. Virou a cadeira para apertar o braço da outra.

— Dez anos! A idade da minha Felipa, viu, Diva? Se a Felipa estivesse viva tinha agora esse tamanho, imagina. A idade da minha Felipa.

— Só que a sua filha devia ser bonita e essa é feia de doer, parece o capeta.

A loura riu enquanto se abanava com a ventarola. Os olhos de continha azul estavam alegres.

— Não liga não, guria, ela está brincando — disse e de repente ficou séria. Deixou a ventarola, pegou a garrafa que estava no chão e esperou com paciência que o fundo de espuma escorresse para o copo. Bebeu devagar a espuma. — Minha filha Felipa morreu com cinco aninhos e também usava essa franja, se vivesse tinha hoje a sua idade. Quer groselha?

Fiz que não com a cabeça e desviei o olhar para a parede. Bem lá no alto, via agora a estampa de um São Jorge montado num cavalo branco e enfiando a ponta da lança no pescoço de um dragão que esborrifava sangue. A tacha que segurava a parte de cima da estampa tinha caído e a ponta com o furo vergava para o chão. Baixei o olhar para o copo dos dados, mas por que não me deixavam pegar a bola e ir embora? E por que a mulher morena dos brincos de morcego estava com tanta raiva de mim?

— Eu queria pegar a minha bola.

— Pois pega duma vez essa porcaria de bola e suma, escutou agora? — gritou a morena. Levantou-se. — Vem, vem comigo.

— Melhor não, Diva. O Duque não está solto? Ele pode estranhar e morder a menina, vai você, vai.

Com um gesto espalhafatoso, a mulher abriu a cortina e foi resmungando, Hum, se essa bola de merda caísse outra vez nesse quintal!... Baixei a cabeça e fiquei olhando o besourão preto que saiu de um buraco no rodapé e veio todo tremelicante como se estivesse arrastando uma pedra. A loura sacudiu o copo e lançou os dados.

— Está vendo? Quando fico sozinha ganho sempre, não é gozado? Conhece esse jogo?

— Não. Mas meu pai conhece.

— Ah, o seu pai. É o diretor da escola?

— Não, é o delegado.

Ela continuou olhando firme para os dados mas o queixo com a covinha começou a tremer. Respirou de boca aberta até que, de repente, fez uma careta como se tivesse sentido alguma dor.

— O Doutor Samuel.

— É.
Ouvi latidos de cachorro e vozes vindo lá dos fundos. A mulher morena voltou batendo com força os saltos dos chinelos. Atirou a bola de meia na minha direção.

— A sua maravilha de bola! — Voltou-se para a amiga. — A gente continua o jogo depois porque agora a Bila vai soltar o meu cabelo.

Meti a bola no bolso enquanto ela se enfiava de novo pelo corredor, Eh! domingo besta. Fui recuando de costas. A loura recolheu os dados no copo e veio vindo devagar na minha direção. Era miudinha com aqueles pés assim descalços e que pareciam menores do que os meus.

— Espera — ela disse. — Espera aí um pouco, queria que me prometesse uma coisa, vai me prometer? Não diga a ninguém que esteve aqui. Promete?

— Prometo.

— Mas eu queria que você jurasse.

— Eu juro.

— Então vai ser o nosso segredo. Sabe o que é um segredo? Segredo é uma coisa que a gente não conta, nem o pai, nem a mãe, ninguém no mundo fica sabendo, mas ninguém mesmo.

— Eu não vou contar.

Ela ficou piscando os olhinhos redondos. Fez a carinha alegre quando estendeu a mão para alcançar minha cabeça, queria fazer um agrado. Desviei a cabeça e ela voltou a mão até o copo de dados que apertava contra o peito. Falou baixinho.

— É bom a gente ter segredos. Você não tem segredos?

— Não.

— Nenhum? Imagina só, uma menina sem segredos — espantou-se e olhou para o chão, mas parecia aflita, como se tivesse perdido alguma coisa. — Eu tinha tantos segredos! Você vai ver como é bom guardar só com a gente essas coisas que ninguém no mundo fica sabendo. Se a gente morre essas coisas morrem com a gente, entendeu?

— Eu não vou contar.

Ela entreabriu a porta e espiou. Pegou no meu braço.

— Vai, vai agora! Vai depressa! — ordenou e me empurrou para fora. — E não deixe mais sua bola cair por aqui. Vai!

Saí correndo. Na esquina, olhei. Ela estava agora espiando da janela, sacudindo o copo mas já não escutei o barulhinho dos dados.

Papoulas em Feltro Negro

— Aqui é a Natividade, você ainda se lembra de mim? — ela perguntou. — Fomos colegas de escola, a magrela de cachos!

Afastei um pouco o fone do ouvido, Natividade falava alto e a voz era metálica, Ainda se lembra de mim? Revi a menininha comprida, de cachos úmidos enrolados na vela. No cheiro da memória, uma vaga aragem de urina, ela urinava na cama.

— Eu era a sessenta e sete e você a sessenta e oito. A gente vivia levantando a mão para ir à casinha — eu disse e Natividade começou a rir o antigo riso de anãozinho de floresta.

— Hi, hi, hi!... E tinha outro jeito de fugir da aula?

Não tinha não. A fuga era para a latrina que a gente chamava de casinha, um cubículo com chão de cimento, os quadrados de papel de jornal enfiados num arame preso a um prego e o vaso com o assento de madeira rachado. Ao lado, pendendo da caixa da descarga, a corrente que ninguém puxava. O cheiro era tão forte que eu prendia a respiração até o limite da tosse, tossia tanto que ficava sem ar e então abria a porta e saía espavorida.

— Inventamos uma homenagem à Dona Elzira, lembra dela? — perguntou Natividade. — A nossa professora de aritmética está tão doente, vai morrer logo! Daí essa ideia de reunir as meninas num chá na Confeitaria Vienense, que vai fechar, saiu da moda. Mas lá tem piano, tem violino, já pensou? Fica mais alegre.

Apanhei o cigarro que tombou no tapete, tomei um gole de conhaque e voltei ao telefone pedindo desculpas, tive que fechar a janela. A Dona Elzira?

— Lembro muito bem. Ela me detestava.

Natividade deu uma risadinha e de repente ficou séria. Mas não era possível, ela falara em mim com tanta simpatia, será que eu não estava fazendo confusão com aquela outra professora de geografia?

— Dona Elzira é inesquecível — eu disse e tapei o bocal do telefone enquanto tossia. Foi há tanto tempo e com que nitidez me lembrava dela. — Então está doente? Me parecia eterna.

Nem gorda nem magra. Nem alta nem baixa, a trança escura dando uma volta no alto da cabeça com a altivez de uma coroa. A voz forte, pesada. A cara redonda, branca de talco. Saia preta e blusa branca com babadinhos. Meias grossas cor de carne, sapatões fechados, de amarrar. Impressionantes eram aqueles olhos que podiam diminuir e de repente aumentar, nunca eu tinha visto olhos iguais. Na sala atochada de meninas que eram chamadas pelo número de inscrição, era a mim que ela procurava. A sessenta e sete não veio hoje? Estou aqui, eu gemia nesse fundo da sala com a frouxa fieira das atrasadas, das repetentes, enfim, a escória. Vamos, pega o giz e resolva aí esse problema. O giz eu pegava, o toco de giz que ficava rodando entre os dedos suados, o olhar perdido nos números do quadro-negro da minha negra humilhação. Certa manhã a classe inteira se torceu de rir diante da dementada avalanche dos meus cálculos mas Dona Elzira continuou impassível, acompanhando com o olho diminuído o meu miserável raciocínio.

— A pobrezinha mora no inferno velho lá onde Judas perdeu as botas, as botas e as meias! — disse Natividade. — Mas essa nossa pianista eu encontrei fácil.

— Não toco mais, só leciono.

Natividade ficou pensando. Quando desatou a falar, lembrou que já tinha escutado um disco onde eu tocava um clássico mas apareceu um gato e tchum! arranhou o disco. Se a agulha caía nessa valeta, acrescentou e riu, Hi, hi! A pergunta veio inesperada, por acaso eu sofria de asma? É que a irmã caçula tinha uma tosse igual.

Minha cara se fechou, mas como ela me ouviu tossir? Pois ouviu.

— Tive bronquite quando criança — eu disse e de repente descobri uma coisa curiosa, a simples lembrança infantil me fazia tossir novamente. A tosse da memória. — Mas sarei, esta tosse agora é nervosa, coisa da velhice.

— Mas quem está velha? — protestou Natividade. — Você deve andar pelos cinquenta e poucos, acho que regulamos de idade. Ou não? Somos jovens, meu anjo!

Animada com essa ideia, ela começou um monólogo sobre seus dois casamentos, no primeiro foi felicíssima, um esplendor de marido que morreu jovem, a sorte é que ficaram quatro filhos. Mas na segunda vez, Cristo Rei! que desastre. Começou a entrar nos detalhes do casamento que chamou de burrada, mas sua voz e seus cachos foram ficando distantes. Próxima estava eu mesma com o uniforme cor de café com leite, escondendo entre os cadernos da escola um rolo de gaze e uma echarpe de seda que minha mãe jogou no lixo e eu recolhi. A ideia me veio em meio de uma aula e foi amadurecendo, alguém já tivera uma ideia igual? Um quarteirão antes de chegar à escola, enrolava a gaze para atadura no pulso direito e depois enfiava o braço na tipoia da echarpe. Antes, olhava em redor, nenhuma testemunha? Carregava a mala na mão esquerda e fazia aquela cara dolorida, Torci o braço num tombo de patins, não posso nem pegar no lápis. Nem no lápis nem no giz. Até chegar a tarde em que arranquei a tipoia e entrei num jogo de bola. Em meio da paixão da partida, o pressentimento, Dona Elzira estava me vendo de alguma das janelas do casarão pardacento. Levantei a cabeça. O sol incendiava os vidros e ainda assim adivinhei em meio do fogaréu da vidraça a sombra cravada em mim.

Agora Natividade falava dos netos. Passei o fone para o outro ouvido, mudei de posição na cadeira e consegui interrompê-la.

— Não, francamente, não tenho nada a ver com esse chá, Dona Elzira me detestava.

— Cristo Rei! mas como você pode ser assim dura, a pobrezinha está com aquela doença na fase final, tem os dias contados, um pé continua aqui e o outro já está no Vale da Morte, não é impressionante? Meu pai, que era crente, dizia uma coisa que nunca esqueci, quando alguém passa de um certo ponto da doença, começa a fazer parte desse outro lado como se já tivesse morrido. O que é uma vantagem, agora ela está mais fortalecida porque vê o que não via antes nas pessoas, nas coisas.

Esfreguei a sola do sapato na marca que o cigarro deixou no tapete. Até na hora da morte essa Dona Elzira se amarrava no poder, ficou uma viva-morta invadindo os outros, todos transparentes, Cristo Rei! era a minha vez de dizer. Tranquilizei Natividade, podia enrolar os cachos, eu iria ao chá. Ela desatou a rir, cortara o cabelo quando mocinha.

— Dê então um lustre nessas ondas. E que o tal violinista toque a "Valsa dos Patinadores".

Quando me estendi no sofá, gemi de puro cansaço, fora o mais arrastado dos telefonemas, uma carga. Tive vontade de cantar com a voz da infância a cantiga de roda do recreio, *No alto daquele morro passa o boi, passa a boiada e também passa a moreninha da cabeça encacheada*. A encacheada era a Natividade remexendo com uma varinha o fundo lodoso da memória. Mas não sabia que essa lembrança era para mim sofrimento? As quatro operações. As quatro estações. Eu quis tanto ser a Primavera com aquele corpete de papel crepom verde e saiote desabrochado em pétalas, cheguei a ensaiar os primeiros passos no bailado das flores, Dona Elzira foi espiar o ensaio. No dia seguinte fui avisada, outra menina ia entrar no meu lugar. Na Festa das Aves me entusiasmei de novo, a Dona Elzira me pediu para decorar a poesia do pássaro cativo, vou recitar! E quem contou a história do passarinho nas grades foi a Bernadete. Nas vésperas da Festa da Árvore ela quis saber se eu tinha decorado alguma coisa que falasse do verde. Vibrei, sabia de cor a poesia do pinheirinho de Natal, podia começar? Juntei os pés, entrelacei no peito as mãos suadas para não ficar com elas abanando no ar e contei a história do pequeno pinheiro que brilhou tanto naquela noite de festa e depois... Ela tomava sua xícara de café. Ouviu, fez um gesto de aprovação e chegou a sorrir, estava satisfeita. No dia da festa, fui com minha mãe e sentamos na primeira fila porque assim ficaria mais fácil quando eu fosse chamada ao palco. Depois que a Bernadete recitou a poesia das velhas árvores, quando todos se levantaram e a cortininha se fechou, minha mãe me puxou pela mão, Vamos. Na rua, continuou em silêncio e eu também muda, piscando com fúria para segurar as lágrimas que já corriam livremente. Em casa ela me segurou pelos ombros, Mas Dona Elzira disse que você ia recitar? Ela disse isso? Vamos, filha, responda! Desabei no chão, quis falar e minha boca se travou, estava certa do convite mas com minha mãe perguntando eu já não sabia responder.

— Atenção, meninas! — assim ela abria a aula. A gente então parava de conversar e se voltava para vê-la com sua trança e seu talco no alto do estrado. — Atenção!
Eu estava atenta quando entrei na antiga confeitaria com espelhos, toalhas de linho e violinista de cabelos grisalhos, smoking, a se torcer todo enlevado no compasso rodopiante da valsa. Parei atrás de uma coluna e fiquei espiando, lá estava a mesa com um exuberante arranjo de flores. E Dona Elzira na cabeceira. Estava de escuro, a cara meio escondida sob o enorme chapéu preto, mas o que aconteceu? Tinha diminuído tanto assim? Não era uma mulher grande? Deixei-a, queria ver antes as meninas no auge da excitação, juvenis nos seus melhores vestidos. Reconheci Natividade, que ficou loura e gorda, os cabelos curtos formando uma auréola em redor da cara redonda. Reconheci Bernadete, a das poesias.

Continuava ossuda e ruiva, mais frequente o tique nervoso que lhe repuxava a face fazendo tremer um pouco a pálpebra direita. Ou a esquerda? Ainda assim me parecia melhor agora, madura e contente com suas pulseiras e casaco brilhoso. Não reconheci as outras duas matronas e nem me interessei em saber, era a vez de Dona Elzira. Que estivesse velha, isso eu esperava, mas assim tão diminuída? Encolheu demais ou eu a imaginara bem maior lá na sala de aula? E o chapéu, mas que chapéu era aquele? A copa de feltro negro até que era pequena, grande era a aba com um ramo de papoulas de seda postas de lado, umas papoulas desmaiadas, as pontas das hastes tombando para fora. Guardei os óculos na bolsa e fui indo em direção à mesa, minha movimentação diante dela ainda era em câmara lenta, a fuga começava quando ficava fora do seu alcance.

— Perdão pelo atraso, mas o trânsito — comecei. E de repente me vi repartida em duas, eu e a menina antiga com ar de sonâmbula, estendendo a mão para pegar o giz.

Quando me viu, endireitou os ombros e a cara foi se abrindo numa expressão de surpresa, Ahn, você veio! Natividade levantou-se radiante e indicou-me a cadeira ao lado da homenageada, A nossa pianista! Respondi logo às primeiras perguntas, não estava mais tocando, não tinha marido e não tinha filhos mas de vez em quando até que passava o meu batom, gracejei. Ninguém ouviu, todas falavam ao mesmo tempo numa aguda vontade de afirmação, Vejam como estamos realizadas e felizes! Riam, trocavam confidências na maior intimidade mas ficavam cerimoniosas quando se dirigiam à Dona Elzira, tão próxima e tão distante com o seu empoeirado chapéu. Esse chapéu devia ter vindo de uma caixa que se abria em dias de casamento, foi madrinha de um deles e desde então ficou sendo o chapéu das festas com a aba ondulada de tão larga, o ramo frouxo de papoulas quase escorregando para o chão. Inclinou-se e tocou na minha mão. Senti seu perfume de violetas.

— Minha aluna predileta.

Encarei-a. Seus olhos pareciam agora mais claros sob uma certa névoa esbranquiçada, mas poderia ser simples efeito de luz.

— Aluna predileta, Dona Elzira? Mas a senhora nunca me aceitou — provoquei num tom divertido.

Ela tomou um gole de chá. Mordiscou um biscoito. Deixou-o na borda do prato e acompanhou com interesse o garçom que me servia uísque. Esperou que eu bebesse e então pousou a mão no meu pulso. Senti uma frialdade diferente nessa pele. Aproximei-me para ouvi-la e de mistura com o perfume me veio dela um outro cheiro obscuro e mais profundo. Recuei. Seus dentes pareciam ocos como cascas de amêndoas velhas sob o esmalte com manchas esverdeadas. Levou a mão vacilante até os escassos cabelos brancos cortados na altura da orelha. Teve um ligeiro movimento de faceirice para ajeitá-los melhor sob a aba do chapéu. Tocou com as pontas dos dedos na minha blusa e como se fosse fazer um comentário sobre o tecido, começou a falar, o fato é que eu era uma menina muito complicada. Muito difícil.

—Difícil?

Ela moveu lentamente a cabeça. O chapéu teve um meneio de barco. Dificílima, minha filha. Tomou fôlego e prosseguiu em voz baixa, eu não podia mesmo imaginar o quanto se preocupara comigo, pensou até em falar com minha mãe, será que eu não tinha sérios problemas em casa? Sem esperar pela resposta, acrescentou rapidamente que o mais estranho em tudo isso é que eu passava de repente da maior apatia para a agressão, chegava a ficar violenta quando apanhada em flagrante.

Fiquei muda. Seus olhos que tinham aquele fulgor do aço me pareciam agora os olhos de um cego.

—Flagrante? Flagrante do quê, Dona Elzira?

—Da mentira, filha—sussurrou e aceitou a fatia de bolo que o garçom deixou no seu prato. Com a ponta do garfo ficou divagando pensativa pela fatia que não provou.—Você mentia demais, filha. Mentia até sem motivo, o que era mais grave. E se crescer assim? eu me perguntava e sofria com isso, tinha receio de algum desvio do seu caráter no futuro. Sei como as crianças gostam de inventar, fantasiar mas no seu caso havia alguma coisa mais que me preocupava...—Fez uma pausa. E baixou até o prato o olhar sem esperança.—Sabe o que eu queria? Queria apenas que você fosse sincera, simples, queria tanto que fosse verdadeira.

—Prova!—ordenou Natividade deixando em minha mão um pãozinho de queijo. Apontou excitadamente para os músicos.—Está ouvindo? A "Valsa dos Patinadores" que encomendou.

Agradeci muito, devolvi disfarçadamente o pãozinho à cesta e voltei-me depressa para Dona Elzira, o encontro estava chegando ao fim e eu não podia perder tempo, ela estava se distanciando, me escapava. Mas que me devolvesse antes essa imagem que guardara de mim mesma e que eu desconhecia. Ou não?

—Mas Dona Elzira, ninguém é assim nítido, a senhora sabe. Eu era meio tonta e tão medrosa, como eu tinha medo!

—Tonta, não, filha, você não era tonta. Medrosa, sim, eu via o seu medo e era por causa desse medo que dissimulava. E eu querendo tanto que fosse corajosa, que parasse de fingir antes que fosse adulta, todo fingimento é infame.

Alguém deixou no seu prato um doce com cobertura de chocolate e que ela espetava com a ponta do garfo, abrindo furos pelos quais um creme licoroso começou a escorrer. Limpou com o guardanapo os cantos limpos da boca.

—Mas por que ficar lembrando essas coisas? Você cresceu tão bem, filha. Meu avô historiador costumava dizer que o que passou já virou história, não há mais nada a fazer, nada. É virar a página. Hoje você é uma pianista importante...

—Professora de piano.

Ela quis dizer qualquer coisa. Sorriu. Pedi licença para fumar.

—Claro, filha, fume o quanto quiser, nesta altura pode haver alguma fumaça que me prejudique?

Voltou-se para Natividade que lhe mostrava o retratinho da neta. Esvaziei o meu copo de uísque. E de novo a tosse antiga ameaçando explodir. Fiz um esforço e apertei-lhe delicadamente o braço.

—Um momento, Dona Elzira, é que ainda não terminei, queria apenas lembrar uma coisa, a senhora me rejeitou demais, lembra? Cheguei a pensar em perseguição, o que eu mais queria no mundo era fazer parte daquelas festinhas na escola, eu não sabia fazer contas, não sabia desenhar mas sabia tão bem todas aquelas poesias das *Páginas Floridas*, decorei tudo, quis tanto subir ao menos uma vez naquele palco! A senhora que me conhecia tão bem sabia dessa minha vontade de vestir aquelas fantasias de papel crepom, o que custava? Por que me recusou isso?

—Mas você gaguejava demais, filha. E não se dava conta da gagueira, insistia. Eu queria apenas protegê-la de alguma caçoada, de algum vexame, você sabe como as crianças podem ser cruéis.

—Minha neta, não é linda?—perguntou Natividade e me deixou na mão o retratinho.

—Linda.

E não via o retrato, via a mim mesma dissimulada e astuta, infernizando a vida da professora de trança. Então eu gaguejava tanto assim? Invertiam-se os papéis, o executado virava o executor—era isso? Dobrei o cheque dentro do guardanapo e fiz um sinal para Natividade, a minha parte. Despedi-me, tinha um compromisso. Dona Elzira voltou-se e me encarou com uma expressão que não consegui decifrar, o que quis me dizer? Quando tentei beijá-la, esbarrei na vasta aba do chapéu. Beijei-lhe a mão e saí apressadamente. Parei atrás da mesma coluna e fiquei olhando como fiz ao chegar. Tirei da bolsa os óculos de varar distâncias, precisava pegá-la desprevenida. Mas ela baixou a cabeça e só ficou visível o chapéu com as papoulas.

A Rosa Verde

A Mãe morreu de parto junto com a criança que se vivesse, ia ser a minha irmã. Seis meses depois foi a vez do Pai que botou a mão no peito, deu um gemido e caiu duro em cima da cama. Eu estava na escola quando a Bila veio me buscar de charrete e assim que ela me viu começou a rir e a chorar ao mesmo tempo torcendo as mãos feito dois trapos e então já adivinhei que alguma coisa horrível tinha acontecido. Fala, Bila, eu disse quando me sentei junto dela na boleia. É demais, é demais, ela ficou repetindo e se sacudindo inteira de tanto rir enquanto as lágrimas corriam dos seus olhos feito duas torneiras. É que todo mundo está morrendo e isso eu não aguento! Fiquei olhando duro em frente e adivinhei, desta vez foi com o Pai. Por que não pensei no Avô nem na Avó Bel que já estavam velhos? Pensei no Pai. A égua Linda se soltou naquele trote contente porque sabia que estava voltando para casa e a Bila chorando e rindo ao mesmo tempo em que ia contando, ele ia sair, já estava vestido e tão bonito assim vestido quando botou a mão no peito e pronto, acabou. Merda, merda, merda, fiquei repetindo baixinho e sem poder dizer outra coisa porque tremia de medo só de pensar na Avó Bel. Se na morte da nora ela armou aquele berreiro imagina então na morte desse filho o que ela ia aprontar. E a Avó Bel? perguntei. Bila encurtou a rédea e contou que o Avô já tinha lhe tacado uma injeção de derrubar cavalo e agora ela dormia feito uma santa. Então respirei porque já sabia o que fazer, era só não olhar para o defunto, fingir que olhava mas não olhar mesmo. Por acaso olhei a Mãe? Na mudança do sítio para cá perguntei para o Avô, Mas para onde eles foram? O Pai e a Mãe? Para onde foram esses dois é o que eu queria saber. O Avô tirou do bolso a palha para enrolar seu cigarrinho. Onde eles estão agora eu não sei, filha. Mas sei que depois da morte nenhum dos dois ficou mais aqui. Os corpos ficaram esvaziados, ele disse e alisou a palha antes de encher sua palha com o fumo.

— Nesta fazenda tem mais teia de aranha do que lá no sítio — resmungou Avó Bel passando a vassoura de cabo comprido no teto da sala.

Já fazia um tempo que a gente tinha se mudado para a fazenda do Tio Júnior e nesse tempo não teve um só dia que ela não se queixasse da nova casa. Sem deixar de gabar Tio Júnior, um santo de filho e mais a nora, a Tia Constança, uma flor de moça, bastante tonta mas uma verdadeira flor. Nessa ordem, até o nojento do Primo João Carlos entrava, a Avó Bel só não tinha feito ainda as pazes com Deus. Naquela manhã da Missa do Sétimo Dia do Pai, quando me enfiou o tal de vestido preto que eu odiava, reclamei, Não gosto desse vestido! Então ela ficou com o olho vermelho de lágrimas e passou com mais força o pente no meu cabelo, E por acaso eu gosto? Responda! Fiquei quieta. Daí ela disse que aceitava toda essa tragédia de ver a nora e o filho, que eram lindos, morrendo um atrás do outro, aceitava porque não tinha outro remédio, mas não estava conformada. É por isso que não piso nessa missa porque senão Ele pode pensar que me conformei mas Ele sabe que não vou me conformar nunca! Ele era Deus.

— O João Carlos está perdido de piolho.

Avó Bel descansou no chão a vassoura e ficou me olhando. Apoiou na ponta do cabo os braços finos e esbranquiçados como os braços das aranhas.

— Outra vez? Toma cuidado senão você vai pegar.

— Mas como não vou pegar se ele fica caçando os piolhos e jogando na minha cabeça?

Ela suspirou. Não confessava que gostava mais desse neto do que de mim. Arrumou o coque grisalho que já estava despencando e ficou olhando a janela. Regulava de idade com o Avô mas ele era mais bonito com aquela cara grande cor de tijolo e o cabelo todo branco, repartido bem no meio.

— Essa casa tão nova e tão difícil de limpar, não entendo — ela resmungou.

Sentei no chão perto da janela porque ali as tábuas estavam mais secas, de manhã o chão tinha sido lavado. No sítio a senhora também se queixava das lagartixas e dessas aranhas branquelas, eu quis lembrar. Fiquei quieta. Quando a gente morava lá, ela vivia se queixando da casa que era tão velha que dava até escorpião, o que não aparecia na fazenda do Júnior porque ele era rico. Agora a gente estava na fazenda do Tio Júnior e ela falava na maravilha que era o sítio. Tive vontade de perguntar, por que a gente foi sair do sítio? Mas então ia entrar aquele pedaço da tragédia e esse pedaço eu não queria escutar outra vez. Acendi o toco de vela que tirei do bolso e comecei a pingar devagarinho as gotas de cera quente na palma da mão até chegar com as gotas às pontas dos dedos formando uma estrela. Os pingos caíam cinzentos mas ficavam brancos quando endureciam.

— O Avô disse que vão abrir aqui uma estrada e então a gente vai ficar mais perto da cidade. O Pai morreu porque o sítio era muito longe do hospital.

— O Avô não sabe de nada — esbravejou ela. — Seu pai morreu de tristeza, não se conformou com a morte de sua mãe e não sossegou enquanto não seguiu atrás.

— Escutei que ele morreu do coração.

— Morreu de tristeza — repetiu Avó Bel passando com impaciência a vassoura de alto a baixo na porta. Rodopiou a vassoura no ar. — O meu querido filho era tão sensível, eu sabia o quanto estava abalado e tentei evitar que a tragédia se completasse, mas fazer o quê?! O que eu podia fazer, me responda!

Fiquei encolhida contra a parede. Avó Bel acabava ficando furiosa quando falava nos seus mortos como se eles fossem os culpados por não terem aguentado mais tempo. A sorte é que essa fúria não durava muito. Gritava, gritava e acabava se cansando. Vinha então a hora das queixas que eram sempre as mesmas, queixas que chegavam até o seu tempo de mocinha, quando tinha dúzias de pretendentes. E quem é que eu fui escolher? O pior deles, não sei onde estava com a cabeça quando escolhi um botânico! O botânico era o Avô.

— Ele inventou uma rosa verde.

— Inteligência ele tem para inventar uma rosa de qualquer cor, ah, inteligência isso ele tem. E daí? — ela perguntou e encostou a vassoura para pensar um pouco.

A aranha branquela aproveitou e veio descendo depressa na ponta de um fio. Se dependurou nesse fio, balançou de um lado pro outro feito o trapezista do circo até que num balanço mais forte, ela alcançou a janela aberta e desapareceu na folhagem. Avó Bel arregaçou a manga da bata e ficou olhando para fora na direção onde a aranha sumiu.

— Quando penso que nesta idade avançada eu tive que fazer uma mudança dessas! E ainda trazendo uma criança pela mão...

— Que criança?

— Você, ora. Seu avô podia ajudar mas ele tem a cabeça na lua.

— Ele vai fazer nascer uma rosa verde, não tem no mundo uma rosa igual.

— Tolice. Um botânico com diploma virar jardineiro depois de velho. Ainda bem que com tudo isso o Júnior pode agora contar com a gente, ele e minha nora, dois santinhos. Mas como ela pode ajudar o filho assim desparafusada — gemeu Avó Bel num sopro. — Uma santinha sem os parafusos — repetiu e levantou com energia a vassoura. — E por que o Júnior foi comprar uma fazenda neste deserto?

Fechei a mão. Os pingos de cera se desgrudaram da pele e a estrela branca virou uma estrela vermelha. Passei a língua nas queimaduras que começaram a arder e fiquei soprando. Merda, merda.

— Aqui na fazenda o Avô disse que tem mais tempo para lidar com suas roseiras.

— E por acaso a gente come rosas? Adoro ficar perto do meu filho, adoro poder ajudar minha nora que é essa florzinha meio tonta que você conhece e tem ainda o meu neto, o pobrezinho. Mas sinto falta daquelas minhas quermesses, lembra? A barraca da Pesca Maravilhosa ficou só minha, lembra disso? E o coitado do seu avô que adorava ir no fim de semana prosear com os amigos lá no clube, tudo era mais alegre.

Comecei a mascar um naco de cera mole. Me lembrava também que na última quermesse, Avó Bel brigou tão feio com o padre que escutei ele dizer que no futuro ela estava cortada como barraqueira. E que conversa era essa de dizer que gostava de saber que o Avô estava com os amigos no clube? Ele proseava, sim, mas acabava bebendo tanto que quase escangalhou a charrete na estrada. Em casa, o escarcéu, até prato ela fez voar.

— Pelo menos aqui eu não tenho escola.

— Mas vai ter. O ano que vem o João Carlos e você, os dois vão para o colégio interno.

— Não quero colégio interno.

— Quer sim senhora! — esbravejou Avó Bel descendo a vassoura que passou rodopiando rente da minha cabeça. — Um colégio finíssimo que seu tio escolheu. Vai virar agora uma selvagem?

Acendi a vela que o vento apagou. Esse assunto de escola ia render, melhor falar na morte. Contei que a galinha preta que ela chamava de Chica estava caída no galinheiro, o bico aberto, o olho parado. Avó Bel ficou me olhando. Baixei a cara vermelha feito romã, começava a mentir e já vinha essa vermelhidão. Ela esbravejou, como é que a Chica está morrendo se ainda há pouco tinha vindo comer milho na sua mão? E o que eu tinha de xeretar no galinheiro? Como se não bastasse o João Carlos que ia apalpar o cu das botadeiras para saber se vinha algum ovo.

—Fui ver se nasceu a ninhada da garnizé.

—Hum—ela resmungou enquanto ia tirando os fiapos da teia enleados nos fios da vassoura. Ficou olhando lá para fora mas não estava brava, estava triste. Começou mais forte o canto da cigarra.—Tem louco bom e tem louco ruim—ela disse.—Constança é só bondade, mas se não atrapalha também não ajuda. E esse meu neto, coitadinho do João Carlos, vendo a mãe assim... Vai ficar num bom colégio, eu sei, mas meu medo é que ele puxe pela família dela—segredou e olhou assustada em redor.—Uma gente finíssima mas todos com um parafuso de menos.

E eu então que sou órfã! pensei em dizer. Fiquei quieta. Não chorei nem com a morte da Mãe nem com a morte do Pai mas abri o maior berreiro quando a diretora da escola veio arrumar a gola do meu uniforme com aquela braçadeira preta que a Avó Bel pregou. Com essa idade e órfã! ela disse. Essa palavra *órfã*, só essa palavra que vi na capa do folhetim me fez perder o fôlego de tanto que chorei. Ninguém em casa ficou sabendo. E agora Avó Bel estava triste por causa daquela porcaria de menino. Eu preferia que ela ficasse brava e não triste e procurei depressa algum assunto alegre, mas não apareceu nada de alegre na sala a não ser o beija-flor que entrou num raio de sol até bater com o bico no lampião e sair contente pela mesma janela. O toco de vela estava no fim mas eu quis acertar antes o pingo quente na formiga vermelha que saiu da greta do chão. Ela viu, botou a mão na cabeça e entrou correndo no mesmo buraco.

—Está rachando de madura—disse o Avô chegando com uma jaca na mão.

—Leva isso embora, homem de Deus! Não vê que está pingando no chão que a outra acabou de lavar? E você, menina, quer fazer o favor de apagar essa vela antes que pegue fogo na casa?

Fui indo de gatinhas até enxugar com a fralda da camisa a poça de caldo que começou a pingar bem diante da botina dele. Cuidado, Avô, cochichei e ele botou a mão debaixo da jaca, riu e piscou para mim. Fui na cozinha buscar uma faca e uma colher e saímos os dois pela porta dos fundos. Sentamos na borda do poço.

Não fosse aquela cigarra esgoelando e a tarde era um silêncio só. A cachorrada devia estar presa, só ficou o Volpi e o Luizão que dormiam esparramados debaixo da jabuticabeira. Um bando de abelhinhas amarelas veio atrás do perfume da jaca.

— Avó Bel anda zangada — eu disse. — O senhor bebeu?

Ele botou de lado a bengala de roseira dura. Pegou a faca e foi cortando os pedaços da jaca.

— Só um pouco. Mas fumei além da conta e não posso. É só não dar confiança, filha, que lá por dentro a sua avó é um doce. Um doce.

— E a rosa, Avô?

Ele me deu o pedaço maior e ficou mastigando sem nenhuma pressa. Depois enxugou o queixo e me passou o lenço. Começou a enrolar seu cigarro de palha. Os olhinhos escuros faiscavam.

— Segundo os meus cálculos, o primeiro botão verde deve abrir em setembro.

— E quando é setembro?

O Avô soprou para o alto a fumaça do cigarro e ficou olhando o céu.

— Nossa! que baita jaca — disse João Carlos. Trazia o alçapão com um filhote de morcego preso lá dentro. Me cutucou. — Vai me emprestar a lupa?

Ele pegava a pinça e mais a tesourinha dourada que Tia Constança guardava numa caixa e ficava horas fuxicando um bicho morto até separar toda aquela nojeira em cima de um tijolo. Ia ser médico.

— Você não vai judiar desse morcego, vai? — perguntou o Avô apontando para o alçapão.

— Não judio de bicho nenhum — João Carlos resmungou e sua cara ficou vermelha, também ele ficava vermelho quando mentia. — Peguei esse só para ver de perto, depois eu solto.

Fiquei olhando o morcego que parecia cochilar meio deitado no alçapão. Com as asas murchas e o olho empoeirado ele não parecia o Conde Vampiro da fita que passou em Casa Branca mas tinha a cara encardida de um andejo bem velho que encontrei na estrada.

— É preciso ter misericórdia, sabe o que é misericórdia? — perguntou o Avô trançando a mão.

— Ontem tirei um monte de berne da cabeça do Mimo.

É, mas fez um varal de gato que eu vi, tudo dependurado pelo rabo e esgoelando, se não fosse eu mais a Bila a gataria ia morrer na tempestade que caiu. Fiquei quieta. E fui saindo antes que ele inventasse de pedir de novo a lupa. Tia Constança já estava descendo a escada da varanda, vestida como se estivesse numa festa. Toda manhã era a mesma coisa, ela se arrumava e ficava esperando pelo portador que não vinha, mas não se aborrecia porque no dia seguinte começava tudo outra vez. Cheguei perto e puxei a tia pela mão.

— Vem comigo ver as flores.

Fui indo na frente e ela atrás, era a única que me obedecia. Seu vestido branco arrastava um pouco no chão e a cara corada era igual à da minha boneca de celuloide cor-de-rosa que acabou branca de tanto banho.

— O meu marido, o Júnior. Você sabe onde ele está?

Quando os grandes queriam esconder um morto diziam que ele foi viajar. Tio Júnior viajou de verdade mas era melhor mudar de conversa. Me abaixei e colhi uma margarida.

— Bota no cabelo, tia!

Ela obedeceu e riu. Quando ria, apareciam os dentinhos brancos como gotinhas de leite. Me olhou com um jeito desconfiado.

— Você não é a filha do Almiro?

Fiz que sim com a cabeça, mas antes que começasse a perguntar já fui dizendo que ele e a Mãe, todo mundo viajou. O Avô dizia que podia ler o céu como se lia um livro aberto. Dizia ainda que podia ler a cara das pessoas, mas na cara lisa de Tia Constança acho que não estava escrito nada.

— Estava procurando vocês — anunciou Bila correndo toda afogueada. Afagou a cabeça de Tia Constança.

— E Avó Bel — perguntei. — Varrendo o teto?

— Não, está na cozinha fritando batata, o grude já está saindo, tem batata frita!

No sítio ela era a minha pajem, mas aqui ficou pajeando a Tia Constança. Deixei as duas cochichando e fui indo lá para o lado onde estava o sol. Quando me deitei no capim tive que fechar os olhos porque não aguentei tanta luz. O Avô disse que a Mãe e o Pai foram embora feito fumaça, o que ficou enterrado não era nenhum dos dois. Então, onde vocês estão agora? perguntei para a nuvem que cobriu o sol e já foi seguindo adiante. Luizão veio todo contente lamber minha cara. Empurrei o focinho, O que você andou comendo de podre? Ele saiu latindo e foi cheirar o traseiro do Volpi. Levou uma mordida na orelha e de repente saíram na maior alegria. Quando passei antes pelas roseiras do Avô, futuquei um botão com a unha. Era branco, ainda era cedo. A cigarra parou de serrar e tudo ficou quieto, só lá longe começou a araponga. Agora eu sabia dos bichos. Das plantas. Assim que comecei a usar a lupa que ganhei do Avô no Natal, levei um susto, então era essa a cara de um inseto debaixo da lente? Fiquei apavorada, mas aumentados eles eram horríveis! Fui me acostumando quando fui achando que todos esses insetos eram parecidos com a gente nas suas festas. Nas suas brigas. Trabalhavam sem parar e também vadiavam como naqueles ajuntamentos de domingo no Largo do Jardim, gostavam de se divertir. E gostavam de brigar e algumas brigas ficavam tão feias que eu fugia com vontade de vomitar. Debaixo da lente, era medonho demais ver o olho vazado pelo ferrão cravado fundo e horrível a perna arrancada e ainda tremendo lá adiante ou a cabeça cortada e aquele corpo descabeçado procurando pela cabeça. Na lupa, aparecia até a cara preocupada da formiga carregando no ombro o ferido ou o morto, como faziam os soldados nas fitas de guerra. A aranha peluda ficava pior com seus oito olhos aumentados e sugando o mosquitinho também gigante mas tonto, berrando e esperneando no meio grudento dos fios, Socorro! Conforme o meu estado de espírito eu salvava ou não a joaninha arrastada pelo besourão chifrudo, o Avô falava muito nesse *estado de espírito* que era a vontade de fazer uma coisa e não outra. Conforme então esse estado de espírito eu resolvia na hora qual ia viver, a joaninha? A multidão de insetos também gostava das bandalheiras, mas se os grandes gemiam de um jeito de varar parede e se os gatos engatados gemiam mais alto ainda, o casal de moscas grudadas que apanhei dentro do copo não disse um *ah!* Um tempão elas ficaram estateladas e sem fala. Ou falavam e eu não escutava? Prendi a menorzinha pela asa enquanto que a maior se desgrudou e foi andando assim estonteada, presa na outra por um fiozinho que se esticou comprido feito cuspe. Meu amor, meu amor! falei dentro do copo fazendo o *zzzz* de um mosquito. Quando perdi a paciência, levei o copo até o fogão e joguei as duas dentro do braseiro. Debaixo da lupa fui vendo que as plantas não são assim tão paradas, o caso é que elas vão devagar nos seus negócios, menos a flor comilona, que essa até que era ligeira. Eu ia atrás de um gafanhoto quando de repente ele entrou pela boca aberta da flor. Antes mesmo de botar a lente em cima eu já adivinhei, o gafanhoto estava preso e ia ser mastigado vivo. Meti a mão na boca roxa disfarçada de corola e puxei o gafanhoto para fora, Fuja daí! Justo nessa hora o Avô me puxou pelo braço, Quer fazer o favor de não atormentar esse povo? Acho que o susto que levei foi igual ao do gafanhoto que tremeu e deu um pulo do tamanho do mundo. Eu também tremia inteira quando mostrei para o Avô a carreirinha de espinho no fundo da corola e que não era espinho coisa nenhuma, era dente. Está vendo, Avô? Se ele tivesse entrado no funil, ela nhoc! fechava a bocona. O Avô me devolveu a lupa, E daí? Você é Deus? Cuide da sua vida e deixe a natureza em paz. Guardei a lupa no bolso e fiquei pensando que um dia ainda contava para o Avô que joguei os mosquitinhos grudados no braseiro. E se o povo dos mosquitinhos estava por perto e viu? Quase pinguei cera quente na formigona vermelha. E se a filhinha dela chegasse e visse a mãe dura, no meio da cera? Tinha também aquele vidro cheio de minhocas vivas que enterrei e depois esqueci o lugar onde ficou esse vidro. E as borboletas que eu espetava com os alfinetes que tirei da caixa de costura da Avó Bel, Você mexeu na minha caixa? ela perguntou e minha cara virando uma romã madura. Mas para o João Carlos eu não ia mesmo emprestar a lente, ele não tinha o pai? a mãe? Tio Júnior viajou mas ia voltar e Tia Constança perdeu o tal de parafuso, mas não estava viva? Não peça nada para mim que sou órfã, Eu sou órfã! gritei. Fiquei escutando meu grito que repetiu lá longe, o Avô disse que isso era o eco, Eh! Avô. Em setembro ia nascer a rosa verde, que festa! Avó Bel avisou que no ano que vem vou para o colégio, merda. Mas ia demorar, antes tinha a rosa e agora o grude com a batata frita que já estava saindo. Afundei a mão no capim quente e fiquei alisando as costas da terra.

Uma Branca Sombra Pálida

Hoje fui ao túmulo de Gina e de longe já vi as rosas vermelhas espetadas na jarra do lado esquerdo, Oriana veio ontem. Não combinamos nada, é evidente, mas a jarra do lado esquerdo ficou sendo a dela, a jarra da direita é das minhas rosas brancas. Que já murcharam, as brancas duram menos. Acendi um cigarro. É proibido fumar, eu vi escrito por aí. E o que mais é proibido, viver? Fiquei um tempo olhando suas rosas vermelhonas, completamente desabrochadas. Um pouco mais de sol nessas corolas e em meio do perfume virá aquele cheiro que vem dos mortos quando também eles começam a amadurecer. Não nas narinas! eu disse. Fui buscar o corpo depois da autópsia, já não era mais a pequena Gina, agora era *o corpo* com aquele algodão atochado no nariz, Tira isso! O enfermeiro obedeceu, apático, tudo na sala era assim neutro mas limpo. Sua filha? ele perguntou. Fiz que sim com a cabeça e então me recomendou, Caso precise, a senhora depois arruma outro algodão. Não precisou, até o fim Gina ficou com suas narinas livres para voltar a respirar se quisesse. Não quis. Está certo, foi feita a sua vontade, ela era voluntariosa, quando resolvia uma coisa, hein?

Apanhei no chão o papel cinza-prateado da floricultura, logo aqui adiante há um cesto metálico e no cesto está escrito *Lixo*, este é um cemitério ordeiro. A desordeira é Oriana com seus dedinhos curtos, parece que estou vendo os dedinhos de unhas roídas amarfanhando raivosamente o papel que virou esta bola dura, não se conforma com a morte. Ah, que coincidência, porque também eu não me conformo, a diferença apenas é que você gosta de fazer sujeira, Você é suja! Um casal que vinha pela alameda ouviu e parou assustado. Jogo longe o cigarro, faço cara compungida e finjo que rezo enquanto me inclino diante da jarra das rosas vermelhas. Choveu, elas ficaram encharcadas. Depois veio o sol e as vermelhonas se fartaram de calor, obscenas de tão abertas. Ao anoitecer vão parecer viçosas, mas amanhã certamente já estarão escuras, com aquele vermelho-negro bordejando as pétalas. Sujas, repito bem baixinho porque o casal de velhos ainda continua por perto, comentando a beleza do ipê-amarelo que floriu numa sepultura de cal recente. A terra aqui é rica, tenho vontade de informar ao casal de idiotas, vergados de velhice e ainda alegrinhos, oh! as flores, os passarinhos. Vou com a minha jarra até a torneira mas antes deixo no cesto o ramo murcho das minhas rosas brancas e mais o papel que Oriana largou no chão. Desembrulho os botões que acabei de trazer, os caules duros, as corolas arrogantes de tão firmes — não é mesmo curioso? Gina tinha essa mesma postura altiva de bailarina se preparando para entrar no palco, a cabeça pequena, a testa pura. Artificial, sim, dissimulada mas querendo parecer natural, as bailarinas são dissimuladas como os próprios seios aplacados sob o corpete. Os gatos dissimulam feito as bailarinas, andou por casa uma gatinha de telhado que Gina encontrou na esquina, apaixonou-se pela gatinha, Filomena! Filô, Filô! E a gatinha vinha correndo e berrando com aquele rabo aceso, uma antena. Diante do pires de leite, a dissimulação: olhava para um lado, para o outro, desinteressada. Fingindo não estar com o menor apetite. Quando ficou no cio, desapareceu. E Gina aos prantos, chamando em vão, todos os dias deixava no jardim o leite, a carne. Estava no cio, queria um gato, eu avisei e Gina baixou aqueles olhos de um azul inocente. Não, mãezinha, ela ia ser freira. Cheguei a rir, uma gata freira? Mas Gina não estava fazendo graça, estava séria enquanto guardava na sacola as suas sapatilhas, resolvera entrar para uma escola de bailado clássico. Foi por essa época que conheceu Oriana, a dos dedinhos. Começou então a se interessar por Letras. Letras, Gina? É, Letras. Era o que a outra estudava. Você é que sabe, respondi. Sempre concordei com tudo e adiantava discordar?

  Deixo a minha jarra com os seus botões empertigados ao lado das rosas de Oriana e penso agora que essas jarras ficaram grandes demais para um túmulo tão pequeno, Gina era pequena. A pequena Gina, digo e me sento na beirada da lousa, os cemitérios deviam ter cadeiras. Mas assim isto aqui não virava logo uma festa? Com a chegada da noite, a pequena Gina de sapatilhas rosadas a deslizar dançarinando por entre os túmulos e aquele lá do retrato, o cabelo encaracolado e a gravata preta de laçarote, um pianista a tocar o seu Prelúdio e o político, aquele da escultura pomposa, com os braços abertos na promessa interrompida, ansioso por continuar o seu discurso — mas não seria mais lógico cada qual cumprindo até o infinito o ofício da paixão? Este enorme espaço perdido, todo mundo amontoado lá fora e aqui a imensidão desabitada. Respeito pelas almas? Mas onde estão essas almas? Amasso devagar o papel de seda que embrulhava o meu ramo até o papel virar a bola que guardo no bolso. E também eu, lúcida mas participando da farsa. Está certo, já entendi, preciso representar. Mas representar para quem se a única vida que resta está nessas árvores? Nesta grama que rompe com fúria nos canteiros mas perde para a pedra, é o triunfo do mau gosto na pedra das estátuas. Das capelas. Mas os cemitérios têm mesmo que ser românticos, disse Gina. Voltávamos do enterro do pai e agora me lembro que fiz uma observação que a desgostou, era qualquer coisa em torno desse ritual das belas frases, das belas imagens sem a beleza. Ela com a sua mágoa e eu com a minha impaciência, ah, a mentira das superfícies arrumadas escondendo lá no fundo a desordem, o avesso desta ordem.

    Acendo outro cigarro. Comecei a fumar deste jeito desde o dia em que Oriana esqueceu o maço de cigarro no quarto de Gina, experimentei um, era bem mais forte do que aqueles que eu fumava meio espaçadamente. Enquanto fui ouvindo os discos, não parei até esvaziar o maço. Então fiquei ali quieta, sentada no chão do quarto em meio das almofadas onde elas estiveram e sentindo ainda no ar aquele indefinível cheiro de juventude. Uma borboleta com desenhos prateados nas asas veio agora rondar a jarra das rosas vermelhas, não quis os botões brancos, a safada. Quando se fartou das vermelhonas, fez um voo rasteiro até aqui, interessada no nome que mandei gravar na lousa, Gina. Deteve-se nas datas, é uma borboleta meio tonta mas curiosa: Quer dizer que ela tinha só vinte anos? perguntou excitada, batendo as asas com mais força. Só vinte anos. E era bonita? Demoro um pouco para responder. Bonita, não, mas quando falava tinha um jeito tão gracioso de interrogar inclinando assim a cabeça e aquele jeito de rir, os olhos tão acesos e os cabelos de um castanho-dourado tão profundo. O andar era de bailarina que não é mais bailarina e continua com a graça de quem vai assim flutuando — será que estou sendo clara? Claríssima, responde a borboleta. Acabou de pousar na letra A do nome, as asas inquietas, Foi acidente? Não, minha bela, respondo e sopro devagar a fumaça do cigarro na sua direção, foi suicídio. Acho que queria apenas me agredir, seria uma simples agressão mas desta vez foi longe demais. O pai tinha esse mesmo estilo ambíguo, não ia direto ao alvo, contornava. A diferença é que era mais esperto, não correria o risco de fazer figurações com a morte. A borboleta concordou enquanto se desviava da fumaça, adotei a marca de Oriana que não é marca para borboletas. E de repente, ela me pareceu desinteressada, tem vida curta, não pode ficar perdendo tempo com os mortos. Afastou-se da lousa em voos circulares, foi de novo até as rosas vermelhas, fez um último movimento gentil em redor da minha cabeça e lá se foi na direção do muro, Adeus!

    A morte é um sopro, ouvi a pequena Gina dizer ao pai, eles gostavam desses assuntos. A alma, a tal essência sutil, só ela continua imperecível, segundo a dedução dos dois. Imperecível e consciente. Bem, Gina, você se matou, se pirulitou, como diz sua amiga, ela gosta desse verbo, pirulitar. Desertou do corpo mas está lúcida, certo? Então pergunto agora, era isso que você queria? Era isso? Você parecia tão feliz lá no seu quarto todo branco, se fechava com Oriana e falavam e ouviam música e riam, como vocês riam! Quando abriam a porta, estavam coradas, os olhos úmidos. Letras. Esmago no sapato uma formiga que surgiu debaixo de um pedregulho, há de ver que esteve lá embaixo naquele fundo nojento, rastejante, oh! Deus. Até hoje me pergunto por que ela escolheu o Domingo de Páscoa. Sem ressurreição. Passei esses três meses tentando provar — a quem? — o quanto estava sofrendo e assim entrei numa voragem de pequenas obrigações, missas, roupas pretas, o capricho na escolha deste túmulo aparentemente modesto mas da melhor qualidade. Até que me veio de repente a indignação, irritei-me até com a Efigênia que estava virando uma carpideira difícil de suportar, A minha queridinha que carreguei no colo! Sim, carregou Gina no colo mas chega, não foi isso que ela quis? Não foi? Então deve estar satisfeita, sua vontade foi cumprida. E se eu mesma me envolvi nessa espécie de polêmica com Oriana é porque estranhamente esses jogos florais me excitam. Ela vem com a arrogância das suas rosas vermelhas e me provoca deixando aí o ramo, eu venho com o meu ramo das brancas que espeto na jarra da direita — não era assim antes? Ela mandava as vermelhonas e eu respondia com o brancor dos meus botões. Que a sagaz Gina tinha o cuidado de não misturar, nessa altura as duas já andavam desconfiadas que eu suspeitava da espécie desses altos estudos. Falavam muito em poesia norte-americana, Oriana traduz na perfeição, foi o que eu entendi. A porta trancada e o toca-discos no auge, parece que a coisa só engrenava com fundo musical. *Jazz*. Eu podia colar o ouvido na parede e só ouvia a cantoria da negrada se retorcendo de aflição e gozo. A cama intacta, a coberta lisa. Os altos estudos eram feitos ali no chão em meio de almofadas com pilhas de cadernos, livros. Os cinzeiros atochados, latinhas de refrigerantes, cerveja. E a música. A música.

A Whiter Shade of Pale. Não sei como a agulha já não fez um furo nesse disco, eu disse. Gina tinha levado a outra ao ponto de táxi e voltava com sua carinha lavada, não usava maquiagem. Guardou o disco no envelope e já ia escapulindo quando a puxei pelo braço, mas o que quer dizer isso, *A Whiter Shade of Pale*? Seu olhar dançarinou pelo título: Uma Imagem Mais Branca que Pálida, talvez. Ou Uma Branca Sombra Pálida. Ficou hesitante e prometeu dar uma resposta depois, ia perguntar a Oriana. Então eu quis dizer que achava um verdadeiro lixo essa música de drogados, mas consegui me conter. Ainda assim, devo ter feito alguma ironia porque ela fechou a cara e a porta. Me lembro agora de um detalhe, Gina gostava dos clássicos, paixão por Mozart, mas quando se trancava com Oriana, começava o som dos delinquentes. Parem com isso! eu queria gritar. Então pegava o meu tricô e calmamente ia pedir a Efigênia que levasse o lanche das meninas, um chocolate bem quente e os pãezinhos no forno, bastante manteiga. Sal. Elas estudam demais, queixou-se Efigênia enquanto cortava o pão. Olhei-a nos olhos, também ela?... Uma velhota incapaz de malícia e agora. Apertei a cabeça entre as mãos e fiquei andando, andando sem parar, mas o que significava isso? Será que eu estava enlouquecendo? Fiquei uma esponja de fel? perguntei em voz alta e fui para o meu quarto. Experimentei o chão. Era duro para mim, mas na idade delas a gente podia falar em dureza? Se olhasse pelo buraco da fechadura, chegaria até a cabeceira da cama. Alcançaria ainda o olho vermelho do toca-discos e uma parte da mesa com os livros. A bandeja no chão com alguns copos de vidro — mais nada.

Minha filhinha é de vidro, ele disse. O pai. Fumava cachimbo com aquele mesmo ar romântico com que Gina ouvia Chopin, mas eu sabia o que estava por detrás desse romantismo. Resolveu que ela faria a sua Primeira Comunhão e resisti à ideia. Ele insistiu com o argumento de que toda criança fica feliz nessa festa. Comandou tudo. A manhã fria e o vento, sempre o vento. A pequena Gina desceu do carro segurando a grinalda de rosinhas, não fosse o vento arrebatá-la. Correu para subir a escadaria da igreja e foi nos esperar lá em cima, a longa saia de organdi branco a se abrir feito um balão, o véu esvoaçante querendo subir, Cuidado, Gina! Cuidado, filha! repeti e fiquei me perguntando, mas cuidado por quê? Ele acendeu o cachimbo e a cinza me alcançou. Quer ter a bondade de apagar isso? pedi. Ofereceu-me o lenço. Limpei a cinza que se colara ao meu lábio e apontei o banco do carro, Olha aí, Gina tinha que esquecer o missal. Ele guardou no bolso o cachimbo apagado, apanhou o missal e falou entre os dentes, Deixa a menina em paz.

Fiz sua vontade, meu querido. Dei-lhe toda liberdade e se você ainda vivesse poderia ver agora no que deu essa liberdade. Mas seu coração era delicado, os delicados não têm resistência. Gina recebeu ovos de chocolate e flores, mas justo nesse Domingo de Páscoa Oriana não apareceu. Tarde da noite, passei pelo seu quarto e pela porta entreaberta, vi que ela podava os longos caules das rosas vermelhas que tinham chegado sem cartão. Fiquei olhando a pequena Gina com sua camisolinha curta, os cabelos soltos até os ombros e descalça, ela gostava de andar descalça. Uma criança, pensei, e tive que cerrar as mãos contra o peito, com medo de que ela ouvisse o meu coração. Assim que me viu, esboçou um sorriso e continuou cortando com a tesourinha de unhas os caules que em seguida mergulhava no copo d'água. Reparei que o corte era oblíquo e exato, tique, tique... Comecei falando em trivialidades, me lembro que cheguei a oferecer-lhe um refresco. Ou quem sabe preferia um chá? Sem interromper a tarefa que executava como se dispusesse de uma régua para podar os caules sempre no mesmo tamanho, agradeceu, tinha tomado um lanche com amigos. Confesso que não sei, até hoje não sei por que de repente, sem alterar a voz, comecei a falar com tamanha fúria que não consegui segurar as palavras que vieram com a força de um vômito, Gina querida, como é que você tem coragem? De continuar negando o que todo mundo já sabe, quando vai parar com isso? Ela levantou a cabeça e ficou me olhando, Mas o que todo mundo já sabe, mamãe? Do que você está falando? Cheguei perto dela, acho que me apoiei na mesa para não cair. Mas ainda me pergunta?! Falo dessa relação nojenta de vocês duas e que não é novidade para mais ninguém, por que está se fazendo de tonta? Não vão mesmo parar com essa farsa? Seria mais honesto abrir logo esse jogo, vai Gina, me responde agora, não seria mais honesto? Mais limpo? Ela continuou com a tesourinha aberta no ar, a rosa com o caule ainda inteiro esperando na outra mão, imóvel feito uma estátua. Cruzei os braços com força porque eram os meus dentes que agora batiam. Levantei a voz mas falei devagar. A escolha é sua, Gina. Ou ela ou eu, você vai saber escolher, não vai? Ou fica com ela ou fica comigo, repeti e fui saindo sem pressa. Bons sonhos, querida, devo ter dito quando já estava na porta e agora já não sei se disse isso ou se pensei enquanto segui firme pelo corredor. Quando já chegava ao meu quarto, Gina veio correndo e me alcançou. Veio por detrás, me abraçou apertadamente, colada às minhas costas, fazia assim quando era criança e sentia frio, era uma criança friorenta, Ah, mamãe, mamãe! ficou repetindo agarrada em mim. Ela sabe que não gosto de beijos, nem tentou me beijar mas apenas me abraçava, as mãos fechadas com força em redor da minha cintura, Mãezinha, mãezinha!... Acho que eu não esperava essa reação porque me assustei, devo ter abrandado a voz enquanto a afastava, desgrudei-me das suas mãos e ficamos frente a frente. Vista uma roupa, Gina, você vai se resfriar! Não se preocupe comigo, depois a gente se fala, agora vá dormir, é tarde, vá dormir! Por um momento ela ficou me olhando, os braços caídos ao longo do corpo, a boca interrogativa, olhando. Fiz um último gesto antes de entrar no meu quarto, sentia tamanho cansaço. Fechei a porta e fiquei ouvindo meu coração que há pouco parecia ter enlouquecido e de repente se acalmou. Peguei o tricô e varei a noite acordada, mas em nenhum momento me ocorreu que além das duas saídas que lhe ofereci, havia uma terceira. Que foi a que ela escolheu, cortar com aquela tesourinha, tique! o fio da vida no mesmo estilo oblíquo com que cortara os caules.

    Me lembro bem, chegaram poucas pessoas, vizinhos. Conhecidos. Ficaram a uma certa distância do caixão e pareciam espantados mas cerimoniosos. Tenho alguns primos que moram longe, a família está desaparecendo. E Gina nunca foi de fazer amigos, tirante Oriana, vieram três ou quatro colegas e ainda assim, na última hora, os mortos do fim de semana concorrem com festas, viagens. É evidente que perdem na competição. Segurei Efigênia que já telefonava, Só avise Oriana depois que tudo estiver arrumado, entendeu? O cenário já estava armado quando ela chegou lívida com sua braçada de rosas vermelhas, iguais às que Gina podara na véspera. Foi varando o pequeno círculo dos cerimoniosos e se aproximou do caixão até ficar na minha frente. Estava mais descabelada do que de costume, o olho estalado, sem lágrimas, mas senti que lá por dentro estava aos gritos, que eu negasse tudo, Diga que não é verdade, que não aconteceu! Eu arrumava as rosas brancas em redor da cabeça de Gina com sua coroa da Primeira Comunhão. Não acredito em Deus, já disse, se às vezes chamo por ele é assim automático, não acredito. Mas fiz questão de cumprir todo o ritual da morte cristã, ela e o pai, ambos gostavam desse teatro da inocência. Até nesse ponto os dois eram parecidos com Oriana que também gosta dessas bugigangas afrorreligiosas, tem a fitinha vermelha amarrada no pulso e a cruz de ferro na corrente do pescoço, Diga que não, que não é verdade! ela suplicava em silêncio. Como eu não lhe desse a menor atenção, agarrou-se a Efigênia num abraço e pude então ouvir os seus gemidos desvairados, Não!... Quando Efigênia se desprendeu para preparar o café, ela voltou cambaleante. Entre nós, a pequena Gina no seu jardim suspenso. No silêncio tão espesso que podia ser cortado com faca, o olhar de Oriana parecia agora interrogar Gina, Mas por quê?!... Lembrei então da música que repetiam até o orgasmo, *Uma Branca Sombra Pálida*. Sim, ela ficou apenas isso na morte. A respiração de Oriana foi se acelerando cada vez mais, devia ter a idade de Gina e no desespero respirava feito uma velha asmática, Não aconteceu, não é verdade! Ainda com a boca travada passei-lhe o recado, Aconteceu sim, minha querida. Aí está a sua amiguinha abarrotada de pílulas, ela não era a sua amiguinha? E agora comporte-se, nada de histeria, não me obrigue a te botar na rua. O vento apagou uma das velas, tirei do bolso a caixa de fósforos e quando voltei ao meu posto, Oriana chorava silenciosamente a uma certa distância, a cara escondida no seu ramo de rosas. Quando não se aguentou mais, saiu resfolegante feito um cavalo e foi ao banheiro para vomitar. Ou para abafar os guinchos na toalha ou queimar seu fumo ou tomar alguma pílula, é uma viciada. Voltou fortalecida. Efigênia já tinha passado a bandeja de café e agora as duas cochichavam num canto, mais uma vez Oriana devia estar pedindo que ela repetisse a mesma coisa, que a menina parecia bem quando foi buscar na cozinha o vaso de opalina ou um copo para as flores, não se lembrava. Viu-a bem mais tarde, queria beber água. Despediu-se com um beijo, nenhuma novidade, fazia sempre assim. O tubo que ela esvaziou? Não, ninguém tinha visto esse tubo antes. Deitou-se com sua camisolinha e amanheceu aquela imagem que eu enfeitava tentando botar ordem na desordem da morte, a morte é só desordem, sei como Gina deve estar agora. E sei também como elas se amavam, andei lendo sobre esse tipo de amor.

Acendo outro cigarro e respondo ao cumprimento do alegre casal de velhos que vem retornando do seu passeio pela alameda, andam pelo cemitério como se estivessem num bosque. Leio a advertência no maço, Fumar é Prejudicial à Saúde. Mais prejudicial do que o cigarro é a memória, digo baixinho ao velho que lançou um olhar reprovador ao meu cigarro. A memória e os seus detalhes. Coisas pequenas, minúcias. Eu já tinha ocupado com as minhas rosas brancas quase a metade do caixão quando Oriana veio de novo com as suas rosas vermelhas e teve um gesto tímido, Posso?... Seus olhos brilhavam em meio das lágrimas, tem olhos bonitos e quando sorri, chega a ficar bonita, enfim, essa coisa da juventude. Posso?... Consenti com um movimento de cabeça, está bem, deixasse suas rosas obscenas aí no caixão mas só da cintura para baixo, ventre, pernas, Ô! filha, eu deixei escapar. É que me viera de repente o estranho sentimento de que Gina parecia meio assustada, como se não tivesse tomado consciência daquilo tudo, Quer dizer que eu morri? Inclinei-me como se quisesse ajeitar-lhe a coroa e devo ter dito um Sim! na sua pequena orelha, era tão sensível aos ruídos, uma cadeira que se puxasse, uma colherinha que caísse. Mas o tal som degradado e no mais alto volume, esse ela podia ouvir horas seguidas. Muito parecida com o pai a pequena Gina, seria um bicho de concha se morasse no mar. A Oriana dos dedinhos curtos tinha ao menos uma virtude, abria o jogo, não blefava, agora estava sofrendo e não escondia. Nem escondia a carícia na gula da mãozinha respeitosa que ia arrumando as suas rosas mas também tocando no corpo sob a seda transparente do vestido, Nunca mais, Gina? Tive uma vontade louca de responder ali, diante de todos, Isso mesmo, nunca mais! E agora me lembro que ficou bonita a superfície do pequeno jardim retangular feito uma bandeira metade branca, metade vermelha, as vermelhas já alcançando os pés descalços de Gina, seus pés eram perfeitos. Apenas por um instante Oriana os fechou nas mãos, bafejando neles como se quisesse aquecê-los. Depois foi recuando de costas e desapareceu.

Ainda uma vez olho as duas jarras com as rosas, Até quando?! Até quando Oriana vai se empenhar comigo nessa polêmica? É uma exibicionista, deve sentir prazer nas competições. Mas logo vai conhecer outra, é evidente. Ao lado das suas rosas ressequidas ficarão apenas as minhas rosas brancas. Difícil explicar, mas quando isso acontecer, esta será para mim a sua maior traição.

Anão de Jardim

A data na qual fui modelado está (ou não) gravada na sola da minha bota mas esse detalhe não interessa, parece que os anões já nascem velhos e isso deve vigorar também para os anões de jardim, sou um anão de jardim. Não de gesso como pensava a Marieta, Esse anão de gesso é muito feio, ela disse quando me viu. Sou feio mas sou de pedra e do tamanho de um anão de verdade com aquela roupeta meio idiota das ilustrações das histórias tradicionais, a carapuça. A larga jaqueta fechada por um cinto e as calças colantes com as botinhas pontudas, de cano curto. A diferença é que os anões decorativos são risonhos e eu sou um anão sério. As crianças (poucas) que me viram não acharam a menor graça em mim. Esse anão tem cara de besta, disse o sobrinho do Professor, um menino de olhar dissimulado, fugidio. Então eu pensei aqui com os meus botões (não tenho botões) que quando ele for homem vai ser um corrupto boçal e essa ideia me deixou bastante satisfeito. Não agrado as crianças e nem espero mesmo agradar essas sementes em geral ruins, com aqueles defeitos de origem somados aos vícios que acabam vindo com o tempo. Quais desses pequeninos modelados pela vulgaridade dos pais vão chegar à plenitude de seres honestos? Verdadeiros? Não quero ser um anão puritano, afinal, não estou pedindo heróis, não estou pedindo santos mas dentre esses machos e fêmeas, quais deles serão ao menos limpos? Dê um passo à frente aquele que conseguir escapar da agressividade num mundo onde a marca (principal) é a da violência. Pois é, as crianças. Não tive melhor impressão dos adultos, pelo menos dos habitantes dessa casa. Tirante o Professor (bom e bobo) pude ver (por dentro) a sedutora Hortênsia que desde o começo desconfiou de mim, Não parece um anão filosofante? Prefiro os anões inocentes, ela disse. Então a Marieta riu com seu hipócrita lábio leporino, É um anão de gesso, Professor? Não dá sorte, resmungou. Ele não respondeu, tinha o cachimbo no canto da boca e estava ocupado em me instalar mais confortavelmente entre os tufos de samambaia e próximo da cadeira onde vinha se sentar para tocar o seu violoncelo. Pois é, os adultos. A saltitante Hortênsia matou (devagar) o Professor com doses (mínimas) de arsênico dissolvido no chá-mate. Não era melhor a chantagista Marieta que vestia as roupas da patroa quando ela viajava e dava beijos estalados no focinho do Miguel para depois aplicar-lhe os maiores pontapés quando não via ninguém por perto. Falei em Miguel, um vira-lata que Hortênsia achou na rua quando voltava do encontro com o amante, ela ficava generosa depois desses encontros, recolheu o Miguel com suas pulgas e numa outra noite recolheu o gato no qual botou o nome de Adolfo. Esse sempre foi sagaz como a própria dona mas ainda assim eu o preferia ao Miguel, que era superficial, confiado, na primeira vez em que me viu levantou a perna e mijou na minha bota.

Fui feito de uma pedra bastante resistente mas há um limite, meu nariz está carcomido e carcomidas as pontas destes dedos que seguram o meu pequeno cachimbo. E me pergunto agora, se eu fosse um anão de carne e osso não estaria (nesta altura) com estas mesmas gretas? Nem são gretas mas furos enegrecidos como os furos dos carunchos, a erosão. Tanto tempo exposto aos ventos, às chuvas. E ao sol. Tudo somado, nesta minha vida onde não há vida (normal) o que me restou foi apenas isto, juntar as lembranças do que vi sem olhos de ver e do que ouvi sem ouvidos de ouvir. Presenciei, assisti como testemunha impassível (na aparência) ao que vagarosa ou apressadamente foi se desenrolando (ou enrolando) em redor, tantos acontecimentos com gentes. Com bichos. Mas tudo já acabou, as pessoas, os bichos, desapareceram todos. Fiquei só dentro de um caramanchão em meio a um jardim abandonado. Pela porta (porta?) deste caramanchão em ruínas vejo a casa que está sendo demolida, resta pouco dessa antiga casa. Quando ainda estava inteira havia em torno uma espécie de auréola, não eram as pessoas mas era a casa que tinha essa auréola mais intensa nas tardes de céu azul. E em certas noites claras, quando em redor dela se formava aquele mesmo halo luminoso que há em redor da lua. Agora há apenas névoa. Pó. A morte lenta (e opaca) da casa exposta vai se arrastando demais, os dois operários demolidores são vagarosos (preguiçosos) e estão sempre deixando de lado as picaretas para um jogo de cartas com uma cerveja debaixo do teto que ainda resta. Falei na auréola da casa. Esse suave halo também surpreendi (às vezes) em redor da cabeça do Professor mas isso foi nos primeiros tempos, quando ele ainda tinha forças para vir compor no seu violoncelo, ele compunha aqui ao meu lado. Mas assim que a distraída Hortênsia (fazia a distraída) começou a executar seu plano para herdar esta casa (e outras), assim que começou a esquecer (era esquecida) as tais pequenas doses de veneno na caneca do chá-mate, a carne já envelhecida (setenta anos) do Professor começou a ficar mais triste. E o halo foi se apagando até desaparecer completamente. O Professor, Hortênsia e Marieta. O Professor tocava seu violoncelo e sonhava até que interrompeu (ou continuou?) o sonho debaixo da terra. Hortênsia, a (falsa) distraída podia ter ido embora simplesmente com seu amante corretor de imóveis mas e a herança? Na última vez em que apareceu aqui no caramanchão teve um olhar pensativo para o violoncelo lá no canto. Voltou o olhar para mim e disse como se eu tivesse lhe pedido satisfações, Depois eu volto para levar. Não voltou. Saiu com seu passinho curto e o seu espelho e o seu gozo. Depois de tão longa temporada com um músico velho, só um corretor tão jovem quanto voraz, foram cúmplices no crime. Será que o tempo (o remorso) vai um dia corroer as delicadas entranhas de Hortênsia como corroeu a minha cara? Fico às vezes me perguntando por que a Marieta me irritava ainda mais do que a própria assassina que pelo menos sabia o que queria e fez (bem) o que planejou. Mas a Marieta-Alcoviteira era uma estúpida, chantageou (mal) a patroa e só não foi além porque mediu a força da outra e teve medo, recuou. Habilmente, Hortênsia se desfez dela, mandou-a cozinhar em outra freguesia até o dia em que ela mesma for cozinhada no fogo do inferno. Os bichos? Adolfo, o gato, assim que desconfiou que as coisas por aqui não andavam brilhantes, fez sua valise e tomou rumo ignorado, sempre foi misterioso. Continua em algum lugar com o seu mistério. Miguel, o cachorro, era superficial mas esperto, quando viu o navio afundando, saiu correndo e foi se aboletar com os móveis no caminhão da mudança e de lá ninguém conseguiu tirá-lo, o que fez a Marieta perder o fôlego de tanto rir quando avisou à patroa que o Miguel já tinha ido na frente esperar por ela na nova casa. O triunfo da impunidade.

Debandaram todos. Eu fiquei. Eu e o violoncelo esquecido e apodrecendo lá no canto. A madeira do caramanchão também apodreceu debaixo das trepadeiras ressequidas, um dia os homens da demolição entraram aqui para fazer suas avaliações. Olharam o violoncelo, bateram com os nós dos dedos na madeira, Será que isso vai render alguma grana? o mais velho perguntou. O outro fez uma careta, Apanhou muita chuva, não serve nem para o fogo, disse e botou a mão no meu ombro. E este anão rachado? Deixa este por minha conta que eu acabo com ele. Saíram e ficou o silêncio murmurejando no jardim. Uma aranha cinzenta desceu e foi tecer sua teia entre as grossas cordas do violoncelo mas as cordas já estavam fracas e como se a teia pesasse, foram estourando aos poucos, tóim. Tóim. Então a aranha abandonou a casa musical, deve estar por aí com os insetos e outros bichinhos que continuam fazendo (e desfazendo) os seus negócios. Volto às minhas lembranças que foram se acumulando no meu eu lá de dentro, em camadas, feito poeira. Invento (de vez em quando) o que é sempre melhor do que o nada que nem chega a ser nada porque meu coração pulsante diz EU SOU EU SOU EU SOU. Meu peito (rachado) continua oco. A não ser um ou outro inseto (formiga) que se aventura por esta fresta, não há nada aqui dentro e contudo ouço o coração pulsante repetir e repetir EU SOU. Fiquei como um homem que é prisioneiro de si mesmo no seu invólucro de carne, a diferença é que o homem pode se movimentar e eu estou fincado no lugar onde me depositaram e esqueceram. Até ser removido. Ou destruído, o que vai acontecer logo, os demolidores estão chegando à última parede da casa. Logo eles virão com as picaretas nesta direção, já disse que o mais jovem (e mais forte) me escolheu. E até que esses operários sabem fingir eficiência, a pressa porque apressado mesmo é o corretor-amante, ontem ele andou por aqui. Deu suas ordens com a maior ênfase, está impaciente, o terreno é grande e está localizado num bairro elegante, quer fazer logo o negócio. Quando foi embora no seu belo carro, fiquei olhando o jardim com sua folhagem desgrenhada enfrentando bravamente o capim furioso. Um jardim selvagem mas fácil de abater, trabalho vai dar a figueira-brava com suas raízes agarradas à terra, se descabela às vezes quando fica em pânico. Mas antes será a vez deste caramanchão e eu aqui dentro. Meu avô também era meio arrogante, me disse o Professor certa noite. E riu seu riso breve, nesse tempo ainda ria. É com arrogância que agora espero a morte? Não tenho medo, não tenho o menor medo e essa é outra diferença importante entre um anão de pedra e um homem, a carne é que sofre o temor e tremor mas meu corpo é insensível, sensível é esta habitante que se chama alma. Falei em alma, seria ela um simples feixe de memórias? Memórias desordenadas, obscuras. Tudo assim esfumado como um sonho entremeado de fantasmas, seria isso? Não sei, sei apenas que esta alma vai continuar não mais neste corpo rachado mas em algum outro corpo que Deus vai me destinar, Ele sabe. E agora me lembro da noite em que este peito rachou feito uma casca de ovo: Hortênsia entrou aqui trazendo um pratinho de biscoitos e a caneca fumegante de chá-mate. Deixou a bandeja na mesinha e fez um ligeiro afago na cabeça do Professor que estava abraçado ao violoncelo mas com as mãos descansando frouxas sobre as cordas. Ela voltou para mim o olhar buliçoso, E como vai o anão filosofante? Um dia vou tapar os seus ouvidos com duas bolinhas de algodão, ela disse rindo. E levou a caneca ao Professor, Toma logo, querido, assim vai esfriar! Foi quando meu peito pareceu intumescido, inchado, era tamanha a minha fúria e asco, quis saltar e jogar longe aquela caneca, Não beba isso! O que eu teria lhe transmitido nesse instante para que ela tivesse aquela reação estranha? Ficou de costas, afastou-se. Ele pegou a caneca, soprou a fumaça e tomou um largo gole como um viciado em veneno. Teve um sorriso descorado quando me indicou com a mão que segurava a caneca, Deixa o Kobold com seus ouvidos, preciso de um ouvinte assim severo. Fechei os olhos (olhos?) para não vê-lo beber o resto do chá. Vou jogar no clube, ela avisou ao sair toda saltitante, andava às vezes feito um passarinho. Ah, não vá deixar de tomar sua sopa, já avisei a Marieta. Ficamos sós. Então eu tive ímpetos de agarrá-lo, sacudi-lo até fazê-lo vomitar o chá, Seu idiota! Ela está te matando, te matando! Minha indignação foi tão violenta que senti nessa hora que alguma coisa em mim estava se rompendo, foi excessivo o esforço que fiz para me movimentar. Ele continuou imóvel, pensando, a cara assombrada. Depois levantou-se com dificuldade, chegou a se apoiar no violoncelo que quase tombou num gemido, Blom!... Vai chover, Kobold, avisou baixinho. Quando o vi afastar-se cambaleando em direção à casa eu tive a certeza de que não ia vê-lo mais. A chuva se anunciou num raio que varou o teto do caramanchão. Fui atingido ou foi aquela coisa que se armou no meu peito e acabou por golpear a pedra? Não sei, mas sei que foi nessa noite que se abriu esta rachadura sem sangue e sem dor. Então as formigas foram subindo pelo meu corpo e vieram (em fila indiana) me examinar. Entraram pela fresta, bisbilhotaram o avesso da pedra e depois saíram obedecendo a mesma formação, além de disciplinada a formiga é curiosa e essa curiosidade é que a faz eterna.

Kobold. Pois Kobold foi o nome que o Professor me deu, ele estava num antiquário quando me descobriu de repente no fundo penumbroso de uma das salas. Achou graça em mim (nesse tempo ainda ria) e disse ao vendedor que eu era muito parecido com seu avô chamado Kobold, o avô tinha o mesmo nariz de batatinha, a pele toda enrugada e esse jeito pretensioso de juiz que julga mas não admite ser julgado. Inclinou-se para me examinar e pareceu agradavelmente surpreendido, Esse anão tem um furinho lá dentro do ouvido como as imagens dos deuses chineses para ouvir melhor as preces. Não vai ouvir preces mas o meu violoncelo, ele avisou ao me instalar no chão arenoso do caramanchão, entre dois tufos de samambaia. Sua música era boa? Era ruim? Não sei e nem ele ficou sabendo, esse meu dono era tão fraco que não teve nem forças para cumprir sua vocação, não tomava notas ou então rabiscava desordenadamente as composições em folhas que acabava perdendo e a Marieta jogava no lixo. Tocava o violoncelo horas seguidas (blom, blom, blom) refugiado ali no verde do caramanchão fechado pelas trepadeiras e nesses momentos parecia (vagamente) feliz. E agora me lembro, quando um sabiá veio cantar na figueira, ele se encantou e acabaram ambos fazendo um dueto, o sabiá soltava seus gorjeios agudos e o violoncelo respondia com sons tão graves que pareciam vir das profundezas da terra. Me lembro ainda que ele lamentou um dia, Que pena, o sabiá foi embora. Numa tarde em que Hortênsia chegou com a manta para cobrir-lhe os pés (fazia frio), surpreendeu-o falando sozinho e fingiu zangar-se, Não quero que fale sozinho, querido, isso é coisa de velho! Ele suspirou, Mas eu sou velho. E defendeu-se em seguida, Não estou falando sozinho, estou falando com o Kobold. Mas isso já faz muito tempo, ela era amante do banqueiro com quem ia para a Europa, acho que não pensava (ainda) em assassinar o Professor. Nessa época ele estava de cama com bronquite e era aqui no caramanchão que ela vinha telefonar para o amante. Trazia o pequeno telefone dentro da sacola de lona vermelha e ficava fazendo suas ligações secretas. Quando não conseguia comunicar-se com ele (era casado) mandava a Marieta levar-lhe os bilhetes. Aqui ela teve a notícia da morte do banqueiro e pela palidez que vi em sua face (sempre corada) pude bem imaginar o quanto ele era rico. Vieram em seguida os outros amantes, demorou um certo tempo para conhecer o corretor que acabou seu cúmplice. Pelas conversas (em código) que chegavam (às vezes) ao auge da discussão, deu bem para perceber que ele queria recuar, deve ter tido medo. Mas quando esse tipo de mulher mete uma coisa na cabeça, vai mesmo até o fim. A diferença foi que dessa vez a mensageira Marieta (que já devia estar chantageando) ficou completamente de fora.

Amanheceu. Ontem, os homens derrubaram o último muro e hoje será a vez do caramanchão, ouvi os dois combinando, a figueira vai ficar para depois. Deixa o anão comigo, o mais jovem lembrou e fez um gesto obsceno. Tenho pouco tempo. Sei que esta essência (alma?) que me habitou tantos anos não vai agora se esfarelar como a pedra, sei que vou continuar, mas onde? Reconheço que sou mal-humorado, intolerante, não devo ter sido um bom parceiro nem de mim mesmo nem dos outros, não me amei e nem amei o próximo. Mas convivendo com esse próximo eu poderia ser diferente? Tanta ambição, tanta vaidade. Tanta mentira. O Professor era delicado, manso de coração mas não era irritante com a sua mornidão? A bondade sem a coragem, sem a energia, ele nem dava pena, dava até raiva. Dos outros, desses não quero nem falar, tenho pouco tempo, confesso que não fui mesmo compassivo e assim ainda ouso sonhar com uma outra vida porque sempre sonhei (e ainda sonho) com Deus. Então peço isto, queria servi-lo na ativa, quero lutar com o amor que sou capaz de ter e não tive, queria ser um guerreiro, não um discípulo-espectador mas um discípulo-guerreiro, me pergunto até hoje como aqueles lá permitiram a crucificação de Jesus Cristo. Eu sei do seu desencanto diante deste mundo que ficou ruim demais e ainda assim estou pedindo, quero lutar, me dê um corpo! Imploro o inferno do corpo (e o gozo) que inferno maior eu conheci aqui empedrado. Na hora do julgamento do Cristo Pilatos pede uma bacia d'água, lava as mãos e diz: "Estou inocente do sangue deste justo". Ah! eu queria tanto entrar ali na forma de uma serpente e picar Pôncio Pilatos no calcanhar!

As vozes dos demolidores estão mais nítidas, um deles parou para arregaçar as mangas da camisa, vai acender um cigarro. Baixo o olhar e vejo um escorpião que saiu de debaixo da pedra e se aproximou até parar interrogativo diante do bico da minha bota. Sei que é o último bicho que vejo, nenhum medo nem dele nem da morte mas agora é diferente, estou ansioso, ansioso, ah! se pudesse compreendê-lo, mas escorpião não precisa de compreensão, precisa de amor. Tem a cor da palha seca e a cauda erguida, está com a cauda em gomos sempre erguida no alto e em posição de dardo, o veneno na ponta aguda, é um lutador pronto para se defender. Ou atacar. Avançou mais e as pinças dianteiras que sondam e informam — as pinças se imobilizaram endurecidas no ar. A cauda (rabo) erguida e pronta para o combate se ele pressentir que minha bota vai avançar. Aí está o taciturno habitante das cavidades. Das sombras. E me lembro de repente, vi certa tarde um casal (macho e fêmea) passeando de mãos dadas, é possível? mas vi o casal sair de mãos dadas sob o sol que se escondia, também eles se escondendo.

    Os homens estão parados na entrada do caramanchão e combinam um jogo para mais tarde, o mais velho parece satisfeito, o trabalho está praticamente terminado. O escorpião já fugiu com seu dardo aceso, as pinças altas no alerta, escondeu-se. A tática. Um ser odiado odiado odiado e que resiste porque os deuses o inscreveram no Zodíaco, lá está o Signo do Escorpião o Scorpio e se Deus me der essa mínima forma eu aceito, quero a ilusão da esperança, quero a ilusão do sonho em qualquer tempo espaço e o demolidor jovem está aqui junto de mim. Pai nosso que estais no céu com a Constelação do Escorpião brilhando gloriosa brilhando com todas as suas estrelas e o braço do homem se levanta e fecho os olhos Seja feita a Vossa vontade e agora a picareta e então aceito também ser a estrela menor da grande cauda levantada no infinito no infinito deste céu de outu / bro

Invenção e Memória
[2000]

*Invento, mas invento com a secreta
esperança de estar inventando certo.*
PAULO EMÍLIO SALES GOMES

Que se Chama Solidão

Chão da infância. Nesse chão de lembranças mediças estão fixadas minhas pajens, aquelas meninas que minha mãe arrebanhava para cuidarem desta filha caçula. Vejo essa mãe mexendo enérgica o tacho de goiabada ou tocando ao piano aquelas valsas tristes. Nos dias de festa pregava no ombro do vestido o galho de violetas de veludo roxo. Vejo a Tia Laura, a viúva eterna que suspirava e dizia que meu pai era um homem muito instável. Eu não sabia o que queria dizer instável, mas sabia que ele gostava de fumar charuto e de jogar baralho com os amigos no clube. A tia então explicou, Esse tipo de homem não conseguia parar muito tempo no mesmo lugar e por isso estava sempre sendo removido de uma cidade para outra como promotor ou delegado. Então minha mãe fazia os tais cálculos de futuro, resmungava um pouco e ia arrumar as malas.

—Escutei que a gente vai se mudar outra vez?—perguntou a minha pajem Juana. Descascava os gomos de cana que chupávamos no quintal. Não respondi e ela fez outra pergunta, Essa sua Tia Laura vive falando que agora é tarde porque a Inês é morta, mas quem é essa tal de Inês?

Sacudi a cabeça, também não sabia. Você é burra, ela resmungou e eu fiquei olhando meu pé machucado onde ela pingou tintura de iodo (ai, ai!) e depois amarrou aquele pano. No outro pé a sandália pesada de lama. Essa pajem, órfã e preta, era uma ovelha desgarrada, escutei o padre dizer à minha mãe. Ela me dava banho, me penteava e contava histórias nesse tempo em que eu ainda não frequentava a escola. Quando ia encontrar o namorado que trabalhava no circo, repartia a carapinha em trancinhas com uma fita amarrada na ponta de cada trancinha e depois soltava as trancinhas e escovava o cabelo até vê-lo abrir-se em leque como um sol negro. Com a mesma rapidez fazia os papelotes no meu cabelo em dias de procissão porque avisou que anjo tem que ter o cabelo anelado. Costurava nas costas da minha bata branca as asas de penas verdadeiras e foi esse o meu primeiro impulso de soberba porque as asas dos outros anjos eram de papel crepom. Ficava enfurecida quando eu dava alguma ordem, Pensa que sou sua escrava, pensa? Tempo de escravidão já acabou! Fui perguntar ao meu pai o que era isso, escravidão. Ele me deu o anel do charuto, soprou para o teto a fumaça e começou a recitar uma poesia que falava num navio cheio de negros esfaimados, presos em correntes e chamando por Deus. Fiz que sim com a cabeça e fui oferecer à Juana a melhor manga que colhi naquela manhã. Ela me olhou meio desconfiada, guardou a manga no bolso do avental e levantou o braço, Depressa, até a casa da Diva Louca, mas quem chegar por último vira um sapo! Eu sabia que ia perder mas aceitava a aposta com alegria porque era assim que anunciava as pazes. Quando não aparecia nada melhor a gente ia até o campo colher as flores que a Juana enfeixava num ramo e com cara de santa oferecia à Madrinha, chamava minha mãe de Madrinha. Naquela tarde em que os grandes saíram e fiquei por ali banzando, ela começou a desenhar com carvão no muro do quintal as partes dos meninos, Olha aí, é isto que fica no meio das pernas deles, está vendo? É isto! repetiu mas logo foi apagando o desenho com um trapo e fez a ameaça, Se você contar você me paga!

  Depois do jantar era a hora das histórias. Na escada de pedra que dava para a horta instalavam-se as crianças com a cachorrada, eram tantos os nossos cachorros que a gente não sabia que nome dar ao filhote da última ninhada da Keite e que ficou sendo chamado de Hominho, era um macho. Por essa época apareceu em casa a Filó, uma gata loucona que deve ter abandonado a ninhada, segundo a Juana, e agora amamentava os cachorrinhos da Keite que estava com crise e rejeitou todos. Tia Laura então avisou, Cachorro também tem crise que nem a gente, olha aí, apontou para Keite que mordia os filhotes que procuravam suas tetas. Minha mãe concordou, mas nesse mesmo dia comprou na farmácia uma mamadeira.

  Antes do jantar tinha a lição de catecismo e das primeiras letras. Íamos para a sala da minha mãe onde havia sempre um folhetim em cima da mesa. Juana ficava olhando a capa, Lê, Madrinha, lê esse daí! Minha mãe tirava o folhetim das mãos de Juana, Você vai ler quando souber ler!

  As histórias das noites na escada. Eu fechava olhos-ouvidos nos piores pedaços e o pior de todos era aquele quando os ossos da alma penada começavam a cair do teto diante do viajante que se abrigou no castelo abandonado. Noite de tempestade, o vento uivando, uuuuuuh!... E a alma penada ameaçando cair, Eu caio! gemia a Juana com a mesma voz fanhosa das caveiras. A única vela acesa o vento apagou e ainda assim o valente viajante ordenava em voz alta, Pode cair! Então caía do teto um pé ou um braço descarnado, ossos cadentes se buscando e se ligando no chão até formar o esqueleto. Em redor, a criançada de olho arregalado e a cachorrada latindo. Às vezes, Juana interrompia a história só para jogar longe algum cachorro mais exaltado, Quer parar com isso?

Quando ela fugiu com o moço do circo que estava indo para outra cidade eu chorei tanto que minha mãe ficou aflita, Menina ingrata aquela! Acho cachorro muito melhor do que gente, queixou-se ao meu pai enquanto ia tirando os carrapichos enroscados no Volpi que era peludo e já chegava gemendo porque sofria a dor com antecedência.

A pajem que veio em seguida também era órfã, mas branca. Não sabia contar histórias, mas sabia cantar e rodopiar comigo enquanto cantava. Chamava-se Leocádia e tinha duas grossas tranças nas quais prendia as florinhas do jasmineiro no quintal. Todos paravam para escutar a cantiga que ela costumava cantar enquanto lavava a roupa no tanque:

Nesta rua nesta rua tem um bosque
que se chama que se chama Solidão.
Dentro dele dentro dele mora um Anjo
que roubou que roubou meu coração.

—Menina afinada, tem voz de soprano!—disse a Tia Laura e eu fui correndo abraçar a Leocádia, A tia disse que sua voz é de soprano! Ela riu e perguntou o que era isso e eu também não sabia mas gostava das palavras desconhecidas, Soprano, soprano! repeti e rodopiamos juntas enquanto ela recomeçou a cantar, *Nesta rua nesta rua...* Vem brincar, eu chamava e ela ria e dava um adeusinho, Depois eu vou!

Fiquei sondando, e o namorado? Descobri tudo de Juana, mas dessa não consegui descobrir nada. Às vezes ela queria sair sozinha, Vou até a igreja me confessar, avisava enquanto prendia as florinhas nas tranças. Comecei a rondar a Maria, uma cozinheira meio velha que sabia fazer o peru do Natal, A Leocádia tem namorado? Ela fechou a cara, Não sei e não interessa. Já fez sua lição?

Morávamos agora em Descalvado depois da mudança com o piano no gemente carro de boi e o caminhão com a cachorrada e mais a Leocádia e a Maria. No fordeco que o meu pai ganhou numa rifa seguimos nós, o pai, Tia Laura e minha mãe comigo no colo. O carcereiro guiando, o único que sabia guiar.

    Naquela tarde, quando voltei da escola encontrei todo mundo assim de olho arregalado. No quintal, a cachorrada se engalfinhando. E a Leocádia? perguntei e Tia Laura foi saindo assim meio de lado, andava desse jeito quando aconteciam coisas. Fechou-se no quarto. Não vi minha mãe. Sondei a Maria que evitava me encarar. Pegou de repente a panela e avisou, Vou estourar pipoca. Puxei-a pelo braço, A Leocádia fugiu? perguntei e ela resmungou, Isso não é conversa de criança.

    Quando a minha mãe chegou já era noite. Tinha os olhos vermelhos e andava assim curvada como se o xale nos ombros fosse de chumbo. Fez um sinal para a Maria, acariciou minha cabeça e foi para o quarto de Tia Laura. Banzei com o prato de pipoca mas assim que Maria desceu para o quintal, corri para escutar detrás da porta. Agora era minha mãe que falava chorando, Não, Laura, não, ela está morrendo!... A pobrezinha está morrendo, imagina, grávida de três meses, três meses! E a gente que não desconfiou de nada, que tragédia, meu Deus, que tragédia! Respirou fundo e veio então a voz da tia, Mas quem fez esse aborto, quem?! E o nome do namorado, ela não disse o nome dele, não disse? Minha mãe falava agora tão baixinho que precisei colar o ouvido na fechadura, Não vai passar desta noite, a pobrezinha... Agonizando e assim mesmo me reconheceu, beijou minha mão, Ô Madrinha, Madrinha!... Perguntei, mas por que você não me contou, eu te ajudava, criava com tanto amor essa criança... Ela fechou os olhos, sorriu e acho que depois não escutou mais nada. Daí o doutor, um santo, me pegou pelo braço e pediu que eu saísse da enfermaria, precisava dar nela a última injeção, ah! Laura, Laura. Que tragédia! Expliquei que o meu marido tinha viajado para São Paulo, só nós duas aqui e acontece uma coisa dessas! A voz de Tia Laura veio quase aos gritos, Mas e o nome dessa parteira, do namorado?! Minha mãe voltou a se assoar e me pareceu mais calma, Ora, os nomes, o que adianta agora?... Nem para o doutor ela disse, um santo esse médico, um santo! Pediu que eu saísse, me deu um calmante e pediu ainda que eu não voltasse mais, cuidaria de tudo, estava acostumado com essas coisas... A pobrezinha foi embora com o seu segredo, ah, meu Deus, meu Deus! Lembra, Laura? Quando eu tocava piano ela vinha correndo e se sentava no chão para ouvir, Toca mais, Madrinha! Tinha uma voz linda, lembra? Eu cuidaria dela, da criança, cuidaria de tudo, disse minha mãe e afastou a cadeira. Começou a andar. Apertei contra o peito o prato de pipocas e recuei. Tia Laura também se levantou, Agora é tarde! disse e suspirou. Ainda esperei um pouco, mas ela não tocou na Inês.

Eu não gostava do mês de dezembro porque era nesse mês que vinha o último boletim da escola, melhor pensar na quermesse do Largo da Igreja com as barracas das prendas e a banda militar tocando no coreto. Nesse sábado a minha mãe e Tia Laura foram na frente porque eram as barraqueiras, meu pai iria mais tarde para ajudar no leilão. Precisei fazer antes a lição de casa e assim combinei de ir com a Maria quando ficasse pronto o peru. Já estava escurecendo quando passei pelo jasmineiro e parei de repente, o que era aquilo, mas tinha alguém ali dentro? Cheguei perto e vi no meio dos galhos a cara transparente de Leocádia, o riso úmido. Comecei a tremer, A quermesse, Leocádia, vamos? convidei e a resposta veio num sopro, Não posso ir, eu estou morta... Fui me afastando de costas até trombar na Keite que tinha vindo por detrás e agora latia olhando para o jasmineiro. Peguei-a apertando-a contra meu peito, Quieta! ordenei, Cala a boca senão os outros escutam, você não viu nada, quieta! Ela começou tremer e a ganir baixinho. Encostei a boca na sua orelha, Bico calado! repeti e beijei-lhe o focinho, Agora vai! Ela saiu correndo para o fundo do quintal. Quando voltei para o jasmineiro não vi mais nada, só as florinhas brancas no feitio das estrelas.

Subi pela escada nos fundos da casa e entrei na cozinha. Maria embrulhava o peru assado no papel-manteiga. Andou sumida, ela disse e me encarou. Mas o que aconteceu, está chorando? Enxuguei a cara na barra do vestido, Me deu uma pontada forte no dente do fundo! Ela franziu a boca, Mas o dentista não chumbou esse dente? Espera que eu vou buscar a Cera do Doutor Lustosa, avisou mas puxei-a pelo braço, Não precisa, já passou! Ela abriu a sacola e enfiou dentro o peru:

— Então vamos lá.

Na calçada tomou a dianteira no seu passo curto e rápido, a cabeça baixa, a boca fechada. Fui indo atrás e olhando para o céu, Não tem lua! eu disse e ela não respondeu. Tentei assobiar, *Nesta rua nesta rua tem um bosque* e o meu sopro saiu sem som. Fomos subindo a ladeira em silêncio.

Suicídio na Granja

Alguns se justificam e se despedem através de cartas, telefonemas ou pequenos gestos — avisos que podem ser mascarados pedidos de socorro. Mas há outros que se vão no mais absoluto silêncio. Ele não deixou nem ao menos um bilhete?, fica perguntando a família, a amante, o amigo, o vizinho e principalmente o cachorro, que interroga com um olhar ainda mais interrogativo do que o olhar humano, E ele?!

Suicídio por justa causa e sem causa alguma e aí estaria o que podemos chamar de vocação, a simples vontade de atender ao chamado que vem lá das profundezas e se instala e prevalece. Pois não existe a vocação para o piano, para o futebol, para o teatro. Ai!... para a política. Com a mesma força (evitei a palavra paixão) a vocação para a morte. Quando justificada pode virar uma conformação, Tinha os seus motivos! diz o próximo bem informado. Mas e aquele suicídio que (aparentemente) não tem nenhuma explicação? A morte obscura, que segue veredas indevassáveis na sua breve ou longa trajetória.

Pela primeira vez ouvi a palavra suicídio quando ainda morava naquela antiga chácara que tinha um pequeno pomar e um jardim só de roseiras. Ficava perto de um vilarejo cortado por um rio de águas pardacentas, o nome do vilarejo vai ficar no fundo desse rio. Onde também ficou o Coronel Mota, um fazendeiro velho (todos me pareciam velhos) que andava sempre de terno branco, engomado. Botinas pretas, chapéu de abas largas e aquela bengala grossa com a qual matava cobras. Fui correndo dar a notícia ao meu pai, O Coronel encheu o bolso com pedras e se pinchou com roupa e tudo no rio! Meu pai fez parar a cadeira de balanço, acendeu um charuto e ficou me olhando. Quem disse isso? Tomei o fôlego: Me contaram no recreio. Diz que ele desceu do cavalo, amarrou o cavalo na porteira e foi entrando no rio e enchendo o bolso com pedra, tinha lá um pescador que sabia nadar, nadou e não viu mais nem sinal dele.

Meu pai baixou a cabeça e soltou a baforada de fumaça no ladrilho: Que loucura! No ano passado ele já tinha tentado com uma espingarda que falhou, que loucura! Era um cristão e um cristão não se suicida, ele não podia fazer isso, acrescentou com impaciência. Entregou-me o anel vermelho-dourado do charuto. Não podia fazer isso!

Enfiei o anel no dedo, mas era tão largo que precisei fechar a mão para retê-lo. Mimoso veio correndo assustado. Tinha uma coisa escura na boca e espirrava, o focinho sujo de terra. Vai saindo, vai saindo! ordenei fazendo com que voltasse pelo mesmo caminho, a conversa agora era séria. Mas, pai, por que ele se matou, por quê?! fiquei perguntando. Meu pai olhou o charuto que tirou da boca. Soprou de leve a brasa: Muitos se matam por amor mesmo. Mas tem outros motivos, tantos motivos, uma doença sem remédio. Ou uma dívida. Ou uma tristeza sem fim, às vezes começa a tristeza lá dentro e a dor na gaiola do peito é maior ainda do que a dor na carne. Se a pessoa é delicada, não aguenta e acaba indo embora! Vai embora, ele repetiu e levantou-se de repente, a cara fechada, era o sinal: quando mudava de posição a gente já sabia que ele queria mudar de assunto. Deu uma larga passada na varanda e apoiou-se na grade de ferro como se quisesse examinar melhor a borboleta voejando em redor de uma rosa. Voltou-se rápido, olhando para os lados. E abriu os braços, o charuto preso entre os dedos: Se matam até sem motivo nenhum, um mistério, nenhum motivo! repetiu e foi saindo da varanda. Entrou na sala. Corri atrás. Quem se mata vai pro inferno, pai? Ele apagou o charuto no cinzeiro e voltou-se para me dar o pirulito que eu tinha esquecido em cima da mesa. O gesto me animou, avancei mais confiante: E bicho, bicho também se mata? Tirando o lenço do bolso ele limpou devagar as pontas dos dedos: Bicho, não, só gente.

Só gente? eu perguntei a mim mesma muitos e muitos anos depois, quando passava as férias de dezembro numa fazenda. Atrás da casa-grande tinha uma granja e nessa granja encontrei dois amigos inseparáveis, um galo branco e um ganso também branco mas com suaves pinceladas cinzentas nas asas. Uma estranha amizade, pensei ao vê-los por ali, sempre juntos. Uma estranhíssima amizade. Mas não é a minha intenção abordar agora problemas de psicologia animal, queria contar apenas o que vi. E o que vi foi isso, dois amigos tão próximos, tão apaixonados, ah! como conversavam em seus longos passeios, como se entendiam na secreta linguagem de perguntas e respostas, o diálogo. Com os intervalos de reflexão. E alguma polêmica mas com humor, não surpreendi naquela tarde o galo rindo? Pois é, o galo. Esse perguntava com maior frequência, a interrogação acesa nos rápidos movimentos que fazia com a cabeça para baixo e para os lados, E então? O ganso respondia com certa cautela, parecia mais calmo, mais contido quando abaixava o bico meditativo, quase repetindo os movimentos da cabeça do outro mas numa aura de maior serenidade. Juntos, defendiam-se contra os ataques, não é preciso lembrar que na granja travavam-se as mesmas pequenas guerrilhas da cidade logo adiante, a competição. A intriga. A vaidade e a luta pelo poder, que luta! Essa ânsia voraz que atiçava os grupos, acesa a vontade de ocupar um espaço maior, de excluir o concorrente, época de eleições? E os dois amigos sempre juntos. Atentos. Eu os observava enquanto trocavam pequenos gestos (gestos?) de generosidade nos seus infindáveis passeios pelo terreiro, Hum! olha aqui esta minhoca, sirva-se à vontade, vamos, é sua! dizia o galo a recuar assim de banda, a crista encrespada quase sangrando no auge da emoção. E o ganso mais tranquilo (um fidalgo) afastando-se todo cerimonioso, pisando nas titicas como se pisasse em flores, Sirva-se você primeiro, agora é a sua vez! E se punham tão hesitantes que algum frango insolente, arvorado a juiz, acabava se metendo no meio e numa corrida desenfreada levava no bico o manjar. Mas nem o ganso com seus olhinhos redondamente superiores nem o galo flamante — nenhum dos dois parecia dar maior atenção ao furto. Alheios aos bens terreirais, desligados das mesquinharias de uma concorrência desleal, prosseguiam o passeio no mesmo ritmo, nem vagaroso nem apressado, mas digno, ora, minhocas!

Grandes amigos, hein?, comentei certa manhã com o granjeiro que concordou tirando o chapéu e rindo, Eles comem aqui na minha mão!

Foi quando achei que ambos mereciam um nome assim de acordo com suas nobres figuras, e ao ganso, com aquele andar de pensador, as brancas mãos de penas cruzadas nas costas, dei o nome de Platão. Ao galo, mais questionador e mais exaltado como todo discípulo, eu dei o nome de Aristóteles.

Até que um dia (também entre os bichos, *um dia*) houve o grande jantar na fazenda do qual não participei. Ainda bem. Quando voltei vi apenas o galo Aristóteles a vagar sozinho e completamente desarvorado, os olhinhos suplicantes na interrogação, o bico entreaberto na ansiedade da busca, Onde, onde?!... Aproximei-me e ele me reconheceu. Cravou em mim um olhar desesperado, Mas onde ele está?! Fiz apenas um aceno ou cheguei a dizer-lhe que esperasse um pouco enquanto ia perguntar ao granjeiro: Mas e aquele ganso, o amigo do galo?!

Para que prosseguir, de que valem os detalhes? Chegou um cozinheiro lá de fora, veio ajudar na festa, começou a contar o granjeiro gaguejando de emoção. Eu tinha saído, fui aqui na casa da minha irmã, não demorei muito mas esse tal de cozinheiro ficou apavorado com medo de atrasar o jantar e nem me esperou, escolheu o que quis e na escolha acabou levando o coitado, cruzes!... Agora esse daí ficou sozinho e procurando o outro feito tonto, só falta falar esse galo, não come nem bebe, só fica andando nessa agonia! Mesmo quando canta de manhãzinha me representa que está rouco de tanto chorar, Onde você está, onde?!...

Foi o banquete de Platão, pensei meio nauseada com o miserável trocadilho. Deixei de ir à granja, era insuportável ver aquele galo definhando na busca obstinada, a crista murcha, o olhar esvaziado. E o bico, aquele bico tão tagarela agora pálido, cerrado. Mais alguns dias e foi encontrado morto ao lado do tanque onde o companheiro costumava se banhar. No livro do poeta Maiakóvski (matou-se com um tiro) há um poema que serve de epitáfio para o galo branco:

Comigo viu-se doida a anatomia:
sou todo um coração!

A Dança com o Anjo

Agora eu precisava convencer minha mãe que resistia bravamente: Mas filha, que festa é essa?! Seus colegas são uns desmiolados, e se a coisa acabar em bebedeira, desordem? E quem vai te levar e depois te trazer?

A Segunda Guerra Mundial estava quase no fim, o planeta enfermo sangrando e uma frase muito na moda nestes trópicos, O preço da paz é a eterna vigilância! Ora, se a paz (com toda a ênfase no ponto de exclamação) já estava mesmo perdida, o importante agora era não perder a virgindade e disso cuidava a minha atenta mãe: o mito da castidade ainda na plenitude, nem o mais leve sinal da bandeira feminista hasteada nestas palmeiras. E o nosso sabiá não sabia da pílula, não sabia de nada. O anunciado mercado de trabalho para *O Segundo Sexo* (que Simone de Beauvoir ainda nem tinha inventado) estava apenas na teoria, a solução era mesmo casar. E lembro agora de uma vizinha da minha mãe cerrando os olhos sofredores: Tenho cinco punhais cravados no peito, as minhas cinco filhas solteiras!

Nesta altura, com a minha irmã mais velha já casada, minha mãe tinha apenas um punhal, este aqui.

— É um jantar sério, homenagem ao nosso professor, um velhinho. Acho que ainda vai ser o nosso paraninfo, preciso aumentar a nota nessa matéria, entendeu agora, mãe?

Ela fixou em mim o olhar dramático. Eu passava o esmalte nas unhas, Rosa Antigo, era essa a cor.

— Mas hoje é 11 de agosto, menina, não é dia de *pindura* lá na Faculdade?

— Mas é a única noite que o professor tinha livre! A escolha foi dele, não foi nossa, querida. E a boate é familiar, eu já disse, fica no Largo de Santa Cecília, ao lado da igreja. A Cida vem me buscar, o ônibus passa lá na porta e depois a gente volta com o irmão dela que tem carro.

Minha mãe sentou-se e entrelaçou as mãos em cima da mesa. Voltou para o teto o olhar sem sossego e então pensei na imagem da Nossa Senhora das Dores com o seu manto roxo.

— O rádio deu há pouco notícias alarmantes. E se justo hoje tiver um ataque aéreo?

Fechei o vidrinho de esmalte e fiquei soprando as unhas e pensando que a guerra doméstica era ainda mais difícil do que a outra. Voltei a lembrar que o Eixo estava quase derrotado, mais um pouco e ia acabar aquela agonia, mas por que iam agora atacar este aliado aqui no cu de judas?! Não falei no *cu de judas* (uma expressão do Tio Garibaldi) mas nas botas: Aqui onde Judas perdeu as botas? E vai ver, as meias... Minha mãe deu um nó nas pontas do xale azul-noite, o inverno continuava? Continuava. Tentei fazer graça, O Führer parece que está furioso, acho que é o fim. Ela levantou-se num silêncio digno. Recorri ao argumento decisivo, como podia me casar sem participar dessas festinhas?

— Está bem, filha. E que Deus te acompanhe — murmurou fazendo o gesto de fatal resignação. Quando abriu o piano me pareceu menos tensa, ia tocar o seu Chopin.

A mesa da boate na cobertura já estava repleta quando chegamos com algum atraso, O ônibus demorou demais! desculpou-se a Cida e ninguém ouviu a desculpa porque fomos recebidas pelos colegas (engravatados) com uma ardente salva de palmas. Procurei pelo professor mas a cadeira com a vistosa guirlanda de flores ainda estava vazia. E o professor? perguntei e não tive resposta, todos falavam alto e ao mesmo tempo enquanto o uísque e o vinho eram servidos com fartura nas bandejas.

Fiquei impressionada com o luxo das acetinadas paredes brancas e pequenos lustres imitando castiçais com laçarotes para criar a intimidade aconchegante de uma caixa de bombons. E a orquestra tocando os sucessos de Tommy Dorsey para os pares que deslizavam na pista redonda, *You'll never know!*... gemia o cantor negro com a boca colada ao microfone.

Fiquei sentimental e ainda assim meio desconfiada, quem vai pagar isto? Achei o vinho tinto muito ácido, gostava era das *sangrias* que o meu pai preparava, ah! era fácil: encomendei ao garçom um filé com batatas e ainda um copo, açúcar e gelo, qual era o apóstolo que também gostava de sangria? Sem o gelo, lembrei e fiquei olhando para o meu colega pedindo lagosta, ele disse lagosta? Procurei passar para a Cida as minhas apreensões mas ela estava no extremo da mesa e não entendeu meus acenos interrogativos, bebia toda animada e às minhas dúvidas respondeu levantando o copo, Viva!

Paciência, resolvi atirando-me ao pãozinho quente que atochei com manteiga, fazer o quê?! Relaxar e comer e respirar o ar cálido da noite que se oferecia nas grandes janelas abertas para o céu. Tomei com prazer a *sangria* e fiquei olhando em êxtase para o enorme filé esfumaçante e com todos os acompanhamentos que o garçom deixou na minha frente. Estava delirando ou uma segunda orquestra tocava agora aquela maravilha que eu cantarolava no chuveiro, *Blue Moon! You saw me standing alone...*

Abri o *nécessaire*: durante o dia eu usava a espaçosa bolsa de couro cru assim a tiracolo, no estilo dos feirantes, mas reservava para a noite a discreta minibolsa preta e sem alça, no feitio de um missal. Quando fui retocar o batom, refletida no espelho apareceu a cara iluminada de um moço que veio por detrás e chegou com o queixo até o meu ombro, Vamos dançar?

Voltei-me. Quem era agora aquele menino de cabelos encaracolados, quase louros e olhos tão azuis — mas não era mesmo uma beleza de colega? Que eu não conhecia. Mas qual é a sua turma?, quis perguntar e continuei em silêncio, quando me emocionava, não conseguia falar. Alto e esguio, de terno azul-marinho e gravata vermelha, ele me pareceu elegante mas discreto. E tímido, sim, apesar do convite repentino. Levantei-me.

— Venha com a bolsa — ele pediu com naturalidade.

Obedeci sem entender, por que levar o *nécessaire*? Eu dançava mal mas ele me conduzia com tanta firmeza que fiquei flexível, leve — mas quem era ele? Afastei-me um pouco para vê-lo e achei-o parecido com os heróis dos livros da minha adolescência, as pestanas longas, a fronte pura. E aquelas mãos de estátua. Mas de que turma seria? fiquei me perguntando e como se adivinhasse o meu pensamento, ele justificou-se: frequentava pouco a Faculdade, não tinha amigos, era um tipo solitário. Trabalhava com o pai num escritório e sua paixão verdadeira era a música, tocava violino.

— Violino? — estranhei enquanto me deixava levar, ah! eu ficaria dançando assim até o fim dos tempos, Não pare nunca! tive vontade de pedir quando passei perto da orquestra.

E de repente tudo foi se precipitando com tamanha rapidez

que fiquei meio atordoada: vi a Cida que vinha conversando com um colega, estava rindo mas o olhar míope me pareceu aflito, Cida! eu chamei. E ela continuou andando e não me viu nem me escutou. Mas o que está acontecendo? perguntei quando descobri que agora seguíamos dançando fora da pista, na direção dos elevadores.

— Isto é um *pindura*, minha querida, e vai acabar muito mal, ele segredou em meio a um rodopio. Suavemente foi me impelindo para o elevador que se abriu. — Entre depressa — ordenou num tom despreocupado. — Tome um táxi lá embaixo e agora vai!

Apertei-lhe a mão tentando retê-lo, E a Cida, e você?... Ele foi se desprendendo e se afastando aos poucos: Ela já sabe e está segura, fique tranquila. E eu me arrumo, boa noite, vai!

O elevador já descia quando me lembrei, táxi? Mas eu só tinha para o ônibus... Ouvi então sua voz já remota mas singularmente próxima, O dinheiro está na bolsa!

Cheguei na calçada e parei porque me senti de repente banhada de luz. Olhei para o céu coruscante de estrelas. Então ouvi as sirenes aflitas dos carros da polícia chegando com estardalhaço. Entrei toda encolhida no táxi e apertando o falso missal que nem precisei abrir porque sabia que a exata quantia da corrida já estava ali.

Na manhã seguinte encontrei a Cida me esperando impaciente na porta da Faculdade. Foi logo ao meu encontro:

— Você já soube? Ih, fugi pela escada de incêndio mas antes te procurei adoidada, onde você se meteu, menina, onde?!

— Mas eu estava ali mesmo, dançando na pista, vi você passar e chamei, chamei e você não me ouviu, coisa mais esquisita! — disse e apertei-lhe o braço. — Dancei com um colega lindo que nunca vi antes, não, você também não conhece — acrescentei e fiquei olhando para o pátio. — Me tirou e saímos dançando, nunca vi esse menino antes...

— Vamos mais depressa que já estamos atrasadas, a aula! — ela avisou baixando o olhar aturdido. Puxou-me pela manga do pulôver: — Sei que bebi mas não foi tanto assim, repito que não te vi dançando com ninguém, com ninguém! Como conseguiu ficar invisível? Sei que você desapareceu da boate, desapareceu da festa, perguntei e nada, você fez puf! e sumiu completamente, que loucura! — resmungou e olhou o relógio de pulso: — Ih! temos que correr, vem depressa! Mas o que está procurando agora? O seu par?!

Empurrei-a para junto da coluna e contei-lhe na maior emoção o meu encontro com o desconhecido: Ele não parecia real,

Cida, pelo amor de Deus! acredite em mim, foi demais misterioso, acrescentei e consegui detê-la pelo braço porque ela já ia indo adiante: Tive agora a revelação, acho que ele era um Anjo! Ele era um Anjo e por isso você não me viu, desaparecemos juntos! Ele me guardou e me protegeu, sem abrir o meu *nécessaire*, ouviu isso? deixou lá dentro o dinheiro para o táxi. Apareceu e desapareceu para sempre, ah! um mancebo tão belo, nas histórias antigas eles eram chamados de mancebos, lembra? Disse que tocava violino...

—Amarrei um pileque e quem pirou foi você — ela resmungou apertando o maçarote de apostilas debaixo do braço. Desatou a rir cravando em mim o olhar míope: — Você falou em violino? Pois fique sabendo que é esse o instrumento preferido do Anjo Decaído, aquele! — disse engrossando a voz e espetando com a mão livre dois dedos na testa.

A porta da sala de aula já estava fechada. Ela alisou a gola da blusa. Inclinou-se para cochichar:
—Meu pessoal estava dormindo quando cheguei, uma sorte. E com você, algum interrogatório?

Ajeitei a alça da bolsa no ombro e passei o pente no cabelo.
—A dúvida da minha mãe é saber se por acaso um Anjo pode casar. Pode?

Abafamos o riso na palma da mão e em seguida fizemos uma cara austera. Abri a porta.

Se és Capaz

O adolescente fixou com tachas na parede do quarto o poema "Se...", de Rudyard Kipling, presente do avô. Releu emocionado o pergaminho com as vistosas letras góticas em vermelho e negro e lembrou das palavras do velho: Quero que guarde esta carta de princípios para sempre.
Para sempre, ele repetiu passando de leve as pontas dos dedos pelo pergaminho. Gostava de poesia, principalmente desse tipo de poesia otimista que aposta no homem, era um excelente atleta. Fáceis alguns desses desafios, não? Vamos lá:

Se és capaz de manter a tua calma quando
Todo mundo em redor já a perdeu e te culpa;
De crer em ti quando estão todos duvidando
E para estes no entanto achar uma desculpa;
Se és capaz de esperar sem desesperares...

O longo "If..." era mais belo em inglês, o avô advertiu. Mas por enquanto ele ficaria com a tradução e a esperança de cumprir os desafios. Todos? perguntou o adolescente. Acendeu um cigarro e concluiu que alguns, sem dúvida, eram mais complicados: se o próximo o julgasse com crueldade ele teria diante desse próximo o melhor dos pensamentos e se lhe batessem num lado da face, imediatamente devia oferecer o outro lado. Difícil, refletiu o mocinho. Tantas turbulências (na família, na escola) e ele inatingível porque estava escrito, quando em redor todos perderem a cabeça, teria que conservar a própria. Difícil, não? perguntou em voz alta. Coisa de bombeiro, disse e riu quando lembrou que na infância sonhou com essa profissão, ah! a coragem. O amor daqueles homens pelo próximo e pelos bichos, quando entravam no fogo e na água para salvar um mísero cachorrinho na janela de um sótão em chamas. Ou boiando na enchente em cima de uma tábua. Depressa, chamem um bombeiro! gritavam quando a casa era arrastada na avalanche de lama. Chamem um bombeiro! gritavam quando a mulher desiludida ameaçava saltar da sacada do vigésimo andar.

    Eis aí um poema que combinava com essa brava gente, o adolescente concluiu. Afinal, o poeta queria perguntar apenas isto, És um rato ou és um homem? Se és capaz, meu filho, então és um Homem! E o adolescente baixou o olhar desanimado. A verdade é que não via mais nenhum herói em redor. E tinha paixão pelos heróis.

    As dúvidas aumentaram quando o jovem bacharel (Ciências Jurídicas e Sociais) foi reler o poema. Refletiu, mas aquelas eram proezas dignas de um deus, compreende? Tanta disciplina, tanto controle. Já sabia que Rudyard Kipling era um famoso escritor inglês, é lógico, quem mais teria uma cabeça assim fria? Vivera naquela Índia tão miserável e tão maravilhosa, um espinho na mística do colonialismo britânico — ih! como as peças se buscavam e se encaixavam nesse mosaico. Quem mais senão um inglês espiritualista poderia lançar desafios tão sublimes? Nessa linha, ele teria que dar agora a outra face para o amigo, o pequeno canalha que além de roubar-lhe a namorada ainda vinha pedir o carro emprestado para sair com a traidora. Num dia de gripe, despregou com impaciência o pergaminho da parede (com todo o respeito, viu, avô?) porque de nada valem os princípios gravados na memória e não no coração.

    Entrou firme na política e com um único objetivo, enriquecer. Tinha um nome decorativo, boa aparência e sabia seduzir quando falava. Então, enriquecer rapidamente mas sem prejudicar ninguém, é evidente, teria que visar apenas os cofres públicos — uma fortuna incalculável mas sem feições. Esse o objetivo sem riscos e sem punição, avançar nessa fortuna coletiva. Reconhecia, estava fazendo o oposto do que o tal poema aconselhava mas por enquanto era preciso deixá-lo quieto, silencioso feito o querido avô também fechado numa gaveta. Vamos por partes, costumava dizer nos comícios. Nas prioridades, fazer um casamento sólido com uma jovem que também somasse socialmente e com belas ancas para os filhos que haveriam de vir. Veio apenas um.

Maturidade. A idade madura então é esta? Espera, mas quem falou em verme? assustou-se quando deu com a própria imagem refletida no espelho. Tentou um consolo, mas eu queria isso mesmo ou não? Ser este medalhão rico. Com poder. E então?! perguntou e desviou do espelho o olhar desgostoso, o problema é que não estava se reconhecendo ali naquele instante. Baixou o olhar para as mãos. E essas pequenas manchas que já iam invadindo os dedos? Desde quando estão aí? estranhou e rapidamente escondeu as mãos nos bolsos. Levantou a cabeça com energia, ora, eram sardas de sol, pois não andou jogando tênis? Voltou-se para o espelho e teve um sorriso entre zombeteiro e irônico: por acaso não era essa a expressão de um marido que acaba de saber que a mulher tem um amante?

Inclinou-se para a mala aberta em cima da cama e nela estendeu o suéter. Acendeu um cigarro e olhou em redor à procura de um cinzeiro, desde que ela deixou de fumar os cinzeiros da casa sumiram. Dobrou o paletó, enfim, a verdade é que há muito já não restava mais nem sombra de amor entre os dois. Ainda assim, ela poderia ter tido um pouco mais de pudor, não? resmungou enquanto embolava o pijama. Enfiou-o num canto da mala. Ora, falar em mulher é falar em chifres, compreende? Chifres, chifres! exclamou ao juntar os chinelos, sola contra sola. Apertou-os contra o pijama e ficou pensativo, e a papelada? Fica para depois, resolveu e abriu a última gaveta da escrivaninha. Viu o rolo de pergaminho, *Se és capaz...* De perdoar? Pegou o copo de uísque. Não, não sou capaz não! disse e triturou nos dentes a lâmina de gelo. Embora já tivesse traído à beça aquela dona que inesperadamente resolveu fazer o mesmo e logo com um amigo, ai! os amigos. Um pobretão que ia ficar mais pobre porque ela era uma consumista desbragada, Ele vai ver a musa na intimidade. Bem feito! exclamou e ficou olhando para os próprios sapatos e lembrando que lá no começo ela fazia tanta questão de escová-los. Cansou, eu também cansei, casamento é cansativo. Suspirou e foi ver a noite lá fora. Olhou o relógio. A psicanalista freudiana já devia estar impaciente, Teve algum problema? ela ia perguntar com sua voz de falsa calma. Milhares deles, podia responder ainda no estilo daquelas sessões de terapia durante as quais acabavam grudados no sofá branco do consultório. A única terapia que funciona e rapidamente, ouviu, doutora? Enfim, ser humano é mesmo cansativo, a melhor solução ainda era ir bater caixa com os amigos e amigas mas de preferência com as feias e sem ilusões para não começarem com as ideias. Olhou de novo o relógio. Paciência, querida doutora, esperar sem desesperar — não era a lição lá do poeta inglês? Ajeitou o rolo de pergaminho debaixo dos chinelos e apertou o nó da gravata. Ia sair sozinho e sem testemunhas, a Grande Vaca estava escondida na casa da irmã, medo de apanhar? E o filho (*playboy* pilantra!) devia andar com a boçal da mulher jogando em Las Vegas e sem sorte, perdeu tudo no pôquer, até o carro. Apalpou os bolsos e teve um último olhar para o retrato do avô na moldura de prata. A gente é frágil, querido. Por que esse orgulho de se mostrar perfeito, se a natureza humana é a própria imperfeição? Animou-se, eis aí uma boa frase para ser usada no próximo discurso, compreende? Ajeitou a mala no banco traseiro do carro e hesitou antes de dar a partida: o clube ou um hotel? E a freudiana esperando e fumando sem parar lá no ninho branco feito um lírio, só usava branco. Mas casar não, viu, querida? Casar, nunca mais.

Quando acabou o terceiro casamento, as coisas evoluíram num ritmo mais rápido ou foi só impressão? Aposentou-se (a horda feroz das novas gerações) e vendeu o último imóvel que lhe restara, estava pobre. O filho jogador, arruinado. Todo dolorido (artrite), foi morar num modesto apartamento com o jovem acompanhante. E que me odeia, ele pensou baixando o olhar manso. O que é natural, é evidente. O importante agora era não pesar mais do que estava pesando no fim dessa sua travessia solitária. E tentar compreender esse próximo cada vez mais irascível, mais exaltado, ainda na véspera os vizinhos ensandecidos quase lincharam um mendigo, talvez um estuprador, talvez. E apenas ele (empurrado, insultado) a impedir o linchamento. Não podia mais ler (a vista péssima) nem assistir àqueles filmes dos quais gostava tanto porque as imagens começaram a escorrer como água na pequena tela da televisão. Ouvia os noticiários (sempre terríveis) e quando a vista estava melhor pegava a lupa e lia a Bíblia. Ou alguma biografia, ah! como se emocionara com a biografia de Santo Antão, o eremita que viveu em cavernas. Jazigos. Detinha-se, às vezes, no velho pergaminho todo comido de traças e fixado com durex na tosca estante ao lado da cama, "Se..." Quase todas as pessoas falavam com alegria na infância e a minha infância? Tirante alguns momentos doces, tudo tinha sido tão cruel. Tão injusto, tantos desentendimentos na família e sempre em voz alta, alta demais. Excluído o avô (uma lembrança amável) restara a desavença. A discórdia. Que prosseguiu (com maior ou menor intensidade) pela vida afora, quando foi enganado e enganou. Aquela desesperada luta pelo poder e no poder, a corrupção. A mentira. Uma dúvida, foi no poder que me perdi ou eu já estava perdido? A dor aguda (tão aguda!) na coluna, nas juntas. E a dor lá dentro.

Assim que o jovem acompanhante saía para as suas aulas no curso noturno, sentia-se como uma criança na hora do recreio. Tomava uma dose maior de vinho tinto (azedou?) e ficava vendo uma coisa ou outra no modesto espaço disponível. Com o acompanhante longe, não precisava chorar escondido quando dava aquela bruta vontade de chorar. Ou de rezar em voz alta, por que a oração reprimida? Que difícil, que difícil é envelhecer! Meus Anjos, meus Santos, que difícil! ficou gritando certa noite e soqueando a parede com tanta força que a vizinha do apartamento, uma cartomante velhota, veio saber o que estava acontecendo. Foi um pesadelo, ele desculpou-se com o sorriso que usava no palanque. No sonho, a senhora sabe, o inconsciente, esse peralta, se aproveita e arromba a porta e então, o susto... Ela retribuiu o tom sedutor com o antigo trejeito de mordiscar a pontinha da língua como fazia lá no bordel da juventude. Onde aprendeu o pouco do inglês que gostava de exibir quando pedia um tempo antes de se deitar com o freguês, *A moment, please!* E que repetia agora ao deitar as cartas na mesa, *A moment!*...

Quando a velhota se despediu com o tremelicar dos dedos entortados, *Bye!* ele sufocou os soluços no travesseiro (meu Deus!) e enxugou depressa a cara, o acompanhante estava chegando. E logo faria a maldita pergunta, O senhor quer agora uma canja? Limpou o nariz no lençol, Tenho ódio de canja, está me compreendendo? Ódio de canja, ódio de galinha, ódio, ódio! Se vier com essa canja nojenta, avanço no seu pescoço com a desativada dentadura que me resta e trituro sua jugular feito uma minhoca!

O acompanhante o cumprimentou, guardou os livros e fez a pergunta em voz baixa, O senhor quer que esquente a canja? O enfermo instalou-se na desbotada poltrona e levou a mão à testa num gesto de reflexão, Sim, por favor.

Pois é, a infância. Qual a infância que resiste a uma família despedaçada? Tantos rompimentos. Conflitos. O único que restou inteiro foi aquele avô com as lições de ética. Mas morava longe e adoeceu e foi morar mais longe ainda, a infância?! Foi para compensar tamanha carência que virou aquele político safado? A idolatria do poder, do dinheiro. Ou a canalhice já se escondia dentro dele feito um cupim criando o vazio. O oco. Ficou a lembrança doce daquela primeiríssima vocação, cinco, seis anos? Quando pediu com tanto ardor, Pai, eu queria ser bombeiro! Tão simples recorrer agora ao colega, Chamem um bombeiro! e já aparecia o bravo moço fardado e com um rolo de corda para puxá-lo do fundo do abismo. E para puxar também (com todo o respeito) o próprio país.

A morte e o medo. O medo agudo que o fazia entrar debaixo da cama, uma criança se escondendo, Não!... E inesperadamente, a serenidade, simples ausência da ansiedade. Quando então ficava estatelado, uma nuvem sem o vento. Um barco quieto num mar quieto. Quieto e ainda assim sugerindo a esperança da evasão em busca do equilíbrio que era o horizonte lá longe reduzido a uma linha entre esse mar e o céu. As tempestades, os furacões. E a linha inalterável. Indestrutível. Às vezes, o medo menor, mesquinho porque próximo: medo de desencadear o mau humor no impaciente acompanhante, isso se viesse a piorar e ia piorar! ficando ainda mais dependente desse jovem que devia ter lido o poema do homem perfeito, *Se és capaz*... Não leu.

— Quero me preparar para contemplar a eternidade — ele disse ao filho que andava sumido e reapareceu num giro da *Roda da Fortuna*, falava muito nessa roda. Veio de roupa nova, com nova mulher e carro novo, anunciando um novo negócio, lidava agora com cavalos. Touros: os rodeios!
— Eternidade, pai? — o filho perguntou coçando a calva.
— Queria escapar desta prisão da vida — disse o velho num tom de quem pede desculpas. — Ficar longe, inalcançável, compreende? Ah, se me aceitassem, entraria para um convento e com as forças que me restam ficaria lá cuidando do jardim.
— Convento? — repetiu o filho olhando em redor, pensativo. Por um breve instante a testa ficou anuviada. Animou-se: — Sem problema, pai! Estou ganhando bem, fique tranquilo que vou tomar providências.
E no dia seguinte foi ver se tinha alguma vaga naquela clínica com uma ala especial para esclerosados, clínica de repouso nada deprimente, ao contrário: às quartas tinha ginástica e aos sábados os velhinhos podiam participar de uma esfuziante festa-baile.

Cinema Gato Preto

—Fecha essa janela, sua besta!—gritou o meu irmão tomado de fúria.

Foi no pedaço do filme em que a mocinha encacheada, depois de vestir a camisola esvoaçante, abriu a janela do balcão dando para a noite. Noite de lua cheia servindo de pano de fundo para o morcego que veio crescendo no seu voo de veludo, entrou pela janela e já virou o homem com roupa de ópera.

—Mas é mesmo uma besta essa daí!—resmungou meu irmão dando um forte pontapé na cadeira da frente que estava vazia.

Lá na tela, a mocinha gemente mas muda (cinema mudo) revirava-se no leito, os olhos revirados, as mãos reviradas arrancando do pescoço a corrente com a cruz e mais a trança de alho virgem da cabeceira e jogando tudo longe. Sacudiu a cabeça com os cachos emaranhados, abriu a boca e o grito logo apareceu na legenda em meio da moldura rendada em preto e branco: Não! Oh! não...

—O que foi que ela disse?—perguntou a Matilde me cutucando.

—Ela disse *não*!—respondi sem tirar os olhos da tela.

Algumas fileiras adiante da nossa e abria-se na pequena sala o poço onde Dona Guiomar martelava no piano, alertando para o perigo no exato momento em que o visitante lustroso já se aproximava sem ruído da mocinha de respiração curta: Boa noite!

—E agora? O que ele disse?—perguntou Matilde, a mão gelada apertando meu braço.

Matilde era nossa agregada parda e analfabeta, de idade meio avançada. Segundo minha mãe, logo ela ia ensinar Matilde a ler mas isso quando já estivéssemos morando na capital. A diferença é que dessa vez o meu pai seguiria sozinho para outra cidade cujo nome eu tinha esquecido. Quer dizer que meu pai e minha mãe vão ficar separados? perguntei e Matilde respondeu daquele jeito que não era nem sim nem não. Os quintais com as árvores de frutas, os cachorros, as procissões e as histórias — quer dizer que nessa tal de mudança eu ia ficar longe de tudo? Melhor pensar agora só no conde-morcego com sua capa de gola alta e cara alvacenta, cumprimentando a mocinha, Boa noite!

—Ele disse *Boa noite!*—cochichei no ouvido de Matilde. E fui afundando na cadeira porque o porteiro já vinha vindo com a lanterninha acesa para nos expulsar da sala.

—Vocês aí! Tenham a bondade de ir saindo, vamos, vamos!

Meu irmão foi o primeiro a se levantar com estardalhaço e gritando que o cinema não passava de um belo pulgueiro, Quem aguenta um pulgueiro desses?

—Vem!—disse Matilde fechando a cara e me pegando pelo braço.—Enfia logo esse sapato, vem!

No piano, Dona Guiomar já começava toda chorosa "A Serenata" de Schubert que sempre anunciava uma cena de amor, minha mãe costumava tocar essa serenata. A solução era ir andando de costas, para continuar lendo o que disse a mocinha que tremia inteira feito uma vara verde, os cachos já desenrolados no alto dos travesseiros, Oh, não! Por favor, não!

—Ela disse que não quer...

—Não quer o quê, fala!

—Isso que ele vai fazer!—fui soprando e tropeçando pelo corredor afora enquanto o conde da boca preta já abocanhava o pescoço da desfalecida.

Agora a Dona Guiomar interrompia "A Serenata" para tocar com entusiasmo "A Cavalaria Rusticana". Ficamos parados na calçada e ouvindo os sons desatinados que vinham lá de dentro. O céu embuçado mas com algumas estrelas.

—Ela vai morrer?—perguntou Matilde ao meu irmão.

—Antes morresse—ele resmungou. Tinha visto o filme na véspera e contou que o noivo, outra besta quadrada, chegou de repente numa carruagem e ainda teve tempo de salvar a porqueira da namorada.

—Vamos embora!—ordenou Matilde entortando a boca, o sinal de que estava muito contrariada. Segundo a minha mãe, Matilde já tinha dobrado o Cabo da Boa Esperança e embora eu não soubesse que cabo era esse, desconfiava que não podia ser boa coisa.—Seu pai é delegado, acho o cúmulo fazerem isso com os filhos do delegado.

Eu não sabia o que era *cúmulo* mas sacudi a cabeça afirmativamente, pois ele não era o delegado? Então me lembrei que Dona Carminha também não dava confiança para essas histórias de família.

Quando tive zero em geografia, me levantei e disse mesmo que o meu tio lá longe tinha caído dentro de um vulcão, quem mais na escola tinha tido um tio que caiu no vulcão? A professora era a Dona Carminha.

—Que tio é esse?

—Eu sabia o nome, agora esqueci. Caiu dentro do vulcão chamado Vesúvio. Era um parente da minha mãe, ela disse que ele caiu sem querer mas meu pai disse que ele foi empurrado lá dentro do fogaréu.

—E o que disse a sua professora?

—Que eu tinha um parafuso de menos e me mandou sair da sala.

—Pulgueiro!—gritou meu irmão apontando para o lanterninha que apareceu na porta.—E essa daí toca piano feito o nariz dela!

Matilde e eu fomos seguindo na frente enquanto o meu irmão vinha pelo meio da rua, chutando uma lata vazia. Ele estava sempre do lado dos bandidos enquanto eu ficava torcendo pelos mocinhos mas dessa vez, por algum motivo obscuro, não queria que o noivo rico acertasse o pontaço de madeira no coração adormecido do conde. Reconhecia, era um pensamento tão horrível que tinha agora que fazer uma nova confissão antes da hóstia. Com o Padre Pitombo perdendo a paciência, Aqui outra vez, menina?! Miolo mole! Já expliquei tudo, vou repetir mas guarda nessa cabecinha, existe o Bem e existe o Mal. Quando a gente escolhe o Bem, o coração fica contente porque vai ganhar o Céu e ponto-final, acabou, não tem mais conversa!

Apressei o passo para alcançar Matilde que disparava na frente, eu tremia de frio ou de medo? A cidade era pequena e ainda assim não era fácil fazer a tal divisão, o Bem de um lado e o Mal no lado oposto, fervendo no caldeirão. O Bem era o Largo do Jardim com a igreja, a casa do padre, a nossa casa e a escola. Mas e o clube, onde ficava o Clube Elite nessa divisão? No clube o meu pai ia beber e jogar com os amigos e minha mãe se queixava dessas noites que sempre acabavam em brigas feias quando ele voltava de madrugada. Então o clube era o Mal mas não era nesse mesmo clube que os artistas internacionais vinham cantar e recitar? Festas que a gente não perdia e isso não era bom? Ainda no clube o Padre Pitombo armava o teatrinho com as histórias que escrevia, entrei numa delas com minha bata de anjo para coroar Nossa Senhora. Mas não foi nesse palco que aquele desconhecido apareceu de repente, baixou as calças e ficou mostrando aquelas partes que Matilde chamava de *injúrias*? Meu pai mandou prender o homem que fugiu atravessando as grades e evaporando no ar, era um bruxo. Mas por falar em cadeia, onde ficava ela nessa divisão? Se meu pai era o delegado, estava do lado do Bem. Mas e os presos lá dentro, de que lado eles estavam? Tinha ainda o cinema Gato Preto que programava fitas com os casos da Bíblia, vi quatro vezes *A Vida de Jesus*. Mas vinham também aqueles cartazes coloridos que a gente ficava rondando mas fingindo não ver. Que programaço! dizia o meu irmão de boca aberta diante do retrato dos artistas se atracando no divã. E a tarja vermelha colada em cima, *Impróprio para Menores, Senhoras e Senhoritas*. Só bandalheira! resmungava a Matilde entortando a boca. Nessa ordem, o cinema fazia parte dos dois lados, o que o padre não explicou na sua divisão.

E o Tio Garibaldi? Onde ficava o tio? Apareceu uma noite para perguntar ao pai se o Diabo costumava ler jornal. Não tenho ideia, por que você quer saber? respondeu meu pai. Tio Garibaldi ficou alisando o bigode: Pensei em botar um anúncio, quero vender minha alma. Meu pai levantou-se da rede e foi para a cadeira de balanço: Olha, se o Diabo é assim do jeito como imagino, não vai ser preciso nenhum anúncio porque ele já está sabendo da oferta. Quantos contos de réis você vai pedir em troca? perguntou e o tio fez aquela cara: Quero receber em ouro!

Minha mãe, que estava costurando na sala ao lado, esperou que o tio saísse para aparecer: Meu Deus, mas ele está pior! ela disse entrelaçando as mãos no peito. Então o meu pai levantou-se novamente e com o jornal dobrado afastou a mosca-varejeira que voejava em torno do Mimo, dormindo debaixo do sol. Era o aviso, mudar de lugar queria dizer mudar de assunto: Não, ele não piorou, está igual. Esse é um daqueles seus impulsos mas vai passar. Vai passar, ele repetiu e foi descendo a escada.

O cinema Gato Preto com os morcegos de mentira porque os morcegos de verdade eu conhecia nessa minha infância que não acabava mais, meus irmãos já estavam taludos, internados em colégios na capital e eu ainda pedindo no Natal o *Almanaque do Tico-Tico*. Morcego chupa o sangue e depois assopra a ferida para não doer, Matilde me informou. Dependuravam-se em cachos no teto das casas abandonadas mas acordavam fácil e fugiam voejando e fazendo um som ciciante, assim de quem pede silêncio, ssssssss....

Eram cerimoniosos os homens-morcegos da cena muda, poucos gestos, pouca fala. E não avançavam assim despudorados, ao contrário, pareciam querer apenas beijar de leve o pescoço das moças escolhidas. Tanta cerimônia que eu não entendia o que tinha acontecido com a mocinha de olheiras que caía doente logo depois do segundo ou terceiro encontro com o visitante. Nem eu entendia nem o médico da família. E atenção para esse pedaço da maior importância: chegava esse médico na carruagem resfolegante, trazendo a valise preta dos instrumentos cirúrgicos. Subia a longa escada com os familiares em pânico, sentava-se na beirada da cama (perdão, do leito), fazia uma ou duas perguntas discretas, tomava o pulso da jovem e ficava mudo, meditando. Seria então a minha vez de avisar aos gritos (como fazia o meu irmão), Doutor, olhe o pescoço dela! Mas no pescoço já estava a longa echarpe de gaze escondendo os dois furinhos quase do tamanho da cabeça de um alfinete. Esses furos ela também escondia nas noites de festa, quando punha a gargantilha de pérolas e tão inocente ia valsar com o noivo, mas quem podia imaginar que ali debaixo do veludo emperolado?!...

Demorou algum tempo para o clássico conde-morcego evoluir para o vampiro atual, que é jovem e ousado, abrindo furos obscenos no pescoço da amada, o sangue tão vermelho. O olhar também vermelho, nhac!, ele faz depois de deslizar as pontas dos dedos pelos seios da parceira que se nega e se oferece arfante sob o corpete desatado. Chega de espiritualidades, o jogo agora é duro!, ele parece anunciar com a arrogância de um sedutor que atinge e provoca o orgasmo no mais profundo acasalamento, o das veias.

Vampiro é de direita ou de esquerda? alguém pode perguntar. Sem dúvida, um parasita conservador que nunca precisou trabalhar, dono dos castelos eternos. E mesmo que resolvesse se dedicar a algum ofício, como poderia ficar na ativa passando o dia inteiro assim imóvel, fechado no esquife?

Novos tempos, novos costumes envolvendo um vampiro mais humano na sensualidade das roupas amarfanhadas e cabelos despenteados, sem a lustrosa goma platônica. No fundo, ainda um romântico bastante irônico apesar de ostentar o anel de brasão no dedo mínimo — e a tradição das raízes? Atenção para o esquife-leito de madeira nobre, forrado de seda adamascada e onde ele repousa depois da farra, eu disse *farra*? Vá lá, farra combina bem com esse ar degradado de tango argentino, as olheiras esverdeadas. E total ausência de culpa na alta fronte desanuviada. Lisa.

Mudou o conde-morcego mas os velhos rituais, esses resistem intocados: vampiro só entra em sua casa se você abrir a porta.

Ou a janela, quer dizer, ele precisa ser convidado. Outro detalhe: não há nenhuma preferência de raça ou de sexo, sangue é sangue! Não esquecer ainda que esse fugitivo que ele persegue na treva — se o fugitivo for astuto, deve levar no bolso sementes de papoula. Que vai deixando cair aos poucos pelo caminho para que o vampiro, que vem vindo atrás, comece a recolher essas sementes, uma por uma, ele não pode seguir adiante porque está de cócoras na sua colheita mágica. Ora, a noite avança implacável, a vítima já vai longe e ele naquela tarefa meticulosa sem poder parar, sem poder parar... E de repente, o sol! Atingido em cheio pelo raio de luz, ele recua crispado e se encolhe ferido e rola em convulsões, descarnado e diminuído até virar aquele punhado de resíduo fumegante. Com o anel de brasão do poder brilhando em meio do pó.

Heffman

Livraria Jaraguá. A famosa livraria e sala de chá que Alfredo Mesquita abriu na Rua Marconi. Na vitrina com alguns objetos de rebuscado bom gosto, expostos só os livros da escolha pessoal do proprietário. Na sala da frente, as prateleiras com obras de autores europeus, na maioria. A grande mesa antiga, com os belos álbuns de arte e o solitário globo terrestre bem no centro. Poucas cadeiras num canto. O estreito corredor dava para a pequena sala com apenas meia dúzia de mesinhas. A porcelana de cor creme, as toalhas engomadas. E o cheiro aconchegante do chocolate quente e das broinhas de fubá, tudo feito em casa, fiquei sabendo. Coisa finíssima, comentei com um colega enquanto trocávamos um sorriso reticente, estava em voga esse sorriso.

Na minha juvenil concepção política havia apenas dois tipos de pessoas, os esquerdistas e os conservadores ou burgueses. Eu era uma esquerdista de coração ardente, mergulhada nas minhas leituras subversivas mas nessa época devia andar meio ressentida. Senão, como explicar o meu fascínio (e desprezo) por aquele grupo de intelectuais, alguns de direita ou de uma esquerda mais refinada, ligada à Faculdade de Filosofia. Hein?! Muitos deles tão pobretões quanto eu mas usavam a mesma linguagem esnobe e discutiam os mesmos livros nesses encontros que prosseguiam às vezes na sala de chá. Com a presença, em certas tardes, de uma mulher muito inteligente e muito inconveniente, a Leonor de Aguiar. Famosa e tão desbocada que fazia o Alfredo Mesquita torcer o nariz quando ela desandava nas suas dissertações sobre essa coisa anti-higiênica que é a virgindade. Ele torcia o nariz e eu me fechava no toalete exatamente como nos dias da meninice, quando fazia cara de dor de barriga e me escondia na casinha para fugir das aulas de matemática.

A livraria. Inesquecível a mesa logo ali na entrada com os livros de arte, os pintores. Os escultores, ah! o meu encantamento diante das ilustrações que ia folheando mas sempre afetando uma certa indiferença. No centro, o sedutor globo de vidro — o mundo em cores com suas terras e mares, iluminado por uma discreta luz interior. E aquelas poucas cadeiras para a pequena roda das conversas pedantes, Proust outra vez?! Aquele Marcel Proust que comecei a ler e achei complicado demais e deixei para ler depois. Nessa época, embora passasse diariamente pela porta da livraria na minha caminhada para o Largo São Francisco (Faculdade de Direito) raramente entrava e quando entrava me arrependia. Me lembro com que empenho tentei naquela tarde desviar o assunto para William Faulkner e Dostoiévski, esses eu conhecia bem. Em vão. Eram os franceses e ingleses que vigoravam na roda, ah! a poesia, o cinema.

O teatro. Pois foi naquela manhã de garoa que Alfredo Mesquita me chamou e fez o convite, estava formando um pequeno grupo de amadores (Grupo de Teatro Experimental) e tinha um papel para mim na peça que escreveu, *Heffman*. Aceita? ele perguntou.

Nunca pensara antes em teatro mas era tão jovem e tudo para mim era novidade com um certo grão de ousadia, de loucura, *Audaces fortuna juvat!* escrevi no final da prova de Direito Romano. A bem da verdade esse inflamado impulso não deu certo, o professor mandou me chamar para perguntar: Mas o que esse provérbio tem a ver com a matéria? A frase estava na *Eneida*, de Virgílio. Por acaso eu sabia disso? ele acrescentou com impaciência diante da minha vaga expressão de desmemoriada, adivinhando a nota baixa que viria e que veio mesmo.

A sorte ajuda os audazes! Nem sempre, lembrei naquela manhã ali parada na porta da livraria. Para ganhar tempo, ainda perguntei a Alfredo Mesquita, Ah, você escreveu uma peça? Na verdade, eu me sentia seduzida, ora, participar de um grupo de amadores dirigido por um homem assim requintado não era uma experiência importante? Contudo, tinha as minhas dúvidas. Fiquei hesitante, Posso dar depois uma resposta? perguntei. Ele me varou com aquele olhar agudamente azul, Qual é o problema, pode dizer! Respirei fundo e achei melhor ser franca: é que toda essa gente de teatro era muito malvista e eu tinha uma carreira. Das letras, é claro. Minha família (só pensava em minha mãe) e os meus amigos iam estranhar. Ou não? Ele teve aquele seu breve risinho cascateante: mas havia no momento algum editor querendo me editar e vacilando? Não, nenhum editor queria editar o livrinho de contos que já estava na gráfica e pago com as minhas economias, eu era funcionária pública. Prejuízo político? Social?... Mas tinha alguém me cortando de algum palanque ou de alguma festa por me ver participar de uma experiência teatral? E de teatro amador, era bom lembrar. Algum namorado ia recuar por causa disso?

    Encarei-o. E sem saber por quê, baixei a minha guarda e me entreguei sem defesa, na realidade não era lembrada para nada. Para nada, repeti e desatei a rir porque achei graça nos convites que choviam, isso sim, da Empresa Viggiani para as óperas no Teatro Municipal. Nas noites mais fracas (ameaça de greve geral, chegada de algum rei ou alguma importante partida de futebol) os ingressos eram fartamente distribuídos na Faculdade, lotar as torrinhas. Em algumas ocasiões, descer também para os camarotes vazios, mas atenção! bater palmas com entusiasmo mas sem assobiar. Assisti três vezes à *La Traviata* em plena frisa e tão próxima do palco que na última noite cheguei a ouvir o barulho da frágil cama desabando sob o peso de uma Dama das Camélias gordíssima que exagerou nos acessos de tosse. Alternativas na programação da discreta boemia acadêmica? As noites de recitação e cantoria numa das salas da Faculdade, puxadas pelo carro-chefe de alguma conferência. E mais teatro com Dulcina de Moraes no papel de Cleópatra. Ou Vicente Celestino (que a gente achava mais divertido) na peça *O Ébrio*. Com o ator (voz poderosíssima) anunciando no jornal que o Doutor (vinha um nome pomposo) comunicava aos distintos clientes e amigos que estava fechando o escritório de advocacia para se entregar ao vício da embriaguês. Pois é, os programas. Namorado? Ai! chorei na véspera ao assistir sozinha ao filme *Orgulho e Preconceito*—mas por que tanta intolerância e tanto sofrimento?

    Alfredo Mesquita me tomou pelo braço e fez um comentário bem-humorado sobre aquela rígida Inglaterra com sua aristocracia provinciana, tão bem analisada por Jane Austen. Venha, vou lhe dar o livro, a tradução é razoável, concedeu. Começou a procurar na estante e inesperadamente, sem me encarar, fez a pergunta: Você está se sentindo perseguida, é isso?

    Abotoei a japona no peito e procurei nos bolsos as luvas que tinha perdido na véspera. Com o outono assim gelado o inverno vai ser bravo, eu disse. Ele então me entregou o livro, apertou um pouco os olhos para me ver melhor e pediu que o esperasse um instante, tinha que falar com o caixeiro. Sentei-me e fiquei olhando o globo de vidro. Entrava nessa livraria sempre meio desconfiada mas nessa manhã me senti em segurança. De resto, ainda não tinham chegado os visitantes da tarde.

Heffman, a personagem principal da peça, era um estrangeiro que vinha de longe (Europa) e entrava assim como um facho de luz em meio daqueles jovens desorientados e perplexos, a perplexidade estava dentro e fora do palco. Assumindo a missão de fazer crescer (espécie de fermento, o próprio nome sugeria) aquela massa desencantada, depois de orientar e indicar caminhos, imprevistamente, assim como chegou, o misterioso Heffman seguia para outras aventuras, viajante sem bagagem, Adeus, adeus! Antes, deixava-se amar por todos, especialmente pela mocinha, uma pequena estudante sonhadora, desesperada porque vai perdê-lo: *Heffman, não me abandone!* eu teria que dizer na última cena.

Os ensaios noturnos eram na livraria. Ou na própria casa de Alfredo Mesquita, no bairro de Higienópolis, um belo casarão com um jardim e uma lareira onde estavam gravados os versos de Mário de Andrade:

Essa impiedade da paineira consigo mesma,
qualquer vento, vento qualquer...
Os canários cantam que mais cantam.

Achei bonitas as palavras mas não vi sentido nos versos, o que significava aquilo? Alfredo Mesquita, que estava por perto, descobriu minha cara pasmada e veio explicar, eu conhecia a paineira, não? Uma árvore tão forte, tão bem enraizada e apesar disso entregando-se ao vento — a qualquer vento — que vinha e ia arrancando os seus flocos de paina, os sedosos flocos a se perderem no ar. Aparentemente perdidos, e as sementes que eles levavam? Eis que Mário de Andrade comparou o grupo de *Clima* (Antonio Candido, Décio de Almeida Prado, Paulo Emílio Sales Gomes, Ruy Coelho, Lourival Gomes Machado e o próprio Alfredo Mesquita) a essa paineira, impiedosa consigo mesma porque generosa. Amorosa.

— Ah, agora entendi — eu disse e segurei o riso porquê me lembrei de Oswald de Andrade quando se referiu ao grupo, Todos muito inteligentes mas muito chatos!

A sopa já estava servida na grande sopeira de porcelana, tão bom quando esses ensaios eram lá no casarão onde vinha uma salva de prata com as douradas balas de ovos embrulhadas em papel transparente.

Tive toda a liberdade para ir levando a minha personagem, isso até aquela noite quando depois do ensaio ele me fez um sinal, queria falar comigo. E em voz baixa quis saber por que eu dizia *Heffman, não me abandone!* assim num tom de quem pede uma laranjada. É preciso botar mais força nessa súplica que deve ser pungente, é o seu amado que está indo embora, você não vai vê-lo nunca mais! Nunca mais!

Baixei a cabeça sentidíssima, na juventude é só sentimento, qualquer censura ou um gesto mais duro e pronto, o olho começa a ficar aguado. Ele então me tomou pelo braço e foi me levando até a sala da frente enquanto o grupo ficou na sala de chá, o ensaio foi na livraria. Abriu uma caixa de caramelos de chocolate e falou com brandura, está claro que eu não podia mesmo interpretar uma cena de separação tão dolorida, afinal, qual era a minha experiência? Por acaso você já disse antes algo assim parecido? Já disse? ele repetiu e me puxou pelo cabelo. Mas não fique desse jeito, vamos, garanto que na próxima vez vai se sair muito melhor.

Tocou o telefone que ficava no pequeno balcão do corredor, ele foi atender. Fiquei só, escutando e tentando reconhecer as vozes que vinham lá do fundo no breve intervalo: esse era o Ruy Mesquita (a mais bela voz do elenco) fazendo rir as irmãs Hipolito, as louras Lalás. Barros Pinto agora zombava de si mesmo, ah! era feio demais para merecer um papel, teria que fazer uma plástica. Fácil identificar esse fragmento de voz com sotaque francês: Jean Meyer era tímido mas vibrava empolgado no papel de Heffman. Que é o próprio Tio Alfredo! Carlão Mesquita já tinha confidenciado com seu ar maroto, Carlão não fazia parte da peça mas aparecia de vez em quando para provocar Marina Freire no papel da tia mandona e rica. Espera, e essa voz forte, bem impostada? Claro, era o Paulo Mendonça consolando a Genoveva de Freitas que não queria que o namorado a visse assim no papel de uma velhota sem graça, ela representava a minha mãe. Nesses fragmentos de conversa alguém deu a notícia, Antonio Candido seria "o ponto" na noite de estreia no Teatro Municipal.

Muito tempo depois eu poderia telefonar para Alfredo Mesquita e anunciar (para fazê-lo rir) que já estava madura para dizer a frase fatal, *Heffman, não me abandone!* Diria ainda que descobri uma certa ligação naqueles versos de Mário de Andrade com a *Ode ao Vento Oeste*, do poeta Shelley: ainda *o vento destruidor e salvador* (na lareira, um *vento qualquer*) levando consigo as *sementes aladas*. Que repousam. Até que venha a primavera para transformá-las em botões.

Mas essa noite do ensaio era aquela noite longínqua: a livraria estava aberta e todos ainda estavam vivos. Tirei da caixa outro caramelo e mastiguei-o com cuidado, grudava nos dentes. As conversas continuavam animadas lá no fundo mas perdi o interesse nelas. Inclinei-me sobre a grande mesa com o globo terrestre, o mundo todo iluminado ali no centro. Dando-lhe um leve impulso eu poderia fazê-lo girar no seu eixo mas agora queria vê-lo assim parado. Abri as mãos para aquecê-las no vidro.

O Cristo da Bahia

Eu me lembro da igreja de São Francisco resplandecendo como se nela tivessem espargido ouro em pó. Estaria nessa igreja o depósito das velhas imagens onde encontrei Nossa Senhora chorando? Tive vontade de acariciar sua face e reprimi o gesto. Na rua, descendo uma ladeira, passei a mão na cabeça de um jegue que ia em vagarosos zigue-zagues e achei que era o mesmo que levara os fugitivos para o Egito: o pelo áspero, o olhar manso — mas o que é isso? me espantei. Estava entrando novamente na História Sagrada que aprendi no catecismo da infância.

Visitei em seguida uma pequenina igreja meio perdida num bairro afastado e lá conheci um padre velhinho, ele me observava de longe e de repente veio falar comigo, ah! pelo visto eu admirava as imagens primitivas. Os murais coloridos.

— Pena que estão desaparecendo — ele lamentou apontando um mural logo adiante. — Como se não bastasse o tempo que vai destruindo tudo, tem ainda os meus fiéis que não aguentam e raspam com as unhas todo lugar da pintura onde aparece o Diabo. Mas ele está em toda parte! — riu o padre fazendo um gesto que ia muito além da igreja.

Achei graça. Sim, eles são tantos, hein? E voltei-me para o mural que representava o Purgatório com as almas gementes arrebatadas pelos demônios, alguns alados, outros andejos mas a novidade é que nos espaços onde deviam estar esses demônios restaram apenas vagos esboços dos pés de pato ou das asas morcegais por entre as chamas do miolo furiosamente raspado. Com um vasto lenço que tirou do bolso da batina o padre começou a limpar os óculos. Mas já que eu apreciava tanto essas coisas, ele ia mostrar agora a mais bela relíquia da igreja, Venha comigo. Mancando ligeiramente, foi me conduzindo à sacristia que ficava (seguindo a tradição) nos fundos da igreja. Abriu uma grande arca e do meio de vasos, castiçais e panos tirou um crucifixo de marfim. Fiquei muda diante da beleza daquela imagem. O padre me encarou. Tremia de emoção.

— Confesso que também eu nunca vi um trabalho igual. Olha isto, pediu e apontou para os longos filetes vermelhos que escorriam das chagas abertas na fronte, nas mãos, na ilharga e nos pés do Cristo. No fim de cada um daqueles filetes tinha um rubi: a gota do sangue coagulado. Eram tantos e tão puros que se destacavam feito uma luz secreta ardendo na palidez do marfim. Mas a cobiça, ai! tanta cobiça, repetiu o padre baixando a cabeça. Um por um eles foram sendo arrancados, desapareceram todos, ficaram apenas essas marcas nas pedras. As cicatrizes. Estava lá no altar-mor mas achei melhor que ele ficasse aqui, murmurou e o seu gesto depositando a imagem na arca era carinhoso como se aquele fosse o próprio corpo do Cristo. Cobriu-o com a estola de cetim. Um dia, quem sabe? a gente vai recompor esses estragos.

Despedi-me. Ele falou em estragos e não em roubos, pensei. Há de ver que não aceita tamanha ofensa, horrível demais imaginar os dedos crispados feito garras escalavrando as chagas para delas arrancar o sangue cristalizado.

Anoitecia. Fui andando e me lembrando daquela história de Oscar Wilde, *O Príncipe Feliz*. Era preciosa a estátua desse Príncipe com a roupa feita de pequenas folhas de ouro, olhos de safira e espada cravejada de pedras raras. Ficava bem no meio da praça mas a salvo das mãos gananciosas porque fora colocado num pedestal, seria preciso uma longa escada para alcançá-lo. Contudo, lá do alto o olhar azul do Príncipe chegava até os bairros mais longínquos da cidade, os bairros dos miseráveis. Então, o Príncipe Feliz começou a ficar tão triste que acabou por pedir a uma Andorinha amiga que fosse a sua mensageira e levasse a uma pobre costureira com o filhinho muito doente o rubi da sua espada. A Andorinha resistiu à ideia mas o Príncipe começou a insistir tanto, ele mesmo iria se não tivesse os pés presos no pedestal, não podia mover-se. Então a gentil Andorinha arrancou com o bico o rubi e lá foi voando sobre torres e telhados até a casinhola onde deixou a pedra na mesa. Voltou e encontrou o Príncipe cheio de compaixão e já fazendo um novo pedido, agora ele via numa água-furtada um jovem artista quase morrendo de fome e frio. Andorinha, Andorinha, tenho dois olhos de safira, arranca um deles e leva a esse artista para que ele possa terminar a sua obra! A Andorinha amiga (já estava atrasada, devia ter partido com as outras) resistiu o quanto pôde e acabou por ceder, pronto, o artista não ia mais morrer de fome e ela podia partir, o inverno! Ainda não?... Mas o que o Príncipe queria agora? Ele então fez o pedido, que ela levasse a outra safira (o olho que lhe restara) para a menina vendedora de fósforos, ela estava ali mesmo na praça e tão desesperada, os fósforos tinham caído numa valeta e o pai ia espancá-la quando a visse chegar de mãos vazias. A Andorinha mensageira lembrou, assustada, que assim ele ficaria cego! E ela tinha que partir, as andorinhas já estavam longe... E ele suplicando, como poderia ser feliz vendo aquela criança tão desamparada, ah! se a amiga arrancasse com o bico essa última safira e a depositasse na mão da pequena vendedora de fósforos. A Andorinha obedeceu. E foi ficando e foi levando aos poucos o que restara do Príncipe: as pequenas folhas de ouro da sua roupa para deixá-las, uma por uma, nas mãos encardidas dos mendigos. Dos doentes. Até que um dia chegaram as autoridades e ficaram irritadas quando viram a estátua d'O Príncipe Feliz, mas o que significava aquilo? O Príncipe estava despojado e cego. E ainda com um pequeno pássaro morto caído ali aos pés, mas isto lá podia ornamentar uma cidade? Pois que a estátua fosse imediatamente arrancada do seu pedestal e levada para a fundição. Sobrou apenas o coração de bronze que não se derreteu no forno e que foi atirado no lixo juntamente com a andorinha.

Lá do alto do altar o Cristo Crucificado teria visto com seus olhos entreabertos o sofrimento do povo. A seu pedido alguma andorinha (ou algum anjo) foi levando, um por um, aqueles rubis que cintilavam em seu corpo e assim teria sido enxuto o seu sangue.

Dia de Dizer Não

Esse dia vai ser hoje, resolvi quando acordei: dia de dizer Não! E pensei de repente em Santo Agostinho, *o vera artificiosa apis Dei*—abelha de Deus. Admirada e amada abelha de caráter tão forte que conhecendo o *sim* e o *não* na sua natureza mais profunda cedeu para em seguida resistir, ah! como ele resistiu até se instalar na cidade sonhada. Não! ele disse ao invasor daquele tempo e que devia ser parecido com o invasor atual, esse invasor-cobrador a ocupar um espaço que não lhe pertence.

Falei na Cidade de Deus. E estamos nesta cidade aqui embaixo onde tem invasor de todo tipo, desde os extraterrestres (em geral, mais discretos) até aqueles mais ambíguos: o invasor da vontade. Esse vem mascarado. Aproveitando-se, é claro, do mais comum dos sentimentos, o da culpa. No imenso quadro do *mea culpa*, a postura fácil é a da humildade que quer dizer fragilidade. Isso comove o invasor? Não comove não, ao contrário, ele se sente estimulado a insistir até dobrar a vontade enferma que acaba por ceder fortalecida na crença de que mais adiante pode se libertar. Libertou-se? Não porque o *sim* vai se multiplicando como os elos de uma corrente na qual ele, o *sim*, se enrola, passivo. E acreditando lutar porque não perde a esperança. Mas a esperança é cega e na desatinada cegueira acaba por se transformar na desesperança.

O próximo que Jesus pediu para amar, eu sei. Mas Ele está vendo como ficou o próximo neste século. E não estou pensando no próximo real (o povo) mas nesse próximo oficial, o político-invasor que nem está se importando realmente quando ouve a recusa: faz uma cara aborrecida mas logo vai tomar chope ou cocaína e esquece. Contudo, mostra-se exigente. E costuma fazer perguntas no tom de quem não aprecia respostas pessimistas, o cobrador é o oposto do negativista. Tudo bem? ele pergunta e o invadido deve responder, Tudo bem! com aquele ar atlético de quem já deu a volta por cima quando na realidade está caído de borco no chão. É o *sim* do comodismo. Da servidão.

A cega esperança. Com os cegos encarneirados no servilismo que gera a insegurança. O medo. Medo até de sentir medo e daí a fragilizada vontade sonhando com a evasão. Com a fuga. Mas fugir para onde se a Miséria e a Violência (as irmãs gêmeas) estão em toda parte num só galope, montadas nos pálidos cavalos do Apocalipse. Neste ano do dragão (horóscopo chinês) o homem ficou mais cruel ou ele foi sempre desse jeito mesmo?

Dia de dizer Não. Peço a Deus que aumente a minha fé, peço tão ardentemente, é a depressão? E esta dor não localizável, outra gripe? Por pudor não me jogo no chão nem arranco os cabelos que já estão ralos na cabeça dolorida, mas onde está aquele bom invasor (o extraterrestre) que vai ensinar a desatarraxar a cabeça latejante para dependurá-la com delicadeza no cabide? Dissolvo aspirinas. Uma parte de mim mesma se deita no escuro enquanto a outra parte (estou dividida) me aponta a rua. Porque já tem um cobrador no éter (o telefone) cobrando e interpelando, Por que essa voz? Engulo depressa a saliva e respondo que estou bem. Estou ótima! posso até declarar aos quatro ventos, quais são os quatro ventos? Esqueci. Sei de um único vento que apenas varia de intensidade assim como a Pizza dos Quatro Queijos, atração do restaurante: a gente encomenda e ela vem soltando fumaça, quatro queijos! Na realidade, há um único queijo que vai variando ao capricho dos molhos. A solução é fingir (mentir) que a gente acredita e de mentira em mentira ir regredindo até culminar no triunfo do otimismo só alcançado por aquele filme, lembra? O galã levou uma rajada de metralhadora no peito, a camisa ensopada de sangue (suco de tomate ou calda de chocolate?) e ainda assim consegue chegar rastejante até o policial que faz a clássica pergunta: Tudo bem? E o galã responde, Tudo bem! quando devia gritar, Que merda, eu estou morrendo! Mas nesse pedaço entram os violinos (cinema comercial norte-americano) e o galã fica sentimental porque pensa na amada. Mais violinos. *Horas non numero nisi serenas!* — ele pode citar com a ênfase do relógio no jardim parisiense, *Conto somente as horas felizes!*

Contagem em dólar! sopra o materialista eufórico. Pois é, a ênfase. "As coisas. Que tristes são as coisas consideradas sem ênfase", escreveu o poeta Carlos Drummond de Andrade. Ficam tristes as coisas e a espécie humana, eu acrescento. Com a licença dos ateus eu queria dizer ainda que na ênfase está a alma.

    Tive a minha juventude tão impregnada pelo som colonizador que considero um milagre me ver insubmissa nesta altura, tentando desde sempre — ai de mim! — forjar uma vontade com a resistência do ferro.

    Manhã de céu claro. Limpo. O motorista do táxi liga o rádio e pergunta se quero escutar esse político falando. Não! respondo. Digo que não gosto de discurso e ele sugere então uma música sertaneja, já estacionou no canal das violas. Desafinadas, descubro e me calo: se essa sua cordialidade não tiver resposta, ele vai se irritar e na irritação pode trombar com o carro da frente, um ônibus que já está invadindo o nosso espaço. Cuidado! eu sussurro e me encolho inteira para não ser arremessada para fora. Num impacto do qual saio, no mínimo, com uma perna quebrada. Tento relaxar enquanto vou brincando (brincando?) com as ideias: imagino uma senhora de perna quebrada e entrando num pronto-socorro público em dia útil. Ou inútil, não importa, sempre há gente demais. Demais! — exclama o médico ao qual me dirijo com delicadeza, na insegurança a voz fica delicadíssima. A senhora teve apenas uma fratura, ele diz. E olha só como está isso! explode e corre em seguida para receber um capacete de motoqueiro com miolos dentro. O policial com o capacete está gaguejando, pois o jovem teve a cabeça prensada contra o poste e na colisão ficaram esses miolos, ele esclarece estendendo o capacete. Recolhi o que pude, esclareceu e apontou para o corredor: O corpo é aquele que está ali... Que estava, porque a padiola já vai sendo rapidamente removida. O policial e o médico, ambos precisam correr atrás dessa padiola. Em vão, porque foram interceptados por outro médico que chega esbaforido e perguntando pelo corpo de outra vítima, outra?! Esse segundo médico aponta para a padiola onde está apenas um braço amputado e meio enrolado numa folha de jornal com respingos de sangue. Pasmo total dos dois médicos e do policial gaguejante. Mas logo aparece um senhor bem barbeado, metido numa elegante malha esportiva. Apresenta-se como testemunha: Este não foi um acidente mas um assalto, ele diz fechando o zíper do blusão azul. Eu vinha fazendo o meu *cooper* quando vi num buraco do asfalto um dedo apontando no meio da lama, tinha chovido, doutor. E o bueiro entupiu, o senhor sabe, estão sempre entupidos. E o braço decepado pelo elemento foi cair justo nesse buraco, o susto que levei! O segundo médico (o primeiro já tinha desaparecido com o policial) inclinou-se para ver melhor o braço com placas de lama e sangue. E ainda com uns restos do tecido da camiseta cavadona, o calor. A testemunha abre o zíper do blusão e prossegue: A vítima vinha guiando o seu Gol último tipo quando fechou o sinal e lá veio o elemento com o revólver que falhou. A vítima então abriu o vidro da janela e abriu os braços, a recomendação é essa, a vítima não deve jamais reagir, ao contrário, deve demonstrar afeto. Infelizmente o elemento não entendeu e puxou a peixeira, tinha falhado o revólver, já dei esse detalhe. E todo mundo que ia passando por perto e fazendo que não estava nem aí, todo mundo vendo e disfarçando enquanto o elemento continuou completando o seu serviço! arrematou a testemunha apontando para a padiola. Puxou o maço de cigarro do bolso do blusão e interrompeu o gesto quando leu o aviso, *É proibido fumar*. O médico inclinou-se atento até à padiola, Mas o corpo? Onde está esse corpo? A testemunha empertigou-se: Também não sei, doutor! Suponho que o corpo veio na frente, está por aí, disse e apontou vagamente para o corredor atulhado de padiolas e camas improvisadas. Só encontrei esse braço que esqueceram no local, conforme já disse. O resto mesmo eu não sei onde foi parar, isso daí eu não sei. O médico tirou uma pinça do bolso do avental e futucou o corte sob a crosta de sangue: Um trabalho perfeito, disse.

    Recolho as pernas para bem junto do banco e olho aflita para o motorista que está atendendo a um chamado no seu celular, dirige apenas com a mão esquerda. Enfim, o ônibus ameaçador já desapareceu no tumulto. Consigo moderar a respiração. A charanga das violas segue livre no rádio e agora o motorista guia com ambas as mãos, depositou o celular ao lado. Abro uma nesga no vidro da janela e onde o vendedor já introduziu uma caixinha, Morangos, dona? Digo Não e vou repetindo o Não ao vendedor que oferece panos de limpeza e ao outro que oferece chicletes, vassouras... A miséria trabalhando, penso e digo um Não mais brando ao moço que oferece uma cestinha de violetas. Aproxima-se um pequeno cacho de mendigos. Fecho depressa o vidro e no espelhinho vejo a cara congestionada do motorista que me lança um olhar agressivo, Está quente, não?
    Na avenida ensolarada, a miséria (aquela galopante) me pareceu mais calma. Ainda assim, presente. Abri o vidro da janela esquerda quando o sinal fechou lá no cruzamento. Abre logo! fiquei desejando. Mas esse era um farol distraído, tão distraído que

deu tempo para o menino vendedor de bilhetes de loteria vir vindo capengando: equilibrava-se nas muletas debaixo dos braços ossudos e ainda assim avançava rapidamente, esgueirando-se ágil por entre as filas de carros. Mesmo lá longe devia ter visto a janela aberta e agora chegava triunfante. Pronto, conseguiu, pensei recuando enquanto a mão magra entrava pela abertura, não vendia bilhetes mas papel de cartas.

— Cartas perfumadas! — anunciou com voz estridente ao abrir o leque colorido de envelopes. — Mande uma carta perfumada, olha só, esta tem perfume de rosa! Esta daqui é de jasmim, coisa linda!

Escorreguei para o canto oposto do carro e ele insistindo a sacudir o arco-íris de papel. Senti o perfume adocicado e voltei o olhar ansioso para o farol vermelho, tão vermelho! mas não vai abrir?! E o menino magrela e dentuço falando sem parar, Carta azul é para amigo mesmo, mas esta daqui cor-de-rosa, está vendo? esta é carta de amor! Esta daqui branca é de amor que acabou mas esta roxa é a carta da saudade, a saudade é roxa, leva tudo e faço um preço especial!

Fixei o olhar nas suas duas muletas, uma de cada lado a sustentar o tronco ossudo e saltado sob a camiseta de propaganda política. Então me lembrei de minha mãe lá no seu jardim, as mãos sujas de terra tentando segurar com duas estacas a planta emurchecida, vergada para o chão.

— Não tenho a quem escrever.

O menino riu a sacudir o maçarote.

— Mas nenhum namorado, uai!

O motorista achou graça e sacudiu os ombros num risinho de cumplicidade, O perfume é bom! aprovou em voz baixa. Voltei-me para o sinal, mas não vai abrir nunca mais? E aquela intimidade que de repente se armou ali dentro, a música sertaneja no auge das violas e o menino também no auge do entusiasmo, a sacudir as cartas:

— Escuta só isso, o namorado pode estar longe mas vai voltar correndo se receber esta carta verde que é do perdão. Puro cravo!

— Abriu! O sinal abriu — anunciei ao motorista distraído, todo voltado como um girassol para o vendedor.

Ele retomou a direção. Eu disse o Não definitivo e as filas dos carros recomeçaram a avançar furiosamente. A mão alada fugiu feito um pássaro pela fresta do vidro. Vi ainda a silhueta magrela esgueirar-se capengando entre as muletas e desaparecer atrás de um jipe.

— Fica para outra vez — eu disse fechando a janela.

— O perfume era bom! — resmungou o motorista.

Ele estaria me censurando ou a censura estava apenas em mim? Fui cumprindo as tarefas da rotina: uma passagem pelo banco que achei diferente, mas onde está aquele antigo clima de amenidades, de confiança? Tantos homens armados. As caras severas — mas este banco virou um quartel? Ouço sem emoção as ofertas de valiosos planos que o gerente oferece e aos quais vou educadamente recusando, Não, não... Parto em seguida para o corredor tumultuado dos Correios e Telégrafos. A fila é bastante longa e então tenho tempo para ouvir os apelos, esta mulher com uma criança quer dinheiro para comprar os remédios, o homem desdentado pede uma passagem para voltar ao Nordeste, o moço com chapéu de vaqueiro quer que eu participe de um sorteio fantástico, posso ganhar um carro importado! Não, Não... vou repetindo e no cansaço faço agora apenas um gesto meio vago para o mendigo que me aborda na calçada e que fixa em mim um olhar interpelativo, Mas o que a senhora tem dentro do peito? Uma pedra?

— Podemos ir! — eu disse ao motorista que me aguardava no táxi. Ele tinha desligado o rádio e examinava um folheto. A cara fechada.

— Onde agora?

Fiquei muda ao sentir que meu semblante tinha descaído como os semblantes bíblicos nas horas das danações. Baixei a cabeça e pensei ainda em Santo Agostinho, "a abelha de Deus fabricando o mel que destila a misericórdia e a verdade". Afinal, o dia de dizer Não estava mesmo cortado pelo meio porque na outra face da medalha estava o Sim. A vontade podia servir tanto de um lado como do outro, o importante era escolher o lado verdadeiro e para isso seguir a inspiração da razão. Ou do coração? Ora, liberdade nessa inspiração, toda a liberdade para não me sentir como estava me sentindo agora, uma esponja de fel. A ênfase da inspiração! decidi e levantei a cabeça no susto da revelação: o menino das muletas! Era nele que pensava (e não pensava) o tempo todo.

— Por favor, vamos voltar para o mesmo caminho! — pedi ao motorista. — Quero comprar as cartas daquele menino, vou comprar todas! — anunciei e ouvi minha voz com alegria.

Ele voltou a ligar o rádio. Deu a partida:

— O perfume era bom.

Lá estava o cruzamento da avenida e com o mesmo farol vermelho acendendo glorioso. Abri rapidamente o vidro da janela, Que sorte! E procurei ansiosamente, Mas não era por aqui que ele estava? O motorista saiu do carro para ajudar na busca, olhou para um lado, para o outro, gesticulou. Fez perguntas, E aquele moleque das muletas?...

Abri a porta e perguntei ao jornaleiro, Onde está o vendedor das cartas, você conhece? Então, aquele... ah! onde a mão ossuda sacudindo o jardim do arco-íris, onde?! Vi o vendedor de figos e vi a menina dos caramelos. Fui olhar da outra janela e dei com o jovem dos potes de flores.

—Um menino de muletas vendendo cartas!—perguntei e as pessoas tentando vagamente ajudar, Cartas?...

O motorista voltou para a direção, lá adiante o farol já estava verde.

—Mas onde esse moleque foi parar?

Vi ainda o jornaleiro e o camelô dos relógios, vi a mocinha distribuindo anúncios de imóveis, e o vendedor das cartas perfumadas, esse eu não vi mais.

O Menino e o Velho

Quando entrei no pequeno restaurante da praia os dois já estavam sentados, o velho e o menino. Manhã de um azul flamante. Fiquei olhando o mar que não via há algum tempo e era o mesmo mar de antes, um mar que se repetia e era irrepetível. Misterioso e sem mistério nas ondas estourando naquelas espumas flutuantes (bom dia, Castro Alves!) tão efêmeras e eternas, nascendo e morrendo ali na areia. O garçom, um simpático alemão corado, me reconheceu logo. Franz?—eu perguntei e ele fez uma continência, baixou a bandeja e deixou na minha frente o copo de chope. Pedi um sanduíche. Pão preto? ele lembrou e foi em seguida até a mesa do velho que pediu outra garrafa de água de Vichy.

Fixei o olhar na mesa ocupada pelos dois, agora o velho dizia alguma coisa que fez o menino rir, um avô com o neto. E não era um avô com o neto, tão nítidas as tais diferenças de classe no contraste entre o homem vestido com simplicidade mas num estilo rebuscado e o menino encardido, um moleque de alguma escola pobre, a mochila de livros toda esbagaçada no espaldar da cadeira. Deixei baixar a espuma do chope mas não olhava o copo, com o olhar suplente (sem direção e direcionado) olhava o menino que mostrava ao velho as pontas dos dedos sujas de tinta, treze, catorze anos? O velho espigado alisou a cabeleira branca em desordem (o vento) e mergulhou a ponta do guardanapo de papel no copo d'água. Passou o guardanapo para o menino que limpou impaciente as pontas dos dedos e logo desistiu da limpeza porque o suntuoso sorvete coroado de creme e pedaços de frutas cristalizadas já estava derretendo na taça. Mergulhou a colher no sorvete. A boca pequena tinha o lábio superior curto deixando aparecer os dois dentes da frente mais salientes do que os outros e com isso a expressão adquiria uma graça meio zombeteira. Os olhos oblíquos sorriam acompanhando a boca mas o anguloso rostinho guardava a palidez da fome. O velho apertava os olhos para ver melhor e seu olhar era demorado enquanto ia acendendo o cachimbo com gestos vagarosos, compondo todo um ritual de elegância. Deixou o cachimbo no canto da boca e consertou o colarinho da camisa branca que aparecia sob o decote do suéter verde-claro, devia estar sentindo calor mas não tirou o suéter, apenas desabotoou o colarinho. Na aparência, tudo normal: ainda com os resíduos da antiga beleza o avô foi buscar o neto na saída da escola e agora faziam um lanche, gazeteavam? Mas o avô não era o avô. Achei-o parecido com o artista inglês que vi num filme, um velho assim esguio e bem cuidado, fumando o seu cachimbo. Não era um filme de terror mas o cenário noturno tinha qualquer coisa de sinistro com seu castelo descabelado. A lareira acesa. As tapeçarias. E a longa escada com os retratos dos antepassados subindo (ou descendo) aqueles degraus que rangiam sob o gasto tapete vermelho.

    Cortei pelo meio o sanduíche grande demais e polvilhei o pão com sal. Não estava olhando mas percebia que os dois agora conversavam em voz baixa, a taça de sorvete esvaziada, o cachimbo apagado e a voz apagada do velho no mesmo tom caviloso dos caruncos cavando (roque-roque) as suas galerias. Acabei de esvaziar o copo e chamei o Franz. Quando passei pela mesa os dois ainda conversavam em voz baixa — foi impressão minha ou o velho evitou o meu olhar? O menino do labiozinho curto (as pontas dos dedos ainda sujas de tinta) olhou-me com essa vaga curiosidade que têm as crianças diante dos adultos, esboçou um sorriso e concentrou-se de novo no velho. O garçom alemão acompanhou-me afável até a porta, o restaurante ainda estava vazio. Quase me lembrei agora, eu disse. Do nome do artista, esse senhor é muito parecido com o artista de um filme que vi na televisão. Franz sacudiu a cabeça com ar grave: Homem muito bom! Cheguei a dizer que não gostava dele ou só pensei em dizer? Atravessei a avenida e fui ao calçadão para ficar junto do mar.

    Voltei ao restaurante com um amigo (duas ou três semanas depois) e na mesma mesa, o velho e o menino. Entardecia. Ao cruzar com ambos, bastou um rápido olhar para ver a transformação do menino com sua nova roupa e novo corte de cabelo. Comia com voracidade (as mãos limpas) um prato de batatas fritas. E o velho com sua cara atenta e terna, o cachimbo, a garrafa de água e um prato de massa ainda intocado. Vestia um blazer preto e malha de seda branca, gola alta.

    Puxei a cadeira para assim ficar de costas para os dois, entretida com a conversa sobre cinema, o meu amigo era cineasta. Quando saímos a mesa já estava desocupada. Vi a nova mochila de lona e alças de couro, dependurada na cadeira. Ele esqueceu, eu disse e apontei a mochila para o Franz que passou por mim afobado, o restaurante encheu de repente. Na porta, enquanto me despedia do meu amigo, vi o menino chegar correndo para pegar a mochila. Reconheceu-me e justificou-se (os olhos oblíquos riam mais do que a boca), Droga! Acho que não esqueço a cabeça porque está grudada.

    Pressenti o velho esperando um pouco adiante no meio da calçada e tomei a direção oposta. O mar e o céu formavam agora uma única mancha azul-escura na luz turva que ia dissolvendo os contornos. Quase noite. Fui andando e pensando no filme inglês com os grandes candelabros e um certo palor vindo das telas dos retratos ao longo da escadaria. Na cabeceira da mesa, o velho de chambre de cetim escuro com o perfil esfumaçado. Nítido, o menino e sua metamorfose mas persistindo a palidez. E a graça do olhar que ria com o labiozinho curto.

    No fim do ano, ao passar pelo pequeno restaurante resolvi entrar mas antes olhei através da janela, não queria encontrar o velho e o menino, não me apetecia vê-los, era isso, questão de apetite. A mesa estava com um casal de jovens. Entrei e Franz veio todo contente, estranhou a minha ausência (sempre estranhava) e indicou-me a única mesa desocupada. Hora do almoço. Colocou na minha frente o copo de chope, o cardápio aberto e de repente fechou-se sua cara num sobressalto. Inclinou-se, a voz quase sussurrante, os olhos arregalados. Ficou passando e repassando o guardanapo no mármore limpo da mesa, A senhora se lembra? Aquele senhor com o menino que ficava ali adiante, disse e indicou com a cabeça a mesa agora ocupada pelos jovens. Ich! foi uma coisa horrível! Tão horrível, aquele menininho, lembra? Pois ele enforcou o pobre do velho com uma cordinha de náilon, roubou o que pôde e deu no pé! Um homem tão bom! Foi encontrado pelo motorista na segunda-feira e o crime foi no sábado. Estava nu, o corpo todo judiado e a cordinha no pescoço, a senhora não viu no jornal?! Ele morava num apartamento aqui perto, a polícia veio perguntar mas o que a gente sabe? A gente não sabe de nada! O pior é que não vão pegar o garoto, ich! Ele é igual a esses bichinhos que a gente vê na areia e que logo afundam e ninguém encontra mais. Nem com escavadeira a gente não encontra não. Já vou, já vou! ele avisou em voz alta, acenando com o guardanapo para a mesa perto da porta e que chamava fazendo tilintar os talheres. Ninguém mais tem paciência, já vou!...

  Olhei para fora. Enquadrado pela janela, o mar pesado, cor de chumbo, rugia rancoroso. Fui examinando o cardápio, não, nem peixe nem carne. Uma salada? Fiquei olhando a espuma branca do chope ir baixando no copo.

Que Número Faz Favor?

Afinal, armou-se a mesa em torno do emaranhado novelo que é o nosso país, mas qual foi o gatinho que tirou esse novelo do cestinho da vovó e rolou com ele pelo tapete? Quando chegou a minha vez de falar, comecei pelo Eclesiastes: *Ai de ti, ó Terra, quando o teu rei é uma criança e quando os teus príncipes se banqueteiam desde o amanhecer!* Lembrei ainda que desde os tempos coloniais nunca fomos tão colonizados como nesta virada do século com os nossos milhões de analfabetos rodopiando com outros milhões em estado de pura pobreza. Às vezes, o impulso saudável de ficar contemplando as nuvens também sem destino, mesmo quando conspiram não dura muito essa conspiração porque vem o vento e pronto, elas partem desgarradas.

A jovem aluna sentada na primeira fila bocejou fechando os olhos. Tomei um gole d'água. Nove horas da noite, a menina devia trabalhar durante o dia e agora estava despencando de cansaço, melhor entrar num tema mais leve, a nossa língua? Ah, esta língua portuguesa com o estilo ou modo brasileiro, língua que na opinião do nosso poeta, era *esplendor e sepultura*, por acaso alguém sabia que poeta era esse? A jovem do bocejo levantou a mão, Olavo Bilac?

Emudeci, milagre! Acertou, eu disse e ainda acrescentei que esse mesmo poeta fez no verso seguinte uma bela declaração à língua, *Amo-te assim, desconhecida e obscura.*

Um estudante de colete de couro verde quis saber o nome daquele antigo poeta que se lamentava tanto lá no exílio, ah! como ele se lamentava. Ora, na dor do exílio choraram tantos, ele estaria pensando em Gonçalves Dias? O jovem levantou-se entusiasmado: Esse daí, Gonçalves Dias!

Lembrei como devia ser dura a vida desse poeta mestiço e pobre naquela Coimbra de 1843. E não era um choramingas, sua poesia indianista era pungente mas forte, tanta saudade do nosso sabiá cantando na palmeira. *Nosso céu tem mais estrelas!*, citou o jovem com entusiasmo e em seguida quis saber se por acaso havia por aqui mais estrelas do que nos outros espaços. Ora, de astros eu entendia pouco mas lembrei que ele era um poeta romântico e os românticos são exagerados.

Houve mais três intervenções, falaram dois professores e o nosso encontro chegou ao fim. Na sala ao lado, o café com biscoitos e refrescos. O jovem do colete de couro verde veio conversar comigo, mas por que os antigos (ele quis dizer os velhos) falam sempre num tom assim tão sombrio? Afinal, aquela mesa — tirante a minha participação, apressou-se em acrescentar — resultou num sombrio encontro de lobos tão tristes uivando para a lua, Uhuuuuuuu!... gemeu meneando a cabeça voltada para o teto. Sorriu e roeu um biscoito.

— Vou estudar em Roma — acrescentou. — Mas não vou esquecer nem a minha língua nem a minha pátria. Claro que lá também estão os políticos e os banqueiros na vergonhosa liderança mas fazer o quê? A solução é continuar boiando assim na correnteza feito um jacaré. Exilado, sim, mas com bom humor enfrentar o milênio!

Aceitei a xícara de café que me ofereceu. Lá na sala eu tinha dito que a minha geração lutou bravamente em busca de um sentido até descobrirmos que fomos enganados. E vocês também estão sendo enganados! pensei, mas fiquei calada.

— A travessia na superfície? — Eu perguntei em voz baixa porque me lembrei daquela doce tia-avó me aconselhando numa carta, Minha querida, não queira ser a palmatória do mundo, já viu uma palmatória? É uma pequena peça de madeira redonda e com um cabo, no castigo a criança tinha que estender a palma da mão e o professor ia batendo com força, plaque, plaque! até a mão quase sangrar de tão vermelha.

Baixei a cabeça. A palmatória lá por dentro não foi na minha infância feliz mas sim na juventude tempestuosa e sombria. O importante agora era não passar para o meu próximo essa experiência negativa, nunca a fria lucidez da desilusão mas a cálida ilusão do sonho. O jovem jacaré do colete verde pediu licença e se afastou um pouco enquanto tirava o celular do bolso. Levou-o ao ouvido, Que número faz favor?

Tive vontade de rir porque de repente entrei nessa infância lá em Sertãozinho com a declamadora gorduxa e loura recitando o poema do telefone, *Que número faz favor?*

Tempo das ligações feitas através da telefonista e daí o poema com a declamadora levando a mãozinha em concha ao ouvido na clássica pergunta com voz delicada, Que número faz favor? E o Poeta respondendo com a voz grossa (mudança da voz e da mãozinha) porque ele pedia para falar com a *Casa da Alegria/ É preciso que eu cante/ É preciso que eu ria/ Ainda que sinta o coração sangrar no peito!* Mudança rápida da mãozinha e da voz profissional avisando, *Senhor, o telefone da alegria?/ Com defeito!*

Acendi um cigarro. Ali estava o jacaré do colete verde tentando sua ligação e eu ligada à declamadora do vestido de veludo vermelho que respondia ao poeta aflito, ele queria agora falar com a *Mulher Amada!* Mudança da voz e da mãozinha, *Senhor, está me ouvindo?/ A linha está ocupada!*

O poema chegava ao fim com a soluçante voz do Poeta pedindo outra ligação, qual?! Procurei o cinzeiro para apagar o cigarro e a memória falhando justamente nesse fim e então?... Encarei meio atônita o jovem que já guardava o celular e no gesto quase derrubou a garrafa térmica na bandeja.

—Meu colega está com o carro, podemos levá-la. A senhora mora onde?

Cheguei a recuar em meio ao espanto, ah! era esse o final com a voz fininha da telefonista no último verso, *Mas o senhor quer que eu ligue para onde?/ Dona Felicidade? Não responde.*

Respirei fundo e tão aliviada que me senti como os santos em estado de levitação. Abracei o jovem, o meu jacaré feliz.

—Tenho condução, pode ir! E boa viagem!

Ele afastou-se e desapareceu na vaga turbulenta das cabeças descendo a escada. O inesperado encaixe daquela última peça do mosaico poético completou o quadro que ficou perfeito. Quem sabe os meus outros mosaicos que continuavam incompletos, hein?! E se também de repente as peças se encaixassem no mistério do acaso? Quais eram os filósofos que davam tanta importância ao acaso?

Fiz um gesto de despedida que ninguém notou e fui me afastando sem pressa, a deslizar também na superfície.

Rua Sabará, 400

A empregada era a Alina, uma bonita crioula que sempre dava um jeito de arrumar uma festa. Nessa noite (Baile da Primavera) o vestido de cetim rosa-choque já estava estendido em cima da cama, tinha agora que sair galopando para fazer o penteado e comprar os brincos. Antes, renovou o leite na tigela dos gatos:

— Não sei por que fui inventar esse baile! — gemeu abrindo os braços, ela gostava de se queixar.

Quando entrei na cozinha para preparar o lanche, apareceu Paulo Emílio e pediu um café, Ô! que vontade de um café. Sentou-se e deixou na mesa o livro que estava lendo, *O assassinato de Trotsky*, a página marcada com um filete de papel. Eu me lembro, pensei em ver o nome do autor mas a água já estava fervendo, deixei para depois e nunca mais.

Escrevíamos então, Paulo e eu, um roteiro para cinema, *Capitu*, baseado no romance *Dom Casmurro*, de Machado de Assis. A encomenda era do diretor Paulo Cezar Saraceni, amigo e colaborador muito querido e que o Paulo Emílio apelidou de Capitu porque às vezes ele tinha aquele mesmo olhar fugidio da moça, eram olhos verdes ou azuis? Olhos de ressaca de um mar voraz que vem e arrasta tudo para o fundo.

Paulo Cezar achou graça no apelido? Penso que sim, principalmente quando Alina abria a porta e vinha anunciar, Chegou o sêo Capitu.

Dar apelidos era um costume de Paulo Emílio, a começar pelo Pum-Gati, um gatinho mijado que meu filho achou na rua. Veio com disenteria e por isso ficou sendo o Pum mas assim que sarou, devido às corridas derrapantes que dava no assoalho do apartamento, virou o Pum-Gati, homenagem ao carro Bugatti de tantos brilhos passados. Uma gatinha infanta nos chegou em seguida e ficou sendo a Pum-Gata. Venha ver o Pum-Gati competindo com a Punga! o Paulo chamava e ria da rodopiante parelha em preto e branco nas tábuas enceradas do corredor. Eu mesma não escapei e virei Kuko (a letra *K* era uma cortesia) devido ao fato de me atrasar nos compromissos, bem no estilo do cuco do relógio da avó inglesa, ele falava muito nessa avó do relógio com o tal cuco desatento. Nosso amigo Almeida Salles (presidente da Cinemateca Brasileira e de tantas outras coisas, eleito presidente até de um bar!) naturalmente era o Presidente e o meu filho (Goffredo Telles Neto, ainda adolescente) ficou sendo o Jovem.

 Fiz o café à moda antiga, com o pó fervido na caneca e o tradicional coador de pano esperando no bule escaldado. Ele recebeu a xícara com entusiasmo.

 — Acho melhor guardarmos uma certa distância do Bentinho e dessa Capitu — ele advertiu muito sério. — Houve traição? Não houve traição? A gente não vai tomar partido, quero dizer, não assim de modo que transpareça no roteiro, não somos juízes.

 Fui buscar um cinzeiro e sentei-me ao seu lado.

 — Que coisa extraordinária, Paulo, eu estava pensando justamente no Bentinho. Como adivinhou?

 — Ah, pela sua expressão — ele disse e sorriu com malícia. — Há pouco você me olhou com aquela mesma cara interrogativa do Bentinho, acho que vou começar a te chamar de Kuko-Bentinho.

 Achei uma certa graça (não muita) no novo apelido acoplado ao primeiro e até aí nenhuma novidade, eu estava mesmo do lado do Bentinho, ele teria se encarnado em mim? No fundo, aquela velha história da ficção (quando assim tão forte) começar a se emaranhar na vida real num emaranhado que podia ser excitante, até divertido. Mas nesse caso, bastante perigoso, tantas dúvidas! Tirei depressa a gatinha de cima da mesa onde ela passeava a sua curiosidade e tentei o tom imparcial. Comecei por dizer que gostaria de esclarecer umas coisas, que coisas?

 — Bom, quando li o livro pela primeira vez eu era uma estudante e desse Bentinho me lembro que ficou uma impressão negativa, ai! aquele marido encegado pelo ciúme, azucrinando a pobre da moça naquele movimento assim cruel de parafuso, zuc... zuc... A Capitu, pobrezinha, uma vítima do sadomasoquista atormentador e atormentado, zuc... zuc... E agora, tanto tempo depois, está me ouvindo? descobri de repente uma outra Capitu e essa foi uma revelação: a moça era mesmo dissimulada e astuta, não vítima mas uma manipuladora esperta. Calculista. Amante, sim, do Escobar com quem teve um filho que saiu a cara dele!

Paulo Emílio estava gostando da conversa. Serviu-se de mais café.

—E então, Kuko-Bentinho?

—Então fiquei envolvida, resistir, quem há de?... Mas nessa embrulhada toda, apareceu um dado novo, é um detalhe, um miserável detalhe mas tão importante que acabou mudando tudo.

—Outra vez?—espantou-se Paulo Emílio.

—Outra vez—confirmei com ar grave.

Ele riu. Mas logo ficou sério ao fazer o gesto que eu costumava fazer, uma reminiscência das partidas de vôlei, quando as jogadoras, meio confundidas na quadra, pediam Tempo armando um T com ambas as mãos. Estava muito interessado nessa novidade mas antes queria pesquisar a geladeira, ah! como esse assunto abria o apetite. Espera aí, ele pediu: Que tal uns ovos mexidos nem muito moles nem muito duros, hein? Bastante cheiro verde, pouco sal. Temos que nos fortalecer, Kuko! avisou e trouxe do armário a cesta do pão e uma garrafa de vinho tinto. Deixou a garrafa no fogão, perto da chaleira de água quente, a noite estava fria, era bom aquecer um pouco o vinho. Sentou-se, acomodou o Pum-Gati no colo e abriu o vidro de azeitonas.

—O que você descobriu, Kuko, conta!

Comecei a quebrar os ovos.

—É apenas um detalhe que me caiu assim como uma bomba! Já vou contar, espera, deixa eu diminuir aqui esta chama...

Paulo Emílio começou a cortar o pão.

—Quando jovem, também eu embirrei com aquele Bentinho—ele disse e pegou o saca-rolhas.—Sempre mordido pelos tais dentes do ciúme, lembra? O romance também fala na má terra da verdade que estava era dentro dele mesmo, alimentando suas entortadas raízes. Cheguei à mesma conclusão, Capitu era uma coitadinha que vivia tremendo de medo, é lógico, conhecia de sobra o mecanismo do marido em crise permanente. Para piorar tudo, o chato daquele filho andando feito o Escobar, parecido com o Escobar... Bizarro!—exclamou Paulo Emílio afastando um pouco o Pum-Gati para poder abrir a garrafa.—Mas essas semelhanças não provam nada, conheci no ginásio um menino que era a minha cara! Tirante minha vesguice, podia ser meu irmão gêmeo, as coincidências. Bom, suspendi o juízo desta vez enquanto você virou o Kuko-Bentinho. E apareceu esse detalhe, mudou de novo? *Fragilidade, teu nome é mulher!*, citou eufórico enquanto levantava o copo para ver o vermelho do vinho contra a luz. Bebeu devagar. Hum!... é da melhor safra. Prova, Kuko, prova!

Instalado no colo de Paulo, de repente o Pum-Gati esticou o pescoço, avançou a pata na curvatura de uma concha e conseguiu abocanhar um naco do mexido de ovos. Que achou quente demais porque depressa largou o bocado na beirada da mesa e me enfrentou com olhar acusador, Queimei a boca, viu?!

Nesse instante a gatinha atravessou na minha frente, tive que me apoiar na cadeira para não pisar nela, Desvia, Punga! eu pedi e ela foi saindo com soberba, o rabo erguido. Desatei a rir, ah! o mesmo verde nos olhos da Capitu, dos gatos, do Paulo Emílio e até da azeitona que ele começou a mordiscar.

— Mas fala, Kuko, e o detalhe? Capitu ficou de novo inocente, é isso?

Mastigando o bocado que deixou esfriar, Pum-Gati levantava o corpo para dar uma nova patada nos ovos com seu esmerado estilo de jogador de golfe. Agarrei-o em plena ação, enlacei a Pum-Gata que já ia saltando na mesa e levei ambos para a sala. Fechei a porta.

— Vou escrever um livro que vai se chamar *Os Gatos!* — avisei e bebi para brindar a ideia.

— Estes ovos e este vinho! — disse o Paulo voltando a encher os nossos copos. — E daí, Kuko? Esse detalhe que mudou tudo?!...

Ouvi a voz de Alina conversando animadamente com a amiga na área de serviço, deviam estar saindo. Sem abrir a porta ela quis saber, Vocês querem alguma coisa? Levantei a voz para que me escutasse, Tudo bem, Alina, boa festa! Saíram com alvoroço e fez-se o silêncio na área enquanto na sala os gatos começaram a miar. Passei devagar o miolo de pão no fundo do prato e comecei meu pequeno discurso lembrando a noite em que Bentinho (Dom Casmurro maduro) recebe a notícia da morte do filho em terras distantes. E o nosso Bentinho, o que faz em seguida? Calmamente confessa que apesar de tudo jantou bem e foi ao teatro. Mas isso justo na noite em que ficou sabendo da morte desse moço? O homem é um monstro!

Paulo Emílio riu.

— Mas você se esqueceu, Kuko? Ele nunca perdoou aqueles dois, a primeira namorada e o primeiro amigo que ele amou tanto, lembra? E que se juntaram para a traição. Ora, se o moço era o filho deles, dane-se! deve ter pensado. Dane-se!

— Disso eu sei, embora já velhote o Bentinho continuava emputecido — (corrigi depressa) enfurecido, ah, ele morreu? E eu com isso? E foi jantar com apetite e se divertir. Mas espera, querido, esse rapaz que tinha acabado de morrer por acaso não era aquela encantadora criança que se sentava em seus joelhos e o chamava de pai com o mais ardente amor? A paixão que o garoto tinha por ele! Tantas lembranças desse tempo inocente, quer dizer que tudo isso desapareceu?! A pele desse Dom Casmurro ficou assim tão impermeável? Ah, esse cara sempre foi um neurótico. Se ao menos nessa noite tivesse apenas jantado, vá lá! mas jantar bem e depois ir pandegar? Comportamento de um perfeito psicopata.

— Mas ele não foi pandegar, foi ao teatro e teatro é coisa séria — disse Paulo Emílio me tomando pelo ombro. — Quer dizer que com isso a Capitu ficou de novo aquela santa da sua primeira leitura?

— Ficou.

— Então não leia mais o livro porque essas descobertas não vão acabar nunca — ele suspirou arrolhando a garrafa.

Os miados dos gatos subiam agora lancinantes. Fomos para a sala. Ele acendeu o abajur e ligou o toca-discos, Mozart? perguntou enquanto tirava o disco do envelope. Sentou-se na poltrona, acomodou Pum-Gati no colo mas de modo a não fechá-lo no seu espaço, Pung gostava de se sentir livre. Pegou o livro que estava lendo e baixou os óculos para me ver melhor.

— Tudo bem, Kuko, mas não vamos descartar a hipótese da traição.

Meu filho entrou, foi ao quarto e voltou com um pulôver nos ombros e com um caderno.

— Vai sair, Jovem? — Paulo Emílio perguntou.

— Vou estudar com um colega, tenho prova amanhã.

Acenou, pegou a chave em cima da mesa. Ouvi a porta se fechar. Paulo então puxou o abajur para mais perto e começou a ler. Abri a janela.

— Mas o céu está desabando de estrelas! — eu disse baixinho.

Como se tivesse me entendido, a Pum-Gata aproximou-se com um miado amoroso, subiu no espaldar da poltrona verde e esfregou a cabeça acariciante no meu braço. Em seguida, com seu ar bem-comportado ela sentou-se no topo da almofada e ficou olhando a noite.

A Chave na Porta

A chuva fina. E os carros na furiosa descida pela ladeira, nenhum táxi? A noite tão escura. E aquela árvore solitária lá no fim da rua podia me abrigar debaixo da folhagem, mas onde a folhagem? Assim na distância era visível apenas o tronco com os fios das pequeninas luzes acesas, subindo em espiral na decoração natalina. Uma decoração meio sinistra, pensei. E descobri, essa visão lembrava uma chapa radiográfica revelando apenas o esqueleto da árvore, ah! tivesse ela braços e mãos e seria bem capaz de arrancar e atirar longe aqueles fios que deviam dar choques assim molhados.
— Quer condução, menina?
Recuei depressa quando o carro arrefeceu a marcha e parou na minha frente, ele disse *menina*? O tom me pareceu familiar. Inclinei-me para ver o motorista, um homem grisalho, de terno e gravata, o cachimbo aceso no canto da boca. Mas espera, esse não era o Sininho? Ah! é claro, o próprio Sininho, um antigo colega da Faculdade, o simpático Sininho! Tinha o apelido de Sino porque estava sempre anunciando alguma novidade. Era burguês mas dizia-se anarquista.
— Sininho, é você!
Ele abriu a porta e o sorriso branquíssimo, de dentinhos separados.
— Um milagre — eu disse enquanto afundava no banco com a bolsa e os pequenos pacotes. — Como conseguiu me reconhecer nesta treva?
— Estes faróis são poderosos. E olha que já lá vão quarenta anos, menina. Quarenta anos de formatura!
Aspirei com prazer a fumaça do cachimbo, que se misturava

ao seu próprio perfume, alfazema? E não parecia ter envelhecido muito, os cabelos estavam grisalhos e a face pálida estava vincada mas o sorriso muito claro não era o mesmo? E me chamava de *menina*, no mesmo tom daqueles tempos. Acendi um cigarro e estendi confortavelmente as pernas, mas espera, esse carrão antiquado não era o famoso Jaguar que gostava de exibir de vez em quando?

— O próprio.

Fiquei olhando o belo painel com o pequeno relógio verde embutido na madeira clara.

— Você era rico e nós éramos pobres. E ainda por cima a gente lia Dostoiévski.

— Humilhados e Ofendidos!

Rimos gostosamente, não era mesmo uma coisa extraordinária? Esse encontro inesperado depois de tanto tempo. E em plena noite de Natal. Contei que voltava de uma reunião de amigos, quis sair furtivamente e para não perturbar inventei que tinha condução. Quando começou a chuva.

— Acho essas festas tão deprimentes — eu disse.

Ele então voltou-se para me ver melhor. Dei-lhe o meu endereço. No farol da esquina ele voltou a me olhar. Passou de leve a mão na minha cabeça mas não disse nada. Guiava como sempre, com cuidado e sem a menor pressa. Contou que voltava também de uma reunião, um pequeno jantar com colegas mas acrescentou logo, eram de outra turma. Tentei vê-lo através do pequeno espelho entortado, mas não era incrível? Eu me sentir assim com a mesma idade daquela estudante da Academia. Outra vez inteira? Inteira. E também ele com o seu eterno carro, meu Deus! na noite escura tudo parecia ainda igual ou quase. Ou quase, pensei ao ouvir sua voz um tanto enfraquecida, rateando como se viesse de alguma pilha gasta. Mas resistindo.

— Quarenta anos como se fossem quarenta dias — ele disse. — Você usava uma boina.

— Sininho, você vai achar isso estranho mas tive há pouco a impressão de ter recuperado a juventude. Sem ansiedade, ô! que difícil e que fácil ficar jovem outra vez.

Ele reacendeu o cachimbo, riu baixinho e comentou, ainda bem que não havia testemunhas dessa conversa. A voz ficou mais forte quando recomeçou a falar em meio das pausas, tinha asma? Contou que depois da formatura foi estudar na Inglaterra. Onde acabou se casando com uma colega da universidade e continuaria casado se ela não tivesse inventado de se casar com outro. Então ele matriculou o filho num colégio, tiveram um filho. E em plena depressão ainda passou por aquela estação no inferno, quando teve uma ligação com uma mulher casada. Um amor tão atormentado, tão louco, ele acrescentou. Vivemos juntos algum tempo, ela também me amava mas acabou voltando para o marido que não era marido, descobri mais tarde, era o próprio pai.

— O pai?!

— Um atroz amor de perdição. Fiquei destrambelhado, desandei a beber e sem outra saída aceitei o que me apareceu, fui lecionar numa pequena cidade afastada de Londres. Um lugar tão modesto mas deslumbrante. Deslumbrante, ele repetiu depois de um breve acesso de tosse. Nos fins de semana viajava para visitar o filho mas logo voltava tão ansioso. Fiquei muito amigo de um abade velhíssimo, Dom Matheus. Foi ele que me deu a mão. Conversávamos tanto nas nossas andanças pelo vasto campo nas redondezas do mosteiro. Recomecei minhas leituras quando fui morar no mosteiro e lecionar numa escola fundada pelos religiosos, meus alunos eram camponeses.

— Você não era ateu?

— Ateu? Era apenas um ser completamente confuso, enredado em teias que me tapavam os olhos, os ouvidos... Fiquei por demais infeliz com o fim do meu casamento e não me dei conta disso. E logo em seguida aquele amor que foi só atormentação. Sofrimento. Aos poucos, na nova vida tão simples em meio da natureza eu fui encontrando algumas respostas, eram tantas as minhas dúvidas. Mas o que eu estou fazendo aqui?! me perguntava. Que sentido tem tudo isto? Ficava muito em contato com os bichos, bois. Carneiros. Fui então aprendendo um jogo que não conhecia, o da paciência. E nesse aprendizado acabei por descobrir... (fez uma pausa) por descobrir...

Saímos de uma rua calma para entrar numa travessa agitada, quase não entendia o que ele estava dizendo, foi o equilíbrio interior que descobriu ou teria falado em Deus?

— Depois do enterro de Dom Matheus, despedi-me dos meus amigos, fui buscar meu filho que já estava esquecendo a língua e voltei para o Brasil, a gente sempre volta. Voltei e fui morar sabe onde? Naquela antiga casa da Rua São Salvador, você esteve lá numa festa, lembra?

— Mas como podia esquecer? Uma casa de tijolinhos vermelhos, a noite estava fria e vocês acenderam a lareira, fiquei tão fascinada olhando as labaredas. Me lembro que quando atravessei o jardim passei por um pé de magnólia todo florido, prendi uma flor no cabelo e foi um sucesso! Ah, Sininho, voltou para a mesma casa e este mesmo carro...

Ele inclinou-se para ler a tabuleta da rua. Empertigou-se satisfeito (estava no caminho certo) e disse que os do signo de Virgem eram desse jeito mesmo, conservadores nos hábitos assim no feitio dos gatos que simulam um caráter errante mas são comodistas, voltam sempre aos mesmos lugares. Até os anarquistas, acrescentou zombeteiro em meio de uma baforada.

Tinha parado de chover. Apontei-lhe o edifício e nos despedimos rapidamente porque a fila dos carros já engrossava atrás. Quis dizer-lhe como esse encontro me deixou desanuviada mas ele devia estar sabendo, eu não precisava mais falar. Entregou-me os pacotes. Beijei sua face em meio da fumaça azul. Ou azul era a névoa?

Quando subia a escada do edifício, dei por falta da bolsa e lembrei que ela tinha caído no chão do carro numa curva mais fechada. Voltei-me. Espera! cheguei a dizer. E o Jaguar já seguia adiante. Deixei os pacotes no degrau e fiquei ali de braços pendidos: dentro da bolsa estava a chave da porta, eu não podia entrar. Através do vidro da sua concha, o porteiro me observava. E me lembrei de repente, Rua São Salvador! Apontei para o porteiro os meus pacotes no chão e corri para o táxi que acabava de estacionar.

—É aqui!—quase gritei assim que vi o bangalô dos tijolinhos.

Antes de apertar a campainha, fiquei olhando a casa ainda iluminada. Não consegui ver a garagem lá no fundo, mergulhada na sombra mas vislumbrei o pé de magnólia, sem as flores mas firme no meio do gramado. Uma velhota de uniforme veio vindo pela alameda e antes mesmo que ela fizesse perguntas, já fui me desculpando, lamentava incomodar assim tarde da noite mas o problema é que tinha esquecido a bolsa no carro do patrão, um carro prateado, devia ter entrado há pouco. Ele me deu carona e nessa bolsa estava a minha chave. Será que ela podia?...

A mulher me examinou com o olhar severo. Mas que história era essa se o patrão nem tinha saído e já estava até se recolhendo com a mulher e os gêmeos? Carro prateado? Como esqueci a bolsa num carro prateado se na garagem estavam apenas os carros de sempre, o bege e o preto?

—Decerto a senhora errou a casa, dona—ela disse e escondeu a boca irônica na gola do uniforme.—Em noite de tanta festa a gente faz mesmo confusão...

Tentei aplacar com as mãos os cabelos que o vento tinha desgrenhado.

—Espera, como é o nome do seu patrão?

—Doutor Glicério, ora. Doutor Glicério Júnior.

—Então é o pai dele que estou procurando, estudamos juntos. Mora nesta rua, um senhor grisalho, guiava um Jaguar prateado...
A mulher recuou fazendo o sinal da cruz:
—Mas esse daí morreu faz tempo, meu Deus! É o pai do meu patrão mas ele já morreu, fui até no enterro... Ele já morreu!
Fechei o casaco e fiquei ouvindo minha voz meio desafinada a se enrolar nas desculpas, tinha razão, as casas desse bairro eram muito parecidas, Devo ter me enganado, é evidente, fui repetindo enquanto ia recuando até o táxi que me esperava.
O motorista tinha o rádio ligado numa música sacra. Pedi-lhe que voltasse para o ponto.

Já estava na escada do edifício quando o porteiro veio ao meu encontro para avisar que um senhor tinha vindo devolver a minha bolsa:
—Não é esta?
Fiz que sim com a cabeça. Quando consegui falar foi para dizer, Ah! que bom. Abri a bolsa e nela afundei a mão mas alguma coisa me picou o dedo. Fiz nova tentativa e dessa vez trouxe um pequeno botão de rosa, um botão vermelho enredado na correntinha do chaveiro. Na extremidade do cabo curto, o espinho. Pedi ao porteiro que depois levasse os pacotes e subi no elevador.
Quando abri a porta do apartamento tive o vago sentimento de que estava abrindo uma outra porta, qual? Uma porta que eu não sabia onde ia dar mas isso agora não tinha importância. Nenhuma importância, pensei e fiquei olhando o perfil da chave na palma da minha mão. Deixei-a na fechadura e fui mergulhar o botão no copo d'água. Agora desabrocha! pedi e toquei de leve na corola vermelha.
Debrucei-me na janela. Lá embaixo na rua, a pequena árvore (parecida com a outra) tinha a mesma decoração das luzes em espiral pelo tronco enegrecido. Mas não era mais a visão sinistra da radiografia revelando na névoa o esqueleto da árvore, ao contrário, o espiralado fio das pequeninas luzes me fez pensar no sorriso dele, luminoso de tão branco.

História de Passarinho

Um ano depois os moradores do bairro ainda se lembravam do homem de cabelo ruivo que enlouqueceu e sumiu de casa.

Ele era um santo, disse a mulher levantando os braços. E as pessoas em redor não perguntaram nada e nem era preciso perguntar o que se todos já sabiam que era um bom homem que de repente abandonou casa, emprego no cartório, o filho único, tudo. E se mandou Deus sabe para onde.

Só pode ter enlouquecido, sussurrou a mulher, e as pessoas tinham que se aproximar inclinando a cabeça para ouvir melhor. Mas de uma coisa estou certa, tudo começou com aquele passarinho, começou com o passarinho. Que o homem ruivo não sabia se era um canário ou um pintassilgo, Ô! Pai, caçoava o filho, que raio de passarinho é esse que você foi arrumar?!

O homem ruivo introduzia o dedo entre as grades da gaiola e ficava acariciando a cabeça do passarinho que por essa época era um filhote todo arrepiado, escassa a plumagem amarelo-pálido com algumas peninhas de um cinza-claro.

Não sei, filho, deve ter caído de algum ninho, peguei ele na rua, não sei que passarinho é esse.

O menino mascava chicle. Você não sabe nada mesmo, Pai, nem marca de carro, nem marca de cigarro, nem marca de passarinho, você não sabe nada.

Em verdade, o homem ruivo sabia bem poucas coisas. Mas de uma coisa ele estava certo, é que naquele instante gostaria de estar em qualquer parte do mundo, mas em qualquer parte mesmo, menos ali. Mais tarde, quando o passarinho cresceu, o homem ruivo ficou sabendo também o quanto ambos se pareciam, o passarinho e ele.

Ai! o canto desse passarinho, resmungava a mulher, Você quer mesmo me atormentar, Velho. O menino esticava os beiços tentando fazer rodinhas com a fumaça do cigarro que subia para o teto: Bicho mais chato, Pai. Solta ele.

Antes de sair para o trabalho o homem ruivo costumava ficar algum tempo olhando o passarinho que desatava a cantar, as asas trêmulas ligeiramente abertas, ora pousando num pé, ora noutro e cantando como se não pudesse parar nunca mais. O homem então enfiava a ponta do dedo entre as grades, era a despedida e o passarinho, emudecido, vinha meio encolhido oferecer-lhe a cabeça para a carícia. Enquanto o homem se afastava, o passarinho se atirava meio às cegas contra as grades, fugir, fugir! Algumas vezes, o homem assistiu a essas tentativas que deixavam o passarinho tão cansado, o peito palpitante, o bico ferido. Eu sei, você quer ir embora, você quer ir embora mas não pode ir, lá fora é diferente e agora é tarde demais.

A mulher punha-se então a falar e falava uns cinquenta minutos sobre as coisas todas que quisera ter e que o homem ruivo não lhe dera, não esquecer aquela viagem para Pocinhos do Rio Verde e o Trem Prateado descendo pela noite até o mar. Esse mar que se não fosse o Pai (que Deus o tenha!) ela jamais teria conhecido porque em negra hora se casara com um homem que não prestava para nada, Não sei mesmo onde estava com a cabeça quando me casei com você, Velho.

Ele continuava com o livro aberto no peito, gostava muito de ler. Quando a mulher baixava o tom de voz, ainda furiosa (mas sem saber mais a razão de tanta fúria), o homem ruivo fechava o livro e ia conversar com o passarinho que se punha tão manso que se abrisse a portinhola poderia colhê-lo na palma da mão. Decorridos os cinquenta minutos das queixas, e como ele não respondia mesmo, ela se calava exausta. Puxava-o pela manga, afetuosa: Vai, Velho, o café está esfriando, nunca pensei que nesta idade eu fosse trabalhar tanto assim. O homem ia tomar o café. Numa dessas vezes, esqueceu de fechar a portinhola e quando voltou com o pano preto para cobrir a gaiola (era noite) a gaiola estava vazia. Ele então sentou-se no degrau de pedra da escada e ali ficou pela madrugada, fixo na escuridão. Quando amanheceu, o gato da vizinha desceu o muro, aproximou-se da escada onde estava o homem ruivo e ficou ali estirado, a se espreguiçar sonolento de tão feliz. Por entre o pelo negro do gato desprendeu-se uma pequenina pena amarelo-acinzentada que o vento delicadamente fez voar. O homem inclinou-se para colher a pena entre o polegar e o indicador. Mas não disse nada, nem mesmo quando o menino que presenciara a cena desatou a rir, Passarinho mais besta! Fugiu e acabou aí, na boca do gato.

Calmamente, sem a menor pressa o homem ruivo guardou a pena no bolso do casaco e levantou-se com uma expressão tão estranha que o menino parou de rir para ficar olhando. Repetiria depois à Mãe, Mas ele até que parecia contente, Mãe, juro que o Pai parecia contente, juro! A mulher então interrompeu o filho num sussurro, Ele ficou louco.

Quando formou-se a roda de vizinhos, o menino voltou a contar isso tudo mas não achou importante contar aquela coisa que descobriu de repente: o Pai era um homem alto, nunca tinha reparado antes como ele era alto. Não contou também que estranhou o andar do Pai, firme e reto, mas por que ele andava agora desse jeito? E repetiu o que todos já sabiam, que quando o Pai saiu, deixou o portão aberto e não olhou para trás.

Potyra

Quando a lua esverdeada saiu de trás da nuvem, entrei no Jardim da Luz, o jardim da minha infância, quando meu pai me convidava para ver os macaquinhos, Vamos ver os macaquinhos? Então seguíamos de mãos dadas pelas alamedas de pedregulhos e areia branca, tantas árvores. Os quiosques. As fontes. Com os macaquinhos espiando aflitos por entre a folhagem. Tinha também os periquitos. Ele então me levava até o balanço (o assento entre as correntes pendendo de uma trave), punha-se atrás, pedia que me segurasse bem e firmava as mãos nas minhas costas, Pronto? Dava dois ou três impulsos enquanto eu pedia, Mais alto, mais alto! Quando as correntes esticadas chegavam ao extremo, eu vergava o corpo na tentativa de descobrir algum macaquinho também no balanço da galharia mais próxima.

— Fique aí que o papai volta logo — ele avisava. E desaparecia durante algum tempo com sua palheta e o seu charuto.

Mas agora era noite e eu estava só. E era jovem, via a minha juventude nos meus sapatos de estudante-andarilha, sapatos de amarrar, de couro de búfalo e que duravam este ano, o ano seguinte e ainda o outro, búfalo é fortíssimo.

— Estarei debaixo da grande figueira — o desconhecido avisou. — Você sabe onde fica.

Fui andando sem pressa pelo jardim silencioso, os macaquinhos e os periquitos deviam estar dormindo. Lá estava a velha figueira com as raízes ainda se buscando e se encontrando na terra e mesmo acima dela, subindo afoitas pelo tronco na ânsia do espaço. Lá no alto, a grande copa espessa. Negra.

Parei ao vislumbrar a silhueta esguia de um homem sentado

no banco de pedra. Vestia um amplo sobretudo preto que lhe chegava até os sapatos. Tinha as pernas estiradas e o chapéu de feltro preto estava ao seu lado no banco. A mão magra e muito branca segurava o cigarro aceso. A farta cabeleira alourada me pareceu comprida, as pontas meio em desordem chegando até a gola do sobretudo. Deve ser um estrangeiro, pensei ao me aproximar.

— Sou estrangeiro. Sente-se — ele pediu e, com a mão que segurava o cigarro, indicou a outra ponta do banco. — Fique aí, o cheiro...

Obedeci sem entender. Estrangeiro, ele confirmou. Mas então adivinhou meu pensamento? E quis uma certa distância ao falar em cheiro, que cheiro?! Sentia apenas o cheiro úmido da folhagem, tinha chovido. A lua, por um momento encoberta, apareceu inteira e pude ver o fino perfil do homem de um brancor transparente. Mas os olhos, esses eram fortes, num tom azul-chamejante. Acomodei no colo os livros e a bolsa. Lembrei então, ele falou em cheiro, seria alérgico? Meu colega da Faculdade tinha alergia a perfumes, até a delicada água-de-colônia que eu usava o fazia lacrimejar quando dançávamos.

— Não é alergia — ele disse.

Tive vontade de rir, não era mesmo extraordinário? Ele adivinhava o que eu estava pensando e por isso já devia estar sabendo que me perguntava agora que idade teria aquela pele assim baça. Mas e o olhar ardente? Puxei as mangas da minha malha de lã para que os punhos chegassem até meus dedos, e esse encontro agora com um desconhecido que podia ler meus pensamentos. O que facilitava — e dificultava — nosso diálogo, cuidado! Muito cuidado daqui por diante, aconselhei a mim mesma. Conselho ingênuo, como podia ocultar este pensamento correndo livre feito um cavalo selvagem? Agora, por exemplo, me ocorria aquele seu gesto ao indicar a extremidade do banco devido ao cheiro, que cheiro? Nada a fazer porque ele desvendava minhas interrogações bem como estava ciente de que eu já reparava na fímbria bastante desfiada do seu sobretudo. Ainda assim, era um sobretudo importante, concluí e esperei por uma resposta, ele já estava sabendo que eu gracejava.

— É um sobretudo muito antigo. Mas sou mais antigo ainda.

Entrelacei as mãos. E o cheiro? perguntei em silêncio e desta vez ele não respondeu, não invadia mais a minha mente? Ou não quis (por delicadeza) mostrar essa invasão? Puxei ainda uma vez os punhos da malha para aquecer meus dedos que estavam gelados. Ele notou o meu gesto.

— Os muito jovens sentem frio nas extremidades, Potyra também tinha muito frio nas mãos.

— Potyra?

— A minha amada — ele disse e a voz ficou profunda. — Quente. Ela era a minha amada, a minha amada.

Olhei para o céu e a lua de novo escondida. E ainda mais distante, que horas seriam? Apalpei meu pulso, estava sem o relógio.

— Esta vai ser uma confissão e tinha que ser feita a você aqui neste jardim. E nesta noite, vou desaparecer em seguida, não nos veremos mais. Preciso então me apressar, escuta: falei em cheiro e você continua preocupada, vamos começar por aí? Tenho a forma humana mas esta é apenas uma aparência porque aqui por dentro existe uma espécie de laboratório onde se desenvolve uma certa química, digamos... Enfim, nem tentarei explicar porque é inexplicável, ele acrescentou. Inexplicável. Não peça coerência ao mistério nem peça lógica ao absurdo: nasci assim. Todas as minhas necessidades fisiológicas, a urina, as fezes, tudo isso em mim é feito através da pele. Dos poros. Passo-lhe logo o meu primeiro segredo, não tenho aqueles buracos usuais, ficou mais claro agora? Tenho esses órgãos mas eles não funcionam. Na chamada flor da pele — estou recorrendo a uma expressão romântica — tenho urinado e defecado pelos séculos. Sou uma mentira que vai acabar nesta madrugada, está me escutando? Mas em meio da maior felicidade, eu conheci Potyra e ela está me esperando, Potyra é a minha amada. A minha amada que também sentia frio nas mãos assim como você mas não usava casaco, Potyra era uma índia.

Fiquei em silêncio, olhando a touceira defronte do banco. Era uma confissão, ele disse. Fui a escolhida para ouvir sua confissão mas não seria melhor ter escolhido um padre? E agora esta repentina vontade de rir, rir, rir! Ele disse que esse era o seu primeiro segredo. Mas tinha outros?!...

— Não senti nenhum cheiro.

— Eu sei. Mas fico inseguro, preciso me lavar mais vezes e nem sempre tenho ao alcance a água, esta ansiedade, ah! a água corrente do rio ou do mar. Ainda assim, dentro desta minha natureza que parece cruel e é cruel, há uma réstia misericordiosa porque posso controlar o suor fazendo jejum, há três noites não me alimento, está me escutando? Então eu quase não transpiro. Queria ainda lembrar que o sangue tem emanações bem mais discretas do que as emanações humanas.

Ele falou em sangue?! Procurei pela lua que tinha se ocultado de novo em algum obscuro refúgio do céu. Discretamente fui deslizando a mão até abotoar o colarinho da minha blusa. Escondi depressa o colarinho e o resto sob a gola da malha. Quando me voltei para vê-lo, ele sorria ao acender tranquilamente uma cigarrilha. Na breve chama do isqueiro pude ver melhor sua face esmaecida. Mas os olhos flamantes tinham o azul das ardências marítimas.

— Potyra — eu disse.

— Potyra — ele repetiu e levantou a cabeça e a cara inteira se inundou de luz. — Por isso quero que me escute sem medo, nenhum medo, estaremos juntos de novo, a minha amada está me esperando, ela virá com o sol. Com o sol. Tenho então esta vontade demente de gritar, Já estou chegando, Potyra, já estou chegando! Andei e desandei por este mundo, tantas amantes. Até homens. Fui provado e provei de todos os vícios. Fui libertino e fui casto. Depois fiquei libertino de novo, a minha vida foi demais comprida mesmo vivendo só durante a noite. Ainda assim sou uma mentira tão comprida mas agora vou virar verdade, não parece simples? Vai amanhecer e na morte fico uma verdade e então encontro a minha amada.

— Uma índia?

— Uma índia. Agora escuta, meu nome é Ars Jacobsen e nasci na Noruega, você sabe onde fica a Noruega? Muito vagamente? Vou ajudar, Europa do Norte. Tantas pradarias e florestas, tantos castelos nesse reino, nasci num desses castelos. Minha mãe morreu no parto, fui criado pela minha ama de leite, a Cristiana. Era grega. Quando nos seus seios foi se esgotando o leite acabei por chegar ao seu sangue. Falava com ela em grego e por isso desde cedo fiquei sabendo que através do sangue eu podia me apossar do idioma do meu doador. A palavra transmitida no sangue. Mas logo a minha guardadora grega ficou sabendo que o pequeno Ars Jacobsen não podia ficar exposto à luz. E como era esperta, criou em torno uma lenda, eu sofria de uma enfermidade estranha, uma enfermidade raríssima: não podia viver senão com a luz das velas, tantos candelabros. A luz artificial iluminando uma existência artificial. Meu pai era um homem frio. Distante. Acumulou uma imensa fortuna mas sua paixão maior era mesmo o mar. Sou um navegador, apenas um navegador, costumava dizer. Morreu nesse mar quando sua nau partiu-se ao meio numa tempestade. Meu irmão mais velho matou-se com um punhal quando completou vinte anos, tantos suicídios e tantos assassinatos naquela família e naquele reino cercado de montes com os cumes cobertos de neve. O frio. A depressão, meu irmão gostava muito de música, de poesia. Era normal e acabou se matando. E eu devo continuar vivendo? perguntei em desespero quando cheguei à adolescência. Cristiana então jogou longe o copo de veneno que eu já ia beber: se me matasse, voltaria em seguida com a mesma forma até cumprir o meu tempo, ela disse. Não tinha outra escolha, minha sorte estava escrita na minha estrela, *Ananke!* O destino, *Ananke!* repetia Cristiana prometendo me proteger enquanto vivesse. E guardar o meu segredo. Obedeci. Durante o dia me fechava nos aposentos penumbrosos do castelo. Acordava com a noite e todos acreditavam ou fingiam acreditar na enfermidade daquele estranho ser noturno. Mas um herdeiro. Meu único amigo, o anão Munthe, era um jovem com a cara amarrotada de um velho. Chegava ao anoitecer com suas roupas douradas, guisos. Dava cabriolas, contava histórias maravilhosas mas dentro dele eu só via tristeza. Consolava-se, às vezes, quando pousava em mim o olhar turvo, lá estava um ser tão poderoso quanto um príncipe. Mas carregando na pele a própria latrina.

— Meu Deus! — gemi sem querer.

— Perdão se estou sendo rude, você é tão jovem e esta minha história é tão velha com o seu encardidume de treva. Mas guarde isto, logo vou recuperar o paraíso que perdi, Potyra me espera na ressurreição.

— Ressurreição?

— Sim, ressurreição. Vou desaparecer numa morte tão mais limpa do que foi esta vida, vou me desintegrar no ar e este será um momento tão feliz que eu poderia dizer como o Fausto ao momento que passa, *Fica! És tão belo!* Belo porque vou me encontrar com a minha amada, já sei, tenho que me apressar, então escuta: no começo era o sangue de alguma ovelha que Cristiana me trazia no copo de prata: Beba o seu vinho, ela ordenava. Munthe então baixava o olhar turvo, ele sabia o que estava no copo. E agora me lembro, eu nadava naquela piscina de água cálida e de repente comecei a dar gritos-balidos tão aflitos que Cristiana correu e me enxugou na toalha, falava grego quando não queria que Munthe entendesse: mas então esqueci? No sangue que eu tomava vinha o idioma do doador e nessa noite o doador foi um cordeiro, Meeeeeé!... Mas logo eu teria o sangue do meu semelhante, acrescentou Cristiana com algum cinismo, a querida Cristiana foi ficando cínica como todos os outros da nossa pequena corte. Logo eu teria o sangue do meu semelhante, estava na hora de assumir a minha vocação, ela disse vocação? O sangue do meu dessemelhante, pensei e ela prosseguia, dar o gozo e também gozar que para isso tinha a boca com todos aqueles belos dentes e a língua. E estas mãos? provocou apertando meus dedos entre os seus. Na noite seguinte, soprou no meu ouvido, estava à minha espera uma jovem escrava virgem. No excesso das orgias, uma ou outra dessas escravas podia morrer, ela lembrou. Mas isso fazia parte do ritual, nenhum problema, eram todas muito bem pagas.

Estremeci. E aquele clarão no céu? O dia?!...

— Ainda não — ele disse. — Mas tenho que me apressar, escuta, na noite em que Munthe foi degolado no jardim do castelo, Cristiana me apareceu descabelada. E lívida. Há uma conspiração, ela sussurrou. Serei a próxima mas já preparei tudo, viajo nesta madrugada e você tem que fugir em seguida, depois dou os detalhes, agora tenho que ir. Não deu os detalhes porque desapareceu sem tempo sequer de afivelar as malas. *Ananke!* dizia a minha guardadora. Desapareceu completamente. Cuidei dos negócios, escolhi aqueles menos ladrões dentre os ladrões em redor e, sem afobação, comecei a cuidar da minha viagem. Dando tempo para que me matassem e ninguém me matou. Contratei um assecla para me acompanhar e quando já estava na Pérsia recebi a notícia, o cadáver de Cristiana foi encontrado boiando no lago próximo do castelo. Tinha um punhal cravado nas costas. Continuei viajando na vadia disponibilidade do dinheiro. Vi guerras, guerras grandes e guerras menores mas todas atrozes. O esplendor e a decadência das civilizações, eu já disse que minha vida foi por demais comprida. Todos morrendo em redor, rios de fogo e gente. E eu sobrevivendo inalterado. E saciado, *Ananke!* Numa noite de extremo desencanto e cansaço, um grumete espanhol, que ficou sendo o meu assessor, veio me falar com entusiasmo de um mundo novo, um mundo imenso e ainda desconhecido. Com verdejantes florestas virgens e rios caudalosos. Pássaros e animais nunca vistos, enfim, um mundo distante descoberto por navegadores portugueses. Os espanhóis e tantos outros também andaram por lá, mas a terra com os seus habitantes, tudo continuava assim em estado de inocência. Os nativos? Uma elegante raça cor de cobre, de traços bem-feitos e cabelo liso. Viviam nus ou quase nus e tinham seu próprio idioma. Em geral, eram mansos, mas algumas dessas tribos, além dos peixes e da caça, comiam também os visitantes assados nas fogueiras. Apesar disso, novas levas de visitantes continuavam chegando nos navios, seduzidos pela aventura rendosa de escravizar esses nativos. Ou descobrir riquezas minerais. Ou com o intuito obscuro de fugir da própria família. Ou ainda fugir de algum crime cometido lá longe — quem é que sabe? Esse novo mundo tinha um nome, Brasil. Vamos ver isso de perto? convidou o grumete. Fiquei curioso. Já estava farto do mundo percorrido, quem sabe agora a novidade de uma região que ainda guardava os seus mistérios? Seus segredos seria como uma descoberta e toda descoberta não era excitante? Fiquei animado e pedi ao grumete que tomasse as providências. Foi quem escolheu a nau que nos transportaria. Minha amiga, uma egípcia, implorou que a levasse também, estava tuberculosa, quem sabe os ares selvagens iriam curá-la? Os escrúpulos dessa pobre amante, tinha tanto medo de me transmitir a doença que eu não contrairia nunca, nenhuma peste conseguia vingar no somatório deste sangue universal. Na embarcação, muitos mercenários misturados com aventureiros encardidos. Falsos nobres com suas damas e a marinheiragem costumeira. Minha amiga egípcia morreu durante a viagem e seu corpo foi lançado ao mar, tantos outros morreram antes que a nau meio desconjuntada mas resistente ancorasse naquela praia. Já apareceram as aves marítimas! o grumete veio anunciar na madrugada. Estamos chegando!

— Em que ano foi isso? — eu perguntei e o desconhecido pareceu não ter me ouvido.

Olhei o céu que empalidecia com a lua lá longe quase transparente. Acomodei melhor os livros no meu colo. Voltou a voz quente de paixão:

— Potyra estava lá à minha espera. Seu corpo fino desabrochava sem pressa, teria quinze anos? Uma graciosa tanga de penas coloridas cobria seu sexo de menina mas os pequeninos seios desabrochavam livres sob os fartos colares de continhas azuis. Por entre os colares, um fio mais longo com a cruz de estanho, era catequizada, os religiosos que por ali já tinham passado plantaram a Cruz de Cristo e fizeram as advertências, as *vergonhas* deviam ficar escondidas. Eu nunca tinha visto antes alguém com aquela pele avermelhada, o rosto de uma beleza diferente, tão graciosa a boca bem desenhada, os cantos virados para cima, sempre pronta para o riso que mostrava os dentes perfeitos. Olhos asiáticos. Eu queria tanto passar a mão naqueles cabelos luzidios, caindo retos até os ombros, mas onde teria nascido essa raça? Banhava-se muitas vezes a minha amada e gostava de lidar com frutos e flores, ela cheirava a flor... E eu que já tinha visto tantos tipos de beleza nas minhas andanças infinitas, fiquei maravilhado, não, não era a beleza mole e descorada das ocidentais que pareciam sair dos quadros dos museus. Não tinha também a beleza polida das orientais mas emergia dela uma força assim brutal que vinha daquela natureza explodindo em cores. Sons. Quando eu contei que gostava de música ela veio com um caramujo, encostou o caramujo no meu ouvido e avisou, Era a música do mar. Eu te amo! eu gritava e ela ria e afundávamos abraçados nas águas do ribeiro. Foi quando descobri que tinha uma alma, com a minha irmãzinha das rosas descobri a minha alma imortal. Podia então morrer um dia. Posso morrer hoje!

Meus olhos estavam cheios de lágrimas, ele me fazia rir e me fazia chorar. Em vão procurei pela lua que já devia ter escorrido pela minha cara. Enxuguei-a no punho do casaco.

—Logo vai amanhecer—eu disse.

—Vou me apressar, escuta, anoitecia quando vaguei com o grumete por aquelas praias, ele tinha muito medo de cobras. Mas elas estavam amoitadas, encontramos apenas índios com seus arcos e corpos esbeltos, pintados com fortes listras coloridas. Silenciosos mas desconfiados, tantas levas de brancos já tinham aportado vorazes como feras, até religiosos, enfim, era a mesma espécie humana sempre igual debaixo da sotaina ou do veludo. Nas minhas caminhadas, seduzi um curumim desgarrado, sorvi algumas gotas do seu sangue e soltei-o em seguida, na verdade queria apenas me apossar da língua. Sem contaminar o indiozinho, outro mistério: nunca tive a abominável corja dos mortos-vivos de cabeleira ressequida, arrastando suas mortalhas despedaçadas. A maldição desta minha desviada espécie, essa eu não transmiti a ninguém. Os que morreram nas orgias devido a vícios e excessos morreram normalmente, digamos, como os que vi morrer nas guerras. Nas pestes. Na fome. Naquela noite, quando ameaçou amanhecer, o grumete saiu e voltou com um peixe que ganhou ou roubou de alguém. Deitei na rede enquanto ele acendia o fogo para assar o peixe na brasa. Quando acordei de um sono que inesperadamente ficou assim leve como uma doce embriaguez, ele já tinha desaparecido. Vi então a mocinha pardo-avermelhada me espiando por entre a folhagem. O susto que levou quando a cumprimentei na sua língua. Fugiu correndo. Mas voltou em seguida segurando a cruz de estanho por entre as continhas do colar. Beijou a cruz, cruzou as mãos no peito e ajoelhou-se, pensou que eu fosse um padre. Foi difícil fazê-la entender, como um forasteiro de pele branca podia falar a sua língua? Teria que ir contando aos poucos minha história para não assustá-la, resolvi e perguntei onde havia água para me banhar. Ela me tomou pela mão e foi me conduzindo até o ribeiro que refletia a lua, entramos juntos e rimos e brincamos feito duas crianças, nunca me senti tão limpo! Conheci seu pai, um cacique alto e magro, o corpo pintado e um grande cocar de penas na cabeça. Era o chefe da tribo. No peito, a cruz de estanho. Era um índio calmo e sábio. Contei-lhe tudo e ele me ouviu apertando o olhar estreito. A primeira coisa que me pediu foi que eu trouxesse minha rede para mais perto, precisava me defender no meu sono. Então fui aceito como uma pessoa da família, uma pessoa muito querida e muito doente. Mas assegurou-me, eu teria cura.

Devagar iria substituindo o sangue humano pelo sangue de um bicho, eu não precisava saber que bicho era esse que ele mesmo se incumbiria de caçar, não devia fazer perguntas. A fase das ervagens viria em seguida substituir o sangue animal pelo sangue vegetal: a seiva dos deuses vegetais. Porque além do Deus e do Filho crucificado na cruz, Nesta cruz, ele mostrou, existiam ainda outros deuses habitantes das matas e tão verdadeiros quanto este outro, disse e beijou a cruz no peito. Quando eu estivesse mais limpo dessa enfermidade, iria com Potyra conversar com seu irmão, ela conhecia o caminho. Na volta, um dia, quando?... — enfim, um dia, em meio de uma grande festa, seria feito o nosso casamento. Beijei-lhe as mãos como gostaria de ter beijado as mãos sempre distantes do meu pai. Ele mesmo escolheu a noite certa em que Potyra e eu subimos no alazão.

Fiquei esperando e ouvindo o silêncio. Até que a voz do desconhecido voltou num ritmo galopante: era como se estivesse de novo montado no alazão e seguindo resfolegando pelas veredas até a taba do índio irmão, amigo de Tupã e de todos os deuses vegetais. Olhei para o céu.

— Acho que está amanhecendo.

— Ainda não, escuta: paramos à beira de um riacho para descansar. Amanhecia. Com que carinho ela armou a minha rede e nela foi deixando as perfumadas florinhas que colheu. Foi quando ele chegou. Veio sorrateiro naquele macio rastejar da serpente, veio vindo sem nenhum ruído até que num salto agarrou-a pelo cabelo, atirou-a no chão e a cobriu com o seu corpo. Um corpo que me pareceu imenso, descomunal. Ela gritava e se debatia arranhando-lhe a cara, puxando com fúria aquela barba esgrouvinhada, minha amada era forte e sabia lutar e como lutou! E eu na rede, assistindo a tudo e sem poder me mover, ô! maldição, sem poder me mover. Não conseguindo vencê-la, a serpente enfurecida arrancou o facão do cinto e com um grito enterrou-o no peito de Potyra. Ela se sacudiu numa convulsão e depois ficou ali quieta, o sangue gorgolejando da ferida. Com a bota ele ainda chutou o corpo que tombou de lado, limpou nas costas da mão o sangue das arranhaduras que lhe corriam pela barba loura e foi saindo sem pressa, enxugando o facão numa folha que arrancou no caminho. Não me viu, Potyra armara a rede mais no alto e o choro ardente que brotava dos meus olhos era silencioso, só as pobres lágrimas deste corpo corriam do lugar certo. Quando escureceu, soluçando e aos gritos fui lavar seu lindo corpo e por um instante tive a impressão de que ela sorria para mim. Enrolei-a na minha rede, depositei-a com cuidado no alazão que relinchava em desespero, montei e fui em busca do barbudo louro. Antes, precisei cair de joelhos e gritar, gritar até que o grito afundou feito uma pedra no céu escuro. A serpente de botas não estava longe e agora preparava com requintes alguma coisa que assava no fogo. Avancei por detrás e consegui atirá-lo de cara contra o fogo, o meu prazer maior era vê-lo queimado e em pânico, sem sequer poder se defender. Então arranquei do seu próprio cinto a faca e de um só golpe certeiro abri o seu peito e arranquei-lhe o coração. Meu primeiro movimento foi o de morder aquela coisa ainda viva mas me veio tamanho nojo que atirei longe o coração ainda pulsante, Para os vermes! gritei. Para os vermes! E fui me lavar depressa num riacho que murmurejava perto dali. Montei no alazão que chorava indócil a morte da dona, arrumei melhor o corpo amado na rede e voltamos à taba. Quando cheguei ainda noite, quase nem precisei falar, o cacique parecia ter adivinhado tudo. Recebeu o corpo de Potyra e o levou em silêncio para dentro da taba, seria queimado no ritual da tribo. Abraçou-me apertadamente e pediu muito que eu ficasse, seria agora o seu filho. Recusei. Na realidade, estava tomado de tanto horror, ah! aquele genocídio que há muito já tinha começado, por acaso eu sabia o que era um genocídio?

— Genocídio — repeti, baixando os olhos para o chão. Estava ainda no segundo ano do curso, tinha uma visão superficial disso tudo...

— É suficiente — ele me atalhou. — A verdade é que os bons colonizadores estavam se esmerando nos processos do extermínio da raça. Isso tudo além de terem trazido do Velho Mundo as velhas doenças, a peste, a varíola, a gripe... Eu também não presto, disse ao cacique. Aqui com vocês eu fiquei bom mas com a morte da Potyra fiquei ruim de novo, quero ir embora. Encontrei e perdi meu paraíso, quero ir embora, estou cegado de ódio, ódio. Ele então trouxe a cruz de estanho que estava no pescoço dela e pediu que me ajoelhasse e deixou a cruz no meu pescoço. Uma nau estava partindo por aqueles dias. Chamei o grumete que andava estuprando as mamelucas e embarcamos de volta. Tinha sonhado tanto em melhorar a mim mesmo para assim melhorar o próximo, melhorar o mundo e quando cheguei à Noruega estava ainda pior do que parti. *Ananke*, Cristiana? *Ananke*. Agora sim, depressa, depressa! que está quase amanhecendo. Eu que não sonhava sonhei de repente com Potyra que me apareceu no sonho como a vi na primeira noite, encostando o caramujo no meu ouvido mas não era a voz do mar, era a sua voz me chamando, chamando!... O nosso encontro. Deu-me todas as indicações, depois desta confissão neste jardim e nesta noite, a libertação de um morto que agora vai viver na morte, aleluia! Potyra está me esperando no sol, está no meu pescoço a sua cruz de estanho. Só essa cruz vai ficar de tudo isso que fui e ainda sou, Potyra está me esperando! Agora pode ir e não olhe para trás, não quero que veja este coração cintilante se desintegrar em milhares de partículas, pode ir, amanheceu!

    Levantei-me e fui andando num deslumbramento, o céu estava esbraseado. Quando cheguei no extremo da alameda deserta o sol já dourava o jardim. Abri a boca e aspirei a aragem da manhã.

Nada de Novo na Frente Ocidental

Ela estendeu na mesa a toalha de algodão de xadrez vermelho e branco. Trouxe as xícaras, o açucareiro e a manteiga dentro da tigela com água, quem não tinha geladeira devia conservar a manteiga fresca dentro de uma vasilha de água diariamente renovada. Avisou que o pão com queijo já estava no forno, ia demorar um pouco. Mas eu podia ir comendo a mandioca cozida, disse e deixou na minha frente o prato da mandioca ainda fumegante. A Faculdade estava em greve, eu estava de folga nessa manhã. E ela já estava pronta para tomar o ônibus na rodoviária, ia cumprir uma promessa na cidade de Aparecida, era uma ardorosa devota de Nossa Senhora.

— Andei ligando o rádio — ela disse enquanto ia polvilhando a mandioca com açúcar. — Hoje as notícias estão mais calmas, parece que a guerra está mesmo no fim, louvado seja Deus!

— *Nada de novo na frente ocidental.*

Ela me encarou:

— O que é isso?

— Esqueceu, mãe? É o nome daquele livro, foi no ginásio, lembra? Eu lia o livro escondido debaixo do colchão porque você proibiu, era um romance da Primeira Guerra Mundial escrito por um alemão, Remarque. Lembrou agora?

Ela abriu o pequeno pacote dos guardanapos de papel e começou a dobrá-los, um por um, na forma triangular.

— Seu irmão disse que era um livro imoral.

— Não é imoral nada, é um romance de guerra e romance de guerra é mesmo forte. Gostei ainda mais do filme, que vi numa retrospectiva, quando anunciaram que não havia nada de novo no *front*, que estava tudo em paz, justo nessa hora o soldado-mocinho cisma de pegar uma borboleta pelas asas, a borboleta veio e pousou defronte dele na trincheira. Então ele levantou o corpo para alcançar a borboleta, contente assim como uma criança quando estendeu o braço... Nessa hora o inimigo viu o gesto, pegou depressa o fuzil, fez pontaria e tiummm!... acertou em cheio. Nada de novo na frente ocidental, um telegrama anunciava.

Ela foi empilhando devagar os guardanapos triangulares. Uma pequena ruga formou-se entre suas sobrancelhas delgadas. Tinha belos olhos escuros, grandes e pensativos, estavam sempre pensativos mesmo quando ela não estava pensando em nada. Adivinhei que nessa hora a sua preocupação maior era aqui este punhal: ia viajar para cumprir uma promessa, já tinha me avisado que a Nossa Senhora era a minha Madrinha, eu estaria incluída nesse trato? Viagem curtíssima, embora! E ainda assim ia durar um dia e uma noite. Levantou o olhar para o teto do nosso pequeno apartamento no primeiro andar de um edifício na Rua Sete de Abril, ao lado da Praça da República. Encarou-me com aquela expressão dramática.

—Não quero mais ver filme de guerra, tem bomba demais!
—Ninguém vai nos bombardear, mãe.
—Quem disse isso?
—O Tio Garibaldi, ora.
—Ele é louco, filha.
—Um homem que encontrei no blecaute também disse isso mesmo, que nenhuma bomba vai chegar até aqui. Mas se chegar, mãe, então visto a minha farda e pronto, vou defender a pátria em perigo!
—A pátria está bem-arrumada—ela disse e riu baixinho enquanto foi ver o pão no forno.

Gracejei mas falei sério quando mencionei a farda, lá estava ela num cabide dentro do armário: saia-calça de brim cinza-chumbo e túnica num tom mais escuro. Botões pretos, cinto de couro, sapatos pretos de amarrar, camisa branca e gravata preta. As meias de algodão branco chegavam com os elásticos até os joelhos severamente cobertos pela saia-calça. Luvas brancas. E o casquete quase reto tombando na testa, no formato daqueles barquinhos de papel que a gente armava na infância para soltar nas enxurradas. Primeiros Socorros—foi o curso que escolhi quando as moças da Faculdade de Filosofia e Faculdade de Direito fundaram a Legião Universitária Feminina da Defesa Passiva Antiaérea, subordinada à II Região Militar: LUF. Fui me alistar logo nos primeiros dias em que se criou o movimento, fiquei a legionária número nove. Ah, o susto que minha mãe levou quando me viu aparecer fardada. Quis primeiro saber se eu já tinha consultado o meu pai, o que ele disse? Que estava tudo bem, ora. Guerra é guerra, muito justo que as estudantes colaborassem. Ela me examinou cheia de apreensão, mais funda a ruga preocupante: Veja, filha, você já é escritora, estuda numa escola só de homens e agora virou também soldado?! Achei graça porque adivinhei o que ela pensou em seguida e não disse, agora é que vai ser mesmo difícil casar.

Os duros treinamentos no Vale do Anhangabaú. Com a prática que adquiri nas aulas de atletismo da Escola de Educação Física, até que me saí bem nesses treinos, seria a porta-bandeira no desfile se não aparecesse a Stella Silveira, que era ainda mais alta do que eu. Mas nesses treinos militares surgiram tamanhas novidades instigantes que os transeuntes que paravam para nos observar ficavam assim, pasmos, o que significava aquilo? As mocinhas também iam combater?!

— Não quero ver ninguém de batom e cabelo comprido! — avisava o enérgico Capitão Cardoso.

Então as legionárias passavam depressa o lenço na boca e prendiam os cabelos num apertado caracol na nuca. Nenhuma joia, só o relógio-pulseira de couro preto. Na noite anterior — noite clara de estrelas — lá fui de farolete e apito participar dos exercícios de blecaute. *Noche de ronda*, eu cantarolava lá por dentro, os boleros estavam na moda. Fechar imediatamente as venezianas e as cortinas como se as esquadrilhas inimigas já estivessem se aproximando — meu Deus! e aquela vitrina na Avenida São João com todas as luzes acesas?

— O senhor aí! Queira apagar o seu cigarro! — Adverti a um homem de impermeável e colete vermelho, fumando tranquilamente na porta de um café.

O homem soprou a fumaça para o lado.

— Mas por que apagar o cigarro?

Aproximei-me no passo formal e fiz o meu pequeno discurso.

— Estamos em guerra, senhor, e a noite é de blecaute. A simples brasa de um cigarro pode ser vista por um bombardeiro, uma simples brasa pode orientar o avião inimigo no lançamento das bombas, compreendeu agora?

O homem desatou a rir e riu tanto que chegou a se engasgar na risada.

— Mas quem vem atirar bombas aqui, os nazistas? Mas se eles nem estão dando conta lá do serviço, imagina se nesta altura vão agora se lembrar da gente? Estou voltando lá do Rio — acrescentou e ficou sério. — Vi com estes olhos como os Estados Unidos estão tratando a gente, somos aliados nativos, ouviu, garota? Somos o quintal deles, nenhum respeito, por muito favor podemos é servir de bucha para canhão — ele resmungou atirando longe o toco de cigarro. Acendeu outro: — Somos tratados como seres inferiores, uns mestiços de merda! escutou agora?

Senti o bafo de álcool e fui me afastando em silêncio. Se houver qualquer resistência, não reaja, era essa a ordem. Procure um superior e faça a denúncia. Em caso mais grave, use o apito para chamar o vigilante mais próximo. Prossegui na ronda mas no meu coração estava solidária com o boêmio transgressor: já estava inscrita na Esquerda Democrática, colaborava no jornal acadêmico *O Libertador* e entendia perfeitamente o que o homem do café quis me passar.

— Alguma novidade, legionária? — perguntou o tenente que encontrei logo adiante na esquina.

— Sem novidade, senhor — respondi ao me aprumar na continência.

E prossegui toda compenetrada mas rindo por dentro. Cruzando a praça logo adiante, missão cumprida, poderia me recolher. Medo? Não, ausência de qualquer espécie de medo na noite da estudante solitária na sua ronda — mas onde estavam os ladrões? Onde estavam os estupradores e mais aqueles encapuzados dos sequestros? Onde?! E os meninos drogados de olhos vermelhos e armados? E os mendigos atravessados nas calçadas — onde estavam todos?! A guerra. E a paz de andar sem susto pela noite terna. Sentei-me num banco dando para a avenida, poderia ver o jipe que devia passar para recolher as meninas. Quando chegasse em casa, ia encontrar minha mãe disfarçando o pânico e o vinco entre as sobrancelhas, não aborrecer a filha heroica: Você demorou tanto, por quê? Deu no rádio que o blecaute correu em ordem, mas a gente nunca sabe, em tempo de guerra a mentira é terra... O lanche servido, mais mandioca. Eu teria que dizer alguma coisa que a deixasse calma e de repente me vi repetindo o que disse meu pai sobre a loucura do Tio Garibaldi: Vai passar, mãe. Tudo isso vai passar. Vai passar esta guerra e vai passar a outra que vier em seguida com todos os seus dementes e endemoniados, vai passar. Vai passar. Você mesma, mãe, e também eu, vamos todos passar sem deixar memória como esse camundongo que saiu ali da touceira e já desapareceu no gramado — vai passar, repeti em silêncio enquanto acenava para o jipe que já se aproximava. E bastante satisfeita com as minhas sábias reflexões filosóficas, pensei ainda que era importante lembrar que repelia com indignação todo e qualquer conflito que pudesse entristecer o Deus que me habitava. E nenhuma contradição em usar a farda, um pouco de disciplina para defender a cidade que (segundo o fumante rebelde) não carecia de defesas desse tipo.

— Pronto — anunciou minha mãe trazendo o prato com o pão e aquele queijo derretido escorrendo pelas bordas. — Esse forno não anda bom — ela disse e ficou me olhando com seus grandes olhos tristes, eles me pareciam mais alegres quando ela sentava ao piano para tocar seu Chopin. — Algum programa hoje, filha?

Mordi com apetite o pão dourado, programa? Bom, tinha combinado um chá na Vienense com um colega e depois, quem sabe? A gente podia ir ver o novo filme do cine Bandeirantes, sessão das seis. Ela embrulhou no guardanapo o pequeno lanche para a viagem e quis saber se por acaso esse colega não era aquele poeta que andou telefonando. Perguntou e como sempre afetou desinteresse pela resposta ao entrar no banheiro para se pentear. Mas deixou a porta aberta. Os cabelos da minha mãe eram de um tom castanho-claro mas quando começaram a aparecer os fios brancos, comprou logo a tintura e passou a retocá-los e eles ficaram pretos. Acho que vou ser freira só para esconder o cabelo de neve com aquela touca, ela disse em meio de um suspiro. Fazia a operação-tintura secretamente, trancada no banheiro de onde saía toda satisfeita, os cabelos enegrecidos já lavados e penteados, as largas ondas ainda úmidas e fixadas com grampos.

Nessa mesma tarde, enquanto a minha mãe viajava para o encontro com a santa e enquanto eu me preparava para o chá com o poeta, uma voz de homem me anunciava pelo telefone que meu pai tinha morrido subitamente num quarto de hotel onde estava hospedado na pequena cidade de Jacareí. O desconhecido telefonou, disse seu nome e entrou logo no assunto, O seu pai... ele não era o seu pai? Mas espera um pouco, estou me precipitando, por que avançar no tempo? Ainda não tinha acontecido nada, era manhã quando minha mãe se preparava para a viagem, ia ver minha madrinha e eu ia ver o meu poeta, espera! Deixa eu viver plenamente aquele instante enquanto comia o pão com queijo quente e já estendia a mão para o bule de chocolate, espera! Espera. A hora ainda era a hora do sonho, Eh! mãe, não vai me dizer que promessa foi essa que você fez?

— Toda promessa tem que ficar em segredo, filha! Não presta contar. E esse filme do Bandeirantes, é de guerra ou de amor?

Eu estava com a boca cheia e só consegui fazer o gesto, as duas coisas juntas. Na verdade, zombava demais do cinema norte-americano com aquelas enfermeiras maquiadas e engomadas. Umas perfeitas idiotas! eu me irritava. Dando aquelas corridinhas nos hospitais de sangue, com os violinos no apogeu. Mas enquanto assistia às aulas no curso de enfermagem, era com esse uniforme sem nódoas que me imaginava, cuidando do jovem soldado com suas bandagens (ferimentos leves) que eu removia com mãos levíssimas. A convalescença sem problemas. E o encontro — enfim! — numa cantina. Nápoles. Fui convocada juntamente com a nova leva dos nossos pracinhas. A longa capa azul-noite e a cruz vermelha no peito do avental. Quer dizer então que aquelas reações contra as enfermeiras engomadas eram de pura inveja? Isso daí, pura inveja. A cantina sem os violinos mas com a guitarra e a voz tão poderosa cantando. Cantando. Então o homem disse com voz grave, uma notícia triste, acontece que o seu pai... ele não era o seu pai? Espera um pouco, pelo amor de Deus, espera! Acontece que ainda é manhã e estou tão contente porque me vejo na cantina e dizendo ao soldado pálido que não falo italiano mas entendo tudo, minha avó era italiana e o nome dela era Pedrina! Ele me olha demoradamente e faz um sinal para o cantor da guitarra que já vem vindo na direção da nossa mesa, sua voz poderosa cobre todas as outras vozes, até aquela anunciando que o meu pai... Não, ainda não, canta mais alto, *Vede il mare quanto è bello!*

— Juízo, viu, filha! Deite cedo e coma que você está magra, eu telefono — disse a minha mãe ao me abençoar. O vinco entre as sobrancelhas diluído no sorriso: — Guarda bem a chave da porta, não vá perder!

Quando me vi só, esqueci completamente o encontro em Nápoles e fui procurar na estante *Les Fleurs du Mal*, ah! e se na hora do chá eu recitasse Baudelaire? Pena que minha pronúncia não era brilhante, meu colega poeta podia rir, ele conhecia tão bem o francês. Paciência, se a edição era bilíngue, eu poderia fazer citação na tradução, ficaria até menos pedante. Acomodei-me confortavelmente na poltrona diante do telefone, assim podia ouvir melhor quando ele ligasse para confirmar o encontro. Estendi as pernas até o almofadão e pensei como era maravilhoso ficar assim disponível, sonhando e esperando por alguma coisa que vai acontecer.

Um Coração Ardente
[2012]

Ao meu filho Goffredo e ao Paulo Emílio dedico este livro

Um Coração Ardente

O velho voltou-se para a janela que emoldurava o céu estrelado. Sorriu. Tinha uma bela voz.

— Mas eu dizia que na minha juventude fui um escritor que acabou enveredando por todos os gêneros literários, fiz poesia, prosa... Na realidade eu não tinha talento mas tinha a paixão e daí meti-me também na política, cheguei a escrever uma doutrina para meu partido enquanto mergulhava na filosofia, ó Sócrates, ó Platão!... Trazia na lapela do paletó o distintivo de filósofo, uma corujinha de esmalte vermelho pousada num livro.

Calou-se. Acendeu um cigarro. Tinha no olhar uma expressão de afetuosa ironia, zombava de si mesmo mas sem amargura.

— Eu não tinha talento nem para a literatura e nem para a filosofia, nenhuma vocação para aqueles ofícios que me fascinavam, essa é a verdade, tinha um coração ardente, eis aí, tinha apenas um coração ardente. Meu primeiro filho Athos herdou esse tipo de coração e comecei a me preocupar porque quando as emoções falam mais alto do que a lógica a coisa vai ficando perigosa, está me compreendendo?

Eu o observava e de repente tive medo, fiquei vidente, adivinhando o que ia acontecer lá adiante...

Acendi um cigarro e esperei olhando para o tapete da sala com suas rosáceas. Ele demorou para falar, novamente voltado para o céu.

— Um antigo poeta escreveu: *Pois só quem ama pode ter ouvido capaz de ouvir e de entender estrelas...* Então devo ser surdo porque amei tanto e nunca ouvi a voz de nenhuma delas.

Voltou-se para mim, tinha agora uma sombra na fisionomia.

— Mas eu dizia que o meu primeiro filho Athos herdou esse

tipo de coração e gente assim ama mais, odeia mais, vai se queimando e vai se renovando, mas de onde vem tamanha energia? Um mistério. Em redor as pessoas ficam fascinadas, é sedutor um coração ardente, mas quem não quer se aquecer nessa chama? Pois meu filho Athos herdou esse coração, matou-se antes de completar vinte anos... Com essa idade eu ainda morava com a família, meu irmão no quarto ao lado a se queixar para o pai, "Esse seu filho leu o *Dom Quixote* e agora está se sentindo o próprio, passa a noite acordado e andando de um lado para outro sem parar mas será que não podia ao menos tirar os sapatos?!". Fiquei irritado, resolvi viajar e então o pai veio falar comigo, "Calma, filho, calma! Você está estudando e vai agora perder as aulas? Interromper o curso? Desconfio que o que está lhe fazendo falta é uma namorada, siga o meu conselho, que tal uma namorada?...".

    Encontrei a namorada tomando coalhada numa leiteria, Ah! aqueles belos olhos negros. Chamava-se Alexandra e era órfã de pai, um russo que tinha se matado e agora ela estava só no mundo porque a mãe saiu para comprar pão e desapareceu. Minha paixão foi repentina, Ai! Alexandra. No segundo encontro, na despedida achei-a assim meio hesitante, preocupada. Contudo, beijou-me na face e deu o endereço, Rua da Glória, 12. Comprei um ramo de rosas e fui até a tal rua mas perdi a fala quando me atendeu uma velhota de cabelos pintados de vermelho, era a dona do prostíbulo. Entreguei-lhe tremendo o ramo de rosas, Para a Alexandra, ela sabe, o amigo da leiteria! disse e fui indo completamente desnorteado pela rua afora, mas então a Alexandra... Pois o meu filho Athos tinha também esse coração ardente e foi por isso que saí correndo feito louco quando me avisaram que sua noiva teve um acidente no trânsito e estava no hospital mas sem a menor esperança. Morreu! pensei mas não fui para o hospital, fui para casa porque sabia, ah! sabia que ele já estava em casa. Desabava uma tempestade e eu correndo pela rua afora a acenar para os carros, tentei agarrar um deles, Depressa que o meu filho vai se matar! Cheguei encharcado, sem fôlego, atirei-me nos primeiros degraus da escada e o silêncio. Fiquei assim largado e com a cara no chão a olhar para uma formiga que tentava sair da fenda do degrau e o silêncio. Então me levantei de um salto e subi a escada aos gritos embora soubesse que ele não podia mais me ouvir, Não, filho, não!...

    O velho ficou respirando de boca aberta. Esperei. Quando ele recomeçou a falar voltei a encará-lo mas sabia o que tinha acontecido, encontrou o filho no chão, o peito varado por uma bala. Baixei o olhar para a rosácea do tapete.

—Tive mais dois filhos, ah! esses são economistas sólidos, tranquilos, mas aquele primeiro que herdou este coração... Eu dizia que meu pai ouviu a história do meu encontro com Alexandra, a leiteria e depois... Apertou-me num abraço e falou nas três maiores virtudes: a Fé, a Esperança e a Caridade. E se eu escolhesse a Caridade e me empenhasse até o fundo da alma para ajudar aquela moça que devia estar esperando por alguém que lhe estendesse a mão? Mas sem prejudicar meu trabalho, tocando para a frente os meus estudos, ah! como me conhecia aquele pai. Fiz minhas sondagens, pesquisei e então voltei à Rua da Glória, olha aí a ironia desse nome... Atendeu-me a mesma mulher de cabelo vermelho. Quando perguntei por Alexandra ela me encarou demoradamente, não era o moço das rosas? Ah! sim, pois a Xandra, esse era o apelido, estava livre. Avisou-me em seguida, teria que pagar adiantado. Paguei, ela agradeceu e me conduziu ao longo corredor com o desbotado tapete azul. Bateu de leve na primeira porta, "Xandra, uma visita!". Alexandra estava sentada no chão, pregava miçangas vermelhas num vestido. Levantou-se, apontou sorridente para as rosas no jarro e avançou para me beijar. Afastei-a delicadamente, viera só para conversar. Ela me encarou, "Só conversar?... Tudo bem, meu querido, você manda! Aceita tomar um chá?". Acendeu a espiriteira e serviu-me o chá com as bolachas que tirou de uma lata. Sentou-se em seguida no chão e recomeçou a lidar com as miçangas. Comecei por fazer-lhe perguntas e ela foi respondendo, a infância pobre, a morte do pai numa briga, a mãe que acabou sumindo neste mundão. Não tinha estudado, saiu da escola com o primeiro namorado e depois, ora depois... Quando se calou fui me sentar ao seu lado no chão e comecei a anunciar meus planos, Ah! tinha ótimos planos de futuro, tomara até as primeiras providências: ela podia sair imediatamente daquela casa e iria para um excelente pensionato católico e em seguida a escola, Que maravilha aprender a ler, escrever... Mais tarde um emprego, deixasse por minha conta porque aos poucos iria cuidar de tudo. Ela ouvia em silêncio, lidando com suas miçangas. Às vezes me encarava mas logo baixava a cabeça. Quando me calei delicadamente me avisou, "Acabou o nosso tempo!". Ficou ainda um momento em silêncio, me olhando. E logo recomeçou a falar, Ah! sim, agradecia, mas não queria mentir porque a verdade é que estava muito feliz ali. Gostava da casa, da dona, "São todas minhas amigas! É esta a minha vida, sair daqui nem pensar, nem pensar!", repetiu e me encarou rindo, "Acho que o senhor é um padre, não é um padre?", perguntou e foi me levando até a porta. Beijou minha mão. Avisei-lhe que não era padre mas alguém que gostaria tanto de ajudá-la, era isso, ajudá-la. Ela curvou-se, "Agradeço muito, senhor, mas sair daqui não!".

Quando contei ao meu pai o encontro ele achou graça, afinal tinha tentado praticar a nossa virtude maior, não podia esquecer isso.

Uma semana depois voltei à Rua da Glória porque me lembrei que não tinha deixado meu endereço, e se ela resolvesse mudar de ideia? Encontrei a casa no maior reboliço, ainda na calçada já ouvi as vozes exaltadas. Atendeu-me a mulher dos cabelos vermelhos, chorava e enxugava os olhos numa toalha enrolada no pescoço, "Aconteceu uma tragédia, a minha menina, a Dedê se matou, era a mais bonita e a mais querida de todas e se matou!", ficou repetindo enquanto esfregava a toalha nos olhos. Avisou que a Xandra passou a noite fora e não tinha ainda voltado. Tentei então me desvencilhar mas ela agarrou meu braço e foi me conduzindo pelo longo corredor com o mulherio zanzando de um lado para o outro feito barata tonta em chapa quente do fogão. "Venha, venha ver a pobrezinha, tomou soda cáustica, era a mais bonita de todas, já chamei a polícia!"

Entrei no último quarto do longo corredor. Estendida na cama estava a moça coberta com um lençol. Na mesa de cabeceira a lata de formicida, uma garrafa de água e o copo quebrado no chão. Não vi seu rosto que o lençol cobria mas estavam descobertos os pequenos pés muito brancos, as unhas pintadas com esmalte rosado. Encostei-me no batente da porta e acendi um cigarro. Minha presença acabou por irritar a mulher sentada numa almofada, "E esse daí com essa cara! Está achando divertido, hein?! Vocês homens são todos uns canalhas, essa coitadinha era ainda uma criança, escutou isso? Era ainda uma criança, vinha sempre se queixar, era ainda uma criança!". Encarei a mulher mas pensava em Alexandra, "Uma criança que gostava desse brinquedo, não gostava?", perguntei e tive que me abaixar para não levar na cabeça o chinelo que me atirou, "Canalha, sujo! Saiba que a Dedê era uma menina direitinha, vinha conversar e chorava tanto, queria a mãe, queria o pai, ah! a coitadinha queria mudar de vida, se casar e ter uma família, filhos, tudo assim direitinho, mas alguém pensou em dar a mão pra ela? Repetiu tantas vezes que se ao menos soubesse ler mas assim, com tudo tão difícil lá fora que emprego podia arrumar? Chorou muito, escutou isso? Tinha só quinze anos mas vocês, uns canalhas, canalhas!...".

Fui indo pelo corredor completamente atordoado, quer dizer que errei de quarto?!... Mais alguns passos, pensei e me voltei ainda para ver a maçaneta escura, se desse mais alguns passos...

Entrei então no quarto errado? A mulher do cabelo vermelho reapareceu de repente, "Uma tragédia! E essa polícia que ainda não chegou, o senhor viu a pobrezinha? Nunca foi alegre que nem as outras mas não pensei que fosse se matar!".

Acompanhou-me até o portão e na despedida inclinou-se respeitosamente e beijou minha mão, também estava certa que eu era um padre. Fui seguindo pela rua meio atordoado, Ah! vida tão louca e ao mesmo tempo tão lúcida. Os acasos, os imprevistos, vida ingênua e de repente astuta, apesar de tudo valia a pena viver, uma beleza a vida!...

Parei na esquina e baixando o olhar vi brotando entre as pedras da sarjeta uma pequenina flor de cabeça vermelha. Pensei em Alexandra com suas miçangas. Inclinei-me, Minha florzinha tonta, você é tão mais importante porque você está viva e que extraordinária experiência é viver! Aproximei-me de uma árvore com sua frondosa folhagem. Apertei no peito o coração, era isso, Um coração primitivo! disse em voz baixa e quando encostei a face no tronco da árvore foi como se tivesse encostado a face na face de Deus.

Dezembro no Bairro

O cinema no porão da nossa casa não tinha dado certo porque antes mesmo do intervalo o Pedro Piolho pôs-se a berrar que não estava enxergando nada, que aquilo tudo era uma grandessíssima porcaria. Queria o dinheiro de volta. Os outros meninos também começaram a vaiar, ameaçando quebrar as cadeiras. Foi quando apareceu minha mãe mandando que toda a gente calasse a boca e exigindo que devolvêssemos o dinheiro das entradas. Proibiu ainda que fizéssemos outras sessões iguais. E levou a cesta de pão que eu segurava no colo, estava combinado que no intervalo eu devia sair anunciando *Balas, bombons, chocolates!...* Embora houvesse na cesta apenas um punhado de rebuçados de Lisboa.

—Você não presta como chefe—disse meu irmão ao Maneco.—Com que dinheiro vamos agora fazer o presépio? Eu avisei que o projetor não estava funcionando, não avisei?

Maneco era o filho do Marcolino, um vagabundo do bairro. Magro e encardido, tinha os cabelos mais negros que já vi em minha vida.

—Mas só falta comprarmos o céu—retrucou o Maneco.—Papel de seda azul para o céu e papel prateado para as estrelas, eu já disse que faço as estrelas. Não fiz da outra vez?

—Não quero saber de nada. Agora o chefe sou eu.

—É o que vamos decidir lá fora—ameaçou Maneco avançando para o meu irmão.

Foram para a rua. Em silêncio seguimos todos atrás. A luta travou-se debaixo da árvore, uma luta desigual porque meu irmão, que era um touro de forte, logo de saída atirou Maneco no chão e montou em cima. Mordeu-lhe o peito.

— Pede água! Pede água!

Foi aí que apareceu o Marcolino. Agarrou o filho pelos cabelos, sacudiu-o no ar e deu-lhe um bofetão que o fez rodopiar até se estender no meio da calçada.

— Em casa a gente conversa melhor — disse o homem apertando o cinto das calças. A noite estava escura mas mesmo assim pudemos ver que ele estava bêbado. — Vamos embora, anda!

Maneco limpou na mão o sangue do nariz. Seus cabelos formavam uma espécie de capacete negro caindo na testa até as sobrancelhas. Fechou no peito a camisa rasgada e seguiu o pai.

— Os meninos já entraram? — perguntou minha mãe quando me viu chegar.

— Estão se lavando lá no tanque.

Ela ouvia uma novela no rádio. E cerzia meias.

— Que é que vocês estavam fazendo?

— Nada...

— O Maneco estava com vocês?

— Só um pouco, foi embora logo.

— Esse menino é doente e essa doença pega, já avisei mil vezes! Não mandei se afastarem dele, não mandei? Um pobre de um menino pesteado e com o pai daquele jeito...

— É que o céu do nosso presépio queimou, mãe! Não sei quem acendeu aquela vela e o céu pegou fogo. O Natal está chegando e só ele sabe cortar as estrelas, só ele é que sabe.

— Vocês andam impossíveis! Continuem assim e veremos se vai ter presente no sapato.

Já sabíamos que o Papai Noel era ela. Ou então o pai, quando calhava de voltar das suas viagens antes do fim do ano. Mas ambos insistiam em continuar falando no santo que devia descer pela lareira, a tal lareira que por sinal nunca tivemos. Então a gente achava melhor entrar no jogo com a maior cara de pau do mundo. Eu chegava ao ponto de escrever bilhetinhos endereçados a Papai Noel pedindo-lhe tudo o que me passava pela cabeça. Minha mãe lia os bilhetes, guardava-os de novo no envelope e não dizia nada. Já meus irmãos, mais audaciosos, tentavam forçar o cadeado da cômoda onde ela ia escondendo os presentes: enfiavam pontas de faca nas frestas das gavetas, cheiravam as frestas, trocavam ideias sobre o que podia caber lá dentro e se torciam de rir com as obscenidades que prometiam escrever nas suas cartas. Mas quando chegava dezembro, nas vésperas da grande visita, ficavam delicadíssimos. Faziam aquelas caras de piedade e engraxavam furiosamente os sapatos porque estava resolvido que Papai Noel deixaria uma barata no sapato que não estivesse brilhando.

Nesse Natal pensamos em ganhar algum dinheiro com o tal cinema no porão. Mas o projetor não projetava nada, foi aquele vexame. Restava agora o recurso do presépio com entrada paga, eu ficaria na porta chamando os possíveis visitantes com minha bata de procissão e asas de anjo.

—E o céu?—lembrou meu irmão lançando um olhar desconfiado na direção de Maneco.—Como vai ser o céu?

Estávamos sentados nos degraus de pedra da escadaria da igreja. Meus irmãos tinham ido me buscar depois da aula de catecismo e agora tratávamos dos nossos assuntos, tão pasmados quanto as moscas estateladas em nosso redor, tomando sol. Pareciam tão inertes que davam a impressão de que poderíamos segurá-las pelas asas. Mas sabíamos que nenhum de nós prenderia qualquer uma delas assim naquela aparente abstração.

—Eu já prometi que faço as estrelas, dou o papel prateado das estrelas—disse Maneco riscando com a ponta da unha as pernas magras, com marcas de cicatrizes. Baixou a cara amarela.—Já andei tirando areia de uma construção, está num caixotinho lá em casa, uma areia branca, limpa, para o chão do presépio.

—Você também dá o papel.

—Dou o prateado das estrelas, estrela tem que ser prateada. O papel azul do céu é com vocês que já estou dando muito.

Confabulamos em voz baixa. E ficou decidido que no dia seguinte iríamos catar alguma coisa num palacete vago da Avenida Angélica, na hora em que o vigilante devia sair para almoçar. Mas o Maneco não apareceu. Durante três dias esperamos por ele.

—Ficou com medo—disse meu irmão.—É um covarde, um besta.

O Polaquinho protestou:

—Mas ele está doente, não pode nem se levantar. Meu pai acha que ele vai morrer logo.

—Não interessa, prometeu e não cumpriu, é um covarde. Vamos nós e pronto.

Entramos pela janela dos fundos do palacete da Avenida Angélica, a janela estava aberta. Enfiamos numa sacola de feira todas as lâmpadas e maçanetas de porta que pudemos desatarraxar e fugimos antes que o vigilante voltasse. Quando chegamos em casa, fomos reto para o porão e abrimos a sacola. A verdade é que longe do palacete, isoladas dos grandes lustres de cristal e daquelas portas trabalhadas, as lâmpadas e maçanetas tinham perdido todo o prestígio: vistas assim de perto, não passavam de maçanetas gastas e de um monte de lâmpadas empoeiradas e que talvez não se acendessem nunca. Esfreguei na palma da mão a mais escura delas: e se fosse a lâmpada mágica do Aladim? O que eu pediria ao esfumaçado gênio de calças bufantes e argolas de ouro?

— Depressa, gente, depressa! Tem um Papai Noel lá na loja do Samuel — anunciou o Marinho chegando quase sem fôlego.

— Um Papai Noel de verdade? Na loja do Samuel? Deixe de mentira...

— Mentira nada! Venham depressa que ele está lá com a barba branca, a roupa vermelha, juro que é verdade!

Um Papai Noel na loja do Samuel, a loja mais mambembe do bairro?

— Se for mentira, você me paga — ameaçou o Polaquinho encostando o punho fechado no queixo do Marinho.

— Quero ficar cego se estou mentindo!

Esse mesmo juramento ele fazia quando contava as piores mentiras. Mas o fato é que já estávamos há muito tempo ali parados diante da sacola aberta, sem nos ocorrer que destino dar àquilo tudo, era preciso fazer outra coisa. Fomos atrás do Marinho que ia falando na maior agitação, descrevendo o Papai Noel de vermelho, a bata debruada de algodão branco, como aparecia nas ilustrações das revistas. Quando dobramos a esquina, ficamos de boca aberta, olhando: lá estava ele de carne e osso, a se pavonear de um lado para outro sob o olhar radiante de Samuel na porta da loja. Fomos nos aproximando devagar. Sacudindo um pequeno sino dourado, o Papai Noel alisava a barba postiça e dizia gracinhas ao filho de um tipo que parecia ter dinheiro.

— Não quer encomendar nada a este Papai Noel? Vamos queridinho, faça seu pedido... Uma bola? Um patinete?

— Estou conhecendo esse cara — resmungou o Polaquinho apertando os olhos. — Já vi ele em algum lugar...

Sentindo-se observado, o homem deu-nos as costas enquanto estendia a mão enluvada na direção do menino. Fizemos a volta até vê-lo de frente. Foi o bastante para o homem esquivar-se de novo, fingindo arrumar os brinquedos dependurados na porta. Essa segunda manobra alertou-nos. Fomos nos aproximando assim com ar de quem não estava querendo nada. O queixo e a boca não se podiam ver sob o emaranhado do algodão da barba. O gorro vermelho também escondia toda a cabeça, mas e aqueles ombros curvos e aquele jeito assim balanceado de andar?... Era um conhecido, sem dúvida. Mas quem? E por que nos evitava, por quê?!

Penso agora que se ele não tivesse disfarçado tanto não teríamos desconfiado de nada: seria mais um Papai Noel como dezenas de outros que víamos andando pela cidade. Mas aquela preocupação de se esconder acabou por denunciá-lo. Ficamos na maior excitação: ele estava com medo. Nunca nos sentimos tão poderosos.

— Esse filho da mãe é aqui do bairro — cochichou meu irmão.
— Dou minha cabeça a cortar como ele é daqui do bairro.

Polaquinho olhava agora para aqueles sapatos deformados sob as perneiras de oleado preto fingindo bota. Os sapatos! Aqueles velhos sapatos de andarilho eram a própria face do homem. Jamais sapato algum acabou por adquirir tão fielmente as feições do dono: era o Marcolino, pai de Maneco.

— Marcolino!

Ele voltou-se como se tivesse sido golpeado pelas costas. Desatamos a rir e a gritar, o malandro do Marcolino se fazendo de Papai Noel, era o Marcolino!...

A alegria da descoberta nos fez delirantes, pulávamos e cantávamos aos gritos, fazendo roda, de mãos dadas, "Mar-co-li-no, Mar-co-li-no!...". Em vão ele tentou prosseguir representando o seu papel. Rompendo o frágil disfarce do algodão e dos panos, sentimos sua vergonha e sua raiva. Duas velhas da casa vizinha abriram a janela e ficaram olhando e rindo.

— Molecada suja! — gritou o Samuel saindo da loja. Sacudiu os punhos fechados. — Fora daqui, seus ladrãozinhos! Fora!

Fugimos. Para voltar em seguida mais exaltados, com Firpo que apareceu de repente correndo e latindo feito louco, investindo às cegas por entre nossas pernas. Gritávamos compassadamente, com todas as forças:

— Mar-co-li-no! Mar-co-li-no!...

Ele então arrancou a barba. Arrancou o gorro, arrancou a bata e atirou tudo no chão. Pôs-se a pisotear em cima, a pisotear tão furiosamente que o Samuel não pensou sequer em impedir, ficou ali parado, olhando. E dessa vez ele não tinha bebido, era raiva mesmo, uma raiva tamanha que chegou a nos assustar quando vimos sua cara amarfanhada, branca. Em meio ao susto que nos fez calar ocorreu-me pela primeira vez o quanto o Maneco era parecido com o pai quando ficava assim furioso, ah, eram iguais aqueles capacetes de cabelo desabando até as sobrancelhas negras. Quando se cansou de pular em cima da fantasia, foi-se embora naquele andar gingado, a fralda da camisa fora da calça, os sapatões esparramados.

Samuel entrou de novo na loja. Fecharam-se as janelas. Firpo saiu correndo, levando a carapuça vermelha nos dentes enquanto o vento espalhava o algodão da barba por todo o quarteirão. Polaquinho apanhou alguns fiapos e grudou-os no queixo mas ninguém achou graça. Voltamos à nossa sacola de maçanetas e lâmpadas.

No dia seguinte um outro Papai Noel mais baixo e gordo passeava diante da loja. Olhou-nos com ar ameaçador mas seguimos firmes, esse nós não conhecíamos. Depois do jantar meu irmão instalou-se em cima da árvore na calçada, diante da nossa casa. Abriu a folhagem e ficou olhando lá de cima.
— Boca de forno!
— Forno! — repetimos fazendo continência.
— Fareis tudo o que o vosso mestre mandar?
— Faremos com muito gosto!
— Quero que vocês entrem no porão do Maneco, gritem duas vezes *Mar-co-li-no! Mar-co-li-no!* E voltem correndo. Já!
Saímos em disparada pela rua afora. O portão do cortiço estava apenas cerrado. Duas pretas gordas conversavam refesteladas em cadeiras na calçada. Empurramos devagarinho a portinhola carcomida. Entramos. E paramos assustados no meio do porão de paredes encardidas e trastes velhos amontoados nos cantos. Sabíamos que eles eram pobres, mas assim desse jeito? Maneco estava sozinho, deitado num colchão com a palha saindo por entre os remendos. Mal teve tempo de esconder qualquer coisa debaixo do lençol. Tinha na mão uma tesoura, devia estar cortando o papel que escondeu. Sob a luz débil da lamparina em cima do caixotinho ele me pareceu completamente amarelo, o cabelo negro mais crescido fechando-lhe a cara. Foi essa a última vez que o vimos, morreu na semana seguinte.
— Seus traidores! — gritou com voz rouca. — Que é que vocês querem aqui, seus traidores! Traidores!
Fomos saindo em silêncio e de cabeça baixa. Só eu olhei ainda para trás. Ele fungava por entre as lágrimas enquanto procurava esconder debaixo do lençol a ponta de uma estrela de papel prateado.

O Dedo

Achei um dedo na praia. Eu ia andando em plena manhã de sol por uma praia meio selvagem quando de repente, entre as coisas que o mar atirou na areia — conchas, gravetos, carcaças de peixes, pedras —, vislumbrei algo diferente. Tive que recorrer aos óculos: o que seria aquilo? Só depois de aparecer o anel é que identifiquei meu achado, o dedo trazia um anel. Faltava a última falange.

Não gosto nada de contar esse episódio assim com essa frieza, como se ao invés de um dedo eu tivesse encontrado um dedal. Sou do signo de Áries e os de Áries são apaixonados, veementes, Achei um dedo, um dedo! devia estar proclamando na maior excitação. Mas hoje minha face lúcida acordou antes da outra e está me vigiando com seu olho gelado. "Vamos", diz ela, "nada de convulsões, sei que você é da família dos possessos mas não escreva como uma possessa, fale em voz baixa, calmamente."

"Calmamente?! Mas foi um dedo que achei!", respondo e minha vigilante arqueia as sobrancelhas sutis: "E daí? Nunca viu um dedo?". Tenho ganas de esmurrá-la: Já vi *mas não nessas circunstâncias*.

O poeta dizia que era trezentos, trezentos e não sei quantos. Eu sou apenas duas: a verdadeira e a outra, tão calculista que às vezes me aborreço até a náusea. Me deixa em paz! peço e ela se põe a uma certa distância, me observando e sorrindo. Não nasceu comigo mas vai morrer comigo e nem na hora da morte permitirá que me descabele aos urros, Não quero morrer, não quero! Até nessa hora ela vai me olhar de maxilares apertados e olho inimigo no auge da inimizade: "Você vai morrer sim senhora e sem fazer papel miserável, está ouvindo?". Lanço mão do meu último argumento, tenho ainda que escrever um livro tão maravilhoso... E as pessoas que me amam vão sofrer tanto! E ela, implacável: "Ora, querida, as pessoas estão se lixando. E o livro não ia ser tão maravilhoso assim".

É bem capaz de exigir que eu morra como as santas. Recorro às minhas reservas florestais e pergunto-lhe se posso ao menos devanear um pouco em torno do meu achado, não é *todos* os dias que se acha um dedo. Ela me analisa com seu olho lógico: "Mas não exagere".

Fecho a porta. Mas então eu ia dizendo que passeava por uma praia solitária, nem biquínis, crianças ou barracas. Praia áspera e bela, quase intacta: três pescadores puxando a rede lá longe. Um cachorro vadio rosnando para dois urubus pousados nos detritos e o sol batendo em cheio na areia brilhante, cheia de coisas do mar de mistura com coisas da terra trabalhadas pelo mar. Guardei na sacola uma pedra cinzenta, tão polida que parecia revestida de cetim. Guardei um grosso pedaço de cipó, silhueta de serpente se endireitando para o bote. Guardei um punhado de estrelas-do--mar. Guardei um caramujo amarelo, o interior se apertando em espiral até a raiz inatingível, mas o dedo não guardei não.

Não senti asco quando descobri o dedo meio enterrado na areia, uns restos de ligamentos flutuando na espuma das pequeninas ondas. Lavado, o dedo parecia ser da mesma matéria branca dos peixes não fosse a presença do anel, o toque sinistro numa praia onde a morte era natural. Limpa.

Inclinara-me para ver melhor o estranho objeto quando notei o pequeno feixe de fibras emergindo na areia banhada pela espuma. Quando recorri aos óculos é que vi: não era algodão mas uma vértebra meio descarnada — a coluna vertebral de um grande peixe? Fiquei olhando. Espera, mas o que seria aquilo? Um aro de ouro? Agora que a água se retraíra eu podia ver um aro de ouro brilhando em torno da vértebra, enfeixando as fibras que tentavam se libertar, dissolutas. Com a ponta do cipó, revolvi a areia. Era um dedo anular com um anel de pedra verde preso ainda à raiz intumescida. Como lhe faltasse a última falange, faltava o que poderia me fazer recuar; a unha. Unha pintada de vermelho, o esmalte descascando, acessório fiel ao principal até no processo da desintegração. Unha de mulher burguesa, à altura do anel do joalheiro que se esmerou na cravação da esmeralda. Penso que se restasse a unha certamente eu teria fugido, mas naquele estado de despelamento o fragmento do dedo trabalhado pela água acabara por adquirir a feição de um simples fruto do mar. Mas havia o anel.

A dona do dedo? Mulher rica e de meia-idade que as jovens não usam joias, só as outras. Afogada no mar? A onda, começou inocente lá longe e foi se cavando cada vez mais alta, mais alta, Deus meu! A fuga na água e a praia tão longe, ah! mas o que é isso?... Explosão de espuma e sal. Sal.

Respirei. Mas que mulher vai de anel de esmeralda para o mar? A passageira de um transatlântico de luxo que afundou na tempestade? Mas fazia tempo que nenhum transatlântico naufragava, ocorreu-me o *Titanic*, mas isso tinha sido em 1912. A descrição da tragédia falava em mulheres fabulosas, afundando ainda enlaçadas em homens na apoteose do baile com as luzes acesas iluminando a superfície do mar onde logo começaram a boiar diademas, plumas... Houve também o *Princesa Mafalda*, que submergiu perto dos tubarões da Bahia (quando foi isso?). Os espíritos atônitos baixando nos terreiros, e a mãe de santo com seu turbante de rainha abrindo os braços, "Saravá, meu pai! Saravá!".

Podia ser ainda uma suicida, dessas que entram de roupa pelo mar adentro, o desespero é impaciente, ela mal teve tempo de encher os bolsos com pedras. A pedra verde no dedo. E se fosse a personagem de um crime passional, enfraquecida a hipótese de latrocínio pela presença do anel. Crime misterioso: mulher bonita, marido rejeitado e minhocando, roque-roque... A premeditação no escuro, tão profundo o silêncio no quarto que podia se ouvir até o murmurejar do pensamento, roque-roque... Ela acorda em pânico no meio da noite, "Mas que barulho é esse? Um camundongo?". Ele se aproxima sem poeira e sem emoção. No banheiro cintilante a proximidade da água facilita demais, os crimes deviam ser cometidos perto de cascatas. Ausência da cozinheira em licença remunerada para ir visitar a mãe. A casa na praia deserta foi uma solução, o homem feliz não tinha camisa, só maiô. O homem de maiô todos os dias vai à praia levando uma caixinha, Que será que ele leva naquela caixinha? Um detalhista: ideias miúdas, objetos miúdos. Na cabeça, um pequeno boné se tem sol. Era ele que andava com uma mulher grande, bonita? Era. E a mulher? Lá sei, deve ter viajado, ele ficou só. Parece que adora o mar, faça sol ou não, vai dar o seu passeio com seu sorriso e levando uma caixinha.

Por que será que cabeça de assassinado fica do tamanho do mundo? Um porta-chapéus seria a solução mas se ninguém mais usa chapéu?... Enfim, se sobrou a cabeça não sobrou o dedo que na manhã de garoa ele deixou no mar. O anel foi junto, era um anel tão afeiçoado à carne que se recusou a sair. Ele não insistiu, pois ficasse o dedo com seu anel, que sumam os dois! Nem os urubus saíram de casa nessa manhã. Ele saiu.

A pedra brilhava num tom mais escuro do que a água. Lembrei-

-me de um quadro: uma praia comprida e lisa, com flores brotando na areia, flores-dedos e dedos-flores. No quadro o insólito era representado por uma gota de sangue pingando nítida da ponta de um dedo. No meu achado, o insólito era a ausência do sangue. E o anel.

A primeira pessoa que passar por aqui vai levar esse anel, pensei. Eu mesma — ou melhor, a outra, com falsa inocência não chegou a insinuar que eu devia guardar o anel na sacola? "Mais um objeto para a sua coleção, não é uma linda pedra?" Expulsei essa outra, repugnada. A morta de Itabira reclamava a flor que o distraído visitante do cemitério colhera na sua sepultura, "Eu quero a flor que você tirou, quero de volta a minha florzinha!". A dama do mar faria uma exigência mais terrível com sua voz de sal: "Eu quero o anel que você roubou do meu dedo, quero o meu anelzinho!". Como reencontrar naqueles quilômetros de praia os restos do dedo para lhe devolver a esmeralda?

Com a ponta do cipó cavei rapidamente um fundo buraco na areia e nele fiz rolar o dedo. Cobri-o com o tacão do sapato e na areia tracei uma cruz, imaginei que se tratava de um dedo cristão. Então veio uma onda que esperou o fim da minha operação para inundar o montículo. Dei alguns passos. Quando me voltei pela última vez a água já tinha apagado tudo.

Biruta

Alonso foi para o quintal carregando uma bacia cheia de louça suja. Andava com dificuldade tentando equilibrar a bacia que era demasiado pesada para seus braços finos.

—Biruta, eh, Biruta!—chamou sem se voltar.

O cachorro saiu de dentro da garagem. Era pequenino e branco, uma orelha em pé e a outra completamente caída.

—Sente-se aí, Biruta, que vamos ter uma conversinha—disse Alonso pousando a bacia ao lado do tanque. Ajoelhou-se, arregaçou as mangas da camisa e começou a lavar os pratos.

Biruta sentou-se inclinando interrogativamente a cabeça ora para a direita, ora para a esquerda, como se quisesse apreender melhor as palavras do seu dono. A orelha caída ergueu-se um pouco, enquanto a outra empinou aguda e reta. Entre elas formaram-se dois vincos próprios de uma testa franzida no esforço da meditação.

—Leduína disse que você entrou no quarto dela—começou o menino num tom brando.—E subiu em cima da cama e focinhou as cobertas e mordeu uma carteirinha de couro que ela deixou lá. A carteira era velha, ela não ligou muito, mas e se fosse uma carteira nova, Biruta! Se fosse uma carteira nova! Leduína te dava uma surra e eu não podia fazer nada, como daquela outra vez que você arrebentou a franja da cortina, lembra? Você se lembra muito bem sim senhor, não precisa fazer essa cara de inocente!...

Biruta deitou-se, enfiou o focinho entre as patas e baixou a orelha. Agora as orelhas estavam no mesmo nível, murchas, as pontas quase tocando o chão. Seu olhar interrogativo parecia perguntar: "Mas que foi que eu fiz, Alonso? Não me lembro de nada...".

—Lembra sim senhor! E não adianta ficar aí com essa cara

de doente que não acredito, ouviu? Ouviu, Biruta?! — repetiu Alonso lavando furiosamente os pratos. Com um gesto irritado arregaçou as mangas que já escorregavam sobre os pulsos finos. Sacudiu as mãos cheias de espuma. Tinha mãos de velho.

— Alonso, anda ligeiro com essa louça! — gritou Leduína aparecendo na janela da cozinha. — Já está escurecendo, tenho que sair!

— Já vou indo — respondeu o menino enquanto removia a água da bacia. Voltou-se para o cachorro. E seu rostinho pálido se confrangeu de tristeza. Por que Biruta não se emendava, por quê? Por que não se esforçava um pouco para ser melhorzinho? Dona Zulu já andava impaciente, Leduína também, Biruta fez isso, Biruta fez aquilo... Lembrou-se do dia em que o cachorro entrou na geladeira e tirou de lá a carne. Leduína ficou desesperada, vinham visitas para o jantar, precisava encher os pastéis, "Alonso, você não viu onde deixei a carne?". Ele estremeceu. Biruta! Disfarçadamente foi à garagem no fundo do quintal onde dormia com o cachorro num velho colchão metido num ângulo da parede. Biruta estava lá, deitado bem em cima do travesseiro, com a posta de carne entre as patas, comendo tranquilamente. Alonso arrancou-lhe a carne, escondeu-a dentro da camisa e voltou à cozinha. Deteve-se na porta ao ouvir Leduína queixar-se à Dona Zulu que a carne desaparecera, aproximava-se a hora do jantar e o açougue já estava fechado, "O que é que eu faço, Dona Zulu?!".

Ambas estavam na sala. Podia entrever a patroa a escovar freneticamente os cabelos. Ele então tirou a carne de dentro da camisa, ajeitou o papel todo roto que a envolvia e entrou com a posta na mão.

— Está aqui, Leduína.

— Mas falta um pedaço!

— Esse pedaço eu tirei pra mim, eu estava com vontade de comer um bife e aproveitei quando você foi na quitanda.

— Mas por que você escondeu o resto? — perguntou a patroa aproximando-se.

— Porque fiquei com medo.

Tinha bem viva na memória a dor que sentira nas mãos abertas para os golpes da escova. Lágrimas saltaram-lhe dos olhos. Os dedos foram ficando roxos mas ela continuava batendo com aquele mesmo vigor com que escovava os cabelos, batendo, batendo, como se não pudesse parar nunca mais.

— Atrevido! Ainda te devolvo pro orfanato, seu ladrãozinho.

Quando ele voltou à garagem Biruta já estava lá, as duas orelhas caídas, o focinho entre as patas, piscando os olhinhos ternos. "Biruta, Biruta, apanhei por sua causa, mas não faz mal. Não faz mal."

Isso tinha acontecido há duas semanas. E agora Biruta mordera a carteirinha de Leduína. E se fosse a carteira de Dona Zulu.

— Hein, Biruta?! E se fosse a carteira de Dona Zulu? Por que você não arrebenta minhas coisas? — prosseguiu o menino elevando a voz. — Você sabe que tem todas as minhas coisas para morder, não sabe? Pois agora não te dou presente de Natal, está acabado, você vai ver se vai ganhar alguma coisa!...

Girou sobre os calcanhares dando as costas ao cachorro. Resmungou ainda enquanto empilhava a louça na bacia. Em seguida calou-se esperando qualquer reação por parte do cachorro. Como a reação tardasse, lançou-lhe um olhar furtivo. Biruta dormia profundamente. Alonso então sorriu. Biruta era como uma criança, por que não entendiam isso? Não fazia nada por mal, queria só brincar... Por que Dona Zulu tinha tanta raiva dele? Ele só queria brincar, como as crianças. Por que Dona Zulu tinha tanta raiva de crianças? Uma expressão desolada amarfanhou o rostinho do menino. "Por que Dona Zulu tem que ser assim? O doutor é bom, quer dizer, nunca se importou nem comigo nem com você, é como se a gente não existisse. Leduína tem aquele jeitão dela, mas duas vezes já me protegeu. Só Dona Zulu não entende que você é que nem uma criancinha. Ah, Biruta, Biruta, cresça logo, pelo amor de Deus! Cresça logo e fique um cachorro sossegado, com bastante pelo e as duas orelhas de pé! Você vai ficar lindo quando crescer, Biruta, eu sei que vai!"

— Alonso! — Era a voz de Leduína. — Deixe de falar sozinho e traga logo essa bacia. Já está quase noite, menino!

— Chega de dormir, seu vagabundo! — disse Alonso espargindo água no focinho do cachorro.

Biruta abriu os olhos, bocejou com um ganido e levantou-se estirando as patas dianteiras num longo espreguiçamento.

O menino equilibrou penosamente a bacia na cabeça. Biruta seguiu-o aos pulos, mordendo-lhe os tornozelos, dependurando-se na barra do seu avental.

— Aproveita, seu bandidinho! — riu Alonso. — Aproveita que eu estou com a mão ocupada, aproveita!

Assim que colocou a bacia na mesa ele inclinou-se para agarrar o cachorro. Mas Biruta esquivou-se latindo. O menino vergou o corpo sacudido pelo riso.

— Ai, Leduína, que o Biruta judiou de mim!...

A empregada pôs-se a guardar rapidamente a louça. Estendeu-lhe uma caçarola com batatas:

— Olha aí é o seu jantar. Tem ainda arroz e carne no forno.

—Mas só eu vou jantar?—surpreendeu-se Alonso ajeitando a caçarola no colo.

—Hoje é dia de Natal, menino. Eles vão jantar fora, eu também tenho a minha festa, você vai jantar sozinho.

Alonso inclinou-se. E espiou apreensivo debaixo do fogão. Dois olhinhos brilharam no escuro. Biruta ainda estava lá e Alonso suspirou. Era tão bom quando Biruta resolvia se sentar! Melhor ainda quando dormia. Tinha então a certeza de que não estava acontecendo nada, era a trégua. Voltou-se para Leduína.

—O que o seu filho vai ganhar?

—Um cavalinho—disse a mulher. A voz suavizou.—Quando ele acordar amanhã vai encontrar o cavalinho dentro do sapato dele. Vivia me atormentando que queria um cavalinho, que queria um cavalinho...

Alonso pegou uma batata cozida, morna ainda. Fechou-a nas mãos arroxeadas.

—Lá no orfanato, no Natal, apareciam umas moças com uns saquinhos de balas e roupas. Tinha uma moça que já me conhecia, me dava sempre dois pacotinhos em lugar de um. Era a madrinha. Um dia ela me deu sapatos, um casaquinho de malha e uma camisa...

—Por que ela não adotou você?

—Ela disse uma vez que ia me levar, ela disse. Depois não sei por que ela não apareceu mais, sumiu...

Deixou cair na caçarola a batata já fria. E ficou em silêncio, as mãos abertas em torno da vasilha. Apertou os olhos. Deles irradiou-se para todo o rosto uma expressão dura. Dois anos seguidos esperou por ela, pois não prometera levá-lo? Não prometera? Nem sabia o seu nome, não sabia nada a seu respeito, era apenas a Madrinha. Inutilmente a procurava entre as moças que apareciam no fim do ano com os pacotes de presentes. Inutilmente cantava mais alto do que todos no fim da festa na capela. Ah, se ela pudesse ouvi-lo!

Noite feliz!
Silêncio e paz...
O bom Jesus é quem nos traz
A mensagem de amor e alegria...

—Mas é muita responsabilidade tirar crianças pra criar!—disse Leduína desamarrando o avental.—Já chega os que a gente tem!

Alonso baixou o olhar. E de repente sua fisionomia iluminou-se. Puxou o cachorro pelo rabo.

— Eh, Biruta! Está com fome, Biruta? Seu vagabundo! Sabe, Leduína, Biruta também vai ganhar um presente que está escondido lá debaixo do meu travesseiro. Com aquele dinheirinho que você me deu, lembra? Comprei uma bolinha de borracha, uma beleza de bola! Agora ele não vai precisar mais morder suas coisas, tem a bolinha só pra isso, ele não vai mais mexer em nada, sabe, Leduína?

— Hoje cedo ele não esteve no quarto de Dona Zulu?

O menino empalideceu.

— Só se foi na hora que fui lavar o automóvel... Por quê, Leduína? Por quê? Que foi que aconteceu?

Ela hesitou. E encolheu os ombros.

— Nada. Perguntei à toa.

A porta abriu-se bruscamente e a patroa apareceu. Alonso encolheu-se um pouco. Sondou a fisionomia da mulher. Mas ela estava sorridente.

— Ainda não foi pra sua festa, Leduína? — perguntou a moça num tom afável. Abotoava os punhos do vestido. — Pensei que você já tivesse saído... — E antes que a empregada respondesse, ela voltou-se para Alonso: — Então? Preparando seu jantarzinho?

O menino baixou a cabeça. Quando ela falava assim mansamente ele não sabia o que dizer.

— O Biruta está limpo, não está? — prosseguiu a mulher inclinando-se para fazer uma carícia na cabeça do cachorro. Biruta baixou as orelhas, ganiu dolorido e escondeu-se debaixo do fogão.

Alonso tentou encobrir-lhe a fuga:

— Biruta, Biruta! Cachorro mais bobo, deu agora de se esconder... — Voltou-se para a patroa. E sorriu desculpando-se: — Até de mim ele se esconde.

A mulher pousou a mão no ombro do menino.

— Vou numa festa onde tem um menininho assim do seu tamanho e que adora cachorros! Então me lembrei de levar o Biruta emprestado só por esta noite. O pequeno está doente, vai ficar radiante, o pobrezinho. Você empresta seu Biruta só por hoje, não empresta? O automóvel já está na porta. Ponha ele lá que já estamos de saída.

O rosto do menino resplandeceu. Mas então era isso?!... Dona Zulu pedindo o Biruta emprestado, precisando do Biruta! Abriu a boca para dizer-lhe que sim, que o Biruta estava limpinho e que ficaria contente de emprestá-lo ao menino doente. Mas sem dar-lhe tempo de responder, a mulher saiu apressadamente da cozinha.

— Viu, Biruta? Você vai numa festa! — exclamou. — Numa festa de crianças, com doces, com tudo! Numa festa, seu sem-vergonha! — repetiu beijando o focinho do cachorro. — Mas, pelo amor de Deus, tenha juízo, nada de desordens! Se você se comportar, amanhã cedinho te dou uma coisa, vou te esperar acordado, hein? Tem um presente no seu sapato... — acrescentou num sussurro, com a boca encostada na orelha do cachorro. Apertou-lhe a pata.

— Te espero acordado, Biru... Mas não demore muito!

O patrão já estava na direção do carro. Alonso aproximou-se.

— O Biruta, doutor.

O homem voltou-se ligeiramente. Baixou os olhos.

— Está bem, está bem. Deixe ele aí atrás.

Alonso ainda beijou o focinho do cachorro. Em seguida, fez-lhe uma última carícia, colocou-o no assento do automóvel e afastou-se correndo.

— Biruta vai adorar a festa! — exclamou assim que entrou na cozinha. — Lá tem doces, tem crianças, ele não quer outra coisa! — Fez uma pausa. Sentou-se. — Hoje tem festa em toda parte, não, Leduína?

A mulher já se preparava para sair.

— Decerto.

Alonso pôs-se a mastigar pensativamente.

— Foi hoje que Nossa Senhora fugiu no burrinho?

— Não, menino. Foi hoje que Jesus nasceu. Depois então é que aquele rei manda prender os três.

Alonso concentrou-se:

— Sabe, Leduína, se algum rei malvado quisesse prender o Biruta, eu me escondia com ele no meio do mato e ficava morando lá a vida inteira, só nós dois! — riu-se metendo uma batata na boca. E de repente ficou sério, ouvindo o ruído do carro que já saía. — Dona Zulu estava linda, não?

— Estava.

— E tão boazinha. Você não achou que hoje ela estava boazinha?

— Estava, estava muito boazinha...

— Por que você está rindo?

— Nada — respondeu ela pegando a sacola. Dirigiu-se à porta. Mas antes parecia querer dizer qualquer coisa de desagradável e por isso hesitava, contraindo a boca.

Alonso observou-a. E julgou adivinhar o que a preocupava.

— Sabe, Leduína, você não precisa dizer pra Dona Zulu que ele mordeu sua carteirinha, eu já falei com ele, já surrei ele. Não vai fazer mais isso nunca, eu prometo que não!

A mulher voltou-se para o menino. Pela primeira vez encarou-o. Vacilou ainda um instante. Decidiu-se:

—Olha aqui, se eles gostam de enganar os outros, eu não gosto, entendeu? Ela mentiu pra você, Biruta não vai mais voltar.

—Não vai o quê?—perguntou Alonso pondo a caçarola em cima da mesa. Engoliu com dificuldade o pedaço de batata que ainda tinha na boca. Levantou-se.—Não vai o quê, Leduína?

—Não vai mais voltar. Hoje cedo ele foi no quarto dela e rasgou um pé de meia que estava no chão. Ela ficou daquele jeito. Mas não disse nada e agora de tardinha, enquanto você lavava a louça, escutei a conversa dela com o doutor, que não queria mais esse vira-lata, que ele tinha que ir embora hoje mesmo e mais isso, e mais aquilo... o doutor pediu pra ela esperar que amanhã dava um jeito, você ia sentir muito, hoje era Natal... Não adiantou. Vão soltar o cachorro bem longe daqui e depois seguem pra festa. Amanhã ela vinha dizer que o cachorro fugiu da casa do tal menino. Mas eu não gosto dessa história de enganar os outros, não gosto, é melhor que você fique sabendo desde já, o Biruta não vai voltar.

Alonso fixou na mulher o olhar inexpressivo. Abriu a boca. A voz era um sopro.

—Não?...

Ela perturbou-se.

—Que gente também!—explodiu. Bateu desajeitadamente no ombro do menino.—Não se importe, não, filho. Vai, vai jantar.

Ele deixou cair os braços ao longo do corpo. E arrastando os pés, num andar de velho, foi saindo para o quintal. Dirigiu-se à garagem. A porta de ferro estava erguida. A luz do luar chegava até a borda do colchão desmantelado. Alonso cravou os olhos brilhantes num pedaço de osso roído, meio encoberto sob um rasgão do lençol. Ajoelhou-se. Estendeu a mão tateante. Tirou de debaixo do travesseiro uma bola de borracha.

—Biruta—chamou baixinho.—Biruta...—E desta vez só os lábios se moveram e não saiu som algum.

Muito tempo ele ficou ali ajoelhado, segurando a bola. Depois apertou-a fortemente contra o coração.

Emanuel

—Emanuel—eu respondo. E não digo mais nada porque sinto que ninguém está acreditando em mim, ninguém acredita que meu amante de olhos verdes tem um Mercedes branco e se chama Emanuel.
—Emanuel—repete Afonso.—Tive um colega com esse nome mas já morreu. Você disse que ele vem te buscar?
Loris está tentando servir uísque mas a bebida não sai da garrafa que ela sacode com força. Começou também a se sacudir de tanto rir.
—Tem um Mercedes branco, mas não é finíssimo? Conta mais, Alice, todo mundo quer saber os detalhes!
Quero alcançar o cinzeiro no centro do tapete que está longe demais, tenho que me estender no almofadão num movimento que poderia ser gracioso mas meu gesto é duro e minha voz fica postiça. Todos ali tão à vontade no chão, só eu assim tensa como um faquir deitado numa cama, com serpentes deslizando em redor.
—Uma vez peguei uma cobrinha, não era viscosa mas apenas fria—digo e ninguém está interessado em saber o que senti quando peguei a cobra.—Queria agora um conhaque—eu peço e Afonso puxa para mais perto o carrinho de bebidas. Estou me lembrando de uma piada, ele diz abrindo o sorriso mas sei que essa piada sou eu. Me estendeu o copo fazendo uma reverência.
—Pronto, menina!
Cínico. Está se divertindo: nem ele nem Loris nem Solange, ninguém acreditou nessa história do amante. Mas por que não acreditam que tenho um amante? Sou assim tão horrível, me respondam, por que não acreditam? É um homem de olhos verdes que vem

me buscar no seu carro, digo e Loris quase se engasgou no uísque e Afonso, o cínico... Até o homenzinho do cravo no peito também fez aquelas caras, mal me conhece e já se incorporou ao grupo, Ô! Deus! Tomo um gole e respiro, preciso me acalmar, não é assim não, estou histérica, o homenzinho nem me notou e eu com essa minha mania de perseguição! Minha culpa, minha culpa, quem mandou exagerar? Eu não precisava ter exagerado, podia dizer que tenho um amante e pronto, um tipo comum, nada de especial. Mas comecei com meus delírios, tanta vontade de beleza, tanta vontade de poder. Vontade antiga de chamar atenção de mistura com esse desejo agudo de vingança, Loris me olhando no maior espanto e eu no acesso de apoteose mental, fúria de sons como numa orquestra desencadeada tocando Wagner, mais, mais! Desfrutável, sou uma desfrutável. Nunca entendi direito o que quer dizer desfrutável mas deve ser uma coisa que vem da palavra *fruta* que virou bagaço e as pessoas se aproveitam — mas quem se aproveitou de mim? Nem isso. É que nunca tive nada, nem uma família importante, nem empregos, nunca a alegria do supérfluo que só o dinheiro dá, mas que dinheiro?! Não tive nem ao menos um gato pingado pra puxar pelo rabo! Mas espera, um gato esse eu tenho! Bebo outro gole enternecida, é um gato de rua mas é um gato, o Emanuel. Nome que dei a esse amante e que saiu tão espontâneo da minha boca, Meu amor se chama Emanuel!

— Ainda bem, minha querida, já passou da hora de arrumar um caso, a gente já estava preocupada com essa virgindade, que horror! E ainda por cima ele é um tipo assim lindo? — disse Solange ajeitando o cigarro na piteira.

O sorriso amanteigado foi para o Afonso ou para a Loris? Acariciou o contorno da boca com a ponta da piteira, ela tem um corpo bonito mas a boca é vulgar — não, devo estar verde de inveja, ela tem uma boca fascinante, quisera eu! Quisera eu.

— Sabe o que quer dizer *Emanuel*? É aquele que há de vir — disse Loris fazendo girar o gelo do copo. Chupou devagar o dedo molhado. — Emanuel é aquele que há de vir!

Fechei o dedo polegar na gruta da mão: agora me lembrava do sonho da véspera, tinha uma voz dizendo dentro do meu ouvido que queria a minha boca, minha boca! Abri a boca e a voz ficou mais secreta, ele queria a boca silenciosa! Esvazio o copo. Através do vidro vejo os olhos bistrados de Loris me olhando lá de longe, ela fica distante quando bebe e ao mesmo tempo fica mais próxima, ouve tudo, entende tudo. Descobriu que menti desbragadamente e ficou perversa, ela que não precisa ser perversa.

— Afonso, você está rindo sem parar, vai, conta! — ela pede.

Sabe que ele está rindo desta quarentona sem a menor graça e ainda com esses delírios, sonhando com homens me pedindo a boca mas não essa, a outra... Que sonho, que vida! Só me resta agora ficar repetindo que ele virá me buscar, esse Emanuel dos olhos verdes e do carro branco. Finíssimo! disse Loris. Tenho agora que sustentar a mentira enquanto minha cara vai encompridando como na história do boneco de pau, o Pinóquio, mas nele era o nariz que ia crescendo quando mentia — ô! meu Pai! tanta vontade de vomitar esta minha cara de freira sem vocação. Tarde demais para começar um caso e começar com quem? Mulheres e homens se oferecendo aos montes, meninas de doze anos e os homens já exauridos, enfartados. A Loris sabe disso, ela que já se deitou com todos os sexos daqui e do mundo e eu que não saí nem do meu bairro. Dois ou três namorados sem o menor empenho, com preguiça de aprofundamentos, mas em que tempo a virgindade era prestigiada? O desejo morno, a preguiça, quer dizer que a minha Alicinha?... Quando me chamam de Alicinha já sei que não vai acontecer nada, viro a confidente, a irmã. Se ao menos essa virgindade fosse facilitada, se o ato não sugerisse alguma mão de obra... O medo que eles têm de envolvimentos, vínculos, medo de filhos... E eu afetando calma quando minha vontade é de gritar, puxar os cabelos, ódio de mim mesma, sua imbecil! Pior do que ser feia é ser assim opaca. O dinheiro resolveria, ah, com dinheiro eu podia fazer a excêntrica que paga uma corte e mais esse Emanuel, por que não? Podia dar-lhe o carro, o avião, o navio e mais daria... Um homem resplandecente, coberto de ouro em pó e eu dizendo, Dê suas ordens, quer que faça sua comida, que engraxe seus sapatos? Engraxo tudo, sou um ser dependente, frágil, pois que venham as feministas e que cuspam em mim, ora, cuspam à vontade! As idiotas se fazendo de fortes, arregaçando as mangas, tamanha arrogância! Ora, essa revolução da mulher...

— Tinha ainda esse quadro — prosseguiu Solange e fiquei sem saber que quadro era esse. Fico olhando a correntinha de ouro presa no seu tornozelo, ela tem pernas belíssimas.

Encolho as minhas. Ainda assim amanheço e escovo os dentes com cuidados especiais, esses dentes fracos mas a esperança de que um dia... Esperança no creme das sardas, no tônico para os cabelos, tanta vitamina... Esta vontade de luta. "A esperança é curva assim como uma asa", disse alguém. Melhor me deitar na planície mas quando dou acordo de mim já estou subindo a montanha, resfolegando e subindo. Orgulho? A esperança será apenas orgulho?

— E o que faz esse seu amado? — pergunta Loris mordendo o sanduíche.

— É médico.

Ginecologista, tenho vontade de dizer. Eis aí o que sempre desejei, um namorado médico que me tomasse em suas mãos experientes e através delas eu conheceria a mim mesma, a começar por este corpo que me escapa assim como um inimigo. Pois conheceria meu corpo quando as mãos fossem me tateando, o cheiro, o gosto... Ele que já conheceu tantos corpos dentro e fora da profissão, ah! me tome depressa que o tempo é de amor! Com mil desculpas por esta virgindade mas não foi por virtude, foi bloqueio, lá sei! Eu podia namorar o homem do leite mas faz séculos que não tem mais nem o homem do leite nem o homem do pão, mamãe abria a porta e o cheiro da cesta dos pães dourados, "Vem, neném, escolhe a sua rosquinha". Ah, se essa trabalheira de virgindade desse ao menos ao primeiro namorado um pouco de emoção. Eu diria que me guardei até hoje e ele assim meio espantado, "Mas é simples, minha querida, simples como beber um copo d'água! Não fique contraída, vamos, relaxa...". Agora era o meu pai me levando pela mão ao dentista, "Não endureça a boca, relaxa porque assim o doutor não vai poder arrancar o seu dentinho! Prometo que não vai doer!". Enxugo os olhos no guardanapo ao meu lado.

— Estou tão curiosa, a que horas ele vem? — pergunta Loris. — Esse seu namorado, o Emanuel.

Amasso na mão o guardanapo e mastigo um croquete fumegante. Sopro a fumaça, ah! queria virar uma formiguinha para entrar nesse vulcão. Loris sabe que eu estou mentindo, os outros desconfiam mas os outros estão distraídos, ela não. Encolho as pernas mas queria encolher os pés que são enormes. Loris agora pergunta se eu continuo na mesma casa. Respondo que sim.

— Sozinha, querida?
— Com o meu gato.
— Mas ele não é livre? Esse seu namorado...
— Mais ou menos.
— Mais ou menos, como?!

Estou rindo e é bom rir, Emanuel é o meu gato que tentou fugir até que mandei levantar o muro e agora ele se deita feito uma esfinge no pequeno canteiro e fica olhando para o portão e miando.

— Ele tem uma dona, é claro! Mas sempre consegue dar suas escapadas — eu digo. Pela primeira vez na festa estou me sentindo melhor, gosto das ambiguidades, desse jogo, que difícil ser eu mesma! E que fácil.

— Ah, mas ele então é casado?

Afonso escolhe outro disco, confessa que prefere *jazz*. Solange avisa que vai fazer pipi e o homenzinho do cravo no peito toma nota do telefone da jovem desenhista que veio com Solange, ela não é bonita mas soube armar um tipo com tanta imaginação que bateria até aquela Vênus da concha se essa Vênus aportasse nesta praia. Faz o que eu devia ter feito: tirou partido da feiura que virou ousadia, quase agressão. Eu poderia ainda me vestir de egípcia, não? Se esqueceriam da minha cara, do meu corpo e não é isso que eu quero? Ser conversada, ser discutida. Me volto para Loris que está bêbada mas lúcida, o lado ruim ainda me provocando, Fala mais, e o Emanuel?... Comecei e agora não posso parar, ninguém acredita, mas Loris me fisgou e vem me puxando assim como aquele velho pescador foi puxando o peixe que tenta fugir no mar, fiquei tão deprimida nesse pedaço do filme, a linha completamente esticada e com o peixe fisgado... Estou me deixando levar sem resistência e ainda assim ela está querendo — mas o que ela quer agora?

—Não há muito o que contar, Loris. Encontrei-o na rua.
—Na rua?
—Parecia solitário, assim infeliz.

Mais precisamente foi numa esquina. A lembrança me emociona demais, deve ser efeito do conhaque, ah! se passasse por aqui aquela bandeja de doces eu comeria a bandeja inteira, tanta vontade de açúcar. Um analista esperto explicaria, Carência afetiva! Meu querido pai me levava todas as noites uma caneca de chocolate quente e esperava eu virar a caneca até o fim. Ele podia ter vivido mais e foi acontecer aquilo, ah! paizinho! Não, não quero lembrar, melhor pensar no analista que falava em carência. O meu irmãozinho de oito anos caçava os gatos e no quintal de casa dependurava todos pelo rabo num varal, os gatos se contorcendo aos urros, era também carência? Fazia frio naquela noite e ele miava e tremia tanto! Guardei-o no bolso do casaco, um gatinho mijado, feio, a cabeça vacilante pesada demais para o pescoço fino. Emanuel, eu chamei. Ele miou e escondeu o focinho na minha mão. Tenho um gato! pensei. E se eu vestisse uma túnica grega? Uma túnica podia ser uma solução, sandálias com as tiras douradas subindo pelas pernas, Alice anda fantasiada de grega, acho que enlouqueceu! Está certo, enlouqueci, a loucura é uma boa saída mas essa teria que ser uma loucura requintada, com lampejos, iluminações... E eu seria capaz dessas iluminações?

Solange levanta a perna que se descobre enquanto o homem do cravo no peito tenta abrir o fecho da pulseirinha que ela tem no tornozelo. Mas como ficariam nas minhas pernas de fio de macarrão essas tiras douradas? Loris passa engatinhando debaixo da perna de

Solange, vai pegar o prato de croquetes. Volta e me encara apertando os olhos. Recomeçamos a comer com voracidade. Preciso falar.

— Ele gosta muito de música, fica calmo quando ouve Mozart.

— Finíssimo, querida. Conta mais!

— Às vezes ele se deita na almofada do chão e fica horas e horas imóvel, ouvindo, os olhos verdes brilhando tanto, como brilham seus olhos quando apago a luz e me deito ao seu lado.

— Vocês preferem fazer amor no chão?

— Ou na cama, dividimos o mesmo travesseiro. Quando acordo tarde da noite ele já saiu. Mas que barulho é esse, está chovendo?

— Está caindo uma tempestade!

— Tenho que ir, Loris, tenho que ir — eu digo.

— Ir, como?! Imagine se... — recomeçou mas emudeceu. A campainha?! Não tocaram a campainha? — Mas se não estou esperando mais ninguém! Então é ele, só pode ser ele, o seu médico! Ele chegou!

Vou recuando ainda de joelhos para a zona de sombra, quero esconder esta cara, não, Loris, não pode ser, hoje ele tem plantão lá no hospital, é dificílimo fugir do plantão!

Ela encurtou depressa a linha e vem me puxando no anzol, mas como?! O amado de Alice acaba de chegar e todo mundo assim desligado! Pois não foi ele que chegou? Só pode ser ele, minha gente, olha a campainha, quem mais?...

A campainha está tocando outra vez e agora mais forte. Estremeço, o som agudo lembra o som de uma cigarra que vai me serrando pelo meio, oh! Deus! Os trovões, raios. E Loris de pé, oscilando triunfante como se estivesse na proa do barco. Engulo penosamente a saliva, estou salivando sem parar porque no medo a saliva cresce borbulhosa, quero repetir que não pode ser ele mas o anzol me puxando mais... Ouço a minha voz num sopro, Ele tem plantão lá no hospital, Loris, é dificílimo sair... Não pode ser ele!

— Afonso, queridinho, vai abrir a porta! — ela ordena.

Baixei a cabeça. E eu já tinha cedido sem a menor resistência, um pouco mais e confessaria, tudo é mentira, não tenho nenhum homem, tenho um gato que achei na rua, Emanuel é um gato! Aperto contra a boca o copo vazio, eu vazia. E todos falando ao mesmo tempo. A janela se escancarou na ventania, a cortina subiu e derrubou garrafas, copos, tumultuando a sala que rodopiou no vento. E a voz de Afonso pairando sobre as águas, voltou arfante porque subiu a escada correndo:

— É o Emanuel, minha querida, é o Emanuel!

As Cartas

O pacote estava amarrado com uma estreita fita vermelha. Desatei a fita e as cartas agora livres pareciam tomar fôlego como seres vivos. Na parte de cima os envelopes azulados com uma letra nervosa que faz a pena raspar o papel. Já a parte inferior do pacote tinha envelopes brancos e com a letra também muito apressada: eis aí dois missivistas agitados, diria um observador e eu concordaria, agitadíssimos.

Deixei a pilha de cartas no chão para que não desmoronasse mas a verdade é que não queria mexer nessas cartas presas na tal fita que parecia amordaçar o segredo que elas guardavam mas pensando melhor pergunto agora, Seria ainda um segredo?

Acendi o fósforo e aproximei a chama do primeiro envelope. A letra de Luisa pendia assim para a direita com aquele mesmo jeito desamparado com que ela inclinava a cabeça para o ombro enquanto vagava o olhar sem sossego, "Eu já nem sei mais se é amor, compreende?"...

Fomos amigas na infância. Juntas subíamos a rua da nossa pequena cidade para assistir às aulas de catecismo na casa do Padre Pinho e juntas participamos das peças no teatro da escola. Aos domingos era o passeio durante a tarde em redor do coreto do jardim enquanto a banda tocava o *Coração de Lili*. Quando minha família mudou da cidade a Luisa desapareceu do meu cenário. E agora, depois de quase vinte anos, vim encontrá-la novamente para perdê-la em seguida. E desta vez, para sempre.

Eu estava na estação de trem e pedia ao bilheteiro que verificasse se não havia nenhum leito vago no próximo noturno quando uma moça loura tocou no meu ombro. Voltei-me e fiquei olhando interrogativamente para a moça, mas aqueles olhos verdes e estrábicos e aquele rosto muito branco, os cabelos claros... Fixei-me nos olhos, mas não era a Luisa? Ah, a Luisa! Abracei-a mas arrefeceu meu entusiasmo quando notei da parte dela uma certa insensibilidade que eu não sabia se era desinteresse ou apenas cansaço. Cansaço, pensei ao examiná-la enquanto me dizia com voz um pouco rouca que estava viajando para visitar a avó numa fazenda.

—Vou desembarcar na estação de...—começou por dizer e os lábios se distenderam num sorriso, Ah! imagina que esqueci o nome da estação, mas não importa, o que quero dizer é que você pode ficar na minha cabina, por sorte o leito superior está vago.

A Luisa! fiquei repetindo em silêncio. Nem alta nem baixa, nem bonita nem feia mas estranha, isto sim, estranha com aquele olhar que não se fixava em nada e o vago sorriso nos lábios frios. Por duas vezes tomei-a pelo braço para desviá-la das carretas de bagagens que corriam pela estação.

Entramos na cabine. Detesto trens, disse enquanto deixávamos as sacolas no cabide. Entrou no toalete e sentei-me diante da pequena mesa junto da janela. Quando voltou, sentou-se na outra cadeira e com o trem já em movimento fiquei vendo o seu perfil no vidro, Olha aí, a Luisa. Sua presença tivera o dom de despertar em mim tantas lembranças que eu via agora deslizar assim como um rio profundo, levando na superfície rostos antigos, paisagens, vozes... Fiz perguntas e lembrei alguns episódios tentando fazer com que a conversa girasse em torno da nossa meninice mas Luisa mostrou tamanha indiferença pelo passado que resolvi me calar, ela perdera a infância e agora parecia vagar numa escuridão igual a da noite lá fora.

Acendeu um cigarro, me encarou e de repente fez a pergunta.
—Você não viu mais o Francisco?
Demorei um pouco para responder.
—Francisco, aquele filho do juiz, é esse? Tenho visto muito o seu nome no noticiário político, acho que se candidatou...
—É o meu amante.

Fiquei em silêncio, esperando. Sabia agora que desde o nosso encontro ela queria falar nisso. Acendeu outro cigarro e começou por dizer que era ainda uma mocinha no último ano do curso fundamental quando por acaso veio a encontrá-lo numa festa, Francisco já era médico.

—Todas as tardes ele ia me esperar na saída da escola e me levava bombons, um botão de rosa... Ah, sim, tudo muito romântico—acrescentou e sorriu.—Então abandonei minha avó, o meu irmão Michel, deixei a escola e fui morar num apartamento perto do consultório dele, ainda ontem estivemos juntos, substituiu as rosas por amostras de remédios para insônia, sofro de insônia, compreende?

— Mas, Luisa, por que vocês não se casam?

Ela fixou em mim os olhos estrábicos.

— Ele é casado, minha querida. Quando nos encontramos não me contou que era casado e que já tinha um filho. Já tem agora três filhos, a família vai crescendo, é claro... Não, não se dá bem com a mulher, aquela velha história, mas lá na cama, compreende? No começo a minha avó ficou desesperada, não queria mais me ver, ela e o meu irmão Michel tinham tanta confiança e tanta esperança em mim... Mas agora ficam só me olhando, me olhando e não dizem mais nada.

— Mas, Luisa, quando você soube...

— Já era tarde. E mesmo que ele tivesse me contado, mesmo que tivesse me contado...

Tirou do maço outro cigarro que não acendeu, seus gestos não se completavam, assim como a própria fala com os intervalos e as reticências.

— Já tentou abandoná-lo?

Ela enfurnou a mão no bolso do casaco. Pensei que procurasse um isqueiro porque a caixa de fósforos estava vazia mas ao invés do isqueiro ou do lenço para enxugar os olhos veio um pequeno tubo de pílulas brancas. Tirou duas pílulas e engoliu-as com esforço, pensei em apanhar um copo d'água mas ela me reteve, Tudo bem, disse em voz baixa. Para prosseguir com voz mais calma:

— Se tentei abandoná-lo? Você ainda me pergunta, se tentei... Nossa vida é um inferno, já nos dissemos as piores coisas, dessas que... Já nos esbofeteamos dezenas de vezes, já nem sei mais se é amor, compreende? E continuamos juntos, passa ano, vem ano, e juntos...

Tirou um lenço do bolso, enxugou as lágrimas e notei então que seu olhar foi se distanciando.

— Pois lá vou eu visitar a minha avó mas não quero demorar, chego e já estarei voltando, para esquecê-lo eu teria que viajar para mais longe, compreende? Mais, mais longe...

Tomei entre as minhas suas mãos geladas e tentei convencê-la que aquilo tudo era uma loucura, Você está doente, Luisa, você está doente e precisa se tratar, você está doente! Ela apertou os olhos que me pareceram mais entortados lá no fundo onde se esconderam. Cruzou as mãos sobre a mesa, nelas apoiou a cabeça e logo caiu num sono profundo.

— Luisa, venha se deitar! — eu disse apertando-lhe o braço.

Não acordou e lembrei-me das pílulas. Deixei-a. Do alto do meu leito vi pela última vez sua cabeça alourada refletida no vidro da janela e acompanhando o balanço compassado do trem. Quando acordei de madrugada ela já tinha desembarcado.

Ah, vida, vida... Tantas vezes pensei em procurá-la, mas fui adiando, sempre à espera de um dia mais propício, mais oportuno... Dois meses depois, quando já nem pensava mais nela, o irmão Michel telefonou e antes mesmo que ele falasse eu já adivinhava o que ia ouvir.

— Só de manhãzinha a empregada a encontrou, estava caída de bruços, segurando ainda o tubo vazio. Era viciada, você sabia?

Sabia e sabendo tão bem de tudo, não fiz nada! Mas será que havia alguma coisa a fazer? perguntei a mim mesma enquanto me lembrava daquele olhar vagando num voo que ela não conseguia mais controlar.

No bilhete que deixara ao irmão, pedia que me avisasse. Por que teria se lembrado de mim é o que eu nunca pude entender.

Fui vê-la, ou melhor, fiz tudo para não vê-la embora a sala pequena me empurrasse para junto dela. Preferi imaginá-la com a sua antiga feição de menina, aquela menininha de cabelos enfeixados numa trança e olhar em paz. Agora e para sempre em paz.

Uma velha — seria a Avó? — colocava as últimas rosas no caixão e às vezes se afastava um pouco para admirar melhor sua obra no sombrio canteiro suspenso. Michel veio sentar-se ao meu lado, estava muito pálido mas os olhos estavam secos. Tinha nas mãos o pacote das cartas atadas com uma fita vermelha.

— No bilhete que ela me deixou pediu que enchesse com estas cartas o travesseiro do seu caixão mas vou dar a elas um outro fim! Sei de um certo jornal que gostaria de publicar um pouco da vida desse cavalheiro que se apresenta nas campanhas como um marido e pai exemplar, ah! a ocasião não podia ser melhor, publicidade de graça para ele, que tal?...

Encarei-o perplexa.

— Michel, acho que não estou entendendo...

— Explico, o Francisco deve ter falado em coisas muito interessantes nessas cartas, intimidades, ah! seus eleitores precisam conhecer o tipo que está por detrás da máscara...

— Será um escândalo!

— É o que espero, um escândalo.

— Mas, Michel, a sua irmã tinha paixão por ele, jamais pensaria em prejudicá-lo, tinha paixão por ele!

Michel levantou-se e olhou para o caixão.

— O nome dela já está enlameado, chegou a vez dele! — disse e apertou nas mãos o pacote de cartas. — Vamos então cuidar dos vivos. Embarco amanhã para a fazenda, minha avó ainda não sabe de nada, eu quero então... Na minha volta, o jornal.

Levantei-me, arrastei-o para a janela e falei sem parar tentando impedir Michel de fazer aquele escândalo, cheguei mesmo a lembrar que a morta não teria descanso quando visse sua última vontade contrariada. Ela não queria isso, Michel, ela não queria!

— Mas eu quero! — ele disse com aquela mesma expressão desarvorada de Luisa.

Ah, esses dois irmãos, pensei ao voltar para casa. Resolvi telefonar para Francisco que ainda não sabia de nada. Atendeu-me com a voz de político prestativo e já enveredava para a excelência do seu programa quando o interrompi.

— Estou chegando do enterro de Luisa, tomou pílulas, se matou...

Silêncio. Quando ele recomeçou a falar, pareceu-me muito emocionado: desaparecera o profissional e ficou o amante mas um amante com pena de si mesmo, "Foi tudo tão desastroso para mim, compreende?". E já se apresentava como vítima quando perdi a paciência, vítima?!...

— Mas quem morreu foi ela — lembrei e fui diretamente ao assunto, as suas cartas.

Com a mesma rapidez com que o político se transformara num apaixonado, o apaixonado cedia lugar a um homem tomado pelo pavor.

— Mas ela disse que tinha queimado minhas cartas!

— Não queimou. E o Michel que está furioso quer levar o maçarote para o jornal.

Francisco emudeceu.

— Não é possível, não é possível! — ficou repetindo. E de repente pareceu despertar aos gritos. "Minha mulher não sabe de nada, somos muito felizes com os filhos, compreende?"

Aquele *compreende* ele pegara de Luisa ou fora ele quem passara para ela? Acalmei-o, afinal, Michel tinha viajado para o interior, o perigo não era assim tão imediato. Mas atiçado pelo medo, ele já não me ouvia mais.

— Esse rapaz é louco, louco! Vai ver já deixou tudo com meus inimigos, meu Deus, minhas cartas!

Difícil resumir o que foram aqueles dias que se sucederam à morte de Luisa. Atormentado, Francisco passou a me atormentar com telefonemas, bilhetes e numa excitação que crescia ao invés de diminuir. Falou em matar Michel, em ir à polícia e aos jornais, em viajar com a família para o exterior... "Nada ainda?!...", perguntava assim que eu atendia o telefone. Nessa altura, ele já tinha contado aos amigos íntimos que começaram a trançar em volta de nós e até eu mesma já me deixava envolver quando na manhã do sétimo dia o Michel me procurou. Viera da fazenda da avó, seguira diretamente para missa e agora ali estava com uma pequena valise e a barba por fazer. Abriu a valise e tirou de dentro o pacote de cartas amarradas com a fita vermelha.

—Você tem razão—ele começou em voz baixa.—Não quero saber de mais nada, seria um escândalo e a pobre Luisa não queria isso, não queria! Devolva tudo a ele ou então queime...

Foi com o coração leve que telefonei a Francisco e disse que as cartas estavam comigo. Passou o perigo, pode mandar buscá-las. Ele agradeceu mas assim num tom de quem estava por demais atarefado, tinha as entrevistas, os encontros, já ia tomar o avião, Ah, essa campanha, eu não imaginava a trabalheira pela frente!... Sim, logo mandaria alguém apanhar o maçarote, estava muito grato, ah! gratíssimo!

Uma semana depois voltei a telefonar, E as cartas?... A voz que me atendeu comunicou que depois da bela vitória nas eleições Francisco tinha viajado com a família na véspera, um merecido descanso no exterior, hein?!...

Quase um ano depois, ao arrumar uma gaveta dei com o maçarote das cartas com a fita. Falei com o secretário de Francisco que me passou o recado, que eu desse um fim naquilo, a decisão era minha! Desejou-me felicidade e um ótimo Natal.

Desta vez eu não compreendia. Tanto lutara para recuperar as cartas e assim que consegui pô-las à sua disposição... "Queime-as, compreende?"

Acendi o fósforo. As chamas já tinham consumido as cartas azuladas de Luisa mas diante dos envelopes brancos o fogo recuara intimidado, eram as cartas dele que resistiam. Peguei um dos envelopes. Cheirava a mofo. Tirei as folhas, abrindo-as sobre o restante do maço. E já acendia outro fósforo quando meu olhar se fixou na assinatura no fim da página, Renato. O R esparramado provocara um pequeno borrão, Renato.

Mas seria esse o pseudônimo que ele usava? pensei sem maior surpresa. O fósforo se apagara e eu ainda hesitava, concentrada sobre a folha, havia ali qualquer coisa de errado, O quê, meu Deus, o quê?!... E de repente descobri: a letra! Corri à cômoda onde guardara dois ou três bilhetes de Francisco e nem foi preciso comparar a letra dos bilhetes com a das cartas, eram letras totalmente diferentes, aquelas cartas não eram de Francisco! Mas então...

Não sei quanto tempo fiquei ali, o olhar fixo na correspondência que insistia em fugir de destinos sucessivos: não foi enterrada com a morta, não foi publicada no jornal, não ficou com Francisco e não se queimou. Não se queimou para me revelar agora a existência desse inesperado personagem, quem era esse Renato?! Outro amante e cuja lembrança romanticamente ela quisera levar no caixão?

Lembrei-me mais uma vez daquele olhar estrábico, aflitivamente vago. Desatei a rir. Acendi outro fósforo e senti um verdadeiro alívio quando finalmente a chama foi avançando e agora eram as cartas que contraindo-se com estalidos secos pareciam rir.

O Noivo

As batidas na porta eram suaves mas insistentes. Ele acordou e sentou-se na cama.

—Emília, é você, Emília?

A mulher demorou para responder.

—Eu queria saber se o senhor se esqueceu, é que está chegando a hora...

—Hora do quê, Emília?

—Hora do casamento!

Casamento. Que casamento?

—Que casamento, Emília?

Ela deu uma risadinha.

—Então o senhor esqueceu mesmo, acho que é bom tomar um café, vou trazer o café.

Ele voltou-se para o pequeno relógio luminoso na mesinha de cabeceira. Oito e meia. Mas esse casamento devia ser então por volta das dez, onze horas, hein?! Hoje é quinta-feira, 12 de novembro e um casamento logo de manhã? Mas que loucura é essa?! Não sei de nada, a Emília enlouqueceu?

—Emília, mas que história é essa, o casamento é de quem?

Esperou e abriu os braços num longo espreguiçamento, ela não podia mais ouvi-lo, avisou que ia trazer o café. Afastou as cobertas, levantou-se e vagou o olhar pela penumbra do quarto. Parou diante do espelho oval da parede que parecia flutuar na sombra assim como um grande peixe luminoso no fundo do mar. É isso, um peixe luminoso, é poético, mas não estou num navio que afundou, estou no meu quarto e com Emília me acordando para o casamento, mas casamento de quem?... A coitada devia estar delirando, já estava velha e a velhice é o diabo! Como se chamava aquela doença de esquecer o tempo presente? Há de ver que num dia lá longe houve um casamento, ela lembrou e veio me chamar, Emília não está batendo bem, é isso, Não está batendo bem! repetiu em voz alta e procurou o maço de cigarro na mesa. Sorriu ao ver o cinzeiro da Naná do tempo das cerâmicas, ai! a Naná das cerâmicas com os presentes, fazia aquele curso, duas aulas por semana e então lá vinha um presente, Este eu fiz ontem para você, não é bonito? Lindíssimo, respondia e ela inventava outro quadro, outro bibelô, ai! a Naná das cerâmicas! Estava agora interessada em esculturas, escolhera um curso que estava na última moda, duas aulas por semana, era inquietante porque de repente vai me presentear com um busto de Voltaire, uma cabeça imensa com a cabeleira caindo até o ombro e o sorriso. Mas onde vamos deixar isto, Emília? E a Emília dos meus pecados, como dizia a minha mãe... Pegou o cigarro do maço ao lado do cinzeiro. Só um e chega! disse em voz alta como se o médico estivesse ali ordenando, Nunca em jejum! Ele tinha uma voz sinistra, um verdadeiro terrorista proibindo os melhores prazeres desta vida tão curta! disse em voz alta soprando a fumaça para o teto. Aposto que o dia está lindo, murmurou e abriu a janela. Azul, azul! repetiu abrindo os braços. E que sol! Poderia ir nadar no clube, almoçar com a Naná e depois passaria pelo escritório, quinta-feira? Nada de importante hoje, dois encontros e à noite pegariam um bom cinema, qual era mesmo o nome daquele filme antigo?

    Deu alguns passos e viu então um terno de roupa estendido na poltrona. Aproximou-se, mas de quem seria essa roupa? Um terno novo com o paletó cinza-escuro, as calças mais claras, o vinco perfeito e até a gravata, ai! aquela gravata de seda pendendo até o chão.

    Parou e pegou o paletó pela gola, claro, nunca fora usado, devia ter saído há pouco da loja. Quer dizer que... Deixou cair o paletó e baixou a cabeça. Era a roupa que devia usar, estava ali a sua espera, hein?! Quer dizer que a Emília estava certa, ele tinha um casamento nessa manhã, "Hora do casamento, o senhor esqueceu?". Ela estava certa, quem não está batendo bem sou eu, tenho um casamento e devo ser o padrinho porque se vou com essa roupa assim elegante é porque sou o padrinho. Mas padrinho de quem? Algum cliente do escritório? Mas essa gente era mais velha, todos já casados e com suas amantes, ninguém iria se casar com toda essa pompa com uma amante, hein?!... E eu o padrinho... Hora do casamento! a Emília veio avisar. Caminhou até o espelho e nele viu-se embaçado como uma figura de sonho, a Emília tinha razão, estava precisando com urgência de um café mas antes de chamar por Emília correu até a poltrona e examinou a roupa, não tinha no paletó o nome do alfaiate? Ah, lá estava a etiqueta brilhosa, *Cordis*. Os bolsos vazios, claro.

Cordis, murmurou. Nunca ouvira esse nome. Examinou a gravata, a etiqueta elegante *Pure Silk Made in Austria*. Deixou cair a gravata e voltou-se num sobressalto para a porta.

— Posso entrar?

Ele estremeceu. Correu até a mesa, acendeu outro cigarro e não pôde controlar a mão que tremia.

— Entra, Emília, entra... E essa roupa?

Ela voltou-se surpreendida para a poltrona.

— Que é que ela tem? Não está certa?

— Está mas a calça amarrotou um pouco...

— Posso alisar se o senhor quiser. Mas já são quase nove horas, o casamento não é às dez? O café está aqui, o senhor não quer uma xícara?

— Agora não, depois.

"Depois", repetiu baixando o olhar para o pequeno armário. Abriu-o e empalideceu, não, não estava ali a pequena maleta que usava para viagens mais curtas e com a qual iria depois para a lua de mel. Quem teria levado essa maleta e por quê?!...

Inclinando o corpo para trás, ainda de joelhos, sentou-se sobre os calcanhares, abriu as mãos e ficou olhando para as unhas. "Perdi a memória!" Fechou as mãos e bateu com os punhos no chão. "Mas se eu me lembro de tudo, como é que perdi a memória?"

Levantou-se de um salto e arrancou o paletó do pijama. "Mas que brincadeira é esta? Estou ótimo, nunca estive tão bem, meu nome é Miguel, advogado, quarenta anos, trabalho na Goldschmidt e Pedro é meu chefe, eles são chatos mas pagam bem, minha mãe morreu há três anos e Naná é minha amante, ela fazia cerâmica mas agora faz estátuas... Na primeira gaveta da cômoda, do lado direito, dentro de uma caixa está o relógio que meu pai me deixou e também aquele medalhão com o retrato da minha mãe, ela foi num baile de Carnaval fantasiada de espanhola. Costumava me chamar de Mimi, lembro bem da minha infância, lembro tudo, tudo! Na Avenida Paulista tinha o casarão do avô, era um casarão cor-de-rosa com um pé de jasmins no quintal, posso ainda sentir aquele perfume..."

Correu até a cômoda, abriu a gaveta: "Não falei?...", apertou o medalhão entre os dedos e sorriu cheio de gratidão para o retrato da mãe que sorria sob a mantilha de renda. "Olha aí, não falei?..."

Beijou o medalhão e levou ao ouvido o relógio de ouro, fez girar a rosca da corda e levou-o de novo ao ouvido. "E então?" Esboçou um gesto na direção da poltrona. Lembrava-se de tudo, menos do casamento, essa faixa da memória continuava apagada, só aí a névoa se fechava indevassável. A começar por essa noiva que se diluía no éter, mas e essa noiva? As coisas se passavam como nas histórias encantadas, onde o príncipe mandava vir a donzela de um reino distante sem tê-la visto nunca, o amor construído em torno de um anel de cabelo, de um lenço, de um retrato. "E eu nem isso tenho. Ou tenho?" Devia ter um retrato, ao menos um retrato dela! Vagou o olhar pelas paredes, pelos móveis. Nada. Revolveu as gavetas. Folheou avidamente o álbum da família, caras amarelas e mortas, desconhecidas na maioria. Nas últimas páginas, ainda não colocados, alguns retratos mais recentes: flagrantes de um piquenique, de um passeio de barco, de uma festa de formatura... Num instantâneo tirado ao lado de um trem, no meio de um grupo de amigos, estava Dora. Passou o polegar na silhueta ensolarada. Amor breve que começou na chácara, com encontros noturnos no celeiro, sob o voo negro dos morcegos. Mas Dora já estava casada. E vou me casar hoje com alguém que não sei quem é.

"A Emília sabe, pergunto a ela!", disse. Mas perguntar, como? "Emília, qual é o nome da minha noiva?" Ridículo perguntar, porque seria denunciar sua loucura. Vacilou. Mas o que seria loucura, recusar a realidade ou pactuar com ela?

Abriu de novo o álbum, apanhou ao acaso um retrato de Naná. Não, a Naná era desquitada. Este casamento vai ser na igreja e a noiva é solteira ou viúva. Ela deve ter exigido todo o ritual e não abriu mão de nada! E eu? Que papel estou fazendo nisso tudo?! Pensou na carinha lavada de Rosana, sim, viúva. Mas por que a Rosana? Não, impossível, porque teria que ser ela? Tirou ao acaso um postal de dentro de um envelope: entre duas desconhecidas estava Jô com seus cabelos compridos e lisos, as pernas compridas, um pouco finas, talvez. E se fosse a Jô? Um caso que se arrastara quatro anos. No último encontro — lembrava-se tão bem — comeram sanduíche de queijo, beberam vinho tinto e se deitaram lado a lado, ouvindo Mozart. Acho Mozart um chato, disse ela levantando-se e desligando o toca-discos. Ele chegou a esboçar um gesto para retê-la mas pensou: para quê? Viu-a vestir-se sabendo muito bem que ela não voltaria. Deixou-a partir. Mas e se ela tivesse voltado? Guardou o retrato no envelope, não, não podia ser Jô, alguém lhe dissera há tempos que ela andava viajando com um vago diplomata. Fechou o álbum. E Cecília casada pela terceira vez. E

Amanda, a suave Amanda das antigas noitadas, dera de beber. E Regina já era mãe de cinco filhos. E Virgínia estava morta, a missa de corpo presente na Igreja do Rosário.

— O senhor quer agora o café? — perguntou Emília.

Ele recebeu a bandeja. Encarou-a. Era evidente que ela não podia gostar da ideia de vê-lo partir, nenhuma empregada quer ter de repente uma patroa. Mas além desse ressentimento não haveria naquele sorriso qualquer coisa de diferente? Achou-a de um certo modo esquiva. Assim chocada. Sombria.

— Sabe as horas, Emília?

— Vinte para as dez. O senhor está atrasado e ainda não se vestiu.

— Posso me vestir num instante, você sabe.

— Sei, mas hoje é diferente...

Ele demorou o olhar no café fumegante. Negro, negro. Aspirou-lhe o cheiro. "E se eu der um chute nessa roupa, não caso, não me lembro de nada, esse casamento é uma farsa!" Poderiam interná-lo como louco. "Enlouqueceu na manhã do casamento", diria o jornal. "É que eu não sei também até que ponto me comprometi. Até que ponto."

Bebeu o café. Encarou-a de novo.

— Então, Emília? Tudo em ordem?

Ela sorriu.

— O senhor é que sabe — disse enfiando as mãos no bolso do avental.

"Até que ponto me comprometi?", repetiu a si mesmo sacudindo a cabeça que já começava a doer. Dirigiu-se ao banheiro. E só quando se cortou pela segunda vez no queixo é que reparou que se barbeava sem ter ensaboado a cara. Lavou o corte que sangrava. E se disser *Não!* Seria fácil, "chega, não sei de nada". Mas teria que saber até que ponto tinha ido. Um jogo difícil, sem regras e sem parceiros. Quando deu acordo de si, já estava na hora da cerimônia. A solução era prosseguir jogando.

— Miguel!

Era a voz de Frederico que já tinha entrado. Inclinando-se até o jorro de água, Miguel molhou mais uma vez o rosto, os pulsos.

— Mas, Miguel... você ainda está assim? Faltam só dez minutos, homem de Deus! Como é que você atrasou desse jeito? Descalço e de pijama!...

Miguel baixou o olhar. Frederico era seu amigo mais querido. Contudo, viera buscá-lo para *aquilo*.

— Fico pronto num instante, já fiz a barba.

— E que barba, olha aí, cortou-se todo. Já tomou banho?
— Não.
— Ainda não?! Santo Deus. Bom, paciência que agora não vai dar mesmo tempo — exclamou Frederico empurrando-o para o quarto. — Vai sem tomar banho. Uma nota original...
— Nessa cerimônia tem outras notas mais originais ainda — murmurou Miguel. E quis rir mas os lábios se fecharam numa crispação.
— Você está pálido, Miguel, que palidez é essa? Nervoso?
— Não.
— Acho que a noiva está mais calma.
— Você tem aí o convite?
— Que convite?
— Da cerimônia, ora.
— Claro que não tenho convite nenhum, por quê?
— Queria ver uma coisa...
— Que coisa? Não tem que ver nada, Miguel, estamos atrasadíssimos, eu sei onde é a igreja, sei a hora, o que mais você quer? E esse laço medonho, deixa que eu faço o laço.

Miguel entregou-lhe a gravata. Pensou em Vera. E se fosse a Vera, a irmã caçula de Frederico, a mais bonita, a mais graciosa. Seria ela?

Quando passou por Emília, ela enxugava os olhos na barra do avental, estava chorando.
— Você não vem, Emília?
— Não gosto de ver.

"Nem eu", quis dizer-lhe. Quando entrou no carro, procurou relaxar a crispação dos músculos e afundou na almofada. Fechou os olhos. O paletó era largo demais, o colarinho apertava e a cabeça já doía sem disfarce. Mas agora estava inexplicavelmente tranquilo. Deixava-se conduzir. Para onde? Não importava, Frederico sabia.
— A igreja é longe?
— Estamos diante dela — disse Frederico arrefecendo a marcha do carro. — Mas limpe esse corte que está sangrando, fique com meu lenço!

E quanta gente, meu Deus, quanta gente! Fechou o vidro. Queria ser aquele menininho ali adiante que vendia revistas, queria ser aquele gatinho preto que se sentara no último degrau da escadaria e lambia a pata, os olhos apertados por causa do sol. Guardou no bolso o lenço com a nódoa de sangue.

Num andar de autômato, Miguel foi caminhando em meio dos convidados. O suor descia-lhe pelas têmporas. Sentiu os lábios secos, a boca seca. Enxugou a testa sentindo no braço, delicada mas enérgica, a pressão dos dedos de Frederico impelindo-o para a frente. O perfume das flores era morno assim como nos velórios. E essa nódoa no lenço. Sentia-se enfraquecido como se todo o seu sangue e não apenas algumas gotas tivesse se esvaído naquele corte.

— Esse cheiro, Frederico. E essas velas...

— Que cheiro? Toda igreja... então não sabe? Ainda sangra? Esse talho, limpa com o meu lenço!

Não respondeu. Viu Tia Sônia toda vestida de preto, mas por que ela veio de preto? Viu as gêmeas cochichando. Viu mais além — e o coração pesou-lhe — a Naná, viu-a rapidamente mas pôde sentir o quanto ela estava triste. Viu Pedro conversando com colegas do escritório. Viu Amanda — estaria bêbada? — meio vacilante. E viu Vera.

Num desfalecimento, Miguel quis se apoiar em alguma coisa mas não havia nada ao alcance para se apoiar. A cabeça latejou com mais violência.

— Ela acabou de chegar — avisou Tia Sônia aproximando-se afobada.

Abriu-se a porta no alto da escadaria e a noiva foi surgindo lentamente como se tivesse estado submersa abaixo do nível do tapete vermelho. E agora viesse à tona sem nenhuma pressa, primeiro a cabeça, depois os ombros, os braços... Tinha o rosto coberto por um denso véu que flutuava na correnteza do vento como a vela desfraldada de um barco. Laura?

Ela foi se aproximando ao compasso grave da marcha. Miguel apertou os olhos míopes. Como era espesso o véu! E quem estaria por detrás, quem? O vento soprando e a indevassável nebulosa deslizando pelo tapete. Miguel adiantou-se. Deu-lhe o braço adivinhando-a sorrir lá no fundo dos véus. Não seria a Margarida?

Por um momento ele fixou o olhar na mão enluvada que se apoiou no seu braço. Era leve como se a luva estivesse vazia, nada lá dentro, ninguém sob os véus, só névoa, névoa. A sedução do mistério envolveu-o como num sortilégio, agora estava excitado demais para recuar. Entregou-se. Ouvia agora a cantiga de roda lá da infância com uma menina ajoelhada tapando o rosto com o lenço, "Senhora Dona Sancha, coberta de ouro e prata...". Ele então avançava para a roda, entrava lá no meio onde a menina se escondia e a descobria, "Queremos ver sua cara!".

O silêncio. Era como se estivesse ali à espera não há alguns minutos mas alguns anos, toda a duração de uma vida. Quando ela apanhou as pontas do véu que lhe descia até os ombros, ele teve o sentimento de que estava chegando ao fim. A cantiga da infância voltou mais próxima, "Senhora Dona Sancha!...". Quem, quem? O véu foi subindo devagar, difícil o gesto. E tão fácil. Atirou-o para trás num movimento suave mas firme.

Miguel a encarou. "Que estranho. Lembrei-me de tantas e justamente *nela* eu não tinha pensado..."

Inclinou-se para beijá-la.

A Estrela Branca

Ah, meu Deus, meu Deus, como poderei contar todo esse horror se tenho a boca seca como se tivesse engolido um punhado de areia e se as minhas mãos estão geladas como as mãos dos afogados?! É a realidade ou um pesadelo? Desde quando estou assim rodando desgovernado feito um pião com as palmas das mãos comprimindo com força os meus olhos — espera, eu disse *os meus olhos?*...

Espera, calma, um pouco de calma e saberás tudo, vamos pelo começo, foi há dois meses que assim tateante e apoiado numa bengala cheguei a esta ponte, um cego mas um cego orgulhoso, nunca quis ter aquele cão-guia que vai indo assim na frente silencioso e triste, ah! querem tanto se libertar e a libertação dos guias e dos cegos só pode ser a morte. Naquele dia, tomado por uma alegria quase insuportável consegui chegar a esta ponte e fiquei ouvindo as águas tumultuadas do rio correndo lá embaixo e que me chamavam, Vem!... Para não despertar a atenção dos passantes eu pousei a minha bengala no chão, segurei no gradil de ferro e cheguei a sorrir tão feliz como naquela minha última noite em que vi a minha estrela branca pela última vez, palpitando lá no céu, estava tão próxima que se estendesse a mão poderia segurá-la, ah! era linda essa última visão antes de mergulhar nesta treva. Dormi feliz e quando acordei não enxerguei mais nada e então comecei a gritar, Estou cego, estou cego! E as pessoas em redor pensando que eu tinha enlouquecido, antes fosse loucura mas era mesmo a cegueira. Fui levado para o hospital e durante um ano os médicos tão atônitos quanto eu mesmo tratando deste cego sem solução e sem explicação, os dias, os meses correndo e aquele espanto, aquela perplexidade... Então pensei, Não quero isto, não quero! e de repente resolvi fugir. Lembrei-me daquele rio correndo tumultuado e que seria a minha libertação. Fugi do hospital e perguntando e tateando pelas ruas quase gritei de alegria quando a voz do rio foi ficando mais próxima, mais próxima e me chamando, Vem!

Poucos passantes na ponte e assim tentei fazer uma cara tranquila quando pousei a bengala no chão e me agarrei ao corrimão de ferro, Agora, já! sussurrei crispado como um gato antes de saltar. Foi então que alguém me agarrou pelo braço. Voltei-me enfurecido, e então?!... Quem vinha se intrometer, quem?!... O desconhecido — era um homem — apanhou a bengala no chão e disse com voz tranquila, Boa tarde! Crispei a boca, baixei a cabeça. Não respondi e ele ainda me segurando, ah! mas o que significava isso? Respirei de boca aberta, calma! fiquei repetindo a mim mesmo. E se ele resolvesse chamar a polícia? Deve ser proibido se matar, hein?! A mão que me segurava era forte, vigorosa. Levantei a cabeça e tentei sorrir, Quer ter a bondade de me soltar? eu pedi. Ele afrouxou a mão e em voz baixa, para não chamar a atenção dos passantes disse que eu adiasse o suicídio, era possível adiar o suicídio? Dilatei as narinas e pensei, ele devia ser um médico, cheirava a hospital.

— Médico?

— Doutor Ormúcio — ele respondeu baixando o tom de voz. — Há quanto tempo está cego?

Ah! meu Deus, meu Deus, quer dizer que ia começar tudo de novo?! Ele tinha aquele mesmo tom obstinado dos médicos lá do hospital, ah, sim, eu conhecia bem essa raça, melhor ir com calma, decidi e devo ter sorrido porque senti que ele sorriu também.

— Faz um ano, doutor. Pela última vez vi no céu uma estrela e depois dormi e quando acordei não vi mais nada. Fui levado para o hospital e lá fiquei internado, especialistas me trataram, me viraram do avesso e nada, nada, continuava cego. Então eu pediria agora que seguisse seu caminho e me deixasse em paz, agradeço a intervenção mas largue do meu braço, por favor, e me deixe. É pedir muito?

— Mas há quanto tempo?...

— Estou cego? Há mais ou menos um ano, está satisfeito? Agora adeus, doutor. Siga o seu caminho e seguirei o meu, gratíssimo e adeus!

Ele aproximou-se mais. Falou com a boca quase encostada ao meu ouvido.

— Acontece que andei fazendo algumas descobertas importantes, está me escutando? Você não tem nada a perder, é jovem ainda, quantos anos?

— Trinta e dois.

— Ótimo! Se o meu tratamento falhar, voltará aqui, as águas esperam, este rio não vai desaparecer... O tratamento não será dolorido, isso eu prometo. E não precisará me pagar, serei belamente recompensado com o sucesso dessa operação... Está claro?

— Claríssimo — eu sussurrei.

Ele fez uma pausa. Senti seu olhar atento. Tentei relaxar, Calma! pedi a mim mesmo. O intruso parecia bem-intencionado, era melhor relaxar e assim quem sabe ele me deixaria em paz.

— Tem família? — perguntou.

— Não. Sou só, não tenho nada a não ser a solidão e esta treva. Agradeço de coração a sua proposta, vou pensar nela e agora, se me permite eu me despeço muito grato pelo seu interesse doutor...

— Doutor Ormúcio. Moro só com o meu empregado. Venha comigo e conversaremos melhor, não vai se arrepender, a morte pode esperar, concorda?

Deixei-me levar como uma criancinha. Esta é a minha casa, e este é o meu empregado, ele disse quando chegamos. O empregado era um homem ainda jovem, de voz mansa. Parecia estar habituado às singularidades do patrão porque não demonstrou nenhuma surpresa quando Ormúcio pediu-lhe que preparasse o quarto para o hóspede.

Foram dias calmos, eu estava indiferente, apático e foi sem nenhuma emoção que ouvi Ormúcio me dizer depois de um prolongado exame que eu estava em condições de ser operado. Ah, é uma operação? eu disse. Ormúcio confirmou e daí por diante não estivemos mais juntos, ele passava o tempo todo no consultório ou no hospital e eu já pensava em fugir quando certa manhã ele entrou no meu quarto.

— Hoje vamos para o hospital.

Nesse instante a ideia de enxergar novamente sacudiu-me com violência. Poderei descrever aquele tempo que antecedeu à operação? Não me faça perguntas, Ormúcio ordenava. E eu obedecia, verdadeiro autômato nas mãos daquele homem que ora se me afigurava um deus, ora um demônio, impenetrável como a própria escuridão. Fui um desses bonecos de mola esquecido num canto e que de repente alguém se lembrou de dar corda e a corda foi excessiva, tudo se embaralhou e me descontrolei numa volúpia de movimentos que já era uma alucinação. No meu peito arfante o desespero e a esperança num rodízio enlouquecedor, às vezes eu me sentia rolando no espaço sem direção e sem socorro. Mas de repente um jorro de luz me inundava e eu me preparava para "aquilo" com o entusiasmo de um menino a se aprontar para uma festa. Já nem fazia mais ideia há quanto tempo estava internado à espera quando de repente, numa madrugada — devia ser madrugada — Ormúcio aproximou-se.

— Venha comigo.

Obedeci em silêncio, habituado a fazer o que me ordenavam sem perguntar "por quê". Conduziu-me por um longo corredor que achei frio e deteve-se diante de uma porta. Segurou no meu braço.

— Ele sabe que vai morrer logo, falência múltipla dos órgãos — sussurrou-me e pela primeira vez notei um leve tremor na sua voz. — Creio que não passa de amanhã... Ele me pediu para falar com você, antes ele quer falar com você.

— Ele quem?

Silêncio. Comecei a tremer porque de repente senti que alguma coisa terrível ia ser revelada e assim todo o meu ser se inteiriçava na expectativa "daquilo" que meus sentidos pressentiam. Estaquei resfolegante como à beira de um abismo.

— Ele quem? — repeti num sopro de voz. — Quem é que quer falar comigo antes de morrer?

— Ele... O homem de quem você vai herdar os olhos.

Encostei-me à porta para não cair. Então era isso, era isso. Meus olhos iam ser arrancados e nos buracos seriam colocados os olhos daquele homem que estava morrendo. O moribundo me fazia presente dos olhos, eu ia herdar um par de olhos!

Desatei a rir e logo o riso se transformou em soluços.

— Vamos, nada de cenas, acalme-se! — Ormúcio ordenou a sacudir-me com força. — É um mendigo, há meses está internado aqui. Naquela tarde em que impedi seu suicídio eu já estava pensando nele, nos olhos dele que são perfeitos e que poderiam servir para alguém. Nem eu nem ele, nós não queremos nada em troca, ele se contenta em lhe ceder os olhos e eu serei pago com o sucesso da operação. Compreendeu agora?

Fiz que sim com a cabeça. Compreendia tudo e estava de acordo com tudo, como não havia de estar de acordo? Eu queria enxergar, não era isso? E para enxergar, usaria de todos os meios, fossem quais fossem. Enxuguei o suor que me empastava os cabelos e entrei no quarto. No silêncio, só se ouvia uma respiração ansiosa. Inclinei-me. Senti um hálito fétido.

— É este? — uma voz áspera perguntou voraz. Era tão asqueroso o bafo que vinha daquelas cobertas e tão desagradável aquela voz que instintivamente recuei.

— Sim, ele é bem jovem! — prosseguia a voz sem esperar pela

resposta. Havia nessa voz um tom de insuportável alegria. — Quer dizer que viverei muitos anos ainda! Muitos anos!

Continuei calado, voltando o rosto para não sentir mais o bafo que vinha em lufadas do meu benfeitor. Ah, benfeitor, benfeitor!... Se eu soubesse, meu Deus! Que ridícula soa agora esta palavra, benfeitor! Decerto ele está delirando, pensei e só mais tarde aquelas frases voltaram cheias de sentido, verdadeiras hienas a devorarem a paz do meu coração.

— Se você não fosse tão jovem eu não lhe daria meus olhos — exclamou o moribundo apertando avidamente a minha mão. — Meus cabelos caíram, meus dentes caíram, minha carne murchou, de toda esta ruína, só os olhos se salvaram. Pois fique com eles e bom proveito!

Ormúcio impeliu-me para o corredor e fechou apressadamente a porta do quarto mas ainda pude ouvir atrás a voz triunfante:

— Continuarei em você! Continuarei!

Fomos para o jardim. Ormúcio acendeu um cigarro e colocou-o entre meus dedos.

— Não imaginei que ele começasse a delirar justamente na hora em que você... Enfim, passou — disse Ormúcio secamente.

Deixei cair o cigarro e aspirei o perfume fresco da folhagem orvalhada. A voz medonha, o hálito repugnante, tudo aquilo parecia agora pertencer a um pesadelo.

— A última coisa que meus olhos viram foi uma estrela branca cintilando no céu, a minha estrela! Da cama, eu a via sempre pela janela aberta. Naquela noite ela se apagou. Aceito tudo para vê-la novamente.

Dessa operação e dos dias que se seguiram nada poderei dizer porque minha memória partiu-se em mil pedaços assim como um espelho. Sei que certa manhã ouvi a voz sussurrante de Ormúcio segredar a um colega: Amanhã saberemos!

Um tremor violento sacudiu-me todo. E quando veio a enfermeira da noite avisando que as bandagens seriam retiradas, pedi-lhe que saísse um pouco do quarto, eu queria ficar só para rezar. Ela obedeceu. Então sentei-me na cama e freneticamente fui arrancando as gazes, arrancando tudo... A princípio, ainda o negrume! E eu já ia desabar sobre mim mesmo dilacerando-me quando aos poucos um armário branco, um crucifixo, uma cadeira começaram a emergir das sombras, vagamente, meio dissolvidos como os destroços de um naufrágio. Vieram à tona, à tona... dançaram na minha frente indecisos sob um véu de lágrimas. Depois foram se firmando. E se fixaram.

Sufoquei um grito. E delirando de alegria, saltei do leito e escancarei as janelas, era noite, era noite. E a minha estrela? quis saber, erguendo a cara para o céu, queria vê-la de novo, branca e cintilante, ela que se tornara cinzenta, onde estará, onde?

Foi nesse instante que o horror começou, ah, mas de que modo explicar a hediondez da minha descoberta? Ergui a face para o céu, ergui a face mas os olhos... os olhos *não* obedeciam. Quero olhar a estrela, a estrela! repeti mil vezes num esforço desesperado. E os olhos baixavam obstinados para o jardim como se fios poderosos os dirigissem para o lado oposto daquele que minha vontade ordenava. Como descrever o horror que senti? Como explicar minha cólera ao verificar que fora enganado, miseravelmente enganado porque nunca aqueles olhos seriam meus! Que me adiantava tê-los herdado, ter-lhes dado vida se eram independentes, se não me obedeciam? Penso que jamais poderei reproduzir as tentativas alucinadas que fiz naquelas horas para arrancá-los da força medonha que os mantinha na direção oposta daquela que eu determinava, insolentes, livres. Tentei fechá-los, mas esbugalhados como se quisessem saltar, eles rodaram nas minhas órbitas como dois piões num rodopio enlouquecedor e agora se divertiam à minha custa, riam-se de mim naquela brincadeira infernal. Corri para o espelho. Na minha cara pálida e encovada, só os olhos do morto pareciam ter vida, tão brilhantes quanto cruéis. E se deliciavam em me examinar com uma expressão triunfante, gozando o contraste que faziam com o meu rosto retorcido pelo horror. *Eu continuarei em você!* não foi o que disse o monstro asqueroso?

Cobri a cara com as mãos. Ormúcio triunfara porque a operação fora um sucesso, o morto também triunfara porque continuava vivendo dentro das minhas órbitas, mas e eu?!

Sorrateiramente, antes que o sol raiasse fugi do hospital saltando pela janela. Ormúcio ficaria na dúvida, era esta a minha paga, ele não saberia jamais se fracassara ou não. E do morto, como vingar-me dele?

Aqui estou no mesmo lugar de onde Ormúcio me arrastou para a sua experiência. Agora os olhos ficaram obedientes, me atendem, ah! eles me obedecem, vejo o que quero, estas águas que são mais escuras e turbulentas do que eu imaginava, vejo as nuvens, vejo uma criança correndo lá longe... Eis que agora os olhos me obedecem apavorados porque descobriram meu plano, sabem por que fugi do hospital e por que vim a esta ponte, eles sabem! E já não zombam de mim, não, não zombam mais, sabem que me sepultarei no negrume das águas, desaparecerei como a minha estrela sepultada no negrume do céu, ela e eu teremos o mesmo destino. Agora não posso deixar de rir, de gargalhar até perder o fôlego porque tudo está sendo muito engraçado! O morto queria viver à minha custa, dono de mim! Só que ele não contava com isso, agora sou eu que me rio dele e ainda estarei rindo até o instante em que os seus olhos monstruosos se dissolverem nas águas como duas miseráveis bolotas de miolo de pão.

O Encontro

Em redor, o vasto campo. Mergulhado em névoa, o verde era pálido e opaco. Contra o céu erguiam-se os negros penhascos tão retos que pareciam recortados a faca. Espetado na ponta da pedra mais alta o sol espiava através de uma nuvem.

"Onde, meu Deus?!", perguntava a mim mesma. "Onde vi esta mesma paisagem numa tarde assim igual?..."

Era a primeira vez que eu pisava naquele lugar. Nas minhas andanças pelas redondezas jamais fora além do vale. Mas nesse dia, sem nenhum cansaço, transpus a colina e cheguei ao campo. Que calma e que desolação. Tudo aquilo — disso estava bem certa — era completamente inédito para mim. Mas por que então o quadro se identificava, em todas as minúcias, com uma imagem semelhante lá nas profundezas de minha memória? Voltei-me para o bosque que se estendia à minha direita. Esse bosque eu também já conhecia com sua folhagem cor de brasa dentro de uma névoa dourada. "Já vi tudo isso, já vi... Mas onde? E quando?"

Fui andando em direção aos penhascos. Atravessei o campo e cheguei à boca do abismo cavado entre as pedras: um vapor denso subia como um hálito daquela garganta de cujo fundo insondável vinha um remotíssimo som de água corrente. Aquele som eu também conhecia. Fechei os olhos. "Mas se nunca estive aqui! Sonhei, foi isso? Percorri em sonho estes lugares e agora os encontro, palpáveis, reais? Por uma dessas extraordinárias coincidências teria eu antecipado aquele passeio enquanto dormia?"

Sacudi a cabeça, Não, a lembrança — tão antiga quanto viva — escapava da inconsistência de um simples sonho. Ainda uma vez fixei o olhar no campo enevoado, nos penhascos enxutos. A tarde estava silenciosa. Contudo, por detrás daquele silêncio, no fundo daquela quietude eu sentia qualquer coisa de sinistro. Voltei-me para o sol que sangrava como um olho empapando de vermelho a nuvenzinha que o cobria. Invadiu-me a obscura sensação de estar próxima de um perigo. Mas que perigo era esse?

Dirigi-me ao bosque. E se fugisse? Seria fácil fugir, não? Meu coração se apertou inquieto. Fácil, sem dúvida, mas eu prosseguia implacável como se não restasse mesmo outra coisa a fazer senão avançar. "Vá embora depressa, depressa!", a razão ordenava enquanto uma parte do meu ser, mergulhada numa espécie de encantamento, se recusava a voltar.

A luz dourada filtrava-se entre a folhagem do bosque que parecia petrificado. Não havia a menor brisa soprando nas folhas enrijecidas numa tensão de expectativa.

"A expectativa está só em mim", pensei triturando entre os dedos uma folha avermelhada. Tive então a certeza absoluta de ter feito esse gesto enquanto pisava naquele mesmo chão que arfava sob os meus sapatos. Enveredei por entre as árvores. "E nunca estive aqui, nunca estive aqui!", fui repetindo a aspirar o cheiro frio da terra. Encostei-me a um tronco e por entre uma nesga da folhagem vislumbrei o céu pálido. Era como se o visse pela última vez.

"A cilada", pensei diante de uma teia que brilhava suspensa entre dois galhos. No centro, a aranha. Aproximei-me: era uma aranha ruiva e atenta, à espera. Sacudi violentamente o galho e desfiz a teia que pendeu desfeita. Olhei em redor assombrada. E a teia para a qual eu caminhava, quem iria desfazê-la? Lembrei-me do sol, lúcido como a aranha. Então enfurnei as mãos nos bolsos, endureci os maxilares e segui pela vereda.

"Agora vou encontrar uma pedra fendida ao meio." E cheguei a rir entretida com aquele estranho jogo de reconhecimento: lá estava a grande pedra golpeada com tufos de erva brotando na raiz da fenda. "Se for agora por este lado vou encontrar um regato." Apressei-me. O regato estava seco mas os pedregulhos limosos indicavam que provavelmente na próxima primavera a água voltaria a correr por ali.

Apanhei um pedregulho. Não, não estava sonhando. Nem podia ter sonhado, mas em que sonho caberia uma paisagem tão minuciosa? Restava ainda uma hipótese: e se eu estivesse sendo sonhada? Perambulava pelo sonho de alguém, mais real do que se estivesse vivendo. Por que não? Daí o fato estranhíssimo de reconhecer todos os segredos do bosque, segredos que eram apenas do conhecimento da pessoa que me captara em seu sonho. "Faço parte de um sonho alheio", disse e espetei um espinho no dedo. Gracejava mas a verdade é que crescia minha inquietação: "Se eu for prisioneira de um sonho, agora escapo". Uma gota de sangue escorreu pela minha mão, a dor tão real quanto a paisagem.

Um pássaro cruzou meu caminho num voo tumultuado. O grito que soltou foi tão dolorido que cheguei a vacilar num desfalecimento, E se fugisse? E se fugisse? Voltei-me para o caminho percorrido, labirinto sem esperança. "Agora é tarde!", murmurei e minha voz avivou em mim um último impulso de fuga. "Por que tarde?"

A folha seca que resvalou pela minha cabeça era a advertência que colhi no ar e fechei na mão: que eu não buscasse esclarecer o mistério e nem pedisse explicações para o absurdo daquela tarde tão inocente na sua aparência. Tinha apenas que aceitar o inexplicável até que o nó se desatasse na hora exata.

Enveredei por entre dois carvalhos: ia de cabeça baixa, o coração pesado mas com as passadas enérgicas, impelida por uma força que não sabia de onde vinha. "Agora vou encontrar uma fonte. Sentada ao lado, está uma moça."

Ao lado da fonte estava a moça vestida com um estranho traje de amazona. Tinha no rosto muito branco uma expressão tão ansiosa que era evidente estar à espera de alguém. Ao ouvir meus passos animou-se para cair em seguida no maior desalento.

Aproximei-me. Ela lançou-me um olhar desinteressado e cruzou as mãos no regaço.

— Pensei que fosse outra pessoa, estou esperando alguém.

Sentei-me numa pedra verde de musgo olhando em silêncio seu traje completamente antiquado: vestia uma jaqueta de veludo preto e uma extravagante saia rodada que lhe chegava até a ponta das botinhas de amarrar. Emergindo da gola alta da jaqueta destacava-se a gravata de renda branca, presa com um broche de ouro em forma de bandolim. Atirado no chão, aos seus pés, o chapéu de veludo com uma pluma vermelha.

Fixei-me naquela fisionomia devastada. "Já vi esta moça, mas onde foi? E quando?..." Dirigi-me a ela sem o menor constrangimento, como se a conhecesse há muitos anos.

— Você mora aqui perto?

— Em Valburgo — respondeu sem levantar a cabeça.

Mergulhara tão profundamente nos próprios pensamentos que parecia desligada de tudo, aceitando minha presença sem nenhuma surpresa, não notando sequer o disparatado contraste de nossas roupas. Devia ter chorado e agora ali estava numa patética exaustão, as mãos abandonadas no regaço, alguns anéis de cabelo caindo pelo rosto. Nunca criatura alguma me pareceu tão desesperada, tão tranquilamente desesperada, se é que cabe tranquilidade no desespero: perdera toda a esperança e decidira resignar-se. Mas sentia-se a fragilidade naquela resignação.

— Valburgo, Valburgo... — fiquei repetindo. O nome não me era desconhecido mas não me lembrava de nenhum lugar com esse nome em toda aquela região.

— Fica logo depois do vale. Não conhece Valburgo?

— Conheço — respondi prontamente. Tinha agora a certeza de que esse lugar não existia mais.

Com um gesto indiferente ela tentou prender o cabelo que desabava do penteado alto. Afrouxou ansiosamente o laço da gravata como se lhe faltasse o ar. O bandolim de ouro pendia repuxando a renda. "Esse broche... Mas já não vi esse mesmo broche nessa mesma gravata?!"

— Eu esperava uma pessoa — disse com esforço voltando o olhar dolorido para o cavalo preso a um tronco.

— Gustavo?

Esse nome escapou-me com tamanha espontaneidade que me assustei: era como se estivesse sempre em minha boca aguardando aquele instante para ser dito.

— Gustavo — repetiu ela e sua voz era um eco. — Gustavo.

Encarei-a. Mas por que ele não tinha vindo? "E nem virá, nunca mais, nunca mais."

Fixei obstinadamente o olhar naquela desconcertante personagem de um antiquíssimo álbum de retratos. Álbum que eu já folheara muitas e muitas vezes. Pressentia agora um drama com cenas entremeadas de discussões violentas, lágrimas, cólera. A cena esboçou-se esfumadamente nas minhas raízes, a cena que culminou naquela noite das vozes exasperadas, vozes de homens, de inimigos. Alguém fechou as janelas da pequena sala frouxamente iluminada por um candelabro. Procurei distinguir o que diziam quando através da vidraça embaçada vi delinear-se a figura de um velho magro, de sobrecasaca preta, batendo furiosamente a mão espalmada na mesa enquanto parecia dirigir-se a uma máscara de cera que flutuava na penumbra.

Moveu-se a máscara entrando na zona de luz. Gustavo! Era Gustavo. A mão do velho continuou batendo na mesa e eu não podia me despregar dessa mão tão familiar com suas veias azuis se enroscando umas nas outras numa rede de fúria. Nos punhos de renda de sua camisa destacavam-se com uma nitidez atroz os rubis de suas abotoaduras. Um dos homens avançou. Foi Gustavo? Ou o velho? A garrucha avançou também e a cena explodiu em meio de um clarão. Antes do negrume total vi por último as abotoaduras brilhando irregulares como gotas de sangue.

Senti o coração confranger-se de espanto, "Quem foi que atirou, quem foi?!". Apertei os dedos contra os olhos. Era quase insuportável a violência com que o sangue me golpeava a fronte.

— Você devia voltar para casa.

— Que casa? — perguntou ela abrindo as mãos.

Olhei para suas mãos. Subi o olhar até seu rosto e fiquei sem saber o que dizer: era parecidíssima com alguém que eu conhecia tanto.

— Por que você não vai procurá-lo? — lembrei-me de perguntar. Mas não esperei a resposta porque a verdade é que ela também suspeitava que estava tudo acabado.

Escurecia. Uma névoa roxa que eu não sabia se vinha do céu ou do chão parecia envolvê-la numa aura. Achei-a impregnada da mesma falsa calmaria da paisagem.

— Vou embora — ela disse apanhando o chapéu.

Sua voz chegou-me aos ouvidos bastante próxima, mas singularmente longínqua. Levantei-me e nesse instante soprou um vento gelado com tamanha força que me vi enrolada numa verdadeira nuvem de folhas secas e poeira. A ramaria vergou num descabelamento desatinado. Verguei também tapando a cara com as mãos. Quando consegui abrir os olhos ela já estava montada. O mesmo vento que despertara o bosque com igual violência arrancou-a daquela apatia, ela palpitava em cima do cavalo tão elétrico quanto as folhas rodopiando em redor. Espicaçado, o animal batia com os cascos nos pedregulhos, desgrenhado, indócil. Eu quis retê-la:

— Há ainda uma coisa!

Ela então voltou-se para mim. A pluma vermelha de seu chapéu debatia-se como uma labareda em meio da ventania. Seus olhos eram agora dois furos na face de um tom acinzentado de pedra.

— Há ainda uma coisa — repeti agarrando as rédeas do cavalo.

Ela arrancou as rédeas das minhas mãos e chicoteou o cavalo. Recuei: aquela chicotada atingiu em cheio o mistério. Desatou-se o nó na explosão da tempestade. Meus cabelos eriçaram. Era comigo que ela se parecia! Aquele rosto era o meu!

— Eu fui você — murmurei. — Num outro tempo eu fui você! — quis gritar e minha voz saiu despedaçada.

Tão simples tudo, por que só agora entendi?... O bosque, a aranha, o bandolim de ouro pendendo da gravata, a pluma do chapéu, aquela pluma que minhas mãos tantas vezes alisaram...

E Gustavo? Estremeci. Gustavo! A saleta esfumaçada se fez nítida: lembrei-me do que tinha acontecido e do que ia acontecer.

—Não!—gritei, puxando de novo as rédeas.

Um raio chicoteou o bosque com a mesma força com que ela chicoteou o cavalo, que empinou imenso, negro, os olhos saltados, arrancando-se das minhas mãos. Estatelada vi-o fugir por entre as árvores.

Fui atrás. O vento me cegava. Espinhos me esfrangalhavam a roupa mas eu corria alucinadamente na tentativa de impedir o que já sabia inevitável. Guiava-me a pluma vermelha que ora desaparecia, ora ressurgia por entre as árvores, flamejante na escuridão. Por duas vezes senti o cavalo tão próximo que poderia tocá-lo se estendesse a mão. Depois o galope foi se apagando até ficar apenas o uivo do vento.

Assim que atingi o campo desabei de joelhos. Um relâmpago estourou e por um segundo, por um brevíssimo segundo, consegui vislumbrar ao longe a pluma debatendo-se ainda. Então gritei, gritei com todas as forças que me restavam e tapei os ouvidos para não ouvir o eco de meu grito misturar-se ao ruído pedregoso de cavalo e cavaleira se despencando no abismo.

As Cerejas

Aquela gente teria mesmo existido? Madrinha tecendo a cortina de crochê com um anjinho a esvoaçar por entre rosas, a pobre Madrinha sempre afobada, piscando os olhinhos estrábicos, "Vocês não viram onde deixei meus óculos?". A preta Dionísia a bater as claras de ovos em ponto de neve, a voz ácida contrastando com a doçura dos cremes, "Esta receita é nova...". Tia Olívia enfastiada e lânguida, a se abanar com uma ventarola chinesa, a voz pesada indo e vindo ao embalo da rede, "Fico exausta no calor...". Marcelo muito louro — por que não me lembro da voz dele? — agarrado à crina do cavalo, agarrado à cabeleira da Tia Olívia, os dois tombando lividamente azuis sobre o divã. "Você levou as velas à Tia Olívia?", perguntou Madrinha lá embaixo. O relâmpago. Apagaram-se as luzes e no escuro que se fez, veio como resposta o ruído das cerejas despencando no chão.

A casa em meio do arvoredo, o rio, as tardes como que suspensas na poeira do ar — desapareceu tudo sem deixar vestígios. Ficaram as cerejas, só elas resistiram com sua vermelhidão de loucura. Basta abrir a gaveta: algumas foram roídas e nessas o algodão estoura, empelotado, não, Tia Olívia, não eram de cera, eram de algodão as suas cerejas vermelhas.

Ela chegou inesperadamente. Um cavaleiro trouxe o recado do chefe da estação pedindo a charrete para essa visita que acabara de desembarcar.

— É Olívia — exclamou Madrinha. — É a prima! Alberto escreveu dizendo que ela viria, mas não disse quando, ficou de avisar. Eu ia mudar as cortinas, bordar umas fronhas e agora!... Justo Olívia. Vocês não podem fazer ideia, ela é de tanto luxo e a casa aqui é tão simples, não estou preparada, meus céus! O que é que eu faço, Dionísia, me diga agora o que é que eu faço!

Dionísia folheava tranquilamente um livro de receitas. Tirou um lápis da carapinha tosada e marcou a página com uma cruz.

— Como se já não bastasse esse menino que também chegou sem aviso...

O menino era Marcelo. Tinha apenas três anos mais do que eu mas era tão alto e tão elegante com suas belas roupas de montaria que tive vontade de entrar debaixo do armário quando o vi pela primeira vez.

— Um calor na viagem! — gemeu Tia Olívia em meio da onda de perfumes e malas. — E quem é este rapazinho?

— Pois este é o Marcelo, filho do Romeu — disse Madrinha. — Você não lembra do Romeu? Primo-irmão do Alberto...

Tia Olívia desprendeu do chapeuzinho preto dois grandes alfinetes de pérola em formato de pera. O galho de cerejas estremeceu no vértice do decote da blusa transparente. Desabotoou o casaco.

— Ah, minha querida, o Alberto tem tantos parentes, uma família enorme! Imagine se vou me lembrar de todos com esta minha memória. Ele veio passar as férias aqui?

Por um breve instante Marcelo deteve em Tia Olívia o olhar frio. Chegou a esboçar um sorriso, aquele mesmo sorriso que tivera quando Madrinha, na sua ingênua excitação, nos apresentou a ambos, "Pronto Marcelo, aí está sua priminha, agora vocês poderão brincar juntos...". Ele então apertou um pouco os olhos e se afastou.

— Não estranhe, Olívia, que ele é por demais arisco — segredou Madrinha ao ver que Marcelo saía da sala. — Se trocou comigo meia dúzia de palavras, foi muito. Aliás, toda a gente de Romeu é assim mesmo, são todos muito esquisitos. Esquisitíssimos!

Tia Olívia ajeitou com as mãos em concha o farto coque preso na nuca. Umedeceu os lábios com a ponta da língua.

— Tem *charme*...

Aproximei-me fascinada. Nunca tinha visto ninguém como Tia Olívia com aqueles olhos pintados de verde e com aquele decote assim fundo.

— É de cera? — perguntei tocando-lhe as cerejas.

Ela acariciou minha cabeça com um gesto distraído. Senti seu perfume.

— Acho que sim, querida. Por quê? Você nunca viu cerejas?

— Só na folhinha.

Ela teve um risinho cascateante. No rosto muito branco a boca parecia um largo talho aberto e com o mesmo brilho das cerejas.

— Na Europa são tão carnudas, tão frescas!

Marcelo também tinha morado na Europa com o avô. Seria isso que os fazia infinitamente superiores a nós? Pareciam pertencer a um outro mundo tão acima do nosso, ah! como éramos pobres. Diante de Marcelo e da Tia Olívia, só diante dos dois é que eu pude avaliar como éramos pequenos: eu, de unhas roídas e vestidos feitos por Dionísia e que pareciam as camisolas das bonecas de jornal que Simão costumava recortar com a tesoura do jardim. Madrinha, completamente tonta em meio às suas rendas e crochês. Dionísia, tão preta quanto enfatuada com as tais receitas secretas...

— Não quero é dar trabalho — murmurou Tia Olívia. Falava devagar, andava devagar. Sua voz foi se afastando assim com a mansidão de um gato subindo a escada. — Cansei-me muito, querida, agora preciso apenas de um pouco de sossego...

Fiquei ouvindo a voz forte de Madrinha que tagarelava sem parar, a chácara era muito modesta mas ela ia gostar, o clima era uma maravilha e o pomar nessa época do ano estava cheio de mangas, ela não gostava de mangas? Tinha também o laranjal que estava com laranjas deliciosas, ah! e também se ela quisesse montar tinha bons cavalos, Marcelo poderia acompanhá-la, era um ótimo cavaleiro, dia e noite vivia galopando... Ah, o médico proibira? Bem, os passeios a pé também eram lindos, no fim do caminho dos bambus tinha um lugar ideal para piqueniques, ela gostava de um piquenique?

Fui para a varanda e fiquei vendo as estrelas por entre a folhagem da paineira. Tia Olívia devia estar sorrindo a umedecer com a ponta da língua os lábios brilhantes. Na Europa as cerejas eram tão carnudas, na Europa...

Abri a caixa de sabonete escondida sob o tufo de samambaia. O escorpião foi saindo penosamente de dentro. Deixei-o caminhar um bom pedaço e só quando ele atingiu o centro da varanda é que me decidi a despejar a gasolina. Acendi o fósforo. As chamas azuis subiram num círculo fechado. O escorpião rodou sobre si mesmo, erguendo-se nas patas traseiras, procurando a saída. A cauda contraiu-se desesperadamente. Encolheu-se. Investiu e recuou em meio das chamas que se apertavam mais.

— Será que você não se envergonha de fazer uma maldade dessas?

Voltei-me. Marcelo cravou em mim o olhar feroz. Em seguida, avançando para o fogo, esmagou o escorpião no tacão da bota.

— Diz que ele se suicida, Marcelo, levanta a cauda e pica a cabeça...

— Era capaz mesmo quando descobrisse que o mundo está cheio de gente como você.

Tive vontade de atirar-lhe a gasolina na cara. Tapei o vidro.

— E não adianta ficar furiosa, vamos, olhe para mim. Sua boba. Pare de chorar e prometa que não vai mais judiar dos bichos.

Encarei-o. Através das lágrimas ele pareceu-me naquele instante tão belo quanto um deus, um deus de cabelos dourados e botas, todo banhado de luar. Fechei os olhos. Já não me envergonhava das lágrimas, já não me envergonhava de mais nada. Um dia ele iria embora do mesmo modo imprevisto como chegara, um dia ele sairia sem se despedir e desapareceria para sempre. Mas isso também já não tinha importância. Marcelo, Marcelo! chamei. E só meu coração ouviu.

Quando ele me tomou pelo braço e entrou comigo na sala parecia completamente esquecido do escorpião e do meu pranto. Voltou-lhe o sorriso.

— Então é essa a famosa Tia Olívia?

Enxuguei depressa os olhos na barra da saia.

— Ela é bonita, não?

Ele bocejou.

— Usa um perfume muito forte. E aquele galho de cerejas dependurado no peito. Tão vulgar.

— Vulgar?

Fiquei chocada. E contestei mas em meio da paixão com que a defendi, senti uma obscura alegria ao perceber que estava sendo derrotada.

— E além do mais, não é meu tipo — concluiu ele voltando o olhar indiferente para o trabalho de crochê que Madrinha deixara desdobrado na cadeira. Apontou para o anjinho esvoaçando entre grinaldas. — Um anjinho cego.

— Por que cego? — protestou Madrinha descendo a escada. Foi nessa noite que perdeu os óculos. — Cada ideia, Marcelo!

Ele debruçara-se na janela e parecia agora pensar em outra coisa.

— Tem dois buracos em lugar dos olhos.

— Mas crochê é assim mesmo, menino! No lugar de cada olho deve ficar uma casa vazia — esclareceu ela sem muita convicção. Examinou o trabalho. E voltou-se nervosamente para mim: — Por que não vai buscar o dominó para jogarem uma partida? E vê se encontra meus óculos que deixei por aí.

Quando voltei com a caixa do dominó, Marcelo já não estava na sala. Fiz um castelo com as pedras. E soprei-o com força. Perdia-o sempre, sempre. Passava as manhãs galopando como um louco. Almoçava rapidamente e mal terminava o almoço fechava-se no quarto e só reaparecia no lanche, pronto para sair outra vez. Restava-me correr até a varanda para vê-lo seguir em direção à estrada, cavalo e cavaleiro tão colados um ao outro que pareciam formar um corpo só.

Como um só corpo os dois tombaram no divã, tão rápido o relâmpago e tão longa a imagem, ele tão grande, tão poderoso e com aquela mesma expressão com que galopava agarrado à crina do cavalo, arfando doloridamente na reta final.

Foram dias de calor atroz os que antecederam à tempestade. A ansiedade estava no ar. Dionísia ficou mais casmurra, Madrinha ficou mais falante, procurando disfarçadamente os óculos nas latas de biscoitos ou nos potes de folhagem, esgotada a busca em gavetas e armários. Marcelo pareceu-me mais esquivo, mais crispado. Só Tia Olívia continuava igual, sonolenta e lânguida no seu *négligé* branco. Estendia-se na rede, desatava a cabeleira. E com um movimento brando ia se abanando com a ventarola. Às vezes vinha com as cerejas que se esparramavam no colo polvilhado de talco. Uma ou outra cereja resvalava por entre o rego dos seios e era então engolida pelo decote.

— Sofro tanto com o calor...

Madrinha tentava animá-la:

— Chovendo, Olívia, chovendo você verá como vai refrescar.

Ela sorria umedecendo os lábios com a ponta da língua.

— Você acha que vai chover?

— Mas claro, as nuvens estão baixando, a chuva já está aí. E vai ser um temporal daqueles. Só tenho medo é que apanhe esse menino lá fora. Você já viu um menino mais esquisito, Olívia? Tão fechado, não? E sempre com aquele arzinho de desprezo...

— É da idade, querida, é da idade.

— Parecido com o pai. Romeu tem essa mesma mania com cavalo.

— Ele monta tão bem, é tão elegante.

Defendia-o sempre enquanto ele a atacava: "É afetada, esnobe. E como representa, parece que está sempre no palco!". Eu contestava, mas de forma que o incitava a prosseguir atacando.

Lembro que as primeiras gotas de chuva caíram ao entardecer, mas a tempestade continuava ainda em suspenso, fazendo com que o jantar se desenrolasse numa atmosfera abafada. Densa. Pretextando dor de cabeça, Tia Olívia recolheu-se mais cedo. Marcelo, silencioso como de costume, comeu de cabeça baixa. Duas vezes deixou cair o garfo.

— Vou ler um pouco — despediu-se assim que nos levantamos.

Fui com Madrinha para a saleta. Um raio estalou de repente. Como se esperasse por esse sinal a casa ficou completamente às escuras enquanto a tempestade desabava.

— Queimou o fusível! — gemeu Madrinha. — Vai, filha, vai depressa buscar o maço de velas mas leva primeiro ao quarto de Tia Olívia. E fósforos, não esqueça os fósforos!

Subi a escada. A escuridão era tão viscosa que se eu estendesse a mão, poderia senti-la amoitada como um bicho por entre os degraus. Tentei acender a vela mas o vento me envolveu. Escancarou-se a porta do quarto de Tia Olivia e em meio do relâmpago que rasgou a treva vi os dois corpos completamente azuis tombando enlaçados no divã.

Afastei-me cambaleando. Agora as cerejas despencavam sonoras como bagos de chuva caindo de uma goteira. Fechei os olhos. Mas a casa continuava a rodopiar desgrenhada e lívida com os dois corpos rolando na ventania.

— Levou as velas para Tia Olívia? — perguntou Madrinha.

Desabei num canto da sala fugindo da luz do castiçal aceso em cima da mesa.

— Ninguém respondeu, ela deve estar dormindo.

— E Marcelo?

— Não sei, deve estar dormindo também.

Madrinha aproximou-se com o castiçal:

— Mas o que você tem, menina? Está doente? Não está com febre? Hein?! Mas a sua testa está queimando... Dionísia traga uma aspirina, esta menina está com um febrão, olha aí!

Até hoje não sei quantos dias me debati esbraseada, a cara vermelha, os olhos vermelhos, escondida debaixo das cobertas para não ver por entre clarões de fogo as cerejas e os escorpiões em brasa, estourando no chão.

— Foi um sarampo tão forte — disse Madrinha ao entrar certa manhã no quarto. — Como você chorava, dava pena ver como você chorava! Nunca vi um sarampo doer tanto assim.

Sentei-me na cama e fiquei olhando uma borboleta branca pousada no pote de avencas da janela. Voltei-me em seguida para o céu limpo. Tinha um passarinho cantando na paineira. Madrinha então disse:

— Marcelo foi embora ontem à noite, quando vi ele já estava de mala pronta, sabe como ele é... Veio até aqui se despedir mas você estava dormindo tão profundamente!

Dois dias depois, Tia Olívia também partia. Vestia o costume preto e o chapeuzinho com os alfinetes de pérolas espetados no feltro. Na blusa, bem no vértice do decote, o galho de cerejas. Sentou-se na beirada da minha cama

—Que susto você nos deu, querida!—começou com sua voz pesada.—Pensei que fosse alguma doença grave. Agora está boazinha!

Prendi a respiração para não sentir seu perfume.

—Ótimo! Não te beijo porque ainda não tive sarampo—disse calçando as luvas. Riu o risinho cascateante.—E tem graça eu pegar nesta altura uma doença de criança?

Cravei o olhar nas cerejas que se entrechocavam sonoras entre os seus seios. Ela desprendeu-as rapidamente:

—Já vi que você gosta delas, pronto, uma lembrança minha.

—Mas ficam tão lindas aí—lamentou Madrinha.—Ela nem vai usar, bobagem, Olívia, leve suas cerejas!

—Comprarei outras.

Durante o dia seu perfume ainda pairou pelo quarto. Ao anoitecer Dionísia abriu as janelas. E só ficou o perfume da noite.

—Tão encantadora a Olívia!—suspirou Madrinha sentando-se ao meu lado com sua cesta de costura.—Vou sentir falta dela, um encanto de criatura. O mesmo já não posso dizer daquele menino. Romeu também era assim mesmo, o filho saiu igual ao pai. Os dois sempre às voltas com cavalos, eles montam feito índios! Eu quase tinha um enfarte quando via Marcelo galopar.

Exatamente um ano depois ela repetiria num outro tom esse mesmo comentário ao receber a carta onde Romeu comunicava que Marcelo tinha morrido de uma queda de cavalo.

—Anjinho cego, que ideia!—prosseguiu ela desdobrando a cortina de crochê nos joelhos.—Já estou com saudades de Olívia, mas dele?...

Sorriu alisando o crochê com as pontas dos dedos. Tinha encontrado os óculos.

Contos Esparsos

Os contos reunidos nesta seção foram publicados originalmente em veículos de imprensa ou em coletâneas — seja de autoria da própria Lygia Fagundes Telles, seja em livros de vários autores — que estão fora de catálogo há alguns anos.

"O Tesouro" saiu em *O Jardim Selvagem* (São Paulo, Martins, 1965); "Negra Jogada Amarela" e "O Muro" em *Mistérios* (Rio de Janeiro, Nova Fronteira, 1981); "Hô-Hô", "A Viagem" e "A Sonata" em *Histórias de Desencontro* (Rio de Janeiro, José Olympio, 1958); "Os Mortos", "A Recompensa", "Correspondência" e "Felicidade" em *O Cacto Vermelho* (São Paulo, Mérito, 1949). "Endereço Desconhecido" foi publicado em *Porto Ficção* (Porto, Asa, 2001) e "Ou Mudei Eu?" na revista *Brasmotor* (n. 21, dez. 1998).

O Tesouro

— Está na hora do lanche, venha lavar as mãos — ordenou a governante impelindo o menino na direção do banheiro. Voltou-se para a menina, que subia a escada aos pulos, apoiada ao corrimão. — Depressa, Georgeana! Lavar as mãos com sabonete, hein?

Assim que o menino entrou no banheiro, escondeu-se atrás da porta. Quando a menina entrou, veio por detrás e agarrou-a pelos ombros:

— Buuuu!...

Ela riu estridente.

— Ah, eu já sabia! Pensa, que não vi sua sombra? Ah, eu vi...

Ficou sério. Franziu a testa e na ponta dos pés foi até a porta. Espiou. *Frau* Ida entrara no quarto de costura, podia ouvir-lhe o ranger dos sapatos brancos indo e vindo pesadamente. Então o menino apertou o dedo contra os lábios, pedindo silêncio. Voltou-se ainda para o corredor. A menina roía a unha do polegar. Entreolharam-se um instante. O vento descerrou a janela, trazendo consigo o murmúrio quente do mar. Ele lançou ao céu um olhar pesquisador.

— Hoje, depois do lanche.

— Hoje? Verdade?

Bateu no bolso do *short* vermelho. Baixou a voz:

— O mapa do tesouro está aqui. Marquei o lugar com uma cruz, agora é só achar a pedra e cavar. Hoje só vou ver de perto a pedra e na outra vez começo o trabalho. É uma pedra preta, em forma de bolo...

— Que pedra?

— Ora, que pedra! Que pedra há de ser, Georgeana? — impacientou-se. Puxou a menina. Falou-lhe mais baixo ainda, a coçar pensativo o nariz sardento. — O mar bate na pedra mas não chega a cobrir, deve dar pé no lugar. Se não desse, como os piratas iam enterrar lá o cofre?

— E como você sabe que foram os piratas?

— Porque está no mapa! No mapa está até a bandeira deles, está tudo escrito — prosseguiu, mordiscando o lábio. Bateu com o punho no peitoril da janela. — Isso tudo eu tenho que ver hoje.

— Depois do lanche?

— Depois, na hora em que a *Fräulein* vai costurar. Pulo a janela e saio pelos fundos...

— E se o mar avançou demais e cobriu tudo? O pai disse que a praia mudou, ela não era assim... Você não vai achar, Guido!

— Fale mais baixo, você está gritando! Abra a torneira...

Ficaram olhando para o jorro d'água. Ela sentou-se na borda da banheira e mergulhou as mãos na água. Sacudiu obstinadamente a cabeça:

— Você não vai achar!

— Não vou achar por quê? Não tenho o mapa?

Ela recomeçou a roer a unha, o olhar aflito vagando pelo ladrilho azulado da parede.

— O cofre está cheio?

— Tem que estar, eram piratas riquíssimos!

— O que eles escondiam? O quê, por exemplo?...

Guido sentou-se na banheira, ao lado da irmã. Lançou um olhar em redor:

— Moedas, espadas com brilhantes, coroas... Eram riquíssimos — murmurou fixando o olhar na argola dourada ao lado da pia. — Tudo de ouro, Georgeana!

— De ouro — disse ela lentamente. Repetiu ainda num murmúrio a palavra *ouro*, como se quisesse, à força de repeti-la, desvendar-lhe o sentido. Animou-se. — E o que mais tem? Fala...

Ele apoiou-se na borda da banheira e saltou no centro do tapete rosado. Ficou olhando para o bico das próprias sandálias. Moveu os pés:

— Aquelas pedras têm limo, preciso arranjar um sapato de corda...

— Mas e o mapa? Onde você descobriu esse mapa?

Ele franziu a testa. Coçou o nariz, evasivo:

— Prometi não dizer — segredou desviando o olhar para o fundo da banheira, onde a água borbulhava. Apanhou o sabonete e apertou-o entre os dedos, fazendo-o saltar. — E se aparecer um polvo?

— Polvo?

— Sempre tem um polvo guardando esses tesouros.

Ela aparou com as mãos em concha o jorro da torneira. Encolheu-se.

— Lembra, Guido? Naquela fita tinha um polvo-monstro que se enrolava na âncora, lembra? Mas o pai disse que era um polvo de borracha. Era de borracha aquele polvo?

— Às vezes também tem aranhas — prosseguiu o menino erguendo a mão crispada. — Umas aranhas deste tamanho, de boca vermelha... Assim que a gente abrir o cofre elas pulam e nhoque! — grudam na cara da gente.

— Guido!

Ele sorriu. Começou a ensaboar sonhadoramente as mãos, deixando a espuma escorrer pelos braços.

— Você pode ficar com a coroa — concedeu e deixou pingar um pouco da espuma no joelho da irmã. Respingou-lhe espuma na cabeça: — Eu te coroo rainha! Rainha Georgeana do Dente Quebrado!

A menina riu tapando a boca:

— Do dente quebrado, não, só Rainha Georgeana!

— Vai ser difícil arranjar os instrumentos para a escavação — advertiu ele. Soprou a espuma das mãos. — Vou precisar de uma enxada, de um balde e de uma corda...

Ela concordou a rir baixinho.

— As pérolas devem ser do tamanho de um ovo de pato. Lembra, Guido? Na história do cisne negro as pérolas tinham o tamanho de um ovo de pato. De um ovo de pato, de um ovo de pato! — cantarolou, rodopiando pelo banheiro. Parou arfante na janela e ficou ouvindo o mar. — Como é mesmo ovo de pato? Acho que nunca vi ovo de pato...

Ele meteu as mãos debaixo da torneira e deixou que a água lhe escorresse até os cotovelos.

— Posso pedir a enxada ao homem da construção — disse levantando-se e falando como se já estivesse diante do homem: — Queria emprestar a enxada para procurar umas conchinhas...

A menina passava lentamente a ponta da língua no canino quebrado. Teve um ar infeliz:

— A *Fräulein* não vai deixar, ela não vai deixar...

— Mas ela não vai saber!

— Sempre acaba sabendo, Guido.

Encarou-a com gravidade:

— Só se você contar.

— Eu?!...

— Faça então aquele juramento.

A menina sacudiu aflitivamente as mãos como se quisesse espantar alguma vespa que ameaçava enlear-se em seus cabelos. Sacudiu a cabeça:

— Mas é pecado fazer esse juramento, diz que é pecado, que pode acontecer alguma coisa horrível...

— Ou jura ou não entra no segredo — ameaçou ele contraindo os maxilares. Correu para a porta. Falou num tom velado, abafando a voz: — Depressa, Georgeana, depressa que ela já vem vindo, vamos, começa logo!

Ela ajoelhou-se no tapete. Sacudia ainda as mãos mas com menos energia, como se a vespa voasse mais distante. Choramingou:

— Mas Guido...

— Ela já está subindo a escada!...

Com um gesto desamparado, a menina traçou uma cruz no lado esquerdo do peito. Falou num fio de voz, engolindo as palavras:

— Juro pelo sangue dos sete cavaleiros que morreram nas sete luas... E o que vai entrar pelo meu ouvido... Que a morte me leve se eu estiver mentindo!

Ele tapou-lhe a boca. Ficaram ambos imóveis, atentos à maçaneta da porta. Assim que ela girou, correram na ponta dos pés. Quando a cabeça ruiva da mulher introduziu-se pela fresta, enxugaram as mãos compenetradamente. A mulher dilatou as narinas. Avançou de pescoço esticado, como um perdigueiro:

— Que é que vocês estavam cochichando?

A menina ergueu o rostinho plácido.

— A gente só estava lavando as mãos...

— Lavando as mãos? Como lavando as mãos? Há quanto tempo deixei vocês dois aqui lavando as mãos? Eu demoro menos para limpar a prataria...

A menina deu uma risadinha, escondendo com a ponta da língua o canino quebrado. Mas o menino continuou sério, preocupado em dobrar meticulosamente a toalha. Colocou-a na argola dourada. Desviou o olhar dissimulado.

— E você? — estranhou a governante pegando-lhe no queixo. — Por que está com essa cara assim vermelha? Sol demais, não é? Eu bem disse para usar o chapéu, não disse?

— Mas *Frau* Ida, naquela hora não tinha sol...

— Tinha mormaço e o mormaço também queima — sentenciou ela tirando do bolso do avental as agulhas de tricô espetadas no novelo de lã. — Amanhã quero vocês dois debaixo da barraca.

— Eu usei o chapéu — disse a menina tomando a dianteira. Foi pelo corredor a pisar cuidadosamente na lista vermelha do tapete, como um malabarista a se equilibrar no arame. — Não é verdade, *Fräulein*, que eu usei o chapéu?

— Esse sol de verão é muito traiçoeiro — resmungou a mulher retardando o passo. — Precisa cuidado...

O novelo de lã azul caiu. Ele apressou-se em erguê-lo.

— Bonito o seu tricô — disse com voz polida.

— Escolhi um ponto muito difícil, nem sei se vai dar certo — queixou-se ela.

— Eu usei o chapéu — repetiu a menina enquanto descia a escada, apoiada ao corrimão, o outro braço estendido para manter o equilíbrio. — *Fräulein*, você já viu ovo de pato?

— Ovo de pato? Claro que já. Por quê?

— Tem pérolas desse tamanho?

— Georgeana! — chamou o menino. Agarrou-lhe o braço. Falou-lhe entre os dentes, próximo ao ouvido: — Você jurou!

Ela gemeu, voltando-se doloridamente para a governante. Tentou desvencilhar-se. E desatou a rir:

— Ai! está doendo...

— Que foi, Georgeana?

— A gente está brincando — adiantou-se ele tomando a irmã pela cintura. — Vamos apostar quem pisca primeiro? Mas assim não vale, você já piscou! Começa agora...

Com gestos melífluos a governante ajeitou as pétalas de uma orquídea que murchava solitária numa concha de opalina azulada. Apanhou um fio de linha entranhado no tapete. Chegou a avançar a mão até o cinzeiro de prata para nele depositar o fio. Arrependeu-se em meio do gesto e enrolando o fio entre os dedos, guardou-o no bolso do avental. Voltou-se para Georgeana:

— Que é que vocês tanto cochicham? Uns mistérios!... — resmungou alisando-lhe os cabelos louros, caídos até os ombros. Arrumou a gola da camisa do menino. Adoçou a voz: — Vamos cumprimentar a mamãe. Mas só um instante, que ela está com visita.

Ele lançou um olhar ao relógio.

— E o lanche?

— Já está pronto, calma — disse a mulher batendo de leve na porta da saleta. Entreabriu-a. Sorriu, ansiosa: — Podem?... — perguntou inclinando a cabeça. Voltou-se para Georgeana: — Venha, queridinha... E o seu irmão? Onde está você, Guido! Guido!...

Ele dobrou apressadamente o mapa, enfiou-o no bolso do *short* e saiu de trás da cortina. Segurou na mão da governante e entrou na sala no momento em que a mãe explicava à amiga que o dentinho quebrado da filha ficaria perfeito:

—Você sabe, meu dentista é o Thomas Warren, de uma família de dentistas ingleses, o bisavô era dentista na Casa Real. É o mais caro dentista que conheço.

A jovem senhora ergueu o queixo da menina. Georgeana sorria, afetando constrangimento:

—Mesmo assim quebradinho... Olha aí, dá tanta graça!...

A mãe revirou languidamente os olhos. Estendeu a mão para o filho:

—Meu amor, onde você estava?—perguntou. E sem esperar pela resposta, dirigiu-se à amiga:—Este é o Guido, lembra-se dele?

—Claro que me lembro. Mas como cresceu! E que beleza de cabelo tão encaracolado, parece um principezinho. O pequeno príncipe...

—Ah, você leu?—perguntou a outra erguendo o bule. Ficou com o bule parado no ar.—Que livro encantador!

—Uma joia!—exclamou a visitante trincando uma torrada.—Uma verdadeira joia!

Instintivamente o menino apalpou o bolso. Com a ponta dos dedos, empurrou o mapa do tesouro mais para o fundo. Lançou à irmã um olhar que ela aparou mas não pôde sustentar por mais tempo, interessada como estava na pirâmide de bombons.

—Posso, *Fräulein*?—perguntou Georgeana estendendo a mão até o carrinho de chá.

A mãe viu-lhe o gesto.

—Pode, meu amor, pode—consentiu acendendo um cigarro. Soprou devagar a fumaça.—*Fräulein*, eles já tomaram lanche?

—Vão tomar agora.

—Hum...—fez a mulher semicerrando os olhos pintados de azul.—E você, meu lindo? Não quer?—perguntou ao filho indicando-lhe os bombons.—Pegue esse de cereja que é uma delícia...

A visitante serviu-se de mais chá.

—Seus filhos são educadíssimos. Nunca vi crianças tão educadas. E tão elegantes, nem parece que estão numa praia—acrescentou ela limpando os cantos da boca com o guardanapo.—Se meus filhos fossem assim...

—É que a *Fräulein* é muito atenta, não é, *Fräulein*? Nas férias passadas não pude trazê-la. E meu marido, você sabe, é exigentíssimo.

—Ele é exigente?

—Exigentíssimo!—repetiu a mulher revirando os olhos.—Já imaginou?

A visitante fez repetidos movimentos afirmativos com a cabeça, como se estivesse realmente meditando no estado em que ficara a outra nas férias passadas, sem a assistência da *Fräulein*.

— Calculo. Mas você não trouxe a Nena?

Disfarçadamente o menino enfiou o bombom mordido dentro do outro bolso. Encostou-se na poltrona, o olhar aflito pousado num quadro com flores pintadas. Dissimulou um bocejo. A menina aproximou-se dele e colou a boca ao seu ouvido.

— Agora elas vão falar em francês.

— Mas querida — começou a mãe pousando as mãos nas da amiga —, mas então você não sabe o que aconteceu com a Nena?

— Não tenho a menor ideia...

— Pois todo mundo não falou noutra coisa — prosseguiu, indicando os filhos com o olhar. E noutro tom, mais lentamente: — *Bon, je savais bien que la pauvre avait un amant...*

— *Impossible!*

A governante pigarreou discretamente.

— Vamos, queridinhos — convidou, estendendo a mão para a menina.

Georgeana voltou-se de repente para o irmão. Teve um risinho que conseguiu abafar:

— Ela fala em francês quando quer contar imoralidades — sussurrou, fingindo tirar-lhe um bicho da gola. E em voz alta: — Essa formiga morde tão dolorido!

— Georgeana, já disse que não quero cochichos — ralhou a mulher impelindo-os com impaciência para a copa.

A menina teve um olhar amuado para a mesa do lanche.

— Minha mãe não quer que a gente entenda, pensa que não sei?

— Conversa de gente grande não é mesmo para vocês.

— É, mas pensa que não sei? Ela estava falando da Nena. Não estava então, Guido?

Ele olhava o pedaço de céu emoldurado pela janela. Uma grande nuvem luminosa juntou-se a outra, fundiram-se e ambas se distenderam como a pata gigantesca de um animal a se espreguiçar no azul.

— Guido, seu chocolate está esfriando.

— Que chocolate é esse? — perguntou ele cheirando a xícara.

— Não é educado cheirar as coisas — repreendeu *Frau* Ida dando-lhe um tapinha na mão. — Onde se viu cheirar o que se vai comer?

— Não gosto desse chocolate.

— Gostando ou não, você vai tomar tudo. E noutro tom: — Georgeana, sente-se direito, como uma senhorita!... Quer bolo?

Com o olhar perdido num ponto remoto, muito além da xícara, ele foi mexendo o chocolate. Tomou-o em pequeninos goles.

— A senhora acha que vai chover?

Ela colocou os óculos. Apertou os olhos:

— Não, hoje não.

— É, mas pensa que não sei? — recomeçou a menina mastigando o bolo. — Minha mãe não quer que a gente saiba o que aconteceu com a Nena. Por isso falou em francês.

— E daí? Ela pode falar na língua que quiser, não pode?

Ele bebeu até o último gole. Fez uma careta:

— *Frau* Ida, a senhora vai costurar depois do lanche?

— Por que você quer saber?

— Por nada — murmurou ele dobrando o guardanapo. — Por nada...

A menina desatou a rir:

— A senhora já sabe que vou ganhar uma coroa de pérolas? Pérolas deste tamanho! Eu deixo a senhora usar, às vezes...

A mulher tirou o tricô do bolso.

— Muita gentileza sua. Mas antes cate esse pedaço de bolo que a senhorita deixou cair, olha aí... O lugar do Guido está sempre limpo mas o seu...

— É que ele sabe onde tem pérolas do tamanho de um ovo de pato, não é, Guido?

Ele inclinou-se rapidamente, ajudando a irmã a apanhar no chão as migalhas de bolo. Olhou-a feroz!

— Você não disse que queria jogar, Georgeana? Caça à raposa, hein?

A governante lançou-lhes um olhar de fatigada aprovação. Foi saindo da saleta:

— Podem jogar nessa mesinha — avisou apontando com a agulha uma pequena mesa coberta com feltro verde. — Mas cuidado com o feltro. E quietos, não quero ouvir nenhum barulho.

O menino imobilizou-se, à espera de que os passos da mulher se apagassem no interior da casa. Quando só restou o barulho do mar, tão próximo como se estivesse ali debaixo da janela, levantou-se. Sacudiu a irmã pelos pulsos. Mas parecia preocupado com outra coisa:

— Quase você contou, não é?

— Eu?!

Ele mordiscou o lábio. Coçou o nariz, a cabeça inclinada ainda na direção da porta. Ordenou:

— Vá buscar a bússola, depressa! Está na prateleira do armarinho, perto do trem...

— Quero ver o mapa, me mostre primeiro o mapa! — pediu a menina pulando ora num pé, ora noutro. — Primeiro quero ver o mapa!

Ele tirou a folha do bolso, afastou o prato de bolo e desdobrou-a em cima da mesa. Inclinando-se até roçar o papel com os cabelos, a menina apoiou as mãos na mesa. Prendeu a folha amarfanhada com a ponta dos dedos.

— Não estou entendendo, explica!

— Não tem nada que explicar, está tudo aí.

Ela passou a língua no canino quebrado. Inclinou-se mais para o labirinto do desenho vermelho e preto.

— Esta linha ondeada é o mar?

— O mar, lógico.

— E o que quer dizer este *P*?

— Pedra, quer dizer pedra, tudo isso é pedra, não está vendo? — A voz ficou mais secreta: — Debaixo desta aqui é que está enterrado o cofre.

— Como é que você sabe?

— Pois não está no mapa? Olha aqui a cruz... Esta cruz é a marca do tesouro — concluiu puxando a folha. — Preciso ir embora, chega.

— Espera!

— Tenho que ir, Georgeana, tenho que ir!

— Espera — suplicou ela passando o dedo na cruz feita com lápis vermelho. Olhou em seguida a própria unha roída. — Mas por que eles não esconderam o cofre no navio?

— Por que o navio afundou! Então eles vieram por este caminho carregando o cofre, vieram vindo, vieram vindo — sussurrou o menino seguindo com o dedo uma linha acidentada, feita com lápis preto. Por aqui tudo era mato, não havia casa, não havia nada...

— E daí?

— Daí tenho que ir embora! — ele exclamou num gesto exasperado. Procurou se conter enquanto dobrava a folha. Parecia atento agora aos ruídos da casa e que chegavam até ali em ondas, diluídos como os sons das ondas espumejando na areia do mar. — Pulo a janela e saio pelos fundos...

— Quero ir também! Quero ir também!

— Você não vai, já disse. Quem é o chefe?

— Não quero saber de nada, se você não deixar, eu conto tudo! — ameaçou ela correndo em redor da mesa. — Conto tudo!

Detendo-a com violência, ele sacudiu-a pelos ombros. Ficou na ponta dos pés. A voz saiu espremida, aos arrancos:

—Ge-or-ge-ana! Você morre se abrir essa boca. Você jurou, Georgeana, você jurou!

Sentando-se no chão, ela encolheu as pernas e escondeu a cara entre os joelhos.

—Não quero morrer...

Sentou-se ao lado da irmã. Afagou-lhe os cabelos em desalinho:

—Escuta, Ana, você não vai contar, vai? Você não vai querer que eu ainda pegue castigo, vai?

Ela começou a chorar sentidamente.

—Não. Mas quero ir também...

—Mas hoje vou e volto correndo, é só para o reconhecimento, muito antes de escurecer já estou de volta, bobinha. Na outra vez, sim, é que vai ser divertido...

—Posso mesmo?

—Já disse que pode! Na outra vez a gente leva a enxada, leva tudo, tudo! Até uma cesta com o lanche, pode ser que demore, nunca se sabe...

Ela esfregou as mãos nos olhos:

—E a coroa vai ser minha?

—A coroa, as pulseiras, o que você quiser — exclamou ele erguendo-se. Estufou o peito. Tinha o rosto vermelho. Os olhos brilhantes. Fez um gesto largo de quem desembainha a espada: — Fico com as armas dos piratas!

Ela riu, sacudindo a cabeça. E lembrou-se:

—Enquanto isso, posso brincar com o seu telescópio?

—Pode, pode. E com as raquetes também — acrescentou, dirigindo-se com passos enérgicos para a janela. Sentou-se no peitoril. Hesitou um pouco, uma perna para dentro, outra para fora. Acenou-lhe. A voz saiu quase imperceptível: — Volto já.

A menina debruçou-se na janela para dizer-lhe qualquer coisa. Mas ele já corria agachado por entre os arbustos do jardim, avançando em direção ao mar.

A praia estava quase deserta naquela hora da tarde. Um vento ardente, com cheiro de sal, eriçava de leve a superfície do mar que ele achou parecida com o dorso de um animal gigantesco, com cintilações metálicas na pele movediça. No céu de um azul profundo, palpitante, algumas nuvens vagavam perplexas. Na linha do horizonte esboçava-se o contorno meio enevoado de um navio.

O menino tirou as sandálias. Afundou os pés na areia úmida. E durante algum tempo ficou olhando o mar. Uma velha de saia arregaçada, descalça, passou, seguindo de perto uma criança de maiô vermelho que chapinhava na espuma das pequeninas ondas quebrando na areia. Passou um homem de cachimbo, atrás de um cachorro preto, de pelo ondulado. O cachorro deu voltas em torno do menino, cheirou-lhe os pés, latiu provocativo, em tom de convite. E prosseguiu correndo em direção às pedras.

— Venha cá, Bobi! — chamou o homem. — Bobi!

— Bobi! — gritou o menino quando o homem e o cachorro já iam longe.

E de repente pôs-se a dar voltas com a mesma alegria desvairada do cachorro, gritando por ele a plenos pulmões, "Bobi, Bobi!...". Tombou de costas, rindo. Esfregou a cabeça na areia e ficou a olhar uma gaivota. Desviou o olhar para a nuvem em forma de cogumelo. Levantou-se, agarrou as sandálias pelas tiras. E desatou a correr na mesma direção do cachorro, que já enveredava por entres as pedras.

O mar batia em cheio na pedra maior, borrifando com violência a espuma alvíssima que escorria efervescente pelo dorso das pedras em torno. Agachando-se em cima da pedra, o menino depositou ao lado as sandálias, desabotoou a camisa e de olhos semicerrados recebeu a aragem úmida das ondas. Tirou o mapa do bolso. Desdobrou-o sobre o joelho e tentou concentrar-se. Mas desviou o olhar para os pés, que a espuma lambia. Riu-se, deliciado.

— Esse lugar é perigoso, menino! Não fique aí!

Voltou-se para o casal de velhos, parado a uma certa distância. A velha usava uma bata cinzenta e tênis. Parecia enfurecida. Mas o velho de boné, *short* e sapatos pretos parecia interessado apenas no peixe que trazia dependurado pelas guelras num arame.

— Quer que a onda te carregue, quer? — insistiu a velha batendo com a ponta da sombrinha na pedra. — Saia daí!

Guardando o mapa no bolso, ele obedeceu prontamente. Quando atingiu a última pedra, meio enterrada na areia da praia, voltou-se para o casal. O peixe que o velho levava brilhava ao sol com reflexos de cobre. O menino sorriu tocando no mapa com a ponta dos dedos. Apanhou uma concha cor-de-rosa, em forma de asa. Guardou-a no bolso. E prosseguiu correndo atrás de um caminhão que passava vagarosamente próximo das dunas de areia, cobertas por um mato rasteiro. Quando o caminhão parou, ele também parou e ficou observando e cavando a areia com a ponta do pé. O chofer desceu, contornou a duna e desapareceu atrás da touceira de capim. O companheiro desceu também e espreguiçou-se abrindo os braços. Vestia, como o outro, um desbotado macacão azul. Voltou-se para o mar.

— Vou dar um mergulho, a água deve estar quente — gritou desabotoando o macacão.

Olhou em redor. Despiu o macacão e colocou-o dobrado em cima da areia. Arrancou os sapatos e as meias. Dobrou-as em cima dos sapatos. Fez subir na cintura o elástico da cueca. Bateu no estômago, satisfeito. Só então pareceu notar a presença do menino:

— Ei, você aí! Não quer também um mergulho?

O menino baixou a cabeça, destroçando na sola do pé uma caixa de fósforos que desencavou na areia. Mas assim que o homem se afastou a largos passos, arrancou a camisa e correu atrás.

— Pensei que esta maldita estivesse quente — exclamou o homem com seu vozeirão. Inclinou-se a rir, esfregando um pouco d'água nas coxas peludas, no peito. — Brrrrr!... Está desgraçada de fria!

Cruzando as mãos no peito, o menino recuou, tremendo:

— A gente pode se resfriar...

— Resfriar o quê!, seu Vamos, entra depressa — bradou o homem correndo ao encontro de uma onda maior. E dando um grito, mergulhou na água.

Quando sua cabeça ruiva reapareceu no meio da espuma, o menino reanimou-se.

— Aí dá pé?

— Não tenha medo, menino, vamos, venha! Mas você está roxo, moleque! Molhe-se de uma vez — ordenou o homem nadando e espirrando água.

Esfregou com força a cara barbuda. Riu.

O menino aproximou-se devagar. Estendeu-lhe a mão mas o desconhecido nem notou seu gesto. Então vacilou, lançando um olhar assustado para a água, que já lhe chegava ao peito.

— A onda! — ele gritou tentando recuar, os olhos crescendo com a marola que se aproximava. — A onda!...

O homem segurou-o com força pelos pulsos.

— Está com medo? Sabe furar onda? Vamos, depressa, mete a cabeça dentro d'água e vare a bicha, vamos, já!

Só depois que a marola estourou debulhada em espuma foi que ele veio à tona, a boca desesperadamente aberta, o cabelo empastado na cara.

— Bebeu o mar, hein, seu tonto! — murmurou o homem levantando-o pelos cotovelos. — Mas quem mandou abrir o bocão debaixo d'água? Você tem que fechar a boca e afundar sem medo para sair do outro lado, entendeu? Senão ela te enrola... Olha lá, agora vem uma grande... Vai!

— Não! — gemeu o menino ao homem. — Não!

— Nada disso, você tem que repetir para não ficar um banana, vamos que eu mergulho junto, fecha a boca, depressa! Já!...

Dessa vez a cabeça do menino demorou menos para reaparecer como uma pequena bola cinzenta, flutuando no rastro espumejante. Tinha os lábios arroxeados mas ria. O menino seguiu o homem, pulava alegremente.

— Aprendeu, hein, seu cachorrinho?! — exclamou o homem esfregando os olhos vermelhos. Assoou-se lavando em seguida o nariz. — Essa não foi sopa não...

— Cheguei até o fundo! E não engoli nem um pinguinho d'água...

— Assim é que tem que ser — murmurou o homem fazendo um aceno na direção do caminhão. — Vamos depressa que aquele cara já perdeu a paciência!

Seguiu-o, pulando alegremente as pequeninas ondas debruadas de óleo negro. Procurou limpar na areia os pés enegrecidos.

— Veja só como eu fiquei...

— É dos navios, moleque, esse mar anda muito sujo.

— A praia defronte da minha casa é limpinha — disse o menino. Mas o homem afastara-se demais para ouvi-lo.

O chofer já estava de novo no caminhão. Mordiscava a lasca de uma caixa de fósforos. Lançou ao recém-chegado um olhar hostil.

— Então você acha?...

— Acha o quê?

— Que eu devo aceitar?

O homem tirou uma pequena toalha de dentro do caminhão. Sacudiu-a vigorosamente. E enxugou-se nela.

— Mas é evidente que você deve topar, nem se discute, tem que aceitar sim senhor — acrescentou atirando a toalha ao menino que esperava, tremendo de frio. Escondeu-se atrás do caminhão. Tirou a cueca. Torceu-a. E cuidadosamente dependurou-a no varal formado pelas traves da carroceria. — Se não topar você vai-se arrepender na certa.

— Mas é muito arriscado.

— Evidente que é arriscado. Mas tudo é arriscado, porra! — exclamou o homem enfiando o macacão. Abriu os braços: — Comer, andar, tomar banho de mar, amar, tudo, tudo é risco! Nesse andar não se pode fazer mais nada!

— Isso vai dar cana.

— Cana coisa nenhuma — murmurou o outro meio vacilante. Tirou um pente do bolso, penteou-se. — Ei! moleque... Por que não se enxuga? Está com nojo da minha toalha? Você também está imundo, já se olhou?

O menino examinou as pernas. Riu:

— É óleo do navio — disse esfregando a toalha na cara. Enxugou os cabelos pesados de areia. E meticulosamente, dobrou a toalha. Devolveu-a ao homem: — Muito obrigado.

— Antes de dar um passo desses a gente tem que ver bem — ponderou o chofer cuspinhando a lasca da caixa de fósforos. — Os prós e os contras.

— É só não se afobar — disse o homem abrindo a porta do caminhão. Voltou-se: — Quer carona, moleque? Então entra. Mas não venha me molhar com esse calção, fica aí encostado na porta.

Ao cruzar os pés descalços, o menino lembrou-se:

— Minhas sandálias — murmurou.

Mas como nesse momento o chofer dava a partida no carro, o ronco do motor abafou-lhe a voz.

— Não posso correr risco, você sabe.

— Ora, velho, não começa... Não pode por quê?

— Tenho a família inteira do meu irmão para sustentar. Três filhos.

— Quantos anos eles têm?

— Os gêmeos já são mocinhos. E tem o mais novo que regula com esse menino aí...

— Então solta tudo no pasto, eles que se virem! Você tem que tratar da sua vida sem pensar nos outros. Os outros que se danem!

O caminhão corria a toda velocidade pela praia ondulada, brilhando sob o sol vermelho. O menino fechou os olhos, oferecendo a cara ao vento quente.

— Então? Aprendeu? — perguntou o homem dando-lhe um tapa no joelho.

— Aprendi o quê?

— A furar onda, porra!

— Ah... Aprendi sim.

— Na primeira vez ele quase se afogou — disse o homem voltando-se para o companheiro. — Mas na segunda vez já se saiu como um peixe. Foi assim comigo quando aprendi a montar. Peguei um cavalo desgraçado de ruim, na segunda volta ele me jogou longe. Fiquei com um medo dos diabos, nunca mais eu montava se não fosse meu pai que me levantou pelas orelhas e me fez subir de novo. Evidente que caí outra vez mas agora já não tinha importância.

— Um primo do Lúcio até hoje está escondido em Goiás por causa de uma coisa parecida — recomeçou o chofer mordiscando a ponta do cigarro de palha. — Ganhou muito dinheiro. Mas acabou gastando tudo com um cão de advogado que não resolveu nada.

— Conheço esse primo do Lúcio, é um calhorda completo, chupador de mexerica. Não se preocupe, velho, se a coisa encrenca, conheço um advogado especialista no assunto... Um puta advogado.

— Meu pai é advogado — sussurrou o menino.

— Olhe esse animal! — gritou o chofer desviando-se de um pescador que atravessou diante do caminhão. — Depois reclamam quando a gente mata um condenado desses!

O caminhão já entrava na vila, contornando o largo da igreja. O homem assoou-se:

— Preciso de uma coisa quente, merda. Vamos no bar do turco — disse, espiando para fora. — E você, moleque, onde é que você mora?

— Lá na praia.

— E o que veio fazer aqui?

— Nada.

— Fazer nada é uma boa coisa — disse ele olhando ainda pela janela. — Mas onde você vai? É ali, velho, já passamos... Vai, volta!

O café de esquina cheirava a aguardente e bacalhau. Um preto de alparcatas vermelhas bebia na única mesa junto da porta, as pernas atravessadas na estreita passagem entre a parede e o balcão. No chão de cimento, batido pelos frouxos raios do sol, moscas voejavam meio entorpecidas. O preto encolheu as pernas para deixar passar os homens. O menino apressou-se em aproveitar a passagem.

— Tudo bem, Mansur?

— A gente tendo saúde — murmurou o dono do bar arqueando as sobrancelhas num jeito de conformação. Enxugou o balcão com um trapo enegrecido. Trouxe dois cálices que acabara de passar debaixo da torneira, encheu-os até a borda. — Essa é a melhor marca da zona, viu?

O homem bebeu até a metade do cálice. Dirigiu-se ao menino, que levantava vagarosamente o pé para esmagar uma mosca.

— Quer um gole, moleque? Vamos, pode beber, não morde! Mais um golinho... Assim!

O menino piscou repetidas vezes, esfregando os olhos cheios de lágrimas. Riu.

— Queima!...

— Pois queima mesmo. Mas não é bom? Mata os micróbios.

— Quer dizer que se der encrenca, eles cobrem a gente — quis saber o chofer limpando a boca no dorso da mão. Aproximou-se mais do companheiro. Deixou o cálice vazio no balcão e baixou o tom de voz: — Não é por nada mas quero tudo bem esclarecido...

— Mas é evidente, você tem razão — concordou o amigo meio distraidamente. Examinava os dois pratos de ovos cozidos em cima do balcão. Um prato era de ovos azuis e o outro de ovos rosados. — Qual deles você quer, moleque? O azul ou o cor-de-rosa?

— O azul.

— Ah, bom, o azul é mais bonito mesmo. Tome — disse atirando um ovo azul ao menino. Cheirou o prato de bolinhos. — Bacalhau?

— Feito há pouquinho, ninguém faz melhor do que minha patroa.

O homem meteu um bolinho na boca. Pousou a mão no ombro do companheiro:

— Não se preocupe, deixe por minha conta que...

— A Rosa, a Rosa da pensão da Musa!... — gritou um rapazinho entrando ofegante no café. — A Rosa foi assassinada, um homem matou ela...

— A Rosa? A Rosa lá da Musa?

— Um homem matou ela, ninguém sabe quem é — acrescentou o rapaz enfiando a fralda da camisa dentro da calça. — Vou avisar a família, que mora na favelinha...

— A Rosa!... — repetiu o dono do bar baixando a grande cara pasmada. — Mas ainda hoje cedo ela veio aqui buscar pão, meu Deus! Assassinada?

— Três facadas nas costas. Vou correndo avisar a família — disse o informante.

E saiu atropeladamente, pulando sobre as pernas do preto de alparcatas que cochilava debruçado na mesa.

— Não é uma escurinha que anda sempre de vermelho? — indagou o homem enfiando outro bolo na boca.

— Essa mesmo — disse o homem do bar. Encheu um cálice, bebeu-o de um só trago: — Bonitinha, não teria mais do que uns quinze anos... Pobrezinha!

— Eu conheço? — perguntou o chofer puxando o amigo pelo braço.

— Não, não conhece, naquela noite ela não estava. Você conhece a Marlene, que é parecida com ela. Mas essa é mais novinha. Vamos lá?

O dono do bar voltou-se para o interior da casa:

— Nina! Vem aqui tomar conta que eu venho já — avisou.

E foi atrás dos dois homens que saíam apressadamente, seguidos de perto pelo menino, que mancava um pouco, segurando o ovo.

Duas mulheres de calças compridas, gesticulando descontroladas, abordaram o homem do bar.

—Também não sei!—exclamou ele abrindo os braços.—Ainda hoje cedo ela foi buscar pão! Conversou comigo tão alegrinha!... Agora é que vamos saber como foi.

Incorporaram-se ao grupo que a passos largos atravessou o largo da igreja: os três homens na frente, as duas mulheres equilibrando-se nas frágeis sandálias de salto alto e o menino um pouco atrás, a camisa aberta toda amarfanhada, o *short* manchado de óleo, a cabeça cinzenta de areia. Enfiou o ovo no bolso e pulando num pé, examinou rapidamente a sola do outro pé. Estava sujo demais para poder distinguir qualquer coisa. Prosseguiu correndo.

Homens e mulheres conversavam em voz alta diante da porta escancarada da casinhola de tijolos, a última da ruazinha estreita. As venezianas da única janela estavam fechadas. O dono do bar abriu passagem:

—A polícia já veio?

—Ainda não—respondeu um homem de chinelos japoneses e calção de banho. Tremia esfregando os braços.—Parece que teve uma outra encrenca no areal, ainda estão por lá...

—Mansur, venha acudir a Musa, que ela está nervosa demais—chamou uma mulher de pijama e cabeleira alvoroçada.—Por aqui, Mansur, depressa!

Na saleta atulhada de móveis e gente, uma mulata gorda gemia estendida numa cadeira. Uma mocinha com a carapinha pintada de louro a abanava com uma ventarola.

—Meu Deus, meu Deus!...

O menino quis aproximar-se mas um homem que vinha com um copo d'água esbarrou nele. Empurrou-o com violência para a cozinha:

—Sai da passagem, sai!

Metade da água do copo caíra-lhe na cabeça. Com a ponta da língua, lambeu uma gota que lhe escorria pelo queixo. Passou a fralda da camisa no queixo. E foi seguindo uma mulher que enveredara em prantos pelo corredor:

—Vão fechar nossa casa! Santiago, onde está você? Vão fechar nossa casa...

—Ninguém deve mexer em nada até que chegue a polícia—avisou um vozeirão.

A cara do menino iluminou-se, não era o homem do caminhão? Avançou pelo corredor, na direção de onde viera a voz. Abriu passagem por entre um grupo de mulheres e enveredou num quarto. Quis então recuar mas a passagem na retaguarda já tinha se fechado novamente. Ficou olhando a mulher nua estendida na cama em desordem, com uma poça de sangue no lençol.

Ele prendeu a respiração. O corpo escuro e roliço estava numa posição tão natural e a expressão do rosto era tão serena, que a mulher parecia dormir. Não fora a grande mancha de sangue enegrecido abarcando o lençol e dir-se-ia que descansava simplesmente, alheada ao burburinho em redor. As vozes no quarto eram em voz baixa.

— Mas e o assassino?

— Quem é que sabe? — respondeu uma jovem mordendo a ponta de um lenço. — Ele perguntou por ela e já foi entrando no quarto. Quando ouvi o grito, corri mas ele já tinha pulado a janela...

— E a polícia que não vem! — reclamou o vozeirão.

Ele levantou a cabeça, quis aproximar-se do homem do caminhão e não conseguiu. Estava do outro lado do quarto.

— Vamos telefonar, velho?

Em vão o menino tentou acompanhar os dois homens do caminhão. A massa compacta abriu para que os homens saíssem e em seguida fechou a passagem.

Lentamente, já sem o susto do primeiro impacto, o menino voltou a percorrer com o olhar o corpo da morta, descobrindo-o com a mesma concentração grave, profunda, com que uma mosca descobria a mão da moça, pendente para fora da cama. Foi erguendo o olhar até o grande quadro que pendia na parede: era a gravura colorida de um São Jorge montado num cavalo branco, a lança atravessando a cabeça de um dragão verde que soltava fogo pelas narinas.

— Que é que esse menino está fazendo aqui dentro!? — exclamou uma mulher entrando aos empurrões. Era a mesma que estava meio desfalecida na saleta. — Vá-se embora, menino! Meu Deus, meu Deus! Era só o que faltava...

Aos trancos, da mesma forma como entrara, ele foi projetado para fora. Quis fugir para a rua mas uma padiola que vinha em sentido contrário, carregada por dois homens, obrigou-o a entrar de costas no quarto defronte. Duas mulheres conversavam sentadas na cama. A mais gorda e a mais loura tinha na mão um copo de cerveja. Os olhos estavam molhados de lágrimas.

— Que é que você quer aqui?!

Ele parou no meio do quarto, com a mesma expressão pasmada que tivera ao ver-se diante da morta. Abotoou a camisa.

— A polícia! — sussurrou a segunda mulher. Correu para fechar a porta. E ficou ouvindo, a face achatada na fresta: — Será que vão querer pegar a gente?

— Mas se nem estávamos aqui — disse a mulher loura enxugando os olhos na barra do lençol. Esvaziou o copo de cerveja. E deteve com um gesto a amiga, que ameaçava pôr o menino para fora: — Deixa, deixa ele! Quando a polícia sair ele sai também, não é, garoto?

A mulher voltou a sentar-se na cama. Lançou ao menino um olhar:

— Depois, cresce e vem aqui matar a gente.

— Não seja burra, Odete. Que é que o garoto tem a ver com isso? Ele vai crescer, sim, e se um dia aparecer por aqui, vai ser bonzinho com todas nós, não vai mesmo, hein? — Voltou a enxugar os olhos. Fungou sentidamente: — Quer um pouco de cerveja, garoto? Venha cá, beba um pouco, faz bem...

— Parece um tatu de imundo — resmungou a outra.

A mulher loura sorriu através das lágrimas.

— Como é seu nome?

— Guido.

— Guido — repetiu ela. — Tome a cerveja, Guido — ordenou desviando o olhar para a porta. Franziu a testa. — Já saíram?

A outra empertigou-se em meio de um tremor.

— Acho que a Musa está com ataque.

— Tudo fita — murmurou a loura. Olhava o menino beber. Suspirou. E recebeu o copo vazio. — Estava bom, Guido?

— Estava. Muito obrigado!

— Ah! viu que educadinho? Então pode ir embora, Guido — disse ela arqueando as sobrancelhas nostálgicas. — Feche a porta quando sair.

Ele espiou o quarto da morta, estava quase vazio. Teve um olhar para a cama com o colchão de listas exposto. Desviando-se das pessoas que ainda trançavam pela casa, chegou à rua. Ficou um instante imóvel na calçada, ouvindo o rumor de colmeia alvoroçada. Desatou a correr. Quando atingiu o jardim parou. Anoitecia. Um casal de namorados conversava em voz baixa no banco diante do chafariz. Lançou um olhar ao céu onde luziam as primeiras estrelas, e prosseguiu correndo até a porta do café. O caminhão tinha desaparecido. Olhou lá dentro. Três desconhecidos conversavam animadamente. Falavam sobre o crime.

Ainda uma vez lançou um olhar para o lugar onde o caminhão estivera parado. Afastou-se mancando um pouco, atravessou o largo e enveredou pela longa rua principal da vila. Olhava as pessoas. As casas. Mas não se detinha. Quando atingiu a praia, arrefeceu a marcha. Examinou com uma expressão deslumbrada a areia alvíssima, batida pela espuma do mar. Voltou-se para ver os carros que passavam ao longe com seus faróis desvendadores. Um deles devia ser o carro do pai a procurá-lo. Vai me achar, pensou. Tirou o ovo do bolso, descascou-o e comeu-o voraz. Enfiou a mão mais para o fundo e trouxe o pedaço de bombom esmagado contra a concha. Comeu-o lambendo os dedos. Sentou-se molemente ao lado de uma pedra. Desdobrou o mapa úmido, pesado de areia. Nele restara apenas a sombra descorada da cruz feita com lápis vermelho. Amarfanhou-o, transformando-o numa bola que atirou longe. Sorria quando deitou-se na areia fofa e fechou os olhos para dormir.

Negra Jogada Amarela

— Veeera! Vem brincar!...
No fim da tarde o chamado parecia comprido como aqueles longos fios de bala de alfenim, um doce que saía do caldeirão borbulhante e era despejado no mármore amarelo de manteiga para logo ser colhido nas mãos também enlambuzadas, lustrosas como o mármore. E toca a puxar, puxar até o fio ir ficando esbranquiçado, fita acetinada que o braço media estendido. E recolhia rápido antes que ela afrouxasse um pouco mais e a massa flexível cristalizasse seca feito pedra, ô Deus! Açucarou? Então minha mãe se retesava inteira, dura como o doce. Respirava fundo. E recomeçava tudo de novo, o caldeirão. O ponto exato em que o doce devia ser despejado no mármore, as mãos amarelas de manteiga já prontas para receber a massa ardente, unhas e dedos se avermelhando na tarefa que nos arrancava gritos de dor, Depressa que já vai açucarar!
Ainda não. A voz pastosa vinha frágil como aquela fita de açúcar distendida no ar. Eu tirava do prego a chave do portão da minha casa, um portão preto com grandes rosáceas de ferro selando lá no alto cada ponta da grade. Ia buscar o pedaço de carvão. Escolhia no quintal a pedra rasa, de preferência oblonga para não rolar, o material era meu. Quando chegava na calçada, Kalina já estava me esperando. Não era nem branca nem preta. Nem bonita nem feia. Os dentes miúdos, irregulares, pareciam excessivos para o curto espaço da arcada, o lábio superior também curto, franzido no esforço de esconder a ponta dos dentinhos. Me lembro dos seus olhos de grandes pupilas negras, fixas como as pupilas dos bois: atentos, sim, mas guardando sempre uma certa distância.
— O que a gente vai jogar? — eu perguntava.

Pergunta que fazia parte do ritual, porque se eu trazia o carvão e a pedra, só podia ser o *jogo da amarelinha*. Ela se punha de joelhos, atirava as tranças para as costas e com o carvão ia traçando as linhas na calçada. Era rápida, segura. A mão experiente riscava em primeiro lugar as duas trilhas de quadrados paralelos. Em cada quadrado, o número que ia de um a dez, números grandes demais para os quadrados amontoados como seus dentinhos. No alto, com a imponência de um diadema coroando os últimos números, ficava o céu e o inferno. Com o purgatório no meio, estreito naco de espaço que servia de descanso para quem conseguisse chegar até lá, pulando num só pé e chutando a pedra de número em número. De casa em casa, sem erro: se a pedra ou o pé caísse no meio do risco, o jogador queimado teria que voltar e recomeçar novamente. Um jogo parecido com aquele doce da paciência, mais do que da paciência, da intuição — não era estranho? Eu tinha que ter a ousadia de um vencedor. Ao mesmo tempo ser humilde, me banhar na inocência, nem timidez nem soberba que a confiança em excesso tirava o senso da medida, perigoso estimular demais o jogador que pode ficar imprudente, se descobrir — ô Kalina! A paixão. A cólera. O riso fácil, o choro mais fácil ainda. O pânico. Se não me esfriava no cálculo, a pedra passava dos limites, saltava quadrados, varava céus, infernos e a jogada estava perdida. Esse nome *amarelinha* vinha da minha cara amarela de medo? Mas esse jogo sempre existiu muito antes de mim, com outras caras antiquíssimas jogando com uma Kalina atenta mas não envolvida. Fazia o traçado, cruzava os braços e ficava ali ao lado, o labiozinho nem piedoso nem irônico, Vai, Vera! Joga!

Eu obedecia. O jogo tinha regras próprias, diferente das outras *amarelinhas* do bairro. Eram outros também os prêmios. Apenas não variava a curvatura do diadema com seus anjos e demônios que não ficavam parados em suas casas, ao contrário, trançavam pelo caminho se renovando num rodízio imprevisível. A pasmaceira às vezes. E de repente a emoção soprando no meu peito um fogaréu quase insuportável, os olhos ardentes, as mãos geladas. Quando chegava ao inferno ou ao céu, o que de certo modo dava no mesmo, eu já estava arquejante. Só o purgatório era a trégua. Espera um pouco, eu dizia. Kalina esperava mas eu sabia que se abusasse perdia pontos que ela anotava de memória, tinha uma memória prodigiosa.

Outra singularidade desse jogo: enquanto lá estava eu aos pulos, chutando a pedra, nunca me dava conta se perdia ou ganhava, sem perspectiva para avaliar o que estava acontecendo. Me alegrava, me entristecia, ficava humilde, investia com insolência — mas se me perguntassem se estava feliz assim em cima da hora, em cima do número, não saberia responder. Em vão me virava para Kalina com seu labiozinho que não aprovava nem repreendia, as pupilas de fatalidade aguardando a vez. Em vão minha mãe recomendava da janela que eu tivesse cuidado, que não sujasse o avental de carvão. Cuidado ainda com as unhas, aquela fina poeira negra que entrava debaixo da cutícula, entrava fundo — ô mãe! Mas era possível jogar de mãos sempre limpas?

Os números preferidos. Os números temidos, mas quem me avisou que o seis era o número do diabo? Perguntei a Kalina. Ela comia um doce de batata-roxa: "Se você virar o seis de cabeça para cima ele não fica nove?". Eu quis então saber se o nove era de Deus e ela encolheu os ombros, desinteressada: "Vai, joga".

Quando a luz acendeu, ele disse, Vai, levanta. Nesse instante me lembrei de Kalina.

Estávamos num cinema onde tínhamos visto, de mãos dadas, *Hiroshima, Mon Amour*. Limpei as lágrimas, tudo me comovia até as lágrimas.

— Não posso nem chorar sossegada?

Ele me beijou na boca.

— Acho que você vai querer ser amada por um japonês igual ao da fita, todas as mulheres agora vão querer ser amadas por um japonês.

Procurei o lenço no bolso da capa. Devia ter ficado na cama, ô Deus! e também o pente e os cigarros. Mas ele estava ali. Abracei-o com força e quis subir na cadeira, no teto, me equilibrar no para-raios e gritar trespassada de tempestade, estou apaixonada, ESTOU APAIXONADA! Quando saímos, agarrei-me nele, Vamos, me leva que agora sou cega, não enxergo mais nada, fiquei cega! Na rua, me dependurei no braço dele, não posso mais andar, me carrega que a minha perna, minha perna!... A chuva, as pessoas passando e ninguém se importando, mas quem se importava com dois jovens loucos que tinham pela frente a eternidade? Eternos nós dois, eternos e sós na noite. No mundo. Na esquina, o café sujo e quente. Olhei minhas unhas limpíssimas.

— No amor elas ficam limpas.

— Quem? — ele perguntou.

Tiramos nossas capas. Ardia minha cara vermelha, estufada. Sentamos na mesinha colada à parede e tão perto da outra mesa que o espaldar da cadeira do meu vizinho friccionava na minha cadeira: me sacudia com seu riso e estremecia com seus gestos como se estivesse sentada em seu colo. No rádio de pilha em cima do balcão começou a música altíssima — um bolero? O garçom passou no oleado da mesa um pano mais sujo ainda do que o oleado e que levou de cambulhada palitos e cinza de cigarro, os antigos ocupantes se palitaram com veemência. E fumaram sem parar, os assentos das cadeiras estavam quase fumegantes quando nos sentamos, nossos joelhos se procurando e se encaixando devagar, ficamos sérios. Apoiamos os cotovelos na mesa, que exalava um cheiro úmido, É de rato? — ele suspeitou. Contestei rindo, o cheiro vinha do bolor do trapo. O espelho da parede com manchas porosas estava ocupado por um anúncio de vermute escrito com letras amarelas, vi no espaço entre as letras pedaços da minha cara que fulgurava estilhaçada, cheguei a me esconder com a mão porque não queria que me descobrissem assim faiscante, coberta de pedrarias de todas as cores, pulsando dementado o coração lapidado em Amsterdã, lava acesa de vulcão, quina de estrela — eu te amo. Eu te amo, fiquei repetindo em voz alta, mais alta do que o bolero onde o amante avisava à fugitiva da barca que ela podia se perder nos *mares de loucura* e não tinha importância. A menor importância, para sempre ele estaria ali esperando de pé na praia, varrido pelo vento, a cara branca de espuma, ô! fidelidade.

Brilhavam os olhinhos de rubi dos pequenos crânios dos chaveiros dependurados entre caixas de cigarros e chicletes, cada chaveiro, um craniozinho pálido com seus olhos sem expressão. Atrás de mim, o homem riu e a cadeira se enroscou na minha, tão amontoada a fileira das pequenas mesas quadradas, onde? Onde? A Kalina, eu pensei e molhei a ponta do dedo no vinho e perguntei que número ele queria dar à mesa. Ele inclinou-se para examinar o oleado encardido.

—Ela já tem número, olha aqui o número.

Sopro a cinza do cigarro que caiu no meu peito. Cinza, cinza. Olho para a janela num susto. Kalina ressurge do fundo do tempo — ou ela é o tempo? O chamado vem mais forte, se estendendo alongado como o fio do doce quente: "Veeera!...". Tão agudo o chamado que chego a me levantar — outra vez?! Revejo o portão com suas rosáceas, minha mãe e o caldeirão borbulhante, também o meu peito queimando de ansiedade, Vem brincar!...

Fecho a janela, fecho o peito mas o carvão já recomeçou a

traçar rapidamente os quadrados na calçada, o labiozinho curto repetindo implacável, Vai, joga.

Espera — eu me surpreendo dizendo e sinto de novo minha cara amarela diante dos números encarvoados, desafiantes, abertos na minha frente. Espera — eu repito fazendo o gesto convencionado, pedindo tempo ao armar um *T* no ar. Tomo fôlego. Aperto a pedra na mão. E concentrada, aos trancos me atiro na trilha dos quadrados, pulando num só pé e chutando a pedra, o medo, e se ela cair no inferno lá adiante? Kalina não intervém, só ordena: Vai, joga.

O Muro

Quando ele abriu os olhos viu o vulto esfumaçado, apenas um vulto em meio da sombra cinza-verde, o enfermeiro? Ouviu a própria respiração difícil, rastejante como se viesse de longe por um caminho ardente.
— Água — ele disse.
O vulto desfocado aproximou-se e apertou-lhe a mão. Quis reter essa mão, que era forte e calma. Mas teve pudor, quem queria ficar segurando a mão de um velho? E de um velho que ia morrer. Afrouxou os dedos. O enfermeiro inclinou-se mais.
— Está sentindo alguma dor?
A voz profissionalmente atenciosa tinha uma ponta de impaciência, até quando?! era o que devia ter perguntado. A demorada agonia. Dor? Não. Não mais a dor, agora que parecia pairar alguns centímetros acima do próprio corpo escaldante — assim se sentia, um pouco acima do próprio corpo. Mas com a aguda memória da sede. Tentou erguer a cabeça quando adivinhou o algodão embebido em água pingar delicadamente na sua boca, as gotas buscando as gretas como chuva em terra seca. Cerrou os olhos e olhou para dentro de si mesmo, ah se pudesse ficar até o fim fazendo girar devagarinho o caleidoscópio com as imagens do antigo quintal da sua casa, podia ouvir até o murmurejar fresco da água correndo debaixo das jabuticabeiras. Os latidos dos cachorros. Na cozinha, as vozes se aquecendo em redor do fogão de lenha, vozes ainda roucas porque estava amanhecendo. Girou o caleidoscópio mais para a direita, de novo o fio d'água. Às vezes, uma abelha ou uma borboleta rodopiando na superfície, espera que te salvo! Com a ponta de um pequeno galho ou de uma folha, tirava a borboleta para secar

em lugar seguro, longe das galinhas. Dos cachorros. Bafejava em suas asas, vai, voa! Agora era um besourinho que vinha boiando de costas, pedalando no ar, espera! A fita d'água era estreita mas a umidade se alargava generosa até o canteiro dos amores-perfeitos, que exibiam com arrogância as caras mascaradas de roxo, ao contrário das violetas, que se escondiam debaixo das folhas, precisava abrir os tufos para colhê-las lá no fundo, o perfume forte de mistura com a terra. Armava o ramo entremeado de folhas sobre as quais fazia pousar as tímidas cabecinhas roxas, que não voltassem a se esconder de novo. Os caules apertados no barbante.

— Mãe, bota no seu santo!

O enfermeiro voltou-se para o doente, delirava? Tocou-lhe a testa. Agora estava sem febre, frio como se o sangue fervente tivesse de novo se esvaído do corpo, que parecia apagado, sem aquele brilho de brasa. Duraria até a noite? E o enfermeiro olhou o pequeno relógio de cabeceira. Sentou-se na poltrona ao lado e abriu o livro, lia um livro de histórias policiais.

— Não vá me sujar essa roupa até a hora da missa — disse a Mãe arrumando as florinhas no copo. O fogão aceso e as pessoas em redor do fogão com a lenha estalando, era cálido o som das vozes se desembrulhando na manhã como as asas dos insetos secando ao sol. As fagulhas. A fumaça. André enfiou debaixo da cinza esbraseada uma batata-doce, o André menino, longe ainda a briga e a facada no bordel da Luisona. Me dá um pedaço, André? A Mãe justiceira, empurrando-o para fora, "você já comeu a sua batata, não comeu? Deixa seu irmão comer a dele em paz". Na lente do caleidoscópio André se desintegra de repente, os fragmentos vermelhos, sangrando por todos os lados mas bastou um ligeiro movimento e as peças se buscaram e se juntaram para formar uma outra imagem com a cachorrada se espojando debaixo da rede, gostavam de ficar se espojando e se mordendo. Às vezes a mordida era mais dolorida, ganiam, mas sabiam que a brincadeira era sem intenção, impossível separar a violência da alegria. O Pai interferia, enérgico, os cachorros estavam abusando, "parem com isso, sumam todos!". Sumiam. Para voltar em seguida, Mimoso com uma folha seca na boca, estava sempre mastigando uma folha. O Pai lia o jornal bem mais grosso do que nos outros dias, era domingo. O Avô ficava de pijama de flanela e chinelos até a hora do almoço mas o Pai costumava se vestir assim que se levantava. "Hoje o Avô vai me levar no circo?", perguntou e o Avô fingiu que não ouviu a pergunta, foi o Pai que respondeu: "Só se você for um bom menino". Quis saber como era um bom menino mas se distraiu com

André que passou correndo, soprando nas mãos a batata quente, pensou em avisar, Cuidado, André, fica em casa esta noite, não saia hoje! mas a composição da morte e do resto ainda estava por se fazer lá no fundo do vidro, esta era a hora da batata quente e da jabuticaba madura que o Avô queria alcançar: "A carga vai ser uma maravilha este ano! Vamos, seja um bom menino, pegue aquela pretinha mas não deixe cair as verdes, cuidado!". Um bom menino devia ser isso, colher frutas para os grandes e não subir no muro para espiar o que tinha do outro lado — mas o que tinha do lado de lá? Viu o Avô se enredando nas folhas e ao invés de ajudá-lo seguiu o voo em espiral de uma abelha.

— Do que o Avô gosta mais, de jabuticaba ou de Deus?

O enfermeiro assustou-se quando ouviu só a palavra *Deus*, que saiu forte como da boca de uma criança.

— O senhor quer que chame um padre?

No silêncio do quarto a respiração do agonizante forcejava por abrir caminho no peito com a mesma tenacidade da mão do Avô tentando se desvencilhar da folhagem fechada para alcançar o ramo no alto, quase tocou a fruta, um pouco mais! O enfermeiro abriu-lhe as pálpebras com a ponta dos dedos. Inclinou-se para repetir de novo se queria que chamasse um padre, por acaso queria um padre? "Feche a mão se quer um padre, esta mão aqui!" A mão permaneceu imóvel ao longo do corpo, apenas um dedo — o indicador — esboçou um movimento que podia significar *não*. "Não atormenta, vai, suma!", gritou o Pai para o cachorro, que provocava a galinha de crista acesa atrás da tela de arame do galinheiro. Espavorido, um pintinho varou o arame e veio ao encontro da cachorrada, o Pai teve que correr para jogá-lo de novo debaixo da galinha, mas o que tinham hoje esses bichos? "Vem tomar café, menino!", chamou a Mãe e o cheiro de café quente. Gritou quando Mimoso o atacou pelas costas, quis agarrá-lo e recebeu em cheio a lambida na boca, examinou o fundilho da calça, rasgou? A Mãe com o avental de morangos bordados no bolso, dela recebeu a caneca de café com leite, e o André? Ele foi comer a batata escondido só pra não dar pra gente! denunciou e a Mãe o encarou, severa, defendia o André como se adivinhasse que uma noite, no bordel da Luisona: "Você já comeu a sua batata, não comeu? Deixa ele quieto". Os cachorros chegando afobados, famintos, mas como souberam que a vasilha deles estava cheia? Miolo de pão dissolvido em leite morno. A briga. A dentada. E logo os focinhos mergulhavam bem comportados na vasilha. O barulho ansioso das línguas, também ele fazendo barulho ao sorver o café. A faca com seus dentes miúdos deixava sulcos ondulados na camada de manteiga que a Mãe ia passando no pão, feito um arado. Olhou lá fora o muro de tijolos vermelhos. Tão alto. Mas o que tinha atrás? "O muro, não", a Mãe avisava. O muro era proibido, ah, se pudesse fazer um buraco para espiar o quintal desse vizinho que não via nunca, quem era ele? Árvores, sim, podia ouvir o barulho da folhagem na ventania. E além das árvores?

— O muro.

A voz saiu rasteira mas nítida. O enfermeiro descansou o livro nos joelhos e teve um olhar indiferente para os próprios sapatos de lona branca. Tirou um pedaço de algodão que se prendera à barra da calça, rodou-o nas pontas dos dedos e fez pontaria na direção do vaso de rosas vermelhas em cima da mesa. As rosas estavam enegrecidas, murchas. Seria delas esse hálito obscuro que sentia às vezes? Ou era o hálito da morte tecendo o seu casulo em redor da presa? Um fino casulo de aranha soltando seus fios cinzentos, esféricos — como conhecia esse cheiro. "O muro", ele dissera. Virou a página do livro com um gesto brusco. Dilatou as narinas e levantou a cabeça na direção das flores, o cheiro era o mesmo de verde corrompido, os caules apodrecendo na água estagnada — mas que corja! Tanto empregado e ninguém para trocar a água do vaso, a casa morria adiante do dono.

— Que muro? — lembrou-se de perguntar ao doente mas sem interesse pela resposta. Levantou-se para preparar a seringa.

"Cheira", disse o Avô triturando nos dedos a folha de eucalipto. Quis aspirar mais demoradamente o perfume e sentiu o cheiro de éter, hora da picada? Chega, tentou dizer. Tão poderoso o éter que vinha como o arauto de armadura e estrela cinzenta na testa, galopando nas nuvens, fiapos de nuvens, frio. Frio. O ritual.

— Até quando? — murmurou num esgar de desgosto.

— Perdão se doeu — desculpou-se o enfermeiro levantando a seringa. Esfregou o algodão na mancha roxa do braço, cobriu-o: — Vai se sentir melhor!

"Se me deixar morrer em paz." A ciciante paciência da equipe mascarando a impaciência, o cansaço, mas não estava na hora? "Também acho que sim, meus queridos." Mas toda aquela gente eficientíssima que parecia crescer à medida que suas forças diminuíam, as contradições: ansiavam por vê-lo morto e ao mesmo tempo com que calculada ferocidade se empenhavam na luta, retardar a chegada da última visitante — sonhou ou leu em algum livro? A moça de vestido verde-musgo, chapéu de feltro verde e o pequeno véu. Familiar mas discreta ao estender gentilmente a mão enluvada, "vamos?".

— Espera.

Não era estranho? Estava lúcido apesar da injeção. Um lúcido espectador de si mesmo, já aplacadas as dores físicas e as outras — nenhum sofrimento? A vantagem do dinheiro. Que não conseguia mais disfarçar a irritação em redor, ele próprio um espectador enervado com um jogo que perdeu o interesse. A filha podia vir de Genebra (não viria) e atirar-se chorando em seus braços (não se atiraria) que nada mais conseguia emocioná-lo. Nenhuma importância. Importante era agora essa imagem que se formava na lente mágica, transparente como a própria manhã. Bichos, pessoas, planos. O quintal. A vida no futuro, intocada. Plena. "Olha lá um anjinho voando", disse o Avô voltado para o céu. "Tem um anjo e um diabo, está vendo? o diabinho despencou e vem vindo, ih! vai cair em cima da gente, ih!..." Ele agarrou-se ao Avô gritando e rindo mas o Pai estava sério: "Depois esse menino não dorme de noite, olha essas histórias!". O Pai trouxera o cavalete e as tintas, pintava os potes de samambaia. Multiplicaram-se as falas na cozinha, todos acordados e o sol. A galinha vermelha investindo contra o Avô, que foi apalpá-la no balaio, era ovo que vinha por aí? Tinha paixão por gemada com vinho do Porto. Pela janela aberta da cozinha os fragmentos das vozes que subiam e baixavam com o fogo: a toalha que a Avó ia fazer para o altar-mor tinha uma hóstia coroada de raios de sol bordados com fio de ouro, o que ia ficar caro. Fechou-se a janela e as vozes ficaram impossíveis através da vidraça, agora via o irmão revolvendo com um graveto a cinza do fogão — o que procurava ainda? Lembrou-se de avisá-lo, que não saísse esta noite, não esta noite, André! Mas era apenas um menino, o bordel da Luisona nem existia, nem o bordel nem a faca, não era o futuro que ele procurava debaixo da cinza quente, era uma outra batata, e o circo? O Avô tentando descobrir o ovo. O ovo de madeira polida no cestinho de costura, com ele a Mãe cerzia as meias.

— E o muro?

Era proibido. "Mas por que não pode, por quê?", ele perguntava e a Mãe dava respostas evasivas mas enérgicas, as mãos pequenas, o cheiro de sabonete, seria bonita? Me conta então a história, o pai largou Joãozinho com Maria lá no mato, não largou? O pai era ruim, todo mundo é ruim assim? A resposta veemente, tamanha fé: "Todo mundo é bom, filho. Às vezes a gente fica ruim mas passa".

— Procure dormir um pouco — pediu o enfermeiro. — Não quer dormir um pouco?

Dormir. Queriam que ele dormisse, o tempo todo que dormisse. Sim, logo logo um sono profundo. Antes, queria o muro,

olha o muro com seu mistério, escondendo o quê? A vontade de ficar ruim só o tempo suficiente para pegar a escada, subir e espiar.
— O quê?
— Está certo, mas agora vê se dorme.

A única goiaba madura foi o Avô que colheu, o olho azul não deixava escapar nenhuma fruta. Tirou do bolso o canivete de picar fumo e deu-lhe a metade, a casca estalando de amarela, a polpa vermelha, quente, bicho e caroço, tudo uma coisa só. A Mãe apareceu na janela, por onde anda o Mimoso? Ele olhou em redor, espantado, mas o Mimoso não estava agora mesmo aqui? Assobiou, chamou, procurou pela casa, espiou debaixo dos móveis, correu até o porão — mas onde estaria esse cachorro? Voltou ao quintal, sacudiu a rede onde ele gostava de dormir, foi ao quarto de despejo, remexeu a palha onde encontrou um osso e uma folha meio mascada, ficou chorando e olhando a folha, onde?! A Avó foi ver no cesto de costura onde ele ia sempre fuçar as linhas. Por acaso já tinham espiado (credo!) lá dentro do forno? Ele chorava alto, agarrado às pernas do Avô, o Mimoso, o Mimoso!... O Pai pediu calma, nada de perder a cabeça, era preciso procurar com método, "com método!". Se não estava na casa tinha que estar no quintal, ninguém some assim. "Já viu naquele caixotinho, menino?" Procurou no caixote, levantou panos, peneiras, cestos. Voltou-se para o muro: e se ele tivesse fugido pelo muro? "Mas cachorro não é gato!", disse o Avô tropeçando na cachorrada, que corria de um lado para o outro latindo. Alguém lembrou, tinha um buraco na tela de arame do portão, ele podia ter fugido pelo buraco, não podia? Então começaram os latidos miúdos, afastados. Em silêncio, sem pressa todos foram se voltando para o muro, a cachorrada subitamente estática, os gestos cristalizados no ar. Ouviu as batidas do próprio coração e elas eram mais fortes do que os latidos no quintal do vizinho. "É ele!", disse a Mãe e foi correndo buscar a escada, encostou-a no muro.

— Deixe eu arrumar o travesseiro, não está melhor assim?

Não, não estava, estava melhor antes. Fechou os olhos. O movimento o obrigara a desfocar a lente, onde mesmo? Ah, subia na escada, que lhe pareceu enorme, e altíssimo o muro vermelho. Montou nele e olhou: do outro lado só a folhagem compacta, banhada de sol mas nem o sol varava o emaranhado de cipós e folhas. O latido ficou mais próximo, mais nítido, É você, Mimoso? É você? Então viu o cachorro, carregado em triunfo, romper o tecido da folhagem e subir até a altura onde ele estava. O portador — quem? — entregou-o num gesto de oferenda. Apertou-o contra o peito, chorando-rindo, a cara inundada. Quis ainda vislumbrar alguém mas a folhagem já se fechara como uma cortina. Agora o cachorro lhe lambia os olhos, as orelhas, Não me morda seu fujão, fujão! A Mãe bateu palmas com entusiasmo, como se assistisse ao final de uma peça e voltou para a cozinha, seguida por André, que dava cambalhotas e gritava, queria o circo, o circo! O Avô foi se vestir, a Avó chamando, a missa! O Pai ameaçou a cachorrada, "vocês todos quietos, chega!". Retomou o pincel e teve então a ideia: "Espere, filho, fique aí no muro assim mesmo como está que vou fazer seu retrato, vamos, segure o Mimoso com esta mão... mas segure firme. E pare de olhar para o outro lado, você pode cair!". Riu do Pai, cair? Nunca se sentira tão firme como agora, cavalgando o muro, que fácil o muro! E que grande o quintal desse lado com as copas das árvores tão compactas que formavam um chão verde, poderia sair correndo em cima desse chão brilhante de sol — lá vou eu!...

— Está me ouvindo? — perguntou o enfermeiro inclinado sobre o doente: mas que expressão era aquela? Nunca vira antes uma expressão de tamanho deslumbramento. Enxugou-lhe os olhos na ponta do lençol, não era mesmo estranho? Aquele brilho nos olhos e a boca. Tomou-lhe o pulso demoradamente e deixou cair o braço hirto ao longo do corpo. Empurrou-lhe o queixo para que fechasse melhor essa boca entreaberta numa curva de secreta alegria. Desviou o olhar para o relógio de cabeceira: morreu antes da noite, conforme calculara. Alisou as cobertas e pensativamente arrumou-lhe as mãos em cima da dobra do lençol. Fechou o livro que deixara na poltrona, guardou-o no bolso. Fechou a caixa de injeção em cima da mesa.

— O muro — o doente ainda disse num sopro.

Mas o quarto já estava vazio.

Hô-Hô

Quando ele tinha quatro anos, sentava-se diante do espelho e ali ficava fazendo caretas. Gostava de fazer cara de diabo: espetava os dedos ao lado das orelhas, punha a língua de fora e envesgava completamente: bu!... bu!!...

A mãe, uma viúva tristíssima que falava com voz de choro mesmo quando pedia que lhe passassem a manteigueira, voltava para o céu o rosto macerado:

— Será que ele vai ficar vesgo, meu Deus?!

Natércia, sua irmã mais moça, animava-a distraidamente. Era uma solteirona gorda, loura e sentimental:

— Ah, que ideia!... O menino tem um estrabismo lindo. O olhar fica tão profundo!...

Por essa época, Natércia já tinha herdado uma fortuna bem razoável de um primo padre, que a desejou em segredo quando ambos ainda eram adolescentes. A surpresa foi ainda maior do que a alegria que teve ao se saber a única beneficiária no testamento do primo. "Mas ele nunca falava comigo, mal me cumprimentava, desde menina eu sempre achei que ele tinha até raiva de mim..." Com isso, não inseriu na sua vasta coleção de admiradores e noivos o único homem que realmente a amou.

Assim que se viu de posse da fortuna, ela quis realizar um antigo sonho: viajar pela Itália. E em Veneza, com um romantismo até então só possível no cinema, conheceu um ardente marquês italiano que se declarou em plena gôndola, mordendo um cravo vermelho. E que desapareceu misteriosamente na véspera do casamento, levando-lhe dinheiro e joias.

Natércia arrumou as malas para a longa viagem de volta.

Chorou ainda alguns meses, compôs algumas valsas, engordou alguns quilos e em seguida, entre um bombom e um suspiro, mudou-se para uma fazendola que recebera também na herança. Foi aí que lhe chegou a carta da irmã viúva, uma carta desesperada, borrada de lágrimas, e na qual a mulher expunha sua situação: "Por mim, não me importo, você sabe, mas tenho um anjo de cinco anos para criar. E pressinto a hora em que ainda vai nos faltar o pão. Ontem, ao voltar do banco com as tristes novas, se encontrasse um vulcão pela frente, juro que me atiraria dentro!".

Natércia ainda chorou um pouco ao associar o vulcão ao marquês. Em seguida, ligeiramente mais reconfortada, respondeu à irmã: "Mas venha, querida, venha morar comigo. Gabriel vai adorar a fazenda. Vocês poderão ficar aqui a vida inteira".

Mãe e filho chegaram num Sábado de Aleluia. Natércia apertou o sobrinho nos braços e pôs-se a chorar. O que é que aquele menino tinha que lembrava o marquês?!

—Mas como ele está lindo com esses cabelos encaracolados e vermelhos... E tão quietinho!

A viúva estendeu-se no sofá e cobriu os olhos com um lenço barrado de preto. Estava sempre exausta.

—É que ele está estranhando a casa. Amanhã você vai ver.

Natércia fez um muxoxo. A boca pequenina e polpuda ficou menorzinha ainda ao tomar o formato de um coração.

—Ah, meu bem, você continua pessimista. Tão pessimista!

—Então espere só.

E de fato, logo no dia seguinte, Natércia levou o segundo grande susto da sua vida: o sobrinho desaparecera de manhãzinha, sem deixar vestígios.

—Isso das pessoas sumirem sem nenhuma explicação!... —soluçava ela sentidamente, enxugando as lágrimas num lencinho minúsculo, com uma pequena gôndola bordada num canto.—Podia ter dado uma satisfação, não podia? Ao menos uma palavra...

O almoço já esfriava na mesa e as duas mulheres ainda corriam pelas redondezas, chamando-o aos gritos:

—Gabriel! Gabriel!...

Natércia ia na frente, ofegante, limpando no lencinho o rosto redondo. Atrás, pálida e calma, de uma calma atroz, ia a viúva. A voz era um fio dilacerado:

—Filho...

Quando o menino apareceu com a roupa cheia de carrapicho e lama, a viúva fez um "oh!" e desmaiou docemente sobre um tufo de samambaias. Natércia ajoelhou-se e pousou a cabeça da irmã no regaço. Deixou pender os braços ao longo do corpo para melhor viver o patético daquele momento. E ao passar o lencinho na fronte da irmã, imaginou-se uma frágil enfermeira num campo de batalha, com a cabeça do marquês sangrando sobre seus joelhos.

— Está melhor? Está melhor?...

A uma certa distância, o menino assistia à cena atentamente. Mas de repente, desinteressou-se.

— Ela tem sempre disso... — advertiu tirando os sapatos e mergulhando os pés num ribeirão que passava próximo. Ficou a olhar para os pés. E inesperadamente, soltou seu grito de alegria: — Hi-hô-hô!...

A viúva já voltava a si:

— Filho...

Ele meteu a cara na água. E abrindo os braços, desatou a correr em zigue-zague pelo campo. Seu grito era vermelho e áspero como seus cabelos:

— Hi-hô-hô! Hi-hô-hô!...

A viúva gemeu um "meu Deus!" num tom da mais profunda exaustão. E levantou-se penosamente.

— Acho que não terei forças para criá-lo.

— Ah, que ideia! Criança é assim mesmo, meu bem. Se nós, ai de nós! cometemos ainda tantos erros... — E uma ligeira nuvem toldou os olhinhos redondos de Natércia. Cruzou as mãozinhas gorduchas sobre os seios. — Quanto mais esse inocentinho... Apenas não permitirei que faça amizade com o Teófilo — acrescentou com energia.

E prometeu à irmã tomar providências sérias nesse sentido. Mas como era muito distraída, no dia seguinte já sorria enlevada ao ver o sobrinho brincando com Teófilo, o filho do administrador, um menino de olhar astuto e mãos de velho. Ficaram amigos inseparáveis. Fraternalmente, dividiam tudo entre si, desde o toco de cigarro, fumado atrás do paiol, até os lambaris pescados no ribeirão: dividiam tudo, sim, menos a responsabilidade das diabruras mais graves, que quando se tratava de culpa, esta ia inteira para os ombros de Teófilo.

— Foi o Teo, foi o Teo, eu não queria... — choramingava Gabriel a apertar os olhos secos.

A viúva tomava uma dose dupla de calmante — estava sempre às voltas com calmantes — e ia se deitar, aniquilada.

— Resolva por mim, Natércia, resolva...

Natércia franzia a boca, que se reduzia a um pontinho no meio da cara traçada a compasso. E recorria então à medida extrema: proibia Teófilo de voltar à sede e trancava o sobrinho no quarto dos arreios, onde ele ficava horas e horas entregue à sua ocupação favorita: caçar as moscas que passavam os dias estateladas no paredão batido de sol. Ficava imóvel, a respiração suspensa, a mão em concha parada no ar. E de repente... zás! Agarrava uma mosca. Em primeiro lugar, arrancava-lhe as asas, que era bem divertido vê-la rodar na poeira com um zum-zum de avião. Em seguida, lentamente, com os dedinhos mais hábeis do que uma pinça, ia arrancando as patinhas do inseto, primeiro uma, depois outra, tudo feito assim com requintada delicadeza.

— Será que ele vai ser médico, será?... — suspeitou Natércia ao encontrá-lo, certa vez, muito entretido nessa operação. — Não pode haver uma carreira mais sublime.

A viúva ergueu o olhar martirizado:

— Mas os médicos têm uma vida tão sacrificada!

Ele então deu um pontapé na canela da tia, que quase desmaiou de dor:

— Vou ser chofer de caminhão! Burrrrrr... Hi-hô-hô!... Hi-hô-hô!...

Quando ele completou oito anos, até a mãe também o chamava de Hô-Hô. Fora a última a resistir contra o apelido, "tão rude, meu Deus, tão selvagem, e o nome dele é tão bonito!". E contava o sonho que tivera antes de Hô-Hô nascer. No sonho, aparecera-lhe o Arcanjo Gabriel, todo vestido de branco, com uma espada na mão. "Seu filho será Gabriel", disse o arcanjo num tom grave e triste. "Mas tão triste", afligia-se a viúva. "Tão triste!"

Natércia abotoava a boquinha num muxoxo:

— Anjo está sempre triste mesmo, querida. Vá ver que eles gostariam de ser gente como nós... — refletiu mastigando um caramelo. — Anjo deve ser triste e gordo de tanta ociosidade. Tomar conta da gente não adianta, que quando a gente tem que errar, a gente erra mesmo, ainda que todos os anjos do mundo estejam em redor...

Calou-se com uma expressão ressentida, a olhar-se meio distraidamente no espelho. Limpou com o dedo mínimo as marcas de chocolate que lhe ficaram nas comissuras dos lábios.

— Essa vida assim sem um objetivo, sem um ideal, entristece e engorda... — prosseguiu depois de algum tempo. E a viúva já não sabia se ela agora se referia aos anjos ou a si mesma.

— Você tem sua música, Natércia.

— Não é suficiente. Tenho tanto amor aqui dentro, mas tanto! — exclamou espalmando as mãos gorduchas sobre o vasto peito. Arfou, emocionada. — Sou capaz de tanta dedicação, de tanto carinho... Gostaria de me dedicar a alguém, de fazer de alguém minha estrela. Minha estrela!... — Fez uma pausa. E voltou-se para o sobrinho, que lidava com uma ratoeira. Passou-lhe um lampejo pelos olhinhos redondos. — Gostaria de me dedicar mais a ele, de educá-lo realmente, orientá-lo com todo o amor de que sou capaz. Se você quiser que eu faça dele um homem, eu faço. É uma responsabilidade enorme, eu sei, mas não compensaria, no final? Se você quiser me entregar seu filho, mana, se você quiser...

Calou-se emocionada demais para prosseguir. A viúva dissolvia duas aspirinas num copo de água. Suspirou:

— Se eu quero. Você ainda me pergunta se eu quero... Será mais uma caridade que você me faz, Natércia. Uma caridade!

Natércia teve um sorriso de beatitude. E desse dia em diante, ao invés do menino ir tomar lições com a mãe, ia em linha reta para a saleta do piano, onde a tia o esperava para a primeira aula. O quarto da mãe cheirava a álcool canforado. Mas na saleta da tia pairava sempre um suave perfume de Violetta Di Parma.

Ela ensinava-lhe um pouco de tudo, inclusive piano e italiano, o italiano com a sonora pronúncia veneziana, e que ela aperfeiçoara durante o noivado com o marquês. Às vezes, Hô-Hô aprendia as lições com tamanha facilidade que Natércia chegava a se assustar um pouco, "mas isto nem é normal...". Dias havia, porém, em que ele se mostrava tão impermeável a qualquer ensinamento que ela quase chorava de exasperação, "você não está me ouvindo, querido, já faz uma hora que estou repetindo a mesma coisa e você não está me ouvindo!".

Ele então fixava nela os olhos azuis e tranquilos que envesgavam e desenvesgavam com a maior naturalidade. E sorria, perplexo.

— Hô-Hô! Desenvesga, vamos!

Os olhos voltavam ao estado normal, conservando apenas um remoto estrabismo, que dava à fisionomia do menino uma expressão de tristeza meio pasmada.

— Você vai agora prestar atenção, Hô-Hô?

— Não.

— Mas você não quer mais estudar comigo?

Ele esboçava um gesto impreciso antes de abrir molemente a boca para começar a frase. Repetia o gesto, já desinteressado e vago. Encolhia os ombros. E saía da sala a arrastar pesadamente os pés.

Foi matriculado na escolinha rural, distante um quilômetro da fazenda.

— Resolvi cuidar apenas da parte moral da sua educação — comunicou Natércia à irmã. — Tabuada, qualquer um ensina. Mas e a tabuada da alma? Quem lhe ensinará a tabuada da alma, que é a mais difícil?

A viúva revirava os olhos:
— Dificílima.
Todas as manhãs a preta Glicéria tinha que sacudir Hô-Hô para que ele acordasse às sete horas em ponto. Ele se levantava, obumbrado e vesgo. E só parecia despertar realmente debaixo do chuveiro frio, onde dava gritos furiosos enquanto durava o banho:
— Hi-hô-hô!... Hô-Hô!...
Natércia aparecia geralmente na hora do café. Vinha muito suave e aérea, arrepanhando a barra do *peignoir* de gaze, última peça que restara do seu enxoval veneziano.
— Bom dia, bom dia, bom dia! — Inclinava-se sobre Hô-Hô e beijava-o ruidosamente. — Sonhou com o quê, meu bem?
— Com mulher pelada.
— Que horror, que é isso?! Você está na idade de sonhar com anjo, ouviu o que eu disse? Com anjo.
Ele baixava a cabeça para o prato e comia vorazmente. Em seguida, metia dentro da camisa o caderno enxovalhado, o livro de leitura já sem capa, montava no Musgo e saía a galope em direção à escola. Dentro da sacola do lanche escondia o livro que tomava emprestado de Teófilo, que, por sua vez, tirava escondido do armário do pai. Esses livros, na sua maioria, ou eram histórias ingênuas de terror ou então novelas obscenas.
Hô-Hô costumava chegar na escola meia hora antes da aula. Então apeava, tirava o romance da sacola, estendia-se ao sol e começava a ler. As histórias de terror eram lidas sofregamente. Mas quando se tratava de histórias obscenas, ele perdia toda a pressa: lia bem devagar, com a maior gravidade, movendo pesadamente os lábios entreabertos como se rezasse. Às vezes rompia a rir, um riso pastoso e frouxo, "hi-hô-hô...". Outras vezes, fechava o livro, franzia a testa e ficava imóvel, pensando.
Na aula, os meninos lançavam mão de todos os recursos para atormentar a professora, uma velhota esverdinhada e áspera chamada Joana. Hô-Hô era o único que se conservava em silêncio, o queixo forte e quadrado apoiado na mão, o olhar inexpressivo estupidamente fixo na mulher. Pela segunda vez repetia o terceiro ano.
— Perseguição daquela bruxa! — exclamava Natércia ao receber o boletim que Hô-Hô lhe entregava. — Perseguição, não é, meu bem?
E prometia ajudá-lo nas lições. Mas durante o dia, ele só aparecia em casa para comer e sair em seguida. E à noite, nada conseguia desviar-lhe a atenção dos grandes besouros pretos que voavam em volta da luz. Caçava-os em pleno voo, com a mesma ha-

bilidade com que noutros tempos caçava moscas. Às vezes, estendia-se numa cadeira, colocava o besouro de costas sobre a língua e assim que as patinhas do inseto lhe tocavam o céu da boca, ele se punha a rir de perder o fôlego.

— Hô-Hô, que é isso?!

Ele cuspia o besouro.

— Dá uma cócega, tia.

A viúva encharcava o lenço de álcool e aspirava-o a uma certa distância do nariz. Cerrava os olhos, injetados e doloridos devido ao resfriado crônico. E suspirava, já sem forças para se dirigir ao filho. Sentia-se demasiado frágil para enfrentar aquele menino que se desenvolvia com uma exuberância tão violenta, que chegava a intimidá-la.

— Ele é tão grande, tão esquisito... E de onde vêm esses cabelos vermelhos? Ninguém da nossa família tem cabelos dessa cor. E esses olhos que envesgam de repente, mas tão de repente!... Parece um urso vermelho, Natércia.

Natércia sorria.

— Ora, querida, esse menino é uma beleza. Talvez seja mesmo um pouco estranho, mas isso é questão de temperamento. Ih, o mistério das criaturas!...

A viúva fechava sobre o peito magro as pontas do xale preto. E baixava a cabeça pesada de pensamentos sombrios. Realmente, que sabia sobre aquele seu filho? O quê?... Era um menino alegre? Era um menino triste? Tinha, sim, seus acessos de alegria tão vermelha como seus cabelos, "hi-hô-hô!...". Mas tinha, também, suas inesperadas fases de mutismo feroz, desconcertantes como aqueles olhos que envesgavam e desenvesgavam sem ninguém saber a razão.

— Mistério, não é, Natércia?

— Claro. Além do mais, ele está ficando homem e os homens são tão estranhos... Nunca consegui acertar o passo com nenhum.

— Quando penso que ele devia estar no ginásio e no entanto ainda nem passou para o quarto ano primário... Primário, Natércia, primário. Mas ele não quer estudar mais, meu Deus?!

Para não se dirigir diretamente ao filho, recorria a Deus ou a Natércia como intermediários.

— Mas ele só não passa de ano porque não quer. Há casos de meninos assim, que por cisma, capricho, sei lá!...

Hô-Hô ouvia com indiferença a conversa das duas mulheres, como se aquela terceira pessoa sobre a qual discutiam não fosse ele próprio. Olhava para a tia. Olhava para mãe. Bocejava, entediado. E ia embora arrastando os pés:

— Vocês falam demais.

Tinha então catorze anos, mas aparentava dezessete. Era alto e robusto. Seus cabelos ruivos, sempre crescidos, e suas roupas sempre amassadas harmonizavam-se bem com seus gestos frouxos e andar bamboleante. Falava pouco, num tom que oscilava entre o desinteresse e o fastio. Repetia pela segunda vez o quarto ano.

— Esse menino parece que é todo desatarraxado — lamentava a viúva. — Ele não anda, se arrasta. Ele não senta, desaba!

— O ursinho vermelho — murmurava Natércia, enternecida.

Gostava de vê-lo entrar num jogo ou engalfinhar-se com Teófilo numa disputa qualquer. O urso então se transformava num gato elástico e ágil, gracioso e leve. Toda a beleza ainda meio imprecisa do seu corpo adolescente revelava-se em meio de uma corrida ou num salto: as formas se adelgaçavam, o olhar se acendia, vivíssimo, e até a boca, que era o traço mais pesado de sua fisionomia, parecia despertar, violenta como um talho: "hi-hô-hô!...".

— Conheci em Veneza um bailarino parecido com ele. Vinha vestido de arlequim e atravessava o palco num salto, como se tivesse asas. O bailarino alado... Às vezes penso que Hô-Hô podia ser bailarino.

— Bailarino? — estranhou a viúva. Colocava rodelas de batata crua na testa já toda vincada de rugas. — Meu Deus! Só de imaginar isso, piora minha sinusite. Tenho horror desses homens de teatro, Natércia. São todos tão indefinidos!...

— A arte é mesmo indefinível, meu bem. Senti isso em Veneza, quando vi aquele bailarino dançando. Era homem? Era mulher? Parecia-me tão assexuado como um anjo.

Calou-se. Ah, Veneza, Veneza!... O luar, as gôndolas, o marquês estraçalhando um cravo entre os dentes...

— Na primavera, as gôndolas ficam cobertas de flores. O céu, mana, chega a ferir os olhos de tão azul. E um perfume!

— Mas diz que a água de lá é podre, Natércia. Não sei como você não apanhou uma peste, diz que vive dando peste por causa daquele cheiro... — acrescentou a viúva. E entre dois suspiros, tentou a consolação terrível: — Enfim, o principal é que ele te respeitou.

Natércia apertou o lencinho contra a boca. Lágrimas pesadas e densas rolaram-lhe pelas faces. "Sim, respeitou, respeitou, mas por quê? Por quê?" Sacudiu a cabeça, cheia de horror por si mesma:

— Oh, como a natureza humana é vil!

A viúva concordou doloridamente, certa de que a irmã se referia ao marquês:

— Vil, querida. Vil.

Era nesse estado de espírito que Natércia compunha suas valsas. Cantarolava um pouco, ouvindo com prazer a própria voz, delicada e fina como a voz de uma criança. Abria o piano, deslizando distraidamente pelo teclado as mãozinhas gorduchas. E voltava o olhar sonhador para o teto enquanto mastigava um bombom:

—Ao menos agora eu posso engordar em paz.

Às vezes, ela demonstrava certa irritação diante da crescente apatia da irmã para com Hô-Hô. Mas no fundo achava maravilhosa aquela responsabilidade de cuidar do sobrinho, de ter nas mãos o controle daquela vida que estourava como uma flor de cacto: áspera e solitária. Reconhecia, meio vagamente, que Hô-Hô lhe desobedecia com a mesma tranquila indiferença com que desobedecia à mãe. Contudo, achava-se perfeita no seu papel de educadora.

—Ele está na idade perigosa. É preciso tratá-lo agora com especial cuidado para que não seja, mais tarde, um desses clientes de consultórios de psicanálise.

—Mas será que ele não tem rédea demais, Natércia? Vai à cidade sozinho, anda por aí tudo sozinho, parece cigano. Ontem, podia ter quebrado o pescoço, não podia? Domar potros bravos, como um índio!

—Fogosidades, querida. Fogosidades. Nesse período, a gente pensa em tudo, até em se matar...—Fez uma pausa. Empalideceu.—Por que é que ele queria hoje cedo a escada? Por que levou a escada para o quarto?...

A viúva sentou-se na cama.

—A escada!...

Natércia ergueu-se e saiu correndo em direção ao quarto de Hô-Hô. Abriu a porta. E fez um "ah!..." de estupefação.

Ele estava deitado, fumando. Tinha as mãos entrelaçadas sob a nuca e o olhar fixo no teto. Natércia ergueu também o olhar para o teto: pregadas bem na direção da cama, havia várias páginas de uma revista colorida de nus artísticos.

—Hô-Hô!

Ele desenvesgou com aquela naturalidade perturbadora. Sorriu.

—Você podia ter batido antes, não?

—Mas Hô-Hô, o que significa isso? Essa retratada indecente aí no teto!...

—Fica mais cômodo no teto. Assim posso ficar olhando deitado mesmo.

—Uma criança! E fumando desse jeito, e com essas mulheres todas...—Deteve o olhar pasmado no retrato de uma loura rosada e nua, espreguiçando-se sobre almofadas vermelhas.—Hô-Hô, esse retrato...

—E daí? Queria que pusesse o seu?

A viúva ouviu toda a descrição da cena numa imobilidade total, aspirando a uma pequena distância do nariz um lenço embebido em água-de-colônia. Quando Natércia apertou a boca pequenina como um ponto encerrando a frase final, ela então abriu os olhos.

—É o fim. É o fim. E justamente hoje, que estou péssima.

Natércia desenfurnou o lencinho do decote e pôs-se a chorar.

—Mas todos os dias você está péssima, meu bem. Só eu para resolver tudo, só eu! Como se não bastassem os negócios da fazenda, tão pesados para meus ombros...

Teve que interromper a frase para ir buscar o vidro de sais. A viúva acabava de desmaiar.

—Queria morrer, Natércia. Queria morrer. Não sei por que Benevenuto não me levou com ele.

Natércia também aspirou os sais. E aprumou-se. Assim que via a irmã atingir o grau máximo de aniquilamento, animava-se heroica:

—Nada de morrer, nada de morrer! A hora é de lutar, isso sim. O menino está mesmo numa idade difícil e afinal, somos mulheres, há certos terrenos no homem que nos escapam... Ele devia conviver um pouco com um homem, com um homem bom, que o aconselhasse um pouco... Com um padre, por exemplo... Ele podia ajudar o Padre Jônatas na missa aos domingos, não podia? Mas não é essa a solução?

Chamou o sobrinho. Quando ele entrou, Natércia ficou sem saber como começar. Achou-o alto demais. Robusto demais. Ofereceu-lhe um bombom.

—Ursinho, estivemos conversando muito a seu respeito. Então pensei, pensamos...—baixou os olhos, intimidada.—Bem, a verdade é que um contato mais íntimo com a religião seria o ideal para todos nós, pobres criaturas hoje tão cheias de vida, amanhã, simples poeira...

Hô-Hô mastigava tranquilamente o bombom.

—E daí?

Natércia lançou um olhar irritado à irmã, estatelada no sofá.

—Pois é... Daí, eu estive outro dia conversando com Padre Jônatas, um santo! Então ele me falou na dificuldade em encontrar alguém que o ajude um pouco durante a missa de domingo...

—Você está querendo que eu seja sacristão?

Natércia perturbou-se. Agora que ele se adiantara, era ela quem retrocedia.

— Bem, não digo tanto, mas enfim, num ou noutro domingo, quem sabe...

— Feito.

E saiu no seu andar arrastado. No corredor, pôs-se a rir de repente, um riso frouxo e pastoso, que lhe sacudia molemente os ombros. Depois ficou sério e vesgo. Chamou o perdigueiro.

— Vamos caçar, Lula.

O cachorro dormia ao sol. Hô-Hô olhou-o demoradamente. E foi dormir também sobre o monte de feno, atrás da estrebaria.

Padre Jônatas contraiu apreensivamente as sobrancelhas:

— Então você vai me ajudar, Gabriel? — Teve um sorriso para fora. E voltou-se para Natércia. — Estou muito satisfeito de ter seu sobrinho aqui comigo. Muito satisfeito... E ele vai bem nos estudos?

Natércia pigarreou:

— Bem, o senhor sabe, ele teve que faltar muito, a saúde de minha mana é delicadíssima! Achei então melhor que ele repetisse outra vez. Passar sem uma base sólida, é horrível para a criança, não é mesmo? Um ano não é nada...

O padre concordou.

— Nada.

E pôs-se a explicar a Hô-Hô o papel que ele devia desempenhar durante a missa, "no começo, parece complicado, mas é simples, vou repetir tudo, preste atenção...".

Hô-Hô adiantou-se. E antes que o padre repetisse a demonstração, com gestos firmes e precisos, executou diante do altar todo o longo ritual que lhe fora confiado.

— Mas este menino tem uma memória extraordinária! — exclamou o padre, sinceramente surpreendido.

Natércia teve um sorriso triunfante. E após deixar uma esmola no cofre das almas e um bilhetinho cor-de-rosa sob o pé de Santo Expedito, tomou o trole de volta à fazenda. Hô-Hô ficaria essa tarde com o padre. Depois da novena, Teófilo iria buscá-lo.

A sós com Hô-Hô, voltou à fisionomia do padre o vinco da mais profunda apreensão.

— Então você vai me ajudar... — disse pensativamente. Calou-se intrigadíssimo, à espera de que Hô-Hô desenvesgasse. — Você faz isso por querer?

— Isso o quê?

O padre meneou a cabeça:

— Nada, filho, nada.

E como tivesse que sair, resolveu ocupar Hô-Hô o máximo possível: que ele limpasse o altar-mor, jogasse fora as flores murchas, recolhesse os tocos de vela da bandeja dos milagres, tirasse de sob o pé de Santo Expedito a pilha já transbordante de cartas e queimasse tudo no pátio...

— Quando a tarefa estiver terminada, pode ir tomar um sorvete, entendeu?

Hô-Hô aproximou-se do altar, as mãos metidas nos bolsos, o olhar mortiço a deslizar pelas coisas, mas sem penetrá-las nunca. Apanhou um vaso de jasmins já murchos, cheirou a água e pousou novamente o vaso, repugnado, "ih...". Foi até a bandeja dos milagres e durante algum tempo ficou a olhar, perplexo, as velas acesas. Pegou um toco e inclinando-o, deixou que as gotas de cera fervente fossem pingando na palma de sua mão. Quando as gotinhas endureceram, formando um estranho desenho de tachas brancas sobre a pele avermelhada, ele distendeu bruscamente os dedos e as gotas descolaram-se. Ficou a olhar a palma da mão queimada. Soprou-a. E dirigiu-se ao altar de Santo Expedito. Sob o pé ligeiramente erguido da imagem, amontoavam-se as cartas dos fiéis.

Hô-Hô recolheu tudo nos bolsos, apanhou uma vela e foi para o pátio. Sentou-se à maneira oriental. E pôs-se a ler tranquilamente a volumosa correspondência. Quando a letra era ilegível, atirava o bilhete para o lado e desdobrava o seguinte. Às vezes desatava a rir, sacudindo os ombros, "hô-hô-hô...".

Quando abriu o bilhete cor-de-rosa que Natércia deixara, seu olhar adquiriu um certo brilho.

— O marquês...

Ainda leu algumas cartas. Em seguida, entediado, queimou diversas folhas, deixou que o vento carregasse outras e após espalhar com os pés as que sobraram, voltou ao altar-mor. O relógio sob o órgão marcava quatro horas.

"Já?", ele surpreendeu-se apressando o passo.

Dirigiu-se ao cofre das esmolas. E tirando o canivete do bolso, hábil e delicadamente, introduziu a ponta da lâmina no cadeado. Abriu-o. Escolheu as notas mais altas. Em seguida, após fechar novamente o cofre, saiu em direção à casa da Mildrede.

Algumas mulheres dormiam. Outras, sonolentas e encaloradas, reuniam-se na sala, numa apática conversa de uma tarde de verão. Uma lourinha de combinação vermelha, sentada ao piano, tocava o *Bife* com dois dedos. Tinha um pé calçado numa sandália de seda já puída. O outro pé estava descalço, esparramado no chão. Recostada no sofá, uma rapariga morena e dentuça, de blusa decotada e saia com ramagens, remexia num cestinho de costura. Na cadeira de vime, uma mulher já madura, de papelotes e pijama, esmaltava as unhas dos pés.

    Mildrede, a dona da pensão, uma mulher muito branca e gorda, chegou metida no seu *peignoir* preto, com um longo galho de flor de cerejeira bordado nas costas. Trazia uma garrafa de cerveja e uma revista debaixo do braço. Sentou-se na poltrona, deixou cair a revista e abriu a garrafa. Pôs-se a beber lentamente, a olhar as pernas nuas. Estava descalça.

    — Eu li que tem uma gordura que não é bem gordura, chama celulite. É mais uma doença do que outra coisa. Acho que é isso que eu tenho...

    — Pega? — quis saber a rapariga dentuça, sem erguer o olhar da costura.

    — Só se peguei de você — resmungou Mildrede estendendo as pernas até a cadeira mais próxima. Nela apoiou os pés pequenos, de artelhos deformados. — Viviana, será que você já não se cansou de lidar com esses trapos? Daí não sai nada, menina. Venha me pentear que é melhor, anda. Mas não me ensope a cabeça que esta noite tive dor de ouvido.

    A rapariga dentuça pousou a costura e espreguiçou-se:

    — Vou buscar os grampos

    Foi nesse instante que Hô-Hô entrou. A lourinha de combinação vermelha parou de tocar, apoiou o queixo na mão e voltou-se para o recém-chegado. A mulher dos papelotes ergueu a cabeça e ficou com o pincel de esmalte suspenso no ar e um meio-sorriso suspenso na boca. Mildrede colheu com a ponta da língua a espuma de cerveja que lhe debruava os lábios. Fechou sobre os seios semidescobertos a gola do *peignoir* e arqueou as sobrancelhas feitas de lápis azul.

    — Que é que você quer?

    Ele fixou na mulher o olhar mortiço.

    — Não sabe?

    Mildrede pousou o copo. E começou a rir, a princípio bem baixinho, sacudindo molemente o corpanzil esborrachado na poltrona. E de repente abriu o riso numa gargalhada que foi subindo numa apoteose, "uá-uá-uá!...". Como se esperasse apenas por aquele sinal da patroa, a mulher de papelotes desatou a rir também.

    — Veio do berçário, Mil!... Lindeza de menino!... Olha o cabelo dele, parece a juba de um leãozinho...

— Leão, nada, parece um touro — disse a rapariga dentuça que já voltava com os grampos e um copo de água. — Um tourinho louco para chifrar, *a la toro! a la toro!*...

Mildrede engasgou-se na cerveja. Lágrimas corriam-lhe dos olhos borrados de rímel até o pescoço curto, e aí se misturavam às gotas de suor que brotavam por entre as pregas da carne flácida.

— Ai, meu Deus... A esta hora? Mas quantos anos você tem, menino?

Impassível, mudo, Hô-Hô esperava de mãos metidas nos bolsos e olhar manso, sempre fixo na dona da pensão. Quando ela conseguiu, afinal, arrefecer o riso e encará-lo novamente, ele tirou as cédulas do bolso, alisou-as, dobrou-as sem nenhuma pressa e guardou-as no bolso do blusão.

Mildrede limpou as últimas lágrimas e pousou o copo vazio. Ficara-lhe ainda um resto de riso na face congestionada.

— Ai, Jesus, fazia tempo que eu não ria assim... — Assoou-se. Ficou séria. — Chega, também, meninas, arre! — exclamou, empurrando uma das moças que pulava em volta de Hô-Hô. — Parece que nunca viram um mocinho.

— Mas é que ele é tão engraçadinho, Mil! Vem com a mamãezinha, vem!...

— Chega, Viviana, já disse que chega! Vá me buscar outra cerveja, anda! Parece boba... — Voltou-se lentamente para Hô-Hô. Sorriu. — As meninas gostam de brincar.

Calou-se. Acendeu um cigarro. Em redor, tudo voltara à quietude anterior: a mulher dos papelotes retornou à cadeira e recomeçou a esmaltar as unhas dos pés; a lourinha de combinação vermelha inclinou-se para o teclado e continuou a martelar o *Bife* enquanto a rapariga dentuça, apoiando a garrafa contra o ventre, tentava abri-la:

— Esta foi a mais gelada que encontrei. Vê se está boa, Mil.

Mildrede apertou um pouco os olhos. Tinha ainda um sorriso bambo nos lábios.

— Você deve ter uns quinze anos, hein, filho? — Suspirou. — Está bem, não precisa responder, já vi que você não gosta muito de falar. — Fez uma pausa para beber. — De qualquer modo, foi muito bom você ter vindo aqui. Podia ter ido na casa da Nieta, não podia? Casa mais indecente, mais suja. Não passe nunca nem por aquela porta, filho. Nem por aquela porta! Esta aqui, não. Esta é uma casa de respeito. Casa séria. Nunca tive nenhuma encrenca com a polícia. Nunca. — Com a ponta da língua, colheu gravemente a orla de espuma em redor da boca. — Então? Simpatizou com alguém?

Hô-Hô voltou o olhar firme na direção da loirinha de combinação vermelha. Ela ergueu-se, fechou o piano e calçou a sandália. Estendeu-lhe a mão e sorriu:

—Meu nome é Janete.

Mildrede acompanhou-os com um olhar avaliador.

—Esse vai longe.

—Ah, ah, ah!...—riu-se Viviana.—Logo quem ele escolheu...

—Não seja burra. E chega de me ensopar a cabeça, será que você não sabe pentear sem dar um banho na gente?—Pôs-se a examinar as pernas.—Mas diz que essa tal celulite é uma gordura que não desaparece nem com regime.

—Nunca ouvi falar nisso, Mil.

—Nem com regime.

Quando a nova professora entrou na sala de aula, encontrou a mesa cheia de flores. Os meninos sorriam enternecidamente.

—Vocês são uns amores—disse ela olhando meio desconfiada os pequenos buquês amarrados com barbantes.

Dona Joana tinha saído há um mês, "seus monstros, monstros!...". Como de costume, a velhota chegara de mau humor, toda embrulhada no seu guarda-pó amarrotado, segurando nas mãos esverdinhadas a sacola de crochê e a sombrinha que noutros tempos fora roxa mas que agora era lilás. Tirou o guarda-pó, sacudiu-o. E limpou os óculos.

—Tenho que corrigir provas. Vocês façam uma cópia.—Abriu o livro de leitura. Colocou os óculos.—Copiem *A Vaquinha Branca*. E o primeiro que abrir a boca, zero.—Ergueu a cabeça.—Gabriel, que é que você está vendo em mim? Quer ter a bondade de começar?

Guardou o lenço na sacola. Abriu a gaveta.

—Meu Deus!—gritou. E caiu para trás.

Os meninos aproximaram-se. Uma cobra esverdeada foi saindo vagarosamente de dentro da gaveta e resvalou para o chão.

—Uma cobra! Uma cobra!—gritaram os meninos, num alarido infernal.

E aos pulos e guinchos, com paus e pedras, puseram-se a malhar a cobra. Os mais corajosos pisotearam-lhe a cabeça:

—Está morta! Está morta! Que grande, hein? É venenosa?...

Hô-Hô encolheu os ombros, indiferente. Nesse momento, a mulher recobrou os sentidos. Parecia mais velha dez anos. Afrouxou a gola da blusa, passou a mão trêmula pelo rosto e pousou o olhar na cobra, perto do quadro-negro, toda coberta de sangue e poeira.

A mulher pareceu tranquila quando olhou a cobra. Mas quando ergueu o olhar até os meninos vermelhos e excitados como num fim de festa, quando ela pousou o olhar neles, sua fisionomia convulsionou-se. Franziu os lábios lívidos numa contração de repugnância e horror.

—Seus monstros... monstros...

Com gestos trêmulos e brandos, apanhou a sombrinha, a sacola, vestiu o guarda-pó e dirigiu-se à porta. Os meninos imobilizaram-se na expectativa. Um deles apanhou o lenço que ela deixou cair:

—O lenço...

Ela estremeceu quando o menino lhe tocou no braço. Recuou um pouco, como se ao invés do lenço, ele tivesse na mão a própria cobra:

—Saia da minha frente—disse num tom apagado.—Prefiro mendigar pelas estradas a continuar aqui com vocês. Seus monstros asquerosos, monstros...—foi repetindo inexpressivamente enquanto subia na charrete.

Eles acompanharam-na em silêncio. Mas assim que a charrete se pôs em movimento, pareceram despertar, deslumbrados.

—Acabou a escola! Acabou a escola!—gritaram alguns a correr pela sala, rasgando cadernos, quebrando carteiras.—Não tem mais professora!

Um deles espetou a cobra na ponta da vassoura. E saiu com ela como se levasse um estandarte.

—Viva a cobra!

Teófilo aproximou-se de Hô-Hô, que assistia à cena com um meio-sorriso no canto da boca.

—Foi você, não foi?

Hô-Hô encolheu os ombros.

—E o que ela esperava encontrar dentro da gaveta? Uma flor?

Agora a nova professora, uma moça sardenta e magra, chegara na mesma charrete, com um guarda-pó igual ao de sua antecessora. Mas sua sombrinha era vermelha.

—Acho que vamos nos dar muito bem—disse cheirando um buquê de jasmins, presente de um dos meninos. Mas só pareceu mesmo à vontade depois de verificar que as duas gavetas da mesa estavam completamente vazias.—Vamos nos dar muito bem. Vocês são uns verdadeiros amores.

Tinha cabelos secos e ralos, rosto anguloso e pele precocemente envelhecida. Chamava-se Helga.

Nos primeiros dias, cerimoniosos, os meninos se limitavam a examiná-la e a cochichar discretamente quando ela lhes dava as costas para escrever na lousa. Mas do terceiro dia em diante, passada a novidade, recomeçaram com o barulho habitual. Nos dias de maior calor, quando a algazarra era excessiva, ela tapava o rosto e chorava.

Hô-Hô tornou-se o aluno mais assíduo de toda a classe. Sentava-se numa carteira bem defronte à mesa, apoiava o queixo na mão e assim ficava longo tempo, o olhar pesado e úmido na direção da professora. Começava por examinar-lhe as pernas, de tornozelos grossos e fortes. Depois, o olhar pousava nas mãos ossudas da moça, adiantava-se até seu busto magro, subia ao pescoço comprido e fino, que se avermelhava um pouco quando ela falava, e em seguida, como uma âncora, o olhar descia novamente até os tornozelos. E aí se fixava.

— Mas ela já deve ter uns trinta anos! É velha demais... — resmungou Teófilo.

Voltavam da aula. Hô-Hô ia todo curvo sobre o cavalo, o corpo entregue ao ritmo do trote. Parecia que a cada passo ele ia escorregar da sela. Acendeu um cigarro.

— E daí?

— Ah, um varapau daqueles! E com essa mania de chorar e rir ao mesmo tempo, parece louca.

— E daí?

Teófilo lançou ao amigo seu olhar astuto. E não voltou mais a falar do assunto.

Nos primeiros dias, a moça fingiu não notar o olhar obstinado de Hô-Hô. Mas aos poucos, aquela insistência silenciosa e tranquila acabou por perturbá-la. Começou a usar *rouge* e uma ligeira água-de-colônia nos cabelos engrouvinhados pela última permanente. E ria-se sem motivo, e irritava-se sem motivo, e sentia calor e tirava o casaco, e sentia frio e vestia o casaco, agitada como se estivesse sobre espinhos. Hô-Hô parado, olhando.

Uma tarde, afinal, ela resolveu enfrentá-lo.

— Você está suspenso, Gabriel.

Ele encarou-a:

— Quero saber por quê.

— Você sabe muito bem a razão — murmurou em voz baixa. Já não parecia tão segura de si como no começo. — Você sabe.

— Posso ir embora, mas gostaria de saber antes o que foi que eu fiz.

Olharam-se demoradamente. Ela foi a primeira a baixar os olhos, batendo as pálpebras com força, num movimento exasperado.

— Por acaso você fez em casa as contas que mandei? Fez?

Ele apanhou o caderno e no seu andar bamboleante, aproximou-se da mesa. Instintivamente, ela recuou a cadeira. Abriu o caderno. E ficou imóvel, a olhar a página quadriculada e na qual ele escrevera de alto a baixo, com letra pesada e grossa: "Estou apaixonado pela senhora".

Com um violento traço de lápis vermelho, ela riscou a folha. Arfava. As narinas palpitavam.

— Está errado! Vá-se embora!

Ele saiu calmamente. Da porta, voltou-se ainda. Um leve sorriso pairava em sua fisionomia falsamente compungida.

— Suspenso por três dias?

— Sim... não, não! Por três dias, não. Pode vir amanhã. Mas com a lição feita.

Com algumas ligeiras variantes, essa cena repetiu-se aproximadamente durante uma semana. Teófilo começou a ficar assustado:

— Ela vai te reprovar, Hô-Hô. A mulher é louca.

Hô-Hô encolhia os ombros. E sorria.

— Espere só.

Em casa, Natércia o observava, intrigada. Achava-o mais sossegado, mais absorto. Contudo, pressentia os pensamentos a fervilharem, ardentes, sob a cabeleira vermelha. A pretexto de qualquer coisa, procurava a todo momento entabular conversa com ele.

— A lição está difícil, querido?

Ele parecia ter o olhar fixo sempre num ponto só.

— Você me falou uma vez em pernas de coluna...

— Que pernas de coluna?

— Você leu na Bíblia, tia. Aquela história de pernas de coluna...

Ela sorriu, enlevada:

— Ah, você se lembra disso, meu bem? Imagine... Pois é, está no *Cântico dos Cânticos*, é tão lindo... É um verso assim que diz que as pernas do amado são como colunas de mármore branco sobre bases de ouro...

— Do amado?

— Do amado, sim, meu bem. Por quê?

Hô-Hô deu sua risadinha frouxa.

— É, mas ele não volta, não.

— Ele quem? — perguntou Natércia, melíflua. — Ele quem?

— Você sabe.

Ela corou. E afastou-se rapidamente. Foi ao encontro da irmã, que estava na cozinha, mexendo um tacho de doce.

— Hô-Hô anda tão misterioso, mas tão misterioso!

— Açucarou tudo! — lamentou a viúva levantando a colher de pau.

— Diz umas coisas, como se lesse o pensamento da gente... Hoje, até a Bíblia andou citando. Sem dúvida alguma ele está atravessando uma fase mística.

— Mística?

— Mística. Foi uma pena Padre Jônatas não precisar mais dele como sacristão, foi uma verdadeira pena. Porque se ficasse lá mais em contato com a igreja, quem sabe... — Fez uma pausa. — Pois já não temos três padres na família? Contrariar a vocação é que seria um desastre.

A viúva provou melancolicamente o doce.

— Um desastre.

Faltava uma semana para o início das férias de julho. Teófilo já tinha tocado a sineta há mais de meia hora. E como nesse espaço de tempo a professora não apareceu, no maior alvoroço os meninos já se dispersavam, quando ela chegou afobadamente. Vinha de vestido novo, um juvenil vestido de organdi com babadinhos e saia rodada. Trazia brincos e colar.

Furiosos, os meninos retornaram à sala de aula, que parecia um forno. O calor era sufocante.

— Vamos fazer hoje algo assim fácil, leve... — começou ela, deslizando os dedos ossudos pelos botõezinhos da blusa. — Desenhem, desenhem o que lhes der na veneta desenhar, pássaros, flores...

A classe inteira agitou-se. Mas ela parecia estar a léguas de toda aquela agitação. Baixou até Hô-Hô o olhar de afetuosa simpatia.

— Então, Gabriel? Fez os problemas que passei?

Ele ergueu-se, limpou o suor que lhe corria do rosto e estendeu molemente a perna até o estrado onde ficava a mesa. Galgou-o. Sua carteira ficava tão próxima do estrado, que bastava aquele movimento e o meio giro do corpo para já se achar ao lado da professora. Abriu o caderno. Números grossos e irregulares enchiam a página toda.

Ela parecia surpreendida e desapontada. Hô-Hô aproximou-se mais. Viu-a examinar a página seguinte, como se procurasse alguma coisa além dos números. A página seguinte estava em branco. Hô-Hô teve um sorriso quase imperceptível.

— Estão certos — sussurrou ela afinal, com voz vacilante. Traçou um C no alto da página. Mas não devolvia o caderno. — Isto aqui é um oito?

Ele inclinou-se.

— Onde?

— Aqui...

— Não, é um seis.

Ela encolheu-se. Falava agora tão baixinho, que ele mal podia ouvi-la.

— Está tudo certo, mas só que você podia fazer as contas com mais capricho, os números mais bonitinhos, todos dentro dos quadrinhos...

Ele apoiou uma mão na cadeira e a outra na mesa. Sentiu-a estremecer sob seu hálito quente.

— Eu preciso falar hoje com a senhora — disse num sopro.

Na classe, reinava o maior rebuliço. Mas ambos não se apercebiam das risadas nem viam os aviões de papel que cruzavam o espaço em todos os sentidos.

— Ah, e este sete que está parecendo um! — exclamou ela num tom tão agudo que os meninos da primeira fila voltaram-se para a frente, assustados. — O sete tem que ser bem cortadinho, assim...

Nessa tarde, após a aula, ele disse a Teófilo:

— Hoje vou na frente.

E chicoteando o cavalo, tomou a trilha por onde a professora tinha seguido. Alcançou-a antes do arrozal, num caminho fechado e agreste.

— Que é que você quer? — perguntou ela parando a charrete. Estava lívida.

Ele apeou e aproximou-se no seu andar lento e implacável. Encarou-a demoradamente. E de um salto, subiu na charrete. Sentou-se no banco.

— Que é que você quer? — repetiu ela com voz sumida. Tentou sorrir. — Quer conversar comigo? Tem alguma dúvida?

No silêncio profundo, foi subindo doce e sonolentamente um zunido quente de abelhas. O calor ali parecia mais denso.

— Não entendo, Gabriel... — prosseguiu ela. Agora seu rosto estava tão afogueado quanto o dele. — Não sei mesmo...

Ele puxou-a pela cintura. E de repente, num movimento rápido e preciso, inclinou-se mais sobre ela, agarrou-a pela cabeça e beijou-a em cheio na boca. Ela arfou, gemendo debilmente. E antes que conseguisse perguntar "Gabriel, o que significa isso", antes mesmo que conseguisse fazer qualquer movimento, um segundo beijo, mais violento e mais demorado, fê-la vergar para trás.

— Gabriel, você está louco! Você está louco! — gemeu ela num soluço sem lágrimas. Sentiu-se arrancada da charrete. Quis desmaiar, fechou os olhos: — Você está completamente louco!...

Esperou que ele a ferisse com alguma pedra, desejou mesmo, ardente e absurdamente desejou que ele tentasse estrangulá-la:

—Socorro, meu Deus, socorro...

Mas ele colocou-a delicadamente no chão e agora beijava-lhe o pescoço, beijava-lhe as orelhas:

—Helga...

Quis ainda desmaiar, apertou fortemente os olhos, a boca. No entanto, seus sentidos, alertadíssimos, impunham-lhe a cena com todas as minúcias: sentiu o chão de folhas secas estalando sob seu corpo, sentiu as mãos de Hô-Hô, tão inexperientes quanto poderosas, desabotoando-lhe o vestido, sentiu todo o peso de sua cabeça desabando sobre o seu peito...

—Você está completamente louco!

Desta vez ele não respondeu. Ela então abriu os olhos. Viu como estava longe a ramaria lá no alto e, mais longe ainda, uma nesga do céu. Viu ainda a cabeça de Hô-Hô vir se aproximando cada vez mais da sua, enorme e vermelha como uma bola de sol, porejando suor por entre a penugem dourada do rosto. Viu, como que entrando pelos seus olhos adentro, aqueles olhos absurdos na sua vesguice total. Ela então segurou-o pelo pescoço. E atraiu-o furiosamente contra si.

Uma pequenina sempre-viva seca saiu de dentro do envelope e pousou na relva. Hô-Hô lançou um breve olhar à flor. Desdobrou a carta.

"Amor, amor, amor, é só isto que sei dizer. Jamais supus que fosse amar assim na minha vida, e justo a você, por quem tive no começo um verdadeiro ódio, por quê, por que eu te odiava tanto? Não sei, acho que tinha medo que você estivesse zombando de mim por causa da nossa diferença de idade, oito anos. Hô-Hô, oito anos entre nós dois, mais nada! como diz a poesia."

Hô-Hô sentou-se. Pôs-se a contar gravemente nos dedos. "Oito?..." Sorriu. E estirando-se na relva, recomeçou a leitura:

"Há quase cinco meses que nos amamos, cinco meses. E sei que assim será por séculos, porque nada, nada, nada há de me afastar do seu caminho. E ainda mais agora, que algo maravilhoso acaba de acontecer! Hoje, depois da festinha, eu direi; não quero precipitar..."

Ele interrompeu a leitura. Um ligeiro vinco formou-se entre suas sobrancelhas. Começou a picar a carta lenta e pensativamente.

—É dela?—perguntou Teófilo.

Aproximara-se sem ruído e agora ali estava de cócoras, descascando um gomo de cana.
—É.
—Ela está lá na sua casa agora.
Hô-Hô ergueu um pouco a cabeça:
—Fazendo?...
—Eu é que sei!? Está lá com sua tia e com sua mãe, conversando.
Hô-Hô pôs-se a acompanhar com o olhar preocupado o voo lento e circular de um corvo.
—Veja só...
—Veja só o quê?
—Nada.
Fechou os olhos, feridos pela luminosidade do dia. Quando os abriu novamente, procurou o corvo. Ele era agora um pontinho quase invisível perdido no azul.
—Foi embora...—disse baixinho.
—Quem?
Ergueu-se. E começou a rir, tomado de repente de uma alegria inesperada. Abriu os braços, bocejou. E voltou a rir, desatando a correr em direção da casa.
—Hi-hô-hô!... Hi-hô-hô!...
Chegou ofegante. Mas conteve-se ao entrar. Ficou sério.
—Visitas, tia?
Natércia cruzou as mãozinhas sobre os seios:
—Adivinha quem esteve aqui!
—Dona Helga.
—Ela mesmo. E prepare-se para uma notícia: você já está aprovado com notas brilhantíssimas! Ah, meu querido, meu querido!...
Ele deixou-se beijar no rosto. Em seguida, com um vago sorriso, foi para o quarto e estirou-se na cama. Natércia acompanhou-o:
—Mas Hô-Hô, você não vai se preparar? Tem festa hoje na escola, Dona Helga vai distribuir os prêmios, está com a charrete cheia de embrulhos!
Hô-Hô puxou o lençol até o queixo.
—Estou doente.
Natércia assustou-se:
—Doente? Que é que você tem, amor?
—Sei lá. Doença.
O médico foi chamado imediatamente. Examinou Hô-Hô duas vezes. E foi lavar as mãos.

— Não encontrei nada. Nunca vi constituição mais robusta.

Natércia acompanhou o médico até o automóvel. E correu em seguida ao quarto da irmã.

— Que é que ele tem? — perguntou a viúva num fio de voz.

Natércia serviu-se de mais uma fatia de bolo que sobrara do chá oferecido à professora. Sorriu reticente.

— Coisas da puberdade, querida, coisas da puberdade. O médico confessou não ter visto nunca uma constituição mais perfeita.

— O médico também disse o mesmo quando examinou Benevenuto e no entanto...

— Ah, que ideia! Hô-Hô está em pleno viço. Quem está doente, mana, é você. Quem sempre esteve doente é você, e sua doença chama-se pessimismo. — Sentou-se ao piano e pôs-se a tocar, bem baixinho, *Prière d'une Vierge.* — Desde o começo você sempre achou, por exemplo, que eu ia fracassar como educadora, que estava tudo rodando por água abaixo, que eu não tinha jeito para a coisa... No entanto, aí está ele. Aí está ele: um homem. Um homem puro, nobre, bom. Um homem. Fiz dele um homem! — Deixou que duas lágrimas rolassem brandamente pelas suas faces até pingarem no teclado. — Foi duro, sim, foi duro. Mas agora que a fase mais difícil já passou, agora que ele está quase chegando na idade da razão, agora que todo um futuro radioso se rompe diante dele, agora eu me sinto assim, mana, eu me sinto assim como se...

Calou-se. E não teve forças para prosseguir. Enxugou o teclado. Cantarolou debilmente:

Cuore... cuore ingrato...

A noite ia cálida e clara. Natércia ainda tocava, fazendo uma revisão de todas as suas composições mais antigas. "Lembra desta, mana? Esta eu compus quando rompi com o Dudu, aquele estudante de Engenharia, lembra dele?..." Tocava a valsa. Sorria. "Ai! esta agora foi quando nasceu Hô-Hô... Ele chorava no quarto e eu me lembro que fiquei desesperada porque queria acudi-lo e a inspiração era tão poderosa, eu não podia parar..." Deslizou vagamente as mãos pelo teclado. "Esta, eu compus no dia em que Hô-Hô completou sete anos. Lembro-me como se fosse hoje, ele entrou aqui na sala, e achei-o tão lindo, tão puro e lindo... Ele era a própria melodia. Foi só pôr as mãos no piano e a música toda se desdobrou, sozinha..."

E como neste momento tocasse mais fortemente, não ouviu os passos de Hô-Hô indo em direção a seu quarto. E como a viúva tivesse o lenço sobre os olhos, não o viu passar pelo corredor.

Ele entrou no quarto da tia e lançou um olhar pesquisador em torno. Levava uma sacola. Silenciosamente, foi deixando cair na sacola todos os objetos de valor que foi encontrando nas gavetas: o faqueiro de prata que ela comprara quando estava para se casar, três leques de madrepérola, um binóculo de ouro, uma máquina fotográfica, um isqueiro de ouro com um brasão, única lembrança que ficara do marquês... As joias e o dinheiro estavam num pequenino cofre vermelho. Hô-Hô apertou o maço de notas, cuidadosamente amarradas com uma fitinha azul. Sorriu, agradavelmente perplexo: "tanto assim?...".

Saiu devagar, arrastando os pés. No quarto, fechou a porta a chave, abriu a mala e despejou dentro o conteúdo da sacola. Em seguida, vestiu-se. Recostou-se na cama. E ali ficou fumando, tranquilamente, à espera da madrugada.

A Viagem

O som resfolegante da locomotiva chegou-lhe aos ouvidos um pouco remotamente, misturado ao apito cada vez mais distante, docemente mais distante... Ele voltou-se para a mulher.
— Que esquisito, há agora um trem que passa aqui por perto.
— Que trem?
— Um trem, não sei que trem. Você não ouviu?
Ela tricotava sob a luz do abajur. Respondeu sem erguer a cabeça, inclinada sobre o trabalho.
— Não, meu bem, não ouvi nada. Acho que você sonhou.
— Não sonhei, não, tenho certeza absoluta, estava aqui lendo quando de repente ouvi...— Ergueu-se dobrando o jornal.— Tão nítido...
— Mas não pode passar trem algum por aqui, você sabe disso— disse ela lentamente.
Sentindo pousado sobre si aquele olhar pesquisador, ele perturbou-se. Nos últimos tempos, várias vezes a surpreendera a examiná-lo com essa mesma expressão inquiridora e ao mesmo tempo apreensiva. Ela interrogava. Que queria saber? O quê? Encolheu negligentemente os ombros, afetando indiferença.
— Está claro que não pode passar nenhum trem por estes lados, bobagem minha. Imagine, um trem por aqui...— murmurou ele tocando com a mão numa pequena mariposa que pousara no abajur.— Pobrezinha, está com a asa esquerda toda estraçalhada...
A mulher baixou o olhar para o trabalho. As agulhas reiniciaram sua luta metálica e cadenciada.
— Este ponto é difícil, precisa tanta atenção.
— E o que vai sair daí?

— Um suéter, meu habitante da Lua, um suéter. Não sei quantas vezes já disse isto, é um suéter para você.

Ele sorriu. E deu alguns passos vacilantes em torno da poltrona. Parecia inquieto e alheado. Contraiu as sobrancelhas, apertando um pouco os olhos. Era como se estivesse tentando ver alguma coisa perdida num ponto longínquo, além da mulher, muito além da sala.

— Eu já sabia que era um suéter, meu carneirinho. Você com esse penteado fica parecendo um carneirinho, louro, louro... — murmurou afagando-lhe a cabeça num gesto fugidio.

Dirigiu-se ao terraço. A noite estava luminosa. Acendeu um cigarro. E aos poucos sua face foi se transtornando: as narinas se dilataram, frementes, a boca se entreabriu, extasiada, enquanto o olhar, que havia pouco buscava vislumbrar qualquer coisa, fixou-se afinal. Um ligeiro estremecimento agitou-lhe a fisionomia, que se acendeu, vivíssima, como se dela fosse arrancado o véu que a turvava. O trem! O trem! Depois de uma ausência de tantos anos, como era possível?! Como era possível?! No entanto, voltara enérgico e poderoso com seu arfar ardente, com seu apito dolorido a chamá-lo baixinho, "Augusto, Augusto...". Estranho foi não tê-lo reconhecido imediatamente, supondo mesmo tratar-se de um trem comum, "há um trem passando aqui por perto", chegara a dizer. Não, não o reconhecera, não podia mesmo imaginar que depois de tantos anos ele voltasse assim, sem aviso, completamente inesperado, ah! tão extraordinariamente inesperado! "Meu trem!"

— Frederico telefonou hoje à tarde — disse ela lançando um olhar para o terraço.

Pela porta aberta, podia vê-lo de costas.

— Ah...

— Pareceu-me meio magoado e acho que com razão, você nunca mais o procurou.

— Que bobagem, Heloisa, temos estado juntos todos esses dias.

— Mas meu bem, se ele me disse que há quatro meses não te vê!

— Quatro meses, já? Imagine, quatro meses...

Lançou ao céu um olhar perscrutador. Voltaria ainda? Cerrou os olhos, concentrado na expectativa. O silêncio era interrompido por ruídos banais vindos da noite: uma buzina, o arfar de um motor em movimento, uma voz de mulher seguida de uma risada... No prédio fronteiro de apartamentos, uma janela-guilhotina foi fechada com estrépito. Houve uma larga pausa de silêncio, como se o baque seco da janela tivesse decepado o barulho.

—Afinal, foi sempre seu melhor amigo.
—Quem?
—Frederico...
—Ah, pois é, está claro, amanhã mesmo vou procurá-lo, tão simpático, não?

Ela desviou do marido os olhos enevoados.
—Muito simpático.

Num gesto exasperado, ele atirou para a rua o cigarro e em seguida acendeu outro. Quebrou o palito de fósforo entre o polegar e o indicador. Contraiu duramente os maxilares. Oh! Senhor, mas por que ela não ficava quieta?!

—Entre amigos não tem a menor importância essa história de contatos, não existe entre nós tempo e espaço—começou rapidamente.—Além do mais, tenho andado ocupadíssimo no escritório, estou com uma pilha de processos...

—Você tem faltado muito ultimamente. Acumulou, não é?
—Acumulou—disse sombrio.

E ficou numa atitude defensiva, à espera de que algum novo e sutilíssimo ataque viesse ainda da sala. Mas de lá só lhe chegava agora o choque frio das agulhas. Então relaxou os músculos e debruçou-se no gradil. Nos seus lábios foi se esboçando aos poucos um frouxo sorriso de beatitude.

A lua estava assim mesmo, muito pasmada e branca nas profundezas do céu. Quantos anos teria ao certo? Sete? Oito? Já não se lembrava. Mas se lembrava—e com que nitidez!—da extraordinária fuga. Acordara no meio da noite, com o som do apito que parecia vir da mata: "Augusto! Augusto!...". O chamado era tão forte, que ele chegou a ficar com medo de que Carolina acordasse também. Levantou-se trêmulo, correu na ponta dos pés até a caminha da irmã, espiou o rostinho por entre os longos cachos. Ela dormia. Então, entreabriu a janela e ficou ouvindo, estarrecido, o resfolegar da máquina misturado ao som do apito. Era um som harmonioso como uma música a chamá-lo terníssima, duas, três vezes antes da locomotiva fazer aquela enorme curva e sumir mansamente. "Hoje parece que passou mais perto daqui", pensou ele mal contendo a excitação. Pôs-se a calçar as botas, tateando na escuridão do quarto. Há várias noites que o trem já vinha rondando a casa da fazenda, chamando-o, só a ele, tinha certeza de que ninguém mais ouvia o chamado, nem o pai, nem a mãe, nem Carolina, nem os criados. Às vezes havia no apito um certo arfar queixoso mas sempre doce, doloridamente doce, "Ah!... Augusto!...". Tapava então a boca para resistir ao impulso desesperado de responder. "Ele vem me buscar para a viagem!" Que viagem? Não saberia dizer. Sabia, isto sim, o quanto era maravilhoso aquele seu segredo, "meu trem, meu...". Que importava a pescaria no ribeirão, a arapuca armada debaixo da figueira-brava, a caçada de perdizes em companhia do pai? Que importava tudo isso? "Hoje passou mais perto", pensou apressando-se, a se vestir no escuro para não acordar a irmã. Quando ficou pronto, meteu nos bolsos o estilingue, o canivete, a fatia de bolo que guardara do jantar, uma pequena fotografia da mãe — era preciso levar o retrato dela, podia ser que não voltasse tão cedo — e saiu silenciosamente agarrando-se ao corrimão da escada para não despertar os degraus. Lá fora, a noite estava calma e clara. Contudo, a fazenda tinha um aspecto completamente diferente sob a luz do luar. Os pequenos ruídos estavam irreconhecíveis e irreconhecíveis também todas as coisas em redor. Mesmo os objetos mais familiares tinham agora uma feição estranha, hostil. Era como se nunca os tivesse visto antes. Lançou à figueira um olhar assombrado. Há pouco, do quarto, a fazenda lhe pareceu tão inocente quanto Carolina na sua caminha de grades. E agora a sentia cheia de perigos e mistérios, ainda mais acordada do que sob a luz do sol. Compreendeu então que só as pessoas dormiam, só o pai, a mãe, Carolina, os criados, os colonos, eram só esses que dormiam. Porque lá fora tudo continuava vigilante como o dragão da história, o dragão verde que acordava justamente quando baixava as pálpebras. Sob as pálpebras fechadas, a noite também espionava terrível. Meteu as mãos nos bolsos e atravessou o terreiro. "Mas eu que não tenho medo da noite!", pensou, erguendo a cabeça desafiante. Porque mais poderoso do que ela, do que os bichos, do que a própria montanha, havia o trem. "E o trem é meu! Ele me chamou!", disse em voz alta, apressando o passo em direção à vereda dos canaviais. "Ele me chamou!", repetiu lançando em redor um olhar aterrado. O eco da sua voz se desdobrara em mil bocas se escancarando por todos os lados: "... me chamou... me chamou...chamou...ooou...". Um morcego passou roçando pela sua cabeça. Acenderam-se os olhos de uma coruja. Ele encolheu-se, vacilante. E de repente desatou a correr, sentindo-se perseguido de perto pela figueira descabelada, pelo morcego que já abria a boca de rato para chupar-lhe o sangue, pela coruja que o marcava implacável com os olhos duros de farolete. Já sentia as bicadas nas costas, rasgando-lhe a camisa, ah! se conseguisse chegar a tempo no meio da mata, lá onde passava o trem! O apito ressurgiu vigoroso e tranquilo, "Auguuuusto!...". Embrenhou-se no meio das árvores, soluçando de pavor e cansaço, mas sem se deter. Um pouco mais que corresse, um pouco mais... "Depressa, depressa, depressa!", a locomotiva lhe cochichava com seu bafo escaldante. Chegou a vislumbrá-la por entre os troncos, com uma enorme estrela na testa, deslizando resplandecente sobre os trilhos de prata, subindo pela montanha afora na viagem maravilhosa. "Espera!..."

A fazenda acordou alvoroçada ao som frenético da sineta de alarme: o menino da sede desaparecera. E foi só ao meio-dia que um colono conseguiu encontrá-lo no bosque de eucaliptos. Estava caído de bruços, a roupa em farrapos, as mãos sujas de terra e sangue, abertas avidamente como se buscassem qualquer coisa no chão.

Durante quatro dias a casa da fazenda esteve em suspenso, imersa na atmosfera densa das vozes abafadas, dos gestos reticentes respondendo aos olhares, "ele ainda tem febre, ainda delira...". No quinto dia, as vozes se libertaram e a notícia se precipitou como o jato de luz entrando pelas janelas escancaradas do quarto do menino: "A febre passou!". E uma semana depois, ele já dava os primeiros passos pelo jardim. A mãe o acompanhava. "Por que você fugiu, filhinho! Por quê?" Ele meneou doloridamente a cabeça. "Não fugi, fui só tomar o trem, depois voltava..." Ela o apertou nos braços. "Mas que trem, meu amor, que trem? Não pode passar nenhum trem pelo mato, você sabe que não pode..." Então ele se pôs a chorar sentidamente: "passa, que eu sei. O apito vem de lá, mamãe, eu ouço às vezes, ele vem de lá!". Ela pôs-se a chorar também, "é sonho, você sonhou". E prometeu-lhe uma linda viagem num trem de verdade, ele veria então que é impossível um trem correr no meio das árvores. Dias e dias viveu na maior excitação, à espera da viagem prometida. Mas quando se viu afinal num trem, rumo à cidade, a custo conseguiu conter as lágrimas. O desencanto prostrou-o. Mas era aquilo o trem? "Ah, mãezinha, mãezinha, então o trem é isto?" A locomotiva velha e sacolejante, a fila meio desmantelada de carros sujos, repletos de gente desbotada, entrando e saindo apalermadamente nas estações sempre iguais... Tão pesadão! E que lerdo! Ah, que diferença do seu trem tão veloz que parecia ter asas! Quem poderia alcançá-lo naquela corrida desabalada por entre florestas, rios e nuvens? Quem poderia, como ele, chegar até a montanha?! "Mas é esta a viagem que vocês fazem?", quis perguntar. Conteve-se para não entristecer a mãe, que ia toda animada no seu vestido de cidade. "Agora você não vai mais pensar naquele outro trem, não é mesmo, filhinho?", perguntou ela. "Não, mamãe", ele respondeu lançando um olhar melancólico à planície que o trem morosamente atravessava. E ficou na expectativa de um novo chamado. Mas as semanas, os meses e os anos correram com a velocidade do seu trem, sem no entanto trazê-lo de volta. Nunca mais ouviu o apito, doce como uma música vindo da mata, "Auguuuusto...".

— Augusto! Estou falando com você, Augusto.

Ele voltou-se. E encarou a mulher. Era como se a visse pela primeira vez.

— Que foi que você disse, meu bem?

— Nada, nada de importante.

Ele entrou, deu um giro em redor da poltrona onde ela estava e apanhou o jornal. Notou por um momento — mas só por um momento — que ela estava mais pálida e as agulhas mais frenéticas. "Heloisa é tão cansativa às vezes...", pensou abrindo indiferente o jornal. Sentindo-se observado, afetou interesse pela leitura. Mas diante do seu olhar fixo e duro, as letras se empastelaram num rodopio vertiginoso. Aos poucos sua fisionomia foi se transfigurando. No começo, teve apenas o pressentimento de que *ele* se aproximava outra vez. Em seguida, a certeza, "vem vindo... vem vindo... agora, já!". Cerrou os olhos. O torpor parecia se irradiar da nuca para todo o corpo, espalhando-se num amortecimento que o transportava acolchoado e leve para um outro plano no qual os ruídos eram brandos como se caminhassem com pés de algodão. Sentiu-se flutuar, ligeiramente amparado por fios telefônicos, muito longos e bambos, carregados de vozes meio dissolvidas no éter. Sorriu para Heloisa, lá no fim do fio, menorzinha do que uma formiga. E aos poucos, rompendo o silêncio branco, o estertor da locomotiva foi se aproximando, cada vez mais forte, mais forte, a chamá-lo com uma insistência suave e ao mesmo tempo obstinada, "Augusto, Augusto!...". Saltou para o chão, "me espera"! Mas o estertor foi se enfraquecendo até que restou do seu nome apenas um "uuuuu..." esgarçado e remoto, mais tênue do que um sopro. "Espera!", ele quis gritar estendendo o braço, como que para reter o último carro que já sumia na fumaça. "Ainda não!..."

Quando abriu os olhos, viu-se estirado na poltrona, com Heloisa inclinada sobre ele. Reparou que os lábios dela estavam transparentes como opalina rosada. Contudo, parecia tranquila.

— Está melhor, Augusto?

Demorou para responder:

— Estou ótimo. Foi uma vertigem ligeira, passou...

— Vou chamar Tio Alcibíades, ele virá num instante.

Ele puxou-a energicamente pelo pulso.

— Não, não quero! — Abrandou a voz. — Não chame ninguém,

meu carneirinho, já passou. Não posso mais ter uma vertigem? Não posso?

— Se ao menos você me dissesse...

Sob o impacto do olhar dela — aquele olhar reto, penetrante —, ele baixou a cabeça. Gostaria, sim, de falar-lhe sobre o trem, sobre a antiga promessa da extraordinária viagem, mas ela entenderia? Não, claro que não. Fazia parte de outros trens, de outras viagens, tão lucidazinha, tão prática!... Há muito já não falavam mais a mesma língua. Onde estava a Heloisa que conhecera, onde estava? E quem era essa, que agora o inquiria com um olhar mais frio e mais metálico do que as agulhas do suéter? "O suéter é para mim", lembrou-se num enternecimento. Ela o amava. Mas e daí? A mãe também o amara e entretanto... No fundo, as duas se pareciam. Seria bem capaz de perguntar-lhe para onde o trem o levaria, seria até capaz — e o faria mesmo, meu Deus! — de repetir o medonho convite que a mãe lhe fizera, "na próxima semana viajaremos. Quer?". Riu frouxamente.

— Qual é a piada?

Encarou-a, sério.

— Você não acharia nenhuma graça. Sabe, meu carneirinho, seus cabelos são lindos, é mesmo uma pena...

— Pena?

— Uma pena não poder levá-la comigo.

— E aonde você vai?

Ele sorriu de leve, desviando o olhar astuto. Acendeu um cigarro.

— Vou dormir, Heloisa, dormir... — Ergueu-se. E soprou a fumaça em direção à janela. — Dormir e esperar.

A espera. Ah! como era penoso disfarçar a ansiedade, portar-se como todos esperavam que ele se portasse naquele miserável cotidiano! Passou a evitar a mulher, passou a evitar os colegas no escritório, mal suportava agora aquele cerco de caras interrogativas e perguntas dúbias. "Mas por que não me deixam em paz?!"

Sobre sua mesa, amontoavam-se os processos. Às vezes, ele chegava a tentar o esboço de um parecer sobre um ou outro caso de maior urgência. Mas não conseguia nunca chegar ao fim. Como era possível? Onde buscar forças para se interessar por aquela gente medíocre, por aqueles pedidos banalíssimos? A abandonada do marido a exigir uma pensão maior, o funcionário doente pedindo aposentadoria, coisas assim, mesquinhas, sem nenhum impulso, sem nenhum horizonte. Inclinava-se sobre as pastas de cartolina verde e assim ficava horas, o lápis esquecido entre os dedos, o olhar boiando sobre as letras, "justiça, justiça... *Jus, juris*, da terceira declinação. Terceira declinação..."

O chefe da consultoria tirava os óculos para vê-lo melhor. E uma tarde, não se conteve:

—Você está precisando de umas férias, Augusto. Que tal umas férias?

Augusto ficou pensativo. Sob certo aspecto era bom livrar-se do pessoal do escritório com todo o seu enfadonho teque-teque de máquinas e pastas inesgotáveis. Sem dúvida, era um alívio não ver tão cedo aquelas caras. Mas teria então que passar mais tempo com Heloisa, expor-se mais àqueles olhos duros de corvo que não abandona a presa enquanto restar um fiapo de carne.

—"*Never more! Never more!...*"

O chefe da consultoria inclinou-se um pouco pra ouvir melhor:

—Perdão?...

Augusto sorriu.

—Lembrava-me de um poema, *O Corvo*. Conhece esse poema?

—Já ouvi falar, já ouvi falar... Mas Augusto, isso deve ser esgotamento nervoso. Um pouco de repouso, de solidão...

—Solidão—atalhou-o com vivacidade.—Solidão. O senhor acertou, preciso apenas de solidão. Parece fácil, hein?

"Parece fácil", repetiu mil vezes a si mesmo nos dias que se seguiram. Contudo, que luta para impedir a invasão de seu mundo, que luta atroz para defender seu segredo! "Não quero remédios, quero paz", dizia constantemente a Heloisa. Mas Heloisa era obstinada. E lá vinha com seus olhos metálicos, com suas agulhas metálicas, insistindo em trazê-lo à realidade, a tola... Ignorando que a única realidade era o trem. Que só existia a viagem através de uma paisagem tão incontaminada, tão pura, que seus olhos se enchiam de lágrimas ao pensar que poderia vê-la um dia. Essa, a realidade. O resto era medonhamente falso, mesquinho, triste.

Passava agora a maior parte do tempo fechado no quarto, esquivando-se das conversas, dos contatos. Sobre todos os assuntos mostrava-se ironicamente desinteressado.

—Augusto, o Paulo telefonou, precisa muito falar com você.

—Exagero dele...

Hábil e mansa, ela rondava à procura de uma brecha pela qual pudesse se introduzir para tocá-lo:

—Gracinda vai dar uma festa de Natal. Eu disse então que tínhamos outro plano...

—Outro plano, é? Imagine, outro plano...

Certa vez ela insistiu mais na investida para arrancá-lo do seu isolamento e por isso ele resolveu resistir com brutalidade, mas com calculada brutalidade, sempre dentro da medida exata da reação que lhe convinha para defender sua fortaleza. Então, naquele jantar... Ah, sem dúvida, estava calmíssimo, nem de leve o que ela dissera—a pobrezinha!—o irritou realmente. Mas já estava na hora de assustá-la um pouco. E após premeditar a cena, executou-a com a perfeição que só o raciocínio em pleno funcionamento consegue atingir. No instante mesmo em que se levantava da mesa e violentamente atirava o prato no chão, "chega!", neste instante exato em que quebrava o prato, ria-se por dentro do ridículo do próprio papel. Mas a verdade é que depois dessa cena, todos passaram a respeitá-lo mais na sua solidão. "A solidão dos loucos", pensava fechando-se no quarto. "Até quando serei obrigado a representar para assegurá-la?"

—Tio Alcibíades está aí—Heloisa veio dizer-lhe certa tarde.

Ele estava estirado na cama, olhando o bico dos sapatos. Estendeu-lhe a mão, indolente.

—*J'ai plus de souvenir que si j'avais mille ans...*

—Queria que você o recebesse um instante, Augusto.

—É de Baudelaire.

—Eu sei. Mas você o receberá um instante? Hein, Augusto?

Sentando-se na cama, encarou-a. Ela falava com aquele seu jeito suave, movendo brandamente as agulhas de tricô.

—Meu suéter. Em seguida, minha Penélope começará um tapete...

Ela teve um sorriso melancólico. E pela primeira vez ele atentou para sua magreza. Além do mais, a cabeleira encaracolada pareceu-lhe inexplicavelmente em desalinho. Baixou a cabeça, consternado. Se houvesse uma maneira de impedir que se preocupasse, que sofresse, se ao menos pudesse explicar-lhe... Amava-a ainda? Não, não era mais amor: de tudo restara apenas uma remota ternura misturada a uma certa piedade, afinal, ela não passava de um carneirinho louro e tonto, balindo desconsoladamente naquele vale sombrio.

—Posso mandá-lo subir, Augusto?

Ele arqueou as sobrancelhas e sorriu maliciosamente.

—Claro que pode. Adoro Tio Alcibíades.

Quando se viu só, abriu o sorriso numa risadinha. Tio Alcibíades vinha inspecioná-lo. Devia estar impressionadíssimo com o que lhe contara Heloisa e viera correndo verificar pessoalmente. Heloisa com suas agulhas metálicas e olhos metálicos, tramando o suéter e a intriga. E como se comportar com ele? Podia representar uma enorme comédia, seria bem divertido ver o diagnóstico terrível estampado naquela cara redonda, "louco, completamente louco!". Ficou sério. Mas valeria a pena? Sentia-se cansado, docemente cansado, embora lúcido. É que o trem voltara havia pouco, talvez minutos antes de Heloisa aparecer. O dia todo o esperara num desespero crescente, chamando-o com todas as forças, "não me abandone, não me abandone!". E eis que de repente ele viera, tão próximo que parecia estar correndo ali na esquina, "Augusto!". Teve que tapar os olhos diante da luz do holofote — do holofote ou da estrela? — que iluminou o quarto com um clarão de relâmpago. O bafo ardente envolveu-o numa nuvem vermelha. Agarrou-se ao colchão, sentindo-se dissolver num retesamento sensual como um espasmo: foi como se desta vez o trem tivesse corrido sobre seu corpo. Quando conseguiu se levantar, seus braços e pernas — os próprios trilhos longos e paralelos — estavam moídos. Enlaçou as pernas, doloridamente feliz.

—Então, Augusto?

Voltou-se para o médico, que já se acomodava ao seu lado na beirada da cama. Cumprimentou-o entre irônico e complacente. "O pobre Tio Alcibíades", pensou enquanto respondia às perguntas iniciais, todas aparentemente inocentes. "Mas só aparentemente", concluiu bem-humorado. Tinha vontade de rir às gargalhadas. Se não estivesse tão cansado, envolveria o velho psiquiatra na mais humilhante das farsas.

A pergunta principal veio de chofre.

—Mas Augusto, que plano é esse?

—Plano? — repetiu brandamente, vagando o olhar entre o médico e Heloisa. Ela estava de pé ao lado da porta. — Plano?

—Você está com algum plano, sim. E por que não nos diz? Não confia em nós? Poderíamos te ajudar, quem sabe...

Augusto conteve um bocejo, entediado. A verdade é que não valia mesmo a pena tomar atitude nenhuma, bobagem desperdiçar astúcia com aqueles dois. Se fossem mais sutis, mais finos, até que podia ser bem divertido fazer-se de louco, por exemplo, agarrar o digníssimo velho e sair valsando com ele pelo quarto afora ao som da *Viúva Alegre*, lá, lá, lá, lá, lá... Deu uma risadinha.

—É alguma ideia engraçada?

Augusto riu-se mais alto. "Ah, o espertinho! Tão tolo e tão espertinho!"

—Vocês teriam medo de ir comigo.

—Medo por quê?

—O maquinista é o diabo.

No silêncio que se fez, o choro de Heloisa explodiu violentamente. Augusto lançou-lhe um olhar desolado. Por que as mulheres, mesmo as mais cerebrais e equilibradas como Heloisa, haviam de ter de vez em quando suas crises histéricas? E por que aquela incompetência de óculos que se chamava Alcibíades o examinava agora com aquela cara pasmada? Aí estava, eram todos despidos do mais leve senso de humor. Suspirou voltando o olhar para a janela.

— Vocês me aborrecem. Será que posso ficar só?

O médico acendeu um cigarro e trocou um breve olhar com Heloisa. Ela tapou a boca com o lenço e esgueirou-se para fora do quarto.

— Mas Augusto — começou o homem num tom neutro —, eu gostaria que você fosse comigo até meu consultório.

— Hoje?

— Agora. Estou com o carro aí embaixo, voltaremos logo.

— Preciso então me trocar... — disse num tom distraído, apalpando vagamente os bolsos. Baixou o olhar astuto. Estava esperando isso mesmo. O carro estava lá embaixo, sim, mas dentro do carro, dois enfermeiros. Se resistisse, o subjugariam como a uma criança. "Vão me levar", pensou erguendo-se calmamente. Num gesto afetuoso de adeus, pousou a mão sobre a pilha de livros na sua mesa de cabeceira. Apertou os olhos cheios de lágrimas. "Vão me levar."

Deu alguns passos pelo quarto, como se procurasse alguma coisa. Colocou a gravata, fez um laço frouxo. E de repente estacou. Ficou lívido. O trem! O trem! Vinha vindo, vinha vindo, enorme com sua estrela na testa, cada vez mais perto, mais perto, mais perto... O apito vinha dali mesmo, da calçada, "Auguuuuusto!...". Chegara a hora, afinal. Ele estava ali!

— Augusto, que foi?

Rapidamente ele se aproximou da janela. Contraiu-se todo. E como se fosse impulsionado por molas, saltou ao peitoril. Ainda de costas para a rua, abriu os braços e ali ficou como um estranho pássaro prestes a levantar voo. Seus olhos brilhavam, vivíssimos.

— Agora! — gritou rodando sobre os calcanhares.

E atirou-se no espaço.

O médico estendeu o braço para o retângulo vazio da janela. Teve um olhar também vazio para o céu descorado, no qual já luzia uma pequenina estrela.

— Augusto! — exclamou.

E como que sacudido pelo som da própria voz, saiu atropeladamente.

Na rua, algumas pessoas já formavam um círculo no gramado defronte do edifício. Antes mesmo de tocar o corpo, o médico percebeu que Augusto estava morto. Inclinou-se sobre ele. E teve um sobressalto. É que jamais vira na face de um ser humano expressão de tamanho deslumbramento.

A Sonata

O homem calvo inclinara-se para apanhar qualquer coisa e ele pôde então vê-la refletida inteira no alto do espelho da parede: desabrochara, apenas isso, desabrochara. A beleza meio imprecisa da adolescência firmara-se mais suave na linha oval do rosto, nos lábios polpudos, nas ancas redondas. O tempo como que aplacara os ângulos. E apaziguara os desejos.

— Nunca pensei que o teatro ficasse hoje assim cheio, só consegui lugares nas últimas filas... — começou ela. Fez uma pausa. E sorriu. — Ah, Jacó! Ainda não perdeu o costume de olhar para a gente à traição, hein? Agora já sou quase uma matrona, vamos, pode me olhar de frente.

Ele encarou-a. Sorriu também.

— Você ficou tão bonita, Valéria. Mas tão bonita, sabe? Arrependo-me de não ter matado seu noivo, podia tê-lo matado, não podia? E limitei-me a escrever versos.

Ela abriu o sorriso numa risadinha.

— Lembro-me de um poema seu, "eu quero ser a poeira em seus sapatos", começava mais ou menos assim. A ideia era excelente.

— É, mas não era minha — lamentou ele com afetada tristeza. E noutro tom, olhando-a bem nos olhos: — Valéria, Valéria. Quase vinte anos, não?

Ela inclinou docemente a cabeça, apoiando o queixo no programa que tinha enrolado entre as mãos.

— Quase vinte anos. — Cerrou um pouco os olhos. Voltou-lhe a expressão de afetuosa ironia: — E por que você não quis se casar ainda? As mulheres devem se engalfinhar por sua causa.

Ele acendeu um cigarro. E lançou em redor um olhar melancólico.

— Sou um desencantado, Valéria, um desencantado. Há tempos, quase me deixei arrastar pela cantiga de uma sereia. Mas fiz como Ulisses, tapei os ouvidos com cera e fugi a todo pano. Acho que minha vontade de casar se concentrou toda em você. Esgotou, entende?

— Você exagera...

— Não é exagero, não. Quando soube do seu noivado, fiquei doente, você não se lembra? Quase morri.

— Era gripe.

— Não, não, era amor. Na convalescença, li *A Divina Comédia* de um só arranco. E queria que você morresse, e queria morrer em seguida, nós dois, duas crianças de mãos dadas, você me conduzindo ao Paraíso...

— Não podia haver nada mais lindo! — exclamou ela, contraindo a boca para não rir. Mas não se conteve, e inclinando um pouco a cabeça para trás, deu uma risada.

Ele notou então que havia pequeninas obturações a ouro nos seus dentes do fundo, naqueles belos dentes que ela gostava tanto de mostrar. "É, vinte anos", pensou, desviando o olhar. E teve nesse instante a sensação exata do tempo que passara. E como passara ligeiro! Lembrou-se bem de Valéria e de como a surpreendera, naquela noite remota, a atravessar a sala em largos passos de dança. Ele a espionava como um ladrão, através da janela. E a viu passar de repente, fugaz como a mocidade, rodando, rodando com uma flor nos cabelos.

O lustre do saguão do teatro iluminava agora um homem frio e lúcido, em vaga disponibilidade. E uma bela mulher casada e honesta. "Provavelmente honesta", pensou ele. Encarou-a com renovado interesse.

— Nunca esperei encontrá-la assim, num concerto, imagine, depois de tantos anos...

— Eu queria muito ouvir esse violinista — disse ela abrindo o programa. — E começa com a *Sonata a Kreutzer*, eu sabia tocar isso.

— A sonata diabólica.

— Diabólica por quê?

Ele hesitou. Baixou o olhar.

— Tolstói dizia que todas as vezes que se tocava essa música, era o próprio Diabo quem empunhava o violino.

— O Diabo?

Ele arqueou as sobrancelhas, malicioso. Seria por acaso oportuno contar a lenda, segundo a qual aquela sonata excitava as mulheres a ponto de levá-las ao adultério?

—O Diabo também deve gostar de música. Se não fosse esse seu perfume, já estaríamos sentindo cheiro de enxofre.

Sorriram em silêncio. Então, inesperadamente, soou um toque velado de campainha. Houve uma certa agitação nos grupos que começaram a se dispersar. Algumas pessoas subiram as escadas. Outras, enveredaram por detrás da cortina de veludo vermelho.

—Ainda há tempo para fumar este cigarro—disse ele ao ver que a mulher fizera um movimento em direção à cortina.—Afinal, o que vou ouvir aí dentro, posso ouvir mil vezes ainda. E não poderei te ouvir nunca mais.

—Ah, Jacó, que dramático! Você fala como se eu fosse morrer em seguida.

—Mas é como se fosse mesmo. Ficamos uma eternidade sem nos ver. Houve este acaso. Na próxima vez, nosso encontro será o de dois grãozinhos de pó no ar.

Ela sorriu ainda. Mas ele notou um ligeiro tremor na comissura dos seus lábios.

—E por que não vem nos visitar? Rafael gostará de te ver.

—Gostará?...

Calaram-se. Além dos dois, restara no saguão apenas uma pequena roda de pessoas que conversavam em voz baixa. Apagara-se o lustre central e agora só permaneciam acesos os discretos candelabros que ladeavam os espelhos. A penumbra tornara o ambiente menor. E mais íntimo.

Ele deixou cair o cigarro. Esmagou-o com o sapato.

—Você sairá no intervalo?

O segundo toque soou mais forte. Valéria recuou um pouco para deixar que as pessoas entrassem.

—Tia Brígida não gosta de se levantar, não vou deixá-la sozinha.

—Na saída, posso levá-las—disse ele baixando o tom de voz. Segurou-a no braço:—Posso levá-las.

Ela não respondeu. Encarou-o demoradamente, com uma expressão que ele não soube definir. Em seguida, desvencilhando-se com um gesto um tanto brusco, sumiu por detrás da cortina.

Ele ficou imóvel. Ouviu os aplausos. E mentalmente, foi acompanhando os movimentos do violinista. Como se a cortina fosse transparente, viu-o aproximar-se do piano, trocar um olhar com o pianista, ajeitar o violino no ombro, erguer o arco... O violino rompeu o silêncio com energia. Era como um chamado, um casto mas poderoso chamado ao piano, que não tardou em atender o apelo.

Ele deu alguns passos em direção a uma coluna. Encostou-se nela.

— O senhor não vai entrar? — quis saber o porteiro.

— Estou ouvindo bem daqui.

O homem examinou-o com estranheza. Encolheu os ombros. E desapareceu no corredor.

Ele então acendeu um cigarro. Valéria, Valéria. Não tinha nem quinze anos quando a conheceu, quando estourou aquele amor desvairado, "mas que gripe forte, quarenta graus de febre!", dissera a mãe examinando o termômetro.

Gripe. E enquanto o médico lhe oferecia pílulas, ele rolava na cama, beijando o lenço que Valéria deixara cair. Era um lencinho branco, lembrava-se bem. E tinha um *V* bordado num canto. Escondera-o avidamente dentro da camisa, ensopado de suor e lágrimas, "diga que me ama, Valéria, diga que me ama!...".

Lembrava-se ainda, em meio dos delírios, da mãe indo e vindo com seus doces olhos míopes, que às vezes pareciam verdes, outras vezes azuis, "mas ela está noiva, ouviu bem? Noiva!". Ele afundava no travesseiro a cara esbraseada, "se ela não vier, eu me mato!".

Os sons do violino eram agora muito brandos, acompanhados de perto pelo piano. Pareciam ambos entretidos numa conversa amena, o violino perguntando, o piano respondendo, num começo de idílio que ora subia de tom, ora baixava, grave e ao mesmo tempo terno.

Jacó cerrou os olhos. Ela não foi, nem ele se matou. De tudo — das súplicas, das ameaças, dos juramentos, das lágrimas — de tudo, restara apenas aquele lenço. E mesmo esse lenço, certa noite, Kiki o achou dentro de um livro: "Que trapo é este?", perguntou a examiná-lo. "Tem um *V* bordado, foi de uma das suas mulheres, hein?", acrescentou, enciumada. E atirou-o no lixo.

Só a lembrança resistira. E agora, de um certo modo, também essa lembrança ia desaparecer. Ou melhor, perder aquele sentido. Valéria ia ceder. Como as outras, como todas as outras, tudo igual. Igual. A mesma resistência no início, um pouco maior, talvez. Depois, o mesmo medo, a mesma emoção, as mesmas frases, principalmente as mesmas frases, as horrendas frases de um incrível mau gosto, "eu não devia ter vindo, não devia! Que juízo você vai fazer de mim?". Ele contestaria com a habitual ternura, com a habitual paciência: "O melhor dos juízos, imagine... Com você é diferente, completamente diferente".

Ele fixou o olhar no lustre apagado. Diferente?... Um dia, viria o desfecho com as inevitáveis lágrimas. Com a devolução do inevitável maço de cartas, acrescido de um bilhete de despedida, os tais bilhetes tão cheios de dignidade. E tão dolorosamente ridículos.

A sonata crescia com uma veemência inesperada. O violino exaltara-se e buscava se impor, autoritário, perseguido de perto pelo piano inconformado.

Ele deixou cair o cigarro. Sentiu que se destapara o vidro da memória e que as lembranças da infância já o envolviam pertinazes.

"Mas puras", uma voz insinuou no fundo do seu ser. "Tudo o mais foi-se aviltando, foi-se perdendo, só ficou isso..."

Pensou, então, no adolescente de olhar febril e faces marcadas por sinais de lágrimas. Reconheceu-lhe a voz ardente: "Não destrua a única coisa que restou incontaminada, limpa. Valéria, não, ela não! Deixe em paz minha namorada!".

Jacó tentou sorrir. Era preciso apaziguar o debate que sentiu ir nascendo dentro de si mesmo: "Mas quem disse que ela vai ceder? É bem provável até que resista, que fuja. Afinal, deve amar o marido, e mesmo que não o ame, tem aquele ar de mulher que não procura mais nada... Vai resistir, é claro, mas no fundo, espera que eu insista, que eu tente. Se eu recuar agora, pode até se sentir humilhada...".

A resposta veio com um acento dilacerado: "Cínico!".

Ele sentiu-se como que empurrado para fora do teatro. "Vá-se embora, você já tem Bárbara! E será uma perda de tempo, ela é sensível, irônica, verá imediatamente que seu interesse não passa de um capricho, de uma simples curiosidade. Vá-se embora, vá-se embora!"

Acendeu um cigarro. Por um momento, ele ficou atento à música. O diálogo entre o violino e o piano perdera o tom sensual de polêmica. Ambos estavam agora mais contidos, mais frios. "Mas pode ser que não seja só um capricho, pode ser que eu volte a amá-la. Por que não? Se fugir, talvez perca coisas maravilhosas..."

Houve um brevíssimo silêncio. "Ora, você sabe muito bem que nunca mais será capaz de amar. É um calculista, um tipo incapaz de grandes impulsos, grandes gestos. Olhe-se no espelho: não se sente mais sugado do que um fruto? Não, não venha agora com histórias de paixões virginais, vá-se embora, vamos, vá-se embora!"

Jacó contraiu as sobrancelhas. O violino impacientara-se novamente e desafiava o piano, que tentava reagir no mesmo tom. Era como que uma exasperante corrida. "O jogo começou, agora é tarde. O risco é meu. E se eu ganhar?"

A sonata ia chegando ao fim. Violino e piano seguiam agora lado a lado. Mas solitários. Pela última vez ele vislumbrou, como num espelho, se despencando num abismo, a face remota do adolescente: "E se eu perder?".

O ruído dos aplausos abafou as últimas notas. Era como o eco de uma forte pancada de chuva, desabando aliviada após a terrível tensão. Acendeu-se o lustre.

Ele pestanejou, vacilante. Deu alguns passos em direção à saída. Deteve-se. Em seguida, retrocedeu, abriu a cortina e enveredou pela sala.

Os Mortos

    Vou contar tudo, prometo que contarei tudo porque é preciso que alguém saiba como foi. Nem sei por onde começar, estou tão confusa, meu Deus, tão confusa... Seria bom dormir, dormir e só acordar depois que isto tiver passado. Mas sei que não vou dormir. Deixa então que eu fique falando, eu vou falando assim bem baixinho e enquanto conto tudo, talvez explique a mim mesma uma porção de coisas que ainda não entendo, talvez chegue a conclusões que deem um pouco mais de sossego ao meu coração. É que nem sei se sou culpada... Sei que o perdi e me perdi para sempre. Ali no cinzeiro, há ainda um pouco de cinza do último cigarro que ele fumou; aqui, ao alcance de minha mão, está o livro que ele nem acabou de ler... Ergo os olhos e dou com minha figura refletida no espelho. Quem é essa mulher que me olha estupidamente? Eu vi Luís Filipe descer as escadas, ela me diz. Foi-se embora sem pressa, o olhar tão vazio, vazio... Mas espera, já estou precipitando tudo, vou começar desde o início, procurarei ficar calma, espera, é preciso ir com calma...
    Quero que saibam que planejei tudo friamente. Nunca pude supor que depois viesse a amá-lo desse jeito, com um desejo que me sacode até o fundo, lá bem no fundo onde estão minhas raízes. E ao mesmo tempo, em meio do desejo atroz, esta ternura tão humilde e tão mansa que me prostra e me faz sentir musgo, paina... Rasa assim como um chão de musgo, eu me transformarei em musgo, Luís Filipe, num chão de musgo para você pisar. Deite-se em mim, meu amor, chore em mim e sorverei suas lágrimas e ficarei ainda mais tenra...
    Não sei por que gostaria agora de ser planta, eu que fui mineral. Uma mulher de pedra. Tão poderosa, tão forte. Agora sinto frio e não tenho ânimo de ir buscar nem aquele cobertor. Já está anoite-

cendo e de lá de baixo vem vindo um ruído de talheres. Marta deve estar pondo a mesa. Marta me odeia desde que presenciou aquela minha cena com Luís Filipe. Por que não me contive? Por que fui tão longe? Baixinho, ele suplicava que me controlasse, controle-se, olha a empregada, controle-se! E eu a me desatar como uma cascata, fremente, desgrenhada, a dizer tudo aquilo ali mesmo, na frente de Marta...

Mas já estou embaralhando tudo, espera, vou retomar o fio, eu tinha dito... ah, sim, que planejei tudo friamente, foi isso. Foi isso. Resolvera conquistá-lo, cismei que tinha que ser ele e comecei então a empregar todos os meios para atraí-lo. Andei investigando sobre os lugares que frequentava e simulei encontros casuais, dei reuniões para ter a oportunidade de vê-lo, recorri a tudo, até a bilhetes e telefonemas anônimos. Neste jogo eu dou tudo, respondi a meu avô, que se horrorizou com o verdadeiro cerco que organizei. E quanto mais arisco, e quanto mais esquivo ele se mostrava, mais eu me excitava naquela luta. É do tipo platônico, concluí. Não se encontrará comigo num apartamento, mas numa sala de concertos.

Convidei-o para um concerto de piano e dessa vez ele não hesitou em aceitar. Lembro-me de tudo como se fosse ontem: escolhi um vestido decotado, um perfume quente, Tenho que despertar esse príncipe distraído! disse a uma amiga. O meu príncipe... Só mais tarde, bem mais tarde ele me pediu que não usasse vestidos assim. E que não me pintasse tanto e não escolhesse perfumes tão violentos... Luís Filipe, Luís Filipe, tão poucas coisas você me pediu! Que me custava contentá-lo? Também, você podia ter compreendido que tenho só vinte e cinco anos, tinha tanta vontade de brilhar... Se eu soubesse, meu Deus, se eu soubesse!

Lembro-me de que a noite estava estrelada. Mas não havia luar. Fomos andando vagarosamente por várias ruas, eu falando o tempo todo, ele silencioso, meio inquieto. Às vezes, consultava o relógio.

—Será que o concerto ainda não começou?—perguntou-me afinal.

Que concerto?, eu já ia dizer. Contive-me. Ah, o concerto...

—Você não se importa se não formos? A noite está tão bonita, podíamos ficar conversando, logo ali adiante tem um bar tão simpático...

Ele concordou, mas notei desaponto no seu tom de voz. Tive então vontade de largá-lo ali mesmo e ir embora. Então o concerto era mais importante do que minha companhia? Achei que ele preferia a música naquela primeira noite em que saímos juntos. Ah, este orgulho!... Depois, quando casados, acusei-o de preferir a profissão, os livros, o cachorro e finalmente... finalmente Elisa. Mas espera, eu dizia que pensei em deixá-lo quando então ele me tomou pelo braço. Sorriu.

— Já existe música suficiente aqui em redor, não ouve?

Lembro-me ainda de que nos sentamos num muro arruinado, defronte a um terreno baldio. A rua estava quieta e o silêncio só era interrompido pelo cri-cri amoitado de um grilo.

Luís Filipe começou então a falar sobre alguns casos difíceis que apareceram no hospital, mas a verdade é que eu não o ouvia. Imaginava, isto sim, como ele ficaria num terno elegante, com uma gravata de bom gosto, ai! as gravatas que ele usava... Será preciso ensinar-lhe certas coisas, pensei. Tem luz própria, mas é tosco. Tímido. Tenho que atualizar este príncipe, decidi tomando suas mãos entre as minhas. E fiz-lhe perguntas, provoquei confidências. Ele foi cedendo. E pôs-se a contar trechos da sua infância de menino pobre: falou sobre a mãe, que fazia toalhinhas de renda para vender, falou sobre o pai, um homem genial que sonhava sempre com o dia em que pudesse lecionar na universidade e que acabou como subdelegado numa cidadezinha perdida em meio da poeira... Falou sobre o primeiro emprego, sobre a primeira namorada, uma mocinha chamada Judite. Um dia, ele pulou a grade de um jardim para roubar uma flor e oferecê-la embrulhada num verso... Gostava muito de um cachorro, o Bóbi. Bóbi sabia cumprimentar estendendo a pata.

Mostrei-me maternal, doce, mas a verdade é que estava decepcionada. Esperava que ele me contasse histórias picantes, queria que se mostrasse malicioso, experimentado. Um diploma obtido com sacrifício, uma namorada de covinhas, um cachorro que sabia cumprimentar... Tudo tão tolo, tão ingênuo, tão sem imaginação! Compreendi bem o motivo que o fazia esquivar-se de mim, Não sou desse seu meio, ele me disse. Apoiei-me no seu braço. Chegarei a amá-lo? foi a pergunta que fiz a mim mesma e que voltei a repetir na manhã do casamento. Quanto a ele, ah!... eu estava bem certa de seu amor e como dói essa certeza, agora que o perdi. A gente só dá valor às coisas depois que as perde, dizia meu avô. Só depois que as perde.

A alegria com que ele chegava do consultório, exigindo que eu mesma fosse recebê-lo. Carregava-me então nos braços e contava o que fizera, o que pensara, Estou sendo um péssimo médico, confessou-me. Os clientes se queixam e eu mal ouço as queixas, só penso em você, só penso em você!

Nossa primeira briga, por que foi mesmo? Ele não queria sair de casa, acho que foi isso, foi isso sim. Eu tinha organizado um programa com um grupo de amigos e Luís Filipe cismou de não ir, queria ficar ouvindo discos, fumando cachimbo. Luís Filipe era estranho, tinha às vezes umas esquisitices, afinal, será que ele não entendia que eu precisava de distração, que tenho um guarda-roupa repleto de vestidos, que mulher que não é admirada murcha como flor em cima do piano?...

— Aqui está tão bom — disse ele soltando uma baforada daquela fumaça detestável.

— Mas já fiquei em casa o dia todo, estou farta disto — repliquei. — Ficar fazendo o que aqui dentro? Já não suporto mais esse cheiro de cachimbo misturado com esse seu Mozart. Ainda não percebeu que estou farta?

Ele desligou a vitrola, apagou o cachimbo e pediu-me então que vestisse o meu mais belo vestido, iríamos sair. Não, agora não vou mais, não quero forçar ninguém, gritei. Teria mesmo gritado? É, acho que gritei. Gritei e bati a porta do quarto. Na reconciliação, chorei quando nos abraçamos, era amor, sim, mas está claro que eu ainda não sabia pois do contrário teria ido recebê-lo no dia seguinte. Nem sei bem por que resolvi prolongar a briga. Ele que sofra um pouco, pensei. E quando ouvi seus passos, fui para o escritório. Ele entrou ansioso, chamando por mim. Tinha os olhos brilhantes de alegria quando me ofereceu um ramo de flores. Um ramo de rosas vermelhas, ele adorava rosas vermelhas. Desviei-me do abraço, não me desmanche o penteado!

Tomando então minhas mãos entre as suas, ele pôs-se a explicar que se não saíamos muito à noite, é porque chegava cansado, queria ficar a sós comigo, afligia-se no meio de muita gente, tinha ciúmes de mim. Enquanto falava, chegou a tirar o cachimbo do bolso. Mas logo enfurnou-o. E acendeu um cigarro. Lembrei-me com que ternura seus dedos se fechavam em torno do cachimbo, com que requintes se entregava a todo aquele ritual que antecedia à primeira baforada: fechava o cachimbo na palma da mão e nesse gesto havia muito de posse, de amor. Com o cigarro, era diferente, os movimentos eram secos, frios. Senti que já era uma vitória minha: o cachimbo bem-amado fora substituído. Restava-me agora fazer com que se atenuasse aquele seu fanatismo pela profissão. Pois eu tinha dinheiro, não tinha? Então?... Ele não precisava se matar em correrias entre o hospital e o consultório. Ainda se fosse um grande médico, vá lá, mas um médico como milhares de outros, sem nada de excepcional...

Ele me ouviu em silêncio. Depois, levantou-se de cabeça baixa, um assobio leve nos lábios, nem era bem um assobio, era mais um soprozinho sem nenhuma melodia. Afastou-se no momento exato em que eu já ia ceder, quantas vezes não aconteceu assim? Discutia com ele, é verdade, mas nunca guardei rancor. Luís Filipe levava tão a sério essas coisas, parecia criança! Luís Filipe, meu amor, mil vezes te provoquei, sim, mas por que você não teve um pouco de paciência, por quê?

Numa das nossas discussões, aquelas terríveis discussões, lembro-me de que ele saiu de repente e eu fiquei então com medo, pela primeira vez tive medo, Luís Filipe! gritei da porta, aonde é que você vai? Quando ele voltou, tinha aquela expressão feliz dos primeiros tempos. E o ramo de rosas na mão. Deixei as flores atiradas na poltrona do quarto e fui me preparar, tinha combinado sair com uma roda de amigos. Mas no fundo, não queria ir, queria ficar com ele, odiei o passeio, tive vontade de esbofetear o sujeito que me beijou no carro... Na manhã seguinte, fingindo dormir, vi quando ele se deteve a olhar as flores já murchas. Pareceu-me que seus olhos se encheram de lágrimas. Seriam lágrimas? Seriam lágrimas? Estava um pouco escuro, contudo tenho quase a certeza de que ele chorou. Mas por que se comoveu com as flores e não comigo? Luís Filipe era mesmo um homem esquisito, se tivesse me olhado assim eu teria me atirado aos seus braços, pedido perdão...

Agora, aquele livro ficará para sempre marcado na mesma página, e a poltrona vazia, e o cachimbo apagado, ainda mais frio do que todo o resto porque um dia tivera calor. Era bom ver aquele cachimbo aceso, só agora eu sei como era bom vê-lo aceso. Contudo, na época...

Eu tinha que implicar também com o cachimbo. E ele deixou de fumar perto de mim. E raramente ligava a vitrola. E raramente sorria. Alegrava-se às vezes, é verdade, mas com o Bóbi. Aquele cachorro odioso! Sempre detestei cachorros. Foi criado com mamadeira, Luís Filipe me disse. Bóbi é igual a um bebezinho...

A irritação que me dava quando Bóbi saía correndo para receber Luís Filipe. Bóbi tomou meu lugar. Por que deixei um cachorro tomar o meu lugar? Brincavam como duas crianças, rolavam pelo tapete, Luís Filipe se escondia, Bóbi saía como uma bala a espiar detrás das portas, ganindo de aflição... Luís Filipe, pare de uma vez com isso! disse-lhe um dia. Deixe de ser ridículo, não vê que a casa fica em rebuliço, que suas roupas se amarrotam? Ele se recompôs. Tinha o rosto fortemente corado quando se afastou seguido pelo cachorro.

— Você odeia tudo quanto eu amo — disse tranquilamente, a me olhar com uma expressão cujo sentido não consegui alcançar.

Por que não se desabafava, por que ficava a me olhar assim? Era melhor que me esbofeteasse, me insultasse, fizesse o que bem entendesse mas não ficasse daquele jeito. Tão controlado, tão distinto, tão imbecil!... Não, não, não sei mais o que estou dizendo, Luís Filipe, meu querido, não te mereci nunca, nunca prestei para nada, você até que foi muito paciente, muito bom. Que horrível pensar que se fiz aquilo, foi porque te amava. Tão claro tudo, como você não descobriu?

Era preciso me livrar do cachorro. Soltá-lo? Não, não adiantava, Bóbi era esperto demais, voltaria na certa. Tive então aquela ideia. Como pude ser tão mesquinha, tão baixa?! Estraçalhei uma echarpe e atirei-a no jardim. Quando Luís Filipe chegou, tomei-o pelo braço: venha, meu querido, venha que quero mostrar o que a tua criancinha fez.

Quando ele viu a echarpe estraçalhada, suas feições como que ficaram em tiras também. Mas logo o rosto se enrijeceu tanto que cheguei a me assustar. Pensei que fosse castigar o cachorro quando o chamou, Bóbi, Bóbi! Apesar de ouvir os guizos da coleira, o cachorro desta vez veio tremendo, adivinhando que não ia haver passeio. Como se entendiam aqueles dois! Saíram e só algumas horas depois Luís Filipe voltou mas Bóbi já não veio com ele. Até hoje não sei com quem Bóbi ficou. Penso agora que decerto ficou com ela. Ficou com ela.

Durante o jantar desse dia, Luís Filipe não parecia estar triste, parecia estar cansado, mais nada. Achei-o assim tão vencido, tão esmagado que cheguei a me arrepender, juro que me arrependi, não presto mesmo mas não tenho mau coração, faço as coisas, é certo, mas depois sofro também. Quis consertar o que fizera e disse-lhe que podíamos ter outro cachorro mais bonito e menos estouvado, mostrei o maior interesse pelo seu trabalho, fiz-lhe perguntas, contei-lhe uma história divertida... Luís Filipe respondia por monossílabos, forçando às vezes um sorriso que de tão deformado mais parecia uma careta. Tinha a cabeça baixa. Os ombros curvos.

Foi então que eu disse tudo. Marta servia o café mas assim que comecei a falar, recuou até à porta e ali ficou como uma estátua. Até hoje não sei, juro que não sei... Meu Deus, meu Deus, como é que eu fui dizer aquilo? Chamei-o de hipócrita, inútil, fosse atrás do cachorro, não era obrigado a voltar, eu ficaria muito bem com meu dinheiro, ouviu? Com meu dinheiro! Ele ouviu, sim. Que louca, que louca. Por que fui falar em dinheiro justamente a ele, a ele que foi sempre tão pobre e que apesar disso nunca quis nem de leve tocar em nada meu? Pálido, muito pálido ele pedia baixinho que me controlasse, Por favor, controle-se, olha a empregada, controle-se!

    Nem sei quantas semanas passamos falando apenas o necessário. Entrando e saindo sem ruído, Luís Filipe agia como se houvesse em casa uma pessoa doente e que não deve ser perturbada. Todo aquele desejo desesperado que tinha por mim parecia ter desaparecido. Era delicado, atento. Mas frio. Foi quando pensei: e se ele arranjar outra? Parecia não andar muito infeliz, ao contrário, várias vezes cheguei a surpreendê-lo com um ar assim de sonho... Fiquei apreensiva, passei a fiscalizar-lhe os telefonemas, a correspondência. Tranquilizei-me. Podia brincar ainda, eu era a única e no momento que bem entendesse, faria um gesto e ele voltaria rastejante. Afinal, os homens gostam de mulheres difíceis, misteriosas. Mulheres misteriosas... Que cega, meu Deus! Que cega!

    Quando é que eu poderia imaginar que a visita de Ana viesse a ter tamanha importância para mim? Primeiro, falamos sobre modas, festas. Depois, sobre as novidades, os escândalos. Ana estava sempre a par de tudo: sabia, por exemplo, que Bruno não se ferira num táxi mas sim no carro da amante, que bateu num poste; que Lula, num acesso de bebedeira, despejou gasolina na cama da mulher e ateou fogo, uma sorte ela estar no banheiro; que Cláudio fugira com a noiva do filho, veja que horror, do próprio filho! Hum, esses homens! suspirou Ana. E quanto mais comportada a gente é, mais eles fazem das suas. Veja Luís Filipe...

    A xícara de chá vacilou na minha mão. Pousei-a na mesa e acendi um cigarro.

    —Ah, você também sabe?—perguntei.

    —Se eu sei?! Ora, meu bem, nesta altura não se fala noutra coisa!—exclamou Ana. Recebera minha pergunta como um desafio.—Ele é discretíssimo, não há dúvida. Mas querer esconder amor é como querer esconder o sol. A gente pode se fechar num caixão e a luz se infiltra pelas frestas... Quando não passa de uma simples aventura, é fácil disfarçar. Mas Elisa não é mulher de aventuras, você sabe.

Elisa? Que Elisa?

    —Pensei que ela tivesse tido outros casos antes—disse eu em meio de um sorriso que senti se abrir como um esgar.

    —Não, que ideia! Elisa não é de ter casos, conheço-a bem. É do gênero crente, entendeu? Só mesmo um tipo assim romântico como o Luís Filipe poderia animá-la a dar o passo. Também, aquele marido chato, tão mais velho do que ela. Era de se esperar mesmo.

Animei-a a falar mais, atirei-lhe iscas. E ela não resistiu. Era bonita, a Elisa? Bem, não é que seja propriamente bonita, advertiu Ana. Ah, sim, tem uns belos olhos e uma voz muito especial, meio velada, um pouco rouca. Mas beleza, propriamente... A beleza dela como que não está nos traços, descobriu Ana de repente. É beleza de mulher de retrato, vem de dentro, como naqueles retratos antigos em grandes molduras e onde as mulheres não parecem reais, entendeu?

Eu entendi. Entendi tudo. Entendi tanto, que depois que Ana saiu com a mesma afobação com que chegara, fiquei longo tempo quieta ali no escuro, sabendo muito bem o que ia fazer. Ou melhor, o que não ia fazer. Não, não armaria nenhum escândalo, nada de cenas, nada de violências. Fiquei pensando, enquanto bebia o chá amargo e morno. Triturei uma folhinha negra que escapou do bule mas não escapou dos meus dentes. Foi então que descobri: eu amava Luís Filipe, eu amava Luís Filipe. Amei-o desde o primeiro instante, desde aquela tarde em que o conheci, a roupa mal talhada, a gravata torcida, sem saber o que fazer das longas mãos. Ah, amava-o, amava-o! E deixara-o escapar, perdera-o assim tão rapidamente, tão rapidamente... Agora ele tinha outra, a Elisa, a doce Elisa com ar de dama de retrato antigo, a voz mansa, os gestos mansos...

Lágrimas desceram atropeladamente pelo meu rosto e foram pingar nas minhas mãos. Eu tinha vontade de gritar de desespero. E ali fiquei, tão quieta, que quando Marta entrou na sala nem me notou na penumbra. A solução era reconquistá-lo, simplesmente reconquistá-lo. Mas era preciso ir com calma, ir com uma paciência de demônio, engolindo os sapos todos sem fazer a menor careta. Não perder nunca a cabeça, decidi correndo para o quarto. Vi-me no espelho. Vamos, relaxe essa expressão dura, fique frágil, fique desprotegida... Vamos, sorria, sorria como a outra costuma sorrir.

Esmerei-me no penteado. Escolhi um vestido bem simples, como ele gostava. Pus flores na mesa. Fiz eu mesma a torta de maçãs que ele pedira. E fui abraçá-lo assim que ele entrou, Luís Filipe, Luís Filipe, eu te amo! Ele me olhava meio perplexo, sem uma palavra, sem um gesto. Aquilo me gelou. Ah, então era assim que me recebia, o hipócrita? Eu me humilhara para ser tratada assim?! O hipócrita. Hipócrita!

Recuei. E aos poucos fui lhe dizendo tudo: primeiro, ironias, depois as acusações, os insultos. Disse tudo, ah! por que fui perder a calma, como é que fui tão longe? Fiquei horrorosa, rouca, os cabelos em desalinho, a pintura dos olhos escorrendo nas lágrimas... E quanto mais falava, mais tinha vontade de prosseguir falando, vendo que estava tudo perdido e no entanto com uma vontade atroz de destroçar ainda mais o pouco que ficara intacto. Ele ouvia, imperturbável, um assobio a se desenhar nos lábios. Um pobre assobio quase imperceptível.

Quando vi que fracassara, que fracassara completamente, atirei-me soluçando aos seus braços, Luís Filipe me perdoa, me perdoa, me perdoa! Me dê mais uma oportunidade, só mais uma e juro que saberei respeitar o que passou, não tocarei nunca mais em nada, recomeçaremos, Luís Filipe, recomeçaremos! Podíamos ir para as montanhas, como na lua de mel...

Deitei-me aos seus pés, como Bóbi fazia, beijei-lhe os sapatos, Me perdoa, me perdoa! Ele levantou-me energicamente e levou-me ao sofá. Passou com doçura o lenço no meu rosto, fez-me beber um pouco de vinho, acomodou minha cabeça na almofada. Depois, pôs-se a me olhar e esse era um olhar sem esperança. Surpreendi-o uma vez a olhar assim para uma menina que estava morrendo. Tinha os olhos fixos na criança, parecia mesmo procurar desesperadamente alguma coisa... Que é que ele procurava em mim?

Levou-me para o quarto. Deitou-me com aquele mesmo cuidado que tinha com seus doentes. Chorei de alegria quando senti a carícia leve que ele fez na minha cabeça, a mesma carícia que fizera na menina que estava morrendo. Ainda me ama um pouco, pensei, ainda não está tudo perdido. E quando voltei a repetir que fôssemos para as montanhas, para as montanhas... achei o quarto vazio. Ainda pude ouvir o portão a se fechar devagarinho.

Que horas seriam quando Marta veio me acordar? Eu me embriagara depois que ele saiu e me atirei na cama vestida ainda, lembrava-me vagamente de Marta querendo me cobrir. Agora ela me sacudia, repetindo que Ana queria falar comigo, já telefonara cinco vezes, era urgente... Atordoada e dolorida, procurei por Luís Filipe. A cama dele estava intacta. Fui para o telefone. Ana falava tão depressa que a princípio não consegui entender nada, que foi, Ana? Não entendo, fale mais devagar!

— Mas você ainda não sabe? Pois a Elisa suicidou-se! Sui-ci-dou-se! Ouviu isso? A Elisa, imagine! Matou-se ontem à noite, tomou não sei quantos tubos de uns comprimidos e quando acudiram, ela já estava agonizante. Foi para o hospital e hoje de madrugada morreu. Hoje mesmo me contaram. A coitadinha... Luís Filipe fez tudo para salvá-la, tudo! Diz que ele ficou como doido, o marido também, veja que horror... Preciso ir lá, não éramos amigas mas a gente tem que ajudar nessas ocasiões. Nem sei que vestido hei de pôr, o meu preto é decotado demais. Podia ir com o verde mas está calor...

Ana ainda falou sobre vestidos, mas eu só ouvia isto: Elisa está morta. Elisa está morta. Elisa está morta. Está morta! e tive vontade de sair correndo, escancarar todas as janelas e gritar, gritar para que todos ouvissem que agora Luís Filipe era meu.

No hospital, um enfermeiro informou-me que Luís Filipe tinha acabado de sair, vira-o tomar o táxi. Foi uma luta, disse ele franzindo a testa. O doutor fez o que pôde, mas o coração parece que baqueou...

— Que música é essa que você está assobiando — perguntei um dia a Luís Filipe. E ele me disse que era *Apenas um Coração Solitário*. *Apenas um Coração Solitário*. Por que eu me lembrava disso justamente agora enquanto ia andando encolhida e trêmula em direção ao necrotério?

Não sei quanto tempo fiquei ali de pé, os olhos pregados na morta. Tinha o rosto fino e transparente como uma máscara cinzenta no meio de rosas vermelhas. Era bonita? Engraçado... Antes de vê-la, eu tinha certeza de que era, mas agora já não sei mais dizer. Compreendi então o significado daquela beleza que vinha de dentro para fora. Com a morte, apagara-se simplesmente como uma lâmpada, como uma lâmpada.

Lembro-me de que uma gota d'água, rolando de uma das pétalas, caiu na face morta e ali ficou como uma grande lágrima, vacilando um pouco antes de escorrer. Era uma fisionomia distante e dolorosa, nunca mais poderei esquecê-la. Só Luís Filipe penetrara no seu mistério. Mas agora, também ele fora banido e ali estava ela, completamente só. Tão inofensiva na morte. O gato que miava lá fora era mais importante do que ela. Para sempre emoldurada.

Todo o ódio que eu sentia, desapareceu. Como não haveria de perdoá-la? Afinal, tornara-se tão inofensiva: dentro em pouco aquele corpo estaria desfeito, as lembranças que restavam iriam também se desfazendo com o tempo, e eu estava viva, viva!

Corri para casa. A manhã estava radiosa e eu estava doida de alegria. Ao entrar, dei com a capa de Luís Filipe atirada numa cadeira. Ele voltara. E exatamente como costumava fazer nos nossos primeiros tempos em que chegava ansioso, afobado, deixara a capa em cima do primeiro móvel, aflito por se desvencilhar de tudo e me apertar nos braços. Adivinhando-o no quarto, subi a escada, abri a porta. As persianas estavam descidas. Na penumbra, aos poucos, fui distinguindo seu vulto. Acendi a luz.

Ele estava estirado na poltrona — nesta mesma poltrona —, as pernas frouxas, as mãos abertas sobre os joelhos. Encarou-me com uma expressão que eu ainda não conhecia, não, não era bem tristeza, não era bem isso... Não sei, não sei! Sei que tive medo, um medo atroz. Se ele ao menos tivesse acendido um cigarro, eu poderia ter esperança. Mas não havia ali sinal de vida. Nenhum sinal de vida.

— Luís Filipe — comecei baixinho —, tenho errado tanto, mas está em tempo de recomeçarmos ainda, prometo respeitar esse...

Não continuei porque ele não parecia ouvir absolutamente nada do que eu estava dizendo. Ergueu-se sem pressa e desceu as escadas. Parecia um sonâmbulo. Não fiz nenhum gesto para detê-lo. Podia ter suplicado, podia ter-me atirado aos seus pés... Contudo, percebi que não havia mais nada a fazer quando ele passou e me olhou com aqueles olhos mortiços, uns olhos sem luz, sem cor, perdidos lá no fundo. Fiquei gelada. Foi como se a morta tivesse passado por mim.

— Vou me embora — disse.

E apanhando o chapéu e a capa, abriu a porta e desapareceu.

— O doutor vai jantar em casa? — perguntou Marta.

— O doutor viajou — respondi.

Podia ter dito: o doutor morreu. Não seria o mesmo? Porque Luís Filipe não voltará, eu sei. Ele não voltará. Que vou fazer sem ela? perguntava o marido de Elisa, olhando para as próprias mãos. Também eu olho em redor e fico perguntando: que vou fazer sem Luís Filipe? Na mesa, seu lugar ficará vazio. A cama vazia. O cachimbo apagado, aquele livro marcado na mesma página, sempre na mesma página...

Lá de baixo vem vindo um ruído abafado de talheres e na calçada há risos estridentes de crianças. Mas está tudo tão longe, que parece vir de um mundo que já não é mais o meu.

A Recompensa

Mauro foi ao terreiro e apanhou um caixote velho que a mulher atirara ali. Com um olhar vago, pôs-se a examiná-lo. Dá um bom carrinho para Luzia, pensou. E as rodas? Como fazer as rodas? Só mesmo se o avô ajudasse, que o avô tinha muito jeito para essas coisas. Depois pintariam o carro de azul...

Sentou-se no caixote. E sorriu para Luzia, que ia indo pelo campo afora num carrinho azul. Teodoro equilibrava-se atrás e a menina ria, ria a sacudir a cabeça encacheada. "Cuidado!", ia gritar-lhe Mauro. Mas de repente, como uma bolha de sabão, o carrinho subiu e se desfez no ar.

O homem passou pelo rosto as mãos geladas. Aquela era a hora em que ele perdia a noção das coisas em redor. Ficava de boca seca e áspera como se tivesse engolido um punhado de areia. Então as pálpebras de chumbo baixavam e através da membrana vermelha, por entre caracoizinhos trêmulos, via cenas que iam se compondo confusas mas felizes em meio da vermelhidão. Chegava a sorrir pastoso e perplexo. Desapareciam as imundícies e os trapos. E surgia Teodoro a galopar num cavalo vermelho, e Luzia era linda como a menina da folhinha, e a roupa do avô era igual à dos fazendeiros, e o sol violento invadia a casa fazendo com que Alice tivesse outra vez aquele riso cascateante, riso fresco de riacho marulhando por entre as pedras.

— Mauro! — era a voz de Alice. — Já foi falar com Felício? Será que você vai passar a manhã inteira aí encorujado? Se mexa um pouco, homem de Deus!

Ele abriu os olhos. E inclinando-se para o chão, distraidamente pôs-se a arrancar pequeninas raízes, esmagando-as entre os dedos. Uma cobrinha esverdinhada deslizou por entre o capim. Mauro pensou em matá-la mas teve medo. E se fosse venenosa? Um dia pisara numa coral. Era lisa e fria, toda listadinha de vermelho...

Alice tinha um vestido de pitangas vermelhas. Ela ria, ah! como ela ria... "Podemos acabar ainda donos de um sítio", disse ela e ele concordou porque pareceu-lhe tudo tão simples, tão fácil, claro, donos de um sítio.

Primeiro, foi a terra que se fechou hostil quando suas mãos a procuraram. Depois, foi Alice. Nasceu Teodoro, a barriguinha inchada, ranhento. Nasceu Luzia. "Veja como ela é bonita!", exclamou Mauro a enrolar entre os dedos um anel do cabelo da menina. "Mais uma boca, fale assim", respondia Alice.

Ele ainda quis reagir. Mas um cansaço terno e bom prostrou-o. Às vezes seu sangue era gelo; outras vezes, fogo. Chegava a esperar pela hora da febre como se espera pela amada. E ela vinha pontualmente com seu hálito escaldante e ele fechava os olhos e se entregava num espreguiçamento que era quase um espasmo. "Você precisa se curar!", ordenava-lhe a mulher. Mas a voz dela assim longínqua já não era tão áspera. E ele sorria misterioso, conspirando com a febre que o entorpecia fazendo-o desligado. Ausente.

Veio o avô morar com eles. "Meu neto", dizia o velho, "essa sua doença te acaba, sinto tanta pena...", suspirava a menear tristemente a cabeça. Contudo, não hesitou em tomar o partido de Alice. Teodoro também, logo que começou a ter entendimento das coisas, pôs-se feroz ao lado da mãe.

Uniram-se os três. Mas se uniram por pouco tempo porque cedo começaram as disputas por um agasalho mais quente, por uma ração maior. Tanta miséria acabou por torná-los maliciosos como raposas. Agora, o avô já se queixava amargamente de Alice, que era uma egoísta, uma malvada. Alice acusava o velho de ser um estorvo azarento e ambos desprezavam Teodoro, que crescia doentio como o pai. O mesmo sofrimento que no começo os uniu acabou por separá-los. Odiavam-se.

Recuando sempre diante dos três inimigos, Mauro voltou-se para a pequenina Luzia. Ela, sim, jamais o culpara, como faziam os outros, da umidade da casa e da escassez da comida. Para a filha, ele era ainda o homem poderoso que transformava caixotes em carros e matava cobras com os pés. Confiava nele com a instintiva fidelidade de um animalzinho. E ele então pensava que triste seria se não tivesse ninguém para lhe pedir que mandasse parar as tempestades ou frutificar a goiabeira do quintal.

— Não ouviu o que eu disse, Mauro? — perguntou Alice aparecendo na porta. — Vá falar com o Felício, quem sabe ele pode emprestar alguma coisa, eu não sei o que fazer, não há mais nada na casa...

Mauro entrelaçou as mãos e cerrou os olhos. Aproximava-se a hora do almoço, a hora detestável. Ainda estavam nos últimos dias do mês e já não havia mais o que comer. Apertou mais fortemente os dedos. Mas era preciso mesmo comer? Tão difícil... Se fosse só, sairia andando pela estrada, andando, andando, andando até cair tão cansado que não poderia sentir mais nenhum cansaço. E ali ficaria caído, a cara na terra, tão junto da terra que acabaria fazendo parte dela como uma folha murcha. Ou como um passarinho morto.

— Onde será que caem os passarinhos que morrem? — perguntou baixinho. — A gente quase nunca encontra um passarinho morto...

— Ih... ih... ih... — riu o avô sentando-se no degrau de tijolo onde havia pouco estivera a mulher.

Resmungando numa linguagem engrolada ele passava os dias assim, aquecendo-se ao sol quando havia sol, refugiando-se na enxerga quando fazia frio. Às vezes ria, escarrando por entre as gengivas murchas. Às vezes chorava, sacudindo os ombros, mas como dos olhos não brotassem lágrimas, o choro mais parecia uma salivosa risada.

Mauro teve um olhar furtivo para os cabelos ralos e brancos. Se lhe desse ao menos uma cama, e um casaco, e sapatos... Escolheria para Alice um vestido igual ao que ela tivera, todo cheio de pitanguinhas. Teodoro ganharia um cavalo, que cavalo era a coisa que o menino mais desejava na vida. O avô ficaria alvoroçado como uma criança, e Alice voltaria a fazer planos, e Teodoro passaria a respeitá-lo. Para a pequena Luzia, daria montes e montes de doces. Bem penteada e limpa, metida em roupas de seda, ela ficaria como a menina da folhinha, uma menina de cachos até os ombros, botinhas abotoadas até os joelhos e corada como uma romã. Tão bonita, a menina da folhinha... Será que existia gente assim?

— Pai, pai!

O homem ergueu-se num sobressalto. Atrás dele, estava Luzia. Viera correndo e agora tomava fôlego para poder falar. Vestia uma camisolinha enlameada e em redor da boca tinha uma orla encardida de caldo de manga.

— Pai — prosseguiu a menina —, a cerca arrebentou e uma porção de porcos fugiu! O Felício está por aí procurando...

— Não há cerca que segure bicho com fome — murmurou Mauro. — Nessa fazenda tudo passa fome, até porco.

—Ih... ih... ih...—riu o avô.—O Coronel deve estar rolando de raiva. Me lembro do barulho que fez quando roubaram aqueles cavalos. Ficou uivando que nem cachorro em noite de lua. Ih!...

—O Felício disse que se a gente prender algum porco, ele dá farinha e linguiça—prosseguiu a menina atirando longe o caroço de manga. Enxugou as mãos na saia esfiapada.—O Teodoro já saiu procurando e eu vou ajudar. Posso ir? Deixa, pai? Deixa?

—Mas procurá-los aonde?—começou Mauro num tom indeciso. Teve um olhar interrogativo para a menina, que já se afastava correndo pelo campo afora. Fez um gesto vago, como se quisesse alcançá-la com a mão estendida. Deixou pender o braço.—Não gosto nada de ver as crianças metidas nisso...

—Mas elas têm que ajudar! Pois você não ouviu? O Felício disse que dava fubá e linguiça—resmungou o avô batendo o pé descalço na terra.—Você, aí pesteado. Eu, velho demais. Alguém tem que ajudar, filho, alguém tem que ajudar! A comida por aqui anda ruim que Deus me livre. Eu passava melhor quando era mendigo de estrada...

Mauro baixou o olhar. Umedeceu com a ponta da língua os lábios gretados e num andar meio vacilante, dirigiu-se à horta. Encontrou Alice ajoelhada, as mãos sujas de terra, o olhar fixo nuns restos de verduras tão enegrecidas que pareciam ter saído de uma fogueira. Ao vê-lo, ela endireitou o corpo e encarou-o.

—A geada matou tudo.

Mauro escondeu as mãos nos bolsos. Baixou a cabeça.

—As crianças foram procurar os porcos. Acho que elas não deviam, Alice, essa história...

—Eu mandei—atalhou-o a mulher.—Eu mandei. E daí?

Mauro não respondeu. Sem pressa, afastou-se arrastando os pés, os ombros curvos, a cabeça inclinada para o peito. Por um momento estacou, o rosto voltado para o matagal. Teve um estremecimento. E como se despertasse do torpor pastoso, foi indo a largos passos em direção à várzea. À medida que caminhava, acendiam-se suas narinas, os olhos se desanuviavam e parecia mais agudo o queixo que ele agora oferecia ao vento. Atravessou a várzea. Viu de longe o vulto de Teodoro, que voltava correndo.

—Eh, Teodoro! Viu Luzia?!

O menino aproximou-se aos pulos, a cara ardendo, os olhos brilhantes. Apertava contra o peito dois embrulhos.

—Olha, pai, olha! Olha o que o Coronel me deu, linguiça e fubá! Peguei uns quatro porcos, eu mais o Felício agarramos eles assim, pelas orelhas!...

— E Luzia? Onde está Luzia?

— Sei lá! Está por aí... — disse o menino e continuou correndo, a goelar pelo campo afora em direção à casa.

O homem pôs as mãos em concha ao redor da boca:

— Luzia! Onde é que você está? Luziiiia!...

Deteve-se. Gritou novamente. E como não viesse nenhuma resposta, numa corrida desenfreada, chegou até o matagal. Nunca o arvoredo lhe pareceu tão sombrio como naquele instante. Aspirou de boca aberta o hálito úmido da terra. E foi pisando leve sobre o chão de folhas, a sorrir com esse ar desconfiado de quem está prestes a levar um susto.

— Luzia, você está se escondendo de mim? — perguntou baixinho a examinar os troncos de árvores, à espera de que por detrás de algum deles, de repente, a filha saltasse rindo.

Chegou a ficar imóvel por um momento, a olhar para um formigueiro. Acompanhou distraidamente o voo de uma borboleta, coçou devagar o pescoço picado por algum mosquito.

— Luzia...

O zunido de insetos parecia vir em ondas que subiam e baixavam num tom de conspiração obstinada. E maligna.

— Luzia! — gritou ele. — Me responda, me responda! — suplicou a correr, arranhando-se nos espinhos, debatendo-se para romper os cipós, que se emaranhavam em suas pernas, amarrando-lhes os passos.

Quando parou, foi para tomar fôlego, exausto, e limpar o rosto molhado de suor. Arfava. Em volta, a mata inteira parecia arfar também. Ele adiantou-se mais alguns passos. E só então chegou-lhe aos ouvidos um grunhir afobado.

— Luzia! — e precipitou-se de um salto para a clareira.

Três grandes porcos negros chafurdavam os focinhos vorazes no corpo da menina. Mordiam-se aos guinchos disputando a presa. E furiosamente arrancavam bocados de carne que mastigavam, sôfregos, com um ruído de bocas apressadas.

Atirando-se sobre os animais, Mauro soltou um grito. E pisou-os com os tacões das botas, e atacou-os com os punhos cerrados, "sai! sai!...", numa luta cega, desatinada. Conseguiu afastá-los. Amedrontados, os três porcos puseram-se a uma certa distância, lambendo os focinhos, espreitando.

Mauro ajoelhou-se ao lado da filha. Ela estava de bruços. Nas costas, dentre as tiras da camisola, havia dois buracos por onde saía um sangue borbulhante, quase morno.

Ergueu-a nos braços. Na frente, a roupa estava intacta, apenas enlameada, só isso. O rosto também não havia sido tocado. Estava apenas sujo de terra e caldo de manga. Ele afastou delicadamente um pequenino besouro que se emaranhava nos cabelos encacheados. E apertou-a de leve contra o peito. Ela estava como naqueles dias em que brincava demais e quando chegava a noitinha, deitava-se em qualquer canto, e dormia profundamente.

— Eu não queria que você viesse... — sussurrou ele. — Eu não queria — repetiu a ouvir a própria voz, como num sonho.

Foi andando devagar. Quem me encontrar assim, pensou, quem me encontrar, dirá: lá vai Mauro carregando Luzia. Ela levou um tombo, sujou-se na terra, foi isso. Foi isso. As crianças estão sempre sujas de terra.

Os olhos brilhantes e secos vagaram pela campina. Apressou o passo, cambaleando. "É a febre. Fica tudo vermelho, mas daqui a pouco eu acordo..." Inclinou-se sobre a face tranquila da criança. E beijou-a com cuidado, que os lábios gretados não magoassem a pele, que parecia agora misteriosamente limpa apesar do caldo de manga e da terra. "A gente acorda", repetiu ele. "A gente acorda..."

Ao chegar, espiou pela janela. Sentados em redor da mesa, os três comiam. Não se falavam. Com as caras muito próximas aos pratos, comiam vorazmente o fubá e a linguiça.

Segurando sempre o pequenino corpo de encontro ao peito, Mauro sentou-se em silêncio no caixote. E colocou a menina sobre os joelhos. Esfregou as mãos viscosas, limpou-as na calça, "não aconteceu nada, isto não é sangue, é lama... Ela estava brincando. Depois, cansou-se e dormiu".

Fechou os olhos fortemente e apertou-os com a palma da mão, com medo de que se abrissem.

Lá de dentro veio o ruído molhado das bocas mastigando. Mauro escondeu o rosto na camisolinha. E ali ficou imóvel, à espera de que eles terminassem.

Correspondência

Dia 12 de março
Meu caro Eliezer:

Só ontem conheci bem o hotel e o lugar. Imaginava-o tristonho mas nunca supus que fosse tão sombrio. Estou agora em meu quarto e pela janela aberta vejo um pedaço azul do céu e um pequeno trecho do parque. Além do parque há uma planície e no horizonte a curva de um morro. O ar, fino e leve, tem um ligeiro perfume de eucaliptos e o azul do céu é profundo, quente. Mas o parque não poderia ter aspecto mais desolador: nenhum passarinho, nenhuma flor, nada, nada! Apenas árvores e mais árvores tortuosas e escuras. E o uivo desesperado da ventania. Ah, meu querido maninho, e pensar que terei que ficar aqui um mês inteiro longe de você e da nossa casa tão cheia de sol... Que lugar você foi escolher para mim... Se saio, tenho logo que voltar, tão cortante é o vento. E o hotel, Eli, com seus salões gelados não tem nada de verdadeiramente acolhedor. Tantos tapetes, tantas poltronas e nenhum canto aconchegante para ficar. Refugio-me o tempo todo no quarto, de onde ao menos posso ver o horizonte. Sempre gostei de montanhas, mas essas fecham-se em torno deste vale num cerco tão voraz que me sinto prisioneira delas. Terei que ficar aqui o mês todo?

Encontro às vezes um ou outro hóspede, gente já madura, mulheres encapotadas e homens reumáticos que se arrastam pigarreando pelos corredores. Nestes cinco dias travei conhecimento apenas com um velho casal de franceses tão amáveis quanto aborrecidos, coitados! Aproximei-me mais para ouvi-los falar, você sabe o fascínio que a língua exerce em mim. Mas não esperava que o único assunto deles fosse o filho que deverá chegar dentro em breve e que é o maior pianista do mundo, gênio, semideus etc. etc. Veja que melancólica vai ser esta minha convalescença. Ontem, enquanto a velhinha falava sobre o *petit Maurice*, eu pensava que talvez naquele mesmo instante você estivesse aí estirado na poltrona, cachimbando e ouvindo disco. Ou escrevendo e ouvindo o mar. Ulisses estaria encorujado no sofá, as patas recolhidas, cochilando tranquilamente com aquela expressão de filho pródigo que já se desencantou dos muros lá fora.

Agora sei que não posso ficar longe um minuto da nossa casa, das nossas coisas, do nosso gato. Se ele continuar completamente surdo aos chamados do amor, se você continuar o casmurro cerebral e avaro, incapaz de dar aos outros uma migalha de si mesmo e se eu — *hélas!* se eu... Bem, já sei que envelheceremos juntos muito sozinhos e muito dignos na nossa solidão.

Falo em solidão mas agora vejo o quanto me apavora essa palavra. Acho que a coisa de que mais gosto no mundo é conversar. Ah, Eliezer, o maravilhoso calor de uma amizade! Não calcula como lamento você ter rompido com Bruno. Mas se não houve nenhum atrito entre vocês dois, por que ele desapareceu de casa? Alfredo também não nos procurou mais. Por quê, por que você há de ser o esquisitão incapaz de manter por muito tempo uma amizade? Procure-os, Eli, sei que eles devem estar tristes porque sei o quanto o admiram. Bruno era tão divertido com aquele ar de eterno adolescente e Alfredo era tão bom nos trocadilhos! Sei que você os acha umas espumas. Mas eu também sou como eles, maninho, não se esqueça de que sou espuma também. Disse-me uma vez que o espírito de Letícia era a asa da libélula riscando a superfície da água, está lembrado? Pois eu também não consigo fazer sulcos mais profundos...

Faz tanto frio que meus dedos estão endurecidos. Eliezer, estou inquieta, culpa decerto do vento, que não para de uivar lá fora. E seu livro? Vai adiantado? E já começou a dar aulas? Céus! parece que estou longe há tanto tempo! Conte tudo a esta sua pobre exilada
Natércia

Ia-me esquecendo: no próximo sábado Letícia faz anos. Ela ficaria radiante se você fosse vê-la e lhe levasse umas flores. Sinto saudades dela, parece uma abelhinha loura. Naturalmente dará uma reunião e mais naturalmente ainda cantará ao piano *Clair de Lune* e olhará para você quando suplicar: *Ouvrez-moi ta porte pour l'amour de Dieu!*...

Chamam-me para o chá. Meu soturno Eliezer, meu sereno Ulisses, quando os verei novamente? Ao chá! É a única coisa quente que existe nesta desolação.

Dia 16 de março
Natércia, minha querida:

Recebi hoje sua carta. Poderia ter escolhido para você um lugar com pássaros, flores e gente. Mas achei que você precisava de tranquilidade. Os pássaros cantam e você cantaria com eles. As pessoas falam e você falaria com elas. Todos se acercam de você porque você é a própria fonte de alegria, de vida. E nesse momento você não pode se distribuir, se gastar. Só no recolhimento e no silêncio poderá se recuperar completamente. Eis por que escolhi esse lugar.

Fala-me em vir antes de completar a estada de um mês: não, Natércia, peço-lhe que fique o tempo combinado. Por que não lê os livros que levou? Quer que lhe mande outros? Leia, Natércia, leia e se esquecerá de que está só. Se os livros não conseguirem fazer-lhe companhia, procure a velhinha francesa, não será preciso prestar muita atenção ao que ela diz, mas fique atenta na pronúncia e poderá aperfeiçoar a sua. Sei que você não gosta de escrever, devo considerar-me feliz por ter se lembrado de me mandar uma longa carta, mas se isso constituir distração, escreva-me todos os dias se todos os dias tiver vontade de conversar comigo.

Ontem, entrando no seu quarto para buscar não sei mais o quê, vi que esqueceu o casaco cinza. E também sua boina e o cachecol de xadrez. Essas coisas não lhe estarão fazendo falta aí? Diga-me se as quer e mandarei tudo imediatamente. Tem tomado as injeções? Natércia, sua carta cheirava a fumo... Você está fumando e o médico proibiu. Por que não lhe obedece ao menos durante este mês?

Minha querida, sei que a aborreço lembrando-lhe isso tudo, mas eu só tenho a você e você somente a mim. Você é mais moça e mais distraída; um de nós dois teria que tomar conta do outro. E como essa é uma atitude antipática, reservo-a para mim por combinar com meu feitio.

Pede-me notícias do curso. Só ontem dei a primeira aula à nova turma. São trinta rapazes inquietos e doze raparigas coquetes. Alguns rapazes mascam chiclés e leem furtivamente jornais e revistas escondidas debaixo da carteira. As moças vestem pulôveres coloridos e de vez em quando enfurnam e desenfurnam espelhinhos e pentes. Estão sempre arrumando alguma coisa. Uma pobre minoria presta atenção ao que eu digo mas assim mesmo, no instante exato em que mais precisam estar atentos, surpreendo-lhes nas fisionomias uma expressão quase celestial de tão abstrata. Ao vê-los, Natércia, fico perguntando a mim mesmo o motivo que os teria trazido aqui. Sinto que eles têm tanta vontade de aprender grego e latim como de ficar fechados num quarto escuro no dia de hoje, que é um feriado de sol. Os olhos desses jovens são limpos de memória como os olhos das bonecas. Nada leram. Nada viram. Estão certos, evidentemente eles é que estão certos. Mas o que está errado é querer transmitir a essas vidas borbulhantes toda a gravidade triste de duas línguas mortas. Antes de terminar a aula, tive vontade de ir embora e deixá-los, certo que não desejavam outra coisa. Mas logo invadiu-me uma paciência cheia de bom humor. E fiquei pensando que no fundo, o que mais me irrita neles não é a superficialidade, mas sim essa juventude tão normal e tão saudável, essa esplêndida juventude que não me lembro de ter tido nunca.

Ulisses tem sentido muitas saudades suas. Vejo-o daqui a lamber vagarosamente o pires. Ulisses é tão elegante que nunca pede: sugere. Levantei-me e enchi-lhe o pires de leite mas eis que se afasta enfastiado. Decerto queria mesmo o pires vazio. Não o entendo, só mesmo você sabe lidar com ele. Continuarei um desajeitado com gatos e pessoas.

Por falar nisso, fui visitar Letícia e levei-lhe, conforme você me lembrou, um ramo de flores. Cantou ao piano acompanhada por Bruno. Alfredo também estava lá. Por que você insiste em insinuar que os afastei de casa? Já lhe disse, querida, que não houve atrito nenhum entre nós. Será preciso haver atritos para uma amizade esmorecer? Não sei explicar como foi, mas um dia, enquanto eu e Bruno conversávamos, olhei-o de repente e vi que não éramos mais amigos. Está claro que ele também sentiu isso. E fez o que lhe restava fazer: afastar-se. Quanto a Alfredo... bem, desconfio muito que esteja apaixonado por Letícia. Você sabe, ele estuda e trabalha; muito justo que nas horas vagas vá vê-la. Não será essa uma boa razão para ter sumido de nós?

Letícia vestia um vestido verde de mangas bufantes e tinha os cabelos trançados. Parecia uma discreta princesinha medieval. Na despedida, acompanhou-me até a porta. Querendo ser amável, disse-lhe que nunca ouvira ninguém cantar melhor do que aquele *Clair de Lune*, "Mas foi no meu outro aniversário que cantei isso!", respondeu ela. "Hoje cantei uma balada..." Fiquei tão perturbado que nem sei o que lhe disse em seguida. Afinal, ela não precisava saber que enquanto cantava, eu não ouvira uma só nota, pois estava pensando justamente naquela nossa conversa sobre a Idade Média, está lembrada? Você foi me dizer que ela ia cantar essa cantiga. E não prestei mais atenção à realidade porque, mais alto do que a realidade, coloco tudo o que você me diz.

    Não quero que se julgue uma frívola. Você é profunda e séria porque você é a Beleza. E a Beleza é sempre a essência. Tudo o mais é discutível, tudo o mais se esboroa em suposições. A Beleza é a luz de Ariel, Natércia. Agora você está longe. E com você longe fico mais escuro do que Calibã.

    Esta noite quero ficar como você me imaginou: estendido nesta poltrona, cachimbando e ouvindo música. Ulisses estará a meu lado. No muro, Penélope tecerá seu tapete de lamúrias. Mas Ulisses não quer ouvir Penélope, ele quer ouvir Beethoven. Abraça-a com muita saudade

Eliezer

Dia 28 de março
Eliezer querido:

    Você deve estar triste comigo pela demora desta minha resposta, mas não se aborreça, maninho, e me perdoe. Você sabe o quanto sou preguiçosa para escrever! Sei que telefonou duas vezes para cá mas não me encontrou. Eu também pensei em telefonar-lhe mas a ligação demora tanto!

    A manhã está linda e é um espetáculo deslumbrante ver a ventania sacudir o arvoredo, atirando para todos os lados punhados de folhas que se multiplicam como confete em pleno Carnaval. O pico do morro defronte à janela está todo coroado de nuvens. Tão bonito, Eli, tão bonito!

    Lamento tanto você não estar aqui conosco. Todas as manhãs tenho feito longos passeios a cavalo pelas redondezas. Aposto corrida com os companheiros, e sou eu que ganho sempre, tão esplêndido é o cavalo que arranjei. Chama-se Capricho e todos os dias vem comer açúcar em minhas mãos. Sinto-me tão bem, Eli, tão gulosa e tão animada! Espera um momento que vou descer para tomar meu café, voltarei num instante.

    Já são onze horas. Daqui, ouço lá embaixo os cavalos batendo os cascos, impacientes. Iremos os quatro: Eugênia, Conrado, Maurice e eu.

Ah, maninho, é uma pena mesmo você não estar aqui. À noite, depois do jantar, Maurice tem tocado piano. É um pianista excepcional. Ontem, faltou luz no hotel e então iluminamos o salão de música com velas. Pedi-lhe que tocasse *Sonata ao Luar*. Pode ser, Eli, que tecnicamente essa peça nada apresente de extraordinário, mas que me importa a técnica se o tema me atinge em cheio? E ontem, então, assim naquela penumbra, as velas iluminando fantasmagoricamente a cabeça de Maurice, e aquele vento uivando, uivando, querendo desesperadamente sobrepujar a música...

Eliezer, se eu não descer imediatamente eles irão sem mim. Não se preocupe comigo, maninho. Como vê, estou ótima e fiquei contente de saber que você também está em forma. Beija-o repetidas vezes a sua

Natércia

Ia-me esquecendo: mande-me o casaco, a boina e o cachecol. Como vai Letícia? Ah, querido, ela deve estar tão triste com o que você lhe disse! Vá visitá-la quando puder, não quero que ela sofra. Não quero que ninguém sofra! Vá vê-la e leve uma caixa de bombons, que como toda abelhinha ela gosta de licor.

Dia 31 de março
Natércia:

Você se enganou quando supôs que eu estivesse aborrecido com o seu prolongado silêncio. Não, Natércia, não me aborreci; fiquei, isso sim, alguns dias apreensivo por pensar que você tivesse tido alguma recaída. E telefonei para saber da sua saúde. Mas quando me disseram que você tinha saído, achei então que não havia mais motivo para preocupações.

Estou satisfeito por saber que as árvores tortuosas do parque têm agora um aspecto carnavalesco. E que o uivo do vento combina bem com Beethoven. Que você está esplêndida, logo o notei, não tanto pelo que me disse mas pela contagem que fiz dos seus pontos de exclamação. Nada como fazer amizade com cavalos e pianistas.

Suponho que ficará aí o mês todo, não? Muito bem, Natércia. Não vejo mesmo necessidade de você voltar tão cedo. A ordem aqui é total tanto na casa como no meu espírito. Cada dia que passa descubro novos encantos na vida contemplativa.

Inútil recomendar-lhe que se divirta e que não precisa me responder, pois já verifiquei que seu tempo é escasso. Além disso,

sei perfeitamente o que está acontecendo, não será preciso dizê-lo. Ontem mesmo já remeti os objetos que me pediu.
Eliezer

Sabe que Ulisses desapareceu?

Dia 31 — 3 horas da tarde
Natércia, minha querida Natércia:

Perdoe-me, perdoe-me o bilhete estúpido que lhe escrevi hoje cedo. Deixei-o em cima da minha mesa, para que Vicência o levasse ao correio e fui dar minha aula. Não pude terminá-la, pensava exclusivamente no que lhe havia dito. E fiquei tão desesperado que dispensei a turma e vim correndo para casa, ansioso por rasgar o bilhete. Mas Vicência já o havia levado.

Natércia, minha querida, você sabe que tudo o que mais desejo no mundo é vê-la feliz. Você sabe o horror que tenho de magoá-la. Fui mesmo um bruto: você me escreve tão amável, tão contente e eu lhe respondo daquele jeito... Perdoe-me, Natércia, eu não sabia o que estava fazendo. Creio que fiquei desapontado quando você mostrou desejo de ficar o mês todo aí. No fundo, tinha esperança que me desobedecesse... Mas passou.

Vejo que já se restabeleceu completamente e para mim não pode haver melhor notícia. E faz bem em se distrair, minha querida. Sempre acreditei que são mais rápidas as convalescenças alegres. Então fez muitas amizades? Gostei de saber que o *petit Maurice* é mesmo tudo o que a mãe afirmou. Só lamento não estar aí para ouvi-lo. Por falar nisso, sabe que comprei hoje o *Concerto em Ré Menor* para piano e orquestra, de Mozart? Não calcula, Natércia, como tenho me deliciado.

A casa aqui tem estado alegre, sempre cheia de gente. Ontem à noite, Bruno e Alfredo vieram visitar-me e até tarde ficamos conversando. Letícia veio depois, foi uma noite excelente, ficaram de voltar breve. Restabeleceu-se com facilidade o contato entre nós, você tem razão, Natércia, eles deviam estar magoados comigo. Mas agora está tudo bem.

Meu livro vai adiantado e creio que dentro de uns três dias terminarei a segunda parte. Fiz modificações importantes no capítulo sobre a Renascença, temos muito que conversar, Natércia, quero sua opinião sobre algumas ideias que tive.

Minha querida irmã, os dias têm sido luminosos e hoje cedo, indo ao quintal, surpreendi nossa pereira toda florida. Ulisses reapareceu e agora mesmo, enquanto escrevo, ele me observa da sua almofada. Tudo se prepara alegremente para a sua volta. E eu mais do que tudo.

Eliezer

Já está quase amanhecendo, Natércia. Cheguei há pouco e releio esta carta que escrevi às três horas da tarde. Já devia tê-la remetido. Contudo, deixei-a aqui e agora quero continuá-la.

Natércia, eu menti para você. Eu menti. Tudo o que escrevi é mentira, Natércia. Comprei, sim, o concerto de Mozart, mas ainda lá está embrulhado, não tive ânimo nem de abrir o pacote. Meu trabalho há muito está paralisado e já não sei há quanto tempo não lhe dedico um só instante de atenção. Bruno, Alfredo e Letícia estiveram de fato aqui mas foi uma noite tristíssima e bem cedo os três se foram e talvez jamais voltem. Recebi-os, fi-los sentar e fiquei olhando para os três e não tive forças para dizer-lhes nada, não pude disfarçar nem por um instante este aniquilamento que me deixa sem palavras e sem ação. Bem que eles tentaram sustentar a conversa. Mas ali estava eu, frio como um cadáver. E as vozes foram baixando, baixando e acabaram por se calar. E o pior, Natércia, é que eu fazia esforços desesperados para ser cordial. Mas minha língua estava endurecida e eu abria a boca e não conseguia dizer coisa alguma. Como nos pesadelos, como nos pesadelos... Nem sei se eles perceberam meu estado. Reparei que na saída Letícia tinha os olhos cheios de lágrimas. Natércia, eu não queria magoá-la, quero bem a ela, você sabe disso e no entanto...

Não tenho ido dar aulas porque não consigo reunir duas ideias e se eu for dar uma aula assim, sei que não poderei terminá-la. Sinto-me prostrado. Inibido. Não posso trabalhar, não posso ler. E fico perambulando como um fantasma de um lado para outro, de um lado para outro. Natércia, não sei o que está se passando comigo. Só sei que gostaria muito se você voltasse. A pereira não está florida e o céu está cinzento. Ulisses continua sumido e a casa é um poço de gelo. Tudo o que eu disse antes era mentira. Há apenas uma verdade: estou desarvorado e preciso muito de você.

Devo ter cochilado em cima desta carta porque quando a comecei, havia ainda estrelas no céu e agora já é dia. Há pouco Vicência veio me trazer o café. Perguntou-me quando voltará o gato.

E eu pergunto a mim mesmo quando voltará minha irmã. Natércia, quem é Maurice?

Minha querida, estou nervoso e não quero terminar esta carta assim. Um momento, vou fechar uma janela lá em cima que passou a noite toda batendo. Pronto, fechei-a. Por que não fiz isso antes? Creio que era esse barulho que estava me exasperando.

Minha irmãzinha das rosas, lembra-se daquela história que lhe contei um dia? Você era tão pequena que decerto a esqueceu: dois amigos foram uma tarde jogar xadrez numa casa no alto da montanha. Entretidos com o jogo, lá ficaram inclinados sobre o tabuleiro, completamente alheios ao que se passava lá embaixo. Mas quando desceram algumas horas depois, encontraram tudo mudado. Os parentes estavam mortos, os meninos que eles deixaram nos berços estavam homens-feitos e já ninguém os conhecia mais. Perceberam então o que havia acontecido: o tempo, que para eles passou em rápidas horas, para todos os outros se arrastou em longos anos. Natércia, minha querida, se você se demorar mais nessa montanha, aviso-a que quando descer e chegar aqui em casa, nela encontrará um velho.

Esta carta está tão desalinhavada que nem a entendo mais. Mas não tenho ânimo de começar outra. A janela parou de bater e agora ouço o mar. A lamentação das ondas faz-me lembrar uma melodia... acho que é *Gymnopédie*. Ouça-a também... ah, Natércia, como é triste a lamentação dos meninos nus dançando na praia. Os heróis estão mortos e o vento que vem do mar é gelado. E eles ficam repetindo sempre a mesma música que vai e vem como as ondas. Se eu pudesse fazê-los calar...

Eliezer

Dia 4 de abril
Eliezer querido:

Recebi seu bilhete. E em seguida, a carta. Pelo bilhete já percebi que você está numa daquelas suas crises. Não, não adianta justificar, sei o que aconteceu: assim que embarquei, você não comeu mais direito e tem passado as noites escrevendo e não tem método para coisa alguma. Resultado: esgotamento. Maninho, você, que cuida tão bem de mim, por que não se cuida um pouco? Procure se distrair, vá ao teatro, visite Letícia, não se feche aí dentro que acabará se desesperando nessa solidão. Espero que ao chegar esta carta, já tenha passado essa neurastenia, hein? Porque maninho, eu estou tão feliz que não posso acreditar que você não esteja feliz também: aconteceu-me uma coisa maravilhosa, maravilhosa! Ele me ama, ele me ama. Disse-o há pouco quando voltamos do nosso passeio. Eliezer, ele me ama! ouviu isso? Amo-o tanto que, agora mesmo enquanto escrevo, sinto os olhos cheios de lágrimas e no entanto tenho vontade de rir e cantar e sair voando até o pico daquele morro e lá ficar flutuando com as nuvens. Eliezer, estou completamente perturbada, nunca pensei ficar assim incapaz de pensar noutra coisa que não seja ele, Maurice, Maurice, Maurice...

Os velhinhos vieram falar comigo e me abraçaram chorando de alegria. Confiaram a mim o gênio, o semideus, ai! como fiquei comovida também. Eliezer, ele tem trinta e sete anos e eu tenho vinte e nove e contudo estamos como dois adolescentes completamente desvairados.

Vamos nos casar logo e depois... França! Já pensou, Eliezer, já pensou? Há tanta coisa para lhe contar, tanta, mas prefiro fazê-lo pessoalmente, mesmo porque não consigo pôr ordem nos acontecimentos. Só sei dizer isto: estou perdidamente apaixonada. E meu amor é tão intenso que estou assim como aquela plantinha que vejo daqui, entregue a todos os ventos, tão entregue...

O livro de Lamartine que você me mandou está aberto na mesa: *Ô temps, suspends ton vol! et vous, heures propices, suspendez votre cours! Laissez-nous savourer les plus rapides délices des plus beaux de nos jours!*

Eliezer, já está na hora de descer e ainda não me preparei. Maninho querido, amanhã escreverei mais devagar. Falei muito de você para Maurice, acho que vocês vão se dar muito bem. Iremos juntos para aí no fim deste mês e então combinaremos a cerimônia, a mais simples e rápida possível. Querido Eli, gostaria tanto de voltar rapidamente mas agora não posso, não posso mesmo. Não ouça mais os meninos fúnebres choramingando na praia, ouça minha voz! Eliezer, eu sou muito feliz e você tem que estar feliz também.

Natércia

Dia 15 de abril
Meu Eliezer:

Escrevi-lhe no dia 4 e você ainda não me respondeu. Estou aflita, Eli! Por que não me respondeu? Telefonei duas vezes para aí, falei com Vicência, você não estava. Disse-me ela que ia tudo bem e que minha carta tinha chegado. Mas que sabe Vicência sobre esse meu casmurro irmão? Por que não me respondeu? Terei dito alguma coisa que o tivesse magoado? Fiquei pensando nisso, Eli, sou uma estouvada, talvez o tenha ferido sem querer... Mas se aconteceu isso, perdoe-me! E me diga alguma coisa que já estou ficando aflita.

Escrevo-lhe do terraço. Maurice está aqui ao meu lado. Nosso amor não tem definição. Até logo, maninho, e antes que se esqueça, escreva agora mesmo à sua

Natércia

Dia 20 de abril
Natércia:

Minha mão treme tanto que mal consigo escrever. Já devem ter-lhe telegrafado. Há pouco pediram-me que lhe telefonasse, mas não tive forças. Natércia, minha Natércia, esta madrugada Eliezer afogou-se no mar. Afogou-se, sim, afogou-se, é melhor que você saiba já, ele afogou-se no mar. Um pescador viu tudo. Eliezer chegou à praia vestido. Ficou um instante imóvel e em seguida foi indo pelo mar adentro e sumiu. O pescador ficou chamando, chamando mas o barulho das ondas abafou-lhe os gritos. Eliezer foi indo e desapareceu nas águas. Não deixou nenhuma explicação, nenhuma despedida. Bruno parece que sabe o motivo. Alfredo também. Mas não me dizem nada, não sei por que esse mistério, Natércia. E pressinto que eles sabem alguma coisa mas não têm coragem de dizer. Enfim, nada disso mais importa agora, nada, nada. Minha vida acabou-se também. Só Deus sabe o quanto eu amava seu irmão.

Letícia

Endereço Desconhecido

Aqui estou diante da minha mala aberta em cima da cama. Mala de tamanho médio e ainda vazia, as coisas que devem ir estão amontoadas ao lado. Poucas coisas. Aos cinquenta anos virei uma viajante despojada, fui largando pelo caminho todo o aparato, ah, com que alívio me desvencilhei das tintas e vidrilhos, essa alegria inocente dos índios. E digo isso sem a menor ironia, é claro, amo o índio mesmo porque a melhor parte do meu sangue talvez seja essa parte nativa, sou descendente do português João Ramalho e da índia Bartyra. Mas é bom lembrar que nesse fumegante caldeirão das raças entraram também os italianos, os espanhóis e sabe Deus quem mais!

Não tem importância, tudo isso não tem a menor importância, importante é esta mala e esta viagem. Importante é este meu sonho, reencontrar Filipe.

Amado Filipe, amado amado! Filipe Pedro, tão louco e tão lúcido, por onde anda você!... Foi um amor tão insensato e ao mesmo tempo equilibrado, é possível isso? Ficar com um pé na rocha de granito e o outro pé na onda do mar, na espuma. Separados há quase vinte anos, tão intensa a correspondência e depois, o silêncio. A carta que lhe enviei voltando amarrotada, com os negros carimbos do desencontro, Endereço Desconhecido.

Filipe Pedro, onde foi que você se meteu, menino?! Hein?... Teria sido preso? Era um político da oposição, é claro, para não me afligir ou comprometer, escondia aquela vida secreta, A menina deve ficar com as suas letras, respondia quando eu fazia perguntas. Precisa estudar seus poetas, seus prosadores e nas horas livres, amar este trapezista, sou um trapezista em pleno trapézio voador, está me compreendendo?

Eu compreendia. E respeitava essa sua outra vida, Eh! Filipe Pedro Mistério, não será este seu nome completo? Ele sorria e me abraçava com tanto fervor, A menina é uma bem-comportada estudante de letras com uma bolsa e veio de tão longe, vai agora meter-se em confusões?

Eu me lembro, o céu estava fervilhante de estrelas quando nos despedimos no aeroporto. Onde agora, onde?!... As cartas tão flamantes nos primeiros tempos e de repente, o silêncio, Endereço Desconhecido, o carimbo avisou. Tanta gente que apareceu e desapareceu na minha longa e tumultuada travessia. Nascimentos. Mortes. E de repente, aquela antiga paixão que vem com tamanha força, vem e me toma e me cobre inteira desta lava cintilante — mas é possível isso? Filipe, Filipe, fico chamando. Por onde anda você, se é que ainda anda, hein?!... Temos agora a mesma idade, ele um pouco mais velho, cinquenta anos.

Na sua companhia fiquei mais verdadeira. Menos ansiosa, tinha tanta vontade de sucesso, de poder. Fiquei menos frívola, não é mesmo extraordinário? Com a paciente calma de um pescador ele mergulhou e foi me buscar lá no fundo e pudemos rir assim livres, ele também gostava de nadar.

A nossa primeira noite, quando fui à sua casa perto do rio Douro, lembra? Uma casa singela, tão pequena e tão limpa, a mesa, os armários toscos e a cama. E livros, tantos livros desabando das prateleiras das estantes. Então estou no Porto, eu disse e aceitei o cálice de vinho, É o próprio? Fomos bebendo devagar, olhos nos olhos, Eh? Filipe, acho que estou apaixonada. E com fome, eu disse e ele foi pesquisar a geladeira enquanto fui examinar sua estante, Filipe querido, tantos livros sobre política! E esta prateleira só em torno de Karl Marx, por acaso você é comunista? Ele abriu o sorriso, Sou mas não por acaso, disse e trouxe pão e queijo e ficamos comendo e bebendo, Eh! vida boa, eu suspirei e fiz o aviso, Vou levar *O Capital* que até hoje ainda não li, posso confessar a você, ainda não li. Ele me tomou pela cintura e rodopiou comigo ao som da *Fuga em Ré Menor*, de Bach, o toca-discos estava ligado. Leva o que quiser, minha querida, mas esse você não vai ler e mesmo que consiga chegar ao fim, desconfio que não vai entender nada, disse e foi me conduzindo ao outro lado da estante. Se quer mesmo desembrulhar os russos, leia Dostoiévski. Ou Tolstói, que é um místico assim do feitio da menina, percebe? Gosta de Deus. Ah, leia esse poeta que é a própria revolução, Maiakóvski.

Nessa mesma noite nos deitamos na sua larga cama e enquanto ele me despia com a gravidade de um ritual, confessei-lhe que era virgem, quase trinta anos e ainda virgem. Ele então me cavalgou assim belo e rijo feito uma figura de proa, "Por mares nunca dantes navegados", ele foi dizendo baixinho, foi a sua única citação antes e depois do descobrimento.

Filipe Pedro, professor de Ciências Sociais e funcionário de uma firma de exportação. Você é uma burguesinha consumista mas também eu gosto às vezes do supérfluo, ele me disse enquanto bebíamos num café. Foi nessa tarde que me ofereceu a pequena caravela de filigranas de ouro.

Endereço Desconhecido. Não chore assim, vamos nos encontrar dentro em breve, ele disse no aeroporto. Mas não vamos falar agora dessa coisa nojenta que é o tempo, quero lembrar de nós dois assim jovens, era uma despedida, já sei, mas era tamanha a certeza do reencontro, sim, a esperança. Quando saí correndo com a minha sacola de lona, ainda me virei para vê-lo. Lá estava você de braços pendidos ao longo do corpo, aquele corpo tão atlético, tão musculoso. A cabeça altiva. Ventava e o vento arreliava seus cabelos negros, a cara aberta naquele riso de dentes tão brancos, Adeus, meu amor! Então me lembro que gritei e o grito perdeu-se estilhaçado no ar.

É tarde no planeta! costumava dizer aquele meu avô que eu (adolescente) achava velhíssimo e ele tinha cinquenta anos. A minha idade hoje. É tarde, sim, é tarde e apesar disso esta destrambelhada está arrumando a mala, a viagem. Se me perguntarem, respondo, Vou em busca de um antigo amor. Mas esse tipo ao menos ainda está vivo? me pergunta o desconfiado pessimista e o meu coração responde, Ele resistiu, também eu estou aqui resistindo, somos dois resistentes, hein, Filipe? Descobri que os comunistas são disciplinados, é a disciplina que dá esse vigor de luta que pode ser confundido com a coragem. E vai além da coragem, como poderia se chamar? Tenacidade? Sim, as tenazes, aqueles instrumentos no feitio de tesoura segurando o ferro em brasa. A paixão do persistente, eu quis dizer, do resistente. Então somos dois resistentes resistindo ao mesmo tempo, hein, Filipe? O meu amado com tamanha devoção pela liberdade, a causa maior, a liberdade.

Reconheço que estou meio avariada, tenho alguns dentes postiços, ninguém nota (ninguém?) mas eu estou sabendo e minha postura não está meio diferente? E os meus cabelos? Concordo, ainda fartos mas já perderam aquele tom raro, lembra? Castanho-dourado, era esse o tom que na luminosidade fazia pensar no mel. Tive que pintá-los, os malditos fios brancos que vieram devagar, rápidas foram as sardas cor de ferrugem nas minhas mãos, digo que são sardas causadas pelo sol, gosto de nadar e ninguém acredita nessa história das sardas do sol.

Não tem importância, também isso não tem mais a menor importância, importante é esta realidade. E este sonho. Uma vez na realidade, eu dizia que voltei e fiz o curso de mestrado, doutorado, tudo assim brilhante na carreira desta professora de Letras. Aventurei-me na Filosofia mas quando entrei nessa outra aventura do casamento, então fui reprovada depois de dois anos e uma filha. O divórcio facilitado pelas longas ausências do meu marido, que era cônsul e agora é embaixador lá no cu de judas. Tudo bem, tive amantes, abortos, ilusões e desilusões e agora estou sozinha, estou sempre sozinha.

Minha empregada já saiu e a minha filha, bom, essa já saiu há muito mais tempo. Foi quando completou dezoito anos e disse, Mãezinha querida, acho que fica mais prático se eu for morar com o meu namorado. Tudo bem, concordei no mesmo tom e agora me pergunto, ela teria mesmo dito isso, que achava mais prático? Acho que disse sim, *mais prático*. E não é cínica a minha pequena Constança, a verdade é que ela é uma jovem vivendo de acordo com a velocidade do tempo, ai! veloz demais, hein?!... *Carpe diem!* — aproveita o dia de hoje! aconselhava aquele meu avô que gostava de citações. Dele devo ter herdado esta vocação que (sem ironia) Filipe estimulava com seu humor generoso, ele achava graça em mim. Continue, minha querida, continue, e o fim desse soneto?

Meu primeiro e deslumbrante amor, Filipe dos meus cuidados, não pecados, cuidados. Lá vou eu em busca do meu sonho. E se de repente encontro? Esse sonho, hein? Já sei que as coisas não acabam mas se transformam, o jovem fica velho e o velho fica osso e o osso — como fica esse fragmento do esqueleto? Ah, esqueça, chega de envoltórios, o que eu queria dizer é tão simples, acho que estou repetindo, posso? Cheguei um dia ao Porto e nesse Porto descobri o amor, ou melhor, ele me descobriu, hoje sei que ele me esperava, hein, Filipe? Um ano da mais profunda e sacramentada paixão.

Acendo um cigarro. Mas essa mulher enlouqueceu? dirão os parentes, os vizinhos e até o cachorro, não tenho mais nenhum cachorro mas está claro que ele faria parte do coro, ela ficou louca? Depois de vinte anos, ir lá longe em busca do antigo namorado, e se ele estiver irreconhecível? Esse Filipe, hein?!... Gordo e flácido, com uma turma de filhos encardidos, os dentes também encardidos, os dentes também encardidos e eram dentes branquíssimos. Os mais misericordiosos dirão, É uma fuga, está fugindo de si mesma, a coitada. Perdeu alguns neurônios e pronto, está fugindo. Fecho os olhos cheios de lágrimas, adianta? Explicar que estou indo ao encontro de mim mesma porque já faz tempo que ando meio perdida. Sim, recuso esta minha sociedade da tecnologia e do poder do dinheiro, mas se é a única linguagem que ouço, dinheiro dinheiro dinheiro. Muito sexo também mas o sexo boçal. E o dinheiro.

    Fico olhando os meus sapatos embrulhados no plástico transparente, devem ficar nesse plástico para que as solas empoeiradas não contaminem as roupas que irão na mala. Poeira, poeira. Tanto andei e desandei, é claro, tive tantos outros sapatos parecidos com esse par social de verniz preto e salto alto. Quase novos, uso pouco os tais sapatos sociais, gastos estão os meus sapatos de andarilha, sem salto como devem ser os sapatos de subir a montanha. Nunca subi nenhuma montanha mas se for preciso, hein, Filipe? Se me chamar e me pegar pela mão, Vem! então eu me levanto e ressuscito, com você, meu amor, a ressurreição acontece todos os dias.
    Nós dois nus e enlaçados tão fortemente, lembra? Foi naquele pequeno hotel da Rua Miragaia? Ah, como sou feliz! gritei enquanto a sua língua me percorria tão sábia. E tão calculista. Eu me lembro, tapou minha boca com um beijo e depois chegou ao meu ouvido, Estamos num hotel puritano com vizinhos puritanos, temos que sussurrar, menina, sussurrar! Depois, a pequena ceia na mesa de cabeceira, azeitonas, pão preto e vinho tinto. Enquanto acendia o cachimbo, respondeu à minha pergunta, não, não acreditava em Deus mas eu acreditava e assim teria que acreditar com a fé multiplicada para que também ele fosse incluído nesse amor. E pediu que eu dissesse alguma poesia, gostava da minha voz. Então lá vai Antero de Quental, avisei e tomei um gole de vinho tinto para aquecer a garganta, fazia frio. Puxei a manta vermelha para nos cobrir e comecei gravemente, "Na mão de Deus, na sua mão direita/ Descansou afinal meu coração". E não consegui ir adiante porque a emoção me travou, o poeta tinha se matado. Mas você não vai se matar, hein, Filipe?... Você não vai se matar nunca, supliquei e ele me provocou rindo baixinho, o humor de Filipe me revelando

a graça da vida: Faça então a voz do corvo grasnando *Never more!* Vai, você sabe isso, *Never more!...*

Nessa noite ele dormiu tranquilo feito uma criança, a cabeça recostada no meu ombro.

Não pudemos voltar à sua casa porque lá estava escondido um daqueles seus misteriosos amigos, passamos a nos encontrar num outro hotel perto do rio Douro, ah! eu gostava tanto dos vasos de flores nas varandas de ferro. A verdade é que já podia ter voltado desses estudos mas sempre ia encontrando pretextos mil para continuar ali com o meu amado que com tanto tato ia me conduzindo. E me ajudando, foi levada pela sua mão que conheci os melhores segredos da biblioteca e os mais instigantes professores da universidade.

Gosto deste hotel mas não gosto desta cama, queixei-me. Ah, é muito dura. Ele então veio ajeitar o travesseiro nas minhas costas e prometeu que um dia ainda iríamos a Praga, a beleza daquela cidade checa. E riu quando lembrou, lá as camas eram tão macias com coxins de pena de ganso ou de outro bicho semelhante, mas tão exageradamente fofos que na hora do amor ele precisava arrastar o coxim para o chão. Fiquei muda, na hora do amor. Meu semblante descaiu no acesso de ciúme póstumo e ele riu e desatei a rir, duas crianças, ah, os *amantes amentes*, suspiraria aquele meu avô latinista, os amantes são dementes!

Pois, ele sussurrou no final do nosso último amor tão resfolegante e tão ardente como o inferno. Então acendeu o cachimbo e eu fiquei em silêncio na trégua, aspirando deliciada o perfume azul da fumaça.

Endereço Desconhecido, comunicou o carimbo na carta toda amarrotada que me foi devolvida. Acendo o meu cigarro e fico calma, penso na minha filha Constança, que deve andar com o namorado lá pela Amazônia, ambos fazem pesquisas, continua a moda das pesquisas e das teses. Da última viagem ela trouxe um papagaio e um mico que sabe dar bananas e beijinhos, fiquei de visitá-los para conhecer o mico. E queria dizer agora uma coisa que ainda não disse, depois do divórcio e do fracasso da minha ligação com um tipo que não quero nem mencionar, andei bebendo muito, tranquei o coração e comecei a abrir garrafas, não queria falar nisso, pronto, já falei. Não me lembro de nenhuma alegria nessas bebedeiras, fiquei uma bêbada tristíssima. Até que caí de borco na cozinha e fui me arrastando até ao espelho e vi minha boca sangrando e disse Basta! Sua idiota, idiota, assim como estou como vou conhecer um dia o Endereço Desconhecido, hein?! Enxuguei o sangue, as lágrimas e fui dormir e sonhei com aquela noite em que Filipe me levou pela mão para conhecer a Igreja de São Francisco, sim, lá estava a imagem perplexa e escalavrada em meio do esplendor. Comecei a tremer tanto que Filipe vestiu em mim seu suéter. Então chorei de tão feliz aquecida pelo calor dele.

Fecho agora os olhos para vê-lo melhor. E então, Filipe?! E lembro aquele poeta da Arrábida, não a do Porto mas a do Portinho, tinha um nome de navegante, Sebastião da Gama. E morreu jovem. Lembro dele porque eu gostava de dizer gracejando que logo estaria dobrando o Cabo da Boa Esperança. E o poeta-vidente escreveu um poema que pode ser hoje a minha biografia, escuta, Filipe, escuta: "A vela rasgou-se em fitas./ E quanto ao mais, desde o casco/ até a ponta dos mastros/ o fundo do mar que o diga".

Escutou isso, Filipe? Cabo da Boa Esperança. As tempestades e os naufrágios nessa travessia, tantas vezes a tormenta. Depois, a calmaria até chegar a esse cabo chamado, chamado porque era o próprio Destino. Ah, Filipe amado, esqueci esses versos, não tem importância, o importante é saber que cheguei por lá um dia, hein? O poeta fala que não importa se tem ou não os ossos quebrados e eu digo com ele, cheguei saudável ou danificada? "É melhor não perguntá-lo./ Basta saber que cheguei/ e que é de lá que vos falo".

Fico olhando a mala aí aberta, também ela me chama. A viagem. Tenho esperança e estou desesperada — mas é possível isso? Enxugo a cara, também isso não tem a menor importância, o importante é que atendo ao chamado assim lúcida e avariada, Está me esperando, Filipe? Ouço no fundo do meu coração (ou do mar) uma voz, Boa viagem!

Felicidade

Teresa escancarou as venezianas e olhou o céu. O dia estava escuro e frio. Aconchegando ao pescoço a gola do roupão de lã, ela baixou o olhar até o pátio: latas vazias, cascas de banana, folhas de jornal, pontas de cigarro, bolotas de papel de embrulho — toda uma variedade de lixo se amontoava no cimento molhado pela chuva da noite anterior. Um lenço que caíra de um daqueles varais dos apartamentos superiores encharcara-se numa poça d'água. Decerto fora branco mas agora não passava de um trapo molhado e sujo, quase escondido sob bagaços de laranja.

Teresa fixou o olhar no lenço. Tinha sido branco. Tudo fora branco e limpo antes de entrar naquele prédio. Crispou os dedos na gola do roupão. Há quatro anos estreara aquele roupão na primeira noite em que se mudou para ali: era branco com folhinhas verdes. Mas as folhas foram se desbotando e dentro em breve a fazenda encardiu-se tão irremediavelmente que por mais que a lavasse, teria sempre uma cor meio indefinida, gasta. Agora era um roupão enxovalhado, parecido com aquelas paredes, com aquela gente. Era a marca daquilo tudo.

Há quatro anos fora a primeira inquilina a chegar no prédio recém-construído, cheirando a tinta fresca. As paredes tinham sido pintadas com um tom rosa-vivo e o sol batia em cheio no pátio todo respingando de cal. Instalou-se no pequenino apartamento do primeiro andar, colocou cortinas de cassa azul nas vidraças e um grande vaso de gerânios vermelhos no peitoril da janela. "Esta é a minha chave e este é o meu canto", pensava todas as tardes ao voltar do emprego. E fechava apressadamente a porta, que não entrasse mais ninguém, que não lhe surgisse de repente as Luísas, Clotildes e Marías que há tantos anos a seguiam pelas casas de cômodos, pelas pensões. "Se a senhorita quiser pagar menos, terá que dormir com outra moça", explicavam invariavelmente as donas dos quartos por onde andara. Sim, está claro que precisava pagar menos. E iria para um cubículo onde, no mínimo, já havia uma cama. O nome das suas companheiras variava. Mas pareciam ser sempre as mesmas. A última fora María: só falava em homens, vivia telefonando para homens e quando voltava de madrugada, trazia nas roupas, nos cabelos, nas carnes aquele mesmo cheiro de homens. Vivia fugindo do emprego para encontrar-se com eles. E antes de dormir, pensando ou falando em obscenidades, viciava com a fumaça do cigarro o pouco ar puro que entrava pela janela.

"Agora estou só", pensou com alívio ao pregar, naquela noite distante, as cortinas na vidraça. A noite estava tão silenciosa que chegava a ouvir a torneira do pátio pingando compassadamente dentro de uma bacia.

Mas aos poucos começaram a chegar os inquilinos. Em menos de um mês abriram-se todas as venezianas que davam para o pátio e foram aparecendo gaiolas velhas, latas com plantas, varais que se multiplicavam numa despudorada promiscuidade de roupas íntimas. O tom rosa do paredão foi escurecendo, marcado por estrias negras de goteiras e escarros. Abriram-se rachões ao longo dos canos, por onde as baratas fervilhavam e, como se houvesse uma combinação tácita, dos apartamentos superiores tornou-se hábito atirar lixo pela janela da cozinha. De vez em quando, ouvia-se o barulho de um pacote a se espatifar sonoro no cimento sempre úmido: pooof! E imediatamente algumas cabeças apontavam nas janelas.

—Seus desgraçados! Esta área já está um fedor que não se aguenta!

—Não têm lata em casa, esses porcos...

O zelador aparecia. Vinha em mangas de camisa e, de braços cruzados, punha-se a gritar que nunca tinha trabalhado num prédio tão imundo, que já estava farto de varrer aquela sujeira. As inquilinas ajudavam, que era isso mesmo, podia até dar tifo, não podia? Principalmente nos sábados, dia de feira, quando havia sempre alguém que atirava escamas de peixe.

—Vou ficar aqui sentado, fiscalizando—o zelador anunciava.

E de fato, trazia um banquinho e se postava no meio do pátio, o olhar desafiante percorrendo as janelas. Ficava ali uns cinco minutos. E como nesse espaço de tempo ninguém atirasse nada mesmo, então pegava novamente no banco e ia embora a mastigar palavrões por entre as gengivas murchas: "Covardes...".

Distraidamente o olhar de Teresa pousou numa lata vermelha bem defronte da sua janela. "Essa lata está aí há cinco dias", pensou. "Quer dizer que há cinco dias seu Nicanor não varre o pátio. Nem o pátio nem as escadas. Há cinco dias seu Nicanor não varre nada. Deve estar bebendo e dormindo, dormindo e bebendo. Alternativamente."

— Bom dia, Teresa! — disse Dona Alice. — Só agora que você se levantou? Meu almoço já está quase pronto.

Teresa voltou a cabeça para cima. Dona Alice limpava a gaiola de canários, presa à veneziana, e ao jogar no pátio uns restos de ovo cozido, viu a vizinha na janela do apartamento inferior.

— Hoje você não trabalha, meu bem? — perguntou a mulher.

— Não, hoje estou de folga — disse Teresa. E no seu tom de voz não havia nenhum entusiasmo. Era como se dissesse: "Hoje estou doente".

— Ih, mas deve ser divertido trabalhar num hotel assim, hein, Teresa? Maravilha de hotel! Outro dia passei lá pela porta e espiei um pouco o salão, te vi sentadinha lá no fundo batendo máquina. Deve ser divertido trabalhar num hotel assim, não?

Teresa teve um sorriso. Ah, sim, muito divertido. Divertidíssimo. Da sua cabina envidraçada, podia ver uma parte do saguão. Homens e mulheres trançavam o dia todo entrando e saindo. Às vezes se detinham e formavam grupos. Nas tardes quentes o movimento era maior e então verdadeiras ondas humanas transbordavam pelas escadas como água numa pia borbulhante. Os homens vestiam ternos claros e tinham o ar bem-humorado. As mulheres usavam vestidos vaporosos e joias faiscantes. E riam, e fumavam, e gesticulavam desembaraçadamente. Alguns grupos sumiam pela porta do bar, outros subiam pelos elevadores, a maior parte descia para a rua. E Teresa via aquelas bocas se movendo, mas não podia escutar o que diziam. Separava-a daquele mundo apenas uma parede, uma frágil parede de vidro. Mas era o suficiente para isolá-la por completo. As bocas se abriam em exclamações, em risadas. Só ela não podia ouvi-las. Nunca pudera ouvi-las. Ouvia, isso sim, o ruído seco dos seus dedos batendo furiosamente no teclado da máquina. Ouvia, isso sim, as ordens que lhe vinham da gerência: "Teresa, faça", "Teresa, apronte", "Teresa, depressa", "Teresa, Teresa"! Ah, sem dúvida era muito divertido trabalhar num grande hotel. Nada como ficar conhecendo os melhores perfumes, o roçar pelos mais elegantes vestidos, e ver de longe as mais requintadas comidas. E em seguida, voltar ao pardieiro rosado e sentir o cheiro das escamas de peixe apodrecendo no meio do lixo, e vestir roupas ordinárias, e comer nas leiterias cheirando a leite azedo.

— Teresa, meu bem, não tenho visto o David. Vocês brigaram? — perguntou Dona Alice a olhar pensativamente o canário. — Faz tempo que eu não vejo aquele moço.

— Um cretino.

— Ah, o pobre!... — riu Dona Alice. — Era bem feinho, isso é verdade, mas pra marido servia, não servia? É preferível ficar com qualquer um do que ficar sozinha, viu, bem? Ih, mulher sem homem é uma coisa horrível! Horrível, mesmo. Mas se você não gostava dele...

A expressão de Teresa enrijeceu. "Case-se comigo", pedira-lhe David. Tinha a boca mole, pálpebras vermelhas e mãos muito brancas e úmidas. Seus gestos eram longos e suaves como se estivesse medindo renda. "Você sabe, Teresa, estou ganhando um pouco mais na seção de retalhos e para o ano pretendo abrir um armarinho..."

Ela ficou a olhar perdidamente para o lugar onde devia ser o queixo de David. Era a primeira vez que um homem lhe falava assim. A primeira vez que um homem a desejava. Crispou os lábios para não cuspir naquela boca que se abria e se fechava molemente, como se estivesse enlambuzada de cola. "Vá-se embora, David", pediu-lhe com voz surda. "Não me diga mais nada, pelo amor de Deus, vá-se embora!" Ele foi. O vento puxava-lhe as abas do sobretudo, fustigava-lhe as roupas, impelia-o para os lados. Fino e curvo, ele avançava bamboleante até sumir na escuridão da noite como um espantalho.

— Escuta, meu bem, já que você não tem mesmo compromisso, por que não vem comigo no casamento da minha sobrinha Cristina? — perguntou Dona Alice, a coçar o ouvido com um grampo. — Vai ser hoje, sabia? O véu dela é mesmo lindo! E a almofada, então? Tem duas pombinhas se beijando bordadas no cetim. Vai ter festa, alugaram um salão que é uma maravilha! Minha irmã, a Santa, me fez um chapéu que é uma beleza, copiado de uma revista. A copa é toda coberta de papoulas, ficou caríssimo! Só estou com medo que chova, porque se chover estraga tudo. Será que vai chover? Será?

— Não, decerto não — disse Teresa procurando ver por entre os varais de roupas um pedaço do céu.

Sorriu. Ia chover, sim. Boa coisa, a chuva. Chuva com trovão, com raios. Piqueniques desfeitos, gente esperando em vão nas portas dos cinemas, das confeitarias. Chuva nos sábados, nas tardes de sábado. Vestidos novos se molhando, sapatos engraxados se chafurdando nas poças d'água, fisionomias amarfanhadas, por que não passa, por quê? E a chuva caindo, ah! caindo cada vez mais forte. Mais forte. Imaginou a noiva descendo do carro sob a tempestade, curvada, furiosa, arregaçando aflita a cauda do vestido, sujando os sapatos brancos na lama. Sem nenhuma imponência. Ridícula.

— Pois é, meu bem, se você quiser ir comigo, se vista e passe por aqui, o casamento vai ser às quatro horas, viu? Você não tem mesmo nenhum compromisso, não é?

As pálpebras de Teresa bateram num estremecimento como asas assustadas. Seu rosto pálido e macerado despertou. Quatro horas. Quatro horas em ponto — não foi o que Zulmira dissera? Zulmira era a massagista do hotel e como vivesse entrando e saindo dos quartos, tão eficiente quanto curiosa, sabia de tudo o que se passava entre os hóspedes. Um dia, enquanto tomavam lanche, contara-lhe: "Minha melhor freguesa é a do apartamento cento e dez, aquela mulher linda, madame Brígida, sabe quem é? Tem tudo o que quer e no entanto é tão infeliz que até dá pena. Está sempre triste, um jeito assim desanimado de quem não acha mais graça em coisa nenhuma...".

Teresa ouvia atentamente. E tomou o copo de leite com maior prazer. "Infeliz, Zulmira? Infeliz por quê?", perguntou-lhe ansiosa por detalhes. "Decerto porque não suporta o marido, aquele judeu com cara de rato, ciumento que só vendo. Você já entrou alguma vez no quarto dela? Imagine que tem um armário com três prateleiras cheias de vidros de perfumes! Nunca vi tanto perfume na minha vida. E tem não sei quantos casacos de pele, um cinza, um marrom, um preto, um branco...".

A descrição dos perfumes e dos casacos não conseguia dessa vez envolver Teresa na mancha de sombra que sempre descia sobre ela quando se falava naquela mulher. Brígida... Então, com todas aquelas joias e com toda aquela beleza ainda era infeliz?

Via-a passar sempre no saguão do hotel, iluminada como se uma luz misteriosa se irradiasse da sua pele transparente. Os homens ficavam quietos, olhando. Nem comentavam. Ficavam mudos e parados, olhando. E Teresa via a si própria: pequenina e mirrada, o corpo reto como o de um menino desengonçado, a pele embaçada, os cabelos opacos. Nesse instante, a beleza da outra surgia na sua frente como um espelho, ainda mais duro e mais frio do que aquele que havia no seu quarto. Odiava-a, ah, odiava-a, sim, não a ela, propriamente, mas a tudo o que ela representava de beleza, de mocidade, de conforto. Quando a via vir vindo, os seios empinados e o queixo erguido, magnífica como uma figura de proa, sentia mais do que nunca a sua condição miserável, vida obscura, sufocada desde a infância por desejos irrealizados: vontade de ter uma boneca, um patinete, um vestido melhor, um namorado... Brígida era o símbolo de tudo o que a natureza lhe negou. E era infeliz? Infeliz?

"Descobri o segredo da hóspede do cento e dez!", dissera-lhe Zulmira há dois dias. Estava corada de excitação, triunfante. "Ela me chamou para a massagem e desde o início, palavra que notei que ela estava mais alegre, chegou a cantarolar, coisa que nunca fez. Palavra que notei a transformação! Depois da massagem, eu me preparava para sair quando o telefone tocou. Ela foi atender do quarto e eu fiquei procurando fechar minha maleta, que estava com o fecho encrencado. Acho que ela estava certa de que eu já tivesse saído porque falou tão alto que ouvi tudo. Teresa, Teresa, ela tem um amante! Quer dizer, ainda não são amantes mas vão ficar agora, no sábado! Disse não sei quantas vezes eu te amo e disse ainda que tinha lutado muito, mas não podia mais resistir, entregava-se! Disse mais ou menos tudo isso e eu ali, ouvindo, apavorada porque não sabia o que fazer, tive medo de sair e não queria ficar mais nem um minuto! Ah, Teresa, foi tão emocionante! Irei, irei sim, ela prometeu. O Herman vai ficar o sábado todo no escritório, às quatro em ponto estarei aí. Então ele deu o endereço. Travessa das Oliveiras, quinze, não é? — ela repetiu. E como sua voz tremia! Às quatro em ponto, meu amor, meu amor, ficou dizendo baixinho até desligar. Por sorte minha, o telefone tocou outra vez e com aquele barulho da campainha eu pude sair sem que ela notasse. Teresa, estou tão emocionada como se a coisa fosse comigo!", exclamou Zulmira com os olhos úmidos de prazer.

"Então será hoje, às quatro em ponto..." Teresa pensou cravando os olhos turvos no pedaço de ovo que Dona Alice atirara no pátio. A chuva atrapalharia o casamento. Mas não atrapalharia aquele encontro. Decerto iria com o abrigo cinzento, combinando com a cor da tarde. Escolheria cuidadosamente o seu mais sugestivo perfume. Travessa das Oliveiras, quinze. O homem estaria à espera no portão. Devia ser jovem e forte. E devia amá-la muito, ah, sem dúvida os dois teriam uma tarde maravilhosa. Ma-ra-vi-lho-sa...

— Teresa, meu bem, você não me respondeu ainda — queixou-se Dona Alice, que já tinha saído da janela e agora voltava para examinar se as fraldas do seu varal estavam secas. Não, não estavam. — Eu dizia que vai ser às quatro horas, se você quiser, passe daqui a pouco para me pegar. Olha que vai ser uma festa e tanto, pode ser que lá você conheça algum moço bom, às vezes acontece...

Teresa demorou para responder. Por que não a deixavam em paz? Não queria conhecer mais ninguém, podia envelhecer tranquila sem lembrança sentimental, bastava a de David.

— Hoje prefiro ficar em casa — disse.

E fechou a janela.

Foi até a mesa de cabeceira, pegou um livro, abriu-o na página marcada: "Agora, porque tu me amas, o inverno afasta-se da minha alma e a solidão perde os seus perigos. Não há surpresa mais maravilhosa do que a de sentir-se amado: é a mão de Deus pousada em nosso ombro".

Teresa deixou cair o livro como se ele lhe queimasse os dedos. Atirou-se na cama e fixou o olhar no teto. Seus olhos estavam duros e secos. Travessa das Oliveiras, quinze. Se quisesse, poderia desmanchar aquele encontro. Bastava telefonar a ela e dizer-lhe que sabia de tudo, bastava esse simples telefonema anônimo e pronto, adeus tarde de amor! Ele daria pontapés nas cadeiras tão bem-dispostas, nos móveis tão bem-arrumados, tudo tão bem preparado, à espera: o cinzeiro no lugar exato, a vitrola tocando suavemente, um livro de poesia esquecido numa poltrona, o sofá, o vinho, as almofadas, o tapete, tudo esperando, quatro, cinco, seis horas... E ela indo e vindo pelo seu quarto como uma leoa, os olhos sempre tão serenos agora cheios de desespero, a bela face amarfanhada, quem será? Quem? Durante vários dias os dois se manteriam afastados. Aproximar-se-iam aos poucos, ele impaciente, ela desconfiada e medrosa, exagerando nesses cuidados que acabam por amargar qualquer amor. Teriam que providenciar um ninho numa outra rua com um nome menos sonoro, no dia marcado ela estremeceria ao mais leve toque de telefone, sairia de cabeça baixa, olhando para os lados como uma coelha perseguida...

Os olhos de Teresa se apertaram. Agora eram dois fios de linha cinzenta. Sem dúvida, alguma, se quisesse, poderia estragar-lhes a tarde. Só a tarde? Se quisesse poderia estragar-lhes a vida. Bastava telefonar para o marido: "O senhor sabe onde vai sua mulher às quatro horas em ponto?". Zulmira afirmara que era um homem ciumento e impulsivo, capaz de todas as violências. Sim, está claro que ele saberia o que fazer. E ela não teria nenhum remorso por ter denunciado, não teria remorso algum, que lhe importava o que pudesse acontecer? Brígida já não tinha tanta coisa, beleza, dinheiro? Ah, mas decerto achara pouco tudo isso e queria mais, queria ter um amor, a pombinha...

"E eu, que tive eu até agora? Que é que eu tenho?"

Voltando-se de bruços, Teresa afundou o rosto no travesseiro. Seu corpo todo estava sacudido por um choro sem lágrimas. "Alguém algum dia pensou em me ajudar, em ser um pouco amável comigo? Nunca fiz mal a ninguém", gemeu. E sua cabeça rolou desamparada de um lado para outro. "Sempre tive todo o cuidado em não magoar os outros e os outros... que é que os outros têm feito por mim? O quê?"

Deu um soco na ponta aguda da fronha, que, por um momento, lembrou-lhe o nariz pontudo de David. Depois, aos poucos, foi afrouxando os músculos, estirou os braços e num abandono, exausta, deixou que as lágrimas corressem. "Será preciso chorar por trinta anos", sussurrou como se alguém tivesse lhe perguntado a razão daquilo. "Por trinta anos..."

Despertou num estremecimento. No silêncio do quarto, podia ouvir as batidas do seu coração: tam-tam, tam-tam. Consultou o relógio: dez para as quatro. Umedeceu os lábios ressequidos e levantou-se. "Dez para as quatro", ficou repetindo enquanto se vestia.

Saiu. Na rua, pôs-se a andar num passo incerto e desigual. Se lhe perguntasse para onde ia, não saberia dizer. Deixava-se levar como uma sonâmbula e só pareceu voltar a si quando entrou no parque. Sentou-se num banco próximo ao lago e por um momento seus olhos doloridos vagaram pela superfície das águas. "Moro tão perto e nunca estive aqui", pensou. "Por que será que eu nunca estive aqui antes?"

Crianças brincavam na relva ondulada. Teresa olhou-as e agora a expressão dos seus olhos era doce. Por entre a folhagem das árvores quietas, pôde ver o céu cheio de nesgas azuis. Não, não ia chover mais. Já eram quatro horas, Brígida e Cristina deviam estar a caminho. Só o tempo poderia ter retido Cristina. "E eu, só eu poderia ter retido Brígida", pensou. E uma onda de calor irradiou-se do seu coração. Quando elas descessem do carro, até o sol haveria para iluminar-lhes a face.

Teresa deixou a cabeça pender para trás. Era como se estivesse flutuando naquele lago morno e quieto. Sem pensamentos e sem desejos, leve e branca, flutuando, flutuando... Nunca tinha sentido uma tranquilidade igual. Não sabia como seria depois. Mas sabia que nunca tinha vivido um momento assim. Tudo estava bem: Cristina no meio dos véus, Dona Alice com seu chapéu de papoulas. Brígida correndo sôfrega ao encontro do homem que amava. Tudo estava bem.

Respirou profundamente, cerrando os olhos para fruir melhor aquele instante, para guardá-lo dentro de si mesmo. E sorriu ao sentir a carícia leve de uma folha murcha que docemente resvalou pelo seu queixo e caiu no chão.

Ou Mudei Eu?

Cansaço cansaço — ela ficou repetindo bem baixinho, mas era possível? Tanta gente assim aglomerada no reduzido espaço da confeitaria. Todos falando ao mesmo tempo e pedindo, reclamando, exigindo — ô! Deus. E as vendedoras desesperadas e não disfarçando o desespero enquanto mãos e vozes suplicavam, apontavam, Moça, por favor! Estou aqui faz mais de uma hora, uma dúzia daqueles doces... Não, esses não, os outros adiante, aqueles com morango! E panetone, acabou o panetone? Acabou, moça?! Quando a vendedora meio descabelada entregou-lhe finalmente o pacote redondo com o bolo de chocolate, o suor já porejava em sua testa.

Na calçada, parou um instante e teve um olhar desolado para o congestionamento dos carros na plenitude das buzinas em meio de alguns gritos. Palavrões, empurrões. E as buzinas. Mas a compra de um simples bolo era entrar numa batalha? E onde um táxi nesta hora? Ô! Deus, lamentou. Por que não viera com o próprio carro mas onde estacionar? Foi andando, a bolsa apertada debaixo do braço e nas mãos, o pacote levado assim como um troféu, tão grande esse bolo e tão grandes os pacotes e sacolas dessa gente toda, mas por que o Natal acabou por se transformar naquele licoroso inferno? Comer, beber e comprar, principalmente comprar, as lojas tão cheias e as igrejas esvaziadas, mas quem estava pensando no nascimento do Cristo? As pessoas feito loucas, sussurrou, e por um momento pensou no Natal lá longe, a doce e calma ceia da infância, o presépio. A família ainda inteira em redor da mesa. Agora levava esse bolo para um família que não era mais a sua, ia a uma festa alheia com música altíssima e falas representando alegria, risadas. Risadas, ô! Deus, um cansaço. Pensou naquele soneto que decorou ainda na juventude, de quem era mesmo? Esse verso, de tudo tinha ficado apenas esse verso, "Mudaria o Natal ou mudei eu?". Eu mudei e o Natal também, ela pensou. Para pior. Para pior, repetiu e enveredou para a praça ali adiante, seria bom descansar num banco porque o pé direito doía, o sapato apertava, esqueceu e foi calçar justamente esses sapatos elegantes, sem dúvida, mas quem estava olhando para seus pés? Escolheu aquele banco mais tranquilo e onde já estava um menino com sua pequena mochila atada às costas. Colocou o pacote em cima do banco no espaço entre ambos, descalçou discretamente os sapatos e ficou olhando o gramado. Só então reparou no menino com seu uniforme escolar, um uniforme pobre. A mochila de livros com as alças puídas. O tênis encardido.

— É de chocolate? — ele perguntou baixando a cabeça para o pacote.

— Chocolate — ela disse e o menino voltou o olhar ainda extasiado na direção do coreto. O olhar agora pesquisava, sondando a distância.

Ela abriu a bolsa e tirou o lenço, a tarde estava quente mas a noite ia ser fria, pensou e reparou melhor no pequeno vizinho à beirada do banco. Cabelos lisos e espetados, caindo numa franja densa até às sobrancelhas. A pele cor de bronze. Os olhos escuros e estreitos. Um pequeno índio, concluiu e achou graça no menino (Amazonas?) que pesquisava em redor com olhar esperto.

— Você está esperando alguém?

— O meu pai — ele disse e baixou o olhar para o pacote. — Isso daí é para sua festa?

— Não vou dar festa. Passo em casa de uns amigos e pronto, mais nada. O seu pai trabalha por aqui?

— Ele vende bilhete de loteria lá perto do teatro. Tratou de pegar hoje, não quer que eu volte sozinho. A senhora também está esperando?

— Dando um tempo, tenho que pegar um táxi.

— Por que não pega o metrô? É longe pra danar mas a gente acaba chegando.

— Tem festa, garoto? Lá na sua casa?

— Bom, a avó faz o pão no forno e tem frango, sopa — ele disse e passou a mão no nariz, tinha manchas de tinta nos dedos. — Minha mãe frita mandioca e vem meu tio e a tia e a primarada... É o pai que vem vindo, olha lá, aquele é o pai, eh! Pai...

A mulher levantou-se rapidamente e saiu quase correndo pela alameda afora. Ainda ouviu a voz aflita do menino, Ô! a senhora esqueceu o bolo! Seu bolo, moça!...

Quando ela atingiu a calçada, voltou-se e vislumbrou ainda por entre a folhagem o menino segurando o bolo e falando na maior excitação para o homem ao lado assim meio aturdido, olhando na direção que o menino indicava com a cabeça. Ainda esperavam (comemorando?) junto do banco que a mulher do bolo voltasse para apanhar o pacote. E de repente lá se foram num andar ligeiro, pareciam rir quando sumiram atrás do coreto. Ela fez um sinal para o táxi (milagre!), um táxi vazio. Lembrou com um sorriso de quem era aquele soneto e ficou pensando na expressão iluminada do menino aspirando fundo o cheiro de chocolate, um Menino Jesus índio num banco de jardim.

Posfácio
O Olhar de uma Mulher

Walnice Nogueira Galvão

Ler Lygia Fagundes Telles sem visualizar uma mulher é difícil, impressão provavelmente induzida por uma narradora sub-reptícia, cuja voz mal se distingue no texto fortemente entretecido de cortes, elipses, interrogações, dúvidas, anacolutos, litotes, com mudanças bruscas de interlocutor mesmo no meio da frase. E assim por diante, num discurso que habilmente desnorteia o leitor, ao mesmo tempo cativado e manipulado pela enganosa facilidade da leitura.

O olhar dessa mulher é inclemente, impiedoso, lúcido, enfim. Não isento de compaixão, mas sem permitir que se turve a lucidez. Com ela nada de piegas, de sentimental, de lacrimoso — ela é dura e sagaz em seus diagnósticos.

Essa cortante observadora das relações entre as pessoas elege o microcosmo, examinando comportamentos e padrões de conduta, sem esquecer a lubrificação conferida pela hipocrisia, que as azeita para que não arranhem, girem em falso ou produzam rangido de engrenagem enferrujada.

Instaurado o microcosmo, a narradora percorre toda a gama da distância à aproximação, indo e voltando, identificando-se com o que narra ou lavando as mãos, intrometendo-se ou desaparecendo, comentando a ação de fora ou adivinhando o que se passa no mais íntimo de suas criaturas. O que ocorre inclusive nas histórias que se dão como inteiramente "objetivas", que se narram a si mesmas sem necessidade de intermediários. A narradora é instrumento aperfeiçoado, afinado e afiado, talvez a maior perícia da escritora. A elegância de uma escrita quase minimalista desposa a elegância das soluções de enredo.

Mas isso ainda não é nada, porque teremos Lygia assumindo o protagonista homem que fala em primeira pessoa, e às vezes no extremo oposto às finezas de salão: um chofer de caminhão ("O Moço do Saxofone"), uma mulher iletrada ("Pomba Enamorada ou Uma História de Amor"), uma assassina ("A Confissão de Leontina"), um cachorro ("O Crachá nos Dentes") ou um anão de jardim que presencia um envenenamento (no conto homônimo). Ou então em terceira pessoa, mas com foco estreitamente aderido ao do protagonista, um menino ("Biruta").

Como hipótese de trabalho, usando o enredo como operador, observaremos nos contos a gradação, formal e não cronológica, entre o mais estruturado e o mais esgarçado, considerando que formam um continuum até quase escapar para fora da ficção. Nesta análise seleciono duas categorias de contos ou grupo de contos: uma dos mais estruturados e uma dos menos estruturados, que já resvala para o fluxo da consciência.

Narrador(a) × Protagonista: O Enredo no Conto Bem Estruturado

O conto bem estruturado não segue propriamente um padrão, mas, por ter limites flexíveis, pode ser em terceira pessoa ("Antes do Baile Verde", "O Menino"), em primeira pessoa-mulher ("O Espartilho") ou ainda em primeira pessoa-homem ("A Sauna").

Examinaremos de saída o célebre "Antes do Baile Verde", que ganhou o Grande Prêmio Internacional Feminino para Contos Estrangeiros, em 1969. Em terceira pessoa, portanto com narrador neutro e discurso objetivo, esse microcosmo tem como personagens apenas duas mulheres: a moça e a empregada negra, ambas em preparativos para o Carnaval na mesma noite, mas em diferentes festas, enquanto o pai agoniza logo ali no quarto próximo, por trás de uma porta fechada. Há vários embates simultâneos: piedade filial × pai agonizante, empregada × patroa, branco × preto, baile verde × Carnaval de rua, festa × velório — e tudo é englobado pelo embate metafísico entre vida e morte.

Como sempre nos contos de Lygia, predomina o suspense. O leitor demora a entender de onde vem a premência que empolga as duas: só a iminência da festa de Carnaval ou alguma outra coisa, funesta, por trás de uma porta fechada, onde jaz o pai moribundo?

Nada é explicitado, tudo é gradativamente insinuado no diálogo entre as duas, enquanto pregam lantejoulas verdes (a frivolidade do ouropel?) na fantasia da moça. Em monossílabos, dados sobre a situação do pai perfuram o nível banal do diálogo. Assim sabemos que há meses está doente, hemiplégico e sem fala; que fora para casa porque não havia dinheiro para mantê-lo no hospital etc. A relação de poder entre patroa e empregada surge logo. A moça primeiro coage a empregada a manter o namorado à espera na rua, porque precisa dela para terminar a fantasia. Depois, tenta em vão fazê-la entrar no outro quarto para conferir o estado do pai. E mais tarde insiste em suborná-la para que a substitua na vigília ao pé do doente, ao que a empregada recusa: é Carnaval, por nada no mundo perderia a festa.

No diálogo, a empregada tenta avisar a moça que o pai está morrendo. Mas ela se recusa a ouvir, pois isso comprometeria a festa, e força assim a outra a concordar que o pai não está nas últimas. Os sons que vêm da rua invadem o quarto e tornam presente a música de Carnaval. Os sons que vêm de dentro da casa são talvez um gemido do pai, talvez o relógio marcando o tempo que se esvai, abafando os sons da rua.

Afinal, a vida ganha da morte: é uma pulsão de vida que faz as duas mulheres irem ao encontro dos namorados para as diferentes festas. Outros efeitos já vão sendo preparados pela impregnação da cor verde em tudo, desde as lantejoulas até a roupa, a maquiagem e o cabelo, a cor simbolizando a vida e a regeneração da natureza, conotando a esperança. As duas escolhem amor, alegria, dança, rejeitando a morte no quarto ao lado. Seriam elas culpadas não por abandonar o pai, mas por escolher a vida? A tensão dos embates não é resolvida e o conflito fica pairando, a perturbar o leitor.

Também "O Menino" é narrado em terceira pessoa, o mais objetivo dos focos. Ao surpreender no escuro do cinema a mão da mãe entrelaçada à mão de um homem a seu lado — homem desconhecido para o menino mas não para a mãe —, o mundo do menino vem abaixo. O conto é elaborado em torno do signo das *mãos dadas*, que o menino faz questão de ostentar na ida, orgulhoso pela ventura de ir ao cinema sozinho com a mãe. Mas no trajeto de volta, após a cena de que foi testemunha, repele com horror essa mão, dizendo que não é mais criança: rude iniciação à maturidade foi a sua. Narrador e protagonista são tão próximos na elaboração do conto que quase se confundem.

Em seguida, veremos um conto bem estruturado em primeira pessoa-mulher ("O Espartilho"). Esse é dos mais longos, e narrado em primeira pessoa por uma mulher, a neta. O espartilho que dá título ao conto se torna metáfora da vida engessada pelo poder discricionário da velha senhora, a avó rica que manda.

A neta, única herdeira, vai descobrir que sua falecida mãe era judia, segredo guardado a sete chaves pela avó, que apoiava o nazismo em tempos de Segunda Guerra. E descobre, graças à cria da casa, vários outros "podres", como se diz no casarão: a tia louca por homens, que foi trancafiada no convento, outra tia que tomou veneno um mês após o casamento para escapar do marido, ou outra que fugiu com o padre e teve seis filhos — e por aí afora.

O nazismo imbrica no racismo de uma família ancorada na tradição do privilégio escravista. A trajetória de Margarida, a cria da casa, é exemplar: mulata, bastarda do filho da velha senhora, é proibida de namorar branco filho de juiz, até que foge com namorado negro. E aí tudo bem, a avó conclui que foi justiça divina: quando tudo é ela quem manipula, conspira, mexe os pauzinhos, oprime e reprime — mas está sempre do lado do direito e do correto.

O jogo de gato e rato entre a neta e a avó opressora vai até o sadismo. Esta, quando impõe seu poder, ao, por exemplo, subornar o namorado para mandá-lo embora, só fica contente se a neta sofre. Se não sofre, é porque está escapando a seu guante. E sempre dizendo que é para o bem dela.

O longo conto vai de revelação em revelação, acompanhando o fortalecimento da neta por meio das provações e da superação do medo. Medo, aliás, justificado, veja-se o que aconteceu com a cria mestiça que namorava um branco, filho de juiz. Mas que a levará a desprezar a avó e sacudir o jugo.

Outro da categoria dos muito bem estruturados é "A Sauna", porém com natureza diversa. Enquanto "Antes do Baile Verde" põe em cena duas personagens que dialogam e "O Espartilho" produz um panorama do conflito narrado em primeira pessoa pela neta, em "A Sauna" tudo é introspecção, devido ao foco narrativo extremamente sofisticado. O que faz toda a diferença é o protagonista masculino que narra em primeira pessoa.

O foco narrativo nada tem de simples, e escolhe como norma para o desenrolar do enredo o que poderíamos chamar de processo de "desidentificação". Como sabemos, é habitual que o leitor de saída se identifique com o narrador em primeira pessoa, truque corrente em todo tipo de ficção, literatura, cinema, novela de TV.

Só que desde o início o conto começa a solapar essa identificação, e o narrador em primeira pessoa vai aparecendo cada vez mais como mau caráter, até o enredo se desenrolar todo e não sobrar nada do crápula — e por meio de palavras exclusivamente dele! Trata-se de uma façanha literária, numa estratégia que a autora raras vezes utilizou. Ainda assim, o protagonista não mostra inclinação à penitência nem reconhece responsabilidade por comportamentos atrozes. A espinha dorsal do conto é um homem sistematicamente explorando e enganando uma moça que o ama e lhe é devotada.

Se é um homem que fala em primeira pessoa, onde fica a mulher? Fica em suas lembranças e em seu remorso, evocando aos poucos uma personagem, a mais importante além dele mesmo: ela, objeto dos mais detestáveis cálculos de extorsão. Talvez se possa dizer que esse processo, como o chamei, de "desidentificação", exige duas mulheres: aquela de quem o protagonista fala e uma outra que escreve o conto.

Mais um na mesma categoria do bem estruturado relata em primeira pessoa o chá com antigas colegas de escola e a professora Dona Elzira ("Papoulas em Feltro Negro"). A narradora, que também é a protagonista, tem uma visão idiossincrática e negativa da antiga professora, que esta trata de desmantelar ao lhe antepor a sua própria na atualidade. O leitor, dilacerado entre duas perspectivas opostas, não sabe o que decidir: qual a verdadeira? E assim o conto termina, como tantos de Lygia, deixando-o sem resposta.

Narrador(a) × Protagonista: O Enredo no Conto Desestruturado

Como exemplo da segunda possibilidade que identificamos antes, temos o conto que, quase sem enredo, descamba para uma certa nuance de monólogo interior ou mesmo para o fluxo da consciência. Enquanto "A Sauna" também é monólogo interior, só que num enredo bem estruturado, neste "Herbarium", mesmo sendo uma história atroz, nada é propriamente dito, só sugerido, mas em tom ominoso.

Aqui temos uma narradora menina falando em primeira pessoa, o que é frequente na obra de Lygia: entre outras, também em "O Segredo", "Rosa Verde", "O Espartilho", "As Cerejas". Essas meninas quase sempre sofrem uma experiência traumática, num dilacerante rito de passagem à idade adulta.

A narradora de "Herbarium", vamos descobrindo, é uma menina que vive num sítio onde chega um primo adulto para convalescer. Recrutada para colher folhas, que ele coleciona, vai se apegando ao primo até chegar uma moça que o leva embora. Esse é o estopim de uma última ação desvairada — que o leitor não esperava e que torna o conto, até aí desestruturado como um devaneio, muito cruel.

Em "História de Passarinho" há um protagonista cuja esposa se queixa dele o tempo todo, enquanto o filho o toma como alvo de zombaria. Um dia, quando seu querido passarinho — o único ser que não o hostiliza naquela casa — é comido pelo gato, o protagonista levanta-se sem explicações e vai embora para sempre.

O Fantástico

Senhora de seu ofício no conto que podemos chamar de realista, nos quais não há o que objetar em questão de fidelidade verista à empiria, Lygia nos dá exemplares muito bem realizados do conto fantástico. A fórmula predominante é aquela em que, num enredo perfeitamente "normal", que decorre com naturalidade, de repente o fantástico irrompe e detona tudo.

É o que ocorre em "A Caçada" (uma obra-prima no magistral entrelaçamento dos focos narrativos, que deslizam de modo fulgurante entre vários níveis de percepção da realidade), "A Dança com o Anjo", "A Fuga" e "A Mão no Ombro".

Outros há em que o fantástico se dá de saída e contamina todo o enredo: "Potyra", "As Formigas" e "Tigrela". Alguns são fortíssimos e de alcance político, como "Seminário dos Ratos", que pode oferecer uma alegoria da ditadura então vigente.

O tema da identidade cambiante, ou da troca de identidade entre duas ou mais pessoas ("A Consulta"), também comparece. De modo geral, os contos fantásticos são numerosos e assinalam uma importante vertente da obra. Alguns ultrapassam mesmo o fantástico para penetrar no reino do terror ou do horror, como em "O Dedo".

Aqui talvez possa figurar o mais fantástico deles todos, "Helga", pelo menos o mais grotesco e mais horripilante, com seu enredo de perna postiça que o namorado rouba e vende. Fantástico? Ou realista ao extremo? Essa é Lygia, perita em deixar no ar tensões não resolvidas, para mexer com o leitor.

Microcosmo:
Protagonistas e Narradores

Como que para contradizer seu olhar de mulher, Lygia dá fartas mostras da hipótese oposta, que tantos escritores defendem: a de que quem escreve não tem sexo. Lygia não teme revestir a forma de um homem. Há vários contos em que um homem — num sutil solapar do poder patriarcal, aliás — fala em primeira pessoa. E se revela como péssimo exemplar da espécie humana.

Seja, como vimos em "A Sauna", por fazer carreira em cima de explorar até a última gota para depois espezinhá-la, uma coitada, vulnerável justamente pelo amor que lhe dedica. Seja como em "Gaby", narrado em terceira pessoa, no qual o protagonista, inteiramente desfibrado, ilude-se pensando que não é um gigolô, embora, graças a sua bela estampa, seja amante sustentado de uma milionária idosa, fingindo que um dia vai ser pintor.

Lygia esmera-se em retratos detestáveis, em microcosmos cujas personagens são mínimas — se não duas no máximo três —, mas que ainda assim corporificam as piores virtualidades das relações humanas, de que "Helga", como vimos, é uma culminação.

Podem ser matronas reacionárias, verdadeiras megeras, como em "Senhor Diretor" (em terceira pessoa, mas sem distanciamento): uma solteirona beata que se compraz em denunciar em cartas à polícia tudo o que considera pouca-vergonha. Ou então a mãe que leva rosas ao túmulo da filha e que aos poucos vai revelando como a perseguira até acuá-la no suicídio ("Uma Branca Sombra Pálida"); este é em primeira pessoa: quem narra é a mãe horrível. Ainda há a avó que atormenta a neta até chantagear seu namorado para que desapareça (como vimos em "O Espartilho"); a neta e vítima é a narradora em primeira pessoa. Ou duas mulheres, ambas péssimas, mãe e filha, que se digladiam em terceira pessoa ("A Medalha"). Também pode ser uma mulher que tortura o homem, como em "Apenas um Saxofone", ou asfixiando-o com seu ciúme infundado e doentio ("A Estrutura da Bolha de Sabão") ou dando-lhe excesso de motivos para que ele sinta ciúme ("O Moço do Saxofone"). Ou a esposa que, dados seus antecedentes, é garantia de que o marido vai morrer por acidente ou por suicídio ("O Jardim Selvagem").

Entre as personagens masculinas, também há imensa variedade, como vimos em "A Sauna" e "Gaby". Dois homens se disputam até que um mate o outro, ambos vistos em terceira pessoa, em "A Testemunha". Há maridos que traem ("Um Chá Bem Forte e Três Xícaras", "A Ceia"); irmãos inimigos como Caim e Abel ("Verde Lagarto Amarelo"), em que o narrador em primeira pessoa veste a pele de Abel. Ou é o homem que tripudia sobre a mulher, como em "Noturno Amarelo", ou vários homens que atormentam uma mulher, como em "A Confissão de Leontina". Lygia não os flagra no trabalho ou em desempenho profissional, preferindo os laços pessoais, os afetos, no máximo as máscaras sociais. Seus microcosmos têm pouca ação e muita introspecção: por isso é tão importante o narrador ou a narradora.

Espaço privilegiado para sua perquirição é o matrimônio. Surgem análises frias e desencantadas da vida de casal, em que só o ódio recalcado garante a permanência da relação — que todavia pode ir até o crime.

Esse é o caso de muitos dos contos, num exercício ficcional que se esmerou em arranjos e permutações. Em "Eu Era Mudo e Só", fala em primeira pessoa um homem que alimenta a repulsa calada a sua mulher "de postal", enquanto devaneia sobre a fuga para uma liberdade em que não mais acredita. Em "As Pérolas", em terceira pessoa, um homem está morrendo mas a esposa vai a um jantar onde encontrará um possível futuro amante. Em "A Chave", o marido trocou a mulher por outra mais nova e tem saudade da vida pregressa, mais compatível com sua idade e seus interesses. "Um Chá Bem Forte e Três Xícaras" é focalizado na esposa, que espera uma jovem assistente do marido, cogitando que ele também virá para o chá, deixando o leitor inferir o porquê. Em "A Ceia", o amor, simbolizado pela chama do isqueiro que acende e apaga, já acabou: o foco é uma mulher abandonada em favor de outra. Em "Você Não Acha que Esfriou?" é sempre o casal, ora ampliado num triângulo perverso.

Em vão o leitor almeja por catarse ou redenção. Ao contrário, deve aceitar que não há redenção possível, só danação ou perdição. Quase sempre esses contos são de suspense, raramente resolvido, com a irresolução pairando no ar, impondo-se ao fim.

A Imagem Pregnante

Um dos grandes achados de Lygia é a *imagem pregnante*, que estrutura internamente seus contos. Essa imagem é um concentrado ou condensado de sentido, uma síntese extremada de tudo o que o conto insinua. De tal modo que, quando aparece, traz consigo um senso de revelação, iluminando em rastilho toda a narrativa.

A imagem pregnante mostra-se decisiva para a construção de todo o arcabouço literário, até em suas mínimas reverberações. A amostragem que se segue seleciona alguns casos para tomá-los como exemplo. São imagens colhidas nas várias categorias de contos acima examinados, desde os mais estruturados até os que quase escapam do ficcional. Entre elas estão o isqueiro ("A Ceia"), rosas vermelhas × rosas brancas ("Uma Branca Sombra Pálida"), as mãos dadas ("O Menino"), a cor verde ("Antes do Baile Verde"), o colar de âmbar ("Tigrela") ou de pérolas ("As Pérolas"), o espartilho ("O Espartilho"), a folha em forma de "pequena foice ensanguentada" ("Herbarium"), a tapeçaria ("A Caçada), a roseira ("A Janela"), o vestido bordado ("A Confissão de Leontina"). E assim por diante.

Às vezes a imagem pode estar no título, o que orienta a leitura mas perde em sutileza. Em "A Chave", esse é o objeto que simboliza a passagem do primeiro para o segundo casamento, de quem agora anseia pela vida com a primeira esposa. No caso de "O Espartilho", remete à repressão presidida pela avó que não dispensa essa peça de vestuário.

Do ponto de vista da classificação retórica, a imagem pregnante pode ser uma metáfora, ou uma metonímia, ou uma hipérbole, ou mesmo um símbolo. Algumas são recorrentes na cultura, portanto sociais, embora com tratamento pessoal, enquanto outras são exclusivamente pessoais, sendo o texto que as instaura.

Certas imagens mostram-se um tanto salientes, pedindo atenção, como é o caso do isqueiro em "A Ceia", um isqueiro que acende e apaga sem ter ligação direta com o enredo. Só ao final, com a saturação, o leitor se dá conta de que a chama do isqueiro é ressemantizada pela situação dramática armada, passando a metáfora do amor. A chama já se apagou na personagem masculina, que transfere o isqueiro para a interlocutora. Mas se mantém acesa na personagem feminina abandonada, em cujo poder o isqueiro finalmente fica.

Algumas dessas imagens imiscuem-se em todo o texto, percorrendo uma vasta gama e implicando num rendimento maior. É o que se passa em "Antes do Baile Verde", no qual a cor verde, a partir das lantejoulas que vão devagar sendo pregadas no vestido por ambas as personagens enquanto conversam, contamina a roupa, a maquiagem, o cabelo etc., até atingir o leitor como conhecido símbolo da esperança e da renovação trazida periodicamente pela primavera. Outro é o tratamento em "O Menino", a metonímia das mãos dadas, que, com sinal positivo na ida ao cinema e significando o laço de amor parental e filial, é profanada por seu uso com o desconhecido que senta ao lado da mãe no escuro, passando a ter sinal negativo, assim se transformando em seu contrário.

Como vimos, a imagem pregnante é submetida a infinitas variações, de modo que jamais trará monotonia à leitura ou mesmo ausência de surpresa. Nem simplório nem maquinal, um tal uso obriga o leitor a render-se a seu sortilégio.

O Mundo de Lygia

O horizonte de Lygia é contemporâneo, com incursões pelo passado não muito remoto, alcançando no máximo as avós.

A reconstituição do "tempo das avós" traz consigo um mundo

feminino, em que as avós são predominantes e os avôs quase não existem. Pode ter sinal positivo ou negativo. Se positivo, é uma idade de ouro. Se negativo, é um inferno, e as avós podem ser tão más quanto qualquer bruxa de conto de fadas.

A duração da narrativa em microcosmo é quase sempre compacta, embora às vezes comporte súbitos encolhimentos ou atalhos que saltam sobre décadas. Pode cobrir vastas extensões de tempo ou espaço, às vezes de ambos, contanto que sirva ao enredo. Este pode ser complicado ou simples, cheio de peripécias ou reduzido a só uma, central.

Do ponto de vista social, esse mundo é paulista e até paulistano, urbano e metropolitano, com alusões ao passado interiorano ou rural. Movem-se nesse espaço a burguesia, grã-finos, intelectuais e artistas. Mas, para desmentir esse quadro, alguns contos dão bruscas guinadas, escapando desses limites, e seguem, por exemplo, a trajetória de uma mulher pobre, que acaba por se tornar assassina ("A Confissão de Leontina").

Lygia projeta a descrição, ou seja, parece que está descrevendo sempre o mesmo mundo, com raras exceções. Claro que não: ela está *construindo* esse mundo, que não existe fora de sua escrita. Ou seja, a maioria dos contos fala desse mundo, que é bifronte.

Numa das faces, esse mundo é visto da perspectiva da tentacular metrópole moderna, comportando a evocação nostálgica de um passado mais harmonioso, mas que é continuamente desmistificado. Há um casarão urbano com jardim, há um sítio ou uma fazenda; as pessoas não são nem pobres, nem muito ricas ("remediadas"?). Mas com certeza são restos ou sobras da antiga classe dominante, decaídos ou diminuídos, e continuam sonhando com a Idade de Ouro. Há um jardim com jasmineiro, quintal e pomar com goiabeiras e mangueiras, muitos cachorros e gatos, um galinheiro. E também fogão a lenha, criadagem — ou ao menos cozinheiras e babás.

Na outra face, turvando as águas, também há uma avó, quase sempre má; uma empregada fidelíssima, ou mais de uma; pai e mãe que são indistintos ou já morreram; agregados e dependentes — um tio que não deu certo, uma solteirona, um(a) suicida, um alcoólatra, um doente crônico ou convalescente. E crianças observando com olhos lúcidos e inclementes as relações entre as pessoas desse mundo. Relações que, aliás, são péssimas de qualquer ponto de vista: essas pessoas são falsas, ignóbeis, desalmadas, até homicidas.

Isso no passado, porque Lygia vai acompanhando de corpo presente, anotando e ficcionalizando, a transformação da cidade de São Paulo desde vila acanhada que era até a trepidante metrópole, uma das maiores do mundo, com todas as suas deformações e achaques, sua iniquidade social.

Mais de uma vez Lygia diz a seu próprio respeito pertencer à classe média decadente, como reza o provérbio que ela cita: "Avô rico, filho doutor, neto mendigo". E aqui se acrescenta a variante corrente: "Avô rico, filho nobre, neto pobre".

Quando o leitor está confortavelmente instalado em sua concepção do que seja o mundo dos contos de Lygia, lá vem um solavanco, ao ler "A Confissão de Leontina". Esse longo conto, dos mais longos que a autora já escreveu, é uma incursão de Lygia pelo mundo das mulheres pobres, uma verdadeira pesquisa de campo, e das mais sensíveis, para que não se pense que ela dedica sua pena exclusivamente à burguesia. E há vários outros que o leitor pode conferir, entre eles "Pomba Enamorada ou Uma História de Amor", uma ode ao amor fiel de vida inteira de uma pobre coitada.

A proeza da confissão de Leontina é sua oralidade, que muda o registro do discurso habitual de narradores e personagens de Lygia, todos burgueses, ao trocá-lo por uma fala popular e semiletrada. É assim que a protagonista narra sua história, enfatizando logo no início que se dirige à interlocutora mulher, a quem chama de "senhora". Os dados da vida pregressa vão surgindo na sequência, a partir da extrema pobreza no meio rural. Sem pai, a mãe franzina e trabalhadeira, que consultava o curandeiro e tratava suas dores de cabeça com rodelas de batata crua amarradas em volta da testa, a irmãzinha com retardo mental e o centro das atenções: o irmão de criação Pedro, que devia estudar para tornar-se médico e cuidar da família. Pedro: nome bíblico daquele que renega. Sem grandeza, esse mesquinho Rastignac dos trópicos nem sequer ambicionava ser banqueiro, conde e ministro de Estado, como seu protótipo.

A partir daí, depois que a irmãzinha e a mãe morrem, Pedro vai embora sozinho, mas o enredo não esquece as minúcias balzaquianas de vender os poucos trastes da tapera em que viviam para financiar a viagem dele à cidade grande. Leontina, empregada pelo padre na casa de uma mulher que a maltratava, um dia foge e vai atrás de Pedro. Este, em ocasiões anteriores, já a renegara, fingindo que não a conhecia — o que fará em grande estilo em São Paulo, quando se encontram por acaso na Santa Casa em que ele clinica.

Leontina vai se sustentar como empregada de um salão de danças, aos volteios com estranhos que compram o tíquete. Passa de homem em homem, cada um pior que o outro. Ao ser agredida a murros por um senhor que lhe dá um vestido bordado e que em troca espera receber favores dentro de um carro, ela agarra uma ferramenta qualquer para se defender e o mata. Dali em diante, sempre dizendo, desde o começo, que é muito boba e passiva, Leontina acabará por ser descoberta e presa. Narra seu percurso enquanto aguarda o julgamento, após ser torturada na prisão.

Ressalte-se a extrema sensibilidade de mostrar — sem teorizar e sem abstrair, mas pondo tudo isso na boca da própria vítima da via-crúcis — como o sistema patriarcal rejeita e degrada sistematicamente as mulheres, que são em princípio mais vulneráveis. De tombo em tombo, um dia ela se descobre criminosa a contragosto. A contragosto, mas sem perdão.

Sexo e Gênero

Dada a sutileza da pena da escritora, tudo em sua obra é espinhoso e difícil de especificar. Desse ponto de vista, há duas vertentes passíveis de análise. A primeira afirma que quem escreve, na hora em que escreve, não tem sexo. A segunda afirma que uma mulher, quando escreve, escreve como mulher.

Neste segundo caso, Lygia subscreve as palavras de Simone de Beauvoir, dizendo que a história moldou o ponto de vista das mulheres escritoras. Confinou-as em espaços limitados (lar, igreja), proibiu-lhes o grande mundo das realizações pessoais com seus encantos e perigos, cortou-lhes as asas, enfim. Em consequência, as mulheres voltaram-se para dentro, tanto em casa como em si mesmas. Desenvolveram a percepção do espaço, vendo com maior acuidade tudo ao seu redor, especialmente os laços humanos, bem como a clarividência sobre sua própria psique, tornando-se dadas à introspecção.

Em seu caso, os danos não foram tão graves, porque a família acatou sua vontade de não ir em linha reta para o casamento, mas de tratar de escrever e estudar Direito, sustentando-se com seu trabalho. Era algo raro: em sua turma na faculdade, havia meia dúzia de moças entre cem rapazes. E o pai até financiou a publicação de seu primeiro livro de contos, *Porão e Sobrado,* quando tinha quinze anos. Mas são dela estas palavras: "A mulher escondida. Guardada. Principalmente invisível, a se esgueirar na sombra. Reprimida e ainda assim sob suspeita. Penso hoje que foi devido a esse clima de reclusão que a mulher foi desenvolvendo e de forma extraordinária esse seu sentido da percepção, da intuição, a mulher é mais perceptiva que o homem" ("Mulher, Mulheres", em *Durante Aquele Estranho Chá*).

A Escritora e seu Tempo

Romancista e contista, Lygia Fagundes Telles é um fenômeno raro: não há muitas pessoas que possam se vangloriar de oitenta anos de produção literária contínua. É só fazer as contas, pois desde sua estreia em 1938, aos quinze anos, ela nunca mais parou. Aos poucos, foi criando para si um lugar especial no nível mais elevado da literatura de língua portuguesa, forjando um estilo próprio, inconfundível. Tornou-se perita no discurso indireto, rente e colado à "consciência" — consciência fictícia, é claro — das personagens.

Em suas mãos, a linguagem é instrumento dócil, maleável, no brilho surdo do recato e da discrição. Recusou o chulo predominante na contemporaneidade, de que ela todavia não se esquiva quando estritamente necessário — o que raramente ocorre. Tampouco frequenta as alcovas e as cenas de sexo. Ressalta a verrumação psicológica, principalmente no que concerne às conexões entre as pessoas, conexões ou meio emperradas ou sujeitas a atrito, ambas as possibilidades tratadas com ironia. Sua literatura é sussurro e não grito, é penumbra e não luz que cega, é monossilábica e não loquaz: é uma obra em surdina.

Como vimos, protagonistas e meio social prediletos são a burguesia e a pequena burguesia, com incursões pelos meios intelectuais e artísticos, que conhece tão bem. É um universo urbano, pode-se dizer até paulistano.

Lygia pertence a uma linhagem em nossa literatura que vem de Machado de Assis — crítica, velada, expressa no bom português de quem sabe escrever e toma a literatura a sério. Nunca facilitou e nunca se mostrou sujeita a modas ou tendências. Seu lugar na literatura brasileira é da maior dignidade, e ela veio para ficar.

Digamos que Lygia, a escritora, desenvolveu uma persona discreta, reticente e reservada, semelhante àquela que escreve. Com o corte pajem, adequado a seu cabelo liso, sem enfeites nem artifícios, blazers de linha clássica, camisas claras, saias de cor cinza. Essa é a narradora que visualizamos ao ler sua ficção, sem lembrar que nos aguarda o susto, a crueldade, o exercício se possível tortuoso e camuflado do poder, as muitas torpezas e vilanias, desde as miúdas até as graúdas. Nem as crianças se salvam de serem homicidas. Se é acerado o gume assim exibido das relações humanas, não o é menos o bisturi com que a narradora as revolve.

Os cerca de oitenta anos de carreira ininterrupta engendraram a seu redor um respeito cada vez maior que só fez se consolidar, crescendo com a percepção da coerência sem desfalecimento que norteou a definição de um estilo próprio, pela seriedade, pelo compromisso com a literatura.

Muito mais culta do que às vezes deixa escapar no que escreve, nesse campo a discrição também reina. De seu trânsito cosmopolita até que fala, mas pouco (por exemplo em "Lua Crescente em Amsterdã"), tendo em vista o quanto percorreu o mundo. Tampouco é dada a mencionar as numerosas pessoas que conheceu, área em que se percebe o quanto evita o *name-dropping*. São tipos de esnobismo que não a contaminam. Admirada e com boas relações de amizade também entre os confrades, sem falar nos fãs, que são legião, é só ver a frequência com que seus livros são reeditados. O respeito que em larga escala desperta se expressa na fartura de prêmios com que foi agraciada, os principais de seu país e o Camões da língua portuguesa. Foi, sem desdouro, indicada oficialmente para o prêmio Nobel pela União Brasileira de Escritores (UBE), em 2016.

Quando a examinamos no panorama dos coevos, Lygia surge como singularmente original, única e até idiossincrática.

A certa altura, costumava-se colocá-la num trio de contemporâneas que imperavam na literatura, juntamente com Clarice Lispector e Hilda Hilst — mas essas duas são mais heterodoxas que Lygia (não esquecer que ela descende de Machado de Assis). Clarice arrisca mais na pesquisa de linguagem e na introspecção das personagens. Já Hilda estoura todos os limites e se aventura na experimentação de gêneros literários: faz poesia, faz prosa, faz teatro, faz coisas difíceis de classificar — e não tem nada de recatada ou discreta, muito pelo contrário. Enfim, as três seriam o orgulho de qualquer literatura, e não só da brasileira. Três beldades, um trio que marcou época: Lygia de formosura clássica, latina, a morena paulista de olhos negros e cabelos combinando; Clarice, a beleza exótica, uma eslava de malares salientes e olhos puxados; Hilda mais clara, mais loura, mais nórdica, para quem Vinicius de Moraes compôs o "Poema dos Olhos da Amada", em que os define como "cais noturnos cheios de adeus". Não por coincidência, Lygia escreveu reminiscências sobre ambas, com quem entretinha laços de amizade.

Em todas essas décadas que sua carreira cobre, viu desfilarem à sua frente e ao redor muitas vogas de prosa literária. Passando ao largo das modas e mesmo das tendências, viu chegar, por exemplo, o regionalismo, mais tarde substituído pelo thriller urbano até hoje hegemônico — mas ficou imune à deleitação falocrática dele. Depois, vieram a saga da imigração, a ficção histórica, a prosa reivindicatória (de mulheres, negros, homossexuais), a desconstrução pós-moderna. Nada disso a abalou e ela persistiu firme, elaborando e depurando seu estilo, mantendo-se leal a ele e à literatura, tornando-se inconfundível — e jamais identificada a qualquer uma dessas modas ou tendências. O que quase releva do milagre, ou pelo menos de uma extrema consciência de seu ofício. Ela foi contemporânea de tudo isso, sempre fiel a si mesma, sempre divergente.

Por não aderir a modas, nunca obteve a notoriedade que distinguiu alguns de seus confrades por boas ou por más razões. Depois que as modas se foram, ela continuou afiando suas armas. Passando sempre ao largo, não ia embora com elas, ao contrário, persistia e refinava. Assim, sua estatura solitária foi-se delineando sempre mais nítida e conquistando a consideração alheia.

A obra de Lygia, considerada em sua totalidade, é o que poderíamos chamar de *semovente*. Pois não está fixa como um monumento de pedra (nem ao menos uma "ciranda de pedra", para citar suas palavras), mas, ao contrário, foi incessantemente submetida por ela mesma a triagens e revisões.

O leitor interessado deverá buscar referências bibliográficas mais completas: não só alguns contos ficaram de fora, como até livros inteiros. Outros foram reescritos, ou pelo menos remanejados. Se o leitor procurar por eles agora, nesta mais recente seleção efetuada pela autora, não vai encontrá-los — e, se forem de sua estimação, deve procurá-los em edições anteriores. Sinal de uma consciência profissional sempre alerta e que nada toma como definitivo.

NOTA: O fio condutor deste texto é tributário das perquirições de Aby Warburg (imagens mnêmicas), Walter Benjamin (dialéticas), Bachelard (elementais), E. R. Curtius (topoi), Bakhtin (carnavalizadas) e Northrop Frye (apocalípticas).

WALNICE NOGUEIRA GALVÃO é Professora Emérita da Faculdade de Filosofia, Letras e Ciências Humanas da Universidade de São Paulo (FFLCH-USP).

Créditos das Imagens

pp. 1, 12 (com Hilda Hilst),
13 (*à esquerda*, com Paulo Emílio Sales Gomes,
e *à direita*) e **14**: Fotógrafo desconhecido/
Acervo Lygia Fagundes Telles/ Instituto Moreira Salles

pp. 4-5: Hans Gunter Flieg/
Acervo Instituto Moreira Salles

p. 6: Folhapress

p. 8: Chico Albuquerque/
Convênio Museu da Imagem e do Som — SP/
Instituto Moreira Salles

p. 746: Retrato da autora feito por
Carlos Drummond de Andrade na década de 1970

Sobre a Autora

Lygia Fagundes Telles nasceu em São Paulo e passou a infância no interior do estado, onde o pai, o advogado Durval de Azevedo Fagundes, foi promotor público. A mãe, Maria do Rosário (Zazita), era pianista. Voltando a residir com a família em São Paulo, a escritora fez o curso fundamental na Escola Caetano de Campos e em seguida ingressou na Faculdade de Direito do Largo São Francisco, da Universidade de São Paulo, onde se formou. Quando estudante do pré-jurídico cursou a Escola Superior de Educação Física da mesma universidade.

Ainda na adolescência manifestou-se a paixão, ou melhor, a vocação de Lygia Fagundes Telles para a literatura, incentivada pelos seus maiores amigos, os escritores Carlos Drummond de Andrade, Erico Verissimo e Edgard Cavalheiro. Contudo, mais tarde a escritora viria a rejeitar seus primeiros livros porque em sua opinião "a pouca idade não justifica o nascimento de textos prematuros, que deveriam continuar no limbo".

Ciranda de Pedra (1954) é considerada por Antonio Candido a obra em que a autora alcança a maturidade literária. Lygia Fagundes Telles também considera esse romance o marco inicial de suas obras completas. O que ficou para trás "são juvenilidades". Quando da sua publicação o romance foi saudado por críticos como Otto Maria Carpeaux, Paulo Rónai e José Paulo Paes. No mesmo ano, fruto de seu primeiro casamento, nasceu o filho Goffredo da Silva Telles Neto, cineasta, e que lhe deu as duas netas: Lúcia e Margarida. Ainda nos anos 1950, saiu o livro *Histórias do Desencontro* (1958), que recebeu o prêmio do Instituto Nacional do Livro.

O segundo romance, *Verão no Aquário* (1963), prêmio Jabuti, saiu no mesmo ano em que já divorciada casou-se com o crítico de cinema Paulo Emílio Sales Gomes. Em parceria com ele escreveu o roteiro para cinema *Capitu* (1967), baseado em *Dom Casmurro*, de Machado de Assis. Esse roteiro, que foi encomenda de Paulo César Saraceni, recebeu o prêmio Candango, concedido ao melhor roteiro cinematográfico.

A década de 1970 foi de intensa atividade literária e marcou o início da sua consagração na carreira. Lygia Fagundes Telles publicou, então, alguns de seus livros mais importantes: *Antes do Baile Verde* (1970), cujo conto que dá título ao livro recebeu o Primeiro Prêmio no Concurso Internacional de Escritoras, na França; *As Meninas* (1973), romance que recebeu os prêmios Jabuti, Coelho Neto da Academia Brasileira de Letras e "Ficção" da Associação Paulista de Críticos de Arte (APCA); *Seminário dos Ratos* (1977), premiado pelo PEN Clube do Brasil. O livro de contos *Filhos Pródigos* (1978) seria republicado com o título de um de seus contos, *A Estrutura da Bolha de Sabão* (1991).

A Disciplina do Amor (1980) recebeu o prêmio Jabuti e o prêmio APCA. O romance *As Horas Nuas* (1989) recebeu o prêmio Pedro Nava de Melhor Livro do Ano.

Os textos curtos e impactantes passaram a se suceder na década de 1990, quando, então, é publicado *A Noite Escura e Mais Eu* (1995), que recebeu o prêmio Arthur Azevedo da Biblioteca Nacional, o prêmio Jabuti e o prêmio Aplub de Literatura. Os textos do livro *Invenção e Memória* (2000) receberam os prêmios Jabuti, APCA e o "Golfinho de Ouro". *Durante Aquele Estranho Chá* (2002), textos que a autora denomina de "perdidos e achados", antecedeu *Conspiração de Nuvens* (2007), que mistura ficção e memória e foi premiado pela APCA. Publicou ainda as coletâneas de contos *Histórias de mistério* (2011), *O segredo* (2012) e *Um coração ardente* (2012), e as crônicas de viagem de *Passaporte para a China* (2011).

Em 1998, foi condecorada pelo governo francês com a Ordem das Artes e das Letras, mas a consagração definitiva viria com o prêmio Camões (2005), distinção maior em língua portuguesa pelo conjunto da obra. A União Brasileira de Escritores indicou o nome da escritora para concorrer ao prêmio Nobel de Literatura em 2016.

Lygia Fagundes Telles conduziu sua trajetória literária trabalhando ainda como procuradora do Instituto de Previdência do Estado de São Paulo, cargo que exerceu até a aposentadoria. Foi ainda presidente da Cinemateca Brasileira, fundada por Paulo Emílio Sales Gomes. É membro da Academia Paulista de Letras e da Academia Brasileira de Letras. Teve seus livros publicados em diversos países: Portugal, França, Estados Unidos, Alemanha, Itália, Holanda, Suécia, Espanha e República Checa, entre outros, com obras adaptadas para TV, teatro e cinema.

Vivendo a realidade de uma escritora do terceiro mundo, Lygia Fagundes Telles considera sua obra de natureza engajada, comprometida com a difícil condição do ser humano em um país de tão frágil educação e saúde. Participante desse tempo e dessa sociedade, a escritora procura apresentar através da palavra escrita a realidade envolta na sedução do imaginário e da fantasia. Mas enfrentando sempre a realidade desse país: em 1976, durante a ditadura militar, integrou uma comissão de escritores que foi a Brasília entregar ao ministro da Justiça o famoso "Manifesto dos Mil", veemente declaração contra a censura assinada pelos mais representativos intelectuais do Brasil.

Lygia Fagundes Telles já declarou em uma entrevista: "A criação literária? O escritor pode ser louco, mas não enlouquece o leitor, ao contrário, pode até desviá-lo da loucura. O escritor pode ser corrompido, mas não corrompe. Pode ser solitário e triste e ainda assim vai alimentar o sonho daquele que está na solidão".

COPYRIGHT © 2018 BY LYGIA FAGUNDES TELLES

GRAFIA ATUALIZADA SEGUNDO O ACORDO
ORTOGRÁFICO DA LÍNGUA PORTUGUESA DE 1990,
QUE ENTROU EM VIGOR NO BRASIL EM 2009.

CAPA E PROJETO GRÁFICO
RAUL LOUREIRO

FOTO DE CAPA
FOTÓGRAFO DESCONHECIDO/
ACERVO LYGIA FAGUNDES TELLES/
INSTITUTO MOREIRA SALLES

PREPARAÇÃO
CRISTINA YAMAZAKI

REVISÃO
JANE PESSOA
MÁRCIA MOURA

OS PERSONAGENS E AS SITUAÇÕES DESTA OBRA
SÃO REAIS APENAS NO UNIVERSO DA FICÇÃO;
NÃO SE REFEREM A PESSOAS E FATOS CONCRETOS,
E NÃO EMITEM OPINIÃO SOBRE ELES.

DADOS INTERNACIONAIS DE CATALOGAÇÃO NA PUBLICAÇÃO (CIP)
(CÂMARA BRASILEIRA DO LIVRO, SP, BRASIL)

TELLES, LYGIA FAGUNDES
OS CONTOS / LYGIA FAGUNDES TELLES; POSFÁCIO WALNICE NOGUEIRA
GALVÃO. — 1ª ED. — SÃO PAULO : COMPANHIA DAS LETRAS, 2018.

ISBN 978-85-359-3180-8

1. CONTOS BRASILEIROS I. TÍTULO.

18-20462   CDD-869.3

ÍNDICE PARA CATÁLOGO SISTEMÁTICO:
1. CONTOS : LITERATURA BRASILEIRA 869.3

CIBELE MARIA DIAS — BIBLIOTECÁRIA — CRB-8/9427

6ª REIMPRESSÃO

TODOS OS DIREITOS DESTA EDIÇÃO RESERVADOS À
EDITORA SCHWARCZ S.A.
RUA BANDEIRA PAULISTA, 702, CJ. 32
04532-002 — SÃO PAULO — SP
TELEFONE: (11) 3707-3500
WWW.COMPANHIADASLETRAS.COM.BR
WWW.BLOGDACOMPANHIA.COM.BR
FACEBOOK.COM/COMPANHIADASLETRAS
INSTAGRAM.COM/COMPANHIADASLETRAS
TWITTER.COM/CIALETRAS

ESTA OBRA FOI COMPOSTA EM WALBAUM
POR ALEXANDRE PIMENTA E IMPRESSA EM OFSETE
PELA LIS GRÁFICA SOBRE PAPEL PÓLEN NATURAL
DA SUZANO S.A. PARA A EDITORA SCHWARCZ
EM NOVEMBRO DE 2023

A marca FSC® é a garantia de que a madeira utilizada na fabricação do papel deste livro provém de florestas que foram gerenciadas de maneira ambientalmente correta, socialmente justa e economicamente viável, além de outras fontes de origem controlada.